Wolfgang Hohlbein

ANUBIS

Wolfgang Hohlbein

Anubis

Roman

Gustav Lübbe Verlag

Gustav Lübbe Verlag
in der Verlagsgruppe Lübbe

Originalausgabe

Textredaktion: Helmut W. Pesch
Satz: Dörlemann Satz, Lemförde
Gesetzt aus der Goudy
Druck und Einband: Ebner & Spiegel GmbH, Ulm

Printed in Germany
ISBN 3-7857-2178-1

5 4 3

Sie finden uns im Internet unter: www.luebbe.de

Professor Mogens VanAndt hasste seinen Beruf. Das war nicht immer so gewesen. Es hatte eine Zeit gegeben, die objektiv sogar nur wenige Jahre zurücklag, in Mogens' persönlichem Zeitempfinden jedoch Ewigkeiten, da hatte er ihn geliebt, und eigentlich, tief in seinem Innersten, tat er das noch immer. Streng genommen war es auch falsch zu sagen, dass er seinen *Beruf* hasste. Er hasste das, was er *tun* musste.

Mogens VanAndt war von Geburt her Belgier – genauer gesagt: Flame, wie allein schon sein Name verriet –, von Erziehung und Lebensart her aber durch und durch Amerikaner, und so konnte es nicht weiter überraschen, dass er sich neuen Tätigkeiten mit einer beneidenswerten Leichtigkeit zuwandte, eine Aufgabe, die er einmal angenommen hatte, dann aber mit großer Akribie, ja, fast schon Besessenheit erledigte. Jeder, der ihn in seiner Jugend gekannt hatte, hatte ihm eine große Zukunft prophezeit, seine Lehrer waren überaus zufrieden mit ihm gewesen, und wäre es nach den Voraussagen seiner Professoren an der Universität gegangen, so wäre er wohl spätestens fünf Jahre nach seiner Promotion als gleichberechtigter Kollege an die Fakultät zurückgekehrt, und sein Name hätte wohl schon jetzt in mehr als einem Fachbuch gestanden und zahllose Artikel in Fachzeitschriften oder anderen entsprechenden Publikationen geziert.

Das Schicksal hatte es anders gewollt.

Das Einzige, was sein Namenszug zierte, waren die Visitenkarten in der abgewetzten schweinsledernen Brieftasche, die noch aus besseren Zeiten stammte, und ein schlampig beschriftetes Schild an der Tür eines winzigen fensterlosen Büros im Keller der Universität von Thompson; einer Universität, von der noch nie jemand gehört hatte und die in einer Stadt lag, die kaum jemand kannte, der weiter als fünfzig Meilen entfernt lebte. Es gab Tage, da argwöhnte Mogens ganz ernsthaft, dass nicht einmal alle *Bewohner* Thompsons wussten, wie ihre Stadt hieß. Von den Studenten seiner so genannten *Universität* ganz zu schweigen.

Das brennende Holz im Kamin, das er – wie es ihm vorkam – gerade erst nachgelegt hatte, war schon wieder fast zur Gänze verkohlt. VanAndt erhob sich, ging zu dem kleinen, geflochtenen Korb mit Feuerholz neben dem Kamin hinüber und warf ein neues Scheit in die gelben Flammen. Ein Funkenschauer stob auf, ließ Mogens in der Hocke zwei Schritte zurückweichen und senkte sich auf den brandfleckigen, trotzdem aber sorgsam gebohnerten Boden vor ihm. Der Professor stand auf, wich einen weiteren Schritt zurück und warf einen Blick auf die antiquierte Standuhr neben der Tür. Es war nach sechs. Sein Besuch hatte sich verspätet.

Im Grunde spielte es keine Rolle. VanAndt hatte an diesem Abend nichts Besonderes vor. Das war in Thompson schlechterdings unmöglich. Das Dreitausend-Seelen-Kaff bot keine nennenswerten Möglichkeiten der Zerstreuung. Es verfügte über den obligaten Saloon, der, sowohl was sein Aussehen, als auch sein Publikum anging, eindeutig ein Relikt aus dem vergangenen Jahrhundert darstellte. Aber zum einen verabscheute der Professor Alkohol, und zum anderen galt er in der Stadt als Sonderling und Eigenbrötler; beides Attribute, die einen Besuch in einem derartigen, zum großen Teil von einfachen Arbeitern und derbem Bauernvolk frequentierten Etablissement wenig angeraten erscheinen ließen. Darüber hinaus gab es einen kleinen Drugstore samt angegliederter Milchbar sowie ein Lichtspielhaus, in dem an den Wochenenden sechs Monate alte Hollywood-Streifen aufgeführt wurden. Beides war jedoch zum Treffpunkt der Dorfjugend geworden, sodass es für den Professor ebenfalls nicht in Frage kam.

Und Letztens schließlich gab es ein gewisses Etablissement mit roten Lampen und kleinen, verschwiegenen Séparées, die aber nicht annähernd so verschwiegen waren, wie sie sein sollten, dafür aber entschieden kleiner, als sie sein mussten. Außerdem entsprach das weibliche Personal nicht einmal annähernd Mogens' Ansprüchen, sodass er es ohnehin verzog, in monatlichen Abständen in die hundert Meilen entfernte Kreisstadt zu fahren, um das dortige Pendant dieser Einrichtung zu besuchen. Kurz: Professor Mogens VanAndts Leben verlief in sehr einfachen, um nicht zu sagen langweiligen Bahnen. Das Telegramm, das vor zwei Tagen gekommen war, stellte die seit Monaten aufregendste Unterbrechung in seinem täglichen Einerlei dar.

Es klopfte. Mogens ertappte sich dabei, mit einer viel zu heftigen Bewegung vom Kamin zurück- und herumzufahren. Sein Herz pochte ein bisschen schneller und er musste sich beherrschen, um nicht mit der gleichen unziemlichen Hast zur Tür zu springen und sie aufzureißen; als sei er kein ordentlicher Professor, sondern ein Zehnjähriger, der es am Weihnachtsmorgen nicht mehr aushalten konnte, ins Wohnzimmer zu gelangen, um nachzusehen, was Santa Claus am Kaminsims zurückgelassen hatte. Aber Weihnachten lag Wochen zurück und Mogens war keine zehn mehr, sondern der vierzig mittlerweile näher als der dreißig. Außerdem hielt er es für wenig angeraten, seinem Besuch zu zeigen, *wie* neugierig er auf das »berufliche Angebot« war, von dem in dem Telegramm die Rede gewesen war. So zwang er sich nicht nur mit einer bewussten Anstrengung zur Ruhe, sondern ließ noch einmal vier oder fünf Sekunden verstreichen, ehe er die Hand nach dem Türgriff ausstreckte und ihn herunterdrückte.

Es fiel Mogens sehr schwer, seine Enttäuschung zu verbergen. Vor der Tür stand kein Fremder, sondern Miss Preussler – nennen Sie mich einfach Betty, das tun alle hier, hatte sie gleich am Abend seines Einzugs gesagt, aber Mogens hatte es niemals fertig gebracht, nicht einmal in Gedanken –, seine Zimmerwirtin, und statt der sorgsam zurechtgelegten Worte, die Mogens zur Begrüßung seines Gastes ersonnen hatte, entschlüpfte ihm nur ein überraschtes: »Oh?«

Miss Preussler hob die rechte Hand, mit der sie gerade dazu angesetzt hatte, ein weiteres Mal an die Zimmertür zu klopfen, drohte ihm spielerisch mit dem Zeigefinger und schob sich – wie üblich, ohne ihn um Erlaubnis zu fragen – an ihm vorbei ins Zimmer. »Oh?«, fragte sie. »Ist das vielleicht eine Art, eine gute Freundin zu begrüßen, mein lieber Professor?«

Mogens zog es vor, gar nicht darauf zu antworten. Es bereitete ihm schon normalerweise große Mühe, Miss Preusslers Aufdringlichkeiten zu ertragen – die sie offensichtlich für den angemessenen Ausdruck der Zuneigung hielt, die sie ihm gegenüber empfand –, aber heute fiel es ihm ganz besonders schwer.

»Natürlich nicht«, antwortete er, hastig und ein bisschen ungeschickt. »Es ist nur so, dass…«

»… Sie mich nicht erwartet haben, ich weiß«, unterbrach ihn Miss Preussler, während sie sich zu ihm umdrehte und dabei – wie Mogens keineswegs entging – einen raschen prüfenden Blick durch das Zimmer schweifen ließ. Miss Preussler war der ordentlichste und sauberste Mensch, dem Mogens je begegnet war; und das, obwohl er selbst Sauberkeit über alles schätzte. Heute jedoch fand ihr kritischer Blick nicht das geringste Stäubchen, das vielleicht zu einem missbilligenden Stirnrunzeln Anlass gegeben hätte. Mogens hatte die vergangenen anderthalb Stunden damit zugebracht, sein Zimmer aufzuräumen und die betagte Einrichtung auf Hochglanz zu polieren – so weit die fünfzig Jahre alten Möbel, mit denen seine Unterkunft ausgestattet war, dies noch zuließen.

»Sie erwarten Besuch, mein lieber Professor?«, fuhr sie fort, als sie auch nach einigen Sekunden keine Antwort bekam.

»Ja«, antwortete Mogens. »Ein früherer Kollege hat sich überraschend angekündigt. Ich hätte Sie selbstverständlich informiert, aber die Nachricht kam wirklich sehr überraschend. Ich wollte Sie nicht unnötig belästigen. Sie haben ja auch so schon genug zu tun.«

Normalerweise reichte ein solcher Hinweis auf die Arbeit, die es für Miss Preussler zweifellos bedeutete, eine Pension mit einem Dauergast und zwei weiteren, die meiste Zeit leer stehenden Zimmern zu betreiben und dabei Jagd auf jedes Stäubchen und jeden Schmutzpartikel zu machen, die den Frevel begingen, sich in ihr Refugium zu wagen, vollkommen aus, sie wieder gnädig zu stimmen. Heute jedoch nicht. Ganz im Gegenteil wirkte sie plötzlich ein bisschen verärgert – oder verletzt –, dann löste sich ihr Blick für einen Moment von seinem Gesicht und streifte das Telegramm, das zwar aufgeschlagen, aber mit der beschriebenen Seite nach unten auf dem Schreibtisch lag. Was Mogens in diesem kurzen Moment in ihren Augen las, machte ihm klar, dass sie den Inhalt des Telegramms nur zu gut kannte.

Natürlich kannte sie ihn. Was hatte er erwartet? Wahrscheinlich hatte sie ihn gekannt, bevor *er* ihn zur Kenntnis genommen hatte. Thompson war ein kleiner Ort, in dem jeder jeden kannte und in dem nichts geschah, ohne sofort zu allgemeinem Wissensgut zu werden. Trotzdem ärgerte ihn die Erkenntnis so sehr, dass er sich für einen Moment mit aller Kraft zurückhalten musste, um seine Zimmerwirtin nicht mit scharfen Worten in ihre Schranken zu weisen. Aber so lächelte er nur und deutete eine Bewegung an, die Miss Preussler für ein Achselzucken halten konnte, oder wofür auch immer sie wollte.

Nach einer weiteren Sekunde kehrte das spöttische Lächeln in Miss Preusslers Augen zurück und sie hob erneut den Zeigefinger, um ihm spielerisch zu drohen. »Aber mein lieber Professor. Ist es etwa ein Beweis guter Erziehung, eine alte Freundin zu belügen?«

Es lag Mogens auf der Zunge zu sagen, dass das einzig wahre Wort in diesem Satz *alte* war, aber *das* verbot ihm tatsächlich seine gute Erziehung. Davon abgesehen wäre es nicht klug, es sich ganz offen mit Miss Preussler zu verderben; zumindest nicht bevor er wusste, wer sein geheimnisvoller Besucher eigentlich war, und was er von ihm wollte. Er antwortete deshalb auch auf diese Frage nicht.

Miss Preussler war jedoch ganz offensichtlich nicht geneigt, so schnell aufzugeben; was Mogens aber keineswegs überraschte – wenn es etwas gab, was er – wenn auch widerwillig – an seiner Zimmerwirtin bewunderte, dann war es ihre Beharrlichkeit. Miss Preussler hatte vom ersten Tage an wenig Zweifel daran gelassen, dass sie nichts unversucht lassen würde, den gut aussehenden, sportlich gebauten Dauergast in ihrem Haus irgendwann in ihr weiches Bett und ihre vermutlich noch weichere Umarmung zu locken – etwas, dessen bloße *Vorstellung* Mogens allerdings schon einen kalten Schauer über den Rücken laufen ließ. Die von ihm postulierte Weichheit ihrer Umarmung lag nämlich keineswegs an ihrer Alabasterhaut oder ihrem sanften Wesen, sondern viel mehr an etlichen überflüssigen Pfunden, die die Jahre, die sie ihm voraus hatte, auf ihrer Statur abgeladen hatten. Mogens hatte sich niemals nach ihrem Alter erkundigt, schon, weil allein diese Frage eine Vertraulichkeit zwischen ihnen geschaffen hätte, die er ganz bestimmt nicht wollte, aber er schätzte, dass sie annähernd alt genug sein musste, um seine Mutter zu sein, vielleicht nicht ganz, aber doch *annähernd.*

Andererseits hatte es unbestreitbare Vorteile, Miss Preusslers Nachstellungen nicht allzu energisch abzuwehren. Manchmal ging sie ihm zwar gehörig auf die Nerven, bemutterte ihn aber auch geradezu rührend, was sich in dem einen oder anderen Stück Extra-Kuchen an Sonntagen niederschlug, einer besonders großen Portion auf seinem Teller, wenn es Fleisch gab, oder einem immer gefüllten Korb mit Brennholz neben dem Kamin; alles Dinge, die für die anderen Pensionsgäste längst nicht selbstverständlich waren. Miss Preussler hatte sich sogar – obwohl überzeugte Protestantin – mit seiner radikalen Einstellung der Kirche gegenüber abgefunden. Sie billigte sie nicht, hatte sie aber stillschweigend akzeptiert. Hätte es überhaupt noch eines Beweises bedurft, dass sich Miss Preussler durch eine Verwirrung der Gefühle hoffnungslos in ihn verliebt hatte, so wäre es allein dieser Umstand gewesen.

Mogens hingegen… Nun, er fühlte sich nicht unbedingt abgestoßen von Miss Preussler, aber doch nahe daran. Er war sicher, dass ihre Gefühle für ihn echt waren, und er hatte sogar ein- oder zweimal versucht, in sich selbst wenigstens einen Funken von Zuneigung zu entdecken, aber ohne Erfolg. Dass er die unbestreitbaren Vorteile, die er aus ihren Nachstellungen zog, trotzdem annahm, führte nicht nur zu einem permanenten schlechten Gewissen, sondern zuweilen auch dazu, dass er sich selbst regelrecht verachtete – was seine negativen Gefühle Miss Preussler gegenüber noch verstärkte. Menschen waren schon komplizierte Geschöpfe.

»Miss Preussler«, begann er, während er noch überlegte, wie er sie möglichst diplomatisch hinauskomplimentieren konnte, ohne dass es sich allzu schädlich auf seinen nächsten Speiseplan auswirkte. »Ich glaube nicht, dass…«

Miss Preussler kam ihm ungewollt zu Hilfe. Ihre Argusaugen hatten einen unverschämten Eindringling in dem Tempel der Sauberkeit entdeckt, in den sie ihr Haus verwandelt hatte: Die Ascheflocken, die vorhin aus dem Kamin gewirbelt waren. Ohne Mogens' begonnenem Satz auch nur die geringste Beachtung zu schenken, drehte sie sich in einer komplizierten, übergewichtigen Pirouette um ihre eigene Achse und ging dabei zugleich in die Hocke; für Mogens sah es aus, als ob sie irgendwie auseinander flösse und danach in kleinerer und verbreiterter Gestalt wieder Festigkeit annähme. Mit einem Geschick, das nur auf lebenslange beharrliche Übung zurückgehen konnte, zog sie einen Staublappen aus der Schürzentasche und entfernte in Windeseile die mikroskopisch kleinen Ascheflocken vom Boden, dann schraubte sie sich mit einer fast noch unglaublicher wirkenden Bewegung wieder in die Höhe und strahlte Mogens so herzlich an, dass ihm der Rest seines vorbereiteten Hinauswurfs buchstäblich im Halse stecken blieb.

»Ja, mein lieber Professor?«, fragte sie. »Sie wollten etwas sagen?«

»Nichts«, murmelte Mogens. »Es war… nichts.«

»Das glaube ich Ihnen nicht«, antwortete Miss Preussler. Plötzlich und übergangslos wurde sie sehr ernst. Sie trat einen Schritt auf ihn zu, legte den Kopf in den Nacken, um ihm weiter ins Gesicht blicken zu können, und kam noch näher. In ihren Augen erschien ein Ausdruck, der eine ganze Reihe misstönender Alarmglocken hinter Mogens' Stirn anschlagen ließ. Er schickte ein Stoßgebet zum Himmel, dass sich Miss Preussler nicht ausgerechnet diesen Moment auserkoren hatte, um ihre Taktik zu ändern und die Festung seiner Tugendhaftigkeit im Sturmangriff zu nehmen. Ganz instinktiv versteifte er sich. Er wäre vor ihr zurückgewichen, wenn er es nur gekonnt hätte, aber er stand bereits mit dem Rücken an der Tür.

»Ich weiß, es ist ein denkbar schlechter Augenblick, um damit anzufangen, Professor«, begann Miss Preussler. Mogens gab ihr in Gedanken nur zu Recht. Der Augenblick *war* denkbar schlecht, ganz egal, was sie ihm nun sagen wollte. »Aber ich kam leider nicht umhin, den Inhalt dieses Telegramms zur Kenntnis zu nehmen. Ich bin... ein bisschen erschrocken, wenn ich ehrlich sein soll.«

»So?«, fragte Mogens spröde.

»Professor, lassen Sie mich ganz offen sein«, fuhr Miss Preussler fort. Sie kam noch näher. Ihr wogender Busen berührte jetzt fast Mogens' Brust, und er konnte riechen, dass sie frisches Parfum aufgelegt hatte. Ein ziemlich aufdringlicher, aber auch ein wenig muffiger Geruch, wie er fand. »Sie wohnen jetzt seit mehr als vier Jahren hier. Aber Sie sind für mich vom ersten Tag an weit mehr als ein normaler Gast gewesen. Es fällt mir ein wenig schwer, es zuzugeben, aber wahr ist, dass ich eine gewisse... Sympathie...«

»Natürlich ist es mir aufgefallen, Miss Preussler«, fiel ihr Mogens ins Wort, wobei er sich im Stillen allerdings fragte, ob er nicht gerade einen schweren Fehler beging. »Es ist nur so, dass...«

»Sie tragen sich doch nicht etwa mit dem Gedanken, Thompson zu verlassen«, unterbrach ihn Miss Preussler. Die Worte wurden von einem schweren, tiefen Atemzug begleitet, der bewies, wie schwer es ihr fiel, sie auszusprechen. »Ich meine: Natürlich ist mir klar, dass ein Mann Ihres Niveaus und Ihrer Bildung an einer Universität wie der unseren vollkommen unterfordert ist. Es ist ja nur eine kleine Fakultät, an der sicher nicht die weltbewegendsten Forschungen getätigt werden. Trotzdem hat sie aber ihre unbestreitbaren Vorzüge. Das Leben verläuft in geregelten Bahnen und eine Frau kann auch nach Dunkelwerden noch allein auf die Straße gehen, ohne Angst haben zu müssen.«

Mogens fragte sich, wie viele Argumente Miss Preussler wohl noch zugunsten einer Stadt finden mochte, zu deren Gunsten es keine Argumente *gab*. Etwas sehr Sonderbares geschah, mit dem Miss Preussler nicht nur ganz bestimmt nicht gerechnet, sondern das sie wohl auch zutiefst erschreckt hätte, hätte sie davon gewusst: Während sie fortfuhr, die fadenscheinigsten Argumente zugunsten Thompsons vorzubringen, bewirkten ihre Worte das genaue Gegenteil. Mit einem Male wurde Mogens so klar wie selten zuvor in den vergangenen vier Jahren, in welch auswegslose Lage ihn das Schicksal *wirklich* gebracht hatte. Bisher hatte er sich stets mit mehr oder weniger großem Erfolg eingeredet, hier im Grunde alles zu haben, was er zum Leben brauchte, doch nun wurde ihm plötzlich bewusst, dass er damit nur das *Über*leben gemeint hatte, nicht das Leben. Und noch etwas wurde ihm schlagartig klar: Eigentlich war er bereits fest entschlossen, das interessante berufliche Angebot, von dem in dem Telegramm die Rede war, anzunehmen.

Seine Gedanken wanderten zurück zu jener Zeit, die ihm so unendlich weit entfernt schien, ohne es tatsächlich zu sein, und in der seine Zukunft so klar überschaubar und strahlend erschienen war, wie es überhaupt nur ging. Er hatte in Harvard als einer der drei Besten seines Jahrgangs promoviert, was niemanden überrascht hatte, und noch bis zum Abend seiner Abschlussfeier schien klar zu sein, dass ihm eine große Zukunft bevorstand. Ein einziger Abend, ja, ein einziger *Augenblick*, hatte alles verändert. Mogens war versucht, dem Schicksal allein die Schuld daran zu geben. Er hatte einen

Fehler gemacht, einen schlimmen, unverzeihlichen Fehler, aber es war einfach nicht gerecht, dass er *so* dafür büßen musste.

»... ist mir natürlich alles klar«, sagte Miss Preussler in diesem Moment. Mogens schrak sichtbar zusammen und begriff im Nachhinein, dass sie die ganze Zeit über nicht aufgehört hatte zu reden, ohne dass er sich auch nur an ein einziges Wort erinnerte. »Aber vielleicht... ich meine, möglicherweise... könnten Sie es ja in Betracht ziehen, unsere Beziehung auf eine etwas... persönlichere Weise zu gestalten. Ich weiß, ich bin älter als Sie, und ich kann auch nicht mehr mit den körperlichen Attributen der jungen Damen mithalten, die Sie dann und wann in der Kreisstadt besuchen, aber es wäre vielleicht einen Versuch wert.«

Sie verstummte, erschöpft und zugleich ein wenig ängstlich, was seine Reaktion anging. Sie hatte sich ihm schließlich offenbart, auf eine sehr deutliche, für eine Frau wie sie schon geradezu unerhörte Art, und natürlich konnte er jetzt nicht mehr so tun, als ahne er nichts von ihren wahren Gefühlen. Mogens war vollkommen verunsichert. Dass Miss Preussler von seinen sporadischen Besuchen in der Kreisstadt wusste und auch, was er dort tat, überraschte ihn und war ihm zugleich peinlich. Aber viel mehr schockierte ihn alles andere, was sie gesagt hatte. Ihre Worte hatten den mühsam aufrechterhaltenen Status quo, in dem sie seit Jahren lebten, beendet, schlagartig und unwiderruflich. In Zukunft würde alles viel komplizierter werden, ja, vielleicht sogar unmöglich. Die Dinge wiederholten sich, dachte er traurig. Ein paar Worte, eine einzige, unbedachte Äußerung, und aus einer überschaubaren, klar geplanten Zukunft war ein schwarzer Abgrund voller Ungewissheit geworden. Der Verlust war diesmal nicht annähernd so groß, und doch war die Situation vergleichbar. Worte konnten so unendlich viel mehr Schaden anrichten als Taten.

»Sie sind jetzt schockiert, nicht wahr?«, fragte Miss Preussler, als er auch nach weiteren Sekunden nicht antwortete. Sie wirkte niedergeschlagen, aber auch verlegen. »Ich hätte das nicht sagen sollen. Verzeihen Sie mir. Ich bin eine dumme alte Frau, die…«

»Miss Preussler«, unterbrach sie Mogens, »darum geht es nicht.« Er bemühte sich, so viel Ruhe und Sanftheit in seine Stimme zu legen, wie er nur konnte, und dann tat er etwas, von dem er wusste, dass er es besser nicht tun sollte und was er in den letzten vier Jahren fast angstvoll vermieden hatte: Er streckte die Hand aus und berührte Miss Preussler sanft am Arm. Sie fuhr unter seiner Berührung schaudernd zusammen und Mogens stellte mit einem Gefühl beiläufiger Überraschung fest, dass sich ihre Haut tatsächlich sehr weich und angenehm anfühlte.

»Ich bin froh, dass Sie es gesagt haben«, sagte er. »Natürlich sind mir Ihre Gefühle mir gegenüber nicht verborgen geblieben. Ich versichere Ihnen, dass auch Sie mir nicht gleichgültig sind. Es ist nur so, dass… dass es da etwas gibt, was Sie nicht über mich wissen.«

»Aber das ist mir doch klar, mein lieber Professor.«

»Wie?« Mogens blinzelte. Fast ohne sein Zutun zog er die Hand von ihrem Arm zurück.

»Glauben Sie denn wirklich, ich wüsste nicht, dass sich ein Mann Ihrer Bildung nicht ohne einen triftigen Grund in einer Stadt wie Thompson versteckt?«, fragte Miss Preussler. »Sie werden Ihre Gründe haben, nicht an einer der großen Universitäten zu lehren, wo Sie meiner Meinung nach hingehören. Aber Sie brauchen sich keine Sorgen zu machen. Wenn Sie nicht darüber sprechen wollen, so akzeptiere ich das. Ich werde niemals auch nur eine einzige Frage stellen.«

Vor dem Haus fuhr ein Wagen vor. Das Geräusch war nicht besonders laut, denn Mogens hatte die Fenster geschlossen, um die Wärme des Kaminfeuers drinnen zu halten, aber er hob den Kopf und sah in die entsprechende Richtung, und das beunruhigende Flackern in Miss Preusslers Augen erlosch. Sie hatte wohl begriffen, dass der kostbare Moment vorbei war, vielleicht auch, dass er niemals wiederkehren würde. Mogens war erleichtert, hatte aber zugleich auch ein starkes Gefühl von Mitleid. Seufzend drehte sich Miss Preussler um, ging zum Fenster und sah hinaus.

»Das wird wohl Ihr Besuch sein«, sagte sie. Nach einer Sekunde und in leicht verändertem Ton fügte sie hinzu: »Er fährt einen ziemlich kostspieligen Wagen, das muss man sagen. Ich öffne ihm die Tür.« Sie verließ mit schnellen Schritten das Zimmer, und Mogens begab sich seinerseits zum Fenster. Der Abstand, in dem sie aneinander vorbeigingen, war weitaus größer als nötig.

Er konnte den Mann, von dem Miss Preussler gesprochen hatte, nicht mehr erkennen, denn er verschwand gerade in diesem Moment aus seinem Sichtfeld, sodass er nur einen flüchtigen Eindruck von einer schlanken Gestalt in einem eleganten Anzug hatte, aber was das Automobil anging, so hatte Miss Preussler vollkommen Recht: Es war ein sehr großer, sehr eleganter und vor allem sehr *kostspieliger* Wagen. Ein dunkelblauer Buick mit cremefarbenem Verdeck, das trotz der niedrigen Temperaturen zurückgeklappt war, komplett mit Weißwandreifen und Ledersitzen. Ein solches Automobil musste mehr kosten, als er in den letzten zwei Jahren verdient hatte. Mogens war plötzlich noch neugieriger als bisher, den Absender des geheimnisvollen Telegramms kennen zu lernen.

So war es nicht weiter verwunderlich, dass es ihn nun noch mehr Beherrschung kostete, nicht zur Tür zu hetzen und seinem Besucher ungeduldig entgegenzueilen. Stattdessen öffnete er die Tür nur einen Spaltbreit. Er konnte hören, wie sich Miss Preussler unten im Hausflur mit seinem Besucher unterhielt, viel zu lange für seinen Geschmack und in entschieden zu vertrautem Ton, dann bewegten sich schnelle Schritte die Treppe herauf, und Mogens drückte rasch und lautlos die Tür ins Schloss und ging zu seinem Sessel zurück. Er fand gerade noch Zeit, sich zu setzen, da wurde auch schon an der Tür geklopft. Mogens schlug die Beine übereinander, strich noch einmal glättend mit den Händen über seine Kleidung und rief dann mit fester Stimme: »Herein.«

Er saß mit dem Rücken zum Eingang und drehte sich ganz bewusst nicht sofort um, als er das Geräusch der Tür hörte.

Jemand kam zwei Schritte weit herein, dann fragte eine Stimme, die ihm sonderbarerweise *bekannt* vorkam: »Professor VanAndt? Mogens VanAndt?«

»Ganz Recht«, antwortete Mogens und drehte sich langsam im Sessel herum. »Was kann ich für Sie …«

Er konnte selbst spüren, wie ihm das Blut aus dem Gesicht wich. Einen Moment lang stockte ihm der Atem.

»Jonathan!«

Vor ihm stand sein Schicksal. Der Mann, der die Schuld daran trug, dass er in diesem von Gott und der Welt vergessenen Kaff versauerte, statt ein Leben in Anerkennung und Reichtum zu führen, wie es ihm zustand. Seine persönliche Nemesis.

Er hatte sich verändert. Die vergangenen neun Jahre hatten auch an ihm ihre Spuren hinterlassen. Er hatte etliche Pfunde zugelegt, und die Zeit hatte Spuren in seinem Gesicht hinterlassen, als hätten diese Jahre für ihn mindestens doppelt so lange gedauert wie für andere. Unter seinen Augen lagen dunkle Ringe, nur angedeutet, aber sichtbar, und auf seinen Wangen lag ein grauer, ungesunder Schimmer, obwohl er penibel rasiert war. Graves' Gesicht sah … verlebt aus. Trotz des sichtbar teuren Anzugs, den er trug, machte seine ganze Gestalt einen irgendwie heruntergekommenen Eindruck.

Dennoch gab es nicht den allermindesten Zweifel: Vor ihm stand der Mann, den er auf der ganzen Welt am allermeisten verachtete, und dessen Gesicht er niemals wiederzusehen gehofft hatte: Doktor Jonathan Graves.

»Es ist schön, dass du dich noch an meinen Namen erinnerst, Mogens«, sagte Graves. Er lächelte, trat einen weiteren Schritt ins Zimmer herein und schob die Tür mit dem Fuß hinter sich zu. »Ich hatte schon Angst, dass du mich vergessen haben könntest. Schließlich ist es schon ziemlich lange her.«

Mogens starrte ihn aus aufgerissenen Augen an. Seine Hände schlossen sich so fest um die Armlehnen des altersschwachen Sessels, dass das Holz ächzte. Er wollte etwas sagen, aber seine Stimme versagte. Und selbst, wenn es nicht so gewesen wäre: Hinter seiner Stirn herrschte ein solches Durcheinander, dass ihm buchstäblich die Worte fehlten. Er konnte keinen klaren Gedanken fassen. Graves' Anblick hatte ihn getroffen wie eine Ohrfeige.

Graves kam näher, baute sich feixend vor seinem Sessel auf und sagte: »Also nun einmal nicht so stürmisch, mein lieber Professor. Ich kann ja verstehen, dass du dich freust, mich wiederzusehen, aber dein Enthusiasmus ist ja schon fast peinlich.«

»Was… was willst du?«, krächzte Mogens. Der Klang seiner eigenen Stimme erschreckte ihn.

»Aber Mogens, alter Freund«, griente Graves. »Du wirst doch nicht etwa mein Telegramm nicht bekommen haben? Das wäre nun wirklich unangenehm – obwohl es andererseits jetzt auch keine Rolle mehr spielt. Ich habe dich ja angetroffen.« Er trat einen Schritt zurück, sah sich ungeniert im Zimmer um und griff mit übertrieben geschauspielertem Erstaunen nach dem Telegramm, das auf dem Tisch lag. »Du hast wohl anscheinend nur die Zeit vergessen. Noch immer ganz der zerstreute Professor von früher, wie?«

»Was… willst… du… Jonathan?«, wiederholte Mogens gepresst. Er musste sich jedes Wort einzeln abringen. Seine Muskeln schmerzten, so verkrampft, wie er noch immer dasaß, und er verstand seine eigene Reaktion nicht mehr. »Bist du gekommen, um deinen inneren Triumph zu genießen?«

Seine Worte waren… albern. Sie *klangen* nicht einmal zornig, oder wenigstens verbittert, sondern selbst in seinen eigenen Ohren albern und billig, wie ein Zitat aus einem der Kolportage-Romane, die Miss Preussler so gerne las und von denen er einige flüchtig durchgeblättert hatte, um hinter das Geheimnis ihrer Faszination zu kommen, selbstverständlich ergebnislos. Aber er würde sich nicht auf den vertraulichen Ton seines Gegenübers einlassen, das war er seiner Selbstachtung schuldig.

»Hast Du mein Telegramm etwa nicht gelesen, Professor?«, fragte Graves mit gespieltem Staunen und hob die Brauen.

»Das habe ich«, erwiderte Mogens. »Zum dritten Mal: Was willst du, Graves?«

Graves griente noch einige Augenblicke lang weiter, doch dann schien er endlich genug zu haben, denn er wurde plötzlich ernst, zog sich einen Stuhl heran und setzte sich unaufgefordert. »Also gut, Mogens. Lassen wir das Theater. Ich kann mir vorstellen, wie du dich fühlst, und ich gebe dir mein Wort, dass mir vor diesem Moment ebenso bange war wie dir – aber nun haben wir ihn ja hinter uns gebracht, nicht wahr?«

Nichts hatten sie hinter sich, rein gar nichts. In Mogens' Gedanken und Gefühlen herrschte noch immer ein unbeschreibbarer Aufruhr, aber ein kleiner, zurzeit allerdings zur Tatenlosigkeit verdammter Teil seines Bewusstseins blieb ganz ruhig, und dieser Teil Professor VanAndts verstand seine eigene Reaktion ganz und gar nicht mehr. Er hatte angenommen, dass er sich zumindest allmählich wieder beruhigen würde, nachdem der erste Schrecken über Graves' unvermittelte Rückkehr in sein Leben vorüber war, doch das genaue Gegenteil schien der Fall zu sein. Der Aufruhr hinter seiner Stirn hielt an, ja, er schien sogar noch zuzunehmen, als hätte Graves' bloßer Anblick etwas in ihm ausgelöst, gegen das er machtlos war.

Mogens war niemals ein gewalttätiger Mensch gewesen, sondern hatte Gewalt Zeit seines Lebens sogar aus tiefstem Herzen verabscheut. Nun aber war er beinahe froh darüber, dass ihn der Schrecken noch immer lähmte, denn wäre es anders gewesen, dann hätte er sich vielleicht auf Graves gestürzt, um mit Fäusten auf ihn einzuschlagen. So konnte er nichts anderes tun, als dazusitzen und den Mann anzustarren, der sein Leben zerstört hatte.

Was er sah, das hätte ihn unter normalen Umständen höchstwahrscheinlich erstaunt, denn Jonathan Graves bot einen sehr sonderbaren Anblick. Seine Kleidung war teuer, um nicht zu sagen luxuriös, und in tadellosem Zustand. Seine Schuhe, die mehr gekostet haben mussten als alles, was Mogens am Leibe trug, waren auf Hochglanz poliert, die Bügelfalten seiner Hosen messerscharf, und auf den Revers seines modischen Zweireihers befand sich nicht das geringste Stäubchen. Eine kostbare Uhrkette zierte seine Weste, und er trug eine teure Seidenkrawatte mit einer Spange, die von einem fast fingernagelgroßen Rubin geziert wurde; Mogens war ziemlich sicher, dass er echt war.

Dieser Aufzug allein hätte ihn jedoch nicht überrascht. Jonathan war schon immer ein eitler Geck gewesen, und ein furchtbarer Angeber dazu. Was Mogens jedoch zutiefst verwirrte und zugleich auf eine schwer definierbare Weise erschreckte, das war Graves selbst. Er konnte die Gefühle, die sein Anblick in ihm auslöste, nicht wirklich in Worte fassen, aber sie waren unglaublich… intensiv. Das Gefühl, etwas Falsches zu betrachten. Etwas, das nicht nur falsch war, sondern nicht sein durfte, weil es widernatürlich und blasphemisch war.

Er versuchte den Gedanken zu verscheuchen und wieder Ordnung in das Durcheinander hinter seiner Stirn zu bringen. In die einander widersprechenden Empfindungen, die Graves' Anblick in ihm ausgelöst hatten, mischte sich ein allmählich stärker werdender Zorn auf ihn selbst. Seine Reaktion war mittlerweile nicht nur nicht mehr angemessen, sondern eines Wissenschaftlers auch einfach unwürdig. Schließlich hatte er gelernt, die Dinge so zu betrachten, wie sie waren, und Fakten zu würdigen, nicht Emotionen. Und was Graves' Anblick in ihm auslöste, das *konnten* nur Emotionen sein. Er hatte das Gefühl, ein durch und durch verkommenes Subjekt zu betrachten, ein heruntergekommenes, viehisches… *Etwas*, das den Namen Mensch nicht einmal mehr im Ansatz verdiente und nur Ekel und Widerwillen in ihm auslöste.

Was seine bewusste Anstrengung nicht vollbracht hatte, das bewirkten diese irrationalen Gefühle: Mogens' Zorn verrauchte auf der Stelle, und er spürte, wie auch seine Muskelspannung wich und sich selbst sein rasender Herzschlag wieder beruhigte. Vielleicht weil er begriff, was in ihm vorging. Jonathan Graves war niemals ein angenehmer Mensch gewesen, aber diese extreme Reaktion tat selbst ihm Unrecht. Ganz offensichtlich war er nicht mehr in der Lage, Graves mit objektiven Augen zu betrachten. Er hatte in den vergangenen neun Jahren mehr oder weniger erfolgreich versucht, sowohl den Namen Jonathan Graves als auch das bloße Wissen um die Existenz des Trägers eben dieses Namens aus seinem Bewusstsein zu verbannen, aber nun wurde ihm klar, von wie wenig Erfolg dieser Versuch in Wahrheit gekrönt gewesen war. Er hatte Graves niemals vergessen, nicht eine Sekunde lang. Ganz im Gegenteil. Etwas in ihm hatte Graves für jeden Moment der Enttäuschung, jeden Augenblick der Frustration und jeden Tag der Verbitterung in neun endlosen Jahren verantwortlich gemacht, sodass er gar nicht mehr in der Lage war, ihn als menschliches Wesen zu betrachten.

Er atmete hörbar ein, löste mit einer ganz bewusst langsamen Bewegung die Hände von der Stuhllehne und sah Graves fest in die Augen; etwas, was er vor zwei oder drei Sekunden noch nicht gekonnt hätte. »Ich frage dich noch einmal, Jonathan – was willst du hier?«

»Es wird allmählich langweilig, Mogens«, seufzte Graves. »Du hast mein Telegramm doch gelesen, oder? Ich dachte, es wäre eindeutig genug. Ich bin hier, um dir eine Anstellung anzubieten.«

»Du?« Obwohl Mogens im Glauben war, sich vollkommen in der Gewalt zu haben, schrie er das Wort fast. Das Telegramm war zwar im Detail bewusst vage, in seiner Aussage aber unzweifelhaft gewesen. Dass ihm Graves – ausgerechnet *Graves* – eine Arbeit anbot, das war… grotesk!

»Warum nicht?« Graves musste den hysterischen Ton in seiner Stimme gehört haben, aber er ignorierte ihn einfach. Was das anging, so hatte sich Graves in den vergangenen Jahren nicht im Mindesten verändert. Er war und blieb der unverschämteste Mensch, den Mogens je kennen gelernt hatte. »Wenn es jemanden gibt, mein lieber Mogens, der deine Fähigkeiten wirklich kennt, dann bin ich es. Oder willst du mir ernsthaft vormachen, dass du in diesem gottverlassenen

Nest eine Anstellung gefunden hast, die deinen Fähigkeiten entspricht?«

»Ich *habe* eine Anstellung«, antwortete Mogens kühl. »Danke.«

Graves machte einen undefinierbaren Laut, der sich aber irgendwie… unangenehm in Mogens' Ohren anhörte. »Hör doch auf! Wir kennen uns wirklich lange genug. Wir müssen uns nun wahrhaftig nichts mehr gegenseitig vormachen! Ich hatte Mühe, dieses Kaff auf der Landkarte zu finden, und noch mehr Mühe zu glauben, dass es hier eine Universität gibt!«

»Ich kann dir versichern, es gibt sie«, sagte Mogens.

Graves machte ein abfälliges Geräusch. »Ja, ich weiß. Eine baufällige Bruchbude, die beim nächsten Windzug vermutlich umfällt. Das aktuellste Buch in der Bibliothek ist fünfzig Jahre alt und einige deiner so genannten Studenten sind älter als du!« Er nickte grimmig. »Du fristest deine Tage damit, verstaubte Papiere in einem fensterlosen Keller zu sichten, die niemanden auf dieser ganzen weiten Welt interessieren. Dein Gehalt reicht mit Mühe und Not für diese jämmerliche Unterkunft, und du bekommst es nicht einmal regelmäßig. Du bist hier lebendig begraben, Mogens. Und manchmal fragst du dich, ob du vielleicht schon tot bist, ohne es selbst gemerkt zu haben.« Er gab wieder diesen unangenehmen – unanständigen – Laut von sich, griff in seine Jacke und zog ein silbernes Zigarettenetui hervor. Mogens fiel erst jetzt auf, dass er noch immer schwarze, eng anliegende Lederhandschuhe trug. »Bin ich der Wahrheit damit nahe gekommen, oder habe ich noch etwas vergessen… o ja: Man hat dich nur eingestellt, weil man sich mit einem Akademiker deines Kalibers schmücken wollte. Und weil du billig warst.«

»Du hast dich gut informiert, Jonathan«, sagte Mogens düster. Seine Worte abzuleugnen wäre sinnlos gewesen. Lächerlich. Nicht nur Graves, sondern auch sich selbst gegenüber. Graves hatte mit wenigen Worten seine Situation so präzise beschrieben, wie es nur möglich war; und zugleich brutaler, als Mogens es jemals über sich gebracht hätte.

Die behandschuhten Finger klappten das Etui auf, nahmen eine Zigarette und eine kostbare Zigarettenspitze aus poliertem Schildpatt heraus, und klappten es wieder zu. Mogens hatte für einen ganz kurzen Moment Mühe, seinen Worten noch zu folgen. Was er beobachtete, verwirrte und faszinierte ihn zugleich. Graves' Finger bewegten sich auf eine Art und Weise, wie er es noch nie zuvor gesehen, ja, nicht einmal für möglich gehalten hatte, die er nicht einmal wirklich *beschreiben* konnte. Schnell, fließend, scheinbar unabhängig voneinander und auf eine Art, als folgten sie dabei einem nicht erkennbaren, aber vorhandenen Muster. Graves' Hände schienen ihm viel mehr eigenständig denkende Wesen zu sein als Anhängsel seines Körpers, die nicht wirklich den Befehlen seines Geistes gehorchten, sondern eilfertig darum bemüht schienen, seinen Wünschen vorauszueilen.

»Selbstverständlich habe ich mich informiert«, antwortete Graves spöttisch. Seine Finger verstauten das Zigarettenetui wieder in der Jacke und zauberten in der gleichen spinnenhaften Bewegung ein goldenes Feuerzeug hervor. »Ich fahre nicht zweieinhalbtausend Meilen weit, ohne mich vorzubereiten.« Er ließ sein Feuerzeug aufschnappen und drehte das Zündrädchen. Ein schwacher Geruch nach Benzin schlug Mogens entgegen, und er sagte schnell: »Bitte nicht. Ich verabscheue den Geruch von kaltem Rauch.«

Graves hielt ungerührt das Ende seiner Zigarette in die Flamme und nahm einen tiefen Zug. »Du wirst ihn nicht lange ertragen müssen«, sagte er, während sein Gesicht langsam hinter einem Vorhang aus grauem Qualm verschwand, der ihm aus Mund und Nase quoll. »Wenn wir uns einig werden – woran ich im Grunde nicht zweifle, Mogens, denn ich halte dich nach wie vor für einen sehr klugen Mann –, dann kannst du dieses elende Kaff und diese jämmerliche Bruchbude hier schon heute verlassen.«

Mogens starrte missbilligend auf die brennende Zigarette im Mundwinkel seines Gegenübers; im Grunde nur, um den Anblick seiner Hände nicht weiter ertragen zu müssen, war sich aber nach einem Augenblick nicht mehr sicher, wirklich einen guten Tausch gemacht zu haben. Aus Graves' Mund und Nase quoll noch immer Rauch von dunkelgrauer, zäher Konsistenz, der sich in trägen Schwaden rings um ihn herum in der Luft ausbreitete und nur langsam zu Boden sank, ehe er – ungefähr in der Höhe seiner Knie – vom Luftzug des Kamins ergriffen und in die Flammen gesaugt wurde. Er bewegte sich nicht, und er sah auch nicht wirklich aus wie Zigarettenrauch, fand Mogens. Es sah eher aus, als... als sondere Graves grauen Schleim ab, der aus seinem Mund und seinen Nasenlöchern tropfte und sich wie eine Flüssigkeit verhielt, die leichter als Luft war.

»Interessiert?«, fragte Graves, als Mogens nicht sofort antwortete und er sein Schweigen anscheinend falsch deutete.

»Wie ich bereits sagte: Ich *habe* eine Anstellung«, antwortete Mogens steif.

Graves wollte antworten, doch in diesem Moment klopfte es an der Tür, und noch bevor Mogens reagieren konnte, wurde aufgemacht, und Miss Preussler kam herein. Sie ging ein wenig schräg, was wohl daran lag, dass sie ein Tablett in den Händen balancierte, auf dem sich eine Teekanne und zierliche Porzellantassen befanden, und sie außerdem in einer schon fast komplizierten Haltung nach vorne und zur Seite geneigt ging, um mit dem Ellbogen die Türklinke herunterzudrücken. Das Porzellan auf dem Tablett klirrte leise. Mogens war zu weit entfernt, um rechtzeitig aufzustehen und ihr zu helfen, und Graves, der näher stand, rührte keinen Finger. Er runzelte nur missbilligend die Stirn und folgte Miss Preussler mit Blicken, als sie ungeschickt an ihm vorbeistolperte und ihre Last mit mehr Glück als Geschick unversehrt zum Tisch trug.

»Ich dachte mir, dass die Herren vielleicht eine kleine Erfrischung wünschen«, sagte sie. »Bester englischer Tee. Und einige selbst gebackene Zimtplätzchen. Sie mögen sie doch so sehr, nicht wahr, Professor?«

Mogens stellte mit einem neuerlichen Blick auf das Tablett fest, dass sich darauf Miss Preusslers bestes Geschirr befand, allerfeinstes Meissner Porzellan, aus Europa importiert und wahrscheinlich das Einzige von wahrem Wert in ihrem Haushalt, das sie normalerweise wie ihren Augapfel hütete. Sie stellte es allerhöchstens zu Weihnachten und am 4. Juli auf den Tisch. Dazu gab es noch einen Teller mit sternförmigen, weiß kandierten Plätzchen – und außerdem hatte er sich geirrt. Es waren nicht zwei, sondern *drei* Tassen.

»Es redet sich einfach besser bei einer guten Tasse Tee.«

»Das ist sehr freundlich von Ihnen«, sagte Mogens. Er deutete auf Graves. »Wenn ich vorstellen darf: Dr. Jonathan Graves. Ein ehemaliger Kommilitone.« Er deutete auf Miss Preussler. »Miss Preussler, meine Zimmerwirtin.«

Graves nickte nur wortlos. Miss Preussler lächelte für einen Moment, dann gefror ihre Miene, als sie die Zigarette in Graves' Mundwinkel gewahrte. Selbstverständlich herrschte in ihrem Haus allerstrengstes Rauchverbot. Etwas so Unsauberes wie Zigarettenasche hätte sie niemals in ihrer Umgebung geduldet. Und tatsächlich setzte sie auch dazu an, Mogens' Gast höflich, aber auch unmissverständlich darauf aufmerksam zu machen, dass er einen nicht zu tolerierenden Fauxpas beging, doch dann geschah etwas Seltsames: Graves sah sie weiter aus seinen kalten, blutunterlaufenen Augen an, und Mogens konnte regelrecht sehen, wie Miss Preusslers Zorn zerbröselte. Etwas, das er für Furcht gehalten hätte, hätte er einen Grund dafür nennen können, erschien in ihren Augen. Sie wich nicht wirklich vor Graves zurück, nahm aber eine Haltung an, als wolle sie es tun.

Die Tür bewegte sich erneut. Miss Preussler hatte sie nicht vollständig hinter sich geschlossen, und nun schwang sie wie von selbst ein kleines Stück wieder auf, und eine pechschwarze, zierliche Katze kam herein, das einzige lebende Wesen mit mehr als zwei Beinen, das Miss Preussler nicht nur in ihrem Einflussbereich duldete, sondern geradezu abgöttisch liebte. Unnötig zu sagen, dass sie vermutlich die sauberste Katze des Landes war, wenn nicht der Welt, und Zeit ihres Lebens nicht einmal einen Floh *gesehen* hatte.

»Aber Cleopatra!«, sagte Miss Preussler. Sie drehte sich fast hastig um, als wäre sie froh, sich nun der Katze zuwenden zu können statt Mogens' unheimlichem Besucher. »Wer hat dir denn erlaubt, hierher zu kommen? Du weißt doch, dass du auf den Zimmern der Gäste nichts zu suchen hast.«

»Lassen Sie sie nur, Miss Preussler«, sagte Mogens. »Sie stört mich nicht.« Ganz im Gegenteil, er mochte Cleopatra. Sie besuchte ihn öfter in seinem Zimmer, als Miss Preussler vermutlich ahnte. Als er die Hand nach der Katze ausstreckte, kam Cleopatra sofort zu ihm und rieb schnurrend den Kopf an seiner Wade, was Miss Preussler zu einem nachdenklichen Stirnrunzeln veranlasste. Vielleicht machte ihr der Anblick etwas klar, das ihr bisher noch gar nicht bewusst gewesen war. Nach einigen Augenblicken riss sie sich fast gewaltsam von dem Anblick los und wandte sich wieder Graves zu. Sie wirkte unsicher und Mogens begriff, dass sie offenbar Mühe hatte, seinen unheimlichen Gast einzuordnen, er ihr aber nicht gefiel. Warum auch sollte es ihr anders ergehen als ihm?

»Das ist wirklich sehr freundlich von Ihnen, Miss Preussler«, sagte er noch einmal. »Ich danke Ihnen.«

Graves schwieg weiter beharrlich, während Miss Preusslers Blick noch unsicherer wurde und unstet zwischen den drei Tassen auf dem Tablett und seinem und Graves' Gesicht hin und her irrte. Sie wartete darauf, zum Bleiben aufgefordert zu werden, hatte den eindeutigen Hinauswurf in seinen Worten aber natürlich gehört. Nun wusste sie nicht mehr, was sie tun sollte. Der Anstand gebot ihr, zu gehen und Mogens und seinen Besucher allein zu lassen, aber ihre Neugier war mindestens ebenso stark – und sie war wohl wirklich fest entschlossen, um ihn zu kämpfen. Vielleicht, dachte er, sollte er dem Schicksal in Gestalt Miss Preusslers die Entscheidung überlassen. Er war nicht in der Verfassung, objektiv mit Graves zu reden, oder auch nur über das nachzudenken, was er ihm zu sagen hatte.

Cleopatra nahm ihnen die Entscheidung ab. Bisher hatte sie schnurrend den Kopf an Mogens' Bein gerieben, aber nun löste sie sich von ihm, drehte sich um und sah sehr aufmerksam zu Graves hoch. Ihr Verhalten änderte sich schlagartig.

Sie legte die Ohren an, stellte das Nackenhaar auf und senkte den bisher grüßend aufgestellten Schwanz zu einen nervösen Wedeln; alles eindeutige Anzeichen von Furcht oder zumindest doch sehr großer Vorsicht. Jonathan Graves schien sich wirklich keiner allzu großen Beliebtheit zu erfreuen. Mogens' unbestritten gehässige Schadenfreude hielt jedoch nur einen Augenblick, denn trotz ihrer eindeutigen Körpersprache bewegte sich die Katze weiter auf Graves zu; vorsichtig, aber trotzdem zielstrebig. Sie begann zu knurren, ein dunkler, grollender Laut, der eher an einen Hund erinnerte denn an eine Katze.

»Cleopatra?«, wunderte sich Miss Preussler.

Die Katze reagierte nicht auf ihre Stimme, obwohl sie das sonst stets tat, sondern ging weiter auf Graves zu und begann an seinen sorgsam polierten Schuhen zu schnüffeln. Graves blies eine übel riechende Qualmwolke in ihre Richtung, doch Cleopatra ließ sich nicht einmal davon verscheuchen. Sie blinzelte aus tränenden Augen zu Graves hoch, machte es sich mit gegrätschten Beinen auf seinen Füßen bequem – und verunzierte seine maßgeschneiderten Schuhe mit einer gewaltigen Portion übel riechender Katzenscheiße.

Miss Preussler gab einen fast komisch wirkenden quietschenden Laut von sich und hob die Hand an den Mund, um den Schrei zu unterdrücken, zu dem er eigentlich werden wollte, und auch Mogens riss vollkommen fassungslos Mund und Augen auf. Für die Dauer von einem oder zwei Herzschlägen war es ihm einfach nicht möglich zu glauben, was er sah. Wäre da nicht der bestialische, durchdringende Gestank von Katzenkot gewesen, der schlagartig das ganze Zimmer erfüllte, so hätte er sich ernsthaft eingeredet, die bizarre Szene nur zu halluzinieren.

Miss Preussler entschlüpfte nun doch ein kleiner, keuchender Schrei. Statt auf den Mund presste sie die Hand nun auf das Herz und ihr Gesicht verlor jedwede Farbe. Einzig Graves blieb vollkommen passiv. Nicht nur, dass er sich nicht rührte – Cleopatras Attacke entlockte ihm nicht einmal ein Stirnrunzeln oder auch nur einen missbilligenden Blick. Er sog gelassen ein weiteres Mal an seiner Zigarettenspitze, sabberte eine zähe Rauchwolke in die Luft und schnippte seine Zigarettenasche beiläufig auf die Katze. Cleopatra fauchte zornig, machte mit steifen Beinen einen Satz zur Seite und raste dann mit einem wütenden Miauen und Maunzen aus dem Zimmer. Miss Preussler stieß einen dritten, noch schrilleren Schrei aus und stürzte hinter ihr her.

»Eine unmögliche Person«, sagte Graves. »Hat sie schon versucht, dich in ihr Bett zu kriegen?«

Mogens hatte Mühe, ihm zu folgen. Er starrte weiter auf den braunen, übel riechenden Flatsch auf Graves' Schuhen, der sich allmählich ausbreitete und auf den Teppich zu tropfen begann. Graves schien es nicht einmal zu bemerken. Er spielt eine Rolle, dachte Mogens. Es konnte keine andere Erklärung geben. Graves spielte eine sorgsam eingeübte Rolle, von der er sich durch nichts und niemanden abbringen lassen würde. Aber welche? Und wozu?

»Was hast du gesagt?«, murmelte er benommen. Es kostete ihn alle Kraft, seinen Blick von Graves' Schuhen zu lösen und ihm ins Gesicht zu sehen. Graves sonderte noch immer grauen Rauch ab. Ein Speichelfaden lief aus seinem linken Mundwinkel und zog eine glitzernde Spur über sein Kinn, aber er reagierte auch darauf nicht.

»Unwichtig«, antwortete Graves. »Da du offensichtlich nicht in der Stimmung bist, mit mir in alten Erinnerungen zu schwelgen, reden wir über mein Angebot. Bist du interessiert oder nicht?«

Es gelang Mogens mit einer neuerlichen, gewaltigen Kraftanstrengung, sich von dem immer heftiger werdenden Gefühl des Ekels zu lösen, das Graves in ihm auslöste, und sich auf den Grund seines Hierseins zu konzentrieren. »Wenn ich mich recht erinnere«, sagte er, »hast du mir bisher noch kein konkretes Angebot gemacht, dass ich annehmen oder ablehnen könnte.«

»Du favorisierst noch immer den komplizierten Weg, wie?«, fragte Graves kopfschüttelnd. »Gut, wie du willst. Ich bin hier, um dir eine höchst interessante und, nebenbei gesagt, auch äußerst lukrative Anstellung zu offerieren. Ich kann dir aus verschiedenen Gründen jetzt und hier keine Einzelheiten mitteilen, aber ich versichere dir, dass du zufrieden sein wirst. Es handelt sich um eine Aufgabe, die sowohl deinen Fähigkeiten als auch deinen Intentionen hundert Mal mehr entspricht als das, was du in diesem hinterwäldlerischen Kaff tust. Und es wird, wie gesagt, hervorragend bezahlt. Ich weiß, dass du dir nicht viel aus Geld machst, aber selbst ein Mann von deinen geringen Bedürfnissen braucht auf die Dauer mehr als *das hier.*«

Die beiden letzten Worte sprach er in eindeutig angewidertem Ton aus, und viel lauter. Er stand auf, sog hektisch an seiner Zigarette und begann mit irgendwie *falsch* wirkenden Schritten im Zimmer auf und ab zu gehen, wobei er erstens heftig mit beiden Händen gestikulierte und zweitens eine Spur brauner, übel riechender Flecke auf dem Teppich hinterließ.

»Das ist ein bisschen wenig an Information«, sagte Mogens. Er hatte Mühe, seine Stimme so unter Kontrolle zu halten, wie er es sich gewünscht hätte. Es fiel ihm immer schwerer, Graves' Anblick zu ertragen. Der Gestank seiner Zigarette und Cleopatras Hinterlassenschaft verbanden sich zu einem Geruch, der Mogens allmählich echte körperliche Übelkeit bereitete. Er schluckte ein paar Mal, um die bittere Galle loszuwerden, die sich unter seiner Zunge angesammelt hatte, und fuhr schleppend fort: »Ich meine, immerhin erwartest du von mir, dass ich hier alles aufgebe und nur auf dein Wort vertraue. Warum, um alles in der Welt, sollte ich das wohl tun? Vertrauen? Ausgerechnet *dir?*«

Er bereute die beiden letzten Worte sofort. Er wollte Graves die Intensität seiner Gefühle ihm gegenüber nicht eingestehen, auch wenn er mit Sicherheit darum wusste. Graves ging jedoch auch darauf nicht ein, sondern hielt nur für einen Moment in seinem ruhelosen Auf und Ab inne und bedachte ihn mit einem fast mitleidigen Blick. »Du enttäuschst mich, Professor. Und du beleidigst meine Intelligenz, mit Verlaub gesagt. Glaubst du wirklich, Mogens, ich mache mir die Mühe, monatelang nach deinem Verbleib zu forschen und durch das halbe Land zu fahren, nur um dir einen albernen Streich zu spielen?«

Er schüttelte den Kopf. Seine behandschuhte Hand führte die Zigarettenspitze zu seinem Mund und sein Gesicht verschwand wieder hinter schmierigen grauen Rauchschwaden. Mogens hatte das unheimliche Gefühl, dass sich auch Graves' Haar auf unwirkliche Weise bewegte, wie ein Nest dünner, sich windender Würmer oder Schlangen. Aber auch dieser Effekt musste an den grauen Rauchschwaden liegen, die seinen Kopf einhüllten.

»Ich weiß nicht, was ich glauben soll«, sagte Mogens. »Nach allem, was zwischen uns vorgefallen ist, erwartest du ernsthaft, dass ich dir *vertraue?*«

»Dann erübrigt sich ja auch jede Frage deinerseits, ob ich die Wahrheit sage oder nicht«, gab Graves grinsend zurück. Seine Zähne kamen Mogens mit einem Mal viel schiefer vor als bisher. Sie waren gelb-fleckig, und dahinter schien sich etwas Schwarzes zu bewegen, das die Stelle seiner Zunge eingenommen hatte und hinauswollte. »Ich kann dir ein wenig mehr sagen, aber nicht viel. Solltest du mein Angebot annehmen und mich begleiten, wirst du den Grund für meine Verschwiegenheit verstehen. Für den Moment kann ich dir nur sagen, dass es sich um ein Forschungsprojekt von enormer Wichtigkeit handelt. Sollten wir Erfolg haben – und daran zweifle ich keinen Augenblick –, dann wirst du mehr Ruhm und wissenschaftliche Anerkennung ernten, als du dir auch nur vorstellen kannst. Was also gibt es noch lange zu überlegen? Wenn es dir schon nicht darum geht, endlich aus diesem Loch herauszukommen, dann denk wenigstens an diese Möglichkeit. Ich spreche von einer wirklich großen wissenschaftlichen Entdeckung. Vielleicht der wichtigsten Entdeckung seit Beginn der modernen Archäologie. Du wärst vollkommen rehabilitiert, wenn dein Name in Zusammenhang damit in unzähligen Artikeln und Fachbüchern erschiene. Von den *Geschichts*büchern gar nicht zu reden.«

»Hast du die Arche Noah gefunden?«, fragte Mogens. Er wollte lachen, aber seine Stimme versagte und machte etwas anderes aus diesem Laut, etwas Unangenehmes, das auch noch eine Weile nach seinem Erlöschen in der Luft zu hängen schien und den Raum irgendwie kälter machte.

»Nein«, antwortete Graves ernst. »Sie wurde bereits gefunden, vor mehr als fünf Jahren.«

»Das… ist ein Scherz.«

Graves ignorierte ihn. »Bist du interessiert?«, fragte er.

Mogens überlegte. Lange. Angestrengt. Aber er kam zu keinem Ergebnis. Er konnte Graves nicht vertrauen, nicht nach dem, was er ihm angetan hatte. Andererseits klang das, was er sagte, einfach zu verlockend, und Mogens spürte trotz allem irgendwie die Wahrheit hinter Graves' Worten. Als hätte das, worüber er berichtete, ein solches Gewicht, dass es selbst durch seine bewusste Verschleierung hindurchschimmerte.

»Warum ich?«, fragte er schließlich.

»Weil wir den Besten brauchen«, antwortete Graves. »Dass man dich hier auf dieses Abstellgleis geschoben hat, ist ein himmelschreiendes Unrecht. Es spielt keine Rolle, was früher gewesen ist oder nicht. Ein Mann mit deinen Fähigkeiten gehört nicht hierher. Kapazitäten wie die deinen zu verschwenden ist ein Verbrechen!«

»Dein Mitgefühl rührt mich zu Tränen«, sagte Mogens.

Graves' linke behandschuhte Hand machten eine wegwerfende Geste. »Ich bin nicht gekommen, um dich um Vergebung zu bitten, Mogens«, antwortete er. »Ich erwarte nicht, dass du das kannst, auch wenn ich die Ereignisse jenes unglückseligen Abends verständlicherweise etwas anders sehe als du. Ich bin gekommen, weil wir für unser Projekt einen guten Mitarbeiter suchen, einen Mann mit speziellen Fähigkeiten, und weil ich weiß, was du kannst, Mogens. Ich habe nicht alle Zeit der Welt. Denk über mein Angebot nach, und dann entscheide dich.«

Er griff in die Jackentasche, zog einen Briefumschlag hervor und legte ihn vor Mogens auf den Tisch. Seine Handschuhe schienen dabei zu pulsieren, als hätten sich seine Finger irgendwie verflüssigt und versuchten nun, ihr Gefängnis aus schwarzem Leder zu sprengen.

»In diesem Kuvert befindet sich eine Bahnfahrkarte erster Klasse nach San Francisco. Darüber hinaus der Betrag von fünfhundert Dollar in bar, um deine Reisespesen und eventuelle andere Unkosten zu decken. Solltest du dich entscheiden, mein Angebot abzulehnen, kannst du diesen Betrag auf jeden Fall behalten. Falls du es jedoch annimmst – was ich aufrichtig hoffe –, findest du in dem Umschlag noch eine Telefonnummer, unter der du mich erreichst. Wenn du vom Bahnhof aus anrufst, lasse ich dich binnen einer Stunde abholen.«

Und damit nahm er den heruntergebrannten Rest seiner Zigarette aus der Spitze, schnippte ihn zielsicher in das flackernde Feuer im Kamin und ging ohne ein weiteres Wort zur Tür. Bevor er sie öffnete und das Zimmer verließ, blieb er jedoch noch einmal stehen und sagte: »Ach, und noch etwas. Falls es dir bei deiner Entscheidung hilft: Du wirst nicht unmittelbar mit mir zusammenarbeiten müssen. Ich denke nicht, dass wir uns öfter als ein- oder zweimal die Woche sehen werden.«

Damit ging er.

Mogens starrte wie gelähmt auf den Briefumschlag. Er hatte nicht wirklich an der Ernsthaftigkeit von Graves' Offerte gezweifelt, auch wenn er sich über dessen Beweggründe weniger im Klaren war denn je. Jonathan Graves war der vielleicht rücksichtsloseste Mensch, dem er jemals begegnet war, aber er war nicht dumm. Ein solch infantiler Scherz hätte einfach nicht zu ihm gepasst. Und fünfhundert Dollar waren einfach zu viel, um sie in einen bloßen Witz zu investieren. Es war mehr, als er in drei Monaten an dieser so genannten Universität verdiente; und nahezu ebenso viel, wie er in den vier Jahren seines freiwilligen Exils hatte zurücklegen können.

Das Geld selbst zählte jedoch nicht. Er verschwendete überhaupt nur insofern einen Gedanken daran, als es die Seriosität von Graves' Angebot zu beweisen schien. Unendlich viel wichtiger war das, was dieser Umschlag bedeutete. Nichts anderes nämlich als einen Ausweg aus der Sackgasse, in die das Schicksal und er selbst sich in den letzten Jahren hineinmanövriert hatte.

Die Tür wurde geöffnet, und Mogens fuhr fast erschrocken herum, halb darauf gefasst, Graves zurückkommen zu sehen, wie er sich vor Lachen ausschüttete, und um sich an seinem fassungslosen Gesicht zu weiden, wenn er ihm eröffnete, dass sein großzügiges Angebot ebenso wie sein bizarres Betragen nur Teil eines verspäteten Studentenulks waren.

Statt Jonathan Graves trat jedoch Miss Preussler ein, bewaffnet mit einem Zinkeimer voller dampfender Seifenlauge, Kittelschürze und einem ganzen Bündel Wischlappen. Ohne ein Wort zu verlieren, ging sie an Mogens vorbei, ließ sich auf die Knie sinken und begann an einem der Schmierflecken zu schrubben, die Graves auf dem Teppich hinterlassen hatte. Obwohl sie Mogens dabei den Rücken zudrehte, konnte er sehen, dass sie vor Scham und Verlegenheit hochrot angelaufen war.

Plötzlich sagte sie: »Sie können sich gar nicht vorstellen, wie peinlich mir das ist, Professor.«

»Das muss es nicht«, antwortete Mogens, aber Miss Preussler schien seine Worte gar nicht zu hören.

»So etwas Unerhörtes habe ich in meinem ganzen Leben noch nicht erlebt. Ich verstehe einfach nicht, was mit Cleopatra los ist. So etwas hat sie noch nie zuvor getan, bitte glauben Sie mir.« Während sie an dem Fleck herumschubberte, begann der Gestank schlagartig zuzunehmen. Seltsamerweise war es jedoch nicht nur Katzendreck, den Mogens roch, da war noch etwas, etwas… Unheimliches, Fremdes und zugleich Abstoßendes, als hätte Graves' Gegenwart etwas in diesem Zimmer hinterlassen, das die Luft hier drinnen verpestete. Miss Preussler verzog angeekelt das Gesicht, tauchte ihren Putzlappen ins Wasser und wrang ihn übertrieben sorgfältig aus, ehe sie weiterschrubbte.

»Ich verstehe überhaupt nicht, was in die Katze gefahren ist«, fuhr sie fort, während sie immer hektischer und fester auf dem Flecken rieb, als könne sie nur durch genügend Kraft gleichermaßen auch die Schmach wegreiben, die Cleopatras unerhörtes Betragen über ihr Haus gebracht hatte. »Ich werde gleich morgen mit ihr zum Tierarzt gehen und sie gründlich untersuchen lassen.«

»Miss Preussler«, unterbrach sie Mogens.

Seine Zimmerwirtin hörte auf, wie besessen an dem Fleck herumzuschrubben, starrte aber noch mindestens fünf oder sechs Sekunden lang ins Leere, ehe sie langsam den Kopf hob und ihn fast angsterfüllt ansah.

»Machen Sie Cleopatra keinen Vorwurf«, sagte Mogens. »Wenn ich eine Katze wäre, hätte ich vermutlich dasselbe getan.«

Mogens stand auf, wich Miss Preusslers nunmehr vollkommen fassungslosem Blick aus und ging mit schnellen Schritten zum Fenster, um es aufzumachen und den erbärmlichen Gestank entweichen zu lassen. Dann stockte seine Hand auf halbem Wege zum Griff. Jonathan hatte mittlerweile das Haus verlassen und war unten auf der Straße dabei, in sein Cabriolet zu steigen. Im wortwörtlichen Sinne. Er machte keine Anstalten, die Tür zu öffnen, sondern kletterte mit einer schlängelnden, sonderbar reptilienhaft wirkenden Bewegung über den Wagenschlag und glitt hinter das Lenkrad. Ohne auch nur einmal aufzusehen, startete er den Motor und fuhr los.

»Würden Sie bitte das Fenster öffnen, Professor?«, bat Miss Preussler. »Der Gestank ist unerträglich. Großer Gott, ich werde Monate brauchen, um ihn wieder aus dem Teppich herauszubekommen. Ich verstehe das gar nicht. Cleopatra muss irgendetwas Schlechtes gegessen haben.«

Mogens' Hand schloss sich um den Fenstergriff, aber er zögerte noch immer, das Fenster aufzumachen. Graves' Buick hatte mittlerweile das Ende der Straße erreicht und bog ab, und trotzdem hatte er das Gefühl, dass etwas von ihm zurückgeblieben war; etwas, das dort unten auf der Straße lauerte und sofort hereindringen würde, sobald er den Fehler beging, die Tore seiner Festung zu öffnen.

Was natürlich eine durch und durch albere Vorstellung war.

Mogens verscheuchte den kindischen Gedanken, schalt sich im Stillen einen Narren und zog den Fensterflügel mit einem schon übertrieben heftigen Ruck auf. Kalte Luft und sonst rein gar nichts strömte herein, allenfalls noch ein wenig Feuchtigkeit. Die Flammen im Kamin prasselten höher, als frischer Sauerstoff von außen hereinströmte, es wurde fast augenblicklich kälter im Zimmer, aber der eisige Schwall vertrieb auch den Gestank; nicht ganz, aber er machte ihn spürbar erträglicher.

Miss Preussler atmete ebenfalls hörbar auf und kroch auf Händen und Knien zu einem weiteren Fleck, um ihm mit Scheuerlappen und Seife zu Leibe zu rücken. »Ich kann Ihnen wirklich nicht oft genug sagen, wie peinlich mir der Zwischenfall ist«, sagte sie. »Ich kann nur hoffen, dass er sich nicht allzu negativ auf Ihre Verhandlungen mit Mister Graves ausgewirkt hat... obwohl ich mir offen gestanden gar nicht vorstellen kann, dass ein Mann wie Sie es auch nur ein Moment lang ernsthaft in Betracht zieht, mit jemandem wie diesem Graves zusammenzuarbeiten – noch dazu in San Francisco! Glauben Sie mir, Professor VanAndt: Ich weiß, worüber ich spreche. Die Cousine meines verstorbenen Mannes stammte aus Kalifornien. Die Leute dort sind... seltsam. Sie würden dort nicht glücklich.«

So viel zu der Frage, ob sie an der Tür gelauscht hatte. Mogens machte jedoch keine entsprechende Bemerkung. Er nahm Miss Preussler dieses Geständnis nicht einmal übel. Vielleicht hätte er an ihrer Stelle nicht anders gehandelt. »Wieso?«, fragte er.

»Aber, Professor, ich bitte Sie!« Miss Preussler stemmte die Handflächen auf die gut gepolsterten Oberschenkel, richtete den Oberkörper gerade auf und sah ihn beinahe vorwurfsvoll an. »Dieser... *Unhold* ist doch nun wirklich kein Mann Ihres Niveaus, Professor! Es fällt mir schwer zu glauben, dass Sie einmal mit ihm befreundet gewesen sein sollen!«

»Das war ich auch nicht«, antwortete Mogens. »Wir haben gemeinsam studiert, aber wir waren niemals Freunde.«

»Das konnte ich mir auch nicht vorstellen«, sagte Miss Preussler erleichtert. »Sie ziehen doch nicht wirklich in Betracht, dieses Angebot anzunehmen, oder?«

»Ich habe mich noch nicht entschieden«, antwortete Mogens.

»Professor, ich bitte Sie!« Miss Preussler wirkte ehrlich erschrocken. »Das dürfen Sie nicht! Dieser Mann ist... nicht gut für Sie!«

»Wie meinen Sie das?«, fragte Mogens irritiert. Dass Graves nicht auf Anhieb Miss Preusslers Herz erobert hatte, wunderte ihn nicht. Aber konnte es sein, dass sie ihm gegenüber dasselbe negative Gefühl hatte wie er selbst? Und wenn ja, wieso? Sie hatte nicht das gleiche Übermaß schlechter Erfahrungen mit Jonathan Graves zu verbuchen wie er. Aber dann, praktisch im gleichen Augenblick, in dem er sich diese Frage stellte, fiel ihm auch die Antwort darauf ein: Bedachte man Miss Preusslers Gefühle für ihn, so musste Graves so etwas wie ihr natürlicher Feind sein. Er war aus dem Nichts aufgetaucht und drohte, ihn ihr wegzunehmen.

»Ich... kann es selbst nicht genau sagen«, murmelte Miss Preussler. »Aber etwas an ihm macht mir Angst. Er ist unheimlich. Ich wollte es vorhin nicht so deutlich sagen, als er anwesend war, aber irgendetwas an diesem Doktor Graves kommt mir falsch vor. Ich kann es nicht anders beschreiben. Ich fühle mich in seiner Nähe unwohl – von seinem Benehmen ganz zu schweigen. Dieser Mann ist ein *Tier!*«

»Jetzt übertreiben Sie aber«, sagte Mogens. Er lächelte, setzte dazu an, das Fenster wieder zu schließen, und besann sich dann eines Besseren. Es war mittlerweile unangenehm frisch im Zimmer geworden, aber in der Luft lag noch immer ein übler Geruch. Er zog es vor zu frieren, statt dem Gestank weiter ausgeliefert zu sein. Achselzuckend ging er zu seinem Platz am Kamin zurück und führte seinen begonnenen Satz zu Ende, während er sich setzte. »Graves ist sicher kein angenehmer Zeitgenosse – aber ihn als Tier zu bezeichnen, ist des Guten dann doch ein bisschen zu viel.«

»Natürlich«, antwortete Miss Preussler hastig. »Verzeihen

Sie. Ich habe mich im Ton vergriffen. Dieser Mann ist nur so...« Sie rang einen Moment nach Worten, zuckte schließlich mit den Schultern und rettete sich damit, sich wieder dem Schmutzfleck auf dem Teppich zuzuwenden und verbissen daran herumzuwienern.

Mogens starrte den Briefumschlag, der auf dem Tischchen vor ihm lag, nachdenklich an. Das Geld darin schien ihn zu verhöhnen, beinhaltete zugleich aber eine fast unwiderstehliche Versuchung. Es war sein Ausweg aus einem Leben, das kein Leben war, sondern eine Art allmähliches, fast unmerkliches Sterben. Warum also zögerte er? Vielleicht weil da tief in seinem Innern eine Stimme war, die ihn warnte, sich auch nur eine einzige weitere Sekunde mit Graves abzugeben?

Er schüttelte schweigend den Kopf. Sein eigenes Verhalten verwunderte ihn mittlerweile nicht mehr, sondern erschreckte ihn regelrecht, denn es war mit nichts mehr erklärbar. Er hatte nicht gewusst, *wie* sehr er Graves in Wirklichkeit hasste.

Mogens beugte sich zur Seite, goss sich eine Tasse von dem Tee ein, den Graves nicht angerührt hatte, und schenkte noch in der gleichen Bewegung eine zweite ein. »Setzen Sie sich einen Moment zu mir, Miss Preussler... *Betty*«, sagte er. »Ich möchte mit Ihnen reden.«

Miss Preussler sah ihn überrascht an, stand aber auch fast sofort auf und setzte dazu an, auf dem gleichen Stuhl Platz zu nehmen, auf dem Graves vorhin gesessen hatte, dann jedoch machte sie mitten in der Bewegung kehrt und zog sich einen anderen Stuhl heran.

»Miss Preussler, ich lebe jetzt seit vier Jahren unter Ihrem Dach, und es gab in diesen vier Jahren keinen Tag, an dem mir nicht bewusst gewesen wäre, dass Sie mir eine ganz besondere Behandlung zukommen lassen«, begann er.

Miss Preussler sah ihn aufmerksam und ein wenig verständnislos an, aber in ihren Augen glomm eine vage Hoffnung auf, die Mogens klar machte, dass seine Worte vielleicht nicht besonders klug gewählt waren. Sie verstand sie natürlich falsch, weil sie sie falsch verstehen *wollte*. Aber er hatte nicht vor, ihr mitzuteilen, dass er hier bleiben und möglicherweise sogar ihren Avancen nachzugeben gedachte; im Gegenteil. Um Zeit zu gewinnen, griff er nach einem von Miss Preusslers Zimtplätzchen und biss hinein. In der nächsten Sekunde spuckte er den Bissen wieder aus, schleuderte den Rest des Zimtsterns in hohem Bogen davon und kämpfte mit aller Macht gegen den Brechreiz an, der regelrecht aus seinem Magen herauf explodierte. Ein unbeschreiblich widerwärtiger Geschmack erfüllte seinen Mund. Mogens krümmte sich in seinem Sessel, würgte qualvoll und schluckte einen Klumpen bitterer Galle herunter, der aus seinem Magen heraufgekrochen war. Das machte seine Übelkeit nur noch schlimmer, aber er kämpfte weiter dagegen an, und sei es nur aus dem absurden Grund, dass er es Miss Preussler nach allem nicht auch noch antun wollte, sich auf ihren Teppich zu übergeben.

Miss Preussler starrte ihn aus aufgerissenen Augen an und verlor schon wieder alle Farbe aus dem Gesicht. »Aber was…?«, begann sie, verstummte dann zutiefst verstört mitten im Wort und griff ebenfalls nach einem Zimtstern. Mit spitzen Fingern brach sie ihn entzwei und stieß gleich darauf selbst einen würgenden Laut aus. Mogens beging den Fehler, den Blick zu heben, und seine Übelkeit verstärkte sich beinahe noch, als er das Innere des Zimtsternes sah.

Das Gebäck war zu einer schleimig-schmierigen Masse geronnen, in der es unentwegt brodelte und kroch; wie die Oberfläche eines Schlammvulkans, auf der Gasblasen aus der Tiefe der Erde explodierten; oder als versuche etwas Lebendes ins Freie zu kriechen. Wenn er jemals ein verdorbenes Lebensmittel gesehen hatte, dann war es dieser Zimtstern. Schon der Gedanke, dass er gerade in ein solches Plätzchen *hineingebissen* hatte, verstärkte seine Übelkeit noch einmal um ein Vielfaches.

»Aber das… das kann doch gar nicht sein«, ächzte Miss Preussler. »Das ist nicht möglich! Ich habe diese Plätzchen heute Morgen gemacht! Mit Zutaten, die ich frisch gekauft habe.«

»Eine davon muss wohl schlecht gewesen sein«, sagte Mogens mühsam. Er vermied es, einen Blick in seine Tasse zu werfen, um nicht zu sehen, welche Überraschungen dort möglicherweise noch auf ihn warteten. Sein Magen revoltierte auch so schon schlimm genug.

»Ich… ich verstehe das einfach nicht«, stammelte Miss Preussler. »Das ist… ist…« Sie brach ab, schüttelte hilflos den Kopf, warf die beiden Hälften des Zimtplätzchens mit einer angewiderten Bewegung ins Feuer und stand auf.

»Heute ist wirklich nicht mein Glückstag«, sagte sie in dem schwachen Versuch, die Situation durch einen scherzhaften Ton zu entspannen. »Ich sollte das jetzt wegwerfen. Und danach werde ich hinüber in den General-Store gehen und ein ernstes Wort mit der Verkäuferin reden.«

Sie nahm den Teller mit den verdorbenen Plätzchen in die Hand und wandte sich zum Gehen, drehte sich dann aber noch einmal zu ihm um. »Die letzte Stunde ist etwas unglücklich verlaufen. Ich hoffe doch, dass das keinen Einfluss auf Ihre Entscheidung hat?«

»Bestimmt nicht«, versicherte Mogens, löste seinen Blick mit einiger Mühe von dem Teller mit Zimtsternen in Miss Preusslers Händen und sah wieder den Umschlag an, den Graves zurückgelassen hatte. »Ich habe mich noch nicht entschieden, Miss Preussler, aber ich versichere Ihnen, dass ich keine vorschnelle Entscheidung treffen werde.«

Vier Tage später stieg er auf dem Bahnhof von San Francisco aus dem Zug und rief die Telefonnummer an, die Graves ihm gegeben hatte.

Obwohl der Pazifik so glatt wie ein Spiegel aus gehämmertem Kupfer dalag, überzog ihn das Licht der untergehenden Sonne doch mit einem Muster aus filigranflirrender Bewegung. Man konnte es nicht allzu lange ansehen, denn die grellen Lichtreflexe hinterließen schmerzhafte Nachbilder auf den Netzhäuten, die auch dann noch blieben, wenn man die Augen schloss und den Blick wandte, dennoch aber den Eindruck vager Bewegung tief unter der Oberfläche des gewaltigen Ozeans noch verstärkten.

Das Meer geriet langsam außer Sicht. Zu Mogens' insgeheimer Enttäuschung waren sie nicht über die berühmte Brücke gefahren, sondern bewegten sich von der Küste fort landeinwärts. Mogens vermutete, dass das Meer gar nicht mehr zu sehen sein würde, noch bevor die Sonne ganz untergegangen war – also in spätestens einer halben Stunde. Der Ozean war schon jetzt zu einer schmalen Kupfersichel zur Linken zusammengeschrumpft, die mit jeder Meile, die sich der große Ford nach Osten mühte, weiter zusammenschmolz. Er verspürte dennoch ein merkwürdiges Gefühl von Erleichterung, das ebenso unerklärlich wie intensiv war. Vielleicht, dass unter der Oberfläche des scheinbar so reglos daliegenden Meeres etwas lauerte, das er zwar nicht sehen, dafür aber umso deutlicher *fühlen* konnte.

Er dachte noch einige Augenblicke über diesen sonderbaren Gedanken nach und schob ihn dann mit einem Schulterzucken von sich. Solcherlei Überlegungen waren nicht nur müßig, sondern eines Mannes wie ihm auch schlicht unwürdig. Selbstverständlich war da etwas unter der Oberfläche des Meeres. Der Ozean wimmelte geradezu von Leben, das dieses stille, zum allergrößten Teil lichtlose Universum in ungleich größerem Maße erobert hatte als das Land. Doch in all der gewaltigen Anzahl fremdartiger und möglicherweise sogar bizarrer und tödlicher Kreaturen, die in seinen unerforschten Tiefen lauern mochten, war nicht eine Einzige, die er fürchten musste; zumindest nicht jetzt, während er in einem Wagen saß, der sich mit dreißig oder auch vierzig Meilen pro Stunde vom Meer entfernte. Seine eigenen Nerven begannen ihm Streiche zu spielen, die offensichtlich umso böser wurden, je weiter der Tag fortschritt. Und er kannte sogar die Gründe dafür.

Einer – und zweifellos der Schwerwiegendste – war Doktor Jonathan Graves, den er vermutlich binnen einer Stunde wiedersehen würde. Mogens hatte im Verlauf der zurückliegenden vier Tage an nicht sehr viel anderes gedacht als an sein bevorstehendes Zusammentreffen mit seinem ehemaligen Kommilitonen, und seine Gefühle waren in diesen vier Tagen ein reines Wechselbad gewesen, die manchmal binnen einer einzigen Minute von einem Extrem zum anderen geschwankt hatten: Blanker, unverfälschter Hass auf den Mann, der sein Leben zerstört hatte, hatte sich mit Verachtung abgewechselt – die zu einem nicht geringen Teil ihm selbst galt, dass er es überhaupt in Betracht zog, dieses unwürdige Angebot anzunehmen –, mit kindischem Trotz und Abgründen tiefsten Selbstmitleids bis hin zu einer Überlegung, von der er sich zumindest selbst einreden konnte, dass sie von reiner Vernunft diktiert wurde: Letzten Endes spielte es keine Rolle, warum er sich in der Lage befand, in der er nun einmal war. Fakt war, dass er sich nicht in einer Position befand, wählerisch sein zu können. Man biss nicht in die Hand, die einen fütterte; nicht einmal dann, wenn sie einen zuvor geschlagen hatte.

»Es dauert jetzt nicht mehr lange, Professor.« Die Stimme des jungen Mannes, der links neben Mogens saß und hinter dem gewaltigen Lenkrad des Ford mindestens so verloren und hilflos aussah, wie Mogens selbst sich fühlte, riss ihn unsanft aber willkommen aus seinen düsteren Überlegungen. Offensichtlich deutete der Junge Mogens' irritierten Blick auch falsch, denn er nahm die rechte Hand vom Steuer und wies nach vorne, wo ein schmaler Weg von der selbst alles andere als breiten Hauptstraße abzweigte, um nach wenigen Metern zwischen wucherndem Gestrüpp und mächtigen Findlingen zu verschwinden. Ohne die deutende Geste seines jugendlichen Chauffeurs hätte Mogens ihn vermutlich nicht einmal gesehen, so schmal war er. »Noch eine knappe Meile, dann haben wir 's geschafft.«

»Aha.« Die Antwort – das war Mogens klar – musste aller Wahrscheinlichkeit nach leicht unhöflich wirken, wenn nicht gar wie ein glatter Affront. Aber sein Fahrer war wohl noch jung genug, um die verkappte Beleidigung darin nicht zur Kenntnis nehmen zu können – oder zu wollen. Ganz im Gegenteil wedelte er noch heftiger mit der Hand, während er zugleich mit den Füßen auf Kupplung und Bremse des Ford herumzustampfen begann.

Mogens folgte den scheinbar ziellosen Bewegungen einen Moment mit sachtem Interesse. Er hatte niemals Auto fahren gelernt und verspürte auch nicht den Drang, dies zu tun. Der Pragmatiker in ihm sah die Nützlichkeit eines Automobils durchaus ein und wusste auch den Umstand zu schätzen, dass sie die Strecke, für die er zu Pferde oder mit einer Droschke mindestens drei, wenn nicht vier Stunden gebraucht hätte, so in einem Bruchteil dieser Zeit zurücklegen konnten. Aber ihm selbst waren Automobile suspekt, um nicht zu sagen: unheimlich. Möglicherweise lag es einfach an den vier Jahren, die er in Thompson verbracht hatte. Die Zeit war nicht so lang, dass der technische Fortschritt ihn hätte überrollen können, denn es hatte selbst in diesem Kaff Zeitungen gegeben, mit deren Hilfe er sich auf dem Laufenden gehalten hatte. Doch schon, als er in San Francisco aus dem Zug gestiegen war, war ihm klar geworden, dass Thompson offensichtlich nicht wirklich in der Vergangenheit, sondern irgendwie neben der Zeit zu existieren schien. Es hatte auch dort Automobile gegeben, natürlich, aber sie waren stets Fremdkörper geblieben, Absonderlichkeiten, bei deren Anblick man stehen blieb und den Kopf drehte, vielleicht mit einem angedeuteten Lächeln, das dieser neumodischen Verrücktheit galt, die sich bestimmt nicht lange halten würde. San Francisco hingegen war das genaue Gegenteil. Und auch, wenn sie sich seit einer halben Stunde beharrlich von der Stadt entfernten und die sanften Hügel, durch die sie nun fuhren, gar nicht so anders waren als die, zwischen denen Thompson eingebettet war, so hatte er dennoch das Gefühl, sich nicht nur in einer anderen Gegend, sondern gewissermaßen in einer anderen Welt zu befinden, wenn nicht in einem anderen Universum.

»Ich hoffe, es macht Ihnen nichts aus, wenn's ein bisschen holperig wird«, fuhr sein Chauffeur fort. Mogens blickte fragend, und der Junge mit den fast schulterlangen blonden

Locken machte eine wedelnde Handbewegung, von der Mogens inständig hoffte, dass sie nicht dem entsprach, was er gerade als holperig bezeichnet hatte. »Die Straße führt direkt übern Berg. Es gibt ein paar üble Schlaglöcher, aber keine Sorge – ich kenn mich aus.«

»Und die Hauptstraße?«, fragte Mogens zögernd.

»Zwanzig Meilen um den Berg rum, oder eine drüber«, sagte der Junge, als sei das Antwort genug. Mogens verzichtete darauf, etwas dazu zu sagen; eine solche Antwort – noch dazu in einem solchen Ton – konnte nur jemand geben, der noch nicht alt genug war, um zu wissen, mit was für unangenehmen Überraschungen das Leben zuweilen aufzuwarten pflegte. Und mit jemandem, der solche Antworten gab, zu diskutieren war vollkommen sinnlos.

Dennoch fragte er nach kurzem Zögern: »Haben wir es denn so eilig?«

»Sie haben einen anstrengenden Tag hinter sich, Professor«, antwortete der Junge. »Ich dachte, es wär Ihnen recht, ein bisschen früher anzukommen.« Er lachte, aber es klang plötzlich ein ganz kleines bisschen nervös. In seinen hellblauen, sehr klaren Augen zeigte sich zum ersten Mal, seit Mogens zu ihm in den Wagen gestiegen war, eine Spur von Unsicherheit, während er Mogens rasch und sehr aufmerksam musterte. »Ich kann natürlich auch…«

»Nein, nein, schon gut«, fiel ihm Mogens ins Wort. »Nehmen Sie ruhig den Weg, den Sie sich zutrauen. Ich gehe davon aus, dass Sie wissen, was Sie tun, Mister…?«

»Tom«, antwortete der Junge. »Sagen Sie einfach Tom zu mir. Und Sie können mich ruhig duzen. Eigentlich heiß ich Thomas, aber keiner nennt mich so. Auch nicht Doktor Graves.«

»Kennst du den Doktor schon länger, Tom?«

Tom schüttelte den Kopf. »Ich bin hier aufgewachsen.«

Mittlerweile hatte er den Wagen nahezu auf Schritttempo abgebremst und verlangsamte noch weiter, bis sie nahezu zum Stehen gekommen waren. Ein Knirschen erscholl, als Tom den Ganghebel nach vorne schob. Es kostete ihn sichtbare

Mühe, dann vollführten seine Füße wieder jene kompliziert trampelnde Abfolge von Bewegungen, und der Ford bog in rechtem Winkel von der asphaltierten Hauptstraße ab. Noch bevor seine Hinterräder den festen Untergrund gänzlich verließen, senkte sich das rechte Vorderrad mit solcher Wucht in ein Schlagloch, dass sich nicht nur der gesamte Wagen wie ein waidwund geschossenes Tier schüttelte, sondern auch Mogens' Zähne mit solcher Gewalt aufeinander schlugen, dass er nur mit Mühe einen Schmerzlaut unterdrückte. Instinktiv sah er nach vorne, halbwegs darauf gefasst, das abgebrochene Vorderrad noch ein Stück davonrasen zu sehen, ehe es sich schwankend neigte und dann wie ein auslaufender Brummkreisel auf die Seite fiel. Stattdessen jedoch mühte sich der Ford schnaufend aus dem Graben heraus und wurde wieder schneller.

»'tschuldigung«, sagte Tom hastig, als Mogens den Kopf drehte und ihn ansah. Er zuckte verlegen mit den Schultern und versuchte ein um Verzeihung heischendes Lächeln auf sein Gesicht zu zaubern, erreichte damit aber nichts anderes, als noch jünger und damit endgültig wie ein Kind auszusehen, das sich den Wagen seines Vaters zu einer verbotenen Spritztour ausgeliehen hatte. »Ich vergess dieses verdammte Kaninchenloch immer wieder!«

Mogens fuhr sich mit der Zungenspitze über die Zähne und erwartete den Geschmack von Blut, aber er wurde zu seiner Erleichterung enttäuscht. Sein Unterkiefer summte zwar, als hätte er einen elektrischen Schlag bekommen, aber er schien sich nicht wirklich verletzt zu haben.

»So schlimm ist nur das erste Stück«, versicherte Tom hastig. Als er keine Antwort bekam – anscheinend legte er Mogens' beharrliches Schweigen als Vorwurf aus, und das nicht ganz zu Unrecht –, fügte er hastig hinzu: »Wenn wir an den Felsen vorbei sind, wird's besser.«

Diesmal folgte Mogens' Blick seiner Geste nicht. Stattdessen nutzte er die Gelegenheit, seinen jugendlichen Chauffeur zum ersten Mal seit ihrer Abfahrt aus San Francisco wirklich genau in Augenschein zu nehmen. Mogens' schlechtes Gewissen regte sich, und er gestand sich ein, dass er Tom bisher gar nicht wirklich als Person zur Kenntnis genommen hatte, vielmehr hatte er ihn wie dem Ford zugehörig betrachtet; gleichsam eine lebende Verlängerung der mechanischen Kutsche, die Graves geschickt hatte, um ihn abzuholen. Er tat Tom in Gedanken Abbitte und führte sich vor Augen, wie jung er tatsächlich noch war. Das gewaltige Lenkrad und die schweren Pedale, die herunterzutreten seine ganze Kraft zu erfordern schien, ließen ihn wirklich ein bisschen wie ein Kind aussehen, aber vermutlich war er letzten Endes auch nicht sehr viel mehr. Er war schmächtig und machte einen irgendwie zerbrechlichen Eindruck. Mogens schätzte ihn auf vielleicht siebzehn Jahre. Das schulterlange, leicht gelockte Haar gab ihm zusätzlich etwas Feminin-Verletzliches, das Mogens' schlechtes Gewissen sich noch stärker rühren ließ, als er an die beiden Koffer dachte, die Tom klaglos vom Bahnsteig getragen und im Kofferraum des Ford verstaut hatte. Sie enthielten seinen gesamten weltlichen Besitz, aber da dieser zum Großteil aus Büchern bestand, waren sie sehr schwer.

»Wie alt bist du, Tom?«, fragte er gerade heraus.

Mogens bemerkte, dass die Frage seinen Chauffeur in Verlegenheit brachte. Er antwortete nicht sofort, sondern gewann etliche Sekunden damit, scheinbar konzentriert auf die ausgefahrene Spur zu starren, die sich vor ihnen zwischen Gestrüpp, Felsen und braun vertrocknetem Gras entlangschlängelte. Mogens selbst vermied es tunlichst, in dieselbe Richtung zu blicken. Es war ihm ein Rätsel, wie der Junge sich hier orientierte. Was ihn anging, so gab es diesen Weg gar nicht.

»Siebzehn«, sagte Tom schließlich. Nach einer guten Sekunde und einem unbehaglichen Einatmen fügte er hinzu: »Ungefähr.«

»Ungefähr?«

»Ich weiß nicht genau, wann ich geboren bin«, gestand Tom. »Meine Eltern haben mich – glaube ich – in einem Korb auf die Kirchentreppe gelegt, als ich vielleicht 'n Jahr alt war.

Barmherzige Leute haben mich aufgenommen und mein Alter geschätzt.« Er machte ein verlegenes Gesicht, als wäre es seine persönliche Schuld, dass seine Eltern sich nicht um ihn hatten kümmern können oder wollen, und fügte noch hinzu: »So was passiert hier öfter. Sheriff Wilson hat 'n paar Nachforschungen angestellt, aber ohne Erfolg.«

Im allerersten Moment kam Mogens dies sonderbar vor. Aber dann führte er sich vor Augen, wo er sich befand. Die relative Nähe San Franciscos mit seinen wimmelnden Menschenmassen und den aufstrebenden Industrien und Handelszentren täuschte nur zu leicht darüber hinweg, dass dieser Teil des Landes zu Recht den Beinamen »Wilder Westen« gehabt hatte. Eisenbahnverbindungen, Automobile und Dampfmaschinen allein machten aus den Einwohnern hier nicht ganz automatisch auch zivilisierte Menschen. Zumindest nicht aus allen.

»Und jetzt arbeitest du für Graves«, stellte er fest.

»Schon länger«, antwortete Tom, ganz offensichtlich froh, das Thema wechseln zu können. Er schaltete wieder in einen anderen Gang und das Getriebe unter ihren Füßen gab einen Laut von sich, als versuche es, das dünne Blech zu durchschlagen, um seine malträtierten Zahnräder in ihre Waden zu bohren. Tom lachte. »Ich bin so 'ne Art Mädchen für alles. Ich hack Holz, mach Erledigungen und Botengänge... Was eben so anfällt.«

»Und dann und wann holst du Besucher vom Bahnhof ab, die nichts Besseres zu tun haben, als dich zu beleidigen«, sagte Mogens.

Er las in Toms Gesicht, dass er schon wieder einen Fehler gemacht hatte. Offensichtlich hatte der Junge die in diesen Worten verborgene Entschuldigung nicht verstanden. Er sah ihn einen Moment lang irritiert an, konzentrierte sich für einen etwas – nicht viel – längeren Moment wieder auf den Weg und sagte dann mit einem Schulterzucken: »Nicht sehr oft. Wir bekommen nur selten Besuch, und Doktor Graves lässt alles, was wir brauchen, von einer Spedition anliefern.«

»Und was wäre das?«

»Nicht sehr viel«, antwortete Tom mit einem neuerlichen Schulterzucken. »Lebensmittel, dann und wann ein paar Werkzeuge…« Er hob erneut die Schultern. »Letzte Woche sind 'n paar große Kisten gekommen, aber sie waren leicht. Ich glaub, sie waren leer.«

»Leere Kisten?«

»Es waren sehr seltsame Kisten«, bestätigte Tom. »Fast wie Särge, nur viel größer. Doktor Graves hat das Entladen persönlich überwacht und dafür gesorgt, dass sie nach unten gebracht wurden.«

Mogens wurde hellhörig. »Nach unten?«

»Ins Allerheiligste des Doktors.«

»Er hat dich mit dorthin genommen? Dann weißt du also, worum es sich bei Graves' Fund handelt?«

Tom druckste einen Moment herum. Er wich Mogens' Blick nun sichtbar aus, und es war nicht mehr zu übersehen, wie unbehaglich er sich fühlte, während Mogens mit stummer Beharrlichkeit darauf wartete, dass er seine Frage beantwortete.

»Nein«, sagte er schließlich. »Sie haben da irgendwas gefunden, in einer Höhle, tief unter der Erde. Das ist alles, was ich weiß. Außer dem Doktor dürfen nur seine engsten Mitarbeiter die Grabungsstelle betreten.«

»Aber du hast doch sicher schon einmal einen Blick riskiert?«, bohrte Mogens in leise angedeutetem Verschwörerton nach.

Tom wand sich jetzt immer deutlicher in seinem Sitz, aber Mogens war auch klar, dass er diesmal den richtigen Ton angeschlagen hatte. Junge Menschen waren so leicht zu manipulieren.

»Ich konnte nicht viel erkennen«, gestand Tom. »Einmal hat der Doktor vergessen abzuschließen, und ich hab tatsächlich 'nen Blick riskiert. Da waren Statuen.«

»Statuen?«

»Große Figuren, die aus dem Fels gemeißelt waren«, bestätigte Tom. »Und Schriftzeichen. Vielleicht auch Bilder.« Er schauderte, als hätte ihn ein plötzlicher, kalter Windzug getroffen, obwohl es im Wagen eher zu warm als zu kalt war, und seine Finger schlossen sich fester um das Lenkrad. »Wie gesagt: Es war nicht viel zu sehen, und ich konnte auch nicht lange bleiben. Doktor Graves ist sehr eigen, was seine Forschungen angeht. Wir dürfen nicht darüber reden. Keiner, der im Lager arbeitet, und auch keiner der anderen Forscher.«

Zumindest Letzteres kam Mogens sehr unwahrscheinlich vor. Auch wenn er die letzten Jahre seines Lebens in freiwilliger Verbannung verbracht hatte, so war die Zeit seines Aufenthalts unter Forscherkollegen doch noch nicht so lange her, dass er alles vergessen hatte. Wissenschaftler liebten es, sich mit ihren Entdeckungen und Fortschritten zu brüsten und jedem, der etwas darüber hören wollte, davon zu erzählen – oft genug auch jedem, der es nicht wollte.

Dennoch nickte Tom heftig, als er seinen zweifelnden Blick bemerkte, und fügte hinzu: »Der Doktor hat es strengstens verboten und alle halten sich dran. Ich kann Ihnen nicht sagen, worum es sich bei der Arbeit handelt, nur, dass sie irgendwas gefunden haben und wohl dabei sind, es auszugraben.« Er streifte Mogens' Gesicht mit einem nervösen Blick. »Sie werden doch nicht...«

»Keine Sorge«, beruhigte ihn Mogens. »Ich verrate dich nicht.«

Tom machte ein erleichtertes Gesicht. »Danke. Es ist nur... ich glaube, der Doktor wollte sich nicht den Spaß nehmen lassen, Ihnen seinen Fund persönlich zu zeigen. Er ist sehr stolz darauf.«

Es fiel Mogens schwer, das Wort *Spaß* mit der Erinnerung an Jonathan Graves in Einklang zu bringen. Aber er verbiss sich jede entsprechende Bemerkung. Er hatte sich mittlerweile ein hinlängliches Bild über Tom gemacht, um sicher zu sein, dass es ihn nur wenige Sätze kosten würde, ihn zum Weiterreden zu bringen. Aber nun, da er seinen jugendlichen Fahrer nicht mehr als bloßes Requisit auf dieser letzten Etappe seiner Reise betrachtete, sondern als Person, mochte er ihn nicht mehr in eine so unbehagliche Situation bringen. Zumal es um Graves ging. Sollten ihm oder Tom auch nur eine entsprechende Bemerkung entschlüpfen, würde der Junge garantiert darunter leiden müssen.

»Arbeitet es sich gut mit Doktor Graves?«, fragte er.

Tom bugsierte den Ford mit einem heftigen Kurbeln am Lenkrad um einen schubkarrengroßen Felsbrocken herum, der mitten auf der Fahrspur lag, bevor er antwortete. Mogens hatte nicht auf die Strecke geachtet, aber er wäre trotzdem jede Wette eingegangen, dass er vor einem Augenblick noch nicht da gewesen war. »Das kann ich so nicht sagen«, sagte Tom schließlich.

»Wie das?«, wunderte sich Mogens. »Wo du doch schon länger mit ihm arbeitest?«

»Niemand arbeitet *mit* dem Doktor«, antwortete Tom. »Jedenfalls nicht direkt. Er ist fast immer allein in seinem Allerheiligsten und die übrige Zeit in seiner Blockhütte, die niemand betreten darf.« Er beantwortete Mogens' nächste Frage, noch bevor er sie überhaupt stellen konnte. »Ich war einmal dort. Es ist alles voller Bücher und... seltsamer Dinge. Ich weiß nicht, was sie bedeuten.«

Im allerersten Moment ließen seine Worte – und viel mehr noch die Art, auf die er sie aussprach – Mogens einen eiskalten Schauer über den Rücken laufen, aber dann breitete sich ein amüsiertes Lächeln auf seinen Lippen aus. Die Vertrautheit, die das kurze Gespräch zwischen ihnen geschaffen hatte, durfte ihn nicht vergessen lassen, mit wem er eigentlich redete – nämlich mit einem Jungen vom Lande, dem vermutlich alles unheimlich vorkam, was irgendwie mit Wissenschaft zu tun hatte. Mogens beschloss endgültig, sich in Geduld zu fassen.

Auch wenn Tom sich gehütet hatte, auch nur eine entsprechende Bemerkung zu machen, so reichte Mogens' Menschenkenntnis doch allemal, um zwischen den Zeilen zu lesen. Wenn er nur ein wenig Geschick und Umsicht walten ließ, so hatte er einen – zumindest hypothetischen – Verbündeten gewonnen, noch bevor er Graves auch nur wiedersah.

Auf solche Art einigermaßen versöhnt mit dem bisherigen Verlauf seiner Reise, lehnte sich Mogens im Sitz zurück und versuchte, den Rest ihrer Fahrt zu genießen, so weit die unwegsame Strecke dies zuließ. Tom hatte jedoch die Wahrheit gesagt: Die Fahrt dauerte nicht mehr allzu lange. Es begann allmählich zu dämmern, und die dichter werdenden Schatten und das Licht, das sich allmählich ins Rötliche verschob, ließen ihre Umgebung noch unwirklicher und auf schwer beschreibbare Weise bedrohlicher erscheinen. Die Straße, die gewiss nicht für Automobile gebaut war, sondern allenfalls für Ochsenkarren oder die im Klettern geübten Hufe von Bergziegen, schlängelte sich in immer steilerem Winkel den Hügel hinauf, und obwohl Tom den Weg tatsächlich wie seine Westentasche zu kennen schien, musste er ein oder zwei Mal anhalten und ein Stück zurücksetzen, um eine besonders scharfe Kehre zu nehmen.

Endlich aber hatten sie es geschafft; der Ford quälte sich auf einen schmalen Grat hinauf, rollte noch ein paar Fuß und blieb dann stehen, als Tom auf die Bremse trat und gleichzeitig den Hebel des Schaltgetriebes nach vorne schob. Der Professor setzte zu einer entsprechenden Frage an, aber dann folgte sein Blick dem Toms und ihm wurde klar, warum sein Chauffeur angehalten hatte. Der Weg folgte ein gutes Stück weit dem Grat, schlängelte sich dann auf der anderen Seite in womöglich noch steilerem Winkel den Berg hinab, sodass Mogens es nicht einmal wagte, sich vorzustellen, wie der Rest ihrer Fahrt aussehen mochte. Dahinter aber, weniger als eine Meile entfernt und in einem unregelmäßigen Drittelkreis an die Flanke des Berges geschmiegt, den sie gerade erklommen hatten, lag eine kleine Stadt, wie sie typisch für diesen Teil des Landes war. Mogens war zwar noch nie hier gewesen, hatte sich aber selbstverständlich in den letzten Tagen so weit informiert, wie es in einer Stadt wie Thompson mit ihren begrenzten Möglichkeiten ging. Der Ort schien nur aus einer einzigen Straße zu bestehen, die der unregelmäßigen Krümmung der Bergflanke folgte und von unten betrachtet vermutlich schnurgerade wie mit einem Lineal gezogen aussehen musste. Die Gebäude waren klein, zum allergrößten Teil nur eingeschossig; nur zur Ortsmitte hin erhoben sich einige wenige größere Häuser, deren aufgesetzte Fassaden jene täuschen mochten, die sie nur im Vorbeifahren eines flüchtigen Blickes würdigten, von der Höhe des Kammes aus betrachtet die Schäbigkeit der dahinter liegenden Gebäude aber eher noch unterstrichen. Zu seinem Erstaunen entdeckte Mogens sogar ein Bahnhofsgebäude samt dem obligatorischen Wasserturm. Aber keinerlei Schienen. Auf eine entsprechende Frage hin hob Tom die Schultern und zwang ein schiefes Grinsen auf sein Gesicht.

»Die Bahnlinie nach San Francisco ist nur ein paar Meilen entfernt – gleich auf der anderen Seite«, sagte er. »Vielleicht hat der Bürgermeister damals geglaubt, der Anschluss käm von selber, sobald der Bahnhof da ist.«

»Aber er kam nicht.«

»Nein«, bestätigte Tom kopfschüttelnd. »Aber das war vor meiner Geburt. Damals gab es viele Eisenbahnarbeiter hier. Etliche sind geblieben, aber die meisten sind weggegangen, nachdem klar war, dass es keinen Bahnhof geben würde.«

Toms Erklärung klang beiläufig, und das war sie wohl auch; etwas, von dem er gehört hatte und das sich zugetragen hatte, lange bevor er überhaupt auf die Welt gekommen war und ihn somit nicht berührte. Mogens jedoch empfand für einen flüchtigen Moment ein sonderbares Gefühl der Trauer, während er auf den kleinen Ort hinabsah, der selbst aus der Entfernung trostlos wirkte. Er kannte die Menschen dort unten nicht und hatte weder Anteil an ihrem Schicksal noch die Möglichkeit, irgendetwas für sie zu tun, und dennoch berührte es ihn tiefer, als er es sich im ersten Moment erklären konnte. Dieser Ort war gestorben, noch bevor er jemals richtig gelebt hatte, nur weil irgendjemand mit einem willkürlichen Federstrich entschieden hatte, dass das kleine Bahnhofsgebäude niemals seiner Bestimmung übergeben werden sollte. Dabei lag eine der größten Städte des Landes praktisch zum Greifen nahe. Wie dicht doch pulsierendes Leben und allmähliches Dahinsiechen manchmal beieinander lagen.

Er verscheuchte den Gedanken und gab Tom mit einer Geste zu verstehen, dass er weiterfahren solle. Als sie den

Grat erreichten, hatten sie die Dämmerung wieder ein Stück weit hinter sich gelassen, aber sie kroch unerbittlich hinter ihnen her und würde sie vermutlich eingeholt haben, bevor sie die Stadt erreichten. Mogens hätte sich die Grabungsstätte, von der Tom gesprochen hatte, gerne noch bei Tageslicht angesehen, sagte sich aber selbst, dass sie es vermutlich nicht mehr schaffen würden.

Tom schob den Ganghebel knirschend vor, und der Wagen setzte sich in Bewegung. Kurz bevor sie den Berggrat verließen, drehte Mogens noch einmal den Kopf und sah nach Westen zurück. Das Meer war fast vollkommen verschwunden. Selbst von hier oben aus sah er nur noch einen kaum fingerbreiten, grell kupferfarbenen Streifen vor dem bereits dunkler werdenden Horizont. Aber er verspürte ein sonderbares Gefühl der Erleichterung, dass er sich im ersten Moment selbst nicht erklären konnte. Obwohl der rationale Teil seines Denkens sich noch immer weigerte, diesen unheimlichen Gefühlen irgendeine Bedeutung zuzumessen, spukten in seinem Kopf weiter Bilder von bizarren Kreaturen, die tief am Meeresgrund lebten und aus gierigen Augen in die endlose Schwärze über sich starrten, die ihre Welt seit Anbeginn der Zeiten einhüllte.

Es musste an Graves liegen, entschied er. Während der letzten vier Tage war nicht eine Stunde vergangen, in der er nicht mindestens einmal über ihr bizarres Wiedersehen in Thompson nachgedacht hatte. Mittlerweile hatte er etliches von dem revidiert, was er über Graves und die unheimliche Veränderung, die mit ihm vonstatten gegangen war, gedacht hatte. Sicherlich war Jonathan Graves niemals ein angenehmer Mensch gewesen, nicht einmal damals, während jener Zeit, als Mogens noch glaubte, in ihm, wenn schon keinen Freund, so doch zumindest einen Kommilitonen zu haben, der sich an die Regeln studentischer Kameradschaft hielt. Aber ihm seine Menschlichkeit abzusprechen war des Guten nun doch etwas zu viel.

Seine Nerven hatten ihm einen Streich gespielt, und das war nach allem Vorgefallenen auch nicht weiter verwunderlich. Mogens gab sich selbst für diesen allerersten Moment intellektueller Verwirrung Dispens, rief sich zugleich aber in Gedanken zur Ordnung. Er würde Graves nicht gestatten, Macht über seine Gefühle und damit letzten Endes über sein Denken zu erlangen.

Was nichts daran änderte, dass er hörbar erleichtert aufatmete, als der Wagen die Böschung hinabzurumpeln begann und der Ozean damit außer Sicht geriet.

Tom, der den Laut gehört hatte, deutete ihn falsch und sagte: »Das Schlimmste ist gleich vorbei, keine Angst.«

Mogens schluckte die Antwort herunter, die ihm auf der Zunge lag. Mochte Tom ruhig glauben, dass ihm die Fahrt durch das unwegsame Gelände zu schaffen machte; vielleicht trug dies ja dazu bei, die Distanz zwischen ihnen etwas kleiner werden zu lassen. Mogens war durchaus realistisch genug, sich von Toms lockerer Art nicht täuschen zu lassen; hinter seiner bewusst zur Schau gestellten Selbstsicherheit verbarg sich das genaue Gegenteil. Mogens waren die Zwischentöne in seiner Stimme nicht entgangen. Hinter dem Respekt, mit dem er über Graves sprach, verbarg sich ein Gutteil Furcht, und hinter der scheinbaren Lockerheit, die er ihm gegenüber an den Tag legte, nichts anderes als Respekt. Mogens war unzähligen Toms begegnet, in seinen Jahren an der Universität von Thompson. Junge Leute, die sich alle Mühe gaben, selbstsicher, ja, zuweilen nassforsch aufzutreten, innerlich aber vor Furcht zitterten, wenn sie auch nur den Schatten eines Professors sahen. Zweifellos hatte Tom die Gelegenheit begrüßt, der Monotonie seiner täglichen Arbeit für ein paar Stunden zu entfliehen und mit dem Wagen in die Stadt zu fahren, aber ebenso zweifellos hatte er dem Zusammentreffen mit einem leibhaftigen Professor mit klopfendem Herzen entgegengeblickt. Viel mehr noch als die angehenden Studenten, die Jahr für Jahr in ewig gleichen Anzügen, mit denselben, ewig gleichen abgewetzten Koffern, denselben ewig gleichen Scherzen – und immer der gleichen, nur unzulänglich verhohlenen Furcht in den Augen – vor ihm erschienen, musste Mogens' bloße Anwesenheit ihm schon fast körperliches Unbehagen bereiten. Für seine angehenden Studenten war er zweifellos eine Respektsperson – auch wenn nur zu viele von ihnen sich Mühe gaben, ihn dies nicht spüren zu lassen –, dennoch aber jemand, dessen Status sie eines Tages erlangen konnten – zumindest einige von ihnen. Einem einfachen Jungen vom Lande hingegen, der nicht einmal sein genaues Alter kannte und mit einiger Wahrscheinlichkeit auch des Lesens und Schreibens nicht mächtig war, musste er wie ein Bote aus einer Welt erscheinen, die unendlich weit von der seinen entfernt war und die er niemals erreichen konnte. Mogens fragte sich, wie viel Kraft es Tom gekostet haben musste, während der ganzen Fahrt so ruhig zu bleiben und nicht buchstäblich vor Furcht mit den Zähnen zu klappern. Hinsichtlich seiner Überzeugung, in Graves' Nähe jeden potenziellen Verbündeten bitter nötig zu haben, tat er vielleicht gut daran, Toms Vertrauen zu erringen.

»Du fährst ausgezeichnet, Tom«, versicherte er. »Ich fürchte, ich muss gestehen, dass ich selbst diese grässliche Straße nicht annähend so souverän bewältigt hätte, wenn überhaupt.«

Tom sah ihn zweifelnd an. »Sie wollen mir schmeicheln, Professor.«

»Keineswegs.« Mogens schüttelte bekräftigend den Kopf. »Ich war nie ein sonderlich guter Autofahrer, fürchte ich. Ich komme aus einer kleinen Stadt. Es lohnt sich nicht, dort ein Automobil zu besitzen. Ich bin nicht einmal sicher, ob ich es noch kann.«

»Was?«, fragte Tom.

»Auto fahren«, antwortete Mogens.

»Das ist jetzt ein Scherz«, sagte Tom. »So etwas verlernt man doch nicht.«

Tatsache war, dass Mogens es niemals gelernt hatte, aber so weit, dies Tom gegenüber zuzugeben, wollte er nun doch nicht gehen. »Vermutlich nicht«, sagte er deshalb. »Dennoch fehlt mir eindeutig die Übung.«

»Verstehe«, sagte Tom. »Sie haben sicher Wichtigeres zu tun.«

»Auch das«, seufzte Mogens. Er bedauerte es schon, überhaupt mit dem Thema angefangen zu haben. Dennoch erschien ihm alles besser, als sich weiter mit jenen unheimlichen Gedanken und Empfindungen auseinander zu setzen, die der Anblick des Ozeans in ihm wachriefen. Schon, um Tom keine Gelegenheit zu einer weiteren diesbezüglichen Frage zu geben, drehte er sich demonstrativ wieder ganz in seinem Sitz nach vorne und ließ seinen Blick über den kleinen Ort schweifen, der bisher um keinen Deut näher gekommen zu sein schien, obgleich sicherlich eine Minute vergangen sein musste, seit Tom losgefahren war. Er wirkte auch um keinen Deut weniger trostlos. Mogens gestand sich ein, dass er bisher nicht einen einzigen Gedanken an sein neues Zuhause verschwendet hatte; schon, weil er felsenfest davon überzeugt gewesen war, dass einfach jeder Ort auf der Welt besser sein musste als Thompson. Aber mittlerweile war er nicht mehr ganz so überzeugt davon, tatsächlich einen guten Tausch gemacht zu haben. Wenn es einen Ort auf der Welt gab, der es an Trostlosigkeit mit Thompson aufnehmen konnte, dann war es dieser hier.

Mogens verscheuchte auch diesen Gedanken. Er wusste nichts über diese Stadt; nicht einmal ihren Namen. Auf den wortwörtlich allerersten Blick ein – noch dazu so harsches – Urteil über sie zu fällen, hieß ihr bitter Unrecht zu tun. Und Mogens hatte in seinem Leben zu viel Unrecht am eigenen Leib erfahren, um nun ins gleiche Horn zu stoßen; nicht einmal einem abstrakten Gebilde wie einer Stadt gegenüber.

Dann gewahrte er etwas, das seine Aufmerksamkeit erregte: Ein gutes Stück die Straße entlang, bestimmt fünf, sechs Meilen jenseits der Stadtgrenze – so es denn eine solche gab –, sah er eine Ansammlung kleiner, symmetrischer weißer Flecke; vermutlich Zelte.

»Ist das das Lager?«, fragte er.

Tom schüttelte den Kopf. Mogens' Frage schien ihn aus irgendeinem Grund zu amüsieren. »Nein. Das sind die anderen. Die Maulwürfe – jedenfalls nennt Doktor Graves sie so.«

»Maulwürfe?«

»Geologen.« Tom deutete mit einer Kopfbewegung auf die Ansammlung kleiner, rechteckiger Schneeflocken am Horizont, nahm zu Mogens' Erleichterung aber diesmal wenigstens nicht die Hand vom Steuer. »Sie sind schon seit über einem Jahr hier. Ich weiß nicht genau, was sie dort tun, aber ich hab den Doktor einmal sagen hören, dass hier zwei Kontinentalplatten aneinander stoßen.« Er runzelte einen Moment lang nachdenklich die Stirn. »Die San-Andreas-Verwerfung, glaube ich.«

»Das... stimmt«, murmelte Mogens überrascht. Seine Verblüffung galt jedoch weniger dem Gehörten an sich, als vielmehr dem Umstand, diese Worte aus Toms Mund zu hören. Vielleicht hatte er seinen knabenhaften Chauffeur ja ebenso vorschnell und falsch eingeschätzt wie sein zukünftiges Zuhause.

»Und was tun sie dort?«, fragte er.

Diesmal bestand Toms Antwort nur aus einem Schulterzucken. »Ich weiß es nicht«, gestand er. »Wir haben nichts mit denen zu schaffen. Einmal war einer von ihnen in unserem Lager, um mit dem Doktor zu sprechen, aber er ist nicht lange geblieben. Ich weiß nicht, worum es ging, aber Doktor Graves war hinterher sehr verärgert.«

»Du magst Doktor Graves nicht besonders, wie?«, fragte Mogens gerade heraus.

Tom sah ihn nicht an. »Ich kenne ihn zu wenig, um mir ein Urteil zu erlauben.«

Für einen Moment begann sich unbehagliches Schweigen zwischen ihnen auszubreiten. Dann räusperte sich Mogens und sagte: »Entschuldige, Tom. Ich wollte dich nicht in eine peinliche Situation bringen.«

Tom lächelte nervös. »Das haben Sie nicht. Doktor Graves hat mir gesagt, dass Sie diese Frage stellen werden. Es macht mir nichts aus.«

Vielleicht, überlegte Mogens, war es an der Zeit, endgültig das Thema zu wechseln. »Wie viele Mitarbeiter hat Doktor Graves?«, fragte er. »Außer dir.«

»Drei«, antwortete Tom. Als er Mogens' erstaunten Blick registrierte, fügte er mit einem bekräftigenden Nicken hinzu: »Manchmal heuern wir 'n paar Hilfskräfte aus der Stadt an. Aber nur, wenn's gar nicht anders geht. Doktor Graves will keine Fremden im Lager.«

Vermutlich war es eher anders herum, dachte Mogens – er konnte sich nicht vorstellen, dass es allzu viele Fremde gab, die es lange mit Graves aushielten. Er schwieg dazu.

Der Ford rumpelte weiter durch Kaninchenlöcher und über Steine, und auf dem restlichen Stück Weg bis zur Hauptstraße hinab wurden sie derart durchgeschüttelt, dass Mogens nicht nur die Lust auf jede weitere Frage verging, sondern er sie vermutlich auch gar nicht herausbekommen hätte. Endlich aber hupfte der Wagen mit einem letzten, magenumdrehenden Ruck wieder auf die asphaltierte Hauptstraße, und Mogens atmete hörbar erleichtert auf.

»Das war's«, sagte Tom in Mogens' Meinung nach vollkommen unangemessen fröhlichem Ton. »Jetzt sind's nur noch ein paar Meilen.«

»Sagtest du nicht vorhin, es wäre nur noch eine Meile?«, brummte Mogens.

»Bis zur Stadtgrenze«, antwortete Tom. »Aber wir haben bestimmt 'ne halbe Stunde gespart. Die Straße macht 'nen ziemlichen Bogen um den Berg rum. Wir sind gleich da.«

Trotz Toms unerschütterlich fröhlichem Ton und seines womöglich noch breiter gewordenen Lausbubengrinsens spürte Mogens, wie sich die Stimmung im Wagen zusehends verschlechterte. Er hatte Tom falsch eingeschätzt, aber er schien es mit jedem Versuch, seinen Fehler wieder gutzumachen, nur noch zu verschlimmern. Vielleicht wäre er gut beraten, für den Rest des Weges einfach die Klappe zu halten.

Um nicht unabsichtlich bei seinem bisher einzigen potenziellen Verbündeten noch mehr Boden zu verlieren, drehte er sich demonstrativ im Sitz zur Seite und betrachtete aufmerksam die Umgebung. Der Ort hielt auch aus der Nähe, was er von weitem versprochen hatte: Die Häuser waren einfach – um nicht zu sagen: schäbig – und wirkten auf Mogens auf sonderbare Weise… ängstlich. Das Wort kam ihm selbst absurd vor in diesem Zusammenhang, aber ihm fiel auch keine treffendere Vokabel ein. Wenn er jemals eine Ansammlung von Gebäuden gesehen hatte, die sich wie eine Herde verängstigter Tiere aneinander drängte, dann diese. Angesichts der Weite der sie umgebenden Landschaft erschien ihm die drückende Enge, in der sich die einfachen Holz- und Ziegelsteinbauten aneinander drängten, doppelt bedrohlich. Ein kalter Schauer rann ihm über den Rücken. Wäre der Gedanke nicht so vollkommen absurd gewesen, er hätte gesagt, dass diese Stadt sich vor irgendetwas fürchtete.

Mogens atmete insgeheim auf, als sie die Stadt schließlich hinter sich hatten. Das allerletzte Gebäude auf der rechten Seite war ein altmodischer Mietstall, was Mogens einigermaßen ungewöhnlich vorkam; soweit er wusste, befanden sich solcherlei Gebäude normalerweise eher im Stadtzentrum. Als sie es passierten, hatte Mogens das unheimliche Gefühl, von einem eisigen Hauch gestreift zu werden; aber das war natürlich vollkommen unmöglich – zumal die Fenster des Ford geschlossen waren. Er versuchte den Gedanken als so lächerlich abzutun, wie er war, aber es gelang ihm nicht. Während das gedrungene Gebäude aus vom Alter grau gewordenem Holz allmählich hinter ihnen zurückfiel, drehte er sich halb im Sitz herum und sah zurück, und wieder verspürte er ein rasches, eisiges Frösteln. Der Gedanke war fast noch grotesker als der zuvor, aber er hatte für einen Moment das grässliche Gefühl, auch seinerseits angestarrt zu werden – auf eine boshafte, lauernde Art, die die dräuende Furcht in ihm noch zu schüren schien.

»Sie haben die Geschichte gehört?«, fragte Tom.

»Nein«, antwortete Mogens. »Welche Geschichte?«

Tom hob die Schultern und sah flüchtig in den Rückspiegel, bevor er antwortete; fast als müsse er sich davon überzeugen, dass ihnen nichts folgte. »Ich dachte, weil Sie den Stable so angesehen haben…« Er hob die Schultern. »'ne hässliche Sache. Sie hat sogar in Frisco in der Zeitung gestanden. Es hat 'n paar Tote gegeben – aber ich weiß nicht genau, was passiert ist«, kam er Mogens' nächster Frage zuvor, noch ehe dieser sie überhaupt stellen konnte. »Die Leute sprechen nicht drüber.«

Mogens schwieg auch dazu, aber er dachte sich seinen Teil. Natürlich wusste Tom, welche Art von Verbrechen sich in diesem Gebäude zugetragen hatte; so wie jeder hier. Mogens hatte lange genug in einer Kleinstadt gelebt, um zu wissen, dass es in einem Ort dieser Größe keine Geheimnisse gab. Tom gehörte ganz zweifellos selbst zu den Leuten, die nicht darüber sprachen – was immer es auch war…

»Da vorne ist der Friedhof«, sagte Tom plötzlich. »Das Lager ist auf der anderen Seite. Nur noch 'n kleines Stück, dann sind wir da.«

»Am Friedhof?«, wunderte sich Mogens.

Tom nickte heftig. »Nur 'n kurzes Stück dahinter«, bestätigt er. »Sehen Sie sich nur um. Ich wette, einen solchen Friedhof haben Sie noch nie gesehen.« Er blickte weiter scheinbar konzentriert nach vorne, aber Mogens entging keineswegs, dass er ihn aus den Augenwinkeln insgeheim scharf beobachtete. Anscheinend hatte er Mogens mit seinen Worten nicht nur eine Information gegeben, sondern ein Stichwort, und nun wartete er auf eine entsprechende Reaktion.

Mogens sah nach rechts, wo in der immer rascher fallenden Dämmerung eine halbhohe, zum Großteil von Unkraut und wucherndem Gestrüpp überwachsene Bruchsteinmauer aufgetaucht war. Ihm fiel rein gar nichts Ungewöhnliches auf, außer vielleicht, dass der Friedhof für eine so kleine Stadt entschieden zu groß zu sein schien. Aber schließlich tat er Tom den Gefallen und fragte: »Wieso?«

Tom lachte. »Der Doktor sagt, es wär der einzige Friedhof auf der Welt, der auf zwei Kontinenten liegt.« Er machte eine Kopfbewegung auf die Mauer, die jetzt links von ihnen vorbeiglitt. Mogens korrigierte seine Schätzung, die Größe des Friedhofes betreffend, noch einmal ein gutes Stück nach oben. »Die San-Andreas-Spalte verläuft genau drunter. Ich hab mal gehört, wie sich zwei Geologen aus dem Lager drüber unterhalten haben.«

Und das, dachte Mogens, obwohl sie doch mit den Geologen aus dem benachbarten Zeltlager nichts zu tun hatten. Außerdem fiel ihm erneut auf, wie glatt Tom dieses komplizierte Wort von den Lippen ging, über das so mancher seiner Studenten in Thompson gestolpert wäre. Er schwieg auch dazu, nahm sich aber fest vor, sich in den nächsten Tagen etwas eingehender über Tom zu erkundigen.

Der Weg wurde schlechter, kaum dass sie die Friedhofsmauer hinter sich gelassen hatten, und verwandelte sich nach einer weiteren halben Meile endgültig in einen besseren Trampelpfad, der Mogens fast schlimmer vorkam als der steinige Weg, den sie über den Berg genommen hatten. Mogens warf Tom einen schrägen Blick zu, den dieser aber geflissentlich ignorierte.

Schließlich verschwand die Straße ganz. Vor ihnen lag nur noch eine Mauer scheinbar undurchdringlichen Gestrüpps, auf die Tom aber unbeirrt zuhielt, ohne auch nur das Tempo zu drosseln.

»Ähm... Tom«, begann Mogens.

Tom lächelte, reagierte aber ansonsten nicht, und er nahm auch das Tempo nicht zurück. Der Ford schoss auf das Gebüsch zu, und Mogens klammerte sich instinktiv an seinem Sitz fest und wartete auf das Geräusch von splitterndem Holz oder auch zerbrechendem Glas.

Stattdessen fegte der wuchtige Kühlergrill des Ford nur ein paar dünne Äste zur Seite, und vor ihnen lag eine lang gestreckte, asymmetrische Freifläche, auf der sich eine Hand voll kleiner Blockhütten um einen zentralen Platz drängte, in dessen Zentrum sich ein niedriges weißes Zelt erhob. Ein kleines Stück abseits stapelten sich Balken, gehobelte Bretter und andere Baumaterialien, und jenseits der Blockhütten entdeckte Mogens gleich drei weitere Automobile; darunter auch einen Lastwagen mit einer offenen Pritsche, auf der sich etliche längliche Holzkisten stapelten. Das mussten wohl die »Särge« sein, von denen Tom gesprochen hatte. Es war kein einziger Mensch zu erblicken.

Während Tom den Ford geschickt um die Gebäude herumchauffierte und neben den anderen Fahrzeugen abstellte, wandte sich Mogens noch einmal im Sitz um und schaute zurück. Die Lücke im Unterholz hatte sich hinter ihnen wieder geschlossen. Der Weg war nicht mehr zu sehen. Was hatte Tom gesagt? Doktor Graves wollte keine Fremden im Lager.

»Wir sind da«, sagte Tom überflüssigerweise und stieg aus. Während Mogens einen Moment lang damit beschäftigt war, den ihm unvertrauten Öffnungsmechanismus der Tür zu ergründen, eilte Tom bereits um den Wagen herum und öffnete die Tür von außen. Mogens lächelte verlegen, aber der Junge war diplomatisch genug, kein Wort über seine vermeintliche Unbeholfenheit zu verlieren, sondern trat nur zwei Schritte zurück und machte eine wedelnde Handbewegung zu der am weitesten entfernten Blockhütte.

»Dort hinten ist Ihre Unterkunft«, sagte er. »Gehen Sie ruhig schon hin. Ich bring Ihnen Ihr Gepäck.«

Mogens dachte mit einem leisen Gefühl von schlechtem Gewissen an die beiden prall gefüllten, schweren Koffer im Gepäckraum des Ford, aber dann wandte er sich dennoch mit einem stummen Kopfnicken um und steuerte das bezeichnete Gebäude an. Obwohl die Straße staubtrocken gewesen war, war der Boden, über den er nun ging, so morastig, dass seine Schuhsohlen darin einsanken und seine Schritte kleine, schmatzende Laute verursachten, und er schauderte leicht, als er aus dem Windschatten des Wagens heraustrat und ihn ein eisiger Luftzug streifte. Und war da nicht ein sachtes Zittern des Bodens unter seinen Füßen, so als bewege sich tief im Leib der Erde etwas Großes, Uraltes, das kurz davor war, aus einem äonenlangen Schlaf zu erwachen…?

Mogens schüttelte den Kopf, lachte über seine eigenen, närrischen Gedanken und ging schnell weiter. Seine Schritte verursachten noch immer jene schmatzenden Laute, die ihn aber jetzt nicht mehr erschreckten, sondern ihn mit einem Gefühl deutlichen Ärgers an seine fast neuen Lederschuhe denken ließ, die er sich nun möglicherweise ruinierte.

Seine Laune sank noch weiter, als er sich der Blockhütte näherte, die Tom ihm gewiesen hatte. Sie war winzig, allerhöchstens fünf oder sechs Schritte im Geviert und hatte – zumindest auf den beiden Seiten, die Mogens einsehen konnte – nur ein einziges schmales Fenster, dem ein schwerer Laden vorgelegt war. Auch die Tür machte einen äußerst massiven Eindruck und hatte – ebenso wie der Fensterladen – zwei fingerbreite, senkrechte Schlitze, ungefähr in Augenhöhe, die aussahen wie Schießscharten. Zusammen mit den dicken, sorgsam aufeinander gefügten Balken, dem wuchtigen Dach und der massiven Tür drängte sich Mogens unwillkürlich der Vergleich mit einer kleinen Festung auf. Diese Hütte – zusammen mit den anderen – musste älter sein, als er bisher angenommen hatte. Möglicherweise stammte dieses ganze Lager ja noch aus einer Zeit, in der sich seine Bewohner den Angriffen erzürnter Ureinwohner dieses Landes erwehren mussten, denn jedes einzelne des knappen halben Dutzends kleiner Gebäude machte einen äußerst wehrhaften Eindruck.

Mogens öffnete die Tür und trat gebückt ein, um sich nicht an dem niedrigen Türsturz den Schädel anzuschlagen. Als er den Kopf wieder hob, erlebte er eine Überraschung.

Das Innere des Gebäudes war weitaus geräumiger, als er erwartet hatte – und vor allem *heller*. Unter der Decke brannte ein vierarmiger Leuchter mit elektrischen Glühbirnen, und es duftete angenehm nach Seife – und frisch aufgebrühtem Kaffee. Die Einrichtung war spartanisch, aber durchaus annehmbar. Es gab ein überraschend breites, offenbar frisch bezogenes Bett, Tisch und Stühle sowie ein wohl gefülltes Bücherregal und etwas, dessen Anblick Mogens nun *wirklich* überraschte: Gleich neben dem Bücherbord erhob sich ein zierliches Stehpult. Es war lange her, dass Mogens so etwas auch nur *gesehen* hatte, aber zu der Zeit, als er selbst noch studiert hatte, hatte er es stets vorgezogen, im Stehen an einem solchen Möbelstück zu arbeiten. Graves musste sich wohl daran erinnert haben. Offensichtlich legte er wirklich Wert darauf, ihm den Aufenthalt so angenehm wie möglich zu gestalten. Der Gedanke verschlechterte Mogens' Laune allerdings eher, statt sie zu heben. Er war nicht bereit, Jonathan Graves auch nur die Spur einer Chance zu lassen.

Außerdem waren da immer noch seine ruinierten Schuhe.

Mogens blickte missmutig zuerst auf die unregelmäßige Spur brauner schmieriger Fußabdrücke, die er auf dem frisch gebohnerten Fußboden hinterlassen hatte, dann auf seine besudelten Wildlederschuhe. Der Anblick erinnerte ihn an einen gewissen Vorfall vor vier Tagen, der mit Graves und Miss Preusslers Katze Cleopatra zu tun hatte.

»Machen Sie sich nichts draus, Professor«, sagte eine Stimme hinter ihm. »Das passiert hier andauernd, selbst im Hochsommer. Es liegt am Boden, wissen Sie? Der Grundwasserspiegel ist so hoch, dass wir praktisch auf einem Schwamm stehen.«

Mogens drehte sich fast erschrocken um und blickte ins Gesicht eines vielleicht fünfzigjährigen, grauhaarigen Mannes, der ihm allerhöchstens bis zum Kinn reichte, dennoch aber gut doppelt so viel wiegen musste wie er. Trotz dieser unbestreitbaren Fettleibigkeit und des damit einhergehenden Eindrucks von Unbeholfenheit hatte er die Hütte so lautlos betreten, dass Mogens nicht das Geringste gehört hatte. Jetzt stand er zwei Schritte hinter ihm, strahlte ihn an wie ein Weihnachtsmann, der sich versehentlich den Bart abrasiert hatte, und streckte ihm eine fleischige, stummelfingerige Hand entgegen.

»Mercer«, sagte er fröhlich. »Doktor Basil Mercer. Aber vergessen Sie den ›Doktor‹ ruhig. Sie müssen Professor VanAndt sein.«

Mogens zögerte einen unmerklichen Moment, Mercers ausgestreckte Hand zu ergreifen; er hatte das Händeschütteln nie gemocht, zum einen, weil er es für ziemlich unhygienisch hielt, zum anderen, weil ihm diese Geste eine oftmals unangemessene Intimität zwischen zumeist wildfremden Menschen zu schaffen schien. Mercer hatte jedoch etwas so Einnehmendes, dass er nur einen Sekundenbruchteil zögerte, bevor er nach seiner dargebotenen Hand griff.

»Nur wenn Sie den ›Professor‹ weglassen, Doktor Mercer«, sagte er lächelnd. »VanAndt.«

Mercer verzog übertrieben das Gesicht. »Dann finde ich ›Professor‹ doch bedeutend einfacher«, meinte er. »Ein holländischer Name?«

»Nein, belgisch«, entgegnete Mogens, ein Scherz, den er schon seit seiner Studentenzeit nicht mehr gemacht hatte. Fast niemand auf dieser Seite der Welt wusste, dass das kleine Belgien seinerseits wiederum aus zwei ethnischen Volksgruppen bestanden, die noch dazu äußerst eifersüchtig auf ihrer jeweiligen kulturellen Identität beharrten. So mancher, dem sich Mogens auf diese Weise vorgestellt hatte, hatte verstört reagiert und vielleicht insgeheim gemutmaßt, dass er aus Transsylvanien stammen und ein direkter Nachkomme von Vlad dem Pfähler sein müsse.

Mercer überraschte ihn jedoch erneut. »Ein Flame«, sagte er fröhlich. »Willkommen in der Neuen Welt!«

Diesmal war es Mogens, der das Gesicht verzog. »Dann doch lieber Professor«, sagte er. »Und ich bin nur in Europa geboren. Meine erste Erinnerung ist die an einen schmuddeligen Hinterhof in Philadelphia.«

»Na, dann müssten wir uns eigentlich kennen«, behauptete Mercer.

»Sie stammen ebenfalls aus Philadelphia?«, fragte Mogens.

»Nein.« Mercer grinste. »Aber ich war auch noch nie in Europa.«

Mogens lachte, aber es musste wohl etwas gezwungen ausgefallen sein, denn auch Mercers Grienen hielt nur noch einen kurzen Moment, bevor er Mogens' Hand losließ, sich leicht verlegen räusperte und einen halben Schritt zurücktrat.

»Gut«, sagte er. »Nachdem ich die Begrüßung hinlänglich versaut habe, können wir ebenso gut weitermachen, und ich stelle Ihnen den Rest der Mannschaft vor.«

»Ihre Kollegen?«, vermutete Mogens.

Mercer streckte den linken Daumen in die Höhe. »Einen Kollegen«, sagte er. »Und eine Kolleg*in*. Wir sind hier nur zu viert – zu fünft, jetzt, wo Sie zu uns gestoßen sind.« Er wedelte aufgeregt mit der Hand. »Kommen Sie, Professor. Die einzige Dame in unserer Runde ist schon ganz begierig darauf, Sie kennen zu lernen.« Mogens sah sich unschlüssig um, aber Mercer kam seinem Widerspruch zuvor.

»Diese Luxussuite läuft Ihnen nicht davon«, sagte er. »Außerdem wird Tom Ihre Koffer bestimmt nicht auspacken. Er ist ein angenehmer Bursche, aber ein wahrer Meister im Erfinden von Ausreden, wenn es darum geht, sich vor einer Arbeit zu drücken.«

Mogens resignierte, zumal Mercer durchaus Recht hatte: Seine Unterkunft lief ihm nicht davon, und auch er war begierig darauf, seine neuen Kollegen kennen zu lernen – und natürlich endlich zu erfahren, warum er eigentlich hier war.

So folgte er Mercer, als dieser die Blockhütte verließ und sich nach links wandte. Er erwartete, dass sich sein Führer einem der anderen Häuser zuwenden würde, die sich – mit Ausnahme einer einzigen, etwas abseits stehenden Blockhütte, die deutlich größer war – nicht von seiner eigenen Unterkunft unterschieden, aber Mercer ging schnurstracks auf das Zelt zu, das sich in der Mitte des Lagerplatzes erhob.

Während Mogens ihm folgte, fiel ihm erneut auf, wie sonderbar sich der Boden unter seinen Füßen anfühlte. Es waren nicht nur die quatschenden Geräusche, die seine Schritte verursachten. Er musste an das denken, was Mercer gerade gesagt hatte: Er hatte tatsächlich das Gefühl, über einen riesigen Schwamm zu gehen. Und Mercers Erklärung machte das Gefühl nicht angenehmer; ganz im Gegenteil.

Mercer betrat das Zelt als Erster, hielt mit der linken Hand die Plane zurück und bedeutete ihm gleichzeitig mit der anderen, vorsichtig zu sein, eine Warnung, die sich als durchaus begründet erwies. Vor ihnen gähnte ein gut zwei Meter durchmessendes, kreisrundes Loch im Boden, aus dem das Ende einer schmalen hölzernen Leiter emporragte. Es gab weder ein Geländer noch irgendeine andere Vorrichtung, die der Sicherheit diente, und als Mogens sich schaudernd vorbeugte und nach unten sah, erkannte er, dass der Schacht mindestens dreißig Fuß in die Tiefe reichte, wenn nicht noch mehr.

»Man gewöhnt sich daran«, sagte Mercer. Mogens' Schaudern war ihm keineswegs verborgen geblieben. »Sie sind doch schwindelfrei, hoffe ich.«

»Ich weiß es nicht«, antwortete Mogens wahrheitsgemäß. »Als Archäologe arbeitet man selten in luftigen Höhen.«

»Nach ein paar Tagen macht es Ihnen nichts mehr aus«, versicherte Mercer. Er griff nach der Leiter, schwang seine gewaltige Körperfülle mit erstaunlicher Leichtigkeit auf die oberste Sprosse und stieg drei, vier Stufen weit nach unten, bevor er wieder Halt machte und Mogens einen auffordernden Blick zuwarf, es ihm gleich zu tun. »Nur keine Sorge, Professor«, sagte er spöttisch. »Die Leiter ist stabil. Gute amerikanische Wertarbeit.«

Mogens lächelte pflichtschuldig, aber er rührte sich trotzdem nicht, bis Mercer fast zur Hälfte den Schacht hinabgeklettert war, bis auch er zögernd nach der Leiter griff und mit dem Fuß nach der obersten Stufe tastete. Die Leiter ächzte tatsächlich hörbar unter Mercers Gewicht, aber das war nicht der wahre Grund seines Zögerns. Tatsache war, dass er Mercers Frage gerade nicht ganz wahrheitsgemäß beantwortet hatte.

Mogens war alles andere als schwindelfrei. Ihm wurde im Gegenteil normalerweise schon beim bloßen *Anblick* eines hohen Gebäudes mulmig, und auch nur die dreistufigen Trittleitern vor den Regalen in der Universitätsbibliothek zu benutzen, bereitete ihm körperliches Unbehagen. Es kostete ihn all seine Kraft, auf die Leiter zu treten und hinter Mercer nach unten zu klettern. Seine Hände und Knie zitterten, als er neben Mercer in der Tiefe anlangte, und sein Atem ging so schnell, als wäre er eine Meile weit um sein Leben gerannt. Er blieb ein paar Sekunden mit geschlossenen Augen stehen und wartete, bis sich sein hämmernder Herzschlag wieder beruhigt hatte.

»Man gewöhnt sich daran«, sagte Mercer noch einmal, als Mogens die Augen wieder öffnete und sich mit klopfendem Herzen umsah. Es waren dieselben Worte, aber sein Tonfall hat sich verändert. Mogens hörte nun echtes Mitgefühl in seiner Stimme, vielleicht sogar eine Spur von Sorge.

»Ich war nur... ein wenig überrascht«, sagte er nervös. »Damit habe ich nicht gerechnet.«

Mercer sah ihn noch einen Herzschlag lang durchdringend an und wechselte dann mit einem unbehaglichen Räuspern das Thema. »Von jetzt an geht es nur noch geradeaus. Kommen Sie.«

Mogens warf noch einen unbehaglichen Blick in die Runde, bevor er sich seinem Führer anschloss. Der Schacht, der oben kreisrund war und einen Durchmesser von gut sieben Fuß hatte, erweiterte sich hier zu einer asymmetrischen Höhle von der gut doppelten Größe. Ein Teil der Wände bestand aus verwittertem grauem Fels. Die Konsistenz des Restes war nicht zu erkennen, denn er war mit groben Brettern abgestützt, zwischen denen hier und da kleine Rinnsale hervorsickerten, die sich am Boden zu ölig schimmernden Pfützen sammelten. Mogens sah stirnrunzelnd auf seine Schuhe hinab. Der Morast, über den er sich gerade geärgert hatte, war verschwunden, aber dafür waren sie nun völlig durchnässt.

»Ich fürchte, das ist meine Schuld«, sagte Mercer in einem Ton ehrlichen Bedauerns. »Ich hätte Sie warnen sollen. Aber wir haben uns alle schon so sehr daran gewöhnt...« Er hob entschuldigend die Schultern.

»Das... macht nichts«, sagte Mogens. Was Unsinn war. Die Schuhe, die er trug, waren nicht nur sein bestes, sondern zugleich auch sein *einziges* Paar. »Wohin führt dieser Gang?«, fragte er mit einer entsprechenden Geste auf einen knapp fünf Fuß hohen, sorgsam mit Brettern und fast armdicken, gehobelten Balken abgestützten Tunnel, der unmittelbar hinter Mercer tiefer in die Erde hineinführte. An seinem Ende schimmerte ein blasses, gelbes Licht.

»Wir haben hier überall elektrischen Strom«, sagte Mercer, dem Mogens' erstaunter Blick keineswegs entgangen war. »Graves hat einen Generator herbeischaffen lassen, der das ganze Lager versorgt, sowohl ober- als auch unterirdisch.« Er nickte gewichtig. »Man kann gegen den guten Doktor sagen, was man will, aber was er anpackt, das macht er richtig.«

»Was kann man denn gegen ihn sagen?«, erkundigte sich Mogens.

Statt zu antworten, grinste Mercer nur, beugte sich ächzend vor und drang gebückt in den Tunnel ein. Mogens musste ein Grinsen unterdrücken, als er den unbeholfenen Watschelgang sah, zu dem die niedrige Decke und seine eigene Körperfülle Mercer zwangen, und er ließ ihm einen angemessenen Vorsprung, bevor er ihm folgte; schon aus ästhetischen Gründen. Mercers gewaltiges Hinterteil füllte den Gang vor ihm aus wie ein heruntergefallener Vollmond und sein gekrümmter Rücken scharrte unter der Decke entlang, sodass der Doktor unentwegt ächzte und schnaubte wie eine altersschwache Lokomotive, die sich eine viel zu große Steigung hinaufquälte. Dann und wann lösten sich Holzsplitter oder auch kleine Steinchen von der nur zum Teil verkleideten Decke, sodass es Mogens schon aus diesem Grund angeraten schien, einen gewissen Sicherheitsabstand einzuhalten – er trug nicht nur sein einziges Paar Schuhe, sondern auch seinen besten Anzug.

Gottlob war der Tunnel nicht besonders lang. Nach kaum drei Dutzend Schritten richtete sich Mercer schnaufend vor ihm wieder auf. Dann trat auch Mogens aus dem Tunnel heraus und in einen unerwartet großen, von einer Anzahl elektrischer Glühbirnen fast taghell erleuchteten Raum.

Im ersten Moment blinzelte er, geblendet durch das ungewohnt grelle Licht, und er erkannte nur Schemen. Immerhin identifizierte er zwei oder drei weitere Schemen; vermutlich die anderen Kollegen, von denen Mercer gesprochen hatte.

»Kommen Sie, Professor!« Mercer wedelte aufgeregt mit beiden Händen. »Ich stelle Ihnen den Rest der Bande vor!«

Mogens blinzelte noch einmal, um seinen Augen Gelegenheit zu geben, sich an die fast schattenlose Helligkeit zu gewöhnen, die das elektrische Licht verbreitete, dann richtete er sich vollends auf und fuhr sich glättend mit beiden Händen über den zerknitterten Anzug. Nicht, dass da noch viel zu retten gewesen wäre; aber dass er gezwungen war, in einem so schmuddeligen Loch herumzukriechen bedeutete ja nicht, dass er auch seine Würde aufgeben musste.

Mercer war an einen langen, mit Gerätschaften, Büchern und Fundstücken übersäten Holztisch getreten, dem Mogens nur einen flüchtigen Blick schenkte, bevor er sich den beiden Personen zuwandte, die dahinter standen und ihm auf völlig unterschiedliche Weise entgegenblickten. Es handelte sich um einen schlanken, fast asketisch wirkenden Mann ungefähr in Mogens' Alter und eine deutlich ältere, grauhaarige Frau mit verhärmtem Gesicht, die ihn mit einem Ausdruck musterte, den Mogens als feindselig eingestuft hätte, wäre ihm auch nur irgendein Grund dafür eingefallen.

»Darf ich vorstellen?« Mercer deutete händewedelnd auf den asketischen Mann. »Doktor Henry McClure.«

McClure nickte kaum merklich, wobei sich seine Lippen zu einem ebenso fast unmerklichen, nichtsdestotrotz aber ehrlich wirkenden Lächeln verzogen, das Mogens mit einem angedeuteten Kopfnicken beantwortete.

»Doktor Suzan Hyams«, erklärte Mercer mit einer entsprechenden Geste auf die Grauhaarige. Ihre Reaktion entsprach gänzlich den Blicken, mit denen sie Mogens maß: Sie verzog das Gesicht zu einer Miene, deren Bedeutung sich Mogens wohl aussuchen konnte, die aber keinesfalls *freundlich* war, und sparte sich sogar das angedeutete Kopfnicken, zu dem sich McClure aufgerafft hatte.

Mogens schenkte ihr trotzdem sein freundlichstes Lächeln, bevor er sich mit einem fragenden Blick an Mercer wandte. »Graves…?«

»Der Doktor lässt sich entschuldigen«, sagte McClure fast hastig. »Er wird später zu uns stoßen. Suzan und ich können Ihnen inzwischen schon einmal alles zeigen.«

Mogens war enttäuscht. Es war nicht so, dass er sich auf das Wiedersehen mit Graves gefreut hätte – aber er wollte es hinter sich bringen; schon weil er ahnte, dass auch diese neuerliche Verzögerung nur Teil von Graves' Plan war, ihm seine Machtlosigkeit vor Augen zu führen.

»Herumführen?«, fragte er. Er sah sich unbehaglich um. »Für den Anfang würde es mir schon reichen, wenn mir jemand erklären würde, worum es hier eigentlich geht.«

»Genau darum habe ich vorgeschlagen, Sie herumzuführen, Professor«, sagte Mercer. »Das macht es einfacher. Und es geht schneller. Glauben Sie mir.«

Mogens ließ seinen Blick noch einmal über die Gesichter McClures und Hyams schweifen, dann aber hob er nur die Schultern und wandte seine Konzentration dem ausladenden Holztisch zu, hinter dem die beiden Aufstellung genommen hatten. Es war ein wirklich gewaltiger Tisch, dessen bloße Abmessungen sich Mogens verwundert fragen ließ, wie Mercer und seine Kollegen dieses Monstrum hier herunterbekommen hatten. Die Platte war annähernd einen Zoll stark und maß sicher drei auf sieben Fuß, wenn nicht mehr, dennoch bog sie sich nahezu unter der Last der darauf gestapelten Bücher, Werkzeuge, wissenschaftlicher Instrumente und Fundstücke. Trotz des schon fast unangenehm hellen Lichtes konnte Mogens nicht auf den ersten Blick erkennen, worum es sich dabei handelte, denn die meisten waren mit Tüchern abgedeckt oder so herumgedreht, dass nur die Rückseiten großer, wie es ihm vorkam teilweise eher unsachgemäß aus dem Fels gebrochener Steinplatten zu erkennen waren. Mogens streckte die Hand aus, um nach einer der Platten zu greifen, aber Mercer schüttelte rasch den Kopf und streckte sogar die Hand aus, wie um ihn zurückzuhalten.

»Verderben Sie uns doch nicht den Spaß, lieber Professor«, sagte er lächelnd. »Wir haben hier so selten Gelegenheit, mit unseren Entdeckungen anzugeben, dass wir diesen Moment eigentlich aus vollen Zügen genießen wollten.«

Im ersten Moment reagierte Mogens nahezu verärgert, aber dann gewahrte er das Glitzern in Mercers Augen und musste fast gegen seinen Willen lächeln. Für einen Mann von wissenschaftlicher Reputation, der Mercer zweifellos war, ließ er Mogens' Meinung nach die angemessene Ernsthaftigkeit vermissen, aber durch sein unbestritten albernes Gehabe schimmerte doch zugleich eine Herzlichkeit, die es Mogens unmöglich machte, ihm wirklich böse zu sein.

»Also gut«, sagte er. »Worum geht es?«

McClure trat einen Schritt vom Tisch zurück und drehte sich gleichzeitig halb herum, und auch Mercer machte eine seiner typischen wedelnden Handbewegungen in dieselbe Richtung. Als Mogens' Blick der Geste folgte, gewahrte er einen weiteren, zu seiner Erleichterung allerdings sehr viel höheren Stollen, der auf der anderen Seite der Höhle tiefer in die Erde hineinführte. Der Zugang war mit einer grob aus Latten zusammengefügten Tür verschlossen, die allerdings einen alles andere als stabilen Eindruck erweckte. Selbst Mogens, der von eher schwächlicher Konstitution war, traute sich zu, sie ohne besondere Mühe aufzubrechen.

Mercer und McClure eilten voraus, während sich Hyams nicht von ihrem Platz rührte, sondern ihnen nur mit finsterem Gesicht nachblickte. »Begleiten Sie uns nicht, meine Liebe?«, fragte Mercer.

»Ich habe zu tun«, antwortete Hyams knapp und mit einer erklärenden Geste auf den überladenen Tisch. »Doktor Graves wollte die Übersetzung bis heute Abend fertig haben.«

»Er wird Ihnen gewiss nicht den Kopf ab...«, begann Mercer, sprach den Satz aber dann nicht zu Ende, sondern beließ es bei einem angedeuteten Achselzucken und einem leisen Seufzen, bevor er sich wieder umwandte und seinen Weg fortsetzte. Schweigend öffnete er die Lattentür – Mogens fiel auf, dass sie nicht einmal ein Schloss hatte –, trat hindurch und wartete, bis Mogens und McClure ihm gefolgt waren.

»Nehmen Sie es ihr nicht übel«, sagte McClure. »Suzan ist im Grunde ganz umgänglich. Sie macht im Moment nur eine... schwierige Zeit durch.«

Mogens hatte das sichere Gefühl, dass er eigentlich etwas ganz anderes hatte sagen wollen, aber er zuckte nur mit den Schultern und wandte sich um, um seine Umgebung in genaueren Augenschein zu nehmen. Auch dieser Stollen wurde elektrisch beleuchtet; wenn auch nicht annähernd so grell wie die große Höhle, durch die sie gerade gekommen waren.

In Abständen von vielleicht fünfzehn oder zwanzig Schritten hingen nackte Glühbirnen unter der Decke, deren gelblicher Schein einen geradezu unglaublichen Anblick enthüllte.

»Aber das ist doch…« Mogens ächzte, trat mit zwei raschen Schritten an Mercer und McClure vorbei an die Wand und ließ seinen Blick ungläubig über den grauen Fels gleiten. Was er sah, war… unmöglich!

»Ich wusste, dass es Ihnen gefällt«, sagte Mercer fröhlich.

Mogens hörte seine Worte gar nicht. Er starrte die Wand vor sich an, das Unglaubliche, das darauf zu sehen war, hob den Arm und ließ die Hand dann wieder sinken, als hätte er Angst, das Bild könne wie eine Seifenblase zerplatzen, wenn er es berührte. Verwirrt drehte er den Kopf und starrte abwechselnd Mercer und McClure an.

»Das… das ist ein Scherz, oder?«, murmelte er.

»Keineswegs«, antwortete Mercer. Er strahlte wie ein Honigkuchenpferd, und auch McClure lächelte mit unübersehbarem Stolz. Und natürlich war es kein Scherz. Ganz davon abgesehen, dass nicht einmal der infantilste Witzbold der Welt einen solchen Aufwand betrieben hätte, nur um sich einen Jux zu machen, hätte es niemand *gekonnt*. Was er sah, war echt.

Ebenso echt wie unmöglich. Die Wand vor ihm war übersät mit Bildern. Etliche waren gemalt, mit kräftigen, plakativen Farben, denen das blasse elektrische Licht den Großteil der Leuchtkraft nahm, die sie zweifellos hatten, die meisten aber waren mit tiefen Linien in den Stein hineingemeißelt, Bilder, die vor einer Ewigkeit und *für* die Ewigkeit geschaffen worden waren.

Da war eine riesige, hundeköpfige Gestalt mit nachtschwarzer Haut und glühenden Augen, daneben die katzenköpfige Bastet und Isis, ein Stück weiter der krokodilsgesichtige Sobek, Seth, Aton und Amun-Ra… auf dem vielleicht zwanzig Schritte messenden Teilstück der Wand, das Mogens überblicken konnte, tummelte sich ein ganzer Reigen ägyptischer Gottheiten und Pharaonen. Manche der abgebildeten Gestalten waren Mogens gänzlich unbekannt, viele wirkten auf sonderbare Weise … falsch, als wären sie nach demselben Vorbild erschaffen, aber von einem vollkommen anderen Künstler, der aus einer anderen Schule mit gänzlich verschiedener Tradition stammte, viele aber waren Mogens so vertraut, dass ihm ein eisiger Schauer nach dem anderen über den Rücken lief. Erneut streckte er die Hand aus, um das Relief zu berühren, und wieder wagte er es nicht und zog die Finger unverrichteter Dinge zurück.

»Nun?«, griente Mercer. »Ist die Überraschung gelungen?«

Mogens schwieg. Er konnte nichts sagen. Fassungslos starrte er abwechselnd Mercer, die Wandreliefs und -malereien, McClure und wieder die unglaublichen Bilder vor sich an.

»Das … das ist …«

»… noch nicht einmal das Beste«, fiel ihm Mercer ins Wort. Er begann so aufgeregt mit beiden Händen in der Luft herumzufuchteln, als versuchte er Fliegen zu verscheuchen. »Kommen Sie, mein Lieber.« Er grabschte nach Mogens' Arm und zog ihn einfach mit sich.

Mogens war viel zu perplex, um sich über Mercers plumpe Vertraulichkeit zu ärgern. Widerspruchslos folgte er Mercer, der ihn wie ein Kind an der Hand ergriffen hatte und ihn einfach hinter sich her zerrte. Dabei schrie alles in ihm danach, sich loszureißen, um wieder an die Wand heranzutreten und das unglaubliche Bild anzustarren, das Unmögliche, das sich dennoch wahrhaftig und real vor ihm erhob, eingemeißelt in Jahrmillionen alten Stein und so fassbar, wie etwas nur sein konnte. Er musste träumen. Mogens hatte während seiner Studienzeit – und auch in den Jahren danach – mehr als eine Unwahrscheinlichkeit erlebt, und doch war dies hier etwas vollkommen anderes. Es war etwas, das nicht sein *konnte*, weil es nicht sein *durfte*.

Aber es *war*.

Der Tunnel war sicherlich hundert Schritte lang, wenn nicht mehr, und führte dabei in sanftem Gefälle tiefer in die Erde hinein. Da es nur wenige Glühbirnen gab, wechselten sich Bereiche ausreichender Helligkeit mit solchen schattenerfüllten Halbdunkels ab, in denen die gemeißelten und gemalten Figuren zu unheimlichem Eigenleben zu erwachen schienen.

Mogens glaubte ein sonderbares, helles Flüstern und Wispern zu hören, das allmählich an Lautstärke zunahm, je tiefer sie in die Erde eindrangen, zweifellos aber nur seiner eigenen Einbildung entstammte. Seine Fantasie schlug Kapriolen, aber das war nun wirklich kein Wunder.

Der Tunnel endete vor einer weiteren Tür, die jedoch diesmal aus massiven Eisenstäben bestand und ein wuchtiges, sichtbar nagelneues Vorhängeschloss besaß, das ganz den Eindruck vermittelte, selbst einer Attacke mit einem Schweißbrenner gelassen standzuhalten. Es war jedoch nicht eingerastet. Als Mercer die Hand um einen der fast daumendicken Eisenstäbe schloss, schwang das Gitter mit einem leisen Quietschen auf, und sie betraten den dahinter liegenden Raum.

Und mit ihm vollends eine andere Zeit.

Der Raum war quadratisch, maß mindestens sechzig Fuß im Geviert und war mehr als fünfzehn Fuß hoch. Auch seine Wände waren mit prachtvollen Bildern und Reliefarbeiten übersät, die Motive aus der altägyptischen Götter- und Pharaonenwelt zeigten, denen Mogens aber kaum mehr als einen flüchtigen Blick schenkte.

Was er draußen als Wandmalerei und flaches Relief gesehen hatte, das stand nun dreidimensional und überlebensgroß vor ihm. Rechts und links des Einganges, unter dem sie stehen geblieben waren, erhoben sich zwei mehr als mannshohe Horus-Statuen aus poliertem Alabaster, deren Schnäbel vergoldet waren und deren Augen aus faustgroßen Rubinen bestanden, die vom Licht der elektrischen Glühlampen auf unheimliche Weise zum Leben erweckt zu werden schienen. Direkt vor Mogens, dennoch die gesamte Mitte des Raumes beherrschend, erhob sich eine gewaltige, über und über mit Gold und kunstvollen Malereien übersäte Totenbarke aus glänzendem schwarzem Holz, die von jeweils zwei sieben Fuß großen Anubis-Statuen an Bug und Heck vorwärts gestakt wurde – des Herrn und Wächters der Totenwelt, mit Menschenleib und Schakalskopf, mit Juwelenaugen, die von innen heraus zu glühen schienen. Die Barke stand auf einem riesigen Quader, der aus purem Gold zu bestehen schien. Flankiert wurde sie von zwei lebensgroßen Streitwagen samt Lenkern und prachtvoll aufgezäumten Pferden aus poliertem Marmor, und längs der Wände erhoben sich buchstäblich Dutzende weiterer lebensgroßer Statuen, die ägyptische Götter und Fabelwesen darstellten. Nicht alle davon waren Mogens bekannt, was aber nichts an ihrer Glaubhaftigkeit ändern musste. Mogens war kein Ägyptologe, auch wenn er sich durchaus für das Gebiet interessiert hatte – aber das änderte nichts an der Erkenntnis, die ihn wie ein Schlag traf:

Sie befanden sich in einer ägyptischen Grabkammer!

»Nun?«, fragte Mercer. »Habe ich zu viel versprochen?«

Es war Mogens nicht möglich, zu antworten. Er wollte zumindest nicken, aber nicht einmal das gelang ihm. Er stand einfach da, bewegungslos, unfähig, sich zu rühren, auch nur zu blinzeln, ja, für einen Moment sogar, zu atmen. Er hörte, dass auch McClure irgendetwas zu ihm sagte, aber er verstand die Worte nicht, und es war ihm auch nicht möglich, sich darauf zu konzentrieren oder auch nur einen klaren Gedanken zu fassen.

»Das… das ist…«

»Beeindruckend, nicht wahr?«

Mogens' Herz begann in jähem Entsetzen zu hämmern, als eine der lebensgroßen Gestalten aus ihrer jahrtausendelangen Starre erwachte und mit einem staksigen Schritt von ihrem Podest heruntertrat. Elektrisches Licht brach sich auf riesigen, schimmernden Augen ohne das mindeste menschliche Gefühl, riss furchtbare Krallen aus dem äonenalten Halbdunkel und verlieh den gleitenden Bewegungen der raubtierhaften Gestalt noch zusätzlich etwas Bedrohliches, das weit über die Grenzen des Sichtbaren hinausging.

Dann machte die unheimliche Gestalt einen zweiten Schritt, der sie vollends ins gelbe Licht der Glühbirnen hinausbrachte, und Mogens erkannte seinen Irrtum und unterdrückte im letzten Moment einen keuchenden Schrei. Es war kein jahrtausendealter ägyptischer Dämon, sondern niemand anderes als Doktor Jonathan Graves; er trat auch nicht von einem Steinsockel herunter, sondern aus dem Schatten einer großen Steinstatue heraus, hinter der er bisher unsichtbar gestanden hatte. Statt grässlicher Raubtierkrallen erblickte Mogens die altvertrauten schwarzen Lederhandschuhe, und das gnadenlose Schimmern in seinem Gesicht war das reflektierte Licht, das von den Gläsern einer randlosen Brille zurückgeworfen wurde, die er mit zwei Gummibändern hinter seinen Ohren befestigt hatte. Dennoch war die Erleichterung, die Mogens verspürte, nicht vollkommen. Die Chimäre war wieder zum Menschen geworden, aber sie bewegte sich nicht wie ein Mensch, sondern schien sich vielmehr auf eine unheimliche, schlängelnde Art in die Wirklichkeit zurückzuwinden.

Es war Mercer, der den Bann brach. »Doktor Graves«, sagte er tadelnd. »Ihren ausgeprägten Sinn für dramatische Auftritte in Ehren, aber Sie sollten bedenken, dass es Menschen mit schwachem Herzen gibt!«

Graves lachte; ein meckernder, unangenehmer Laut, der auf unheimliche Weise gebrochen von den bemalten Wänden zurückhallte. »In diesem Falle haben Sie es nicht mehr besonders weit, mein lieber Doktor«, sagte er. »Immerhin ist das hier ja ein Grab.«

Hätte Mogens noch Zweifel gehabt, was die Identität seines Gegenübers anging, spätestens diese Bemerkung hätte sie beseitigt. Aber er hatte sie nicht. Vor ihm stand Jonathan Graves, kein Dämon, der über den Abgrund der Zeiten hinweggeeilt war, um ihn zu verderben.

Nicht, dass er sich dadurch besser gefühlt hätte.

»Jonathan«, sagte er lahm. Es war nicht unbedingt eine eloquente Begrüßung, und dennoch schon fast mehr, als er in diesem Moment hervorbrachte. Mogens hätte seinen eigenen Zustand kaum in Worte fassen können. Er fühlte sich… erschlagen. Der Wissenschaftler in ihm beharrte unbeeindruckt von allem was er sah darauf, dass es einfach unmöglich war, aber seine Augen beharrten auf dem Gegenteil.

»Mogens.« Graves zauberte einen Ausdruck auf sein Gesicht, den Mogens noch vor einer Minute auf der Physiognomie dieses Mannes für einfach nicht denkbar gehalten hätte: nämlich ein ehrliches, durch und durch echtes Lächeln. Ohne Mercer – der nachdenklich die Stirn runzelte und anscheinend vergeblich versuchte, seine Bemerkung richtig einzuordnen – auch nur eines weiteren Blickes zu würdigen, trat er auf den Professor zu und steckte ihm die behandschuhte Rechte entgegen. »Ich freue mich, dass du gekommen bist. Genau genommen habe ich nie daran gezweifelt, aber um ehrlich zu sein, bin ich in den letzten ein, zwei Tagen doch ein wenig nervös geworden. Aber nun bist du ja da.«

VanAndt griff ganz automatisch nach seiner ausgestreckten Hand, und der winzige, noch zu rationalem Denken fähige Teil seines Bewusstseins registrierte fast beiläufig, dass Graves' Händedruck vollkommen anders war, als er erwartet hatte, nämlich nicht schwammig und von unheimlicher kribbelnder Bewegung erfüllt, als wäre da unter dem schwarzen Leder seines Handschuhs nicht nur Haut und Muskulatur und Knochen, sondern noch etwas anderes, auf widernatürliche Art lebendig Kriechendes, das beständig und beharrlich versuchte, aus seinem von Menschenhand geschaffenem Gefängnis auszubrechen, sondern ein ganz normaler, ja, durchaus angenehmer Händedruck, fest und beinahe schon vertrauenerweckend. Selbst in diesem Moment emotionaler und intellektueller Aufgewühltheit begriff Mogens, dass er einfach nicht aus seiner Haut konnte. Etwas in ihm war einfach nicht bereit, Graves auch nur eine solche Kleinigkeit wie einen ganz normalen menschlichen Händedruck zuzubilligen.

»Ich bin…«, begann er ungeschickt, sprach aber nicht weiter, sondern flüchtete sich in ein hilfloses Schulterzucken.

»Du bist ein klitzekleines bisschen überrascht, das ist mir klar«, sprang Graves ein. »Und ich muss gestehen, ich wäre zutiefst enttäuscht, wenn es nicht so wäre.«

Mogens konnte immer noch nicht antworten. Der Schock sollte nachlassen, aber das Gegenteil schien der Fall. Das Gefühl von Unwirklichkeit, das ihn ergriffen hatte, wurde immer heftiger. Seit Jonathan Graves so unvermittelt wieder in seinem Leben aufgetaucht war, hatte alles, was geschehen war, etwas von einem Albtraum an sich gehabt; nun aber begann dieser Traum eindeutig absurde Züge zu entwickeln. Sie befanden sich in einem ägyptischen Tempel, tief unter der Erde und *keine fünfzig Meilen von San Francisco entfernt!*

»Das ist... unglaublich«, stieß er schließlich hervor.

»Aber wahr, wie du siehst«, feixte Graves. Er ließ Mogens' Hand los, trat zurück und machte eine weit ausladende Geste. »Willkommen in meinem Reich, mein lieber Professor.«

Mein Reich? Mogens registrierte diese sonderbare Formulierung nur am Rande. Er versuchte mit Macht, seinen Blick von der unglaublichen Umgebung loszureißen und sich gänzlich auf Graves zu konzentrieren, aber es wollte ihm nicht gelingen.

»Ich bin... tief beeindruckt«, murmelte er. Das war nicht das, was Graves hören wollte, aber in seinen Gedanken herrschte noch immer ein heilloses Chaos.

»Vielleicht sollte ich zurückgehen und den Cognac holen, den Suzan unter ihrem Arbeitsplatz versteckt hat«, sagte Mercer. »Der gute Professor sieht mir ganz so aus, als könnte er einen kräftigen Schluck gebrauchen.«

»Das wird... nicht nötig sein«, antwortete Mogens schleppend. »Danke.«

»Unser lieber Professor verabscheut Alkohol«, sagte Graves. »Jedenfalls war das früher so. Und ich nehme nicht an, dass sich daran etwas geändert hat, oder?« Er wartete einen Moment vergebens auf eine Antwort, deutete schließlich ein Schulterzucken an und wandte sich vollends zu Mercer um.

»Vielen Dank, Doktor. Sie und Doktor McClure können jetzt wieder an Ihre Arbeit gehen. Ich übernehme dann den Rest.«

Mercer setzte dazu an, etwas zu sagen, beließ es aber dann bei einem resignierenden Seufzen und der Andeutung eines Schulterzuckens, während sich McClure kommentarlos umwandte und ging. Graves hatte seine Leute anscheinend gut im Griff.

Graves wartete nicht nur, bis die beiden gegangen waren und die Gittertür hinter sich geschlossen hatten, sondern auch, bis ihre Schritte leiser geworden und schließlich ganz verklungen waren. Als er sich endlich wieder zu Mogens umwandte, hatte sich der Ausdruck auf seinem Gesicht verändert. Er lächelte nach wie vor, aber es war jetzt kein albernes Schuljungengrinsen mehr, sondern nur noch ein Lächeln; aber in seinen Augen schien auch plötzlich etwas... Lauerndes zu sein.

Mogens rief sich in Gedanken zur Ordnung. Was er sah, war einfach zu gewaltig, als dass seine persönlichen Gefühle Graves gegenüber dabei eine Rolle spielen oder gar sein Urteilsvermögen trüben durften. Er atmete tief ein, straffte die Schultern und zwang sich, Graves' Blick nicht nur standzuhalten, sondern sein Lächeln zu erwidern. Zu seiner eigenen Überraschung gelang es ihm sogar. »Ich muss mich wohl bei dir entschuldigen, Jonathan«, begann er mit einem unbehaglichen Räuspern. »Ich weiß selbst nicht genau, was ich erwartet habe, aber das hier...«

»Hast du nicht erwartet, ich weiß«, sagte Graves. »Ich wäre auch höchst erstaunt, wenn es anders gewesen wäre.« Das Lächeln verschwand endgültig von seinen Zügen und machte einem Ausdruck großen Ernstes Platz. »Auch ich muss mich für mein geheimnistuerisches Benehmen entschuldigen. Aber nun, nachdem du weißt, worum es geht, kannst du sicherlich verstehen, dass ich nicht einmal eine Andeutung machen konnte – so schwer es mir auch gefallen ist.«

Mogens nickte. Weitere Erklärungen waren kaum vonnöten, aber Graves fuhr trotzdem fort: »Du kannst dir zweifellos vorstellen, welch katastrophale Folgen es hätte, wenn davon auch nur ein einziges Wort an die Öffentlichkeit dringen würde.« Er wedelte wieder mit beiden Händen, wenn auch jetzt nicht mehr ganz so ausholend wie gerade. »Aber genug davon, Mogens. Komm, ich führe dich herum.« Ganz flüchtig erschien noch einmal das breite Schuljungengrinsen auf seinem Gesicht. »Ich vermute, du platzt innerlich schon vor Neugier.«

Das entsprach der Wahrheit, sodass Mogens nur wortlos nickte, aber da war zugleich auch noch mehr. Es würde zweifellos noch lange dauern, bis sich sein Intellekt von der jähen Erkenntnis des Unmöglichen, mit dem er konfrontiert worden war, erholt hatte, aber zugleich begann auch das Gefühl der Unwirklichkeit, das ihn ergriffen hatte, immer stärker zu werden. Er folgte Graves widerspruchslos, aber es fiel ihm nach wie vor schwer, sich auf seine Erklärungen und Ausführungen zu konzentrieren. Vermutlich tat er ihm damit bitter Unrecht. Mogens war weder Ägyptologe, noch interessierte er sich über das normale Maß hinaus für diesen Themenkreis. Dennoch schlugen ihn Graves' Erklärungen in ihren Bann. Er sah nicht auf die Uhr, aber es musste mehr als eine Stunde vergehen, in der ihm Graves voller unübersehbarem Besitzerstolz »sein Reich« präsentierte, und Mogens erfuhr in dieser Zeit mehr über die Mythologie des alten Ägypten und hörte mehr Namen von Gottheiten, Herrschern und Dämonen als in seinen gesamten Jahren an der Universität zuvor. Er verstand nicht die Hälfte von dem, was ihm Graves in immer größer werdendem Überschwang wissenschaftlichen Entdeckerstolzes erklärte, und von dieser Hälfte wiederum hatte er einen Gutteil schon wieder vergessen, noch bevor Graves' improvisierte Führung auch nur halb vorüber war.

»Du siehst, Mogens«, schloss Graves, nachdem er ihm jede einzelne Statue erklärt, ihm die Bedeutung jedes einzelnen Reliefs und den Sinn nicht aller, aber doch vieler Hieroglyphen dargelegt hatte, »ich habe keineswegs übertrieben, als ich von der Bedeutung meines«, er verbesserte sich, »... *unseres* Fundes gesprochen habe.«

»Aber hier!« Mogens schüttelte den Kopf, trotz allem, was er in der letzten Stunde gehört hatte, auf eine Art noch immer genau so fassungslos wie im allerersten Moment. »Auf dem nordamerikanischen Kontinent! Das ist...«

Er konnte nicht weitersprechen. Auch wenn dies hier nicht sein ausgewiesenes Fachgebiet war, so schwindelte ihn doch allein bei der Vorstellung des Erdbebens, das diese Entdeckung in der Fachwelt auslösen musste, sollte sie sich als echt erweisen. Und selbstverständlich *war* sie echt. Ganz davon zu schweigen, dass das hier selbst die Dimensionen des verrücktesten Witzbolds der Welt sprengte und sich jeder denken konnte, dass eine Fälschung diesen Ausmaßes nicht die geringste Aussicht auf Erfolg haben konnte, da sich zweifellos die gesamte wissenschaftliche Fachwelt darauf stürzen und akribisch nach dem allergeringsten Hinweis auf einen Betrug oder eine Täuschung suchen würde, *wusste* er einfach, dass dieser Tempel authentisch war. Er konnte das Alter der ihn umgebenden Wände spüren, den Atem der Jahrhunderte, die an den gemeißelten Augen der lebensgroßen Steinstatuen vorübergezogen waren. Nichts hier war falsch. Und zugleich war hier auch nichts richtig. Graves hatte ihm noch nicht alles gesagt, das spürte er. Bei allem zur Schau getragenen wissenschaftlichem Überschwang, mit dem ihm Graves seine fantastische Entdeckung präsentierte, hatte er ihm doch bisher noch etwas Wichtiges vorenthalten, vielleicht sogar das Wichtigste überhaupt. Ein noch viel größeres, möglicherweise bedrohliches Geheimnis, das seit Äonen unter der sichtbaren Oberfläche der Dinge lauerte.

»Ich weiß, was du sagen willst, und glaub mir, auch mir erging es nicht anders, als ich diesen Raum das erste Mal zu Gesicht bekam.« Graves schüttelte heftig den Kopf, wie um einen Widerspruch, zu dem Mogens gar nicht angesetzt hatte, im Keim zu ersticken. »Aber es ist durchaus denkbar, dass Menschen aus dem alten Ägypten vor langer Zeit die Küsten dieses Landes erreicht haben. Vergiss nicht, dass das Reich der Pharaonen mehrere Jahrtausende lang Bestand hatte! Es gibt Theorien – sie sind umstritten, das gebe ich zu, aber es *gibt* sie –, wonach die Kultur der südamerikanischen Ureinwohner auf ein viel älteres Volk zurückgeht, dessen Ursprung und Herkunft bis heute unbekannt sind. Denke nur an die Ähnlichkeit zwischen den Pyramiden der Maya und denen des alten Ägypten. Und Mexiko ist nicht *so* weit entfernt von hier.« Er wedelte wieder aufgeregt mit beiden Händen. »Aber was rede ich! Suzan kann dir das alles viel besser erklären.«

»Doktor Hyams?«

Wieder nickte Graves so heftig, dass seine Brille von der Nase zu rutschen drohte. Seltsam: Mogens konnte sich gar nicht erinnern, dass Graves jemals eine Sehhilfe gebraucht hatte. »Sie ist Ägyptologin«, sagte er. »Und zwar eine sehr gute.«

»Was mich zu meiner nächsten Frage bringt.« Mogens machte eine weit ausholende Geste: »Das alles hier ist ja höchst interessant, um nicht zu sagen sensationell – aber was willst du von mir? Ich bin zwar Archäologe, aber das alte Ägypten ist nun wahrlich nicht mein Spezialgebiet – ganz davon abgesehen, dass du ja bereits eine Spezialistin auf diesem Gebiet hast.«

»Eine Koryphäe, um genau zu sein«, bestätigte Graves. »Doktor Hyams gehört zu den führenden Köpfen auf ihrem Gebiet.«

Und als solche, dachte Mogens, war sie vermutlich alles andere als glücklich über den Umstand, dass Graves noch einen weiteren Spezialisten zurate gezogen hatte. Mogens glaubte die vermeintlich grundlose Feindseligkeit in Hyams' Augen jetzt ein wenig besser zu verstehen; was aber nicht bedeutete, dass er sich dadurch besser fühlte.

»Du hast natürlich Recht, Mogens«, fuhr Graves fort. »Es gibt einen Grund, aus dem du hier bist. Einen sehr triftigen Grund sogar. Aber es ist spät geworden. Du hast zweifellos einen anstrengenden Tag hinter dir und musst müde und hungrig sein. Ich habe dir noch eine Menge zu erklären, aber für den Moment soll es genug sein.«

Es war schon lange dunkel geworden, als sie an die Erdoberfläche zurückkehrten. Mogens war so überwältigt vom Sturm der Eindrücke und Gedanken, dass er erst wieder richtig zu sich kam, als er die Tür seiner Blockhütte aufstieß. Dort erlebte er eine neue Überraschung. Das elektrische Licht, dessen Vorhandensein ihn immer noch mit einem sachten Gefühl von Erstaunen erfüllte, war ausgeschaltet, und an seiner Stelle verbreiteten eine Petroleumlampe mit gelbem Schirm und ein halbes Dutzend Kerzen warme, behagliche Helligkeit. Ein weißes Leinentuch lag auf dem Tisch, und jemand – vermutlich Tom – hatte weißes Porzellangeschirr und Gläser aufgetragen, und Mogens hatte kaum Mantel und Jacke abgelegt, da ging die Tür in seinem Rücken wieder auf und Tom kam herein, beladen mit einem Tablett voller dampfender Schüsseln und einer Kanne mit frisch aufgebrühtem Kaffee, das er kommentarlos vor Mogens auf den Tisch lud.

»Nehmen Sie Platz, Professor«, sagte er, als er damit fertig war. »Ich mache das schon.«

Mogens war viel zu verblüfft, um zu widersprechen und gehorchte schweigend. Mit wachsendem Erstaunen sah er zu, wie Tom mit einem Geschick, das jedem Oberkellner in einem gehobenen Restaurant zur Ehre gereicht hätte, seine Mahlzeit auftrug, schüttelte aber rasch den Kopf, als er nach der mitgebrachten Weinflasche greifen und ihm einschenken wollte. »Bitte nicht.«

Tom wirkte im allerersten Moment verwirrt, dann aber machte sich ein fast schuldbewusster Ausdruck auf seinem Gesicht breit. »O ja, ich vergaß. Sie trinken ja keinen Alkohol. Bitte verzeihen Sie!«

»Das macht doch nichts.« Mogens machte eine Geste auf den schon fast überreich gedeckten Tisch. »Du hast das großartig gemacht. Hast du Erfahrung im Gastronomiewesen?«

Tom schüttelte den Kopf und fuhr fort, Fleisch, Soße und knusprig gebratene Kartoffeln auf seinen Teller zu häufen. Allein der Geruch reichte aus, Mogens das Wasser im Munde zusammenlaufen zu lassen. Plötzlich spürte er, wie hungrig er war; immerhin war das – wenn auch überreichliche – Frühstück, das ihm Miss Preussler am Morgen zum Abschied zubereitet hatte, die einzige Mahlzeit dieses Tages gewesen, und mittlerweile war acht längst vorbei. Er musste sich beherrschen, um nicht mit unziemlicher Hast nach Messer und Gabel zu greifen. Sein Magen knurrte hörbar, was ihm peinlich war. Tom lächelte jedoch nur. »Ich hoff, es schmeckt Ihnen. Ich bin kein gelernter Koch.«

»Wenn es auch nur annähernd so gut schmeckt, wie es aussieht, wird es zweifellos die köstlichste Mahlzeit, die ich seit Jahren bekommen habe«, antwortete Mogens.

Tom lächelte geschmeichelt, machte dann aber eine fragende Handbewegung zur Tür. »Wenn das dann alles wär… Ich muss mich noch um die andern kümmern.«

»Du machst das alles ganz allein?« Mogens hoffte, dass Tom ihm seine Enttäuschung nicht zu deutlich anmerkte. Er hatte gehofft, sich während des Essens ein wenig mit dem Jungen unterhalten zu können, um auf diese Weise vielleicht Antwort auf die eine oder andere Frage zu bekommen, die Graves ihm zu stellen keine Gelegenheit gegeben hatte.

»Halb so wild«, antwortete Tom geschmeichelt. »Und die Arbeit macht mir wirklich Spaß. Ich hab schon dran gedacht, in der Stadt ein Restaurant zu eröffnen, wenn die Arbeit hier vorbei ist. Aber bis dahin ist noch 'ne Menge Zeit.«

»Hat Doktor Graves das gesagt?«, erkundigte sich Mogens. »Dass es noch lange dauert?«

So unverfänglich die Frage klang, schien sie Tom doch sichtbar in Verlegenheit zu bringen. Er druckste einen Moment herum und sagte schließlich: »Bitte verzeihen Sie, Professor, aber Doktor Graves hat uns verboten, außerhalb der Höhlen über irgendwas zu sprechen, was mit unserer Arbeit zu tun hat.«

»Ist schon gut, Tom«, sagte Mogens. »Ich wollte dich nicht in Verlegenheit bringen.«

Tom nickte nervös. »Ich… ich komm dann später noch mal, um das Geschirr abzuräumen. Wenn Sie was brauchen, machen Sie einfach die Tür auf und rufen mich.« Er ging schnell, um Mogens keine Gelegenheit zu einer weiteren unangenehmen Frage zu geben, und Mogens seinerseits schüttelte auch noch den letzten Gedanken an Jonathan Graves und seinen ebenso sensationellen wie unheimlichen Fund ab und konzentrierte sich aufs Essen.

Schon nach den ersten Bissen wurde ihm klar, dass es tatsächlich die beste Mahlzeit war, die er seit Jahren außerhalb der vier Wände von Miss Preussler bekommen hatte; sie hätte auch dem Vergleich mit der Küche jedes gehobenen Hotelrestaurants standgehalten. Ganz offensichtlich verfügte Tom über sein fahrerisches Können hinaus noch über eine Menge anderer verborgener Talente. Obwohl Tom ihm eine schon fast überreichliche Portion aufgetan hatte, verzehrte er sie zur Gänze und tupfte auch noch den letzten Tropfen Soße mit einem Stück Brot auf.

Ein Gefühl wohliger Ermattung machte sich in ihm breit, nachdem er fertig gegessen hatte. Sein Blick blieb für einen Moment auf dem schmalen, aber frisch bezogenen Bett hängen und allein der Anblick reichte, um aus dem Gefühl wohliger Entspannung eine bleierne Schwere werden zu lassen. Seine Augenlider drohten von selbst zuzufallen und für einen Moment kostete es ihn all seine Willenskraft, nicht sofort und hier auf dem Stuhl einzuschlafen.

Er hatte jedes Recht, müde zu sein. Immerhin lag ein äußerst anstrengender – und langer – Tag hinter ihm, von der Kraft, die ihn der Schock über Graves' Entdeckung gekostet hatte, noch nicht einmal zu reden. Es wäre nicht nur verständlich, sondern auch durch und durch vernünftig gewesen, der Verlockung nachzugeben und sich die wenigen Schritte bis zu seinem Bett zu schleppen und sich darauf auszustrecken, um auf der Stelle einzuschlafen.

Aber das wollte er nicht.

Es widersprach nicht nur all seinen Gewohnheiten, sich zu so früher Stunde zum Schlafen zurückzuziehen, sondern erschien ihm angesichts dessen, was er heute erlebt hatte, geradezu verbrecherisch. Auch wenn er sich vollkommen darüber im Klaren war, dass er die wahre Tragweite dieser unglaublichen Entdeckung noch lange nicht überblicken konnte, so gab es an einem doch nicht den allergeringsten Zweifel: Dies war nicht nur der wichtigste Tag seines Lebens, sondern ein Tag, der in die Geschichtsbücher eingehen würde, ein Tag, von dem nicht nur seine Forscherkollegen, sondern vielleicht die ganze Welt noch in Jahrzehnten sprechen würde. Was sollte er sagen, wenn man ihn fragte, wie er diesen Tag weltverändernder Erkenntnis verbracht hatte?

Dass er sich eine Stunde lang umgesehen, dann ein hervorragendes Mahl genossen und sich anschließend früh schlafen gelegt hatte?

Er kämpfte die Müdigkeit nieder, schenkte sich eine zweite und in rascher Folge eine dritte Tasse Kaffee ein und mobilisierte noch einmal all seine Willenskraft, um die Müdigkeit niederzukämpfen, während er darauf wartete, dass die belebende Wirkung des Koffeins einsetzte.

Der Rest Kaffee in seiner Kanne war noch nicht einmal spürbar abgekühlt, da ließ seine Schläfrigkeit nach, und nur einen Moment später begann sich auch die bleierne Schwere wieder von seinen Gliedern zu heben. Er fühlte sich alles andere als frisch, aber er widerstand auch der Versuchung, noch eine weitere Tasse zu trinken. Wenn er es übertrieb, würde er möglicherweise die ganze Nacht wach liegen und dafür morgen umso erschöpfter sein. Er stand auf, strich in einer ebenso instinktiven wie sinnlosen Bewegung seine Kleider glatt und begann mit einer ersten etwas gründlicheren Inspektion des Raumes, der für die nächsten Wochen und möglicherweise sogar Monate sein Zuhause sein sollte.

Sie verlief jedoch nicht deutlich ergiebiger als die erste. Zog er den Platz für Bett, Tisch und Stehpult ab, so reichte der verbleibende Raum kaum aus, um hier drinnen mehr als einen Besucher zu empfangen und dabei Gefahr zu laufen, einen Anfall von Klaustrophobie zu erleiden. Tom hatte sein Gepäck hereingeschafft und die beiden Koffer ungeöffnet neben dem Bett abgestellt, was Mercer sicherlich als einen weiteren Beweis seiner Faulheit auslegen würde, während es für Mogens eher ein Beleg seiner Diskretion war.

Mogens trat an das Stehpult, das Graves für ihn herbeigeschafft hatte, und klappte es auf. Das kleine Fach unter der schrägen Arbeitsplatte enthielt nichts außer einem Federhalter samt Tintenfass und einer ledernen Schreibmappe mit gut hundert Blatt blütenweißem Papier – aber was hatte er erwartet? Dass Graves ihm eine handschriftliche Notiz hinterlassen hatte, in dem er ihm sein großes Geheimnis offenbarte? Wohl kaum.

Vielleicht war ja das Bücherregal ergiebiger. Mogens schätzte die Anzahl der Bände, die sich auf den roh gezimmerten Brettern reihten, auf weit mehr als zweihundert, und Graves hatte sie gewiss nicht herbeischaffen lassen, damit er sich des Abends die Zeit mit unterhaltsamer Lektüre vertreiben konnte. Zumindest würde ihm allein die Auswahl der Titel einen Hinweis auf den Grund seines Hierseins geben.

Mogens machte einen Schritt auf das Regal zu und blieb dann wieder stehen. Das Licht war nicht sonderlich gut. Die Petroleumlampe und die flackernden Kerzen verbreiteten zwar eine anheimelnde Helligkeit, die jedoch kaum dazu geeignet schien, zu lesen. Statt weiterzugehen sah er zu der elektrischen Lampe unter der Zimmerdecke hoch und folgte dem fingerdicken schwarzen Kabel mit Blicken bis zur Tür, wo es in einem schweren Drehschalter endete. Mogens ging hin und legte den Schalter um. Das Ergebnis war ein schweres Klacken, aber die Lampe blieb dunkel.

Mogens versuchte es noch einmal, mit demselben Ergebnis, und dann wider besseres Wissen auch noch ein drittes Mal. Die Lampe blieb dunkel. Anscheinend bekam sie keinen Strom.

Das Licht hätte vermutlich ausgereicht, zumindest die Titel auf den Buchrücken zu entziffern, doch Mogens war nun einmal bei der Tür und er hatte Toms Worte nicht vergessen, wonach er ihn nur zu rufen bräuchte, wenn ihm irgendetwas fehlte. Vielleicht war das ja die Gelegenheit, noch einmal ein paar Worte mit Graves' »Mädchen für alles« zu wechseln.

Er verließ die Hütte und spielte kurz mit dem Gedanken, noch einmal zurückzugehen und seinen Mantel zu holen, denn der Wind, der ihm entgegenschlug, war unerwartet kühl, entschied sich aber dann dagegen. Bis zu den anderen Hütten waren es nur ein paar Schritte. Ein wenig kühle Luft würde ihn nicht umbringen. Rasch überquerte er den freien Platz, steuerte wahllos das nächstliegende Gebäude an und hob die Hand, um zu klopfen, ließ den Arm aber dann wieder sinken und sah sich stirnrunzelnd um. Er hatte ein Geräusch gehört, wusste aber im ersten Moment weder, aus welcher

Richtung es kam, noch, was es zu bedeuten hatte. Aber es wirkte falsch, auf schwer in Worte zu kleidende Weise *bedrohlich.*

Mit klopfendem Herzen sah sich Mogens um. Nachdem die Sonne untergegangen war, war es nahezu vollkommen dunkel geworden. Selbst seine eigene Hütte war nur noch als gedrungener schwarzer Schemen zu erkennen, obwohl sie kaum mehr als ein gutes Dutzend Schritte entfernt war. Die Finsternis dahinter war absolut. Mogens' Verstand sagte ihm, dass sie wahrscheinlich nichts anderes als eben Dunkelheit enthielt, aber da war plötzlich noch eine andere Stimme in seinem Kopf, und diese Stimme erzählte von grässlichen Gestalten und unheimlichen Kreaturen, die lautlos durch die Nacht schlichen und ihn aus gierigen schwarzen Augen anstarrten.

Es gelang Mogens mit einiger Anstrengung, diese unheimliche Vorstellung abzuschütteln, aber es blieb ein sonderbar belegtes Gefühl auf seiner Seele zurück. Die lauernden Schatten mochte er sich eingebildet haben, das raschelnde Geräusch ganz gewiss nicht. Irgendetwas war da, vielleicht ein Mensch, möglicherweise aber auch ein streunendes Tier, und das mochte alles sein von einer harmlosen Katze bis hin zu einem Luchs. Er sollte wirklich nicht hier herumstehen, sondern wieder in seine Unterkunft gehen oder sich bestenfalls auf die Suche nach Tom machen, um ihm mitzuteilen, dass da irgendetwas durch das Lager schlich.

Mogens wollte seinen Vorsatz gerade in die Tat umsetzen, als sich das Geräusch wiederholte, und es war jetzt nicht nur lauter, sondern auch eindeutig zu identifizieren. Schritte. Nicht das behutsame Schleichen einer Wildkatze oder eines streunenden Hundes, sondern ganz eindeutig die Schritte eines Menschen, der nicht unbedingt schlich, aber offensichtlich dennoch bemüht war, nicht allzu viel überflüssigen Lärm zu machen. Zwar gab es mindestens hundert ebenso glaubwürdige wie harmlose Erklärungen dafür, aber Mogens' Gedanken bewegten sich so unverrückbar in Bahnen von Bedrohung und Heimtücke wie die eisernen Räder einer Lokomotive auf ihren Schienen, und er konnte beinahe gar nicht anders, als sich umzuwenden und mit klopfendem Herzen in die gleiche Richtung zu gehen. Einem unvoreingenommenen Beobachter wäre das Verhalten des Professors zweifellos sehr mutig vorgekommen, aber das genaue Gegenteil war der Fall: Mogens hatte einfach zu große Angst davor, in sein Haus zurückzugehen und nicht zu wissen, was die Ursache des unheimlichen Schleichens und Raschelns war. Er hatte zu viele Nächte voller höllischer Visionen und Albträume hinter sich, aus denen er schweißgebadet und mit hämmerndem Puls aufgewacht war, um seiner Fantasie zu gestatten, ihn derart aufgepeitscht in den Schlaf zu begleiten.

Er sah nichts, aber als er zwischen seiner und der von Graves bewohnten Blockhütte hindurchging, hörte er das Geräusch schleichender Schritte zum dritten Mal, und irgendwo in der Dunkelheit vor ihm schien sich etwas zu bewegen; kaum mehr als ein Schatten unter anderen Schatten, aber dennoch deutlich genug, um keine Einbildung sein zu können. Mogens' Verstand versuchte zum letzten Mal, ihm den Wahnsinn seines Vorhabens zu erklären, aber seine Furcht vor den Dämonen des Unbekannten war einfach stärker. Langsam und mit klopfendem Herzen, aber ohne zu stocken, bewegte er sich in die entsprechende Richtung und erreichte nach wenigen Augenblicken die ausgefahrene Spur, die die Reifen von Toms Wagen im weichen Boden hinterlassen hatte. Sie war leicht zu erkennen, trotz der kümmerlichen Lichtverhältnisse. In den parallel verlaufenden Gräben hatte sich Wasser gesammelt, das aus dem morastigen Grund gesickert sein musste und das blasse Sternenlicht zurückwarf wie zwei nebeneinander liegende, endlose schmale Spiegel.

Mogens unterdrückte nur mit Mühe einen Schreckensschrei, als etwas warnungslos in sein Gericht peitschte und eine dünne Spur aus schnell vergänglichem, aber heftigem Schmerz zurückließ. Instinktiv hob er die Hände, um sich vor einem weiteren Angriff zu schützen, aber alles, was er ertastete, waren dünnes Geäst und taufeuchtes Laub. Eine flüchtige Erinnerung blitzte vor seinem geistigen Auge auf: dunkelgrüne Äste, die von der Kühlerhaube des Ford beiseite gefegt wurden und gegen die Windschutzscheibe peitschten. Was auch sonst? Er war der Fahrspur des Ford gefolgt und hatte den Anfang des Weges erreicht, der parallel zur Friedhofsmauer verlief.

Nun zögerte er doch, weiterzugehen. Ihm war schon bei seiner Ankunft klar geworden, dass sich jemand – vermutlich Tom und ebenso vermutlich auf Graves' ausdrückliche Anweisung hin – große Mühe gemacht hatte, die Zufahrt zur Lichtung zu verbergen, aber er hatte dieser Beobachtung vielleicht nicht die angebrachte Bedeutung zugemessen. Was, wenn es Graves gar nicht nur darum ging, seine Entdeckung vor allzu neugierigen Blicken zu verbergen?

Dieser Gedanke überschritt eindeutig die Grenze zur Paranoia, und Mogens verscheuchte ihn ärgerlich. Mit einer fast schon zornigen Bewegung legte er die Äste zur Seite und setzte seinen Weg fort.

Nachdem er die lebendige Barriere durchschritten hatte, wurde die Sicht schlagartig besser. Mogens blieb überrascht stehen und sah in den Himmel. Der Mond war im Verlauf der letzten Woche immer schmaler geworden und stand nun als kaum noch fingerbreite Sichel am Himmel, aber die Nacht war auch sehr klar und das gewaltige Diadem aus funkelnden Sternen glich das fehlende Mondlicht nahezu aus, da es nicht von der kleinsten Wolke oder Eintrübung behindert wurde. Es war nicht auf dieser Seite zu hell. Drüben in Graves' Lager war es eindeutig zu *dunkel:* als gäbe es dort etwas, das das Licht abschreckte.

Wieder raschelten Schritte, dann erscholl ein lang anhaltendes Poltern und Kollern, das von weither, aber auch eindeutig von jenseits der Friedhofsmauer kam. Mogens machte einen einzelnen Schritt und blieb wieder stehen. Sein Herz begann zu pochen. Vorhin, als er zusammen mit Tom hier entlanggefahren war, war es ihm gelungen, diese uralte Mauer als nichts anderes als ein Hindernis aus unregelmäßigen Steinen zu betrachten, das von keinerlei Bedeutung für ihn war, aber nun wollte ihm dieses Kunststück partout nicht mehr gelingen. Seit jener schicksalhaften Nacht vor neun Jahren hatte Mogens keinen Friedhof mehr betreten, und er hatte sich auch geschworen, es nie wieder zu tun. Aber das Geräusch kam eindeutig von dort, und im gleichen Maße, in dem Mogens immer verzweifelter versuchte, den entfesselten Dämonen seines Unterbewusstseins Herr zu werden, wuchs in ihm auch die Überzeugung, dass es von möglicherweise lebenswichtiger Bedeutung für ihn war, die Ursache dieses Geräusches zu ergründen. Er ging weiter, erreichte nach wenigen Schritten die Friedhofsmauer und blieb mit klopfendem Herzen wieder stehen. War das Geräusch noch zu hören? Sein eigenes Blut rauschte so laut in Mogens' Ohren, dass er nicht sicher war.

Mogens zögerte noch einen letzten, schweren Herzschlag, dann aber legte er mit einer schon beinahe trotzigen Bewegung die Hände auf die abbröckelnde Mauerkrone, stemmte den rechten Fuß in eine der fast fingerbreiten Fugen des verwitterten Mauerwerks und schwang sich mit einer kraftvollen Bewegung hinüber. Die Geschmeidigkeit, mit der er diese ihm vollkommen ungewohnte sportliche Anstrengung bewältigte, überraschte ihn beinahe selbst, und um ein Haar hätte sie auch in einer Katastrophe geendet, denn das Niveau des Friedhofsbodens lag ein gutes Stücke tiefer als das des Weges auf der anderen Seite, sodass aus dem geplanten federnden Satz ein ungeschicktes Stolpern wurde, das in einem Sturz zu enden drohte. Mogens streckte hastig die Hände aus und fand im allerletzten Moment Halt an einem uralten, schräg stehenden Grabstein, der sich unter seinem Gewicht langsam und mit einem sonderbar schmatzenden Laut zur Seite neigte.

Mogens stand einen Moment lang in fast grotesk vorgebeugter Haltung da, kam dann endlich auf die einzig richtige Idee und stieß sich mit einer entschlossenen Bewegung ab. Der Grabstein verlor endgültig seinen Halt und fiel mit einem dumpfen Geräusch in den Morast, in dem er nahezu zur Hälfte versank, und Mogens fand mit wild rudernden Armen sein Gleichgewicht wieder. Das hätte ihm zu allem Überfluss noch gefehlt: der Länge nach in den Schlamm zu stürzen und von Kopf bis Fuß besudelt ins Lager zurückzukehren!

Mogens blieb sicher eine halbe Minute reglos stehen und wartete darauf, dass seine Hände und Knie aufhörten zu zittern, und betrachtete währenddessen nachdenklich den Grabstein, den er unabsichtlich umgestoßen hatte und der nun ganz langsam weiter im Schlamm versank. In gewissem Sinne, dachte er missmutig und mit einem fast resignierenden Blick auf seine Schuhe, tat er es dem Grabstein gleich: Auch er versank allmählich im Boden, nicht ganz so schnell und ganz sicher auch nicht so tief wie der Grabstein, der mehrere Zentner wiegen musste, aber seine Schuhe waren schon fast zur Gänze in dem wabbeligem Morast versunken, und wenn er noch lange hier herumstand und seinem eigenen Versinken zusah, dann steckte er wahrscheinlich bald bis an die Waden im Dreck.

Mogens gedachte allerdings nicht, es so weit kommen zu lassen. Mit einiger Anstrengung zog er die Füße aus dem Morast und brachte dabei sogar das Kunststück fertig, keinen seiner Schuhe einzubüßen. Sie waren trotzdem ruiniert, wie er übellaunig feststellte, und möglicherweise war dieser Teilsieg über den Morast nicht einmal von Dauer, denn er machte zwar einen raschen Schritt zur Seite, begann aber fast augenblicklich schon wieder einzusinken. Er musste einen regelrechten kleinen Tanz aufführen, bis er eine Stelle fand, an der der Boden auch nur halbwegs fest genug erschien, um sein Gewicht zu tragen.

Verwirrt sah er sich um. Der Grabstein, den er versehentlich umgestoßen hatte, war längst nicht der einzige, der keinen sehr festen Stand mehr gehabt hatte. Ganz im Gegenteil: Die allermeisten Grabsteine, die er im blassen Licht der Mondsichel sah, standen nicht mehr gerade, sondern in unterschiedliche Richtungen gekippt, wie Halme eines versteinerten Kornfeldes, über dem sich ein Tornado ausgetobt hatte. Etliche waren auch ganz umgestürzt und zum Teil oder auch nahezu vollkommen im Boden versunken. Überall zwischen den schräg stehenden oder umgestürzten Grabsteinen brach sich das Sternenlicht auf reglos daliegendem Wasser, wo Nässe aus dem schwammigen Boden herausgesickert war und sich zu Pfützen gesammelt hatte. Es sah aus, als wäre der verlassene Friedhof mit Millionen kleiner Spiegelscherben übersät.

Mogens runzelte verwirrt die Stirn, als ihm die Bedeutung dieser Beobachtung klar wurde. Wer um alles in der Welt war so verrückt, einen Friedhof mitten in einem *Sumpf* anzulegen?

Er besann sich wieder auf den Grund seines Hierseins, drehte sich in einem langsamen Dreiviertelkreis und versuchte die Dunkelheit mit Blicken zu durchdringen. Es war hier deutlich heller als in Graves' Lager, aber eine mondlose Nacht blieb eine mondlose Nacht, und Mogens konnte nicht wirklich weiter als fünfzehn oder zwanzig Schritte sehen. Dennoch glaubte er nach einer Weile eine Bewegung wahrzunehmen, irgendwo links von ihm und im Grunde schon weit jenseits des Bereiches, den er überhaupt überblicken konnte. Sie war vage, und irgendetwas daran kam ihm auf unheimliche Weise *falsch* vor, ohne dass er sagen konnte, wieso. Zugleich glaubte er auch wieder Stimmen zu hören, doch auch daran war etwas nicht so, wie es sein sollte.

Die zwar immer leiser werdende, aber trotzdem noch vorhandene Stimme seiner Vernunft flüsterte ihm zu, dass jetzt nun unwiderruflich der Moment gekommen war, mit dieser kindischen Mutprobe Schluss zu machen und zurückzugehen, bevor er sich möglicherweise mehr ruinierte als nur ein Paar wildlederner Schuhe. Doch statt auf sie zu hören, wandte sich Mogens in Richtung des unheimlichen Schattens und ging los. So kindisch ihm selbst der Gedanke auch vorkam, es *war* eine Mutprobe, und er hatte sich schon zu weit auf dieses Spiel mit sich selbst eingelassen, um jetzt noch zurückzukönnen. Er konnte gewinnen oder verlieren, ihr aber nicht mehr aus dem Weg gehen.

Mogens war fest entschlossen, sie zu bestehen. Er hatte sich den schlimmsten Dämonen seines Lebens gestellt und sich so lange zugeredet, bis er selbst zu der Überzeugung gekommen war, dass Graves kein von Gott gesandter Racheengel war, der zu dem einzigen Zweck existierte, sein Leben zu verheeren, sondern nichts weiter als ein unangenehmer Mensch. Er würde nun gewiss nicht vor dieser anderen, viel kleineren Herausforderung kapitulieren und Reißaus vor einem verlassenen Moorfriedhof nehmen, auf dem ihn ein Schatten narrte. Mogens bewegte sich weiter auf den verschwimmenden Schemen zu, verlor ihn aber zwischenzeitlich immer wieder aus den Augen, denn er musste mindestens ebenso konzentriert darauf achten, wohin er seine Schritte lenkte, wollte er nicht Gefahr laufen, doch noch einen Schuh einzubüßen oder zu stürzen.

Er hätte damit rechnen müssen, war aber dennoch zutiefst enttäuscht, als er irgendwann einmal aufsah und der Schatten nicht mehr da war. Obwohl der Weg immer schlechter wurde, ging er noch einige Schritte weiter, bevor er endgültig bereit war, die Sinnlosigkeit seines Tuns einzusehen und enttäuscht Halt machte. Es hatte keinen Sinn mehr, sich etwas vorzumachen: Falls dort vorne überhaupt jemals etwas gewesen war – jetzt war es definitiv nicht mehr da, und er konnte ebenso gut kehrtmachen. Mit ein wenig Glück schaffte er es vielleicht sogar, rechtzeitig genug zu seiner Unterkunft zurückzukehren, um sich umzuziehen und zu säubern, bevor Tom kam, um das Geschirr abzuräumen, sodass niemand etwas von seiner Abwesenheit bemerkte.

Er hatte nicht vor, den gleichen Weg zurückzugehen, den er gekommen war, sondern wandte sich nach links, wo die Friedhofsmauer nur ein gutes Dutzend Schritte entfernt war. Sie kam ihm hier ein wenig höher vor als an dieser Stelle, an der er sie das erste Mal überstiegen hatte, aber die Aussicht, den Rückweg halbwegs trockenen Fußes zurücklegen zu können, erschien ihm ein kleines bisschen Kletterei durchaus wert.

Er umging einen mehr als mannshohen, deutlich schräg stehenden Grabstein, trat mit einem weit ausgreifenden Schritt über eine besonders große Schlammpfütze hinweg und hob den Blick.

Und sah seiner Vergangenheit ins Gesicht.

Neun Jahre seines Lebens lösten sich im Bruchteil einer Sekunde einfach auf. Er befand sich nicht mehr auf einem sumpfigen Friedhof vierzig Meilen östlich von San Francisco, sondern war wieder achtundzwanzig Jahre alt, hatte seine Promotion seit einer knappen Woche hinter sich und strolchte ebenso trunken vor Liebe wie von teurem Portwein über den kleinen Friedhof, der nur einen knappen Steinwurf vom Campus entfernt lag und nicht nur von trauernden Hinterbliebenen frequentiert wurde, sondern in noch weit größerem Maße von Studentenpärchen vorzugsweise beiderlei Geschlechts, die den jahrhundertealten Gottesacker als verschwiegenen Treffpunkt zu schätzen wussten, seit es diese Universität gab. Er war wieder mit Janice zusammen, hörte ihr helles Lachen, ihre leichten, huschenden Schritte und ihre übertrieben geschauspielerten, kleinen Schreckensschreie, die sie immer dann ausstieß, wenn er ihrer Meinung nach Gefahr lief, sie in der Dunkelheit des mitternächtlichen Friedhofes zu verlieren.

Sie waren nicht allein auf dem Friedhof. Die Feier hatte bis weit in der Abend gedauert, und mit jeder Stunde, die verging, jedem Glas Punsch, das sie getrunken hatten war die Stimmung ausgelassener geworden, die Scherze infantiler. Es war noch nicht Mitternacht gewesen, aber auch nicht mehr lange bis dahin, als das alte Faktotum des Studentenwohnheims erschien, nur mit einem zerschlissenen Morgenmantel und Filzpantinen bekleidet, mit verstrubbeltem Haar und einem Gesicht, das von langen Stunden gezeichnet war, in denen er vergeblich versucht hatte, den Lärm aus der oberen Etage zu ignorieren, und die Feier griesgrämig für beendet erklärte. Er war nicht wirklich zornig gewesen, denn zu viele Jahre mit zu vielen Abschlussfeiern hatten ihn gelehrt, wie sinnlos Aufregung über ein gewisses Maß hinaus war – vor allem Studenten gegenüber, die das letzte Semester und alle Prüfungen erfolgreich hinter sich gebracht und somit auch nichts mehr zu verlieren hatten. Nicht einmal mehr mit einem Hausverweis konnte er ihnen drohen, denn die meisten Studenten hatten den Campus bereits verlassen, und die, die es noch nicht getan hatten, waren im Begriff, auszuziehen. Auch in Mogens' Brieftasche befand sich bereits eine Fahrkarte nach New Orleans, wo er – zugegeben durch die Fürsprache seines Doktorvaters und ohne selbst ganz genau zu wissen, was ihn erwartete – eine Anstellung an einem kleinen, aber äußerst renommierten Forschungsinstitut in Aussicht hatte; nichts Besonderes, wie sein Professor gesagt hatte, und schon gar keine gut bezahlte Stellung, aber eine, die zwei unbestreitbare Vorzüge hatte: Zum einen war sie ein ausgezeichnetes Sprungbrett für eine wissenschaftliche Karriere, und zum anderen gehörte dazu eine kleine, aber separate Wohnung, die auch für zwei durchaus ausreichend war, wenn man ein wenig zusammenrückte. Janice hatte noch ein Jahr vor sich, aber ein Jahr, so endlos es einem auch erscheinen mochte, wenn es vor einem lag, war eine überschaubare Zeit, die irgendwann zu Ende ging. Janices Leistungen und Noten waren nicht ganz so überragend wie die von Mogens, trotzdem aber gut genug, keinen Zweifel daran aufkommen zu lassen, dass sie in spätestens einem Jahr nachkommen würde. Janices Eltern waren ebenso wenig wie die Mogens' in der Lage, ihre Tochter über das absolut Notwendige hinaus zu unterstützen, aber auch, wenn Mogens' neue Stellung schlecht bezahlt wurde, sie *wurde* bezahlt, und wenn er sich ein wenig einschränkte und besonnen wirtschaftete, dann würde das ersparte Geld ausreichen, ihr in den Semesterferien und zu den Feiertagen eine Fahrkarte nach New Orleans zu schicken. Das mit dem Zusammenrücken würde sich dann schon ergeben, dachte Mogens, während er wieder einmal stehen blieb und auf die leichten Schritte lauschte, die irgendwo rechts vor ihm in der Dunkelheit erklangen.

Nicht, dass er vorhatte, noch so lange zu warten. Janice und er hatten sich an dem Tag kennen gelernt, an dem sie nach Harvard gekommen war, und seit mittlerweile gut drei Jahren waren sie zusammen. Sie waren noch nicht bis zum Äußersten gegangen, aber Mogens war ein gesunder junger Mann mit normalen Bedürfnissen und Janice eine moderne, aufgeschlossene junge Frau, die die Grenzen einer gewissen Sittsamkeit zwar niemals überschritten hätte, trotzdem aber manchmal Dinge tat und vor allem *sagte*, die Mogens' strenggläubiger Mutter die Schamesröte ins Gesicht getrieben hätte. Sie hatten nicht darüber *gesprochen*, das verbot ihnen allein der Anstand, aber gewisse Bemerkungen und vor allem *Blicke* hatten Mogens doch begreifen lassen, dass sie ihm das allerletzte Geschenk noch vor seiner Abreise machen würde, um das Treueversprechen auf das kommende Jahr zu besiegeln. Was nichts anderes bedeutete als heute oder spätestens morgen, denn schon am Tag darauf würde er seine wenigen, schon seit Tagen fertig gepackten Habseligkeiten nehmen und Harvard verlassen.

Wieder erklangen Schritte vor ihm in der Dunkelheit, die ihn aus seinen Gedanken herausrissen. Mogens hatte sich hinter einen der fast mannshohen, uralten Grabsteine geduckt, die diesen Teil des Friedhofes beherrschten, um seinerseits nicht gesehen zu werden, aber das war vermutlich gar nicht nötig. Die Dunkelheit war fast vollkommen. Neumond war erst zwei oder drei Nächte her, und der Himmel war bedeckt. Früher am Abend hatte es nach einem Unwetter ausgesehen. Der Regen war ausgeblieben, aber die Wolken hielten sich trotz des frischen Windzugs hartnäckig, und es war so dunkel, dass Mogens Mühe hatte, die berühmte Hand vor Augen zu sehen. Seinem neckischen Versteckspiel mit Janice war diese stygische Finsternis nicht unbedingt zuträglich, für das, was Jonathan und er sich ausgedacht hatten, kam sie jedoch wie bestellt.

Während er konzentriert auf die leichtfüßigen Schritte lauschte und versuchte, ihre genaue Entfernung und Richtung einzuschätzen, kamen ihm zum letzten Mal Zweifel. Nicht, dass er Skrupel gehabt hätte. Marc und vor allem diese schreckliche Ellen, eine unmögliche Person, mit der er jetzt seit einem guten Jahr zusammen war, was absolut niemand verstehen konnte – böse Zungen behaupteten, nicht einmal er selbst –, hatten sich diesen Denkzettel schon lange verdient. Alle Vorbereitungen waren getroffen, Jonathan, Beth und vor allem Janice instruiert, und sie hatten ihren Plan lange und ausgiebig genug besprochen, dass eigentlich nichts mehr schief gehen konnte.

Dabei hatte es ganz harmlos angefangen. Jonathan Graves, Marc Devlin und er selbst, Mogens, teilten sich seit gut sechs Jahren dasselbe Zimmer im Wohnheim der Studentenvereinigung, und so hatte es gar nicht ausbleiben können, dass jeder nahezu alles über die jeweils anderen wusste. Mogens hatte dies nie sonderlich viel ausgemacht. Er führte ein normales Studentenleben und hatte – wenn überhaupt – die gleichen Geheimnisse, die alle Studenten seines Alters hatten. Jonathan, Marc und er waren keine wirklichen Freunde und empfanden auch nicht genug Sympathie füreinander, um es jemals zu werden, aber sie waren Zimmergenossen und Kommilitonen, und das bedeutete, dass man einander respektierte und auch über gewisse Schwächen und Mangelhaftigkeiten des anderen hinwegsah. Die ersten fünf dieser sechs Jahre hatte diese unausgesprochene Vereinbarung funktioniert, die so alt war wie das Studentenleben. Dann hatte Marc Ellen kennen gelernt, und alles war anders geworden.

Ellen war eine sonderbare Person, und nicht nur Mogens fragte sich vergebens, was Marc an ihr fand. Sie war weder sonderlich attraktiv, noch glänzte sie durch außergewöhnliche Klugheit oder Eloquenz. Aber sie übte einen unbestreitbar schlechten Einfluss auf Marc aus. Er begann sich zu verändern, wurde egoistisch und unduldsam, und in der Folge in zunehmendem Maße überheblich. Nichts, woran er nichts auszusetzen gehabt hätte, kein Verhalten seiner Zimmerkameraden, über das er sich nicht beschwert, keine kleine Schwäche, auf die er nicht hingewiesen und sich ausgiebig darüber lustig gemacht hätte, und das oft genug auf boshafte Art. Anfangs hatten sowohl Jonathan als auch Mogens versucht, dieses Verhalten einfach zu ignorieren, was ihnen aber schwerer und schwerer fiel, bis es sich am Ende als vollkommen unmöglich herausstellte.

Und so wurde der Plan geboren, es Marc und seiner rothaarigen Harpyie am letzten Abend heimzuzahlen. Eine Idee war schnell gefunden, schließlich wurden es weder Marc noch Ellen müde, ihnen eifrig Munition zu liefern.

Ein Punkt, auf dem Marc – vor allem *coram publico* – herumzureiten nicht müde wurde, war Mogens' allseits bekannte Vorliebe für Über- und Außersinnliches. Zwar stimmte es, dass Mogens dieser Passion schon fast besessen nachhing, doch jedermann wusste, das er dabei von einem rein wissenschaftlichen, rationalen Standpunkt ausging. Je obskurer ihm eine Geschichte erschien, je verrückter eine Legende war, je scheinbar unerklärlicher ein Vorfall, desto begeisterter stürzte sich Mogens darauf und versuchte, den wahren Kern in den Legenden zu finden, das Erklärbare aus dem scheinbar Unerklärbaren zu extrahieren und zu begreifen, was scheinbar unbegreiflich war; und wenn schon nicht das, so doch wenigstens zu verstehen, *warum* es unbegreiflich blieb. Mogens war zu einem Jäger des Okkulten geworden, aber aus dem einzigen Grund, all diese Dinge ihres Zaubers zu berauben. Jedermann hier wusste das, Marc eingeschlossen – was ihn aber keineswegs daran hinderte, sich in zunehmendem Maße über »diesen Unsinn« lustig zu machen; vornehmlich dann – und mit ihrer tatkräftigen Unterstützung –, wenn er sich in Ellens Begleitung befand. Er ließ buchstäblich keine Gelegenheit aus, zu betonen, dass kein auch nur halbwegs intelligenter Mensch wirklich an einen solchen Quatsch glauben konnte.

Also lag es auf der Hand, es ihm genau auf diese Weise heimzuzahlen. Obwohl Mogens im Grunde nichts von solcherlei infantilen Scherzen hielt, hatte ihn Marc in den letzten Monaten weit genug gereizt, um sich einen kräftigen Denkzettel verdient zu haben.

Dennoch war er für einen Moment nicht mehr ganz sicher, ob sich das, was ihnen allen bei der Planung wie eine hervorragende Idee erschienen war, nicht in Wahrheit als äußerst dummer Einfall erweisen würde. Marc und Ellen *hatten* sich diesen Dämpfer verdient, ganz ohne Zweifel – aber wenn er jetzt in die Tasche griff und die Kautschukmaske aufsetzte, an der Jonathan, Janice und er eine gute Woche gebastelt hatten, dann würde das dem Rest des Abends einen vollkommen anderen Verlauf geben, als es im Moment noch möglich war.

Mogens dachte an das lautlose Versprechen, das er in Janice Augen gelesen hatte, und eine Woge kribbelnder Wärme begann sich in seinem Leib auszubreiten. Gut, sie befanden sich auf einem *Friedhof*, eine – unabhängig von Gründen der Pietät und Sittlichkeit – durchweg morbide Umgebung, aber schließlich waren sie keine mittelalterlichen Scholaren, sondern aufgeklärte junge Akademiker des beginnenden zwanzigsten Jahrhunderts, und ihm blieben nur noch zwei Tage, bis er und Janice sich für endlose Monate lang nicht mehr sehen konnten. Friedhof hin oder her, es gab genug verschwiegene Winkel, und der zurückliegende Abend und der ungewohnte Portwein taten ihre Wirkung. Mogens war oft genug auch tagsüber hier gewesen, um sich auszukennen.

Es gab – nicht einmal weit von seinem Standort entfernt – gleich eine ganze Anzahl kleiner, schon vor einem Menschenalter aufgegebener Mausoleen, die vor allem von jüngeren Studentenpärchen gern als verschwiegener Treffpunkt benutzt wurden. Was man allein schon daran sah, dass es das Friedhofspersonal schon vor langer Zeit aufgegeben hatte, die Vorhängeschlösser an den Türen zu erneuern, die sowieso in jeder Nacht wieder aufgebrochen wurden. Auch Mogens war schon das eine oder andere Mal dort gewesen, wenn auch nicht mit Janice und nicht mehr, seit aus ihrer platonischen Freundschaft mehr geworden war. Dennoch wusste er, dass es nur wenige Schritte bis zum nächsten dieser verschwiegenen kleinen Totenhäuser waren, ebenso, wie ihm klar war, dass es in dieser speziellen Nacht vermutlich nur einer flüchtigen Kopfbewegung bedurfte, damit Janice ihn dorthin begleitete.

Falls es Janice war, deren Schritte er noch immer in der Dunkelheit vor sich hörte. Mogens war sich dessen mittlerweile nicht mehr so sicher wie noch vor Augenblicken. Jonathan und er waren den anderen in einigem Abstand gefolgt, aber sie hatten sich aus den Augen verloren, als Janice – was zu ihrem Plan gehörte – plötzlich losgerannt war und ihr mitternächtliches Versteckspiel damit eröffnet hatte. Sie hatten vereinbart, dass sie und Beth dafür Sorge tragen würden, dass sich die beiden anderen nicht allzu weit von Jonathan und ihm entfernten, aber die Dunkelheit, die Mogens behinderte, konnte sie schließlich ebenso narren, sodass sie möglicherweise in die falsche Richtung gegangen war. Und es war nicht einmal sicher, dass es sich bei Graves, ihm selbst nebst ihren weiblichen Begleiterinnen und den beiden Opfern ihres geplanten Ulks um die einzigen nächtlichen Besucher des Gottesackers handelte. Bei allem Überschwang wäre es ihm doch unangenehm gewesen, Fremde – womöglich noch in einer peinlichen Situation – zu überraschen. Und er *war* nicht mehr sicher, dass die Schritte dort vor ihm tatsächlich Janice oder einem der anderen aus ihrer Gruppe gehörten.

Er war nicht einmal sicher, dass sie einem Menschen gehörten.

Mogens erschrak ein wenig vor seinem eigenen Gedanken. Was sollte es sonst sein, das sich da in der Nacht vor ihm bewegte? Es gab in diesem Teil des Landes schon seit fünfzig Jahren keine frei lebenden Tiere mehr – zumindest keine, die groß genug waren, *solche* Schritte zu machen –, und trotz – oder gerade wegen – seiner schon fast an eine Obsession grenzenden Leidenschaft für alles Okkulte und Unerklärliche war Mogens der vielleicht realistischste Mensch, den er selbst kannte. Er verscheuchte den Gedanken fast erschrocken, richtete sich weiter hinter seiner Nekropolen-Deckung auf und zog die Hand aus der Tasche.

Hätte er es dabei belassen und sich unverzüglich auf die Suche nach Janice gemacht, dann wäre nicht nur dieser Abend, sondern sein *gesamtes* Leben vollkommen anders verlaufen. Doch in diesem Augenblick wiederholte sich das unheimliche Schlurfen, und als Mogens die Augen anstrengte, da erblickte er einen gedrungenen Schatten, gerade an der fragilen Grenze, an der wirklich Gesehenes und die Ausgeburten von Fantasie und Furcht miteinander zu verschmelzen beginnen. Mit dieser Gestalt war irgendetwas nicht so, wie es sein sollte, und nun war es gerade Mogens' unstillbare Neugier allem Unbekannten und vermeintlich Unerklärlichem gegenüber, die sein Jagdfieber weckte, und das Schicksal nahm seinen Lauf.

Mogens hatte seine Augen mittlerweile so angestrengt, dass sie zu tränen begannen. Dennoch konnte er den sonderbaren Schatten jetzt besser erkennen, und offensichtlich hatte sich der Wind gedreht, denn die unheimlichen, schlurfenden Schritte waren nun merklich deutlicher zu hören. Mogens schob sich behutsam an seiner Deckung vorbei, huschte hinter einen weiteren, etwas kleineren Grabstein und sank in die Hocke, ließ den struppigen schwarzen Schatten zwanzig Schritte voraus dabei aber nicht aus den Augen. Das Licht reichte auch aus dieser Entfernung nicht, um Einzelheiten zu erkennen, aber immerhin sah Mogens jetzt, dass es sich um eine eindeutig menschenähnliche Gestalt handelte. Menschen*ähnlich*, nicht menschlich. Sie war hoch gewachsen und hatte Arme, Beine und einen Kopf, aber irgendwie erschien ihm nichts davon… *richtig*. Die Arme waren zu lang und pendelnd, wie die eines aufrecht gehenden Primaten, der Schädel zu gedrungen und irgendwie deformiert, und auch mit der ganzen Körperhaltung stimmte etwas nicht. Obwohl sich der unheimliche Schatten im Moment nicht bewegte, musste Mogens wieder an die sonderbar schlurfenden Schritte denken, die er gehört hatte. Ein kalter Schauer lief seinen Rücken hinab, und es gelang ihm nicht vollkommen, sich selbst einzureden, dass es nur der Wind war, der allmählich auffrischte.

Was war das? Ein Mensch doch wohl kaum. Aber es gab kein Tier von solcher Größe und Wuchs, und…

Um ein Haar hätte Mogens laut aufgelacht, als ihm klar wurde, dass es selbstverständlich kein Tier dieser Gestalt gab, weder hier noch sonst wo auf der Welt. Vor ihm stand niemand anderer als Jonathan Graves, dem die Kautschukmasken, die sie angefertigt hatten, um Marc und seiner Freundin einen gehörigen Schrecken einzujagen, ganz offensichtlich nicht ausreichten. Mogens hatte keine Vorstellung, wo Graves dieses sonderbare Kostüm aufgetrieben hatte und was es darstellte, aber zumindest bei den herrschenden Lichtverhältnissen und über die Entfernung von gut zwanzig Schritten hinweg war seine Wirkung äußerst erschreckend. Selbst er war für einen Moment darauf hereingefallen, und er sollte es nun *wirklich* besser wissen.

»Jonathan?«, rief er. Er hatte die Stimme zu einem hellen Flüstern gesenkt, das allerhöchstens die zwanzig Schritte weit trug, die Jonathan entfernt war – schließlich wollte er ihm ja nicht den Spaß verderben und Marc und Ellen im allerletzten Moment noch warnen –, aber Graves hatte ihn offensichtlich trotzdem gehört, denn er fuhr auf der Stelle und mit einem knurrenden Laut herum und nahm eine geduckte, lauernde Haltung an. Selbst seine Bewegungen wirkten wie die eines Tieres, kaum wie die eines Menschen. Mogens hatte sich bereits halb hinter seiner Deckung erhoben, erstarrte aber nun noch einmal mitten in der Bewegung und blinzelte gleichermaßen verwirrt wie beunruhigt zu dem struppigen Schatten hin. Er erkannte auch jetzt nichts als eine bloße Silhouette, aber da waren spitze, fuchsartige Ohren, schreckliche Krallen und mattsilbernes Sternenlicht, das sich auf tückisch funkelnden Augen brach.

»Jonathan?«, fragte er noch einmal. Sein Herz klopfte. Er schalt sich selbst in Gedanken einen Dummkopf – Marc hätte seine helle Freude, könnte er ihn in diesem Moment sehen! –, führte die begonnene Bewegung energischer zu Ende und trat mit einem schwungvollen Schritt hinter dem Grabstein hervor, und die fuchsohrige Gestalt war von einem Blinzeln auf das Nächste verschwunden.

»Jonathan?«, fragte er zum dritten Mal, und diesmal konnte Mogens selbst hören, dass das Beben in seiner Stimme nicht nur Überraschung war, oder auf die Kälte und Anstrengung zurückzuführen. Er bekam so wenig eine Antwort wie die beiden Male zuvor, aber für einen winzigen Moment glaubte er wieder jene sonderbar schlurfenden Schritte zu hören, die sich nun schnell entfernten. Einen Atemzug später war er allein.

Mogens' Herz klopfte jetzt so stark, dass er seinen eigenen Puls bis in die Fingerspitzen fühlen konnte. Es kostete ihn alle Überwindung, zu der er fähig war, weiterzugehen und sich der Stelle zu nähern, an der er die unheimliche Gestalt gesehen hatte. Eines war ihm mittlerweile klar geworden: Ihr kleiner Racheplan war ganz und gar keine gute Idee. Nicht, wenn er bedachte, wie sogar *er selbst* auf die unerwartete Begegnung mit dem verkleideten Graves reagiert hatte. Sie wollten Marc und Ellen einen Denkzettel verpassen, nicht sie zu Tode erschrecken. Sie mussten mit diesem Unsinn aufhören, bevor noch jemand zu Schaden kam!

Er erreichte die Stelle, an der Graves gestanden hatte, und sah sich aufmerksam um, ohne selbst genau zu wissen, *wonach* er eigentlich suchte. Die Gestalt – Graves! Er musste aufpassen, was er dachte. Indem er den Schatten nicht als das bezeichnete, was er gewesen war, verlieh er ihm eine Bedrohlichkeit, die ihm nicht zustand! *Graves* war so spurlos verschwunden, als hätte es ihn nie gegeben. Obwohl Mogens mittlerweile fest entschlossen war, es gut sein zu lassen und den kindischen Streich nicht auf die Spitze zu treiben, hatte er immer noch Hemmungen, laut zu rufen. Aber immerhin hatte er eine ziemlich konkrete Vorstellung, in welche Richtung Graves gegangen war. Mogens machte zwei Schritte in dieselbe Richtung, blieb wieder stehen und sah stirnrunzelnd zu Boden.

Obwohl es nicht geregnet hatte, waren Gras und Erdreich feucht und schwer von der Nässe, die in der Luft lag. Er konnte deutlich die frische Fußspur sehen, die seinen Weg kreuzte. Es war eine sehr seltsame Spur. Mogens ließ sich in die Hocke sinken und streckte die Hand aus, um mit den Fingerspitzen über die niedergetretenen Grashalme zu tasten. Er war kein außergewöhnlich talentierter Spurenleser, aber man musste kein direkter Nachfahre von Chingachgook sein, um zu erkennen, dass diese Fährte keine Minute alt war. Das Licht reichte selbst aus dieser geringen Entfernung nicht aus, um Einzelheiten zu erkennen, aber es war auch nicht zu übersehen, dass diese Abdrücke viel zu groß waren, um von normalen menschlichen Füßen hinterlassen worden zu sein, und darüber hinaus viel zu tief. Das Wesen, das diese Spuren verursacht hatte, hatte mindestens drei Zentner gewogen, wenn nicht mehr. Selbst wenn sich Graves – was sich Mogens beim besten Willen nicht vorstellen konnte – die Mühe gemacht hätte, zu seiner Verkleidung noch übergroße Schuhe anzuziehen – warum sollte er anderthalb Zentner Bleigewichte mit sich herumschleppen?

Inzwischen deutlich mehr alarmiert als verwirrt, richtete sich Mogens wieder auf und versuchte erneut, die Dunkelheit mit Blicken zu durchdringen. Falls überhaupt möglich, war es noch dunkler geworden, sodass er Graves – *Graves?* – vermutlich nicht einmal dann gesehen hätte, wäre er in zehn Schritten Entfernung an ihm vorbeigelaufen, aber er kannte immerhin die Richtung, in die er sich entfernt hatte. Der Friedhof lag als fast geometrisches Muster unterschiedlich großer, kubischer Schatten vor ihm, aber es gab ein paar Ausreißer aus diesem System: Nicht weit von ihm entfernt erhob sich ein gedrungener kubischer Schatten, der in einem gleichschenkeligem Dreieck endete, das trotzig zum Himmel wies; das Mausoleum, das Janice, Beth, Graves und er als Treffpunkt ausgemacht hatten. Mogens war überrascht, wie nahe er ihm schon war, setzte sich aber trotzdem sofort und mit schnellen Schritten in Bewegung. Lautlos huschende Schatten und eine noch leiser schleichende Furcht begleiteten ihn, und sein Herz begann im gleichen Maße schneller zu klopfen, in dem er sich dem Mausoleum näherte. Er musste an die unheimliche Spur denken, die er gefunden hatte, und sein Mund wurde trocken. Vielleicht hatten Devlin und seine extrovertierte Freundin ja Recht gehabt, dachte er. Vielleicht *gab* es Dinge, mit denen man sich besser nicht beschäftigte.

Als er näher kam, sah er, dass im Innern des Mausoleums Licht brannte; ein blassgelber, sorgsam abgeschirmter Schein, den er selbst aus zehn Schritten Entfernung vermutlich übersehen hätte, hätte er nicht genau gewusst, wonach er zu suchen hatte. Mogens beschleunigte seine Schritte noch mehr, schob mit der linken Hand die Gittertür auf und beugte instinktiv die Schultern, um sich nicht den Kopf an dem niedrigen Türsturz anzuschlagen, der für die kleinwüchsigeren Menschen eines früheren Jahrhunderts gebaut worden war. Der Raum dahinter war leer. Die Petroleumlampe, deren Schein ihn hergelockt hatte, stand auf dem Fußboden, und von irgendwoher drang ein gedämpftes, scharrendes Geräusch an sein Ohr.

»Jonathan?«

Eine endlose Sekunde lang bekam er keine Antwort, dann rief eine gedämpfte, helle Stimme: »Mogens?«

Janice! Mogens atmete hörbar erleichtert auf, war aber zugleich auch schon wieder alarmiert. Er konnte Janice hören, aber wo war sie? Der Raum maß nicht einmal fünf Schritte im Quadrat und war vollkommen leer! Außer dem Eingang gab es noch eine zweite, vergitterte Tür auf der anderen Seite, hinter der eine schmale Steintreppe steil in die Tiefe führte. So lange sich Mogens zurückerinnern konnte, war sie verschlossen und mit einem uralten und ebenso rostigem wie schwerem Vorhängeschloss gesichert gewesen. Jetzt stand sie eine Handbreit auf, und das Vorhängeschloss lag zerbrochen davor auf dem Boden.

»Janice«, rief er. »Bist du da unten?«

»Mogens?« Janices Stimme drang so hohl und verzerrt zu ihm herauf, als spräche sie vom Grund eines Brunnenschachtes. »Mogens, komm hierher! Du musst dir das ansehen! Das ist fantastisch!«

Mogens trat zögernd auf die offen stehende Tür zu. Jetzt, wo er näher kam sah er, dass auch von unten ein gelblicher, wenn auch weit blasserer und flackernder Lichtschein heraufdrang. Der Gedanke, dass Janice dort unten war, beunruhigte ihn mehr, als er sich selbst erklären konnte. Etwas... stimmte nicht. Er *konnte* es erklären, aber diese Erklärung war zu grotesk, als dass er dem Gedanken auch nur erlaubt hätte, Gestalt anzunehmen, und als sein Blick im Vorbeigehen das zerbrochene Schloss streifte, wuchs seine Beunruhigung sogar noch. Es war nicht einfach nur zerbrochen, sondern regelrecht zerfetzt. Die schwere eiserne Lasche, mit der es an der Tür befestigt gewesen war, war aufgebogen wie das dünne Blech einer Konservendose. Nein, verbesserte er sich selbst, er war nicht besorgt bei dem Gedanken, dass Janice dort unten war – die Vorstellung versetzte ihn in Panik.

Er zog die Tür weiter auf, machte aber dann noch einmal kehrt, um dic Lampe zu holen. Die Schatten gerieten in unruhige huschende Bewegung, als er sie hochhob und sich umdrehte, und für einen unendlich kurzen Moment schien da noch etwas anderes zu sein, als versuchten körperlose Dinge aus jenem schmalen Grenzbereich zwischen der Welt des Lichts und der Dunkelheit in die Schatten zu fliehen. Ein sonderbar fader Geschmack begann sich auf seiner Zunge auszubreiten. Er hätte nicht hierher kommen sollen. Diese ganze verrückte Idee ging mittlerweile weit über einen Studentenulk hinaus. Mogens war trotz allem noch nicht bereit, an das Wirken übernatürlicher Kräfte zu glauben, oder gar daran, dass er gerade draußen tatsächlich einer Kreatur begegnet sein sollte, die sich nur hinter der Maske des scheinbar Menschlichen verbarg, in Wahrheit aber etwas gänzlich anderes war.

Dennoch wurde ihm mit jeder Sekunde klarer, wie dünn das Eis war, auf dem sie sich bewegten. Letzten Endes spielte es keine Rolle, ob er von einem Werwolf aufgefressen wurde oder den Rest seines Lebens als geistig zerrüttetes Wrack verbrachte. Er würde Janice holen und dann machen, dass er hier wegkam, so schnell er nur konnte.

Fast im Laufschritt stürmte er die Treppe hinab. Nach weniger als einem Dutzend Stufen fand er sich in einem niedrigen Kellerraum mit gewölbter Decke wieder, in dessen Mitte sich ein gewaltiger steinerner Sarkophag befand. Janice stand auf der anderen Seite des dunkelgrauen Steinsarges und hielt eine halb heruntergebrannte Kerze in der rechten Hand. Die andere hatte sie halb erhoben, um ihre Augen vor dem unerwartet grellen Licht der Petroleumlampe zu schützen.

»Mogens, sieh dir das an!«, sagte sie aufgeregt. »Komm her!«

Mogens rührte sich nicht von der Stelle, hob aber die Lampe höher, um besser sehen zu können. Was er gerade oben schon einmal erlebt hatte, schien sich zu wiederholen: Für den Bruchteil einer Sekunde war es ihm, als flüchteten unheimliche körperlose *Dinge* vor dem Licht, und ein eisiger Hauch schien seine Seele zu streifen. Als hätte er etwas von dort oben mitgebracht, das nun auch in den Schatten hier unten lauerte. Mogens verscheuchte auch diesen Gedanken, nicht aber die Warnung, die er zugleich auch bedeutete. Das Eis, auf dem er sich bewegte, wurde dünner, und irgendetwas in ihm selbst arbeitete mit aller Macht daran, es endgültig zu zerbrechen.

»Was tust du hier?«, fragte er barsch. Janice schien seinen rüden Ton jedoch gar nicht zur Kenntnis zu nehmen, sondern setzte nur mit der linken Hand die Kerze auf den Rand des Steinsarkophags – Mogens wünschte sich, sie hätte es nicht getan –, während sie ihn mit der anderen aufgeregt heranwedelte.

»Sieh dir das an!«, sagte sie. »Das ist unglaublich! Ich hätte nie gedacht, dass es so etwas hier gibt!«

»Einen Sarg?«, fragte Mogens. »Was ist an einem Sarg in einem Mausoleum so außergewöhnlich?«

»Das doch nicht, Dummkopf«, schalt ihn Janice. »*Das* hier!«

Widerwillig hob Mogens die Lampe noch ein wenig höher und trat um den Sarkophag herum, um an ihre Seite zu gelangen. Im allerersten Moment fiel ihm noch immer nichts Außergewöhnliches auf, dann aber sah er, dass die schmale Nische, vor der Janice stand, gar keine Nische war. Wo hundert Jahre altes Mauerwerk oder massiver Fels sein sollten, da gewahrte Mogens den Anfang eines schmalen, in sanfter Neigung tiefer in die Erde hineinführenden Tunnels, dessen Wände allerdings nicht gemauert waren, sondern aus Erdreich und Lehm zu bestehen schienen.

Für einen Moment gewann die Neugier des Wissenschaftlers noch einmal die Oberhand über die irrationale Furcht, die von ihm Besitz ergriffen hatte. Schweigend trat er neben Janice und streckte den Am aus, der die Petroleumlampe hielt, um in den Tunnel hineinzuleuchten. Das Licht reichte nur wenige Schritte weit in den Stollen hinein, ehe es von der wattigen Dunkelheit an seinem Ende regelrecht aufgesogen zu werden schien. Mogens schob auch diesen Eindruck auf den angespannten Zustand, in dem sich sein Nervenkostüm befand, konnte sich aber eines neuerlichen eisigen Schauderns trotzdem nicht erwehren.

Auch ohne die bizarren Vorfälle von gerade wäre der Anblick nichts anderes als unheimlich gewesen. Der Tunnel war nicht besonders hoch – vielleicht fünf Fuß, und das nicht einmal überall – und nur auf den ersten Blick regelmäßig geformt. Wände und Boden sahen kaum so aus, als wären sie mit Werkzeugen bearbeitet worden, sondern wirkten eher wie mit grober Gewalt aus dem Erdreich herausgebrochen, und hätte er nicht gewusst, dass es vollkommen unmöglich war, so hätte er geschworen, an manchen Stellen die Spuren gewaltiger Klauen zu entdecken, die Erdreich und sogar Fels in Stücke gerissen hatten.

»Was ist das, Mogens?«, flüsterte Janice in fast ehrfürchtigem Ton.

»Ich weiß es nicht«, antwortete Mogens. Die Wahrheit war, dass er es gar nicht wissen *wollte.* Irgendetwas lauerte in der fast stofflich wirkenden Dunkelheit am Ende des Ganges, etwas unvorstellbar Fremdartiges und Böses, das Janice und ihn aus gierigen Augen anstarrte, und er konnte spüren, dass es näher kam, langsam, aber mit schrecklicher Unaufhaltsamkeit.

»Lass uns gehen«, sagte er. »Bitte!«

Janice wandte irritiert den Kopf und sah ihn an, aber Mogens vermochte selbst nicht zu sagen, ob der verwirrte Ausdruck in ihren Augen an seiner Bitte lag, oder an dem fast flehenden Ton, in dem er das letzte Wort ausgesprochen hatte.

»Aber interessiert dich das denn gar nicht?«, wunderte sie sich. »Niemand weiß von diesem Gang! Vielleicht erstreckt er sich unter dem gesamten Friedhof, oder…«

»Ja, vielleicht«, unterbrach sie Mogens. Er gab sich jetzt gar keine Mühe mehr, auch nur freundlich zu klingen. Die Hand mit der Laterne zitterte so stark, dass das Licht im Tunnelanfang in wippende Bewegung geriet, sodass die Schatten abermals einen grotesken Tanz aufzuführen begannen. »Komm!«

Janice war nun vollends verwirrt, aber in den Ausdruck von Verstörtheit auf ihren Zügen mischte sich auch eine erste Spur von Erschrecken. Fast automatisch machte sie einen halben Schritt zurück, blieb dann aber sofort wieder stehen und sah in den Gang hinein. Die Schatten zitterten heftiger, hüpften von rechts nach links, vor und zurück, als versuche etwas aus der Dunkelheit hervorzubrechen und die schützende Barriere aus Licht zu überrennen. Mogens versuchte sich einzureden, dass es nur das immer heftiger werdende Zittern der Lampe in seiner Hand war, aber er *wusste* einfach, dass das nicht stimmte. Da *war* etwas, ein namenloses Ding, das in der Dunkelheit lauerte, und es kam näher.

Und dann tat er etwas, das er sich bis ans Ende seines Lebens nicht verzeihen sollte: Er drehte sich mit einem Ruck um, schob sich zwischen Janice und dem steinernen Sarkophag hindurch und war mit wenigen schnellen Schritten wieder bei der Treppe. Janice sog scharf die Luft zwischen den Zähnen ein und hatte sich halb in seine Richtung umgewandt, als er wieder stehen blieb, machte aber noch immer keine Anstalten, ihm nachzukommen. Mogens konnte den Ausdruck auf ihrem Gesicht nicht erkennen, denn indem er die Laterne mitgenommen hatte, war sie allein zurückgeblieben, nur beschützt vom flackernden roten Licht der kleinen Kerzenflamme, das der heranstürmenden Finsternis nicht wirklich Einhalt zu gebieten vermochte. Schatten huschten über ihr Gesicht wie kleine, rauchige Tiere. Etwas näherte sich ihr aus der Dunkelheit des Stollens.

»Mogens? Janice?« Rostiges Eisen quietschte, und Mogens konnte gerade noch einen erschrockenen Aufschrei unterdrücken, als über ihm Schritte erklangen und ein unregelmäßiger Kreis aus gelbem Lampenlicht die Stufen herabzuhüpfen begann. »Seid ihr dort unten? Nicht, dass es mich etwas anginge – aber was tut ihr beiden Turteltäubchen da?« Graves lachte anzüglich, während er von einem verschwommenen Schemen hinter dem Lampenschein allmählich zu einer menschlichen Gestalt heranwuchs. »Ich komme jetzt runter. Also bringt zu Ende, womit auch immer ihr gerade beschäftigt seid, und zieht euch an.«

Mogens atmete erleichtert auf, fuhr aber zugleich auch hastig wieder zu Janice herum. »Bleib, wo du bist, Jonathan! *Janice!*«

Das letzte Wort hatte er geschrien, doch Janice reagierte nicht, sondern stand weiter wie gelähmt da und starrte ihn aus weiten Augen an. Mogens hörte, wie Graves weiter die Treppe herunterkam. Der Lichtschein seiner Laterne begann sich mit dem von Mogens' Lampe zu vermischen, und er sagte irgendetwas in spöttischem Ton, das Mogens nicht verstand.

»Janice«, flehte er. »*Bitte.*«

»Aber, Mogens… was…?« Janice brach mit einem erschrockenen Keuchen ab und schlug die Hand vor den Mund, als ein unheimlicher, scharrender Laut erscholl. Aber er kam nicht aus dem Tunnel. Er hatte sich getäuscht. Das Scharren drang *aus dem Sarkophag!*

Die Kerze, die Janice auf seinem Rand abgestellt hatte, begann zu zittern. Ihr Licht flackerte heftiger, und mehr und schnellere kleine Schattentierchen huschten über Janices Gesicht. Das Scharren erklang erneut, aber lauter diesmal, *schwerer*, wurde zum dumpfen röchelnden Schleifen von Stein auf Stein, und die Kerze zitterte noch stärker, neigte sich zur Seite und fiel um. Nur für den Bruchteil eines Atemzuges verschlang die Finsternis Janices Gestalt, bevor er die Lampe wieder höher hob und ihre erstickende Umarmung sprengte. Janice war zwei Schritte von dem Sarkophag zurückgewichen. Im hellgelben, tanzenden Licht der Petroleumlampe war ihr Gesicht bleich wie das einer Toten, und die Furcht hatte ihre Augen schwarz werden lassen.

»Was ist denn *hier* los?« Graves blieb auf der letzten Stufe stehen und hob den Arm, sodass sich der Schein seiner eigenen Laterne dem von Mogens' Lampe hinzugesellte. Das Scharren wurde lauter, und der Deckel des Sarkophags *begann sich zu bewegen!* Graves stieß ein erschrockenes Keuchen aus, und auch Janice schrie auf und schlug auch noch die andere Hand vor den Mund. Ein haarfeiner Riss entstand, weitete sich zu einem Spalt, in dem eine schlammverkrustete, dreifingerige Hand erschien, die sich kraftvoll um den steinernen Rand des Sarkophages schloss und den Spalt verbreiterte.

Janice kreischte. Graves ließ ein noch lauteres, entsetztes Keuchen hören, und der Spalt wurde noch breiter. Mogens verspürte einen eisigen Schauer puren Entsetzens, als er die Hand deutlicher sah. Es war keine menschliche Hand, sondern eine gewaltige, fellbedeckte Pranke, groß wie ein Schaufelblatt und mit fürchterlichen Krallen. Ein muskulöser, absurd langer Arm folgte, dann wurde der zentnerschwere Sargdeckel mit einem so gewaltigen Ruck zur Seite geschleudert, dass er quer durch den Raum flog und gegen die Wand prallte, wo er in Stücke brach.

Und der Wahnsinn gerann zu einem Körper.

Mogens wusste nicht, ob er schrie, aber jemand schrie, das Licht begann einen irrsinnigen, stroboskopischen Tanz aufzuführen, in dem die Bewegungen des… *Dings* zu einer Abfolge rasend schnell aufeinander folgender Momentaufnahmen des Irrsinns wurden, und Mogens sah eine grässliche, fellbedeckte Gestalt von vage menschenähnlichem, verkrüppeltem Wuchs, größer als ein Mann, aber viel massiger, mit unförmiger tonnenartigen Brust, langen peitschenden Armen und muskulösen Beinen, deren Kniegelenke in irgendwie falschem Winkel angeordnet zu sein schienen, und fürchterlichen Krallen an Händen und Füßen. Das Schlimmste aber war der Schädel. Bis zum Hals hinauf hatte die Kreatur immerhin noch eine vage Ähnlichkeit mit einem Menschen, doch alles, was darüber lag, war ein purer Albtraum. Der groteske Schädel ähnelte entfernt dem eines Hundes, war jedoch breiter und gleichzeitig gedrungener und hatte große, spitze Ohren, aus denen struppige Haarbüschel wuchsen. Die Schnauze war übermäßig in die Länge gezogen, unter der breiten Hundenase aber so gerade wie mit einem Messer abgeschnitten, und hinter den widerlich hellrosa wie nässendes Fleisch glänzenden Lefzen blitzte ein mörderisches Gebiss aus Dutzenden schräg stehender, dolchspitzer Zähne. Der Kiefer musste kräftig genug sein, um einem Mann ohne spürbare Anstrengung einen Arm abzubeißen. Doch so albtraumhaft dieser Schädel auch war, gab es doch noch eine Steigerung.

Es waren die Augen. Die groteske Kreatur hatte nicht die Augen eines Tieres, auch nicht die rot glühenden Augen eines Dämons, sondern Augen, die Mogens für die eines Menschen gehalten hätte, wären sie nicht von einer so abgrundtiefen Bosheit und einer Gier erfüllt gewesen, dass sich etwas in Mogens' Seele bei ihrem bloßen Anblick gekrümmt hätte wie ein waidwundes Tier.

Das alles sah Mogens in einer einzigen, nicht enden wollenden Sekunde. Dann wanderte das tanzende Licht weiter, das Ungeheuer stieß ein röchelndes Knurren aus und warf sich mit einem unvorstellbar kraftvollen Satz auf Janice.

Mogens schleuderte die Laterne nach ihm. Die Petroleumlampe überschlug sich zweimal in der Luft, traf das Ungeheuer genau zwischen den Schulterblättern und zerbrach klirrend. Loderndes Petroleum ergoss sich über Rücken und Schultern der Kreatur und setzte ihr Fell in Brand, aber einige Spritzer der brennenden Flüssigkeit regneten auch auf Janices Haar und Kleider hinab, und ihre Schreie wurden noch gellender. Mogens stürzte los, flankte mit der puren Kraft der Verzweiflung über den offen stehenden Sarkophag hinweg und rammte dem grotesken Geschöpf die zusammengefalteten Fäuste in den Nacken.

Es war, als hätte er auf Fels geschlagen. Die Muskeln unter dem schlammverschmierten Fell waren hart wie Eisen, und Mogens schrie vor Schmerz auf, als das brennende Petroleum seine Hände versengte. Das Ungeheuer fuhr dennoch mit einem wütenden Knurren herum, ließ für einen Moment ab und schlug mit einem lichterloh brennenden Arm nach ihm. Mogens versuchte sich unter dem Hieb wegzuducken und gleichzeitig zurückzuschlagen, aber er war für das eine zu langsam, und das andere blieb ohne die geringste Wirkung. Er traf die Schnauze der Albtraumkreatur mit einem wuchtigen Fausthieb und spürte selbst, wie die Haut über seinen Fingerknöcheln aufplatzte, als sie gegen den eisenharten Kiefer prallte, doch praktisch im selben Sekundenbruchteil traf auch ihn der Arm der Bestie.

Der Hieb war so gewaltig, dass Mogens von den Füßen gerissen und nach hinten geschleudert wurde. Aus seinem gellenden Schrei wurde ein halb ersticktes Keuchen, als ihm die Luft aus den Lungen gepresst wurde, und er konnte selbst spüren, wie drei oder vier seiner Rippen gleichzeitig brachen. Mit hilflos rudernden Armen stürzte er nach hinten und in den offen stehenden Sarkophag. Das Letzte, was er sah, war das brennende Ungeheuer, das sich brüllend vor Wut und Schmerz wieder zu Janice umwandte, um sie in die Arme zu schließen und mit sich in den Tunnel zu schleifen. Dann schlug sein Hinterkopf auf dem Rand des steinernen Sarges auf, und Mogens verlor das Bewusstsein.

»Ich wurde erst am nächsten Morgen wieder wach«, schloss Mogens erschöpft seinen Bericht. Während der letzten Minuten war seine Stimme immer leiser geworden, und die letzten Worte hatte er fast nur noch geflüstert. Sein Hals schmerzte, und obwohl Tom ihm die nassen Kleider ausgezogen und ihn in gleich drei warme Wolldecken gewickelt hatte, zitterte er vor Kälte noch immer am ganzen Leib. »Das ist jetzt neun Jahre her, aber ich habe den Anblick dieser grässlichen Kreatur niemals vergessen. Und vergangene Nacht habe ich sie wiedergesehen.«

Tom goss einen weiteren Becher Kaffee ein – es war der dritte, wenn Mogens richtig gezählt hatte, möglicherweise aber auch schon der vierte – und reichte ihn Mogens, bevor er sich neben ihn auf die Bettkante setzte. Mogens nahm einen tiefen Schluck und schloss beide Hände um den emaillierten Kaffeebecher, aber weder die innere noch die äußere Wärme zeitigten die erhoffte Wirkung. Irgendetwas in ihm schien zu Eis erstarrt zu sein, endgültig und unwiderruflich.

»Auf'm Friedhof«, vermutete Tom.

Mogens nickte. Er nahm einen weiteren Schluck. Der Kaffee war so heiß, dass er sich fast die Zunge verbrannte, aber das Gefühl, innerlich zu Eis zu erstarren, wurde eher noch schlimmer. »Ja«, sagte er. »Ich habe die ganzen Jahre versucht, mir einzureden, dass alles nur eine schreckliche Halluzination gewesen ist. Der Schock über Janices Tod, oder vielleicht auch ausgelöst von dem Schlag auf den Hinterkopf. So etwas kommt vor, weißt du? Menschen verlieren ihr Gedächtnis oder glauben sich an Dinge zu erinnern, die sie niemals erlebt haben.«

»Ich hab davon gehört«, sagte Tom.

»Aber gestern Nacht habe ich dieses Geschöpf *gesehen!*« Mogens' Stimme wurde schrill. »Ich habe ihm gegenübergestanden, Tom, Auge in Auge! Und ich schwöre dir, es war dieselbe Kreatur, die ich damals auf dem Friedhof gesehen und für Graves gehalten habe und die Janice…« Seine Stimme versagte, aber Tom verstand ihn trotzdem. Er sagte zwar nichts, aber in seinen Augen erschien ein Ausdruck ehrlichen Mitgefühls.

»Und was passierte dann?«, fragte er nach einer Weile. »Damals in Harvard. Ich meine: Hat man Ihre Freundin gefunden?«

»Nein«, antwortete Mogens. Er nippte – diesmal vorsichtiger – wieder an seinem Kaffee und schluckte schwer, ehe er weitersprach. »So wenig wie Marc und Ellen. Nachdem ich erwacht war, hat man mir erzählt, dass der Stollen eingestürzt ist, in den dieses… *Ding* Janice gezerrt hat. Ich selbst bin nie wieder in dieses Mausoleum gegangen, aber ich habe gehört, dass sie sogar ein paar Yards weit gegraben haben, bis sie wieder aufhören mussten, weil der Tunnel einzustürzen drohte und es einfach zu gefährlich wurde. Sie haben keine Spur von ihr gefunden. Weder von Janice noch von den beiden anderen.«

»Und Sie?«, fragte Tom mitfühlend.

»Was glaubst du?«, antwortete Mogens bitter. »Für die Polizei war der Fall ganz eindeutig. Sie hatten das aufgebrochene Schloss und den geöffneten Sarg. Zwei junge Leute, die sich nachts auf dem Friedhof treffen, und von denen einer eine allgemeine Vorliebe für alle möglichen obskuren Dinge hat…« Er hob mit einem angedeuteten Seufzen die Schultern. »Und dazu noch die Kautschukmaske, die sie in meiner Jackentasche fanden. Nein, Tom – für den ermittelnden Polizeibeamten war der Fall schon aufgeklärt, bevor ich das Bewusstsein zurückerlangte.«

»Und Sie haben niemandem von diesem... Geschöpf erzählt?«, fragte Tom.

Mogens seufzte noch tiefer. »Das war mein schwerster Fehler, Tom. Ich habe davon erzählt, aber das hat alles nur noch viel schlimmer gemacht. Niemand hat mir geglaubt. Weder die Polizei, noch meine Kollegen und Professoren, oder die, die ich für meine... *Freunde* gehalten habe.« Er machte ein leises, bitteres Geräusch, von dem er selbst nicht genau wusste, ob es ein Lachen oder das genaue Gegenteil war. »Die meisten hielten es für eine dumme Ausrede. Einige hielten mich schlichtweg für verrückt. Niemand hat mir geglaubt. Ich glaube, ich hätte es auch nicht, wäre es anders herum gewesen.«

»Aber Graves!«, entfuhr es Tom. »Ich... ich meine: der Doktor! Er muss das Monster doch auch gesehen haben?«

»Das dachte ich auch«, sagte Mogens leise. »Aber da habe ich mich wohl geirrt.«

Tom sah ihn zweifelnd an. Er sagte nichts, aber Mogens spürte, dass es ihm schwer fiel, dieser letzten Bemerkung zu glauben. Und warum sollte er auch? Sie war gelogen. Die Wahrheit war, dass Graves abgestritten hatte, in dieser Nacht auch nur auf dem Friedhof gewesen zu sein. Die Wahrheit war, dass es *Graves* gewesen war, der den untersuchenden Polizeibeamten von seiner Obsession für alles Okkulte und Übersinnliche erzählt hatte, und die Wahrheit war, dass er, Mogens, vier Monate in einer Gefängniszelle verbracht hatte, und nur der Tatsache, dass die Universität einen Skandal gescheut und interveniert hatte, hatte er es zu verdanken, dass er sich nicht, aller seiner akademischen Grade entkleidet, anschließend auf der Anklagebank eines Gerichts wiedergefunden hatte. Graves war es gewesen, der eine Woche später im Zug nach New Orleans gesessen hatte, um die Stelle anzutreten, die eigentlich für ihn vorgesehen gewesen war, und in die Wohnung einzuziehen, die auf Janice und ihn gewartet hatte. Und Mogens hatte in der Folge feststellen müssen, dass es schwarze Listen nicht nur gab, sondern dass sie offensichtlich zu den meistgelesenen Schriften des Landes gehörten.

Nichts von alledem sprach er aus. Er hatte Tom schon deutlich mehr verraten als irgendeinem anderen Menschen auf der Welt vor ihm – tatsächlich hatte er mit *niemandem* über die Ereignisse jener schrecklichen Nacht gesprochen, seit er Harvard verlassen hatte –, aber er wollte ihn nicht auch noch mit seinen persönlichen Problemen belasten.

Toms Blick machte ihm jedoch klar, dass er das meiste von dem, was Mogens gerade nicht ausgesprochen hatte, wohl ohnehin erraten haben musste; wenn schon nicht im Detail, so doch zumindest dem Sinn nach. Mogens hatte ja auch von Anfang an keinen Hehl daraus gemacht, dass Graves und er keine Freunde waren. Tom schien auch etwas dazu sagen zu wollen, doch in diesem Moment wurden draußen Stimmen laut, und der Junge stand stirnrunzelnd auf, ging zur Tür und öffnete sie, um hinauszusehen. Auch Mogens versuchte einen Blick nach draußen zu erhaschen, aber Tom hatte die Tür nur einen Spaltbreit geöffnet und verstellte ihm zusätzlich den Blick.

»Bin gleich zurück, Professor«, sagte er, trat mit einem raschen Schritt vollends hinaus und zog die Tür hinter sich zu. Mogens sah nur ein rasches Flackern der grau heraufziehenden Dämmerung, bevor sich die Tür wieder schloss, aber immerhin hörte er die Stimmen für diesen Moment deutlicher, sodass er nicht nur eine davon als die von Jonathan Graves identifizieren konnte, sondern auch ihren erregten Tonfall hörte. Anscheinend war dort draußen ein heftiger Streit im Gange. Mogens überraschte dies jedoch ebenso wenig, wie es ihn im Grunde interessierte. Er konnte sich niemanden vorstellen, mit dem Jonathan Graves nicht über kurz oder lang in Streit geriet.

Seine Gedanken waren im Moment jedoch weit mehr mit Tom beschäftigt – und dem zurückliegenden Abend, natürlich. Er erinnerte sich nicht, was weiter auf dem Friedhof passiert war, und ebenso wenig konnte er sagen, wie er wieder hierher in seine Blockhütte gekommen war. Tom hatte ihm erzählt, dass er ihn gefunden und hierher zurückgetragen hatte, und wie die Dinge lagen, hatte Mogens keinen Grund, am Wahrheitsgehalt dieser Behauptung zu zweifeln – auch wenn es ihm zugegebenermaßen schwer fiel, sich vorzustellen, dass dieser schmächtige Junge ihn ganz allein über die fünf Fuß hohe Friedhofsmauer gehoben und dann bis hierher getragen haben sollte. Auf der anderen Seite: Warum sollte Tom ihn belügen? Er hatte keinen Grund dazu, und davon abgesehen weigerte sich Mogens einfach, sich Tom als Lügner vorzustellen. Er hatte selten einen Menschen getroffen, zu dem er rascher und vorbehaltloser Vertrauen gefasst hatte als zu diesem sanften, fast femininen Jungen. Auch dass er sich ihm so ganz selbstverständlich anvertraut hatte, machte ihm erstaunlich wenig aus. Als gebildetem Mann war ihm natürlich klar, dass er sich in einer Ausnahmesituation befunden hatte; einer Lage, in der er einfach mit jemandem reden musste, um nicht an dem Entsetzen zu zerbrechen, das die Erinnerungen heraufbeschworen hatten. Wahrscheinlich hätte er sich jedem anvertraut, der bei seinem Erwachen neben seinem Bett gesessen hätte; selbst wenn es Miss Preussler gewesen wäre.

Das Besondere war, dass es ihm bei Tom nichts ausmachte. Nachdem er damals mit Schimpf und Schande aus Harvard davongejagt worden war, hatte er die Geschichte niemandem erzählt, und noch vor Tagesfrist hätte er geschworen, dieses Geheimnis eines Tages mit ins Grab zu nehmen. Dennoch hatte es ihm nichts ausgemacht, Tom von den Ereignissen jener schicksalhaften Nacht erzählt zu haben. Bei jedem anderen wäre ihm diese Entgleisung so peinlich gewesen, dass er unverzüglich abgereist wäre, um nie wieder zurückzukommen. Bei Tom aber war sein Geheimnis in guten Händen, das spürte er einfach. Immerhin hatte ihm der Junge gestern Nacht möglicherweise das Leben gerettet. Wenn er nicht rechtzeitig genug aufgetaucht wäre... Mogens schauderte bei dem bloßen Gedanken, allein und schutzlos der Gnade dieser hundeköpfigen Bestie ausgeliefert zu sein.

Könnte er sich doch wenigstens erinnern, was geschehen war, nachdem er sich herumgedreht und so unversehens dem Schrecken aus seiner Vergangenheit gegenübergestanden hatte! Aber da war nichts. Seine Erinnerungen endeten mit dem Anblick jenes grässlichen, wolfsschnäuzigen Gesichts, und das Nächste, was er gesehen hatte, war Tom, der auf einem Schemel neben seinem Bett saß und geduldig darauf wartete, dass er erwachte.

Die Tür ging auf, und Tom kam zurück. Mogens erinnerte sich an den lautstarken Streit, dessen Ohrenzeuge er zumindest zum Teil geworden war, und versuchte in Toms Gesicht zu lesen, aber es gelang ihm nicht. »Was war los?«, fragte er gerade heraus. Als Tom auch darauf nur mit einem ausweichenden Schulterzucken antwortete, fügte er hinzu: »Du bekommst doch meinetwegen hoffentlich keinen Ärger mit Graves?«

»Nein«, antwortete Tom. »Es ist einer von den Maulwürfen.«

Im ersten Moment sah Mogens ihn nur verständnislos an, aber dann erinnerte er sich an das Gespräch, das Tom und er gestern im Wagen geführt hatten.

»Einer der Geologen?«

»Sie schleichen ständig um das Lager und auf dem Friedhof herum«, bestätigte Tom. »Doktor Graves ist sehr wütend darüber. Einmal hat er sogar damit gedroht, den nächsten von ihnen zu erschießen, den er auf dem Grabungsfeld erwischt.« Er hob die Schultern. »Ich glaube zwar nicht, dass er das wirklich tun würde, aber es *klang* ziemlich überzeugend.«

Zumindest in einem Punkt stimmte Mogens mit Tom überein: Auch er glaubte nicht, dass Graves' Drohung, auf die Geologen zu schießen, ernst gemeint gewesen war. Jonathan Graves verfügte über weit subtilere Mittel, seine Ziele zu erreichen.

»Möchten Sie noch 'nen Kaffee, Professor?«, fragte Tom.

Mogens reichte ihm zwar den leeren Becher, schüttelte aber zugleich auch den Kopf und bedeutete ihm mit einer Geste, ihn auf den Tisch zu stellen. »Ich glaube, ich habe mich noch gar nicht bei dir bedankt, Tom«, sagte er. »Ohne dich wäre ich jetzt nicht mehr am Leben.«

»Unsinn«, widersprach Tom impulsiv, machte für eine Sekunde ein erschrockenes Gesicht und verbesserte sich dann hastig und mit einem verlegenen Lächeln: »Ich meine: Wie kommen Sie denn darauf?«

»Nun, wenn mich dieses Ungeheuer…«

»Aber da war kein Ungeheuer, Professor«, fiel ihm Tom ins Wort.

»Was soll das heißen, kein Ungeheuer!«, sagte Mogens. »Ich habe es doch genau gesehen!«

Tom antwortete nicht gleich, und als er es tat, sprach er mit leiserer, veränderter Stimme und ohne Mogens dabei ins Gesicht zu sehen. »Ich fürchte, *ich* bin es, der sich bei *Ihnen* entschuldigen muss, Professor«, sagte er. »Sie haben gestern Abend kein Ungeheuer gesehen, sondern mich.«

»Dich?« Mogens schüttelte heftig den Kopf. »Ganz bestimmt nicht, Tom. Ich weiß, was ich gesehen habe. Ich wollte das Licht einschalten, aber es funktionierte nicht, und da habe ich mich daran erinnert, dass du gesagt hast, ich bräuchte nur nach dir zu rufen, wenn ich etwas wollte. Also bin ich nach draußen gegangen, um nach dir zu suchen. Dabei habe ich Schritte gehört, und einen Schatten gesehen. Jemand ist durch das Lager geschlichen.«

»Wir schalten den Generator aus, sobald der Letzte den Tempel verlassen hat«, sagte Tom. »Er benötigt 'ne Menge Treibstoff, der eigens aus Frisco hergeschafft werden muss.« Er hob die Schultern. »Ich hätt Ihnen das sagen sollen. Verzeihen Sie.«

Als ob das jetzt eine Rolle spielte! »Ich *habe* jemanden gesehen«, beharrte Mogens. »Und ich bin ihm nachgegangen. Er ist durchs Lager geschlichen und hinaus zum alten Friedhof!«

»Das war ich«, sagte Tom.

Mogens starrte ihn an. »Du?«

»Ich mach jeden Abend eine Runde durch das Lager«, bestätigte Tom. »Manchmal sogar zusätzlich noch mal in der Nacht. Manchmal schleichen Neugierige hier rum. Kinder aus der Stadt oder auch Indianer, die alles stehlen, was nicht niet- und nagelfest ist, um es gegen Schnaps einzutauschen. Und auch Leute mit… weniger harmlosen Absichten. Manchmal geh ich auch hinaus zum alten Friedhof, um dort nach dem Rechten zu sehen. Gestern Abend war ich auch dort. Ich hatte die ganze Zeit über das Gefühl, dass mir jemand folgt, also hab ich mich hinter einem alten Grabstein versteckt und gewartet. Und als Sie dann näher gekommen sind…« Er machte ein schuldbewusstes Gesicht und sah Mogens mit sichtlicher Kraftanstrengung nun doch in die Augen. »Es tut mir wirklich Leid, Professor. Wenn ich geahnt hätte, dass ich Sie so erschrecke, dann hätt ich mich früher bemerkbar gemacht.«

»Das ist lächerlich!«, sagte Mogens. Seine Stimme zitterte. »Warum tust du das, Tom? Um mich zu beruhigen? Das brauchst du nicht. Ich weiß, was ich gesehen habe!«

Aber wusste er das wirklich? Was, wenn Tom Recht hatte und tatsächlich *er* es gewesen war, den er gesehen hatte, und nicht die Bestie aus seiner Vergangenheit? Dann müsste er zugeben, dass er sich wie eine hysterische alte Jungfer vor einem Schatten erschreckt hatte und in Ohnmacht gefallen war.

»Ich weiß, was ich gesehen habe«, beharrte er. Selbst in seinen eigenen Ohren klang es trotzig, nicht mehr wirklich überzeugt.

»Das bezweifle ich nicht«, antwortete Tom. »Aber könnte es nicht auch so gewesen sein: Sie haben diese schreckliche Geschichte erlebt, vor fast zehn Jahren. Doktor Graves ist nicht Ihr Freund, und allein ihn wiedergesehen zu haben muss all die schlimmen Erinnerungen wieder in Ihnen geweckt haben – und dazu noch die ganzen unheimlichen Sachen, die da unten im Tempel sind und von denen ein normaler Mensch alleine schon Albträume bekommt.«

»Wofür hältst du dich eigentlich?«, fragte Mogens böse. »Für einen Psychiater?«

»Und dann haben Sie Schritte gehört und sind mir nachgeschlichen. Noch dazu auf einem Friedhof«, fuhr Tom ungerührt fort. »Und plötzlich waren all die Erinnerungen wieder da. Ihr Zorn auf den Doktor, dem Sie nie verziehen haben, dass er Sie so im Stich gelassen hat. Der Schmerz über den Verlust Ihrer Freundin, und die Erinnerung an diese furchtbare Nacht – und dann noch dieser Friedhof, der sogar mir manchmal unheimlich ist.« Er schüttelte seufzend den Kopf. »Als ich so dumm war, wie aus dem Nichts vor Ihnen aufzutauchen, da *mussten* Sie ja dieses… *Ding* sehen. Mir wär es jedenfalls so ergangen. Und ich glaube, jedem anderen auch.«

Mogens starrte den jungen Mann aus aufgerissenen Augen an. Er konnte nicht sagen, was ihn mehr schockierte: die zwingende Logik, die aus Toms Worten sprach, oder die Leichtigkeit, mit der der Junge seine Situation erkannt und analysiert hatte. Ein ungebildeter Waisenjunge vom Lande, der nicht einmal wusste, wie alt er war? Lächerlich! Wer zum Teufel *war* dieser Junge?

Mogens stellte die Frage laut.

»Sie schmeicheln mir, Professor«, antwortete Tom. »Aber diesmal irren Sie sich. Ich bin nicht sehr klug. Aber ich bin ein guter Beobachter, und ich hab 'ne Menge Zeit, um nachzudenken.«

»Und du liebst es, Spielchen zu spielen«, fügte Mogens finster hinzu. Aber es war sonderbar: Es gelang ihm einfach nicht, wirklich zornig auf Tom zu werden. Nicht einmal jetzt. So zwingend Toms Argumentation sich im ersten Moment auch anhörte, wusste er doch, dass sie nicht stimmte. Aber etwas in ihm wollte, dass sie *wahr* war.

»Nein«, erwiderte Tom lachend. Mogens hätte den Finger nicht auf den Unterschied legen können, aber von einem Moment auf den anderen war er wieder der schüchterne blasse Junge, den noch deutlich mehr Jahre vom Mannsein als von der Kindheit trennten und der aus großen neugierigen Augen in eine Welt blickte, die er nicht verstand, und dem er deutlich mehr Vertrauen entgegenbrachte, als vielleicht gut war. »Ich mach mir nur Sorgen um Sie, Professor. Ich weiß, es steht mir nicht zu, aber…« Er suchte einen Moment vergeblich nach Worten und rettete sich schließlich in ein Schulterzucken. »Sie sind anders als Doktor Graves und die anderen.«

»Anders?«

Die Tür wurde aufgerissen, und Graves stürmte herein. Sein Gesicht war dunkel vor Zorn, und er warf die Tür mit solcher Wucht hinter sich zu, dass Tom auf seinem Stuhl erschrocken zusammenfuhr und aufsprang.

»Verdammte Schlammwühler!«, polterte er. »Nicht einmal …« Er stockte, sowohl mitten im Satz als auch in der Bewegung. Sein Kopf bewegte sich rasch von rechts nach links und wieder zurück, und Mogens war klar, dass er mit einem einzigen Blick nicht nur den gesamten Raum, sondern auch die Situation erfasste. Am Ende der Bewegung blieb sein Blick auf Mogens' schlammverkrusteten Schuhen und den verdreckten Kleidern hängen, die in einem unordentlichen Haufen neben seinem Bett auf dem Boden lagen.

»Hast du das Lager verlassen, Mogens?«, fragte er. Ohne seine Antwort abzuwarten, fuhr er zu Tom herum. Der Zorn in seinen Augen wurde nicht wirklich stärker, nahm aber eine andere Qualität an.

»Tom!«, schnappte er. »Ich hatte dich angewiesen, Professor VanAndt dahingehend zu unterrichten, dass niemand ohne mein ausdrückliches Einverständnis das Gelände zu verlassen hat!«

»Das hat er«, sagte Mogens rasch, und noch bevor Tom auch nur dazu ansetzen konnte, sich zu verteidigen. Graves zog nachdenklich die Brauen zusammen, und auch Tom hatte sich für eine halbe Sekunde nicht wirklich in der Gewalt, denn er sah ihn regelrecht fassungslos an, was Graves natürlich keineswegs entging.

»Es ist nicht seine Schuld«, fuhr Mogens in bestimmterem, lauterem Ton fort. »Tom hat mich schon auf der Autofahrt hierher von deinem Wunsch in Kenntnis gesetzt.« Er setzte sich gerade auf und widerstand der Versuchung, die Decke enger um die Schultern zu ziehen, als ihm ein weiterer kalter Schauer über den Rücken lief. Mit Graves schien ein Schwall eisiger Luft hereingekommen zu sein, aber Mogens war nicht einmal sicher, ob sein Frösteln daran lag oder an den eisigen Blicken, mit denen Graves ihn maß.

»Aber anscheinend nicht deutlich genug«, sagte er schließlich – in einem Ton, der keinen Zweifel daran ließ, wie wenig Glauben er Mogens' Worten schenkte.

»Oh, Tom war schon deutlich genug«, antwortete Mogens kühl. »Mir ist nur noch nicht ganz klar, in welcher Eigenschaft ich eigentlich hier bin, Jonathan. Als Mitarbeiter oder als Gefangener.«

Graves runzelte noch heftiger die Stirn. Er sagte nichts.

»Nun?« Mogens stand auf und sah Graves herausfordernd in die Augen. »Was genau bin ich?«

Graves' Lippen wurden zu einem schmalen, fast blutleeren Strich. Doch statt auf seine Frage zu antworten, machte er eine abgehackte Kopfbewegung auf den Haufen schmutziger Kleider zu seinen Füßen, während derer er Mogens aber keinen Sekundenbruchteil aus den Augen ließ. »Was ist passiert?«

»Ich war ungeschickt«, antwortete Mogens. »Ohne Tom hätte die Sache vielleicht ein böses Ende genommen. Du solltest ihm dankbar sein, statt ihm Vorhaltungen zu machen.«

»Was dir klar machen sollte, dass meine Anweisung einen Sinn hat, Mogens«, versetzte Graves. »Die Umgebung hier ist nicht ohne Gefahr – vor allem für jemanden, der sich nicht auskennt. In diese Sümpfe ist schon so mancher hineingegangen, der nie wieder herausgekommen ist.« Er hob die Schultern, als wäre damit alles gesagt, und wandte sich direkt an Tom. »Hast du nichts zu tun?«

Tom verschwand so schnell, als hätte er sich buchstäblich in Nichts aufgelöst – allerdings erst, nachdem er Mogens noch einen raschen, dankbaren Blick zugeworfen hatte, der Graves ebenso wenig entging wie sein Erstaunen zuvor.

»Warum schützt du ihn?«, fragte er, kaum dass sie allein waren. Da Mogens nicht antwortete, fuhr er mit einem neuerlichen Achselzucken und mit einem angedeuteten Seufzen fort: »Du magst den Jungen, was ich verstehen kann. Jeder mag ihn. Er ist ein kluger Bursche, und ausgesprochen nett. Aber er braucht eine starke Hand. Und ich schätze es nicht, wenn einer mit den Angestellten fraternisiert.« Er hob die behandschuhte Rechte, als Mogens auffahren wollte. »In einer Stunde spätestens wirst du verstehen, warum ich auf diesen Sicherheitsvorkehrungen bestehe.« Er sah sich suchend um.

»Hast du noch einen Kaffee für einen ehemaligen Studienkollegen übrig?«

Mogens ignorierte den versöhnlichen Ton in Graves' Stimme ebenso geflissentlich wie seinen Versuch, ein Lächeln auf seine Züge zu zwingen. Es blieb bei dem Versuch. Jonathan Graves' Gesicht war nicht von der Art, die zu einem Lächeln fähig war.

»Da steht welcher«, sagte er mit einer Kopfbewegung in Richtung Tisch. Gleichzeitig streifte er die Decke ab, bückte sich nach seinem Koffer und klappte ihn auf, um sich frische Kleider zu nehmen.

»Zieh nicht unbedingt deinen besten Sonntagsstaat an«, riet ihm Graves, der irgendwo hinter seinem Rücken lautstark mit Tassen und Geschirr klapperte. »Wir müssen durch etwas... unwegsames Gelände.«

Mogens registrierte das kurze Stocken in seinen Worten sehr wohl, ebenso, wie ihm klar war, dass es dem einzigen Zweck diente, ihn zu einer entsprechenden Frage zu provozieren. Er tat ihm nicht den Gefallen, sondern schwieg beharrlich, hörte aber dann doch auf seinen Rat und wählte die einfachsten Kleider, die er in seiner ohnehin bescheidenen Auswahl fand.

Während er sich ankleidete, konnte er hören, wie Graves sich einen Becher Kaffee einschenkte und Platz nahm. Etwas an seinem Schweigen machte Mogens klar, dass Graves auf eine ganz bestimmte Reaktion oder Frage seinerseits wartete, und vielleicht hätte er ihm den Gefallen sogar getan, hätte er nicht in der Bewegung einen kurzen, fast unabsichtlichen Blick aus den Augenwinkeln auf Graves' Gesicht aufgefangen. Es war nur ein vager Eindruck; eine rasche Vision aus jenem schmalen Grenzbereich, in dem das wirklich Gesehene nicht mehr ausreichte und von den gespeicherten Informationen aus dem Gedächtnis – oder der Fantasie – ergänzt werden musste; und in diesem Fall wohl ganz eindeutig aus seiner *Fantasie*. Denn was Mogens in jenem kurzen, irrealen Augenblick sah, das war nicht Graves' Gesicht, sondern eine albtraumhafte Larve, die nur oberflächliche Ähnlichkeit mit einem menschlichen Antlitz hatte. Durch Graves' Züge schimmerte etwas Raubtierhaftes, Wildes, das sich normalerweise unter seinen menschlichen Zügen verbarg, nun aber, aus diesem ganz bestimmten Blickwinkel und in diesem ganz bestimmten Moment, durch die Oberfläche des normalerweise Sichtbaren hindurchschimmerte. Vielleicht sah er Graves in diesem Moment zum allerersten Mal so, wie er wirklich war; nicht das, wonach er aussah, sondern das, was er *war*: Ein reptilienhaftes *Ding*, das lauerte und schlich und auf seine Gelegenheit wartete, zuzuschlagen.

Und selbstverständlich war es nicht wirklich Graves, den er sah. Es war das, was er sehen *wollte*, das Bild von Doktor Jonathan Graves, das er sich in dem zurückliegenden Jahrzehnt zurechtgelegt hatte, die Essenz von mehr als neun Jahren Hass, verletztem Stolz und Selbstzerfleischung. Mogens war sich dieses Umstandes vollkommen bewusst, wie er sich auch darüber im Klaren war, dass *er* es war, der sich damit ins Unrecht setzte. Dennoch führte diese blitzartige dunkle Vision dazu, dass er Graves nicht antwortete, sondern sich im Gegenteil weit mehr Zeit dabei ließ, sich anzukleiden, als notwendig gewesen wäre. Er kam sich selbst durch und durch albern dabei vor, seiner kindischen Furcht zu erliegen, aber sein Herz klopfte bis zum Hals, als er sich schließlich aufrichtete und umwandte.

Graves hatte einen Stuhl umgedreht, saß rittlings darauf und hatte die Handgelenke lässig auf der Stuhllehne aufgestützt. Dann und wann nippte er an dem Kaffee, den er sich eingeschenkt hatte, während er Mogens aus seinen kalten, fast ausdruckslosen Augen musterte.

»Einen Penny für deine Gedanken, Mogens«, sagte er.

»Lieber nicht«, antwortete Mogens. »Du wolltest mir etwas zeigen?«

Graves sah ein bisschen verletzt aus. »Wir hatten keinen guten Start, wie?«, sagte er, Mogens' Frage ignorierend. »Das tut mir Leid. Ich hatte es mir anders vorgestellt, nach all der Zeit. Vielleicht zu einfach. Mein Fehler. Es tut mir Leid.«

»Dir tut etwas Leid?« Mogens zog die linke Augenbraue hoch. »Es fällt mir ein wenig schwer, das zu glauben.«

»Gib mir eine Chance.«

»Die gleiche, die du mir gegeben hast?« Mogens suchte vergebens nach einer Antwort auf die Frage, warum er sich überhaupt auf diese Diskussion einließ. Er war fast erstaunt, seine eigene Stimme zu hören, als er fortfuhr: »Warum hast du nichts gesagt, damals? Ein einziges Wort, Jonathan, und…«

»… nichts hätte sich geändert«, fiel ihm Graves ins Wort. »Sie hätten mir ebenso wenig geglaubt wie dir, Mogens. Wir hätten beide als verrückt gegolten, das wäre der einzige Unterschied gewesen – und wären vielleicht beide ins Gefängnis gegangen.«

»Und da hast du es vorgezogen, dass ich allein als verrückt gelte«, sagte Mogens bitter.

Graves trank einen langen Schluck Kaffee, währenddessen er Mogens durchdringend über den Rand der Tasse hinweg ansah. Dann sagte er ganz ruhig: »Ja.«

Wäre er aufgestanden und hätte Mogens warnungslos ins Gesicht geschlagen, hätte der Schock nicht größer sein können. »Wie bitte?«, krächzte er.

»Bist du jetzt schockiert?«, fragte Graves. »Ich an deiner Stelle wäre es.«

Es dauerte einige Sekunden, bis Mogens die wahre Implikation dieses Geständnisses aufging. »Dann… dann hast du es auch gesehen?« Sein Herz jagte. Er hatte Angst vor Graves' Antwort. Panische Angst.

Wieder trank Graves einen Schluck Kaffee, bevor er antwortete. Seine gefühllosen Augen musterten Mogens in dieser Zeit, die sich zu einer endlosen Aufeinanderfolge zeitloser Ewigkeiten der Qual dehnte, so kalt, als spüre er seine Pein genau und dehne diesen Moment bewusst lang hinaus, um sich daran zu weiden. Aber dann hob er die Schultern und sagte in sehr leisem, nachdenklichem Ton: »Ich weiß nicht, was ich gesehen habe. Ich habe *etwas* gesehen, das stimmt, aber ich weiß nicht, was es war. Weißt du es?«

Als ob er diesen Moment je vergessen könnte, und wenn er hundert Jahre alt wurde! Das Bild hatte sich unauslöschlich in sein Gedächtnis eingebrannt, eine Narbe in seinem Kopf, die niemals heilen würde, so wenig, wie sie je aufhören würde zu schmerzen: Janice, die von einem Ungeheuer mit lodernden Schultern und Kopf davongeschleift wurde und ebenso verzweifelt wie vergeblich um Hilfe schrie, und den unwiderruflich letzten Blick, den er aus ihren Augen aufgefangen hatte. Es war nicht die Todesangst gewesen, mit der er gerechnet hatte. Vielleicht – sicher – war sie da gewesen, aber was *Mogens* gesehen hatte, war das verzweifelte Einfordern eines Versprechens, das er ihr nie laut, sehr wohl aber im Stillen für sich gegeben hatte, und das er nun nicht mehr einhalten konnte: Das Versprechen, immer und unter allen Umständen für sie da zu sein, sie vor jeder Gefahr zu beschützen, und sei es mit seinem eigenen Leben. Er hatte dieses Versprechen nicht eingehalten, und es spielte keine Rolle, warum.

»Gib mir eine Chance, Mogens«, sagte Graves. »Ich bitte dich.«

»Dir?« Der beinahe flehende Ton in Graves' Stimme machte es Mogens unmöglich, all die Verachtung in seine Stimme zu legen, die er für ihn empfand. Nicht einmal einen Bruchteil.

»Oh, ich verstehe.« Plötzlich war ein höhnischer, böser Ton in seiner Stimme, und seine Augen blitzten. »*Du* musst niemandem eine zweite Chance geben, nicht wahr? Warum auch? Dir ist wehgetan worden. Du hast einen schrecklichen Verlust erlitten, und vor allem und am schlimmsten: Man hat dir Unrecht getan. Und daraus leitest du jetzt das Recht ab, für den Rest deines Lebens alles Leid dieser Welt für dich reklamieren zu können.« Er beugte sich vor und verzog die Lippen zu einem Ausdruck, den Mogens im ersten Moment für verächtlich hielt, bis ihm sein Irrtum klar wurde.

»Du hältst mich für ein Ungeheuer, nicht wahr? Du glaubst, du hättest das alleinige Recht auf Schmerz und Leid?« Er schnaubte. »Was bildest du dir eigentlich ein, VanAndt?«

»Ich?«, ächzte Mogens. Er war vollkommen fassungslos. Er hatte buchstäblich mit allem gerechnet – aber nicht damit, dass Jonathan seinerseits zum Angriff übergehen und *ihm* Vorwürfe machen würde Das war… absurd.

»Ja, du!«, schnappte Graves. Seine Hand schloss sich mit einem so heftigen Ruck um den emaillierten Becher, dass das dünne Metall wie das Blech einer leeren Konservendose zusammengequetscht wurde. Kaffee spritzte und lief über seine in schwarzes Leder gehüllten Hände, ohne dass er es auch nur bemerkte. »Was glaubst du denn, wie die letzten zehn Jahre für mich waren? Was glaubst du, warum du *hier* bist?«

Mogens sah ihn verstört an.

»Glaubst du«, fuhr Graves fort, »ich hätte jene Nacht vergessen, Mogens?« Er schüttelte heftig den Kopf. »Gewiss nicht. Nicht für einen Tag, in all den Jahren. Ich habe Janice ebenso gemocht wie du, Mogens. Du magst sie geliebt haben, aber auch für mich war sie eine gute Freundin. Ich weiß, was du durchgemacht hast, Mogens.«

»Das bezweifle ich«, flüsterte Mogens.

»Oh, verzeihen Sie, wenn ich Ihnen zu nahe getreten bin, verehrter Professor«, sagte Graves böse und wieder ganz förmlich. »Ich wollte keinesfalls an Ihrem Ruhm als größter leidender Märtyrer dieses Kontinents kratzen. Ich weiß, was Sie durchgemacht haben. Aber Sie hatten wenigstens noch Ihren Hass auf mich.«

»Wie kommst du darauf, dass…«

»Ich weiß, dass du mich hasst«, unterbrach ihn Graves. »Ich hasse mich selbst für das, was ich getan habe. Aber ich habe es getan, und ich bin kein Mann, der sich für Fehler entschuldigt, die nicht rückgängig zu machen sind. Und ich bleibe dabei: Es hätte nichts geändert. Im Gegenteil. Wir wären beide für verrückt erklärt worden.« Er machte eine wedelnde Geste. »Ich hätte all das hier wahrscheinlich nicht gefunden. Ich wäre nicht hier. *Du* wärst nicht hier.«

»Und warum *bin* ich hier?«, fragte Mogens.

»Natürlich, weil du gut bist«, versetzte Graves. Er hob die zerbeulte Kaffeetasse an den Mund, setzte dazu an, daraus zu trinken, stutzte dann und blickte eine geschlagene Sekunde lang verwirrt darauf hinab, ehe er sie mit einem angedeuteten Achselzucken wieder auf den Tisch setzte. »Glaube es, oder lass es bleiben, aber ich halte dich für den besten Wissenschaftler deines Faches. Aus keinem anderen Grund habe ich dich kommen lassen.« Er zögerte einen winzigen Moment. »Und natürlich als Wiedergutmachung.«

»Wiedergutmachung? Wofür?«

»Für das, was ich dir angetan habe«, antwortete Graves. Er schnitt Mogens mit einer herrischen Geste das Wort ab, als dieser widersprechen wollte. »Spare es dir, mir vorzuhalten, dass ich nur mein schlechtes Gewissen beruhigen möchte. Wenn du das glauben willst, soll es mir recht sein. Wenn das hier publik wird – und das wird es, Mogens –, dann schert es niemanden mehr, was du getan hast und was nicht.«

»Wie kommst du darauf, dass ich Almosen von dir annehmen würde?«, fragte Mogens. Seine Stimme zitterte, aber er konnte den Grund dafür selbst nicht genau benennen.

»Warum wartest du nicht erst einmal ab, bis ich dir gezeigt habe, worauf wir *wirklich* gestoßen sind?«, fragte Graves.

»Worauf...« Mogens brach verwirrt ab. »Aber ich dachte, der Tempel...?«

»Ja, das dachte ich auch«, sagte Graves. Er stand auf. »Und am Anfang war es auch so. Versteh mich nicht falsch: Der Tempel ist eine Sensation, vielleicht die größte archäologische Sensation dieses Jahrhunderts – zumindest bisher. Und doch ist es nicht alles.«

»Was soll das heißen?«, fragte Mogens verwirrt. »Was hast du gefunden?«

Graves schüttelte den Kopf und grinste plötzlich breit. »O nein, so geht das nicht«, sagte er. »Lass mir die kleine Freude, dich noch ein wenig auf die Folter zu spannen. Darüber hinaus ist es bedeutend einfacher, wenn ich es dir zeige. Komm.«

Er wandte sich zur Tür, öffnete sie und wedelte ungeduldig mit der Hand, als Mogens zögerte, ihm zu folgen. Das Sonnenlicht verwandelte seine Gestalt in einen schwarzen Schattenriss ohne Tiefe, und erneut spürte Mogens einen raschen, eisigen Schauer, denn der Anblick erinnerte ihn an das Bild, das er aus den Augenwinkeln gesehen zu haben glaubte. Es war so wenig real wie dieses, und es verging ebenso schnell.

Mogens schüttelte die Erinnerung mit einer fühlbaren Kraftanstrengung ab und verließ hinter Graves die Hütte.

Was Mercer ihm gestern bereits prophezeit hatte, schien sich überraschend schnell zu bewahrheiten: Mogens fühlte sich noch immer nicht besonders wohl dabei, die schmale Leiter hinunterzuklettern, die unter seinem und Graves' gemeinsamem Gewicht hörbar ächzte, aber es machte ihm schon nicht mehr ganz so viel aus wie am vergangenen Tag. Natürlich lag es daran, dass er seine Nervosität niemals in Graves' Nähe zugegeben hätte, aber anscheinend gewöhnte er sich tatsächlich an seine neue Umgebung.

Und dazu kam natürlich seine Neugier.

Nach allem, was zwischen ihnen vorgefallen war, schämte sich Mogens seiner eigenen Gefühle beinahe, aber er kam dennoch nicht umhin zuzugeben, dass es Graves gelungen war, seine Neugier zu wecken. Die Entdeckung dieses unterirdisch gelegenen ägyptischen Tempels – nur wenige Meilen von San Francisco entfernt – war an sich schon sensationell genug. Mit welchem noch größeren Wunder wollte Graves denn noch aufwarten?

Auf dem Weg nach unten und durch den Gang mit den Wandmalereien und Reliefarbeiten versuchte er mehrmals, Graves wenigstens eine Andeutung zu entlocken, bekam aber stets nur ein geheimnisvolles Lächeln zur Antwort. So sehr sich Mogens in diesem Moment auch darüber ärgerte, konnte er Graves zugleich auch verstehen. Möglicherweise hätte er an dessen Stelle nicht anders reagiert. Aber was konnte Graves entdeckt haben, das *das hier* noch in den Schatten stellte?

Mogens fasste sich notgedrungen in Geduld, während er durch den nur schwach erhellten Stollen tappte. Gestern war er von dem Gesehenen viel zu erschlagen gewesen, um auf Einzelheiten zu achten, nun aber musterte er die Malereien und Reliefs, an denen sie vorbeikamen, umso genauer, und ihm fielen doch gewisse Unterschiede zu der ägyptischen Kunst auf, die er kannte. Er war kein Spezialist, was diese Epoche anging, aber er war im Laufe seines Studiums natürlich nicht umhin gekommen, sich auch mit der Kunst und Kultur des alten Ägypten zu beschäftigen. Was er gestern schon gemutmaßt hatte, schien sich nun zu bestätigen: Es gelang ihm nicht, die Bildnisse und Steinmetzarbeiten einer bestimmten Epoche zuzuordnen. Aber das musste nichts bedeuten, wie ihm der Wissenschaftler in ihm erklärte. Schließlich waren sie hier zweifellos in einem ägyptischen Tempel, aber nicht in Ägypten. Das Reich der Pharaonen war vor mehr als zwei Jahrtausenden untergegangen, aber diese Anlage konnte ebenso gut viel älter sein – oder auch viel jünger. Es war so, wie Graves gestern gesagt hatte: Das alte Pharaonenreich hatte mehrere tausend Jahre lang existiert; eine für einen Menschen unvorstellbar lange Zeit, in der buchstäblich *alles* vorstellbar war.

Mogens schwindelte, als er versuchte, sich das Erdbeben vorzustellen, das diese Entdeckung in der Fachwelt – und nicht nur dort – hervorrufen musste. Und auch sein schlechtes Gewissen meldete sich wieder. Gleich wie entrüstet er war und egal was Graves ihm in der Vergangenheit angetan hatte, seine Neugier war geweckt, und Mogens war auch gegen die Verlockung nicht gefeit, als einer von den Wissenschaftlern in die Geschichtsbücher einzugehen, denen dieser Fund zugeschrieben wurde.

»Wie hast du das alles hier überhaupt entdeckt?«, fragte er, nur um überhaupt etwas zu sagen. Er hätte es nicht ertragen, weiter schweigend hinter Graves herzugehen.

»Genau genommen war es Tom«, antwortete Graves; allerdings erst, nachdem sie den Stollen verlassen und wieder in die Grabkammer hineingetreten waren. Die roten Rubinaugen der beiden Horusstatuen rechts und links des Eingangs schienen missbilligend auf sie herabzublicken, und Mogens ertappte sich bei dem vollkommen absurden Gedanken, dass es nicht gut war, an einem heiligen Ort wie diesem über solche Banalitäten zu reden. »Ihm haben wir das alles zu verdanken.«

»Tom?«

»Nicht genau diesen Raum, und er wusste auch gewiss nicht, worauf er da überhaupt gestoßen ist«, erklärte Graves. Er machte eine Kopfbewegung zur Decke hinauf. »Wir sind hier ziemlich genau unter dem Südrand des alten Friedhofs. Tom hat eines der alten Gräber geöffnet und ist dabei auf einen Hohlraum gestoßen. Da er ihm sonderbar vorkam, ist er zu mir gekommen und hat mich um Rat gefragt.«

»Warum?«, fragte Mogens beinahe erschrocken.

»Wir kennen uns schon seit vielen Jahren«, antwortete Graves. »Wenn ich in San Francisco bin, besuche ich ihn regelmäßig, und bei meinem letzten Besuch …«

»Das meine ich nicht«, unterbrach ihn Mogens. Seine Stimme wurde eine Spur schriller. »Was hast du vorher gesagt? Tom hat ein altes Grab geöffnet? Warum?«

John setzte zu einer Antwort an, beließ es aber dann bei einem leicht irritierten Blick und einem angedeuteten Schulterzucken. »Ehrlich gesagt, habe ich ihn das nie gefragt«, gestand er. »Ich war viel zu aufgeregt, als mir klar wurde, was sein Fund wirklich bedeutete.« Er schüttelte ein paar Mal den Kopf. »Das muss man sich einmal vorstellen: Da suchen Tausende von Forschern seit hundert Jahren mit unglaublichem Aufwand alle Länder dieses Erdballs ab, um die Rätsel unserer Vergangenheit zu lösen, und ein einfacher Junge vom Lande, der nicht einmal richtig lesen und schreiben kann, stößt auf die gewaltigste Sensation aller Zeiten.«

Mogens hatte Mühe, seinen Worten zu folgen. Das konnte kein Zufall sein! Tom hatte ein Grab geöffnet? Warum? Und warum auf einem Friedhof, der seit einer Generation nicht mehr benutzt wurde? Mit einem Mal erfüllte ihn der Gedanke mit Besorgnis, dass es noch keine Stunde her war, dass er Tom – ausgerechnet Tom – seine Geschichte erzählt hatte!

»Hörst du mir überhaupt zu?« Es war nicht die Frage an sich, sehr wohl aber der scharfe, fast schon ärgerliche Ton, in dem sie gestellt wurde, der Mogens aus seinen Gedanken riss und ihn irritiert – und auch ein wenig verlegen – aufblicken ließ. Er rettete sich in ein nichts sagendes Lächeln, aber ihm wurde auch klar, dass Graves' verärgerter Ton nicht von ungefähr kam: Er konnte sich tatsächlich nicht erinnern, was er zuletzt gesagt hatte.

»Entschuldige«, sagte er. »Ich war... in Gedanken.«

»Ja, das scheint mir auch so.« Graves schüttelte seufzend den Kopf. »Großer Gott, Mann, da halte ich dir den wichtigsten wissenschaftlichen Vortrag dieses Jahrhunderts, und du hörst mir nicht einmal *zu!*«

Mogens war verwirrt, und umso mehr, als er das spöttische Glitzern in Graves' Augen bemerkte und ihm klar wurde, dass diese Worte wohl das sein mussten, was Graves für eine scherzhafte Bemerkung hielt. »Entschuldige«, sagte er noch einmal. »Wir sind hier genau unter dem Friedhof, sagst du?«

»Nicht direkt«, antwortete Graves. Er sah Mogens noch immer leicht vorwurfsvoll an, ging aber zu seiner Erleichterung nicht mehr auf dieses Thema ein. »Tom hat damals nur den Beginn eines halb verschütteten Tunnels gefunden. Den Schacht, durch den wir gerade heruntergestiegen sind, haben wir erst später angelegt.« Er machte eine Kopfbewegung. »Komm. Wir haben noch ein gutes Stück zu gehen. Wir können unterwegs weiter reden.«

Noch ein gutes Stück?, dachte Mogens verwundert. Sie befanden sich doch bereits im Herzen der unterirdischen Anlage. Er hatte sich heute so wenig wie gestern die Mühe gemacht, seine Schritte zu zählen, aber sie mussten mehr als hundert Meter unter der Erde zurückgelegt haben, seit sie die Leiter herabgestiegen waren. Er sah Graves fragend an, folgte ihm aber widerspruchslos, als dieser sich in Bewegung setzte und in geringem Abstand an der gewaltigen Totenbarke vorbeiging. Mogens selbst machte einen größeren Bogen um das Ding, als notwendig gewesen wäre. Dennoch hatte er das unheimliche Gefühl, dass die geschnitzten Augen der mannsgroßen Anubis-Statuen an Bug und Heck des Schiffes jeden seiner Schritte beobachteten.

Er schüttelte auch diesen Gedanken ab, aber es fiel ihm jetzt deutlich schwerer. Je tiefer sie in diese unterirdische Tempelanlage eindrangen, desto schwerer fiel es ihm, seine Gedanken in jenen ordentlichen, streng logischen Bahnen ablaufen zu lassen, die einem Wissenschaftler wie ihm anstanden.

Graves tauchte unter den ausgestreckten Armen einer überlebensgroßen, stierköpfigen Götterstatue hindurch, deren Bedeutung Mogens nicht sofort geläufig war, richtete sich wieder auf und bedeutete ihm ungeduldig gestikulierend, sich zu beeilen. Mogens gehorchte, aber das ungute Gefühl in ihm nahm zu, ebenso wie seine irrationale Furcht. Als er sich, Graves' Beispiel folgend, unter den ausgestreckten Armen der gewaltigen Granitstatue hindurchduckte, musste er sich der absurden Vorstellung erwehren, von der gewaltigen steinernen Gottheit in einer tödlichen Umarmung umschlossen zu werden. Es kostete ihn große Willenskraft, nicht hörbar erleichtert aufzuatmen, als er neben Graves ankam und sich aufrichtete.

Wieder sah Graves ihn fragend an, und wieder wich Mogens seinem Blick aus und versuchte sich zu einem Lächeln zu zwingen. »Und?«

Graves war an eine schmale, aber mehr als mannshohe Nische herangetreten, in der eine weiße Marmorstatue stand, die eine Katze in der typischen stolzen Haltung ihrer Art zeigte. Statt Mogens' Frage zu beantworten, griff er mit beiden Händen nach dem Kopf der Katzenstatue und spannte die Muskeln an, als versuche er allen Ernstes, ihn abzubrechen. Anstelle dessen jedoch ertönte nach einem kurzen Moment ein schweres Klacken, und dann ein anhaltendes Schaben und Schleifen, wie von zwei gewaltigen Mühlsteinen, die aneinander rieben. Graves trat mit einem Lächeln zurück, das man nicht mehr anders als triumphierend bezeichnen konnte, und hob in einer theatralischen Geste die Hände. Mogens sah ihm einige Augenblicke lange gleichermaßen verstört wie ärgerlich zu und setzte gerade zu einer entsprechenden Bemerkung an, als das Scharren lauter wurde und sich ein sachtes Zittern des Bodens unter seinen Füßen hinzugesellte. An der Wand direkt vor ihnen entstand ein zwei Finger breiter Spalt, der sich rasch zu einem Durchgang erweiterte, nicht besonders breit, aber ausreichend, um sich mit einiger Anstrengung hindurchzuzwängen.

Graves sah ihn Beifall heischend an.

»Beeindruckend«, sagte Mogens – was der Wahrheit entsprach. Er war beeindruckt, wenn auch gewiss nicht von Graves' laienspielerischer Darstellung. »Wie hast du das herausgefunden?«

»Mit Hilfe des ältesten und treuesten Verbündeten der Wissenschaft«, antwortete Graves fröhlich. Mogens tat ihm den Gefallen, fragend zu blicken, und Graves fügte hinzu: »Des Zufalls.«

Das muss das sein, was Tom als Graves' »Allerheiligstes« bezeichnet hat, dachte Mogens. Er konnte sich gerade noch beherrschen, eine entsprechende Bemerkung zu machen, kam über diesen Gedanken aber auf eine andere Frage, die ihn unbewusst schon die ganze Zeit über beschäftigt hatte, seit sie die Leiter heruntergekommen waren. »Wo sind Mercer und die anderen?«

»Sie haben ihren freien Tag«, antwortete Graves. »Heute ist Sonntag. Sie sind schon vor Sonnenaufgang losgefahren, um den Tag in Frisco zu verbringen. Aber ich dachte mir, dass du weder besonderen Wert auf die Gesellschaft deiner neuen Kollegen noch auf die profanen Vergnügungen legst, denen sie sich hingeben.«

Mogens verzichtete vorsichtshalber darauf, zu antworten, sondern machte eine auffordernde Geste, die Graves aber ignorierte. Mogens war nicht wohl bei dem Gedanken, sich durch den schmalen Spalt zu zwängen und in den finsteren

Gang dahinter zu treten, und auch seine wissenschaftliche Neugier, die er jetzt immer heftiger fühlte, änderte daran nichts. Er war Forscher – Archäologe –, und er sollte keine Angst davor haben, in einen unbekannten Raum einzudringen. Aber er *hatte* Angst.

Mogens überwand seine Furcht, atmete noch einmal tief und hörbar ein und trat durch die Tür. Graves folgte ihm in so geringem Abstand, dass er seinen Atem im Nacken spüren konnte, und quetschte sich – vollkommen widersinnig – an ihm vorbei, kaum dass sie den angrenzenden Gang betreten hatten. »Warte einen Moment.«

Mogens blieb gehorsam stehen und versuchte mehr Einzelheiten seiner neuen Umgebung zu erkennen, während Graves sich ein paar Schritte entfernte und lautstark herumzuhantieren begann. Einen Moment später konnte er hören, wie ein Streichholz angerissen wurde, dann flammte das unangenehm grelle Licht einer Karbidlampe auf.

In ihrem Schein erkannte Mogens eine Wand aus metergroßen, fast ohne Fugen aufeinander gesetzten Steinquadern. Anders als in der Grabkammer gab es hier keine Wandmalereien oder Reliefs. Der Gang war gute sechs Fuß hoch und so schmal, dass Mogens sich unwillkürlich fragte, wie Mercer seine gewaltige Leibesfülle hindurchgequetscht haben mochte, von der schmalen Geheimtür gar nicht zu reden. Er stellte die Frage laut.

»Du bist der Erste, der diese Gänge sieht, Mogens«, antwortete Graves, während er seine Lampe herumschwenkte und den schmalen Tunnel entlangzugehen begann. Es war eine sehr starke Lampe, deren Strahl bestimmt fünfundzwanzig oder dreißig Schritte weit reichte, bevor er allmählich zu verblassen begann. Zumindest auf diesem Stück sah er nichts als gleichförmige Wände aus graubraunen Steinquadern.

»Du hast es Mercer und den anderen nicht gezeigt?«, wunderte sich Mogens. »Warum?«

»Gedulde dich nur noch einen kleinen Moment«, sagte Graves. »Dann wirst du mich verstehen.«

Mogens verzog das Gesicht, aber er ersparte sich jede weitere Frage. Graves war offensichtlich entschlossen, dieses alberne Spiel bis zum Ende zu führen. Dennoch hatte Graves ihm eine Frage beantwortet, die Mogens beschäftigte, seit er Mercer, Hyams und McClure getroffen hatte. Er begriff vor allem Hyams' unübersehbare Ablehnung jetzt ein wenig besser. Sie war Archäologin, und nach Mercers und Graves' Aussage eine der besten dieses Landes, doch Graves hatte nicht sie zu Rate gezogen, um das allergrößte Geheimnis dieses Tempels zu lüften, sondern einen Fremden geholt, und noch dazu jemanden, der zwar auf einem verwandten Gebiet arbeitete, aber definitiv *kein* Ägyptologe war. Jeder an ihrer Stelle wäre verletzt gewesen; und Wissenschaftler waren ein ganz besonderes Völkchen, was Empfindlichkeiten und Eitelkeit anging.

»Pass auf.« Graves wedelte mit seiner Lampe. »Dort vorne wird es ein wenig holperig.«

Vor ihnen war ein Teil der Tunneldecke eingestürzt, und heruntergefallene und zerbrochene Steinquader bildeten ein Gewirr aus Steintrümmern, Schutt und scharfkantigen Spitzen, das Mogens auf den ersten Blick schier undurchdringlich erschien. Graves marschierte jedoch in scharfem Tempo darauf zu, bückte sich mit einer Bewegung, die allein schon verriet, wie oft er diesen Weg schon gegangen war, unter einem schräg aus der Decke ragenden Felsquader hindurch, und war im nächsten Augenblick einfach verschwunden. Mit ihm erlosch das Licht.

Mogens verspürte ein kurzes, aber heftiges Aufwallen von Panik, als die Dunkelheit wie eine Woge aus klebriger Schwärze über ihm zusammenschlug, aber das Licht kehrte zurück, bevor die Furcht endgültig Gewalt über ihn erlangen konnte.

»Komm schon, Mogens!« Graves' Stimme klang plötzlich gedämpft. »Aber pass auf, wohin du trittst.«

Mogens duckte sich unter dem Steinquader hindurch und blinzelte in das grelle Licht, das durch einen unregelmäßigen Spalt in dem Schutthaufen fiel, der den Tunnel blockierte.

Spätestens hier wäre der Weg für Mercer ohnehin zu Ende gewesen. Der Spalt war so schmal, dass sich Mogens fast wunderte, wie Graves, der ein gutes Stück größer war als er selbst und auch deutlich breitschultriger, es fertig gebracht hatte, hindurchzukriechen.

Auch Mogens war nicht besonders wohl beim Anblick des schmalen Felsspalts. Wäre er allein gewesen, so hätte er in diesem Moment vermutlich kehrtgemacht. Vor Graves jedoch konnte er sich diese Blöße unmöglich geben, also ließ er sich auf Hände und Knie sinken und folgte ihm.

Der Spalt war noch enger, als er befürchtet hatte, und Graves hielt zu allem Überfluss das Licht die ganze Zeit über auf sein Gesicht gerichtet, sodass er nahezu blind war und sich jeden Zentimeter mühsam ertasten musste. Harter Fels schrammte über seinen Hinterkopf und seine Schultern, und Graves' Warnung erwies sich im Nachhinein als gut gemeinter Rat: Der Durchgang war zwar kaum einen Meter tief, sodass sich Mogens schon nach einem Moment wieder aufrichten konnte, doch als er es tat, waren nicht nur seine Hände zerschunden, sondern auch sein Hemd hing in Fetzen und er hatte sich das rechte Knie seiner Hose durchgescheuert.

»Mach dir nichts draus«, sagte Graves fröhlich. »Wenn das hier vorbei ist, kannst du dir den besten Schneider des Landes leisten.« Er nahm endlich die Lampe herunter, sodass Mogens nicht mehr ununterbrochen blinzeln und gegen die Tränen ankämpfen musste, und gestikulierte tiefer in den Gang hinein. »Komm. Es ist nicht mehr weit. Aber eine weitere kleine Kletterpartie kann ich dir leider nicht ersparen.«

Beides waren höchst subjektive Einschätzungen, wie Mogens bald herausfinden sollte, und beides war nicht wahr – zumindest seiner Einschätzung nach. Der Tunnel wurde immer unwegsamer. Schutthalden und gewaltige Steinquader, teils zerbrochen, teils noch in einem Stück, blockierten den Weg, und überall lagen Steine oder gähnten Fallgruben, manche metertief, manche nur flache Mulden, dennoch aber heimtückisch genug, um zu stürzen oder sich einen Fuß zu verstauchen, was hier unten durchaus fatale Folgen haben konnte. Sie mussten sich nicht mehr durch atemabschnürende Spalten quetschen, aber mehr als einmal auf Händen und Knien kriechen oder waghalsige Kletterpartien in Kauf nehmen. Es war Mogens in dieser unheimlichen Umgebung unmöglich, die Entfernung zu schätzen, die sie wirklich zurücklegten. Vermutlich waren es kaum mehr als fünfzig oder sechzig Yards, aber er hatte das Gefühl, Meilen zurückgelegt zu haben, als sie endlich wieder stehen blieben.

»Jetzt haben wir es gleich geschafft.« Sie waren vor einer Schutthalde angekommen, die den Gang nahezu vollkommen ausfüllte, und Graves fuchtelte mit seiner Lampe aufgeregt zu ihrem oberen Ende hin. Das Licht huschte so hektisch hin und her, dass Mogens den schmalen Spalt zwischen der Halde und der Tunneldecke erst beim zweiten oder dritten Hinsehen erkannte. »Halte mal!«

Mogens griff ganz automatisch zu und nahm die Karbidlampe. Graves wandte sich um und begann mit schnellen, fast spinnenhaft anmutenden Bewegungen die Trümmerhalde hinaufzuklettern, während Mogens versuchte, ihm mit dem Kreis aus zitterndem Licht zu folgen. Kleine Steinchen kollerten zu ihm herab, und ihr Echo hallte sonderbar lang und verzerrt in der Leere des Ganges hinter ihm wider. Verborgen unter diesem Geräusch glaubte Mogens jedoch plötzlich noch einen anderen, viel unheimlicheren Laut zu vernehmen; etwas wie das Scharren großer, horniger Füße, die über harten Fels schleiften.

Erschrocken fuhr er herum und richtete den Strahl des Karbidlichts in den mit Steinquadern und Trümmern übersäten Tunnel. Sein Herz begann zu pochen. War da nicht etwas gewesen, eine verstohlene, huschende Bewegung, wie von einer großen haarigen Kreatur, die vor dem Licht des Scheinwerfers floh?

»Komm rauf, Mogens!« Graves hatte die Schutthalde erklommen und war schon halb in dem schmalen Spalt zwischen ihrem Grat und der Decke verschwunden. »Das ist das letzte Hindernis. Und es lohnt sich, das verspreche ich dir!«

Noch eine Sekunde lang starrte der Professor mit klopfendem Herzen in den Tunnel hinter sich, dann riss er sich von dem unheimlichen Anblick los und schalt sich in Gedanken einen Narren. Hinter ihm war nichts. Wenn es dort überhaupt eine Bewegung gab, die ihren Ursprung nicht in seiner überreizten Fantasie hatte, dann war es allenfalls eine Ratte. Er packte den Scheinwerfer fester, drehte sich mit einer schon fast übertrieben schwungvollen Bewegung um und machte sich an die gar nicht so leichte Aufgabe, Graves zu folgen, ohne die Lampe fallen zu lassen oder von einer selbst ausgelösten Steinlawine in die Tiefe gerissen zu werden.

Graves hatte nicht auf ihn gewartet, sondern war bereits weitergekrochen. Mogens konnte ihn irgendwo in der Dunkelheit vor sich rumoren hören, aber selbst als er den Scheinwerfer hob und den starken Strahl in die entsprechende Richtung lenkte, war nichts zu erkennen. Auf der anderen Seite der Halde musste sich ein weit größerer Hohlraum erstrecken, denn das weiße Karbidlicht verlor sich einfach, ohne auf Widerstand zu treffen.

»Bleib oben«, drang Graves' Stimme aus der Dunkelheit an sein Ohr. »Ich mache Licht.«

Mogens hörte ihn einen Moment in der Schwärze unter sich hantieren, dann vernahm er einen Laut, der ein flüchtiges, aber schadenfrohes Lächeln auf seinen Lippen erscheinen ließ: das unverkennbare Geräusch, mit dem ein Kopf gegen Stein prallte, direkt gefolgt von einem nur unzulänglich unterdrückten Fluch. Im nächsten Moment wurde ein Streichholz angerissen und Graves' Gestalt tauchte im warmen Licht einer Petroleumlampe auf, deren Docht allmählich höher gedreht wurde. Mogens erkannte Wände aus großen behauenen Felsquadern, ähnlich denen draußen im Gang, nur das diese hier mit Malereien und Reliefarbeiten bedeckt waren. Als Graves sich zu ihm umdrehte, hatte er den flüchtigen Eindruck, eine zweite, massige Gestalt zu sehen, die unweit von Graves in der Dunkelheit stand.

»Lass den Scheinwerfer oben«, sagte Graves. »Aber lösch

das Licht. Die Kartusche hält nicht sehr lange, und wir brauchen sie für den Rückweg.«

Während Mogens gehorchte, entzündete Graves eine weitere Laterne. Der Kreis von Helligkeit, in dem er stand, war nun deutlicher zu sehen, ohne allerdings nennenswert größer zu werden. Eine der Lampen reichte er an Mogens weiter, als dieser bei ihm angelangt war, die zweite nahm er selbst. Dann wandte er sich ohne ein weiteres Wort um und ging los.

Mogens folgte ihm mit einem Gefühl wachsenden Staunens, das sich aber mehr und mehr mit Unglauben, ja fast einem Empfinden von *Unwirklichkeit* vermischte, je tiefer sie in den Raum eindrangen und je mehr sich seine Augen an das veränderte Licht gewöhnten.

Sein allererster Eindruck war, sich in einer weiteren Grabkammer oder vielleicht auch einem Tempel zu befinden, ähnlich der oberen Kammer, aber dieser Eindruck hielt nur wenige Momente an. Die Kammer war ungleich größer als die oben, dafür aber nicht einmal annähernd in so gutem Zustand. Etliche der fast mannsdicken Säulen, die die Decke trugen, waren umgefallen und zerborsten, und an mindestens einer Stelle war auch die Decke selbst heruntergebrochen, sodass Steinquader und nachgesacktes Erdreich und Steine einen gewaltigen Schuttberg bildeten. Auch die Wandmalereien und Reliefs befanden sich in keinem gutem Zustand. Die Farben waren so verblasst, dass die Bedeutung der meisten Bilder nur noch zu erahnen war, und selbst die in den Stein gemeißelten Linien waren überall ausgebrochen. Es gab auch hier zahlreich kleine und große Statuen, die menschliche Gestalten, aber auch ägyptische Gottheiten darstellten, doch die meisten davon waren von ihren Sockeln gestürzt oder auf andere Weise zerbrochen. Dennoch kam ihm irgendetwas daran… *falsch* vor, ohne dass er imstande gewesen wäre, das Gefühl in Worte zu kleiden.

Das Sonderbarste überhaupt aber war die Form des gesamten Raumes. Das Licht der beiden Sturmlaternen reichte nicht annähernd, um ihn vollends zu erhellen, aber Mogens erkannte dennoch nach einer Weile, dass die Kammer einen achteckigen Grundriss hatte – was für einen altägyptischen Sakralraum absolut untypisch war.

Sie hatten den Raum mehr als zur Hälfte durchquert, als Mogens stehen blieb. Graves ging noch zwei oder drei Schritte weiter, bevor auch er innehielt und sich wieder zu ihm umdrehte.

»Nun?«, fragte er. »Habe ich zu viel versprochen?«

»Das ist unglaublich«, murmelte Mogens. »Aber wieso hast du es für dich behalten? Großer Gott, Jonathan – Doktor Hyams würde ihre Seele verkaufen, um nur einen einzigen *Blick* auf das hier zu werfen!«

»Ich kann Suzan hier unten nicht gebrauchen«, antwortete Graves. »So wenig wie einen der anderen.«

»Aber mich?«, wunderte sich Mogens. »Wieso?«

Statt direkt zu antworten, sah ihn Graves auf eine Art an, die Mogens ein Frösteln den Rücken hinablaufen ließ, dann ging er mit schnellen Schritten weiter und steuerte die nächstgelegene Wand an. Er sagte immer noch nichts, wartete aber mit nun sichtbarer Ungeduld, bis Mogens zu ihm aufgeschlossen hatte, und hob dann seine Laterne höher. Mogens setzte zu einer weiteren Frage an.

Aber er sagte nichts. Sein Blick tastete immer hektischer und ungläubiger über die Wand, und er spürte, wie sein Herz zu rasen begann. Auch diese Wand war übersät mit Malereien und zum Teil ebenfalls ausgemalten Reliefarbeiten. Da waren die üblichen Gestalten aus der ägyptischen Götterwelt, Pharaonen und Schlachtenszenen, Kartuschen mit Hieroglyphen und vage vertraut anmutende Symbole – aber da war noch mehr. Zwischen den vertrauten Abbildern von Horus, Seth und Anubis waren andere, düsterere Umrisse: bizarr verformte Gestalten, die nichts ähnelten, was Mogens jemals gesehen hatte, ihn aber trotzdem mit einer kreatürlichen Furcht erfüllten, die es ihm fast unmöglich machte, die Bilder länger anzusehen. Dazwischen waren Schriftzeichen, sinnlos einander überschneidende Linien, die keinem erkennbaren Muster folgten, in Mogens aber das unheimliche Gefühl wachriefen, sich in einer nicht wirklich sichtbaren, aber dennoch vorhandenen Bewegung zu befinden.

»Was… ist das?«, murmelte er. Lag es wirklich nur an seiner eigenen Furcht, dass er das Gefühl hatte, irgendetwas aus den Gestalten, die sie umgaben, reagiere mit einem unwilligen Regen auf seine Frage?

»Ich hatte gehofft, du könntest es mir sagen«, antwortete Graves. Er klang nicht wirklich enttäuscht. Vielmehr so, als wäre auch das die sorgsam zurechtgelegte Antwort auf eine Frage, die er vorausgesehen hatte. Nicht zum ersten Mal begriff Mogens, dass Graves noch immer mit ihm spielte. Der Gedanke machte ihn wütend.

Graves gab ihm jedoch keine Gelegenheit, seinem Unmut Ausdruck zu verleihen, denn er trat von der Wand zurück und ging weiter. Während Mogens ihm folgte, vermied er es bewusst, die unheimlichen Bildnisse auf den Wänden genauer anzusehen. Aber es nutzte nichts. Es war, als hätte er sich besudelt, indem er die grässlichen Malereien nur mit seinen Blicken berührt hatte. Irgendetwas war in ihm zurückgeblieben, das er nicht los wurde, einem schlechten Geschmack auf der Zunge gleich, nachdem man in ein verdorbenes Lebensmittel gebissen hatte, und der sich einfach nicht fortspülen ließ. Dasselbe galt für etliche der zerbrochenen Statuen, an denen sie vorüber kamen. Viele hatten gewohnte Formen, aber nicht alle, und manche waren dergestalt, dass Mogens es vorzog, sie nicht genauer in Augenschein zu nehmen.

Eher um sich abzulenken, sah er in die andere Richtung und versuchte, sich über die sonderbare Symmetrie der unterirdischen Zeremonienkammer klar zu werden, aber auch dieser Versuch schlug fehl. Er war mittlerweile nicht einmal mehr sicher, ob seine erste Einschätzung richtig gewesen war. Vielmehr schien sich die Kammer auf fast unheimliche Weise jedem Versuch zu entziehen, ihre genaue Form zu erfassen; als wäre sie nach den Regeln einer Geometrie erbaut, die nicht die der Menschen war.

Graves steuerte eine breite, aus einem knappen halben Dutzend Stufen bestehende Treppe an – alle nicht nur unterschiedlich hoch, sondern auch auf eine mit Worten kaum zu beschreibende Weise in sich gedreht und verzerrt, die es nahezu unmöglich machte, sie auch nur anzusehen –, die zu einem fast deckenhohen Tor aus grauem Metall hinaufführte. Etwas in Mogens' Seele schien sich zusammenzuziehen, als er den Fehler beging, die düsteren Linien und Symbole anzusehen, die in das uralte Metall graviert waren.

Ohne dass es ihm selbst bewusst war, wurden seine Schritte immer langsamer, und ein leises Schwindelgefühl ergriff von ihm Besitz, als er hinter Graves die Treppe hinaufging. Der schwarze Stein unter ihm fühlte sich richtig an, aber er sah einfach nicht so aus, als wäre er für menschliche Füße gemacht – oder für die Füße auch nur irgendeines Wesens, das er sich vorstellen konnte.

Graves ließ sich seine Ungeduld nicht anmerken, auch wenn Mogens sie deutlich spürte, sondern wartete schweigend, bis er neben ihm angelangt war, bevor er die Laterne hob, um eine der beiden monströsen Statuen zu beleuchten, die das zweigeteilte Tor flankierten.

Um ein Haar hätte Mogens aufgeschrien.

Die Statue war an die sieben Fuß hoch und bestand aus schwarzem Gestein, das trotz seines sichtbaren Alters glänzte wie sorgsam polierter Marmor. Sie zeigte eine massige, zweibeinige Gestalt, die auf einem ungleichen, mit bedrohlichen Bildern und Symbolen übersätem Würfel hockte; ein missgestalter, aufgeblähter Balg wie der einer Kröte, plumpe, in breiten Schwimmfüßen endende Beine und muskulöse Arme, die zu ebenfalls fischartigen, dennoch aber mit grauenhaften Krallen bewehrten Händen mündeten, die wie zur Verhöhnung eines Gebets im Schoß der grotesken Kreatur gefaltet waren. Ein Kranz aus Dutzenden schlängelnder Tentakeln säumte den massigen Schädel, aus dem Mogens zwei fast handtellergroße, glotzende Augen über einem schrecklichen Papageienschnabel entgegenstarrten.

»Großer Gott«, flüsterte Mogens.

Graves hob seine Laterne ein wenig höher, sodass auch die Statue auf der anderen Seite des Tores für einen Moment aus den Schatten auftauchte. Die Haltung war eine andere, aber es war die gleiche, absurd-bizarre Kreatur. »Gott?« Graves schüttelte den Kopf. »Vielleicht. Die Frage ist nur, welcher.«

Seine Worte ließen Mogens einen neuerlichen, noch kälteren Schauer über den Rücken laufen. Vermutlich waren sie nur als Bonmot gedacht, vielleicht war es auch seine Art, die Spannung abzubauen, doch sie bewirkte bei Mogens das genaue Gegenteil. Hatte ihm der Anblick der beiden steinernen Kolosse bisher nur Unbehagen bereitet, so erfüllte er ihn nun plötzlich mit Furcht, die mit jedem Atemzug stärker wurde. Es fiel ihm immer schwerer, sich der absurden Vorstellung zu erwehren, von den beiden steinernen Dämonen schweigend und bedrohlich angestarrt zu werden. Trotz der Kunstfertigkeit, mit der sie geschaffen worden waren, bestand nicht der geringste Zweifel daran, dass sie aus nichts anderem als unbelebtem schwarzem Stein bestanden – und trotzdem *wusste* irgendetwas in Mogens mit unerschütterlicher Gewissheit, dass sie nur auf einen Anlass warteten, den allergeringsten Fehler, den er begehen mochte, um aus ihrem äonenalten Schlaf zu erwachen und sich auf ihn zu stürzen.

Es gelang ihm mit einiger Mühe, sich dieser durch und durch kindischen Vorstellung zu erwehren, nicht aber, sie ganz zu verscheuchen; der Gedanke blieb, irgendwo tief in ihm, verborgen im verschwiegensten Winkel seiner Gedanken, aber lauernd wie eine Spinne, die geduldig in ihrem Netz saß und auf ihre Gelegenheit wartete, sich auf eine ahnungslose Beute zu stürzen.

»Du hast mich gefragt, warum ich es den anderen nicht gezeigt habe«, fuhr Graves nach einer geraumen Weile fort, und mit leiserer, fast ehrfürchtig gesenkter Stimme. Er sprach auch nicht weiter, doch das wäre auch gar nicht notwendig gewesen. Mogens kannte die Antwort auch so. Dies hier war nicht das, wonach es auf den ersten Blick ausgesehen hatte. Die Kammer trug unzweifelhaft die Handschrift des alten Ägypten, doch hier wurden nicht nur Ra und Bastet verehrt, und die Gebete derer, die einst hier gekniet haben mochten, hatten längst nicht nur Isis und Osiris gegolten. Und es waren auch nicht nur die unheimlichen Malereien und Reliefs; nicht einmal allein der Anblick der monströsen Torwächter. Hier waren ältere, ungleich blasphemischere Götter verehrt worden, und die widernatürlichen Riten und Zeremonien hatten ihre Spuren hinterlassen, wie ein unheimliches Echo, das die Zeiten überdauert hatte und noch immer unhörbar in der Luft hing.

»Und warum… bin ich hier?«, fragte er mit belegter Stimme.

»Ich dachte, das wüsstest du bereits«, antwortete Graves leise. Er sah ihn einen Herzschlag lang durchdringend an, dann wandte er sich um und trat an das gewaltige Tor heran. Das flackernde Licht seiner Petroleumlampe erweckte die beiden monströsen Wächterstatuen zu scheinbarem Leben, sodass Mogens den unheimlichen Eindruck hatte, die gemeißelten Tentakel sich wie ein Nest wimmelnder Schlangen und Würmer bewegen zu sehen.

Graves hob langsam die Hand, zögerte noch einmal und berührte das mattgraue Metall der Tür dann beinahe ehrfürchtig. Das Licht seiner Sturmlaterne flackerte stärker, und ein Wasserfall kleiner huschender Schatten ergoss sich über die Tür, gefolgt von etwas Anderem, Schlimmeren, das noch nicht ganz erwacht, aber eindeutig im Erwachen begriffen war.

»Es ist dort«, sagte Graves. Seine Stimme war nur ein Flüstern, kaum mehr als ein wispernder Hauch, der sich mit dem Echo längst verklungener widernatürlicher Gebete und Beschwörungsformeln zu etwas Neuem und zugleich Uraltem verband, das Mogens' Furcht neue Nahrung gab. »Hinter dieser Tür. Fühlst du es nicht? Ich kann es fühlen. Es ist dort und wartet auf uns.«

Mogens konnte nicht antworten, denn die Furcht schnürte ihm die Kehle zu. Aber er spürte, dass Graves Recht hatte. Etwas war hinter dieser Tür, etwas Uraltes und unvorstellbar Mächtiges, das seit Äonen eingesperrt und gebunden war, aber nicht machtlos. Schon der bloße Gedanke, dieses Tor zu öffnen und freizulassen, was immer dahinter lauerte, war beinahe mehr, als er ertragen konnte.

»Du… du willst dieses Tor… aufmachen?«, flüsterte er ungläubig.

»Ich habe es versucht«, antwortete Graves. Der entsetzte Unterton in Mogens' Stimme schien ihm entgangen zu sein; oder er interessierte ihn nicht. Seine schwarz behandschuhten Finger glitten weiter über die sinisteren Bilder und Glyphen, die in die Oberfläche des grauen Metalls graviert waren wie Tore in eine andere, verbotene Welt, in der der Wahnsinn und der Tod zu Hause waren. Das Licht flackerte stärker, und Mogens hatte den unheimlichen Eindruck, dass etwas unter dem schwarzen Leder darauf reagierte. »Mit allen Mitteln habe ich es versucht, aber es ist mir nicht gelungen.« Er ließ – endlich – die Hand sinken, trat einen Schritt zurück und wandte sich mit einem tiefen Seufzen wieder zu Mogens um.

»Dieses Metall wurde nicht von Menschenhand erschaffen, Mogens«, sagte er. »Und kein von Menschen geschaffenes Werkzeug kann es zerstören.«

»Und was…« Mogens fuhr sich nervös mit der Zungenspitze über die Lippen und setzte neu an. Er wich Graves' Blick aus. »Und wie komme ich da ins Spiel?« Er kannte die Antwort. Er wusste längst, warum Graves ihn hier heruntergeführt hatte. Er hatte es im selben Moment gewusst, in dem er die Kammer betreten hatte.

»Es gibt andere Wege, ein Tor zu öffnen, als mit Meißel und Sprengstoff, Mogens«, sagte Graves beinahe sanft.

»Du weißt, dass ich… dass ich mich mit solchen Dingen nicht mehr befasse«, sagte Mogens stockend. Er wollte etwas ganz anderes sagen, schreien, weglaufen, sich die Fäuste ins Gesicht schlagen – aber er konnte nichts von alledem. Graves' Ansinnen war so ungeheuerlich, dass er zu keinerlei Reaktion wirklich fähig war; nicht einmal dazu, wirklich zu *denken*.

»Du hast deine Bücher seit jener schrecklichen Nacht nicht mehr angerührt, ich weiß«, sagte Graves. »Seit jenem Tag verleugnest du all das, was du vorher so vehement – und mit Recht – verteidigt hast.« Er schüttelte den Kopf. »Tief in dir weißt du, dass es ein Fehler ist.«

»Und was erwartest du jetzt von mir?« Mogens' Stimme war nicht mehr als ein heiseres, halb ersticktes Krächzen, und dennoch klang sie in seinen eigenen Ohren wie ein verzweifelter Schrei. »Dass ich diese Tür *aufzaubere?*«

»Wenn du so willst, ja«, bestätigte Graves unverblümt. »Obwohl du so gut weißt wie ich, dass das Unsinn ist.« Er hob die Hand, als Mogens widersprechen wollte, und fuhr mit leicht erhobener, schärferer Stimme fort: »Soll ich dir jetzt den gleichen Vortrag halten, den du selbst mir und vielen anderen unzählige Male gehalten hast?«

»Nein«, antwortete Mogens abweisend. »Ich will nichts mehr von diesem Unsinn hören. Nie wieder.«

»Unsinn?« Graves schüttelte den Kopf. Die Bewegung wirkte ungehalten, fast zornig. »Warum verleugnest du plötzlich alles, woran du jemals geglaubt hast? Es ist hier! Du spürst es, ebenso deutlich wie ich. Jeder, der diesen Raum beträte, würde es spüren. Leugne es nicht!«

»Ich will davon nichts mehr hören!« Mogens schrie jetzt wirklich. »Nie wieder! Ich habe genug Schaden angerichtet!«

»Deine Selbstvorwürfe machen Janice nicht wieder lebendig, Mogens«, sagte Graves leise. »Was damals geschehen ist, war nicht deine Schuld. Wenn jemanden die Schuld trifft, dann allerhöchstens mich.«

Mogens widersprach ihm nicht. Wenn Graves ihn hier heruntergebracht hatte, damit er ihm die Absolution erteilte, dann hatte er sich den Weg umsonst gemacht. »Und du glaubst, zum Dank würde ich dir helfen, mit *dem hier* berühmt zu werden?«, fragte er böse. »Erzähl mir nicht, dass es die hehre Wissenschaft ist, um deretwegen du hier bist, Jonathan. Du hast diese Entdeckung hier eifersüchtig bewacht wie einen Schatz! Du hast deinen Fund Hyams, Mercer und McClure nicht verschwiegen, weil das hier nicht ihr Fachgebiet ist, sondern weil du ihn mit niemandem teilen willst! Du willst ihn ganz für dich allein! Den Ruhm, die wissenschaftliche Unsterblichkeit – bei Gott, ich bin sicher, wenn das hier eine gewöhnliche Grabkammer irgendwo in der ägyptischen Wüste wäre, hättest du keine Skrupel, ihre Schätze zu plündern und zu verkaufen! Wann hast du dich entschlossen, mich um Hilfe zu bitten? Nachdem dir klar geworden ist, dass du dieses Tor allein niemals aufbekommen wirst?«

»Und wenn es so wäre?«, fragte Graves ungerührt.

»Was bringt dich dann auf die Idee, dass ich dir helfen würde – selbst wenn ich es könnte?«

»Weil das hier deine Chance ist, sich zu rehabilitieren, Mogens«, antwortete Graves. »Du wirst Janice nicht zurückbekommen, und auch die beiden anderen werden gewiss nicht wieder lebendig – aber du könntest deine Ehre wiederherstellen. Keiner dieser so genannten ernsthaften Wissenschaftler, die damals über dich gelacht haben, wird es noch wagen, dir zu widersprechen, nachdem er *das hier* gesehen hat. Alle, die dich damals einen Verrückten genannt haben, werden sich bei dir entschuldigen! Sie werden katzbuckeln und kriechen und dir die Stiefel lecken, nur um einen einzigen Blick hierauf werfen zu dürfen!« Seine Stimme wurde leiser, war nun wie das Flüstern des Verführers, und genau wie dieses erfüllte sie ihren Zweck, obwohl er die Absicht dahinter erkannte. »Du wirst der Erste sein, Mogens. Der erste Wissenschaftler der Welt, der beweist, dass es Magie wirklich gibt.«

Hätte es Graves' Hilfe nicht bedurft, um den Rückweg aus dem versiegelten chthonischen Labyrinth zu finden, so wäre er die gesamte Strecke zurück in seine Blockhütte gerannt, schon, um aus Graves' unmittelbarer Nähe zu entkommen. Aber es war ein sinnloses Unterfangen. Er hasste Graves. Er hasste ihn in diesen Momenten so sehr, dass er allein deshalb nicht mehr in seiner Nähe bleiben konnte, weil er sich selbst nicht mehr traute. Er hasste Graves, weil alles wieder da war, weil die Begegnung mit ihm alles zurückgebracht hatte, jeden Schmerz, jede Sekunde der Verzweiflung, jede Nacht voller Selbstvorwürfe und Leid. Und weil er Recht hatte.

Denn eines war klar: Mogens *würde* ihm helfen. Er war noch weit davon entfernt, es sich selbst einzugestehen, aber er wusste, dass Graves am Ende siegen würde. Ganz einfach, weil jedes Wort, das er gesagt hatte, der Wahrheit entsprach.

Zornig und frustriert, wie er gewesen war, hatte er sich auf sein zerwühltes Bett fallen lassen und die nächste Stunde damit verbracht, die Decke über sich anzustarren und vergeblich zu versuchen, Ordnung in das Chaos hinter seiner Stirn zu bringen. Womöglich hätte er noch viel länger so dagelegen, hätte es nicht irgendwann an der Tür geklopft und Tom wäre hereingekommen.

Mogens stemmte sich erschrocken auf die Ellbogen hoch und blinzelte den blond gelockten Jungen einen Moment lang verwirrt an. Er konnte sich nicht erinnern, mit einem »Herein!«, auf Toms Klopfen geantwortet zu haben, aber es war ihm aus irgendeinem Grund ungemein peinlich, dass Tom ihn hier am helllichten Tag auf dem Bett liegend antraf. Er richtete sich hastig weiter auf und schwang die Beine vom Bett.

»Tom.«

»Professor.« Tom schob die Tür hinter sich zu und schien für einen Moment nicht mehr zu wissen, was er mit seinen Händen anfangen sollte. Er trat verlegen von einem Fuß auf den anderen.

»Ja?« Mogens stand endgültig auf und ging zum Tisch, machte aber dann wieder kehrt und ließ sich erneut auf die Bettkante sinken. Der einzige Stuhl in seinem Quartier war der, auf dem Graves vorhin gesessen hatte, und Mogens brachte es einfach nicht über sich, darauf Platz zu nehmen.

»Sie… Sie waren mit dem Doktor unten?«, begann Tom unsicher. Er sah Mogens nicht an.

»Ja.«

»Und er hat Ihnen alles gezeigt? Den geheimen Gang und…«

»Ich habe ihm nichts gesagt, wenn es das ist, was dir Angst macht«, sprang Mogens ein, als Tom nicht weitersprach, sondern nur die Unterlippe zwischen die Zähne zog und immer nervöser von einem Bein auf das andere trat. »Er weiß nicht, dass du sein Geheimnis kennst.«

Tom atmete erleichtert auf, aber seine Nervosität blieb. »Den Gang, und den… den Raum dahinter?«

»Du warst in der Kammer?«, entfuhr es Mogens überrascht.

»Nur einmal«, antwortete Tom hastig. »Und auch nur ganz kurz. Dieser Raum war mir unheimlich. Ich hab nichts angerührt, das schwör ich!«

»Das glaube ich dir«, antwortete Mogens, was der Wahrheit entsprach. Selbst er hätte in dieser unheimlichen Kammer freiwillig gewiss nichts angerührt. »Keine Sorge, Tom – ich habe nichts gesagt, und ich werde auch nichts sagen.« Er machte eine rasche Geste, als Tom erleichtert aufatmete und unverzüglich dazu ansetzte, die Hütte zu verlassen. »Aber ich habe eine andere Frage an dich, Tom.«

Die Erleichterung, die kurzfristig in Toms Augen aufgeblitzt war, erlosch wieder und machte neuer, mit Misstrauen gepaarter Furcht Platz. »Ja?«

Mogens wiederholte seine wedelnde Handbewegung, mit der er diesmal aber auf den Stuhl deutete, auf dem er gerade selbst beinahe Platz genommen hätte. Tom folgte seiner Aufforderung, aber erst nach einem spürbaren Zögern, und es war ihm anzusehen, wie unwohl er sich dabei fühlte. Er drehte den Stuhl wieder richtig herum, bevor er Platz nahm. Mogens war jedoch klar, dass es nicht etwa daran lag, dass Graves den Stuhl mit seiner Berührung irgendwie besudelt hatte. Vielmehr war er selbst es gewesen, der mit seiner Einladung, sich zu setzen – die Tom zweifellos als einen Befehl aufgefasst haben musste –, aus einem harmlosen Gespräch ein Verhör gemacht hatte.

»Doktor Graves hat mir erzählt, dass eigentlich du es warst, der das alles hier entdeckt hat«, begann er.

Tom machte ein verlegenes Gesicht. »Das war nur ein Zufall«, sagte er bescheiden. »Ich war…«

»Auf dem Friedhof, um dort *was* zu tun?«, fiel ihm Mogens ins Wort.

Tom zog verständnislos die Augenbrauen zusammen. »Zu tun?«

»Es ist ein Friedhof«, erinnerte Mogens. »Graves sagt, du hättest ein Grab geöffnet? Warum?«

»Nicht deshalb, was Sie jetzt vielleicht denken«, antwortete Tom. »Ich hab damals noch für die Geologen gearbeitet.«

»Die Maulwürfe?«

Tom schürzte trotzig die Lippen. »Es war gutes Geld, für 'ne einfache Arbeit. Ich hab nichts Unrechtes getan.«

»Das behauptet ja auch niemand«, sagte Mogens rasch. Der schrille Unterton in Toms Stimme war ihm nicht entgangen. Er durfte nicht vergessen, mit wem er sprach. Toms manchmal überraschende Art täuschte nur zu leicht darüber hinweg, dass er einem sehr einfachen Menschen gegenübersaß. Einfache Menschen reagieren manchmal sehr direkt, wenn sie sich angegriffen fühlen. »Ich war nur überrascht. Der Streit heute Morgen…«, er machte eine Kopfbewegung zur Tür, »… das war auch einer der Geologen, nicht wahr?«

Tom nickte. Sein Gesicht wirkte verstockt. »Es war nicht der erste Streit zwischen dem Doktor und ihnen«, sagte er widerwillig.

»Und worum ging es dabei?«

»Um das, worum es immer geht.« Tom hob die Schultern. »Doktor Graves spricht nicht mit mir darüber, aber ich hab das eine oder andere gehört.« Er zuckte abermals mit den Schultern, wie um klar zu machen, dass das, was er sagte, keineswegs der Wahrheit entsprechen musste. »Sie sind verärgert, dass wir hier sind. Sie glauben, die Ausgrabungen des Doktors stören ihre Arbeit.«

»Die Arbeit eines Geologenteams?«

Ein weiteres Schulterzucken. »Davon versteh ich nichts. Ich weiß nur, dass sie früher oft hier waren. Aber seit der Doktor dieses Gelände gekauft hat, lässt er niemanden mehr hierher.«

»Graves hat all das hier *gekauft?*«, vergewisserte sich Mogens.

Tom nickte. »Schon vor einem Jahr. Gleich, nachdem er gesehen hat, was ich entdeckt hatte. Alle haben ihn für verrückt gehalten.« Er lächelte flüchtig. »Das Gelände ist vollkommen wertlos. Ein Sumpf, der immer größer wird, und ein alter Friedhof, der allmählich im Boden versinkt. Niemand kann was damit anfangen.«

Etwas an dieser Information weckte Mogens' Aufmerksamkeit, aber er konnte im ersten Moment selbst nicht sagen, was. Er schob den Gedanken von sich, nahm sich aber vor, Toms Antwort später noch einmal in der gebührenden Ruhe zu überdenken. »Worin bestand deine Arbeit für das Geologenteam?«

»Nichts Besonderes.« Tom hob zum fünften oder sechsten Mal die Schultern. »Ich hab nie verstanden, dass sie mir Geld dafür gezahlt haben. Ich sollte ihnen Bericht erstatten, wie schnell die Gräber im Boden versinken, das ist alles.« Er begann unbehaglich mit den Händen zu ringen und schien schon wieder nicht zu wissen, wohin mit seinem Blick.

»Das ist für einen Geologen zweifellos von großem Interesse«, sagte Mogens. Er schüttelte den Kopf. »Obwohl ich es nicht verstehe. Wer legt einen Friedhof mitten in einem *Sumpf* an?« Mercers Worte fielen ihm wieder ein. *Der Boden hier ist wie ein einziger großer Schwamm.*

»Das war nicht immer so«, antwortete Tom. »Der Sumpf wächst.«

»Er wächst?«, wiederholte Mogens zweifelnd. Er war kein Geologe, aber er hatte nie gehört, dass ein Sumpfgebiet *wuchs*.

Tom nickte jedoch bestätigend. »Er breitet sich aus«, sagte er. »Ich kann mich noch erinnern, wie es früher war. Als Kinder haben wir manchmal auf dem alten Friedhof gespielt. Damals hat der Sumpf drüben auf der anderen Seite des Lagers geendet. Aber seither ist er gewachsen. Einige machen sich sogar Sorgen, dass er eines Tages die Stadt bedrohen könnte, aber ich glaub das nicht.«

Und das – fand Mogens – war wirklich eine Sensation; und für die *Maulwürfe* aus dem Lager der Geologen ganz sicher mehr als eine *kleine*. Tom erzählte wie von Dingen, die unendlich lange zurücklagen, aber er war *siebzehn*, und das bedeutete, dass sich der Sumpf in *kaum mehr als einem Jahrzehnt* über die Lichtung hinweg und bis zum Friedhof hin ausgedehnt hatte. Auch wenn Mogens kein Fachmann auf diesem Gebiet war, so war das doch nach seinem Dafürhalten schlechterdings unmöglich. Und Graves wunderte sich, dass das Geologenteam darauf drängte, seine Nachforschungen fortzusetzen?

»Ich danke dir«, sagte er. »Du hast mir wirklich sehr geholfen. Und keine Sorge«, fügte er hinzu, als er das unruhige Flackern in Toms Augen registrierte. »... Doktor Graves wird nichts von unserem kleinen Geheimnis erfahren.«

»Danke«, sagte Tom. »Ich...« Er verstummte, sah Mogens noch eine schier endlose Sekunde lang gleichermaßen erleichtert wie zweifelnd an und rannte dann regelrecht aus dem Haus.

Mogens sah ihm mit einer Mischung aus Erleichterung und einer sonderbaren Art von Verwirrung hinterher. Das Gespräch mit Tom hatte ein seltsames Gefühl in ihm hinterlassen. Er hatte keinen Grund, Tom zu misstrauen. Was er gesagt hatte, klang schlüssig und überzeugend, und viel wichtiger noch: Er hatte *gespürt*, dass Tom die Wahrheit sagte.

Warum also misstraute er ihm immer noch?

Mogens gab sich die Antwort auf seine eigene Frage selbst: Weil er niemandem mehr traute. Weder Tom noch Graves und am allerwenigsten sich selbst.

Er stand mit einem Ruck auf. Es nutzte niemandem, wenn er sich weiter Selbstzweifeln und -vorwürfen hingab. Mogens führte sich mit Gewalt vor Augen, dass er Wissenschaftler war, ein Mann, der gelernt hatte, Fakten zu beurteilen, nicht Gefühle. Den »Blick für das Wesentliche« zu bewahren, wie es sein Doktorvater in Harvard immer ausgedrückt hatte.

Um ein Haar hätte Mogens laut aufgelacht, als ihm klar wurde, was er gerade gedacht hatte. Der einzige Grund, aus dem er hier war, war der Orkan von Gefühlen, den Graves' Besuch in Thompson in ihm ausgelöst hatte. Und was, wenn nicht das, was er *gefühlt* hatte, hatte zu seiner Entscheidung geführt, Graves' unsittliches Angebot anzunehmen und hier zu bleiben, ja, ihm sogar dabei zu *helfen*, das monströse Geheimnis des unterirdischen Tempels zu lösen, statt das zu tun, was er tun sollte – nämlich von hier zu verschwinden, so schnell und so weit fort er nur konnte?

Nur um seine Hände zu beschäftigen, begann Mogens den Tisch abzuräumen, auf dem noch das Frühstück stand, das Tom für ihn zubereitet hatte. Mogens hatte es nicht angerührt, abgesehen von dem starken Kaffee, den Tom ihm gekocht hatte, aber allein der Anblick der längst kalt und unansehnlich gewordenen Speisen – Rührei, Speck und gebutterter Toast – erinnerte ihn daran, dass er seit dem vergangenen Abend nichts mehr gegessen hatte. Mittlerweile war es fast wieder Mittag. Sein Magen knurrte. Die Speisen boten keinen Anblick, der dazu angetan gewesen wäre, ihn irgendetwas davon *essen* zu lassen, aber in der Kanne befand sich noch ein Rest Kaffee. Auch er war längst kalt, aber Mogens hatte kalten Kaffee heißem schon immer vorgezogen. Er griff nach der zerquetschten Tasse und stockte mitten in der Bewegung, als er sich erinnerte, dass es Graves gewesen war, der die Tasse nicht nur zerdrückt, sondern auch aus ihr *getrunken* hatte. Mogens wäre eher verdurstet, als dass er seinen Lippen gestattet hätte, diesen Becher zu berühren.

Dennoch stockte er für einen Moment mitten in der Bewegung, und sein Gesicht verzog sich angewidert. Mogens war plötzlich nicht mehr sicher, dass es sich auch wirklich um die gleiche Tasse handelte, aus der Graves getrunken hatte. Sie war zu einem Stück Blechschrott verformt, und auf ihrem Boden befand sich noch ein kleiner Rest Kaffee – aber sie erinnerte trotzdem mehr an etwas, das man nach einem langen Winter im Wald gefunden hatte. Die Emaille war gerissen und abgeplatzt, und das Metall, das darunter zum Vorschein kam, rostig und verwittert. Als Mogens eine unvorsichtige Bewegung machte, drohte der Griff abzubrechen und der winzige Rest Kaffee, der sich noch darin befand, glänzte ölig; kleine, grüne Klumpen schwammen auf seiner Oberfläche und darüber hatte sich ein ekelhafter Belag abgesetzt, der in Mogens Bilder von verwesenden Dingen wachrief, die irgendwann einmal gelebt hatten und nun zu einer anderen, ungesunden Form von Leben wurden.

Mit spitzen Fingern stellte er die Tasse auf den Tisch zurück und schob sie angewidert so weit von sich weg, wie es ging, ohne dass sie von der Tischkante fiel. Er musste ein paar Mal schlucken, um die Übelkeit loszuwerden, die aus seinem Magen heraufkriechen wollte. Pedantisch – und innerlich gewappnet gegen einen weiteren ekelhaften Anblick – kontrollierte er auch das restliche Geschirr, aber er erlebte keine weitere Überraschung. Alles andere, was auf dem Tisch stand, war tadellos in Ordnung. Trotzdem nahm er sich vor, ein ernstes Wörtchen mit Tom zu reden. Nicht auszudenken, wenn *er* versehentlich aus dieser Tasse getrunken hätte!

Nachdem er auf dem Tisch für Ordnung gesorgt hatte, wandte er sich seinem Bett und den beiden Koffern zu. Tom hatte die schlammverschmierten Kleider aus der vergangenen Nacht bereits weggeschafft, vermutlich, um sie zu waschen, und Mogens verstaute den kümmerlichen verbliebenen Rest in den Schubladen des Schrankes. Was jetzt noch von seiner bescheidenen weltlichen Habe in den Koffern war, bestand aus Papieren und Büchern. Die Unterlagen verteilte er auf dem Schreibtisch und der Klappe des Stehpults, für die Bücher würde sich im Regal noch ein Plätzchen finden.

Mogens durch diese profane Tätigkeit gerade wieder ein wenig im Steigen befindliche Laune sank erneut, während er seine Bücher auf die vorhandenen Lücken verteilte und sein Blick dabei ganz automatisch über die Rücken der Bände glitt, die bereits darauf standen. Bei einem Großteil davon handelte es sich um genau das, was er angesichts dessen, was ihm hier in den letzten anderthalb Tagen begegnet war, auch erwartet hatte: einige Bände über die Ureinwohner des südamerikanischen Kontinents, die Maya, Inkas und Azteken, eine ganze Anzahl Bücher über die Geschichte des alten Ägypten und seiner Götter- und Pharaonenwelt, die nur zu oft nahezu unentwirrbar ineinander übergingen, sowie etliche klassische Werke der Archäologie, deren Anblick Mogens zu einem verächtlichen Verziehen der Lippen veranlasste, denn das meiste davon hatte er bereits während seines Studium auswendig gekannt, und mehr als nur eine der in diesen Büchern vertretenen Theorien hatten sich längst als falsch herausgestellt. Hielt Graves ihn für einen Idioten?

Aber es waren auch Bücher darunter, deren Anblick ihm alles andere als ein Lächeln entlockte. Bände, die er ebenso gut kannte, aber seit langer Zeit nicht mehr gesehen hatte, denn sie gehörten zu einem Kapitel seines Lebens, das er für endgültig abgeschlossen gehalten hatte. Es waren Bände über uralte Kulte, über Magie und Okkultismus, über längst vergessene Mythen und untergegangene Kulturen, die nur noch in den Legenden der Menschen ihre Spuren hinterlassen hatten, über verbotenes Wissen und Geheimnisse, die den Tod brachten. Er glaubte plötzlich wieder Graves' Stimme zu hören. *Der erste Wissenschaftler der Welt, der beweist, dass es Magie wirklich gibt.* War es möglich? Konnte es tatsächlich sein, dass Graves und er den Beweis in Händen hielten, dass das, worüber die allermeisten ihrer Kollegen die Nase rümpften, *wahr* war – nicht nur bloßer Aberglaube und irregeleitete Naivität derer, die schwach im Geiste waren, sondern wissenschaftlich belegbare Realität?

Mogens war sich der Gefahr bewusst, die allein von dieser *Frage* ausging. Es war nur zu leicht, sich selbst von etwas zu überzeugen, das man glauben wollte; eine Verlockung, vor der auch ein Wissenschaftler nicht gefeit war. Ein solcher vielleicht am allerwenigsten, hatte er doch ganz andere Argumente und Möglichkeiten bei der Hand, auch das Unerklärliche zu beweisen und das scheinbar Unmögliche zu erklären.

Und dennoch: Nach dem, was er vor einer Stunde gesehen und vor allem *gespürt* hatte: Es *war* möglich.

Nicht alle Bücher, die sich auf dem Bord fanden, waren Mogens bekannt. Etliche sagten ihm gar nichts, andere kamen ihm nur vom Titel her vage vertraut vor, und es waren zwei oder drei darunter, bei denen es sich zweifellos nur um Repliken handeln konnte, waren doch allein die Namen der

Originale schon fast sagenumwoben; und manche von der Art, die man nur im Flüsterton nannte.

Zögernd griff er nach einem schweren, in grobporiges schwarzes Leder gebundenen Folianten. Er war so schwer, dass er beide Hände brauchte, um ihn aus dem Regal zu nehmen. Der in abblätternden Goldbuchstaben in den Einband geprägte Titel lautete *De Vermis Mysteriis*, was Mogens nichts sagte, ihm aber einen sonderbar unwohlen Schauer über den Rücken laufen ließ. Fast behutsam schlug er den Band auf. Die Seiten bestanden aus vergilbtem Pergament, das so alt war, dass es beim Umblättern nicht nur hörbar knisterte, sondern Mogens fast befürchtete, sie könnten einfach zerbrechen, und waren mit winzigen Buchstaben einer fast kalligraphischen Handschrift bedeckt. Dazwischen befanden sich sonderbare, kabbalistische Symbole und unheimlich anmutende Zeichnungen, deren bloßes Betrachten Mogens schon Unbehagen bereitete.

»Sei vorsichtig damit«, sagte eine Stimme hinter ihm.

Mogens fuhr so erschrocken herum, dass er das Buch um ein Haar tatsächlich fallen gelassen hätte. Er hatte nicht einmal gehört, dass die Tür aufgegangen war. »Jonathan.«

Graves schob die Tür hinter sich ins Schloss und kam näher. Sein Blick glitt aufmerksam über den Tisch, bevor er sich wieder Mogens zuwandte und fortfuhr: »Es sind zum Teil unersetzliche Originale. Wirklich sehr wertvoll.«

»Originale?« Mogens griff instinktiv fester zu, was Graves ein flüchtiges Lächeln entlockte.

»Eine Leihgabe einer kleinen Universität in Massachusetts«, bestätigte er. »Du kannst dir nicht vorstellen, was für eine Mühe es mich gekostet hat, sie zu bekommen. Ich musste meine Seele verpfänden, damit der Kurator sie herausgibt.« Er grinste. »Und die hätte ich gerne wieder.«

Mogens bezweifelte, dass Graves so etwas wie eine Seele hatte, behielt diese Meinung aber wohlweislich für sich und drehte sich fast hastig um, um das Buch ins Regal zurückzustellen. »Du musst dir ja sehr sicher gewesen sein, dass ich zustimme.«

»Nennen wir es: vorsichtig optimistisch«, antwortete Graves. »Ich hoffe, du kannst mit dieser Auswahl etwas anfangen. An ein paar Titel konnte ich mich von früher erinnern, aber ich bin kein Fachmann auf diesem Gebiet und musste mich wohl oder übel auf den Rat des Kurators verlassen. Aber nach allem, was ich gehört habe, ist die Miskatonic University führend auf diesem Gebiet. Ihre Bibliothek genießt einen ausgezeichneten Ruf.«

Mogens hatte noch nie etwas von dieser Universität gehört, so wenig wie von der dazugehörigen Stadt, aber die Auswahl der Titel auf den Regalbrettern vor sich schien Graves' Behauptung zu bestätigen; auch wenn Mogens bezweifelte, dass es sich tatsächlich bei allen um Originale handelte. Er war im Gegenteil fast sicher, dass etliche jener Bücher, von denen nur hinter vorgehaltener Hand geredet wurde, niemals existiert hatten. Doch ob Fälschungen oder nicht, alt waren diese Bände zweifellos.

»Und diese Bücher lässt du einfach so hier herumstehen?«, wunderte er sich. »In einem unverschlossenen Haus, in dem jeder nach Belieben ein- und ausgehen kann?«

»Oh, für unsere Sicherheit ist schon gesorgt, keine Angst«, beruhigte ihn Graves. »Und für die unseres Besitzes auch.« Er kam zwei weitere Schritte näher, und wieder tastete sein Blick sehr aufmerksam über den Tisch, den Mogens gerade aufgeräumt hatte. »Aber ich bin nicht gekommen, um mit dir über Bücher zu fachsimpeln, Mogens. Hast du dich entschieden?«

»Entschieden?« Mogens verstand nicht sofort, was Graves meinte.

»Was mein Angebot betrifft.« Graves machte eine erklärende Geste und verbesserte sich: »Meine *Bitte.* Wirst du mir helfen?«

»Es ist noch keine zwei Stunden her!«, sagte Mogens. »Ein wenig mehr Zeit solltest du mir schon geben, um eine so weitreichende Entscheidung zu treffen.«

»Gerade Zeit ist es, was wir nicht im Übermaß haben, fürchte ich«, sagte Graves betrübt.

»Warum die Eile?«, fragte Mogens. »Du bist seit einem Jahr hier. Welche Rolle spielen da ein paar Stunden oder Tage?«

»Eine große, fürchte ich«, sagte Graves. »In wenig mehr als einer Woche ist Vollmond. Bis dahin sollten wir unsere Vorbereitungen abgeschlossen haben.«

Mogens blinzelte ihn verstört an.

»Vollmond?«

»Spielt der Vollmond nicht bei vielen magischen Ritualen eine wichtige Rolle?«, fragte Graves. Er lächelte fast schüchtern. »Ich meine: Wir reden doch hier über das, was unsere geschätzten Kollegen als *Magie* bezeichnen, oder?«

»Aber das bedeutet nicht, dass wir jetzt nachts an einem Kreuzweg auf den Vollmond warten und dabei Krötensteine und Fledermausflügel verbrennen müssen, oder?«, fragte Mogens.

»Wenn es hilft.« Graves blieb vollkommen ernst. Er machte eine Kopfbewegung auf die Tür hinter sich. »Die anderen werden bald zurück sein. Ich wäre dir verbunden, wenn du ihnen nichts von der Kammer erzählen würdest. Zumindest nicht, bis du dich entschieden hast.«

»Selbstverständlich«, antwortete Mogens in leicht beleidigtem Ton. »Und danach übrigens auch nicht. Ganz gleich, wie meine Entscheidung ausfallen wird.«

»Oh, ich bin sicher, du wirst dich richtig entscheiden«, sagte Graves lächelnd. »Aber lass dir nicht zu viel Zeit damit. Ich werde nach dem Abendessen noch einmal vorbeikommen, um deine Entscheidung zu erfahren.«

Mogens sah ihn scharf an. Bildete er es sich nur ein, oder war da ein ganz sachter drohender Ton in Graves' Stimme?

»Ich werde darüber nachdenken«, sagte er und wandte sich brüsk um.

»Tu das«, antwortete Graves.

Mogens wartete, bis er das Geräusch der Tür gehört hatte, die ins Schloss fiel, und er ließ auch dann noch einmal gute fünf oder zehn Sekunden verstreichen, bevor er sich mit zornig zu Fäusten geballten Händen umdrehte, fest entschlossen, Graves kurzerhand hinauszuwerfen, sollte er wieder eins seiner Spielchen mit ihm spielen. Graves war jedoch nicht mehr da, und einen Moment lang kam sich Mogens einfach nur albern vor. Dass er begriff, dass selbst das vermutlich zu dem Spiel gehörte, das Graves ihm aufgezwungen hatte, machte es auch nicht unbedingt einfacher.

Mogens versuchte sich eine Weile damit abzulenken, die Titel auf den Buchrücken vor sich zu studieren, aber es half nicht. Seine Gedanken kehrten immer wieder zu Graves und der unheimlichen Kammer unter dem Friedhof zurück, und schließlich gab er es auf und trat wieder vom Regal zurück. Eine noch kürzere Weile versuchte er, sich mit dem Ordnen und Sortieren seiner Papiere abzulenken, aber das fruchtete beinahe noch weniger. Er richtete Unordnung an statt Ordnung, und Mogens *hasste* Unordnung. Nein, er brauchte etwas weit Simpleres, um sich auf andere Gedanken zu bringen.

Vielleicht sollte er zu Tom gehen und ihn bitten, ihm noch einen Kaffee zu kochen – und ihn bei dieser Gelegenheit gleich wegen der verdorbenen Tasse zur Rede stellen. Er umkreiste den Tisch, um sie zu holen, aber sie war nicht mehr da.

Mogens runzelte überrascht die Stirn. Wider besseres Wissen suchte sein Blick den gesamten Tisch ab, und schließlich ging er sogar in die Hocke, um unter den Tisch zu sehen, aber es blieb dabei: Die Tasse war verschwunden.

Mercer und die beiden anderen kamen erst lange nach Sonnenuntergang zurück. Das Brummen des näher kommenden Wagens war schon eine geraume Weile zu hören gewesen, ehe die Stoßstange das Geäst am anderen Ende des Lagers teilte und die Scheinwerfer einen Teil der schlammigen Straße aus der Dunkelheit rissen. Obgleich Mogens nichts von Automobilen verstand, glaubte er doch den Klang des Ford wieder zu erkennen, mit dem Tom ihn aus San Francisco abgeholt hatte. Der Wagen bewegte sich nicht sehr schnell, und er fuhr auch alles andere als gerade; die

Scheinwerfer hüpften so wild hin und her, dass Mogens nicht einmal überrascht gewesen wäre, hätte der Ford eine der Blockhütten gerammt. Aber das Wunder geschah: Der Wagen kurvte um alle Hindernisse herum und verschwand schließlich hinter dem Gebäude, hinter dem Tom auch die anderen Fahrzeuge abgestellt hatte. Nur einen Moment später hörte Mogens das Geräusch zuschlagender Autotüren und dann Stimmen und das helle Lachen einer Frau. Hyams.

Eine innere Stimme riet ihm, ins Haus zurückzugehen. Er hatte nichts gegen Hyams und die beiden anderen, aber er glaubte kaum, dass sie ihm bei der Entscheidung, die er zu treffen hatte, von großem Nutzen sein würden. Aber noch während er mit sich rang, auf sie zu warten oder nicht, tauchten drei schwarze Silhouetten hinter der Blockhütte auf und verharrten plötzlich mitten in der Bewegung. Die Stimmen verstummten ebenso jäh wie Hyams' Lachen, und Mogens wusste, dass es zu spät war. Kurz nach der Mittagsstunde hatte Tom den Generator ausgeschaltet, sodass er genau wie gestern auf Kerzenlicht angewiesen war, aber in der offen stehenden Tür war er dennoch nicht zu übersehen.

»Mein lieber Professor!«, rief Mercer im Näherkommen. »Zu so später Stunde noch auf?«

Mogens widerstand der Versuchung, demonstrativ auf seine Taschenuhr zu sehen. Er wusste auch so, dass es noch nicht einmal neun war. Vor einer knappen Stunde hatte ein sehr wortkarger Tom das Essen aufgetragen, ohne dass Graves gekommen war, wie er es versprochen hatte. Er zog es vor, nicht zu antworten, aber die schleppende Art, auf die Mercer sprach, war ihm keineswegs entgangen. Mercer und die beiden anderen – wenn auch in größer werdendem Abstand – kamen näher, und Mogens begann sich den Kopf darüber zu zerbrechen, wie er sie am besten abweisen konnte, ohne allzu unhöflich zu wirken und damit sein ohnehin nicht gerade gutes Verhältnis zu seinen neuen Kollegen noch mehr zu belasten.

Er fand keine. Es hätte ihm vermutlich auch nichts genutzt, wie ihm spätestens beim ersten Blick in Mercers Gesicht klar wurde. Es wirkte noch rosiger als sonst, und seine

Augen hatten einen wässrigen Glanz. Er wankte mindestens so heftig hin und her, wie es der Ford vor einer Minute getan hatte. Mercer war betrunken. Mogens hoffte nur, dass er nicht am Steuer gesessen hatte.

»Wir haben Sie vermisst, Professor«, fuhr Mercer in aufgeräumtem Ton fort. »San Francisco ist eine großartige Stadt! Das nächste Mal müssen Sie uns unbedingt begleiten.«

Mogens sagte immer noch nichts, aber Mercer ließ sich auch davon nicht beeindrucken, sondern hievte seine gewaltige Körperfülle schnaubend die kleine Treppe herauf, und Mogens trat hastig zur Seite, da er fast befürchten musste, von ihm überwalzt zu werden. »Wir dürfen doch hereinkommen, nur auf einen kleinen Plausch unter Kollegen?«

»Sicher.« Mogens trat einen weiteren Schritt zurück und machte eine einladende Bewegung in Richtung der beiden anderen. McClure warf ihm ein rasches, um Verständnis heischendes Lächeln zu, während er in Hyams' Gesicht vergeblich zu lesen versuchte. Allerdings spürte er die Ablehnung, die die Archäologin ihm entgegenbrachte, deutlicher denn je.

Mercer marschierte fröhlich an ihm vorbei und nahm uneingeladen auf dem einzigen Stuhl Platz, den es im Zimmer gab. »Das nächste Mal müssen Sie uns unbedingt begleiten, Professor«, sagte er noch einmal, und mit noch schwererer Zunge. »Wenn unser Zerberus Sie gehen lässt, heißt das.«

»Zerberus?«

»Graves«, erklärte McClure. »Mercer liebt es, Doktor Graves so zu nennen – vor allem, wenn er zu tief ins Glas geschaut hat, wie heute. Und natürlich, wenn er es nicht hören kann.«

Mercer reagierte mit einem breiten Grinsen. »Sie sind ein Spielverderber, McClure«, sagte er. »Warum gönnen Sie einem armen alten Mann nicht einmal dieses kleine Vergnügen?«

Der Art nach zu schließen, auf die Mercer sprach, dachte Mogens, war es wohl eher ein ziemlich hochprozentiges Vergnügen gewesen. Wieder begegnete er jenem halb verständnisvollen, ein ganz kleines bisschen aber auch mitleidigem Lächeln in McClures Augen, als er den Paläontologen ansah.

»Wir wollen Sie auf keinen Fall stören«, sagte McClure. »Sie haben gewiss einen anstrengenderen Tag hinter sich als wir.«

Zumindest was Mercer anging, hatte Mogens da gewisse Zweifel. »Sie stören keineswegs, Doktor«, sagte er. »Ich fürchte nur, ich kann Ihnen nichts anbieten – außer einem Becher kalten Kaffees vielleicht.«

»Aber das ist doch vollkommen in Ordnung«, versicherte Mercer, während er sich bereits schnaufend vorbeugte und nach der Kanne griff. Es gab nur die eine Tasse, aus der Mogens gerade getrunken hatte, woran Mercer aber keinen Anstoß zu nehmen schien. Ungeachtet des längst kalt gewordenen Restes, der sich noch darin befand, schenkte er sich nach und griff anschließend unter seinen Mantel, um eine flache Schnapsflasche hervorzuziehen, aus der er einen kräftigen Schuss in den Kaffee goss. McClure runzelte missbilligend die Stirn, enthielt sich aber jeden Kommentars, sondern wandte sich mit einem leicht verlegenen Lächeln wieder direkt an Mogens.

»Und wie haben Sie Ihren ersten Tag hier verbracht, Professor?«

»So wie Sie vermutlich auch«, antwortete Mogens. »Doktor Graves hat mich herumgeführt und mir alles gezeigt.«

Er sah nicht hin, aber er registrierte dennoch den scharfen, fast feindseligen Blick, den Hyams ihm aus den Augenwinkeln heraus zuwarf. Aber auch sie sagte nichts, sondern drehte sich nach einer Sekunde weg und trat an das Bücherregal heran. Mogens war nicht wohl dabei, aber ihm fiel kein plausibler Grund ein, sie zurückzuhalten.

McClure blieb ihm die Antwort auf seine indirekt gestellte Frage schuldig.

»Das hat er doch, oder?«, hakte Mogens nach.

McClure druckste einen Moment herum und antwortete schließlich, ohne ihm in die Augen zu sehen: »Wir sprechen außerhalb der Grabungsstelle nicht über unsere Arbeit. Doktor Graves wünscht es nicht.«

»Und Sie tun und lassen zweifellos immer alles, was Doktor Graves wünscht«, gab Mogens zurück. Der beißende Spott in seiner Stimme tat ihm augenblicklich selbst Leid, umso mehr, als er sah, dass der Anteil von Verlegenheit in McClures Blick noch wuchs. Aber es war Hyams, die antwortete, nicht McClure.

»In diesem Punkt sind wir mit Doktor Graves vollkommen einer Meinung, Professor VanAndt. So lange unsere Arbeit hier nicht abgeschlossen ist, ist absolute Verschwiegenheit das oberste Gebot. Wahrscheinlich haben Sie es noch nicht bemerkt, aber nicht alle sind mit dem einverstanden, was wir hier tun, und wir werden misstrauisch und äußerst aufmerksam beobachtet. Und wer weiß, vielleicht belauscht? Möchten Sie, dass Ihnen jemand die Früchte Ihrer Arbeit stiehlt?«

Den letzten Satz sprach sie mit einer sonderbaren Betonung aus, fand Mogens. Und noch viel unangenehmer war der Blick, mit dem sie ihn dabei maß.

»Selbstverständlich nicht«, antwortete er so ruhig, wie er nur konnte. »So wenig, wie ich selbst so etwas je tun würde.«

»Sehen Sie, Professor, und so geht es jedem von uns«, antwortete Hyams kühl. Dann deutete sie auf das Bord und fragte: »Sind das Ihre Bücher?«

»Einige«, antwortete Mogens. »Die meisten hat Graves herbeischaffen lassen.«

»Eine sonderbare Auswahl«, sagte Hyams, während sie sich wieder vollends dem Bücherregal zuwandte. »Was, sagten Sie noch einmal, ist Ihr Fachgebiet?«

»Archäologie«, antwortete Mogens, obwohl er sehr sicher war, dass Hyams dies ebenso gut wusste wie die beiden anderen und er selbst.

Hyams nahm einige Bände heraus, studierte die Titel oder warf einen eher flüchtigen Blick hinein, bevor sie sie wieder zurückstellte. *»Das Buch der toten Namen«*, sagte sie. *»Atlantis: Die vorsintflutliche Welt.«* Sie maß ihn mit einem schwer zu deutenden, aber nicht sehr angenehmen Blick. »Was soll das sein? Braucht man so etwas neuerdings in der Archäologie?«

»Nein«, antwortete Mogens, mühsam beherrscht. »Ich interessiere mich rein privat für diese Themen.«

»Für Zauberei?«

»Für Okkultismus«, verbesserte sie Mogens.

»Und das ist ein Unterschied?« Hyams zog beinahe verächtlich die Brauen zusammen. »Das müssen Sie mir erklären, Professor.«

Mogens schob es auf seine Einbildung, dass es sich für ihn so anhörte, als spräche sie das Wort »Professor« wie eine Beleidigung aus. Das machte ihn wütend. Er beherrschte sich aber und bemühte sich im Gegenteil, so ruhig und sachlich zu antworten, wie er nur konnte.

»Mich interessiert der *wissenschaftliche* Aspekt dieser Dinge, Doktor«, sagte er. »Fast jeder Aberglaube geht auf einen realen Kern zurück. Die Medizin beginnt gerade zu entdecken, dass viele der alten Naturheilmittel keineswegs Hokuspokus, sondern im Gegenteil höchst wirksam sind.«

»Das mag sein, oder auch nicht.« Hyams schob sein Argument mit einem Achselzucken zur Seite, das seinen Zorn noch weiter anstachelte. »Aber das ist wohl kaum das, worüber wir hier reden oder worum es in diesen Büchern geht. Was ist mit dem Glauben an Dämonen und heidnische Götter? Wo ist der wissenschaftliche Beweis für die Wirksamkeit von *Zaubersprüchen?*«

»Nirgends«, gab Mogens unumwunden zu. »Allerdings gibt es auch keinen Beweis, dass sie *nicht* wirken.«

»Das ist jetzt nicht Ihr Ernst«, ächzte Hyams. »Was soll an irgendwelchem sinnlosem Gestammel...«

»Wer sagt Ihnen, dass es das ist?«, unterbrach sie Mogens und brachte die Ägyptologin mit einer fast befehlenden Geste zum Schweigen, falls sie ihm ihrerseits ins Wort fallen wollte. »Nein, ich weiß, was Sie jetzt sagen wollen, Doktor Hyams, aber bitte, hören Sie mir einfach einen kurzen Moment zu.«

Hyams zog verächtlich die linke Augenbraue hoch, aber sie schwieg.

»Ich denke, dass es weit mehr Kräfte in der Natur gibt, die wir *nicht* verstehen, als solche, *die* wir verstehen«, begann

Mogens. »Naturwissenschaftliche Kräfte, meine ich. Energie, Kraftfelder, Strömungen.« Er sah fragend von einem zum anderen. McClure nickte zögernd, und Mercer nahm einen weiteren Schluck Kaffee mit Rum – oder was auch immer sich in seiner Flasche befand –, während Hyams überhaupt nicht reagierte, sondern ihn nur weiter mit ausdruckslosem Gesicht anstarrte.

»Einige dieser Kräfte verstehen wir und einige können wir sogar beherrschen«, fuhr Mogens fort. »Wir modifizieren Funkwellen, um Morsezeichen zu senden. Wir erzeugen elektrischen Strom, um unsere Häuser zu beleuchten und wir erhitzen Wasser, um mit dem Dampf unsere Maschinen zu betreiben.«

»Sie sprechen über *Energie*, Professor«, gab McClure zu bedenken. »Nicht über *Worte*.«

»Und was sind Worte anderes als Schallwellen?«, fragte Mogens in beinahe triumphierendem Ton. »Was, wenn sie etwas bewirken, von dem wir keine Vorstellung haben? Wenn sie mit Kräften der Natur kommunizieren, von deren Existenz wir möglicherweise noch gar nichts ahnen?«

»Natürlich«, sagte Hyams spöttisch. »Aber irgendwelche keltischen Druidenpriester vor fünftausend Jahren haben sie gekannt.«

»Möglicherweise«, sagte Mogens. »Selbstverständlich hatten sie keine Ahnung von der Existenz elektrischen Stroms, von Strahlungen und Kraftfeldern. Aber vielleicht haben sie einfach etwas beobachtet. Vielleicht ist ihnen aufgefallen, dass bestimmte Dinge geschehen, wenn sie bestimmte Worte sagen. Sie haben das, was sie beobachtet haben, in Worte gekleidet, ohne zu ahnen, dass es nicht die Worte sind, sondern das Muster an Schallwellen, das sie dabei hervorrufen.«

»Das ist doch Blödsinn«, sagte Hyams.

Mogens hob die Schultern. »Ich sage nicht, dass es so gewesen ist«, antwortete er. »Ich sage, dass es so gewesen sein *könnte*.«

»Oh, natürlich«, versetzte Hyams spöttisch. »Und es gibt sicher auch den Teufel und Werwölfe und fliegende Dämonen.«

»Es gab auf dieser Welt Geschöpfe, die selbst uns wie Dämonen vorkommen würden«, antwortete Mogens ruhig. »Vielleicht gibt es so etwas wie ein kollektives Gedächtnis. Es kann schwerlich ein Zufall sein, dass bestimmte Archetypen immer wieder auftauchen, in allen Zeiten und allen Kulturen. Wir alle haben die gleichen Urängste, Doktor. Gleich, in welchem Teil der Welt wir geboren und in welchem Kulturkreis wir aufgewachsen sind. Vielleicht ist das, was wir spüren, die Erinnerung unserer Vorfahren, die seit Millionen Jahren in unserem kollektiven Gedächtnis gespeichert ist.«

Hyams lachte trocken auf. »Und Sie nennen sich Wissenschaftler?«

»Ich habe keine Behauptungen aufgestellt«, sagte Mogens sanft. »Ich wollte Ihnen nur verdeutlichen, was mich an diesen Dingen interessiert.«

»Als Wissenschaftler, nehme ich an«, sagte Hyams spöttisch. Sie lachte erneut verächtlich – aber plötzlich veränderte sich etwas in ihrem Blick. Ihr Lächeln erlosch, und ihre Augen wurden schmal, während sie Mogens mit einer vollkommen neuen, anderen Feindseligkeit anstarrte.

»VanAndt«, murmelte sie. Sie wandte mit einem Ruck den Kopf, starrte eine Sekunde lang sein Bücherregal und dann wieder ihn an. »Aber natürlich! Ich *wusste*, dass ich Ihren Namen schon einmal gehört habe.«

»Was soll das heißen, meine Liebe?«, fragte McClure.

In Hyams' Augen erschien etwas Neues, Eishartes, das Mogens innerlich erschauern ließ. »Das sollten Sie unseren neuen Kollegen besser selbst fragen«, sagte sie. »Gute Nacht, *Professor VanAndt!*«

Und damit ging sie. Mogens setzte dazu an, sie zurückzuhalten, sah aber im letzten Moment die Sinnlosigkeit dieses Vorhabens ein und ließ die Hand wieder sinken. Hyams stürmte aus dem Haus und ließ die Tür hinter sich auf stehen; wie Mogens vermutete, allerdings nur, weil sie ihr einfach zu schwer war, um sie hinter sich zuzuknallen.

Für einen Moment machte sich betretenes Schweigen in der Hütte breit, das McClure schließlich mit einem unbehaglichen Räuspern beendete. »Ja, wir sollten jetzt... auch gehen«, sagte er stockend. »Es war ein anstrengender Tag. Kommen Sie, Mercer. Ich bin sicher, auch Professor VanAndt ist froh, wenn er seine Ruhe hat.« Er wartete, bis Mercer – widerstrebend – aufgestanden war, dann zwang er sich, Mogens noch einmal direkt anzusehen. »Gute Nacht.«

Es war Mogens nicht möglich, McClure mit mehr als einem abgehackten Nicken zu antworten. Mercer und er gingen, aber es verstrich noch einmal mehr als eine halbe Minute, bis Mogens auch nur die Kraft fand, sich aus seiner Erstarrung zu lösen und ihnen nachzugehen, um die Tür hinter ihnen zu schließen. Das also war sein erstes wirkliches Gespräch mit seinen neuen Kollegen gewesen – um es auf einen einfachen Nenner zu bringen: eine Katastrophe.

Aber immerhin, dachte er, hatte die Sache wenigstens ein Gutes: Es konnte kaum noch schlimmer kommen.

Er sollte sich täuschen.

Graves war an diesem Abend nicht mehr gekommen. Mogens hatte mehrmals mit dem Gedanken gespielt, seinerseits zu ihm hinüberzugehen – schließlich waren es nur wenige Schritte bis zu der Blockhütte, die Graves bewohnte –, sich aber dann anders entschieden und war früh zu Bett gegangen. Fast zu seiner eigenen Überraschung schlief er augenblicklich ein und erwachte erst am nächsten Morgen, weitaus entspannter und ausgeruhter, als er selbst es nach dem zurückliegenden Tag für möglich gehalten hätte, und ohne die allergeringste Erinnerung an einen Albtraum.

Er war auch nicht von selbst erwacht. Ein leises Rumoren und Hantieren in seiner unmittelbaren Nähe hatte ihn geweckt, und noch bevor er die Augen aufschlug, stieg ihm der Duft von frisch aufgebrühtem Kaffee in die Nase.

Mogens richtete sich auf und erblickte Tom, der emsig dabei war, den Frühstückstisch zu decken. In den Kaffeeduft mischte sich nun der Geruch von gebratenem Speck und

Eiern, und ohne dass Mogens es verhindern konnte, ließ sein Magen ein lautes Knurren hören. Tom wandte mit einem Ruck den Kopf und sah ihn im allerersten Moment so betroffen an, als hätte Mogens ihn bei etwas Verbotenem ertappt, aber dann lächelte er. »Morgen, Professor. Ich hoffe, ich habe Sie nicht geweckt.«

Mogens richtete sich weiter auf, schwang die Beine vom Bett und verbarg für einen Moment das Gesicht in den Händen. Er fühlte sich ausgeruht und frisch, war aber im ersten Moment noch so benommen, dass er nur mit Mühe ein Gähnen unterdrücken konnte. »Doch, das hast du«, sagte er. »Es macht ja wohl auch wenig Sinn, ein so köstliches Frühstück zu bereiten und dann abzuwarten, bis es kalt geworden ist.« Er nahm die Hände herunter, schnüffelte übertrieben und sah die gedeckte Frühstückstafel an. »Hat Graves dich beauftragt, mir irgendetwas schonend beizubringen?«

»Sir?«, fragte Tom verwirrt.

»Diese Portion scheint mir eher für einen Bauarbeiter gedacht«, erklärte Mogens lächelnd. »Hat er vielleicht vergessen zu erwähnen, dass ich den Tempel ganz allein mit einer Spitzhacke ausgraben soll?«

»Wenn ich mich richtig erinnere, war die Rede eher von einem Löffel«, antwortete Tom todernst, schüttelte aber sofort den Kopf und fuhr wieder lächelnd fort: »Um ehrlich zu sein: Es *ist* 'ne doppelte Portion. Doktor Mercer wollte heute Morgen kein Frühstück, und es war mir zu schade zum Wegwerfen.« Sein Lächeln floss zu einem Grinsen auseinander. »Ich glaub, er fühlt sich heut nicht so gut.«

»Gestern Abend schien er sich jedenfalls ganz ausgezeichnet zu fühlen.« Mogens stand auf, grub die Taschenuhr aus seiner Jacke, die er in Ermangelung eines Kleiderhakens über die Stuhllehne gehängt hatte und klappte den Deckel auf. Es war noch nicht einmal sechs, selbst für Mogens, der gewiss kein Langschläfer war, eine ungewohnt frühe Zeit.

»Ich hoffe doch, du machst es dir jetzt nicht zur schlechten Angewohnheit, mich immer so früh wecken«, sagte er gähnend.

Tom blinzelte. »Früh?«

Mogens zog eine Grimasse. »Schon gut«, seufzte er. Er griff nach der Kanne, um sich einen Kaffee einzugießen, zögerte aber ganz unwillkürlich und unterzog die Tasse einer kurzen, aber sehr aufmerksamen Inspektion, bevor er sich einschenkte und die erste Tasse in einem einzigen Zug herunterstürzte.

»Nehmen Sie Platz, Professor«, sagte Tom. »Ich mach das schon.«

»Danke«, antwortete Mogens, trat aber ganz im Gegenteil einen Schritt vom Tisch zurück und machte eine leicht verlegene Kopfbewegung zur Tür. Da er gerade aufgestanden war, verspürte er ein menschliches Bedürfnis, aber es war ihm peinlich, darüber zu sprechen. »Ich bin sofort zurück.«

Die entsprechende Örtlichkeit befand sich ein Stück abseits der Häuser und auf halbem Wege zu den Büschen, die das Lager zum Friedhof hin abschirmten. Mogens eilte mit weit ausgreifenden Schritten dorthin. Die Sonne war noch nicht aufgegangen, und es war empfindlich kalt, und er dachte sehnsüchtig an das köstliche Frühstück, das Tom vorbereitet hatte, sodass er sich beeilte, in seine Unterkunft zurückzukommen. Er hatte jedoch noch nicht den halben Weg hinter sich gebracht, als er das Motorengeräusch eines Automobils hörte und überrascht wieder innehielt.

Ein Scheinwerferpaar erschien hinter dem Unterholz, dann brach der dazugehörige Wagen durch das Geäst und Mogens machte instinktiv zwei Schritte zur Seite, um nicht über den Haufen gefahren zu werden. Die Gefahr bestand nicht im Geringsten – der Wagen fuhr zwar in scharfem Tempo an ihm vorbei, aber auch in mindestens zehn oder zwölf Schritten Abstand –, doch Mogens erschrak trotzdem wie ein Dieb, der sich auf frischer Tat ertappt fühlte.

Es war nicht irgendein Automobil, sondern ein Polizeiwagen.

Statt zu seiner Hütte und dem Frühstück zurückzukehren, das dort auf ihn wartete, machte Mogens kehrt und folgte dem Streifenwagen mit schnellen Schritten. Das Automobil kurvte so dicht an dem Zelt im Herzen des Lagers vorbei, dass der dünne Stoff wie ein Segel im Wind knatterte, steuerte Graves' Haus an und kam so abrupt davor zum Stehen, dass der Morast unter seinen Rädern aufspritzte. Mogens beschleunigte seine Schritte abermals, sodass er zwar noch nicht wirklich rannte, aber auch nicht mehr weit davon entfernt war.

Ein untersetzt gebauter Mann mit einem schon fast absurd großen Stetson stieg aus dem Streifenwagen. Praktisch im gleichen Augenblick ging auch schon die Tür der Blockhütte auf, und Graves trat hinaus. Mogens war noch zu weit entfernt, um die Gesichter der beiden Männer zu erkennen, aber er konnte die Spannung, die zwischen ihnen knisterte, selbst über die Entfernung hinweg spüren. Er ging noch schneller und langte bei Graves und seinem uniformierten Besucher an, als dieser gerade seinen riesigen Cowboyhut absetzte und dic Schultern straffte, um Graves gebührend zu begegnen.

»Mogens!« Graves machte keinen Hehl daraus, wie wenig begeistert er über Mogens' Auftauchen war. »So früh schon wach?«

Mogens erschrak, als er in Graves' Gesicht sah. Es war keine vierundzwanzig Stunden her, dass sie sich gesehen hatten, aber Graves schien in dieser Zeit um Jahrzehnte gealtert zu sein. Sein Gesicht wirkte eingefallen. Dunkle Schatten lagen auf seinen Wangen und in seinen Augen flackerte eine Wildheit, bei deren Anblick sich Mogens beherrschen musste, um nicht unwillkürlich einen Schritt zurückzutreten. Doktor Jonathan Graves hatte ganz eindeutig keine gute Nacht hinter sich.

»Ich konnte nicht mehr schlafen«, antwortete Mogens und fügte mit einer Kopfbewegung auf den Streifenwagen hinzu: »Der Verkehrslärm wird in letzter Zeit immer schlimmer. Und dabei bin ich extra aufs Land gezogen, um meine Ruhe zu haben.« Er grinste, aber er spürte selbst, dass der ohnehin lahme Scherz seine Wirkung verfehlte. Graves verzog die Lippen zu etwas, das das genaue Gegenteil eines Lächelns war, und sein Besucher sah für einen Moment so betroffen aus, als hätte er seine Worte tatsächlich ernst genommen.

»Professor Mogens VanAndt«, sagte Graves mit einer entsprechenden Geste in Mogens' Richtung. »Mein neuer Mitarbeiter.« Er wies aus der gleichen Bewegung heraus auf den Polizisten. »Sheriff Wilson.«

»Professor.« Wilson deutete ein Kopfnicken an, das Mogens weniger neutral erschien, als ihm lieb gewesen wäre, und setzte dazu an, etwas zu sagen, doch Graves kam ihm zuvor.

»Was führt Sie zu dieser frühen Stunde hierher, Sheriff?«, fragte er. »Sie wissen, dass ich die Anwesenheit von Fremden auf meinem Gelände nicht schätze.«

Von Wilsons Gesicht verschwand auch noch die letzte Spur von Freundlichkeit, als er sich zu Graves umwandte. »Ich habe auch nur ein paar Fragen, Doktor«, sagte er kühl. »Es geht um ein Mitglied des Geologenteams, das drüben auf der anderen Seite campiert. Doktor Phillips, um genau zu sein.«

»Phillips?« Mogens' Miene verdüsterte sich noch weiter. Er gab sich nicht einmal die Mühe, so zu tun, als denke er über Wilsons Worte nach. »Nie gehört.«

»Ich glaube, ich habe noch zu tun«, sagte Mogens und wollte sich unverzüglich abwenden, um zu gehen, aber Wilson hielt ihn mit einer knappen Geste zurück.

»Nein, bleiben Sie, Professor«, sagte er. »Es kann gut sein, dass ich auch an Sie noch ein paar Fragen habe.«

»Aber ich bin erst seit einem Tag hier!«

Wilson ignorierte seine Antwort und wandte sich wieder an Graves. »Es wundert mich ein wenig, dass Sie Doktor Phillips nicht kennen wollen, Doktor Graves«, sagte er. »Wo Sie doch erst gestern Morgen mit ihm gesprochen haben.«

»Ich?«, fragte Graves.

»Es gibt Zeugen, die einen heftigen Streit zwischen Doktor Phillips und Ihnen beobachtet haben wollen«, bestätigte Wilson. »Hier.«

Für den Bruchteil eines Herzschlages sah Graves nicht mehr Wilson, sondern Mogens an, und in seinen Augen blitzte etwas auf, das fast an Hass grenzte. Dann aber hatte er sich wieder in der Gewalt und wandte sich dem Sheriff zu.

»Ach, *der.*« Graves schürzte verächtlich die Lippen. »Ja, das ist wahr. Ich wusste nicht, dass sein Name Phillips ist. Er war hier, das ist richtig.«

»Also geben Sie zu, dass es einen Streit gab?«, vergewisserte sich Wilson.

»Das ganze Gelände hier ist Privatbesitz, Sheriff«, sagte Graves kühl. »Ich habe meinen geschätzten Kollegen von der geologischen Fakultät schon vor einem halben Jahr verboten, meinen Grund und Boden zu betreten. Wie Sie ja selbst am besten wissen, verstoßen sie permanent gegen dieses Verbot. Ich habe einen Fremden auf meinem Grund und Boden ertappt, der dort nichts zu suchen hat, und war nicht begeistert davon.« Sowohl sein Blick als auch sein Tonfall wurden deutlich herausfordernder. »Dabei wäre es eigentlich die Aufgabe der Behörden, dafür zu sorgen, dass meine Rechte als Staatsbürger und Grundbesitzer gewahrt bleiben.«

»Nun, zumindest soweit es Phillips betrifft, müssen Sie sich keine Sorgen mehr machen, Doktor«, antwortete Wilson. »Er wird Sie mit Sicherheit nicht mehr belästigen. Seine Leiche wurde heute Nacht unweit von hier gefunden.«

»Er ist tot?«, entfuhr es Mogens unwillkürlich, was ihm diesmal nicht nur einen Blick von Graves, sondern auch einen von Wilson eintrug. Er hätte sich am liebsten auf die Zunge gebissen.

»Das ist anzunehmen, nachdem man seinen Leichnam gefunden hat«, sagte Graves böse. Er wandte sich wieder zu Wilson um. »Was ist geschehen? Ein Unfall?«

»Das wissen wir noch nicht genau«, gestand dieser. »Sein Leichnam wird noch untersucht. Er ist in einem furchtbaren Zustand – als hätte ihn ein Raubtier angefallen und zerfleischt. Auch wenn ich mir beim besten Willen kein Raubtier vorstellen kann, das imstande wäre, so etwas zu tun.«

»Und jetzt glauben Sie, dass ich ihn umgebracht habe?«, fragte Graves höhnisch.

»Sie waren der Letzte, der mit Doktor Phillips gesprochen hat«, antwortete Wilson ruhig. »Seither hat ihn niemand mehr gesehen. Ich *muss* diese Fragen stellen.«

»Was Ihnen zweifellos das Herz bricht«, schnappte Graves. Er schüttelte zornig den Kopf. »Ich muss Sie enttäuschen, Sheriff. Ich werde dem Nächsten, der widerrechtlich einen Fuß auf meinen Grund und Boden setzt, möglicherweise eine Ladung Schrotkugeln auf den Pelz brennen, aber ich bringe niemanden um. Und ich pflege widerrechtliche Eindringlinge auch nicht in Stücke zu reißen.« Graves machte eine unwillige Geste. »Wenn das alle Fragen gewesen sind, dann tut es mir Leid, Ihnen nicht helfen zu können, Sheriff.«

Wilson drehte sich zu Mogens um und setzte seinen übergroßen Stetson wieder auf – was seine Gestalt aber keineswegs imponierender erscheinen ließ, sondern eher komisch. »Und Sie, Doktor…?«

»VanAndt«, half Mogens aus. »Professor VanAndt.«

»*Professor* VanAndt.« Wilson zuckte mit den Schultern, um klar zu machen, wie wenig Respekt ihm Mogens' akademischer Titel abnötigte. »Haben Sie Doktor Phillips gestern gesehen, *Professor*?«

»Nein«, antwortete Mogens wahrheitsgemäß.

»Das ist bedauerlich.« Wilson seufzte. »Sollte Ihnen noch irgendetwas einfallen, was der Aufklärung dieser schrecklichen Geschichte dienlich sein könnte, dann benachrichtigen Sie mich bitte unverzüglich, Professor. Und Sie ebenfalls, Doktor Graves.« Er tippte mit Zeige- und Mittelfinger der Linken gegen den Rand seines albernen Cowboyhutes, stieg in den Wagen und fuhr davon.

Graves sah ihm finster nach, bis er – jetzt ebenso langsam, wie er zuvor schnell gefahren war – verschwunden war. Dann wandte er sich mit kaum weniger finsterem Gesichtsausdruck an Mogens.

»Dieser kleine, dumme Mann«, sagte er. »Er kommt sich vor wie Sherlock Holmes und Wyatt Earp in einer Person, nur weil er schon einmal das Wort *Bluff* gehört hat. Was bildet er sich ein, wer er ist?«

»Dann glaubst du nicht, dass ich…?«, begann Mogens, allerdings nur, um auf der Stelle unterbrochen zu werden.

»Dass du irgendetwas gehört oder gesehen haben könntest, das diesen Dummkopf von Sheriff interessieren müsste?« Graves grinste wölfisch – und Mogens hatte dieses Gefühl wortwörtlich. Im noch schwachen Licht der Dämmerung, die gerade erst heraufzuziehen begann, erinnerte sein Gesicht Mogens tatsächlich an das eines Wolfs, der mit gefletschten Zähnen seine Beute musterte. »Wo denkst du hin? Selbstverständlich nicht! Der verlogene kleine Gesetzeshüter macht mir Schwierigkeiten, seit ich hierher gekommen bin, aber man kann ihm eine gewisse Schläue nicht absprechen. Er weiß, dass du neu hier bist und versucht einen Keil zwischen uns zu treiben. Das ist die Gefahr an solchen Leuten: Sie sind vielleicht nicht sonderlich intelligent, aber man sollte sich davor hüten, sie zu unterschätzen.«

Mogens hatte Mühe, seinen Worten zu folgen. Irgendetwas stimmte mit Graves' Gesicht nicht. Es schien sich... zu verändern. Das Wölfische darin nahm zu, ohne dass es sich dabei um eine wirklich *materielle* Veränderung zu handeln schien. Dennoch war sie unübersehbar. Durch Graves' ausgezehrte, aber dennoch immer noch menschliche Züge schimmerte in immer stärkerem Maße das Raubtier, das darunter verborgen war.

»Aber warum sollte der Sheriff das tun?«, fragte er mühsam. Nicht weil er sich diese Frage tatsächlich stellte, sondern weil es einfach das Erste war, was ihm einfiel. Er musste aufhören, Graves anzustarren. Aber er konnte es nicht.

»Weil er dafür bezahlt wird«, schnappte Graves. »Diese verdammten Maulwürfe versuchen mich von hier zu vertreiben, seit ich gekommen bin. Aber das wird ihnen nicht gelingen!« Der Zorn in seinen dunklen, mit einem Male viel tiefer in den Höhlen zu liegen scheinenden Augen loderte zu blankem Hass auf. Ein dünner Speichelfaden lief sein Kinn herunter, offensichtlich ohne dass er es bemerkte.

»Und welchen Grund sollten die Geologen dafür haben?«, fragte Mogens. »Sie sind Wissenschaftler wie wir!«

»Vergleiche mich nie wieder mit diesen... diesen Dilettanten!«, knurrte Graves. Nicht im übertragenen Sinne, dachte Mogens schaudernd. Er *knurrte* tatsächlich. »Und jetzt geh frühstücken, Mogens. Wir haben einen langen anstrengenden Tag vor uns. Ich erwarte dich in einer halben Stunde unten im Tempel.«

Schon aus ebenso purem wie kindischem Trotz heraus erschien Mogens nicht pünktlich nach Ablauf einer halben Stunde an seinem neuen Arbeitsplatz, sondern erst, nachdem mehr als die doppelte Zeitspanne verstrichen war. Aber das war nicht der einzige Grund. Es war nicht einmal der *hauptsächliche* Grund. Der eigentliche Grund für diese Verspätung war, dass er sich davor fürchtete, Jonathan Graves wiederzusehen.

Mogens versuchte vergeblich, den Gedanken als so lächerlich abzutun, wie er selbst in seinen eigenen Ohren klang. Es gab keinen Grund, Graves zu fürchten. Noch vor Wochenfrist hatte er jeden Grund dafür gehabt, aber dieser Moment war vorbei; er hatte sich seiner persönlichen Nemesis gestellt, und nun gab es keinen Anlass mehr, vor Graves zu zittern. Er konnte ihn hassen, ihn verachten und zutiefst verabscheuen – und von all diesen Empfindungen war mehr als genug in ihm –, aber er brauchte keine *Angst* mehr vor ihm zu haben.

Aber genau das hatte er.

Mogens' Bewegungen wurden immer langsamer, als er die Leiter herunterstieg. Während er den niedrigen Gang zur ersten Höhle entlangschritt, versuchte er sich über seine eigenen Empfindungen klar zu werden. Natürlich wusste er, dass sich Graves' Gesicht vorhin nicht *wirklich* verändert hatte. Es musste am Licht gelegen haben, oder an seiner eigenen Müdigkeit und Nervosität, vielleicht auch an einer Kombination von allem. Menschen verwandeln sich nicht in… *Dinge*, die in der Dämmerung auseinander fließen und sie zu neuer, schrecklicherer Gestalt zusammensetzen. Nicht einmal Jonathan Graves tat so etwas, auch wenn Mogens keine Skrupel gehabt hätte, ihm sogar solcherlei Abscheulichkeiten zuzutrauen. Das Problem war, *dass* er bereit war, diesen Unsinn zu glauben – *jeden* Unsinn zu glauben, solange es Jonathan Graves nur schadete.

Tatsächlich war ihm im Nachhinein klar geworden, dass ein nicht geringer Teil von ihm vorhin geradezu begierig darauf gewartet hatte, dass Wilson mehr als nur einen vagen Verdacht äußern und dass sich dieser Verdacht als *wahr* herausstellen würde. Vielleicht war es in Wahrheit nicht so sehr Graves, um den er sich Sorgen machen sollte, sondern er selbst. Dass er Graves niemals wirklich verzeihen konnte, sondern zeit seines Lebens hassen oder zumindest verachten würde, das war ihm ebenso klar, wie es auch Graves klar sein musste. Mogens war jedoch zutiefst erschrocken über die Intensität seines Hasses. Vielleicht stimmte es, was die Psychologen sagten, dass ein gewisses Maß an Rachegedanken, ja, sogar Hass durchaus gesund und bei der Überwindung eines traumatischen Erlebnisses hilfreich war. Doch das, was Mogens in sich spürte, war ganz gewiss *nicht* mehr gesund.

Er hatte das Ende des Stollens nahezu erreicht, und seine Schritte wurden noch einmal langsamer, als er Stimmen vor sich hörte – die von Graves und gleich darauf die von Doktor Hyams, die schrill und beinahe hysterisch klang. Mogens machte noch zwei weitere Schritte und blieb dann stehen, als er begriff, dass er mitten in einen heftigen Streit hineinplatzte.

»... verstehe Ihre Erregung, ehrlich gesagt, nicht ganz«, sagte Graves in diesem Moment. »Was fehlt Ihnen, Suzan? Mangelt es Ihnen an irgendwelchen Materialien? Brauchen Sie mehr Geld? Größeren Entscheidungsspielraum?«

»Darum geht es nicht, und das wissen Sie verdammt genau, Graves!«, schnappte Hyams. »Wir schuften seit einem Jahr wie die Sklaven für Sie! Wir sehen kaum das Tageslicht, und wir dürfen kein Wort über unsere Arbeit verlieren, obwohl wir hier die vielleicht sensationellste Entdeckung des Jahrhunderts gemacht haben!«

»Weil, meine Liebe«, unterbrach sie Graves. »*Weil*, nicht *obwohl*.«

»Papperlapapp!«, fauchte Hyams. »Es geht doch darum, dass wir uns seit einem Jahr bemühen, ernsthafte wissenschaftliche Arbeit zu leisten, und Sie, Sie holen einen… einen *Hexenmeister!*«

Mogens hatte genug gehört. Ihm war klar, dass er im allerungünstigsten aller nur denkbaren Augenblicke hereinplatzte, aber selbst das war ihm mit einem Mal egal. Es machte keinen Sinn, auf Zehenspitzen durch einen Porzellanladen zu schleichen, durch den zuvor ein Hurrikan getobt war. Er ging weiter, steuerte mit energischen Schritten auf Graves und Hyams zu und registrierte eher beiläufig, dass auch die beiden anderen anwesend waren. McClure fühlte sich sichtlich unwohl in seiner Haut, und diese Ausstrahlung von Unwohlsein explodierte regelrecht, als er Mogens' ansichtig wurde, während Mercer einfach nur müde aussah und alle Mühe zu haben schien, dem Gespräch überhaupt zu folgen.

»Stehen Sie schon lange da und lauschen?«, empfing ihn Hyams feindselig.

»Es war nicht nötig, zu lauschen«, antwortete Mogens. »Sie waren laut genug.« Er streifte Graves mit einem raschen, aufmerksamen Blick und wandte sich dann wieder der Archäologin zu. Er musste sich beherrschen, um nicht unhöflich zu werden, und er musste sich noch mehr beherrschen, um nichts zu sagen oder etwas zu tun, was sie noch mehr provozierte. »Hexenmeister« war längst nicht das schlimmste Wort, mit dem man ihn in den letzten Jahren belegt hatte, und doch ärgerte es ihn ungemein.

»Es tut mir aufrichtig Leid, dass Sie so über mich denken, Doktor Hyams«, sagte er mit erzwungener Ruhe. »Ich dachte wirklich, Sie hätten verstanden, was ich Ihnen gestern Abend zu erklären versucht habe. Ich habe nichts mit schwarzer Magie und Hokuspokus im Sinn. Ich bin Wissenschaftler, genau wie Sie!«

»Und zwar einer der besten, den ich kenne«, mischte sich Graves ein. Hyams wollte auffahren, doch Graves brachte sie mit einer herrischen Geste zum Schweigen und fuhr mit erhobener Stimme fort: »Genug! Ich dulde diese kindischen

Eifersüchteleien nicht! Dafür haben wir wirklich keine Zeit! Ich kann Ihnen versichern, Suzan, dass Professor VanAndt nicht hier ist, um Ihnen irgendetwas von Ihrem wohlverdienten Ruhm streitig zu machen – ebenso wenig wie einem von Ihnen, meine Herren. In wenigen Tagen werden Sie verstehen, warum ich den Professor zurate gezogen habe. Und bis dahin bitte ich mir ein wenig von der Disziplin aus, die ich von Forschern Ihres Kalibers erwarten darf!«

Zu Mogens' nicht geringem Erstaunen widersprach niemand. Selbst Hyams blickte ihn nur noch einen Moment lang herausfordernd an, drehte sich dann aber mit einem trotzigen Verziehen der Lippen weg, und auch McClure und Mercer brachten irgendwie das Kunststück fertig, furchtbar beschäftigt auszusehen, obwohl sie weiter mit leeren Händen dastanden.

»Komm, Mogens.« Graves machte eine Geste in seine Richtung, die kaum weniger herrisch war als die, mit der er Hyams zum Schweigen gebracht hatte. »Wir haben zu tun!«

Mogens schloss sich ihm ganz automatisch an, als er sich umwandte und auf die Brettertür zuging, die zu dem Hieroglyphengang führte. Verwirrt sah er zu Hyams und den beiden anderen zurück. Da er selbst zu jener Gattung gehörte, wusste er nur zu gut, wie allergisch Wissenschaftler im Allgemeinen auf Autorität reagierten. Umso unglaublicher kam es ihm nun vor, dass sich Hyams, Mercer und McClure wie verschüchterte Schüler von Graves hatten abkanzeln lassen. Andererseits hatte auch er selbst Graves' befehlendem Ton ganz instinktiv gehorcht.

Sie brachten den Gang in so scharfem Tempo hinter sich, dass Mogens kaum die nötige Zeit fand, seine Gedanken zu ordnen, bevor sie die Gittertür an seinem jenseitigen Ende erreichten. Sie stand offen, aber Graves drehte sich um, kaum dass Mogens an ihm vorbeigetreten war, ließ das Vorhängeschloss einrasten und zog den Schlüssel ab, um ihn in die Westentasche zu stecken. Mogens sah ihn fragend, aber auch ein ganz kleines bisschen alarmiert an. Er hatte es noch nie ertragen, eingesperrt zu sein.

»Ich will nur sichergehen, dass wir auch ungestört bleiben«, sagte Graves, dem Mogens' Blick nicht verborgen geblieben war. »Normalerweise öffne ich die Geheimtür nur sonntags, wenn Hyams und die anderen in der Stadt sind.«

»Und du wunderst dich, dass die anderen allmählich misstrauisch werden?«, fragte Mogens.

Graves hob zur Antwort nur die Schultern und ging weiter. Er war ganz offensichtlich nicht bereit, weiter über dieses Thema zu reden.

Sie steuerten die Geheimtür an, wie Mogens nicht anders erwartet hatte – aber zu seiner nicht geringen Überraschung stand sie weit offen, und er bemerkte erst jetzt, als er unmittelbar davor stand, das dicke Elektrokabel, das sich über den Boden schlängelte und in dem dahinter liegenden Gang verschwand.

Die zweite – und weitaus größere – Überraschung war die schlanke Gestalt, die ihnen entgegenkam, kaum dass sie wenige Schritte weit in den Tunnel eingedrungen waren.

»Tom!«

Tom nickte ihm flüchtig zu und wandte sich dann an Graves. »Ich bin fast fertig, Doktor Graves«, sagte er. »Ich muss nur noch die Lampen holen und anschließen.«

»Das hat Zeit bis heute Nacht«, antwortete Graves. »Du kannst das erledigen, nachdem du das Abendessen aufgetragen hast. Jetzt geh und ruh dich ein paar Stunden aus.«

Tom nickte dankbar und entfernte sich rasch. Graves sah ihm nach, bis er den Gang verlassen hatte und seine Schritte draußen verklungen waren, dann fügte er leiser und mit einem angedeuteten Kopfschütteln hinzu: »Der Junge hat die ganze Nacht gearbeitet.«

»Ich dachte, dir wäre daran gelegen, dass niemand von diesem Gang erfährt«, sagte Mogens.

»Das ist auch so«, bestätigte Graves. »Niemand, der nicht ohnehin schon von seiner Existenz weiß – und dessen, wohin er führt.« Er lächelte flüchtig. »Unterschätze niemals die Neugier eines Kindes, Mogens. Hyams und die beiden anderen mögen noch darüber spekulieren, was ich hier gefunden habe, aber Tom wusste es bereits kurz nach mir.« Er hob die Schultern. »Wir brauchen Licht für unsere Arbeit. Mir war nicht danach, Kabel zu verlegen und Lampen zu installieren – ganz davon zu schweigen, dass ich es gar nicht könnte. Du vielleicht?«

Mogens schüttelte den Kopf. »Und du vertraust Tom?«

»Habe ich eine andere Wahl?« Graves lachte. Aber er wurde auch sofort wieder ernst. »Nein, ich vertraue Tom. Vielleicht ist er sogar der Einzige hier, dem ich wirklich vertrauen kann. Dich natürlich ausgenommen«, fügte er mit einem feinen Lächeln hinzu.

»Natürlich«, sagte Mogens.

Sie gingen weiter, nachdem Graves wieder die Karbidlampe aus der Nische in der Wand genommen und eingeschaltet hatte. Das schwarze Elektrokabel, so dick wie Mogens' Handgelenk, ringelte sich vor ihnen in der Dunkelheit und wies ihnen den Weg, endete aber vor dem Schutthaufen, der den Gang von der eigentlichen Zeremonienkammer trennte. Wie am Vortage kletterte Graves voraus. Diesmal ließ er die eingeschaltete Lampe oben auf der Halde liegen, sodass ihr grelles Licht Mogens zumindest nicht mehr die Tränen in die Augen trieb, als er ihm folgte.

Graves hatte diesmal in der Kammer gleich vier Sturmlaternen entzündet, als Mogens sie betrat. Das Licht war somit doppelt so hell, schien die Dunkelheit aber dennoch nicht nennenswert mehr zu vertreiben, sondern die Schwärze jenseits seiner vagen Grenzen noch zu betonen. Mogens hatte erneut das Gefühl, große, sich auf sonderbar ungesunde Weise bewegende Schemen zu sehen, die sich dem Licht näherten, es aber nicht wirklich zu berühren wagten.

»Da du hier bist, muss ich dich nicht mehr fragen, wie du dich entschieden hast, nehme ich an«, sagte Graves, während er Mogens gleich zwei der vier Lampen reichte, die er entzündet hatte. »Also lass uns beginnen. Wir haben nicht alle Zeit der Welt.«

Mogens griff gehorsam nach den beiden Laternen und folgte Graves, der zielstrebig die so seltsam unregelmäßige

Treppe ansteuerte, welche zu dem monströsen Tor mit seinen beiden noch viel monströseren Torwächtern hinaufführte. Das hellere Licht hätte den Effekt mildern sollen, aber das genaue Gegenteil war der Fall: Der flackernde Schein schien das unheimliche Spiel der Schatten und vermeintlichen Bewegung noch zu verstärken. Sie sollten nicht dort hinaufgehen. Dieses gewaltige Tor aus unzerstörbarem Metall hatte einen Sinn, so wie auch die beiden oktopoiden Wächterdämonen nicht grundlos dort oben standen oder nur der Fantasie des prähistorischen Künstlers entsprungen waren, der sie erschaffen hatte.

»Und was genau erwartest du jetzt von mir?« Mogens fühlte sich hilflos, schlimmer noch: deplatziert. Im wortwörtlichen Sinne an einem Ort, an dem er nicht sein sollte. An dem kein Mensch sein sollte.

Graves war ein paar Schritte vorausgeeilt, blieb aber genau wie Mogens stehen, bevor der Schein seiner Lampen die monströsen Statuen vollends aus der Dunkelheit reißen konnten, in der sie seit Jahrtausenden geschlafen – und gewartet? – hatten. »Wenn ich die Antwort auf diese Frage wüsste, wärst du nicht hier«, sagte er.

Er hob eine seiner Laternen, aber ihr Licht schien die riesige krakengesichtige Kreatur auf ihrem schwarzen Steinsockel nicht wirklich zu berühren, sondern im allerletzten Moment davor zurückzuprallen wie eine Hand, die der Flamme um ein Haar zu nahe gekommen wäre und im allerletzten Moment zurückzuckte, bevor sie sich verbrennen konnte. Im Gegenzug schien die unheimliche Steingestalt mit einem jähen Satz auf sie zuzuspringen, ohne die zitternde Barriere indes weiter überwinden zu können, als das Licht zuvor die Schatten vertrieben hatte. Doch sie zogen sich auch nicht wieder zurück, sondern krallten sich in den Rand aus zerbrechlicher Helligkeit, um ihn geduldig zu belagern und daran zu nagen, so wie die Finsternis das Licht seit Anbeginn der Zeiten belagert hatte – Kombattanten in einem Krieg, der ewig währen mochte, an dessen letztendlichem Ausgang es aber keinen Zweifel gab.

Statt sich der Treppe und damit dem Tor weiter zu nähern, machte Mogens im rechten Winkel kehrt und steuerte die nächstgelegene Wand an, um die Malereien und Hieroglyphen darauf einer ersten, gründlicheren Untersuchung zu unterziehen.

Was er erfuhr, war schlimm genug.

Während der nächsten zwei oder drei Tage sah er seine neuen Kollegen so gut wie gar nicht – was zu einem Gutteil daran lag, dass zumindest McClure und Hyams ihm aus dem Weg gingen und er auf Mercers Gesellschaft von sich aus keinen besonderen Wert legte. So sympathisch ihm der fettleibige Trunkenbold auch auf den ersten Blick vorgekommen sein mochte, war ihm seine jovial-oberflächliche Art im Grunde doch zutiefst zuwider.

Es machte ihm nichts aus. Mogens war Zeit seines Lebens ein Einzelgänger gewesen, und in den zurückliegenden Jahren hatte er sich zudem an das Alleinsein gewöhnt. Dazu kam, dass ihn seine Arbeit bald so in Beschlag nahm, dass er jedwede Störung ohnehin nur als Belästigung empfunden hätte.

Tom war an jenem Tag nicht mehr zurückgekehrt, um das Stromkabel zu verlegen und die Lampen anzuschließen, was Mogens aber nicht wirklich als Manko empfunden hatte. Ganz im Gegenteil war ihm tief in seinem Innern nicht wohl bei dem Gedanken, die unterirdische Katakombe mit von Menschen geschaffenem Kunstlicht zu fluten. Und es kam noch etwas hinzu: Je mehr der unheimlichen Symbole und Bildnisse er fand, desto weniger *wollte* er sie sehen. Es war fast absurd: Im gleichen Maße, in dem Mogens die Geheimnisse der alten Bilderschrift zu enträtseln begann, wuchs die Faszination, mit der ihn die Geschichte erfüllte, die sie zu erzählen hatte – aber auch seine Furcht. Bald begann er die Dunkelheit, die ihn bei seinem ersten Besuch hier unten mit solchem Unbehagen erfüllt hatte, fast als einen Freund zu betrachten, verbarg sie doch die unheimlichen Bilder und gemeißelten

Götzenstatuen barmherzig vor seinem Blick. Wenn er allein in der Kammer war, reduzierte er die Beleuchtung meist auf ein Minimum und arbeitete oft genug nur im Schein einer Petroleumlampe.

Die meiste Zeit aber verbrachte er ohnehin allein in seiner Hütte und in der Gesellschaft der Bücher, die Graves herangeschafft hatte. Ihm war rasch klar geworden, wie wenig Sinn es machte, ziel- und wahllos herumzustochern. Er musste das Rätsel dieser uralten Bildersprache – denn um nichts anderes konnte es sich seiner Meinung nach handeln – lösen, wollten sie dem viel größeren, düsteren Geheimnis der Kammer auf die Spur kommen.

Was nichts anderes bedeutete, als dass sich Mogens der Aufgabe gegenübersah, eine vollkommen unbekannte Sprache zu entschlüsseln, deren Wurzeln nicht nur womöglich Tausende von Jahren in die Vergangenheit zurückreichten, sondern die auch mit nichts zu vergleichen war, was er jemals gesehen hatte. Jeder andere an Mogens' Stelle hätte vielleicht vor der schieren Größe dieser Aufgabe kapituliert, Mogens aber sah nur die Herausforderung, die er – ohne wirkliche Überzeugung, sie zu bewältigen, aber dennoch mit Begeisterung – annahm.

Zweifellos hätte er Hyams' Hilfe dabei gut gebrauchen können, denn auch wenn das alte Ägypten nie sein spezielles Fachgebiet gewesen war – um ehrlich zu sein, hatte es ihn nie sonderlich interessiert –, erkannte er doch praktisch auf den ersten Blick, dass es sich bei den Wandmalereien um ein schier unentwirrbares Konglomerat aus ägyptischen Hieroglyphen und einer anderen, viel älteren Schrift handelte. Sicher wäre es Hyams ein Leichtes gewesen, diese beiden vollkommen differenten Sprachen mit einem einzigen Blick zu unterscheiden; Mogens kostete es einen Tag, auch nur ein grobes Raster zu entwickeln, mittels dessen er dasselbe auch nur versuchen konnte. Dennoch erwog er nicht einmal den Gedanken, sie um ihren Rat zu fragen; davon abgesehen, dass sie sich vermutlich glattweg geweigert hätte, bei seinem »Hexenwerk« mitzuhelfen, würde Graves mit Sicherheit nicht zulassen, dass eine weitere Person das Geheimnis seines Allerheiligsten entdeckte.

Er kam jedoch auch so – wenn auch langsam – voran. Am Abend des zweiten Tages hatte er eine Art grobes Alphabet erarbeitet – um der Wahrheit die Ehre zu geben: zu einem nicht geringen Teil *erraten* – und begann nach Ähnlichkeiten zu suchen. Zu seiner Überraschung fand er sie.

Er brauchte einen weiteren Tag, doch schließlich stieß er in einem der Bücher auf ein Symbol, das ihm vage bekannt vorkam. Es war nicht identisch, nicht einmal wirklich ähnlich; jedem anderen wäre vielleicht nicht einmal eine Ähnlichkeit aufgefallen, aber irgendetwas daran... erinnerte Mogens an die unheimlichen Wandmalereien. Von dem Symbol, das er auf einer der uralten, handgeschriebenen Seiten entdeckte, ging die gleiche unheimliche Ausstrahlung aus, dasselbe Kratzen an den Pforten seiner Seele, das er auch unten in der Katakombe verspürt hatte.

Jenem ersten Symbol folgte ein weiteres, und noch eines und noch eines, und endlich war es, als hätte sich in seinem Geist eine Tür aufgetan, hinter der das Begreifen, das ihm bisher gefehlt hatte, säuberlich in langen Regalen aufgestapelt lag und nur darauf wartete, von ihm genutzt zu werden. Mehr als einmal wurde ihm selbst unheimlich, als er sich der Leichtigkeit bewusst wurde, mit der er in die Geheimnisse einer Sprache eindrang, die untergegangen war, bevor es Menschen auf dieser Welt gab. Aber genau so war es. Nachdem Mogens einmal durch jene geheimnisvolle Tür getreten war, fiel es ihm nicht nur zunehmend leichter, sich das Verständnis der verschlungenen Buchstaben und Bildsymbole zu eigen zu machen. Er entwickelte auch ein wachsendes Verständnis dafür, was diese Sprache *war*, nämlich viel mehr als eine Aneinanderreihung von Worten und Informationen, die das Vermächtnis derer weitergaben, die sie gesprochen hatten, sondern in gewissem Sinne ein Teil ihrer Schöpfer selbst. Es gab einen fundamentalen Unterschied zwischen dieser und jeder anderen Sprache, der Mogens jemals begegnet war: Diese Sprache hatte eine Seele.

Am Abend des dritten Tages, nachdem er mit seiner Arbeit begonnen hatte, ließ Graves ihn durch Tom in die Zeremonienkammer rufen, was ungewöhnlich genug war. Normalerweise verließen sie alle bei Einbruch der Dunkelheit die unterirdische Grabungsstätte, und Graves duldete es nicht, dass sich jemand allein »dort unten herumtrieb«, wie er es ausgedrückt hatte. Noch ungewöhnlicher erschien es Mogens, dass der Generator noch lief; während er Tom zum Zelt folgte, konnte er wieder das schwache Vibrieren des Bodens unter seinen Füßen spüren. Und obwohl er längst wusste, dass es nur das Arbeiten der großen Maschine war, das er wahrnahm, lief ihm ein Schauer über den Rücken; denn er hatte mehr denn je das unheimliche Empfinden, das Regen eines gewaltigen lebenden Wesens tief unter seinen Füßen zu spüren.

Allein um diesen bizarren Gedanken zu vertreiben, schritt er schneller aus, sodass er Tom einholte, noch bevor sie das Zelt und die nach unten führende Leiter erreichten. »Hat Doktor Graves gesagt, was er von mir will?«, fragte er.

Tom hob die Schultern und griff mit beiden Händen nach der Leiter. »Nein. Er hat mir nur gesagt, ich soll Sie holen.« Nachdem er zwei Sprossen weit hinabgeklettert war, fügte er hinzu: »Er war ziemlich ungeduldig.«

Das ist nichts Besonderes, dachte Mogens. Ganz im Gegenteil hatte er Graves niemals anders als ungeduldig und unwirsch erlebt. Aber da war etwas in Toms Stimme, das ihn aufhorchen ließ, ein ganz sachtes Zittern, als spräche er über etwas, worüber er eigentlich nicht reden wollte – und das Mogens außerdem verriet, dass da noch mehr war. Etwas war zwischen Tom und Graves vorgefallen, aber Mogens verbot sich, eine entsprechende Frage zu stellen.

Seit jener Nacht auf dem Friedhof war die Distanz zwischen Tom und ihm deutlich größer geworden, was Mogens nicht verstand, aber zutiefst bedauerte. Er hatte sich jedoch vorgenommen, nicht in Tom zu dringen, um den Jungen nicht noch zusätzlich zu verschrecken. Früher oder später, so hoffte er wenigstens, würde Tom schon von sich aus wieder

Vertrauen zu ihm fassen. So folgte er ihm schweigend nach unten in den Tempel und durch die offen stehende Geheimtür. Tom ging mit so schnellen Schritten voraus, dass Mogens ihn nicht noch einmal ansprechen musste, um zu begreifen, dass er nicht reden *wollte*.

Tom hatte den Schutthaufen am Ende des Ganges während der letzten Tages weit genug abgetragen, dass es keines halsbrecherischen Kletterkunststücks mehr bedurfte, um in die dahinter liegende Kammer zu gelangen, aber er blieb zwei Schritte davor stehen und deutete mit einer unbehaglichen Kopfbewegung nach vorne. »Doktor Graves erwartet Sie dort.«

»Du kommst nicht mit?«

»Ich… geh nicht gerne dort hinein«, antwortete Tom. »Es ist ein unheimlicher Ort. Ich würd lieber hier draußen warten, wenn's Ihnen nichts ausmacht.«

Mogens nickte nur. Er konnte Tom besser verstehen, als dieser wahrscheinlich ahnte. Obwohl ihn der Inhalt der Kammer in zunehmendem Maße faszinierte, wuchs doch auch gleichzeitig die Furcht, die er vor dem empfand, was hinter ihren Geheimnissen lauern mochte. Die Tür, durch die er gegangen war, war nicht die letzte. Hinter ihr, noch weit entfernt, aber bereits in Reichweite, wartete eine weitere Tür, hinter der ein viel dunkleres, vielleicht tödliches Rätsel verborgen lag.

»Du brauchst nicht auf mich zu warten«, sagte er. »Ich finde den Rückweg schon allein. Es ist spät.«

»Das macht nichts«, antwortete Tom. »Außerdem muss ich sowieso noch nach dem Generator sehen. Der Treibstoff muss nachgefüllt werden.«

Mogens widersprach nicht mehr, obwohl der Teil von ihm, der ganz eindeutig nicht in diese Kammer gehen wollte, es liebend gern getan hätte. Stattdessen kletterte er einigermaßen geschickt über den kleiner gewordenen Schutthaufen hinweg und richtete sich auf der anderen Seite wieder auf.

Zu seiner Überraschung war der Raum nahezu dunkel. Graves hatte nur eine einzige der zahlreichen Glühlampen eingeschaltet, die Tom auf seine Anweisung hin installiert hatte, sodass es nur eine einsame verlorene Insel aus gelblicher Helligkeit irgendwo am jenseitigen Ende des großen, asymmetrischen Raumes gab. Von Graves selbst war keine Spur zu sehen, obwohl Tom gesagt hatte, dass er hier auf ihn wartete.

»Jonathan?«, rief er. Er bekam keine Antwort, abgesehen allerhöchstens von einem vagen Rascheln irgendwo in der Dunkelheit, das aber ebenso gut seiner eigenen überreizten Fantasie entsprungen sein konnte. Schließlich zuckte er mit den Schultern und tastete sich mit ausgestreckten Händen dorthin vor, wo Tom den Lichtschalter an der Wand befestigt hatte.

»Nein, tu das nicht – bitte.«

Mogens fuhr erschrocken zusammen und in der gleichen Bewegung herum. Obwohl er Graves' Stimme zweifelsfrei erkannt hatte, begann sein Herz für einen Moment wie wild zu klopfen, während er aus aufgerissenen Augen in die Dunkelheit starrte. Er hatte sich die Bewegung nicht nur eingebildet. Das Rascheln wiederholte sich, dann bewegte sich ein Schatten am Rande des beleuchteten Bereichs.

»Ich habe ein wenig Kopfschmerzen«, fuhr Graves fort. »Das Licht tut meinen Augen weh.«

Mogens hob die Schultern. Ihm war nicht wohl bei der Vorstellung, in fast völliger Dunkelheit durch den mit Trümmern und zerborstenen Statuen übersäten Raum zu gehen, aber aus irgendeinem Grund war es ihm unmöglich, Graves zu widersprechen. Statt seine Handbewegung zum Lichtschalter fortzusetzen, ging er zu der Wandnische, in der Graves die Sturmlaternen abgestellt hatte, und entzündete eine davon. Dagegen schien Graves keine Einwände zu haben, also machte er sich auf den Weg und ging mit vorsichtigen Schritten zwischen den wirr durcheinander liegenden Trümmerstücken hindurch.

»Was gibt es denn so Dringendes, dass du mich zu dieser späten Stunde hast rufen lassen?«, fragte er.

»Ich wollte sichergehen, dass wir auch wirklich allein sind«, antwortete Graves. »Jemand hat sich an dem Vorhängeschloss zu schaffen gemacht. Die anderen werden allmählich misstrauisch.«

»Hyams?«

»Vielleicht«, antwortete Graves. »Obwohl ich auch Mercer nicht traue. Er trinkt.«

»Das ist nichts Neues.« Mogens versuchte vergeblich, Graves' Gestalt genauer zu erkennen, während er sich ihm näherte. Irgendetwas daran irritierte ihn, aber er konnte nicht sagen, was. Und als hätte Graves seine Gedanken gelesen, wich er ein kleines Stück weiter in die Dunkelheit zurück, sodass er ein Schemen mit vage zerfließenden Rändern blieb, auch als Mogens näher kam.

»Was er in seiner Freizeit treibt, geht mich nichts an«, antwortete Graves. »Aber als ich ihn heute Mittag gesprochen habe, hatte er eine Alkoholfahne. Es würde mich nicht wundern, wenn er herumschnüffelt.« Auch mit seiner Stimme stimmte etwas nicht, dachte Mogens. Es war ganz eindeutig Jonathan Graves' Stimme, aber sie wurde von einem unheimlichen, rasselnden Geräusch begleitet, als bereite es ihm Mühe, zu sprechen, vielleicht sogar zu atmen. Er fragte sich, ob Graves vielleicht krank war.

»Aber deshalb habe ich Tom nicht gebeten, dich zu holen«, fuhr Graves fort. »Wie weit bist du mit deiner Arbeit, Mogens?«

»Ich habe gerade erst angefangen«, sagte Mogens. »Das weißt du doch.«

»Dennoch muss ich dich ein wenig um Eile bitten. Uns bleibt nicht mehr viel Zeit. Heute ist bereits der Dreißigste.«

»Und?«

»In wenigen Tagen ist Vollmond«, erinnerte Graves. Er löste sich von seinem Platz und ging mit sonderbar mühevoll anmutenden Schritten auf die Metalltür zu. Mogens fiel auf, wie sorgsam er darauf zu achten schien, dem Licht nicht zu nahe zu kommen, weder dem der elektrischen Glühlampe noch dem seiner Sturmlaterne. »Wenn wir das Tor bis dahin nicht geöffnet haben, müssen wir einen weiteren Monat warten.«

»Aber das ist doch nur eine Theorie«, sagte Mogens. »Und selbst wenn: Du wartest jetzt seit einem Jahr darauf, dieses

Tor zu öffnen. Welchen Unterschied macht da ein weiterer Monat?«

»Vielleicht keinen«, antwortete Graves. »Vielleicht auch den zwischen Sieg oder Niederlage, Mogens. Zwischen Erfolg und Untergang.«

»Seit wann dieser Hang fürs Melodramatische?«, fragte Mogens.

»Oh, ich meine das durchaus ernst«, antwortete Graves. »Ich bin nicht sicher, wie lange das alles hier noch existiert – zumindest in einer Form, die uns allen zugänglich ist.«

»Wie meinst du das?«, fragte Mogens verwirrt.

»So bitter ernst, wie es sich anhört«, antwortete Graves. Er trat einen Schritt von der gewaltigen grauen Metallplatte zurück, drehte sich dann zu Mogens herum und seufzte, ein tiefer, rasselnder Laut, der Mogens einen kalten Schauer über den Rücken laufen ließ. »Erinnerst du dich daran, was Tom dir über den Sumpf erzählt hat, Mogens, und über den Friedhof, der allmählich darin versinkt?«

Mogens nickte.

»Der Friedhof ist nicht das Einzige, was versinkt«, sagte Graves.

Es dauerte einen Moment, bis Mogens begriff, was Graves damit sagen wollte. »Du meinst...«

»Dies alles hier versinkt allmählich in der Erde«, sagte Graves leise. »Hast du dich nie gefragt, warum sich die Schöpfer dieses Tempels die Mühe gemacht haben, ihn so tief in den Boden zu legen? Ich glaube, das war gar nicht der Fall. Diese ganze Anlage war einst oberirdisch, Mogens, vielleicht in einen Fels gemeißelt, vielleicht auch eine Pyramide wie die der Azteken und Inkas. Im Laufe der Millennien ist sie versunken, langsam, aber unerbittlich. Es muss Jahrtausende gedauert haben, doch irgendwann war sie gänzlich versunken, und nicht lange danach haben die Menschen sie vergessen.« Er lachte leise. »Als unsere Vorfahren dann dieses Land besiedelten und den Friedhof anlegten, da ahnten sie nichts von alledem hier. Und wie sollten sie auch?«

»Selbst wenn es so wäre…«, begann Mogens, wurde aber sofort wieder von Graves unterbrochen.

»Es geht schneller, Mogens«, sagte er. »Ich weiß nicht, warum, aber der Prozess beschleunigt sich. Der Sumpf hat Jahrtausende gebraucht, um diesen Tempel zu verschlingen, und kaum ein Jahrhundert, um sich auch des Friedhofs zu bemächtigen. Als ich das erste Mal hier war, da hatte die Leiter, die hier herunterführte, zwei Sprossen weniger.«

»Aber wie kann das sein?«

»Das weiß ich nicht«, antwortete Graves. »Alles, was ich weiß ist, dass uns nicht mehr allzu viel Zeit bleibt. Ich bin nicht sicher, dass wir noch bis zum nächsten Vollmond warten können.«

»Du weißt nicht, was du da von mir verlangst«, sagte Mogens. »Das hier ist etwas vollkommen Unbekanntes. Vielleicht sind wir beide tatsächlich die ersten Menschen seit Jahrtausenden, die diese Schriftzeichen hier zu sehen bekommen, vielleicht seit noch viel längerer Zeit. Welche Kultur auch immer das hier erschaffen hat: Sie ist seit unendlich langer Zeit verschwunden.«

»Das weiß ich«, antwortete Graves.

»Aber du weißt anscheinend nicht, was es bedeutet«, antwortete Mogens gereizt. »Niemand hat so etwas je gesehen: Es gibt keine Literatur, keinerlei Anhaltspunkte, niemanden, den ich um Rat fragen könnte.«

»Und dennoch ist es dir gelungen, die Bedeutung dieser Schrift zu enträtseln«, sagte Graves.

Mogens starrte ihn an. »Woher weißt du das?«

»Ist es etwa nicht wahr?«

»Ich habe ein paar Worte und Symbole entziffert, das ist wahr«, gestand Mogens. Er war ebenso überrascht wie verwirrt, aber er spürte auch einen wachsenden Zorn in sich. Er hatte mit niemandem über die Fortschritte bei seiner Arbeit gesprochen, auch nicht mit Graves, und das bedeutete nichts anderes, als dass Graves ihn bespitzeln ließ. Es war nicht sonderlich schwer zu erraten, von wem.

»Reiß dem armen Tom nicht den Kopf ab, Mogens«, sagte

Graves. Anscheinend war es im Moment nicht besonders schwer, seine Gedanken zu erraten. »Ich musste ziemlich massiv werden, um etwas von ihm zu erfahren. Der Junge scheint einen Narren an dir gefressen zu haben. Du hattest also Erfolg?«

»Versprich dir nicht zu viel davon«, grollte Mogens. »Wie gesagt: Ich glaube die Bedeutung einiger weniger Symbole entziffert zu haben, aber das bedeutet nicht, dass ich diese Sprache lesen könnte – *falls* es sich überhaupt um eine Sprache handelt. Und selbst wenn ich es könnte«, fügte er rasch und mit leicht erhobener Stimme hinzu, als Graves dazu ansetzte, etwas zu sagen, »hieße das erst einmal gar nichts.«

»Wieso?«, schnappte Graves.

»Nimm nur die alten Römer und Griechen zum Vergleich«, antwortete Mogens. »Ihre Sprachen sind längst bekannt; man lernt sie heute in der Schule. Und trotzdem sind noch lange nicht alle Geheimnisse dieser beiden großen Kulturen enträtselt, und es gibt Schriftzeugnisse aus ihrer Frühzeit, die wir bis heute nicht lesen können. Das hier… das hier ist etwas vollkommen *Anderes*. Hunderte von Wissenschaftlern würden ein Jahrzehnt benötigen, um auch nur die Bedeutung dieses einen Raumes zu entschlüsseln. Und du erwartest von mir, dergleichen in vier oder fünf Tagen zu bewerkstelligen?« Er schüttelte den Kopf. »Nein, Jonathan – was du verlangst, ist unmöglich.«

»Unsinn!« Graves' Stimme war plötzlich wie ein Bellen, und Mogens konnte den brodelnden Zorn spüren, der die Gestalt, die wenige Schritte vor ihm in den Schatten stand, erfüllte. Graves schwieg eine oder zwei Sekunden, doch als er weitersprach, hatte er sich wieder halbwegs in der Gewalt.

»Nun, nachdem du mir ausführlich erklärt hast, was du *nicht* kannst, Mogens, warum zeigst du mir nicht einfach, was du *kannst?*« Er machte eine ausladende Geste. »Nur keine Scheu. Ich habe großes Vertrauen in deine Fähigkeiten. Wie mir scheint, größeres als du selbst.«

Mogens war nahe daran, einfach auf dem Absatz kehrtzumachen und zu gehen. Stattdessen jedoch wandte er sich mit einem Ruck um und trat an den schmalen Ausschnitt der Wand heran, der von der einzigen brennenden Lampe erhellt wurde.

Und etwas sehr Sonderbares geschah: Mogens hatte die verschlungenen Bildsymbole kaum angesehen, da begann er ihre Bedeutung zu *verstehen*.

Es war nicht so wie in den vergangenen beiden Tagen, als er an seinem Pult gestanden und die Notizen, die er sich hier unten gemacht hatte, mit den Zeichnungen in Graves' Büchern verglichen hatte. Das Gefühl, das ihn jetzt überkam, war ungleich intensiver, und es ging tiefer als alles, was er jemals zuvor erlebt hätte. Es war nicht so, dass er die Worte verstand, für die diese düsteren Symbole standen. Das war unmöglich. Kein menschliches Wesen hätte die Worte jener uralten Sprache verstehen oder gar aussprechen können, ohne dass sein Geist daran zerbrochen wäre wie ein dünnes Kristallglas unter einem Hieb von Thors Hammer.

Aber er verstand die *Geschichte*, die diese unaussprechlichen Worte erzählten…

»Es waren nicht die Ägypter«, murmelte er. »Dieser Ort ist viel älter, Graves. Kannst du es fühlen?«

Er sah nicht zu Graves zurück, aber er konnte dessen Nicken spüren.

»Sie waren hier, lange bevor es Menschen gab«, fuhr Mogens fort. »Und sie werden noch hier sein, wenn die letzte Erinnerung an die Menschen längst verblasst ist. Sie sind die, die waren, die sind und die immer sein werden. Sie sind tot, und dennoch am Leben; lebendig, und dennoch unbelebt. Sie schlafen in ihren Kerkern tief im Schoß der Erde und auf dem Grund der Ozeane, und sie warten auf den Tag, an dem sie ihre Fesseln sprengen und ihren angestammten Platz als Herrscher über diese Welt wieder einnehmen werden.«

Ohne dass er selbst sich dessen bewusst gewesen wäre, war seine Stimme zu einem monotonen, an- und abschwellenden Singsang geworden, als erzähle er nicht wirklich die Geschichte dieser Bilder, sondern rezitiere eine uralte Litanei, einem Muster von Tönen und Lauten folgend, das älter war als die Sonne und nicht für menschliche Kehlen gedacht. Sein Hals begann bald zu schmerzen von den fremdartigen, gutturalen Lauten, die dem wahren Klang der Worte, für die sie standen, nicht einmal nahe kamen, und der menschliche Teil seiner Seele krümmte sich unter jedem Wort, jedem krächzenden Laut und jeder hervorgewürgten Silbe dieser uralten verbotenen Sprache wie ein getretenes Tier.

Trotzdem war er nicht fähig, aufzuhören. Nachdem die Worte einmal angefangen hatten, aus ihm herauszubrechen, war es ihm unmöglich, sie aufzuhalten. Wie ein insektoider Parasit, der sich in ihm eingenistet hatte und unbemerkt vom Ei zur Larve herangereift war, um sich mit Zangen und Klauen einen Weg ins Freie zu fressen, sprudelten sie weiter und weiter aus ihm hervor, brachen über seine blutigen Lippen und seinen bald von den grässlichen Lauten und blasphemischen Silben wund gescheuerten Hals und erzählten die Geschichte derer, die von den Sternen gekommen waren, als diese Welt noch jung und von anderen, den Menschen ebenso fremd erscheinenden Kreaturen bewohnt gewesen war, und die auf den Tag warteten, an dem ihr finsterer Gott, der schlafend in seinem Palast auf dem Meeresgrund lag, die Fesseln des Todes abstreifen und seine Herrschaft über sein angestammtes Reich erneut antreten würde. Er erzählte von anderen, gewaltigen Wesen, die von den Sternen gekommen waren und den älteren Göttern ihren Platz streitig machten, und gewaltigen Kriegen, die das Antlitz des Planeten wieder und wieder verwüstet hatten, bis er sich in eine rot glühende Kugel aus geschmolzener Schlacke und brennender Lava verwandelte, auf der irgendwann der immer währende Zyklus des Lebens neu begann, und von Geschöpfen, die so unvorstellbar fremd und bösartig waren, dass ihr bloßer Anblick den Tod brachte.

Und irgendwann war es vorbei. Die Worte versiegten, und Mogens fühlte bittere Galle und nach Kupfer schmeckendes Blut seine Kehle herabrinnen. Er wankte vor Schwäche, und er fühlte sich auf eine Weise ausgelaugt, die weit über das körperliche Maß hinausging.

Aber es war nicht vorbei. Nachdem die Worte versiegt waren, begann sich eine unheimliche, erstickende Stille in der Zeremonienkammer breit zu machen, eine Stille, die so gewaltig und allumfassend war, dass sie in seinen Ohren zu dröhnen schien, und unter der etwas herankroch, etwas Uraltes und unvorstellbar Böses, das seine Worte geweckt hatten und das sich nun weigerte, wieder in das Grab des Vergessens zurückzukehren.

Es war Graves, der das atemabschnürende Schweigen brach, nicht er. »Du hast also nur einige wenige Worte entziffert, wie?«, fragte er spöttisch. »Vielleicht sollte ich froh sein. Hättest du noch mehr übersetzt, hätte die Zeit bis zum nächsten Vollmond vielleicht nicht mehr gereicht.«

Mogens versuchte noch immer vergeblich, wirklich zu begreifen, was er gerade erlebt hatte. Er kam sich unwirklich vor, wie in einem Albtraum gefangen, in dem er zur Rolle eines bloßen Zuschauers verdammt war. Graves' unzulänglicher Versuch, spöttisch zu klingen, brach die Spannung nicht, sondern schien alles im Gegenteil eher noch schlimmer zu machen. Aber ihm fehlte die Kraft, den Freund von einst zurechtzuweisen.

»Ich habe das nicht übersetzt«, sagte er mühsam. Er versuchte den Kopf zu schütteln, aber selbst für diese winzige Bewegung fehlte ihm beinahe die Kraft, sodass es bei einer bloßen Andeutung blieb.

»Es klang auch nicht wirklich nach dir, Mogens«, pflichtete ihm Graves bei. Es gelang ihm irgendwie, zwar weiter spöttisch zu klingen, aber zugleich auch so etwas wie ein Schaudern in seine Stimme zu legen. »Großer Gott, Mogens – was war das? So etwas habe ich nie zuvor gehört.«

Mogens antwortete nicht sofort, aber sein Zögern lag nicht nur daran, dass seine Kehle wundgescheuert war und schmerzte. Was auch immer er mit seinen Worten geweckt hatte, es war noch immer da. »Ich weiß es nicht«, murmelte er. »Ich bin nicht einmal sicher, dass ich das war, Jonathan. Es war...« Seine Stimme versagte, und er spürte, wie er am ganzen Leib zu zittern begann. Vergeblich versuchte er, dem Beben seiner Hände und Knie Einhalt zu gebieten. Etwas hatte ihn berührt, und unter dieser Berührung schien ein Teil von ihm gleichsam zu Eis erstarrt zu sein.

»Ich weiß nicht, was es war«, murmelte er. »Irgendetwas…« Er suchte nach Worten, aber er fand keine. Vielleicht weil Worte gleich welcher menschlichen Sprache nicht ausreichten, um das grenzenlose Entsetzen zu beschreiben, das er empfunden hatte. Das er noch empfand.

»… hat Besitz von dir ergriffen?«, schlug Graves vor, als Mogens nicht weitersprach.

»Warum… warum sagst du das?«, fragte Mogens stockend.

»Ist es etwa nicht wahr?«, gab Graves zurück. Er legte den Kopf schräg. Mogens konnte sein Gesicht noch immer nicht erkennen, da Graves aus irgendeinem Grund sorgsam darauf bedacht schien, außerhalb des Lichtscheines zu bleiben, aber seine Stimme klang auf fast obszöne Weise erregt.

»Unsinn«, widersprach Mogens. Es klang lahm. Wen wollte er damit überzeugen?

Graves jedenfalls nicht, denn der begann plötzlich mit beiden Händen zu gestikulieren, und seine Stimme wurde noch einmal eine Spur schriller. »Ja, begreifst du denn nicht, Mogens? Du hast es selbst gesagt: Niemand kann eine vollkommen unbekannte Sprache erlernen, in nur drei Tagen! Dir ist das gelungen! Meinst du nicht auch, dass hier irgendetwas nicht mit rechten Dingen zugeht?«

»Und?« Er wusste längst, worauf Graves hinauswollte. Er hatte es gewusst, noch bevor Graves auch nur das erste Wort ausgesprochen hatte, aber er hatte sich geweigert, diesem Gedanken auch nur das Recht auf Existenz zuzubilligen – von Glaubwürdigkeit ganz zu schweigen –, und er tat es noch immer.

»Mogens, verstehst du denn nicht? Das ist der Beweis: Das, wonach du zeit deines Lebens gesucht hast! Was gerade geschehen ist, das ist nicht mit unserer Wissenschaft und Logik zu erklären! Du bist im Recht, Mogens! Du hattest die ganze Zeit über Recht, und die anderen waren die Narren, nicht du! Da ist etwas außerhalb unseres Verständnisses.

Wenn das, was wir gerade erlebt haben, keine Magie war, dann weiß ich nicht, was man als solche bezeichnen soll!«

»Ich will davon nichts hören«, antwortete Mogens.

Graves lachte, aber auch dieser Laut klang eher wie ein Bellen in Mogens' Ohren. »Ich verstehe dich nicht, Mogens«, sagte er. »Du kommst mir vor wie ein Mann, der sein gesamtes Leben damit zugebracht hat, Stöcke aneinander zu reiben, um damit Feuer zu machen. Und als es ihm endlich gelungen ist, starrt er nur die Flammen an und weigert sich zu glauben, was er sieht. Gib Acht, dass du dich nicht verbrennst!«

»Ja, vielleicht hast du Recht, Jonathan«, murmelte Mogens. *Und vielleicht hatte er sich schon verbrannt.*

Graves sog mit einem scharfen Laut die Luft zwischen den Zähnen ein. Als er weitersprach, klang seine Stimme wie die eines Mannes, der vergeblich versucht, einem störrischen Kind etwas zu erklären und allmählich zu begreifen begann, wie hoffnungslos zum Scheitern verurteilt dieser Versuch war.

»So begreife doch! Du hast gewonnen! Wir beide haben gewonnen! Wir stehen ganz kurz vor dem Ziel!«

Aber vielleicht sollten wir dieses Ziel nicht erreichen, dachte Mogens schaudernd. Vielleicht durften sie es nicht. Er schwieg.

»Wir können es schaffen, Mogens!«, fuhr Graves fort. »Ich spüre es. Komm! Komm!« Er machte eine Bewegung, wie um nach Mogens zu greifen und ihn mit sich zu zerren, brach die Geste dann aber im allerletzten Moment ab, als wäre ihm gerade noch rechtzeitig eingefallen, dass er sich in das Licht hineinbewegen musste, um ihm nahe genug zu kommen, um sein Vorhaben auszuführen. Stattdessen drehte er sich auf dem Absatz um und ging wieder zum Tor. Mogens erschauerte, als sein Blick eine der beiden gewaltigen Wächterstatuen streifte. Es konnte nur an dem unsteten Licht liegen, und dem Zustand seiner eigenen Nerven, aber für einen Moment schienen sich die armlangen Tentakel, die seinen Schädel säumten, zu bewegen, als wollten sie nach dem frechen Eindringling greifen.

»Der Schlüssel ist hier«, sagte Graves erregt. »Ich weiß es! Er ist hier, direkt vor unseren Augen, Mogens! Wir brauchen nur danach zu greifen.«

Mogens wünschte sich, er würde das nicht tun. Wieder glaubte er eine Bewegung aus den Augenwinkeln wahrzunehmen, ein zitterndes Wogen und Greifen, als versuche etwas aus dem Bereich jenseits des Wirklichen sich an die Realität heranzutasten. Etwas kratzte wie mit harten Insektenklauen an seiner Seele. Aber er war einfach zu müde, um auch nur irgendetwas zu sagen. Der Kontakt mit jener schrecklichen uralten Macht hatte ihn nicht nur bis an den Grund seiner Seele erschreckt, sondern ihn auch ausgelaugt.

»Es muss hier irgendwo sein!« Graves' Stimme begann zu zittern, drohte vor Erregung gar zu brechen. »Ich kann es spüren, und du auch, Mogens! Ich weiß es! Sag es mir!«

Es kostete Mogens fast seine ganze Kraft, zu antworten. »Jonathan, bitte! Wir sollten jetzt nichts Übereiltes tun. Lass uns zurückgehen und über das nachdenken, was wir gerade erlebt haben.«

»Nein!«, schrie Graves. »Du weißt es! Du weißt, wie man dieses Tor öffnet! Aber du willst es mir nicht sagen!«

Mogens sah alarmiert auf. In Graves' Stimme war ein neuer, gefährlicher Unterton, der selbst durch den Schleier aus Müdigkeit und Furcht drang, der sich über Mogens' Gedanken gelegt hatte.

»Wo ist es?«, keuchte Graves. »Welches Wort öffnet diese Tür?«

»Abrakadabra«, antwortete Mogens kopfschüttelnd. »Du bist ja verrückt.«

Graves stieß einen zischenden Laut aus, bewegte sich drohend auf ihn zu und prallte erneut im letzten Moment zurück, bevor er aus den Schatten heraustreten konnte.

Aber vielleicht doch nicht rechtzeitig genug.

Es war vielleicht nur ein einzelnes Bild, nur die winzige Zeitspanne zwischen dem Heben und Senken eines Lidschlag, und doch war es so entsetzlich, dass Mogens nur deshalb nicht aufschrie, weil er selbst dazu zu erschrocken war. Und dabei war es nicht einmal Graves' Gesicht, das er sah. Es war seine Hand, die für eine halbe Sekunde oder weniger in den Bereich des verräterischen Lichts geriet, sodass Mogens sie erkennen konnte. Aber war es wirklich noch die Hand von Jonathan Graves? War es überhaupt die Hand eines *Menschen?*

Mogens glaubte es nicht. Was er sah, das war eine schwielige Pfote, größer als jedwede menschliche Hand, die er je gesehen hatte, und mit schrecklichen Klauen bewehrt. Borstiges dickes Haar, das auf dem Handrücken begann, hüllte das Gelenk ein und verschmolz mit den Schatten dahinter.

Mogens blinzelte, und als er die Augenlider wieder hob, hatte Graves – *Graves?* – den Arm zurückgezogen, und die grässliche Klaue war wieder in barmherzigen Schatten verborgen. Mogens' Herz jagte.

»Sag es mir!«, kreischte Graves. »Du bist es mir schuldig!«

Er schrie nicht wirklich. Er… *blubberte*. Seine Stimme hatte kaum noch etwas Menschliches, sondern war zu einem nassen, schaumigen Sabbern geworden, dem Kreischen einer tollwütigen Bestie mit haarigen Pfoten und Klauen. Wieder kam er näher, und wieder prallte er zurück, aber diesmal schien es Mogens, als pralle er *tatsächlich* von dem Licht zurück, ein mythisches Ungeheuer, das sich mit rasender Wut gegen die Barriere aus schützender Helligkeit warf, ohne sie durchdringen zu können. Aber wie lange noch?

Fast ohne sein Zutun machte Mogens rasch zwei, drei Schritte zurück und starrte die unheimliche Gestalt in den Schatten an. Sein Herz klopfte ihm bis zum Hals. Er versuchte sich mit aller Macht einzureden, dass es nur seine Nerven waren, die ihm einen Streich spielten, zusammen mit der Erschöpfung und dem verwirrenden Spiel von Licht und Dunkelheit hier unten, und ein Teil von ihm wollte diese Erklärung auch glauben, ja, klammerte sich mit fast verzweifelter Kraft daran, weil alles andere bedeutet hätte, seinen letzten Halt in der Realität loszulassen und endgültig in den Wahnsinn abzugleiten. Aber ein anderer Teil von ihm wusste, dass es nicht so war. Das… *Ding* da vor ihm war nicht mehr Graves.

Mogens begriff die Gefahr, die in diesem Gedanken lauerte, und tat das Einzige, wozu er überhaupt noch fähig war: Er fuhr auf dem Absatz herum und rannte los, so schnell er nur konnte.

»VanAndt!«, kreischte die schrille, gurgelnde Stimme hinter ihm. »Komm zurück! Ich befehle es dir! Du bist es mir schuldig!«

Mogens rannte nur noch schneller. Die Petroleumlampe behinderte ihn, also schleuderte er sie in seiner Panik beiseite. Sie flog drei oder vier Meter weit und zerbarst dann in einer Wolke aus Glassplittern und auseinander spritzendem brennendem Petroleum. Rotgelber Feuerschein trieb die dräuende Dunkelheit für einen Moment zurück, und Mogens tat etwas, was er schon im allernächsten Moment bitter bereuen sollte: Er lief noch schneller, drehte aber im Rennen den Kopf und sah zu Graves zurück.

Graves hatte aufgehört, wüste Drohungen hinter ihm herzukreischen, und sich wieder dem Tor und den beiden gewaltigen steinernen Götzenbildern zugewandt und die Arme in die Höhe gerissen, sodass er Mogens an den Priester eines uralten heidnischen Kultes erinnerte, der seine bizarren Götter anbetete. Im hektisch flackernden Licht des brennenden Petroleums sah es mehr denn je aus, als bewegten sich die Tentakel der beiden gewaltigen Götzenbilder, ja, als versuchten sie gar zur Gänze aus ihrer Erstarrung zu erwachen und sich von ihren gemeißelten Sockeln zu erheben, und auch mit Graves selbst schien eine neuerliche, noch viel schrecklichere Veränderung vonstatten gegangen zu sein, denn er…

Mogens' Fuß verfing sich an einem Hindernis. Ein scharfer Schmerz schoss durch seinen Knöchel, und noch während er von seinem eigenen Schwung herum- und zugleich weiter nach vorne gerissen wurde, wusste er, dass er stürzen würde. Verzweifelt und mit wild rudernden Armen versuchte er seinen Fall noch irgendwie abzufangen, aber es war vergeblich.

Der Aufprall auf den steinernen Boden war hundertmal schlimmer, als er erwartet hatte. Mogens hatte das Gefühl, einen Hammerschlag mitten ins Gesicht bekommen zu haben. Irgendetwas in seinem Mund zerbrach, und er schmeckte Blut. Zugleich wurde sein Bein mit grausamer Wucht herumgerissen und im Gelenk verdreht, denn sein rechter Fuß steckte noch immer unbarmherzig in der Spalte fest, in der er sich verfangen und so seinen Sturz ausgelöst hatte. Der Schmerz war entsetzlich, zugleich aber seltsam irreal, als beträfe er ihn schon gar nicht mehr selbst.

Er verlor nicht das Bewusstsein, aber alles wurde plötzlich leicht und gleichsam unwirklich, und selbst das kalte Entsetzen, das ihn gepackt hatte, verebbte allmählich zu einem blassen Echo irgendwo am Rande seines schwächer werdenden Bewusstseins. Blut lief seine Kehle hinab und drohte ihn zu ersticken. Der Boden, auf dem er lag, schien sich zu winden wie ein verwundetes Tier, und das Pochen seines eigenen Herzens nahm in seinen Ohren die Lautstärke dröhnender, unrhythmischer Hammerschläge an.

Unter Aufbietung jedes bisschen Willens, das er noch in sich fand, drängte er die drohende Ohnmacht zurück, presste die Handflächen gegen den Boden und stemmte sich in die Höhe. Sein Fuß reagierte mit einer wütenden Schmerzattacke, und Mogens biss die Zähne zusammen, ließ sich wieder ein Stück zurücksinken und versuchte den Fuß aus der steinernen Falle zu ziehen. Es ging, aber diesmal war der Schmerz alles andere irreal, sondern so grausam, dass ihm übel wurde. Sein Knöchel musste gebrochen sein. Er war gefangen, hilflos eingesperrt in einem steinernen Grab tief unter der Erde – und dies zusammen mit Graves, der sich mit jeder Sekunde mehr in ein Ungeheuer verwandelte.

Mogens drängte die Panik zurück, die seine Gedanken endgültig in einen schwarzen, sich immer schneller und schneller drehenden Strudel zu reißen drohte, und wälzte sich stöhnend auf den Rücken. Ein gut halbmetergroßer Steinquader stürzte von der Decke und zerbrach unmittelbar neben ihm in Stücke. Ein Hagel winziger, rasiermesserscharfer Steinsplitter überschüttete sein Gesicht und biss wie mit rot glühenden Rattenzähnchen in seine Haut. Mogens brüllte vor Schmerz und riss instinktiv die Hände vor das Gesicht, um sich vor weiteren Attacken zu schützen, war aber zugleich vor Entsetzen auch wie gelähmt. Das dumpfe, trommelnde Dröhnen hielt an, aber Mogens begriff auch endlich, dass es nicht das Geräusch seines außer Kontrolle geratenen Herzschlages war, das er hörte. Rings um ihn herum regneten Steine von der Decke. Der ganze Raum schien sich zu schütteln wie ein Schiff in stürmischer See. Ein unheimliches Grollen und Rumoren drang aus der Erde herauf, und die Luft war plötzlich so voller Staub, dass jeder Atemzug zur Qual wurde.

Ein Erdbeben! Vielleicht hatte Graves ja Recht gehabt, und die gesamte Tempelanlage versank im Boden, nicht irgendwann, nicht in einem Monat oder einer Woche, und schon gar nicht langsam, sondern *jetzt*, in diesem Augenblick!

Die schiere Todesangst verlieh ihm die Kraft, trotz der pochenden Schmerzen in seinem Fuß aufzuspringen und loszuhumpeln. Der Boden zitterte so heftig, dass er fast sofort wieder gestürzt wäre. Er wagte es nicht, sich zu Graves umzudrehen, schrie aber aus Leibeskräften: *»Jonathan! Ein Erdbeben! Lauf!«*

Er bezweifelte, dass Graves ihn hörte. Das Rumpeln und Dröhnen hatte sich mittlerweile zu einem infernalischen Getöse gesteigert, das jeden anderen Laut übertönte. Der Boden zitterte immer noch heftiger, und in die dumpfen, in immer rascherer Abfolge ertönenden Hammerschläge mischte sich jetzt ein neuer, noch viel unheimlicherer Laut: ein schweres Knirschen und Mahlen, das direkt aus dem Boden zu dringen schien, als baue sich tief im Leib der Erde eine gewaltige Spannung auf, unter der irgendetwas zerbrechen musste.

»Jonathan!«, brüllte er verzweifelt. »Lauf!«

Wieder stürzte etwas in seiner unmittelbaren Nähe zu Boden und zerbarst; diesmal verletzten ihn die Splitter nicht, aber der Hagel kleiner gefährlicher Geschosse machte ihm endgültig klar, in welcher Gefahr er sich befand. Aus den Augenwinkeln glaubte er zu sehen, wie sich einer der gewaltigen Stützpfeiler, die die Decke trugen, zu neigen begann, und das Knirschen und Mahlen wurde lauter. Etwas traf seine Schulter, und nur einen Sekundenbruchteil darauf schrammte eine unsichtbare Kralle über seinen Rücken und hinterließ eine Spur aus loderndem Schmerz. Der Boden, über den er stolperte, zitterte mittlerweile nicht mehr, sondern hob und senkte sich wie der Rücken eines wütenden Bullen, der seinen Reiter abzuwerfen versuchte.

Mogens fiel mehrmals auf die Knie, und mehr als einmal entging er nur um Haaresbreite einem stürzenden Quader, der sich aus der Decke löste. Dennoch taumelte er mit zusammengebissenen Zähnen weiter. Der Ausgang lag jetzt unmittelbar vor ihm. Das Beben und der Regen aus zerbrochenem Stein hatten die Flammen des brennenden Petroleums ebenso verschlungen wie Graves' Sturmlaterne, sodass der Raum in vollkommene Dunkelheit gehüllt war, aber die elektrischen Lampen, die Tom draußen im Gang installiert hatte, brannten wie durch ein Wunder immer noch. Mogens stolperte hustend und halb blind vor Schmerz und Furcht weiter, tief in sich davon überzeugt, dass es nur die Absicht eines grausamen Schicksals sein konnte, ihm bis zum allerletzten Moment die Hoffnung zu lassen, dass er den rettenden Ausgang vielleicht doch noch erreichte, nur um ihn dann im Augenblick des vermeintlichen Triumphs zu zerschmettern.

Aber das Schicksal hatte ein Einsehen. Hinter ihm nahm das Grollen und Dröhnen immer noch mehr zu, als bräche der gesamte Raum zusammen, und er wurde noch zweimal von fallenden Steinen getroffen. Doch er erreichte den rettenden Ausgang, ohne zerschmettert oder von einem jäh aufklaffenden Abgrund im Boden verschlungen zu werden. Schlitternd und kriechend überwand er den meterhohen Schuttberg und bedankte sich in Gedanken bei Tom dafür, dass dieser das Hindernis in den letzten beiden Tagen abgetragen hatte. Hätte die Barriere noch bis unter die Decke gereicht, hätte er kaum den Mut gehabt, sich durch den schmalen Spalt zu quetschen.

Erst, als er sich unmittelbar unter der brennenden Glühlampe befand, blieb er schwer atmend stehen und wandte sich um. Er konnte den Trümmerhaufen überblicken, den er gerade überwunden hatte, doch alles, was auch nur einen halben Schritt dahinter lag, schien einfach aufgehört zu haben zu existieren. Mogens sah nichts außer einem brodelnden Chaos aus reiner Bewegung, das Staub und kleine Steinsplitter ausspie. Es erschien ihm selbst fast absurd, dass er aus dieser Hölle entkommen sein sollte. Graves war verloren, daran bestand kein Zweifel.

Und vielleicht war er es auch, und die verzweifelte Hoffnung, an die er sich klammerte, war nur eine weitere Grausamkeit des Schicksals.

Noch war er keineswegs in Sicherheit. Auch hier zitterten und bebten die Wände. Zwar hielt die Decke bislang den gewaltigen Erschütterungen stand, aber Mogens glaubte nun auch hier draußen jenes furchtbare Mahlen und Ächzen zu hören, das den endgültigen Untergang der Tempelkammer angekündigt hatte. Die Glühlampe schwankte wild an ihrem Kabel hin und her und tauchte den Gang in hektisch flackerndes Licht und flüchtende Schatten, und überall rieselte Staub; hier und da hörte er auch schon das Poltern erster, fallender Steine. Auch dieser Tunnel würde zusammenbrechen, und wenn das geschah, dann war er verloren. In dem schmalen Gang hatte er keine Chance, den fallenden Steinen auszuweichen.

Für Graves konnte er nichts mehr tun, und er rettete ihn auch nicht, wenn er hier blieb und wartete, bis er ebenfalls zermalmt wurde. Mogens stürmte weiter. Für einen Moment blieb das Zittern und Vibrieren des Bodens hinter ihm zurück, doch dann konnte er spüren, wie das Beben mit einem gewaltigen Satz in seine Richtung sprang, einem wütenden Beutejäger gleich, der sein Opfer entkommen sieht und zur Verfolgung ansetzte. Die Lampen unter der Decke schaukelten stärker. Irgendwo, nicht sehr weit hinter ihm, krachte etwas mit einem ungeheuren Schlag zu Boden, dann explodierten gleich drei der Glühlampen, die den Gang vor ihm erhellten, in einem grellen Funkenschauer, und Mogens fand sich erneut in fast vollkommener Dunkelheit wieder. Er stürmte trotzdem weiter, blind vor Angst, aber auch in dem absoluten Wissen, keine andere Wahl zu haben, als das Risiko dieses irrsinnigen Spurts durch die Finsternis.

Natürlich schaffte er es nicht.

Dieses Mal war das Schicksal tatsächlich grausam genug, ihn sein Ziel nahezu erreichen zu lassen: Vor ihm lag die offen stehende Tür des Geheimganges. Die Tempelkammer dahinter war unversehrt – zumindest war sie noch hell erleuchtet –, und Mogens mobilisierte noch einmal alle Kräfte zu einem verzweifelten Endspurt.

Etwas traf seine Brust mit der Gewalt eines Hammerschlages, trieb ihm die Luft aus den Lungen und ließ ihn mit solcher Wucht zurücktaumeln, dass er gegen die gegenüberliegende Wand prallte und zusammenbrach.

Diesmal war der Schlag so heftig, dass er ihm wirklich für einen Moment das Bewusstsein raubte. Aber es konnte wortwörtlich nur ein Augenblick gewesen sein, denn als er die Augen wieder öffnete, war er noch im Begriff, an der Wand zu Boden zu gleiten. Die Welt rings um ihn herum brüllte und verbog sich, und das unheimliche Knirschen und Mahlen hatte ihn endgültig eingeholt; nur, dass er es viel mehr *spüren* konnte als *hören*. Der Korridor brach zusammen.

Jetzt.

Mogens stemmte sich keuchend in die Höhe, aber irgendetwas schien mit der Zeit nicht mehr zu stimmen, so als hätte das Beben auch ihr Gefüge beschädigt. Mogens stemmte sich mit der Kraft purer Todesangst in die Höhe, und er *war* schnell, und dennoch schien alles, was er tat, grotesk langsam zu gehen, als eilten die Geschehnisse ihm so unerbittlich voraus wie ein Schatten. Die Wand, an der er lehnte, begann sich plötzlich zu verbiegen und zu zucken, als wäre sie nur ein kunstvolles dreidimensionales Bild auf dünnem Papier, und Mogens begriff, dass der Stollen unwiderruflich zusammenbrach, eine grausame Falle aus hunderten und aberhunderten Tonnen Fels und Erdreich, die über ihm zusammenschnappte. Es waren vielleicht drei Schritte, die ihn von der rettenden Tür trennten, nur den Bruchteil eines Augenblicks, wäre er nur in der Lage gewesen, sich normal zu bewegen. Aber es war, als wate er durch halb erstarrten Teer.

Plötzlich erschien eine Gestalt vor ihm. Sie war zu weit entfernt, um ihn retten zu können, und nicht stark genug, die unzähligen Tonnen Felsgestein aufzuhalten, die sich erbarmungslos auf ihn herabsenkten, aber ihr bloßer Anblick gab Mogens noch einmal neuen Mut: eine widersinnige Hoffnung, die allein durch den Umstand genährt wurde, nicht mehr allein zu sein, sondern ein anderes menschliches Wesen in seiner Nähe zu wissen.

Nur, dass es kein menschliches Wesen war.

Mogens erstarrte mitten in der Bewegung und verschenkte die vielleicht unwiderruflich allerletzte Sekunde, die ihm das Schicksal doch noch einmal gewährt hatte, indem er die groteske, verkrüppelt-haarige Kreatur anstarrte, die vor ihm aufgetaucht war. Es war das Ungeheuer, die Bestie aus seinen Albträumen, die Janice geholt hatte und nun gekommen war, um auch seinem Sterben zuzusehen. Sie war deutlich größer, als er sie in Erinnerung hatte, mit grässlichen Klauen und einem Schakalskopf: einer langen Hundeschnauze voller mörderischer Fänge, die Augen glühende Kohlen, die von uralter Bosheit und einer tückischen, funkelnden Intelligenz erfüllt waren. Geifer troff aus ihrem Maul, während sie Mogens anstarrte, und ihre schrecklichen Klauen öffneten und schlossen sich ununterbrochen, als könne sie es nicht mehr erwarten, ihre Fänge in Mogens' Fleisch zu schlagen und ihn zu zerreißen.

Statt den letzten, rettenden Schritt zu tun, trat Mogens zurück, eine Entscheidung, die trotz der kreischenden Panik, die seine Gedanken verheerte, ganz bewusst war: Lieber würde er den Tod unter den zusammenbrechenden Felsmassen erleiden, ehe er sich in die Gewalt dieses Ungeheuers begab.

Eine neuerliche, noch heftigere Erschütterung riss ihn von den Füßen. Er prallte erneut gegen den Quader, den das Beben halb aus der Wand gedrückt hatte, um seine verzweifelte Flucht zu stoppen, und beobachtete aus vor Entsetzen geweiteten Augen, wie sich die Decke über seinem Kopf bog und verschob und erste, noch kleinere Steine und Erdreich in seine Richtung spie, nicht groß genug, um ihn zu töten, aber allemal ausreichend, ihn zu verletzen und die letzten Sekunden seines Lebens in Momente grässlicher Qual zu verwandeln.

Es war nicht die Angst vor dem Tod, die Mogens noch einmal die Kraft gab, sich herumzuwerfen und unter demselben Steinquader Schutz zu suchen, der ihm gerade zum Verhängnis geworden war, sondern die Angst vor der Pein, die ihm vorausgehen mochte. Während er sich unter der halbmetergroßen künstlichen Felsnase zusammenkrümmte, beobachtete ein Teil von ihm mit kaltem, fast wissenschaftlichem Interesse, wie sich die Decke weiter durchbog wie eine nasse Zeltplane unter dem Gewicht des Regens und sich größere, tödlichere Steine daraus lösten, tonnenschwere Brocken, vor denen ihn auch der Quader nicht mehr schützen würde.

Plötzlich griff eine Hand nach ihm. Es war keine menschliche Hand, sondern eine haarige, klauenbewehrte Pranke, die sich mit unmenschlicher Kraft um sein Handgelenk schloss und ihn mit solcher Gewalt herumriss, dass Mogens vor Pein aufbrüllte und das Gefühl hatte, das Gelenk würde ihm aus der Schulter gerissen. Als er aufsah, bot sich ihm durch einen Nebel aus Schmerz und Furcht hindurch ein schier unglaublicher Anblick: Die Kreatur hatte ihn mit der linken Hand gepackt und zerrte ihn so mühelos hinter sich her, wie ein Riese ein widerspenstiges Kind mitgeschleift hätte.

Mit der anderen Hand stützte sie die Decke ab. So unglaublich es Mogens selbst in diesem Moment noch erschien: Die Kräfte der bizarren Kreatur schienen auszureichen, die tonnenschweren Steinquader wenn schon nicht an ihrem Fall zu hindern, so doch den Einsturz zumindest hinlänglich genug zu verlangsamen, um Zeit zu gewinnen, in Sicherheit zu gelangen.

Sicherheit?

Mogens bäumte sich auf und versuchte mit verzweifelter Kraft, den Griff der Bestie zu sprengen und sich loszureißen. Das Ungeheuer fuhr herum und versetzte ihm einen Hieb mit dem Handrücken. Seine Krallen zerfetzten Mogens' Hemd, hinterließen vier dünne, brennende Risse auf seiner Haut und ließen ihn halb benommen zurücksinken. Fast wie in Trance registrierte er, wie das Monstrum ihn brutal aus dem Gang herauszerrte, der unmittelbar hinter ihnen mit gewaltigem Getöse zusammenbrach. Halb besinnungslos, wie er war, versuchte er nach der Kreatur zu treten und traf sogar, aber das *Ding* schien es nicht einmal zu spüren. Vornüber gebeugt und humpelnd zerrte es ihn über den rauen Boden, bis sie die Mitte der Tempelkammer und die riesige geschnitzte Barke erreicht hatten, wo es ihn ablud und sich knurrend zu ihm umwandte. Gnadenlose, kalt glühende Augen starrten Mogens an, und das blasphemisch hündische Gesicht kam näher und beugte sich schnüffelnd über ihn.

Mogens schlug nach ihm.

Die Bestie heulte vor Wut und Schmerz auf, zuckte zurück und schlug ihrerseits nach ihm, und *dieser* Hieb raubte Mogens endgültig das Bewusstsein.

Mogens schlug die Augen auf und stieß einen gellenden Schrei aus. Die Visage des Ungeheuers war über ihm, nur Zentimeter von seinem Gesicht entfernt und nahe genug, dass er ihren nach Verwesung und Aas stinkenden Atem riechen konnte. Grausame Augen taxierten ihn kalt, das schreckliche Maul war halb geöffnet, sodass er die fauligen, kreuz und quer stehenden nadelspitzen Fänge sehen konnte. Mogens warf sich herum und versuchte, der Kreatur die Fäuste gegen die Kehle zu schmettern. Aber er war viel zu langsam. Das Wesen wich seinem Hieb ohne die geringste Mühe aus, packte im nächsten Moment seine Handgelenke und hielt sie mit nur einer seiner riesigen Pranken fest; so als hätte sie Mogens' nächste Bewegung schon vorausgeahnt, noch bevor er selbst sich ihrer bewusst wurde: Mogens zog die Knie an, um dem Ungeheuer die Füße in den Leib zu rammen, aber das *Ding* blockierte seine Beine mit der anderen Pfote.

»Professor?«

Der Griff des Ungeheuers war so hart wie Stahl. Mogens spürte, dass er nicht einmal die Spur einer Chance hatte, sich zu befreien, aber er kämpfte trotzdem mit der Kraft eines Wahnsinnigen weiter, warf sich herum, schrie und wand sich und versuchte zu treten. *»Professor! Hören Sie auf! So beruhigen Sie sich doch!«*

Mogens beruhigte sich nicht, sondern kämpfte im Gegenteil nur noch mit viel größerer Kraft, und eine Hand klatschte in sein Gesicht und warf seinen Kopf mit solcher Gewalt herum, dass ihm die Luft wegblieb. Erst nach einer Sekunde sah er wieder auf und es verging noch ein weiterer, quälend schwerer Herzschlag, bis das Gesicht des Albtraummonsters über ihm zerfloss und sich neu und auf fast unheimliche Weise zu dem eines Jungen mit fast mädchenhaft zerbrechlichen Zügen und schulterlangem blondem Haar zusammensetzte. Was sich nicht änderte, war der stählerne Griff, mit dem er Mogens' Handgelenke zusammenpresste.

»Alles in Ordnung mit Ihnen, Professor?«, fragte Tom. Nicht nur sein Blick, sondern vor allem der besorgte Ton in seiner Stimme machte Mogens klar, dass er nur *ja* zu sagen bräuchte, um sich für alle Zeiten in Toms Augen lächerlich zu machen.

»Tom?«, murmelte er. »Du?«

Er zwang sich mit einer gewaltigen Willensanstrengung, seine Muskeln zu entspannen. Es verging noch ein Moment, aber als Tom spürte, dass Mogens' Widerstand erlahmte, ließ auch er seine Handgelenke los, und einen Moment später zog er auch die andere Hand zurück, die Mogens' Knie blockierte.

»Ist alles in Ordnung, Professor?«, fragte er zögernd,

Nichts war in Ordnung. Mogens hätte über die Frage gelacht, hätte er die Kraft dazu gehabt. »Entschuldige, Tom«, sagte er. »Es tut mir Leid. Ich… hatte wohl einen Albtraum.«

»Und dazu hast du auch allen Grund, Mogens.« Es war nicht Tom, der diese Worte sagte, und Mogens erkannte die Stimme schon mit der ersten Silbe, die sie aussprach. Und dennoch – nein: *deswegen* – dauerte es eine geschlagene Sekunde, bevor er die Kraft aufbrachte, den Kopf zu drehen und den Sprecher anzublicken.

»Jonathan?«, hauchte er ungläubig.

»Immerhin erinnerst du dich noch an meinen Namen«, sagte Graves spöttisch. Er lehnte mit vor der Brust verschränkten Armen an der Wand neben der Tür und sah mit einem Ausdruck auf Mogens herab, den dieser nicht zu deuten vermochte, der aber alles andere als angenehm war. »Das gibt Anlass zur Hoffnung. Vielleicht haben die Steine doch nicht *alle* deinen Kopf getroffen.«

Mogens nahm seine Worte nicht einmal zur Kenntnis. Tom ließ ihn endgültig los – wenn auch erst, nachdem er Graves einen fragenden Blick zugeworfen und dieser mit einem kaum merklichen Nicken sein Einverständnis signalisiert hatte –, und Mogens richtete sich in eine halb sitzende Position auf.

»Du… du lebst?«, murmelte er.

Graves sah ihn an, als müsse er ernsthaft eine Sekunde über diese Frage nachdenken. Auch dann antwortete er nicht sofort, sondern faltete die Arme auseinander, streifte seinen Hemdsärmel hoch und kniff sich selbst in den Unterarm.

»Au!«, sagte er. Dann wandte er sich grinsend an Mogens. »Ja, es fühlt sich zumindest so an, als wäre ich noch am Leben.« Sein Lächeln erlosch übergangslos. »Das ist mehr, als man um ein Haar von dir hätte behaupten können, Mogens. Wenn Tom nicht gewesen wäre, würden wir dieses Gespräch hier wohl kaum führen. Aber ich müsste mich wieder mit diesem Dummkopf von Sheriff herumschlagen.«

Mogens sah ihn verständnislos an, und Graves deutete mit einem glänzenden schwarzen Handschuh auf Tom. »Tom hat dir das Leben gerettet, Mogens. Gib Acht, dass das nicht zu einer schlechten Angewohnheit wird.«

Mogens blickte verständnislos von einem zum anderen. Graves grinste schon wieder, während Tom eindeutig mit jeder Sekunde verlegener wurde.

»Das war pures Glück«, sagte er stockend. »Ich war im richtigen Augenblick da, aber das war auch alles.«

»Ja, und mit ein bisschen weniger Glück wärst du jetzt

tot«, fügte Graves hinzu. Er schüttelte den Kopf. »Du bist zu bescheiden, Tom.«

»Ich erinnere mich kaum, was passiert ist«, sagte Mogens – was nur zu einem geringen Teil der Wahrheit entsprach. Streng genommen erinnerte er sich an jeden einzelnen furchtbaren Augenblick der zurückliegenden Nacht – aber er konnte nicht sagen, was von diesen Erinnerungen echt und was nur Ausgeburt einer schrecklichen Fieberfantasie war. Er setzte sich weiter auf und verspürte einen heftigen, reißenden Schmerz im Knöchel, der ihm ein qualvolles Keuchen entlockte. Ganz eindeutig war nicht *alles*, woran er sich zu erinnern glaubte, bloße Einbildung.

»Was ist passiert?«, fragte er.

»Ein Erdbeben«, antwortete Graves und hob die Schultern. Zugleich machte er eine besänftigende Handbewegung. »Es war nicht besonders stark. Vielleicht sind in der Stadt ein paar Teller von den Regalen gefallen, aber das glaube ich nicht einmal.«

Das war es, was er *sagte*. Sein Blick jedoch sagte etwas ganz anderes. Mogens hielt ihm eine Sekunde lang stand, dann erwiderte er ihn mit einem fast ebenso unmerklich angedeutetem Nicken und wandte sich wieder direkt an Tom. »Mir wäre jetzt nach einer Tasse deines köstlichen Kaffees, Tom.«

Tom zögerte. Für einen Moment sah er regelrecht verloren aus, aber dann tauschte er wieder einen raschen und diesmal eindeutig Hilfe suchenden Blick mit Graves und stand schließlich auf, um mit schnellen Schritten das Haus zu verlassen.

»Der Junge hat dir das Leben gerettet, Mogens«, sagte Graves ernst. »Du solltest vielleicht ein wenig mehr Dankbarkeit zeigen.«

»Ich weiß«, murmelte Mogens. Graves hatte durchaus Recht, und sein schlechtes Gewissen regte sich und unterstrich seine Worte noch. Aber er war viel zu verwirrt, um auch nur einen klaren Gedanken zu fassen.

»Und du?«

Graves sah ihn fragend an.

»Wie bist du rausgekommen?«, verdeutlichte Mogens seine Frage. »Ich dachte, du... du wärst tot. Großer Gott, als dort unten alles zusammenbrach...«

»Für einen Mann, der von sich behauptet, ein überzeugter Agnostiker zu sein, nimmst du den Namen des Herrn ziemlich oft in den Mund«, spottete Graves. Er schüttelte den Kopf und machte zugleich eine Bewegung, die an ein halbes Achselzucken erinnerte. »Es war dann doch nicht so schlimm, wie es im ersten Moment schien. Ich hatte mehr Angst um dich als um mich, Mogens. Du hättest zu mir kommen sollen, statt davonzulaufen. Als ich dich in den Tunnel rennen sah, da glaubte ich, es wäre um dich geschehen. Das war ziemlich dumm, Mogens. Wenn Tom dich nicht gefunden hätte, dann wärst du jetzt tot.«

Tom. Etwas an diesem Namen klang... *falsch* in Mogens' Ohren. Er versuchte sich an die vergangene Nacht zu erinnern, aber in seinem Kopf stürzten die Gedanken und Bilder wild durcheinander. Da war etwas, doch es wollte ihm einfach nicht gelingen, die Erinnerung zu fassen. Ein grässliches Gesicht mit einer Hundeschnauze und rot glühenden Augen, Krallen, die sein Hemd ebenso mühelos zerfetzten wie die Haut darunter...

Mogens richtete sich vollends auf und sah an sich herab. Sein Hemd starrte vor Dreck und war über Brust und Schulter zerrissen. Auf seiner kaum weniger verdreckten Haut darunter waren vier dünne, verkrustete Linien zu sehen, die wie Feuer brannten. Kratzer, die er sich bei seiner verzweifelten Flucht zugezogen hatte.

»Du willst ihm das doch nicht etwa vorhalten, oder?«, fragte Graves. »Der arme Junge macht sich auch so schon genug Vorwürfe, dich allein gelassen zu haben, statt draußen im Gang auf dich zu warten, wie er es versprochen hatte.«

Mogens schwieg. Selbstverständlich war ihm klar, wie unsinnig dieser Gedanke war, aber für *ihn* waren diese Risse die Schrammen, die die Krallen des Ungeheuers in seine Haut gerissen hatten...

Er schüttelte den Gedanken ab. »Was war das, da drinnen?«, murmelte er. »Haben... haben *wir* das getan?«

»Das Erdbeben?« Graves lachte. »Kaum. Ich hoffe, du glaubst mir jetzt etwas mehr, Mogens. Die gesamte Tempelanlage versinkt in der Erde. Uns bleibt nicht mehr allzu viel Zeit.«

Es dauerte einen Moment, bis Mogens wirklich begriff, was Graves mit diesen Worten sagen wollte. Er richtete sich kerzengerade auf. »Du... du willst noch einmal dort hinunter?« Schon bei der bloßen Vorstellung, erneut diesen furchtbaren Raum aufzusuchen, zog sich sein Magen zu einem harten Klumpen zusammen.

»Was dachtest du?«, antwortete Graves. »Mogens, du hast doch nicht etwa vergessen, was wir gestern erlebt haben?« Er begann aufgeregt mit den Händen zu fuchteln. »Wir haben es geschafft, Mogens! *Du* hast es geschafft! Wir haben den Beweis.«

»Du willst *noch einmal* dorthin?«, vergewisserte sich Mogens. Seine Stimme wurde zu einem tonlosen Krächzen. »Du... du willst diese Tür *öffnen?*«

»Du etwa nicht?«

»Aber das dürfen wir nicht«, antwortete Mogens. »Jonathan, du musst es doch auch gespürt haben!«

»Gespürt?« Graves' Augen wurden schmal. Seine Hände hörten auf, hektische Bilder in die Luft zu malen, und erstarrten in einer zupackenden Geste. Mogens wurde klar, dass er einen Fehler gemacht hatte. Aber es war zu spät, ihn zu korrigieren. »Da ist also noch mehr«, fuhr Graves nach einer Weile fort. »Ich hatte Recht! Diese Kammer ist nur der Eingang! Das wahre Geheimnis wartet erst noch darauf, entdeckt zu werden!«

Mogens musste an die beiden gewaltigen Götzenbilder denken, die das Tor bewachten, und eine Klaue purer Angst krallte sich in seine Seele. Obwohl er wusste, dass es ein weiterer Fehler war, fuhr er fort: »Du hast Recht, Graves. Da *ist* etwas hinter dieser Tür. Aber es hat einen Grund, dass sie verschlossen ist.« Er schauderte. »Bist du noch gar nicht auf die

Idee gekommen, dass, was immer sich hinter dieser Tür befindet, vielleicht dort *eingesperrt* worden ist?«

»Jetzt bist du es, der Unsinn redet«, sagte Graves.

»Nein!« Mogens sprang auf und sank gleich darauf stöhnend wieder auf die Bettkante zurück, als ihm prompt schwindelig wurde. Nicht mehr schreiend, aber in fast verzweifelt flehendem Ton fuhr er fort: »Großer Gott, Graves, reicht dir wirklich nicht, was da drinnen geschehen ist?«

»Was da drinnen …?« Graves riss verblüfft die Augen auf. »Mogens, du glaubst doch nicht im Ernst, dass *wir* an diesem Unglück schuld sind?«

»Du etwa nicht?«

Graves' Stimme wurde fast sanft. »Das war ein Erdbeben. Nicht weniger, aber auch nicht mehr. Ein ganz normales Erdbeben, wie es in dieser Gegend nicht einmal unüblich ist. Du kannst nicht ernsthaft glauben, dass wir irgendetwas damit zu schaffen haben.«

Nein, es war keine Sache des Glaubens. Er *wusste* es. Sie hatten etwas geweckt, etwas, das seit Urzeiten hinter jener verschlossenen Tür eingesperrt war und auf ihre bloße Anwesenheit reagiert hatte. Was sie gespürt hatten, das war vielleicht nicht mehr als ein flüchtiges Räuspern gewesen, kaum mehr als das Zucken eines Giganten, der sich im Schlaf regte. Und dennoch hatte die Erde gebebt und Felsen waren geborsten. Was mochte geschehen, wenn sie diesen Koloss *weckten*? »Ich werde nicht wieder dort hinuntergehen, Jonathan«, sagte er leise, aber sehr ernst und mit bitterer Entschlossenheit. »Nie wieder.«

Graves seufzte. »Du bist jetzt verwirrt, Mogens. Du wärst um ein Haar ums Leben gekommen, Vielleicht sollte ich nicht zu viel von dir verlangen.« Er löste sich von seinem Platz an der Tür. »Tom wird dir einen starken Kaffee brühen, und danach kümmert er sich um deine Verletzungen. Wir unterhalten uns später noch einmal, wenn du dich beruhigt hast.«

Tom kam nicht, um den versprochenen Kaffee zu bringen, worüber Mogens aber nicht gram war. So sehr er sich im Moment auch davor fürchtete, allein zu sein, so wenig wollte er Tom in diesem Augenblick sehen. Es spielte keine Rolle, dass ihm sein Verstand sagte, dass er Tom bitter Unrecht tat. Die vermeintliche Erinnerung, die ihm seine entfesselte Fantasie vorgaukelte, war einfach zu entsetzlich, als dass er Tom in diesem Moment unbefangen hätte gegenübertreten können.

Er verschloss die Tür, zog sich aus und wusch sich, so gut es ging, mit kaltem Wasser. Er hatte nichts, um seine Verletzungen zu versorgen, aber dies erwies sich auch kaum als notwendig: Sein ganzer Körper fühlte sich zwar an wie ein einziger blauer Fleck – und er sah auch beinahe so aus –, aber mit Ausnahme der vier Schrammen, die auf seiner linken Schulter begannen und sich quer über seine Brust zogen, schien er tatsächlich ohne einen Kratzer davongekommen zu sein. Selbst sein Knöchel, der immer noch schmerzte, war kaum angeschwollen; zumindest schien er nicht gebrochen, ja, nicht einmal ernsthaft verstaucht zu sein. War dies auch, wie alles andere in der unterirdischen Kammer, Ausgeburt eines Fiebertraums gewesen?

Nachdem er die Schrammen notdürftig gesäubert hatte, stellte er fest, dass sie nicht annähernd so tief waren, wie es sich anfühlte. Sie brannten wie Feuer, sahen aber wirklich aus, als hätten menschliche Fingernägel sie hinterlassen, nicht die Krallen eines mythischen Ungeheuers. Mogens zog sich um – sein Vorrat an sauberen und vor allem *unbeschädigten* Kleidern begann rapide zusammenzuschmelzen – und überlegte gerade, unter welchem Vorwand er doch zu Tom gehen und sich bei ihm entschuldigen und vor allem sich für die neuerliche Lebensrettung bedanken konnte, als er das Geräusch eines Automobils hörte, das draußen vorfuhr.

Mogens trat ans Fenster und runzelte überrascht die Stirn. Der Wagen fuhr nicht in so halsbrecherischem Tempo wie bei seinem ersten Besuch, aber es war ganz eindeutig

Sheriff Wilsons Streifenwagen, und er steuerte auch diesmal direkt Graves' Hütte an. Mogens meinte hinter der verdreckten Windschutzscheibe eine zweite Gestalt zu erkennen, die neben der des Sheriffs saß. Wilson war nicht allein gekommen.

Ihm war klar, dass Graves alles andere als erfreut reagieren würde, dennoch verließ er die Hütte und ging mit raschen Schritten los. Es war ihm gleich, was Graves meinte. Tief in seinem Innern hatte er längst beschlossen, nicht länger hier zu bleiben. Es war ein Fehler gewesen, überhaupt zu kommen, und ein noch viel größerer Fehler, Graves zu trauen. In seinem verzweifelten Bemühen, sein Schicksal doch noch einmal herumzureißen, hatte er geglaubt, was er glauben *wollte*, und vergessen, was ein Teil von ihm mit unerschütterlicher Gewissheit wusste: dass alles, was Jonathan Graves berührte, unweigerlich verderben musste.

Er hatte sich nicht getäuscht: Wilson war nicht allein gekommen. Während er aus dem Wagen stieg und seinen übergroßen Hut aufsetzte, öffnete sich auch die Beifahrertür, und ein untersetzter, elegant gekleideter Mann mit schütterem Haar und Brille stieg aus. Er wäre Mogens viel sympathischer gewesen, hätte er sich nicht mit Blicken umgesehen, in denen mühsam verhaltene Wut funkelte.

»Sheriff Wilson.«

»Professor.« Wilson tippte wieder mit zwei Fingern an den Rand des Cowboyhutes und schenkte ihm ein knappes, aber eindeutig ehrlich gemeintes Lächeln. Sein Begleiter drehte sich um und sah Mogens mit einem Ausdruck gelinder Überraschung an, der vermutlich seinem akademischen Titel galt. Er sagte nichts, aber der Zorn in seinen Augen schien sogar noch zuzunehmen. Mogens verstand das nicht.

Er kam auch nicht dazu, eine entsprechende Frage zu stellen, denn in diesem Moment flog die Tür hinter ihnen so ungestüm auf, dass sie mit einem Knall gegen die Wand prallte, und Graves stürmte heraus.

»Steffen!«, brüllte er. Sein Gesicht war vor Wut rot angelaufen. »Wie oft muss ich Ihnen noch sagen, dass…«

Er brach mitten im Wort ab, als er Mogens bemerkte, atmete hörbar ein und wandte sich dann mit einer gezwungen ruhigen Bewegung zu Wilson um.

»Sheriff Wilson, ich fordere Sie auf, diesen Mann von meinem Grund und Boden zu entfernen. Doktor Steffen und seine Mitarbeiter haben von mir ausdrückliches Hausverbot erhalten.«

Steffen setzte zu einer geharnischten Erwiderung an, doch Wilson brachte ihn mit einem raschen Blick zum Verstummen und wandte sich direkt an Graves. »Das ist mir bekannt, Doktor Graves«, sagte er. »Ich bitte Sie jedoch, Doktor Steffen zumindest anzuhören. Was er zu sagen hat, könnte wichtig sein – auch für Sie und Ihre Mitarbeiter.«

Graves' Miene verdüsterte sich womöglich noch mehr, aber er schluckte die wütende Antwort, die ihm auf der Zunge lag, herunter und zwang sich zu einem abgehackten Nicken.

»Doktor.« Wilsons Stimme enthielt mehr als dieses eine Wort; nämlich die inständige Bitte, sich zu beherrschen und die Situation nicht noch schlimmer zu machen, indem er Öl ins Feuer goss. Vielleicht war Graves nicht der Einzige hier, der zu cholerischen Wutausbrüchen neigte.

Steffen atmete tief ein, aber als er antwortete, klang seine Stimme so sachlich wie die eines Dozenten, der seinen Studenten im Hörsaal einen Vortrag hielt. »Es gab ein Erdbeben in der vergangenen Nacht, Doktor Graves. Ein ziemlich heftiges Beben sogar.«

»So?«, fragte Graves. »Mir ist nichts dergleichen aufgefallen. Ich habe geschlafen.«

Mogens war in diesem Moment froh, dass weder Wilson noch sein Begleiter in seine Richtung sahen, denn er konnte ein erschrockenes Zusammenzucken nicht unterdrücken. Graves setzte der Unverfrorenheit aber noch die Krone auf, indem er sich direkt an ihn wandte. »Ist Ihnen irgendetwas aufgefallen, Professor VanAndt?«

Mogens war so perplex, dass er ganz automatisch den Kopf schüttelte. Steffen warf ihm einen kurzen, prüfenden Blick zu und wandte sich dann wieder an Graves, ohne dass man seinem Gesicht ansehen konnte, zu welchem Ergebnis er gekommen war. »Das überrascht mich, Doktor Graves. Das Beben war wie gesagt ziemlich heftig. Man konnte es sogar in der Stadt noch spüren. Und nach den Ergebnissen unserer Messgeräte zu schließen, muss das Epizentrum genau hier gelegen haben. Direkt unter diesem Platz.«

»Dann sollten Sie Ihre Messgeräte vielleicht einer gründlichen Überprüfung unterziehen, Doktor«, sagte Graves kalt. »Niemand hier hat irgendetwas Derartiges bemerkt.«

»Wem wollen Sie das erzählen, Graves?«, schnappte Steffen.

»Ihnen«, lächelte Graves.

Steffens ohnehin nur mühsam aufrechterhaltene Selbstbeherrschung zerbrach. »Lügen Sie mich nicht an, Graves«, schnappte er. »Ich will jetzt endlich wissen, was Sie und Ihre so genannten Kollegen dort unten treiben!«

»Ich fürchte, ich verstehe nicht ganz, wovon Sie sprechen, verehrter *Kollege.*« Graves blieb nicht nur erstaunlich ruhig, er *genoss* Steffens wachsenden Zorn ganz im Gegenteil sichtlich.

Steffen wandte sich bebend vor Wut an Wilson. »Sheriff! Ich verlange, dass Sie etwas tun. *Sofort!*«

Wilson sah ein wenig hilflos aus. »Ich fürchte, in diesem Punkt muss ich mich Doktor Graves anschließen«, sagte er. »Ich begreife ebenfalls nicht ganz, was Sie wollen.«

Steffen begann aufgeregt in Graves' Richtung zu gestikulieren. »Sie müssen etwas unternehmen, Sheriff«, keuchte er. »Diese… diese *Leute* sind keine Wissenschaftler! Ich weiß nicht, was sie hier treiben, aber was immer es ist, es ist *gefährlich*! Ich verlange sofort zu sehen, was dort unten vorgeht!«

Wilson sah noch hilfloser aus als bisher, während sich auf Graves' Gesicht ein immer zufriedeneres Grinsen ausbreitete. Welche Argumente der Geologe auch noch vorbringen mochte, begriff Mogens, er hatte bereits verloren. Graves hatte ihn genau dorthin gebracht, wo er ihn hatte haben wollen; ganz einfach, indem er ihn reden ließ.

Schließlich drehte sich Wilson mit einem resignierenden Seufzen zu Mogens um. »Und Sie, Professor? Sind Sie sicher, dass Sie nichts bemerkt haben?«

Mogens antwortete nicht sofort. Er durfte nicht vergessen, dass er mit einem Polizisten sprach, ein Mann, dessen Beruf es war, Wahrheit von Lüge zu unterscheiden und der gelernt hatte, mehr zu sehen als nur das, was auf den ersten Blick erkennbar war. Und auch, wenn Graves Wilson ganz offensichtlich verachtete, so spürte Mogens doch, dass er gut in dem war, was er tat. Mogens hatte sich zwar umgezogen, und die einzige wirkliche Verletzung, die er davongetragen hatte, war unter seinem Hemd verborgen. Dennoch sah er bestimmt nicht so aus, als hätte er eine Nacht voll erquickendem Schlaf hinter sich. Wilson musste zumindest spüren, dass hier irgendetwas nicht so war, wie Graves ihn Glauben machen wollte. Dennoch hob er nach kurzem Zögern die Schultern. »Ich habe nichts bemerkt. Es tut mir Leid.«

»Was haben Sie denn erwartet?« Steffen machte ein verächtliches Geräusch. »Die stecken doch alle unter einer Decke!«

»Bitte mäßigen Sie sich, Steffen«, sagte Graves kühl. »Ich lasse nicht zu, dass Sie meine Mitarbeiter beleidigen.« Er lächelte weiter, doch als er sich zu Wilson umwandte, war dieses Lächeln zu etwas geworden, das das genaue Gegenteil ausdrückte.

»Sheriff, ich bin ein geduldiger Mann, aber das wird jetzt allmählich lächerlich. Seit wir mit unserer Arbeit hier begonnen haben, hat Doktor Steffen nichts unversucht gelassen, um in unsere Ausgrabungsstätte einzudringen. Ich weiß nicht warum, und ich werde mich auch hüten, irgendwelche Mutmaßungen anzustellen, aber das ist grotesk!«

Steffen fuhr auf. »Ich verlange …«

»Sie«, fiel ihm Graves mit plötzlich schneidender Stimme ins Wort, »haben hier gar nichts zu verlangen. Seien Sie froh, dass ich Sheriff Wilson nicht bitte, eine Anzeige wegen Hausfriedensbruch und Verleumdung aufzunehmen!«

»Ich weiß nicht, was Sie dort unten tun«, zischte Steffen. »Aber ich werde es herausfinden, das verspreche ich Ihnen!«

Graves lachte ganz leise. »Heute ist der erste April, Doktor Steffen. Ich nehme zu Ihren Gunsten an, dass Sie sich an die gute alte Sitte erinnert haben, anderen zum ersten April einen Streich zu spielen. Oder wollen Sie allen Ernstes behaupten, unsere Arbeit hier wäre schuld an diesem Erdbeben?«

Sogar in Mogens' Ohren klang das absurd – obwohl er es besser wissen sollte. Steffen sagte auch nichts mehr, sondern presste nur wütend die Lippen aufeinander und funkelte ihn an, während Wilson plötzlich so betreten aussah wie ein Kind, das mit der Hand in der Zuckerdose ertappt worden war.

»Ich verlange diese angebliche Ausgrabungsstätte zu sehen«, beharrte Steffen.

»Ja, das kann ich mir denken«, beharrte Graves. »Wer bezahlt Sie, Steffen? Eine andere Universität? Eine Zeitung?«

»Die Frage ist eher, wer *Sie* bezahlt«, gab Steffen patzig zurück. »Ich habe mich über Sie erkundigt, Graves. Die so genannte Universität, die Ihre Ausgrabungen hier finanziert, genießt einen äußerst zweifelhaften Ruf, und...«

»Das reicht jetzt«, unterbrach ihn Graves. »Ich danke Ihnen für Ihren Besuch.«

Steffen starrte ihn eindeutig fassungslos an, aber Wilson gab ihm keine Gelegenheit, noch etwas zu sagen. »Ich entschuldige mich für die Störung, Doktor Graves«, sagte er. »Sollte ich noch Fragen haben, darf ich mich noch einmal bei Ihnen melden?«

»Selbstverständlich, Sheriff. Guten Tag.«

Steffen und er stiegen wieder in den Wagen, und Graves wartete mit steinernem Gesicht, bis sie abgefahren waren. »Verstehst du jetzt, was ich meine, Mogens?«, fragte Graves. »Uns bleibt wirklich nicht mehr viel Zeit.«

»Wozu?«, fragte Mogens. »Hast du Angst, Steffen könnte herausfinden, was wir dort unten wirklich getan haben?«

»Was haben wir denn getan?« Graves lachte wieder. »Nur zu, Mogens – geh hinüber zu Steffens Lager und rede mit ihm.

Ich werde nicht versuchen, dich daran zu hindern. Geh hin und erzähle ihm, dass wir einen Dämon aus der Vergangenheit heraufbeschworen und damit das Erdbeben ausgelöst haben!«

Er atmete tief ein, machte einen halben Schritt zurück und gab sich dann einen sichtbaren Ruck. »Entschuldige, Mogens. Das war unfair. Ich... wir sind wohl beide etwas nervös.«

»Ja«, antwortete Mogens. »Das scheint mir auch so.« Er deutete in die Richtung, in die der Streifenwagen verschwunden war. »Warum zeigst du Steffen nicht einfach, was du gefunden hast?«

»Steffen?«, keuchte Graves. »Bist du verrückt?«

»Keineswegs«, antwortete Mogens. »Ich kenne diese Art von Männern, Jonathan. Und du kennst sie auch. Steffen wird nicht aufgeben, bevor er sein Ziel erreicht hat.«

»Vielleicht hast du sogar Recht«, sagte Graves nach kurzem Nachdenken. »Was Steffen angeht, nicht deinen verrückten Vorschlag, ihm alles zu zeigen. Er wird nicht aufgeben; umso mehr sollten wir uns beeilen.« Er machte eine Kopfbewegung zum Zelt hin. »Tom war vorhin unten im Tunnel. Es ist schlimm, aber nicht so schlimm, wie es hätte kommen können. Ich habe Tom gebeten, die am stärksten beschädigten Teile des Gangs mit ein paar Balken abzustützen, und er hat mir zugesagt, die Arbeit bis heute Nachmittag zu beenden. Du solltest die Zeit nutzen, um dich ein wenig auszuruhen. Ich werde das jedenfalls tun. Ich fürchte, in den nächsten Tagen werden wir kaum noch zum Schlafen kommen.«

»Hast du mir nicht zugehört, Jonathan?«, fragte Mogens. »Ich werde nicht wieder dort hinuntergehen.«

»O doch, Mogens, das wirst du«, antwortete Graves lächelnd.

»Willst du mich zwingen?«

»Ich wüsste nicht, wie«, bekannte Graves freimütig. »Aber es wird auch kaum notwendig sein. Dazu kenne ich dich zu gut, Mogens. Ganz egal, was man über dich sagt und was andere über dich denken mögen, du bist ein Forscher mit Leib und Seele. Du *kannst* gar nicht aufhören, bevor du das Geheimnis dieser Tür gelöst hast. Und nun geh und versuche zu schlafen. Heute Nacht wirst du deine Kraft bitter nötig haben.«

Obwohl Mogens nicht vorgehabt hatte, Graves' Rat zu folgen und zu schlafen, überkam ihn doch eine plötzliche Müdigkeit, kaum dass er in sein Quartier zurückgegangen war, sodass er sich auf sein Bett sinken ließ – nicht um zu schlafen, sondern nur, um zur Ruhe zu kommen und seine Gedanken zu ordnen. Kaum aber hatte sein Kopf das Kissen auch nur berührt, da sank er in einen tiefen, traumlosen Schlummer, aus dem er erst lange nach der Mittagsstunde erwachte, körperlich erfrischt wie schon seit langem nicht mehr, aber ärgerlich auf sich selbst: Zweifellos hatte sich sein Körper einfach nur genommen, was ihm zustand, nach den Anstrengungen und der überstandenen Todesangst der letzten Nacht, aber er hatte nicht schlafen *wollen*, allein schon deswegen, weil Graves ihm genau das geraten hatte, und er empfand es beinahe als persönliche Niederlage, der Müdigkeit nachgegeben zu haben.

Er war hungrig. Ein Blick auf die Uhr verriet ihm, dass Tom schon seit einer guten Stunde mit dem Mittagessen in Verzug war, was seinen Ärger nur noch weiter schürte.

Angesichts der wirren Bilder aus der vergangenen Nacht, mit der ihn seine Erinnerung immer noch zu quälen versuchte, scheute er davor zurück, hinauszugehen und nach Tom zu suchen, sodass er nur einen Schluck Wasser trank und sich sodann wieder seinen Büchern zuwandte, um sich abzulenken.

Es funktionierte nicht.

Es waren nicht nur sein grummelnder Magen und die innere Unruhe, die ihm aus seinen Träumen hinüber in die Wirklichkeit gefolgt waren, die es Mogens fast unmöglich machten, sich auf seine Arbeit zu konzentrieren. Etwas hatte sich verändert. Die Bilder, Symbole und Zeichnungen, die ihm bisher so eingängig erschienen waren, waren ihm auf einmal so unverständlich wie Keilschrift-Texte. Noch am Tage zuvor hatte er die Bücher, die Graves aus der Bibliothek der Miskatonic-Universität herbeigeschafft hatte, mit einer geradezu erstaunlichen Mühelosigkeit entziffern können, nun aber weigerten sich die uralten Schriften plötzlich, irgendetwas von ihrem Geheimnis preiszugeben. Es war, als hätte das Wissen, das er sich in den letzten Tagen so mühelos angeeignet hatte, seinen Zweck erfüllt; nicht mehr als ein Werkzeug, das ihm für eine gewisse Weile zur Verfügung gestellt und nun wieder weggenommen worden war. Es war frustrierend, aber zugleich erschreckte es ihn auch auf eine Weise, die er sich kaum erklären konnte. War ihm auch seine Fähigkeit abhanden gekommen, die Schrift zu erfassen, so war doch etwas geblieben, das ihn schaudern ließ: das sichere Wissen, an etwas gerührt zu haben, an das nicht gerührt werden durfte.

Er hatte gute zwei Stunden in den Büchern geblättert, bis er endlich zu einem Entschluss kam. Ganz egal, was geschah, und was Graves ihm auch immer anbot oder womit er ihm drohte: Er würde nicht wieder dort hinuntergehen, sondern diesen verfluchten Ort ganz im Gegenteil verlassen, und das noch heute.

Mogens klappte das Buch zu, in dem er zuletzt geblättert hatte, stellte es sorgsam an seinen Platz auf dem Bücherbord zurück und verließ das Haus, um zu Graves hinüberzugehen und ihn von seinem Entschluss in Kenntnis zu setzen.

Er platzte mitten in einen fürchterlichen Streit hinein. Graves war nicht allein. Die Tür zu seiner Blockhütte stand – ungewöhnlich genug – weit auf, und Mogens hörte erregte Stimmen, schon bevor er sich dem Haus auch nur auf zehn Schritte genähert hatte.

Er identifizierte Hyams' Stimme – warum überraschte ihn das nicht? –, aber auch die von McClure. Mogens war für einen Moment im Zweifel, ob er weitergehen sollte. Dass das Verhältnis zwischen Graves und den anderen nicht das Beste war, hatte er schon in seiner allerersten Stunde hier herausgefunden, sich aber bisher mit einigem Erfolg bemüht, sich aus diesem Disput herauszuhalten. Aber auch dafür war es zu spät. Die Zeit, sich aus irgendetwas *herauszuhalten*, was mit dieser unheimlichen Fundstelle zusammenhing, war schon längst vorbei.

Ohne anzuklopfen, trat Mogens ein und warf einen raschen Blick in die Runde, bevor er sich Graves und den anderen zuwandte. Er war noch nie hier drinnen gewesen, aber die kurze Beschreibung, die Tom ihm auf der Fahrt im Automobil hierher gegeben hatte, erwies sich als so treffend, dass er das Gefühl hatte, dieser Raum wäre ihm seit langem vertraut. Eine ganze Wand wurde von einem gewaltigen Regal voller Bücher und Pergamentrollen eingenommen und auf dem großen Tisch, hinter dem Graves saß, erhob sich ein Durcheinander aus Glaskolben und -röhren, Bunsenbrennern, Tiegeln und Kolben, das Mogens mehr an das Labor eines mittelalterlichen Alchimisten erinnerte als an irgendetwas, das einem seriösen Wissenschaftler des gerade erwachten zwanzigsten Jahrhunderts anstand.

Mogens schenkte all dem kaum mehr als einen flüchtigen Blick. Er war nicht nur mitten in einen Streit hineingeplatzt, er spürte auch überdeutlich, wie unwillkommen er in dieser Runde – und vor allem in diesem speziellen *Moment* – war. McClure, der im Augenblick seines Eintretens mit erregter Stimme und noch viel erregterem Gestikulieren auf Graves eingeredet hatte, brach mitten im Wort ab und sah betroffen in seine Richtung, während Hyams ihn kampflustig anfunkelte. Mercer sah weg.

»Komme ich ungelegen?«, fragte Mogens.

»Keineswegs«, antwortete Graves. Mercer und McClure gaben sich alle Mühe, durch ihn hindurchzusehen, während allein Hyams' Blicke ausreichten, seine Frage mit einem eindeutigen *Ja* zu beantworten.

»Tritt ruhig ein, Professor«, fuhr Graves fort. Ein dünnes, nicht sehr langlebiges Lächeln huschte über sein Gesicht. »Deine geschätzten Kollegen reden gerade über dich, Professor. – Aber ich nehme doch an, es ist dir lieber, wenn sie *mit* dir reden.«

Mogens war nicht nach rhetorischen Spitzfindigkeiten. »Was geht hier vor?«, fragte er scharf.

»Sagte ich das nicht bereits, Professor?«, gab Graves zurück. »Es geht um dich.«

Es war das dritte Mal, dass er Mogens nicht mit seinem Namen ansprach, sondern mit seinem akademischen Grad, und Mogens glaubte nicht, dass das ohne Grund geschah. Graves' Absicht verfehlte jedoch ihr Ziel: Indem er das Gewicht seines Professorentitels so übermäßig betonte, schien er seine Position eher zu schwächen.

»Unsinn!«, sagte Hyams, bevor Mogens antworten konnte. »Es geht nicht um Sie, *Professor.*« Aus ihrem Mund klang dieses Wort eher verächtlich, fand Mogens – und dazu hätte es des abfälligen Lächelns, das ihre schmalen Lippen umspielte, gar nicht mehr bedurft. »Nehmen Sie sich bloß nicht so wichtig.« Sie wandte sich demonstrativ wieder zu Graves um. »Also, wie lautet Ihre Antwort?«

Graves schüttelte müde den Kopf. »Meine Erziehung verbietet mir, Ihnen die Antwort zu geben, die Sie eigentlich verdienen, meine Liebe«, sagte er. »Auch wenn ich annehme, dass Sie sie sicher kennen. Ich lasse mich nicht erpressen. Nicht einmal von einer attraktiven Frau wie Ihnen, Doktor Hyams.«

»Erpressen?« Hyams dachte einen Moment über dieses Wort nach. Dann zuckte sie mit den Schultern. »Nun, wenn Sie es so sehen wollen…« Sie streifte Mogens mit einem kurzen, eisigen Blick. »Ich gebe Ihnen eine Stunde Zeit, über das nachzudenken, was ich Ihnen gesagt habe, Doktor Graves. Entscheiden Sie sich richtig.«

»Dasselbe würde ich Ihnen raten, Doktor Hyams«, antwortete Graves eisig. »Wir haben einen Vertrag.«

»Dann verklagen Sie mich doch.« Hyams funkelte ihn noch einen Moment lang herausfordernd an, aber als der Widerspruch nicht kam, auf den sie ganz offensichtlich wartete, drehte sie sich mit einem Ruck um und stürmte durch die offen stehende Tür hinaus. McClure folgte ihr auf dem Fuß, während Mercer spürbar zögerte und sich auch noch spürbarer nicht besonders wohl in seiner Haut fühlte, als er ihr endlich nachging und selbst das erst, nachdem er Mogens einen fast flehend um Verständnis bettelnden Blick zugeworfen hatte.

»Dummköpfe«, grollte Graves. »Falls du dich noch nie gefragt haben solltest, was man unter dem Wort *Blaustrumpf* versteht, Mogens, dann sieh dir Hyams an.«

»Was hatte das zu bedeuten?«, fragte Mogens. »Was war hier los?«

Graves seufzte. »Etwas, das ich schon seit einer geraumen Zeit befürchtet habe«, räumte er ein. »Miss Hyams mag kein sehr angenehmer Mensch sein, aber sie ist nicht dumm. Sie hat von Anfang an geargwöhnt, dass dort unten noch mehr ist als ein versunkener Tempel, den die Nachfahren altägyptischer Seeleute errichtet haben.« Er seufzte. »Das Erdbeben, Mogens. Sie hat irgendetwas gefunden. Ich weiß nicht was. Ich hatte allen verboten, noch einmal nach unten zu gehen, aber ich hätte mir denken sollen, dass Hyams sich nicht daran halten würde.« Er hob die Schultern. »Also gut, du willst wissen, was sie wollte? Sie hat mir ein Ultimatum gestellt. Aber ich schätze es nicht, unter Druck gesetzt zu werden.«

»Was für ein Ultimatum?«

»Nun, sie hat mich vor die Wahl gestellt, ihr zu zeigen, was wir wirklich gefunden haben – oder sie und die beiden anderen legen ihre Arbeit nieder und gehen.«

»Und?«, fragte Mogens.

»Sollen sie gehen«, sagte Graves kalt. »Wir brauchen sie nicht mehr.« Er stand auf, kam um den Tisch herum und streckte den Arm aus, wie um Mogens die Hand auf die Schulter zu legen, hielt dann aber im letzten Moment inne, als Mogens instinktiv zurückzuckte. Er hätte es nicht ertragen, von diesen schrecklichen Händen berührt zu werden.

Mogens räusperte sich unbehaglich. »Jonathan, du…«

»Wir sind fast am Ziel, Mogens!«, fiel ihm Graves ins

Wort. »Verstehst du denn nicht? Wir brauchen diese Dummköpfe nicht mehr!«

»Sie werden nicht über das schweigen, was sie hier gesehen haben«, gab Mogens zu bedenken.

»Und?« Graves machte eine wegwerfende Geste. »Sollen sie! Was spielt das jetzt noch für eine Rolle? Wir haben es geschafft, begreifst du das denn nicht? Sollen sie reden! Sollen sie meinetwegen zu Wilson laufen und ihm alles erzählen, oder sogar zu diesem Dummkopf Steffen. Es stört mich nicht. Jetzt nicht mehr.«

»Vor ein paar Stunden noch hast du dich ganz anders angehört«, erinnerte ihn Mogens.

»Da war mir noch nicht klar, wie nahe wir unserem Ziel sind«, sagte Graves, plötzlich erregt und scheinbar nicht mehr imstande, still zu stehen oder auch nur die Hände ruhig zu halten. »Tom ist mit seiner Arbeit fertig. Wir können binnen einer Stunde wieder hinuntergehen und unser Werk fortsetzen.«

Mogens sah ihn beinahe fassungslos an. »Hast du mir gar nicht zugehört?«, fragte er. »Ich werde diesen verfluchten Ort nicht noch einmal betreten! Um keinen Preis.«

Er trat demonstrativ einen Schritt zurück und straffte die Schultern. Graves starrte ihn mit ausdruckslosem Gesicht an, aber in seinen Augen begann wieder dieselbe lodernde Wut zu erwachen, mit der er Hyams und die beiden anderen zuvor gemustert hatte. »Du solltest dir das gut überlegen, Mogens«, sagte er kalt.

Irgendetwas schien sich unter seinem Gesicht zu bewegen. Er… *veränderte* sich, auf eine unsichtbare, grauenerregende Weise, die es Mogens immer schwerer machte, ihn auch nur anzusehen, geschweige denn, seinem Blick standzuhalten.

Dennoch fuhr er fort: »Ich habe es mir überlegt, Jonathan. Mein Entschluss steht fest. Ich werde von hier verschwinden, noch heute. Ich hätte erst gar nicht kommen sollen.«

»Du elender Narr!«, zischte Graves. »Dann geh doch! Lauf zu den anderen, und beeil dich! Vielleicht haben sie noch Platz für dich in ihrem Wagen!«

Mogens setzte zu einer Antwort an, aber es war ihm plötzlich nicht mehr möglich, Graves' Blick weiter standzuhalten oder noch länger in dieses unheimliche, sich unentwegt weiter verändernde Gesicht zu sehen. Wozu auch? Graves gehörte nicht zu den Männern, die *Argumenten* zugänglich waren, wenn sie sich einmal etwas in den Kopf gesetzt hatten.

Ohne ein weiteres Wort drehte er sich um und ging zu seiner Unterkunft zurück, um seine Koffer zu packen.

Er brauchte nicht lange, um seine Kleider in den beiden abgewetzten Koffern zu verstauen, mit denen er gekommen war. Seine ohnehin bescheidene Habe war noch weiter zusammengeschmolzen; das gestern Nacht getragene Hemd und die Hose konnte er nur noch wegwerfen, und auch die Kleider, die er auf dem Friedhof getragen hatte, waren vermutlich nicht mehr zu retten. Mogens stopfte alles, was noch übrig war, unordentlich in den Koffer und wandte sich dann dem Regal zu, um die mitgebrachten Bücher auszusortieren.

Die Tür ging auf, und Mogens spürte, wie jemand hereinkam und nach zwei schweren Schritten stehen blieb.

»Nur keine Bange«, sagte er, ohne sich umzudrehen. »Ich nehme nur mit, was mir gehört. Deinen kostbaren Originalen wird nichts geschehen.«

»Aber das weiß ich doch, mein lieber Professor«, sagte eine Stimme hinter ihm, die ganz eindeutig *nicht* Jonathan Graves gehörte. »Sie würden doch niemals etwas anrühren, das nicht Ihnen gehört.«

Mogens fuhr herum und erstarrte für geschlagene fünf Sekunden mitten in der Bewegung. Er konnte selbst spüren, wie ihm das Blut aus dem Gesicht wich.

»Miss Preussler?«

»Es ist schön, dass Sie mich noch erkennen, nach all der Zeit«, sagte Miss Preussler spöttisch. Sie war es tatsächlich. Es war vollkommen unmöglich, ausgeschlossen und absolut lächerlich – Miss Preussler war zweieinhalbtausend Meilen weit weg, in einem Kaff am anderen Ende des Landes, und sie hatte Thompson Zeit ihres Lebens nie verlassen! Aber sie *war* es! Sie stand zwei Schritte hinter der Tür, mit einem abgewetzten Koffer in der linken und einen kleinen Bastkorb in der rechten Hand, aus dem Mogens zwei orangerote glühende Augen entgegenstarrten.

»Miss Preussler«, murmelte Mogens noch einmal.

»Ja, das sagten Sie bereits«, erwiderte Miss Preussler und zog eine Schnute. »Ich sollte jetzt eigentlich böse sein, Professor. Ist das vielleicht eine Art, eine gute alte Freundin zu begrüßen?«

Sie stellte den Bastkorb mit Cleopatra ab, ließ den Koffer, den sie in der anderen Hand trug, einfach fallen und breitete die Arme aus, als erwarte sie allen Ernstes, dass Mogens ihr vor Freude um den Hals fiel.

Mogens rührte sich nicht von der Stelle. Das konnte er gar nicht.

»Aber wo… ich meine: Wie kommen *Sie* denn hierher?«, stotterte er.

Miss Preussler ließ enttäuscht die Arme sinken. Eine Sekunde lang verlor sie die Kontrolle über ihre Physiognomie; sie sah nicht nur so aus, Mogens erkannte ganz deutlich, dass sie nahe daran war, in Tränen auszubrechen. Im nächsten Moment aber hatte sie sich wieder in der Gewalt und zwang ein – wenn auch leicht verunglücktes – Lächeln auf ihre Züge.

»Nun, es war eine recht lange und beschwerliche Reise, das gebe ich gern zu«, sagte sie. »Aber ich habe sie gerne auf mich genommen, um Sie wiederzusehen, mein Lieber.«

»So«, machte Mogens. Das war gewiss nicht unbedingt die intelligenteste aller vorstellbaren Antworten. Sie war nicht einmal besonders höflich. Aber es war alles, was er herausbrachte. Seine Gedanken drehten sich wirr im Kreis. *Miss Preussler? Hier?* Aber warum?

Miss Preussler seufzte. »Ja, ich sehe schon, die schiere Wiedersehensfreude hat Sie überwältigt. Ich hätte Sie vorwarnen sollen. Soll ich in die Stadt zurückfahren und Ihnen ein Telegramm schicken, oder reicht es, wenn ich noch einmal nach draußen gehe und anklopfe?«

»Nein, das… das sicher nicht.« Mogens brach ab, raffte mit einiger Mühe zumindest genug Kraft zusammen, um entschuldigend die Achseln zu heben und setzte nach einem unbehaglichen Räuspern neu an. »Bitte entschuldigen Sie mein Betragen, Miss Preussler. Ich war nur so überrascht, Sie zu sehen.«

Endlich löste er sich aus seiner Erstarrung und eilte um den Tisch herum und auf Miss Preussler zu, blieb aber vorsichtshalber in zwei Schritten Abstand wieder stehen, bevor sie seine Bewegung falsch deuten und auf die Idee kommen konnte, ihn etwa doch noch in die Arme zu schließen.

»Ich… ich weiß gar nicht, was ich sagen soll«, sagte er. »Zuerst einmal herzlich willkommen. Aber dennoch: Wie kommen Sie hierher? Ich meine: Warum um alles in der Welt haben Sie diese lange und beschwerliche Reise auf sich genommen?«

Miss Preussler maß ihn mit einem langen, gleichermaßen spöttischen wie auch leicht tadelnden Blick, aber sie antwortete nicht sofort auf seine Frage, sondern sah sich zuerst ausgiebig und stirnrunzelnd im Zimmer um, wobei der Ausdruck auf ihrem Gesicht zunehmend missbilligender wurde.

»O je«, murmelte sie. »Wenn ich mich hier so umsehe, dann scheint es ja höchste Zeit zu sein, dass ich gekommen bin. Diesem«, sie zögerte einen Moment, als hätte sie Hemmungen, das Wort *Zimmer* im Zusammenhang mit dem auszusprechen, was sie sah, »… *Raum* fehlt ganz eindeutig die Hand einer Frau.«

Und dann tat sie etwas, was Mogens abermals ungläubig Mund und Augen aufreißen ließ: Ohne auch nur ihren Mantel abzulegen, ging sie an ihm vorbei und bückte sich nach dem unordentlichen Haufen zerrissener Kleider, der neben seinem Bett auf dem Boden lag. Mogens war nicht ganz sicher, glaubte aber, sie etwas murmeln zu hören, das sich wie *»Männer!«* anhörte.

»Aber Miss Preussler, ich bitte Sie!«, sagte er. »Was tun Sie denn da? Legen Sie doch erst einmal ab.«

Miss Preussler richtete sich schnaufend wieder auf, seine zerrissene Hose in der rechten und das zerfetzte Hemd in der linken Hand wie zwei Beutestücke, die sie nach langer Jagd endlich errungen hatte. »Das täte ich ja gerne, aber ich fürchte, dazu muss ich erst einmal den nötigen Platz schaffen«, sagte sie. »Professor, ich muss mich wundern. Sie waren doch immer ein so auf Ordnung bedachter Mann!«

Mogens ging zu ihr, nahm ihr die beiden zerrissenen Kleidungsstücke aus den Händen und ließ sie genau dort wieder zu Boden fallen, wo sie sie gerade aufgehoben hatte.

»Ich war gerade dabei, zu packen«, sagte er.

Miss Preussler blinzelte. »Packen?«

»Ich reise ab«, bestätigte Mogens. »Es tut mir Leid, aber ich fürchte, Sie haben sich den weiten Weg vergebens gemacht.«

»Sie bleiben nicht hier?«, vergewisserte sich Miss Preussler. Sie klang nicht enttäuscht, oder gar ärgerlich. Im Gegenteil.

»Ja«, sagte er. »Die Arbeit ist… anders, als ich mir vorgestellt habe. Ich fürchte, es war ein Fehler, überhaupt hierher zu kommen.«

Miss Preussler sparte es sich, zu antworten: *Das habe ich Ihnen ja gleich gesagt*, aber er konnte die Worte so deutlich in ihren Augen lesen, als *hätte* sie es gesagt. »Bieten Sie mir trotzdem einen Platz an?«, fragte sie.

Mogens fuhr hastig herum und zog den einzigen Stuhl heran, den es in seinem Zimmer gab. Ein Stapel Papiere lag darauf, den er hochhob und einen Moment lang fast hilflos in den Händen hielt, bevor er ihn auf die schräge Platte des Stehpults legte. Er rutschte herunter, und die Papiere verteilten sich auf dem Boden. Miss Preussler zog die Augenbrauen hoch, aber sie schwieg dazu und wartete, bis Mogens ihr aus dem Mantel geholfen hatte, und nahm dann Platz. Ihr Blick glitt viel sagend über den unordentlich überladenen Tisch, aber zu Mogens' Überraschung sagte sie auch dazu nichts.

»Ihre Arbeit hier gefällt Ihnen also nicht«, sagte sie, wobei es ihr nicht ganz gelang, einen gewissen Unterton von Zufriedenheit aus ihrer Stimme zu verbannen.

»Ja… ich meine, nein«, sagte Mogens irritiert. »Es ist nur… nicht das, was ich erwartet habe.«

»Es ist dieser schreckliche Mensch, nicht wahr? Dieser Doktor Graves.« Miss Preussler beantwortete ihre eigene Frage mit einem Nicken, das keinen Widerspruch zuließ. »Nun, dann war es ja vielleicht ganz klug von mir, Ihr Zimmer noch nicht weiterzuvermieten.«

Mogens brauchte eine geschlagene Sekunde, bis er begriff, was Miss Preussler überhaupt meinte. »Sie haben…?«

»Aber ich wusste doch, dass Sie zurückkommen, mein lieber Professor«, antwortete Miss Preussler lächelnd. »Jemand von Ihrem gebildeten Wesen kann es unmöglich lange in der Gesellschaft eines solchen Unholds wie diesem Graves aushalten. Und dann diese Umgebung hier!« Sie ließ ihren Blick demonstrativ durch das Zimmer schweifen und schüttelte dann noch demonstrativer den Kopf. »Nein, das ist nichts für Sie. Ich habe gewusst, dass Sie zurückkommen. Allerdings«, fügte sie nach einer fast unmerklichen Pause hinzu, »hätte ich nicht gedacht, dass es so schnell gehen würde. Aber ich wusste, dass Sie zurückkommen.«

So oft, wie sie diesen Punkt betonte, erwartete sie offenbar eine ganz bestimmte Reaktion von Mogens. Aber er blieb sie ihr schuldig, zumindest im ersten Moment.

Mogens gestand sich ein, dass er noch gar nicht darüber nachgedacht hatte, wohin er von hier aus gehen wollte. Zurück nach Thompson? Allein die Vorstellung erfüllte ihn mit einem Entsetzen, das dem, das er bei dem Gedanken an Graves verspürte, kaum nachstand.

»Sie kommen doch zurück?«, fragte Miss Preussler direkt, als er auch nach etlichen weiteren Sekunden noch nicht antwortete. »Sie brauchen sich keine Sorgen zu machen, Professor. Ich habe mit dem Dekan gesprochen. Sie können Ihren Posten wieder antreten. Man wird Ihnen eine Woche Gehalt abziehen, aber das ist auch alles. Er war zuerst nicht besonders davon angetan, das muss ich gestehen, aber es ist mir gelungen, ihn umzustimmen.« Sie lächelte verschmitzt. »Ich verfüge über gewisse Informationen über seine Schwiegertochter, von denen er offensichtlich nicht wollte, dass sie an die Öffentlichkeit gelangen.«

Mogens schwieg weiter. Natürlich würde er nach Thompson zurückkehren. Er war noch nicht so weit, es sich selbst gegenüber einzugestehen, aber tief in sich hatte er längst begriffen, dass er genau dies tun würde. Er würde nach Thompson zurückgehen, er würde seinen verhassten Posten in einem fensterlosen winzigen Büro im Keller der Universität wieder antreten und wieder in das Zimmer mit dem brandfleckigen Boden in Miss Preusslers Pension einziehen, und sein Leben würde weitergehen, als wäre seine endlose Monotonie niemals unterbrochen worden. Die Vorstellung jagte ihm einen Schauder über den Rücken. Und dennoch wusste er, sein Entschluss, Graves zu begleiten, war nichts als ein letztes verzweifeltes Aufbegehren gewesen, sein allerletzter Versuch, dem zu entkommen, was aus seinem Leben geworden war, aber dieser Versuch war gescheitert, und er wusste, dass er die Kraft für einen weiteren derartigen Versuch nicht mehr aufbringen würde.

»Ja«, flüsterte er, mehr zu sich, als an Miss Preussler gewandt. »Ich komme mit Ihnen zurück.«

Miss Preussler strahlte. Bevor sie jedoch etwas sagen konnte, drang ein halblautes Miauen aus dem Korb, den sie neben der Tür abgesetzt hatte, gefolgt von einem ungeduldigen Kratzen.

»Cleopatra.« Miss Preussler drehte erschrocken den Kopf. »Oh, ich dumme alte Frau. Die Ärmste ist jetzt seit Stunden in diesem Korb eingesperrt.«

Sie wollte aufstehen, aber Mogens schüttelte rasch den Kopf und wandte sich zur Tür. »Bleiben Sie sitzen, Miss Preussler«, sagte er. »Ich mache das schon. Sicher muss sie raus. Wir wollen doch nicht, dass am Ende noch ein Unglück geschieht.«

Miss Preussler schwieg dazu, und Mogens wurde zu spät klar, dass diese Worte vielleicht nicht besonders klug gewählt gewesen waren, mochten sie Miss Preussler doch an einen gewissen Zwischenfall erinnern, der im Zusammenhang mit Cleopatra stand und ihr überaus peinlich gewesen war. Er sagte jedoch nichts mehr dazu, sondern ließ sich neben dem Korb in die Hocke sinken und öffnete die Verschlüsse. Er war einfach zu müde, um auf persönliche Empfindlichkeiten Rücksicht zu nehmen.

Mogens hatte den Korb kaum geöffnet, da sprang Cleopatra mit einem zornigen Fauchen heraus und war wie ein schwarzer Blitz durch die offen stehende Haustür verschwunden. Miss Preussler sog hörbar die Luft zwischen den Zähnen ein.

»Keine Sorge«, sagte Mogens rasch. »Ihr passiert schon nichts. Schließlich ist sie eine Katze.«

Trotz dieser optimistischen Worte richtete er sich auf und machte einen raschen Schritt aus der Tür, um nachzuschauen, in welche Richtung Cleopatra verschwunden war. Er konnte die Katze zwar nicht mehr sehen, doch als er sich wieder umwenden und ins Haus zurückgehen wollte, hörte er erregte Stimmen. Mogens sah hin und entdeckte Graves und Hyams, die vor einer der Hütten standen und so heftig gestikulierend miteinander stritten, dass es nahezu nach einer handgreiflichen Auseinandersetzung aussah.

Gerade, als Mogens überlegte, ob er hinübergehen und versuchen sollte, den Streit zu schlichten, sah er den Ford, in dem Tom ihn hergebracht hatte, um die Ecke biegen, nur dass diesmal Mercer am Steuer saß, während McClure im Fond Platz genommen hatte. Er hielt mit leise quietschenden Bremsen unmittelbar neben Graves und der Ägyptologin an, und Mercer beugte sich ächzend über den Beifahrersitz, um die Tür zu öffnen. Graves warf sie mit einer zornigen Bewegung wieder zu. Hyams riss sie unverzüglich wieder auf und fuhr Graves so brüsk an, dass er einen Schritt zurücktrat und nicht noch einmal versuchte, sie aufzuhalten. Nur einen Moment später war Hyams eingestiegen, und Mercer fuhr so hastig los, dass zwei meterhohe Schmutzfontänen unter den Hinterrädern hochspritzten und Graves sich mit einer hastigen Bewegung in Sicherheit bringen musste. So viel zu seinem Plan, zusammen mit Mercer und den beiden anderen von hier zu verschwinden.

Miss Preussler hatte sich schon wieder erhoben und war emsig damit beschäftigt, den Tisch aufzuräumen, als er ins Haus zurückkam und die Tür hinter sich schloss. »Die Papiere sollten Sie besser selbst aufheben, Professor«, sagte sie. »Sonst werfe ich am Ende noch irgendetwas durcheinander.«

»Lassen Sie doch bitte auch alles Übrige stehen und liegen«, sagte Mogens. Miss Preussler hielt keineswegs in ihrem heiligen Kreuzzug gegen das Chaos inne, drehte aber zumindest den Kopf in seine Richtung und sah ihn fragend an. »Mit Cleopatra ist doch alles in Ordnung? Sie sehen so besorgt aus.«

»Mit Cleopatra ist alles in Ordnung«, antwortete er. »Ich fürchte nur, wir haben ein kleines Problem.«

»Ein Problem?«

»Wie es aussieht, ist uns gerade unsere letzte Mitfahrgelegenheit genommen worden.« Er machte ein fragendes Gesicht. »Wie sind Sie hierher gelangt, wenn ich fragen darf?«

»Ein freundlicher Lastwagenfahrer hat mich von San Francisco aus mitgenommen«, antwortete Miss Preussler. »Allerdings nur bis zur Stadt. Von dort aus musste ich laufen.«

»Aber das sind bestimmt drei Meilen!«

»Wem sagen Sie das?«, seufzte Miss Preussler. »Nun ja, ein kleiner Spaziergang dann und wann soll ja ganz gesund sein.«

Mogens überlegte. Der Ford war nicht das einzige Fahrzeug, das ihnen zur Verfügung stand, wohl aber das einzige, das zu fahren er sich zugetraut hätte – zumindest nachdem er Tom dabei zugesehen hatte und für das kurze Stück bis zur Stadt. Einen der schwerfälligen Lastwagen zu beherrschen traute er sich jedoch nicht zu. Es würde ihm wohl nichts anderes übrig bleiben, als Tom darum zu bitten, Miss Preussler und ihn zu fahren.

»Jetzt hören Sie doch auf, hier aufzuräumen«, sagte er sanft. »Darum kann Tom sich kümmern.«

»Ist dieser Tom derjenige, der hier für Ordnung sorgt?«, fragte Miss Preussler. Sie schüttelte missbilligend den Kopf. »Ich hoffe, er erfüllt seine übrigen Pflichten etwas besser.«

Die Tür flog auf und Graves polterte herein. »Diese Dummköpfe«, fauchte er erregt. »Sie begreifen einfach nicht, dass...« Er brach mitten im Satz ab und riss ungläubig die Augen auf, als er Miss Preussler erkannte.

»Sie!«, krächzte er.

»Guten Tag, Doktor Graves«, antwortete Miss Preussler kühl.

Graves starrte sie an, schien etwas sagen zu wollen und wandte sich dann mit einem Ruck zu Mogens um. »Was geht hier vor? Was hat diese Person hier zu suchen?«

»Miss Preussler«, antwortete Mogens betont, »wird nicht lange bleiben, Jonathan, mach dir keine Sorgen. Miss Preussler ist nur gekommen, um mir einen kurzen Höflichkeitsbesuch abzustatten.«

»Ein Wort, das Ihnen anscheinend nicht sehr geläufig ist«, fügte Miss Preussler mit einem zuckersüßen Lächeln hinzu, während sie unbeirrt fortfuhr, den Tisch aufzuräumen. »Ein Gentleman hätte sich zuerst nach dem *Befinden* einer Dame erkundigt, bevor er sich über deren *Anwesenheit* beschwert.«

Graves sah aus, als träfe ihn im nächsten Augenblick der Schlag. Die Blicke, mit denen er abwechselnd Mogens und Miss Preussler maß, sprühten vor Mordlust. Aber er sprach nichts von alledem aus, was Mogens in seinen Augen las, sondern zwang sich zu einem abgehackten Nicken. »Bitte verzeihen Sie, Miss Preussler«, sagte er steif. »Ich war nur...« Er hob die Schultern. »Normalerweise ist es Außenstehenden nicht gestattet, sich auf dem Gelände aufzuhalten. Unsere Arbeit hier ist streng vertraulich. Aber in Ihrem Fall mache ich natürlich gern eine Ausnahme.« Er wandte sich direkt an Mogens. »Hyams, Mercer und McClure sind gerade abgefahren.«

»Ich habe es gesehen«, antwortete Mogens kühl. »Sagten sie nicht etwas von einer Stunde?«

»Offensichtlich haben sie es sich anders überlegt.«

»Das ist bedauerlich.« Mogens deutete auf seine erst halb gepackten Koffer. »Ich hatte gehofft, zusammen mit ihnen nach San Francisco fahren zu können. Jetzt muss ich Tom bitten, Miss Preussler und mich mit einem der Lastwagen in die Stadt zu bringen. Du hast doch nichts dagegen?«

»Im Prinzip nicht«, antwortete Graves ungerührt. »Unglückseligerweise ist Tom vor einer halben Stunde weggefahren, und ich fürchte, dass er wohl kaum vor Sonnenuntergang zurück sein wird. Und ich selbst habe noch nie ein solches Vehikel gefahren und traue es mir offen gestanden in derart schwierigem Gelände auch nicht zu.« Er lächelte flüchtig in Miss Preusslers Richtung. »Ich würde unsere kurze Bekanntschaft nur äußerst ungern damit beenden, uns alle in den Straßengraben zu befördern.«

»Soll das heißen, dass wir erst heute Abend von hier weg können?«, fragte Mogens.

Graves nickte. »Es sei denn, du möchtest mit all deinem Gepäck zu Fuß die drei Meilen in die Stadt gehen«, sagte er.

»Gibt es dort ein Gasthaus?«, wollte Miss Preussler wissen.

Graves nickte, ließ aber praktisch sofort ein Kopfschütteln folgen. »Schon, aber das ist wirklich kein Etablissement, das ich einer Dame empfehlen kann. Warum bleiben Sie nicht einfach hier?«

»Hier?«

»Warum nicht?«, erwiderte Graves. Er hatte seine Selbstbeherrschung jetzt endgültig zurückerlangt. »Wir haben genug Platz, jetzt, wo Doktor Hyams und die anderen abgereist sind. Morgen früh kann Tom Professor VanAndt und Sie dann direkt nach San Francisco bringen.« Er lächelte. »Und ich bekomme die Gelegenheit, Sie und den Professor zum Abendessen einzuladen, um mich auf diese Weise für mein unmögliches Benehmen zu entschuldigen.«

Miss Preussler hatte ihn gebeten, noch einmal nach draußen zu gehen und nach Cleopatra zu sehen, was Mogens auch gern getan hatte – allerdings ohne Erfolg. Er hatte auch nicht wirklich damit gerechnet: Niemand fand eine Katze, wenn diese sich nicht finden lassen *wollte*, und Cleopatra wollte es ganz offensichtlich nicht.

Mogens suchte auch nicht wirklich nach ihr, aber er nahm diesen Vorwand dankend an, um auf die andere Seite des Lagers zu gehen und sich die dort abgestellten Automobile anzusehen. Wenn ein siebzehnjähriger Junge vom Land einen solchen Wagen fahren konnte, dann sollte es ihm im Grunde doch auch gelingen.

Sein Mut sank jedoch, nachdem er auch nur einen Blick ins Führerhaus des ersten Pritschenwagens geworfen hatte. Abgesehen von dem übergroßen Lenkrad, das in Mogens' Augen die Dimensionen eines Schiffssteuers hatte, konnte er keine Ähnlichkeit mit dem Ford erkennen, in dem Tom ihn hergebracht hatte. Es gab gleich zwei Ganghebel und auch die Pedale schienen anders angeordnet zu sein. Mogens konnte nicht einmal erkennen, wie dieses Fahrzeug *gestartet* wurde, und er war jetzt nicht mehr ganz so sicher wie noch vor einer Minute, dass Graves' Ablehnung, sie zu fahren, nur pure Unhöflichkeit gewesen war. Vermutlich bestand für einen unkundigen Fahrer tatsächlich die Gefahr, mit einem solchen Monstrum im Straßengraben zu landen. Dennoch besah er sich auch noch den zweiten Wagen, allerdings mit dem gleichen Ergebnis.

»Versuch es erst gar nicht, Mogens«, sagte eine Stimme hinter ihm. »Ich weiß, dass du nicht Auto fahren kannst. Du würdest dieses Ding nicht einmal ankriegen... so wenig wie ich, übrigens.«

Mogens drehte sich betont langsam um und maß Graves mit einem eisigen Blick von Kopf bis Fuß. »Spionierst du mir nach?«

»Ich könnte genauso gut fragen, ob du hier herumschnüffelst, Mogens«, antwortete Graves.

»Ich suche Cleopatra«, sagte Mogens.

»Cleopatra?«

»Miss Preusslers Katze«, erklärte Mogens. »Sie ist aus dem Haus gelaufen, und Miss Preussler sorgt sich um sie. Immerhin ist das hier eine ungewohnte Umgebung für sie.«

»Sie hat ihre *Katze* mitgebracht?«, wunderte sich Graves. »Zu einem *Höflichkeitsbesuch*? Eine sonderbare Person.« Er lachte. »Was will sie wirklich hier, Mogens? Niemand reist zweitausend Meilen, nur um einmal *Hallo* zu sagen.«

»Miss Preussler«, antwortete Mogens, »ist manchmal etwas eigenwillig. Wenn sie sich einmal etwas in den Kopf gesetzt hat, dann erreicht sie es meistens auch.«

»Und jetzt hat sie sich in den Kopf gesetzt, dich zurückzuholen«, vermutete Graves. Er schüttelte den Kopf. »Und? Wirst du mit ihr gehen?«

»Was interessiert dich daran?«, gab Mogens zurück, ohne Graves' Frage damit direkt zu beantworten.

Graves hob die Schultern. »Vielleicht kann ich nur nicht verstehen, wieso ein Mann mit deinen Fähigkeiten es vorzieht, in einem Kaff am Ende der Welt zu versauern, statt die Gelegenheit zu ergreifen, sich nicht nur zu rehabilitieren, sondern darüber hinaus in die Geschichtsbücher einzugehen.« Er schüttelte abermals den Kopf. »Die allermeisten anderen Wissenschaftler, die ich kenne, würden ihre Seele verkaufen, um nur einen einzigen Blick in diesen Raum zu werfen.«

»Ja, vielleicht«, sagte Mogens. »Und du, Jonathan? *Hast* du deine Seele bereits verkauft? Und wenn ja, an wen?«

Graves setzte zu einer wütenden Antwort an, presste aber dann nur die Lippen aufeinander und beließ es bei einem abgehackten Kopfschütteln. »Das hat keinen Sinn«, seufzte er. »Eigentlich bin ich gekommen, um mich bei dir zu entschuldigen, Mogens. Ich habe mich heute Morgen unmöglich benommen. Ich war außer mir, wegen Hyams und den anderen. Es tut mir aufrichtig Leid.«

»Das glaube ich dir sogar«, sagte Mogens. »Aber es ändert nichts an meinem Entschluss. Ich werde ebenfalls gehen.«

»Und ich habe keine Chance, dich umzustimmen?«, fragte Graves.

»Nein«, antwortete Mogens. Er machte eine Kopfbewegung auf die beiden Pritschenwagen. »Wenn du mich angelogen hast, weil du glaubtest, mich umstimmen zu können, dann war die Mühe umsonst.«

»Angelogen?«

»Beide Wagen sind hier«, antwortete Mogens. »Mit dem dritten sind Hyams und die beiden anderen weggefahren. Wenn du Tom also nicht zu Fuß in die Stadt geschickt hast, dann nehme ich an, dass er sich noch hier im Lager aufhält.«

»Es hat wohl keinen Sinn, dir etwas vormachen zu wollen«, seufzte Graves. »Ja, du hast Recht. Tom ist unten im Tunnel. Ich hatte gehofft, dich vielleicht doch noch überreden zu können. Warum diese plötzliche Ablehnung, Mogens? Interessiert es dich tatsächlich nicht, was wir dort unten gefunden haben?«

»Du begreifst es immer noch nicht, Jonathan«, antwortete Mogens. »Ich werde gehen, *weil* ich weiß, was dort unten ist. Wir haben etwas geweckt, das mit gutem Grund dort unten eingesperrt wurde. Wir haben schon viel zu viel angerichtet. Es ist ein Wunder, dass keine Menschen zu Schaden gekommen sind!«

»Du glaubst das tatsächlich, wie?«, fragte Graves. »Du glaubst allen Ernstes, dass *wir* dieses Erdbeben ausgelöst haben.«

»Nein«, antwortete Mogens. »Ich weiß es. Gib dir keine Mühe. Ganz egal, was du sagst oder tust, ich werde dir nicht weiterhelfen.«

Er wollte sich umwenden und gehen, aber Graves hielt ihn mit einer raschen Bewegung am Arm zurück. Seine Berührung war so unangenehm, dass Mogens allein um ihretwillen mitten im Schritt erstarrte. Graves war unerwartet stark, sein Griff tat *weh.* Aber das war nicht alles. Er fühlte sich nicht wirklich an wie der Griff eines Menschen. Unter dem schwarzen Handschuh *pulsierte* etwas, als umhülle das glänzende Leder nicht tatsächlich die Finger eines Menschen, sondern ein Gewimmel aus unzähligen schleimigen Würmern, die gewaltsam in diese Form gepresst worden waren und nun versuchten, ihr Gefängnis zu sprengen.

Als hätte Graves Mogens' Gedanken gelesen, ließ er seinen Arm los und trat hastig zwei Schritte zurück. »Entschuldige. Aber ich bitte dich, mich anzuhören. Nur noch dieses eine Mal.«

Es fiel Mogens schwer, Graves' Worten zu folgen. Er blickte auf seinen Arm herab, dorthin, wo Graves' Hand ihn berührt hatte. Sie war nicht mehr da, aber er spürte ihre Berührung immer noch, als hätte sich der Abdruck der von schwarzem Leder umhüllten Finger in seine Haut eingebrannt. Er hatte das Gefühl, von etwas Unheiligem, durch und durch *Unmenschlichem* besudelt worden zu sein, etwas, das so… so falsch war, dass es nicht sein *durfte*.

»Ich bitte dich, noch ein einziges Mal mit mir nach unten zu gehen, Mogens«, fuhr Graves fort. »Tom hat den Gang wieder geräumt und die am schlimmsten beschädigten Stellen abgestützt, und er hat gute Arbeit geleistet. Es besteht also keine Gefahr. Und du musst kein Wort sagen, wenn du nicht willst!«

»Warum willst du dann, dass ich dich begleite?«, fragte Mogens. »Ich *werde* dir nicht helfen, Jonathan.«

»Und ohne deine Hilfe habe ich nicht die geringste Aussicht, diese Tür zu öffnen«, fügte Graves hinzu. »Du siehst also, es besteht nicht die geringste Gefahr. *Ich* kann diese Schrift nicht einmal lesen.«

Ich kann sie auch nicht mehr lesen, wollte Mogens antworten, aber er sagte sich, dass Graves ihm das kaum glauben dürfte und es als bloße Schutzbehauptung abtun würde. »Warum dann also die Mühe?«, fragte er erneut.

»Weil du es mir verdammt noch mal schuldig bist!«, antwortete Graves. »*Du* glaubst, dass dort unten etwas Gefährliches begraben liegt. *Ich* glaube das nicht. Was ist an dieser Situation so außergewöhnlich? Zwei Wissenschaftler, die unterschiedlicher Meinung über einen Fund sind! Überzeuge mich!«

»Du bist ja verrückt«, seufzte Mogens. »Gib endlich Ruhe, Jonathan. Ich werde nicht mit dir kommen.« Er machte eine

Handbewegung in Richtung seiner Hütte. »Ich denke, ich werde jetzt zu Miss Preussler gehen und sie zu einem kleinen Spaziergang einladen. Unser Gepäck lassen wir dann morgen abholen.«

»Wovor hast du Angst, Mogens?«, fragte Graves. »Dass ich dort unten über dich herfallen und dir etwas antun könnte?« Er lachte böse. »Oder dass du dir eingestehen musst, dass ich vielleicht Recht habe?«

Die ehrliche Antwort wäre ein klares *Ja* gewesen, auf *beide* Fragen. Mogens schenkte ihm jedoch nur einen verächtlichen Blick und wandte sich ab, um zu gehen. Endgültig.

Obwohl Mogens kaum länger als zehn Minuten fort gewesen war, hatte Miss Preussler ein kleines Wunder vollbracht, als er in die Blockhütte zurückkam. Er hatte den Raum noch nie so ordentlich – und vor allem sauber – gesehen wie jetzt, nicht einmal am Tag seiner Ankunft. Irgendwie schien es Miss Preussler gelungen zu sein, eines der fundamentalsten Gesetze der Physik außer Kraft zu setzen, jenes nämlich, nach dem das Innere eines Raumes niemals größer sein kann als sein Äußeres. Sie hatte nicht nur alles ordentlich an seinen Platz geräumt, der Raum schien auch auf fast magische Weise größer geworden zu sein, sodass Mogens zum ersten Mal das Gefühl hatte, sich frei bewegen zu können, ohne Angst haben zu müssen, irgendwo anzustoßen oder etwas umzuwerfen.

»Haben Sie Cleopatra gefunden?«, fragte sie, als Mogens den Raum betrat, und ohne sich zu ihm herumzudrehen. Mogens antwortete nicht gleich. Miss Preussler stand vor dem Bücherregal und wandte ihm den Rücken zu, sodass er nicht genau erkennen konnte, was sie tat. Klar jedoch war, dass sie sich an den Büchern zu schaffen machte – wenn auch vermutlich nur, um sie abzustauben und präzise auf den Regalböden auszurichten – und dass ihm nicht sonderlich wohl dabei war.

»Ich fürchte, nein«, sagte er. »Aber Sie sollten sich keine Sorgen machen. Cleopatra wird bestimmt nichts passieren. Die Umgebung hier ist sicher, und es gibt keine gefährlichen Tiere.« Sah man von dem Sumpf ab, der unmittelbar hinter dem Lager begann, und vergaß man das, was Sheriff Wilson über den getöteten Geologen erzählt hatte, fügte er in Gedanken hinzu. Ihm war nicht besonders wohl dabei, Miss Preussler anzulügen, aber er sah auch keinen Sinn darin, sie unnötig zu beunruhigen. Er wusste, wie sehr Miss Preussler an Cleopatra hing. Und er tröstete sich damit, dass Cleopatra schließlich eine Katze war und hoffentlich noch ein paar Reserveleben übrig hatte.

Miss Preussler wirkte jedoch keineswegs beunruhigt, sondern schenkte ihm im Gegenteil ein Lächeln. »Oh, ich mache mir keine Sorgen um Cleopatra. Sie ist eine kleine Herumtreiberin, das weiß ich, aber sie kommt stets wieder nach Hause zurück. Wir müssen ihr nur ein wenig Zeit lassen.«

Zeit war genau das, wovon sie Mogens' Meinung nach im Moment am allerwenigsten hatten. Er konnte zwar selbst keinen Grund dafür benennen, aber es war gerade jenes letzte, an sich harmlos anmutende Gespräch mit Graves gewesen, das ihm klar gemacht hatte, wie gut sie daran täten, so schnell wie möglich von hier zu verschwinden. Graves gehörte nicht zu den Männern, die einfach aufgaben.

Andererseits würde Miss Preussler aber ganz bestimmt nicht ohne Cleopatra von hier weggehen. Er ersparte es sich gleich, auch nur eine entsprechende Bemerkung zu machen.

»Die Bücher, Miss Preussler«, sagte er stattdessen. »Es… wäre mir lieber, wenn Sie sie nicht anfassen würden.«

Einen Moment lang sah Miss Preussler ziemlich betroffen aus, aber sie fing sich sofort wieder. »Ich habe sie nur ordentlich hingestellt. Und vielleicht ein wenig abgestaubt. Ich werde bestimmt nichts wegnehmen oder in Unordnung bringen!«

»Sicher nicht«, antwortete Mogens resignierend. Wie hätte er ihr auch erklären können, dass es schon gefährlich war, einige von diesen Büchern auch nur zu *berühren*? Mehr noch: Vielleicht war es schon gefährlich, sie auch nur in seiner Nähe zu haben.

»Bitte verzeihen Sie.«

»Natürlich verzeihe ich Ihnen, mein lieber Professor«, antwortete Miss Preussler. »Wenn Sie mir versprechen, dass Sie endlich damit aufhören, für alles und jedes um Verzeihung zu bitten, heißt das.«

Mogens hob nur die Schultern, Er druckste noch einen Moment herum und sagte dann: »Ich fürchte, es ist mir nicht gelungen, eine angemessene Transportmöglichkeit für uns zu bekommen. Wir werden wohl zu Fuß in die Stadt gehen müssen.«

»Zu Fuß?« Miss Preussler blinzelte. »Aber was ist mit der Einladung Ihres Freundes?«

»Graves?« Mogens schüttelte impulsiv den Kopf. »Graves ist nicht mein Freund.«

»Das konnte ich mir auch kaum denken«, sagte Miss Preussler. »Aber wollen Sie ihn wirklich so vor den Kopf stoßen? Er scheint mir kein Mann zu sein, der es einfach so hinnimmt, brüskiert zu werden.«

»Ich würde es dennoch vorziehen, in der Stadt zu übernachten, und nicht hier«, antwortete Mogens. »Ich weiß, es ist ein langer Fußmarsch, aber wir können unser Gepäck hier lassen. Ich lasse es morgen abholen.«

Er hörte sogar selbst, wie diese Worte klingen mussten, aber Miss Preussler überraschte ihn ein weiteres Mal. Sie ging mit keinem Wort auf seine fadenscheinige Argumentation ein – sondern nickte einfach.

»Wenn Sie es wünschen, Professor. Aber wir können doch noch warten, bis Cleopatra zurück ist?«

Hätte Mogens in diesem Moment darauf bestanden, die Katze zurückzulassen und auf der Stelle zu gehen, er war sicher, dass sie sich ihm nicht widersetzt hätte, und vielleicht war es einzig seine Überraschung über diese Erkenntnis, die ihn davon abhielt, genau das zu tun. Es starrte Miss Preussler einfach nur fassungslos an, und schließlich deutete sie seinen ungläubigen Blick falsch und atmete erleichtert auf, und der kostbare Moment war vorüber. Jetzt *konnte* er nicht mehr zurück.

»Selbstverständlich«, sagte er. »Es ist noch früh. Auf eine halbe Stunde kommt es sicher nicht an.«

Das war nicht der erste Fehler, der ihm unterlief, seit Jonathan Graves wieder in sein Leben getreten war.

Aber vielleicht der schlimmste.

Cleopatra kam nicht innerhalb der nächsten halben Stunde zurück, aber dafür begann sich der Himmel zuzuziehen. Zuerst waren es nur vereinzelte, lockere Wolken, über das Firmament verteilt wie Baumwollblüten, die dem Pflücker aus seinem Beutel gefallen waren. Aber sie blieben nicht einzeln, sondern wurden mehr, und als Mogens einmal zufällig aus dem Fenster sah, hatte er das unheimliche Gefühl, eine vage Bewegung oben am Himmel zu erkennen; als strebten die Wolken einem gemeinsamen Mittelpunkt zu, der nur ein kleines Stück abseits des Lagers war. Zwanzig Minuten nach seinem Gespräch mit Graves rollte der erste, noch entfernte Donnerschlag über den Himmel, und weitere zwanzig Minuten darauf hing eine geschlossene Decke aus kompakten, nahezu schwarzen Wolken über dem Land, und es begann zu regnen.

»Wir werden wohl auf unseren Spaziergang verzichten müssen«, sagte Miss Preussler betrübt.

Mogens antwortete nicht darauf, aber er wusste, dass sie Recht hatte. Im Moment war der Regen noch nicht mehr als ein seidiges Rauschen, das über die Fenster strich, aber der Donner hatte zugenommen, und er war auch deutlich lauter geworden. Was jetzt noch ein sanfter Frühlingsregen war, mochte sich binnen kürzester Zeit zu einem Unwetter auswachsen. Drei Meilen können ein verdammt langer Spaziergang sein, in einem Gewittersturm.

Es wurde zusehends dunkler. Das Unwetter entwickelte sich genau so, wie Mogens es vorausgesehen hat, und bald war aus dem seidigen Streicheln des Regens das wütende Trommeln unsichtbarer Fäuste geworden, laut genug, um selbst das Grollen der Donnerschläge nahezu zu verschlucken, und aus dem Wind war ein heulender Sturm geworden, der an den Fensterläden zerrte und selbst die schwere Tür vibrieren ließ. Mogens hatte das elektrische Licht eingeschaltet und blätterte in seinen Notizen; nicht weil ihm wirklich der Sinn danach stand, zu arbeiten, sondern weil er auf diese Weise nicht mit Miss Preussler reden musste. Ihre Nähe war ihm nicht wirklich unangenehm, aber sie machte alles schrecklich kompliziert. Wäre sie nicht gewesen, hätte er sich vielleicht trotz des Unwetters auf den Weg gemacht. Irgendetwas hier hatte sich verändert, seit Hyams und die anderen fort waren. Vielleicht war es auch umgekehrt. Vielleicht waren sie gegangen, *weil* sich etwas verändert hatte und weil sie die Gefahr spürten, die langsam aus der Tiefe der Erde zu ihnen heraufkroch.

»Ich weiß zwar, dass es mich nichts angeht«, sagte Miss Preussler, »und dass ich es wahrscheinlich sowieso nicht begreifen werde, aber trotzdem: Worum geht es bei Ihrer Arbeit hier eigentlich?«

Mogens löste widerstrebend den Blick von seinen Notizen und drehte sich noch widerstrebender zu Miss Preussler um. Ihm war klar, dass sie nur ein wenig Konversation machen wollte, denn mit der Dunkelheit und dem Trommeln der Regenfäuste auf dem Dach hatte auch die Langeweile in die Blockhütte Einzug gehalten. Der Raum war so klein, dass selbst Miss Preussler nichts mehr zum Putzen oder Aufräumen gefunden hatte. Aber ihm war nicht nach Reden. Schon gar nicht über *dieses* Thema.

»Es ist sehr kompliziert, Miss Preussler«, sagte er ausweichen. »Und wir reden im Allgemeinen nicht über unsere Arbeit.«

»Weil dieser unmögliche Doktor Graves es Ihnen verboten hat«, vermutete Miss Preussler.

Mogens schüttelte den Kopf. »Nein.« Einen Moment später verbesserte er sich: »Ja.«

Miss Preussler runzelte viel sagend die Stirn, und Mogens kapitulierte innerlich und klappte die Mappe mit seinen Notizen zu, bevor er sich endgültig zu ihr umdrehte. Sie *hatte* ihre Konversation, aber Mogens registrierte beinahe überrascht, dass ihm dies im Grunde gar nicht so unrecht kam. Vielleicht war der Klang einer menschlichen Stimme genau das, was er im Moment brauchte, um die Geister zu vertreiben, die zwischen den Zeilen seiner Aufzeichnungen hervorgekrochen waren und seine Gedanken vergifteten.

»Doktor Graves hat uns tatsächlich verboten, außerhalb der Grabungsstätte über unsere Arbeit zu sprechen – aber was Jonathan Graves sagt, interessiert mich nicht mehr.«

Miss Preussler schenkte ihm ein beifälliges Nicken. Sie schwieg.

»Es ist nur so, dass ich nicht darüber reden *möchte*«, fuhr er nach einer unbehaglichen Pause fort. Zwischen Miss Preusslers sorgsam nachgezogenen Augenbrauen entstand eine steile Falte, aber sie schwieg beharrlich weiter, sodass Mogens sich genötigt sah, zumindest noch den Versuch einer Erklärung hinzuzufügen. »Es gibt Dinge, über die sollte man nicht reden, Miss Preussler. Ich möchte nur noch möglichst schnell von hier fort und nie wieder daran denken.«

Die Falte zwischen Miss Preusslers Augenbrauen vertiefte sich, und Mogens hatte plötzlich das Gefühl, einen Fehler gemacht zu haben – auch wenn er sich beim besten Willen nicht denken konnte, welchen. »Sie beschäftigen sich hier doch nicht etwa mit gotteslästerlichen Dingen, Professor?«, fragte sie.

»Nein!«, antwortete Mogens hastig – vielleicht eine Spur zu hastig, denn zu der steilen Falte über Miss Preusslers Nasenwurzel gesellte sich nun auch noch ein Ausdruck von mit Missbilligung gepaartem Misstrauen in ihren Augen. Und vielleicht hatte er ihr auch nicht die Wahrheit gesagt, dachte er. Da er nicht an Gott glaubte, konnte er ihn auch schwerlich lästern. Aber vielleicht kam es ja auf die Definition des Wortes *Gott* an.

»Sagen Sie mir die Wahrheit, Professor.« Miss Preussler hob die Hand, um ihm mit dem Zeigefinger zu drohen. »Ich habe diesem schrecklichen Menschen nie getraut, vom ersten Augenblick an nicht.«

»Es hat nichts mit Graves zu tun«, sagte Mogens. Es *war* ein Fehler gewesen. Aus einer harmlosen Konversation war er unversehens in eine Situation abgeglitten, sich *verteidigen* zu müssen. »Wir haben etwas gefunden, was... besser nicht gefunden worden wäre, Miss Preussler. Das ist alles, was ich Ihnen darüber sagen kann.«

»Manche Dinge sind vielleicht zu Recht vergessen«, sagte Miss Preussler mit einer Weisheit, die er niemals von ihr erwartet hätte. Noch viel weniger hätte er das erwartet, was sie als Nächstes sagte. »Wenn Sie es wünschen, Professor, können wir gehen. Das bisschen Regen macht mir nichts aus. Ich bin nicht aus Zucker.«

»Das würde ich Ihnen auf gar keinen Fall empfehlen.« Graves trat ein, begleitet von einem Regenschauer und einer Sturmböe, die mit einem triumphierenden Heulen hereinfauchte und sich unverzüglich auf Mogens' Papiere stürzte, um sie in einen wirbelnden Schneesturm rechteckiger weißer Flocken zu verwandeln, drückte die Tür mit sichtlicher Mühe hinter sich ins Schloss und stampfte mehrmals und heftig mit den Füßen auf, um das Wasser abzuschütteln, das in wahren Sturzbächen an seiner schwarzen Regenjacke herablief. »Um nicht zu sagen, ich würde es nicht zulassen, meine liebe Miss Preussler.«

Er drehte sich schnaubend zu Mogens und ihr um. »Das Unwetter wird noch schlimmer, fürchte ich. Sie könnten diesen Spaziergang durchaus mit dem Leben bezahlen.«

Miss Preussler sah ihn einen Herzschlag lang vorwurfsvoll an, sagte aber nichts, sondern stand wortlos auf, um die Papiere aufzuheben, die der Wind durcheinander gefegt hatte. Auch Mogens starrte Graves an, wenn auch aus einem vollkommen anderen Grund. Graves hatte ganz eindeutig auf Miss Preusslers Vorschlag geantwortet, aber wie hatte er sie überhaupt verstehen können, auf der anderen Seite der massiven Tür und noch dazu eingehüllt in Regen und brüllenden Sturm?

»Bei diesem Wetter jagt man nicht einmal den sprichwörtlichen Hund vor die Tür.« Graves kam näher und sah stirnrunzelnd auf Miss Preussler hinab, die sich bereits in die Hocke hatte sinken lassen und darauf wartete, dass auch die letzten Blätter schaukelnd zu Boden sanken.

»Oh«, sagte er. »Das… tut mir Leid.«

Miss Preussler tat ihm nicht den Gefallen, *Aber das macht doch nichts* oder etwas in dieser Art zu sagen, sondern schenkte ihm nur einen kühlen Blick und fuhr fort, die heruntergefallenen Papiere einzusammeln. Graves wartete noch einen Moment vergebens auf eine Absolution, die nicht kam, dann zuckte er mit den Schultern und nahm unaufgefordert auf dem Stuhl Platz, den Miss Preussler gerade notgedrungen geräumt hatte. »Das ist noch lange nicht alles«, fuhr er mit einer Kopfbewegung zur Tür hin fort. »Da braut sich ein Sturm zusammen, wie ich ihn hier noch nicht erlebt habe. Ich hoffe, das Wetter hat sich bis morgen früh beruhigt.« Er wandte sich zu Miss Preussler um. »Tom hat die Hütte für Sie hergerichtet, die Doktor Hyams bisher bewohnt hat. Ich dachte mir, dass Sie lieber in einem Bett schlafen, in dem auch bisher eine Frau gelegen hat.«

Miss Preussler reagierte auch darauf nicht, aber Mogens, der ihr Gesicht zumindest im Profil sah, konnte ein flüchtiges Gefühl von Zufriedenheit nicht ganz verleugnen. Graves hatte weitere Minuspunkte bei ihr gesammelt; einfach, indem er die Worte Frau und Bett zusammen in einem Satz verwendet hatte.

»Aber es bleibt doch bei unserer Verabredung zum Abendessen?«, fuhr Graves fort.

»Ich bin nicht besonders hungrig.« Miss Preussler richtete sich auf die Knie hoch und stampfte den ersten Stapel Papier auf die Tischplatte vor Mogens. »Und es wäre mir auch peinlich, wenn Sie sich meinetwegen eigens so viel Mühe machen würden.«

»Aber ich bitte Sie!« Graves winkte mit beiden Händen ab. »So selten, wie wir hier Besuch haben, ist es mir ein Vergnügen. Außerdem«, fügte er mit einem angedeuteten Lächeln hinzu, »bereitet es mir keine Mühe. Allenfalls die, Tom ein paar zusätzliche Anweisungen zu geben. Er ist ein ausgezeichneter Koch, Sie werden sehen.«

Miss Preussler würdigte ihn auch jetzt noch keiner Antwort, aber sie unterbrach ihre Arbeit für einen kurzen Moment, um einen Blick in die Runde zu werfen, der dafür umso beredter war. Vielleicht überlegte sie, ob Toms Fähigkeiten als Koch wohl ebenso zu wünschen übrig lassen würde wie die als Haushälter.

»Also gut.« Graves stand auf und machte keinen Hehl aus seiner Enttäuschung über die Entwicklung, die dieses Gespräch genommen hatte. Anscheinend war er mit einer bestimmten Absicht hierher gekommen, die er nun offensichtlich nicht mehr verwirklichen zu können glaubte. »Dann werde ich mal wieder nach dem Rechten sehen. Es bleibt dann dabei: in zwei Stunden drüben in meiner Hütte.« Er machte ein paar Schritte in Richtung Tür und blieb dann wieder stehen, um sich noch einmal zu Miss Preussler umzudrehen.

»Ach, Miss Preussler – machen Sie sich keine Sorgen um Ihre Katze. Sie hat sich vor dem Unwetter in Sicherheit gebracht. Tom kümmert sich um sie.«

»Cleopatra ist bei Ihnen?«, fragte Miss Preussler zweifelnd.

»Ich fürchte, Ihre vierbeinige Freundin hat mich nicht unbedingt in ihr Herz geschlossen«, bekannte Graves mit einem verlegenen Lächeln. »Dafür scheint sie einen um so größeren Narren an Tom gefressen zu haben. Ich gebe ihm Bescheid, dass er sie zum Essen mitbringt.«

Das Unwetter tobte noch gute anderthalb Stunden mit wachsender Wut, bevor seine Kraft allmählich nachließ und aus dem heulenden Orkan ein normaler Wind und aus dem hämmernden Trommelfeuer wieder normaler Regen wurde. Mogens öffnete ein paar Mal die Tür, um nach draußen zu sehen, und der Regen war jedes Mal schwächer geworden. Auf geradezu unheimliche Weise pünktlich, um ihnen keinen Vorwand zu liefern, Graves' Einladung auszusitzen, hörte der Regen ganz auf. Der Wind flaute zu einer sachten Brise ab, deren Kraft kaum noch ausreichte, um die Wolken am Himmel auseinander zu treiben.

Dennoch wurde es nicht hell. Im gleichen Maße, in dem die Regenwolken über ihnen ihre Farbe verloren und sich schließlich ganz auflösten, senkte sich die Dämmerung über das Land. Es blieb dunkel, auch als sie das Haus verließen und sich auf den kurzen Weg zu Graves' Unterkunft machten.

Sie erlebten noch eine weitere, diesmal aber angenehme Überraschung: Obwohl der stundenlange Regen den Platz endgültig in einen Morast verwandelt hatte, erreichten sie die Hütte trockenen Fußes, denn jemand – vermutlich Tom – hatte sich die Mühe gemacht, einen Weg aus Planken dorthin zu legen, sodass sie zwar vorsichtig balancieren mussten, aber zumindest nicht Gefahr liefen, bis an die Knöchel in Schlamm zu versinken. Miss Preussler zeigte sich äußerst angetan von dieser Zuvorkommenheit, in Mogens weckte sie jedoch nur eine Mischung aus Ärger und kindischem Trotz. Auch wenn er sich wenig um solcherlei Dinge gekümmert hatte, war ihm doch klar, dass Tom praktisch alle im Lager anfallenden Arbeiten allein verrichtete. Dutzende der schweren Bohlen herbeizuschleppen und auszulegen musste eine ziemliche Plackerei gewesen sein – und eine überflüssige dazu. Bei Miss Preussler hatte Graves von Anfang an keine Chance gehabt, und was ihn anging, hätte er den Weg zu seiner Hütte mit massiven Goldbarren pflastern können, ohne dadurch irgendetwas an Mogens' Entschluss zu ändern, so bald wie möglich abzureisen.

Graves' Hütte war vom warmen Schein zahlreicher Kerzen erhellt, als sie eintraten, und das war nicht alles, was sich verändert hatte. Die Veränderung war beinahe so radikal wie die, die in Mogens' Quartier stattgefunden hatte, nur dass Graves keine Miss Preussler zur Verfügung gehabt hatte: Der Raum war bis in den hintersten Winkel pedantisch aufgeräumt, und der große Tisch, der sich Mogens noch vor wenigen Stunden als ein einziges Chaos dargeboten hatte, war zu einer festlichen Tafel für drei Personen gedeckt worden, das jedem Nobelrestaurant Ehre gemacht hätte: Es gab kostbares Porzellan, Gläser aus geschliffenem Kristallglas und schweres Silberbesteck mit Einlagen aus Gold. In der Luft lag ein Wohlgeruch, der Mogens das Wasser im Munde zusammenlaufen ließ. Die allergrößte Überraschung aber stellte Jonathan Graves selbst dar: Er hatte sich umgezogen und trug Frack, ein blütenweißes Hemd und Fliege, dazu Gamaschen und hochglanzpolierte Schuhe. Mogens, der sich für die geplante Reise eher nach Kriterien wie Zweckmäßigkeit und Robustheit umgezogen hatte, kam sich plötzlich schäbig, ja, fast ein wenig schmuddelig vor, was seinen Ärger auf Graves noch mehr anstachelte. Vermutlich hieße es, Graves trotz allem zu viel Bosheit zu unterstellen, indem er annahm, dass irgendeine Absicht dahinter steckte, aber Mogens gefiel diese Vorstellung. Es war, als suche er nun, wo er sich einmal von Graves' Einfluss freigemacht hatte, fast krampfhaft nach allem, was er seinem ehemaligen Kommilitonen anlasten konnte.

Graves erhob sich bei ihrem Eintreten, eilte Miss Preussler entgegen und verbeugte sich zu einem perfekten Handkuss. Miss Preussler war viel zu perplex, um irgendetwas anderes zu tun, als einfach dazustehen und Graves anzustarren. Ihre Überraschung, erkannte Mogens besorgt, war jedoch eher angenehmer Art.

»Meine liebe Miss Preussler!«, begrüßte sie Graves. »Mogens! Willkommen in meiner bescheidenen Behausung!«

Er richtete sich auf, trat einen Schritt zurück und machte eine einladende Geste auf den gedeckten Tisch. »Bitte nehmen Sie doch Platz. Tom wird Ihnen sofort einen Aperitif bringen.«

Noch immer reichlich perplex, folgte Miss Preussler seiner Einladung augenblicklich, während es in Mogens' Fall einer Wiederholung seiner wedelnden Geste bedurfte. Mogens war kaum weniger überrascht als Miss Preussler – vermutlich sogar mehr, denn anders als sie hatte *er* diesen Raum noch vor wenigen Stunden in einem gänzlich anderem Zustand gesehen. Es war ihm vollkommen unverständlich, wie Tom dieses Wunder in so kurzer Zeit vollbracht und dabei auch noch dieses zumindest himmlisch riechende Mahl zubereitet hatte – ganz davon zu schweigen, dass Graves behauptete, er habe auch noch den einsturzgefährdeten Tunnel gesichert und die schlimmsten Trümmer beseitigt.

Graves nahm ebenfalls Platz und wandte sich mit einem um Vergebung heischenden Lächeln an Miss Preussler. »Ich muss mich bei Ihnen entschuldigen, meine Liebe. Mir ist natürlich klar, dass das hier nicht dem Standard entspricht, den eine Frau wie Sie gewohnt ist, aber wir waren leider gezwungen, ein wenig zu improvisieren. Wir haben hier nicht sehr oft Besuch.«

»Aber ich bitte Sie, Doktor Graves!«, antwortete Miss Preussler. »Das ist… das ist geradezu fantastisch! Ich weiß gar nicht genau, was ich sagen soll!«

»Darf ich das als Kompliment auffassen?«

»Und ob Sie das dürfen!«, antwortete Miss Preussler.

»Danke sehr«, antwortete Graves. »Aber das Kompliment gebührt wohl eher Tom. Ich muss gestehen, dass er zum Großteil für dieses Wunder verantwortlich zeichnet.«

»Ah ja, Tom.« Miss Preussler nickte. »Der Professor hat mir von ihm erzählt. Ich würde diesen bemerkenswerten jungen Mann gerne einmal kennen lernen.«

»Ihr Wunsch ist mir Befehl, Gnädigste«, sagte Graves. Und es war ganz gewiss kein Zufall, dass genau in diesem Moment die Tür aufging und Tom hereinkam, beladen mit einem Silbertablett, auf dem eine Kristallkaraffe und drei dazu passende Gläser standen. Ein schwarzer Schemen mit orangerot glühenden Augen flitzte zwischen seinen Beinen hindurch, sprang mit einem Satz auf Miss Preusslers Schoß und rollte sich schnurrend zu einem Ball zusammen.

»Cleopatra, da bist du ja wieder!«, rief Miss Preussler erfreut. »Wo warst du nur die ganze Zeit, du kleine Rumtreiberin?« Sie begann die Katze zwischen den Ohren zu kraulen. Cleopatras Schnurren wurde noch lauter, aber nur für einen

Moment – dann setzte sie sich auf, machte einen Buckel und drehte den Kopf in Graves' Richtung. Ihre Augen wurden zu schmalen Schlitzen und sie ließ ein Fauchen hören, bei dem sie anscheinend ein Dutzend winziger, aber nadelspitzer Zähnchen bleckte.

»Aber Cleopatra, was soll denn das?«, schimpfte Miss Preussler. »Wirst du dich wohl unserem Gastgeber gegenüber anständig benehmen?«

Als hätte Cleopatra die Worte verstanden, rollte sie sich wieder zusammen. Sie fauchte nicht mehr, aber sie begann auch nicht wieder zu schnurren, und sie ließ Graves keine Sekunde aus den Augen.

»Tja, mir scheint, bei dieser schwarzen Schönheit habe ich keine Chance«, sagte Graves lächelnd.

Miss Preussler erstarrte. Ihre Hand, die immer noch Cleopatras Kopf streichelte, erstarrte ebenfalls, und aus dem Lächeln auf ihren Lippen wurde etwas anderes. In ihren Augen flackerte eine Verlegenheit, die beinahe an Panik grenzte. Sie brauchte eine Weile, um sich weit genug wieder zu fangen, um wenigstens antworten zu können. »Doktor Graves«, begann sie stockend, »wegen Cleopatras schrecklicher Entgleisung damals... es... es tut mir aufrichtig Leid.«

Graves blinzelte. »Ich fürchte, ich weiß nicht genau, wovon Sie reden.«

»Nun, Sie erinnern sich doch gewiss an... an Cleopatras...« Miss Preussler verstummte endgültig. Sie war sichtlich nicht mehr in der Lage, zu reden. Die Verlegenheit hatte hektische rote Flecke auf ihre Wangen gezaubert.

»Was immer es gewesen sein mag, Miss Preussler«, fuhr Graves fort, »ich bin sicher, Cleopatra hatte ihre Gründe dafür. Ich konnte noch nie gut mit Katzen umgehen. Wenn überhaupt, dann bin ich wohl eher ein Hundetyp. So weit mir mein Beruf Zeit für Haustiere lässt.«

Miss Preussler tauschte einen ungläubigen Blick mit Mogens, aber auch der konnte nur verwirrt die Schultern heben. Wenn Graves schauspielerte, dann tat er es perfekt. Aber war es denn möglich, dass sich Graves nicht mehr an den bizarren

Zwischenfall erinnerte, der kaum mehr als eine Woche zurücklag?

Wohl hauptsächlich, um das unbehagliche Schweigen zu beenden, das plötzlich im Raum lag, wandte sich Graves mit einer knappen Geste an Tom. Tom öffnete die Karaffe und schenkte Miss Preussler und ihm von der goldbraunen Flüssigkeit ein, die sie enthielt, aber als er auch Mogens eingießen wollte, schüttelte dieser rasch den Kopf.

»Der gute Professor trinkt niemals Alkohol, Tom«, sagte Graves mit einem leicht belustigten Unterton. Er selbst griff unverzüglich nach seinem Glas, leerte es mit einem einzigen Zug und bedeutete Tom, ihm nachzuschenken.

»Nun, was ich übrig lasse, dafür scheinst du ja reichlich Verwendung zu finden.« Mogens funkelte ihn an, aber Graves lächelte nur und prostete ihm mit dem nachgefüllten Glas zu, allerdings ohne zu trinken.

»Meine Herren«, sagte Miss Preussler. »Wir wollen doch nicht streiten.«

»Oh, wir streiten nie, Miss Preussler«, antwortete Graves lächelnd. »Hat Ihnen Mogens nicht verraten, dass wir alte Studienkollegen sind? Unser Umgangston ist manchmal etwas rau. Bitte verzeihen Sie.«

»Sie waren Kommilitonen?«, wunderte sich Miss Preussler.

»Viele Jahre lang«, antwortete Graves. »Wir haben uns sogar ein Zimmer geteilt.« Er seufzte. »Umso bedauerlicher ist es, dass der gute Professor sich nun entschlossen hat, seine Arbeit hier nicht fortzusetzen. Und das, obwohl wir so kurz vor dem Ziel sind.« Er hob rasch die Hand, als er sah, dass Mogens dazu ansetzte, etwas zu sagen. »Aber verzeihen Sie. Wir wollen jetzt nicht über unerfreuliche Dinge reden. Tom, wärst du so nett, das Essen aufzutragen? Ich bin sicher, unsere Gäste sind hungrig.«

Tom entfernte sich rasch, und Graves griff erneut nach seinem Glas und nippte daran. Wieder begann sich ein unangenehmes Schweigen zwischen ihnen breit zu machen.

»Darf ich Ihnen eine vielleicht etwas indiskrete Frage stellen, Doktor Graves?«, fragte Miss Preussler plötzlich.

»Nur zu«, antwortete Graves lächelnd. »Auch wenn ich mir nicht vorstellen kann, dass eine Dame wie Sie überhaupt weiß, was das Wort *indiskret* bedeutet.«

Miss Preussler reagierte nicht auf seine plumpe Schmeichelei, sondern deutete mit einer Kopfbewegung auf Graves' Hände. »Warum tragen Sie immerzu diese schrecklichen Handschuhe – sogar beim Essen?«

»Das ist Ihnen aufgefallen? Sie sind eine ausgezeichnete Beobachterin, Miss Preussler. Mein Kompliment.« Er seufzte. »Aber um Ihre Frage zu beantworten: Ich tue es aus Rücksicht auf alle, die in meiner Nähe sind. Meine Hände bieten keinen sehr schönen Anblick, müssen Sie wissen.«

»Was ist passiert?«

Graves' Blick verdüsterte sich, als hätte ihre Frage die Erinnerung an etwas in ihm geweckt, woran er sich lieber nie erinnert hätte. »Es ist keine sehr schöne Geschichte«, begann er. »Auch wenn sie schnell erzählt ist. Es war auf einer meiner Expeditionen in den südamerikanischen Dschungel. Ich bin mit einer... Substanz in Berührung gekommen, die ich besser nicht berührt hätte.«

»Sie haben sich eine Vergiftung zugezogen?«

»So könnte man es nennen«, antwortete Graves. »Die Folgen waren jedenfalls äußerst fatal. Eine davon war ein sehr unangenehmer Hautausschlag, den ich seither nicht wieder losgeworden bin. Gottlob beschränkt er sich nur auf meine Hände. Aber es sieht wirklich schrecklich aus.«

»Haben Sie einen Arzt konsultiert?«, fragte Miss Preussler.

»Die besten«, antwortete Graves. »Aber noch einmal: Lassen Sie uns über angenehmere Dinge reden. Wie war Ihre Reise hierher?«

Miss Preusslers Gesichtsausdruck nach zu urteilen, gehörte dieses Thema nicht unbedingt zu den *angenehmeren Dingen*, über die Graves eigentlich reden wollte. »Ganz entsetzlich«, antwortete sie. »Diese Eisenbahnen sind so laut und unbequem. Eine durch und durch unzivilisierte Art zu reisen, wenn Sie mich fragen.«

»Da mögen Sie Recht haben«, antwortete Graves. »Dennoch eine sehr effektive. Es gibt viele, die behaupten, dass dieses Land erst durch die Eisenbahn wirklich groß geworden ist.«

»Das mag sein«, sagte Miss Preussler ungerührt. »Aber bedeutet groß auch immer automatisch *besser?*«

»*Touché*«, sagte Graves lächelnd. »Vor Ihnen muss man sich in Acht nehmen, scheint mir. Sie sind die lebende Antwort auf die Frage, warum Frauen keinen Zutritt in Debattierclubs haben.«

Tom kam zurück, um das Essen zu servieren, und das, was er ihnen auftischte, übertraf sogar noch die Erwartungen, die der festlich gedeckte Tisch und der verlockende Duft geweckt hatten. Allein beim Anblick der auf dem Tablett gestapelten Speisen lief Mogens abermals das Wasser im Mund zusammen, und sein Magen knurrte hörbar. Er konnte es kaum abwarten, bis Tom zuerst ihm und dann Miss Preussler aufgetan hatte.

Tom machte jedoch keinerlei Anstalten, auch Graves' Teller zu füllen, sondern wünschte ihnen nur einen guten Appetit und ging wieder, und Miss Preussler wandte sich verwirrt an Graves. »Essen Sie nichts?«

»Ich fürchte, nein«, antwortete Graves. »Auch das gehört zu den Folgen jener unangenehmen Krankheit, die ich mir damals zugezogen habe.« Er hob demonstrativ die Hände. »Ich reagiere allergisch auf die allermeisten Lebensmittel und kann nur ganz bestimmte Dinge zu mir nehmen. Diese zweifellos köstliche Mahlzeit, die Tom für Sie zubereitet hat, würde mich vermutlich umbringen.«

»Aber das ist ja entsetzlich!«, sagte Miss Preussler.

»Es ist nicht so schlimm, wie es sich anhört«, antwortete Graves. »Man findet andere Befriedigungen, wenn einem der Genuss der gewohnten kleinen Freuden im Leben plötzlich verwehrt wird.«

»Zum Beispiel?«, fragte Mogens.

»Nun, zum Beispiel die Arbeit.« Obwohl Mogens die Frage gestellt hatte, wandte sich Graves weiterhin an Miss Preussler. »Oder auch eine gute Zigarette, dann und wann.« Er machte eine wedelnde Geste. »Aber lassen Sie sich davon bitte nicht aufhalten. Es wäre eine Schande um das wundervolle Essen. Und würde Tom, nebenbei bemerkt, wahrscheinlich das Herz brechen.«

Miss Preussler zögerte noch einen kurzen Moment, aber dann griff sie nach ihrem Besteck und begann zu essen, und nur einen Augenblick später folgte Mogens ihrem Beispiel.

Das Essen war köstlich. Mogens hatte ja schon zuvor Gelegenheit gehabt, Toms Kochkünste kennen zu lernen, aber mit dieser Mahlzeit hatte er sich selbst übertroffen. Sie aßen lange und mehr als ausgiebig, und Mogens erlebte schon wieder eine Überraschung, indem sich Jonathan Graves nicht nur als ein vorbildlicher Gastgeber herausstellte, sondern auch als ein überaus eloquenter Gesprächspartner und ein Mann von unerwartetem Witz und Esprit. Je weiter der Abend fortschritt, desto verwirrter fühlte sich Mogens. Der Jonathan Graves, der mit ihnen am Tisch saß, schien kaum noch Ähnlichkeit mit dem Mann zu haben, den er von früher her kannte, oder dem, mit dem er die letzten Tage verbracht hatte – und schon gar nicht mit dem unflätigen, barbarischen… *Etwas*, das ihn in Thompson besucht hatte. *Dieser* Jonathan Graves war intelligent, wohlerzogen und charmant, und das in einem Ausmaß, dass es selbst Mogens zunehmend schwerer wurde, ihm weiter mit Ablehnung zu begegnen. Graves trank drei Gläser Cognac, während sie aßen, aber er wartete artig, bis Mogens und Miss Preussler ihre Mahlzeit beendet hatten, bevor er sein silbernes Etui aufklappte und sich eine Zigarette anzündete.

»Eines der wenigen kleinen Laster, die mir noch geblieben sind«, sagte er, als er Miss Preusslers vorwurfsvollen Blick bemerkte. Er nahm einen tiefen Zug und wandte sich gleichzeitig an Tom. »Würdest du uns bitte Kaffee holen, Tom?«

Tom ging, und Graves blickte kurz seine Zigarette an, dann Miss Preussler und schließlich wieder die brennende Zigarette mit der affektierten Schildpattspitze, so als wäre ihm bei ihrem Anblick etwas eingefallen. »Da ist noch etwas, was mir die ganze Zeit schon auf der Seele liegt, Miss Preussler«, begann er zögernd.

»Ja?«

»Nun, es geht um… um unser erstes Zusammentreffen in Thompson«, antwortete Graves. »Es stand unter keinem sehr guten Stern, fürchte ich. Ich möchte mich dafür in aller Form bei Ihnen entschuldigen, Miss Preussler. Und bei dir natürlich auch, Mogens.«

Er schwieg einen Moment. Als er weitersprach, sah man ihm an, wie schwer es ihm fiel. »Ich fürchte, ich habe mich unmöglich benommen.«

»Nun, der Professor und ich waren… ein wenig befremdet«, räumte Miss Preussler ein.

»Das kann ich mir vorstellen«, sagte Graves. »Bitte halten Sie es jetzt nicht für eine billige Ausrede, die mir gerade zupass kommt, aber auch das hat mit jenem unglückseligen Missgeschick zu tun, das mir damals zustieß.«

»Dass du dich wie ein Tier benimmst?«, fragte Mogens gerade heraus. Miss Preussler warf ihm einen erschrockenen Blick zu, aber Graves sog nur an seiner Zigarette und nickte.

»Ich fürchte«, sagte er, »es war meine Schuld. Seit damals… bin ich unter gewissen Bedingungen nicht mehr sehr leistungsfähig. Manchmal verliere ich geradezu die Kontrolle über mich selbst. Ich war müde und erschöpft von der langen Fahrt, und ich war hungrig und darüber hinaus nervös, weil ich nicht wusste, wie du reagieren würdest, Mogens. Wie gesagt, es war mein Fehler. Aber mir brannte die Zeit unter den Nägeln, wie man so schön sagt.« Er atmete hörbar aus. »So, es war mir wichtig, diesen Punkt zu klären.«

»Dennoch werde ich diesen Ort morgen früh verlassen, Jonathan«, sagte Mogens. Graves' Erklärung machte ihn zornig, und das umso mehr, *weil* sie verlockend überzeugend schien. »Gib dir keine Mühe.«

»Schon gut«, antwortete Graves. »Ich weiß, wann ich verloren habe.«

»Aber was ist das denn für eine ominöse Arbeit, dass Sie sich darüber so entzweit haben?«, fragte Miss Preussler.

Für einen winzigen Moment glaubte Mogens, ein triumphierendes Aufblitzen in Graves' Augen zu sehen, aber es ging zu schnell, als dass er sicher sein konnte, und im nächsten Moment schon hatte Graves sich wieder unter Kontrolle. »Unsere Arbeit hier interessiert Sie?«, fragte er.

»Nur wenn es Ihnen nichts ausmacht«, antwortete Miss Preussler. »Professor VanAndt hat mir erklärt, dass Sie ungern über Ihre Arbeit reden.«

Diesmal war Mogens sicher, dass ihm Graves einen raschen, aber eindeutig triumphierenden Blick zuwarf, nicht etwa, weil er sich nie perfekt unter Kontrolle gehabt hätte, sondern weil er *wollte*, dass Mogens diesen Blick sah. »Das stimmt«, sagte er. »Ich wollte bis jetzt nicht, dass jemand erfährt, was wir hier gefunden haben. Und das war ein Fehler.«

»Wie?«, entfuhr es Mogens.

»Du hast Recht, Mogens«, sagte Graves. »Ich war so sehr von dem Gedanken besessen, der ganzen Welt in einem triumphalen Moment unsere Entdeckung zu präsentieren, dass ich wohl den Blick für die Realität verloren habe. Es tut mir Leid.« Er drehte sich zu Miss Preussler um. »Falls es Sie interessiert, Miss Preussler, wäre es mir eine Freude, Ihnen unsere Entdeckung zu zeigen.«

Nicht nur Miss Preussler war überrascht. Mogens starrte Graves regelrecht schockiert an, und für einen Moment verschlug es ihm – wortwörtlich – den Atem. Das triumphierende Funkeln war noch immer in Graves' Blick, tief verborgen am Grunde seiner Augen und unsichtbar für Miss Preussler, aber nicht für ihn. Ganz und gar nicht für ihn. Er war Graves in die Falle getappt. Und er wusste noch nicht einmal jetzt, als er sie fast zuschnappen zu hören meinte, wie sie wirklich aussah.

»Meinen Sie… das ernst?«, fragte Miss Preussler ungläubig. Sie warf einen hilflosen Blick in Mogens' Gesicht, doch Mogens ging nicht darauf ein.

Graves dafür umso mehr. »Selbstverständlich«, antwortete er. »Professor VanAndt hat mich überzeugt, auch wenn ich ihm ansehe, dass es ihm selbst noch schwer fällt, das zu glauben. Was nutzt es schon, den kostbarsten Schatz der Welt sein Eigen zu nennen, wenn niemand da ist, mit dem man ihn teilen könnte?«

»Du willst Miss Preussler… *zeigen*, was wir gefunden haben?«, vergewisserte sich Mogens.

»Ja«, antwortete Graves. »Wenn sie möchte, gleich jetzt.«

»Jetzt?«, wiederholte Mogens ungläubig.

»Warum nicht?«, wollte Graves wissen. »Tom hat die Trümmer beiseite geräumt. Das Licht funktioniert einwandfrei, und die Schäden waren nicht so schlimm, wie es im ersten Moment den Anschein gehabt hat.« Er machte eine auffordernde Geste zur Tür. »Wenn Sie es wünschen, können wir gleich gehen, Miss Preussler. Es ist noch nicht so spät, und Sie sind sicher begierig darauf zu erfahren, was wir entdeckt haben.«

»Vielleicht… hat das ja noch Zeit bis morgen«, sagte Miss Preussler stockend. Sie sah verwirrt aus und auf eine Weise hilflos, dass sie Mogens nicht nur aufrichtig Leid tat, sondern sein Zorn auf Graves auch schlagartig wuchs.

»Ganz wie Sie wünschen, Miss Preussler«, sagte Graves. Er machte keinen Hehl aus seiner Enttäuschung. »Es ist nur so, dass…«

Die Tür flog auf und Tom stürmte herein, aber nicht, um den Kaffee zu bringen, um den Graves ihn gebeten hatte. Ohne Mogens oder Miss Preussler auch nur eines Blickes zu würdigen, ging er zu Graves und flüsterte ihm etwas ins Ohr. Mogens konnte nicht verstehen, was er sagte, aber Graves runzelte – unangenehm! – überrascht die Stirn und stand auf, noch bevor Tom ganz zu Ende gesprochen hatte.

»Bitte entschuldigen Sie mich einen Moment«, sagte er. »Ich bin gleich zurück.«

Er ging, und zu Mogens' Enttäuschung schloss sich Tom an und verließ unmittelbar hinter ihm das Haus. Bevor sich die Tür schloss, konnte Mogens ein helles Scheinwerferpaar draußen vor dem Haus erkennen. Ein Wagen war vorgefahren.

»Was bedeutet das?«, fragte Miss Preussler.

Mogens hob nur die Schultern. Er wusste es nicht – und es interessierte ihn im Augenblick auch nicht. »Miss Preussler, ich bitte Sie!«, sagte er beschwörend. »Trauen Sie diesem Mann nicht! Sie wissen nicht, wer er wirklich ist!«

Miss Preussler wirkte ein wenig irritiert. Sie sah unsicher zu der Tür hin, durch die Graves und Tom verschwunden waren, und versuchte schließlich zu lächeln, aber es geriet eher zu einem Ausdruck der Hilflosigkeit. »Ich finde, dass er eigentlich ein ganz netter Mann ist«, sagte sie schleppend. »Man sollte ihm wenigstens eine Chance geben, meinen Sie nicht?«

»Das hat sich vor einer Woche in Thompson aber noch ganz anders angehört«, erinnerte sie Mogens.

»Nun, da hatte ich ja auch noch keine Ahnung von dem schrecklichen Schicksalsschlag, der ihn getroffen hat«, antwortete sie. Ihre Stimme wurde leiser. »Ich wusste ja gar nicht, dass Ihr Beruf so gefährlich ist, Professor.«

Mogens zog vielsagend die Augenbrauen zusammen. Er hatte sich jeden Kommentar zu der Geschichte gespart, die Graves ihnen aufgetischt hatte, aber das bedeutete nicht zwangsläufig, dass er sie auch glaubte. Er hatte nie von einer Krankheit gehört, die mit solchen Symptomen einherging, wie Graves sie beschrieben hatte. Und auch nicht von einem Gift, das eine derartige Wirkung zeigte. Außerdem beschränkte sich die unheimliche Verwandlung, die manchmal mit Graves vonstatten zu gehen schien, längst nicht auf seinen Körper. Ganz und gar nicht. Aber gleichwie – Graves' Geschichte hatte ihren Zweck eindeutig erfüllt: Er hatte Miss Preusslers Mitleid erregt, und jemand, den Betty Preussler einmal in ihr großes Herz geschlossen hatte, der hatte kaum eine Chance, jemals wieder daraus zu entkommen.

»Ich bitte Sie einfach, ihm nicht zu trauen«, sagte er. »Bitte glauben Sie mir, Miss Preussler. Ich kenne Jonathan Graves besser als Sie. Dieser Mann ist«, er suchte vergeblich nach einem passenden Wort und schloss schließlich mit einem Achselzucken, »... schlecht.«

Das traf es nicht einmal annähernd, aber es *gab* kein Wort um zu beschreiben, was er für Jonathan Graves empfand.

»Aber was ist denn nur so schrecklich an dem, was Sie dort unten entdeckt haben?«, fragte Miss Preussler.

»Das kann ich Ihnen nicht sagen«, antwortete Mogens. »Warum glauben Sie mir nicht einfach?«

»Weil es nicht sonderlich fair ist, einen Mann anzugreifen und ihm nicht die Möglichkeit zu geben, sich zu verteidigen«, antwortete Miss Preussler.

Und so ging es weiter. Mogens war von Miss Preusslers plötzlichem Sinneswandel so überrascht, dass er sich regelrecht beherrschen musste, um nicht wütend zu werden. Er hatte keine Ahnung wie – was umso erstaunlicher war, da er ja schließlich die ganze Zeit dabei gesessen hatte –, aber irgendwie war es Graves gelungen, Miss Preussler nahezu auf seine Seite zu ziehen. Sie diskutierten gute fünf Minuten in mühsam beherrschter, aber angespannter Stimmung, und Mogens war – absurd genug – regelrecht erleichtert, als Graves schließlich zurückkam.

Er war sehr blass. Sein Blick wich dem Mogens' und Miss Preusslers aus, während er zu seinem Platz ging und sich setzte.

»Ist… etwas passiert?«, fragte Miss Preussler zögernd.

Graves schenkte sich ein Glas Cognac ein, bevor er antwortete. Seine Hände zitterten leicht, sodass der Flaschenverschluss aus geschliffenem Kristall hörbar klirrte. »Das war Sheriff Wilson«, sagte er.

»Was wollte er?« Mogens richtete sich kerzengerade auf. Ein ungutes Gefühl begann sich in ihm breit zu machen.

»Es hat einen Unfall gegeben«, antwortete Graves. Er stürzte den Inhalt seines Glases mit einem einzigen Zug herunter und machte eine Bewegung, wie um sich unverzüglich nachzuschenken, setzte das Glas dann aber wieder ab und zündete sich stattdessen eine weitere Zigarette an.

»Einen Unfall? Was für ein Unfall?« Mogens beugte sich erregt vor. »Jonathan, so lass dir doch nicht jedes Wort aus der Nase ziehen!«

»Mercer«, sagte Graves leise. »Und McClure.« Er nahm einen tiefen, fast gierigen Zug aus seiner Zigarette. »Sie sind tot. Und Hyams wahrscheinlich auch.«

Mogens starrte ihn aus ungläubig aufgerissenen Augen an, und Miss Preussler hob erschrocken die Hand vor den Mund, wie um einen Schrei zu ersticken.

»Ihre Kollegen?«, hauchte sie. »Aber das ist ja entsetzlich!«

»Was ist geschehen?«, fragte Mogens noch einmal, und jetzt in scharfem, fast zornigem Ton.

Graves hob andeutungsweise die Schultern. »Wilson konnte mir noch keine Einzelheiten sagen«, antwortete er. »Nur so viel, dass sie wohl von der Straße abgekommen und eine Böschung hinabgestürzt sind, wobei der Wagen offensichtlich in Flammen aufgegangen ist. Nicht einmal weit von hier – sie haben es gerade bis zur anderen Seite des Friedhofs geschafft. Mercer und McClure sind im Wagen verbrannt.«

»Und Doktor Hyams?«, fragte Mogens.

»Sheriff Wilson vermutet, dass sie aus dem Wagen geschleudert wurde«, antwortete Graves. »Aber er sagt, dass sie wohl keine Überlebenschance gehabt hat, so, wie das Wrack des Automobils aussieht.«

»Dann hat man sie noch nicht gefunden?«, fragte Miss Preussler.

Allein der Blick, der Graves' Kopfschütteln begleitete, machte die schwache Hoffnung zunichte, die bei Miss Preusslers Frage in Mogens aufgeglommen war. »Nein«, sagte er. »Sie mussten die Suche abbrechen, wegen des Unwetters und der hereinbrechenden Dämmerung.«

»Und wenn die arme Frau vielleicht doch noch lebt und nun schwer verletzt dort draußen liegt?«, fragte Miss Preussler.

»Ich kenne die Stelle, wo es passiert ist«, antwortete Graves. »Glauben Sie mir, niemand, der mit dem Wagen dort hinunterstürzt, hat auch nur die kleinste Aussicht zu überleben. Es ist schon tagsüber gefährlich dort; deshalb hat Wilson seine Männer auch abgezogen, doch sobald es hell geworden ist, machen sie weiter.« Er schlug so plötzlich und warnungslos mit der flachen Hand auf den Tisch, dass Mogens erschrocken zusammenzuckte. »Mercer, dieser verdammte Idiot! Ich habe ihm hundertmal gesagt, er soll die Finger vom Schnaps lassen!«

»Du glaubst, er war betrunken?«, fragte Mogens.

»Mercer war *immer* betrunken«, schnappte Graves. »Wäre er nicht so ein hervorragender Wissenschaftler gewesen, hätte ich ihn schon längst rausgeworfen.«

»Mein Gott, wie furchtbar«, flüsterte Miss Preussler. Cleopatra hob den Kopf, sah Graves an und fauchte. Graves warf der Katze einen Blick zu, als wolle er sie damit aufspießen, goss sich nun doch einen weiteren Cognac ein und drehte das Glas in den Fingern, allerdings ohne zu trinken. Dann stand er mit einem Ruck auf.

»Ihr werdet eure Abreise ein wenig verschieben müssen, fürchte ich«, sagte er in verändertem Ton und direkt an Mogens gewandt. »Sheriff Wilson bittet uns, ihm morgen Vormittag zur Verfügung zu stehen. Er hat noch ein paar Fragen an uns.«

Mogens nickte. »Selbstverständlich.«

»Es tut mir aufrichtig Leid, dass dieser schöne Abend einen so unschönen Abschluss finden muss.« Er wandte sich an Miss Preussler. »Tom zeigt Ihnen Ihre Unterkunft.«

Es wurde alles andere als eine ruhige Nacht. Mogens hatte – gemeinsam mit Tom, der ebenso bleich und schweigsam geworden war wie Graves – Miss Preussler zu der Blockhütte begleitet, die Doktor Hyams bis zu diesem Morgen bewohnt hatte. Tom hatte auch hier aufgeräumt und zumindest oberflächlich für Sauberkeit gesorgt; was Miss Preusslers Ansprüchen normalerweise niemals genügt hätte. Heute jedoch nahm sie es nur mit einem knappen, dankbaren Lächeln zur Kenntnis und sagte darüber hinaus gar nichts. Auch sie wirkte schockiert, obwohl sie Hyams und die beiden anderen gar nicht gekannt hatte. Mogens druckste noch eine Weile herum und war dann froh, sich unter einem Vorwand verabschieden zu können.

Obwohl es noch relativ früh war, versuchte er zu schlafen, aber er warf sich bestimmt eine Stunde ruhelos auf seinem

Bett hin und her, bevor er endlich in einen unruhigen, von sinnlosen Träumen heimgesuchten Schlummer fiel, aus dem er immer wieder hochschrak.

Das letzte Mal erwachte er nicht von selbst, sondern weil jemand neben seinem Bett stand. Mogens fuhr erschrocken hoch und blinzelte die massige Gestalt für die Dauer von zwei oder drei angsterfüllten Herzschlägen benommen an, bevor er sich weit genug aus den Klauen des Albtraums befreien konnte, den er gerade noch durchlitten hatte, um sie zu *erkennen*.

In gewissem Sinne zumindest war das, was er sah, selbst ein Bild wie aus einem Albtraum. Miss Preussler stand, in einen dunkelroten Morgenmantel gehüllt, der ganz eindeutig schon bessere Zeiten gesehen hatte, neben seinem Bett und hielt eine brennende Kerze in der Rechten. Mit der anderen Hand hielt sie ihren Morgenrock über der Brust zusammen, aber Mogens konnte nicht entscheiden, ob sie nun befürchtete, jemandem einen unschicklichen Einblick in ihre Kleider zu gewähren oder vielmehr Angst davor hatte, deren Inhalt könnte unkontrolliert herausquellen. Sie trug anscheinend keine Korsage, was zur Folge hatte, dass ihr ohnehin nicht gerade elfenhafter Körper in alle Richtungen auseinander zu fließen schien. Ihr Haar hing wirr und strähnig herab, das Gesicht wirkte teigig und ein wenig verquollen, und auch mit ihren Zähnen stimmte etwas nicht. Als sie den Mund öffnete, um zu reden, sah Mogens, dass etliche davon fehlten.

»Miss Preussler«, murmelte er, während er sich, noch immer ein wenig schlaftrunken, aufsetzte.

»Ich... äh... bitte, verzeihen Sie die Störung zu dieser unmöglichen Stunde«, sagte Miss Preussler zögernd. Es war ihr sichtbar peinlich, mitten in der Nacht – und noch dazu in diesem Aufzug! – vor ihm zu erscheinen. »Aber ich kann Cleopatra nicht finden.«

»Cleopatra?«

»Meine Katze, Professor.«

»Ich weiß, wer Cleopatra ist, Miss Preussler«, erwiderte Mogens ruhig.

»Ich… ich kann sie nicht finden, Professor«, sagte Miss Preussler. »Sie ist fort.«

Immer noch ein wenig benommen setzte er sich vollends auf und angelte umständlich nach seiner Weste, um einen Blick auf das Ziffernblatt der Taschenuhr zu werfen. So unruhig er geschlafen hatte, ebenso schwer fiel es ihm, wirklich aufzuwachen. Er starrte eine geschlagene Sekunde auf das Ziffernblatt, das unter dem verschnörkelten Deckel zum Vorschein kam, bevor er die Uhrzeit erkannte: Es war ein gutes Stück nach Mitternacht. »Fort«, wiederholte er müde.

Miss Preussler nickte ein paar Mal. Die Kerze in ihrer Hand zitterte stärker und erweckte Schatten und andere, finsterere Dinge zu scheinbarem Leben. »Sie war so unruhig, dass ich sie am Ende hinausgelassen habe. Aber sie ist nicht wieder gekommen. Ich habe länger als eine Stunde gewartet und immer wieder nach ihr gerufen, aber sie ist nicht zurückgekommen. Ich mache mir Sorgen, dass ihr etwas zugestoßen ist.«

Mogens starrte weiter auf das Ziffernblatt. Es fiel ihm immer noch schwer, so etwas wie Ordnung in seine Gedanken zu bringen. Es fiel ihm auch schwer, weiterhin die Ruhe zu bewahren. Selbst halb benommen, wie er noch war, konnte ihm nicht entgehen, wie unangenehm Miss Preussler die Situation war – was nichts daran änderte, dass er sich im gleichen Maße mehr über sie ärgerte, in dem sich seine Gedanken klärten.

»Miss Preussler«, sagte er mühsam beherrscht. »Cleopatra ist eine Katze, und Katzen sind vornehmlich nachtaktive Tiere. Ich glaube nicht, dass Sie sich allzu große Sorgen um sie machen sollten, nur weil sie ein wenig herumstreicht.«

»Aber das hier ist eine vollkommen fremde Umgebung für Cleopatra, und so lange ist sie noch nie weggeblieben«, antwortete Miss Preussler. »Sie kommt normalerweise immer, wenn ich sie rufe!«

»Und was soll ich Ihrer Meinung nach jetzt tun, Miss Preussler?«, fragte er.

»Ich dachte, Sie… Sie könnten vielleicht… Tom«, begann Miss Preussler. »Vorhin ist sie doch auch bei ihm gewesen, und… und ich weiß ja noch nicht einmal, wo ich ihn finde, und außerdem kann ich doch nicht zu ihm gehen, mitten in der Nacht und… und so wie ich bin.«

Mogens klappte den Uhrendeckel zu und sah demonstrativ zu Miss Preussler hoch. Nein, dachte er, das konnte man dem armen Jungen wirklich nicht antun. »Also gut«, seufzte er. »Ich werde zu Tom hinübergehen und ihn fragen, ob er Cleopatra gesehen hat.«

Miss Preussler strahlte. »Das ist wirklich zu freundlich von Ihnen, Professor.« Sie schien darauf zu warten, dass er aufsprang und unverzüglich aus dem Haus stürmte, aber Mogens rührte sich nicht, sondern sah nur seinerseits auffordernd zu ihr hoch. Auf diese Weise vergingen geschlagene fünf Sekunden, bis Mogens sich endlich räusperte und eine Kopfbewegung zur Tür machte.

»Professor?«

»Ich würde mich gerne anziehen«, sagte Mogens sanft.

»Oh.« Miss Preussler fuhr erschrocken zusammen und sah mit einem Male noch verlegener aus. »Natürlich. Bitte verzeihen Sie, Professor. Ich bin aber auch manchmal…« Zu Mogens' Erleichterung sprach sie den Satz nicht zu Ende, sondern drehte sich endlich um und ging. Ein Windstoß löschte die Flamme ihrer Kerze, als sie das Haus verließ, doch in dem winzigen Bruchteil einer Sekunde, der verging, bevor die Dunkelheit das Licht endgültig besiegte, schienen die Schatten eine andere Qualität anzunehmen, als hätten sie sich zu *Dingen* verdichtet, Dingen mit Reißzähnen und Klauen und peitschenden Tentakeln voller schrecklicher Saugmünder, die sich auf ihn zu stürzen versuchten. Diesmal war es die Dunkelheit, die sich als sein Verbündeter erwies, denn die grotesken Manifestationen hatten nur in dem zeitlosen Moment *zwischen* Dunkelheit und Licht Bestand, nicht in einem von beidem. Was zurückblieb, war ein tiefer, namenloser Schrecken, der Mogens auf eine Weise berührte, die er noch nie zuvor kennen gelernt hatte.

Er schüttelte den Gedanken ab, stand auf und tastete im Dunkeln nach seinen Kleidern. Nur noch ein letzter Rest des Albtraumes, aus dem er anscheinend immer noch nicht vollkommen erwacht war, tröstete er sich. Etwas anderes *konnte* es nicht gewesen sein. Die Bilder waren einfach zu absurd gewesen, so bizarr, dass sie in ihrer Grässlichkeit schon fast wieder lächerlich wirkten.

Warum aber verzichtete er dann darauf, Licht zu machen, sondern zog sich stattdessen in vollkommener Dunkelheit an und tastete sich auf die gleiche Weise auch zur Tür?

Mogens war überrascht, wie hell es war, als er aus dem Haus trat. Der Mond war noch schmaler geworden und stand als sichelförmige Linie am Himmel, die kaum mehr nennenswertes Licht spendete. Aber der abgezogene Sturm hatte auch die Wolken mitgenommen, und am Himmel funkelte eine erstaunliche Anzahl von Sternen, die ein bleiches, farbenverzehrendes Licht verbreiteten, und in dem morastigen Boden hatten sich zahllose Pfützen gebildet, die das Licht zusätzlich reflektierten. Noch etwas hatte sich verändert, aber es dauerte eine Weile, bis Mogens erkannte, was: Die Brücke aus Planken und gehobelten Bohlen, die Tom über den morastigen Platz gelegt hatte, war verschwunden. Tom hatte keine Zeit verloren. Und er schien – so ganz nebenbei – auch keinen Schlaf zu benötigen.

Mogens sah flüchtig zu Graves' Hütte hin und stellte fest, dass hinter ihren schmalen Fenstern noch Licht brannte – was ihn nicht unbedingt überraschte. Graves würde keine besonders gute Nacht haben. Mogens' Mitleid mit ihm hielt sich jedoch in Grenzen. Ihm war auch nicht nach einer Unterhaltung mit Graves, sodass er sich in die entgegengesetzte Richtung wandte, um zu Tom zu gehen. Er glaubte nicht, dass Cleopatra dort war – vermutlich trieb sie sich irgendwo im Wald herum oder streifte auf der Suche nach einer fetten Maus durch die Büsche, und Mogens war nicht annähernd so sicher, wie er Miss Preussler gegenüber getan hatte, dass Cleopatra tatsächlich nach ein paar Stunden freiwillig zurückkehren würde. Möglicherweise hatte Miss Preussler einen schweren Fehler gemacht, indem sie ihre Katze mit hierher brachte. Mogens verstand nicht allzu viel von Katzen, aber er wusste, dass selbst lang domestizierte Haustiere manchmal wieder verwilderten, wenn sie einmal die Freiheit geschmeckt hatten, vor allem in einer fremden Umgebung.

Wäre er eine Katze gewesen, hätte er zumindest die Gelegenheit beim Schopfe ergriffen, aus Thompson zu verschwinden. Mogens lächelte über seinen eigenen Gedanken, war aber auch zugleich ein wenig verwirrt, denn solcherlei Albernheiten passten im Grunde gar nicht zu ihm. Aber vielleicht sollte er heute nicht zu streng mit sich selbst sein. Er hatte eine Menge sonderbarer und erschreckender Dinge erlebt, und auch die Nachricht über das schreckliche Unglück, das Mercer und den beiden anderen zugestoßen war, war nicht spurlos an ihm vorüber gegangen. Wie konnte er da erwarten, so distanziert und logisch zu reagieren wie sonst?

So schwer es ihm gefallen war, wach zu werden, so deutlich spürte er, dass er jetzt vermutlich keinen Schlaf mehr finden würde. Also konnte er ebenso gut auch nachsehen, ob Tom vielleicht noch wach war; und sei es nur, um Miss Preussler nicht anlügen zu müssen. Statt also zu Graves zu gehen, wandte er sich in die entgegengesetzte Richtung, in der Toms Hütte lag. Er schlug einen komplizierten Slalom-Kurs ein, um den Pfützen auszuweichen. Der Erfolg war allerdings mäßig: Mogens wich zwar den Wasseransammlungen aus, die das Sternenlicht reflektierten, aber der Boden dazwischen fühlte sich jetzt nicht mehr an wie ein Schwamm, wie Mercer es ausgedrückt hatte, sondern hatte eher die Konsistenz von Schokoladenpudding. Er sank bei jedem Schritt beinahe bis an die Knöchel ein und war froh, keinen seiner Schuhe verloren zu haben, als er Toms Hütte erreichte. Vermutlich wäre er besser beraten gewesen, in die Pfützen zu treten.

Auch in Toms Unterkunft brannte noch Licht, aber es war nicht der warme Schein von Kerzen oder einer Petroleumlampe, sondern das viel gleichmäßigere Leuchten einer elektrischen Glühbirne. Offensichtlich hatte Tom den Generator heute Nacht nicht ausgeschaltet. Mogens dachte mit einem schiefen Lächeln daran zurück, wie mühsam er sich durch sein dunkles Zimmer zur Tür getastet hatte, schüttelte den Kopf und klopfte an.

Er bekam keine Antwort. Sicher war es möglich, dass Tom einfach vergessen hatte, das Licht auszuschalten, und eingeschlafen war, und das Letzte, was er wollte war, Tom zu wecken. So übermäßig, wie Graves Tom in Anspruch nahm, hatte er jede Minute Schlaf, die er bekommen konnte, redlich verdient.

Dennoch klopfte er noch einmal an und schob schließlich den Riegel zur Seite, als er keine Antwort bekam. »Tom?«, fragte er leise. »Bist du noch wach?«

Er bekam auch jetzt keine Antwort, öffnete die Tür aber dennoch weiter und trat ein, wobei er sich bemühte, möglichst wenig Lärm zu machen, um Tom nicht zu wecken, sollte er tatsächlich schlafen.

Tom schlief nicht; zumindest nicht in seinem Bett. Er war gar nicht da. Trotzdem machte Mogens noch einen weiteren Schritt in die Hütte hinein und blieb dann stehen, um sich fassungslos und aus aufgerissenen Augen umzusehen.

Mogens war niemals zuvor hier gewesen, zum einen, weil sich bisher nicht die Gelegenheit ergeben hatte, zum anderen, weil es zu Mogens' Prinzipien gehörte, die Privatsphäre anderer zu achten.

Vielleicht hätte er sich auch heute Nacht besser daran gehalten.

Der Raum bot ein einziges Bild des Chaos. Mogens hatte noch nie zuvor eine derartige Unordnung gesehen; und auch nicht so viel Schmutz. Auf Tischen, Regalen, Stühlen und Borden stapelten sich wahre Berge von Büchern und Papieren, Werkzeugen und Kleidern, wissenschaftlichen Instrumenten und Karten, Beuteln und Kisten und Kartons, Töpfen und Geschirr und Schuhen, Vorratsbehältern und Steinen und Fundstücken. Über allem lag ein leiser, aber äußerst unangenehmer Geruch nach Verfall und Fäulnis, aber auch noch nach etwas anderem, das undefinierbar, aber viel älter und von üblerer Art war.

Mehr als nur ungläubig sah Mogens sich um. Er war regelrecht schockiert. Er wusste wenig über Tom, aber was er hier sah, das wollte so gar nicht zu dem Bild passen, das er sich von dem Jungen gemacht hatte.

Das Schlimmste war der Schmutz. Es war nicht nur der Gestank, auch wenn er übel genug war und immer schlimmer zu werden schien, statt dass er sich daran gewöhnte. Er sah nicht nur Unordnung und Durcheinander, sondern auch Teller mit schimmelnden Essensresten, angebrannte Töpfe und schmutziges Besteck, und in einer Kanne eine ölig glänzende Flüssigkeit, deren bloßer Anblick sich saure Galle unter Mogens' Zunge ansammeln ließ. Er musste an den Becher denken, aus dem Graves getrunken hatte.

Ein Geräusch, das von draußen hereindrang, ließ Mogens zusammenfahren. Hastig verließ er die Hütte, zog die Tür hinter sich zu und trat mit einem raschen Schritt zur Seite und in den Schatten des Gebäudes. Nach dem, was er gerade gesehen hatte, wäre es ihm um so peinlicher gewesen, hätte Tom erfahren, dass er seine Unterkunft betreten hatte.

Zu seiner Erleichterung war es nicht Tom. Das Geräusch wiederholte sich, und diesmal war es so deutlich, dass Mogens die Richtung identifizieren konnte, aus der es kam. Aufmerksam sah er dorthin und erblickte tatsächlich einen Schatten, der geduckt davonhuschte und in den Büschen jenseits des Zeltes verschwand. Aber er war viel zu klein, um einem Menschen zu gehören.

Eher schon einer Katze.

Mogens stritt einen Moment lang mit sich selbst, aber dann löste er sich aus dem Schatten der niedrigen Blockhütte und bewegte sich in die gleiche Richtung. Er war nicht sehr optimistisch: Selbst wenn es Cleopatra gewesen war, die er gesehen hatte, standen seine Aussichten nicht sonderlich gut, die Katze auch zu finden; gar davon zu reden, sie *einzufangen*. Aber was hatte er zu verlieren? Seine Schuhe waren ohnehin verdorben und vielleicht tat ihm ein wenig handfeste Ablenkung ganz gut, nach dem, was er gerade erlebt hatte. Er versuchte sich an die genaue Position zu erinnern, an der der Schatten im Gebüsch verschwunden war, und beschleunigte seine Schritte.

Ein Entschluss, den er beinahe augenblicklich bereute.

Schon mit dem ersten Schritt versank er bis über die Knöchel im Schlamm. Mit einem gemurmelten Fluch zog Mogens den Fuß wieder heraus, was ihm auch mit einiger Mühe gelang, aber es gab ein saugendes Geräusch, mit dem ihm der Schuh vom Fuß gezogen wurde. Hastig ließ er sich auf die Knie fallen und grub mit beiden Händen im Schlamm, bevor der Schuh endgültig im Morast versinken konnte, schließlich besaß er nur dieses eine Paar.

Er fand seinen Schuh, drehte ihn um, um Wasser und Morast hinauslaufen zu lassen, und schlüpfte grimassenschneidend hinein. Als er aufblickte, sah er in ein Paar gelb glühender Augen, das ihn aus den Büschen heraus anstarrte. Hätte er nicht gewusst, dass es vollkommen unmöglich war, wäre er sicher gewesen, dass ihn die Katze schadenfroh angrinste. Als er sich erhob, drehte sich Cleopatra um und verschwand raschelnd im Gebüsch.

Mogens eilte ihr nach, so schnell er konnte – was nicht sonderlich schnell war, denn er hatte keine Lust, schon wieder irgendwo einzusinken und seine Schuhe womöglich endgültig zu verlieren. Die Aussicht, Sheriff Wilson am nächsten Morgen auf Socken gegenüberzutreten, erfüllte ihn nicht unbedingt mit Begeisterung.

Es wurde besser, als er in das Unterholz eindrang. Der Boden war auch hier nass, sodass er leise, quatschende Geräusche verursachte, aber er sank wenigstens nicht mehr bei jedem Schritt ein.

Dafür peitschten ihm Äste und nasses Blattwerk ins Gesicht und zerrten an seinen Kleidern.

Mogens blieb stehen, sah sich in der nahezu vollkommenen Dunkelheit hilflos um und fragte sich, was er hier eigentlich tat. Seine Aussichten, Cleopatra einzufangen, waren praktisch gleich Null, aber er hatte sich immerhin davon überzeugt, dass die Katze unversehrt war und sich kein schlimmeres Vergehen zuschulden kommen ließ, als ihre neu gewonnene Freiheit zu genießen. Sollte sie es tun, so lange sie es konnte. Er jedenfalls sollte jetzt besser zurückgehen, bevor ihm am Ende noch ein Missgeschick zustieß, das womöglich schlimmer war als der Verlust eines Schuhs.

Gerade, als er so weit war, diesen Entschluss in die Tat umzusetzen, hörte er ein Rascheln irgendwo links von sich, gefolgt von einem wütenden Fauchen und dem Geräusch brechender Zweige. Dann wieder ein Fauchen, das diesmal eindeutig ängstlich klang.

»Cleopatra?«, rief er.

Das Fauchen und die Geräusche splitternder Äste und zerbrechender Zweige hielten an, und Mogens machte einen nun hastigen Schritt in die entsprechende Richtung. Wie es sich anhörte, war Cleopatra auf einen eindeutig größeren Gegner gestoßen als auf eine Maus, und immerhin war sie über Jahre hinweg nahezu das einzige lebende Geschöpf gewesen, das ihm so etwas wie Freundschaft entgegengebracht hatte. Mogens war es sich allein deshalb schuldig, ihr beizustehen.

Aus den Geräuschen war mittlerweile eindeutig der Lärm eines Kampfes geworden. Cleopatras Fauchen steigerte sich zu einem Kreischen und Spucken, und dazu kamen helle, reißende Laute; Cleopatras Krallen schienen eindeutig etwas gefunden zu haben, das zu zerreißen sich lohnte. Aber etwas an diesen Geräuschen sagte Mogens auch, dass der Kampf nicht einseitig war; da war noch mehr als Cleopatras Fauchen und das Geräusch ihrer Krallen, die auf Widerstand trafen. Mogens glaubte etwas wie ein Knurren zu hören, ein Geräusch, so tief und vibrierend, dass er es mehr *spürte*, als dass seine Ohren es wahrnahmen, und das von etwas ungemein Großem und Böswilligen zu stammen schien.

Mogens hielt instinktiv einen Moment inne, schob seine Bedenken dann aber beiseite und versuchte im Gegenteil, schneller zu gehen. Cleopatra war ganz offensichtlich auf einen gleichwertigen Gegner gestoßen, vielleicht sogar auf ein Wesen, das seinerseits *sie* als willkommene Beute betrachtete, möglicherweise einen Dachs oder einen Berglöwen, ein Geschöpf also, das selbst einem Menschen unter bestimmten Umständen gefährlich werden konnte. Mogens vertraute jedoch darauf, dass auch ein solches Geschöpf seinen normalen Instinkten folgen und beim Anblick eines Menschen die Flucht ergreifen würde. Das Fauchen und Kreischen steigerte sich noch einmal, und dann hörte Mogens einen schrecklichen, reißenden Laut, und dann nichts mehr.

Er blieb stehen und sah sich mit hektischen, wilden Blicken um. Dunkelheit umgab ihn wie eine kompakte Mauer, die aus allen Richtungen zugleich auf ihn einstürmte, und in deren Schutz noch etwas anderes herankroch, etwas Uraltes mit Krallen und schnappenden Mündern und schrecklichen, lichtlosen Augen. Sein Herz hämmerte so laut, dass es jedes andere Geräusch zu übertönen schien. Etwas *kam*. Etwas Riesiges, das ihn verderben würde, und dem er nicht mehr entkommen konnte, ganz egal, wie schnell er lief. Der älteste und schlimmste Albtraum, in dem er rennen konnte, so schnell und so lange es nur ging, ohne seinem unsichtbaren Verfolger entkommen zu können, war Wirklichkeit geworden – einem Verfolger zudem, der ihn unweigerlich einholen musste, sobald er auch nur einen einzigen Blick in seine Richtung warf. Vielleicht hatte es einen Grund, dass so viele Menschen diesen ganz besonderen Nachtmahr kannten und fürchteten. Vielleicht war es gar kein Albtraum, sondern die vorweggenommene Erinnerung an etwas, das noch kam, die Begegnung mit den schrecklichen Wesenheiten, die auf der Schwelle zwischen Leben und Tod lauerten und jeden, der sie überschritt, in ihre Verderben bringende Umarmung schlossen.

Nur mit äußerster Willenskraft gelang es Mogens, diese bizarre Vorstellung abzuschütteln und sich wieder auf den Grund seines Hierseins zu besinnen. Die unheimliche Stille hielt noch immer an, und auch wenn Mogens den Gedanken mit aller Macht unterdrückte, so wusste er doch tief in seinem Herzen genau, dass dieses schreckliche Schweigen nur eines bedeuten konnte.

»Cleopatra?«

Selbst der Klang seiner eigenen Stimme kam ihm in diesem Moment bedrohlich vor, etwas, das in dieser Umgebung nicht sein durfte. Dennoch rief er noch zweimal den Namen der Katze, ohne dass indes auch nur die mindeste Reaktion erfolgte.

Immerhin hatten sich seine Augen weit genug an die veränderten Lichtverhältnisse gewöhnt, um ihn erkennen zu lassen, dass die Dunkelheit nicht vollkommen war. Hier und da fand ein verirrter Lichtstrahl seinen Weg durch das Geäst und brach sich auf einem nassen Blatt oder dem feuchten Boden. Dürre Äste schlossen sich zu einem Käfig aus Schattenfingern rings um ihn, und durch das Geräusch des Windes im Blattwerk über seinem Kopf schimmerte noch etwas anderes wie ein rasselndes schweres Atmen.

Mogens merkte, dass seine Gedanken schon wieder auf Pfade abzugleiten drohten, die nur in den Irrsinn führen konnten, und rief sich mit einer neuerlichen und noch größeren Willensanstrengung zur Ordnung. Er vollendete seine Drehung und strengte die Augen an, um die Dunkelheit irgendwie zu durchdringen, erweckte damit aber nur die Schatten und Umrisse zu neuem, unwillkommenem Leben. Er wollte noch einmal Cleopatras Namen rufen, aber eine innere Stimme hielt ihn zurück. Ganz gleich, wie nachhaltig ihm sein Verstand versicherte, dass es hier rein gar nichts gab, was er zu fürchten hatte – da war noch eine andere Stimme in ihm, und *diese* Stimme beharrte hartnäckig darauf, dass da vor ihm etwas war, etwas, das nicht hierher gehörte und das die Dunkelheit als Versteck nutzte. Eine von den Kreaturen, die in der Dämmerung lebten.

Mit einer fast schon trotzigen Bewegung ging er weiter. Dürre Äste streiften mit einem Gefühl wie Spinnenbeine über sein Gesicht und das Wispern in den Baumwipfeln nahm zu. Mogens machte einen weiteren Schritt, den Blick aufmerksam zu Boden gerichtet, und nach einem weiteren Moment glaubte er tatsächlich etwas zu erkennen. Einer der Schatten am Boden vor ihm erschien ihm etwas massiger als die übrigen.

Trotz des Optimismus, den er sich selbst mit einigem Erfolg einredete, blieb Mogens in weitaus größerem Abstand stehen, als notwendig gewesen wäre, und ließ sich in die Hocke sinken, bevor er den Arm ausstreckte, um den Umriss zu berühren. Er fühlte warmes, drahtiges Fell. Es *war* Cleopatra. Aber sie rührte sich nicht.

Spätestens jetzt konnte er sich selbst nicht mehr darüber belügen, dass der Katze etwas Schlimmes zugestoßen sein musste, doch absurderweise war der erste Gedanke, der ihm bei dieser Erkenntnis durch den Kopf ging, die Frage, wie er diese Nachricht Miss Preussler beibringen sollte, und nicht etwa die, ob er sich womöglich selbst in Gefahr befand.

Er zögerte noch einen allerletzten Moment, dann aber ignorierte er die warnende Stimme in seinem Innern endgültig und schloss die Hand um Cleopatras Hinterläufe. Die Katze reagierte auch darauf nicht, sondern ließ sich widerstandslos von Mogens aus dem Gebüsch zerren. Ihr Körper war zwar noch warm, aber so schlaff, dass sich Mogens keiner Illusion mehr hingab, was er erblicken würde, sobald er sie ins Licht gezogen hatte. Sie kam ihm auch leichter vor, als sie sein sollte.

Möglicherweise lag das daran, dass sie keinen Kopf mehr hatte.

Mogens' Atem stockte. Ein so eisiges Entsetzen griff nach seinem Herzen, dass er tatsächlich zu spüren glaubte, wie es zuerst einen, dann noch einen und schließlich noch einen Schlag übersprang und auch dann nur so mühevoll und schwer weiterarbeitete, als hätte sich sein Blut in zähflüssigen Teer verwandelt, den es kaum durch seine Adern zu pumpen imstande war. Von einem Entsetzen gepackt, das auf eine eigenartige Weise fast schlimmer zu sein schien als jenes, das er damals in jener schrecklichen Nacht unter dem Mausoleum empfunden hatte, saß er wie zur Salzsäule erstarrt in der Hocke da und starrte Cleopatras geschundenen Körper an, ohne *wirklich* zu begreifen, was er da sah. Nicht nur Cleopatras Kopf fehlte, sondern auch die rechte Schulter samt des daran befindlichen Laufs. Die schreckliche Wunde hätte heftig bluten müssen, doch zumindest in dem blassen Sternenlicht, das seinen Weg durch das Blätterdach gefunden hatte, konnte Mogens nur wenige dunkelrote Tropfen erkennen. Mogens registrierte all diese – und noch viel mehr, viel schlimmere – Details mit der kalten Sachlichkeit eines Wissenschaftlers, der gelernt hatte, Dinge zur Kenntnis zu nehmen, ohne sie zu werten, aber auf einer anderen, tieferen Ebene seines Bewusstseins empfand er noch immer dasselbe lähmende Entsetzen, das es ihm unmöglich machte, auch nur einen Muskel zu rühren, ja, in diesem Moment auch nur zu *atmen*.

Und vielleicht rettete ihm dieses Entsetzen das Leben.

Noch während er dasaß und versuchte, die eisige Umklammerung der Furcht zu sprengen, erwachte ein weiterer, massiger Schatten vor ihm zum Leben. Was er für einen Busch oder Strauch gehalten hatte, wurde zu einem struppigen, fuchsohrigen Umriss mit kolossaler Schulterbreite, der sich wie ein mythischer Gigant aus der griechischen Sagenwelt langsam vor und über ihm aufrichtete. Das Knurren erklang erneut, aber diesmal war Mogens sicher, es nicht wirklich zu *hören*, sondern mit jeder Faser seines Körpers zu *spüren*. Unheimliche, düsterrote Augen starrten aus mehr als sechs Fuß Höhe auf Mogens herab, und ein Geruch, der eine Mischung aus Blut, Verwesung und noch etwas Anderem, Unangenehmerem war, schlug ihm entgegen. Das Ungeheuer starrte nicht einfach nur in seine Richtung, es *sah ihn an*, aus Augen, die in der Dunkelheit besser sahen als die eines Menschen im hellen Licht der Sonne, und der ekelhafte Gestank nahm noch zu, als sich das *Ding* vorbeugte und dabei das Maul öffnete, wobei ein ganzer Wald nadelspitzer Fang- und Reißzähne im Sternenlicht aufblitzte.

Mogens wusste mit unerschütterlicher Gewissheit, dass er nun sterben würde. Die Kreatur, die Cleopatra auf so entsetzliche Weise zugerichtet hatte, hatte auch ihn entdeckt, und es bestand kein Zweifel daran, dass die kleine Katze kaum mehr als ein Appetithappen für einen Koloss wie diesen gewesen sein konnte, so wenig wie Zweifel daran bestand, was als Nächstes geschehen musste. Mogens empfand eine leise Verwirrung über den Umstand, dass er noch immer keine wirkliche Angst hatte, zugleich aber ein absurdes Gefühl von Dankbarkeit, dass es so war. Ergeben schloss er die Augen und wartete auf den Tod.

Er kam nicht. Der reißende Schmerz, auf den er wartete, blieb aus. Das unheimliche Knurren wiederholte sich und nahm für einen Moment noch an Intensität zu, doch das Nächste, was Mogens hörte, war das scharfe Brechen von Zweigen und dann leise, tappende Schritte, die sich entfernten. Als er die Augen wieder öffnete, war der Schatten verschwunden.

Und dann geschah etwas ganz und gar Unglaubliches.

Mogens spürte, wie sich seine Finger öffneten und den toten Leib der Katze fallen ließ. Sein Herz begann zu rasen, und nur eine Sekunde später begann er am ganzen Leib zu zittern, als die Angst, die er bisher vermisst hatte, nun mit doppelter Wucht zuschlug. Kalter Schweiß erschien auf seiner Stirn, nicht allmählich, sondern so jäh wie eine Explosion, und seine Eingeweide zogen sich zu einem Ball aus reinem Schmerz zusammen, sodass er sich wie unter Krämpfen krümmte.

Und dennoch berührte ihn nichts von alledem wirklich. Mogens war zeit seines Lebens nie ein besonders mutiger Mann gewesen; zwar auch kein Feigling, aber gewiss auch niemand, der die Herausforderung suchte oder sich sogar keck in eine gefährliche Situation gestürzt hätte. Nun aber war es, als beträfe die lodernde Furcht, die er in jeder Faser seines Körpers spürte, gar nicht ihn. Mehr noch, als gäbe es da mit einem Mal *zwei* Mogens VanAndt, die sich unabhängig voneinander denselben Körper teilten: den einen, der sich wimmernd vor Furcht krümmte und nur deshalb nicht in Panik davonrannte, weil ihn dieselbe Panik zugleich auch lähmte, und auch noch einen anderen, vollkommen neuen Mogens, der alle Furcht abgestreift hatte. Jenseits allen Zweifels war er sich der Tatsache bewusst, derselben Kreatur ins Auge geblickt zu haben, die vor neun Jahren Janice verschleppt und sein Leben verheert hatte, aber er fürchtete es nicht mehr. Es war, als hätte ihn die sichere Gewissheit des Todes, die er gerade verspürt hatte, gleichsam eine Grenze überschreiten lassen. Er wusste nun, dass er den Tod nicht mehr zu fürchten brauchte, unbeschadet der Kreaturen, die auf der Schwelle der Wirklichkeit lauerten. Es spielte keine Rolle mehr, ob er lebte oder starb. Niemand brauchte ihn. Niemand würde ihn vermissen. Sein Leben hatte vor neun Jahren geendet, und seither hatte er allenfalls noch existiert. Er würde nicht mehr davonlaufen. Nie mehr.

Er stand auf, trat aus dem Gebüsch hervor und machte sich auf den Weg, um seinem Schicksal entgegenzutreten.

Trotz der Dunkelheit fiel es ihm nicht schwer, der Spur des Geschöpfes zu folgen. Seine Füße hatten tiefe Abdrücke im aufgeweichten Boden hinterlassen, in denen sich Wasser zu sammeln begann, aber Mogens hätte seine Spur wohl auch dann nicht verloren, wäre es nicht so gewesen. Es war weniger die Fährte der Bestie, der er folgte, sondern vielmehr der bloßen Spur ihres Vorhandenseins, die sie zurückgelassen hatte, so als hätte ihre bloße Existenz eine Wunde in die Wirklichkeit gerissen, die nur ganz allmählich wieder verheilte.

Die Fährte bewegte sich ein kurzes Stück in westlicher Richtung vom Lager weg und Mogens' gerade neu gewonnene Entschlossenheit geriet schon wieder ins Wanken, als ihm klar wurde, dass sie in direkter Linie zum Friedhof hin führte. Er war nicht sicher, ob sein Mut reichen würde, der Bestie auch dorthin zu folgen, denn die Friedhofsmauer zu übersteigen hieße nicht nur, dem Ungeheuer gegenüberzutreten, sondern dies auch auf seinem ureigensten Gebiet zu tun, einem Terrain, auf dem nicht nur das Ungeheuer zu Hause war, sondern auch alle Schrecken aus seiner eigenen Vergangenheit.

Die Entscheidung blieb ihm jedoch erspart. Unmittelbar vor der Friedhofsmauer, die an dieser Stelle halb niedergebrochen war, schwenkte die Spur scharf nach links, und als Mogens ihr folgte, erreichte er nach wenigen Dutzend Schritten die Straße, die parallel zu der halbhohen Mauer verlief. Die Fährte aus sich langsam mit Wasser füllenden Fußabdrücken endete hier, aber die zweite, unsichtbare Spur der Bestie war nach wie vor da. Sie führte weiter vom Lager fort und folgte der Straße.

Mogens zögerte nun doch. Die an Panik grenzende Angst, die er überwunden hatte, war nicht zurückgekehrt, aber an ihrer Stelle machte sich nun eine ganz andere, rein intellektuell begründete Furcht in ihm breit, nämlich die Frage, ob die Kreatur ihn vielleicht ganz bewusst vom Lager weglockte, um dann über ihn herzufallen. Fast gleichzeitig wurde ihm klar, wie lächerlich dieser Gedanke war. Das Monstrum konnte ihm antun, was immer es wollte – und vor allem *wo immer* es das wollte. Wäre es sein Tod gewesen, den die Kreatur im Sinn hatte, dann wäre er jetzt schon nicht mehr am Leben.

Aber vielleicht gab es ja Dinge, die schlimmer waren als der Tod…

Mogens verdrängte den Gedanken und ging weiter. Er stellte sich auch ganz bewusst nicht der Frage, was er eigentlich tun würde, wenn es ihm tatsächlich gelang, die groteske Kreatur einzuholen. Er hatte nichts bei sich, was er als Waffe nutzen konnte, ganz zu schweigen davon, dass der bloße Gedanke, die Kreatur anzugreifen, absolut lächerlich war. Dennoch ging er weiter und beschleunigte seine Schritte sogar noch, blieb aber in fast regelmäßigen Abständen stehen, um zu lauschen. Er hörte nichts, aber er konnte nach wie vor spüren, dass das unheimliche Wesen irgendwo dort vor ihm war; nicht einmal besonders weit entfernt. Mogens verspürte ein eisiges Frösteln bei der Vorstellung, es könne vielleicht seinerseits ab und zu stehen bleiben und aus seinen unheimlichen glühenden Augen zu ihm zurückblicken, um sich davon zu überzeugen, dass der Abstand nicht etwa zu groß wurde und Mogens seine Spur verlor. Er ging trotzdem weiter. Er war nicht einmal sicher, ob er überhaupt noch kehrtmachen konnte, selbst wenn er es gewollt hätte. Mogens fühlte sich in der Lage eines Mannes, der leichtsinnigerweise angefangen hatte, einen immer steiler und steiler werdenden Hang hinabzulaufen und nun nicht mehr anhalten konnte.

Jetzt, eingehüllt in Dunkelheit und Kälte, die beide auf unterschiedliche Weise, aber gleich heftig an seinen Nerven zerrten, kam ihm der Weg ungleich länger vor als an dem Tag, als Tom mit dem Wagen hier entlanggefahren war. Sein Zeitempfinden war hoffnungslos erloschen, aber er hatte das Gefühl, Stunden an der unregelmäßig ausgebrochenen Mauer entlangzumarschieren. Aber auch realistisch betrachtet legte er eine halbe Meile zurück, wenn nicht mehr. Er hatte nicht gewusst, dass der Friedhof so groß war; eigentlich viel *zu* groß für eine so kleine Stadt wie die, zu der er gehörte.

Mogens blieb stehen, als er ein Geräusch hörte. Es war nicht das Knurren der Bestie, sondern ein anderer Laut, den er nicht zu identifizieren vermochte, der aber irgendetwas in ihm berührte und ihn beunruhigte. Mit aller Konzentration, die er aufzubringen imstande war, versuchte er die Dunkelheit vor sich mit Blicken zu durchdringen. Vor ihm stieg der schmale asphaltierte Weg jäh an und ging dann in die kaum nennenswert breitere Hauptstraße über, beschrieb auf halber Strecke jedoch einen scharfen Knick, der in Mogens ungute Erinnerungen wachrief, war es doch genau die Stelle, an der ihm schon auf der Herfahrt der Angstschweiß auf die Stirn getreten war.

Erst dann wurde ihm klar, dass es nicht nur *diese* Erinnerung war, die ihn mit solchem Unbehagen erfüllte. Dies war die Stelle, von der Graves vorhin erzählt hatte. Der Ort, an dem der Wagen abgestürzt war.

Mogens zögerte nun aus ganz anderen Gründen, weiterzugehen. Er hatte nie zu jenen Menschen gehört, die voller morbider Faszination zum Ort eines Unglücks eilten, oder sich beispielsweise ein brennendes Haus ansahen, und *diesen* speziellen Ort wollte er ganz gewiss nicht sehen. Denn auch wenn es nicht den mindesten Anlass dazu gab, fühlte er sich doch auf sonderbare Weise mitverantwortlich für das Schreckliche, das Hyams und den beiden anderen zugestoßen war. Ja, er fragte sich sogar, ob es nicht in Wahrheit dieses furchtbare Geschehen war, das ihn hergelockt hatte, und ob seine Fantasie den Anblick eines fuchsohrigen Ungeheuers mit glühenden Augen vielleicht nur erschaffen hatte, um ihn hierher zu locken. Allein die *Vorstellung*, dass ein ihm bisher selbst unbekannter Teil seines Bewusstseins zu einer solchen Morbidität imstande sein könnte, war so erschreckend, dass er auf der Stelle den Rückweg angetreten hätte, hätte er nicht in diesem Moment erneut jenen sonderbar klagenden Laut gehört, und diesmal so deutlich, dass er sicher war, ihn auch tatsächlich *gehört* zu haben, und ihn sich nicht nur einzubilden. Es *war* ein Klagen, etwas wie das Seufzen des Windes, nur qualvoller. Und es war eindeutig eine *menschliche* Stimme.

Mogens erschauerte erneut, und fast gegen seinen Willen hörte er noch einmal Miss Preusslers Stimme. *Und wenn die arme Frau vielleicht doch noch lebt und nun schwer verletzt dort draußen liegt?* Aber das konnte nicht sein. So grausam *durfte* das Schicksal nicht sein.

Wie um ihn zu verhöhnen, drehte sich der Wind, und das leise Wehklagen drang nun deutlicher an sein Ohr. Vielleicht war es nur das, was seine Fantasie dem Laut hinzufügte, doch für Mogens wurde er nun eindeutig zum herzzerreißenden Flehen einer Frau, und nun gab es kein Zurück mehr. Er ging weiter, näherte sich vorsichtig der Stelle, an der die Straße in einen jähen Abgrund überging und beugte sich mit klopfendem Herzen vor.

Wider alle Vernunft hatte er sich bisher immer noch an die verzweifelte Hoffnung geklammert, doch am falschen Ort zu sein, aber der Wagen war da, trotz des schwachen Lichts und der Entfernung deutlich zu erkennen, wie er zertrümmert und ausgebrannt unter ihm auf der Seite lag. Die Böschung war nicht einmal so tief, wie er sie in Erinnerung gehabt zu haben glaubte – vielleicht fünfzig, sechzig Fuß, allerhöchstens –, doch dafür um etliches steiler, und mit zahllosen Felsbrocken und dürrem Gestrüpp übersät. Vermutlich waren es diese Felsbrocken gewesen, überlegte Mogens, die den Sturz zu einer solchen Katastrophe hatten werden lassen. Überall im nassen Gras schimmerten Glassplitter und Bruchstücke von zerfetztem Metall und trotz des reinigenden Regens lag noch immer ein scharfer Brandgeruch in der Luft.

Wäre der Wagen nur die Böschung hinabgeschlittert, wäre er möglicherweise sogar auf den Rädern geblieben, oder hätte sich allerhöchstens am Ende seiner Rutschpartie behäbig überschlagen, was, wie Mogens wusste, spektakulärer und vor allem gefährlicher aussah, als es im Allgemeinen war. Die tonnenschweren scharfkantigen Felsbrocken aber hatten aus dem fast harmlosen Abrutschen einen tödlichen Spießrutenlauf gemacht, indem sie das Automobil wie mit Riesenfäusten zertrümmerten, bis es am Ende zerbrach und in Flammen aufging. Mogens' Herz begann abermals schneller zu schlagen, während sein Blick über den abschüssigen Hang tastete und er sich fragte, wie um alles in der Welt er dort hinunterkommen sollte, ohne sich den Hals zu brechen.

Aber das musste er. Das Wimmern und Wehklagen war nicht mehr zu hören, doch das machte es beinahe noch schlimmer. Selbst wenn man Hyams' Leichnam niemals fand, ja, selbst *wenn* man ihn fand und sich herausstellen sollte, dass sie zu diesem Zeitpunkt längst tot gewesen war, würden ihn die klagenden Laute doch bis ans Ende seines Lebens verfolgen, wenn er jetzt nicht dort hinunterging.

Er versuchte es. Graves' Warnung, wonach dieses Gelände schon bei Tageslicht und gutem Wetter nicht ungefährlich sei, klang ihm noch deutlich im Ohr, und er begriff schon nach den ersten Schritten, dass sie bitter ernst gemeint gewesen war. Der Hang war noch abschüssiger, als er ausgesehen hatte, und mit dichtem Gras bewachsen, das die Nässe so glatt wie Schmierseife gemacht hatte. Mogens schlitterte die Böschung mehr hinab, als er ging, und mehr als einmal drohte er zu fallen und fand nur im letzten Moment an einem Ast oder einem Felsbrocken Halt. Dazu kam, dass der sich überschlagende Wagen nicht nur tiefe Furchen in die Grasnarbe gerissen hatte, in denen matschig aufgeweichter Boden zum Vorschein kam, der seinen Füßen noch weniger Halt bot, sondern auch zahllose mehr oder wenig spitze Trümmerstücke aus dem Erdreich ragten. Es kam Mogens selbst fast wie ein kleines Wunder vor, dass er das Ende des Abhangs erreichte, ohne zu stürzen oder sich an den scharfkantigen Trümmern und Glasscherben auf andere Weise verletzt zu haben. Mit der Frage, wie er diese Böschung wieder *hinaufkommen* sollte, beschäftigte er sich vorsichtshalber noch gar nicht.

Das Wrack des ausgebrannten Wagens lag jetzt nur noch wenige Schritte vor ihm. Selbst bei der herrschenden Dunkelheit konnte Mogens erkennen, wie schrecklich es zerstört war. Das Wrack war kaum noch als Automobil zu erkennen, und was der Sturz nicht zertrümmert, zerbrochen, verbogen und zermalmt hatte, das hatte das nachfolgende Feuer verheert. Obwohl der Brand Stunden zurücklag, strahlte der ausgeglühte Metallklumpen noch immer eine spürbare Hitze aus. Selbst der Boden, über den er ging, war trocken und warm.

Mogens riss seinen Blick mühsam vom Wrack des Fords los und trat einen Schritt zur Seite, um sich aus angestrengt zusammengekniffenen Augen umzusehen. Jetzt wäre er froh gewesen, das herzzerreißende Wehklagen noch einmal zu hören, doch mittlerweile war selbst das Wispern des Windes verstummt, und es war fast unheimlich still.

»Hyams?«, rief er.

Natürlich bekam er keine Antwort. Er machte zwei zögernde Schritte, blieb stehen und ging abermals weiter, wobei er instinktiv einen deutlich größeren Abstand zum Wagen hielt, als es selbst angesichts der davon ausgehenden Hitze notwendig gewesen wäre. Das Fahrzeug war zum Grab zweier Menschen geworden, vielleicht sogar von dreien, und seine bloße Nähe machte ihm Angst. Er hätte nicht den Mut gehabt, den Friedhof zu betreten, aber das hatte ihm nichts genutzt, denn der Friedhof war ihm nachgekommen.

Sein Fuß stieß gegen etwas, das hörbar raschelte. Mogens blieb stehen und erkannte einen verschwommenen länglichen Umriss, der mit einer schwarzen Plane abgedeckt war. Behutsam ließ er sich in die Hocke sinken und streckte die Hand aus, um das Tuch beiseite zu schlagen.

Im nächsten Moment prallte er mit einer so entsetzten Bewegung zurück, dass er das Gleichgewicht verlor und rücklings zu Boden fiel. Sein Hinterkopf schrammte an einem Stein entlang, und der dumpfe Schmerz war so heftig, dass ihm für einen Moment übel wurde. Er lief nicht Gefahr, das Bewusstsein zu verlieren, aber für endlose Sekunden drehte sich die Dunkelheit hinter seinen geschlossenen Lidern so heftig um sich selbst, dass er es nicht wagte, auch nur die Augen zu öffnen, aus Angst, sich auf der Stelle übergeben zu müssen. Und noch länger dauerte es, bis er die Kraft fand, sich aufzurappeln und erneut dem schrecklichen Anblick zu stellen, den die schwarzen Segeltuchplane bisher barmherzig verborgen hatte.

Es waren zwei bis zur Unkenntlichkeit verbrannte Körper. Mogens nahm an, dass es sich um Mercer und McClure handelte, aber das konnte er nur noch raten, und er hätte auch nicht sagen können, wer nun wer war. Die Flammen hatten ihnen die Kleider vom Leib gebrannt, Haare und Augenbrauen verzehrt und jedwedes Vertraute aus ihren Zügen getilgt. Sie schienen deutlich kleiner geworden zu sein, als hätte die ungeheure Hitze, die ihre Haut geschwärzt und ihre Glieder im Tode sich hatte zusammenziehen lassen, sie gleichsam schrumpfen lassen. Nicht einmal mehr der Unterschied zwischen dem fast asketischen McClure und Mercers beleibter Erscheinung war noch wirklich zu erkennen, zumindest nicht auf den ersten Blick, als hätte das Feuer sein Fett einfach wegschmelzen lassen wie Butter in einer zu heißen Pfanne.

Obwohl dieser Anblick vielleicht das Schrecklichste war, das Mogens jemals gesehen hatte, zwang er seinen rebellierenden Magen gewaltsam zur Ruhe und hielt ihm so lange Stand, wie er nur konnte, und sei es nur, um ihm auf diese Weise wenigstens den schlimmsten Schrecken zu nehmen. Ein Teil seines Verstandes reagierte empört auf die Erkenntnis, dass Wilson die Leichen der beiden Wissenschaftler einfach hier liegen gelassen hatte, als wären auch sie nichts mehr als zwei weitere Trümmerstücke, aber zugleich erinnerte er sich auch zu gut daran, wie schwer es ihm gefallen war, den schlüpfrigen Abhang herunterzusteigen. Bei der Heftigkeit des Unwetters, das am Nachmittag hier getobt hatte, musste es vollkommen unmöglich gewesen sein, die beiden Toten den Hang hinaufzuschaffen. Wilson oder seine Leute hatten sie hier hingelegt und zugedeckt, um sie am nächsten Tag abzutransportieren, ohne dabei Leib und Leben zu riskieren.

Aber es waren nur zwei Leichen. Wo war Hyams?

Bevor er sich erhob, zog er die Plane wieder an Ort und Stelle, dann drehte er sich langsam einmal um sich selbst und versuchte dem Durcheinander aus Schatten und verschwommenen grauen Umrissen irgendeinen Sinn abzugewinnen. Er versuchte sich vorzustellen, wie es vorhin hier ausgesehen haben mochte, nicht nur bei einer Dunkelheit, die fast ebenso tief gewesen war wie jetzt, sondern auch bei strömendem Regen und inmitten eines heulenden Gewittersturms. Vermutlich hatten Wilson und seine Leute die berühmte Hand vor Augen nicht mehr gesehen. Aber Mogens hielt Wilson – obwohl er ihn kaum kannte – für einen sehr gewissenhaften Mann, der zumindest die nähere Umgebung des Wagens sorgsam abgesucht haben würde – auch wenn er gar nicht hatte wissen können, dass noch eine dritte Person im Wagen gesessen hatte. Er konnte es sich also sparen, die unmittelbare Nähe in Augenschein zu nehmen.

Aber genau das war das Problem. Der Wagen war auf einem relativ ebenen Flecken zum Liegen gekommen, der von Trümmerstücken und einem Gewirr scharfkantiger Felsen begrenzt wurde. Einige davon waren kaum größer als Hundehütten, andere halb so hoch wie ein Haus, ausnahmslos aber waren sie scharfkantig und gefährlich. Selbst wenn Hyams aus dem Wagen geschleudert worden war, bevor dieser in Flammen aufging, hatte sie keine Überlebenschance gehabt, wenn sie in diese Felsen gestürzt war.

Dennoch ließ sich Mogens nicht davon abhalten, zwischen den kreuz und quer daliegenden Findlingen umherzuklettern und den Boden abzusuchen. Auch wenn ihm sein Verstand sagte, dass niemand einen Sturz zwischen diese Felsen überleben konnte, so war er doch zugleich sicherer denn je, sich das Stöhnen und Flehen nicht nur eingebildet zu haben.

Wie weit mochte ein Körper fliegen, der aus einem sich überschlagenen Automobil geschleudert wurde? Sicher nicht allzu weit, vielleicht fünfundzwanzig oder dreißig Fuß. Wenn Hyams hier irgendwo war, dann vermutlich in unmittelbarer Nähe. Ansonsten hätte er wohl auch kaum noch oben auf der Straße ihre vermeintlichen Hilferufe hören können.

Mogens suchte die Umgebung in gut dreißig Schritten Umkreis ab, und er fand zwar Hyams nicht, aber er stieß auf etwas anderes. Fast in gerader Linie hinter dem ausgebrannten Wagen und kaum zehn Schritte entfernt türmten sich die Felsen zu einer Art steinernem Baldachin, der den Regen in einem dreieckigen Bereich abgehalten hatte. Dennoch gab es einen dunklen Fleck auf dem Boden, wo keiner hätte sein sollen. Mogens beugte sich vor, streckte die Hand aus und fühlte etwas Feuchtes und Warmes. Als er den Arm wieder hob, sahen seine Handfläche und Finger im Sternenlicht scheinbar schwarz aus, aber Mogens wusste, dass sie in Wirklichkeit rot waren. Es hätte des charakteristischen Geruchs nicht mehr bedurft, um ihm zu sagen, dass der Boden voller Blut war. Und es war *warmes* Blut. Hyams lebte also noch. Mehr noch: Obschon der große Blutfleck, vor dem er kniete, bewies, wie schwer verletzt sie sein musste, war sie ganz offensichtlich noch in der Lage gewesen, sich zu bewegen. Unglückseligerweise hatte der Regen nur einen kleinen Bereich des Bodens unmittelbar vor ihm verschont, alles andere hatte sich in braunen Morast verwandelt, der kaum zähflüssiger war als wirklicher Sumpf, und in dem keine Spur länger als wenige Augenblicke Bestand hatte. Es war nicht zu erkennen, in welche Richtung sich Hyams davongeschleppt hatte.

Mogens überlegte, wie ein Mensch mit so schweren Verletzungen wohl reagieren mochte. Sicherlich nicht mehr *vernünftig*. Eher schon wie ein waidwundes Tier, das sich irgendwo einen geschützten dunklen Ort suchte, um zu sterben. Andererseits wusste er auch, dass gerade so schwer verwundete Menschen manchmal zu unglaublichen Leistungen imstande waren. Kurz: Dies war ein Rätsel, das er kaum durch bloßes Überlegen würde lösen können. Ihm blieb nichts anderes übrig, als auf gut Glück weiterzusuchen und zu hoffen, dass er Hyams fand, bevor es zu spät war.

In regelmäßigen Abständen den Namen der Ägyptologin rufend, begann Mogens den Fundort in größer werdenden Kreisen abzusuchen. Er bekam weder eine Antwort, noch stieß er auf weitere Blutspuren oder gar Hyams selbst. Mogens sah in jede Felsspalte, tastete in jeden Schatten und lugte hinter Steine, die nicht einmal annähernd groß genug waren, dass sich ein Mensch dahinter verbergen konnte, aber schließlich gab er es auf. So schwer es ihm fiel, es zuzugeben: Es war sinnlos, die Suche auf diese Weise fortzusetzen. Auch wenn er mehr denn je das Gefühl hatte, Hyams feige im Stich zu lassen, so gab es doch nur noch eines, was er für sie tun konnte: Er würde ins Lager zurückgehen und Graves und Tom alarmieren. In wenigen Stunden wurde es hell, und dann konnte Tom mit dem Wagen in die Stadt fahren und Wilson und so viele weitere Männer wie nur möglich holen, sodass sie die Suche bei Tageslicht und unter besseren Bedingungen fortsetzen konnten.

Falls es dann nicht zu spät war für Hyams.

Niedergeschlagen machte er sich auf den Rückweg. Er brauchte deutlich länger dazu, als er erwartet hatte, denn er hatte sich deutlich weiter vom Wrack des Ford entfernt, als ihm bewusst gewesen war; aber immerhin war es jetzt heller geworden, sodass er nicht mehr Gefahr lief, blindlings gegen einen Felsen zu laufen. Alles in allem musste mehr als eine halbe Stunde seit dem Moment verstrichen sein, in dem er hier unten angelangt war, bis er das ausgebrannte Wrack wieder erreichte.

Die beiden Leichname waren verschwunden.

Mogens trat in gut fünfzehn oder zwanzig Schritten Entfernung zwischen den Felsen hervor, aber er sah es trotz des blassen Lichts sofort: Die Zeltplane, die er sorgsam wieder über die beiden verkohlten Körper gezogen hatte, lag in Fetzen gerissen da, und Mercers und McClures sterbliche Überreste waren definitiv verschwunden. Mogens blieb wie vom Donner gerührt sekundenlang stehen und starrte die zerfetzte schwarze Plane an, ohne wirklich zu begreifen, was er da sah, dann ging er mit fast schleppenden Schritten weiter und sank unmittelbar daneben in die Hocke. Zögernd streckte er den Arm aus, aber er stockte, ehe er die Bewegung zu Ende bringen konnte. Seine Finger begannen zu zittern.

Die zerfetzte Plane war nicht alles. Von dort aus, wo die beiden verbrannten Körper gelegen hatten, führten zwei tiefe Schleifspuren weg und verschwanden zwischen den Felsen, und unmittelbar daneben gewahrte Mogens einen tiefen, bizarr verzerrten Fußabdruck. Auf den allerersten Blick hätte man ihn für den eines Menschen halten können, aber Mogens wusste nur zu gut, welche Kreatur ihn wirklich hinterlassen hatte. Zitternd vor mühsam unterdrückter Angst und von einem Entsetzen gepackt, das ihn daran hinderte, klar zu denken, hob er den Kopf und folgte der Schleifspur weiter mit Blicken. Obwohl sie nach wenigen Schritten zwischen den Felsen verschwand, konnte er sie noch ein gutes Stück weit verfolgen. Allein in dem kurzen Bereich, den er im diffusen Licht des sichelförmigen Neumonds einigermaßen überblicken konnte, entdeckte er zwei weitere riesige Fußabdrücke.

Mogens drehte sich in der Hocke um und stand auf, und im gleichen Moment fiel ein so grelles, blendend weißes Licht in sein Gesicht, dass er erschrocken die Hand vor die Augen hob. »Stehen bleiben!«, herrschte ihn eine wütende Stimme an.

Mogens hätte sich nicht einmal rühren können, wenn er es gewollt hätte. Das grelle Licht paralysierte ihn regelrecht, und es bohrte sich so schmerzhaft in seine Augen, dass er nur mit Mühe ein Stöhnen unterdrücken konnte. Hastig hob er auch noch die andere Hand, um seine Augen zu schützen, und blinzelte durch einen Schleier aus Tränen in den gleißenden Lichtschein. Schatten bewegten sich dahinter, und statt nachzulassen, nahm die quälende Helligkeit sogar noch zu, als sich ein zweiter Scheinwerferstrahl dem ersten hinzugesellte.

»Was zum Teufel tun Sie hier, Professor VanAndt?«, herrschte ihn Sheriff Wilson an.

»Noch einen Kaffee – oder vielleicht etwas Stärkeres, Professor?« Sheriff Wilson schwenkte die Kaffeekanne in Mogens' Richtung und machte ein fragendes Gesicht, zuckte dann aber nur gleichmütig mit den Schultern, als dieser mit einem Kopfschütteln ablehnte, und schenkte sich einen weiteren Becher der dampfenden Flüssigkeit ein, die nicht nur wie geschmolzener Teer aussah, sondern nach Mogens' Dafürhalten auch genau so schmeckte.

»Ganz wie Sie wollen, Professor«, sagte er. »Aber Sie sollten es sich überlegen. Ich fürchte, wir haben noch ein ziemlich langes Gespräch vor uns.«

Mogens verzichtete auf eine Antwort. Es war lange her, aber er hatte gewisse Erfahrungen im Umgang mit Gesetzeshütern, genug zumindest, um zu wissen, dass jedes Wort überflüssig war. Er konnte nicht sagen, ob Wilson ihn verdächtigte, und wenn ja, *wessen* überhaupt, aber was er mit absoluter Gewissheit sagen konnte war, dass Wilson sich bereits eine Meinung über das gebildet hatte, was er draußen beim Wrack des Fords gesehen hatte, und dass jeder Versuch, ihn von irgendetwas anderem zu überzeugen, nichts als verschwendeter Atem war. Die Art, auf die Wilson seine Fragen stellte; die Art, auf die er zuhörte; die Art, auf die er ihn ansah; selbst die Art, auf die er scheinbar gar nichts tat, waren Mogens nur zu bekannt. Für Wilson war der Fall bereits klar, und nichts, was Mogens auch immer sagen oder tun konnte, würde ihn von seiner vorgefassten Meinung abbringen.

»Also noch einmal von vorn?«, fragte Wilson. In seiner Stimme war ein ganz sachter, fast flehender Unterton, doch endlich mit der Wahrheit rüberzukommen, und vor allem sein Blick machte Mogens klar, wie müde es der Sheriff war, ihm immer und immer wieder dieselben Fragen zu stellen, und immer und immer wieder die gleichen Antworten zu bekommen – nur nicht die, die er hören wollte. Aber er machte ihm auch ebenso klar, dass Wilson durchaus bereit war, noch Stunden so weiterzumachen und wenn es sein musste, Tage.

Mogens zog die dünne Wolldecke enger um die Schultern, die Wilson ihm gegeben hatte, und unterdrückte mit Mühe ein Schaudern, das seine Ursache zu gleichen Teilen in Müdigkeit wie in ganz banaler Kälte hatte. Unter der groben Wolldecke, die wie Sandpapier auf seiner Haut kratzte, war er nackt. Wilson hatte ihm seine schmutzstarrenden Kleider abgenommen, angeblich, um sie reinigen zu lassen, aber Mogens nahm an, dass es ihm viel mehr darum ging, sie nach Blut oder anderen verräterischen Spuren zu untersuchen.

»Ich bitte Sie, Sheriff«, sagte er müde. »Ich kann Ihnen nicht mehr sagen als das, was ich Ihnen schon ein Dutzend Mal gesagt habe. Ich kann Sie nicht zwingen, mir zu glauben, aber Sie werden nichts anderes von mir hören, und wenn das hier noch einen ganzen Tag dauert.«

Er hatte sich bemüht, einen allenfalls resignierenden Tonfall in seine Stimme zu legen, und keinesfalls herausfordernd oder gar herablassend zu klingen, aber dieser Versuch schien offensichtlich nicht unbedingt von Erfolg gekrönt zu sein, denn er konnte regelrecht sehen, wie sich etwas in Wilsons scheinbar gleichmütig dreinblickenden Augen änderte. Mogens gemahnte sich in Gedanken zur Vorsicht. Wilson hatte vermutlich nicht einmal etwas gegen ihn, aber er war ein einfacher Mann, und wie viele einfache Menschen begegnete er Akademikern mit einer Mischung aus Respekt und aus Unsicherheit geborener Aggressivität.

»Sheriff, was erwarten Sie eigentlich von mir?«, fuhr er, nach einer spürbaren Pause und mit deutlich veränderter, ruhigerer Stimme fort. »Ich *kann* Ihnen nicht mehr sagen. Ich bin nach draußen gegangen, um nach einer Katze zu suchen, die verschwunden war.«

»Und Sie haben sie gefunden, aber leider nicht mehr lebendig«, seufzte Wilson. »Irgendein Raubtier hatte sie in Stücke gerissen. Doch statt zurückzugehen und Hilfe zu holen – oder wenigstens eine Waffe! – haben Sie sich auf eigene Faust und mit leeren Händen an die Verfolgung des Raubtieres gemacht, das, wie Sie selbst sagen, eine ausgewachsene Katze in Stücke gebissen hat.« Er schüttelte den Kopf. »Können Sie sich vorstellen, welches Tier in der Lage ist, so etwas zu tun, Professor?«

Mogens schwieg. Er konnte es sich nicht vorstellen, er *hatte es gesehen*, aber er hatte Wilson nichts von dem glutäugigen Ungeheuer erzählt. So etwas hatte er einmal getan, vor neun Jahren, und er würde es nie wieder tun.

»Sie müssen entweder ein sehr mutiger Mann sein, Professor, oder ein sehr dummer«, fuhr Wilson fort, als er keine Antwort bekam.

»Dumm«, mischte sich eine Stimme von der Tür her ein, »wäre es allerhöchstens, wenn Professor VanAndt jetzt auch nur noch eine einzige Ihrer Fragen beantworten würde, Sheriff.« Wilson sah mit einem Ruck auf, und Mogens konnte nicht nur erkennen, dass alle Farbe aus seinem Gesicht wich, sondern auch, wie sich seine Augen mit einer jähen Mischung aus Schrecken und Zorn füllten, ohne dass er hätte sagen können, welches dieser beiden Gefühle nun überwog. Dann fuhr auch er überrascht zusammen, als er sich auf seinem Sitz umdrehte und den uneingeladenen Gast erkannte, der Wilsons Büro betreten hatte. »Jonathan!«

Graves nickte ihm flüchtig zu, bevor er die Tür mit einer unnötig heftigen Bewegung hinter sich ins Schloss warf und an Wilsons Schreibtisch herantrat. »Was geht hier vor?«, fragte er herausfordernd.

Im allerersten Moment schien es, als reiche allein Graves' herrischer Ton, um Wilsons Widerstand zusammenbrechen zu lassen, dann aber erinnerte sich der Sheriff ganz offensichtlich, wo sie hier waren. Er stand nicht auf, funkelte Graves aber mit trotzig vorgerecktem Kinn an und ließ ganz bewusst einige Sekunden verstreichen, bevor er antwortete: »Guten Morgen, Doktor Graves. Und um Ihre Frage zu beantworten: Ich habe einige Fragen an Professor VanAndt, und ich denke nicht, dass es Sie etwas angeht, was...«

»Oh, Sie *denken*«, fiel ihm Graves höhnisch ins Wort. »Nun, dann werde ich Ihnen sagen, was ich *denke*, Sheriff.« Er wedelte mit der Hand in Mogens' Richtung, ohne Wilson dabei auch nur für eine Sekunde aus den Augen zu lassen. »Es geht mich sehr wohl etwas an, wenn Sie einen meiner Mitarbeiter verhören, Sheriff!«

»Niemand hat etwas von einem Verhör gesagt«, antwortete Wilson. Es versuchte, selbstbewusst zu klingen, aber seine Worte hörten sich eigentlich nur noch verstockt an. Er hatte bereits verloren, begriff Mogens. »Ich habe lediglich ein paar Fragen an Professor VanAndt.«

»Und dazu muss er sich ausziehen und halb nackt vor Ihnen auf einem Stuhl sitzen?«

»Das hat damit nichts zu tun«, sagte Mogens rasch. »Meine Kleider waren verschmutzt. Sheriff Wilson war so freundlich, sie säubern zu lassen.«

Graves warf ihm einen kurzen, eisigen Blick zu, sprach jedoch an Wilson gewandt weiter. »Was ist geschehen?«

»Wir haben Ihren«, er deutete auf Mogens, »... *Mitarbeiter* in der Nähe des ausgebrannten Wagens aufgegriffen. Er hat sich daran zu schaffen gemacht.«

Graves hob scheinbar gelangweilt die Schultern. »Was nicht strafbar ist, oder? Streng genommen gehört der Wagen immer noch mir. Und ich habe nichts dagegen, dass Professor VanAndt ihn sich anschaut.«

In Wilsons Augen blitzte es auf. »Übertreiben Sie es nicht, Doktor Graves! Das hier ist vielleicht nur eine einfache kleine Stadt, und ich bin nur ein einfacher Sheriff, aber wir wissen hier immerhin, was Recht ist und was nicht. Die Ursache des Unfalls ist noch nicht geklärt. Es sind zwei Menschen ums Leben gekommen, vielleicht sogar drei, und Professor VanAndt wurde mitten in der Nacht dabei beobachtet, wie er sich in der Nähe des ausgebrannten Fahrzeugs herumgetrieben hat.« Er ließ eine kurze, genau bemessene Pause folgen, bevor er fast triumphierend hinzufügte: »Und die Leichen Doktor McClures und Doktor Mercers sind verschwunden.«

»Und?«, fragte Graves so ruhig, als wäre an dieser Neuigkeit rein gar nichts Besonderes. »Glauben Sie jetzt vielleicht, dass Professor VanAndt sie weggeschafft hat?«

»Immerhin hatte er Blut an den Händen«, sagte Wilson.

»Ja, Doktor Hyams' Blut!«, begehrte Mogens auf.

»Doktor Hyams?« Immerhin schien es Mogens zumindest für einen Moment gelungen zu sein, Graves' Aufmerksamkeit zu erregen. »Wieso Hyams? Soll das heißen...?«

»Sie ist noch am Leben«, sagte Mogens. »Jedenfalls glaube ich, dass sie das war, als Sheriff Wilson mich verhaftet hat.«

Graves fuhr mit einer zornigen Bewegung wieder zu Wilson herum, aber diesmal kam ihm der Sheriff zuvor. »Selbstverständlich nehme ich Professor VanAndts Aussage ernst«, sagte er. »Auch wenn es mir, offen gestanden, schwer fällt, sie zu glauben. Trotzdem habe ich fünf Männer zur Unfallstelle hinausgeschickt, um noch einmal das ganze Gelände absuchen zu lassen. Glauben Sie mir – sollte Doktor Hyams noch am Leben sein, dann finden meine Leute sie.«

»Und sollte sie nicht mehr am Leben sein, Sheriff…«, Graves beugte sich herausfordernd vor und stützte die Fingerknöchel auf Wilsons Schreibtisch ab, »… dann werden *meine Leute* herausfinden, wann Doktor Hyams gestorben ist. Und sollte sich herausstellen, dass sie sterben musste, weil Sie nicht auf Professor VanAndt gehört und die Suche nach ihr zu spät eingeleitet haben, dann gnade Ihnen Gott!«

Wilsons Gesicht verlor auch noch das letzte bisschen Farbe, aber Graves gab ihm keine Gelegenheit, etwas zu erwidern, sondern fuhr mit leiserer, aber beinahe noch schneidenderer Stimme fort: »Darf ich nun davon ausgehen, dass ich Professor VanAndt wieder mit zurück ins Lager nehmen kann? Wir haben eine Menge Arbeit vor uns!«

»Selbstverständlich«, antwortete Wilson gepresst. Er warf Mogens einen prüfenden Blick zu. »Sie haben zwar nicht genau meine Größe, aber ich könnte Ihnen meine Reserveuniform anbieten – nur für den Rückweg.«

»Und zweifellos werden Sie auch so freundlich sein, sie selbst wieder abzuholen, nicht wahr?«, fragte Graves höhnisch. »Am besten gleich heute Nachmittag.«

Wilsons Gesicht verdüsterte sich noch weiter, aber er schluckte die zornige Antwort, die ihm auf der Zunge lag, mit sichtbarer Mühe herunter und ging, vermutlich um die versprochene Uniform zu holen. Graves wartete gerade, bis er den Raum verlassen und die Tür hinter sich geschlossen hatte, dann fuhr er zu Mogens herum, und die vermeintliche Gelassenheit glitt wie eine Maske von seinem Gesicht.

»Was, um alles in der Welt…«, begann er.

»Es ist wieder da, Jonathan«, fiel ihm Mogens ins Wort.

Graves legte den Kopf auf die Seite. »*Was* ist wieder da?«

»Das… das *Ding*«, antwortete Mogens. Seine Stimme zitterte so heftig, dass er Mühe hatte, überhaupt weiterzusprechen. »Das Ungeheuer vom Friedhof, das Janice geholt hat.«

»Was redest du da, Mogens?«, fragte Graves. Er versuchte zu lachen, aber es gelang ihm nicht. »Das ist doch Unsinn.«

»Ich habe es gesehen«, fuhr Mogens beinahe im Flüsterton fort. »Es hat Cleopatra getötet, und… und ich glaube, es hat auch Hyams geholt.« Er atmete tief ein, um überhaupt die Kraft zum Weitersprechen zu finden. »Vor ein paar Tagen, Jonathan, draußen auf dem Friedhof, da habe ich es zum ersten Mal gesehen. Es war das Ding aus dem Mausoleum. Dasselbe, das damals Janice und die beiden anderen geholt hat. Es ist hier, Jonathan.«

Er rechnete mit Widerspruch; vielleicht, dass Graves ihn auslachte, zumindest aber zweifelte, aber Graves sah ihn nur sekundenlang schweigend und sehr nachdenklich an, bevor er in sehr ernstem Ton fragte: »Bist du sicher?«

»Ja«, antwortete Mogens. »Todsicher.«

Graves schwieg eine ganze Weile. Er sah sehr nachdenklich aus, aber auch sehr erschrocken. »Aber warum?«, murmelte er. »Warum jetzt? Warum hier?«

»Vielleicht war es die ganze Zeit hinter uns her, Jonathan«, antwortete Mogens. »Vielleicht… hat es all die Jahre nur darauf gewartet, dass es uns zusammen erwischt.«

»Unsinn«, sagte Graves. Er lachte, aber er klang noch immer nervös. Jetzt vielleicht noch mehr. »Das ist… ich meine: Das ergibt überhaupt keinen Sinn. Warum sollte es… Ich habe doch gar nichts…«

»Ich habe es verletzt«, sagte Mogens leise. »Aber du warst dabei, Jonathan. Vielleicht will es uns ja beide.« Er hob die Schultern. »Es kann kein Zufall sein, dass es nach all der Zeit wieder auftaucht. Wir waren seit jener Nacht nie wieder zusammen, Jonathan.« Er zögerte einen Moment, fuhr sich nervös mit der Zungenspitze über die Lippen und sah rasch zu der Tür, durch die Wilson verschwunden war, dann zum Eingang, bevor er weitersprach. »Und da ist noch etwas.«

»Was?«

»Tom«, sagte Mogens. »Ist er bei dir?«

Graves sah ebenfalls rasch zu der Tür, durch die er gerade

selbst hereingekommen war, bevor er antwortete. »Nein. Ich bin mit dem Buick gekommen. Warum fragst du?«

»Weil ich glaube, dass... dass er irgendetwas damit zu tun hat«, antwortete Mogens zögernd.

»Tom?«

Mogens nickte. Er antwortete nicht gleich, und als er es tat, da sprach er mit leiser, stockender Stimme. Plötzlich ergab alles einen Sinn, auch wenn er sich immer noch weigerte, es zu glauben. Tom, der so unglaublich viel wusste. Der alles konnte und keinen Schlaf zu brauchen schien. Der immer und stets zur Stelle war, wenn man ihn brauchte. Der auf alles eine Antwort hatte. »In der Nacht, in der ich es zum ersten Mal gesehen habe, Jonathan, draußen auf dem Friedhof. Es war Tom. Er hat mich zurückgebracht, nachdem ich in Ohnmacht gefallen war. Ich meine, er... er sagt, dass *er* es war, den ich dort draußen gesehen habe, aber ich bin nicht mehr sicher, dass das stimmt. Er *muss* es einfach gesehen haben.«

Graves schwieg. Er wurde noch blasser.

»Was hast du?«, fragte Mogens.

»Tom«, antwortete Graves. »Miss Preussler hat ihn gebeten, ihm die Ausgrabungsstelle zu zeigen. Als ich losgefahren bin, haben sie sich gerade auf den Weg nach unten gemacht.«

Die Minuten, die vergangen waren, bis Wilson mit den versprochenen Kleidern zurückkehrte, hatten sich zu schieren Ewigkeiten gedehnt, und die wenigen Augenblicke, die Mogens brauchte, um sich umzuziehen, noch viel mehr. Wilson hatte mit einer knappen Geste auf den Nebenraum gedeutet, aber Mogens streifte kurzerhand die Decke von den Schultern und zog sich in fliegender Hast um, obwohl Mogens klar war, dass er Wilsons Misstrauen damit nur noch neue Nahrung gab. Ohne sich auch nur zu verabschieden, stürmte er aus dem Haus und musste sich beherrschen, um nicht zur anderen Straßenseite zu *rennen*, wo Graves' Buick abgestellt war.

Graves kommentierte sein auffälliges Benehmen mit einem missbilligenden Stirnrunzeln, aber er sagte kein Wort, sondern startete den Wagen und fuhr so schnell los, dass Mogens sich instinktiv an seinem Sitz festklammerte. Mogens konnte nicht beurteilen, ob er sicherer fuhr als Tom, aber er fuhr auf jeden Fall *schneller*. Sie benötigten nur wenige Minuten, um die Stadt hinter sich zu lassen und die Abzweigung zum Friedhof und dem dahinter liegenden Lager zu erreichen. Mogens' Herz begann schneller zu schlagen, als sie sich der Stelle näherten, an der der Wagen abgestürzt war. Jetzt, bei Tageslicht, konnte er die schwarzen Gummispuren erkennen, die der Ford auf seinem Weg in die Katastrophe auf dem Straßenbelag hinterlassen und die selbst der Regen nicht völlig getilgt hatte.

Graves trat so hart auf die Bremse, dass Mogens im Sitz nach vorne geworfen wurde und hastig beide Arme ausstreckte, um sich am Armaturenbrett abzustützen. Das Ergebnis war ein stechender Schmerz, der durch seine Handgelenke fuhr und ihm ein scharfes Keuchen entlockte. Graves bedachte ihn mit einem fast verächtlichen Kopfschütteln und streckte die Hand nach dem Türgriff aus.

»Was tust du, Jonathan?«, fragte Mogens erschrocken. »Wir haben keine Zeit!«

»Es könnte wichtig sein.« Graves öffnete die Tür und stieg aus. Mogens starrte ihn einen Herzschlag lang fast entsetzt an, aber er sah auch ein, dass jeder Versuch, Graves zur Eile anzuspornen, nur einen weiteren Zeitverlust bedeuten würde, und stieg ebenfalls aus. Es bereitete ihm Mühe, die Tür zu öffnen. Seine Handgelenke schmerzten. »Jonathan!«

Graves tat das, was er meistens tat, wenn Mogens ihn ansprach: Er ignorierte ihn. Mit gesenktem Blick trat er um den Wagen herum und folgte der unterbrochenen schwarzen Gummispur der Autoreifen. »Dort hinten ist er vom geraden Weg abgekommen, siehst du?«

»Jonathan, glaubst du wirklich, dass das jetzt wichtig…«

»Ja«, unterbrach ihn Graves. »Das glaube ich. Vielleicht wichtiger, als du ahnst.«

Mogens starrte ihn noch einen Herzschlag lang zornig an, aber er spürte, wie sinnlos jedes weitere Wort gewesen wäre. Widerwillig drehte er sich um und sah in die Richtung, in die Graves' schwarz behandschuhte Rechte wies. Die Spur verlor sich immer wieder zwischen Unkraut und aufgebrochenen Stellen im Asphalt, wo die Natur die erstickende Decke, die die Menschen über sie ausgegossen hatte, wieder gesprengt hatte und sich Pilze und Wurzelwerk Bahn brachen. Aber nachdem er einmal erkannt hatte, worauf Graves ihn aufmerksam machen wollte, fiel es Mogens nicht mehr schwer, ihm zu folgen.

»Ich bin bis jetzt davon ausgegangen, dass Mercer betrunken war und deshalb die Kontrolle über den Wagen verloren hat«, sagte Graves nachdenklich. Er seufzte. »Wahrscheinlich war er betrunken, aber was den Rest angeht, habe ich dem guten Doktor anscheinend Unrecht getan. Sieh mal da: Er hat kurz vor der Friedhofsmauer so hart gebremst, dass der Wagen ins Rutschen gekommen ist. Er muss irgendetwas ausgewichen sein. Etwas, das von dort gekommen ist.«

Er war rücksichtsvoll genug, das Wort nicht auszusprechen, aber wozu auch? Seine ausgestreckte Hand deutete auf die Friedhofsmauer, und nicht nur auf eine beliebige Stelle, sondern genau dorthin, wo die Mauer aus roh aufeinander gefügten Bruchsteinen zum Teil niedergebrochen war. Es konnte noch nicht lange her sein. An den Bruchstellen hatte sich noch kein Moos gebildet, und etliche der herausgefallenen Steine – sie waren nach *außen* gestürzt, erkannte Mogens schaudernd, so als wäre irgendetwas mit Urgewalt aus dem ummauerten Friedhofsgelände herausgebrochen – waren auf die Straße gerollt. Es gehörte nicht mehr viel Fantasie dazu, sich auszumalen, was sich hier abgespielt hatte. Mercer mochte zu schnell gefahren sein, und er mochte auch betrunken gewesen sein, aber nichts davon war letzten Endes schuld an dem Unfall gewesen. Etwas war aus dem Friedhof gekommen und hatte die Mauer durchbrochen, und Mercer hatte vor Schrecken das Lenkrad verrissen und deshalb die Kontrolle über den Wagen verloren.

»Wir müssen jetzt wirklich weiter, Jonathan«, sagte er. »Miss Preussler ist möglicherweise in Gefahr.«

Graves schien seine Worte gar nicht gehört zu haben. Er starrte die unterbrochene Reifenspur noch einen Moment an, dann drehte er sich um und trat so dicht an die Stelle heran, an der sie endgültig abbrach, dass sich eine Hand voll kleiner Steinchen unter seinen Schuhspitzen löste und mit einem Geräusch wie Glasmurmeln im Beutel eines Kindes den Hang hinunterkollerte.

»Es ist meine Schuld, Mogens«, sagte Graves leise. »Ich hätte sie nicht fahren lassen dürfen.«

»Jonathan«, sagte Mogens beschwörend. »Miss Preussler! Sie ist mit Tom ganz allein dort unten!«

Graves reagierte nicht. Eine kleine Ewigkeit lang stand er wie erstarrt da und blickte das zerschmetterte Autowrack unter ihnen an. Selbst über die große Entfernung hinweg konnte Mogens noch die Schleifspuren erkennen, die zwischen den Felsen verschwanden. Fast beiläufig registrierte er, dass dort unten niemand war, der nach Hyams suchte.

»Ich habe geglaubt, es wäre nur nachts gefährlich«, murmelte Graves. »Ich dachte, tagsüber…« Er zog sein Etui aus der Jackentasche und versuchte, sich eine Zigarette anzuzünden, aber seine Hände zitterten zu sehr. »Ich habe einen furchtbaren Fehler gemacht, Mogens. Einen Fehler, der Mercer, McClure und vielleicht auch Hyams das Leben gekostet hat. Es ist meine Schuld.«

»Aber das ist doch Unsinn«, protestierte Mogens. »Du konntest doch nicht ahnen, was geschehen würde!«

»Du denkst, Hyams und die beiden anderen hätten uns deinetwegen verlassen, habe ich Recht?«, fuhr Graves fort. Er lachte hart. »Du hast Recht, aber es ist nicht deine Schuld, Mogens. Ich wollte es so.« Er versuchte noch einmal, sich eine Zigarette anzuzünden, und diesmal gelang es ihm. Er sah Mogens nicht an, als er weitersprach, sondern starrte durch den grauen Rauch, den er selbst ausatmete, unverwandt auf das zerschmetterte Automobil hinab. Seine Stimme wurde leiser. »Ich hätte sie zurückhalten können. Ein einziges Wort hätte genügt und sie wären geblieben. Ich *wollte*, dass sie fuhren. Ich dachte, es wäre sicherer für sie. Ich habe sie umgebracht, weil ich sie retten wollte. Wäre es nicht so entsetzlich, könnte man es für einen besonders gelungenen Scherz des Schicksals halten.«

»Ich… verstehe nicht, was…«, begann Mogens.

»Nein, natürlich nicht«, unterbrach ihn Graves. »Wie könntest du auch? Ein weiterer Fehler, Mogens. Vielleicht ist es das, was ich immer am meisten an dir gehasst habe: Du führst mir meine menschliche Unzulänglichkeit vor Augen.«

»Jonathan, bist du verrückt?«, fragte Mogens. »Miss Preussler ist mit Tom dort unten, und du…«

»Miss Preussler ist nicht in Gefahr«, unterbrach ihn Graves.

Mogens blinzelte. »Sie ist mit *Tom* dort unten«, erinnerte Mogens. »Und damit wahrscheinlich sicherer, als wäre sie hier bei uns.« Graves lächelte traurig, als er Mogens' Verwirrung registrierte.

»Hast du denn nicht verstanden, was ich dir über Tom erzählt habe?«, fragte Mogens.

»Jedes Wort«, erwiderte Graves. »Aber es gibt da etwas, was *ich* dir über Tom erzählen muss. Du hast Recht, Mogens. Er… *hat* diese Kreatur auf dem Friedhof gesehen. Du hast sie dir nicht nur eingebildet.«

Mogens schwieg. Graves' Eröffnung traf ihn wie ein Schlag ins Gesicht. Er versuchte irgendeinen Sinn darin zu erkennen, aber es gelang ihm nicht – vielleicht, weil er zu spüren begann, dass sich hinter diesem scheinbaren Eingeständnis ein noch viel größeres und schrecklicheres Geheimnis verbarg. Er war nicht sicher, ob er es wirklich kennen wollte.

»Komm, Mogens, fahren wir weiter.« Graves warf seine Zigarette auf den Boden und trat sie sorgsam mit dem Absatz aus, bevor er sich umdrehte und mit raschen Schritten um den Wagen herumging, um wieder hinter dem Steuer Platz zu nehmen. Er ließ den Buick anrollen, kaum dass Mogens sich neben ihn gesetzt und noch bevor er wirklich Zeit gefunden hatte, die Tür zu schließen, aber er fuhr jetzt nicht mehr annähernd so schnell wie zuvor.

Ohne sein Zutun, aber auch ohne dass er etwas dagegen tun konnte, saugte sich Mogens' Blick an der unregelmäßig ausgebrochenen Lücke in der Friedhofsmauer fest. Sein Herz begann schneller zu schlagen und er ertappte sich dabei, die Hände im Schoß zusammenzufalten, damit sie nicht zitterten. Anders als bei den ersten beiden Malen, die er diesen Friedhof zuvor gesehen hatte, lag der Bereich jenseits der niedergebrochenen Mauer jetzt im hellen Sonnenlicht da, sodass er erkennen konnte, dass dort absolut nichts war, was er hätte fürchten müssen. Aber dasselbe hatte Mercer vermutlich auch gedacht, als er sich eben dieser Stelle näherte, und nicht einmal eine Minute später waren er und die beiden anderen tot gewesen.

Graves sprach erst weiter, als sie die Stelle passiert und ein gutes Stück hinter sich gelassen hatten. »Du darfst es Tom nicht übel nehmen, Mogens. Er wollte dich nicht belügen. Ich musste ihn richtiggehend dazu zwingen, dir diese haarsträubende Geschichte aufzutischen.«

»Er war sehr überzeugend«, sagte Mogens. Seine Stimme war so flach, dass er fast selbst davor erschrak.

»Der Junge mag dich, Mogens«, antwortete Graves. »Gerade deshalb wollte er dich nicht anlügen.«

»Worauf… willst du hinaus, Jonathan?«, fragte Mogens stockend. »Willst du damit sagen, dass Tom… *Bescheid* weiß?«

»Ich bin nicht wegen des Tempels hierher gekommen«, antwortete Graves. »Ich bin *ihretwegen* hier.« Er machte eine abgehackte Kopfbewegung auf die Friedhofsmauer, ohne den Blick von der Straße zu nehmen. »Dass wir den Tempel entdeckt haben, war eher ein Zufall.«

»Und Tom…?«

»Oh, er hat dir die Wahrheit gesagt, was das betrifft«, versicherte Graves hastig. »Er stammt tatsächlich aus dieser Gegend. Und er hat den Zugang zum Tempel auch wirklich rein zufällig gefunden. Aber während der letzten fünf Jahre«, fügte er nach einer winzigen, aber spürbaren Pause hinzu,

»hat er mich zum größten Teil auf meinen Reisen begleitet. Vieles von dem, was ich herausfinden konnte, habe ich Tom zu verdanken. Ohne ihn wäre ich möglicherweise schon nicht mehr am Leben, Mogens, ganz gewiss aber nicht hier.«

»Fünf Jahre?«, wunderte sich Mogens. »Aber damals muss er gerade...«

»Zwölf«, bestätigte Graves. »Er war ungefähr zwölf Jahre alt, vielleicht auch dreizehn, wer weiß das schon genau? Aber er war ein aufgeweckter Bursche, das habe ich gleich gemerkt. Gleich in der Nacht, in der ich ihn dabei überraschte, wie er mein Zelt durchwühlte«, fügte er mit einem angedeuteten Schmunzeln hinzu.

»Wie er *was?*«, fragte Mogens.

Graves' Lächeln wurde breiter. »Er hat versucht, mich zu bestehlen, ja«, bestätigte er, hob aber rasch die Hand und hinderte Mogens so daran, etwas zu erwidern. »Urteile nicht vorschnell, Mogens. Wir sind hier nicht in San Francisco, und schon gar nicht in Harvard. Nicht einmal in deinem geliebten Thompson. Das hier ist die Wildnis, auch wenn San Francisco nur einen Steinwurf entfernt sein mag. Es ist ein hartes Land, mit harten Menschen. Wenn du glaubst, dass sie das Wort Barmherzigkeit kennen, dann bist du ein noch romantischerer Narr, als ich ohnehin schon dachte.« Er schüttelte heftig den Kopf, obwohl Mogens ihm gar nicht widersprochen hatte. »Welche Aussichten hat ein Waisenjunge hier, der zu niemandem gehört, der weder lesen noch schreiben kann und für den sich niemand verantwortlich fühlt? Er kann zum Dieb werden – oder versuchen, Präsident der Vereinigten Staaten zu werden. Tom hat sich für den Dieb entschieden.« Er lachte, als hätte er ein besonders gelungenes Bonmot zum Besten gegeben, aber Mogens blieb ernst.

»Er hat mir erzählt, er *hätte* Adoptiveltern gehabt«, sagte er.

»Das hatte er«, bestätigte Graves. »Sie wurden getötet. Von den *Bestien.*«

Sie hatten das Ende des asphaltierten Weges erreicht, und Graves nahm den Fuß vom Gas, sodass der Buick die Barriere aus Zweigen und Blättern fast behutsam teilte; Mogens nahm an, dass er den Lack des teuren Automobils nicht verkratzen wollte. »Wie so viele.«

»Ich fürchte, ich kann dir nicht ganz folgen, Jonathan«, sagte Mogens – was nicht ganz der Wahrheit entsprach. Er ahnte längst, was Graves ihm so umständlich zu erklären versuchte, aber ein Teil von ihm sträubte sich nach wie vor hartnäckig, diese Wahrheit zu erkennen.

Graves fuhr wieder etwas schneller und antwortete erst, als sie den schlammigen Platz überquert hatten und auf seine Blockhütte zusteuerten. »Du hast geglaubt, ich hätte dich verraten, Mogens.« Er schnitt Mogens mit einer Bewegung, die zornig und auf eine sonderbare Weise resignierend zugleich wirkte, das Wort ab, als er widersprechen wollte. »Leugne es nicht. Ich habe gesehen, wie du mich angeblickt hast. Du hast dich von mir im Stich gelassen gefühlt. Ich war dein Freund, und als du mich gebraucht hast, habe ich dich verleugnet. Du musst mich hassen. Ich an deiner Stelle würde es gewiss tun.«

Er brach ab, vermeintlich, um den Wagen anzuhalten und die Tür zu öffnen, in Wahrheit aber wohl eher, weil er auf eine ganz bestimmte Reaktion wartete. Mogens schwieg jedoch beharrlich. Was Graves ihm erzählte, war erschreckend und verwirrend zugleich, aber nichts, was auch immer er sagen oder ihm offenbaren konnte, würde ihn dazu bringen, ihm zu verzeihen. Weder konnte, noch *wollte* er das.

»Vielleicht war ich feige, aber ich habe auf meine Weise versucht, Buße zu tun«, fuhr Graves fort, als Mogens zwar ebenfalls ausstieg, sich aber weiter beharrlich weigerte, auf seine Worte einzugehen. Seine Stimme wurde schärfer, zugleich aber fast unmerklich schriller. Offensichtlich legte er Mogens' Schweigen dergestalt aus, dass er glaubte, sich verteidigen zu müssen. Mogens war es nur recht.

»Während du in Selbstmitleid und Kummer versunken bist, habe ich versucht, das Rätsel zu lösen! Ich habe *sie* gesucht, Mogens – und ich habe *sie* gefunden.« Er gestikulierte – plötzlich wütend – in Richtung des Friedhofs und fuhr noch lauter fort: »*Sie* sind nicht nur hier, Mogens. Es gibt *sie* überall! Nicht nur hier und in Harvard, sondern überall auf der Welt. Überall, wo Menschen beerdigt werden, da sind auch *sie*. Sie leben von den Toten, Mogens. Unsere Friedhöfe sind ihre Futtertröge! Ich weiß noch nicht genau, was *sie* sind, oder woher *sie* kommen, aber ich glaube, dass *sie* existieren, so lange es Menschen gibt. *Sie* sind unsere Aasgeier, Mogens.«

»Du bist ja verrückt«, sagte Mogens. Aber sein Protest klang nicht einmal in seinen eigenen Ohren echt.

Graves ignorierte ihn auch einfach. »Die Menschen wissen von *ihnen*«, fuhr er fort. »Sie haben es immer gewusst. *Sie* leben in ihren Legenden, Mogens. Die Werwölfe. Die Widergänger und Ghoule und Untoten.« Er schüttelte grimmig den Kopf. »Du hast es immer gewusst. Du *wolltest* es nur nicht wissen. Du verleugnest dieses Wissen, weil du den Gedanken nicht erträgst.«

»Das... das ist absurd«, stammelte Mogens. Er wusste selbst nicht mehr wirklich, warum er das sagte, aber Graves beantwortete diese Frage für ihn.

»Du willst es nicht wahrhaben, weil es Janices Tod kleiner machen würde«, sagte er hart. »Weil es bedeuten würde, dass nichts Besonderes daran war.«

»Hör auf!«, sagte Mogens. Seine Stimme zitterte.

Aber Graves hörte nicht auf. Seine Stimme wurde schneidend, und ein bewusst verletzender Unterton mischte sich hinein. »Ich kann dir versichern, es war nichts Außergewöhnliches daran«, fuhr er fort. »Ich jage diese Ungeheuer seit neun Jahren, seit dem Tag, an dem ich Harvard verlassen habe! Du hast dich wie ein verletztes Tier in ein Loch verkrochen, um deine Wunden zu lecken, aber ich habe *sie* gesucht, Mogens! Und ich habe *sie* gefunden, überall auf der Welt! Hier! In Europa! In den Wüsten Asiens und den Dschungeln Südamerikas, auf den eisigen Hängen des Himalaja und in den Savannen Afrikas! *Sie* sind überall, Mogens, und ich kann dir eins versichern: Was dir widerfahren ist, ist rein gar nichts Außergewöhnliches. Du glaubst, es wäre der Teufel persönlich, der aus der Hölle heraufgestiegen ist, um dich zu bestrafen?« Er lachte böse. »Du täuschst dich, Mogens. So wichtig bist du nicht. Es war nichts Besonderes. Es ist vorher passiert, und es wird weiterhin passieren. Einfach…«, er schnippte mit den Fingern; ein Laut, der durch das schwarze Leder seiner Handschuhe zu einem sonderbar weichen, *flüssigen* Geräusch gemacht wurde, »… so.«

»Hör auf, Jonathan!«, wimmerte Mogens. »Du weißt ja nicht, was du da redest! Was weißt du von Verlust?«

»Oh, du glaubst, ich hätte nicht dafür bezahlt?«, schnappte Graves. Wütend hob er die Hände und streckte Mogens die gespreizten Finger entgegen. Etwas Dunkles, Wogendes erschien in seinen Augen, wie ein schwarzes Aufblitzen, das Mogens instinktiv einen halben Schritt vor ihm zurückweichen ließ. »Du täuschst dich! Ich habe bezahlt, mehr, als du dir auch nur *vorstellen* kannst, Mogens! Ich habe Dinge gesehen, die kein Mensch jemals sehen sollte. Und ich habe mehr dafür bezahlt, als irgendein Mensch je bezahlen sollte.« Er nahm die Hände herunter und schüttelte trotzig den Kopf. »Aber habe ich aufgegeben? Nein! Ich verkrieche mich nicht beleidigt in einer Ecke und hadere mit dem Schicksal, Mogens. Und du solltest endlich auch damit aufhören!«

»Warum tust du mir das an, Jonathan?«, wimmerte Mogens. Er zitterte am ganzen Leib. Graves' Gestalt begann vor ihm zu verschwimmen, als heiße Tränen in seine Augen schossen. Er versuchte nicht einmal mehr, sie zurückzuhalten. »Warum tust du mir das an?«

»Damit du aufhörst, dich selbst zu zerfleischen, Mogens.« Graves' Stimme wurde sanft. »Deine Trauer um Janice in Ehren, aber neun Jahre sind genug. Du tust Janice keinen Gefallen damit, Mogens. Wenn du etwas für sie tun willst, dann hilf mir, das Geheimnis dieser Ungeheuer zu lüften. Wenn die Welt erst einmal weiß, dass *sie* existieren, dann können wir *sie* auch bekämpfen.«

»Sagtest du nicht gerade selbst, dass die Menschen es gar nicht wissen wollen?«, fragte Mogens bitter.

»Dann hilf mir, sie dazu zu zwingen!«, antwortete Graves. »Wenn wir der Welt beweisen, dass es *sie* gibt, wird sie die Augen nicht länger vor der Wahrheit verschließen können!«

Mogens schwieg lange. Endlos lange. Er wusste nicht, was er in dieser Zeit dachte, was in ihm vorging. Etwas zerbrach in diesen Momenten in ihm, lautlos und seltsam undramatisch, aber auch endgültig. Graves hatte Recht, mit jedem einzelnen Wort, das er gesagt hatte. Genau wie ein verletztes Tier sich an einen dunklen, stillen Ort zurückzieht, um zu sterben, hatte er sich in den letzten neun Jahren seines Lebens in einem staubigen Kellerloch in Thompson verkrochen, um seinen Schmerz zu pflegen. Das Selbstmitleid, das Graves ihm – zu Recht – vorgeworfen hatte, war zugleich auch alles gewesen, was ihm überhaupt noch die Kraft gegeben hatte, am Leben zu bleiben. Graves hatte ihm auch das jetzt noch genommen. Nun hatte er nichts mehr. Er fühlte sich leer.

»Und was erwartest du jetzt von mir?« Selbst diese wenigen Worte hervorzubringen kostete ihn fast mehr Kraft, als er noch hatte. Auch in ganz handfestem Sinne: Das Gefühl des Ausgelaugtseins beschränkte sich nicht nur auf seine Seele. Er musste die Hand ausstrecken und sich an Graves' Wagen festhalten, um überhaupt noch auf den Beinen zu bleiben.

»Dass du dich entscheidest, Mogens«, antwortete Graves. »Jetzt. Ich weiß, es ist unfair. Es kommt zu schnell, und ich lasse dir nicht wirklich eine Wahl. Aber auch mir bleibt keine Wahl. Und keine Zeit. Sag nein, und ich lasse dich noch heute von Tom zum Bahnhof bringen. Mach dir keine Sorgen wegen Sheriff Wilson – ich bringe das in Ordnung. Ich gebe dir eine Fahrkarte zurück nach Thompson, oder wohin auch immer du willst, und das Gehalt für ein Jahr. Oder du kommst mit mir nach unten, und wir erlösen den armen Tom endlich aus der Gesellschaft deiner entzückenden Zimmerwirtin.«

Noch einmal vergingen endlose Sekunden quälenden Schweigens, aber dann drehte sich Mogens demonstrativ zu dem großen Zelt in der Mitte des Lagerplatzes herum und holte hörbar Luft. »Gehen wir Tom retten«, sagte er. *Und vielleicht den Rest der Welt.*

Eines wurde Mogens recht schnell klar: Zumindest im Augenblick hatte es Tom eindeutig nötiger als die Welt, gerettet zu werden. Obwohl der Generator lief und mit seinem gleichmäßigen Tuckern jedes andere Geräusch zu übertönen versuchte, hörten sie Miss Preusslers Stimme schon, als sie die Leiter hinabstiegen und in die unterirdische Anlage eindrangen. Graves sagte nichts, aber Mogens entging weder sein unwilliges Stirnrunzeln noch die Tatsache, dass er schneller ausschritt, je mehr sie sich der Tempelkammer näherten.

»Davon war nicht die Rede, verdammt«, knurrte er. »Er sollte ihr lediglich den Gang zeigen!«

»Jetzt bist du zu hart mit Tom.« Mogens hatte Mühe, ein Grinsen zu unterdrücken. »Ich habe dir schon mal gesagt: Wenn sich Miss Preussler einmal etwas in den Kopf gesetzt hat, dann erreicht sie es im Allgemeinen auch.«

Graves' Stirnrunzeln wurde noch tiefer, aber er sagte nichts mehr, sondern schritt nur noch schneller aus, sodass sie kaum eine Minute später in die große, von elektrischen Glühbirnen fast taghell erleuchtete Tempelkammer traten. Miss Preussler war im ersten Moment zwar nicht zu sehen, aber ganz und gar unüberhörbar. Ihre Stimme drang hinter der schwarzen Totenbarke hervor, und nun erschien auch auf Mogens' Gesicht ein besorgter Ausdruck. »Die Geheimtür ist doch hoffentlich…«

»… sicher verschlossen, mach dir keine Sorgen«, fiel ihm Graves ins Wort. Aber für Mogens' Geschmack klang es fast ein bisschen zu überzeugt, so als erlaube Graves sich nicht, irgendeine andere Möglichkeit auch nur in Betracht zu ziehen. Und er ging auch eindeutig zu schnell weiter, um seine plötzliche Besorgnis zu verhehlen. Mogens fiel ein kleines Stück zurück. Um wirklich mit ihm Schritt zu halten, hätte er schon rennen müssen.

Ihrer beider Sorge erwies sich jedoch als unbegründet – zumindest, soweit sie die Geheimtür betraf. Die kleine Horusfigur stand so unverändert wie seit vermutlich Jahrtausenden in ihrer Nische, und die verborgene Tür dahinter war verschlossen. Nicht einmal Mogens, der wusste, wonach er zu suchen hatte, vermochte mehr zu erkennen als scheinbar massiven Stein.

Tom hingegen machte einen durch und durch unglücklichen Eindruck. So wie Miss Preussler auch wandte er ihnen den Rücken zu, als sie sich unter dem ausladenden Heck der Barke hindurchbückten, aber er musste ihre Schritte wohl gehört haben, denn er drehte sich praktisch im gleichen Moment um, und auf seinem Gesicht erschien eine Mischung aus Schuldbewusstsein und Erleichterung, wobei die Erleichterung zumindest im ersten Moment eindeutig überwog. Dann erblickte er die Polizeiuniform, die Mogens trug, und ein fragender Ausdruck machte sich auf seinen Zügen breit.

»Also wirklich, Thomas – du musst dir schon etwas Besseres ausdenken, wenn du eine arme alte Frau wie mich auf den Arm nehmen willst«, sagte Miss Preussler gerade. »Auch wenn ich…« Sie brach mitten im Wort ab, denn sie hatte sich im Reden umgedreht und just in diesem Moment Mogens und Graves entdeckt. »Professor! Doktor Graves!«, rief sie erfreut. »Sie sind zurück! Wie wunderbar!« Dann brach sie abermals ab und runzelte tief die Stirn. »Professor VanAndt! Haben Sie eine neue Anstellung gefunden?«

Im allerersten Moment verstand Mogens die Frage nicht, aber dann gewahrte er das amüsierte Funkeln in Miss Preusslers Augen, und er musste nicht an sich hinabsehen, um dessen Grund zu erraten. In der verwaschenen Polizistenkluft, die Wilson ihm gegeben hatte, musste er absolut lächerlich aussehen. Sowohl Hosenbeine als auch Hemdsärmel waren ein gehöriges Stück zu kurz, doch wie zum Ausgleich waren ihm beide Kleidungsstücke um gleich mehrere Nummern zu weit.

»Meine eigenen Kleider waren ein wenig mitgenommen«, sagte er mit einem verlegenen Lächeln. »Sheriff Wilson war so großzügig, mir diese Uniform zu borgen. Das erschien mir doch etwas schicklicher, als nur in eine Wolldecke gehüllt zurückzukommen.«

Die Worte hatten unverfänglich klingen sollen, aber sie schienen ihre Absicht wohl zu verfehlen, denn das Lächeln wich schlagartig sowohl aus ihrem Gesicht als auch aus ihren Augen. »Es ist doch alles in Ordnung?«, fragte sie besorgt.

Graves kam Mogens' Antwort zuvor. »Selbstverständlich«, sagte er rasch. »Der gute Professor war einfach nur ein wenig tollpatschig. Offensichtlich hat er vergessen, dass wir hier nicht an der Universität von Thompson sind oder in Ihrem wunderschönen Haus, sondern mitten in der Wildnis. Aber keine Sorge – er selbst hat dieses Erlebnis weitaus besser überstanden als seine Kleider.« Er grinste breit in Mogens' Richtung, aber in diesem scheinbar schadenfrohen Grienen verbarg sich zugleich ein fast beschwörender Blick, ja bei dieser Version zu bleiben.

»Ich bin ja so froh, dass Ihnen nichts zugestoßen ist«, sagte Miss Preussler. »Ich habe mir solche Vorwürfe gemacht, Sie mitten in der Nacht in den Wald hinausgejagt zu haben, und das nur wegen einer Katze!«

Nur wegen einer Katze?, wiederholte Mogens überrascht in Gedanken. Cleopatra war für Miss Preussler weitaus mehr als nur eine Katze!

»Es ist ja nichts passiert«, antwortete er unsicher. »Nur Cleopatra …«

»Sie wird ganz gewiss wieder auftauchen, machen Sie sich keine Sorgen, Miss Preussler«, mischte sich Graves ein. »Tom wird nachher nach ihr suchen. Ich hoffe doch, Sie waren zufrieden mit dem, was er Ihnen bisher gezeigt hat?«

Für die Dauer eines Atemzuges blitzte erneut ein schwaches Misstrauen in Miss Preusslers Augen auf, und Mogens war nahezu sicher, dass sie Graves' Absicht durchschaut hatte, sie von diesem Thema abzubringen; noch dazu auf so plumpe Art. Dann aber nickte sie nur umso heftiger. »Oh, sicher«, sagte sie. »Ihr junger Assistent ist ein ganz ausgezeichneter Fremdenführer. Aber er ist auch ein Schalk, das muss ich Ihnen einmal sagen.«

»So?«, fragte Graves. Er lächelte, aber der Blick, den er Tom dabei aus den Augenwinkeln zuwarf, war eisig. Möglicherweise drohend.

Miss Preussler nickte eifrig. »Ja, stellen Sie sich vor, er wollte mir doch tatsächlich weismachen, dass dieser heidnische Tempel mehr als fünftausend Jahre alt ist. Er war sehr überzeugend, das muss ich ihm lassen, aber am Schluss habe ich dann doch gemerkt, dass er sich nur einen Scherz mit mir erlauben wollte.« Sie drohte Tom spielerisch mit dem Zeigefinger. »Fünftausend Jahre! Wo doch jedermann weiß, dass die Welt gerade einmal viertausend Jahre alt ist!«

Graves tauschte einen verblüfften Blick mit Mogens, der seinerseits versuchte, ihm mit den Augen eine Warnung zukommen zu lassen, aber Graves konnte oder wollte ihn nicht verstehen. »Viertausend Jahre, Miss Preussler?« Er schüttelte den Kopf. »Ich fürchte, Sie tun dem armen Tom Unrecht. Er wollte Sie keineswegs auf den Arm nehmen. Im Gegenteil. Wir sind noch nicht ganz fertig mit unserer Arbeit, aber es könnte durchaus sein, dass das alles hier noch deutlich älter ist als fünftausend Jahre. Möglicherweise doppelt so alt.«

»Humbug!« Miss Preussler funkelte Graves ärgerlich an. »Es ist eine Tatsache, dass die Welt keinen Tag älter ist als viertausend Jahre! Sie mögen ein guter Wissenschaftler sein, Doktor Graves, doch mir scheint, Sie sollten vielleicht etwas mehr Zeit auf das Studium der Schrift verwenden.«

»Der... Schrift?«, wiederholte Graves.

»Die Bibel, Doktor Graves«, erklärte Miss Preussler. »Hätten Sie es getan, wüssten Sie, was für einen Unsinn Sie reden. Reverend Fredericks hat es mir genau erklärt.«

»Reverend Fredericks?«

Mogens fing einen verwirrten Blick von Tom auf, aber er reagierte nicht darauf, sondern drehte sich fast hastig weg, damit weder Tom noch Graves das schadenfrohe Grinsen sahen, das sich auf seinen Zügen breit machen wollte. Er hatte Graves warnen wollen, aber dieser hatte ja nicht gehört. Mogens wusste, was nun geschehen würde.

»Reverend Fredericks!«, bestätigte Miss Preussler kampflustig. »Es steht alles geschrieben, Doktor Graves. Sie brauchen nur die Stammbäume derer zurückverfolgen, die zur Zeit unseres Heilands gelebt haben, und Sie erhalten genau diese

Zahl. Das ist eine ganz einfache Rechenaufgabe. Man muss nur genau hinsehen.« Sowohl ihr Blick als auch ihre Tonlage wurden ganz eindeutig triumphierend. »Das ist wohl selbst nach Ihrer Definition eine *rein wissenschaftliche* Methode, will ich meinen.«

Graves wirkte jetzt eindeutig mehr als nur ein wenig verstört, aber er war klug genug, Miss Preussler nicht mehr zu widersprechen. »Nun ja, das ist… eine interessante Theorie«, sagte er zögernd. »Vielleicht sollten wir sie zu gegebener Zeit in unsere Arbeit mit einbeziehen.«

»Wann ist denn die *gegebene Zeit*, das Wort unseres Herrn in die Arbeit *mit einzubeziehen?*«, fragte Miss Preussler spitz.

»Sicherlich bald«, antwortete Mogens an Graves' Stelle. »Aber im Moment haben wir ein paar andere Dinge zu besprechen.« Er war sich durchaus der Gefahr bewusst, sich durch diese Äußerung seinerseits Miss Preusslers heiligen Zorn zuzuziehen, aber wenn er das Thema nicht gewaltsam abwürgte, konnte es gut sein, dass sie Graves in eine theologische Grundsatzdiskussion verstrickte, die Stunden dauerte. So lange es um ihn, Mogens, ging, hatte sie ihre religiösen Grundsätze ihrem Jagdinstinkt geopfert, doch dafür legte sie bei anderen einen nur um so größeren missionarischen Eifer an den Tag; vielleicht um vor sich selbst Buße für diese Verfehlung zu tun.

»Andere Dinge?«, fragte Miss Preussler auch prompt.

»Wie es hier weitergeht«, sprang Graves ein. Er deutete auf Mogens. »Nachdem die unglückselige Miss Hyams und die beiden anderen uns verlassen haben, müssen wir die ganze Arbeit allein erledigen. Das muss gut überlegt werden und vor allem sorgsam geplant und organisiert. Das verstehen Sie doch sicher.«

Miss Preussler blinzelte. »Sie haben es ihm noch nicht gesagt, Professor?«

»Ich… habe mich anders entschieden, Miss Preussler«, antwortete Mogens zögernd. »Ich bleibe hier. Wenigstens noch für einige Tage.«

»Das freut mich«, antwortete Miss Preussler. »Um ehrlich zu sein, hatte ich schon ein ganz schlechtes Gewissen Doktor Graves gegenüber. Ich hatte Angst, Sie würden nur meinetwegen abreisen wollen.«

»Das hat mit Ihnen nicht das Geringste zu tun«, versicherte Mogens. »Ich hatte private Gründe. Aber ich habe mich mit Doktor Graves ausgesprochen, und er hat mich überzeugt. Ich kann ihn nicht auch noch im Stich lassen, nun, wo die anderen fort sind.«

»Hat man die arme Miss Hyams gefunden?«, fragte Miss Preussler.

»Bisher nicht«, antwortete Mogens.

»Aber Sheriff Wilson ist ein fähiger Mann«, fügte Graves hinzu. »Wenn sie noch am Leben ist, dann wird er sie finden.«

»Ich dachte, Sie mögen ihn nicht.«

»Sheriff Wilson und ich sind keine Freunde, das ist richtig«, antwortete Graves. »Doch das bedeutet nicht, dass ich prinzipiell an seinen Fähigkeiten zweifle. Wilson wird alles in seiner Macht Stehende tun.« Er atmete hörbar ein. »Aber nun müssen wir gehen. Tom kann Sie zu einem späteren Zeitpunkt gern weiter herumführen, aber im Augenblick ist unsere Zeit ein wenig knapp, fürchte ich.«

Miss Preussler war ein bisschen beleidigt, aber sie gab sich Mühe, sich nichts anmerken zu lassen. »Sicher«, sagte sie verschnupft.

»Tom wird Sie zurückbringen«, fuhr Graves fort. »Professor VanAndt und ich haben hier noch ein paar Dinge zu erledigen. Aber wir kommen nach, so schnell es uns möglich ist.«

»Sicher«, antwortete Miss Preussler kühl. »Thomas?«

Tom beeilte sich, Miss Preussler nach draußen zu führen, und Graves sah ihnen wortlos nach, bis sie verschwunden waren. Dann drehte er sich kopfschüttelnd wieder zu Mogens um. »Ich nehme alles zurück, was ich über dich gesagt habe, Mogens. Du hast dich nicht in ein Loch verkrochen. Du warst in der Hölle.«

»Miss Preussler hat ihre Qualitäten«, sagte Mogens.

»Man muss nur lange genug danach suchen, wie?«, fragte Graves höhnisch.

Mogens ignorierte ihn. »Wir müssen sie von hier fortschaffen«, sagte er. »Ich möchte nicht, dass ihr etwas geschieht.«

»Was liegt dir an dieser Frau?«, fragte Graves verwirrt. »Wie ich das sehe, bist du ihr nichts schuldig.«

»Das mag sein«, antwortete Mogens. »Trotzdem würde ich es mir nie verzeihen, wenn ihr etwas zustieße.«

Wieder schwieg Graves eine ganze Weile, während der er Mogens so nachdenklich ansah, dass sich dieser verwirrt fragte, was er eigentlich gerade gesagt hatte. Er schüttelte den Gedanken mit einer merklichen Anstrengung ab. »Ging es dir nun darum, Miss Preussler los zu werden, oder wolltest du tatsächlich etwas mit mir besprechen?«

Statt ihm zu antworten, trat Graves in die Wandnische und öffnete die Geheimtür, indem er den Kopf der Horusstatue umdrehte. Die Steinplatte bewegte sich knirschend zur Seite, und Mogens wartete darauf, dass sich aus dem Gang, der dahinter zum Vorschein kam, Schatten ergossen wie eine Flut klumpig geronnener Dunkelheit. Stattdessen drang aus dem schmalen Durchgang hellgelbes, warmes Licht.

»Ich habe Tom gebeten, noch ein paar zusätzliche Lampen zu installieren«, sagte Graves, als er Mogens' Erstaunen bemerkte.

»Wozu?«, fragte Mogens.

»Ich hatte den Eindruck, dass dir das Dunkel nicht behagt«, antwortete Graves. »Und es ist auch weniger gefährlich. Tom hat den Gang zuverlässig abgestützt, keine Sorge, aber es sind doch einige Trümmerstücke von der Decke gefallen. Ich möchte nicht, dass du zu Schaden kommst.«

»Diese Gefahr besteht wohl kaum«, antwortete Mogens. Er sah Graves ärgerlich an. »Ich werde nicht dort hineingehen.«

»Aber ich dachte, wir wären uns einig«, sagte Graves überrascht.

»Dass ich dir helfe, ja«, antwortete Mogens. Er machte eine trotzige Kopfbewegung in den Gang. »Aber nicht *dabei*.«

Die Verwirrung in Graves' Gesicht nahm noch zu. »Aber du...« Er unterbrach sich, schüttelte sacht den Kopf und nickte gleich darauf. »Oh, jetzt verstehe ich. Aber das eine geht nicht ohne das andere, fürchte ich. Anscheinend habe ich mich immer noch nicht klar genug ausgedrückt. Ich glaube, wir sind der Lösung ganz nahe. Wir brauchen Beweise, Mogens.« Er wies mit der Hand in den offen stehenden Geheimgang. »Und sie sind dort drinnen. Aber du bist der Einzige, der mir helfen kann, sie zu finden.«

»Nein«, sagte Mogens.

Graves' Gesicht verdüsterte sich vor Zorn. Aber er beherrschte sich, auch wenn es ihn sichtliche Anstrengung kostete. »Ich hoffe, du überdenkst diesen Entschluss noch einmal«, sagte er steif.

»Kaum«, antwortete Mogens. »Und jetzt wäre ich dir dankbar, wenn wir gehen könnten. Ich würde gerne diese albernen Kleider ablegen.«

Bis zu diesem Tage hatte sich der Speiseplan des Lagers auf ein ausgiebiges Frühstück und ein noch ausgiebigeres Abendessen beschränkt, die Mogens und seine Kollegen jeder für sich in seiner jeweiligen Unterkunft eingenommen hatten; zum einen, wie Mogens angenommen hatte, um Zeit zu sparen – der Hin- und Rückweg in den unterirdischen Tempel nahm jedes Mal nahezu eine Viertelstunde in Anspruch, und Tom hielt sich eisern an den Zeitplan, den Graves für den Betrieb des Generators aufgestellt hatte –, aber hauptsächlich wohl, weil es selbst Toms an Zauberei grenzende Fähigkeiten überfordert hätte, neben den unzähligen Arbeiten, die er schon zu verrichten hatte, nicht nur auch noch eine dritte warme Mahlzeit täglich zuzubereiten, sondern sie auch in fünf getrennten Unterkünften aufzutragen.

Das Frühstück hatte an diesem Tag für Mogens jedoch lediglich aus zwei Tassen des lauwarmen bitteren Gebräus bestanden, von dem Wilson behauptet hatte, es handele sich um Kaffee, und so saß Mogens gegen Mittag mit leise knurrendem Magen und entsprechend gesunkener Laune über seinen Büchern, als von draußen ein nervöses metallisches Klingeln hereindrang; fast wie ein Gong, nur blecherner.

Mogens sah von seiner Lektüre auf und blickte zur Tür, ohne dem Laut indes einen Sinn abgewinnen zu können. Seine Verärgerung galt nicht allein der Störung seiner Konzentration, sondern viel mehr sich selbst. Er saß jetzt seit guten zwei, wenn nicht mehr Stunden über den Büchern, die Graves aus der Universitätsbibliothek von Arkham mitgebracht hatte, und versuchte vergebens, den Buchstaben und Zeichnungen irgendeinen Sinn abzugewinnen.

Natürlich verstand er die *Worte*. Er vermochte sie zu Sätzen aneinander zu reihen und deren Sinn zu erfassen, aber das viel tiefer gehende, fast mystische Verständnis für die in den vermeintlich harmlosen Worten verborgene, unheimliche Botschaft wollte sich nicht mehr einstellen. Das düstere Geheimnis, das sich ihm zuvor beim Lesen der uralten Schriften erschlossen hatte, war verschwunden. Das Buch hatte aufgehört, mit ihm zu reden.

Vielleicht hatte er auch einfach aufgehört, ihm zuzuhören.

Mogens war im Zweifel mit sich selbst. Mit jedem Moment, der verging, war er sicherer, dass es ein Fehler gewesen war, auf Graves zu hören und zu bleiben. Graves' Argumente waren zwingend; es gab nichts, was er dagegen sagen konnte, nichts was *dafür* sprach, nicht hier zu bleiben und das Rätsel jener unheimlichen Kreaturen zu lösen, die Janice getötet und sein Leben in einen Scherbenhaufen verwandelt hatten. Und doch: Tief drinnen in ihm war eine leise, drängende Stimme, die ihm beharrlich zuflüsterte, dass er hier wegmusste, dass Graves ihm trotz allem noch immer nicht die ganze Wahrheit gesagt hatte und dass es da noch ein weiteres, viel gefährlicheres Geheimnis gab. Und dass er in Gefahr war, einer schrecklichen Gefahr, die mit jedem Moment größer wurde, wenn er blieb. Es war nicht nur ein Gefühl. Es war ein absolutes, tief verwurzeltes Wissen, das keine Begründung brauchte. Etwas lauerte dort unten, hinter der verschlossenen Tür.

Unabhängig davon war sich Mogens des Umstandes bewusst, dass er Graves gegenüber alles andere als objektiv war. Mit dem, was Graves ihm am Morgen offenbart hatte, hatte er ihn quasi überrumpelt, aber mit jeder Minute, die verstrich, erwachte Mogens' Misstrauen weiter. Es spielte keine Rolle, ob er Graves' Verhalten fair beurteilte oder nicht. Die Wahrheit war: Er *wollte* ihm gegenüber nicht Gerechtigkeit walten lassen. Etwas in ihm hatte regelrecht Angst vor dem Augenblick, in dem er vielleicht zugeben musste, im Unrecht gewesen zu sein. Graves hatte sich in einem Punkt geirrt: Während der letzten neun Jahre war es nicht nur der Schmerz um Janice gewesen, der ihm die Kraft zum Weiterleben gegeben hatte, sondern mindestens in gleichem Maße auch sein Hass auf Jonathan Graves. Er war nicht bereit, ihn auch noch aufzugeben.

Das Scheppern wiederholte sich, und es klang diesmal eindeutig ungeduldiger, fast zornig. Mogens warf noch einen letzten, abschließenden Blick in den aufgeschlagenen Folianten – mittlerweile weigerten sich selbst die Buchstaben, einen Sinn zu ergeben, sondern reihten sich vor seinen Augen zu einer Kette wirrer Zeichen und Symbole, die sich auf unheimliche Weise zu bewegen begannen, wenn er sie zu lange anblickte –, sah die Sinnlosigkeit seines Tuns endlich ein und klappte das Buch endgültig zu. Vielleicht erwartete er einfach zu viel von sich selbst. Immerhin hatte er heute Dinge erfahren, die nicht nur die letzten neun Jahre seines Lebens in einem vollkommen anderen Licht erscheinen ließen, sondern auch sein gesamtes Weltbild ins Wanken brachten. Glaubte er tatsächlich, dies alles mit einem Achselzucken abtun und zur Tagesordnung übergehen zu können, als wäre nichts passiert?

Die Antwort auf diese Frage war ein ganz eindeutiges *Ja*, aber die Vorstellung war zugleich auch so absurd, dass er über sich selbst den Kopf schüttelte, während er das Buch an seinen angestammten Platz auf dem Regal zurückstellte und zur Tür ging.

Das Scheppern und Klingen ertönte zum dritten Mal, als Mogens die Tür öffnete, und als er aus dem Haus trat und in das ihm nach Stunden angestrengten Lesens im Halbdunkel seiner Hütte als gleißend hell erscheinende Sonnenlicht blinzelte, bot sich ihm ein Anblick, der ebenso verblüffend wie komisch war: Miss Preussler stand, mit Kittelschürze und Häubchen bewaffnet, auf den Stufen ihres Hauses und hielt einen großen Kochtopfdeckel am ausgestreckten rechten Arm. Ihre andere Hand hielt eine ebenso großformatige Schöpfkelle, mit der sie fröhlich auf selbigen einschlug.

Mogens war nicht der Einzige, den der Lärm neugierig gemacht hatte. Beinahe gleichzeitig mit ihm trat auch Graves aus dem Haus. Selbst über die große Entfernung hinweg glaubte Mogens den verärgerten Ausdruck auf seinem Gesicht zu erkennen.

»Was ist denn da los?«, raunzte er. »Was soll dieser infernalische Lärm, Miss Preussler?«

Miss Preussler schlug fröhlich noch zweimal mit dem Schöpflöffel gegen ihren improvisierten Gong. »Das Essen ist fertig«, rief sie. »Wo bleiben Sie denn?«

»Essen?« Graves wiederholte das Wort, als könne er nicht wirklich etwas damit anfangen.

»Es ist Mittagszeit, Doktor«, antwortete Miss Preussler. »Also kommen Sie bitte, bevor alles kalt wird.«

Damit verschwand sie wieder im Haus, und die Tür fiel hinter ihr zu. Graves warf Mogens einen fast hilflosen Blick zu, auf den dieser aber nur mit einem knappen Achselzucken reagierte, bevor er wieder ins Haus zurücktrat, um sich die Hände zu waschen und ein frisches Hemd anzuziehen; es war das letzte, das er in seinem Koffer fand. Sein Magen knurrte wieder, als hätten Miss Preusslers Worte jeden seiner Körperteile einzeln daran erinnert, dass er heute noch nichts zu sich genommen hatte, und ihre lautstarke Einladung zum Essen kam Mogens nur recht. Er wäre ihr allerdings auch gefolgt, wenn er nicht hungrig gewesen wäre. Sich einer Einladung Miss Preusslers zum Essen entziehen zu wollen, war ein hoffnungsloses Unterfangen. Zum Abschluss trat er noch einmal an den fleckigen Spiegel über dem Waschbecken heran, nur um sicherzugehen, dass sein Äußeres Miss Preusslers gestrengen Blicken auch standhalten würde.

Der Blick in den Spiegel war... unheimlich. Die blinden Stellen und zahllosen Kratzer und Schrammen nahmen seiner Physiognomie jegliche Vertrautheit, aber sie machten sie nicht wirklich zu der eines Fremden, sondern ließen sie auf eine düstere Weise *falsch* erscheinen, so wie ein menschliches Gesicht niemals aussehen sollte. Es war nicht einmal wirklich erschreckend, aber Mogens musste plötzlich wieder an das denken, was Graves ihm am Morgen erzählt hatte, über die Dinge, die Menschen niemals sehen sollten, und das *machte* ihm Angst. Sein Herz begann schneller zu schlagen, und er war nicht einmal überrascht, als die Schatten hinter seinem Spiegelbild zu scheinbarem Leben zu erwachen begannen.

Mogens gestattete den abstrusen Ausgeburten seines Unterbewusstseins nicht, sich zu materialisieren, sondern drängte sie mit einer bewussten Willensanstrengung zurück und verließ mit schnellen Schritten das Haus. Als er die Stelle passierte, an der der Spiegel ihm die tänzelnden Schatten vorgegaukelt hatte, vermeinte er etwas wie einen eisigen Hauch zu spüren, der seine Seele streifte. Mogens unterdrückte das Frösteln, das über seinen Rücken laufen wollte, und erteilte sich selbst in Gedanken eine weitere Rüge. Sich der Tatsache bewusst zu sein, dass er sich in einer außergewöhnlichen Gemütsverfassung befand, gab seiner Fantasie noch lange nicht das Recht, derart über die Stränge zu schlagen.

Obwohl er sich beeilt hatte, kam er als Letzter an. Tom hatte bereits am Tisch Platz genommen, während Graves zwei Schritte daneben stand und irgendwie hilflos wirkte, um nicht zu sagen, deplatziert. Ebenso wie Tom trug er die gleichen Kleider wie am Morgen. Miss Preussler goutierte den Umstand, dass Mogens sich – wenn auch als Einziger – zum Essen umgezogen hatte, mit einem dankbaren Lächeln, fragte aber trotzdem in prophylaktisch-missbilligendem Ton: »Sie haben sich doch hoffentlich die Hände gewaschen, Professor?«

Ihr verstohlenes Blinzeln entging Mogens so wenig wie das mühsam unterdrückte Funkeln in ihren Augen, aber er beschloss, das Spiel mitzumachen und streckte gehorsam die Hände aus, sodass Miss Preussler seine Fingernägel begutachten konnte.

»So ist es gut«, sagte sie zufrieden. »Bei all diesen alten Büchern weiß man ja nie, wer sie vorher angefasst hat und welche Krankheiten er womöglich gehabt hat!« Sie deutete auf den Tisch. »Setzen Sie sich, Professor. Und was ist mit Ihnen, Doktor Graves?«

Mogens hätte fast laut aufgelacht, als er sah, dass Graves ganz automatisch auf seine schwarzen Handschuhe hinabsah, bevor er sich in ein reichlich verunglücktes Lächeln rettete. »Miss Preussler, wir... essen hier eigentlich nicht zu Mittag.«

»Ja, so habe ich mir das gedacht«, sagte Miss Preussler. »Aber mit dieser halb garen Männerwirtschaft ist ab sofort Schluss. Ich glaube, es war höchste Zeit, dass hier endlich eine Frau nach dem Rechten sieht. Wissen Sie denn nicht, wie wichtig eine regelmäßige Ernährung ist, Doktor?«

»Ihre Sorge in Ehren, Miss Preussler«, sagte Graves in nun leicht ungeduldigem Ton. »Aber für so etwas haben wir keine Zeit.«

»Humbug!«, fuhr ihm Miss Preussler über den Mund. »Essen und Trinken hält Leib und Seele zusammen, und ein leerer Bauch studiert nicht gern, oder etwa nicht?« Sie wedelte unwillig in Richtung Tisch. »Jetzt setzen Sie sich schon und fangen an zu essen. Oder wollen Sie mich beleidigen?«

Mogens spürte, wie irgendetwas hinter Graves' noch immer halbwegs beherrschter Fassade umzukippen drohte. Während er seinen Teller heranzog und nach dem Besteck griff, sagte er rasch: »Aber Miss Preussler! Haben Sie vergessen, dass Doktor Graves nur gewisse Nahrungsmittel zu sich nehmen darf?«

»Oh«, sagte Miss Preussler betroffen. Sie hatte es vergessen. Aber sie fing sich sofort wieder. »Wenn Sie mir die Zutaten Ihrer speziellen Diät nennen, kümmere ich mich gerne auch darum.«

»Nein, danke«, sagte Graves eisig. »Ich gehe zurück an meine Arbeit. Und ich wäre Ihnen dankbar, wenn Sie sich ebenfalls ein wenig beeilen würden, meine Herren.«

Er ging. Tom wollte sich unverzüglich erheben und ihm nacheilen, erstarrte aber dann mitten in der Bewegung, als ihn ein eisiger Blick aus Miss Preusslers Augen traf. »Und unterstehe dich, etwa zu schlingen, Thomas«, sagte sie streng. »Eine zu hastig gegessene Mahlzeit ist fast ebenso schädlich wie eine ausgelassene!«

Tom verdrehte die Augen, war aber zugleich auch klug genug, nicht zu widersprechen. Mogens grinste. Allerdings nur, solange Miss Preussler nicht in seine Richtung sah.

Zumindest war es die Mahlzeit wert, Miss Preusslers Vorhaltungen zu ertragen. Mogens hatte seine Zimmerwirtin schon immer als gute Köchin geschätzt, aber heute hatte sie sich selbst übertroffen. Er vertilgte nicht nur die Portion, die er schon auf seinem Teller vorgefunden hatte, sondern auch noch eine zweite, und er hätte sich vermutlich auch noch ein weiteres Mal nachgenommen, hätte Tom ihn nicht immer verwirrter – und auch ein bisschen vorwurfsvoll – angesehen. Er selbst hatte nur lustlos auf seinem Teller herumgestochert und kaum etwas zu sich genommen.

»Nimm es mir nicht übel, Tom«, sagte Mogens mit vollem Mund. »Nichts gegen deine Kochkünste, aber Miss Preusslers Küche ist nun einmal etwas ganz Besonderes.«

Tom runzelte die Stirn. Er *war* beleidigt. Mogens ließ es dabei bewenden, trank zum Abschluss noch eine Tasse starken schwarzen Kaffee und stand schließlich auf. »Das war wirklich ganz ausgezeichnet, Miss Preussler. Aber nun muss ich mich leider verabschieden. Ich fürchte, Doktor Graves hat Recht: Wir haben wirklich sehr viel zu tun.«

»Gehen Sie ruhig, Professor«, antwortete Miss Preussler. Sie sah sich demonstrativ um und fügte seufzend hinzu: »Ich habe auch noch reichlich Arbeit hier.«

Mogens fragte sich zwar im Stillen, was sie meinen könnte –

denn abgesehen von den unvermeidbaren Spuren, die das Zubereiten der Mahlzeit hinterlassen hatte, war es hier drinnen so sauber, dass man buchstäblich vom Boden essen konnte –, aber er stellte vorsichtshalber die Frage nicht laut. Das Ergebnis wäre ohnehin nur eine spitze Bemerkung oder ein endloser Vortrag über die Unvereinbarkeit der Begriffe *Männer* und *Ordnung* gewesen; oder wahrscheinlich beides. Er forderte Tom nur mit einem Kopfnicken auf, ihm zu folgen, und verließ das Haus.

Tom wollte sich unverzüglich in Richtung seiner Unterkunft entfernen, aber Mogens hielt ihn mit einer schnellen Bewegung zurück. »Einen Moment, Tom.«

Tom blieb gehorsam stehen, aber er tat es auch ebenso unübersehbar widerwillig, und er blickte so anklagend auf die Hand hinab, die ihn festhielt, dass Mogens den Arm hastig zurückzog. »Ja?«

»Das gerade war nicht so gemeint, Tom«, sagte er. »Ich bin von allen hier am meisten erleichtert, wenn sie endlich wieder weg ist. Aber glaub mir, Tom, es ist nicht besonders klug, Miss Preusslers Unmut zu erregen.«

Tom nickte. Er sagte nichts. Im ersten Moment kam Mogens seine Verstocktheit geradezu kindisch vor, aber dann führte er sich vor Augen, dass Tom genau das war: ein Kind. Statt weiter auf das Thema einzugehen und es damit allerhöchstens noch schlimmer zu machen, sagte er: »Wir müssen sie von hier wegbringen, Tom. Am liebsten wäre mir, heute noch.«

»Das wird nicht gehen«, antwortete Tom. »Sheriff Wilson hat verboten, dass irgendjemand das Lager verlässt, bevor der Unfall nicht restlos aufgeklärt ist.«

»Aber das ist er doch«, sagte Mogens mit geschauspielerter Verwunderung. »Oder etwa nicht?«

Tom zog die Unterlippe zwischen die Zähne und starrte an ihm vorbei ins Nichts. Er schwieg.

»Ich meine: Für den Sheriff müsste die Sache ganz klar sein«, fuhr Mogens fort. »Mercer war betrunken. Jedermann weiß, dass er praktisch immer betrunken war. Dazu noch das schlechte Wetter. Bei diesem höllischen Gewittersturm wäre es selbst einem nüchternen Fahrer nicht leicht gefallen, den Wagen auf der Straße zu halten. Kein Wunder, dass Mercer die Gewalt über das Steuer verloren hat.«

»Ja, so muss es wohl gewesen sein«, antwortete Tom, noch immer ohne ihn anzublicken,

»Zumindest für Wilson.«

Tom sah erschrocken hoch und senkte dann hastig wieder den Blick. Er sah aus, als wünsche er sich weit weg.

»Nur, dass Mercer gar nicht betrunken war«, fuhr Mogens fort, »jedenfalls nicht mehr als sonst. Und dass sie mindestens eine Stunde vor dem Unwetter losgefahren sind. Bis zu der Stelle, an der sie von der Straße abgekommen sind, haben sie allerhöchstens fünf Minuten gebraucht.« Er hielt Tom bei diesen Worten aufmerksam im Auge, aber der Junge starrte nur weiter blicklos ins Leere.

»Graves hat mir alles erzählt«, sagte er gerade heraus.

Tom schrak nun doch ein wenig zusammen, und Mogens fuhr rasch und mit einem beruhigenden Kopfschütteln fort: »Ich bin dir nicht böse, Tom. Ich bin sicher, du hast mich nicht freiwillig angelogen.«

»Doktor Graves hat es von mir verlangt«, sagte Tom leise. Wieder wich er Mogens' Blick aus, wenn auch jetzt wohl aus vollends anderen Gründen.

»Ich weiß«, antwortete Mogens. »Das hat er mir ebenfalls gesagt.« Er lächelte, um die Situation ein wenig zu entspannen. »Und ich muss schon sagen, deine Erklärung war so überzeugend, dass ich sie tatsächlich geglaubt habe.«

»Das war nicht meine Idee«, antwortete Tom.

»Graves?«

Tom nickte, und Mogens spürte ein rasches Aufwallen von fast bizarrer Wut. Wäre diese Erklärung von Tom gekommen, hätte er sie bewundert, da sie jedoch von Graves kam, ärgerte sie ihn ungemein.

»Du warst trotzdem gut«, sagte er nach einer winzigen Pause, und auch nicht in vollkommen überzeugendem Ton. »Und ich sage es noch einmal: Ich bin dir nicht böse. Ich kenne Doktor Graves schon eine Weile länger als du. Ich weiß, dass er sehr… *überzeugend* sein kann, wenn er etwas wirklich will.« Er machte eine Kopfbewegung zum anderen Ende des Lagers hin. »Komm mit, Tom. Gehen wir ein Stück.«

»Doktor Graves…«, begann Tom unsicher.

»Das geht schon in Ordnung«, unterbrach ihn Mogens. »Ich möchte, dass du mir ein wenig über dich erzählst.«

»Über mich?« Tom wirkte regelrecht erschrocken.

Mogens nickte, aber er setzte sich auch in Bewegung und ging langsam los, sodass Tom ihm wohl oder übel folgen musste, bevor er antwortete. »Doktor Graves hat mir erzählt, wie ihr euch kennen gelernt habt.«

Diesmal fuhr Tom mehr als nur ein wenig zusammen. In seinen Augen flammte Panik auf. »Er…?«

»Diese… *Kreaturen* haben deine Eltern getötet, nicht wahr?«, fragte Mogens rasch. Er verbesserte sich. »Deine Adoptiveltern.«

»Sie *waren* meine Eltern«, antwortete Tom. Er wirkte verwirrt, beinahe verstört, als hätte er etwas gänzlich anderes erwartet. »Jedenfalls für mich.«

»Du musst nicht darüber reden, wenn du nicht willst«, sagte Mogens. »Ich kann mir vorstellen, dass es dir schwer fällt.«

Sie legten vier oder fünf Schritte zurück, bevor Tom antwortete, und als er es tat, da war seine Stimme auf fast unheimliche Weise verändert. Er sah abwechselnd Mogens und die Barriere aus nahezu undurchdringlichem Dickicht an, auf die sie sich langsam zubewegten, aber seine Augen schienen etwas vollkommen anderes zu sehen. »Niemand hat mir geglaubt«, sagte er. »Ich habe *sie* gesehen, und ich habe es allen erzählt, aber niemand hat mir geglaubt.« Vielleicht war es ein bitteres Lachen, das Mogens hörte, vielleicht auch ein unterdrücktes Schluchzen, als ihn die Erinnerung zu übermannen drohte. Mogens hatte ein schlechtes Gewissen, dem Jungen diese Qualen zuzumuten, aber er hatte mehr denn je das Gefühl, dass es wichtig war, alles zu erfahren und nicht nur das, was Graves ihm verraten *wollte*.

»Erzähl einfach, Tom«, bat er. »Und hör auf, wenn es zu schlimm wird.« Als ob er das könnte! Mogens hatte zu viele eigene und schmerzhafte Erfahrungen im Erzählen schlimmer Geschichten, um nicht zu wissen, dass es unmöglich war, aufzuhören, wenn man erst einmal die Kraft aufgebracht hatte, anzufangen.

»Wir haben ganz hier in der Nähe gelebt«, begann Tom. »Gleich auf der andern Seite des Friedhofs. Meine Eltern hatten dort 'ne kleine Farm. Heute gibt es sie nicht mehr. Sie ist verfallen, nachdem niemand mehr dort gelebt hat, und irgendwann ist Feuer ausgebrochen. Was übrig geblieben ist, hat sich der Sumpf geholt. Aber damals haben wir hier gelebt, und es war 'n gutes Haus.« Seine Hand deutete nach Osten; vermutlich in die Richtung, in der die Farm gelegen hatte. Mogens fragte sich, was man in einer Gegend wie dieser anpflanzen konnte. »Mein Vater hat sich was dazuverdient, indem er auf den alten Friedhof Acht gegeben hat. Niemand wollte das machen. Die Leute haben komische Geschichten über den Friedhof erzählt, und es wurd auch nicht gut bezahlt, aber wir brauchten das Geld. Die Farm hat nicht viel abgeworfen. Und dann war da auch noch das Baby.«

Mogens wich einer der zahllosen Pfützen aus, die der gestrige Regen zurückgelassen hatte, und wappnete sich innerlich dagegen, jetzt möglicherweise Toms gesamte Lebensgeschichte zu hören. Trotzdem lieferte er Tom gehorsam das gewünschte Stichwort: »Baby?«

»Eine Schwester«, bestätigte Tom. »Ich war acht, als sie geboren wurde.« Er lächelte schüchtern. »Vielleicht auch neun. Sie war von Anfang an krank und ist kein Jahr alt geworden.«

»Sie ist gestorben?«, vergewisserte sich Mogens.

»Gleich im ersten Winter«, bestätigte Tom. »An Lungenentzündung.«

»Das tut mir Leid«, sagte Mogens.

»Ich hab sie ja gar nicht richtig gekannt«, erwiderte Tom. »Sie war immer nur krank. Wenn sie nicht geschrien hat, hat sie geschlafen. Und im ersten Winter ist sie gestorben. Mein

Vater hat sie auf 'm Friedhof beerdigt, aber es war 'n besonders schlimmer Winter. Der Boden war so hart gefroren, dass er kein Grab ausheben konnte.«

»Und da hat er sie in ein altes Grab gelegt«, vermutete Mogens.

»Es hat niemandem mehr gehört«, sagte Tom im hastigen Tonfall einer Verteidigung. »Es hat bestimmt fünfzig Jahre leer gestanden. Niemand hat sich drum gekümmert, und es sollte ja auch nicht für lange sein, nur bis meine Eltern das Geld für 'ne richtige Beerdigung zusammenhatten oder bis zum Frühjahr, bis der Boden nicht mehr so hart gefroren war, und…«

»Ist ja schon gut«, unterbrach ihn Mogens. »Ich kann das verstehen. Aber wie hast du das gemeint – es hat lange leer gestanden? Ein Grab steht nicht leer. War es ein Mausoleum?«

»Ja«, antwortete Tom. »Deshalb hat mein Vater sie auch da beerdigt.«

»Aber als er sie umbetten wollte, da war ihr Leichnam verschwunden«, vermutete Mogens.

Tom nickte wortlos. Mogens wollte eine weitere Frage stellen, aber seine Kehle war plötzlich wie zugeschnürt. Noch vor wenigen Augenblicken hatte er sich gefragt, ob er es Tom zumuten konnte, über die schrecklichen Ereignisse der Vergangenheit zu sprechen, und nun war *er* es, den die Erinnerungen zu übermannen drohten.

Sie verließen das Lager und gingen ein gutes Stück an der grünen Dornenbarriere entlang, die das knappe halbe Dutzend altertümlicher Blockhütten von der Friedhofsmauer trennte, bevor Mogens die Kraft fand, weiterzusprechen.

»Und weiter?«

»Sheriff Wilson ist gekommen und sogar 'n Detektiv aus der Stadt«, antwortete Tom. »Sie haben alles abgesucht, den ganzen Friedhof, aber sie haben nichts gefunden.«

Wie gut er diese Geschichte doch kannte. »Sie *konnten* nichts finden.«

»Ja, aber das wusst ich damals noch nicht«, antwortete Tom. Seine Stimme wurde hart, und ein Unterton von kaltem, unversöhnlichem Zorn erschien darin, Zorn gegen alle und jeden und gegen sich selbst. »Niemand hat meinem Vater geglaubt. Nicht mal ich.«

»Aber er hatte Recht.«

»Von da an hat er sich jede Nacht auf die Lauer gelegt«, fuhr Tom mit leiser, vollkommen ausdrucksloser Stimme fort. »Nacht für Nacht, Wochen, Monate…« Er hob die Schultern. »Ich glaub, die Leute in der Stadt haben ihn für verrückt gehalten.«

»Und du?«

Tom zuckte erneut die Achseln, als wäre das Antwort genug. »In einer Nacht hab ich Schüsse gehört. Zwei oder drei, ich weiß nicht mehr genau. Meine Mutter hatte Angst und ich auch. Nicht viel später fiel dann noch mal 'n Schuss. Diesmal nur einer, und dann konnten wir meinen Vater schreien hören. Ich hab noch nie zuvor 'nen Menschen so schreien hören. Ich hab gewartet, dass er wieder schießt, aber es war still. Er hat nicht mehr geschossen.«

Etwas sehr Sonderbares geschah, das Mogens regelrecht erschreckte, obwohl der Wissenschaftler in ihm den Grund dafür natürlich kannte: Jetzt, als Tom über die allerschlimmsten Momente sprach, die seine Erinnerung für ihn bereit hielt, wurde seine Stimme ganz ruhig. Schmerz und Zorn waren daraus verschwunden, als berichte er von etwas, das einem anderen widerfahren war, und gar nicht ihm selbst. »Meine Mutter hatte schreckliche Angst. Sie hat versucht, es sich nicht anmerken zu lassen, aber ich hab es gemerkt. Sie hat Vaters zweite Büchse aus dem Schrank geholt und mich auf den Dachboden geschickt, damit ich mich verstecke. Ich wollte das nicht. Ich wollt sie beschützen, aber dann hab ich doch gehorcht.«

Und vermutlich hatte er sich genau das nie vergeben, dachte Mogens. Ein acht- oder neunjähriger Junge, der mit angehört hatte, wie sein Vater starb und auch seine Mutter nicht hatte retten können. Wie *konnte* er sich das jemals vergeben?

»Später sind sie dann gekommen«, fuhr Tom fort. »Ich hab nichts gesehen. Es gab ein paar Ritzen in den Bodenbrettern, aber ich konnte nichts erkennen, und meine Mutter hatte mich eingeschlossen. Ich hab Schüsse von unten gehört. Ein oder zwei Schüsse und… und diese Schritte, schwere, schlurfende Schritte. Und dann dieses schreckliche Atmen.«

»Du hast sie nicht gesehen?«

»Irgendwie hab ich die Klappe dann doch aufgekriegt. Meine Mutter war nicht mehr da, alles war voller Blut. Und dann hab ich es gesehen. Nur ganz kurz. Es war nur ein Schatten vor dem Nachthimmel, aber es war nicht der Schatten eines Menschen.«

»Und deine Mutter?«, fragte Mogens. Es war eine dumme Frage, durch und durch überflüssig, aber er spürte, wie nahe Tom plötzlich doch daran war, die Beherrschung zu verlieren. Er musste ihn – gleich wie – aus jenem schrecklichen Moment herausreißen, in dem das neunjährige Kind begriffen hatte, dass es nichts anderes tun konnte, als hilflos dabei zuzusehen, wie seine Mutter vor seinen Augen verschleppt wurde. Einen Moment lang schien es, als wäre dieser verzweifelte Versuch zum Scheitern verurteilt, aber dann kroch die Dunkelheit ebenso plötzlich wieder in die Tiefe seiner Augen zurück, wie sie zuvor Besitz davon ergriffen hatte.

»Sie haben sie nie gefunden. Und meinen Vater auch nicht.«

»Und niemand hat dir geglaubt«, sagte Mogens leise. »Du hast es allen erzählt, aber niemand hat dir geglaubt. Man hat dir nicht einmal zugehört, habe ich Recht?«

Tom schüttelte stumm den Kopf. »Sheriff Wilson hat mich für 'ne Weile bei sich wohnen lassen«, antwortete er. »Er hat mir immer wieder dieselben Fragen gestellt. Er wollte unbedingt rausfinden, was wirklich passiert ist. Am Schluss haben sie dann entschieden, dass meine Eltern von wilden Tieren verschleppt worden sind.«

»So ganz falsch hat er damit ja auch gar nicht gelegen«, sagte Mogens.

»Sie sind keine *Tiere!*«, antwortete Tom zornig. »Ich weiß nicht, was sie sind, aber sie sind keine Tiere!« Seine Stimme bebte, und in seinen Augen erschien ein Ausdruck, der Mogens schaudern ließ. Nicht einmal, weil dieser Hass so intensiv und unstillbar war, sondern weil er ihn *überhaupt* sah. Ein so junger Mensch sollte nicht so furchtbar hassen, und vielleicht war das das eigentliche Verbrechen, das die Kreaturen aus den Tiefen der Erde ihm angetan hatten: Sie hatten ihn hassen gelehrt, auf eine Art, auf die kein Mensch jemals hassen sollte.

»Später sind dann Leute aus der Stadt gekommen, die noch mal alles untersucht haben. Sie haben auch viele Fragen gestellt.«

»Aber niemand hat dir geglaubt«, wiederholte Mogens leise. Er erschrak, als er sich selbst des bitteren Klangs bewusst wurde, der in seiner Stimme war. Für einen Moment glaubte er sich in seine eigene Vergangenheit zurückversetzt, und der hilflose Schmerz des Jungen wurde zu seinem eigenen. Wie gut er Tom doch verstehen konnte! Der arme Junge konnte es nicht wissen, aber er erzählte in diesen Augenblicken nicht nur seine eigene Geschichte, sondern zugleich auch die seine, Mogens'. Er fragte sich, wie viele Leben die unheimlichen Geschöpfe schon auf diese Weise zerstört hatten. Zum allerersten Mal im Leben wurde er sich der tatsächlichen Bedeutung des Wortes *Mitleid* bewusst, denn genau das war es, was er in diesem Moment empfand, in einer Intensität, die beinahe an wirklichen körperlichen Schmerz grenzte: zwei Menschen, die das gleiche Leid teilten.

»Sie haben mich mit nach San Francisco genommen«, fuhr Tom fort. »In ein Waisenhaus. Aber ich bin immer wieder weggelaufen. Nach dem dritten oder vierten Mal hat Sheriff Wilson dann entschieden, dass ich hier bleiben darf.«

Mogens sah ihn zweifelnd an. »Aber damals kannst du höchstens neun oder zehn Jahre alt gewesen sein.«

»Alt genug, um für mich selbst zu sorgen«, antwortete Tom in fast trotzigem Ton. »Es gibt immer Arbeit für jemanden, der keine Angst hat, schmutzige Finger zu kriegen.«

Oder den einen oder anderen kleinen Diebstahl zu begehen, fügte Mogens lautlos hinzu. Aber er dachte diesen Gedanken voller Gutmütigkeit und Wärme, und mit einem solchen Gefühl von Zuneigung, dass es ihn fast selbst überraschte. Mehr noch: Er musste plötzlich an sich halten, um Tom nicht in die Arme zu schließen und tröstend an sich zu pressen. Dass er es nicht tat, lag womöglich weniger daran, dass er Angst hatte, der Junge könne die Geste falsch verstehen, sondern in mindestens ebenso großem Maße daran, dass es zuzugeben bedeutet hätte, dass er diesen Trost mindestens so nötig brauchte wie Tom.

Mogens räusperte sich ein paar Mal, um den unbehaglichen Moment zu überbrücken. Fast ohne sich der Bewegung selbst bewusst zu sein, trat er zwei Schritte von Tom zurück, um auf diese Weise nicht nur die äußere Distanz zwischen ihnen zu vergrößern.

»Und darum bewachst du jetzt hier den Friedhof«, vermutete er.

Tom nickte abgehackt. Sie hatten die ausgefahrene Spur erreicht, die vom Lager wegführte, und sein Blick war starr dorthin gerichtet, wo das schmutzige Grauweiß der Friedhofsmauer durch das Blattwerk hindurchschimmerte wie Bein durch verwesendes Fleisch. »Sheriff Wilson hat mir den alten Posten meines Vaters gegeben. Er sagte, damit ich mir was verdienen kann, und weil es sonst niemand machen will. Er weiß es, Professor. Er weiß es so wie alle anderen. Niemand muss einen leeren Friedhof bewachen, auf dem seit zwanzig Jahren keiner mehr beigesetzt wurde. Es ist so, wie Doktor Graves sagt: Sie alle wissen es. Sie wollen es nur nicht wissen. Und sie wollen nicht, dass es ihnen jemand sagt.« Er lachte leise, nur, dass es kein wirkliches Lachen war, sondern ein Laut, der sich wie eine Messerklinge aus Eis in Mogens' Seele bohrte. »Er wartet nur darauf, dass *sie* mich auch holen.«

Abermals erschrak Mogens über die Bitterkeit, die in Toms Stimme war. Vielleicht hatte er Recht. Vielleicht gab es einen Grund für all die uralten düsteren Geschichten, die sich um Friedhöfe rankten, nicht nur hier, sondern überall auf der Welt. Möglich, dass die Menschen tief in sich schon immer das Wissen um die Geschöpfe der Nacht getragen hatten, und dass es kein Zufall war, dass es nur in Legenden und Schauergeschichten Ausdruck fand. Waren nicht die überzeugendsten Lügen die, die sich mit dem Mantel der Wahrheit tarnten? Mit einem Male wurde ihm klar, wie ungeheuerlich die Aufgabe war, die sich Graves und dieser Junge – und mit ihnen auch er – vorgenommen hatten. Es war kein Zufall, dass die Menschen das Wissen um dieses furchtbare letzte Geheimnis in ihre Legenden und Mythen verbannt hatten. Wie konnten sie erwarten, dass sie etwas als Wahrheit akzeptierten, mit dem Eltern seit tausend Generationen ihre Kinder erschreckten?

Dennoch sagte er nach einer Weile: »Vielleicht wollte er dir nur einen Gefallen tun.«

Tom sah ihn fast verächtlich an. »Ja, vielleicht.«

Er wandte sich mit einem Ruck ab und wollte gehen, doch Mogens hielt ihn auch jetzt wieder zurück, wenn auch diesmal nur mit einer Geste, und ohne ihn zu berühren. »Zeigst du es mir?«, fragte er.

»Was?«

»Das Grab«, antwortete Mogens. »Das Mausoleum, in dem deine Schwester…«

Er sprach nicht weiter, aber Tom hatte ihn verstanden und nickte. Allerdings rührte er sich auch nicht von der Stelle. »Sind Sie sicher, dass Sie dorthin wollen, Professor?«, fragte er.

»Die Frage ist, ob *du* dir sicher bist, Tom«, antwortete Mogens sanft.

Seine Taktik ging auf. Er hatte auf den Stolz des Kindes gezielt, das Tom trotz allem immer noch war, und offensichtlich hatte er getroffen. Tom funkelte ihn einen Atemzug lang beinahe zornig an, aber dann drehte er sich mit einem Ruck um und schlug die dünnen Äste mit einer so wütenden Bewegung beiseite, dass Mogens schützend die Hände hochreißen musste, damit sie ihm nicht ins Gesicht peitschten, als er ihm folgte.

Mogens war im Innersten nicht annähernd so sicher, wie er sich Tom gegenüber gab. Ganz im Gegenteil: Tom hatte ihn gründlicher durchschaut, als er zuzugeben bereit war, als er ihn fragte, ob er wirklich sicher sei, auf den Friedhof gehen zu wollen. Er war *nicht* sicher. Er hatte panische Angst davor, diesen Friedhof zu betreten. Toms Erzählung hatte auch die Gespenster seiner eigenen Vergangenheit wieder geweckt, und sein Herz schlug mit jedem Schritt schwerer, den er sich der verfallenen Mauer näherte. Und gerade deshalb *musste* er es jetzt zu Ende bringen, denn Mogens ahnte, dass er vielleicht nie wieder den Mut dazu aufbringen würde, wenn er jetzt kehrtmachte. Es war eine närrische Vorstellung – vielleicht sogar gefährlich –, dass man jeder Furcht Herr werden konnte, wenn man sich nur zwang, ihr ins Auge zu sehen, aber in diesem Fall traf sie zweifellos zu. Dennoch wurde Toms Vorsprung beständig größer. Dass er anhalten und auf Mogens warten musste, bis dieser hinter ihm über die Mauer gestiegen war, lag nicht nur daran, dass er der geübtere Kletterer war.

Auch bei Tageslicht bot der Friedhof einen durch und durch unheimlichen Anblick; auf eine Weise vielleicht sogar noch unheimlicher als bei Nacht. Wo die Nacht die Schatten im gleichen Maße zum Leben erweckte, wie sie die Umrisse der Dinge verschleierte, enthüllte das Tageslicht jede bizarre Einzelheit eines Ortes, der allmählich in der Erde versank. Die meisten Grabsteine standen schräg, wie Masten einer langsam verrottenden Flotte steinerner Galeeren auf einem bizarren megalithischen Schiffsfriedhof, und etliche waren auch zur Gänze umgefallen oder nahezu im Boden versunken. Die Erde fühlte sich auf unangenehme Weise weich an, nicht so morastig, dass er darin zu versinken drohte, sondern auf eine Unbehagen weckende Weise federnd, die einem das Gefühl gab, über ein straff gespanntes Segeltuch zu laufen, das bei der geringsten unbedachten Bewegung zu zerreißen drohte.

»Da hinten.« Tom deutete zur Mitte des Friedhofes. Mogens nickte, und Tom ging mit schnellen Schritten voraus, auch jetzt wieder so rasch, dass Mogens sich sputen musste, um nicht zu weit zurückzufallen.

Zur Mitte des Friedhofes hin wurden die Grabsteine allmählich größer, wie Häuser einer mittelalterlichen Stadt, die zum Zentrum hin immer prächtiger wurden, bis sie sich an den Fuß der zentralen Trutzburg schmiegten. Es gab nur ein einzelnes, bescheidenes Mausoleum, das nicht annähernd so prachtvoll war wie das, das Mogens' Albträume beherrschte. Dennoch stockte er, als er sich dem halbhohen, kantigen Gebilde aus verwittertem Sandstein näherte, das Toms Ziel war. Auch wenn die Ähnlichkeit allenfalls oberflächlich blieb, so war ihm doch, als bewege er sich nunmehr auch körperlich zurück in der Zeit, um sich dem schrecklichsten aller Augenblicke seines Lebens zu nähern.

Widerwillig setzte er sich wieder in Bewegung – er hatte tatsächlich das Gefühl, einen körperlichen Widerstand überwinden zu müssen, als wäre da etwas, das ihn mit verzweifelter Kraft zurückzuhalten versuchte – und näherte sich dem Mausoleum mit langsamen Schritten, was es ihm ermöglichte, das Gebäude in seiner Gänze in Augenschein zu nehmen.

Seine erste Einschätzung war nicht ganz fair gewesen. Das Mausoleum *war* deutlich kleiner als das auf dem Friedhof von Harvard, und Wände und der Eingang waren auch nicht so überreich mit Steinmetzarbeiten verziert, aber der Eindruck der Schäbigkeit rührte dennoch zum allergrößten Teil von den Spuren des Alters und der Verwitterung her, die die Jahrzehnte auf dem graubraunen Sandstein zurückgelassen hatten. Das Gebäude war auch deutlich größer, als er auf den ersten Blick angenommen hatte, doch wie die Grabsteine und -platten ringsum hatte es begonnen, im Boden zu versinken und stand auch ein wenig schräg. Die drei Stufen, die vormals zu der gut sechs Fuß hohen Tür hinaufgeführt hatten, waren nicht nur schief und zu einem Mosaik aus Hunderten von Bruchstücken geborsten, sondern begannen nun auch gute zwei Fuß *unter* dem Bodenniveau, sodass es Mogens einiges an Mühe kostete, in das Gebäude zu gelangen, ohne sich den Knöchel zu verstauchen oder sich den Kopf am Türsturz anzuschlagen.

Er zögerte auch unmerklich, es zu tun. Obwohl im hellen Tageslicht daliegend, bot der Eingang doch einen unheimlich düsteren Anblick. Die Dunkelheit auf der anderen Seite schien absolut, aber sie war es nicht, die Mogens innerlich erschauern ließ. Es war die physikalisch nicht existente Trennlinie zwischen Dunkelheit und Licht, die gedachte Schwelle, auf der das Grauen lebte. Bildete er es sich ein oder versuchte die Dunkelheit tatsächlich, schattige Arme auszubilden, die wie nervendünne peitschende Tentakel in die Wirklichkeit hinauszugreifen trachteten?

Mogens schloss die Augen und trat mit einem entschlossenen Schritt hindurch. Nichts geschah. *Natürlich* geschah nichts.

Tom war bereits vorausgeeilt und entzündete eine Sturmlaterne, deren gelber Schein mit dem wenigen hereinströmenden Tageslicht wetteiferte. Mogens sah sich schaudernd um. Er wusste nicht, was er erwartet hatte – nichts Konkretes sicherlich, aber *irgendetwas* eben –, doch der Raum war vollkommen leer. Dennoch jagten Schauer der Furcht in rascher Folge über seinen Rücken. Das hier war seine Vergangenheit, auch wenn die Ähnlichkeit nur vage zu sein schien. Indem er Tom folgte, war er an den Anfang seiner eigenen Leidensgeschichte zurückgekehrt; vielleicht, um den Kreis zu schließen.

Mogens schüttelte den Gedanken ab und zwang sich, das Innere des winzigen Raumes einer zweiten, etwas genaueren Inspektion zu unterziehen. Er blieb so leer, wie er war – ein niedriges Rechteck von allerhöchstens drei auf fünf Schritten. Auf dem Boden gab es ein etwas kleineres, helleres Rechteck, wo vielleicht einmal ein steinerner Sarkophag gestanden hatte, vielleicht auch nur ein Podest für einen hölzernen Sarg. Die Wände waren fleckig, was die Reste längst verblichener Malereien sein mochten, vielleicht auch nur Schmutz. Dennoch *war* etwas hier. Mogens konnte es spüren. Es war so intensiv, dass Mogens beinahe meinte, es mit Händen greifen zu können. Die Gespenster aus seiner Vergangenheit, die Gestalt anzunehmen versuchten.

»Hier?«, fragte er.

Tom deutete mit einer Kopfbewegung auf das helle Rechteck am Boden. Ohne dass es ihnen selbst bewusst gewesen wäre, hatten sie diesen unheimlichen Schatten aus der Vergangenheit gemieden und sich so dicht an die grauen Sandsteinwände gedrängt, dass ihre Füße außerhalb davon blieben. »Wir haben den Sarg hierhin gestellt«, sagte er. »Eigentlich war es gar kein richtiger Sarg, weil meine Eltern kein Geld dafür hatten, nur eine einfache Holzkiste. Aber wir hatten sie mit Steinen abgedeckt, und meine Mutter hatte einen Kranz aus Tannengrün geflochten.«

Seine Stimme drohte zu versagen und Mogens spürte erneut, wie gefährlich nahe er daran war, die Kontrolle zu verlieren. Mogens erinnerte sich mit Nachdruck daran, dass er nicht der Einzige war, den dieser Ort mit etwas konfrontierte, das besser ungeweckt geblieben wäre.

»Und du hast sie hier gesehen?«, fragte er rasch. »Diese... Kreaturen?«

»Am Anfang hab ich hier auf sie gewartet«, antwortete Tom. »Hier haben sie meinen Vater umgebracht. Sheriff Wilson hat sein Gewehr hier gefunden, und es war alles voller Blut. Ich hab gehofft, dass sie zurückkommen. Am Anfang hab ich sogar hier geschlafen. Mit einem Gewehr.«

»Aber sie sind nicht gekommen.«

»Ich glaube, sie wissen, dass wir hier sind«, murmelte Tom. »Sie beobachten uns. Sie wissen alles über uns – viel mehr als wir über sie.«

Mogens überwand seine instinktive Scheu und trat über das Rechteck am Boden hinweg, um die Wand, vor der Tom stehen geblieben war, einer genaueren Betrachtung zu unterziehen. Etwas daran hatte seine Aufmerksamkeit erregt, ohne dass er im ersten Moment sagen konnte, was. Vielleicht eine bestimmte Anordnung der Schmutz- und Wasserflecken, eine Regelmäßigkeit, die sich dem bewusst suchenden Auge entzog, aber dennoch da war.

»Sie können sich die Mühe sparen, Professor«, sagte Tom. »Da ist nichts.«

Mogens blickte fragend, und Tom fuhr mit einem bekräftigenden Nicken fort: »Doktor Graves hat alles genau abgesucht. Er sagt, sie brauchen keine Geheimgänge oder -türen, um zu kommen oder zu gehen. Die Erde hält sie nicht auf, weil sie ihre ureigensten Geschöpfe sind.«

Mogens blickte zweifelnd, aber er erinnerte sich gerade nach rechtzeitig daran, dass dieser unscheinbare Junge die letzten fünf Jahre seines Lebens zusammen mit Graves verbracht hatte und vermutlich hundertmal mehr über diese unheimlichen Wesen wusste als er.

»Und so hast du auch Graves kennen gelernt«, vermutete er. »Ich nehme an, er hat von der Geschichte deiner Eltern gehört und ist deswegen hierher gekommen.«

Tom nickte. Ganz tief in seinen Augen glomm wieder ein Funke von Furcht auf, und Mogens sprach rasch und in bewusst leichterem Ton weiter. »Du musst mir unbedingt erzählen, was du auf deinen Reisen rausgefunden hast. Doktor Graves ist ein wenig knauserig, wenn es um Informationen geht.«

»Doktor Graves hat mir verboten, über unsere Reisen zu sprechen«, antwortete Tom. »Er will es Ihnen selbst sagen.«

»Du meinst: das, was er mir sagen will«, vermutete Mogens. Tom sah ihn einen Herzschlag lang hoffnungslos verwirrt an, aber dann lachte er.

»Ja. So ungefähr.« Er deutete mit seiner Laterne zur Tür. »Können wir jetzt wieder gehen? Ich fühl mich nicht sehr wohl hier. Und Doktor Graves ist bestimmt schon ungeduldig.«

Graves war nicht ungeduldig.

Er schäumte vor Wut.

Sie waren kaum zurück im Lager, als er Tom und ihn auch schon in scharfem Ton in seine Blockhütte befahl, und Mogens hatte die Tür noch nicht vollends hinter sich geschlossen, da begann er Tom so hysterisch anzuschreien, dass der Junge nach einer Sekunde ungläubigen Schreckens rücklings vor ihm zurückwich und am ganzen Leib zu zittern begann.

Auch Mogens starrte Graves eine geschlagene Sekunde lang einfach nur fassungslos an – dass Graves nicht begeistert über ihre Verspätung sein würde, nachdem er sie beim Essen noch so eindringlich zur Eile aufgefordert hatte, überraschte ihn nicht, aber es gab auf der anderen Seite auch nicht den mindesten Grund für diesen schon fast cholerischen Anfall –, aber dann versuchte er sich schützend vor Tom zu stellen.

»Hör auf, Jonathan!«, sagte er, noch immer mehr verwirrt als wirklich zornig. »Bist du verrückt? Tom hat mir doch nur...«

»O ja, ich weiß recht gut, was Tom *nur hat!*«, fiel ihm Graves ins Wort. »Wie oft habe ich dir verboten, dich auf dem Friedhof herumzutreiben? Muss ich denn erst...«

»Ich glaube, das reicht jetzt«, unterbrach ihn Mogens, und fast zu seinem eigenen Erstaunen war in seiner Stimme plötzlich eine solche Schärfe, dass nicht nur Tom ihn überrascht ansah, sondern auch Graves mitten im Wort abbrach und ungläubig die Augen aufriss. Mogens funkelte ihn warnend an und drehte sich dann betont ruhig zu Tom um.

»Mach dich an deine Arbeit, Tom«, sagte er. »Und keine Sorge. Ich werde dieses Missverständnis aufklären.«

Er wartete, bis Tom – nicht ohne einen abschließenden, unsicheren Blick in Graves' Richtung – das Haus verlassen hatte, ehe er sich wieder zu Graves umdrehte. »Was sollte das?«, fragte er, beinahe noch leiser, aber in unverändert schneidendem Ton. »Wenn du jemanden anschreien willst, dann mich. Ich habe Tom praktisch gezwungen, mir den Friedhof zu zeigen. Er wollte es nicht.«

»Dieser dumme Junge sollte es verdammt noch mal besser wissen!«, fauchte Graves. »Es ist gefährlich dort! Er durfte dieses Risiko nicht eingehen. Nicht jetzt, wo wir so kurz vor dem Ziel sind!«

»Ganz so gefährlich kann es wohl nicht sein«, antwortete Mogens. »Immerhin hat dieser *dumme Junge* jahrelang dort gelebt, ohne dass ihm etwas zugestoßen wäre.«

»Das war etwas vollkommen anderes!«, schnappte Graves. Er war immer noch erregt, aber schon nicht mehr ganz so wütend wie noch vor einem Augenblick, jetzt, wo das Objekt seines Zorns nicht mehr anwesend war. »Er hat *dich* in Gefahr gebracht!«

»Ach, und wo ist da der Unterschied?«, fragte Mogens. »Ist mein Leben mehr wert als das des Jungen?«

»Zumindest dir sollte es mehr wert sein«, erwiderte Graves. Er funkelte Mogens noch einen Moment lang herausfordernd und in der Erwartung einer Entgegnung auf seine zynische Bemerkung an. Als sie nicht kam, hob er die Schultern, ging zu seinem Tisch und kramte einen Moment hektisch in dem Durcheinander darauf herum, bis er sein Etui fand und sich mit zitternden Fingern eine Zigarette entzündete.

»Entschuldige«, sagte er. »Ich bin...« Er hob die Schultern und räusperte sich, bevor er von neuem ansetzte. »Ich habe wohl ein wenig zu heftig reagiert«, gestand er ein. »Es tut mir Leid.«

»Du solltest dich lieber bei Tom entschuldigen«, sagte Mogens, aber diesmal erntete er nur ein Kopfschütteln und ein hartes, humorloses Lachen.

»Wo denkst du hin, Mogens? Wenn man erst einmal anfängt, sich bei Untergebenen zu entschuldigen, dann ist der Respekt bald dahin. Tom wird es überstehen, ohne seelischen Schaden zu nehmen.« Er spuckte eine Qualmwolke in Mogens' Richtung. »Wir sollten uns nicht streiten, Mogens. Dafür ist unsere Zeit einfach zu kostbar. Es sind nur noch zwei Tage.«

»Zwei Tage bis wann?«

»Vollmond«, antwortete Graves. »Nicht einmal mehr ganz, morgen Nacht ist Vollmond. Ich dachte, du wüsstest das.«

Mogens seufzte. »Und ich dachte, du hättest diesen Unsinn endlich vergessen.«

»Unsinn?« Graves runzelte demonstrativ die Stirn. Dann warf er seine Zigarette auf den Boden, trat sie aus und kam mit schnellen Schritten um den Tisch herum. »Komm mit, Mogens.«

»Wohin?«

»Ich möchte dir ein wenig *Unsinn* zeigen«, antwortete Graves. »Komm!«

Das Tuckern des Generators kam ihm wenn schon nicht lauter, so doch unregelmäßiger vor als in der Vergangenheit. Etwas Neues war hinzugekommen, das man nur hier unten hören konnte, so als bereite es der Maschine nun mehr Mühe, die Aufgabe zu erfüllen, für die sie erbaut worden war, was sich in einer Art mechanischem Schnauben bemerkbar machte. Es war ein Laut, der gerade an der Grenze des wirklich noch Hörbaren kratzte und Mogens vielleicht gerade deshalb umso mehr beunruhigte.

Letzten Endes hatte er doch resigniert und sich bereit erklärt, Graves hier herab zu folgen, und auch wenn ihm Graves sein Ehrenwort verpfändet hatte, dass sie der Tempelkammer nicht einmal nahe kommen würden, war es doch eine weitere Niederlage; eine weitere winzige Bresche in einer fast regelmäßigen Aneinanderreihung von winzigen Breschen in seiner Verteidigung, die am Ende unweigerlich zu deren Zusammenbruch führen musste. Mogens hasste ihn auch dafür.

»Dort drüben.« Sie hatten den ersten, noch an eine auf natürliche Weise entstandene Höhle erinnernden Raum erreicht, in dem Hyams' großer Arbeitstisch stand, und Graves deutete mit einer Handbewegung nach links, in das Halbdunkel jenseits des von elektrischem Licht erhellten Bereichs hinein. Mogens' Blick folgte der Geste, aber er erkannte nur ein Durcheinander von Schemen und unterschiedlichen Abstufungen von Grau und Schwarz. Obwohl er schon ein Dutzend Mal hier unten gewesen war, hatte er diesem Raum nur insofern Aufmerksamkeit gezollt, dass er ihn möglichst schnell durchquerte, um zum eigentlichen Objekt seiner Neugier zu gelangen – und Hyams und den beiden anderen dabei möglichst aus dem Weg zu gehen. Tatsächlich wurde ihm erst in diesem Moment klar, dass er sich niemals auch nur *gefragt* hatte, was seine drei Kollegen hier unten eigentlich taten.

Er bedeutete Graves mit einer einladenden Geste, vorauszugehen. Graves verdrehte zwar die Augen, aber er gehorchte. Mogens folgte ihm.

Die Höhle erwies sich als größer, als er bisher angenommen hatte. Es gab Durchgänge zu mindestens zwei oder drei weiteren Räumen, die Graves aber ignorierte, während Mogens versuchte, im Vorbeigehen zumindest einen Blick hinein zu erhaschen. Was er sah, war jedoch enttäuschend. Leere Höhlen unterschiedlicher Form und Abmessung, die keine Spuren menschlicher Bearbeitung aufwiesen. Eine davon schien Graves zu nutzen, um den Generator und andere technische Gerätschaften darin unterzubringen. Mogens konnte in der Dunkelheit jenseits des niedrigen Eingangs zwar nichts erkennen, aber das röchelnde Tuckern des Generators drang daraus hervor, und ein ganzes Bündel dick isolierter Gummikabel und -schläuche ringelte sich schwarzen Schlangen gleich vor ihm über den Boden.

»Das hier ist der Teil, den wir zuerst entdeckt haben«, erklärte Graves, während er so sicher und schnell durch die Dunkelheit eilte, als hätte er die Nachtsicht einer Katze. »Natürlich war damals hier noch alles voller Schutt und Geröll. Man hätte keinen Schritt tun können, ohne Gefahr zu laufen, sich den Hals zu brechen. Tom und ich haben fast einen Monat gebraucht, um hier aufzuräumen, und beinahe noch einmal so lange, um den Generator hier herunterzuschaffen und die Kabel zu verlegen.«

»Das habt ihr aber nicht allein getan«, sagte Mogens zweifelnd.

»Nur Tom und ich«, behauptete Graves. »Wir mussten das verdammte Ding in sämtliche Einzelteile zerlegen und hier unten wieder zusammenbauen. Wobei das Zerlegen der einfachere Teil war.« Er lachte leise. »Ohne Tom hätte ich es vermutlich nie geschafft. Der Junge ist ein Genie, wenn es um Maschinen geht. Manchmal habe ich das Gefühl, er braucht sie nur anzusehen, damit alles wieder funktioniert.«

Er blieb stehen. Mogens hörte ihn einen Moment im Halbdunkel rumoren, dann vertrieb der Schein einer Petroleumlampe die Finsternis. Mogens erkannte, dass Graves vor einem unregelmäßig geformten Durchgang stehen geblieben war, der in eine Art Tunnel mit grob behauenen Wänden zu führen schien.

»Komm, Mogens. Aber pass auf deinen Kopf auf. Die Decke ist sehr niedrig.«

Trotz dieser Warnung und obwohl der Tunnel nur wenige Schritte maß und Mogens vorsichtig und weit nach vorne gebeugt ging, schrammte sein Hinterkopf zweimal unsanft gegen den harten Fels, bevor das Licht von Graves' Lampe vor ihm plötzlich an Leuchtkraft verlor, als es in einen weitaus größeren Raum fiel. Mogens machte einen letzten, schnellen Schritt und richtete sich erleichtert auf, und Graves hob seine Lampe und knüpfte an das an, was er auf der anderen Seite des Durchgangs begonnen hatte. »Und nachdem wir das hier gefunden hatten, haben wir zum ersten Mal überlegt, einen Kollegen zu Rate zu ziehen.«

»Falls es mit der Jagd auf Ungeheuer mal nicht mehr so klappt, solltest du dich vielleicht bei einem Schmierentheater bewerben«, sagte Mogens. »Untalentiert genug dazu bist du.«

Graves grinste fröhlich und hielt die Petroleumlampe höher, und Mogens vergaß schlagartig sämtliche Albernheiten und zog stattdessen überrascht die Augenbrauen hoch.

Der Schein dieser einzelnen Lampe reichte keineswegs aus, um den Raum auch nur zu einem nennenswerten Teil zu erhellen, aber er sah dennoch gleich, was Graves meinte.

Sie waren nicht die ersten Besucher, die hierher kamen. Der Boden war uneben und von tiefen Rissen durchzogen, hier und da aber offenbar künstlich geglättet, und er entdeckte allein auf dem kleinen Stück, das vom Licht der Laterne aus der vielleicht seit Jahrhunderten andauenden Finsternis gerissen wurde mindestens drei Feuerstellen, wo der Fels wieder und wieder so großer Hitze ausgesetzt gewesen war, dass sich Ruß und Asche schließlich für alle Zeiten in seine Oberfläche eingebrannt hatten.

»Das ist…«, begann er verblüfft.

»Ja«, sagte Graves in einem völlig unangemessen fröhlichem Ton. »Genau das habe ich auch gesagt, als ich es das erste Mal gesehen habe.«

Mogens hörte kaum noch hin, und das lag nicht allein daran, dass ihm Graves' kindisches Betragen allmählich auf die Nerven zu gehen begann. Er hätte wohl auch nicht hingehört, hätte Jonathan Graves in diesem Moment einen Satz von höchster wissenschaftlicher Bedeutsamkeit von sich gegeben. Er war viel zu sehr damit beschäftigt zu *staunen*.

Dabei war es keineswegs so, dass er so etwas zum ersten Mal gesehen hätte...

»Das ist beeindruckend, nicht?«, fragte Graves fröhlich. »Weißt du, woran es mich erinnert? An die Vorlesungen von Professor Talbot. Du erinnerst dich doch bestimmt noch, wie gefürchtet sie bei uns Studenten waren! Talbot und seine Megalithkulturen!« Er hob seine Lampe ein wenig höher, sodass ihr Schein auf einen etwas größeren Teil der Wände fiel. »Aber wenn man das hier sieht, kann man seine Begeisterung fast verstehen.«

»Jonathan, hör endlich auf zu plappern«, murmelte Mogens. »Weißt du eigentlich, was das hier ist?«

»Selbstverständlich«, antwortete Graves. »Die Frage ist doch wohl eher: Weißt *du*, was es ist?«

Mogens war plötzlich nicht einmal mehr ganz sicher, ob er Graves' Frage wirklich bejahen konnte. Die Wände waren mit primitiven Zeichnungen und Bildern übersät, und nahezu alles, was er erblickte, erinnerte auf schon fast verblüffende Art an genau die Fotografien und Illustrationen, für die Professor Talbot bei seinen Studenten tatsächlich berüchtigt gewesen war. Es waren Höhlenmalereien, Tausende von Jahren alt und jede für sich einmalig, und dennoch im Grunde nicht einmal etwas Besonderes, denn man fand sie an zahllosen Orten in Europa, Zentralafrika und auch Asien.

Nur nicht in Nordamerika.

»Das... das ist eine wissenschaftliche Sensation«, murmelte er.

»Ja, ja«, sagte Graves amüsiert. »Fast so sensationell wie die Entdeckung eines ägyptischen Anubis-Tempels dreißig Meilen östlich von San Francisco, nicht wahr?«

Mogens starrte ihn nur an. Graves gestattete sich den kleinen Luxus, sich eine kurze Weile an Mogens' unübersehbarer Verwirrung zu weiden, aber dann wurde er übergangslos wieder ernst. »Glaub mir, mein Freund, ich habe auf meinen Reisen noch viel unglaublichere Dinge gesehen. Aber deshalb habe ich dich nicht hergebracht. Fällt dir denn gar nichts auf?«

Mogens fiel eine ganze Menge auf, aber er war auch ziemlich sicher, dass nichts davon das war, was Graves meinte. Er hob die Schultern.

»Lassen wir die nebensächliche Frage einmal beiseite, wie ein Zeugnis der vorgeschichtlichen europäischen Megalithkultur auf den nordamerikanischen Kontinent kommt«, sagte Graves mit einem neuerlichen angedeuteten Lächeln, »so haben wir hier zweifellos einen heiligen Ort.«

Mogens schwieg noch immer, aber sein Gesichtsausdruck musste wohl Bände sprechen, denn Graves sah sich ganz offensichtlich zu einer Erklärung genötigt. »Ich habe mehr als einen solcher Orte mit eigenen Augen gesehen, Mogens«, sagte er und hob rasch die Hand. »Nein, ich weiß, was du jetzt sagen willst, aber wir haben weder die Zeit, noch bin ich in der Stimmung, eine theologische Diskussion mit dir zu führen. Seit jener schrecklichen Nacht glaube ich so wenig an Gott oder den Teufel wie du. Dennoch bin ich sicher, dass es so etwas wie heilige Orte gibt.«

»Das klingt logisch«, sagte Mogens spöttisch. Jedenfalls versuchte er, spöttisch zu klingen.

»Denk dir meinetwegen ein anderes Wort aus, wenn es dir so schwer fällt, diesen Begriff zu benutzen«, sagte Graves unwillig. »Ich habe solche Orte gesehen, Mogens. Heilige Plätze, an welche die Menschen seit dem Tag kommen, als sie angefangen haben, ihren Göttern zu huldigen. Man findet sie überall auf der Welt. Man muss nur genau hinsehen – oder tief genug graben. Eine mittelalterliche Kirche über einem römischen Tempel, und darunter ein keltischer Steinkreis. Noch tiefer vielleicht ein vorzeitlicher Ritualplatz, und wenn man noch tiefer gräbt…« Er hob die Schultern. »Es gibt Orte, denen etwas Besonderes anhaftet, und die Menschen spüren es. Seit Urzeiten kommen sie zu diesen Stellen, um ihre Tempel und Heiligtümer darauf zu errichten. Vielleicht spüren sie, dass etwas da ist, das sie anbeten müssen.«

Oder einsperren, dachte Mogens schaudernd. Vielleicht war es ja genau anders herum. Vielleicht errichteten die Menschen ihre heiligen Plätze ganz instinktiv immer am gleichen Ort, um ihn zu *versiegeln*.

»Wusstest du, dass genau hier über unseren Köpfen eine anglikanische Kirche errichtet werden sollte?«, fuhr Graves fort und beantwortete seine eigene Frage gleich mit einem Nicken. »Das war natürlich, bevor man herausgefunden hat, dass all das hier im Boden versinkt. Wir sind an einem solchen heiligen Ort, Mogens. Oder glaubst du wirklich, dass es Zufall ist: Diese Höhle, der ägyptische Tempel und darunter dieses andere, ältere Heiligtum – und wer weiß, was wir hinter der Tür noch entdecken werden.«

»Was soll das?«, fragte Mogens misstrauisch. »Ist das jetzt nur ein weiterer Trick, um mich zu überreden? Die Mühe kannst du dir sparen.«

Graves drehte sich vollkommen unbeeindruckt um, machte ein paar Schritte und bedeutete Mogens mit einer Handbewegung, ihm zu folgen. »Ich habe viele dieser Höhlenmalereien gesehen«, fuhr er fort. »Wahrscheinlich genug, um selbst den alten Talbot vor Neid erblassen zu lassen. Sie sind natürlich überall anders, ganz abhängig davon, welche Kultur sie erschaffen hat, und auf welchem Kontinent man sie findet. Und doch gibt es Ähnlichkeiten. Manche Symbole wiederholen sich, ganz gleich aus welcher Epoche und welcher Zivilisation der Künstler stammt, der die Bilder erschuf. Sie sind nicht leicht zu erkennen, aber wenn man weiß, worauf man zu achten hat, dann findet man sie. Und ganz besonders auf ein Symbol bin ich immer wieder gestoßen, in allen Ländern, in die ich kam. In Tempeln, in alten Schriften und auf Wandmalereien. Aber nirgends war es so deutlich wie hier.« Er hob seine Laterne, sodass ihr Lichtschein auf einen ganz bestimmten Teil der Wand fiel.

Mogens tat wirklich sein Bestes, um der verwirrenden Anordnung von grob in den Stein gekratzten Strichen, Kreisen,

Linien und Punkten irgendeinen Sinn abzugewinnen, aber sie blieb genau das: eine verwirrende Anordnung von grob in den Stein gekratzten Strichen, Kreisen, Linien und Punkten.

»Aha«, sagte er.

Graves warf ihm einen ärgerlichen Blick zu, aber er beherrschte sich. »Wie gesagt: Man muss wissen, wonach man zu suchen hat. Das sind Sternbilder. Sternbilder und Planetenkonstellationen, um genau zu sein.«

»Sternbilder aus der Steinzeit?«, fragte Mogens zweifelnd.

»Aber, aber, Professor!«, seufzte Graves. »Muss ich ausgerechnet dir als Archäologen erklären, was für ausgezeichnete Astronomen unsere Vorfahren waren? Denke nur an die Mayas oder die alten Ägypter und das großartige Observatorium von Stonehenge!«

»Das hier dürfte um einiges älter sein«, sagte Mogens.

»Mindestens zehntausend Jahre«, bestätigte Graves. »Jedenfalls hat die bedauernswerte Miss Hyams es darauf geschätzt.« Er lächelte flüchtig. »Sagt dir der Name Dogon etwas?« Mogens verneinte. »Nun, das wundert mich nicht«, fuhr Graves in fast verächtlichem Ton fort. »Solcherlei Wissen wird an unseren Universitäten nicht gern weitergegeben, weil es nicht in das bequeme Weltbild dieser verknöcherten Professoren passt!«

Er machte ein verächtliches Geräusch, wandte sich dann aber wieder den angeblichen Planetenkonstellationen und Sternbildern zu. »Die Dogon sind ein Stamm, der in der afrikanischen Savanne lebt«, fuhr er fort. »Ein sehr alter Stamm. Sie haben keine schriftlich niedergelegte Geschichte, sodass es keine verlässlichen Zahlen gibt, aber ich persönlich bin davon überzeugt, dass ihre Kultur weit älter ist als selbst die der Pharaonen.«

Er schien auf eine ganz bestimmte Reaktion zu warten, und um nicht noch mehr Zeit zu verlieren, tat ihm Mogens den Gefallen.

»Und?«, fragte er.

»Erklär mir eines, Mogens«, sagte Graves, indem er sich zu ihm umdrehte und in eindeutig triumphierendem Ton. »Wie kann ein Volk vermeintlich primitiver Wilder, das von der Jagd und einfachem Ackerbau lebt und nicht einmal eine Schrift hat, von der Existenz des Sirius wissen?«

Mogens sah ihn nur verständnislos an.

»Des Sirius«, wiederholte Graves. Er wirkte ein bisschen enttäuscht. »Eines Fixsterns am...«

»Ich weiß, was der Sirius ist«, fiel ihm Mogens ärgerlich ins Wort. »Ich verstehe nur nicht, was das alles *hiermit* zu tun hat. Komm zur Sache, Jonathan.«

»Ich bin längst dabei«, antwortete Graves. »Die Dogon kennen diesen Stern. Sie wissen alles über seine Größe, seine Helligkeit und Position, und sie kennen seine Bahn am Firmament auf die Bogensekunde genau. Sie wissen sogar, wie viele Planeten er hat und auf welchen Umlaufbahnen sie sich bewegen. Astronomie ist nicht etwa ihre Passion, oder eine Wissenschaft, die sie seit Jahrtausenden betreiben. Ich war dort. Ich habe sie besucht und studiert, und ich kann ohne falsche Überheblichkeit über sie sagen, dass sie nichts als ein Volk dummer, ungebildeter Primitiver sind. Und doch verfügen diese Wilden über ein Wissen über diesen einen Stern am Himmel, das wir mit all unserer jahrhundertelangen Erfahrung und unseren modernen Instrumenten nicht einmal annähernd erreichen können. Es gibt nur eine einzige Erklärung dafür.«

»Und welche wäre das?«, fragte Mogens.

»Jemand hat es ihnen gesagt«, antwortete Graves. »Jemand, der von dort gekommen ist.«

Das war lächerlich, und Mogens sagte auch genau das.

»Ja, ganz genau diese Reaktion habe ich erwartet«, zischte Graves. »Wie sollte es auch anders sein? Schließlich bist du ja ein...«, er stieß die beiden letzten Worte wie eine Beschimpfung aus, »... *seriöser Wissenschaftler!*«

»Ich bitte dich, Jonathan!«, antwortete Mogens. »Wesen, die...«

»... von den Sternen gekommen sind, um die Erde in Besitz zu nehmen«, fiel ihm Graves ins Wort. »Genau das ist es doch, was auf den Wänden der Tempelkammer geschrieben steht, oder nicht? Du selbst hast es mir vorgelesen, wenn ich mich richtig erinnere. Oder war deine Übersetzung fehlerhaft?«

»Doktor Hyams hat dir sicher auch einen Teil der Hieroglyphenschrift drüben im Tempel übersetzt«, antwortete Mogens verächtlich. »Glaubst du deshalb auch, dass es Aton und Seth und all die anderen Bewohner der ägyptischen Götterwelt wirklich gegeben hat?«

»Wer weiß?«, gab Graves mit einer Ernsthaftigkeit zurück, die Mogens ihm unwillkürlich einen fast erschrockenen Blick zuwerfen ließ. »Millionen von Menschen glauben fest daran, dass ein allmächtiger Gott mit einer sterblichen Frau einen Sohn aus Fleisch und Blut gezeugt hat, um sie von ihren Sünden zu erlösen. Klingt das etwa weniger verrückt?«

Mogens hütete sich, direkt darauf zu antworten. »Ich dachte, du wolltest keine theologische Diskussion mit mir führen«, sagte er stattdessen.

»Ich hatte nichts dergleichen vor«, antwortete Graves. »Ich wollte dir nur klar machen, wie wenig wir im Grunde über unsere Vergangenheit wissen. Und das Volk der Pharaonen hat vor wenigen tausend Jahren gelebt, Mogens. Wie können wir uns da anmaßen, über etwas urteilen zu wollen, das *hunderttausend Jahre* zurückliegt?«

Er wartete auch jetzt wieder vergebens auf eine Antwort und wandte sich schließlich mit einem resignierenden Achselzucken wieder der Felswand zu. Seine Stimme nahm einen sachlich-dozierenden Ton an. »Dies hier sind Planetenkonstellationen«, erklärte er.

»Aus dem System des Sirius«, vermutete Mogens spöttisch.

»Das dachte ich im ersten Moment auch«, erklärte Graves ungerührt, »denn das hier abgebildete Sonnensystem hat nicht nur einen Planeten mehr als das unsere, darüber hinaus haben auch *zwei* seiner Welten Ringe, und manche Planeten haben etliche Monde mehr, als uns bislang bekannt sind. Aber ich habe eine Abschrift dieser Zeichnung mehreren Astronomen gezeigt, und sie sind übereinstimmend zu der Auffassung gelangt, dass es sich durchaus um eine Karte unseres Sonnensystems handelt, nur dass sie eben fehlerhaft ist – oder sehr alt.«

Mogens schwieg beharrlich.

»Es *ist* eine Karte unseres Sonnensystems«, fuhr Graves in leicht verletztem Tonfall fort. »Sie zeigt eine ganz bestimmte Planetenkonstellation. Eine sehr seltene Konstellation, Mogens, wie sie nur alle paar tausend Jahre einmal vorkommt.«

»Lass mich raten«, sagte Mogens spöttisch. »Dieser Zeitpunkt ist heute.«

»Ganz genau«, antwortete Graves. Er drehte sich zu Mogens um, aber das triumphierende Lächeln, das sich auf seinem Gesicht breit gemacht hatte, erlosch, als er des spöttischen Funkelns in Mogens' Augen gewahr wurde.

»Vielleicht nicht genau *heute*, aber *jetzt*«, antwortete er ärgerlich. »Ja. Die Konstellation beginnt jetzt, mit diesem Vollmond, und wird zwei, vielleicht drei Monate anhalten. Vielleicht haben wir eine zweite Chance, und möglicherweise sogar eine dritte – aber ich glaube das nicht. Weder Wilson noch diese verdammten Maulwürfe werden uns so viel Zeit lassen.«

»Zeit«, wiederholte Mogens misstrauisch. »Wozu?«

»Die Pforte zu öffnen«, antwortete Graves. »Ich bin sicher, die Antworten auf all unsere Fragen sind hinter dieser Tür! Interessiert es dich denn wirklich nicht, Mogens? Sag mir nicht, dass es dich nicht reizt, das größte Rätsel der Menschheitsgeschichte zu lösen.«

»Ich dachte, wir wären aus einem anderen Grund hier«, sagte Mogens. Es gelang ihm nicht, seine Stimme ganz so beiläufig klingen zu lassen, wie er es gerne gehabt hätte. Es spielte keine Rolle, ob Graves bewusst übertrieb oder sich diese ganze Geschichte gar aus den Fingern gesogen hatte, um ihn zu ködern – es war ihm gelungen. Niemand, ganz gleich ob nun Wissenschaftler oder nicht, hätte diese Frage guten Gewissens mit *nein* beantworten können.

»Vielleicht ist es ja ein und derselbe«, antwortete Graves geheimnisvoll. Und selbstverständlich waren auch diese

Worte mit Bedacht gewählt, so, wie sich Graves vermutlich jedes einzelne Wort dieses Gespräches sorgsam zurechtgelegt hatte. Für einen Moment glaubte Mogens ihn regelrecht zu sehen, wie er hinter seinem Schreibtisch saß, die Hände flach nebeneinander auf die Platte gepresst und die Augen zu schmalen Schlitzen verengt, den Blick ins Nichts gerichtet, während er darüber nachdachte, wie und mit welchen Argumenten – oder auch Drohungen – er ihn doch noch dazu bringen konnte, ihm zu Diensten zu sein. Er traute Graves ohne weiteres zu, sich jede denkbare Reaktion und jede nur mögliche Antwort auf seine Argumente vorgestellt und sich seinerseits wieder eine Erwiderung zurechtgelegt zu haben.

Graves manipulierte ihn, das war Mogens klar, aber er nahm es ihm noch nicht einmal übel. Er wäre im Gegenteil fast schon enttäuscht gewesen, hätte er es nicht zumindest versucht. Nein, der bittere Geschmack auf seiner Zunge kam von der Erkenntnis, dass er sich manipulieren ließ; und dass da etwas in ihm war, was sich gar nicht gegen Graves' Einflüsterungen wehren *wollte*.

Er spürte sogar selbst, wie müde er sich anhörte, als er antwortete: »Gib dir keine Mühe, Jonathan. Ich bleibe bei meiner Entscheidung. Ich hätte nicht einmal hierher kommen sollen.«

Graves seufzte, aber auch seine Enttäuschung war nicht echt, sondern nur Teil seines sorgsam inszenierten Planes, eine von vermutlich nicht einmal sonderlich vielen Variationen, die er vorausgesehen und eingeplant hatte. »Mogens, du...«

»Bringst du mich zurück?«, fiel ihm Mogens ins Wort.

»Bevor du es dir doch noch anders überlegen kannst?«, fragte Graves.

Mogens musterte ihn einen Herzschlag lang kühl, dann drehte er sich mit einem angedeuteten Achselzucken um und ging.

»Warte, Mogens«, sagte Graves hastig. »Ich leuchte dir. Der Weg ist nicht ungefährlich. Nicht, dass du dich am Ende noch verletzt!«

»Ein gebrochenes Bein müsste dir doch wie ein Geschenk des Himmels vorkommen«, sagte Mogens böse.

»Bring mich nicht auf Ideen«, sagte Graves, während er mit schnellen Schritten an ihm vorbeiging und sich gleichzeitig bückte, um sich nicht an der niedrigen Tunneldecke zu stoßen.

Im ersten Augenblick war Mogens ihm ehrlich dankbar dafür, denn er hätte sich tatsächlich kaum zugetraut, den Rückweg bei vollkommener Dunkelheit ohne nennenswerte Blessuren zu bewältigen, dann aber lief ihm ein eisiger Schauer über den Rücken. Graves verschwand geduckt in dem niedrigen Gang, und das Licht seiner Laterne mit ihm, aber es kam Mogens auf sonderbare Weise *langsam* vor, als hätten ihm die ungezählten Jahrhunderte der Dunkelheit, die in dieser Höhle gewissermaßen konserviert waren, die Konsistenz einer zähen Flüssigkeit verliehen. Der gelbe Schein glitt träge über den Fels und schien Fäden zu ziehen, als hätten die scharfen Grate und Kanten die verletzliche Haut der Wirklichkeit aufgerissen, und aus diesen Wunden quoll…

Mogens presste die Lider erschrocken und so fest aufeinander, dass nicht nur bunte Lichtblitze über seine Netzhäute zuckten, sondern auch dann noch blassgrüne Nachbilder vor seinen Augen tanzten, als er die Lider wieder hob. Er war dankbar dafür.

»Worauf wartest du, Mogens?« Graves hatte das andere Ende des kurzen Tunnels erreicht und gestikulierte ungeduldig mit seiner Lampe. »Sag nicht, du hättest am Ende doch noch einen Anfall plötzlichen Forscherdrangs erlitten!«

Sein Herz klopfte so stark, dass Graves es auf der anderen Seite eigentlich hören musste. Die grünen Nachbilder erloschen, aber er hatte sich die geisterhaften Schattenarme so wenig eingebildet wie die dünnen peitschenden Nervenfäden, die…

Mogens würgte den Gedanken mit Gewalt ab und beeilte sich, Graves zu folgen. *Natürlich* hatte er sich die Schatten eingebildet. Es gab hier unten keine Geister, so wenig wie oben auf dem Friedhof oder an irgendeinem anderen Ort auf der Welt, und es war auch kein heiliger, verwunschener oder sonst wie übernatürlicher Platz, sondern nichts als ein finsteres, kaltes Loch in der Erde. Das Einzige, mit dem hier etwas nicht stimmte, war seine eigene Fantasie.

Da er sich viel zu hastig bewegte, stieß er sich auch diesmal den Kopf; und sogar weit heftiger als vorhin. Der Schmerz war so schlimm, dass er ihm die Tränen in die Augen trieb, aber Mogens begrüßte ihn geradezu, war er doch etwas Lebendiges, ein Teil der greifbaren Welt, in der er lebte, und Beweis dafür, dass er noch dazu gehörte. Er verbiss sich jeden Schmerzlaut und zwang wieder die gleiche, verbissene Starre wie bisher auf seine Züge, als er sich auf der anderen Seite aufrichtete und Graves gegenübertrat, auch wenn es ihm schwer fiel.

Graves sah ihn jedoch nicht einmal an, sondern fuhr mit einer fast militärisch-zackigen Bewegung auf dem Absatz herum und stürmte voraus, und das so schnell, dass Mogens alle Mühe hatte, mit ihm Schritt zu halten. Prompt stolperte er über die Kabel, denen er vorhin so mühsam ausgewichen war, und wäre um ein Haar gestürzt. Sein Missgeschick konnte Graves keinesfalls entgangen sein, aber er stockte nicht einmal im Schritt, geschweige denn, dass er zu ihm zurückgesehen hätte.

Mogens blickte ihm ärgerlich nach und nahm sich vor, in Zukunft in Graves' Gegenwart lieber dreimal zu überlegen, was er sagte, statt wie bisher nur zweimal. Möglicherweise hatte er Graves mit seiner scherzhaft gemeinten Bemerkung auf Ideen gebracht.

Dennoch beschleunigte er seine Schritte noch, auch wenn er sich hütete, ganz zu Graves aufzuschließen – wie er sich selbst mit Erfolg einredete, um die angespannte Stimmung, die zwischen ihnen herrschte, nicht noch weiter zu verschlimmern. Tief in sich kannte er aber den wahren Grund: Weiter zu Graves aufzuschließen hätte auch zwangsläufig dazu geführt, in das verzerrte Oval aus Licht hineinzutreten, das seine Lampe auf den Boden warf, und dazu wiederum hätte er die Grenze zwischen Dunkelheit und Licht überqueren müssen; und damit die Schwelle, auf der die Schatten lauerten.

Sie hatten die große Höhle halb durchquert, als vor ihnen ein mühsames Ächzen und Schlurfen erscholl, und praktisch in gleichen Moment gewahrte Mogens eine Gestalt, die sich ihnen durch den Zugangstunnel näherte. Graves' Laterne reichte nicht aus, um ihn mehr als einen schwarzen, aber ganz zweifelsfrei *missgestalten* Schemen erkennen zu lassen, doch was ihm seine Augen nicht zeigen konnten, das erledigte seine Fantasie dafür um so effektiver: Noch bevor Graves seine Lampe hob, erkannte er ein gewaltiges struppiges *Ding* mit drahtigem Fell, spitzen Fuchsohren und schrecklichen Fängen, das mit schlurfenden Schritten auf sie zu humpelte. Diesmal konnte er einen erschrockenen Aufschrei nicht mehr ganz unterdrücken.

Graves hob seine Lampe, und das Licht verwandelte das Ungeheuer in Tom. Er ging tatsächlich so weit nach vorne gebeugt, dass aus seinen Schritten ein mühsames Schlurfen und Dahinschleppen wurde, und der grotesk verkrüppelte Schatten, der Mogens zu Tode erschreckt hatte, kam von der riesigen länglichen Kiste, die der Junge sich auf die Schultern geladen hatte und unter deren Gewicht er nahezu zusammenzubrechen drohte. Sie war eindeutig größer als er selbst, und Toms mühsamen Schritten und seinem verzerrtem Gesicht nach zu urteilen, schien sie auch um einiges mehr zu wiegen als er.

Als er Mogens' Schrei hörte, blieb er mitten im Schritt stehen, was zur Folge hatte, dass er endgültig unter seiner Last zu straucheln drohte, und auch Graves drehte sich zu ihm um und zog fragend die Augenbrauen hoch. Mogens ignorierte seinen verwirrten Blick jedoch und eilte zu Tom hin, um ihn aufzufangen.

Er kam gerade noch rechtzeitig, um die schlimmste Katastrophe zu verhindern. Tom kämpfte tapfer mit seiner Last, aber einmal aus dem Gleichgewicht gekommen, hatte er keine Chance. Er kippte hilflos nach vorn und zugleich zur Seite und wäre unweigerlich gestürzt, hätte Mogens ihn nicht in letzten Augenblick erreicht und mit beiden Händen beherzt zugegriffen. Wenigstens versuchte er es.

Die Kiste war so schwer, dass Mogens unter ihrem Gewicht ebenfalls ins Straucheln geriet und im nächsten Augenblick in die Knie sank. Die schwere hölzerne Kiste entglitt seinen Händen vollends und polterte zu Boden, als auch Tom den Kampf gegen die Schwerkraft endgültig verlor und losließ. Immerhin gelang es ihnen auf diese Weise, den mehr als mannsgroßen Kasten zwar hart, aber doch einigermaßen unbeschädigt auf den Boden gleiten zu lassen.

»Verdammt, passt doch auf!« Graves war mit zwei schnellen Schritten heran und schwenkte seine Lampe hin und her, um die Kiste besorgt zu begutachten. »Ist etwas passiert?«

»Mir nicht«, antwortete Mogens ärgerlich, »und deiner wertvollen Kiste offensichtlich auch nicht.«

Er stemmte sich ächzend wieder in die Höhe und warf gleichzeitig einen raschen, besorgten Blick auf Tom hinab. Der Junge beantwortete ihn mit einem raschen Kopfschütteln und einem flüchtigen Lächeln, das aber kaum so lange Bestand hatte, wie es brauchte, um überhaupt zu entstehen. Dann sah er Graves an, und ein Ausdruck nur noch mühsam unterdrückter Furcht ergriff von seinem blassen Gesicht Besitz.

»Das will ich hoffen«, knurrte Graves. Er stellte seine Lampe auf den Boden, ließ sich auf die Knie fallen und tastete mit zitternden Händen über das Holz. »Du hast ja keine Ahnung, wie wichtig diese Kisten sein könnten.«

»Aber ich bin sicher, du wirst es mir gleich sagen, Jonathan«, antwortete Mogens spöttisch. Er wandte sich ganz zu Tom um. »Ist alles in Ordnung?«

»Mir ist nichts passiert«, sagte Tom rasch. Mit einer ebenso raschen, fast anmutig erscheinenden Bewegung stand er endgültig auf und fuhr sich glättend über seine Kleider. Mogens fiel auf, dass seine Hose über dem rechten Knie zerrissen war, und darunter glaubte er Blut zu sehen. Aber er sagte nichts. Er war sicher, dass es Tom peinlich gewesen wäre.

Überhaupt sah er den Jungen plötzlich mit anderen Augen als noch vor einer halben Stunde. Er hatte schließlich am eigenen Leib gespürt, wie schwer diese Kiste war. Es war ihm ein Rätsel, wie Tom es fertig gebracht hatte, sie den gesamten Tunnel allein entlangzuschleppen. Wie es ihm gelungen war, dieses Monstrum die Leiter herunterzuschaffen, vermochte er sich nicht einmal vorzustellen.

Graves hatte die äußerliche Inspektion mittlerweile beendet und robbte auf den Knien um die Kiste herum und beugte sich vor. Mogens hörte ein schweres, metallenes Schnappen. »Hilf mir mal!«, befahl Graves.

Sein Ton gefiel Mogens nicht, aber diese sonderbare Kiste – und viel mehr noch Graves' bemerkenswertes Verhalten – hatten seine Neugier geweckt. Weit langsamer und auch deutlich umständlicher, als es Graves augenscheinlich recht war, ging er um die Kiste herum und ließ sich neben ihm in die Hocke sinken. Aus der Nähe betrachtet wirkte die Kiste tatsächlich – Mogens erinnerte sich an das Gespräch, das Tom und er auf der Herfahrt geführt hatten – wie ein Sarg, wenn auch ein ungewöhnlich *massiver* Sarg. Er war deutlich über sechs Fuß lang und knappe zwei breit und schien aus massiven Eichenbohlen zu bestehen, die nicht genagelt oder verzapft, sondern sorgsam verschraubt und zusätzlich mit breiten Eisenbändern verstärkt waren. Das Schnappen, das Mogens gehört hatte, stammte von zwei wuchtigen Schnappschlössern, die von massiven Federn an Ort und Stelle gehalten wurden. Als Graves mit beiden Händen nach dem Deckel griff und Mogens mit einer Kopfbewegung dazu aufforderte, ihm zu helfen, spürte er, wie ungemein schwer er war. Das bizarre Gebilde musste mehrere Zentner wiegen.

Sein Inneres bot einen beinahe noch absonderlicheren Anblick. Boden und Wände waren mit einem seltsamen Gewebe gepolstert, das eher an Metall als an Stoff erinnerte, und es gab vier wuchtige Vorrichtungen, die unschwer als Hand- und Fußfesseln zu erkennen waren, und als sie den Deckel weiter aufklappten, konnte Mogens eine Anzahl von Luftlöchern darin erkennen. Er sog scharf die Luft ein. »Das ist…«

»… genau das, wofür du es hältst«, fiel ihm Graves ins Wort. Er beugte sich vor. Seine Finger tasteten prüfend über das Innere des Sarges. Erst nach einer geraumen Weile richtete er sich auf, stützte die Fäuste auf die Oberschenkel und ließ ein erleichtertes Seufzen hören. »Anscheinend ist nichts beschädigt«, sagte er.

»Du... du hast das nicht wirklich vor?«, fragte Mogens fassungslos.

»Eine dieser Bestien zu fangen?« Graves nickte heftig. »Was hast du gedacht?«

»Aber...«, begann Mogens, nur, um sofort wieder von Graves unterbrochen zu werden.

»Was hast du gedacht, wie wir die Welt von der Existenz dieser Geschöpfe überzeugen sollen? Glaubst du etwa, es reicht, wenn wir beide uns auf ein Podium stellen und ein wenig über unsere Erlebnisse plaudern?« Er schüttelte zornig den Kopf. »Gewiss nicht! Wir brauchen einen Beweis, Mogens, einen handfesten Beweis! Wir müssen eine dieser Bestien fangen, und zwar lebendig! Nur so können wir die Welt davon überzeugen, dass es sie gibt!«

Mogens starrte ihn ebenso fassungslos wie entsetzt an. So unglaublich es ihm auch selbst erschien – er hatte bisher nicht einmal darüber *nachgedacht*, wie Graves seinen ebenso ehrgeizigen wie wahnwitzigen Plan in die Tat umsetzen wollte. »Das kannst du nicht wirklich ernst meinen«, murmelte er.

»Hast du eine bessere Idee?«, fragte Graves gehässig. »Ich bin für konstruktive Vorschläge immer offen.«

»Aber wie...« Mogens rang ebenso vergeblich um Worte, wie er versuchte, seine Gedanken zu ordnen. »Wie willst du das schaffen?«, stammelte er. »Wie willst du eines von diesen... *Dingern* einfangen?«

»Aber das sollte dir doch eigentlich klar sein, mein lieber Professor«, antwortete Graves mit einem süffisanten Lächeln. »Wie fängt man eine Beute, die sich nicht fangen lassen will? Mit einem Köder.«

Obwohl Mogens fast schon gewaltsam darauf bestanden hatte, ihm zu helfen, hatte Tom sich nicht davon abbringen lassen, auch die beiden anderen Kisten allein in die Höhle hinunterzuschaffen. Letztendlich hätte er es ihm einfach befehlen können, aber Mogens wusste auch, dass er damit mehr Schaden als Nutzen anrichten würde; das Einzige, worauf er bestand war, dass Tom zu Miss Preussler ging, um sein verletztes Knie versorgen zu lassen.

Sheriff Wilson kam zwei Stunden später. Mogens war in seine Unterkunft zurückgekehrt, um seine Gedanken zu ordnen und zu einem Entschluss zu gelangen, aber natürlich gelang ihm weder das eine noch das andere. Als er das Geräusch des Automobils hörte und aus dem Fenster sah und Wilsons Wagen erkannte, war er regelrecht erleichtert. Er verließ das Haus und eilte in Schlangenlinien über den aufgeweichten Platz, um den zahllosen Pfützen auszuweichen, die seit dem vergangenen Abend deutlich schlammiger geworden waren, aber kaum kleiner.

Wilson hatte vor Graves' Hütte angehalten und war halb aus dem Wagen gestiegen, aber seine rechte Hand lag noch immer auf dem Lenkrad, und als Mogens bei ihm anlangte, drückte er gerade zum dritten Mal auf die Hupe. Das misstönende Quaken zeitigte jedoch keinerlei Erfolg. Die Tür zum Blockhaus blieb verschlossen. Das einzige Ergebnis seiner Bemühungen war, dass die Tür einer anderen Hütte aufflog und Miss Preussler unter der Öffnung erschien, um ihm einen tadelnden Blick zuzuwerfen.

»Ich an Ihrer Stelle würde mit dem Lärm aufhören«, sagte Mogens.

Wilson fuhr fast erschrocken herum und sah eine Sekunde lang regelrecht hilflos aus, aber seine Hand blieb weiter auf dem Lenkrad liegen. »Professor VanAndt!«

»Wirklich, ich an Ihrer Stelle würde es mir zweimal überlegen, Miss Preusslers Unmut zu erregen«, fuhr Mogens fort. »Das ist schon so manchem – groß oder klein – schlecht bekommen.« Er trat ganz um das Automobil herum und fügte mit einem Lächeln hinzu: »Ich schließe mich da durchaus mit ein.«

»Miss Preussler?« Wilson sah fragend über den Platz. Miss Preussler war unter der Tür stehen geblieben und hatte die Hände in die gut gepolsterten Hüften gestemmt. Sie war zu weit entfernt, um ihr Gesicht zu erkennen, aber Mogens konnte ihre strafenden Blicke regelrecht spüren, und auch Wilson schien es ganz ähnlich zu ergehen, denn er nahm nicht nur die Hand von der Hupe, sondern trat auch einen Schritt zurück und warf Miss Preussler ein grüßendes Nicken zu, indem er mit Zeige- und Mittelfinger an seine Hutkrempe tippte. Miss Preussler schenkte ihm noch einen abschließenden eisigen Blick und trat dann ins Haus zurück.

»Meine Haushälterin«, erklärte Mogens. Miss Preussler würde ihm diese kleine Lüge sicher verzeihen, sollte sie überhaupt je davon erfahren.

»Sie haben Ihre Haushälterin mit hierher gebracht?«

»Sagen wir es so«, antwortete Mogens ausweichend. »Ich konnte sie nicht davon abbringen, mir zu folgen.«

Die Andeutung eines flüchtigen Lächelns erschien auf Wilsons Lippen. »Ja, ich glaube, ich verstehe, was Sie meinen, Professor.« Er wurde sofort wieder ernst. »Ich bin eigentlich gekommen, um mit Doktor Graves zu reden. Sie wissen nicht zufällig, wo er sich aufhält?«

»Ich nehme an, er ist bei seiner Arbeit«, antwortete Mogens.

Wilson sah ihn fragend an, aber Mogens vertiefte das Thema nicht weiter; sein Zorn auf Graves war nicht so groß, dass er ihm in den Rücken gefallen wäre. »Wenn Sie gekommen sind, um die Uniform abzuholen, die Sie mir freundlicherweise geliehen haben, muss ich Sie noch um ein wenig Geduld bitten«, sagte er stattdessen. »Miss Preussler hat sich nicht davon abbringen lassen, sie zu waschen.«

Wilsons Stirn umwölkte sich. Das war nicht das gewesen, was er hatte hören wollen. »Das hat Zeit«, sagte er in leicht unwilligem Ton. »Ich würde jetzt wirklich gern mit Doktor Graves sprechen.«

Mogens wollte es nicht, aber er sah ganz unwillkürlich zu dem großen Zelt in der Mitte des schlammigen Platzes hin.

Wilsons Blick folgte dem seinen, und zwischen seinen hellgrauen Augenbrauen entstand eine tiefe, nachdenkliche Falte.

»Ich werde Tom schicken, um Doktor Graves zu holen«, sagte Mogens rasch.

»Tun Sie das«, antwortete Wilson, hob aber absurderweise auch gleichzeitig die Hand, um ihn mit einer Geste zurückzuhalten. »Aber vielleicht können Sie mir ja auch einige Fragen beantworten.«

Mogens hob wortlos die Schultern. Er bedauerte es bereits, überhaupt herausgekommen zu sein. Vermutlich wäre er besser beraten gewesen, einfach abzuwarten, bis Wilson unverrichteter Dinge wieder gefahren war. »So weit es mir möglich ist«, antwortete er ausweichend.

»Oh, daran zweifle ich eigentlich nicht«, sagte Wilson. Er nahm seinen Stetson ab und begann ihn in den Händen zu drehen, aber er war ein erbärmlicher Schauspieler. Die Unsicherheit, die er Mogens auf diese Weise vorgaukeln wollte, war das genaue Gegenteil. »Ich hatte heute Morgen Besuch, Professor. Doktor Steffen – erinnern Sie sich?«

»Der Geologe.« Mogens konnte sich gerade noch beherrschen, nicht das Wort zu benutzen, das Graves favorisierte: *Maulwurf*.

Wilson nickte. »Sie hätten ihn beinahe noch angetroffen, wären Sie nur ein paar Minuten länger geblieben. Aber vielleicht ist es auch ganz gut so. Doktor Graves und er sind nicht unbedingt das, was man gute Kollegen nennt, fürchte ich.«

Es war keine Feststellung, sondern eine Frage, aber Mogens weigerte sich, auch nur mit einem Nicken oder einem Schulterzucken darauf zu antworten.

»Doktor Steffen war ziemlich erregt«, fuhr Wilson fort, nachdem er schließlich eingesehen hatte, dass er keine Antwort bekommen würde. »Er sagt, es hätte in der vergangenen Nacht weitere Erdstöße gegeben.« Sein Blick wurde eindeutig lauernd, aber Mogens reagierte auch diesmal nur mit einem Achselzucken.

»Ich habe nichts gespürt.«

»Niemand hat das«, bekannte Wilson. »Aber Doktor Steffen beharrt darauf. Er hat mir ein Blatt Papier gezeigt, das von einem seiner Messgeräte stammt. Nicht dass ich es wirklich verstanden hätte.« Er hob in einer Geste nicht wirklich überzeugend gespielter Verlegenheit die Schultern. »Ehrlich gesagt sind es für mich nicht mehr als bunte Linien und Striche auf Papier. Aber Doktor Steffen besteht darauf, dass diese Aufzeichnungen den Beweis für einen weiteren Erdstoß darstellen. Er war ziemlich besorgt. Und er behauptet nach wie vor, dass das – wie heißt es? Epizentrum?« Er sah Mogens stirnrunzelnd an und sprach erst weiter, als dieser zustimmend genickt hatte. »Ja, das Epizentrum also genau hier unter Ihrem Lager gewesen ist.«

»Ich habe nichts bemerkt«, sagte Mogens noch einmal, »Und Doktor Graves auch nicht. Er hätte es mir sicher gesagt.«

»Ja, sicher«, sagte Wilson. Er machte keinen Hehl aus seiner Enttäuschung, aber er gab auch nicht auf. Er änderte nur seine Taktik. »Was tun Sie hier eigentlich, Professor Van-Andt?«, fragte er.

»Sie wissen, dass ich Ihnen das nicht sagen kann, Sheriff«, antwortete Mogens. »Aber ich kann Ihnen versichern, dass wir hier rein archäologische Forschungen betreiben.«

»Das heißt, Sie graben etwas aus.«

Mogens schmunzelte. »Sie sind hartnäckig, Sheriff, das muss man Ihnen lassen. Aber ich muss Sie enttäuschen. Wir *graben* nichts aus. Wir sehen uns lediglich ein paar Dinge an. Sehr alte Dinge – aber nichts von dem, was wir tun, ist in irgendeiner Weise dazu geeignet, ein Erdbeben zu verursachen, nicht einmal ein ganz kleines.«

Wilson ignorierte sein Lächeln ebenso wie seinen scherzhaften Ton. »Doktor Steffen scheint anderer Meinung zu sein«, sagte er ernst. »Sie sollten das nicht auf die leichte Schulter nehmen, Professor. Steffen ist ein renommierter Wissenschaftler, und er kennt eine Menge einflussreicher Leute. Er kann Ihnen eine Menge Schwierigkeiten machen.«

»Soll das eine Drohung sein, Sheriff?«, fragte Mogens. Er bedauerte seine eigenen Worte sofort, als er sie ausgesprochen hatte. Er wusste selbst nicht genau, *warum* er so reagiert hatte. So ziemlich das Letzte, was er im Moment wollte, war sich offen auf Graves' Seite zu schlagen und Wilson damit noch mehr zu verprellen.

Wilson schien ihm seine kleine Entgleisung jedoch nicht übel zu nehmen. »Keineswegs, Professor«, antwortete er ungerührt. »Aber Doktor Steffen wird die Sache kaum auf sich beruhen lassen. Soviel ich weiß, ist er genau in diesem Moment auf dem Weg nach San Francisco, um geeignete Schritte einzuleiten, die ihm Zutritt zu Ihrer Ausgrabungsstelle verschaffen.« Er schüttelte den Kopf. »Es tut mir Leid, wenn Sie mich falsch verstanden haben, Professor. Ich wollte Ihnen nicht drohen, sondern Sie ganz im Gegenteil warnen. Sehen Sie – ich bin dafür verantwortlich, dass in meiner Stadt Ruhe und Ordnung herrschen. Dieser Streit dauert jetzt schon ein Jahr an. Er muss ein Ende haben. Leider ist weder mit Doktor Graves noch mit Doktor Steffen ein vernünftiges Gespräch möglich. Ich hatte die vage Hoffnung, dass Sie vielleicht vernünftiger sein könnten.«

»Das kommt ganz darauf an, was Sie unter dem Wort *vernünftig* verstehen«, antwortete Mogens.

»Ich kann Doktor Steffen schwerlich besänftigen, wenn ich nicht weiß, was hier vorgeht«, sagte Wilson.

Mogens seufzte. »Sie wissen, dass ich daran nichts ändern kann. Doktor Graves' Anweisungen sind in diesem Punkt eindeutig. Ich würde meine Anstellung riskieren.«

»Es liegt mir natürlich fern, Ihnen Schwierigkeiten zu bereiten, Professor«, versicherte Wilson hastig. Er war vielleicht kein guter Schauspieler, dachte Mogens, aber er gab sich immerhin Mühe, überzeugend zu lügen. »Aber es wäre dennoch von Vorteil, wenn ich wenigstens eine Ahnung hätte.«

»Verstehen Sie etwas von der Megalithkultur, Sheriff?«, fragte Mogens.

Wilson blinzelte.

»Aber Sie leiden nicht zufällig an Klaustrophobie?«, fuhr Mogens fort.

Wilson blinzelte erneut.

»Platzangst«, erklärte Mogens.

»Nein«, antwortete Wilson. »Jedenfalls nicht, dass ich wüsste.«

Mogens überlegte nur noch einen Augenblick, dann trat er demonstrativ zurück und drehte sich zur Mitte des Platzes hin, um auf das Zelt zu deuten. »Dann wollen wir hoffen, dass Sie sich nicht irren«, sagte er. »Sonst stehen Ihnen ein paar unangenehme Minuten bevor.«

Wilson zog überrascht die Brauen hoch. »Sie…?«

»Ich hoffe, Sie haben noch Verwendung für einen Deputy-Sheriff, der Waffen hasst und seine Haushälterin mitbringt«, sagte Mogens. »Wenn Doktor Graves uns überrascht, könnte es gut sein, dass ich eine neue Anstellung brauche.«

Auf dem ganzen Weg nach unten fragte sich Mogens vergeblich, warum er das eigentlich tat. Ob Graves vor Zorn schäumen würde oder nicht, war ihm gleich. Wenn es nach ihm ging, konnte Jonathan Graves getrost der Schlag treffen. Er war ihm keinerlei Loyalität schuldig, nicht nach allem, was er getan hatte und ganz offensichtlich noch zu tun beabsichtigte, aber er kam sich trotzdem vor wie ein Verräter.

Mogens tröstete sich damit, dass er Graves letzten Endes einen Gefallen tat. Er konnte nicht beurteilen, ob es Steffens angebliche *Erdstöße* wirklich gegeben hatte oder ob sie nur ein Vorwand waren, um dem Geologen Zutritt zur Ausgrabungsstelle zu verschaffen, aber er pflichtete Wilson bei, was seine Einschätzung Steffens anging. Graves unterschätzte ihn. Der Geologe würde nicht aufgeben, bevor er nicht *gesehen* hatte, was sie dort unten taten. Und er würde ganz bestimmt mehr sehen als Wilson.

Wie sich zeigte, litt Sheriff Wilson zwar nicht unter Klaustrophobie, stellte sich aber auf dem Weg nach unten weit ungeschickter an als selbst Mogens. Er brauchte gut doppelt so lange wie er, um die Leiter hinabzusteigen, und sein Fuß rutschte allein auf dem kurzen Stück zweimal von den Sprossen ab, sodass es Mogens im Nachhinein fast wie ein kleines Wunder vorkam, dass er den Grund des Schachtes erreichte, ohne abzustürzen und sich den Hals zu brechen – eine Vorstellung, die Graves vermutlich gefallen hätte.

»Ich fühle mich nicht wohl auf Leitern«, gestand Wilson mit einem nervösen Lächeln, als er endlich neben ihm angelangt war; mit ganz leicht zitternden Händen und schweißbedeckter Stirn. »Um ehrlich zu sein, ist mir am wohlsten, wenn ich mit beiden Füßen sicher auf der Erde stehe. Das war schon immer so, schon als ich ein Kind war.«

»Dann sollten Sie Gott jeden Abend in Ihrem Nachtgebet dafür danken, dass Sie nicht dreißig Jahre früher geboren worden sind«, sagte Mogens. Wilson zog fragend die linke Augenbraue hoch und Mogens fügte hinzu: »Dann hätten Sie Ihren Beruf im Sattel eines Pferdes ausüben müssen.«

Wilson lachte pflichtschuldig, aber Mogens sah ihm an, dass er diese Bemerkung nicht besonders lustig fand. Rasch deutete er mit einer Kopfbewegung hinter sich. »Kommen Sie. Ab jetzt bleiben wir auf festem Grund.«

Wilson murmelte etwas, das sich wie *sehr witzig* anhörte und fuhr sich mit dem Unterarm über die Stirn, um den Schweiß wegzuwischen, schloss sich ihm aber gehorsam an, als er sich umdrehte und gebückt in den niedrigen Tunnel eindrang.

»Sie haben elektrisches Licht«, sagte Wilson anerkennend. »Doktor Graves hat wirklich an nichts gespart.«

Mogens nickte nur und beschleunigte seine Schritte ein wenig. Er versuchte sich auf die Geräusche vor ihnen zu konzentrieren – die Frage, wie er reagieren sollte, wenn sie in die Höhle hineintraten und sich unversehens Graves gegenübersahen, stellte er sich vorsichtshalber erst gar nicht –, aber alles, was er hörte, war das gleichmäßige Tuckern des Generators. Jener sonderbare Unterton war noch darin, und Mogens schien es auch so, als wäre er lauter geworden.

»Wir haben nicht einmal in der Stadt überall elektrischen Strom«, fuhr Wilson hinter ihm fort. »In meinem Büro haben wir noch Gaslaternen – aber offen gesagt vermisse ich es auch nicht. Manchmal erschrecken mich all diese modernen Dinge richtiggehend. Sie machen das Leben nicht wirklich einfacher, finde ich. Es mag bequem sein, nur einen Schalter umlegen zu müssen, damit es hell wird, aber ich frage mich immer, ob wir uns letzten Endes damit wirklich einen Gefallen tun. Ich meine: Was, wenn all dieses neumodische Zeugs irgendwann einmal nicht mehr funktioniert? Eine Petroleumlampe kann jedes Kind reparieren. Früher haben wir sie uns selbst gebaut, aus einer alten Konservendose und einem Docht. Aber einen Generator?«

Mogens hütete sich, zu antworten. Wilson plapperte, nicht weil er etwas zu sagen hatte – oder gar *wusste*, worüber er sprach –, sondern um seine Nervosität zu überspielen. Anscheinend flößte ihm diese Umgebung mehr Unbehagen ein, als er zugeben wollte.

»Doktor Graves scheint ein sehr wohlhabender Mann zu sein«, fuhr Wilson im gleichen, nervös-plappernden Ton fort. »Das alles hier muss ein Vermögen gekostet haben. Sie kennen sich schon lange?«

»Wir haben zusammen studiert«, antwortete Mogens. »Aber seit damals haben wir uns ein wenig aus den Augen verloren.«

Wilsons Frage irritierte ihn. Der Sheriff hatte vollkommen Recht. Graves hatte ihm erzählt, dass er dieses ganze Gelände gekauft hatte – und auch wenn es vermutlich nicht besonders teuer gewesen war, umsonst war es sicher nicht gewesen. Dazu kamen die Automobile, der Generator, die wissenschaftliche Ausstattung und die exorbitanten Saläre, die Graves seinen Kollegen mit Sicherheit ebenso gezahlt hatte wie ihm, um sie hierher zu locken… all das *hatte* ein Vermögen gekostet, und vermutlich nicht einmal ein kleines.

Mogens fragte sich, woher es kam. Graves hatte weder vermögende Eltern, noch hatte er während ihrer gemeinsamen Zeit in Harvard über nennenswerte Geldmittel verfügt. Ganz im Gegenteil war es meistens Mogens gewesen, der ihm das eine oder andere kurzfristige Darlehen gegeben hatte, obwohl er selbst alles andere als gut betucht gewesen war.

Sie erreichten das Ende des Tunnels und damit die große Höhle, die anders als am Morgen jetzt hell erleuchtet war; Tom hatte sämtliche elektrische Lampen eingeschaltet. Nur ein Stück jenseits der Stelle, an der sie am Morgen die Kiste abgestellt hatten, standen nun drei der großen sargähnlichen Behältnisse, gerade weit genug zur Seite gerückt, dass man aus dem Tunnel heraustreten konnte, ohne darüber zu stolpern. Wilson schenkte ihnen jedoch kaum Beachtung, sondern sah sich aus staunend aufgerissenen Augen um. Mogens registrierte voller Unbehagen, dass die Lattentür zu dem mit Hieroglyphen verzierten Gang weit offen stand, und auch dahinter Licht brannte. So schnell, wie er es wagte, ohne Wilsons Misstrauen durch zu große Hast noch weiter zu schüren, drehte er sich herum und deutete in die entgegengesetzte Richtung, wobei er Wilson wie durch Zufall den direkten Blick auf den Gang vertrat.

»Was Sie interessieren dürfte, ist dort hinten«, sagte er.

Wilson sah ihn beinahe lauernd an. »Woher wissen Sie, was mich interessiert, Professor?«, wollte er wissen.

»Sie wollten wissen, was wir hier gefunden haben«, antwortete Mogens achselzuckend. »Sie können sich gern auf eigene Faust umsehen. Allerdings bezweifle ich, dass Sie die wirklich interessanten Dinge auch nur erkennen würden.«

»Weil ich nur ein dummer kleiner Sheriff aus einem hinterwäldlerischen Kaff bin«, vermutete Wilson.

»Weil das, was wir entdeckt haben, auf den ersten Blick ziemlich unspektakulär ist«, antwortete Mogens in ganz bewusst leicht verärgertem Ton. »Aber wie gesagt: Es steht Ihnen frei, sich allein umzusehen. Wir haben keine Geheimnisse.« Es gelang ihm jetzt, einigermaßen beiläufig zu klingen, aber er wusste selbst nicht zu sagen, wie lange noch. Innerhalb der letzten zwanzig Minuten hatte er Wilson einen gehörigen Vertrauensvorschuss gegeben, aber der Sheriff strengte sich nicht unbedingt an, ihn einzulösen.

Wilson maß ihn auch jetzt noch gute fünf Sekunden lang – eine Ewigkeit – mit durchbohrenden Blicken, aber dann entspannte er sich sichtbar und sagte, nachdem er seinen Hut abgenommen hatte: »Bitte, Professor. Gehen Sie voraus.«

Zumindest innerlich atmete Mogens vorsichtig auf. Es gefiel ihm nicht, Wilson auf eine so überhebliche Art zu behandeln – schon, weil er sich mit einem derartigen Betragen mehr in Graves' Nähe rückte, statt sich von ihm abzugrenzen –, aber Wilson schien es geradezu darauf angelegt zu haben. Mogens ging betont langsam weiter und trat an den langen Arbeitstisch heran. Ohne Wilson, der die daraufliegenden Werkzeuge, Artefakte, Papiere und Bücher ebenso neugierig wie verständnislos musterte, auch nur eines Blickes zu würdigen, nahm er eine der Petroleumlampen, von denen sich mehr als ein halbes Dutzend in dem Durcheinander fanden, wenn man sich nur die Mühe machte, genau hinzusehen. Er entzündete den Docht, reichte die Lampe an Wilson weiter und entzündete eine zweite Sturmlaterne für sich. Wilson warf noch einen fast sehnsüchtigen Blick zu der offen stehenden Tür, schloss sich Mogens dann aber zu seiner insgeheimen Erleichterung an.

Jetzt, wo die Höhle fast taghell erleuchtet war, kam sie ihm größer vor als am Morgen, als er Graves auf die gleiche Weise gefolgt war wie Wilson nun ihm. Einen kurzen Moment lang war er nicht einmal sicher, ob er den richtigen Durchgang auf Anhieb finden würde, denn es gab davon deutlich mehr, als er bisher angenommen hatte. Die Höhle schien nur der Ausgangspunkt zu einem wahren Labyrinth unterirdischer Stollen und Gänge zu sein. Sie hatten nicht alle Zeit der Welt. Dass Graves sie bisher noch nicht entdeckt hatte, kam ihm schon fast wie ein kleines Wunder vor, aber gerade *weil* es so unwahrscheinlich war, begann er zu hoffen, dass sie diesen Besuch möglicherweise sogar unbehelligt zu Ende bringen würden. Was Graves hinterher sagte oder auch tat, war ihm vollkommen gleichgültig. Mogens hatte sich – wieder einmal – entschlossen, das Lager endgültig zu verlassen, und das noch heute. Er hoffte sogar, Wilson dazu überreden zu können, Miss Preussler und ihn mit zurück in die Stadt zu nehmen.

Diesmal war nicht er es, der über die Kabel und Schläuche stolperte, die sich aus der Generatorhöhle herausringelten.

Wilson übernahm das für ihn.

Der Lichtschein seiner Laterne flackerte, und Mogens hörte einen gedämpften Fluch und drehte sich gerade rechtzeitig um, um zu sehen, wie Wilson mit einem schon fast komisch anmutenden Ausfallschritt sein Gleichgewicht wieder fand, wobei ihm der Stetson vom Kopf fiel und davonrollte.

»Geben Sie Acht, wo Sie hintreten, Sheriff«, sagte Mogens. »Hier liegt eine Menge Zeug rum.«

»Ja, das ist mir aufgefallen«, antwortete Wilson verdrießlich. »Aber das hier sieht nicht aus, als wäre es dreitausend Jahre alt.« Sein Blick folgte dem handgelenksdicken schwarzen Kabel, über das er gestolpert war, bis zum Eingang der Nebenhöhle, aus der es sich herausringelte, und er bückte sich nach seinem Hut. Er setzte ihn zwar auf, machte aber in unverändert vorgebeugter Haltung zwei weitere Schritte und hob seine Laterne, um den Raum jenseits des Durchgangs auszuleuchten. Im nächsten Moment stieß er einen anerkennenden Pfiff aus.

»Na, *das* nenne ich einen modernen Generator!«

Mogens war mit einem einzigen Schritt neben ihm und musste nur einen Blick in die niedrige Höhle werfen, um Wilsons erstaunte Reaktion nachempfinden zu können.

Was sich vor ihnen im Licht der beiden Sturmlaternen erhob, das musste zweifellos der Generator sein, den Tom und Graves so mühsam hier heruntergeschafft hatten – aber er ähnelte nichts, was Mogens jemals gesehen hatte.

Das *Gebilde* – eine andere Bezeichnung dafür wollte Mogens beim besten Willen nicht einfallen – war gut vier Fuß hoch und sicher zweimal so lang, und es gab weder Räder noch Riemen oder Kolben, die sich drehten, um die erzeugte Kraft zu übertragen. Dafür bot ihr Äußeres einen um so bizarreren Anblick. Nicht nur, dass Mogens keinerlei bewegliche

Teile oder auch nur irgendeinen vertrauten Mechanismus entdecken konnte, er sah nicht eine einzige gerade Kante, nicht einen rechten Winkel oder auch nur eine einzige glatte Fläche – und im Übrigen auch nicht eine einzige Schweißnaht oder Schraube. Das Gebilde, das schnaubend und ächzend vor ihnen stand, war von so tiefschwarzer Farbe, dass seine Flanken das Licht ihrer Sturmlaternen nicht reflektierten, sondern regelrecht aufzusaugen schien. Hätte Mogens dieses beunruhigend aussehende Gebilde in Worte fassen sollen, so hätte er wohl eher etwas Lebendiges beschrieben, ein schwarzes gekrümmtes Ding wie eine Schnecke, das eindeutig *gewachsen* aussah und nicht *gemacht* und das einem beim bloßen Hinsehen Unbehagen bereitete, wenn man es zu lange betrachtete.

»So etwas Verrücktes habe ich noch nie gesehen«, murmelte Wilson. Er sah Mogens fragend an. »Ist das überhaupt ein Generator?«

»Ich bin kein Ingenieur«, antwortete Mogens ausweichend. »Aber was soll es sonst sein?«

»Jedenfalls ist das nicht in einer amerikanischen Fabrik gebaut worden«, sagte Wilson, in einem Ton, als hätte für ihn schon allein die *Vorstellung*, Menschen aus dem Land der Freien und Tapferen hätten dieses Ding konstruiert, etwas Obszönes. »Wahrscheinlich stammt es aus Europa«, schloss er kopfschüttelnd. »Die bauen ja da die verrücktesten Sachen.«

Mogens war erleichtert, als Wilson endlich zurücktrat und sich aufrichtete. Die Höhle versank wieder im Dunkel, doch während Mogens sich umdrehte und weiterging, musste er das unheimliche Empfinden niederkämpfen, von unsichtbaren gierigen Augen angestarrt zu werden. Er hatte das Gefühl, einen Frevel begangen zu haben, einfach nur, indem er dieses bizarre Gebilde *angesehen* hatte.

Er schüttelte den Gedanken ab und ging so schnell weiter, dass Wilson alle Mühe hatte, mitzuhalten. Es verging nur noch ein Augenblick, bis sie den Durchgang erreichten und Mogens sich bückte, um hindurchzutreten. Er reduzierte sein Tempo gerade weit genug, um halbwegs sicher durch den niedrigen Stollen zu gehen und schloss dabei – ohne es selbst wirklich zu merken – ganz instinktiv die Augen, um die furchteinflößenden Schatten nicht sehen zu müssen, die am Ende dieses Tunnels lauerten. Hinter ihm begann Wilson lauthals zu fluchen, als sein Hinterkopf auf die gleiche unsanfte Weise Bekanntschaft mit dem harten Fels machte wie der Mogens' vor wenigen Stunden, und das – wie es sich anhörte – gleich mehrmals. Er trug den Hut, den er vor kaum einer Minute erst aufgesetzt hatte, wieder in den Händen, als er hinter Mogens aus dem Stollen trat.

»Sie hätten mich warnen können, Professor«, grummelte er. »Das ist ja lebensgefährlich.«

»Man gewöhnt sich daran«, antwortete Mogens. »Ihnen ist doch nichts passiert, hoffe ich?«

Wilson schenkte ihm einen giftigen Blick und setzte umständlich seinen Hut wieder auf, bevor er antwortete. »Ich hoffe, diese halsbrecherische Kletterei lohnt sich auch«, knurrte er.

»Ganz bestimmt«, versicherte Mogens. »Kommen Sie!«

Er hob seine Lampe, drehte sich um und ging mit raschen Schritten zu derselben Stelle, die ihm Graves am Morgen gezeigt hatte. Wilson folgte ihm, wenn auch langsamer, und er blieb eine ganze Weile schweigend und mit angestrengt gerunzelter Stirn neben ihm stehen und starrte auf die Wand.

»Ich fürchte, Sie müssen mir ein wenig helfen, Professor«, sagte er nach einer Weile.

»Sie sehen es nicht?« Mogens schwenkte seine Lampe langsam hin und her, sodass der Lichtschein die Jahrtausende alten Felszeichnungen aus der ewigen Dunkelheit rissen. Vielleicht war das keine gute Idee, denn die flackernde Aufeinanderfolge von Licht und Schatten offenbarte die uralten Malereien nicht nur den Blicken der Beobachter, sondern schien sie gleichsam auch zu unheimlichem Leben zu erwecken.

»Ich sehe es schon«, antwortete Wilson. Er hob die Schultern. »Nur ist mir nicht ganz klar, was daran so außergewöhnlich sein soll.«

»Das sind Felsmalereien«, erklärte Mogens. »Sie sind wahrscheinlich mehrere tausend Jahre alt.«

»Ich *weiß*, was Felszeichnungen sind«, antwortete Wilson scharf. »Wie gesagt, ich bin vielleicht nur ein dummer kleiner Sheriff vom Lande, aber sogar *ich* habe schon einmal von Höhlenmalereien gehört. Stellen Sie sich vor, ich habe sogar schon einmal welche *gesehen*. Vor ein paar Jahren, in Utah.«

Die Feindseligkeit in seiner Stimme amüsierte Mogens, aber er verzog keine Miene. »Solche ganz bestimmt noch nicht, Sheriff. Ich wollte Ihnen nicht zu nahe treten. Selbst die meisten meiner Kollegen würden den Unterschied nicht bemerken – wenigstens nicht auf den ersten Blick.«

»Ich sehe ihn nicht einmal auf den dritten«, sagte Wilson.

»Aber er ist da, glauben Sie mir. Diese Malereien sind etwas ganz Besonderes. Wenn wir erst einmal so weit sind, unsere Entdeckung der Öffentlichkeit präsentieren zu können, dann müssen eine Menge Lehrbücher über die Frühgeschichte unseres Landes neu geschrieben werden.«

Wilson sah ihn zweifelnd an. »Deswegen?«

»Sie dürften gar nicht da sein«, antwortete Mogens. »Nach allem, was wir bisher über dieses Land zu wissen geglaubt haben, hat es hier noch gar keine Menschen gegeben, als diese Wandmalereien entstanden sind.« Er legte eine ganz genau bemessene Pause ein. »Verstehen Sie nun, warum Doktor Graves so sehr darauf bedacht ist, dass niemand frühzeitig von unserer Entdeckung erfährt? Das hier ist vielleicht der sensationellste archäologische Fund des Jahrhunderts!«

»Wenn Sie es sagen, Professor.« Wilson wirkte jetzt eindeutig hilflos, und Mogens musste sich beherrschen, um nicht triumphierend zu grinsen. Er hatte Wilson richtig eingeschätzt. So wenig, wie der Sheriff irgendetwas anderes als Überheblichkeit von einem Wissenschaftler wie ihm erwartete, so sehr war er nur zu bereit, jede Erklärung zu glauben, die Mogens ihm anbieten würde, so lange sie sich nur akademisch genug anhörte.

»Ich gehe ein ziemliches Risiko ein, indem ich Ihnen das hier zeige, Sheriff«, fuhr Mogens fort, »aber ich denke, ich kann Ihnen vertrauen. Wir brauchen nur noch wenige Tage, um unsere Arbeit hier abzuschließen. Schauen Sie sich ruhig um. Sehen Sie hier irgendetwas, das nach einem Erdbeben aussieht? Die größte Maschine, die wir einsetzen, ist der Generator, der unseren Strom erzeugt.«

»Doktor Steffen war der Meinung, dass Sie möglicherweise Sprengladungen benutzen, um Ihre Ausgrabungen voranzutreiben.«

»Sprengladungen?« Mogens lachte. »Kaum. Doktor Steffens Fähigkeiten als Wissenschaftler in Ehren, aber er ist *Geo*loge, kein *Archäo*loge. Sprengstoff ist *sein* Metier. Wir arbeiten hier eher mit Zahnbürste und Pinsel als mit Dynamit.«

Hinter Wilson ertönte ein leises, rhythmisches Klatschen. Mogens fuhr erschrocken herum und hob seine Lampe, und Graves klatschte noch zweimal in die Hände und trat dann vollends in den Lichtschein der Sturmlaterne.

»Bravo«, sagte er kalt. »Das war ja eine flammende Rede. Hast du jemals daran gedacht, Prediger zu werden, Mogens? Das Talent dazu hast du auf jeden Fall.«

Er klatschte noch einmal in die Hände und kam einen Schritt näher, und selbst das kalte falsche Lächeln in seinen Augen erlosch und machte blanker, kaum noch verhaltener Wut Platz. »Darf ich fragen, was du hier tust?«

»Professor VanAndt hat mich auf meinen ausdrücklichen Wunsch hierher geführt«, mischte sich Wilson ein.

Graves ignorierte ihn. »Ich habe *dich* gefragt, Mogens«, wiederholte er. »Ich dachte, ich hätte mich klar genug ausgedrückt, was die Anwesenheit von Fremden hier unten angeht.«

Mogens öffnete den Mund, um sich zu verteidigen, aber Wilson kam ihm zuvor, indem er mit einem schnellen Schritt zwischen Graves und ihn trat. »Es ist ganz allein meine Entscheidung gewesen, hierher zu kommen, Doktor Graves«, sagte er kalt.

Graves' Blick löste sich fast widerwillig von Mogens' Gesicht und wandte sich dem Sheriff zu. Der brodelnde Zorn in seinen Augen machte einem Ausdruck fast ebenso großer

Verachtung Platz. »Ich fürchte, Sie haben hier nichts zu *entscheiden*, Sheriff«, sagte er. »Sie befinden sich hier auf Privatbesitz. Ich dachte, ich hätte das schon erwähnt.«

Wilson zog ein eng zusammengefaltetes Blatt Papier aus der Hemdtasche, das er Graves hinhielt. Graves griff jedoch nicht danach, sondern starrte es nur an, als wäre es irgendetwas Ekelhaftes.

»Ich fürchte, Sie sind es, der sich im Irrtum befindet, Doktor Graves«, sagte er. »Das hier ist ein richterlicher Beschluss, der mich ermächtigt, Ihren *Privatbesitz* zu betreten und mich darauf umzusehen.«

Mogens war überrascht. Wenn Wilson einen Gerichtsbeschluss hatte, warum hatte er dann nichts davon gesagt?

»Ein Gerichtsbeschluss?«, vergewisserte sich Graves. Er klang überrascht; überrascht und ungläubig und auch ein wenig erschrocken zugleich, aber er rührte noch immer keinen Finger, um nach dem Blatt zu greifen, das Wilson ihm auffordernd hinhielt.

Schließlich seufzte der Sheriff und steckte es wieder ein. »Ich habe ihn noch in der vergangenen Nacht beantragt. Stellen Sie sich vor, selbst bei uns auf dem Lande gehen die Dinge manchmal schnell.«

»Vergangene Nacht?« Graves nickte anerkennend. »Steffen verliert keine Zeit. Wie viel bezahlt er Ihnen, Sheriff? Ich frage nur, weil ich unter Umständen bereit sein könnte, sein Angebot zu überbieten.«

Mogens stand noch immer halb hinter Wilson, sodass er sein Gesicht nicht erkennen konnte, aber er sah, wie Wilson heftig zusammenzuckte. »Das hat mit Doktor Steffen nicht das Geringste zu tun«, schnappte er. »Ich habe mit dem Friedensrichter gesprochen, gleich nachdem ich letzte Nacht draußen bei der Unfallstelle war und die Spuren gesehen habe.«

»Spuren?«

»Jemand hat die Leichen verschwinden lassen«, erinnerte Wilson.

»Und?«, fragte Graves. Er versuchte, gelassen zu klingen, aber ganz gelang es ihm nicht. Irgendetwas geschieht mit seinem Gesicht, dachte Mogens schaudernd. Der Ausdruck überheblicher Verachtung war nach wie vor in seinen Augen, aber darunter erwachte allmählich noch etwas anderes, düstereres, das sich lautlos und schnell in seinem gesamten Gesicht auszubreiten begann. Mogens musste sich beherrschen, um nicht erschrocken einen Schritt vor ihm zurückzuweichen. Er fragte sich, wieso Wilson es nicht sah.

»Die Leute hier reagieren empfindlich, wenn es um die Ruhe ihrer Toten geht, Doktor«, antwortete Wilson. »Seit Wochen geschehen sonderbare Dinge auf dem Friedhof. Die Leute sagen, man hört des Nachts unheimliche Geräusche, und manche meinen, seltsame Schatten gesehen zu haben. Und nun sind zwei Leichname verschwunden. Vielleicht drei.«

»Und?« Graves hob betont desinteressiert die Schultern. »Was geht mich das an? Hätten Sie die beiden Toten abtransportiert, wie es eigentlich Ihre Aufgabe gewesen wäre, statt sie wie Müll liegen zu lassen, wäre das sicherlich nicht passiert.«

Mogens hielt instinktiv den Atem an, aber zu seiner Überraschung nahm Wilson auch diese neuerliche Provokation hin, ohne darauf zu reagieren.

»Es waren keine Tiere, die sich an den Leichen zu schaffen gemacht haben«, sagte er ruhig.

»Keine Tiere?« Graves lachte gehässig. »Was denn sonst?«

»Das weiß ich nicht«, antwortete Wilson. »Es gibt Spuren, Doktor Graves. Spuren, wie ich sie noch nie zuvor gesehen habe. Aber es waren nicht die Spuren eines Tieres. Jedenfalls nicht die eines Tieres, das ich kenne.«

»Das ist lächerlich«, sagte Graves. »Worauf wollen Sie hinaus?«

»Auf nichts«, antwortete Wilson. »Ich sage nur, was geschehen ist. Die Leute reden. Was hier vorgeht, macht ihnen Angst. Und Leute, die Angst haben, tun manchmal Dinge, die sie besser nicht tun sollten.«

Die Düsternis schien nun schneller aus Graves' Augen hervorzubrechen, und etwas begann *unter* seinem Gesicht Gestalt anzunehmen. Wieso *sah* Wilson es nicht?

»Ich fasse das als Drohung auf, Sheriff«, sagte Graves kalt.

Wilson hob gleichmütig die Schultern. »Das Wort *Warnung* wäre mir lieber. Aber ganz wie Sie wollen.«

Er schien noch mehr sagen zu wollen, beließ es aber dann bei einer Mischung aus einem Kopfschütteln und einem Achselzucken und trat so weit zurück, dass er Graves und Mogens zugleich im Auge behalten konnte. Etliche Sekunden lang sah er sie abwechselnd und mit wechselndem Ausdruck in den Augen an, dann hob er die Hand und berührte damit die Brusttasche, in die er seinen Durchsuchungsbefehl gesteckt hatte.

»Das hier gibt mir das Recht, Ihren ganzen Laden sofort dicht zu machen«, sagte er kühl. »Bedanken Sie sich bei Professor VanAndt, dass ich es nicht tue.«

Graves warf Mogens einen raschen Blick zu. Er wirkte nicht dankbar, sondern im Gegenteil beinahe noch wütender. Aber er beherrschte sich. »Ganz wie Sie wünschen, Sheriff.«

Wilson wandte sich direkt an Mogens. »Würden Sie mich dann zurückbringen?«

»Selbstverständlich.« Mogens machte einen Schritt, aber Wilson hob noch einmal die Hand, und er blieb wieder stehen.

»Noch etwas«, sagte Wilson. »Bis die Angelegenheit endgültig aufgeklärt ist, muss ich Sie bitten, das Lager nicht zu verlassen.«

Auf dem Weg nach oben bemerkte Mogens, dass eine der drei sargähnliche Kisten verschwunden war. Zu seiner Erleichterung schien es Wilson jedoch nicht aufzufallen, obgleich er mit einem großen Schritt darüber hinwegtrat, statt um die Behältnisse herumzugehen. Auch auf dem gesamten Weg zurück zu seinem Wagen sagte Wilson kein einziges Wort, und als er schließlich einstieg, fasste sich Mogens ein Herz und bat ihn, Miss Preussler und ihn mit in die Stadt zu nehmen, was von Wilson aber mit groben Worten abschlägig beschieden wurde; der Hausarrest, unter den er Graves gestellt hatte, gelte nicht nur für ihn und Tom, sondern auch für Mogens und selbst Miss Preussler. Er fuhr ab, ohne ihm Gelegenheit zu einer weiteren Frage zu geben.

Für die nächsten zwei Stunden sah er weder Graves noch Tom oder Miss Preussler, aber Mogens hätte hinterher auch nicht sagen können, wie er diese Zeit zugebracht hatte; als Graves schließlich – soweit er sich erinnern konnte, zum ersten Male überhaupt – an seine Tür klopfte und eintrat, nachdem er ein überraschtes *Herein* gerufen hatte. Mogens fand sich selbst wie aus einem fiebergeplagten Traum erwachend an seinem Stehpult wieder, ein aufgeschlagenes Buch, dessen Titel er nicht kannte, vor sich und ein belegtes Gefühl auf der Zunge. Er sah Graves einen Moment lang fast verständnislos an, dann blickte er noch viel verunsicherter auf das aufgeschlagene Buch vor sich herab und schlug es mit einer – nicht *fast*, sondern *eindeutig* – erschrockenen Bewegung zu und stellte es an seinen Platz auf dem Regal zurück, ehe er sich seinem unwillkommenen Besucher zuwandte.

»Jonathan.«

Der Angesprochene trat vollends ein und schloss die Tür hinter sich, sah aber zuerst das Bücherregal an, von dem sich Mogens gerade abwandte, und erst dann ihn, und obwohl Mogens sein Gesicht im schwachen Licht des bereits verblassenden Nachmittags nicht genau erkennen konnte, meinte er seinen zufriedenen Gesichtsausdruck doch geradezu zu spüren. Zugleich fragte er sich – vergebens – in welchem Buch er eigentlich gerade geblättert hatte; und warum.

»Professor VanAndt.«

Mehr als alles machte der Umstand, dass Graves ihn nicht nur mit seinem Nachnamen, sondern vor allem mit seinem akademischen Grad ansprach Mogens klar, dass er nicht nur gekommen war, um die Zeit bis zum Abendessen mit einem belanglosen Gespräch zu überbrücken. Er blickte das gesichtslose Schemen, in das Graves sich verwandelt hatte, nachdem die Tür hinter ihm wieder geschlossen war, einen Moment lang unschlüssig an und antwortete dann ganz bewusst in einer Umkehrung von Graves' ungewohnter Anrede: »Jonathan.«

Es funktionierte, wenn auch nur für einen kurzen Moment. Graves stockte mitten in der Bewegung, und selbst sein Umriss wirkte irgendwie irritiert. Dann aber fing er sich wieder und führte seine unterbrochene Bewegung umso energischer zu Ende. Ohne eine ausdrückliche Aufforderung abzuwarten, ging er zum Tisch und setzte sich.

»Du arbeitest wieder, Mogens?«, fragte er.

»Nein«, antwortete Mogens – was zugleich der Wahrheit entsprach, wie es auch von Graves' Standpunkt aus völlig absurd klingen musste: Immerhin hatte er ihn über eines seiner Bücher gebeugt angetroffen, als er hereingekommen war. Gleichzeitig kramte Mogens angestrengt in seinem Gedächtnis, aber es war fast erschreckend: Er konnte sich erinnern, in einem von Graves' mitgebrachten Büchern gelesen zu haben, und er wusste sogar, dass ihm seine Lektüre etwas ungemein Wichtiges verraten hatte, aber er konnte sich partout nicht erinnern, was.

Nicht einmal mehr, welches Buch es gewesen war.

Graves seufzte. »Ich kann dich verstehen, Mogens. Ich an deiner Stelle würde wahrscheinlich nicht anders reagieren.« Wieder legte er eine kleine Pause ein. Der Schatten, in den er sich verwandelt hatte, drehte den Kopf direkt in Mogens' Richtung, und er konnte seinen bohrenden Blick regelrecht spüren. Er schwieg.

»Also gut, ich verstehe«, seufzte Graves. »Du ziehst es vor, den Beleidigten zu spielen. Wahrscheinlich habe ich nicht das Recht, es dir übel zu nehmen, auch wenn ich gestehen muss, dass ich gehofft habe, es wäre anders. Im Grunde bin ich auch nur gekommen, um dir von deiner Miss Preussler auszurichten, dass das Abendessen in einer Viertelstunde bereit ist – und um mich bei dir zu entschuldigen.«

Spätestens jetzt wäre es Mogens' Part gewesen, irgendetwas zu sagen – und sei es nur eine entsprechende Frage zu stellen, die er als Stichwort nutzen konnte, um fortzufahren. Aber er schwieg beharrlich weiter.

»Du hattest vollkommen Recht, Wilson die Höhlenmalereien zu zeigen«, sagte Graves nach einer Weile. »Es war ganz genau die richtige Entscheidung. Unglaublich, sich vorzustellen, was dieser kleinmütige Hinterwäldler-Sheriff mit seinem *Gerichtsbeschluss* alles hätte anrichten können. Es war eine kluge Idee von dir, ihn direkt in die Höhle mit den Felsmalereien zu führen – sonst hat er doch nichts Relevantes gesehen, oder?«

Einen Moment lang spielte Mogens ganz ernsthaft mit dem Gedanken, das Gegenteil zu behaupten, nur um zu sehen, wie Graves sich wand und vor Schrecken kreidebleich wurde. Er fand durchaus Gefallen an dieser Vorstellung. Aber natürlich tat er nichts dergleichen, sondern schüttelte nur den Kopf.

Graves atmete hörbar auf. »Hervorragend«, sagte er. »Du hast genau das Richtige getan. Wilson ist jetzt wieder in seinem Büro in der Stadt und kommt sich vermutlich ungeheuer wichtig vor, weil wir ihn in unser Geheimnis eingeweiht haben. Bis er begreift, dass es in Wahrheit um etwas ganz anderes geht, ist es längst zu spät. Du hast ganz hervorragend reagiert, Mogens. Ich war es, der sich im Irrtum befand. Ich hoffe, du nimmst meine Entschuldigung an.«

»Betrachte es als Abschiedsgeschenk, Jonathan«, antwortete Mogens. »Freu dich darüber, denn es wird das unwiderruflich Letzte sein, was ich für dich getan habe.«

Graves zeigte sich nicht sonderlich beeindruckt. »Sind wir jetzt wieder so weit, dass du beleidigt die Koffer packst und wegrennst wie ein kleiner Junge, der seinen Willen nicht bekommen hat? Das wievielte Mal? Das dritte oder das vierte?«

»Das letzte Mal«, antwortete Mogens. »Darauf kannst du dich verlassen.«

Er hatte mit Widerspruch gerechnet, einem neuerlichen Versuch Graves', ihn zum Bleiben zu überreden – oder ihn auch unter Druck zu setzen, je nachdem, welche Taktik ihm im Augenblick am erfolgversprechendsten erschien –, aber er tat nichts dergleichen, sondern hob nur die Schultern.

»Unglückseligerweise ist Sheriff Wilson dagegen, dass du und die entzückende Miss Preussler uns allzu schnell verlassen«, sagte er und stand auf. »Aber mach dir keine Sorgen. Ich werde nicht mehr versuchen, dich zu etwas zu überreden, was du nicht wirklich selbst willst.« Er wandte sich zur Tür und ging zwei Schritte, aber dann blieb er doch noch einmal stehen und drehte sich zu Mogens um. »Überleg es dir noch mal Mogens«, sagte er. »Ich kann mir einfach nicht vorstellen, dass du dir tatsächlich die Gelegenheit entgehen lässt, herauszufinden, warum Janice sterben musste.«

Miss Preussler hatte sich mit dem Abendessen selbst übertroffen, aber abgesehen von Tom wusste es niemand zu würdigen. Graves aß wie üblich nichts, hatte sich aber anscheinend in sein Schicksal gefügt und leistete ihnen schweigend und mit einer Tasse Kaffee Gesellschaft, während Mogens lustlos genug in seiner Portion herumstocherte, um anscheinend auch Miss Preussler selbst den Appetit auf ihr Essen zu vergällen. Sie sagte nichts, sah ihn aber so vorwurfsvoll an, dass Mogens seinen Teller nach ein paar Minuten endgültig von sich schob und sich auf ein leichtes Unwohlsein herausredete; eine Behauptung, die Miss Preussler ihm zwar bestimmt nicht glaubte, mit der sie sich aber dennoch zufrieden gab. Einzig Tom verzehrte nicht nur seine eigene Portion, sondern auch noch die Mogens', nachdem er sie ihm hingeschoben und auffordernd genickt hatte.

Anders als bisher drängte Graves nicht zum sofortigen Aufbruch, kaum dass Tom den letzten Bissen heruntergeschlungen hatte, sondern beantwortete die wenig hoffnungsvolle Geste, mit der Miss Preussler die Kaffeekanne in seine Richtung schwenkte ganz im Gegenteil, indem er seine leere Tasse hob und sich nachschenken ließ.

»Was ist los mit Ihnen, Doktor?«, fragte Miss Preussler in dem schwachen Versuch, die angespannte Stimmung aufzulockern. »Sagen Sie nicht, dass Sie heute Morgen aufgewacht sind und wie durch ein Wunder von Ihrer krankhaften Arbeitswut geheilt waren?«

»Ganz im Gegenteil, Miss Preussler«, antwortete Graves, während er an seinem Kaffee nippte. »Ich fürchte, Tom und ich haben eine lange Nacht vor uns. Wir können mit unserer Arbeit aus bestimmten Gründen erst gegen Mitternacht anfangen, aber ich fürchte, sie wird wohl auch bis in die frühen Morgenstunden andauern.«

»Das ist äußerst unvernünftig, Doktor Graves«, beschied ihn Miss Preussler. »Wissen Sie denn nicht, dass der Schlaf vor Mitternacht der allerwichtigste ist?« Sie schüttelte missbilligend den Kopf und stutzte dann plötzlich. »Thomas und Sie?«

»Professor VanAndt hat sich entschlossen, nicht weiter an unserer Arbeit teilzunehmen«, sagte Graves.

Miss Preussler warf einen überraschten Blick in Mogens' Richtung. »Ist das wahr?«

»Ich reise morgen ab«, bestätigte Mogens. »Sobald Sheriff Wilson es zulässt, heißt das.«

»Oh«, machte Miss Preussler. Aus einem Grund, den Mogens nicht nachvollziehen konnte, wirkte sie enttäuscht. »Und dazu haben Sie sich so plötzlich entschieden?«

»Es gibt für mich hier nichts mehr zu tun«, antwortete Mogens. Er sah Graves bei diesen Worten an, nicht sie, aber in dessen Gesicht regte sich kein Muskel.

»Ich nehme doch an, dass Sie mich begleiten«, fuhr er – nunmehr direkt an Miss Preussler gewandt – fort.

»Na ... natürlich«, antwortete sie stockend. »Es kommt ein wenig überraschend, aber ich ... ich habe kein Problem damit.« Seltsam, dachte Mogens. Sie klang so, als hätte sie durchaus ein Problem damit. Ein ziemlich großes sogar.

»Tom kann Professor VanAndt und Sie zum Bahnhof in San Francisco fahren«, sagte Graves, hob aber gleichzeitig auch abwehrend die Hand. »Keine Sorge – ich regele das mit Sheriff Wilson.« Er nippte an seinem Kaffee und warf Mogens einen raschen, undeutbaren Blick zu, ehe er sich wieder an sie wandte und fortfuhr: »Ich hoffe doch, Sie haben bis dahin Ihre Katze wieder gefunden.«

Miss Preussler machte ein betrübtes Gesicht. »Ja, allmählich beginne ich mir ernsthafte Sorgen um Cleopatra zu machen«, sagte sie. »Sie ist noch niemals so lange weggeblieben. Aber natürlich ist hier auch alles neu und fremd für sie, und sie hat eine Menge zu entdecken.«

»Vielleicht sollten Sie eine Schale mit Milch vor die Tür stellen«, schlug Graves vor. Er nippte wieder an seinem Kaffee, wobei er Mogens über den Rand der emaillierten Tasse hinweg fast spöttisch musterte.

»Ja, das sollte ich vielleicht tun«, sagte Miss Preussler.

Mogens stand mit einer so abrupten Bewegung auf, dass Miss Preussler ihn regelrecht erschrocken ansah. »Wo wollen Sie hin, Professor?«, fragte sie.

»Raus«, schnappte Mogens. »Cleopatra suchen.«

Er träumte. Anders als in einem normalen Traum war ihm vollkommen klar, dass er träumte, und als wäre das allein noch nicht sonderbar genug, war er sich sogar über die Ursachen dieses bizarren Nachtmahrs im Klaren. Niemand anderes als Graves war dafür verantwortlich, indem er mit seiner abschließenden Frage die Erinnerung nicht nur an die schrecklichsten Augenblicke seines Lebens wachgerufen hatte, sondern auch und vor allem die an Janice.

So war es nicht weiter verwunderlich, dass er sich in seinem Traum zwar im Bett liegend in seiner Hütte wieder fand, komplett angezogen und sogar noch mit seinen Schuhen an den Füßen, so wie er sich darauf ausgestreckt hatte, aber nicht mehr allein war. Janice stand am Fußende seines Bettes, Janice mit ihrem wallenden roten Haar, ihren melancholischen Augen und den zerbrechlichen Zügen. Sie trug sogar noch dasselbe dunkelrote Kleid wie in jener schicksalhaften Nacht, und Mogens glaubte einen sachten Brandgeruch wahrzunehmen, und dazu noch etwas Anderes, Unangenehmeres, ein leicht fauliges Aroma, so schwach, dass es fast mehr zu erahnen als wirklich zu spüren war.

Ein Teil von ihm reagierte mit schierer Panik auf Janices Anblick, aber ein anderer und – zumindest im Moment noch – weitaus stärkerer Teil seines Bewusstseins analysierte das unheimliche Trugbild mit einer Mischung aus rein wissenschaftlichem Interesse und einer Art amüsierter Anerkennung, die der Präzision seiner eigenen Vorstellungskraft galt. Janice trug das rote Kleid, in dem er sie das allerletzte Mal gesehen hatte, so wie es sie in seiner Vorstellung *immer* trug; die Erinnerung an Janice war so unverrückbar mit der an dieses rote Kleid verbunden, dass er sie stets darin sah, wenn er an ihre gemeinsame Zeit zurückdachte. Auch ihre Frisur war dieselbe, eine gepflegte, zugleich aber ungezügelte rote Mähne, die bis weit über ihre Schultern hinabfiel und selbst dann noch irgendwie renitent wirkte, wenn sie gerade vom Friseur kam. Ihre gesamte Erscheinung strahlte eine Mischung aus Anmut und einer Kraft aus, die in krassem Gegensatz zu ihrer grazilen Gestalt und der weichen Stimme stand. Natürlich war sich Mogens darüber im Klaren, dass dieses Bild von Janice idealisiert war und nicht der Wahrheit entsprach. Dennoch konnte man seinem Unterbewusstsein nicht vorwerfen, dass es fantasielos gewesen wäre, oder die Tatsache, dass es die Janice-Erinnerung stets auf die gleiche Weise kleidete, auf reine Bequemlichkeit zurückzuführen wäre. Es *war* Janice, aber es war nicht genau die Janice von vor neun Jahren. Das knappe Jahrzehnt, das seit jener furchtbaren Nacht verstrichen war, war nicht spurlos an ihr vorübergegangen; sie war eindeutig älter geworden und auf eine frauliche Art sogar noch schöner, als er sie in Erinnerung hatte.

In seinem Traum versuchte Mogens aufzustehen oder sich wenigstens auf die Ellbogen hochzustemmen, aber er war wie gelähmt. Alles, was er konnte, war reglos dazuliegen und die Erinnerung anzustarren, die Gestalt angenommen hatte und langsam näher kam. Der Anteil von Furcht in seinen Gedanken wuchs, aber Mogens konnte selbst nicht sagen, *was* er eigentlich fürchtete. Sicher nicht nur die Erinnerung an jene grässliche Nacht. Der furchtbare Schmerz und das noch ungleich schrecklichere Gefühl der Machtlosigkeit hatten sich unauslöschlich in sein Gedächtnis eingebrannt, aber dennoch war annähernd ein Jahrzehnt vergangen, und kein Schmerz, der einen nicht tötete oder buchstäblich um den Verstand brachte, hielt mit unverminderter Kraft so lange an. Er hatte die Szene unzählige Male in seinen Träumen durchlebt, wieder und wieder und immer wieder, sowohl im Schlaf als auch im Wachen, und unzählige Male war er schreiend und schweißgebadet und mit rasendem Herzschlag aufgewacht. O ja, er kannte die Furcht, die die Erinnerung brachte – aber das hier war anders. Was er nun spürte, war nicht die Angst vor der Vergangenheit, sondern eine düstere Vorahnung, das sichere Wissen um etwas, das kommen würde. Bald. Schrecklich. Und unausweichlich.

Die Janice-Erscheinung kam langsam näher, auf eine unheimliche, gleitende Art, bei der man keine Schritte sah und die ihm endgültig klar gemacht hätte, dass er nur träumte, hätte er noch daran gezweifelt. Dennoch explodierte seine Furcht regelrecht, ohne dass er Trost aus dem Wissen ziehen konnte, nur einem Albdruck zu erliegen. Sein Herz hämmerte. Bittere Galle sammelte sich unter seiner Zunge, und er versuchte mit aller Gewalt, die unsichtbaren Fesseln abzustreifen, die ihn gefangen hielten. Es gelang ihm nicht. Seine Furcht wuchs weiter.

Endlich hörte das schreckliche, schrittlose Gleiten der unheimlichen Erscheinung auf, und sie blieb stehen, um ihn aus Janices Augen anzustarren, Janices Augen in Janices Gesicht, die nicht Janices Augen waren, so wenig, wie ihr Gesicht ihr Gesicht war. Es war eine Maske, nichts als die perfekte Mimikry einer unheimlichen Kreatur, die sich diese Larve übergestülpt hatte, um sich an ihre ahnungslose Beute heranzuschleichen, bis ihre Fluchtdistanz unterschritten und ein Entkommen unmöglich geworden war.

Die Maske zu erkennen hieß, sie zu durchschauen. Janices Gesicht veränderte sich nicht *wirklich*, aber es schien plötzlich auf eine schreckliche Art abzurutschen, als hätte es seinen Halt in der Wirklichkeit verloren und glitte nunmehr vollends in die Dimension des Irrsinns ab, in der die Albträume entstanden. Ihre Augen füllten sich mit tintiger Schwärze, und unter ihrer Haut begannen sich *Dinge* zu bewegen.

»Warum hast du mich im Stich gelassen, Mogens?«, fragte das Gesicht, das sich immer vergeblicher bemühte, Janice zu sein. »Ich habe dir vertraut, aber du hast mich im Stich gelassen.« Auch ihre Stimme war nicht die von Janice. Sie hatte keine Ähnlichkeit damit, ja, nicht einmal mehr wirklich mit irgendeiner *menschlichen* Stimme, sondern war wie ein nasses, mühsames Gluckern und Röcheln, als hätte der Sumpf, der sich unaufhörlich an das Gebäude heranschob, plötzlich zur Sprache gefunden. Die Gestalt hob die Hände, aber sie führte die Bewegung nicht zu Ende, denn ihre Finger begannen zu schmelzen, verwandelten sich in ein weißes wimmelndes Durcheinander aus wuselndem Gewürm und nassen Maden, die sich noch einen Moment lang in der unnatürlichen Erscheinungsform hielten, in die eine unheimliche Macht sie hineingepresst hatte, bevor sie auseinander brachen und auf das Fußende seines Bettes herabfielen.

Die Vorstellung, dasselbe könne im nächsten Augenblick mit ihrem Gesicht passieren, war mehr, als er ertragen konnte. Mogens schrie so gellend auf, als hätte man ihm einen glühenden Dolch in die Brust gestoßen, warf sich herum und fiel von der schmalen Liege. Er schlug so hart mit dem Gesicht auf dem Boden auf, dass ihm vor Schmerz fast übel wurde. Er schmeckte Blut, wälzte sich stöhnend herum und sah einen Schatten aus dem Augenwinkel, der um das Bett herum und auf ihn zuglitt, ein Schemen mit zerfallenden Händen und schmelzendem Gesicht, das mit der Stimme des Sumpfes sprach.

Mit der Kraft schierer Todesangst sprang Mogens auf. Sein Hüftknochen stieß dabei mit solcher Wucht gegen die Tischkante, dass das gesamte Möbel ins Wanken geriet und rote Nebel aus purer Qual vor seinen Augen zu tanzen begannen. Wimmernd vor Pein und mit der rechten Hand schwer auf die Tischplatte gestützt humpelte Mogens weiter, erreichte irgendwie die Tür und riss sie auf.

Die kalte Luft traf ihn wie ein Schlag. Mogens taumelte, erinnerte sich im allerletzten Moment der drei Stufen, welche die Tür über den schlammigen Platz erhoben, und brachte es irgendwie fertig, nicht der Länge nach in den Morast zu stürzen, sondern nur einen fast grotesk anmutenden Ausfallschritt zu machen, an dessen Ende er auf das rechte Knie herabsank. Der Schmerz, der dabei durch seine angeschlagene Hüfte tobte, war so schlimm, dass er ein gequältes Wimmern hören ließ. Tränen schossen ihm in die Augen. Dennoch rappelte er sich hastig auf, stolperte einen Schritt zurück und ließ sich mit zusammengebissenen Zähnen auf die Treppenstufen sinken.

Es dauerte gute drei oder vier Minuten, bis der Schmerz in seiner Hüfte allmählich verebbte. Er zitterte am ganzen Leib, und saurer Speichel hatte sich unter seiner Zunge angesammelt. Mogens widerstand der Versuchung, ihn herunterzuschlucken – davon wäre ihm garantiert endgültig übel geworden –, beugte sich vor und spie einen dicken Schleimklumpen in den Morast; mit dem Ergebnis, dass ihm nun durch das davon herrührende Ekelgefühl schlecht wurde. Mogens saß gute weitere fünf Minuten auf der Treppe und wartete mit geschlossenen Augen darauf, dass seine Eingeweide aufhörten zu rebellieren.

Das geschah auch, aber langsam, und die abklingende Übelkeit ließ ein Gefühl der Schwäche in seinen Gliedern zurück, das auf seine Art fast ebenso schlimm war. Selbst die kleine Bewegung, mit der er schließlich die Hand hob und sich den kalten Schweiß vom Gesicht wischte, schien ihn fast mehr Kraft zu kosten, als er aufbringen konnte.

Und dennoch war Mogens fast froh über diese körperliche Schwäche, lenkte sie ihn doch von der panischen Angst ab, die ihn aus dem Haus getrieben hatte. Mogens wusste nicht, auf wen er wütender sein sollte – auf Graves, der mit seinen Worten diese grässliche Vision heraufbeschworen hatte, oder auf sich selbst, sich so manipulieren zu lassen, obwohl er die Absicht hinter Graves' Bemerkung durchschaut hatte.

Er streckte vorsichtig das rechte Bein aus. Es tat weh, und wahrscheinlich würde seine ganze rechte Hüfte spätestens morgen früh ein einziger blauer Fleck sein, aber er spürte zugleich auch, dass das Bein sein Gewicht tragen konnte. Er stand auf, machte einen Schritt und drehte sich zum Haus um. Er konnte sich nicht erinnern, die Tür hinter sich geschlossen zu haben, aber sie war zu, und Mogens ertappte sich bei einem Gefühl insgeheimer Erleichterung darüber. Fast automatisch machte er einen Schritt und blieb dann wieder stehen. So erleichtert er innerlich darüber war, die Tür geschlossen zu sehen, ebenso sehr musste er sich eingestehen, dass er nicht den Mut hatte, sie zu öffnen. Das bisschen, was von seinem analytischen Verstand noch übrig war, beharrte immer lauter darauf, dass er nur einem Trugbild zum Opfer gefallen war.

Dennoch hatte er nicht die Kraft, sich ihm zu stellen.

Er konnte jetzt nicht in seine Hütte zurückgehen, aber hier draußen konnte er auch nicht bleiben. Mogens machte ein paar Schritte in Richtung auf Hyams' ehemalige Hütte, die nun von Miss Preussler bewohnt wurde, schwenkte dann aber mitten in der Bewegung herum und ging, langsamer werdend, aber ohne wirklich anzuhalten, auf das Zelt zu. Nach der inneren war dies nun auch die äußere Kapitulation, aber selbst das war ihm mittlerweile beinahe gleichgültig. Mogens weigerte sich rundheraus, auch nur die *Möglichkeit* in Betracht zu ziehen, dass seine unheimliche Begegnung irgendetwas anderes als ein Albtraum gewesen sein könnte, aber selbst wenn es anders wäre – es spielte keine Rolle. Graves hatte die Gespenster der Vergangenheit endgültig geweckt. Er würde keine Ruhe mehr finden, wenn er den Weg, auf den Graves ihn halb gelockt und den er halb freiwillig betreten hatte, nicht zu Ende ging.

Ganz gleich, wie dieses Ende aussah.

Anders als in der vergangenen Nacht war der Generator ausgeschaltet, und somit herrschte unten im Gang, als Mogens die Leiter hinunterstieg und sich auf den Weg zu Graves und Tom machte, pechschwarze Dunkelheit. So unheimlich ihm das Arbeitsgeräusch des Generators auch gewesen war, so sehr vermisste er es jetzt beinahe, denn die Stille, die ihn empfing, war beinahe noch bedrückender. Es schien nicht nur die reine Abwesenheit von Geräuschen zu sein. An ihre Stelle war etwas anderes getreten; etwas Fremdes, das nicht hierher gehörte und sich wie eine würgende Decke über das Hier und Jetzt legte und jeden Laut erstickte. Selbst seine Schritte schienen nicht mehr das allermindeste Geräusch zu verursachen. Wäre nicht am Ende des Tunnels ein blasses, flackerndes Licht gewesen, so hätte Mogens wohl spätestens jetzt der Mut verlassen, und er wäre auf der Stelle umgekehrt.

Zu seiner Enttäuschung war die große Höhle leer. Von Graves und Tom war keine Spur zu entdecken, und auch die drei großen Kisten waren verschwunden. Auf dem Tisch stand eine einsame Petroleumlampe, deren Licht das sie umgebende Durcheinander aus Papieren, Werkzeugen und Fundstücken in eine bizarre Skulptur aus schrägen Linien und Schatten verwandelte.

Immerhin gab es ein zweites Licht, das ihm den Weg wies. Mogens war nicht überrascht, aber ihm lief ein kalter Schauer über den Rücken, als er sah, dass es aus dem zur Tempelkammer führenden Gang kam. Der einzige Grund, aus dem er weiterging, war vermutlich, dass umzukehren ihn mehr Mut gekostet hätte, als seinen Weg fortzusetzen.

Auch die Lampen im Hieroglyphengang brannten nicht, aber der Raum an seinem anderen Ende war hell genug erleuchtet, sodass er zumindest nicht Gefahr lief, zu stolpern oder sich auf andere Weise an den Wänden zu verletzen. Und auf halbem Wege hörte er auch endlich wieder Stimmen. Ganz zweifelsfrei kamen sie von Tom und Graves, dennoch hatte Mogens im ersten Moment Mühe, sie zu identifizieren. Die sonderbare Stille, die ihn hier unten empfangen hatte, war noch immer da, nur nicht mehr so allumfassend wie zuvor; sie verschlang nun nicht mehr jegliches Geräusch, sondern schien nur noch gewisse Frequenzen zu überdecken, sodass sich Graves' Stimme sonderbar dumpf und verzerrt anhörte, als befände er sich unter Wasser.

Mogens schob auch diesen bizarren Eindruck auf seine eigene Nervosität und beschleunigte seine Schritte – mit dem Ergebnis, dass er die nur halb geöffnete Gittertür am Ende des Ganges übersah und unsanft dagegen prallte. Tom, der mit dem Rücken zum Eingang dagestanden hatte, fuhr alarmiert herum und sah für einen Moment regelrecht entsetzt aus, zumindest aber sehr erschrocken. Graves hingegen drehte sich betont gelassen zu ihm um und sah ihn gute fünf Sekunden lang eindeutig zufrieden an. Dann griff er mit einer schon übertrieben langsamen Bewegung in die Westentasche, zog seine Uhr hervor und klappte den Deckel auf. Mogens hatte das sichere Gefühl, dass diese Geste vollkommen überflüssig war. Graves wusste auf die Minute genau, wie spät es war.

Er wandte sich auch nicht an ihn, als er sprach, sondern an Tom. »Ich habe gewonnen, Tom«, sagte er fröhlich. »Du schuldest mir einen Dollar.«

»Gewonnen?«, wiederholte Mogens fragend.

Graves ließ den Deckel seiner kostbaren goldenen Taschenuhr mit einem übertrieben heftigen Geräusch zuklappen, das mehrfach gebrochen und verzerrt von den Wänden widerhallte und dabei zu etwas anderem zu werden schien. »Tom und ich haben gewettet«, sagte er. »Er hat einen Dollar darauf gesetzt, dass du entweder gar nicht oder erst nach Mitternacht kommst. Ich hingegen habe zwanzig Dollar darauf gewettet, dass du spätestens um elf hier bist.« Er wiegte den Kopf. »Es war knapp. Acht Minuten später, und du wärst mich teuer zu stehen gekommen, Mogens.«

»Das hättest du mir sagen sollen, Tom«, sagte Mogens. »Um Doktor Graves zu schädigen, hätte ich selbst die Gesellschaft von Miss Preussler noch für zehn Minuten ertragen.«

»Ich wusste nicht, dass du mich so sehr hasst, Mogens«,

seufzte Graves. Er steckte seine Uhr ein. »Es ist schlimm, wenn die Domestiken anfangen, sich zu verbünden.«

»Vor allem, wenn sie Grund dazu haben«, sagte Mogens. Er drehte sich zu Tom um. »Den Dollar kriegst du selbstverständlich von mir zurück, Tom.«

Graves verzog das Gesicht zu einem schiefen Grinsen und wurde dann übergangslos ernst. »Ich freue mich, dass du doch noch gekommen bist. Um ehrlich zu sein, war ich mir dessen gar nicht so sicher.«

Das war gelogen. Graves hatte nicht eine Sekunde daran gezweifelt, dass er kommen würde. Er hatte es *gewusst*. Mogens verzichtete allerdings darauf, eine entsprechende Bemerkung zu machen. Stattdessen trat er endgültig in den Raum hinein und sah sich dabei ein zweites Mal und aufmerksamer um.

Wie überall war auch hier das elektrische Licht ausgeschaltet, doch Tom und Graves hatten mindestens ein halbes Dutzend Öl- und Petroleumlampen aufgestellt, die die Tempelkammer mehr als ausreichend beleuchteten, sie zugleich aber in etwas anderes zu verwandeln schienen, von dem Mogens noch nicht zu sagen wusste, ob es ihm gefiel. Das warme Licht schien alle Kanten zu glätten und die Umrisse der Dinge nahezu aufzulösen, sodass aus vertrauten Formen Unvertrautes wurde, die spitzen Zähne der Anubis-Statuen und der schreckliche Horus-Schnabel aber zugleich auch etwas von ihrer Bedrohlichkeit einbüßten.

Darüber hinaus gab es aber auch noch weitere Veränderungen. Die drei sargähnlichen Kisten, die Mogens draußen vermisst hatte, standen nun hier. Die Deckel von zweien waren aufgeklappt, und zwischen ihnen spannte sich ein auf den ersten Blick sinnloses Gewirr aus Seilen, Knoten und mechanischen Umlenkrollen. Mogens' Blick folgte einem der dickeren Seile. Es führte über eine Art komplizierten Flaschenzug zur Decke hinauf, wo mehrere aus fast daumendicken Seilen geflochtene, weitmaschige Netze aufgehängt waren.

»Ihr wart nicht untätig«, sagte er anerkennend, musste aber zugleich auch ein heftiges Gefühl von Ärger unterdrücken, als er daran dachte, dass Graves *Stahlnägel* in eine mit fünftausend Jahren alten Fresken geschmückte Decke getrieben hatte.

Großer Gott, der Mann war *Wissenschaftler*! Wusste er denn nicht, welchen Schaden er anrichtete?

»Das größere Lob gebührt Tom«, antwortete Graves. »Eigentlich hat er die ganze Arbeit gemacht. Ich habe ihm nur gesagt, was er tun soll.«

»Ja«, murmelte Mogens. »Das habe ich mir gedacht.«

Graves legte für einen Moment den Kopf auf die Seite und sah ihn aus eng zusammengekniffenen Augen an, aber dann zuckte er nur mit den Schultern. »Ich bin auf jeden Fall froh, dass du dich entschieden hast, uns zu helfen... Du willst uns doch helfen, nehme ich an?«

»Nein«, antwortete Mogens grob. »Das will ich nicht. Ich will nicht einmal hier sein.«

»Das kann ich gut verstehen«, behauptete Graves ernst. »Aber glaub mir, du hast dich richtig entschieden. Wenn wir Erfolg haben, dann wirst du in kurzer Zeit nicht nur vollständig rehabilitiert sein, sondern wir wissen auch, was mit Janice und den anderen geschehen ist. Und vielleicht werden sie dann die Letzten gewesen sein, die ein so schreckliches Schicksal erleiden mussten.«

»*Wenn* wir Erfolg haben«, sagte Mogens mit belegter Stimme. Er starrte die Netze unter der Decke an.

»Du zweifelst daran?« Die Vorstellung schien Graves zu amüsieren. Er zog sein Zigarettenetui aus der Jacke und klappte es auf, steckte es dann aber unverrichteter Dinge wieder ein, ohne sich bedient zu haben, nachdem Tom ihm einen erschrockenen Blick zugeworfen hatte. »Verzeihung«, murmelte er. »Ich vergaß.« Mogens blickte fragend, und Graves fügte hinzu: »Die Ghoule haben einen sehr hoch entwickelten Geruchssinn.«

»Ghoule?«

»Irgendwie muss man sie nennen, oder?« Graves hob abermals Schultern. »Es ist auf die Dauer ein wenig lästig, immer von *Kreaturen* oder *Wesen* und *Geschöpfen* zu reden.« Er zog sein Etui schon wieder aus der Tasche, bedachte es mit einem langen, fast wehmütigen Blick und steckte es schließlich endgültig weg. »Sind alle Vorbereitungen getroffen?«, wandte er sich an Tom.

»Ja«, antwortete Tom, schüttelte absurderweise aber zugleich auch den Kopf. »Aber ich will zur Vorsicht noch mal den Alarmdraht überprüfen.«

Graves sah ihm kopfschüttelnd nach, als er hinter der Totenbarke verschwand. »Ein guter Junge«, sagte er. »Manchmal wüsste ich gar nicht mehr, was ich ohne ihn tun sollte. Habe ich dir erzählt, dass er mir das Leben gerettet hat?«

Mogens war nicht ganz sicher, aber er nickte trotzdem. Dieses Eingeständnis überraschte ihn kein bisschen. Er wusste jetzt noch viel weniger als am ersten Tag, was er von Tom zu halten hatte, aber er hätte diesem Jungen dennoch blindlings sein Leben anvertraut. Außerdem meldete sich sein schlechtes Gewissen, wie jedes Mal, wenn er an Tom dachte oder ihn sah. Der ungeheuerliche Verdacht, in dem er ihn gehabt hatte, machte ihm zu schaffen. Dass Tom es offensichtlich ein wenig an der gebotenen Ordnung und Hygiene mangelte, war betrüblich, gab ihm aber noch lange nicht das Recht, vorschnell über ihn zu urteilen. Da Mogens selbst ein Opfer ungerechter Verurteilung geworden war, reagierte er in diesem Punkt schon fast übersensibel.

Graves sah – diesmal länger – auf die Uhr. Er wirkte ein wenig besorgt, fand Mogens, und er sagte es auch. Graves schüttelte jedoch nur den Kopf, klappte den Uhrdeckel deutlich leiser als beim ersten Mal zu und sah aus schmalen Augen in die Richtung, in die Tom verschwunden war. »Sie kommen meistens gegen Mitternacht«, sagte er. »Ich bin nicht sicher, aber ich nehme an, dass es mit der Stellung des Mondes zu tun hat.«

»Nicht der des Sirius?« Mogens bedauerte die Frage, noch bevor er sie ganz ausgesprochen hatte, aber er konnte sie sich trotzdem nicht verkneifen.

Ausnahmsweise erwies sich Graves diesmal als der Vernünftigere von ihnen, denn er beließ es bei einem bösen Blick, statt irgendetwas darauf zu erwidern und so den Streit aufzunehmen, den Mogens völlig grundlos vom Zaun gebrochen hatte.

»Verzeihung«, murmelte Mogens.

»Schon gut.« Graves winkte ab. Der schwarze Handschuh, in dem seine Finger steckten, bewegte sich dabei auf eine unheimliche Weise, die Mogens an die grässliche Art denken ließ, auf die Janices Hände auseinander gefallen waren. Er sah rasch weg und schluckte den bitteren Kloß herunter, der sich in seinem Hals bilden wollte.

»Du bist nervös«, fuhr Graves fort. »Das bin ich auch, glaub mir.«

Seine demonstrative Großmut ärgerte Mogens schon wieder, aber diesmal hatte er sich gut genug in der Gewalt, um die Bemerkung herunterzuschlucken, die ihm auf der Zunge lag.

Etwas geschah mit dem Licht. Wo vorher goldbraune Helligkeit geherrscht hatte, breiteten sich nun Schatten aus.

»Ich habe Tom gesagt, er soll die Lampen löschen«, sagte Graves, dem Mogens' fast unmerkliches Zusammenzucken nicht verborgen blieb. »Sie reagieren auf Licht. Ich glaube, es bereitet ihnen Schmerzen. Ihre Augen sind sehr empfindlich.«

Eine weitere Laterne erlosch, dann noch eine und schließlich die vorletzte. Die Dunkelheit schien wie eine Woge aus kompakter Schwärze über ihnen zusammenzuschlagen, und Mogens glaubte regelrecht zu sehen, wie selbst der Lichtschein der letzten Laterne, die unmittelbar vor Graves' Füßen stand, unter dem Anprall der Düsternis ein Stück zurückwich. Sein Herz begann schneller zu schlagen, als er den gedrungenen Schatten sah, der sich vor ihnen aus der Dunkelheit schälte. Obwohl er genau wusste, dass es niemand anderes als Tom war, glaubte er für einen kurzen Moment spitze Fuchsohren zu erkennen, blitzende Fänge und rot glühende Augen, die ihn gierig anstarrten. Aber es war auch diesmal wieder nur seine eigene Fantasie, die ihm einen bösen Streich spielte. Dennoch hämmerte sein Herz wie verrückt, als er Graves folgte, der die Laterne aufnahm und sich damit hinter den Schutz eines mächtigen Sandsteinquaders zurückzog, der vielleicht einmal der Sockel einer längst verschwundenen Statue gewesen war. Plötzlich war er fast froh über die Dunkelheit, die das Zittern seiner Hände verbarg. Der bittere Geschmack der Furcht begann sich in seinem Mund auszubreiten.

Er fragte sich, ob er der richtige Mann für diese Aktion war. Tom gesellte sich zu ihnen und huschte im nächsten Moment wieder davon, um hinter einem anderen Steinblock Deckung zu nehmen, nachdem Graves ihm einen entsprechenden Wink gab, und es *war* Tom, ganz zweifelsfrei – wer sollte es denn auch sonst gewesen sein, fragte die spöttische Stimme seiner Vernunft in Mogens' Gedanken –, aber er hatte trotzdem immer mehr Mühe, sich der Vorstellung zu erwehren, dass sich sein Gesicht plötzlich auf grässliche Weise zu verändern begann, spitzer und länger wurde und eine sabbernde Hundeschnauze voller schrecklicher Fänge bildete, wie seine Fingerspitzen aufplatzten und sich mörderische Klauen daraus hervorschoben und spitze Ohren und borstiges Fell aus seinem Schädel herauswuchsen. Und es war nur seine Fantasie, die ihm so zu schaffen machte – was mochte geschehen, wenn er erst einmal wirklich einer dieser Bestien gegenüberstand?

»Hast du eine Waffe bei dir?«, fragte er.

»Wozu?« Graves schüttelte den Kopf. »Wir wollen einen Ghoul *lebend* fangen.«

»Deinen wissenschaftlichen Ehrgeiz in Ehren«, sagte Mogens, »aber es könnte sein, dass er nicht damit einverstanden ist.«

Graves deutete mit einer Kopfbewegung zur Decke hoch. »Diese Netze stammen von einem Ausrüster, der normalerweise Großwildjäger in Afrika beliefert. Sie sind stark genug, um einen wütenden Gorilla zu bändigen.«

»Und wenn sie stärker sind als ein wütender Gorilla?«

»Dann haben wir ein Problem«, antwortete Graves lächelnd. Aber er schüttelte auch gleich darauf beruhigend den Kopf. »Keine Sorge, Mogens. Ich habe einige Erfahrung mit diesen Kreaturen. Sie sind Aasfresser, keine Beutejäger.«

»Das sind Hyänen auch. Dennoch sind sie gefährlich.«

»Sie sind normalerweise nicht aggressiv«, beharrte Graves. »Das Überleben ihrer Art hängt davon ab, dass niemand von ihrer Existenz weiß.«

Mogens widersprach nicht, aber er sah so bezeichnend zu Tom hinüber, dass Graves sich offensichtlich zu einer Erklärung genötigt fühlte. »Sein Vater hat sie angegriffen. Vergiss das nicht. Selbst das friedlichste Tier wehrt sich, wenn man es angreift.«

»Und seine Mutter?« Mogens sprach bewusst leise, damit Tom seine Worte nicht verstand, aber ganz schien es ihm nicht gelungen zu sein, denn Tom wandte den Kopf in seine Richtung und sah ihn aus Augen an, die plötzlich dunkel vor Schmerz und Zorn wurden. Gerade hatte Mogens überlegt, ob *er* der richtige Mann für diese Aktion war. Vielleicht sollte er diesen Gedanken relativieren. Möglicherweise sollte die Frage lauten: Waren *sie* die Richtigen? Vielleicht hatte der Umstand, dass sie ohne Waffen hergekommen waren, ja einen ganz anderen Grund, als Graves behauptete.

Graves beantwortete seine Frage erst mit einiger Verspätung, und auch nicht wirklich überzeugt: »Vielleicht wollten sie nur ihr Revier verteidigen.«

»Und Janice?«, fragte Mogens bitter. »Mussten sie gegen Janice auch nur *ihr Revier verteidigen*?«

Graves wand sich einen Moment, bevor er sich in ein trotziges Schulterzucken rettete. »Um genau diese Fragen zu beantworten, sind wir hier. Und jetzt sollten wir besser schweigen, um sie nicht schon zu verscheuchen, bevor sie überhaupt gekommen sind.«

Das war nicht der Grund, aus dem er Mogens zum Schweigen aufforderte. Er wollte nicht weiter über dieses Thema reden, begriff Mogens, vielleicht, weil er weniger darüber wusste, als er ihm gegenüber den Anschein zu erwecken versuchte. Vielleicht auch, weil er *mehr* darüber wusste.

Graves streckte die Hand nach seiner Laterne aus und drehte den Docht herunter, und das Licht zog sich unter dem Ansturm der Dunkelheit weiter zurück, bis es zu einem blassgelben düsteren Schimmer geworden war, der kaum noch Helligkeit spendete, die Dunkelheit an ihrem Rand aber noch zu betonen schien. Dahinter kroch die Furcht heran.

Graves hob die Hand, um Tom einen Wink zu geben. Es war zu dunkel, als dass Mogens erkennen konnte, was genau Tom tat, aber nur einen Moment später begann sich eines der Seile zu spannen und Mogens glaubte ein helles, rhythmisches Quietschen zu hören. Der Deckel der letzten, bisher verschlossenen Kiste schwang auf. Ein sonderbarer, leicht süßlicher Geruch stieg Mogens in die Nase, fremd und auf unangenehme Weise zugleich vertraut, aber es dauerte noch einen Moment, bis Mogens ihn *wirklich* erkannte. Ungläubig und entsetzt zugleich sog er die Luft ein.

»Das ist…«

»Was hast du erwartet?«, fiel ihm Graves ins Wort, leise, aber in einem fauchenden Ton, der an das Zischen einer angreifenden Schlange erinnerte, kurz bevor sie zuschlug. »Dass wir sie mit den sterblichen Überresten von Miss Preusslers Katze anlocken?« Er schüttelte zornig den Kopf. »Diese Kreaturen ernähren sich von *Menschenfleisch*, Mogens!«

»Aber du… du…« Mogens begann zu stammeln und brach schließlich ab. Was hätte er sagen sollen, das Graves nicht mit einer einzigen hämischen Bemerkung entkräften konnte? Und das mit Recht. Graves hatte ihn nicht ein einziges Mal belogen. Ganz im Gegenteil: Der Einzige, der stets und beharrlich die Augen vor der Realität verschlossen hatte, war *er*.

Und irgendwie tat er das sogar jetzt noch, denn das Schlimmste war noch nicht vorbei, obwohl er es hätte wissen müssen. Er *wusste* es. Graves hatte es ihm ja gesagt. Er hatte es einfach nicht wissen *wollen*.

Mogens starrte Graves noch einige Sekunden lang fassungslos an. Der süßliche Verwesungsgeruch wurde stärker, und Mogens schob sich mit klopfendem Herzen über den Rand ihrer Deckung und strengte sich an, um einen Blick ins Innere der Kiste zu werfen. So schwach das Licht war, hatten sich seine Augen doch mittlerweile weit genug an die Dunkelheit gewohnt, um ihn zumindest einige Schritte weit sehen zu lassen. Aber beinahe bedauerte er, dass es so war.

Hyams sah gar nicht aus, wie er sich eine Tote vorgestellt hatte. Vielmehr schien sie zu schlafen. An ihrem Hals befand sich eine klaffende Wunde, und ihre ehemals weiße Bluse hatte sich fast zur Gänze dunkel gefärbt, aber Graves war zumindest pietätvoll genug gewesen, ihr Gesicht zu säubern und ihre Augen zu schließen.

»Das ist... Hyams«, stammelte Mogens. »Großer Gott, Jonathan, du... du hast Doktor Hyams...?«

»Ich habe dir gesagt, dass wir einen Köder brauchen«, antwortete Graves kalt.

»Aber Hyams!«, ächzte Mogens. »Um Gottes willen, Graves, was hast du getan?«

»Ich habe gar nichts *getan*«, antwortete Graves scharf und bedeutete Mogens gleichzeitig mit einem ärgerlichen Wink, sich wieder zu setzen und nicht so laut zu sein. »Doktor Hyams ist bei einem Unfall ums Leben gekommen, hast du das schon vergessen?«

»Aber du... du kannst sie doch nicht...«, stammelte Mogens. »Ich meine... um Himmels willen, Jonathan! Du... du hast fast ein Jahr mit dieser Frau zusammengearbeitet! Du hast sie gekannt! Du kannst sie doch nicht... nicht einfach als *Köder* benutzen!«

»Ich bin sicher, Doktor Hyams hätte nichts dagegen«, antwortete Graves ungerührt. »Was kann sich jemand wie sie mehr wünschen, als selbst nach dem Tod noch der Wissenschaft zu dienen?« Er lachte böse. »Was hast du geglaubt, wer in diesem Sarg liegt? Cleopatra?«

»Aber... aber ich dachte... nachdem Sheriff Wilson von den Grabschändungen erzählt hatte...«

»Oh, ich verstehe«, unterbrach ihn Graves hämisch. »Du hast geglaubt, dass Tom und ich uns des Nachts heimlich auf den Friedhof geschlichen und die Leiche irgendeines armen Tropfes ausgebuddelt haben.« Graves schüttelte heftig den Kopf. »Würdest du dich dabei wohler fühlen?«

»Verdammt noch mal, ja!«, brüllte Mogens.

Graves fuhr heftig zusammen und wurde eine Spur blasser, was aber vermutlich eher an der Lautstärke von Mogens' Worten lag.

»Ich bitte Sie, Professor, mäßigen Sie Ihren Ton«, sagte er ironisch. »Nicht so laut!«

»Es wäre ein Unterschied«, wiederholte Mogens. »Und das weißt du verdammt genau, du Monster.« Aber er sprach tatsächlich leiser.

»Bist du jetzt fertig?«, fragte Graves.

Mogens starrte ihn an. Er schwieg.

»Wie gesagt: Wir sind alle nervös, und ich nehme dir diese Entgleisung nicht übel. Aber zweimal ist genug. Wenn das alles hier zu viel ist für dich, verstehe ich das. Du kannst gehen, wenn du es wünschst. Ich werde es dir nicht übel nehmen. Aber wenn du bleibst, dann verbitte ich mir weitere derartige Auftritte. Haben wir uns verstanden?«

Graves starrte ihn an. Mogens starrte zurück, aber am Ausgang dieses stummen Duells bestand kein Zweifel, so wie an keinem der Kämpfe, die sie bisher ausgefochten hatten. Als er in den Zug nach San Francisco gestiegen war, war er zugleich in einen Krieg gezogen, den er schon verloren hatte, noch bevor der erste Schuss gefallen war. Graves hatte sich nicht einmal anstrengen müssen, um ihn zu gewinnen. Er hatte einfach gesiegt, weil er *da* war.

Und so war es schließlich auch diesmal Mogens, der den Blick senkte und stumm nickte.

»Also gut«, sagte Graves. »Und jetzt sollten wir wirklich schweigen. Ich habe das Gefühl, dass es nun nicht mehr lange dauert.«

Zumindest in diesem Punkt sollte er sich täuschen. Möglicherweise verging wirklich nicht mehr allzu viel Zeit, doch selbst eine kurze Zeit konnte zu einer schieren Ewigkeit werden, und so dehnten sich die Sekunden zu Stunden, und die Minuten zu Unendlichkeiten. Mindestens ein Dutzend Mal glaubte er Geräusche zu hören, und mindestens ebenso oft gaukelten ihm seine Augen verkrüppelt-humpelnde Bewegung in den Schatten dazu vor, doch jedes Mal stellte es sich nur als Trugbild heraus.

Und dann hörte das Schlurfen und Schleichen plötzlich nicht mehr auf, und der Schatten, der fuchsohrig und humpelnd aus der Dunkelheit vor ihm auftauchte, war kein weiterer Albdruck.

Der Ghoul war da.

Mogens hatte das Gefühl, lautlos und schnell von innen heraus zu Eis zu erstarren. Er hatte geglaubt, sich hinlänglich gegen diesen Moment gewappnet zu haben, aber auch das gehörte anscheinend zu der Kette aufeinander aufbauender und einander verschlimmernder Irrtümer, aus denen sein Leben bestand, seit er diesen verfluchten Ort betreten hatte. Es war nicht das erste Mal seit jener furchtbaren Nacht in Harvard, dass er wieder einem dieser Ungeheuer gegenüberstand, doch Mogens begriff erst jetzt wirklich, dass es Dinge gab, auf die man sich nicht vorbereiten *konnte*, ganz egal, wie sehr man es auch versuchte.

Graves hatte sich geirrt: Der Schatten vor ihm *war* das Ding, das Janice geholt hatte, sein ganz persönlicher Dämon, von der Hölle zu keinem anderen Zweck erschaffen und ausgespien, als ihn zu verderben. Es hatte nichts damit zu tun, dass er sich zu wichtig nahm, denn ganz genau das war das Wesen der Hölle: Dass sie nichts belanglos tat oder nebenbei, sondern jedes einzelne ihrer Opfer mit all ihrer Macht und ihrer gesamten Bosheit zu verfolgen trachtete.

»Keinen Laut mehr jetzt!«, zischte Graves. Mogens löste seinen Blick nicht für eine Sekunde von dem gedrungenen Schatten, aber er konnte spüren, wie Graves sich neben ihm anspannte. Gleich darauf hob er die Hand, um Tom einen verstohlenen Wink zu geben. Mogens' Herz schlug schneller, während er den Schatten beobachtete, der allmählich näher kam, aber das Blut, das immer schneller und schneller durch seine Adern pumpte, schien nun aus Eiswasser zu bestehen, in dem rasiermesserscharfe Schollen schwammen.

Der Ghoul kam näher, aber er schien zugleich auch mit jedem Schritt langsamer zu werden. Mogens glaubte ein misstrauisches Schnüffeln zu hören, wie von einem Hund, der die Witterung einer Beute aufgenommen hatte, zugleich aber eine Falle befürchtete. Er bewegte sich nicht in direkter Linie auf den offen stehenden Sarg mit Hyams' Leichnam zu, sondern schnüffelte unentwegt von links nach rechts. Der Blick seiner unheimlichen, rot glühenden Augen tastete misstrauisch über den angebotenen Köder, aber auch über die beiden anderen offen stehenden Särge, und mindestens einmal sah er Mogens so direkt in die Augen, dass dieser vollkommen sicher war, dass das Ungeheuer ihn einfach gesehen haben *musste*. Tatsächlich stockte das Monster für einen Moment im Schritt, ging aber dann nach kurzem Zögern weiter.

Vielleicht auf Armeslänge vor dem Sarg blieb der Ghoul noch einmal stehen und Mogens spürte, wie Graves neben ihm erschrocken zusammenfuhr, als er den Kopf in den Nacken legte und zur Decke hinaufsah. Er *konnte* das Netz gar nicht übersehen. Und dennoch ging er nach einem abermaligen Zögern weiter und beugte sich über den Sarg mit Hyams' leblosem Körper. Seine schrecklichen Klauen öffneten sich, um sich in das Fleisch seiner Beute zu graben.

»Tom!«, schrie Graves.

Der Kopf des Ungeheuers flog mit einem Ruck in den Nacken, und fünf Schritte neben Mogens erwachte der Schatten, zu dem Tom bisher erstarrt gewesen war, zu fast explosivem Leben. Mogens konnte nicht erkennen, was er tat, doch noch während auch Graves hochsprang, ertönte ein metallisch-reißendes Geräusch, und ihm war, als erwache die gesamte Decke der Tempelkammer zu zitternder Bewegung.

Der Ghoul reagierte unglaublich schnell. Mit einem Heulen wie dem eines angeschossenen Wolfs wirbelte er hoch und herum und schien sich dabei selbst in einen rasenden Schatten zu verwandeln, der sich fast schneller bewegte, als Mogens' Blicke ihm zu folgen vermochten.

Doch nicht schnell genug.

Die gesamte Decke schien auf ihn herabzustürzen. Selbst Mogens zog instinktiv den Kopf zwischen die Schultern, und das schreckliche Wolfsheulen der Kreatur steigerte sich zu einem irrsinnigen Kreischen der Wut, als das schwere Netz auf sie herniederpeitschte und sie zu Boden riss.

»Licht!«, brüllte Graves. »Mogens, mach Licht!«

Er flankte kurzerhand über den Steinquader, der ihnen als Deckung gedient hatte, und auch Tom war längst auf dem Weg dorthin, wo sich der Schatten des Ghouls mit dem heruntergefallenen Netz zu einem Chaos aus reiner Bewegung verwoben hatte.

Mogens griff hilflos nach der Lampe, die Graves stehen gelassen hatte, und hob sie in die Höhe. Das Licht reichte nicht aus, um mehr zu erkennen, auch nicht, als Mogens den Docht höher drehte. Er sah aus den Augenwinkeln, wie Graves und Tom den tobenden Ghoul beinahe gleichzeitig erreichten und sich todesmutig auf ihn warfen, machte einen Schritt in ihre Richtung und blieb wieder stehen. Graves und sein jugendlicher Gehilfe kämpften mit dem Ungeheuer, aber er konnte keine Einzelheiten erkennen. Er hatte nur *Angst*.

»Hilf uns«, schrie Graves. »Mogens! Er ist zu stark für uns!«

Mogens machte einen weiteren Schritt. Sein Herz hämmerte. Angst floss wie zähflüssiger Teer durch seine Adern und ließ alle seine Bewegungen grotesk langsam werden. Er wollte Graves helfen, aber zugleich hatte die Panik seine Gedanken lichterloh in Flammen gesetzt, und er wollte nur noch *weg*. Er hatte noch niemals solche Angst gehabt wie jetzt.

»Mogens, um Himmels willen!«, brüllte Graves. Und dann schrie auch Tom: *»Professor!«*

Es war Toms Schrei, der Mogens aus seiner Erstarrung riss, nicht der Graves'. Seine Angst war keinen Deut schwächer geworden, sondern nahm im Gegenteil mit jedem hämmernden schweren Herzschlag noch zu, aber die bloße Vorstellung, Tom im Stich zu lassen, war noch unendlich viel schlimmer.

Mit einem Schrei, mit dem er all seine Angst hinausbrüllte, stürzte er vor und fiel der Länge nach hin, als sich sein Fuß prompt in einem der Stricke verfing, die Tom kreuz und quer durch den Raum gespannt hatte.

Instinktiv riss er die Arme vor das Gesicht, und darüber hinaus dämpften die gleichen Seile, die ihn zu Fall gebracht hatten, auch seinen Aufprall, sodass er sich dieses Mal nicht verletzte. Jedoch blieb er einen Moment benommen liegen, und als er sich wieder hochstemmte, hatte der bizarre Kampf eine dramatische Wendung genommen. Obwohl Graves und Tom in der Überzahl waren und der Ghoul von dem schweren Netz behindert wurde, dessen bloßes Gewicht schon ausgereicht hätte, um einen normalen Menschen niederzuhalten, drohten sie den Kampf zu verlieren. Der Ghoul hatte sich mittlerweile auf alle viere hochgestemmt und biss und schlug fauchend um sich. Die fast daumendicken Stricke des Netzes schützten Graves und den Jungen zwar vor seinen Zähnen und Krallen, aber es gelang ihnen auch nicht, das Ungeheuer niederzuringen. Tom hatte sich auf seinen Rücken geworfen und versuchte mit aller Macht, ihn zu bändigen, aber ebenso hätte er auch versuchen können, einen wütenden Grizzly mit bloßen Händen zu besiegen. Es sah beinahe schon komisch aus.

»Hilf uns, verdammt!«, keuchte Graves. »Wir müssen ihn umwerfen!«

Mogens hatte nicht die mindeste Vorstellung, wozu das gut sein sollte, aber Graves' befehlender Ton riss ihn einfach mit. Graves tat etwas, was Mogens im ersten Moment ebenso sinnlos erschien wie Toms vermeintlich albernes Herumgehampel: Er nahm einen Schritt Anlauf und warf sich dann mit seinem ganzen Körpergewicht gegen die Bestie. Der Ghoul heulte auf und schnappte nach ihm. Das Gorillanetz schützte Graves auch jetzt vor seinen Zähnen, aber Mogens hörte Stoff reißen. Ein nur noch halb unterdrückter Schrei kam über Graves' Lippen, als er zurücktaumelte.

»Jonathan, um Gottes willen – bist du verletzt?«, keuchte Mogens.

Graves antwortete nicht gleich, sondern starrte aus hervorquellenden Augen an sich herab. Die Fänge des Ghouls hatten seine Jacke und auch das Hemd so sauber wie Rasierklingen aufgeschlitzt, die Haut darunter aber wie durch ein Wunder nicht einmal angeritzt.

»Schnell!«, schrie Tom. »Ich kann ihn nicht mehr lange halten!«

Tatsächlich hatte sich der Ghoul weiter aufgerichtet. Seine schnappenden Kiefer und Klauen verfingen sich immer wieder in den Maschen des Netzes, aber es war nur noch eine Frage von Augenblicken, bis er Tom abgeschüttelt hatte und seine ganze Kraft darauf verwenden konnte, sich aus dem Netz zu befreien.

Diesmal versuchten sie es gemeinsam. Der Ghoul brüllte vor Wut und schlug nach ihm, doch ihr gemeinsamer Anprall – zusammen mit Toms Bemühungen – war selbst für ihn zu viel. Das Ungeheuer stürzte schwer auf die Seite, wobei es Tom um ein Haar unter sich begraben hätte, und Mogens und Graves nutzten die Gelegenheit, es hastig noch weiter in das Netz einzuwickeln. Die Bestie schlug, trat und biss um sich, doch nun richteten sich ihre wütenden Bewegungen und ihre übermenschliche Kraft gegen sie selbst, denn je verzweifelter sie sich wehrte, desto hoffnungsloser verstrickte sie sich in den Maschen des Netzes. Nach nur wenigen weiteren Augenblicken hatte der Ghoul sich praktisch selbst außer Gefecht gesetzt, und das gründlicher und vor allem schneller, als es seinen menschlichen Kontrahenten jemals möglich gewesen wäre. Aus seinem Wutgebrüll war ein drohendes Knurren und Geifern geworden.

Graves richtete sich schwer atmend auf und trat einen Schritt zurück. »Ist jemand verletzt?«, fragte er.

Mogens zuckte mit den Schultern, was in diesem Moment die einzige Antwort war, die er geben konnte. Er hatte eine ganze Anzahl derber Stöße und Schläge abbekommen, und mit ziemlicher Sicherheit würde seine Hüfte morgen früh nicht das Einzige an ihm sein, das ein prächtiger blauer Fleck zierte. Aber er glaubte nicht, dass er ernstlich verletzt war.

Auch Tom schien mit dem Schrecken davongekommen zu sein, während Graves' einzige Blessuren aus einer zerrissenen Jacke samt dem dazugehörigen Hemd zu bestehen schienen.

»Also gut«, sagte Mogens grimmig. »Dann lasst ihn uns in die Kiste schaffen. Schnell.«

Obwohl das Ungeheuer sicher gefesselt und so gut wie hilflos war, musste Mogens all seinen Mut zusammennehmen, um sich ihm noch einmal zu nähern und Graves und Tom dabei zu helfen, es zu einer der vorbereiteten Kisten zu zerren. Es kostete ihn auch nicht nur unerwartet viel Überwindung, sondern ebenso große Kraft. Selbst wenn man das enorme Gewicht des Fangnetzes bedachte, musste der Ghoul mindestens doppelt so viel wiegen, wie er gedurft hätte; die Kreatur war nicht größer als ein durchschnittlich gewachsener Mensch, zwar kräftig, aber keinesfalls *so* massig, wie sie es angesichts ihres Gewichtes hätte sein müssen.

Dafür war sie aber auch übermenschlich stark. Selbst zu dritt und obwohl er so hoffnungslos in das Netz verstrickt war, dass er sich kaum noch rühren konnte, gelang es ihnen nur mit äußerster Mühe, den Ghoul zu bändigen. Das Ungeheuer machte es ihnen noch zusätzlich schwer, indem es sich knurrend und geifernd vor Wut hin und her warf. Mogens handelte sich zwei oder drei weitere blaue Flecke ein, und auch Tom bekam einen Tritt in den Leib, der ihn vor Schmerz aufstöhnen ließ, aber am Ende gelang es ihnen dennoch, das Ungeheuer in die schwere Holzkiste zu bugsieren. Während Mogens und Tom den Ghoul auf Graves' Geheiß hin niederhielten, wandte Graves selbst all seine Kraft auf, um das linke Handgelenk der Bestie mit einer der schweren Eisenschellen zu binden, die mit der Innenwand des Sarges verschraubt waren. Seine Kraft reichte sogar noch aus, auch den anderen Arm des Monstrums zu fesseln, aber dann sank er zu Tode erschöpft zu Boden und schüttelte matt den Kopf. Tom überließ es Mogens allein, das tobende Ungeheuer zu bändigen, während er den zweiten Teil der undankbaren Aufgabe übernahm, die Glieder des Ghouls mittels eiserner Ringe zu fixieren. Seine Nase blutete, als er es endlich geschafft hatte und sich schwer atmend neben Graves zu Boden sinken ließ. Im ersten Moment hatte er nicht einmal die Kraft, den Arm zu heben und sich das Blut aus dem Gesicht zu wischen.

Endlich ließ sich auch Mogens von der Brust des Ungeheuers hinuntergleiten. Obwohl der Ghoul mittlerweile noch zuverlässiger gebunden war, kroch er hastig rücklings so weit zurück, bis er mit Schultern und Hinterkopf gegen den zweiten leeren Sarg stieß. Der Anprall war so heftig, dass der Deckel mit einem Knall zuschlug, der wie ein Kanonenschuss durch die dunkle Tempelkammer hallte.

»Wir haben es geschafft, Mogens«, sagte Graves. Er rang so kurzatmig nach Luft, dass Mogens Mühe hatte, ihn überhaupt zu verstehen. Dennoch war nicht zu überhören, wie zufrieden er war. »Ich kann es fast selbst nicht glauben, aber wir haben es geschafft. Weißt du überhaupt, was das bedeutet?«

»Ja«, antwortete Mogens gepresst. »Dass ich mich morgen früh wahrscheinlich nicht mehr bewegen kann.« Er verzog schmerzerfüllt das Gesicht. Sein ganzer Körper fühlte sich taub an, und seine Ohren klingelten noch immer von dem Knall, mit dem der Deckel zugefallen war.

»Wir haben es geschafft!«, wiederholte Graves in einem Ton, als zweifelte er selbst am meisten an dem, was er sagte. »Und es war noch dazu leichter, als ich gedacht hatte.«

»Leichter?«, krächzte Mogens fassungslos.

Wie um seine eigenen Worte ad absurdum zu führen, versuchte sich Graves hochzustemmen und sank mit verzerrtem Gesicht und einem hörbaren Keuchen zurück. Dennoch fuhr er, kaum wieder zu Atem gekommen, fort: »Du hast immer noch keine Ahnung, womit wir es zu tun haben, wie?«

Das hatte Mogens tatsächlich nicht. Aber er war jetzt weniger sicher denn je, ob er es überhaupt wissen wollte.

Mühsam stemmte er sich hoch, ging zu der offen stehenden Kiste und beugte sich mit klopfendem Herzen vor, wobei er instinktiv einen Abstand einhielt, der ihn aus der Reichweite der Krallen und Zähne des Ghouls hielt, obwohl dieser gleich doppelt gefesselt war. Graves gesellte sich zu ihm, während Tom ging, um die Laterne zu holen. Mogens registrierte beiläufig, aber mit einem Gefühl ehrlicher Dankbarkeit, dass er im Vorbeigehen den Deckel der dritten Kiste schloss, in der Hyams' Leichnam lag.

»Wir haben es geschafft, Mogens«, sagte Graves zum dritten Mal. »Weißt du, was das bedeutet?«

Der Triumph in Graves' Stimme war mittlerweile nicht mehr zu überhören, aber Mogens versuchte vergeblich, in sich selbst etwas Ähnliches zu entdecken. Ganz im Gegenteil spürte er plötzlich, dass die Angst immer noch da war, kein bisschen weniger schlimm als zuvor, nur, dass sie jetzt eine andere Qualität angenommen hatte. Sein Herz begann schon wieder heftiger zu pochen, als er sich vorbeugte, um das Ungetüm zu betrachten.

Selbst gefesselt bot der Ghoul einen Furcht einflößenden Anblick. Mogens korrigierte seine Schätzung, das Gewicht des Ungeheuers betreffend, ein gehöriges Stücke nach oben. Die Kreatur maß allerhöchstens sechs Fuß und konnte somit kaum größer sein als Graves, aber sie war unglaublich massig. Mogens schätzte ihr Gewicht auf mindestens zweihundertfünfzig Pfund, und er war sicher, dass davon nicht eine Unze überflüssiges Fett war. Als er die Kisten, die Graves vorbereitet hatte, das erste Mal gesehen hatte, da hatte er die schweren Eichenbretter, die breiten eisernen Bänder und die massiven Hand- und Fußfesseln für hoffnungslos übertrieben gehalten. Jetzt fragte er sich, ob sie ausreichten.

»Was für ein Koloss«, murmelte er.

»Ja«, sagte Graves. »Wenn man das Endergebnis sieht, dann sollte man vielleicht in Erwägung ziehen, unsere Ernährungsgewohnheiten zu ändern.«

Mogens warf ihm einen eisigen Blick zu. »Du bist geschmacklos, Jonathan«, sagte er.

Graves grinste nur noch breiter. »Dieser Meinung ist unser Freund da bestimmt nicht.« Er hob rasch die Hand, als er sah, dass Mogens zu einer noch schärferen Entgegnung ansetzte, und fuhr in verändertem Ton und ernster fort: »Und das ist noch nicht einmal das größte Exemplar, dem ich je begegnet bin. Bei weitem nicht.«

Was Mogens anging, so reichte ihm dieses Exemplar vollkommen. Der Ghoul sah nicht nur aus, als könne er mit bloßen Händen einen Bären zerreißen, er strahlte auch eine Wildheit und Wut aus, die Mogens einen eisigen Schauer über den Rücken laufen ließ. Das Allerschlimmste aber war das Gefühl, etwas vollkommen Fremdem gegenüberzustehen, etwas, das so absolut *falsch* war, dass sich alles in Mogens einfach weigerte, es als real anzuerkennen.

Graves beugte sich vor, streckte die Hand aus und zerrte ein paar Mal kräftig an den Maschen des Netzes, bis er einen Blick auf den Schritt des Ghouls werfen konnte.

»Was soll das?«, fragte Mogens.

»Ein männliches Exemplar«, sagte Graves. Es klang nicht wirklich wie die Antwort auf seine Frage, dachte Mogens, sondern eher wie etwas, das er zu sich selbst gesagt hatte, und das ihn mit Besorgnis erfüllte.

»Und was stimmt daran nicht?«, fragte er.

»Oh, nichts«, antwortete Graves hastig. »Es ist alles in Ordnung.« Er grinste schief. »Im Gegenteil, wenn das da ein Mensch wäre, dann würde ich jetzt vor lauter Neid grün im Gesicht werden.«

Mogens schenkte ihm einen eisigen Blick, und Graves schaltete sein infantiles Grinsen wieder ab. »Es ist nur so, dass alle Ghoule, die wir bisher gesehen haben, männlich waren. Natürlich sind wir noch niemals so nahe an eines dieser Geschöpfe herangekommen wie jetzt, aber ich bin dennoch sicher, dass es alles Männchen waren. Und das ist sonderbar.«

»Vielleicht gehen nur die Männchen auf Futtersuche«, vermutete Mogens.

»Das wäre ungewöhnlich«, sagte Graves. »Bei den meisten Raubtieren sind es eher die Weibchen, die jagen. Allenfalls, dass beide Gattungen auf Nahrungssuche gehen.«

»Sagtest du nicht selbst, dass das hier eine vollkommen unbekannte Spezies ist, über die wir so gut wie nichts wissen?«, gab Mogens zurück.

Graves sah ihn einige Sekunden lang nachdenklich an, aber dann nickte er widerwillig. »Natürlich. Du hast Recht. Aber sonderbar ist es trotzdem. Nun ja, wir haben ja jetzt ein Exemplar, um wenigstens einige ihrer Geheimnisse lösen zu können.«

Als hätte er seine Worte verstanden, bäumte sich der Ghoul gegen seine Fesseln auf und stieß ein lang gezogenes Heulen aus. Mogens wich instinktiv einen halben Schritt zurück, und auch Graves fuhr merklich zusammen. Tom, der noch zwei Schritte entfernt war und gerade mit einer zweiten Laterne zurückkam, blieb instinktiv stehen und sah nervös über die Schulter zurück in die Dunkelheit, aus der er gerade gekommen war.

»Was hast du jetzt mit ihm vor?«, fragte Mogens – im Grunde nur, um die Furcht zu überspielen, die erneut in seinem Herzen erwachen wollte.

»Zuerst einmal schaffen wir ihn hier raus«, antwortete Graves. Auch er klang ein wenig nervös. »Tom hat in den letzten Tagen Material für einen stabilen Gitterkäfig aus der Stadt geholt. Binnen einer Stunde können wir ihn zusammenbauen.«

»Und dann?«

Wieder ließ das gefesselte Ungeheuer jenes unheimliche, klagende Wolfsheulen hören, sodass es einen Moment dauerte, bis Graves antworten konnte. »Sheriff Wilson hat einen Telefonanschluss in seinem Büro«, sagte er. »Ich muss ein paar Anrufe tätigen, aber im Grunde sind die meisten Vorbereitungen schon getroffen. Mit etwas Glück können wir ihn morgen Abend nach San Francisco bringen, um ihn der Öffentlichkeit zu präsentieren – und natürlich einem Auditorium unserer geschätzten Kollegen.« Er seufzte. »Mach dich auf etwas gefasst, Mogens. Du weißt, was diese Entdeckung auslösen wird. Sie werden nichts unversucht lassen, uns als Dummköpfe oder Betrüger hinzustellen. Oder beides.«

Vermutlich beides, dachte Mogens. Er gestand sich ein, dass das Schlimmste noch nicht überstanden war. Genau genommen hatte es noch nicht einmal angefangen. Und es kam gewiss nicht von ungefähr, dass er bisher noch nicht einmal darüber *nachgedacht* hatte, welches Erdbeben sie in der Welt der Wissenschaft auslösen würden, wenn sie diese Kreatur der Öffentlichkeit präsentierten. Aber auch jetzt war nicht der richtige Moment dazu, und er sagte es auch.

»Du hast Recht«, sagte Graves. »Tom.«

Tom stellte seine Laterne am Fußende der Kiste ab und machte eine fragende Geste. »Das Netz?«

Graves überlegte einen Moment, aber dann schüttelte er zu Mogens' Erleichterung den Kopf. »Besser, wir lassen es, wo es ist. Das wird ihn nicht umbringen.« Ganz offensichtlich bewegten sich seine Gedanken in eine ähnliche Richtung wie die von Mogens. Die massiven Hand- und Fußfesseln sahen stabil genug aus, um selbst den Kräften eines wütenden Gorillamännchens zu trotzen. Angesichts dessen, was Graves vorhin selbst über die Herkunft des Netzes gesagt hatte, nahm Mogens sogar an, dass ein solches Tier bei der Konstruktion seiner »Särge« Pate gestanden hatte. Er war zugleich aber sicher, dass der Ghoul über weit größere Körperkräfte verfügte als jeder Gorilla. Vielleicht war Graves auf all seinen Reisen diesen Geschöpfen doch nicht so nahe gekommen, wie er behauptet hatte.

Wieder heulte der Ghoul. Diesmal versuchte er nicht, sich gegen seine Fesseln zu stemmen – vielleicht, weil er die Sinnlosigkeit seines Tuns eingesehen hatte –, aber das Heulen hielt länger an und klang klagender; viel weniger wütend oder zornig, sondern eher wie ein Hilferuf. Mogens versuchte den Gedanken fast erschrocken abzuschütteln, aber seine noch immer auf Hochtouren laufende Fantasie griff ihn begierig auf und bastelte sich auch noch ein zweites, entfernteres und daher leiseres Wolfsheulen dazu, das darauf antwortete. Es kostete ihn alle Mühe, die unheimliche Vision zu verscheuchen.

Aber vielleicht war es ja auch gar keine Vision…

Als Mogens aufsah, hatten sich Graves und Tom halb umgewandt und sahen mit schreckensbleichen Gesichtern in die Dunkelheit jenseits der Totenbarke.

Dorthin, wo der Geheimgang lag, der zur zweiten Tempelkammer führte.

Und damit in die Richtung, aus der das an- und abschwellende Heulen kam, das auf die Hilferufe des Ghouls antwortete…

»Die Tür!«, sagte Graves erschrocken. »Tom, schließ die Tür!«

Tom erwachte mit einer Verzögerung von einer weiteren Sekunde aus seiner Erstarrung und stürzte los, aber es war zu spät. Er hatte den zweiten Schritt noch nicht zu Ende getan, als ein dumpfes Poltern erscholl, gefolgt von dem typischen Bersten zerbrechenden Steins. Genau auf der Grenze zwischen völliger Dunkelheit und gerade noch erahnbarer Schatten begann einer der lebensgroßen Streitwagen zu wanken. Vor fünftausend Jahren bemaltes Holz wurde von einem gewaltigen Hieb zertrümmert, und die lebensgroße Pferdestatue stürzte zu Boden und zerbrach in mehrere Teile.

Der Platz, an dem sie gestanden hatte, blieb jedoch nicht leer. Noch während die einzelnen Teile der zerbrochenen Skulptur davonrollten, wuchs ein gedrungener, spitzohriger Schatten an ihrer Stelle empor, und unheimliche, rot glühende Augen starrten Mogens an. Das grässliche Wolfsheulen war verstummt, doch dafür hörte Mogens nun einen fast noch furchteinflößenderen Laut: eine Mischung aus einem Knurren und einem grollenden Fauchen, die Mogens das Blut in den Adern gerinnen ließ.

Nicht so Tom. Auch er erstarrte für eine Sekunde, dann aber stieß er einen gellenden Schrei aus, riss die Arme in die Höhe und rannte los, um sich mit bloßen Fäusten auf den Ghoul zu stürzen.

Er erreichte ihn nie.

Es war nicht dieser Ghoul, der Tom ansprang und zu Boden riss, sondern ein anderer, viel näherer Teil der Schatten, der zu plötzlichem Leben erwachte. Aus Toms Schrei wurde ein entsetztes Keuchen, das mit erschreckender Plötzlichkeit abbrach, als der Ghoul ihn unter sich begrub.

Mogens erschrak nicht einmal wirklich. Er war viel zu entsetzt, um noch Überraschung empfinden zu können. Die Wirklichkeit war endgültig zum Albtraum geworden, und der Albtraum zur Wirklichkeit. Obwohl vollkommen gelähmt und hilflos vor Entsetzen, empfand Mogens doch zugleich eine vollkommen absurde Erleichterung, als der Ghoul endgültig aus den Schatten trat und von einem bloßen Schemen zu einer massigen, muskel- und fellbepackten Gestalt mit mörderischen Zähnen und Klauen wurde. Er hatte keinen Zweifel daran, dass er nun sterben würde, in dieser Minute, innerhalb der nächsten Sekunden, und doch war er erleichtert, dass ihm der allergrößte Schrecken erspart blieb. Die beiden Ghoule brachten den sicheren Tod, doch das, was er für einen grässlichen zeitlosen Moment zu sehen glaubte, das *Janice-Ding* aus seinem Albtraum, hatte den Wahnsinn gebracht, den Sturz in den bodenlosen Abgrund eines Irrsinns, der hundertmal schlimmer wäre als der Tod.

Die beiden Ghoule kamen langsam näher. Sie hatten aufgehört zu knurren, und stattdessen hörte Mogens nun ein Schnüffeln und Hecheln, das von einem tiefen, aber nicht einmal unbedingt drohend winkenden Grollen begleitet wurde. Ein Übelkeit erregender, süßlicher Odem wehte Mogens entgegen, den er zuerst für Verwesungsgestank hielt, bis er begriff, dass es der Körpergeruch von Wesen war, die sich so lange von verfaulendem Fleisch ernährt hatten, bis der Geruch ihrer Nahrung zu ihrem eigenen geworden war.

»Um Himmels willen, Mogens – *lauf!*«, brüllte Graves. Mogens rührte sich nicht, aber Graves fuhr auf dem Absatz herum und zerrte ihn so derb mit sich, dass er um ein Haar das Gleichgewicht verloren hätte und zwei, drei Schritte hilflos hinter ihm her stolperte, bevor es ihm gelang, seine Balance wieder zu finden und sich loszureißen.

»Tom!«, keuchte er. »Sie haben Tom! Wir müssen ihm helfen!«

Graves stolperte noch zwei Schritte weiter und blieb unweit des Ausgangs stehen, bevor er sich hastig umdrehte. »Helfen? Bist du wahnsinnig? Wie denn helfen! *Renn, Mann!*«

Als ob es dafür nicht längst zu spät wäre! Die beiden Ghoule waren allerhöchstens noch drei oder vier Schritte entfernt, und Mogens hatte schon mehr als einmal erlebt, wie unglaublich schnell diese scheinbar so schwerfälligen Geschöpfe sein konnten. Er konnte rennen und wie ein Feigling auf der Flucht sterben, oder das tun, was er vor neun Jahren hätte tun sollen, und sich seinem Schicksal stellen. Statt Graves zu folgen, drehte er sich wieder um und erwartete den Tod. Er hatte keine Angst. Er hat gesehen, was die Klauen dieser Monster anrichten konnten. Es würde schnell gehen.

Die beiden Ungetüme waren bis auf zwei oder drei Meter herangekommen, nun aber erstaunlicherweise stehen geblieben. Tiefe, drohende Knurrlaute drangen aus ihren Kehlen, und beide hatten die Zähne gefletscht und die Lefzen hochgezogen. Mogens spürte ihre Wut und Wildheit, aber da war auch noch mehr. Jedes einzelne dieser Geschöpfe war in der Lage, ihn in einer Sekunde in Stücke zu reißen, und dennoch spürte er etwas, das zwischen Respekt und Furcht schwankte. Da war etwas, was Graves gesagt hatte. Aasfresser. Sie waren Aasfresser, keine Beutejäger, und genau wie Geier oder Hyänen waren sie schreckliche Gegner, wenn sie zum Kampf gezwungen wurden, aber sie wichen ihm dennoch aus, so lange es nur ging.

Vorsichtig, unendlich langsam, um nicht durch eine unbedachte Bewegung doch noch einen Angriff zu provozieren, hob er die Arme und wich rückwärts gehend vor den beiden Ghoulen zurück. Eine der Bestien schnappte nach ihm, aber es war eine reine Drohgebärde; die zusammenschlagenden Kiefer kamen nicht einmal in seine Nähe. Unendlich behutsam machte er einen weiteren Schritt.

Hinter den beiden Ungeheuern bewegte sich ein Schatten, und Mogens hörte ein halblautes Stöhnen.

»Tom, um Gottes willen, bleib liegen!«, keuchte er. »Rühr dich nicht!«

Er sah nicht hin, um sich davon zu überzeugen, dass Tom seine Warnung beherzigte, sondern machte einen weiteren Schritt, und dann noch einen und noch einen, bis er neben Graves stand.

»Mogens, was…«, begann Graves.

»Still!«, unterbrach ihn Mogens hastig, aber in so erschrockenem Ton, dass Graves mitten im Satz verstummte. »Sie tun uns nichts! Sieh doch! Ich glaube, sie wollen nur ihren Kameraden befreien!«

Tatsächlich waren ihm die beiden Ghoule nicht weiter

gefolgt, sondern näherten sich – noch immer misstrauisch schnüffelnd, knurrend und dann und wann drohend in seine und Graves' Richtung schnappend – dem Sarg, in dem der gefangene Leichenfresser lag. Mogens erschauerte, als er sah, mit welcher Leichtigkeit ihre Krallen die daumendicken Stricke des Netzes zerfetzten. Nur einen Moment später zerbrachen auch die eisernen Fesseln, die den Ghoul hielten, und die Kreatur richtete sich mit einem triumphierenden Heulen auf. Ihre wie spitze nadelscharfe Dolche gebogenen Fänge schnappten wütend in Mogens' Richtung. Übel riechender Geifer troff von ihren Lefzen, und in ihren Augen loderte die blanke Mordlust, aber auch sie machte keine Anstalten, sich auf ihn oder Graves zu stürzen.

Stattdessen gesellte es sich zu seinen beiden Kameraden, die sich schnüffelnd und knurrend dem Kasten mit Hyams' Leichnam näherten. Ein einziger, wütender Krallenhieb zerfetzte den Deckel aus fast fingerdickem Eichenholz, ein zweiter Hieb ließ die Metallbänder davonfliegen, mit denen er verstärkt war. Eines der Geschöpfe stieß ein triumphierendes Zischen aus, während es sich vorbeugte und den Leichnam der Archäologin in die Höhe riss.

Irgendwo hinter ihnen erscholl ein lautstarkes Scheppern und Klirren, und als Mogens erschrocken herumfuhr, sah er ein flackerndes gelbrotes Licht, das sich durch den Hieroglyphengang näherte.

»*Ju – hu*, Doktor *Gra – haves?* Professor?«, ertönte eine wohl bekannte, schrille Stimme. »Ich bin es, Betty Preussler!« Das Flackern der Kerze kam näher, und einen Augenblick später wurde auch die Besitzerin der Stimme sichtbar, die mit einem Tablett voller scheppferndem Geschirr, einer dampfenden Kanne und der brennenden Kerze vor der Brust auf sie zu kam. »Ich dachte mir, wenn Sie schon nicht auf mich hören und die ganze Nacht durcharbeiten, dann bringe ich Ihnen wenigstens einen starken Kaffee.«

»Um Gottes willen«, keuchte Mogens. Dann spürte er die Bewegung hinter sich und schrie, so laut er konnte: »*Miss Preussler! Laufen Sie weg! Retten Sie sich!*«

Selbstverständlich lief Miss Preussler nicht weg, sondern machte im Gegenteil noch zwei weitere Schritte, bevor sie stehen blieb und verständnislos in seine Richtung blinzelte. »Aber Professor«, sagte sie. »Ich wollte Ihnen doch nur…«

Mogens hörte, wie Graves hinter ihm entsetzt aufschrie und sich zur Seite warf, dann traf ihn etwas mit solcher Wucht in die Seite, dass er gegen die Wand geschleudert wurde und benommen in die Knie brach. Eine rote Lohe aus reinem Schmerz explodierte vor seinen Augen, sodass er für einen Moment fast blind war. Aber er hörte Miss Preussler schreien, dann das Scheppern von Metall und das helle Splittern von zerbrechendem Porzellan, und dann noch einmal ihre Schreie, höher, spitzer diesmal, und von einem Entsetzen erfüllt, das selbst den Nebel aus Schmerz durchdrang, der sich über Mogens' Sinne gelegt hatte. Stöhnend wälzte er sich herum und zwang sich, die Augen zu öffnen.

Graves war auf der anderen Seite des Ausganges ebenfalls gegen die Wand geprallt und zu Boden gesunken. Er hatte die Knie an den Leib gezogen und die Unterarme schützend vors Gesicht gerissen. Einer der Ghoule stand drohend über ihn gebeugt da, knurrte und geiferte ihn an und schlug manchmal mit den Krallen in seine Richtung, ohne ihn indes auch nur zu berühren. Der zweite Ghoul hatte sich Hyams' Leichnam über die Schulter geworfen und entfernte sich humpelnd, und gerade in diesem Augenblick tauchte das dritte Ungeheuer aus dem Gang auf. Es hatte Miss Preussler mit beiden Armen gepackt und trug sie ohne die geringste Mühe, und zumindest war sie noch am Leben und bei Bewusstsein, denn sie kreischte aus Leibeskräften, schlug und trat wie besessen auf ihren Entführer ein und versuchte gar, ihm mit den Fingernägeln das Gesicht zu zerkratzen. Das Ungetüm zeigte sich davon jedoch nicht im Geringsten beeindruckt, sondern machte sich im Gegenteil nicht einmal die Mühe, ihre Attacken abzuwehren.

Beseelt vom Mut der Verzweiflung, sprang Mogens hoch und warf sich auf den Ghoul.

Es gelang ihm nicht, das Ungeheuer zu Boden zu werfen, oder es auch nur dazu zu bringen, sein hilflos strampelndes Opfer loszulassen. Der Ghoul reagierte mit einem unwilligen Knurren und einer blitzartigen Bewegung, die fast beiläufig aussah, Mogens aber mit der Wucht eines Hammerschlages traf und ihm die Luft aus den Lungen trieb. Messerscharfe Krallen schlitzten sein Hemd auf, und er hatte weniger Glück als Graves zuvor: Vier grausame, parallel verlaufende Linien aus gleißendem Schmerz rasten von seinem Oberschenkel bis fast unter seine Achsel hinauf, und Mogens sank erneut auf die Knie und fiel gleich darauf auf die Seite. Warmes Blut lief klebrig und schwer an seinem Körper herab, und der Schmerz wurde so schlimm, dass er darum flehte, das Bewusstsein zu verlieren.

Diese Gnade wurde ihm nicht gewährt. Mogens trieb eine Zeit lang auf dem schmalen Grat zwischen Wachsein und Ohnmacht dahin, aber schließlich kämpfte er sich mühsam wieder ins Bewusstsein zurück – absurd genug, denn zugleich wünschte er sich auch nichts mehr, als endlich von der grausamen Qual erlöst zu werden. Aber da war noch etwas, was er tun musste, etwas, das wichtiger war als seine Furcht, mehr wog als der grässliche Schmerz. Er stemmte sich hoch, stürzte prompt auf die verwundete Seite und wimmerte vor Schmerz, aber irgendetwas gab ihm die Kraft, die Pein niederzukämpfen und sich ein weiteres Mal in die Höhe zu arbeiten.

Es konnte nicht lange gedauert haben. Die Ghoule waren verschwunden, aber er glaubte noch einen verschwommenen Schatten irgendwo vor sich zu erkennen, und Miss Preusslers verzweifelte Schreie waren zwar leiser geworden, aber keineswegs verstummt. Taumelnd kam Mogens auf die Füße, presste die Hand auf die verletzte Seite und krümmte sich vor Schmerz, zwang sich aber dennoch, einen weiteren Schritt zu tun. Miss Preusslers Schreie wurden leiser, zugleich aber deutlich verzweifelter.

»Mogens, was tust du?«, schrie Graves.

Mogens ignorierte ihn, zwang sich zu einem weiteren Schritt und biss die Zähne zusammen, um ein Wimmern zu unterdrücken. Er wagte es nicht, an sich hinabzublicken, aber er spürte, wie nass und schwer seine Kleider von seinem eigenen Blut waren. Er hatte noch nie zuvor solche Schmerzen erlitten. Dennoch stolperte er weiter, zwang sich stöhnend, sich vollends aufzurichten und schaffte es sogar, seine Schritte um eine Winzigkeit zu beschleunigen. Miss Preusslers Schreie wurden leiser, aber noch waren sie zu hören. Er musste sie retten. Ganz gleich wie. Ganz gleich, was es ihn kostete. Es durfte nicht noch einmal geschehen. Er durfte nicht noch einmal versagen.

»Mogens, bist du wahnsinnig?«, brüllte Graves hinter ihm. »Bleib hier! Sie werden dich umbringen!«

Mogens taumelte weiter. Er konnte spüren, wie vielleicht nicht das Leben, wohl aber mehr und mehr von seiner Kraft aus den schrecklichen Wunden aus ihm herausfloss, die ihm die Bestie geschlagen hatte. Und trotzdem taumelte er nicht nur weiter, sondern wurde auch mit jedem stolpernden Schritt schneller. Um ein Haar wäre er gestürzt, als sein Fuß gegen den abgebrochenen Schädel der Pferdestatue stieß, aber schließlich erreichte er die Geheimtür, die hinter der Horus-Statue lag. Der steinerne Göttervogel war zerborsten und lag in mehrere Stücke zerbrochen am Boden, und auch die Tür selbst war wie von einem gewaltigen Axthieb gespalten. Dahinter gähnte ein scheinbar bodenloser, vollkommen schwarzer Abgrund.

Eine zitternde Linie aus bleichem Licht glitt über ihn hinweg und tastete nach dem offen stehenden Geheimgang. Mogens hielt verwirrt mitten im Schritt inne und wandte den Kopf. Graves hockte noch immer an der Wand neben dem Ausgang und schrie ihm weiter verzweifelte Warnungen zu, umzukehren, aber Tom hatte weitaus besonnener reagiert und folgte ihm nicht nur, sondern hatte sich auch eine der beiden brennenden Laternen gegriffen.

»Professor! Um Gottes willen! Warten Sie!«

Mogens stolperte noch einen halben Schritt weiter und blieb dann – fast zu seiner eigenen Überraschung – tatsächlich stehen. Alles drehte sich um ihn, wurde unwichtig, und die Schmerzen hatten ein Maß erreicht, das er sich noch vor wenigen Augenblicken nicht einmal hätte *vorstellen* können, war zugleich aber auf eine sonderbare Art unwichtig geworden, sodass er ihn kaum noch störte. Es war Toms Stimme gewesen, die ihn zurückgerufen hatte. Wäre es Graves gewesen, wäre er vielleicht aus schierem Trotz einfach weiter getorkelt, selbst wenn es seinen sicheren Tod bedeutete.

Vielleicht war es auch schon zu spät. Die Wunden, die ihm der Ghoul zugefügt hatte, bluteten immer heftiger. Seine Kleider hingen nass und schwer an seinem Leib, und er konnte den süßlichen Kupfergeruch, den er verströmte, mittlerweile selbst spüren. Er war Beute. Alles an ihm signalisierte: Beute. Und er floh nicht vor seinen Jägern, er *rannte ihnen hinterher.*

Tom langte schwer atmend neben ihm an. Die Laterne in seiner Hand zitterte so stark, dass ihr Lichtschein die Hieroglyphen in den Wänden zu unheimlichem huschendem Leben zu erwecken schien. Metall blitzte in seiner anderen Hand, vielleicht eine Waffe, und auch sein Gesicht war blutüberströmt, aber Mogens vermochte nicht zu sagen, ob es sein eigenes Blut war.

»Geht es noch?«

Mogens hatte Mühe, den Worten irgendeinen Sinn abzugewinnen. Die Höhle hatte aufgehört, sich um ihn zu drehen, und die Welt begann zu steinerner Härte zu gerinnen, die ihn zu erdrücken drohte. Er bekam keine Luft mehr, als enthielte jeder gequälte Atemzug, zu dem er seine Lungen zwang, ein bisschen weniger Sauerstoff als der vorhergehende. Ein Teil von ihm begriff mit kristallener Klarheit, dass es die Folgen des Blutverlustes waren, die er spürte; der Wissenschaftler in ihm, der ihm in emotionslosem Ton erklärte, was genau in diesem Moment in seinem Körper geschah: sein Herz schlug immer schneller, um sein Blut mit dem Sauerstoff anzureichern, den jede Faser seines Körpers so verzweifelt benötigte, aber ganz gleich, wie angestrengt Herz und Lungen auch arbeiteten, es war einfach nicht mehr genug Blut *da*, um den kostbaren Sauerstoff dorthin zu bringen, wo er gebraucht würde.

Oder, um es anders auszudrücken: Er war dabei, bei vollem Bewusstsein zu verbluten.

»Ja«, murmelte er.

Toms Blick wurde für einen Moment noch besorgter. Eine weitere, unendlich kostbare der so verzweifelt wenigen Sekunden, die ihm noch blieben, verstrich und war unwiederbringlich dahin, bevor Tom zu einem Entschluss kam und nickte.

»Also gut«, sagte er und hielt ihm die Hand hin. Was Mogens für eine Waffe gehalten hatte, war eine klobige Lampe, die weißes Licht und einen scharfen Karbidgeruch verströmte, als Tom sie entzündete. Sie wog eine Tonne. Mogens musste beide Hände zu Hilfe nehmen, um sie zu halten, und selbst dann war er nicht sicher, sie nicht doch nach ein paar Schritten fallen zu lassen. Es spielte keine Rolle mehr. Tom machte abrupt auf dem Absatz kehrt und drang mit schnellen Schritten in den Hieroglyphengang ein, und zu Mogens' eigener, unendlich großer Überraschung gelang es ihm nicht nur, ihm zu folgen, sondern auch, mit ihm Schritt zu halten. Der Teil von ihm, der sich noch immer mit verzweifelter Kraft an eine Illusion namens Logik klammerte und ihm zuschrie, dass er dabei war, sich umzubringen, wurde leiser; verzweifelter und hysterischer, aber leiser. Er hatte Recht – Mogens konnte mittlerweile tatsächlich spüren, wie das Leben in harten, pulsierenden Stößen aus ihm herausfloss. Seine Schritte hinterließen blutige Fußabdrücke auf dem staubigen Boden, und die Schmerzen gingen allmählich in ein auf absurde Weise fast angenehmes Schwindelgefühl über. Aber es war gleich. Mochte der Tod dort vorne am Ende des Tunnels auf ihn warten, er musste ihn zu Ende gehen, um seine Schuld dem Schicksal gegenüber zurückzuzahlen. *Es durfte nicht noch einmal geschehen*.

Gegen Ende des Tunnels begann Toms Vorsprung doch sichtbar anzuwachsen. Der hektisch hin und her tanzende Schein seiner Lampe entfernte sich allmählich und war dann plötzlich verschwunden, um nur einen Moment später blasser und sonderbar zerfasert wieder aufzutauchen. Er hatte die

Schutthalde überwunden und die Torkammer betreten. Mogens hörte ihn irgendetwas rufen, aber er verstand die Worte nicht. Vielleicht war es auch nur ein Schrei.

Mogens versuchte ihm zu folgen, aber seine Kraft reichte nicht mehr. Todesangst und Panik und ein seit einem Jahrzehnt geschürter Trotz dem Schicksal gegenüber hatten es ihm ermöglicht, auch jene letzten, finalen Kraftreserven anzuzapfen, die tief in jedem Menschen verborgen sind, aber nun neigte sich auch jenes letzte Reservoir dem Ende entgegen. Seine Kraft reichte noch, sich die Schutthalde hinauf zu quälen, aber nicht weiter. Auf ihrem Kamm brach er zusammen. Die Lampe entglitt Mogens aus von seinem eigenen Blut glitschig gewordenen Fingern, ging aber erstaunlicherweise nicht aus, sondern rollte auf der anderen Seite klappernd und sich unentwegt überschlagend die Halde hinab, wodurch ihr Licht in regelmäßigem Takt erlosch und wieder grell aufflammte, ein glühender Dolch, der weiße Bahnen aus geometrischen Linien und Winkeln in die Dunkelheit schnitt, Teile von Skulpturen und bizarre Halbgesichter aus der ewigen Nacht schälte und rascher wieder in ihr finsteres Gefängnis zurückstieß, als der Blick sie erfassen konnte, ließ Hieroglyphen und Basreliefs aufblitzen und zu einer Bewegung erwachen, die nicht sein durfte. Aber da war auch noch mehr. Trotz seines geschwächten Zustandes und obwohl der Bewusstlosigkeit ungleich näher als dem Wachsein erkannte es Mogens: Es waren nicht nur die Schatten. Genau auf der Schwelle zwischen gleißender Helligkeit und absoluter Schwärze, auf dem unendlich schmalen Grat, an dem sich Licht und Schatten endgültig voneinander trennten und aus dem Janice zu ihm gekommen war, *bewegte sich etwas*. Da waren… *Dinge*. Unheimliche, gestaltlose Dinge, die sich bewegten, ohne jemals von der Stelle zu kommen, Dinge, deren Zeit verging, ohne dass auch nur der millionste Teil einer Sekunde verstrich.

Dann erlosch die Lampe mit einem endgültigen, hellen Klingen und dem Splittern von Glas, und barmherzige Dunkelheit senkte sich über die Kammer und gebot dem Wahnsinn Einhalt, der seine Klauen bereits in Mogens' Verstand geschlagen hatte

Aber nur für einen Moment, viel, viel zu kurz, dann flammte Toms Lampe anstelle seiner eigenen, erloschenen auf, und wenn Mogens geglaubt hatte, es könne nicht mehr schlimmer kommen als in jenem winzigen zeitlosen Moment, in dem er einen Blick in den Abgrund zwischen Licht und Dunkel geworfen hatte, so sah er sich getäuscht.

Der eng gebündelte Strahl aus Toms Lampe tastete nicht über die Wände und erweckte auch die Hieroglyphen und gemeißelten Reliefs nicht zum Leben. Er fiel genau auf das monströse steinerne Tor am anderen Ende der Halle.

Es stand offen.

Aber es war nicht leer.

Diesmal wusste er von Anfang an, dass es ein Traum war. Aber dieses Wissen half ihm nicht gegen den Schrecken, den der Traum brachte: Janice war da, aber auch Graves, und irgendwie schien auch Miss Preussler anwesend zu sein, obwohl er sie weder sah noch hörte oder es irgendein anderes Anzeichen ihrer Anwesenheit gegeben hätte.

»Warum hast du sie im Stich gelassen, Mogens?«, fragte Janice. »Du hättest das nicht tun dürfen. Nicht noch einmal. Zuerst hast du mich verraten, und nun sie.«

Anders als zuvor brauchte sie diesmal keinen Vorwand, um in seinen Traum zu gelangen, und auch keine komplizierte Verkleidung. Vielleicht brauchte sie keinen Vorwand mehr, um in seine Träume zu gelangen, denn sie hatte immer darin gelebt.

Langsam kam sie näher. Türen und Fenster seiner schäbigen Hütte waren geschlossen, aber ihr Haar bewegte sich dennoch, als spiele der Wind damit. Vielleicht war es aber auch gar kein Haar, sondern ein Gespinst aus haarfeinen, lebenden Schlangen, deren augenlose Schädel blind umhertasteten.

Hörte er nicht ein ganz leises Schaben und Kratzen, wie von Tausenden kleiner, schuppiger Leiber, die sich gierig aneinander rieben?

»Es scheint, dass du jeder Frau Unglück bringst, die deinen Weg kreuzt«, sprach Janice weiter, während sie näher kam und schließlich neben seinem Bett stehen blieb.

Mogens versuchte sich zu bewegen, aber es war ihm unmöglich, und als er an sich herabsah, erkannte er auch, warum: Er hatte keine Hände und Füße mehr. Seine Glieder waren mit dem zerschlissenen Bettzeug verwachsen, als hätte das *Professor! Hören Sie mich?* fadenscheinig gewordene Leinen angefangen, sein Fleisch zu verzehren. Leintücher? Aber sie hatten keine Leintücher benutzt, sondern…

»Aber ich wusste immer, dass du ein Versager bist«, fuhr Janices Stimme unerbittlich fort. »Ein liebenswerter Versager, aber trotzdem ein Versager. Kein Mann, auf den eine Frau in Not sich verlassen sollte.« Ihr Schlangenhaar wippte zustimmend, und auch Graves, der bisher schweigend und vollkommen reglos dagestanden und ihn aus Augen angestarrt hatte, die die eines Schakals waren, nickte zustimmend.

»Erst ich, und nun die arme Miss Preussler«, sagte Janice. »Zwei von zwei, das kann man nun wirklich nicht als gute Erfolgsbilanz bezeichnen. Nicht einmal vom wissenschaftlichen Standpunkt aus.«

»Ganz besonders nicht vom wissenschaftlichen Standpunkt aus«, pflichtete ihr Graves bei. Er paffte eine seiner starken schwarzen Zigaretten, und sein Gesicht verschwand im gleichen Maße hinter schleimigen grauen Wolken, wie es sich darin aufzulösen schien. *Mogens, verdammt, wach auf!* Er begann seine Handschuhe auszuziehen. Die Finger, die darunter zum Vorschein kamen, waren keine Finger, sondern Bündel von dünnen, augenlosen Würmern, zu unterschiedlich langen Zöpfen verflochten, sodass sie in die Finger ihres schwarzledernen Gefängnisses passten, und doch jeder für sich von einer eigenen, tückischen Intelligenz beseelt, die nur aus einem einzigen Grund existierte: zu zerstören und zu vernichten.

Er versuchte erneut, sich zu bewegen, und konnte es nun weniger denn je. Nicht nur seine Hände und Füße, sondern auch seine Arme und Beine hatten sich in graues Leinen verwandelt, von dem gelbliche, noch nicht gänzlich geronnene Einbalsamierungsflüssigkeit tropfte. Ein dumpfes, an- und abschwellendes Rauschen und Brausen lag mit einem Male in der Luft, und Janice kam noch näher. Unter ihren Schritten bebte die Erde. *Wach auf, um, Himmels willen!* Ihr Haar bauschte sich, eine Million winziger augenloser Kobras, die sich zum Angriff aufstellten...

... und Mogens erwachte endgültig. Der Wahnsinn zog sich lautlos und schnell wieder in die finsteren Gefilde zurück, aus denen er emporgestiegen war, nicht besiegt, aber für den Moment geschlagen, und die Atem abschnürende Irrealität seines Albtraumes gerann wieder zu der kaum weniger bedrückenden Realität seiner Hütte. Janice war verschwunden und Graves auf geheimnisvolle Weise von seinem Platz an der Tür direkt an die Seite seines Bettes gelangt. Seine Augen waren nun wieder die eines Menschen, nicht länger als die eines Schakals, und auch seine Hände waren nun wieder – *seine Hände! Großer Gott, seine Hände!*

Mogens fuhr mit einem Schrei hoch und starrte seine Hände und Füße an, die sich in Klumpen aus unansehnlichem grauem Leinenstoff verwandelt hatten. Die faserige Masse hatte sein Fleisch gefressen und seine Knochen absorbiert und begannen nun...

»Mogens! Um Himmels willen, so beruhige dich doch! Es ist alles in Ordnung! Es war nur ein Traum!«

Graves' in schwarzes Leder gehüllte Handschuhe drückten ihn mit sanfter Gewalt wieder auf das verschwitzte Bettzeug zurück, und er sagte noch einmal: »Es war nur ein Traum.«

Ein Teil von ihm wusste, dass Graves die Wahrheit sprach – der Teil von ihm, der ihn auch unten in den Katakomben davor bewahrt hatte, endgültig dem Wahnsinn anheim zu fallen; der Wissenschaftler, der sich trotz allem bemühte, die Dinge noch sachlich zu sehen und wenigstens den

Anschein von Vernunft zu wahren, eine *Erklärung* zu finden, und sei sie noch so unwahrscheinlich. Aber dieser Teil von ihm wurde leiser, verlor an Kraft und vor allem an *Überzeugung*. Spätestens dort unten, in der Dunkelheit des Hieroglyphenganges, hatte er eine Grenze überschritten, hinter der es keine wirkliche Umkehr mehr gab; zumindest nicht, ohne etwas mitzubringen.

Mit klopfendem Herzen betrachtete er seine Hände. Natürlich hatten sie sich nicht in graues Einbalsamierungstuch verwandelt – dazu taten sie viel zu weh –, aber es waren dennoch nicht mehr die Hände, die er kannte. Jemand hatte sie mit offensichtlich großer Mühe, dafür aber umso weniger Geschick verbunden. Die Bandagen aus nicht wirklich sauberem Verbandsmull saßen so fest, dass es ihm vollkommen unmöglich war, auch nur einen Finger zu bewegen.

»Mach dir keine Sorgen, Mogens«, sagte Graves, als er seinen Blick bemerkt. *Seinem* Gesichtsausdruck nach zu schließen *machte* er sich Sorgen, auch wenn er mit einem gezwungenen Lächeln und in ebenso unecht wirkendem, optimistischem Ton fortfuhr: »Es sieht schlimmer aus, als es ist.«

Janice, die immer noch irgendwie unsichtbar in den Schatten stand und ihm zuhörte, schüttelte stumm den Kopf, und der Blick ihrer unheimlichen leuchtenden Schakalsaugen bezichtigte ihn einer Lüge, die auch Mogens schon erkannt hatte.

»Es fühlt sich schlimm an«, murmelte er.

Graves bemühte sich weiter nach Kräften um Gesichtsausdruck und Tonfall eines Vaters, der seinem Sohn zu erklären versucht, dass die Welt nicht untergeht, weil er sich einen Splitter eingerissen hat. »Ein paar Kratzer«, behauptete er. »Hässlich, und ich nehme an, dass sie auch ziemlich wehtun, aber halb so schlimm. Tom hat deine Hände verbunden.« Er verzog die Lippen. »Er ist ein guter Junge mit einer Menge unterschiedlicher Talente, aber ich fürchte, zum Krankenpfleger ist er weniger geeignet.«

Mogens blieb ernst und hob die Hände vor das Gesicht, um sie noch einmal und eingehender zu betrachten. Es war nicht verwunderlich, dass er die Finger nicht bewegen konnte. Tom musste tatsächlich so etwas wie der untalentierteste Krankenpfleger der Welt sein, denn er hatte seine Finger kurzerhand zusammengebunden, sodass seine Hände aussahen, als steckten sie in grob genähten Fäustlingen. Mogens fragte sich, ob es sich dabei tatsächlich nur um Ungeschick handelte, oder ob es vielleicht einen Grund dazu gab. Das Fleisch, das er unter dem schmuddeligen Verbandsmull nicht sehen konnte, brannte jedenfalls, als hätte er die Hände in Säure getaucht.

Seltsam. Er erinnerte sich gar nicht, sich die Hände verletzt zu haben…

Dafür erinnerte er sich plötzlich umso deutlicher an blitzende Fänge, die nach seinem Gesicht schnappten, und rasiermesserscharfe Klauen, die ebenso mühelos und schnell wie ein chirurgisches Präzisionsmesser durch sein Fleisch geglitten waren.

Die Erinnerung weckte den Schmerz. Mogens setzte sich mit einem Ruck abermals auf, wodurch nicht nur das Brennen in seiner Seite zu noch größerer Qual aufloderte, sondern auch die dünne Decke von seinen Schultern glitt. Darunter war er nackt, wenigstens zum großen Teil. Wo seine zerschundene und schmutzige Haut nicht sichtbar war, erblickte er straff angelegte Verbände aus demselben grauen Verbandsmull, mit dem auch seine Hände umwickelt waren.

»Eigentlich müsste doch für dich jetzt ein Traum in Erfüllung gegangen sein«, griente Graves. Mogens starrte ihn finster an, aber Graves' Grinsen wurde nur noch breiter. »Wahrscheinlich bist du der erste Archäologe der Welt, der aus eigener Erfahrung weiß, wie sich eine Mumie fühlt«, erklärte er, während er sich gemächlich zurücklehnte und sich mit umständlichen Bewegungen eine Zigarette anzündete, den Umstand, dass er sich an einem Krankenlager befand, geflissentlich ignorierend.

Mogens versuchte, sich noch weiter aufzurichten, ließ es aber bleiben, als ihm leicht schwindelig wurde. Außerdem bemerkte er nun, dass er auch unter der Decke auf seinen Hüften nichts weiter trug als die Verbände – die ihm tatsächlich eine gewisse Ähnlichkeit mit einer ägyptischen Mumie verliehen, wie er widerwillig eingestehen musste –, und es wäre ihm peinlich gewesen, nackt vor Graves zu stehen; auch wenn das nun wirklich albern war. Vermutlich war es Graves gewesen, der ihn ausgezogen hatte.

So klein seine Bewegung auch gewesen sein mochte, reichte sie doch offensichtlich aus, Graves' Missfallen zu erregen, denn er blies kopfschüttelnd eine übel riechende graue Wolke in seine Richtung und sagte: »Du solltest dich noch nicht zu viel bewegen, alter Junge. Die Verletzungen sind gottlob nicht so schlimm, wie es im ersten Moment den Anschein hatte, aber du hast eine Menge Blut verloren.«

»Was ist passiert?«, fragte Mogens und setzte sich schon aus purem Trotz noch ein Stück weiter auf. Er mochte es nicht, wenn Graves ihn »alter Junge« nannte. Der Kerl war ein halbes Jahr *jünger* als er, verdammt!

»Wenn ich das wüsste«, antwortete Graves und schlabberte eine weitere Woge aus grauem Qualm in seine Richtung. Mogens hustete demonstrativ, wodurch sich Graves dazu bemüßigt zu fühlen schien, einen weiteren, noch tieferen Zug an der Zigarette zu nehmen. »Scheint, als wäre etwas schief gegangen«, fügte er hinzu.

»Etwas *schief gegangen?*« Mogens ächzte. Seine Erinnerungen an die zurückliegende Nacht waren immer noch lückenhaft, aber selbst des Wenige, woran er sich erinnerte, war ganz gewiss nicht dergestalt, dass er es mit dem saloppen Ausdruck *schief gegangen* bezeichnet hätte. Graves musterte ihn nur kühl, deutete ein Achselzucken an und sog erneut an seiner Zigarette.

Mogens kramte angestrengt in seinem Gedächtnis, aber er stieß nur auf ein wirres Durcheinander aus größtenteils sinnlosen und *ausnahmslos* Furcht erregenden Bildern, von denen er spürte, dass sie sehr wohl in der Lage gewesen wären, sich zu einem sinnvollen Ganzen zusammenzufügen, ohne dass es ihm indes gelang. Konnte es sein, dass sich ein Teil von ihm gar nicht erinnern *wollte?*

Er tat so, als versuche er in eine etwas bequemere Position auf dem Bett zu rutschen, nutzte die Bewegung aber in Wahrheit, um unauffällig an Graves vorbeizulinsen und nach Janice Ausschau zu halten. Sie war tatsächlich da, ein Schatten in den Schatten, der ihn aus unheimlichen glosenden Schakalaugen anstarrte, während ihre Lippen zwei lautlose, schreckliche Worte formten; die Erinnerung an das, woran er sich um keinen Preis hatte erinnern wollen.

»Miss Preussler!«, entfuhr es ihm. Plötzlich war alles wieder da. Die Erinnerung traf ihn mit der Wucht eines Faustschlags. Aus weit aufgerissenen Augen starrte er Graves an und flüsterte noch einmal: »Miss Preussler, Jonathan! Was... was ist mit ihr?«

Aus den Schatten heraus antwortete Janices lautlos-spöttische Stimme. *Aber das weißt du doch, mein kleiner Dummkopf. Ihr ist dasselbe zugestoßen wie all deinen Frauen.* Graves jedoch hob nur abermals die Schultern und deutete gleichzeitig ein Kopfschütteln an.

»Mann Gottes, Jonathan«, keuchte Mogens, »Miss Preussler befindet sich in der Gewalt dieser... dieser Bestien... oder ist vielleicht schon tot. Und alles, was dir dazu einfällt, ist ein *Kopfschütteln?*«

»Brächte es sie zurück, wenn ich in Tränen ausbräche?«, fragte Graves kalt. »Was geschehen ist, ist bedauerlich. Niemandem tut das, was deiner bemitleidenswerten Zimmerwirtin widerfahren ist, mehr Leid als mir, das versichere ich dir. Aber was geschehen ist, ist nun einmal geschehen und lässt sich nicht mehr rückgängig machen.«

»Und das ist alles, was dir dazu einfällt?«, flüsterte Mogens ungläubig. So wenig, wie er sich noch vor einer Minute hatte erinnern können, so schwer fiel es ihm nun, sich der entsetzlichen Bilder zu erwehren, die aus allen Richtungen zugleich auf ihn einstürmten.

»Es war ein Experiment, das außer Kontrolle geraten ist«, erwiderte Graves, noch immer äußerlich scheinbar vollkommen unberührt, dennoch aber in hörbar schärferem Ton. »Ich sagte bereits, es tut mir Leid! Aber manchmal müssen dem wissenschaftlichen Fortschritt eben auch Opfer gebracht werden, so bedauerlich uns das auch erscheinen mag.«

Graves starrte ihn fassungslos an. Er hatte eine Menge von Graves erwartet, aber das erschütterte selbst ihn. »Opfer gebracht?«, murmelte er ungläubig.

»Auch ich habe Opfer gebracht«, versetzte Graves. »Und du, Mogens, wenn ich dich daran erinnern darf. Oder hast du das gottverlassene Loch schon vergessen, aus dem ich dich herausgeholt habe?«

»Nein«, antwortete Mogens gepresst. Er musste sich mit aller Kraft beherrschen, um Graves nicht anzuschreien. Wenn er diesem Mann bisher vielleicht noch einen Rest von Menschlichkeit zugebilligt hatte, so hatte Graves ihn spätestens in diesem Moment verspielt. »Da gibt es nur einen Unterschied, weißt du: Niemand hat uns gezwungen, hierher zu kommen. Wir beide kannten das Risiko. Miss Preussler hatte nicht die leiseste Ahnung, worauf sie sich einlässt.«

Graves setzte zu einer sichtlich noch schärferen Antwort an, überlegte es sich aber dann anders und stand mit einem Ruck auf. »Niemand hat sie gezwungen, vergangene Nacht zu uns herunter zu kommen. Ganz im Gegenteil. Ich hatte es ihr ausdrücklich untersagt!« Er schnitt Mogens mit einer herrischen Geste das Wort ab, als er widersprechen wollte, mäßigte aber trotzdem seinen Ton, als er fortfuhr: »Du bist im Moment erregt, Mogens. Das kann ich verstehen, nach allem, was du mitgemacht hast. Ruh dich eine Weile aus. Ich komme später noch einmal zu dir, und dann reden wir. Ich habe interessante Neuigkeiten.«

Obwohl er zugeben musste, dass Graves vollkommen Recht hatte, was seine körperliche Verfassung anging, dachte Mogens überhaupt nicht daran, den Rat zu beherzigen und sich auszuruhen. Ganz im Gegenteil wartete er nur, bis Graves die Hütte verlassen hatte, bevor er die Beine aus dem Bett schwang und aufstand. Der morsche Bretterboden war so kalt, dass ihm ein eisiger Schauer über den Rücken lief. Die Decke glitt endgültig von seinen Schultern und fiel zu Boden. Mogens versuchte danach zu greifen, aber seine bandagierten Hände brachten nicht das nötige Geschick auf. Missmutig betrachtete er das zerknüllte Tuch zu seinen Füßen und hielt dann noch missmutiger nach seinen Kleidern Ausschau. Er entdeckte sie als Haufen unordentlicher Lumpen neben der Tür, schlurfte mühsam hin und bückte sich noch mühsamer danach, nur um festzustellen, dass sein erster Eindruck richtig gewesen war. Es *waren* nur noch Fetzen. Hose, Jackett, Weste und Hemd waren wie von skalpellscharfen Klingen zerschlitzt und so überreich mit eingetrocknetem Blut getränkt, dass der Stoff wie trockenes Herbstlaub knisterte, als er ihn hochhob. Nichts davon war noch zu gebrauchen. Selbst die hausfraulichen Künste einer Betty Preussler hätten wohl nicht mehr ausgereicht, *diese* Schäden zu reparieren.

Wäre sie noch da gewesen.

Gerade, als er mit Graves gesprochen hatte, war er einfach nur zornig gewesen, zornig auf das Schicksal und zutiefst empört über Graves' zynisch-unmenschliche Reaktion, aber nun überkam ihn eine tiefe, schmerzende Trauer, als er an sie dachte. Wie oft hatte er sie insgeheim verflucht, wenn sie ihm mit ihren Nachstellungen und ihrem gluckenhaften Gehabe auf die Nerven gegangen war: Wie oft hatte er ihr die Pest an den Hals gewünscht, wenn er von der Universität nach Hause gekommen war und festgestellt hatte, dass sie wieder einmal seine Sachen durchwühlt und seine Korrespondenz einer gründlichen Inspektion unterzogen hatte? Mehr als einmal hatte er sich bei dem heimlichen Wunsch ertappt, sie möge an einem ihrer verfluchten Zimtplätzchen ersticken, mit denen sie ihm auf Schritt und Tritt auflauerte, oder über ihren allgegenwärtigen Putzeimer stolpern und sich den Hals brechen – aber eines hatte er ihr ganz gewiss nicht gewünscht: den Tod.

Und schon gar nicht auf diese Weise.

Mogens versuchte, den Gedanken zu verscheuchen, erreichte damit aber eher das genaue Gegenteil. Seine Erinnerungen an die vergangene Nacht waren noch immer lückenhaft, und er mutmaßte, dass das nicht von ungefähr kam; möglich, dass ihn sein Bewusstsein aus gutem Grund vor den allerschlimmsten Bildern beschützte, weil er sonst Schaden daran genommen hätte. An eines aber erinnerte er sich plötzlich mit vollkommener Klarheit: Betty Preusslers gellende Schreie und den Ausdruck absoluten Entsetzens, den er in ihrem Gesicht gelesen hatte, als das Ungetüm sie gepackt und davongeschleift hatte.

Warum war sie auch nur dort hinunter gekommen? Großer Gott, nach allem, was geschehen war, hatte ihr etwas so Lächerliches wie eine Kanne Kaffee, die sie ihnen gegen ihren erklärten Willen bringen wollte, den Tod gebracht!

Wer nicht hören will...

In diesem einen Punkt hatte Graves sogar Recht, auch wenn die Art, auf die er seine Argumente vorgebracht hatte, aufs Höchste verachtenswert war. Niemand hatte Miss Preussler gebeten, vergangene Nacht in den Tempel zu kommen. Niemand hatte sie gebeten, ihm von Thompson aus hierher zu folgen – nein, verbesserte er sich in Gedanken: ihn zu *verfolgen*! –, und niemand hatte ihr geraten, hier zu bleiben, nachdem all diese schrecklichen Ereignisse ihren Anfang genommen hatten.

»Es *war* nicht meine Schuld«, sagte er, an das Janice-Ding gewandt, das noch immer in den Schatten stand und ihn aus seinen unheimlichen Schakalaugen anstarrte. In diesem Moment funktionierte es sogar. Indem er Miss Preussler zumindest eine Mitschuld an den Geschehnissen gab, entlastete er sich selbst, und auch wenn er nur zu gut wusste, dass diese Lüge nicht lange halten würde, so brauchte er im Moment doch vor allem eines: Einen klaren Kopf. »Es war nicht meine Schuld, hörst du?«, sagte er noch einmal. »Ich habe sie gewarnt.«

Das Janice-Ding stieß ein leises, enttäuschtes Knurren aus und zog sich dann lautlos zurück, und hinter Mogens sagte eine Stimme: »Professor?«

Mogens fuhr so hastig herum, dass ihm prompt schwindelig wurde und er sich abstützen musste, um nicht das Gleichgewicht zu verlieren. Er hatte weder gehört, wie die Tür aufgegangen, noch dass Tom hereingekommen war. Der Junge stand nur zwei Schritte hinter ihm und sah mit einer Mischung aus Verwirrung und Sorge zu ihm auf. Er hatte ein schmales Bündel unter den linken Arm geklemmt und trug ein mit einem sauberen Tuch abgedecktes Tablett in den Händen.

»Professor?«, fragte er noch einmal. »Ist alles in Ordnung?«

Mogens riskierte es nicht, den Kopf zu schütteln, sondern sah Tom nur betroffen an. Tom seinerseits blinzelte verwundert in die Runde und fragte dann: »Mit wem haben Sie gesprochen?«

Es lag Mogens auf der Zunge, einfach zu sagen. »Mit niemandem«, und das Thema damit und mit dem entsprechenden harschen Ton zu beenden, was Tom auch zweifellos akzeptiert hätte. Stattdessen zwang er sich zu einem schiefen Lachen und antwortete leise: »Mit niemandem, den du sehen könntest, Tom.«

Er humpelte mit vorsichtigen kleinen Schritten zum Bett zurück und ließ sich auf die Bettkante sinken. Sein Herz pumpte, und als er sich nach dem Betttuch bückte, um seine Blöße zu bedecken, zitterten seine Hände so heftig, dass er wohl auch ohne die Bandagen Mühe gehabt hätte, es zu ergreifen. Die wenigen Schritte hatten ihn so erschöpft, als wäre er meilenweit über einen steilen Bergpfad gewandert.

Tom sah ihn weiter verwirrt an, sodass Mogens mit einem leicht wehmütigen Lächeln hinzufügte: »Nur ein Gespenst aus meiner Vergangenheit, Tom. Es besucht mich ab und zu.«

Fast zu seiner Überraschung konnte er dem Jungen ansehen, dass er dies wohl verstand, denn er nickte nur, trug sein Tablett zum Tisch und lud dann das mitgebrachte Bündel auf einem der Stühle ab. »Ich dachte mir, ich bringe Ihnen etwas zu essen«, sagte er. »Sie müssen sehr hungrig sein. Keine Angst«, fügte er rasch hinzu. als er Mogens' Stirnrunzeln bemerkte, »ich habe es nicht selbst gekocht. Es ist noch von gestern übrig geblieben.«

»Danke«, sagte Mogens. »Ich bin wirklich ein wenig hungrig. Aber woher wusstest du das?« *Ein wenig hungrig* war hoffnungslos tief gestapelt. Er war nicht nur zu Tode erschöpft, sondern auch so ausgehungert, dass er eine lebende Kuh verspeisen könnte.

»Ich bitte Sie, Professor!«, sagte Tom gönnerhaft. »Nach einem so großen Blutverlust, wie Sie ihn erlitten haben, ist das vollkommen normal.«

»Und woher weißt du *das* wiederum?«, wollte Mogens wissen.

Er vermochte Toms Gesichtsausdruck nicht endgültig zu deuten, als er antwortete, aber er war irgendwie… seltsam. »Ich bin jetzt schon viele Jahre mit Doktor Graves zusammen, Professor. Und ich habe ihn in dieser Zeit wahrlich oft genug zusammengeflickt, um mir ein gewisses Wissen angeeignet zu haben.«

Mogens blickte stirnrunzelnd auf seine zu Klumpen zusammengeschnürten Hände hinab, und Tom sagte hastig: »Das war ich nicht.«

»Nein?«

Tom schüttelte übertrieben heftig den Kopf. »Doktor Graves hat darauf bestanden, Ihre Hände selbst zu verbinden. Ich bin vielleicht kein guter Koch, aber für *das da* würde ich mich in Grund und Boden schämen. Und so schlimm sind die Verletzungen auch gar nicht – wenn Sie mich fragen.« Er fuhr ganz sacht zusammen, als wäre ihm gerade klar geworden, dass er sich möglicherweise im Ton vergriffen hatte, und fügte mit einem leicht verunglückten Lächeln und leiser hinzu: »Aber ich hab auch nicht allzu genau hingesehen.«

Dafür sah Mogens nun umso genauer hin und entdeckte auch an Toms Handgelenk, Hals und Knöchel hellgrauen Verbandsstoff, der unter seiner Kleidung hervor lugte. Sein schlechtes Gewissen meldete sich. Er war bisher nicht einmal auf den *Gedanken* gekommen, dass Tom vielleicht auch verletzt sein könnte.

»Das ist nichts«, sagte Tom hastig, als er seinen Blick bemerkte. »Nur ein paar Schrammen.«

Wenn Tom nicht darüber reden wollte, dann war das seine Sache, fand Mogens. »Wenigstens warst du klug genug, dich nicht von Graves verbinden zu lassen«, sagte er.

Tom lachte, aber es konnte nicht darüber hinwegtäuschen, wie unangenehm ihm das Thema war. Mogens beschloss, es zu wechseln.

»Ist Doktor Graves schon oft schwer verletzt worden?«, fragte er.

»Das eine oder andere Mal«, antwortete Tom und begann unbehaglich von einem Fuß auf den anderen zu treten. Im nächsten Augenblick zwang er sich zu einem jungenhaften Grinsen und drohte Mogens spöttisch mit dem Finger. »Sie wollen mich aushorchen, Professor«, sagte er. »So etwas gehört sich nicht.«

Mogens blieb ernst. »Ja«, sagte er gerade heraus. »Meinst du denn nicht auch, dass es allmählich an der Zeit wäre, mir alles zu erzählen, Tom?«

»Professor?«

»Stell dich nicht dumm, Tom – und behandle *mich* nicht, als wäre ich dumm«, sagte Mogens, allerdings in einem Ton, der den Worten den allergrößten Teil ihrer Schärfe gleich wieder nahm. »Graves hat mir eine Menge verraten, aber gewiss nicht alles.«

»Ich weiß nicht, wovon Sie sprechen, Professor«, antwortete Tom. Sein Ton war merklich kühler geworden. »Wenn da etwas ist, was Sie nicht verstehen, dann sollten Sie Doktor Graves fragen. Ich bin nur sein Gehilfe.«

Mogens konnte fast körperlich fühlen, wie die Stimmung kippte; als wären die Temperaturen ein Raum schlagartig um mehrere Grade gesunken. Er bedauerte das. Tom war der Letzte, dem er irgendeinen Vorwurf machen wollte. Aber nun, wo er einmal so weit gegangen war, konnte er ebenso gut auch weitermachen. Es gab zwar keinen wirklichen Grund dafür, aber tief in sich spürte Mogens, dass seine Zeit ablief.

»Das ist wohl wahr«, antwortete er. »Unglückseligerweise weicht der Doktor meinen entsprechenden Fragen aus. Dort unten ist noch mehr als ein fünftausend Jahre altes Grab, habe ich Recht?«

Tom begann sich regelrecht zu winden, aber sein Gesicht nahm zugleich auch einen Ausdruck von Verstocktheit an, dass Mogens begriff, dass er nichts weiter aus ihm herausholen würde. Er hatte das zerbrechliche Verhältnis zwischen ihnen vollkommen umsonst belastet.

»Ich muss jetzt gehen, Professor«, sagte Tom kühl. »Es ist schon spät, und ich hab noch viel zu tun.« Er deutete, schon im Herumdrehen, auf das Bündel, das er auf den Stuhl gelegt hatte. »Ich hab Ihnen saubere Kleidung gebracht. Doktor Graves ist zwar der Meinung, Sie sollten wenigstens ein paar Stunden schlafen, aber ich glaub, das werden Sie sowieso nicht tun.«

Mogens wartete, bis er bei der Tür war und die Hand nach der Klinke ausstreckte, dann sagte er: »Noch eine letzte Frage, Tom.«

Tom bleib zwar deutlich widerwillig stehen, aber er *blieb* stehen und sah stumm über die Schulter zu ihm zurück.

»Gestern Nacht, Tom«, sagte Mogens. »In der Tempelkammer. Du hast deine Lampe auf das Tor gerichtet.«

Tom nickte. Sein Gesicht erstarrte zu Stein.

»Was hast du gesehen, Tom?«, fragte Mogens.

Tom starrte ihn eine weitere, endlose Sekunde lang ausdruckslos an, dann sagte er kühl: »Ich weiß nicht, wovon Sie reden, Professor«, und verließ fast fluchtartig das Haus.

Mogens blieb nicht nur vollkommen verstört zurück, sondern auch mit einem überaus schlechtem Gewissen. Er hatte Tom nicht einfach nur verunsichert, sondern auch zutiefst verletzt, und das hatte er ganz gewiss nicht gewollt. Zugleich fragte er sich allerdings auch, warum Tom so überaus verschreckt auf diese Frage reagiert hatte.

Die Antwort war so offensichtlich, dass Mogens ganz automatisch den Kopf schüttelte, sie sich überhaupt hatte stellen zu müssen. Er *hatte* etwas gesehen, und es *hatte* ihn erschreckt – aber kein bisschen überrascht.

Wieso aber konnte *er* sich nicht daran erinnern?

Mogens spürte, wie seine Gedanken schon wieder auf Pfaden zu wandeln begannen, die sie am Ende vielleicht genau dorthin führen würden, wo das Janice-Ding in der Dunkelheit wohnte, und das würde er im Moment nicht ertragen.

Mogens wandte sich einem näher liegenden Problem zu: Tom hatte ihm zwar frische Kleider gebracht, aber mit seinen bandagierten Händen war er kaum in der Lage, sie hochzuheben, und ganz gewiss nicht, sie anzuziehen. Darüber hinaus musste er wissen, was mit seinen Händen geschehen war. Tom hatte behauptet, die Verletzung wäre nicht so schlimm, aber auf der anderen Seite hatte Graves darauf bestanden, sie ihm höchstpersönlich und noch dazu auf diese sonderbare Weise zu bandagieren, und Jonathan tat prinzipiell *nichts* Sinnloses.

Mogens sah sich unversehens mit einem neuen, vollkommen unerwarteten Problem konfrontiert, als er damit begann, seine Bandagen zu lösen. Durch die eng geschnürten Binden praktisch des Geschickes beider Hände beraubt, war es ihm nahezu unmöglich, den straff angelegten Verbandsstoff auch nur zu lockern. Erst, als er die Zähne zu Hilfe nahm, gelang es ihm, einen Anfang an seiner linken Hand zu machen. Er bezahlte dafür mit so heftigen Schmerzen, dass ihm die Tränen in die Augen schossen, und fast noch schlimmer war der Geschmack. Graves musste die Verbände mit irgendeiner Salbe oder Tinktur getränkt haben. Obwohl Mogens sorgfältig darauf achtete, dass seine Lippen nicht mit dem groben Verbandsstoff in Berührung kamen, löste der Geschmack ein so heftiges Gefühl von Übelkeit in seinem Magen aus, dass er sich um ein Haar übergeben hätte. Dennoch arbeitete er verbissen weiter und lockerte nach und nach einen Streifen nach dem anderen, bis sich der Verband schließlich vollends löste und mit einem sonderbar schweren und nassen Laut zu Boden fiel.

Was darunter zum Vorschein kam, war so verblüffend, dass Mogens für einen Moment sowohl den tobenden Schmerz als auch die kaum minder quälende Übelkeit vergaß.

Er hatte erwartet, seine Finger aufs Schrecklichste verstümmelt zu erblicken, denn seine Hände fühlten sich nicht nur an, als wären sie gehäutet worden, sondern darüber hinaus auch noch, als wäre jeder einzelne Knochen darin gebrochen.

Aber sie waren vollkommen unversehrt. Mogens gewahrte nicht den winzigsten Kratzer; allenfalls zwei oder drei Stellen, an denen die Haut leicht gerötet war. Dazu kam noch etwas, das ihm erst nach einigen weiteren Augenblicken richtig bewusst wurde: Jetzt, da er den Verband entfernt hatte, ließen die Schmerzen rasch nach. Was zurückblieb, war ein allenfalls noch unangenehmes Brennen und Kribbeln.

Hastig und nun im Besitz einer funktionstüchtigen Hand, entfernte er auch den Verband von seiner Rechten und wurde mit demselben, fast schon unheimlichen Anblick belohnt. Auch seine rechte Hand war nahezu unversehrt; ein paar Schrammen, die er sich wahrscheinlich zugezogen hatte, als er auf der Trümmerhalde gestürzt war, und auch die Schmerzen in dieser Hand ließen sofort nach, nachdem er den Verband entfernt hatte.

Noch etwas fiel ihm auf: Seine Haut war von einer dünnen, klebrigen Schlicht bedeckt, die einen leicht scharfen, aber nicht einmal wirklich unangenehmen Geruch verströmte. Was zum Teufel hatte ihm Graves da auf die Finger geschmiert? Und vor allem: Warum?

Tom war vorausschauend genug gewesen, ihm nicht nur ein kräftiges Frühstück zu bringen, sondern auch eine Schale mit frischem Wasser. Nachdem er die schleimige Schicht vollends abgewaschen und seine Hände schließlich schon fast übertrieben sorgsam trocken gerieben hatte, wurde sein Verdacht zur Gewissheit: Die Schmerzen waren wie weggeblasen. Nicht irgendeine Verletzung, die er sich im Laufe der vergangenen Nacht zugezogen hatte, war für die Schmerzen verantwortlich gewesen, sondern die Salbe, die Graves auf seine Verbände gegeben hatte.

Mogens wurde für einen Moment zornig, beruhigte sich aber dann auch fast ebenso schnell wieder.

Graves mochte seine Gründe gehabt haben. Aber Mogens nahm sich fest vor, ihn zu fragen, und sich diesmal auch ganz gewiss nicht mit irgendwelchen Halbwahrheiten oder Ausflüchten abspeisen zu lassen. Im Moment jedoch hatte er Wichtigeres zu tun.

Nachdem er sich angezogen hatte – die Kleider mussten Tom gehören, denn sie passten weder richtig, noch waren sie wirklich sauber –, machte er sich wie ein hungriger Wolf über das Essen her. Tom hatte seinen Appetit großzügig eingeschätzt; dennoch hatte er nicht das Gefühl, wirklich satt zu sein, obwohl er alles bis auf den letzten Krümel verzehrte.

Wie spät mochte es sein? Mogens durchwühlte die beklagenswerten Überreste seiner Kleider nach seiner Taschenuhr, ohne jedoch fündig zu werden, und vor dem einzigen, noch dazu nicht besonders großen Fenster waren die Läden vorgelegt, sodass im Innern der Hütte ein schummeriges Halbdunkel herrschte. Das wenige Licht jedoch, das durch die schmalen Ritzen der altersschwachen Läden drang, war so klar, dass es nur das eines noch recht jungen Tages sein konnte. Also hatte er noch nicht einmal sehr lange geschlafen, wenn man seinen Zustand und den immensen Blutverlust bedachte, den er erlitten hatte. Dennoch viel zu viel Zeit.

Mogens warf einen sehnsüchtigen Blick auf das zerwühlte Bett, dessen Laken so schweißnass waren, dass er den unangenehmen, säuerlichen Geruch selbst hier noch wahrnehmen konnte. Doch es half nicht. Sie hatten nur noch so wenig Zeit und so unendlich viele Fragen.

Entschlossen stand er auf und wandte sich zur Tür. Schon auf dem Weg dorthin wurde ihm wieder schwindelig, und es wurde nicht besser, als er das Haus verließ und sich quer über den schlammigen Platz hinweg auf den Weg zu Graves' Hütte machte.

Was die Tageszeit anging, so hatte er sich verschätzt, und zwar zu seinen Ungunsten. Die Sonne hatte den Zenith schon überschritten, und es musste nach zwei sein, wenn nicht drei.

Er war mindestens zwölf Stunden bewusstlos gewesen. Gott allein wusste, was in dieser Zeit unten in den Höhlen geschehen sein mochte oder welche Ungeheuer die ewige Nacht dort unten ausbrütete, um sie auf eine ahnungslose Welt loszulassen.

Allein auf dem kurzen Stück zu Graves' Hütte musste er zweimal innehalten, um neue Kraft zu schöpfen. Der üble Geschmack war noch immer in seinem Mund und sorgte dafür, dass er zumindest einen der Gründe nicht vergaß, aus denen er zu Graves unterwegs war, und er nutzte die zweite Zwangspause, die ihm Schwindel und Schwächegefühl auferlegte, um seine Hände noch einmal im hellen Sonnenlicht zu betrachten.

Sie waren nicht ganz so unversehrt, wie er noch vorhin geglaubt hatte. Zwar konnte er auch jetzt noch keine Verletzungen entdecken, die über einige vernachlässigbaren Schrammen hinausgingen, aber seine Haut war leicht gerötet – vor allem an den Handflächen –, und es gab zwei oder drei kleine nässende Stellen, die ihm vorher im schwachen Licht seiner Hütte nicht aufgefallen waren.

Mogens ballte prüfend erst die eine, dann die andere Hand zur Faust und ging dann weiter.

Graves öffnete nicht, als er gegen die Tür klopfte, zuerst zaghaft, dann etwas energischer und schließlich so laut, dass Graves es einfach hören *musste*, wenn er da war. Es erfolgte keine Reaktion.

Mogens wandte sich enttäuscht um und ließ seinen Blick unschlüssig über den weiten Platz und die Ansammlung unterschiedlich großer Gebäude schweifen. Graves konnte buchstäblich überall sein, in jenem einzelnen dieser Gebäude, selbst unten in den Höhlen, und er hatte nicht die Kraft, überall nach ihm zu suchen. Aber er konnte auch nicht einfach in seine Hütte zurückkehren und darauf hoffen, dass Graves früher oder später von selbst bei ihm auftauchte, um ihm all seine Fragen zu beantworten. Ebenso gut konnte er auch hier auf ihn warten.

Obwohl es ihm selbst nach allem, was geschehen war, nachgerade lächerlich vorkam, empfand er doch ein heftiges

Gefühl von schlechtem Gewissen, als er die Türklinke herunterdrückte und das kleine Haus betrat. Auch hier waren die Läden vorgelegt, sodass Mogens seine Umgebung mehr erahnte als wirklich sehen konnte; eine Umgebung, die zudem nur aus verschwommenen Schatten und Schemen und allesamt gleichermaßen unwirklich wie bedrohlich anmutenden Umrissen zu bestehen schien. Mogens versuchte, sich die genaue Einrichtung und die Standorte das Mobiliars ins Gedächtnis zu rufen, um sich wenigstens unbeschadet an eines der Fenster vorzutasten, prallte prompt in der Dunkelheit gegen einen Stuhl, der mit einem lautstarken Poltern umfiel, und kam erst dann auf die nächstliegende Idee, nämlich kurzerhand die Tür offen zu lassen. Sein schlechtes Gewissen, das ihm sagte, dass er hier ein unerwünschter Eindringling war, hatte ihn wohl offensichtlich dazu veranlasst, sich auch wie ein solcher zu benehmen.

Beim zweiten Anlauf erreichte er das Fenster ohne größere Zwischenfälle oder Verletzungen, zog es auf und stieß auch den altersschwachen, zweigeteilten Laden nach außen. Das Sonnenlicht, das hereinströmte, wirkte im ersten Moment deplatziert; die Luft war voller Staub, der hell aufleuchtete wie ein Schwarm winziger goldfarbener Insekten, die allesamt im gleichen Sekundenbruchteil dem Licht zu nahe gekommen waren, und für einen winzigen Moment, jenen zeitlosen Augenblick, in dem die Dunkelheit zurück wich, ohne dass das Licht ihr bereits gefolgt war, schienen die Dinge rings um ihn herum eine vollkommen andere, bedrohliche Gestalt anzunehmen, sprungbereit lauernde Schatten, die Gesichter und Münder hatten und ihn gierig anstarrten; ihrer Beute noch nicht habhaft, aber schon gewiss.

Der Augenblick verging, ehe er auch nur wirklich erschrecken konnte, aber er ließ etwas wie einen neuerlichen, noch schlechteren Geschmack in ihm zurück. Diesmal nicht auf seiner Zunge, sondern auf seiner Seele.

Mogens verscheuchte den unheimlichen Gedanken, schalt sich im Stillen den Feigling, der er ganz offensichtlich auch war, und beeilte sich nun, auch zu den beiden anderen

Fenstern zu eilen und sie aufzumachen; wie er sich selbst sogar einigermaßen erfolgreich einredete, weil es hier drinnen finster und die Luft so stickig war, dass man sie kaum noch atmen konnte, in Wahrheit aber wohl viel mehr, weil er Angst vor den Schatten hatte und den Dingen, die darin lebten.

Zumindest die Luft wurde merklich besser, auch wenn Mogens nun umso deutlicher wahrnahm, wie erbärmlich es hier drinnen stank – nach Graves' grässlichen Zigaretten, abgestandenem Essen und alten Büchern, aber auch nach noch etwas anderem, das er nicht richtig bezeichnen konnte, obgleich es eindeutig der unangenehmste Geruch von allem war.

Mit einiger Mühe gelang es ihm, sich auch von diesem Gedanken frei zu machen. Er war nicht hierher gekommen, um sich ein Urteil über Graves' Reinlichkeit oder seine Essgewohnheiten zu bilden. Er musste mit Graves sprechen – und vor allem musste er sich setzen, wollte er nicht Gefahr laufen, dass Graves ihn bewusstlos und zitternd auf dem Fußboden vorfand, wenn er zurückkam. Die kleine Anstrengung, das Zimmer dreimal zu durchqueren und die Fenster zu öffnen, war offensichtlich schon mehr, als er sich im Moment zumuten konnte.

Mogens steuerte auf zitternden Knien die nächste Sitzgelegenheit an, die er entdeckte: den großen Ohrensessel hinter Graves' Schreibtisch, der zugleich das einzige Möbelstück im Raum war, das auch nur halbwegs bequem aussah. Minutenlang blieb er einfach dahinter sitzen, lauschte mit geschlossenen Augen auf das schwere Schlagen seines Herzens, das sich nur ganz allmählich wieder beruhigte, und genoss das Prickeln und Kribbeln, mit dem das Gefühl bleierner Schwere in seinen Gliedern in eine angenehme Müdigkeit überging. Erst nach einer geraumen Weile und nachdem sich auch das immer noch anhaltende Schwindelgefühl hinter seiner Stirn gelegt hatte, wagte er es wieder, die Lider zu heben.

Vielleicht hätte er das besser nicht getan. Der Raum war von einem hellen Sonnenlicht erfüllt, wie er es möglicherweise monatelang nicht mehr gesehen hatte, vielleicht überhaupt noch nie, seit Doktor Jonathan Graves hier eingezogen war, und dennoch machte das Licht ihn nicht wirklich *hell*. Es war wieder genau wie vorhin, als er das Fenster geöffnet hatte, ja diesmal beinahe noch schlimmer: In jenem zeitlosen Moment, in dem die Dunkelheit hinter seinen Lidern nicht mehr da war, das helle Licht der Nachmittagssonne seine Netzhäute aber auch noch nicht erreicht hatte, hatte er abermals das Gefühl, einen Blick in eine dritte, unheimliche Welt zu werfen, in die Dimensionen der Dämmerung, in der jener im Grunde gar nicht existente, winzige Augenblick für alle Zeiten gefangen war, den es zwischen der Schöpfung und dem absoluten Nichts gegeben haben mochte; samt all den unfertigen, von unvorstellbarem Hass auf alles Lebende und Fühlende beseelten Kreaturen, die darin lebten.

Auch dieser Moment war zu schnell vorüber, um ihn wirklich zu erschrecken – aber plötzlich empfand er einen tiefen, beinahe schon an Hass grenzenden Groll auf Graves. Dieses Gefühl war nicht neu. Weder sein Zorn noch diese irreale Angst vor der Dunkelheit, die kindische und eines Wissenschaftlers wie ihm durch und durch unwürdige, deswegen aber nicht weniger schlimme Furcht vor der Nacht mit ihren Bewohnern, die ihn so lange heimgesucht und ihm so unendlich viele Albträume und Visionen beschert hatte. Er hatte geglaubt, wenigstens das überwunden zu haben, zumindest *diesen* Teil des Preises für seinen schrecklichen Verrat an Janice endgültig bezahlt zu haben, aber nun hatte ihm Graves selbst diese kleine Gnade genommen. Die Schuld war nicht bezahlt, sondern war um ein weiteres Leben angewachsen. Die Visionen waren wieder da, und mit ihnen die Furcht. Vielleicht war das die Strafe, die sich das Schicksal für ihn ausgedacht hatte. Vielleicht reichten ihm Einsamkeit und Ausgestoßensein noch nicht, und seine wahre Sühne bestand darin, für den Rest seines Lebens einen Blick in diesem Abgrund zwischen den Welten werfen zu müssen. Vielleicht würde er nie wieder einen dunklen Raum betreten können, nie wieder einen Sonnenuntergang erleben, ohne dass er Angst davor hatte, nie wieder das Privileg genießen, einfach nur die Augen schließen zu dürfen, ohne Furcht vor dem Moment, in dem er sie wieder öffnete.

Vielleicht war er aber auch nur zu Tode erschöpft und am Ende seiner Kräfte und hatte das, was er in der vergangenen Nacht unten in der Tempelkammer erlebt hatte, noch nicht hinreichend verarbeitet. Er wusste ja noch nicht einmal wirklich, was es gewesen war.

Von einer plötzlichen inneren Unruhe gepackt, die es ihm einfach unmöglich machte, weiter still sitzen zu bleiben, stand er auf, begann ruhelos in dem kleinen Zimmer auf und ab zu gehen und trat schließlich an das schwere Bücherregal hinter Graves' Schreibtisch heran; nicht einmal so sehr, weil ihn die Bücher tatsächlich interessiert hätten, sondern weil es einfach zu seinen Gewohnheiten gehörte, sich den Inhalt der Bücherregale anzusehen, wenn er irgendwo zum ersten Mal war. In den meisten Fällen eine sehr zuverlässige Methode, sich einen ersten Eindruck von seinem Besitzer zu verschaffen. Mogens war weder zum ersten Mal hier, noch hatte er es nötig, sich einen *Eindruck* von Jonathan Graves zu verschaffen; aber der schreckliche Moment schien immer noch nicht ganz vorüber zu sein. Obwohl sich die Schatten zurückgezogen hatten und der Abgrund zwischen Tag und Nacht zumindest im Moment wieder versiegelt zu sein schien, kam ihm dieses Zimmer und insbesondere seine Einrichtung nicht wirklich *richtig* vor. Mogens konnte das Gefühl nicht in Worte fassen, nicht einmal in jene nonverbale Gedankensprache, die mit Gefühlen und bizarren Querverweisen und Erinnerungsfetzen arbeitete. Etwas hier drinnen war nicht so, wie es sein sollte. Es war, als wäre die Welt um eine Winzigkeit aus ihrer Balance gekippt und hätte sich in eine Richtung geneigt, von der er bisher nicht einmal gewusst hatte, dass es sie gab – und es auch gar nicht wissen *wollte*. Vielleicht war dieses Bücherregal mit seinen vertrauten Umrissen und den ihm zum allergrößten Teil ebenso geläufigen Titeln das einzig noch normal Gebliebene in diesem Raum, etwas wie ein Rettungsanker, an den er sich klammern konnte, um nicht endgültig den Halt in der Wirklichkeit zu verlieren.

Auch das war etwas, was Mogens bereits ernsthaft in Betracht gezogen hatte: die Frage, ob er vielleicht im Begriff war, den Verstand zu verlieren. Mogens war kein starker Mann, weder körperlich noch mental. Er hatte sich ganz im Gegenteil schon oft gefragt, wieso er die Ereignisse jener fürchterlichen Nacht vor neun Jahren bei einigermaßen gesundem Verstand verkraftet hatte – Ereignisse, an denen manche sehr viel stärkere Charakter ganz zweifellos zerbrochen wäre. Eine Antwort auf diese Frage hatte er nie gefunden, aber vielleicht hatte er sie jetzt, und vielleicht lautete sie einfach: *Nein*.

Mogens spürte die Gefahr, die hinter diesen Gedanken lauerte. Mit zitternden Händen griff er sich wahllos eines der Bücher, nahm es vom Regal und schlug es auf. Es war ein Band über das frühe Ägypten, von dem es auch ein Exemplar in seiner eigenen kleinen Bibliothek in seinem Zimmer in Miss Preusslers Pension in Thompson gab und den er so gut kannte, dass er manche Passagen auswendig rezitieren konnte. Dennoch schienen die Buchstaben im allerersten Moment nicht den geringsten Sinn zu ergeben. Mogens starrte die aufgeschlagenen Seiten an, doch er hätte ebenso gut auch eine Tonscherbe mit bisher noch nicht übersetzten, fünftausend Jahre alten Hieroglyphen in den Händen halten können.

»Darf ich fragen, was du da tust?«, fragte eine scharfe Stimme hinter ihm.

Mogens fuhr mit einer so schuldbewussten Bewegung zusammen, dass er das Buch um ein Haar fallen gelassen hätte, und drehte sich so hastig um, dass ihm schon wieder leicht schwindelig zu werden drohte. Graves hatte das Haus nicht nur vollkommen lautlos betreten, sondern sich auch dem Schreibtisch bis auf weniger als einen Schritt genähert, ohne dass Mogens es auch nur bemerkt hatte. Er sah sehr zornig aus.

»Jonathan«, stammelte Mogens.

Graves' Gesicht verfinsterte sich noch weiter. »Nun«, sagte er, »immerhin scheinst du dich ja wenigstens noch an meinen Namen zu erinnern. Wenn du schon vergessen hast, wessen Unterkunft das hier ist.«

»Das habe ich keineswegs«, entgegnete Mogens in einem, wie er meinte, ebenso kühlen wie selbstbewussten Ton, der Graves aber nicht im Geringsten zu beeindrucken schien.

»Wenn das so ist, dann muss ich mich doch sehr wundern«, versetzte Graves. »Oder gehört es zu deinen schlechten Angewohnheiten, die Privatsachen anderer zu durchwühlen?«

Im ersten Moment verstand Mogens nicht einmal genau, wovon er überhaupt sprach. Dann sah er verblüfft auf den aufgeschlagenen Band in seinen Händen und schließlich wieder in Graves' Gesicht. »Aber es ist doch nur ein Buch«, sagte er verwirrt.

»Ich schätze es trotzdem nicht, wenn jemand in meinen Sachen herumstöbert«, antwortete Graves. »Schon lange nicht, wenn ich nicht dabei bin.« Er eilte um den Schreibtisch herum, nahm Mogens das Buch mit einer rüden Bewegung aus den Händen und stellte es an seinen Platz zurück; wenigstens versuchte er es. Aber er war so zornig und aufgebracht, dass er sich dabei ungeschickt genug anstellte, den Einband zu knicken. Schließlich warf er das Buch mit einer ärgerlichen Geste auf den Schreibtisch und funkelte Mogens an.

»Was, zum Teufel, hast du dir dabei gedacht?«, fauchte er.

Mogens prallte vor dem lodernden Zorn zurück, den er in Graves' Augen las. Er hatte erwartet, dass Graves mit einem gewissen Unmut auf dieses unerlaubte Eindringen in seine Privatsphäre reagieren würde – aber was er in Graves' Augen las, das war kein Ärger, sondern blanke Wut; mehr noch, er spürte ganz deutlich, dass Graves sich nur noch mühsam beherrschen konnte, sich nicht auf ihn zu stürzen und ihn durchzuschütteln, wenn nicht gar Schlimmeres.

»Ich… ich wollte nur mit dir reden, Jonathan«, sagte er verwirrt. »Ich versichere dir… dass …«

»Steck dir deine Versicherungen irgendwo hin!«, unterbrach ihn Graves. Für einen Moment verwandelte sich das Lodern in seinem Blick in blanke Mordlust, und Mogens prallte erneut um noch zwei weitere stolpernde Schritte zurück.

Vielleicht war es diese Reaktion, die Graves wieder zur Vernunft brachte. Einen Atemzug lang starrte er Mogens noch hasserfüllt an, aber dann machte die mörderische Wut einem Ausdruck ebenso großer Betroffenheit Platz. Verwirrt trat er von einem Fuß auf den anderen, streckte die Hand im Mogens' Richtung aus und ließ den Arm dann fast hastig wieder sinken, als Mogens abermals zusammenfuhr und vorsichtshalber noch einen weiteren Schritt Distanz zwischen sie brachte.

»Ich…« Graves fuhr sich fahrig mit dem Handrücken seines schwarzen Handschuhs über die Lippen. Er musste zwei-, oder dreimal schlucken, um überhaupt weiter sprechen zu können. »Es tut mir Leid, Mogens«, sagte er schließlich. »Ich… ich weiß auch nicht, was in mich gefahren ist. Ich habe mich aufgeführt wie ein Idiot. Bitte verzeih mir.«

»Schon gut«, sagte Mogens. Es war nicht einmal gelogen. Er war Graves nicht einmal wirklich böse. Dazu war er viel zu verwirrt.

»Nein, es ist *nicht* gut«, widersprach Graves nervös. »Ich weiß auch nicht, was…« Er brach ab, rettete sich in ein beinahe hilflos wirkendes Kopfschütteln und drehte sich schließlich mit einem Ruck weg. Einige Sekunden lang beschäftigte er sich damit, das Buch vom Schreibtisch zu nehmen und mit jetzt schon fast übertrieben langsamen, präzisen Bewegungen an seinen Platz zurückzustellen.

»Es tut mir Leid«, sagte er, nun wieder ruhiger, aber ohne auch nur in Mogens' Richtung zu sehen. »Ich glaube, wir sind alle ein bisschen nervös, nach gestern Nacht. Nimmst du meine Entschuldigung an?«

»Selbstverständlich«, antwortete Mogens. »Und so ganz Unrecht hattest du ja auch nicht. Ich hätte nicht ungefragt hier eindringen sollen.«

Graves wandte sich betont langsam zu ihm um. Er hatte sich nun wieder vollkommen in der Gewalt. »Das stimmt«, sagte er. »Das hättest du wirklich nicht.« Er war tatsächlich wieder ganz der alte Jonathan Graves.

»Was tust du überhaupt hier?«, fragte er. »Wolltest du dich umbringen, alter Junge? Du gehörst ins Bett! Von Rechts wegen gehörtest du in eine Klinik, zumindest aber in die Obhut eines guten Arztes.«

»Und warum bin ich es nicht?«, fragte Mogens.

»Weil uns dafür keine Zeit bleibt, fürchte ich«, antwortete Graves ernst. »Heute ist der letzte Tag, Mogens. In wenigen Stunden geht die Sonne unter. Du solltest die Zeit wirklich nutzen, um noch ein wenig Kraft zu schöpfen.«

Es dauerte einen Moment, bis Mogens überhaupt begriff, wovon Graves sprach. Er konnte sogar selbst spüren, wie ihm alles Blut aus dem Gesicht wich. »Du willst *noch einmal* dort hinunter?«, murmelte er ungläubig.

»Selbstverständlich«, antwortete Graves. »Du etwa nicht?«

Mogens konnte ihn nur fassungslos anstarren.

»Du etwa nicht?«, wiederholte Graves.

»Na... natürlich nicht«, antwortete Mogens stockend. »Wie... wie kannst du auch nur auf die Idee kommen? Hast du vergessen, was gestern Nacht dort unten passiert ist?«

»Nicht einen Augenblick lang«, versicherte Graves grimmig. »Aber du anscheinend.« Er schnitt Mogens mit einer wütenden Geste das Wort ab, bevor dieser auch nur zu einer Erwiderung ansetzen konnte. »Wir stehen ganz kurz vor der Lösung, Mogens! Noch wenige Stunden, begreifst du das nicht? Die größte wissenschaftliche Entdeckung dieses Jahrhunderts – ach was, aller Zeiten! –, und du fragst mich, ob ich noch einmal dort hinunter will? Bist du von Sinnen?«

Mogens schwieg. Graves war schon wieder dabei, sich in Rage zu reden, und er war wenig versessen darauf, ihn noch einmal in demselben Zustand zu erleben wie gerade. Dennoch ließ ihn allein die Vorstellung, noch einmal dort hinunterzugehen, einen eisigen Schauer des Entsetzens über den Rücken laufen.

»Was genau erwartest du dort unten zu finden?«, fragte er, so ruhig er konnte.

Graves starrte ihn mit übertrieben geschauspielerter Verblüffung an.

»Stellst du diese Frage im Ernst?«

»Mir ist noch nie zuvor im Leben etwas so ernst gewesen, Jonathan«, antwortete Mogens. Diesmal war *er* es, der Graves das Wort abschnitt, noch bevor er wirklich antworten konnte. »Ich *war* dort unten, und ich *habe* gesehen, was dort ist – aber ich bin immer weniger sicher, ob wir beide wirklich dasselbe gesehen haben.«

Graves starrte ihn an. Er schwieg, aber in seinem Gesicht arbeitete es, und Mogens spürte, dass er auf dem richtigen Wege war. Tief in ihm erwachte etwas, was weit schlimmer war als die Mischung aus Hass und Verachtung, die er Graves bisher entgegengebracht hatte: Eine gewaltige, immer größer werdende Empörung. Graves hatte ihn belogen. Wieder einmal, und vielleicht von Anfang an.

»Es geht dir gar nicht um den Tempel, habe ich Recht?«, fragte er.

Graves schwieg verbissen weiter, aber das gab dem ungeheuerlichen Verdacht, der allmählich in Mogens Gestalt annahm, nur neue Nahrung. »Es ist dir nie darum gegangen, dass es dort unten einen fünftausend Jahre alten ägyptischen Tempel gibt«, fuhr er fort. »Du wolltest der Welt nie etwas beweisen. Ich weiß nicht, warum du hier bist, Graves, aber es geht dir nicht um eine wissenschaftliche Sensation. Das hast du nur den armen Narren erzählt, die für dich gearbeitet haben. O ja… und mir natürlich. Was suchst du wirklich?« Graves starrte ihn weiter nur an, aber für einen Moment zerbrach die Maske aus überheblicher Selbstsicherheit, und für den gleichen, fast zeitlosen Augenblick – kaum länger als der, in dem er in den Abgrund zwischen Tag und Nacht geblickt hatte – glaubte Mogens den *wahren* Jonathan Graves hinter dieser Maske zu erkennen: einen Mann mit brennenden Augen, verhärmtem Gesicht und versteinerter Seele, einen Getriebenen, dessen Leben und Tun nur von einem einzigen Gedanken beherrscht wurden. Graves war besessen. Er wusste nur noch nicht, wovon.

»Du bist ja verrückt«, murmelte Graves. Seine Stimme war jetzt fast sanft, klang zugleich auch irgendwie resignierend und verständnisvoll. Der Moment, begriff Mogens, war vorüber. Vielleicht für eine Sekunde war ihm einen Blick auf den wahren Jonathan Graves vergönnt gewesen, einen Mann, von dem er plötzlich wusste, dass er in den zurückliegenden Jahren mindestens ebenso sehr gelitten hatte wie er und dass sein Schicksal kein bisschen weniger beneidenswert gewesen war als sein eigenes. Nun aber hatte er seine Fassung zurückerlangt, und es würde Mogens nicht gelingen, die Mauer, die er rings um sich herum errichtet hatte, ein zweites Mal zu durchbrechen. Zumindest nicht jetzt, und nicht hier. »Ich nehme es dir nicht übel, Mogens«, fuhr Graves fort. »Wenn jemand Schuld hat, dann wohl ich. Ich hätte dich nicht in diesem Zustand allein lassen dürfen.«

»Das ist immer noch keine Antwort auf meine Frage«, sagte Mogens, obgleich er wusste, wie sinnlos es jetzt war. »Es ist dir nie darum gegangen, der Welt oder auch nur deinen Kollegen zu beweisen, dass die Pharaonen fünftausend Jahre vor Kolumbus hier waren, habe ich Recht? Du suchst etwas ganz anderes.«

Aber Graves hatte die Mauer wieder aufgebaut, und sie war höher und massiver denn je. Sein Blick war kalt. Und dennoch fügte Mogens – nicht nur wider besseres Wissen, sondern beinahe schon *gegen* seinen eigenen Willen – noch einmal hinzu: »Was hoffst du dort unten zu finden, Graves?«

Sein Gegenüber schüttelte nur den Kopf. Statt direkt zu antworten, griff er unter seine Jacke, kramte eine Zigarette und ein Streichholzbriefchen hervor und benutzte beides, um sein Gesicht wieder hinter einer grauen Wolke aus sich träge in der Luft ausbreitenden Schwaden zu verstecken. »Ich halte dir deinen momentanen Zustand zugute«, sagte er, »und werfe mir vor, dich wohl überfordert zu haben. Dort unten ist nichts, Mogens – nichts, was wir beide nicht schon gesehen hätten. Aber ist das etwa nicht genug?« Er nutzte einen weiteren Zug aus seiner Zigarette, um eine in ihrer Wirkung vermutlich genau berechnete Kunstpause einzulegen, und verzog die Lippen zu einem ganz leicht abfälligen Lächeln. »Was glaubst du denn, wonach ich suche?«, fragte er spöttisch. »Nach dem Stein der Weisen vielleicht oder dem heiligen Gral?«

Für den Bruchteil einer Sekunde blitzte eine bisher verschüttet gewesene Erinnerung in Mogens' Kopf auf. Toms Scheinwerferstrahl hatte das Tor erfasst, aber die beiden gewaltigen, mit unheimlichen Bildern verzierten schwarzen Flügel hatten weit offen gestanden, und dahinter... das Bild entglitt ihm, aber er hatte das unheimliche Gefühl, dass es das erst tat, nachdem er gesehen hatte, was hinter dem offen stehenden Tor zum Vorschein kam. Ein Teil von ihm, der eindeutig stärker war als sein bewusster Wille, *wollte nicht*, dass er es erkannte.

Er wechselte das Thema. »Was unternehmen wir jetzt wegen Miss Preussler?«, fragte er.

Graves paffte ungerührt weiter an seiner Zigarette, und die Schwaden vor seinem Gesicht waren jetzt so dicht, dass Mogens den Ausdruck darauf mehr erahnte, als er ihn wirklich sah. »Was willst du denn unternehmen, mein Freund?«, fuhr er spöttisch fort. »Möchtest du ein Gebet für sie sprechen? Nur zu.«

Es fiel Mogens nicht leicht, sich zu beherrschen, aber irgendwie brachte er das Kunststück doch fertig. Mit einer Ruhe, die ihn fast selbst überraschte, antwortete er: »Wir können die Sache nicht einfach so auf sich beruhen lassen. Immerhin ist ein Mensch ums Leben gekommen.«

»Will heißen?«, erkundigte sich Graves ungerührt.

»Wir müssen irgendwie darauf reagieren«, antwortete Mogens. »Hast du Sheriff Wilson schon verständigt?«

Der Ausdruck von Verblüffung auf Graves' Gesicht wirkte vollkommen echt. »Sheriff Wilson?«, wiederholte er verständnislos.

»Selbstverständlich«, sagte Mogens. »Die arme Frau ist tot, Graves! In einem solchen Fall verständigt man im Allgemeinen die Behörden, oder etwa nicht?«

»Das mag sein«, antwortete Graves. Seine Augen wurden schmal. »Und ich werde es selbstverständlich nachholen – morgen.«

»Morgen?«, wiederholte Mogens. »Was soll das heißen, morgen?«

»Sobald alles vorüber ist«, antwortete Graves. »Sobald wir …«

»Aber wir können nicht so lange warten!«, unterbrach ihn Mogens. »Wir hätten den Sheriff längst benachrichtigen müssen! Ich bin davon ausgegangen, dass Tom das noch in der vergangenen Nacht erledigt hat!«

Graves maß ihn etliche Sekunden lang mit einem Blick, den man nur noch als verächtlich bezeichnen konnte. »Allmählich beginne ich mir doch Sorgen um deine geistige Gesundheit zu machen, alter Junge«, sagte er dann. »Weißt du überhaupt, was du da redest?«

»Miss Preussler ist tot!«, antwortete Mogens. Er war vollkommen fassungslos.

Graves nickte, sagte aber trotzdem: »Das wissen wir noch gar nicht. Das Einzige, was wir wissen, ist, dass sie *verschwunden* ist. Ich will gerne einräumen, dass die Wahrscheinlichkeit, sie noch einmal lebend oder gar unversehrt wiederzusehen, nicht besonders hoch ist. Vielleicht sollten wir der bedauernswerten Miss Preussler sogar *wünschen*, nicht mehr am Leben zu sein. Dennoch bleibt es bisher nur eine reine Vermutung. Eine bloße Annahme, auf die hin allein ich unmöglich den Erfolg jahrelanger Arbeit aufs Spiel setzen kann!« Mogens wollte protestieren, aber Graves machte eine wütende Kopfbewegung und stieß eine graue Rauchwolke in seine Richtung; ein verärgerter Drache, der ein drohendes Knurren von sich gab. »Hast du auch nur eine *Vorstellung* davon, was passieren würde, wenn wir jetzt zu Wilson gehen? In spätestens einer Stunde würde es hier von Polizisten nur so wimmeln, und längstens eine Stunde später von Reportern, Schaulustigen und Gaffern! Von unseren geschätzten *Kollegen* von nebenan gar nicht zu reden! Sie würden alles durchwühlen, auf den Kopf stellen und durcheinander bringen. Ich lasse nicht die Arbeit eines Jahrzehnts kaputtmachen, nur …«

»… weil ein Mensch ums Leben gekommen ist?«, fiel ihm Mogens ins Wort.

»Weil du nicht einen einzigen Tag abwarten konntest!«, schnappte Graves wütend. »Was soll das, Mogens? Ich verlange nichts Ungesetzliches von dir! Nicht einmal etwas Unmoralisches! Ein einziger Tag, das ist alles, worum ich dich bitte! Morgen früh kannst du meinetwegen nach San Francisco gehen und dort mit der größten Zeitung sprechen. Posaune es ruhig heraus, ich habe nichts dagegen. Nimm von mir aus den gesamten Ruhm für dich in Anspruch, selbst das ist mir egal! Aber wenn heute irgendjemand erfährt, was wir dort unten gefunden haben, dann war alles umsonst, und das lasse ich nicht zu!«

»Du hast es immer noch nicht verstanden«, murmelte Mogens erschüttert. »Lässt dich der Tod eines Menschen wirklich so kalt?«

»Nein!«, antwortete Graves heftig. »Du hast Recht. Aber es war nicht unsere Schuld. Weder deine noch meine. Es war ein furchtbares Unglück, eine Verkettung schrecklicher Zufälle, die niemals hätten passieren dürfen. Aber wenn wir jetzt alles wegwerfen, wofür ich so lange gearbeitet habe – wofür wir *beide* so lange gearbeitet und wofür wir beide so viel bezahlt haben, Mogens! –, dann war ihr Tod nicht nur furchtbar, sondern auch sinnlos. Willst du das?«

Mogens fragte sich, warum er sich nicht einfach umdrehte und ging. Es war vollkommen zwecklos, dieses Gespräch fortzusetzen. Graves verstand nicht, wovon er sprach, und er verstand nicht, was Graves meinte. Es war, als hätte sie plötzlich eine babylonische Sprachverwirrung befallen, sodass sie zwar noch die gleiche Sprache benutzten, die Worte aber für den jeweils anderen keinen Sinn mehr ergaben. Es war noch nicht lange her, da hatte er sich ernsthaft gefragt, ob er vielleicht dabei war, den Verstand zu verlieren. Jetzt fragte er sich dasselbe, was Graves betraf. Der Mann war verrückt. Vielleicht sogar *gefährlich* verrückt.

»Es tut mir Leid«, sagte er leise, aber mit fester, entschlossener Stimme, »aber ich werde nicht noch einmal dort hinuntergehen. Weder heute, noch morgen, noch sonst irgendwann. Ich packe jetzt meine Sachen und bitte Tom, mich in die Stadt zu fahren. Ich werde Sheriff Wilson von dem unterrichten, was hier geschehen ist.«

»Ich fürchte, Tom wird keine Zeit haben«, sagte Graves kalt.

»Dann muss ich eben zu Fuß gehen.«

Graves lachte gehässig. »In deinem Zustand? Mach dich nicht lächerlich!«

Mogens zuckte scheinbar unbeteiligt mit den Schultern. »Vielleicht hast du ja Glück, und ich breche unterwegs vor Erschöpfung zusammen«, sagte er, aber er lächelte nicht bei diesen Worten, und sein Blick ließ den der schmalen Augen hinter den träge in der Luft schwebenden, grauen Rauchschwaden keinen Moment lang los. »Aber ich werde gehen, jetzt. Das hätte ich schon vor langer Zeit tun sollen. Vielleicht wäre die arme Miss Preussler dann noch am Leben.«

»Vielleicht hättest du gar nicht erst hierher kommen sollen«, fauchte Graves.

»*Du* warst es, der mich geholt hat«, erinnerte Mogens.

Graves verzog verächtlich die Lippen. »Selbst mir unterläuft dann und wann ein Fehler«, sagte er.

Mogens verzichtete auf eine Antwort. Das Gespräch konnte nur eskalieren, ganz gleich, was er sagte oder tat – und das in jeder Beziehung. Mogens hatte sich, solange er Graves kannte, niemals Gedanken darüber gemacht – wozu auch? –, aber nun fiel ihm mit einem Male auf, wie überlegen ihm Jonathan Graves auch in rein körperlicher Hinsicht war: ein gutes Stück größer als er, deutlich breitschultriger und um mindestens dreißig Pfund schwerer, hatte Graves schon während seiner Zeit als Student mehr als nur ein Angebot bekommen, in der Football-Mannschaft der Universität mitzuspielen – etwas, was seiner schulischen Laufbahn ohne Zweifel gut bekommen wäre. Graves, der sich nicht im mindesten für jedwede Art sportlicher Aktivität interessierte, hatte sich nicht einmal die Mühe gemacht, darauf zu antworten, und die Jahre, die seither vergangen waren, hatten seiner Form sichtlich wenig gut getan. Dennoch war er noch immer deutlich kräftiger als Mogens, und selbst wenn es anders gewesen wäre: Mit einem Male spürte er die Gewaltbereitschaft, die Graves ausstrahlte wie einen üblen Geruch. Das war neu, selbst für Graves, und es erschreckte Mogens. Er fragte sich ganz ernsthaft, ob Graves ihn nicht möglicherweise sogar mit Gewalt zurückhalten würde, wenn er darauf bestand, zu gehen, schrak aber so sehr vor seinem eigenen Gedanken zurück, dass er ihn hastig verscheuchte.

»Ich werde jetzt gehen«, sagte er. »Leb wohl, Jonathan.«

Graves presste die Kiefer so fest aufeinander, dass sich Mogens nicht weiter gewundert hätte, seine Zähne knirschen zu hören, aber er sagte kein Wort, sondern starrte ihn nur weiter beinahe hasserfüllt an, und schließlich drehte sich Mogens mit einem Ruck herum und ging zur Tür.

Als er die Hand nach der Klinke ausstreckte, sagte Graves: »Mogens, bitte!«

Mogens würde nie wieder den Mut aufbringen, Graves so offen die Stirn zu bieten. Er wusste, wenn er jetzt stehen blieb oder sich auch nur zu Graves umdrehte, dann hatte er verloren.

Er blieb stehen, drehte sich zu Graves herum und versuchte, seinem Blick Stand zu halten.

»Lass uns reden, Mogens«, bat Graves. »Nur fünf Minuten.«

»Eine«, antwortete Mogens – und das war schon mehr, als er sollte.

»Fünf Minuten«, beharrte Graves. »Und danach lasse ich dich von Tom mit dem Wagen in die Stadt bringen, wenn du es immer noch willst.«

Die einzig überhaupt denkbare Antwort auf diese Frage wäre ein empörtes Nein gewesen. Graves würde dieses Angebot nicht machen, wäre er nicht ziemlich sicher, ihn vielleicht doch noch umstimmen zu können. Vielleicht hatte er sogar gute Argumente, wer weiß? Aber Mogens *wollte* sich nicht umstimmen lassen. An Miss Preusslers Tod konnte er nichts mehr ändern, und zumindest in einer Hinsicht hatte Graves Recht: Er hätte das Unglück vermutlich nicht einmal verhindern können. In einem anderen Punkt jedoch irrte sich Graves gewaltig. Er verlangte etwas Unmoralisches von ihm, etwas *durch und durch* Unmoralisches. Es war genau anders herum: Wenn er jetzt nachgab und abwartete – und sei es nur einen Tag! –, dann war Betty Preusslers Tod vollkommen umsonst gewesen. Dann hätte er sie ebenso im Stich gelassen wie damals Janice.

»Du hast ja Recht«, seufzte Graves. »Ich bin ein grober Klotz. Ich hätte das nicht sagen sollen, ich weiß. Es… es hängt nur so unglaublich viel davon ab, Mogens. Nur eine einzige Nacht. Was soll ich tun? Vor dir auf die Knie fallen und dich anflehen?«

»Das würde nichts nutzen«, sagte Mogens ruhig. »Eine halbe Minute ist bereits um.«

Graves stampfte seine noch nicht einmal halb aufgerauchte Zigarette mit solch übertriebener Kraft in den überquellenden Aschenbecher, dass ein Schauer winziger roter Funken auf die Papiere auf seinem Schreibtisch ringsum niederregnete, schüttelte den Kopf und zündete sich absurderweise sofort eine neue an. Seine Hände bewegten sich auf sonderbare, fast unheimliche Art – Mogens konnte nicht beschreiben, was ihn an diesem Anblick so erschreckte, aber die Hände eines Menschen *sollten* sich einfach nicht so bewegen –, und auch unter seinen Handschuhen zuckte und brodelte es ununterbrochen. Mogens ertappte sich dabei, Graves' Hände anzustarren, und drehte mit einem hastigen Ruck den Kopf, aber es war zu spät. Graves hatte seinen Blick bemerkt.

»Du hast mich nie gefragt, was eigentlich mit meinen Händen passiert ist, Mogens«, sagte er.

Das stimmte nicht. Mogens *hatte* ihn gefragt, aber nicht wirklich eine Antwort bekommen. »Ich hoffe doch, nicht dasselbe wie mit meinen«, sagte er – eine Antwort, die ihm ganz spontan einfiel und eigentlich vollkommen unsinnig war, und die ihn trotzdem zutiefst erschreckte.

»Nein«, sagte Graves. Er runzelte die Stirn, paffte an seiner Zigarette und fuhr mit einer fragenden Kopfbewegung auf Mogens' Hände fort. »Hast du dir die Verbände entfernt?«

»Ja«, antwortete Mogens. »Die Salzsäure, mit der sie imprägniert waren, hat doch ziemlich gebrannt. Zwei Minuten.«

Graves streckte fordernd die Hände aus. »Das war nicht besonders klug. Zeig her.«

Obwohl Mogens eine fast panische Angst davor verspürte, von Graves angefasst zu werden, streckte er ganz automatisch die Hände aus und ließ es zu, dass Graves seine Hände betastete und herumdrehte, wie ein Lehrer, der die schmutzigen Fingernägel eines Schülers begutachtet.

Er hatte sich nicht getäuscht, was Graves' Hände anging – die Berührung gehörte mit zu dem Unangenehmsten, was er je erlebt hatte. Seine Handschuhe waren einfach nur Handschuhe aus altem Leder, aber *darunter* bewegte sich etwas; nicht nur Muskeln und Sehnen, sondern noch mehr, ein auf unheimliche Weise *falsches* Kriechen und Sich-Zusammenziehen und Dehnen und Strecken, sodass Mogens sich mit aller Kraft beherrschen musste, um sich nicht angeekelt loszureißen.

Wenigstens schien Graves mit dem Ergebnis seiner Untersuchung zufrieden zu sein, denn er ließ endlich Mogens' Hände los und sagte, wenn auch nicht in gänzlich überzeugtem Ton: »Allem Anschein nach hast du Glück gehabt. Aber man kann nie wissen. Beobachte deine Haut in den nächsten Tagen.«

»Seit ich das Zeug los bin, mit dem du mich verarztet hast, geht es mir schon wieder viel besser«, sagte Mogens. »Was hattest du vor? Mich ein bisschen zu foltern?«

»Die Salbe ist ein wenig unangenehm, zugegeben«, antwortete Graves, »aber sie wirkt.«

»Wogegen?«, fragte Mogens.

»Du hast die Biester angefasst«, erinnerte Graves.

»Und? Willst du mir vielleicht erzählen, sie wären giftig?«

»Nicht im klassischen Sinne, vermutlich«, sagte Graves. »Aber man kann nie wissen. Diese Kreaturen sind Aasfresser, Mogens, vergiss das nicht. Wer weiß schon, was für Krankheitserreger und Keime sich auf ihrer Haut tummeln.«

»Oder ihren Zähnen?«

»Tom hat auch deine anderen Wunden versorgt«, antwortete Graves ungerührt. »Aber keine Sorge, er hat eine andere Salbe genommen.«

»Wie beruhigend«, sagte Mogens spröde. »Und warum verschwendest du deine wertvolle Zeit damit, dich mit mir über Krankheitskeime und Salben zu unterhalten? Die Hälfte deiner fünf Minuten ist bereits um.«

»Woher willst du das wissen, wenn du doch keine Uhr hast.« Graves blies eine weitere übel riechende Qualmwolke in seine Richtung. »Die fünf Minuten sind um, wenn ich es sage.«

Mogens sparte es sich, zu widersprechen. Es wäre sinnlos. Der Streit, der ganz zweifellos daraus entstehen musste, würde die Wartezeit nur verlängern. Wenn er sich damit einen stundenlangen Fußmarsch in die Stadt ersparte, den er vielleicht nicht einmal bewältigen konnte, was machten da ein paar Minuten?

»Verzeih«, sagte Graves. Möglicherweise war ihm ja selbst aufgefallen, dass er sich im Ton vergriffen hatte. »Es... es fällt mir nicht leicht, die richtigen Worte zu finden. Ich war es bisher nie gewohnt, bitten zu müssen.«

»Ich weiß«, sagte Mogens. »Und ich glaube, ich weiß auch, was du sagen willst. Aber mein Entschluss steht fest.« Er schüttelte bekräftigend den Kopf, um seinen nachfolgenden Worten mehr Gewicht zu verleihen. »Ich werde gehen.«

»Um was zu tun?«, erkundigte sich Graves. »Sheriff Wilson zu erzählen, was mit der armen Miss Hyams und mit Miss Preussler passiert ist?« Er schüttelte ebenfalls den Kopf und sah Mogens gleichermaßen lauernd wie auch irgendwie herausfordernd an. »Bitte bedenke, mein Freund: Dein Wort stünde gegen das meine und das von Tom. Sheriff Wilson kennt mich seit einer geraumen Weile. Ich will nicht behaupten, dass er mir gegenüber freundschaftliche Gefühle hegt oder mich auch nur schätzt. Aber du bist vollkommen fremd für ihn. Wem würde er wohl glauben?«

»Ich halte Sheriff Wilson für einen sehr klugen Mann«, sagte Mogens ungerührt. Er war enttäuscht, nicht einmal so sehr von Graves – er hatte erwartet, dass dieser sich am Ende aufs Drohen verlegen würde –, sondern eigentlich mehr von sich selbst, in seiner bodenlosen Naivität tatsächlich geglaubt zu haben, Graves würde doch noch so etwas wie menschliche Züge entwickeln. »Er wird die Wahrheit herausfinden, daran zweifle ich nicht.«

»Mogens – bitte!«, sagte Graves. »Willst du denn wirklich alles wegwerfen?«

»Dort unten ist nichts, was diesen Preis wert wäre«, antwortete Mogens.

»Und diese Worte aus dem Munde eines Mannes wie dir?«, murmelte Graves kopfschüttelnd. »Du bist ein Mann der Wissenschaft, Mogens, genau wie ich! Hast du denn wirklich all unsere Träume vergessen? All die Geschichten, denen wir damals an der Universität gelauscht haben, all das, was wir selbst jemals erreichen wollten?«

»Nein«, antwortete Mogens. »Aber ich habe noch viel weniger vergessen, was du selbst mir erzählt hast, Jonathan. Oder was Tom mir erzählt hat. Und ich habe schon gar nicht vergessen, was ich mit eigenen Augen gesehen habe. Was muss denn noch passieren, bis du begreifst, dass wir hier etwas geweckt haben, dem wir nicht gewachsen sind?«

Graves sog erneut an seiner Zigarette, und Mogens konnte regelrecht sehen, wie sich die Gedanken hinter seiner Stirn überschlugen. »Also gut«, seufzte er schließlich. »Wahrscheinlich spielt es jetzt sowieso keine Rolle mehr. Früher oder später hättest du es ohnehin erfahren. Spätestens heute Nacht.«

»Was?«, fragte Mogens.

»Du hast Recht«, sagte Graves. »Dort unten ist tatsächlich noch mehr als nur ein altes Pharaonengrab. Viel mehr, als du dir auch nur vorstellen kannst.«

Mogens konnte sich eine ganze Menge vorstellen, aber er spürte auch, wie zumindest ein Teil von ihm fast begierig nach dem Köder schnappte, den Graves ihm hinwarf. Der Versuch war so durchsichtig, dass er schon fast lächerlich wirkte; der Köder war nicht besonders originell, und auch nicht besonders geschickt gewählt. Er konnte die gefährlichen Widerhaken darin deutlich sehen. Und dennoch tat er seine Wirkung. Letztendlich war er mit einem Gutteil seiner Seele immer genau das gewesen, als was Graves ihn gerade bezeichnet hatte: ein Mann der Wissenschaft. Die langen Jahre in seinem selbst gewählten Exil hatten ihn fast vergessen lassen, warum er diesen Beruf gewählt hatte und keinen anderen. Die zahllosen Nächte, in denen er schweißgebadet und von Albträumen geplagt aufgewacht war, und die dafür umso tristeren, sich in einer endlosen Folge nicht enden wollender Stunden aneinanderreihenden Tage in seinem fensterlosen Verlies im Keller der Universität hatten ihn glauben machen, dass das Feuer der Wissenschaft in ihm erloschen war. Aber das stimmte nicht. Ein Teil von ihm hatte niemals aufgehört, diese eine, ultimative Frage zu stellen, auf die letzten Endes jeder Forscherdrang hinausläuft: *Warum?*

»Nein«, sagte er.

»Nein?«, wiederholte Graves ungläubig. »Aber du weißt doch noch gar nicht, was ich gefunden habe!«

»Und ich will es auch gar nicht wissen«, antwortete Mogens. »Du hast Recht, Jonathan – ich bin ein Mann der Wissenschaft, genau wie du. Aber es gibt einen Unterschied zwischen uns. Ich glaube, dass es Dinge gibt, die wir nicht wissen *sollten.*«

»Wenn alle so dächten wie du«, antwortete Graves verächtlich, »dann säßen wir heute noch auf Bäumen und würden uns gegenseitig mit Stöcken bewerfen!«

»Ja«, sagte Mogens ruhig, »das ist möglich. Aber Miss Preussler wäre auch vielleicht noch am Leben.«

»Und Janice auch«, sagte Graves.

Das Schlimmste war vielleicht, dass diese Worte ebenso durchsichtig waren wie die zuvor. Mogens erkannte die verletzende Absicht dahinter so deutlich, als hätte Graves ihm seinen Angriff zuvor angekündigt, aber das machte sie kein bisschen weniger schlimm. Er spürte, wie eine Woge aus purem Zorn in ihm emporstieg, und für einen Moment wollte er nichts mehr, als sich einfach auf Graves zu stürzen und ihm die Fäuste ins Gesicht zu schlagen.

Natürlich tat er das nicht. Schon, weil er ebenso deutlich spürte, dass es ganz genau das war, was Graves wollte. Statt ihm noch weiter zuzuhören und sich am Ende möglicherweise doch noch zu einer Dummheit hinreißen zu lassen, drehte er sich abermals herum, streckte wortlos die Hand nach der Türklinke aus – und im selben Moment wurde die Tür von draußen aufgestoßen, und Tom stolperte herein. Er war vollkommen aufgelöst.

»Miss Preussler!«, stammelte er. »Sheriff Wilson!«

»Was ist los?«, raunzte ihn Graves an. Er machte eine herrische Handbewegung. »Tom, reiß dich zusammen! Was ist mit Miss Preussler und dem Sheriff?«

Tom musste zwei- oder dreimal einatmen, bevor er überhaupt im Stande war, weiterzusprechen. »Sheriff Wilson ist gekommen«, stieß er dann hervor. »Er hat Miss Preussler gefunden. Sie lebt!«

Noch vor weniger als einer Viertelstunde war Mogens nicht sicher gewesen, ob seine Kraft ausreichte, den schlammigen Platz überhaupt noch einmal zu überqueren. Jetzt, als er dicht hinter Graves und Tom her stürmte, spürte er die Anstrengung kaum. Er fiel ein paar Schritte zurück, erreichte die schäbige Hütte, die Miss Preussler von Doktor Hyams übernommen hatte, aber nur wenige Sekunden nach den beiden anderen, und obwohl sein Herz jagte und seine Lungen bei jedem Atemzug zu zerreißen drohten, hielt er nicht einmal im Laufen inne, sondern schlug nur einen hastigen Bogen um den Wagen des Sheriffs, der neben der offenen Tür stand, und überwand die drei hölzernen Stufen davor mit einem einzigen Satz.

Um ein Haar wäre er gegen Wilson geprallt, der sich unmittelbar hinter der Tür aufgebaut hatte und sie mit seinen breiten Schultern nahezu vollkommen blockierte. Es war auch Wilson, der den Zusammenstoß verhinderte, denn er trat im letzten Moment blitzschnell zur Seite und ließ ihn passieren; aber Mogens entging keineswegs der rasche, ebenso abschätzige wie misstrauische Blick, mit dem der Sheriff ihn maß.

Im Augenblick interessierte ihn das aber nicht im Geringsten. Mit zwei weiteren, weit ausgreifenden Schritten war er fast vollends durch den Raum und prallte dann mit einem keuchenden Laut zurück, als er die Gestalt sah, die auf dem schmalen Feldbett lag. Während des gesamten Weges hierher hatte er keinen einzigen klaren Gedanken fassen können – und wie auch? –, aber seine Fantasie war nicht müde geworden, ihn mit den schrecklichsten Visionen zu quälen. Schließlich hatte er mit eigenen Augen gesehen, was ihr widerfahren war.

Nichts von all den Schreckensbildnissen, die er erwartet hatte, traf zu.

Die Wirklichkeit war tausend Mal schlimmer.

Dabei war sie nicht einmal verletzt; jedenfalls nicht, soweit Mogens das erkennen konnte. Miss Preussler lag lang ausgestreckt auf dem einfachen Feldbett, das sie mit ihrer gewaltigen Leibesfülle zumindest in der Breite eindeutig überforderte, ihre Haare waren zerzaust und schmutzig, und auf ihrem Gesicht, den Armen und den nackten Schultern prangten ein paar frische, offensichtlich gerade erst verschorfte Kratzer und Schrammen. Alles unterhalb ihrer Achseln bis hinab zu den Waden war in eine graue Wolldecke gewickelt, die vermutlich aus Wilsons Automobil stammte. Auch ihre nackten Füße waren zerschrammt und starrten vor Schmutz. Ihre Augen standen weit offen, und sie war ganz offensichtlich auch bei Bewusstsein, aber Mogens wünschte sich fast, es wäre nicht so gewesen. Niemals zuvor hatte er ins Antlitz eines Menschen geblickt, in dessen Züge sich ein Ausdruck solch abgrundtiefen Grauens gegraben hatte.

»Was... was ist mit ihr passiert?«, flüsterte er.

Tom, der auf der anderen Seite des Bettes auf die Knie gesunken war und Miss Preusslers linke Hand hielt, sah nur kurz und mit einem Ausdruck zu Mogens auf, der eher wütend als besorgt oder gar mitleidig wirkte, aber Graves sagte: »Sheriff Wilson wird uns das sicher gleich erklären.« Er hatte am Fußende des Bettes Aufstellung genommen und sah etwa so teilnahmsvoll auf Miss Preussler hinab wie ein Angler, der einen besonders mageren Fisch aus dem Wasser gezogen hatte und sich überlegte, ob es sich überhaupt lohnte, ihn auszunehmen, oder ob er ihn besser einfach hier liegen lassen sollte.

»Ich fürchte, das kann ich nicht«, antwortete Wilson.

Nicht nur Graves drehte sich langsam zu ihm herum und zog fragend die linke Augenbraue hoch; auch Mogens wandte überrascht den Kopf und sah den Sheriff mit einem Ausdruck leiser Verwirrung an.

»Was soll das heißen?«, fragte Graves. »Sie können es nicht?«

Wilson hob mit einer Bewegung die Schulter, von der Mogens nicht sagen konnte, ob sie hilflos wirkte oder von mühsam unterdrücktem Zorn erfüllt. Bevor er antwortete, trat auch er an das Bett heran und blickte lange Sekunden nachdenklich und mit gerunzelter Stirn auf Miss Preussler hinab. »Ich kann Ihnen nicht viel sagen, fürchte ich«, wiederholte er. »Ich hatte im Gegenteil gehofft, dass *Sie* mir einige Fragen beantworten könnten.«

»Wir?«, wiederholte Graves. Seine linke Hand pulsierte unter dem schwarzen Leder des Handschuhs ganz leicht. »Aber wie könnten wir?«

Wilson riss sich vom Anblick der halb bewusstlosen Frau los und wandte sich mit einer betont langsamen Bewegung ganz zu Graves um. »Nun, zum einen«, antwortete er, »weil diese Frau ganz offensichtlich zu Ihnen gehört. Und zum anderen, weil ich sie ganz in der Nähe gefunden habe.«

»Wo?«, entfuhr es Mogens.

Die Frage – vielleicht aber auch der ganz eindeutig schuldbewusst klingende Ton, in dem er sie hervorgestoßen hatte – erregte eindeutig Graves' Missfallen, denn er spießte ihn mit Blicken regelrecht auf. Wilson wandte langsam den Kopf in seine Richtung und sah auch ihn etliche Sekunden lang nachdenklich und durchdringend an, bevor er antwortete.

»Auf dem alten Friedhof. Gleich vorne, wo er an die Straße stößt. Sie wissen, wo das ist?«

Mogens begann sich unter seinem Blick zunehmend unwohler zu fühlen. Als er Wilson das erste Mal begegnet war, hatte er geglaubt, es mit einem vermutlich warmherzigen und sehr aufrichtigen, aber nicht allzu hellen Landpolizisten zu tun zu haben, der sein Bestes tat, um seiner Aufgabe gerecht zu werden, aber mehr eben auch nicht. Allein der Blick jedoch, mit dem ihn Wilson jetzt maß, lehrte ihn eines Besseren. Wilson war weder ein Dummkopf, noch würde er sich von Graves' überheblichem Benehmen und ihren akademischen Titeln beeindrucken lassen. Er konnte natürlich nicht wissen, was sich hier zugetragen hatte, aber er spürte offensichtlich, dass sie etwas damit zu tun haben mussten.

»Sie haben sie so gefunden?«, vergewisserte sich Graves. »Ich meine...?«

»Unbekleidet, wenn es das ist, was Sie wissen wollten, ja«, sagte Wilson ungerührt und wandte Graves jetzt wieder seine volle Aufmerksamkeit zu. »Und in einem völlig hysterischen Zustand. Ich habe eine ganze Weile gebraucht, um überhaupt ein vernünftiges Wort aus ihr herauszubekommen. Wenn ich nicht gewusst hätte, dass sie zu Ihnen gehört, hätte ich sie erst einmal in die Stadt mitgenommen, zum Arzt. Was tut sie überhaupt hier?«

»Miss Preussler ist erst seit wenigen Tagen bei uns«, antwortete Graves. Er deutete auf Mogens. »Genau genommen gehört sie zu Professor VanAndt.«

Mogens war sicher, dass Graves seinen akademischen Grad ganz bewusst erwähnt hatte, aber er war ebenso sicher, dass Wilson dieser Umstand so wenig entgangen war wie ihm, und dass er sein Misstrauen vermutlich eher noch schürte, statt es zu besänftigen. Wilson wandte noch einmal den Kopf in seine Richtung und maß ihn mit einem langen, taxierenden Blick von Kopf bis Fuß, dann hob er – obwohl er den Hut in den Händen trug, die Linke an die Stirn und tippte mit Zeige- und

Mittelfinger dagegen, als befände sich seine Krempe noch dort oben. »Ach ja, *Professor*«, sagte er. »Ihre… Haushälterin. So sagten Sie doch, nicht wahr?«

»Das ist eine etwas kompliziertere Geschichte«, sagte Graves rasch, bevor Mogens antworten konnte. »Und sie hat auch ganz sicher nichts mit dem zu tun, was Miss Preussler zugestoßen ist.« Er schüttelte ein paar Mal hintereinander und übertrieben heftig den Kopf, bevor er sich leicht vorbeugte und Miss Preussler mit einem langen, gespielt verständnislosen Blick maß. »Sie hatte keine Kleider an, sagen Sie?«, vergewisserte er sich. »Hat man sie…?«

»Das war auch mein erster Gedanke«, sagte Wilson, als Graves nicht weitersprach. Er schüttelte den Kopf. »Ich habe sie danach gefragt, aber sie sagt, nein. Jedenfalls«, schränkte er in etwas leiserem Tonfall und mit einem neuerlichen, sonderbaren Blick in Mogens' Richtung ein, »soweit ich sie verstehen konnte.«

»Aber warum haben Sie sie nicht in die Stadt gebracht?«, fragte Graves. »Die Frau gehört zu einem Arzt!«

»Selbstverständlich«, sagte Wilson. »Aber es war ihr ausdrücklicher Wunsch, hierher gebracht zu werden. Ich habe versucht, sie vom Gegenteil zu überzeugen, aber es ist mir nicht gelungen. Ich kann niemanden festnehmen, nur weil er oder sie vielleicht Opfer eines Verbrechens geworden ist. Die Frau war nicht verletzt, und trotz ihres hysterischen Benehmens war sie ganz offensichtlich zugleich auch genug Herrin ihres Verstandes, um ihren Willen klar zu formulieren. Sie wollte hierher. Zu jemandem namens Mogens.«

»Das bin ich«, antwortete Mogens rasch.

»Mogens…?«, wiederholte Wilson. »Sagten Sie nicht, Ihr Name wäre –«

»Mogens VanAndt«, unterbrach ihn Mogens. »Ich bin gebürtiger Flame. Meine Eltern stammen aus Brüssel.«

»Das liegt in Europa, nicht wahr?«, fragte Wilson.

Mogens zollte ihm in Gedanken noch ein wenig mehr Respekt, als er es ohnehin bisher schon getan hatte. Selbst die Studenten, die er in den letzten neun Jahren unterrichtet hatte, wussten nicht alle, wo Brüssel lag. Bei einigen von ihnen argwöhnte er sogar, dass sie nicht einmal wussten, wo Europa war. Er nickte. »Ja. Aber ich bin hier aufgewachsen. Und seit meinem vierten Lebensjahr amerikanischer Staatsbürger, bevor Sie fragen.«

Der gutmütige Ausdruck, der trotz allem noch immer irgendwo in Wilsons Augen gewesen war, erlosch, und Mogens begriff, dass er soeben einen schweren Fehler begangen hatte. Er hätte jetzt selbst nicht mehr sagen können, warum ihm dieser Blödsinn überhaupt entschlüpft war, doch ganz offensichtlich fühlte sich Wilson von ihm angegriffen, und damit augenscheinlich in seinem Misstrauen bestätigt.

»Wie kommen Sie darauf, dass Miss Preussler Opfer eines Verbrechens geworden ist?«, fragte Graves spröde.

Wilson maß ihn mit einem fast schon verächtlichen Blick und drehte sich demonstrativ ganz zu Mogens um. »Miss… wie war ihr Name noch gleich?«

»Preussler«, antwortete Mogens. »Betty Preussler. Wenn Sie die Adresse brauchen, kann ich sie Ihnen geben.«

»Das wird nicht nötig sein«, antwortete Wilson. »Jedenfalls im Augenblick nicht. Ich nehme an, dass Sie noch einige Zeit hier bleiben werden – nur wenn ich doch noch eine Frage haben sollte.«

»Und welche Frage könnte das sein?«, fragte Graves. Warum auch immer, er schien es darauf angelegt zu haben, Wilsons Misstrauen zur Gewissheit zu machen.

»Zum Beispiel die, wann Sie Miss Preussler das letzte Mal gesehen haben«, antwortete Wilson kühl, »und ob es zu ihren Gewohnheiten gehört, unbekleidet auf Friedhöfen herumzulaufen.«

Graves ignorierte den zweiten Teil seiner Frage. »Gestern Abend«, sagte er. »Miss Preussler hat uns das Abendessen zubereitet – ein ganz vorzügliches Abendessen, nebenbei bemerkt –, und danach haben wir uns zurückgezogen. Wir gehen hier früh schlafen, müssen Sie wissen. Wir arbeiten vierzehn Stunden am Tag, manchmal auch mehr.«

Wilson zog es vor, die Spitze zu überhören. »Und heute?«, fragte er.

»Wir haben seit Sonnenaufgang gearbeitet«, antwortete Graves. »Das Frühstück bereiten wir uns im Allgemeinen selbst. Miss Preussler ist nicht unsere Köchin. Sie ist nur hergekommen, um Professor VanAndt zu besuchen. Deshalb ist ihr Fehlen auch bisher niemandem aufgefallen. Ich glaube, wir alle sollten uns in Miss Preusslers Namen bei Ihnen bedanken, Wer weiß, wie es ihr ergangen wäre, wären Sie nicht zufällig im richtigen Moment vorbeigekommen.«

»Das war kein Zufall«, antwortete Wilson.

Graves lächelte knapp, kramte eine Zigarette aus seiner Westentasche und schnippte fast in der gleichen Bewegung ein Streichholz an. Lag es wirklich nur an der winzigen, grell flackernden Flamme, dass Mogens den Eindruck hatte, irgendetwas versuche mit aller Kraft, aus dem Gefängnis seiner schwarzen Handschuhe zu entkommen?

»Sondern?«, fragte Graves, nachdem er einen ersten, tiefen Zug genommen und eine graue Rauchwolke zielsicher in Wilsons Gesicht gesabbert hatte.

»Ich war ohnehin auf dem Weg zu Ihnen, Doktor Graves«, antwortete Wilson ungerührt.

»Und warum?«

»Ich fürchte, dass ich in einer etwas unangenehmen Angelegenheit zu Ihnen komme«, antwortete Wilson, wobei er sich nicht die geringste Mühe gab, zu verhehlen, wie sehr er diese Worte genoss. »Ich habe Ihnen ein Schreiben des Gerichts zu übergeben.«

»Welchen Inhalts?«, fragte Graves ungerührt.

Auf dem Bett ließ Miss Preussler einen sonderbaren Laut hören; eine Mischung aus einem Stöhnen und etwas, das vielleicht ein Wort werden sollte, aber nur zu einem verschwommenen Murmeln wurde. Dennoch warf Wilson einen fast schuldbewussten Blick in ihre Richtung und deutete dann zur Tür. »Vielleicht besprechen wir das lieber draußen«, schlug er vor.

Graves deutete ein Schulterzucken an und wandte sich

ohne ein weiteres Wort zur Tür; wenn auch nicht, ohne Mogens einen warnenden Blick zuzuwerfen, ihm bloß nicht zu folgen.

Mogens hatte nichts dergleichen vorgehabt. Wenn Graves Probleme mit der Justiz hatte, so interessierte ihn das allerhöchstens insofern, dass sie gar nicht groß genug sein konnten. Er wartete gerade lange genug ab, bis Graves und der Sheriff das Haus verlassen hatten, dann ließ er sich behutsam auf die Bettkante sinken und griff nach Miss Preusslers Hand.

Ihre Haut fühlte sich warm an, auf eine unangenehme Art warm: fiebrig. Sie reagierte auf die Berührung, wenn auch erst nach einer geraumen Weile – sie drehte mühsam den Kopf und sah ihn an, und nachdem weitere, schier endlose Sekunden verstrichen waren, erschien die Andeutung eines Lächelns auf ihren Zügen.

»Professor«, sagte sie.

»Mogens«, antwortete Mogens. »Meine Freunde nennen mich Mogens.« Er machte eine rasche, abwehrende Bewegung, als Miss Preussler antworten wollte, denn er konnte ihr ansehen, wie sehr sie das Sprechen anstrengte. »Nicht reden«, sagte er.« Es ist alles in Ordnung. Sie sind jetzt bei uns. Hier kann Ihnen niemand etwas tun.«

Tom sah ihn an, als hege er gewisse Zweifel an dieser Behauptung, und auch Miss Preussler sah nicht wirklich überzeugt aus, oder gar beruhigt.

»Möchten Sie etwas trinken?«, fragte er. Miss Preussler fuhr sich mit der Zungenspitze über die Lippen, fast als müsse sie erst prüfen, ob sie tatsächlich durstig war. Mogens wollte sich mit einer entsprechenden Bitte an Tom wenden, doch der Junge war bereits aufgestanden und eilte zum Tisch. Als er zurückkam, trug er jedoch kein Glas oder Becher in der Hand, sondern eine flache Emailleschüssel und einen Schwamm, mit dem er behutsam Miss Preusslers Lippen betupfte. Er wartete geduldig, bis sie die Tropfen mehrmals hintereinander abgeleckt hatte, dann tauchte er den Schwamm tiefer in seine Schüssel, drückte ihn aus und begann anschließend sehr behutsam, ihr Gesicht und ihren Hals zu säubern.

Die Zärtlichkeit, mit der Tom zu Werke ging, rührte Mogens. Trotz der ohnehin nicht wirklich ernst gemeinten kleinen Zänkereien zwischen ihnen hatten sich Tom und Miss Preussler vom ersten Moment an gut vertragen, nun aber fragte er sich, ob Tom nicht möglicherweise mehr in ihr sah; vielleicht die Mutter, die ihm viel zu früh weggenommen worden war.

»Fühlen Sie sich jetzt besser?«, fragte er, nachdem er fertig war und die Schüssel neben sich auf den Boden gestellt hatte. Die Hände wischte er sich kurzerhand an der Jacke ab, und Mogens war sicher, in Miss Preusslers Augen trotz ihres bejammernswerten Zustandes ein missbilligendes Funkeln zu erkennen.

»Viel besser«, sagte sie. »Danke, Thomas. Du bist ein guter Junge.«

Tom war das unübersehbar peinlich. Er stand hastig auf, trug die Schüssel zurück zum Tisch und beschäftigte sich einige Augenblicke lang damit, vermutlich vollkommen sinnlos herumzuklappern.

Gerade, als er zurückkam, drang von draußen Graves' Stimme herein. Mogens konnte die Worte nicht verstehen, aber sie klangen sehr laut und überaus wütend. Nur einen Augenblick später hörten sie das Zuschlagen einer Autotür, und ein Automobil fuhr weg.

»Das klingt nach Ärger«, sagte Tom.

Wahrscheinlich war es gut, dass Mogens nicht dazu kam, darauf zu antworten, denn Tom hatte noch nicht ganz zu Ende gesprochen, als die Tür aufflog und ein äußerst übellauniger Graves hereinstampfte.

»Dummköpfe!«, schimpfte er. »Verdammtes Ignorantenpack! Und so was nennt sich Wissenschaftler!«

»Was ist passiert?«, fragte Mogens.

Graves wedelte ärgerlich mit einem schmal zusammengefalteten Blatt Papier, auf dem ein amtlich aussehendes Siegel prangte. »Unsere geschätzten Kollegen von nebenan«, ereiferte er sich.

»Die Geologen?«, fragte Tom.

»Maulwürfe!«, stieß Graves fast hasserfüllt hervor. »Verdammte Dreckwühler! Sie sind einfach nicht in der Lage, über den Rand der Löcher hinauszublicken, die sie selbst gebuddelt haben! Aber das lasse ich nicht auf mir sitzen. Diese so genannten *Wissenschaftler* werden sich noch wundern!«

Dann, ganz plötzlich, verschwand der wütende Ausdruck wie weggeblasen von seinem Gesicht und machte einem breiten Grinsen Platz. »War ich überzeugend?«, fragte er.

Mogens blinzelte, und auch Tom sah ihn mit einem Ausdruck vollkommener Verwirrung an.

»Doktor Graves?«

Graves' Grinsen wurde noch breiter, während er das Schriftstück mit einer nachlässigen Bewegung in der Innentasche seines Jacketts verschwinden ließ. »Ich hoffe doch, ich war überzeugend. Schließlich wollte ich unseren geschätzten Ordnungshüter nicht enttäuschen.«

»Was war das für ein Schreiben, das er dir übergeben hat?«, fragte Mogens.

Graves machte eine wegwerfende Handbewegung »Ein Gerichtsbeschluss, den unsere geschätzten Kollegen erwirkt haben«, antwortete er. »Er verbietet mir und jedem Mitglied meiner Gruppe, die Höhle noch einmal zu betreten, bevor sich nicht eine Kommission von Sachverständigen davon überzeugt hat, dass von unserer Arbeit keine Gefahr ausgeht. Ich kann mir schon vorstellen«, fügte er in verächtlichem Ton hinzu, »wie sich diese *Kommission* zusammensetzt!«

»Wir dürfen unsere Arbeitsstelle nicht mehr betreten?«, fragte Tom ungläubig.

»Bei Androhung einer Strafe von tausend Dollar«, bestätigte Graves fröhlich. »Für jedes Mal, wenn wir gegen diesen Beschluss verstoßen.«

»Aber das können sie doch nicht!«, protestierte Tom.

»Ich fürchte, sie können es doch«, antwortete Graves und schlug mit der flachen Hand dorthin, wo er das Blatt unter seinem Jackett trug.

»Mit welcher Begründung?«, wollte Mogens wissen.

Graves machte ein abfälliges Geräusch. »Unsere *verehrten Kollegen*«, antwortete er, mit einer Betonung, als spräche er über etwas ausnehmend Ekelhaftes, »sind der Meinung, dass unsere Ausgrabungen ihre Messungen beeinträchtigen. Und man *könne nicht ausschließen, dass von ihnen auch eine erhebliche Gefahr für die Stadt und Leib und Leben ihrer Bewohner ausginge*. Idioten!«

Irgendwie machte Graves nicht den Eindruck, dass ihn das wirklich beeindruckte, oder gar ärgerte, und Mogens sagte das auch.

»Damit hast du ausnahmsweise einmal Recht, mein lieber Professor«, antwortete Graves fröhlich. »Papier ist bekanntlich geduldig. Bevor Wyatt Earp Wilson auch nur begreift, was ich mit seinem Gerichtsbeschluss anzufangen gedenke, ist schon alles vorbei. Heute ist der entscheidende Tag, vergiss das nicht. Wir brauchen nur noch eine einzige Nacht.«

Es gefiel Mogens nicht, wie er *wir* sagte, aber er sparte es sich, irgendetwas dazu anzumerken, sondern wandte sich wieder zu Miss Preussler um. Sie war Graves und seinen Worten zwar schweigend, aber offenbar sehr aufmerksam gefolgt, und ihr Gesichtsausdruck sprach Bände. Mogens wusste nur zu gut, was sie von Kraftausdrücken jener Art hielt, wie Graves sie gerade benutzt hatte, und ein Gerichtsbeschluss rangierte bei ihr nur unwesentlich unter Moses' Gesetzestafeln.

»Das spielt jetzt alles keine Rolle mehr, Miss Preussler«, sagte er. »Alles, was im Moment zählt ist, dass Sie am Leben und wieder zurück sind. Wir alle haben uns die größten Sorgen um Sie gemacht. Um ehrlich zu sein, habe ich schon das Schlimmste befürchtet, als ich gesehen habe, wie diese... diese *Ungeheuer* Sie verschleppt haben.«

Dem Ausdruck nach zu schließen, den er in ihren Augen las, war das, was ihr zugestoßen war, schlimm genug gewesen, und er war nicht sicher, ob er wirklich wissen wollte, was es gewesen war. Einen Moment lang verlor sich ihr Blick in eine Ferne, die von erschreckenden und fremdartigen Dingen erfüllt war – vielleicht *ihre* Welt zwischen Tag und Nacht –, doch sie fand ihre Beherrschung erstaunlich schnell wieder und zwang sich sogar zu einem matten Lächeln, auch wenn ihre Augen von diesem Lächeln auf sonderbare Weise unberührt blieben. Ihre Hand schloss sich ein wenig fester um seine Finger.

»Ich habe Ihnen gesagt, Sie sollen sich nicht mit diesen gottlosen Menschen einlassen, Professor«, sagte sie. »Ich wusste, dass es ein böses Ende nehmen würde.«

»Immerhin leben Sie ja noch, meine Liebe«, sagte Graves kühl. »Was haben Sie dort unten gesehen, Miss Preussler?«

Mogens war nicht sicher, ob sie ihm überhaupt antworten würde, und es verging auch eine geraume Weile, bevor sie es tat. »Meinen Sie nicht, dass *Sie* zuallererst *mir* ein paar Fragen beantworten sollten, Doktor Graves?«, fragte sie.

»Nein«, antwortete Graves gelassen. »Glauben Sie mir, meine Liebe, es ist besser, wenn Sie nichts über all diese Dinge wissen. Besser für uns, aber auch besser für Sie. Sie haben schon viel zu viel gesehen. Wir hatten unsere guten Gründe, Sie eindringlich davor zu warnen, dort hinunter zu kommen.« Er wartete einen Moment lang vergebens auf eine Reaktion und fuhr dann fort: »Umso wichtiger ist es für uns, dass Sie uns erzählen, was Sie hinter dieser Tür gesehen haben – das verstehen Sie doch, oder?«

»Jonathan, hör endlich auf«, sagte Mogens müde. »Sie will nicht darüber reden, begreifst du das nicht?«

»Lassen Sie ihn ruhig, Professor«, sagte Miss Preussler. »Doktor Graves ist ein schlechter Mensch. Das habe ich vom ersten Moment an gespürt. Vielleicht bin ich ja selbst schuld. Ich hätte nicht herkommen sollen.«

»Nein, das hätten Sie nicht«, antwortete Mogens ernst. »Aber ich bin trotzdem froh, dass Sie es getan haben.«

»Miss Preussler«, sagte Graves. »Was haben Sie gesehen?«

Miss Preussler ignorierte ihn. Der Griff um Mogens' Hand wurde noch fester. »Diese Kreaturen, Professor«, sagte sie leise. »Diese schrecklichen Kreaturen… sagen Sie mir, dass Sie hergekommen sind, um sie zu vernichten.«

»Nein«, antwortete Mogens bedauernd. »Ich wusste nicht, dass es sie gibt, jedenfalls nicht hier.«

»Aber nachdem Sie es wussten?«

»Ich fürchte, das liegt außerhalb unserer Möglichkeiten, liebe Miss Preussler«, sagte Graves, bevor Mogens Gelegenheit fand, zu antworten. Ausnahmsweise war Mogens ihm sogar dankbar dafür, ihm ins Wort gefallen zu sein. »Jedenfalls, solange Sie sich weigern, uns zu verraten, was Sie gesehen haben.«

Mogens musste sich beherrschen, um nicht einfach aufzuspringen und Graves zu ohrfeigen, nur damit er endlich den Mund hielt. Hätte Miss Preussler seine Hand nicht so fest gehalten, hätte er es vielleicht wirklich getan. Selbst Tom starrte Graves einen Moment lang mit einem Ausdruck kaum noch verhohlener Wut in den Augen an.

»Aber Sie werden sie vernichten?«, vergewisserte sich Miss Preussler. »Das sind gottlose Kreaturen, Doktor Graves. Sie haben kein Recht, unter den Augen des HERRN zu wandeln.«

»Was haben Sie hinter dieser Tür gesehen?«, beharrte Graves.

»Mehr als ich wollte«, antwortete sie. »Mehr als irgendein Mensch sehen sollte. Diese Ungeheuer… es… es waren so viele. So unglaublich viele.«

Mogens tauschte einen raschen, beunruhigten Blick mit Tom. Er hatte gewusst, dass sie es mit mehr als nur einer dieser unheimlichen Kreaturen zu tun hatten – seit gestern Nacht wenigsten wussten sie, dass es mindestens drei waren –, aber *viele*?

»Viele?«, fragte er.

»Dutzende«, antwortete Miss Preussler. Ihre Stimme wurde leiser, und etwas von der Dunkelheit kehrte zurück, die Mogens vorhin in ihren Augen gesehen hatte. »Wenn nicht Hunderte. Ich konnte nicht alles sehen. Sie hatten mich gepackt und… und ich hatte auch Angst. Es war alles so schrecklich.«

»Sie müssen nicht darüber reden, wenn Sie nicht wollen, Miss Preussler«, sagte Mogens leise.

Graves bedachte ihn mit einem Blick, den er fast körperlich zwischen den Schulterblättern spüren konnte, aber Miss Preussler schüttelte nur den Kopf, warf ihm einen raschen, dankbaren Blick zu und fuhr dann, an Graves gewandt, fort: »Ich kann Ihnen nicht viel mehr sagen, Doktor. Ich hatte große Angst, und es war sehr dunkel dort unten. Aber es gibt viele von diesen Kreaturen. Sehr viele. Sagen Sie mir, dass Sie sie vernichten werden.«

Graves schwieg.

»Wie sind Sie ihnen entkommen?«, fragte Tom fast hastig.

»Ich bin ihnen nicht entkommen«, antwortete Miss Preussler.

»Nicht entkommen?«, fragte Graves. »Was meinen Sie damit?«

Die Dunkelheit in ihren Augen war nicht nur wieder da, sie nahm zu. »Sie... sie haben mich an diesen schrecklichen Ort geschleift«, sagte sie leise. »Ich glaube, ich muss kurz in Ohnmacht gefallen sein. Es ging eine Treppe hinunter, eine sehr lange Treppe, das weiß ich noch. Dann war da ein Haus, und...« Ihre Stimme versagte. Ihr Griff war mit einem Mal so fest, dass es wehtat, aber Mogens gab keinen Laut der Klage von sich, und er unternahm auch keinen Versuch, seine Hand zu befreien. Er konnte spüren, wie unendlich schwer es Miss Preussler fiel, weiter zu sprechen. Aber vielleicht musste sie es zugleich auch, um nicht an den schrecklichen Bildern zu zerbrechen, die die Frage aus ihrer Erinnerung heraufbeschworen hatte.

»Überall waren diese Kreaturen«, fuhr sie mit leiser, zitternder Stimme fort. »Sie... sie haben mir die... die Kleider vom Leib gerissen. Alle Kleider. Ich meine... ich... ich war sicher, sie würden mich töten. Ich war ganz sicher. Aber sie haben mich nur... nur angefasst und *beschnüffelt.*«

»Beschnüffelt?«, vergewisserte sich Graves. Er klang interessiert, fand Mogens – aber eigentlich nicht sonderlich überrascht.

»Ja«, sagte Miss Preussler. Sie schluckte ein paar Mal schwer, und ihr Blick schien nun geradewegs durch ihn hindurch zu gehen, an einen Ort noch jenseits der Dunkelheit. »Es war so schrecklich. So... so entwürdigend. Sie haben mich überall beschnüffelt, ich meine... wirklich *überall.* Ich... ich wollte sterben vor Scham, aber ich konnte nichts tun.«

»Schon gut«, sagte Mogens sanft. »Es waren nur Tiere, Miss Preussler. Nur ein paar hirnlose Ungeheuer. Es muss Ihnen nicht peinlich sein.«

»Und dann haben sie Sie einfach gehen lassen?«, fragte Graves.

»Nein«, antwortete Miss Preussler. »Irgendwann sind mir die Sinne geschwunden. Ich bin oben auf dem Friedhof wieder wach geworden. Die Kreaturen waren nicht mehr da.«

»Und dann hat Sheriff Wilson Sie gefunden«, vermutete Mogens.

Miss Preussler presste die Lippen aufeinander. Mogens konnte nicht anders, als die Kraft dieser Frau zu bewundern, aber er sah dennoch plötzlich Tränen in ihren Augen schimmern. »Es war so... so... entwürdigend«, flüsterte sie mit bebender Stimme. »Ich schäme mich so.«

»Das brauchen Sie nicht«, sagte Mogens sanft. »Es ist alles vorbei. Ruhen Sie sich ein wenig aus, und später wird Tom uns dann mit dem Wagen in die Stadt fahren. Mit ein wenig Glück sitzen wir heute Abend schon in einem Zug, der uns nach Hause bringt.«

»Aber das geht nicht, Professor«, sagte Miss Preussler.

»*Was?*«, fragte Mogens.

»Wir können nicht einfach davonlaufen«, erklärte Miss Preussler. »Es geht nicht nur um mich, Professor. Ich habe dort unten... noch etwas gesehen.«

»Was?«, fragte Mogens. Sein Herz klopfte.

»Ich war nicht die Einzige dort unten«, antwortete Miss Preussler. »Es gibt dort noch mehr Frauen. Und sie sind am Leben.«

Vor einer guten Stunde war die Sonne untergegangen, und seither hatte Mogens den verzierten Deckel seiner Taschenuhr mindestens ein Dutzend Mal auf und wieder zugeklappt, um einen Blick auf die verschnörkelten Zeiger darunter zu werfen. Obwohl er ziemlich sicher war, dass in mehr oder weniger gleichmäßigen Abständen getan zu haben, schien doch jedes Mal deutlich weniger Zeit verstrichen zu sein, seit er zuvor auf die Uhr geblickt hatte. Als er den Deckel jetzt wieder aufklappte, um im Licht der einzelnen, schon fast heruntergebrannten Kerze auf Graves' Schreibtisch einen Blick auf die Stellung der Zeiger zu werfen, kam es ihm so vor, als hätten sie sich nicht im Mindesten von der Stelle gerührt.

»Professor?«

Mogens widerstand der Versuchung, Graves, der auf der anderen Seite des unordentlichen Schreibtisches saß, einen zornigen Blick zuzuwerfen – er hatte ohnehin seine Zweifel, ob er eine Chance gehabt hätte, die dichten, grauen Schwaden aus Zigarettenrauch zu durchdringen, die Graves mittlerweile wie eine Mauer zwischen ihnen errichtet hatte. Graves rauchte ohnehin sehr viel – selbst vom Standpunkt eines eher toleranten Menschen aus betrachtet, der das Rauchen zwar für eine überaus unangenehme Angewohnheit hielt, darüber hinaus aber der Meinung war, dass jeder für sich das Recht hatte, zu entscheiden, auf welche Art und Weise er sich umzubringen gedachte –, doch seit sie hier hereingekommen waren, paffte er praktisch ununterbrochen. Mogens war sich bis jetzt nicht ganz schlüssig, ob das nun ein Anzeichen von Nervosität war oder ob Graves vielleicht glaubte, in spätestens einigen Stunden ohnehin nie wieder rauchen zu können, und seinem Laster auf diese Weise ein allerletztes Mal frönte; wobei das eine das andere nicht unbedingt ausschloss.

Mit einer schon fast übertrieben bedächtigen Bewegung klappte er die Uhr zu, steckte sie sorgsam in die Westentasche und beantwortete Graves' Frage ganz bewusst erst, nachdem er noch einige weitere Sekunden hatte verstreichen lassen. »Selbstverständlich bin ich nervös«, sagte er. »Du etwa nicht?«

Graves wiegte den Kopf; zumindest vermutete Mogens, dass die Bewegung, die er in den dichten Rauchschwaden wahrzunehmen glaubte, diese Bedeutung hatte. »Ich bin nicht ganz sicher«, antwortete er. »Ich meine: Ich sollte es sein, nicht wahr? Aber ich fühle mich... sonderbar.«

»Sonderbar?« Mogens zog fragend die Augenbrauen hoch. »Ich an deiner Stelle hätte Angst. Viel mehr als ich an meiner Stelle.«

Graves lachte leise. »Kannst du mir das erklären?«

»Ich nehme doch an, dass du besser weißt als ich, was uns dort unten erwartet«, sagte er. »Zumindest hoffe ich es.«

»Ich muss dich enttäuschen, fürchte ich«, antwortete Graves. »Etwas Großes. Dessen bin ich mir sicher. Aber sehr viel mehr weiß ich auch nicht. Näher als jetzt bin ich dem Geheimnis in all den Jahren nie gekommen. Und um deine Frage zu beantworten: Selbstverständlich habe ich Angst. Ich wäre kein Mensch, wenn ich keine Angst hätte.«

Was den Grad von Graves' Menschlichkeit anging, dachte Mogens, so wäre das sicher ein Thema für eine lange und hitzige Diskussion. Aber nicht jetzt.

Er ertappte sich dabei, schon wieder nach der Uhr in seiner Westentasche greifen zu wollen und zog die Hand hastig wieder zurück, doch die Bewegung war Graves nicht entgangen. »Es sind noch über drei Stunden bis Mitternacht, Mogens«, sagte er. »Warum gehst du nicht in deine Unterkunft und versuchst noch ein wenig Schlaf zu finden? Tom wird dich rechtzeitig wecken.«

»Schlaf?«, wiederholte Mogens. »Könntest du denn schlafen, an meiner Stelle?«

»Ich kann ja nicht einmal an meiner Stelle schlafen«, sagte Graves amüsiert, während er einen weiteren tiefen Zug aus seiner Zigarette nahm. Inmitten der grauen Schwaden leuchtete ein winziges rotes Auge auf und erlosch wieder. »Steht dir der Sinn nach einer Partie Schach?«

»Schach?«, vergewisserte sich Mogens in fast ungläubigem Ton. »Du denkst ernsthaft daran, jetzt Schach zu spielen?«

»Warum nicht?«, gab Graves zurück. »Ich kenne Leute,

die sich damit vergnügen, alle paar Sekunden auf die Uhr zu sehen. Da halte ich Schach für eine weitaus sinnvollere Methode, die Zeit zu überbrücken. Es ist ein äußerst beruhigendes Spiel, und es schärft den Blick für das Wesentliche. Beides könnte sich als hilfreich erweisen.«

Er wartete Mogens' Antwort erst gar nicht ab, sondern stand auf, ging zu einer kleinen Kommode und kam nach wenigen Augenblicken mit einem in Leder gebundenen Etui zurück, aus dem er ein kleines, aber äußerst kunstvoll geschnitztes Schachspiel nahm, dessen Figuren – obgleich keine davon größer war als der kleine Finger eines Neugeborenen – jede für sich ein kleines Meisterwerk darstellte. Allerdings hatten sie auch einen kleinen Schönheitsfehler.

»Die Figuren«, sagte Mogens.

»Was soll damit sein?«, fragte Graves, während er bereits – mit beiden Türmen beginnend und sich rasch nach innen vorarbeitend – die Figuren auf seiner Seite aufstellte.

»Sie sind weiß«, sagte Mogens.

»Das kommt daher, dass sie aus Elfenbein geschnitzt sind«, sagte Graves. Er klang ein bisschen belustigt.

»Aber sie sind *alle* weiß!«, protestierte Mogens. »Auf beiden Seiten!«

»Elfenbein ist nun einmal weiß«, erklärte Graves amüsiert.

»Und wie soll man damit spielen, wenn man sie nicht auseinander halten kann?«, fragte Mogens.

Graves war mittlerweile damit fertig, seine Figuren aufzustellen, beugte sich vor und tat das Gleiche mit denen auf seiner Seite. Mogens beobachtete mit einer Mischung aus Faszination und einem leisen Ekelgefühl, wie sich seine Finger dabei bewegten. Es war ihm auch jetzt nicht möglich, zu sagen, *was* an dieser Art der Bewegung so falsch und abstoßend war, aber es blieb dabei: Graves' Hände bewegten sich auf eine Art, wie es die Hände eines Menschen einfach nicht tun sollten. Mit solchen Fingern, dachte er, müsste Graves eigentlich einen hervorragenden Falschspieler abgeben.

»Du meinst, es wäre schwierig, Freund und Feind auseinander zu halten, mit diesen Figuren?«, erkundigte sich Graves. »Wie im richtigen Leben?« Er ließ sich in seinen Stuhl zurückfallen, nachdem er die letzte Figur aufgestellt hatte. »Das ist ein ganz besonderes Schachspiel, Mogens. Es ist sehr alt und sehr wertvoll, aber das ist nicht der Grund, aus dem ich es nur hervorhole, um mit ganz besonderen Menschen zu spielen.«

»Sondern?«, erkundigte sich Mogens.

»Es gibt durchaus Unterschiede«, sagte Graves, »man muss nur ganz genau hinsehen. Und man muss sich die Stellung seiner eigenen Figuren gut genug einprägen. Wie gesagt: wie im richtigen Leben.« Er machte eine wedelnde Handbewegung. »Du fängst an, Mogens. Du hast Weiß.«

Im allerersten Moment überlegte sich Mogens ernsthaft, ob er sich wirklich auf dieses alberne Kräftemessen einlassen sollte oder ob es nicht klüger wäre, einfach aufzustehen und zu gehen. Ein Teil von ihm schreckte davor zurück, sich diese Blöße zu geben, aber ein anderer – weitaus größerer – war viel zu vernünftig, um sich auf dieses Niveau herabzulassen. Dennoch beugte er sich auf dem Stuhl vor und besah sich die winzigen Figuren genauer. Graves hatte Recht: Es gab winzige Unterschiede – auch wenn sie nach Mogens' Dafürhalten längst nicht ausreichten, um die Figuren noch identifizieren zu können, wenn sie ihre geordnete Schlachtformation erst einmal aufgegeben hatten und sich die gegnerischen Reihen zu durchdringen begannen. Aber was hatte er schließlich zu verlieren außer ein wenig Zeit, die ihm ohnehin zur Qual wurde, und einem bedeutungslosem Spiel?

Er eröffnete klassisch, indem er den Königsbauern zwei Felder nach vorne zog, und Graves machte ein abfälliges Gesicht und reagierte mit der ebenso klassischen Entgegnung darauf. Fast zu seiner eigenen Überraschung ertappte sich Mogens schon nach wenigen Zügen dabei, sich nicht nur fast vollständig auf die Partie zu konzentrieren, sondern auch den schon beinahe verbissenen Willen zu verspüren, sie auf gar keinen Fall zu verlieren. Früher, an der Universität, hatten

Graves und er oft Schach miteinander gespielt, wenn auch auf einem normalen Brett mit Figuren unterschiedlicher Farbe, und neun von zehn Partien hatte er, Mogens, gewonnen. Aber eben nicht alle, und die wenigen Niederlagen, die Graves ihm beigebracht hatte, waren ausnahmslos vernichtend gewesen, und fast ausnahmslos sehr schnell gekommen. Graves gehörte zu jenen nahezu unberechenbaren Spielern, die im Grunde nicht besonders gut waren, und schon gar nicht kreativ, dafür aber manchmal zu vollkommen unsinnigen Reaktionen neigten, mit denen sie ihre Gegner aus dem Konzept brachten oder einfach überrumpelten. Nichts anderes, sinnierte Mogens, hatte Graves auch getan, um ihn hierher zu bringen. Er hatte ihn schlichtweg überrumpelt. Aber das würde ihm nie wieder gelingen.

Er erlebte eine Überraschung; allerdings keine angenehme. Graves hatte in den letzten Jahren offensichtlich eine Menge dazugelernt. Er spielte noch immer nicht wirklich meisterhaft, trotzdem aber sehr viel besser, als Mogens es in Erinnerung hatte und erwartete, und es wurde erwartungsgemäß schlimmer, als ihre Figuren sich nahe kamen. Die Aufgabe, sich die Stellung aller seiner sechzehn Figuren einzuprägen, nahm einen großen Teil seiner geistigen Kapazität in Anspruch, und er war ihr trotz aller Mühe nicht vollends gewachsen. Zwei- oder dreimal schüttelte Graves nur ebenso stumm wie spöttisch den Kopf, als er nach einer Figur greifen wollte, um ihn darauf hinzuweisen, dass es nicht seine eigene war, und er verlor einen Springer und drei Bauern, weil er genau den umgekehrten Fehler machte. Dennoch trieb er Graves' Figuren langsam, aber unerbittlich vor sich her. Nach kaum mehr als zwanzig oder fünfundzwanzig Zügen gab es am Ausgang der Partie eigentlich keinen Zweifel mehr. Er schlug Graves ein Remis vor, das dieser jedoch ablehnte.

»Man sollte niemals aufgeben, bevor das Spiel nicht wirklich zu Ende ist«, sagte er. »Diese Maxime habe ich mir schon vor langer Zeit zu eigen gemacht. Ohne sie wäre ich vermutlich nicht mehr am Leben.«

Mogens sah nicht einmal von Schachbrett hoch. Er spürte, dass Graves das nicht nur gesagt hatte, um Konversation zu machen, sondern um eine ganz bestimmte Reaktion, wahrscheinlich eine Frage, seinerseits zu provozieren. Aber er hatte plötzlich keine Lust mehr, sich auf eine Diskussion irgendwelcher Art mit Jonathan Graves einzulassen, und außerdem wusste er, dass er sofort und endgültig den Überblick verlieren würde, wenn er auch nur ein einziges Mal vom Schachbrett aufsah.

»Du weißt, dass sie nicht dort unten ist, nicht wahr?«, fragte Graves plötzlich.

»Wer?«, gab Mogens zurück. Er hoffte, dass Graves sich ebenso sehr auf das Schachbrett konzentrierte wie er selbst und sein unmerkliches Zusammenzucken so vielleicht nicht bemerkt hatte.

»Janice«, antwortete Graves.

Diesmal fuhr Mogens so heftig zusammen, dass Graves es gar nicht übersehen haben konnte. Er schwieg.

Graves zog seinen einzigen verbliebenen Turm vor und brachte ihn damit derart offensichtlich in Gefahr, dass Mogens sich fragte, welche Falle wohl dahinter stecken mochte. Er streckte die Hand nach seinem Läufer aus, um das so überdeutlich dargebotene Geschenk anzunehmen, zog sie dann wieder zurück und ließ seinen Blick nachdenklich über die restlichen Figuren auf dem Schachbrett schweifen. Er sah keine Falle, aber das bedeutete nicht, dass keine da war.

»Du bist mir noch eine Antwort schuldig«, sagte Graves. »Dabei bin doch eigentlich ich es, der schweigen sollte.«

»Warum?«, gab Mogens beinahe widerwillig zurück.

»Weil ich weiß, dass dein plötzlicher Sinneswandel nur einen einzigen Grund haben kann«, antwortete Graves. »Du hoffst, Janice dort unten zu finden. Du weißt natürlich, dass das nicht der Fall sein wird. Es ist sogar nahezu vollkommen ausgeschlossen. Aber etwas genau zu wissen, hat noch nie jemanden davon abgehalten, an das genaue Gegenteil zu glauben.«

Mogens schlug den Turm nun doch. Wenn es eine Falle war, dann war sie so raffiniert aufgebaut, dass er sie auch dann nicht entdecken würde, wenn er noch eine Stunde auf das Schachbrett starrte. »Du redest Unsinn, Jonathan«, sagte er in ganz bewusst brüskem Tonfall. »Wenn Miss Preussler die Wahrheit sagt, dann ist es einfach unsere verdammte Pflicht und Schuldigkeit, dort hinunterzugehen und diese armen Menschen aus der Gewalt der Bestien zu befreien.«

»*Wenn* sie die Wahrheit sagt?«, wiederholte Graves und machte einen weiteren, Mogens' Meinung nach noch viel unsinnigeren Zug, der ihn nun vollends verwirrte. »Zweifelst du etwa plötzlich an Miss Preusslers Aufrichtigkeit?«

»Nein«, antwortete Mogens. »Aber sie hat es selbst gesagt: Sie war in Panik. Sie hatte Todesangst. Wahrscheinlich war sie vollkommen hysterisch – ich an ihrer Stelle wäre es jedenfalls gewesen –, und dazu noch diese Bestien, die ihr weiß Gott was angetan haben. Ich wäre jedenfalls nicht erstaunt, wenn sie einer Halluzination erlegen wäre.«

Graves konzentrierte sich für eine gute Minute auf das Schachbrett, bevor er antwortete. »Dann hast du die Hoffnung also aufgegeben, Janice zu finden?«, erkundigte er sich in fast beiläufigem Ton.

»Jonathan – was soll das?«, fragte Mogens. »Ich tue, was du willst, und begleite dich noch einmal diese verfluchte Kammer hinab. Was hast du vor? Willst du mich aus purer Bosheit ein bisschen quälen?«

»Nein«, sagte Graves, zog seine Dame vor und schlug damit Mogens' Turm. »Ich will gewinnen. Schachmatt.«

Mogens starrte ebenso verblüfft wie fassungslos auf das Schachbrett. Er streckte die Hand nach den Figuren aus, zog sie wieder zurück, streckte sie noch einmal aus und schüttelte schließlich verwirrt den Kopf. »Sag mir nicht, du hast dieses Thema nur angesprochen, um mich abzulenken«, sagte er.

»Ich pflege jeden Vorteil zu nutzen, der sich mir bietet«, sagte Graves gelassen. »Du gibst zu, dass ich dich geschlagen habe?«

»Wenn du darauf bestehst«, sagte Mogens übellaunig. »Auch wenn ich nicht verstehe, wie. Aber bitte: Du hast mich geschlagen.«

»Und noch dazu mit deiner eigenen Dame«, sagte Graves lächelnd.

Es dauerte einen Moment, bis Mogens überhaupt begriff: Die Figur, mit der Graves ihn schachmatt gesetzt hatte, gehörte ihm. »Das ist Betrug«, sagte er empört.

»Ich sagte doch, Mogens: Ich pflege jeden Vorteil zu nutzen, den ich bekommen kann.«

»Indem du betrügst?«, fragte Mogens verächtlich.

»Du warst schon immer der bessere Spieler, Mogens«, sagte Graves ruhig »Ich kann dich nicht schlagen. Nicht, wenn ich mich an die Regeln halte.«

»Also betrügst du?«

»Ich ändere die Regeln«, verbesserte ihn Graves. »Manchmal ist das die einzige Möglichkeit, um zu überleben.«

Mogens war nicht ganz sicher, was Graves ihm damit sagen wollte, oder ob er ihm *überhaupt* etwas sagen wollte und sich nicht vielleicht einfach nur aufspielte, aber er verspürte plötzlich den intensiven Wunsch, das Schachbrett samt allen Figuren vom Tisch zu fegen. Vielleicht hielt ihn einfach der Respekt vor der kostbaren Antiquität zurück, die dieses Spiel darstellte. Er stand auf. »Du hast Recht, Jonathan«, sagte er knapp. »Ich werde noch einmal hinübergehen und versuchen, ein wenig Ruhe zu finden.«

Eine – bescheidene – Befriedigung hatte er: Graves wirkte ganz eindeutig enttäuscht. Dieses ganze Spiel und alles, was er gesagt hatte, waren nur Vorbereitung gewesen, aber er wollte plötzlich gar nicht mehr wissen, worauf.

Auch wenn ihm sein Verstand sagte, dass er vielleicht besser daran täte, hier zu bleiben und ihm zuzuhören.

Stattdessen stürmte er regelrecht aus dem Haus und legte auch das erste halbe Dutzend Schritte beinahe rennend zurück, bevor er langsamer wurde und schließlich ganz stehen blieb. Sein Puls ging so schnell, dass er ein paar Mal bewusst langsam und tief ein- und ausatmen musste, um nicht zu hyperventilieren. Hatte er vor wenigen Minuten noch geglaubt, dass es Graves nicht noch einmal gelingen würde, ihn zu überrumpeln? Nun, es *war* ihm gerade gelungen. Er hatte ihn so gründlich und nachhaltig aus der Fassung gebracht, wie er es bisher nicht einmal für möglich gehalten hatte. Und er wusste nicht einmal, wieso.

Vielleicht gab es gar keinen Grund. Vielleicht war Graves einfach nur ein Ungeheuer, dem es Freude bereitete, andere zu quälen.

Mogens blieb einige Minuten lang reglos stehen und wartete, bis sich sein hämmernder Pulsschlag beruhigt hatte und auch sein Atem wieder halbwegs normal ging. Möglicherweise deutete er einfach zu viel in jede Kleinigkeit hinein. Sie waren alle nervös, und er hatte furchtbare Angst vor dem, was vor ihnen lag und was …

Die Erde unter seinen Füßen bebte.

Eigentlich war es gar kein richtiges Beben, keine wirkliche Bewegung, sondern eher etwas wie die *Antwort* auf eine Bewegung – als hätte sich tief unter seinen Füßen im Schoße der Erde etwas Gigantisches geregt und wäre gleich darauf wieder in Schlaf versunken. Die Erschütterung war nicht sehr heftig gewesen – Mogens war nicht einmal sicher, dass er sie überhaupt zur Kenntnis genommen hätte, hätte er jetzt noch drinnen bei Graves gesessen und seinen Weisheiten gelauscht, die vermutlich aus einem chinesischen Glückskeks stammten –, aber zugleich auch auf eine Weise *mächtig*, die ihn innerlich aufstöhnen ließ. Nichts war geschehen. Die Erde hatte keine Risse bekommen. Der Himmel begann nicht einzustürzen. Er hörte weder das Klirren von zerbrechendem Glas noch das Bersten zusammenbrechender Gebäude, nicht ein einziger Vogel erhob sich aus den Baumwipfeln, kein Hund bellte. Und dennoch traf die Erschütterung zugleich etwas in seinem Innern mit solch verheerender Wucht, dass er sich innerlich krümmte und sich in seiner Menschlichkeit selbst verletzt fühlte. Vielleicht war es nicht einmal wirklich ein Erdbeben gewesen, dachte Mogens beunruhigt. Vielleicht hatte die *Wirklichkeit* gebebt, und die Erschütterung, die er gespürt hatte, war nicht einmal real gewesen; etwas, das seine Sinne nur als solche deuteten, weil ihnen die Worte fehlten, um zu beschreiben, was wirklich geschehen war.

Hinter ihm klappte eine Tür. Mogens fuhr so erschrocken zusammen und herum, dass sein Herz schon wieder wie wild zu hämmern begann. Seine Hände zitterten. Im allerersten Moment sah er nur Schatten, dann glomm ein winziges rotes Auge auf und blinzelte ihm zu.

»Du hast es also auch gespürt.«

»Selbstverständlich.« Graves schlenderte gemächlich heran, schnippte den heruntergebrannten Stummel seiner Zigarette davon und zündete sich eine neue an, noch bevor er ihn erreicht hatte. »Und nicht nur ich.«

Er machte eine Kopfbewegung zur anderen Seite des Platzes. In Toms Hütte war Licht angegangen, und nur wenige Augenblicke später fiel ein dreieckiger Lichtschein aus dem Haus. Ein sonderbares Lächeln huschte für einen kurzen Moment über sein Gesicht, dann trat er einen halben Schritt zurück und legte den Kopf in den Nacken, um in den Himmel hinaufzusehen.

Mogens folgte seinem Blick. Der Himmel war so klar, dass jeder einzelne Stern wie ein Nadelstich in einer tiefschwarzen Pappe funkelte, hinter der eine extrem starke Lichtquelle brannte, und für einen Moment, bevor er die vertrauten Sternbilder und Konstellationen erkannte, schien sich das gesamte Firmament über ihm zu drehen, als führten die Sterne einen schwerelosen Tanz auf, um sich zu einem geheimnisvollen und bedeutenden Muster neu zu ordnen.

Mogens blinzelte, und die Sterne waren wieder normal. Vielleicht hatte er sich nur zu hastig bewegt. Sein Kreislauf spielte noch immer verrückt, und wenn er ehrlich war, dann galt das nicht nur für seinen Kreislauf. Er war in der vergangenen Nacht schwer verletzt worden, und er war kein Mann, der solcherlei gewohnt war. Allein der Blutverlust, den er erlitten hatte, hätte ihn normalerweise für zwei oder drei Tage ans Bett gefesselt, von den tiefen Schnittwunden, die ihm die Krallen des Ghouls zugefügt hatten, ganz zu schweigen. Wenn man all das bedachte, fühlte sich Mogens schon beinahe unnatürlich gut und tatendurstig, aber er machte sich nichts vor. In seinem Zustand dort hinunterzugehen und sich möglicherweise auf einen Kampf mit den Ghoulen einzulassen – was hatte Miss Preussler gesagt? Dutzende, wenn nicht sogar Hunderte? – war Irrsinn.

Tom kam heran. Seine Schritte erzeugten sonderbare, saugende Laute in dem aufgeweichten Boden. Geräusche, die auf unmöglich in Worte zu fassende Weise ebenso falsch und *lebendig* wirkten wie das vermeintliche Erdbeben gerade. Ohne ein Wort nickte er Mogens zu und nahm dann neben Graves Aufstellung, um auf die gleiche Weise in den Himmel hinaufzusehen wie er.

Nach einer Weile sagte er leise: »Es beginnt, nicht wahr?«

Graves nickte. »Ja«, sagte er. »Es beginnt.«

Die Worte jagten Mogens einen eisigen Schauer über den Rücken. Graves' Stimme war kaum mehr als ein Flüstern gewesen, und doch ließ ihr Klang Mogens abermals erschauern. Graves hatte… *glücklich* geklungen. Auf eine Art glücklich, die Mogens Angst machte.

Auch er sah noch einmal konzentriert in dieselbe Richtung wie Tom und Graves. Der klare Sternenhimmel bot einen Anblick von majestätischer Pracht, aber er konnte dennoch nichts Außergewöhnliches dort oben entdecken.

»Wovon redet ihr?«, fragte er. Irgendwie hatte er das Gefühl, etwas Falsches zu tun. Dieser besondere Augenblick war etwas so Kostbares, dass der bloße Klang seiner Stimme ein Sakrileg darstellte.

Mogens rief sich in Gedanken zur Ordnung. Was war nur mit ihm los? Anscheinend begann ihn Graves' pseudo-philosophisches Gerede schon anzustecken.

»Hast du dich jemals gefragt, was dort oben ist?«, fragte Graves, noch immer in diesem sonderbaren Ton, der Mogens jetzt allerdings viel mehr *ehrfürchtig* erschien als glücklich, und ohne den Blick von dem loszureißen, was immer er dort oben auch sehen mochte.

»Sterne«, antwortete Mogens automatisch. »Unendlich viele Sterne.«

»Sicher«, antwortete Graves lächelnd. »Aber zwischen den Sternen. Dahinter, Mogens.«

»Hinter den Sternen?«, wiederholte Mogens verständnislos. »Wie meinst du das?«

»Leben, Mogens, Leben«, antwortete Graves. »Hast du dich niemals gefragt, ob es dort oben vielleicht Leben gibt? Menschen wie wir oder vielleicht auch andere, bizarrere Wesen?«

Selbstverständlich hatte sich Mogens diese Frage schon gestellt, so wie sie sich wohl jeder irgendwann einmal stellt, wenn er in den Nachthimmel hinaufsah und diese unverstellbare Menge von Sternen erblickt. Er war nie zu einer Antwort gelangt, und er fand auch nicht, dass jetzt der passende Moment war, um darüber zu diskutieren.

Er kam allerdings nicht dazu, eine entsprechende Bemerkung zu machen, denn in diesem Moment sagte eine Stimme hinter ihm: »Was für ein gotteslästerlicher Unsinn, Doktor Graves!«

Mogens fuhr beinahe erschrocken herum, während Graves noch einmal zwei oder drei Atemzüge verstreichen ließ, bevor er sich betont ruhig umwandte und Miss Preussler mit einem Blick maß, in dem sich ein leicht amüsiertes und ein verächtliches Glitzern um die Vorherrschaft stritten. »Miss Preussler«, sagte er. »Was tun Sie hier, meine Liebe? Sie sollten im Bett liegen und sich ausruhen, nach allem, was Sie mitgemacht haben.«

Miss Preussler kam noch zwei Schritte näher, stemmte die Fäuste in die ausladenden Hüften und maß den gut einen Fuß größeren Graves mit einem Blick, der ihn plötzlich irgendwie kleiner wirken ließ als sie selbst. »Ja, das würde Ihnen gefallen«, sagte sie nickend. »Dann würde ich diese gotteslästerlichen Reden nicht hören, die Sie schwingen, nicht wahr?« Sie drehte mit einem Ruck den Kopf und funkelte nun Mogens kein bisschen weniger verärgert an, sodass er sicher war, ihr ganzer, heiliger Zorn würde sich nun auf ihn entladen. Als sie weitersprach, klang ihre Stimme jedoch unerwartet sanft; eindeutig mehr enttäuscht und besorgt als zornig.

»Und Sie, Professor?«, sagte sie kopfschüttelnd. »Sie stehen da und hören sich dieses Geschwätz kommentarlos an?

Ein Mann von Ihrer Bildung? Ich hätte wahrlich mehr von Ihnen erwartet.«

Mogens wusste im ersten Moment nicht einmal, was er sagen sollte. Als er Miss Preussler das letzte Mal gesehen hatte – vor zwei Stunden –, da hatte sie leichenblass und vollkommen erschöpft und verängstigt auf dem Bett gelegen, und er wäre nicht einmal sicher gewesen, dass sie auch nur die Kraft aufbrachte, aufzustehen. Jetzt war weder von dem einen noch dem anderen irgendetwas zu entdecken. Miss Preussler hatte sich nicht nur angezogen, ihr Haar gerichtet und sich gründlich gesäubert, sie war auch wieder ganz die alte, resolute Betty Preussler, die nichts in ihrer Umgebung duldete, was ihrem Weltbild, ihrer Sicht der Dinge und ihrem Gefühl für Sauberkeit und Anstand widersprach. Hätte er den bejammernswerten Zustand, indem sie sich am Morgen befunden hatte, nicht mit eigenen Augen gesehen, so hätte er niemals für möglich gehalten, dass sich ein Mensch derart schnell davon erholen konnte.

»Aber ich bitte Sie, meine liebe Miss Preussler«, sagte Graves. »Lassen Sie Ihren gerechten Zorn nicht an dem armen Professor aus. Wir haben eine rein akademische Diskussion geführt, das ist alles.«

»Eine rein akademische Diskussion, so?«, wiederholte Miss Preussler, während sie sich wieder ganz zu Graves herumdrehte. Ihre Augen funkelten kampflustig. »Es mag sein, dass ich nichts von Ihren wissenschaftlichen Themen verstehe, mein lieber Doktor«, sagte sie, »denn ich bin schließlich nur eine dumme alte Frau aus einer kleinen Stadt. Aber ich erkenne sehr wohl, wenn jemand den HERRN verspottet – auch, wenn er versucht, diese Ketzereien als wissenschaftliche Diskussion zu tarnen.«

Graves wirkte für einen kurzen Moment verstört, und Mogens hatte alle Mühe, das schadenfrohe Grinsen zu unterdrücken, das sich auf seinem Gesicht ausbreiten wollte. Er hatte – ein einziges Mal, in all den Jahren! – versucht, diese Art von Gespräch mit seiner Zimmerwirtin zu führen, und diesen Versuch wohlweislich niemals wiederholt. Graves war weder entsprechend vorgewarnt, noch genoss er Miss Preusslers uneingeschränkte Sympathie, wie er, und so beging er den Fehler, es nicht gut sein zu lassen, sondern ihr zu antworten. »Aber Miss Preussler, ich bitte Sie!«, sagte er. »Niemand wollte Ihnen zu nahe treten, weder Ihnen noch Ihrem Glauben, das versichere ich Ihnen. Kommen Sie, meine Liebe.«

Er streckte den Arm aus, wie, um ihn ihr um die Schulter zu legen, aber er führte die Bewegung dann vorsichtshalber doch nicht zu Ende, als er ihrem Zorn sprühenden Blick begegnete. Einen Herzschlag lang wirkte er noch verunsicherter als zuvor, dann deutete er ein Schulterzucken an, zwang erneut ein Lächeln auf sein Gesicht und machte eine Handbewegung in den Himmel hinauf. »Es liegt mir fern, Gottes Schöpfung irgendwie anzuzweifeln oder auch nur kleiner zu machen. Sehen Sie all diese Sterne dort oben?«

Miss Preussler nickte abgehackt.

»Was glauben Sie, wie viele es sind?«, fuhr Graves fort.

»Viele«, antwortete sie. »Tausende.«

Graves schüttelte den Kopf.

»Es sind viel mehr«, sagte er. »Millionen, Miss Preussler, viele, viele Millionen, allein in unserer Milchstraße – Sie wissen, was eine Milchstraße ist?«

Mit der letzten Frage, mutmaßte Mogens, hatte er sich auch noch den allerletzten Rest von Sympathien bei Miss Preussler verspielt – falls er denn noch welche gehabt hatte. Statt sich einzumischen, wie er es eigentlich vorgehabt hatte, beschloss er spontan, einfach ruhig zu sein und zuzusehen, wie sich Graves um Kopf und Kragen redete.

»Es gibt allein in unserer Milchstraße mehrere Millionen Sterne, und viele von diesen Sternen dort oben«, er spießte mit dem glühenden Ende seiner Zigarette in den Himmel, als wollte er ein weiteres großes Loch hineinbrennen, »kommen uns nur vor wie Sterne, weil sie so unendlich weit entfernt sind, aber sie sind in Wahrheit ihrerseits wiederum ganze Milchstraßen.«

»Höchst interessant«, sagte Miss Preussler kühl. »Und was genau wollen Sie mir damit sagen, Doktor?«

»Dass das Universum unendlich ist, meine liebe Miss Preussler«, antwortete Graves. »Jedes einzelne dieser winzigen Lichter dort oben ist in Wahrheit eine Sonne, ebenso gewaltig und lebensspendend wie die unsere. Und ihre Anzahl übersteigt unser aller Vorstellungskraft.«

»Und?«, fragte Miss Preussler. Sie klang ein wenig gereizt, und Mogens ertappte sich dabei, wie er ganz instinktiv einen halben Schritt zurückwich. Ein gewisser Sicherheitsabstand war möglicherweise nicht das Schlechteste, wenn Titanen aufeinander prallten.

»Ich kann mir nicht vorstellen, dass das Wunder des Lebens unter all diesen unzähligen Sonnen nur ein einziges Mal entstanden sein soll.«

»Und Gott der HERR schuf den Menschen nach seinem Vorbild«, antwortete Miss Preussler. »Sie haben es selbst gesagt, Doktor Graves: Es ist ein Wunder. Nicht mehr und nicht weniger.«

»Aber steht denn irgendwo in der Bibel, dass er *nur* den Menschen erschaffen hat?«, fragte Graves liebenswürdig.

Miss Preussler sog hörbar die Luft ein. »Doktor Graves«, sagte sie scharf. »Ich dulde eine solche Gotteslästerung nicht in meiner Nähe.«

»Aber Miss Preussler, ich …«

»Genug«, unterbrach ihn Miss Preussler in noch schärferem Ton. »Das ist Ketzerei, Doktor Graves. Glauben Sie mir, wenn dieser Junge nicht bei uns wäre, dann würde ich Ihnen jetzt die Antwort geben, die Ihnen gebührt. Und jetzt würde ich Sie darum bitten, das Thema zu wechseln. Wie viel Zeit bleibt uns noch?«

»Uns?« Graves blinzelte. »Was meinen Sie mit *uns*, Miss Preussler?«

»Aber Sie haben doch noch immer vor, dort hinunterzugehen und diese armen Menschen zu befreien, nehme ich an.«

»Selbstredend«, antwortete Graves, »aber Sie haben doch nicht etwa vor …«

»… Sie zu begleiten?«, unterbrach ihn Miss Preussler. »Aber natürlich werde ich mit Ihnen gehen.«

»Ich fürchte, das kann ich nicht zulassen«, sagte Graves ruhig.

»Und ich fürchte, Sie können mich nicht daran hindern«, antwortete Miss Preussler.

Mogens erlebte ein kleines Wunder: Graves' Gesicht verfinsterte sich erwartungsgemäß, und in seinen Augen glomm ganz genau jener Ausdruck auf, der schon vor einem Jahrzehnt seine Kommilitonen an der Universität stets dazu bewogen hatte, einen möglichst großen Bogen um ihn zu schlagen, und er konnte sehen, wie sich seine Kiefermuskeln so verspannten, dass er allen Ernstes damit rechnete, im nächsten Moment das abgebissene Ende seiner Zigarette zu Boden fallen zu sehen. Statt der erwarteten Explosion jedoch blieb Graves zwei oder drei Sekunden lang vollkommen still, dann sagte er ganz ruhig: »Miss Preussler, ich fürchte, Sie haben nicht ganz verstanden, worum es hier geht. Es könnte dort unten… ziemlich gefährlich werden. Um ehrlich zu sein – ich rechne sogar ernsthaft damit, dass wir in einen Kampf mit diesen Kreaturen verstrickt werden.«

»Und da wollen Sie eine arme, schutzlose alte Frau wie mich natürlich nicht in Gefahr bringen.« Miss Preusslers Stimme troff geradezu vor Hohn. »Ich denke, ich habe bewiesen, dass ich selbst auf mich aufpassen kann, Doktor Graves.«

Mogens genoss den Anblick von Graves' Gesicht in vollen Zügen.

»Unmöglich!«, sagte er. »Ich kann diese Verantwortung unmöglich übernehmen und …«

»Niemand verlangt von Ihnen, irgendeine Verantwortung für mich zu übernehmen«, sagte Miss Preussler. Ihre Stimme war plötzlich viel ruhiger, fast schon sanft, was für Mogens ein ganz unzweifelhaftes Zeichen darstellte, dass das Thema damit für sie erledigt war. »Ich werde Sie, Thomas und den Professor begleiten. Punktum.«

Graves begann fast verzweifelt mit den behandschuhten Händen zu ringen. »Miss Preussler, ich bitte Sie, nehmen Sie Vernunft an!«, flehte er. »Diese Kreaturen sind möglicherweise nicht einmal die größte Gefahr, auf die wir dort unten stoßen. Wir wären unter Umständen noch nicht einmal in der Lage, Sie zu beschützen!«

»Sie meinen, ich wäre nur eine Belastung für Sie«, sagte Miss Preussler. Sie schüttelte abermals den Kopf. »Aber auch was das angeht, kann ich Sie beruhigen, Doktor. Mit Gottes Hilfe bin ich diesen Unholden schon einmal entkommen, und ich kann mir nicht vorstellen, dass dies ohne Grund geschehen ist. Dort unten sind noch andere Menschen, die der Rettung bedürfen.«

»Und genau deshalb werden wir dort hinuntergehen, Miss Preussler!«, antwortete Graves in einem Tonfall, den er selbst für überzeugend und keinen Widerspruch duldend halten mochte, der in Mogens' Ohren jedoch schon fast verzweifelt klang. »Wir werden tun, was immer in unserer Macht steht, das versichere ich Ihnen, aber …«

»Ich komme mit«, unterbrach ihn Miss Preussler, und diesmal in einem Ton solcher Endgültigkeit, dass selbst Graves es nicht mehr wagte, ihr sofort zu widersprechen. »Es sei denn, Sie versuchen mich mit Gewalt daran zu hindern.«

Graves' Augen wurden schmal. »Führen Sie mich nicht in Versuchung, Miss Preussler«, sagte er leise.

»In diesem Fall allerdings«, fuhr Miss Preussler ungerührt fort, »müsste ich mich auf der Stelle auf den Weg in die Stadt machen, um Sheriff Wilson von meiner Entdeckung zu berichten.«

Es war bei der herrschenden Dunkelheit schlecht zu erkennen – aber Mogens glaubte regelrecht zu *hören*, wie auch noch das letzte bisschen Farbe aus Graves' Gesicht wich. »Das würden Sie nicht tun!«, keuchte er.

»Das *müsste* ich sogar«, korrigierte ihn Miss Preussler sanft. »Dort unten befinden sich Menschen in Lebensgefahr, Doktor Graves. Ich bin sogar verpflichtet, ihnen zu helfen. Und wenn ich das selbst nicht kann, so doch wenigstens die Behörden zu informieren.«

»Einen Fußmarsch in die Stadt?«, erwiderte Graves verächtlich und beging damit seinen allerletzten und schlimmsten Fehler, auf den es aber vermutlich schon gar nicht mehr ankam. »Sie wären allein bis Sonnenaufgang unterwegs, um das Büro des Sheriffs auch nur zu erreichen.«

Miss Preussler lächelte zuckersüß. »Aber ich bitte Sie, mein lieber Doktor«, sagte sie. »Bis zum Lager Ihrer geschätzten Kollegen ist es allerhöchstens eine Stunde, selbst für eine alte Frau, die nicht mehr so gut auf den Beinen ist. Ich bin sicher, dort wird man mir gewiss eine Fahrgelegenheit in die Stadt zur Verfügung stellen.«

Graves' Gesicht erstarrte endgültig zu Stein. »Das ist Erpressung, das wissen Sie.«

»Jetzt übertreib es nicht, Jonathan«, mischte sich Mogens ein. Er gab sich keine Mühe mehr, das schadenfrohe Grinsen von seinen Lippen zu verbannen. »So, wie ich die Sache sehe, nutzt Miss Preussler lediglich alle ihre Möglichkeiten.« Er grinste noch breiter. »Ein guter Bekannter hat mir vor nicht einmal langer Zeit erzählt, dass man die Regeln eben manchmal ändern muss, wenn man das Spiel sonst nicht gewinnen kann.«

Sowohl Miss Preussler als auch Tom blickten ihn einen Moment lang nur verständnislos an, aber der Ausdruck in Graves' Augen war nichts anderes als pure Mordlust. Er sog so heftig an seiner Zigarette, dass das Ende fast weiß aufleuchtete, schleuderte sie dann mit einer wütenden Bewegung zu Boden und hob den Fuß, um ihn sichtlich mit aller Kraft darauf niedersausen zu lassen. Stattdessen jedoch zog er plötzlich die Augenbrauen zusammen, machte einen fast komisch anmutenden halben Storchenschritt nach hinten und ließ sich noch aus der gleichen Bewegung heraus in die Hocke sinken.

»Was haben Sie?«, fragte Tom. Er klang alarmiert.

Graves antwortete nicht, sondern beugte sich in der Hocke weiter vor und machte eine Bewegung, wie um sich mit den Händen auf dem Boden abzustützen, schrak dann aber im letzten Moment aus irgendeinem Grund davor zurück. Trotz des schlechten Lichtes konnte Mogens erkennen, wie erschrocken der Ausdruck auf seinem Gesicht plötzlich war.

Auch er ließ sich in die Hocke sinken und sah dorthin, wo Graves' Zigarettenstummel zu Boden gefallen war. Er lag immer noch hellrot glühend da, und als Mogens sich weiter vorbeugte, stieg ihm ein scharfer Geruch in die Nase; fast wie der Gestank von verschmortem Fleisch. In der nächsten Sekunde korrigierte er sich in Gedanken. Nein – nicht *fast*. Das *war* der Gestank von schmorendem Fleisch, denn die Zigarette war nicht auf den schlammigen Boden gefallen, sondern hatte etwas Weißes, Lebendiges getroffen, das sich nun unter der grausamen Hitze wand und drehte, ohne dem tödlichen Feuer, das sich in sein Fleisch brannte, entkommen zu können.

»Großer Gott!«, stieß Miss Preussler hervor. »Was ist denn das?«

Graves antwortete noch immer nicht, bewegte sich aber in der Hocke einen halben Schritt zurück, und Mogens musste sich mit aller Kraft beherrschen, um nicht nur nicht dasselbe zu tun, sondern gleich in die Höhe zu springen und einen angeekelten Laut zu unterdrücken. Das Ding, auf das Graves' Zigarette gestürzt war, war eine Art augen- und fühlerloser Schnecke, deutlich dicker, aber kaum größer als der Zigarettenstummel. Ihre Haut war nahezu durchsichtig, sodass man die winzigen, fremdartigen Organe darunter erkennen konnte, die in rasendem Takt pumpten und sich bewegten, um gegen die grausame Glut anzukämpfen, die sich immer weiter in ihr schmelzendes Fleisch fraß, und Mogens musste fast all seine Willenskraft aufbieten, um sich selbst davon zu überzeugen, dass das leise Zischen, das er hörte, das Geräusch des brennenden Fleisches war, und kein Schrei.

»Doktor Graves!«, keuchte Miss Preussler. »Ich flehe Sie an – erlösen Sie diese arme Kreatur!«

Graves starrte sie einen Moment lang einfach nur fassungslos an, und selbst Mogens war überrascht, doch keiner von ihnen kam dazu, Miss Preusslers Wunsch zu erfüllen, oder auch nur etwas darauf zu erwidern.

Auch Tom hatte sich auf die Knie niedergelassen und vorgebeugt, und er bewies erneut, dass er ein weitaus pragmatischerer Mensch war als Graves oder gar Mogens. Ganz zweifellos musste der Anblick für ihn ebenso ekelerregend sein wie für sie, was ihn aber nicht daran hinderte, ein Streichholz anzureißen und die Flamme an den Docht der kleine Karbidlampe zu halten, die er mitgebracht hatte. Das weiße Licht war Mogens' an die Dunkelheit gewöhnten Augen im allerersten Moment so unangenehm, dass er die Lider zusammenkniff und schützend die Hand vors Gesicht hielt.

Trotzdem sah er, dass die Schnecke nicht allein gekommen war.

Ganz und gar nicht.

Miss Preussler stieß einen kleinen, spitzen Schrei aus und schlug beide Hände vor den Mund, und auch Mogens' Selbstbeherrschung reichte nun nicht mehr. Abrupt sprang er in die Höhe, prallte einen Schritt zurück und fuhr herum – nur um erneut und diesmal ebenfalls mit einem angeekelten Laut auf den Lippen zu erstarren.

So weit das weiße Licht der Laterne reichte, war der gesamte Boden rings um sie herum zu wimmelndem, schleimigem Leben erwacht. Es mussten Millionen sein, zumindest aber Tausende und Abertausende haarloser, winziger, sich drehender, windender, kriechender und krabbelnder Leiber, die aus dem Boden herausgekrochen waren, ihre Fußstapfen füllten – Mogens versuchte sich mit aller Gewalt dagegen zu wehren, aber plötzlich hörte er wieder das grässliche Geräusch, das ihre Schritte vorhin auf dem vermeintlich matschigen Untergrund verursacht hatten, und mit einem Male bekam es eine ganz andere, schreckliche Bedeutung in seinen Ohren –, sich in Furchen und Radspuren ergossen und sich hier und da zu grotesken Gebilden aufzutürmen schienen, die ebenso schnell wieder in sich zusammenfielen, wie sie entstanden.

»Mein Gott, Professor – was ist das?«, hauchte Miss Preussler.

Selbst wenn Mogens die Antwort auf diese Frage gewusst hätte, hätte er in diesem Moment keinen Laut hervorgebracht. Er spürte zwar instinktiv, dass sie nicht wirklich in

Gefahr waren, aber der Anblick war so bizarr und ekelerregend, dass er ihm buchstäblich die Kehle zuschnürte. Überall rings um sie herum wuselte und glitt es, und auch wenn die Geschöpfe vermutlich nicht in der Lage waren, irgendeine Lebensäußerung von sich zu geben, so produzierten sie in ihrer Masse und Bewegung sehr wohl Geräusche: ein schleimiges, gluckerndes Fließen und Klatschen, ein Geräusch wie Schritte in klebrigem Morast, aber ungleich ekelerregender, fremdartiger, und als wäre das allein noch nicht genug, war er nun fast sicher, ein Muster in der allgegenwärtigen Bewegung zu erkennen. Die einzelnen Tiere bewegten sich scheinbar vollkommen willkürlich, und dennoch hatte Mogens plötzlich den sicheren Eindruck, dass Miss Preussler, Tom, Graves und er sich genau im Zentrum eines sich langsam drehenden und zugleich um sie schließenden Kreises befanden, eines sich unendlich langsam bewegenden Malstroms, der sich unerbittlich um sie schloss und sie unweigerlich in die Tiefe reißen musste, wenn sie hier blieben.

»Keine Angst, Miss Preussler«, sagte Graves. »Das… das sind nur ein paar Schnecken oder Würmer. Ekelhaft, aber nicht gefährlich. Das Beben muss sie aus der Erde getrieben haben.« Aber auch seine Stimme zitterte, und er hatte Mühe, sie unter Kontrolle zu behalten.

Tom hob seine Lampe ein wenig höher, sodass der zitternde Lichtkreis, den sie schuf, zwar blasser, zugleich aber deutlich größer wurde. Aber auch hinter der Grenze aus Dunkelheit, die sie bisher umgeben hatte, war nicht als der aufgewühlte, schlammige Morast des Platzes zu sehen. Überall zitterte und wogte es, und Mogens wusste mit einer intuitiven Gewissheit, dass sich das Bild auch dahinter noch fortsetzen würde. Das schleimige Geräusch wurde lauter, und plötzlich glaubte er darin fast so etwas wie ein Flüstern zu vernehmen. Zumindest aber ein Muster, ebenso versteckt und fast unsichtbar wie die Bewegung der grässlichen Geschöpfe und trotzdem ebenso deutlich.

»Vielleicht sollten wir trotzdem besser ins Haus gehen«, schlug Tom vor.

Keiner von ihnen widersprach. Selbst Graves wandte sich mit einer hastigen Bewegung um und ging los, und Mogens folgte ihm ebenso schnell. Nach zwei Schritten blieb er wieder stehen und drehte sich zu Miss Preussler um, doch Tom war ihnen auch diesmal zuvorgekommen: Er war neben sie getreten, hielt mit der linken Hand die Laterne hoch über seinen Kopf und hatte mit der anderen Miss Preusslers Arm ergriffen und führte sie. Für den Bruchteil eines Augenblicks empfand Mogens einen tiefen Stich einer vollkommen widersinnigen Eifersucht, für die er sich fast augenblicklich schämte. Er hatte weder einen Grund noch ein Recht dazu: Tom war der Einzige, der sich in diesem Augenblick auch nur annähernd wie ein Mann verhalten hatte, obwohl er es noch nicht einmal ganz war.

Er konzentrierte sich darauf, Graves so rasch zu folgen, wie es nur ging – was sich als gar nicht so einfach erwies. Die Zahl der Schnecken war noch viel größer, als es im ersten Moment den Anschein gehabt hatte. Mogens schrak instinktiv davor zurück, auf die grässlichen Geschöpfe zu treten, doch es erwies sich als nahezu unmöglich, auch nur einen Flecken Boden zu finden, der groß genug war, um seinen Fuß darauf zu setzen. Die ekelerregenden Kreaturen zerplatzten mit leisen, widerlichen Geräuschen, wenn er darauf trat, und er konnte fühlen, wie seine Schuhsohlen klebrige Fäden hinter sich her zogen, wenn er den Fuß wieder hob. Sein Magen begann zu rebellieren, und tief in ihm erwachte eine Furcht, die uralt und viel zu archaisch war, als dass er sie mit Logik oder kühler Sachlichkeit bekämpfen konnte. Mogens war halb wahnsinnig vor Furcht und ganz eindeutig am Ende seiner Kraft und Beherrschung angelangt, als er endlich das Haus erreichte und sich mit einem großen Schritt auf die unterste der drei hölzernen Stufen vor der Eingangstür rettete. Vielleicht war der einzige Grund, aus dem er nicht hysterisch geworden war, Miss Preussler, die wenige Schritte hinter ihm war, und in deren Gegenwart er sich eine solche Schwäche nicht leisten wollte.

Graves hatte mittlerweile die Tür geöffnet und war bereits im Haus verschwunden. Mogens wollte ihm folgen – er musste es, denn Miss Preussler kam nur wenige Schritte hinter ihnen herangewalzt, und sie machte nicht den Eindruck, als würde sie anhalten, nur weil ein völlig verstörter Professor von der Universität ihrer Heimatstadt leichtsinnigerweise die Treppe blockierte –, aber dann zögerte er doch noch einmal, ließ sich hastig in die Hocke sinken und schlüpfte aus seinen Schuhen, so schnell er konnte.

Und keinen Sekundenbruchteil zu langsam. Miss Preussler reagierte auf die lebende Barrikade, die er bildete, ganz genau so, wie er erwartet hatte – nämlich gar nicht –, und Mogens konnte sich gerade noch mit einem hastigen Satz durch die Tür retten, bevor sie hereinstürmte. Tom hatte längst den Anschluss verloren und folgte ihr in vier oder fünf Schritten Abstand, hielt aber dann ebenso wie Mogens auf der obersten Stufe an und drehte sich noch einmal um; wenn auch nicht, um seine Schuhe auszuziehen, sondern um seine Lampe noch höher zu heben, sodass ihr Lichtschein nun einen guten Teil des Platzes vor dem Haus erhellte.

Was Mogens in dem knochenbleichen Licht erkannte, verlieh der Übelkeit, die in seinem Magen und in seinen Eingeweiden wühlte, eine vollkommen neue Qualität.

So weit das Auge blickte, schien der gesamte Platz zu wimmelndem, schleimigem, kriechendem Leben erwacht zu sein. Von der schrecklichen Malstrom-Bewegung war nun nichts mehr zu sehen, aber er korrigierte seine Schätzung, was die Anzahl der Kreaturen anging, noch einmal um ein gewaltiges Stück nach oben. Er war plötzlich nicht einmal mehr sicher, ob es tatsächlich ein Erdbeben gewesen war, was er vorhin gespürt hatte. Die schiere Menge dieser grässlichen Geschöpfe erschien ihm durchaus groß genug, um zumindest die Möglichkeit in Betracht zu ziehen, dass es ihre bloße Annäherung gewesen war, die das Zittern im Boden hervorgerufen hatte.

»O mein Gott«, murmelte Miss Preussler. Sie war hinter ihn getreten und blickte an seiner Schulter vorbei nach draußen. »Was ist das? Doktor Graves, was sind es für grässliche Kreaturen?«

»Das weiß ich nicht, Miss Preussler«, antwortete Graves. Er hatte sich wieder gefangen. Das Zittern mühsam unterdrückter Panik war aus seiner Stimme verschwunden, und auch sein Gesicht hatte wieder den gewohnten, überheblichen Ausdruck angenommen. »Ich bin Altertumsforscher, meine Liebe, kein Biologe.«

»Gerade haben Sie gesagt, Sie wüssten …« Miss Preussler räusperte sich, setzte noch einmal neu an und sagte in verändertem Ton: »Nein, machen Sie mir nichts vor. Sie *wissen*, was das bedeutet.«

»Ich wollte, es wäre so«, antwortete Graves. »Aber ich gebe Ihnen mein Ehrenwort, ich weiß es nicht. Irgendeine Art von Schnecken oder Würmern oder anderes Getier, nehme ich an.«

»In solch große Zahl?« Miss Preussler schüttelte den Kopf. »Das kann ich nicht glauben.«

Es dauerte einen Moment, bis Graves fortfuhr, und als er es tat, meinte Mogens einen sonderbaren nachdenklichen, zugleich aber unüberhörbaren Unterton von Besorgnis in seiner Stimme zu vernehmen. »Aber es muss so sein«, antwortete er. »Ich nehme an, das Erdbeben hat sie nach oben getrieben.«

»Das Erdbeben?«, wiederholte Miss Preussler.

»Ja«, beharrte Graves. Dann, nach einigen weiteren Sekunden und noch sehr viel leiser, fügte er hinzu: »Oder etwas anderes.«

Obwohl in dem kleinen Zelt gleich zwei Lampen brannten, wurde es nicht richtig hell. Der kalte, weiße Schein der beiden Laternen trieb die Dunkelheit zwar zurück, sodass sie sich wie eine Meute verängstigter Ratten in Ecken und Winkeln zusammenkauerte, sich in Ritzen und hinter Steinen verkroch, um Umrisse schmiegte und alle Linien und Kanten mit zusätzlichen, schattenhaften Konturen versah, die sich dem direkten Erkennen entzogen, aber dennoch stets präsent waren und beharrlich gerade an der Grenze des überhaupt noch Wahrnehmbaren kratzten, ein Gefühl wie ein pochender Zahn, den man zwar aus seinem direkten Bewusstsein verdrängen konnte, aber niemals *ganz* vergessen. Aber sie war da. Sie lauerte dicht hinter der zitternden Grenze, die der fahle Lichtschein markierte, und sie wartete am unteren Ende des Schachtes unmittelbar neben ihnen: eine ganze Welt voller Dunkelheit, die bereit war, sie in sich aufzusaugen und einfach zu verschlingen. Der Gedanke, sich mit nicht mehr als einer lächerlichen Lampe dem Kampf gegen eine Dunkelheit zu stellen, die allumfassend war und vielleicht schon länger währte, als es diese Welt gab, war lächerlich und Angst machend zugleich.

»Woran denken Sie, Professor?«

Mogens schrak aus seinen finsteren Überlegungen hoch, aber er benötigte eine Sekunde, um zu begreifen, dass es Miss Preusslers Stimme war, die er hörte, und eine zweite, um zu erkennen, aus welcher Richtung sie kam. Er fragte sich, ob sie diese Frage vielleicht mehrmals hatte stellen müssen, bevor der Klang ihrer Stimme durch die Mauer aus Furcht gedrungen war, die er um seine Gedanken errichtet hatte, konnte es aber nicht genau sagen. Mühsam drehte er den Kopf und sah sie an.

Miss Preussler saß im Schneidersitz auf der anderen Seite des Schachtes, wohl nur durch einen Zufall so weit von ihm entfernt, wie es in dem kleinen Zelt nur möglich war, ohne mit dem Rücken gegen die Plane zu stoßen, und sah ihn voller unübersehbarer Sorge an. Sie hatte sich umgezogen und trug nun ein einfaches Kleid aus robustem Baumwollstoff, schmucklos, aber auch ohne überflüssige Falten oder Zierrat, der sie beim Klettern behindern oder in dem sie sich sogar verfangen konnte, dazu robuste Halbstiefel und einen breitkrempigen Hut, der eher auf eine englische Rennbahn gepasst hätte als zu einer Expedition zum Mittelpunkt der Erde. Eigentlich hätte sie lächerlich aussehen müssen, aber sie tat es nicht, sondern strahlte ganz im Gegenteil eine ruhige Zuversicht aus, die dem Licht, das die beiden Grubenlampen mit einem leisen Zischen verströmten, etwas von seiner Härte nahm.

»An nichts«, antwortete er mit einiger Verspätung.

»An nichts?« Miss Preussler schüttelte sanft den Kopf. »Niemand denkt an nichts, mein lieber Professor.«

»Ich habe nur ein wenig… philosophiert«, antwortete er, leise und nach einem abermaligen Zögern.

»Lassen Sie mich an Ihren philosophischen Überlegungen teilhaben?«

Mogens sah flüchtig zum Eingang hin. Wo blieb nur Graves? Er war vor gut zehn Minuten fortgegangen, um nach Tom zu suchen, der sich verspätete, und Mogens ertappte sich nicht zum ersten Mal dabei, Graves' Rückkehr zugleich herbeizusehnen wie sich beinahe zu wünschen, er würde gar nicht zurückkommen.

Er musste an etwas denken, was er einmal über Soldaten gelesen hatte, die auf eine große Schlacht warteten. Angeblich, so hieß es, konnten viele von ihnen den Moment des Angriffs gar nicht abwarten, selbst wenn jedermann klar war, dass die wenigsten von ihnen die Schlacht überleben würden. Damals, als er diesen Bericht gelesen hatte, war ihm das absurd vorgekommen, aber nun verstand er es nur zu gut. Nichts war schlimmer als Warten. Selbst wenn man wusste, dass das, worauf man wartete, furchtbar sein würde.

»Professor?«, sagte Miss Preussler. »Sie wollten mir etwas erzählen.«

Mogens glaubte nicht, dass sich Miss Preussler wirklich für seine Gedanken interessierte. Aber er spürte die gute Absicht hinter ihrer Frage und schenkte ihr ein kurzes, dankbares Lächeln. »Ich habe über die Dunkelheit nachgedacht«, sagte er.

»Die dort unten?« Miss Preussler deutete auf die Leiter, die drei Sprossen weit aus dem Schacht herausragte. »Sie ängstigt Sie.«

»Nein«, antwortete Mogens rasch, aber Miss Preussler ließ diese Antwort nicht gelten.

»Selbstverständlich fürchten Sie sie«, sagte sie. »Sie wollen es nur nicht zugeben, weil Sie ein Mann sind und in meiner Gegenwart nicht als Feigling dastehen möchten. Aber Mut ohne Furcht ist kein Mut, sondern Dummheit.«

Mogens lachte leise. »Ich dachte, *Sie* wollten an *meinen* philosophischen Überlegungen teilhaben.«

»Über die Dunkelheit?« Miss Preussler schüttelte heftig den Kopf. »Was gibt es über die Dunkelheit nachzudenken? Wir haben Lampen.«

Mogens sah in die Richtung, in der die Schatten lauerten. »Sie ist trotzdem da«, sagte er. »Sie ist immer da, Miss Preussler. Sie war sogar das Erste, was war. Das steht sogar in Ihrer Bibel.«

Miss Preussler zog flüchtig die Augenbraunen zusammen, aber es dauerte einen Moment, bis ihm klar wurde, dass sie an dem Wort »Ihrer« Anstoß genommen hatte. »Doch dann sprach der HERR: Es werde Licht«, antwortete sie tadelnd.

»Ja, aber dazu musste er eine Bedingung erfüllen«, sagte Mogens. »Er musste *sein*, verstehen Sie, Miss Preussler? Das ist der Unterschied. Bevor es Gott gab, war nichts. Nur Dunkelheit.«

»Gott war immer da«, sagte Miss Preussler tadelnd. »Und er wird immer sein.«

Mogens war im Grunde nicht in der Stimmung, eine theologische Grundsatzdiskussion zu führen, schon gar nicht mit ihr. Dennoch fuhr er fort: »Das mag sein, Miss Preussler. Aber lassen wir Gott einmal aus dem Spiel …« Er hob rasch und besänftigend die Hand, als sie auffahren wollte. »Ich weiß, dass das Ihrer Meinung nach nicht geht, aber lassen Sie es uns nur für diesen einen Gedanken einmal versuchen – was bleibt dann übrig? Irgendetwas muss *sein*, damit es Licht wird. Energie, Bewegung, Entropie…«

»Gott?«, schlug Miss Preussler vor.

»Gott«, bestätigte Mogens ungerührt. »Gleich, was. Irgendetwas muss *da sein*. Und alles, was *ist*, vergeht irgendwann. Die Dunkelheit ist immer da. Sie ist die Bühne, auf der das Stück des Lebens gespielt wird. Doch wenn der letzte Vorhang fällt, dann wird die Dunkelheit noch immer da sein.«

Fast zu seiner Überraschung dachte Miss Preussler tatsächlich einen Moment lang angestrengt über diese Worte nach, aber dann schüttelte sie nur umso entschiedener den Kopf. »Das ist kein schöner Gedanke«, sagte sie. »Das will ich nicht glauben. Lehrt man solcherlei Unsinn an Ihren Universitäten? Dann wundert es mich nicht, dass es um unsere Jugend so schlimm steht.«

»Und vor allem um ihre Pünktlichkeit.« Graves trat gebückt durch den Eingang und ließ sich mit einem übertriebenen Ächzen am Rand des Schachtes in die Hocke sinken. Seine Gelenke knackten hörbar. »Ich werde ein ernstes Wort mit Tom reden müssen, wenn das hier vorbei ist. Ich weiß nicht, was der Junge treibt. Immer, wenn ich da bin, ist er dort, und anders herum.«

»Wahrscheinlich hat er gerade das Märchen vom Hasen und dem Igel gelesen«, sagte Mogens amüsiert.

Graves spießte ihn mit Blicken regelrecht auf, enthielt sich aber jeden Kommentars, sondern beugte sich vor und spähte einen Moment lang so konzentriert in den Schacht hinab, als könne er all die Antworten, die in der Dunkelheit dort unten verborgen waren, einfach herbeizwingen, wenn er es nur beharrlich genug versuchte.

»Unsere Zeit wird allmählich knapp«, sagte er schließlich.

Mogens zog die Taschenuhr hervor, klappte den Deckel auf und erschrak. »Es sind nur noch wenige Minuten bis Mitternacht.«

Graves' Blick wurde fast verächtlich. »Niemand hat je gesagt, dass wir genau zur Geisterstunde dort unten sein müssen«, sagte er liebenswürdig.

»Aber ich dachte …«

»Meinen Berechnungen nach müsste sich das Tor irgendwann innerhalb der nächsten Stunde öffnen und bis morgen Mittag geöffnet bleiben. Natürlich kann man es nicht auf die Minute genau sagen, aber ich bin mir ziemlich sicher.«

Das war eine interessante Information, dachte Mogens verärgert. Graves hatte bisher nichts von irgendwelchen Berechnungen gesagt, und er war sogar ziemlich sicher, dass ihm die Worte auch jetzt nur versehentlich entschlüpft waren. Ein weiterer Minuspunkt in Graves' Bilanz. Aber die sah sowieso katastrophal aus.

»Welches Tor?«, fragte Miss Preussler misstrauisch. »Sie wollen sich doch nicht schon wieder mit irgendwelchen unchristlichen Riten beschäftigen, Doktor.«

»Vor«, verbesserte sie Graves arrogant. »*Vor*christlich, meine Liebe. Nicht *un*christlich.« Er hatte immer noch nicht endgültig akzeptiert, dass es ihm nicht gelungen war, sie von ihrem Vorhaben abzubringen, und verlegte sich nun aufs Bocken.

»Das ist für mich kein Unterschied, Doktor«, beschied ihn Miss Preussler. »Ketzerei bleibt Ketzerei.«

Graves setzte zu einer wütenden Antwort an, beließ es aber dann nur bei einem trotzigen Verziehen der Lippen und stand mit einem Ruck auf. »Ich werde noch einmal sehen, wo Tom bleibt«, grollte er im Hinausgehen. »Und vielleicht suche ich bei der Gelegenheit auch gleich Holz für einen Scheiterhaufen.«

Mogens sah ihm kopfschüttelnd nach, wandte sich aber trotzdem mit einer besänftigenden Geste wieder zu Miss Preussler um. Er gönnte Graves jeden einzelnen Nadelstich, den sie ihm versetzte, aber es mochte sein, dass sie in weniger als einer Stunde darauf angewiesen waren, einander ihr Leben anzuvertrauen.

»Ja, ich weiß, es ist schon gut«, kam sie seinen Worten zuvor. »Das war dumm. Aber es fällt mir nun einmal schwer, Sympathien für diesen Mann zu empfinden.«

»So wie mir«, sagte Mogens.

»Warum sind Sie dann mit ihm gegangen?«

Mogens wusste sehr wohl, dass er jetzt besser beraten wäre, nicht zu antworten oder allenfalls mit einer Ausflucht oder einer frommen Lüge, aber zugleich hatte er auch plötzlich das Gefühl, ihr wenigstens jetzt die Wahrheit schuldig zu sein. »Ich dachte, es wäre meine letzte Chance«, sagte er.

»Ihre letzte Chance? Worauf?«

»Wieder ins Leben zurückzukehren«, antwortete Mogens leise. »Allem zu entkommen. Dieser schrecklichen Universität. Dieser Stadt mit ihrer Enge und Kleinmütigkeit. Diesem furchtbaren Zimmer. Ihnen.«

»Oh«, machte Miss Preussler.

»Das war es, was ich damals dachte«, fuhr Mogens ruhig fort. »Aber ich habe rasch gemerkt, wie sehr ich mich getäuscht habe. Vielleicht sind wir immer mit dem unzufrieden, was wir haben. Und vielleicht merken wir immer erst dann, wie kostbar es ist, wenn wir es nicht mehr haben.« Er war zu weit entfernt, um nach Miss Preusslers Hand zu greifen, aber er hätte es gern getan, und er hatte das sichere Gefühl, dass sie es auch wusste.

»Ich habe vorhin zu Ihnen gesagt, dass Sie nicht hätten herkommen sollen«, fuhr er fort. »Dasselbe gilt auch für mich. Ich hätte Graves niemals vertrauen dürfen. Der Mann ist ein Monster.«

»Warum haben Sie es dann getan?«

»Das ist eine lange Geschichte«, antwortete Mogens.

»Und sie hat mit dem zu tun, weswegen Sie in unsere enge und kleinmütige Stadt gekommen sind«, vermutete Miss Preussler. Sie legte den Kopf auf die Seite und sah ihn fragend an. »Einer Frau?«

»Ja«, hörte sich Mogens zu seiner eigenen Überraschung antworten.

»Aber Sie möchten nicht darüber reden.«

Wenn es überhaupt einen Menschen auf der Welt gab, mit dem er über jene schreckliche Nacht vor neun Jahren sprechen konnte – und, ja, und *wollte!* –, dann war es Miss Preussler. Aber nicht jetzt.

»Später, Miss Preussler«, sagte er. »Vielleicht bin ich eines Tages so weit, darüber reden zu können.«

»Aber wenn Sie doch einsehen, dass es ein Fehler war, Doktor Graves zu vertrauen«, fuhr Miss Preussler fort, »warum folgen Sie ihm dann noch immer?« Sie deutete auf den Schacht. »Ich sehe Ihnen doch an, wie viel Angst Sie vor dem haben, was dort unten ist. Warum gehen Sie nicht einfach? Niemand zwingt Sie, noch einmal an diesen schrecklichen Ort zurückzugehen.«

»So wenig wie Sie?«, fragte Mogens.

Miss Preussler schüttelte heftig den Kopf. »Wenn Sie sich entschließen zu gehen«, sagte sie ernst, »dann werde ich Sie begleiten. Ganz gleich, was sonst geschieht.«

Mogens verspürte ein kurzes, aber ungemein tiefes Gefühl von Dankbarkeit, aber zugleich auch eine tiefe Scham, als er sich an alles erinnerte, was er je über Miss Preussler gedacht hatte. Vielleicht, dachte er ernsthaft, war Miss Preussler die einzige Person auf der Welt, der wirklich etwas an ihm lag.

»Ich habe keine Wahl«, sagte er bedauernd. Auch in diesem Punkt hatte Graves Recht gehabt. Er wusste, wie aberwitzig gering die Chance war, Janice dort unten und noch dazu lebend wiederzufinden, aber zu wissen, dass etwas nicht sein konnte, hatte Menschen noch niemals daran gehindert, dennoch daran zu glauben.

Miss Preussler antwortete nicht mehr, und für eine Weile begann sich eine sehr sonderbare Stille zwischen ihnen breit zu machen. Mogens war fast froh, als nach einigen Minuten die Zeltplane zurückgeschlagen wurde und Graves zurückkam, diesmal nicht allein, sondern gefolgt von Tom.

Mogens zog überrascht die Brauen zusammen, als er den Jungen sah. Genau wie Graves trug er eine Art Tropenanzug samt Stiefeln und Helm, an dem er eine Grubenlampe befestigt hatte. Es sah einigermaßen albern aus, fand Mogens, musste zugleich aber zugeben, dass Tom wieder einmal als Einziger halbwegs praktisch gedacht hatte. Aber er trug einen gewaltigen Rucksack auf dem Rücken und dazu in jeder Hand ein Repetiergewehr. Auch Graves war nicht mit leeren Händen gekommen. Er hielt eine brennende Zigarette in der rechten und ein mit einem Schraubdeckel verschlossenes Glas in der linken Hand, in der sich eines der kleinen haarlosen Schneckengeschöpfe befand.

»Sie sind alle wieder in der Erde verschwunden«, sagte er, als er Mogens' fragenden Blick bemerkte. »Ich konnte gerade noch ein Exemplar einfangen. Wir werden es später untersuchen.«

»Und warum bringst du es mit hierher?«

»Man weiß nie, wo eine Reise endet, nicht wahr?«, fragte Graves achselzuckend. Er sah Mogens und Miss Preussler abwechselnd an. »Bereit?«

Mogens stand wortlos auf, würdigte Graves jedoch nicht einmal einer Antwort, sondern streifte die beiden Gewehre in Toms Händen mit einem unbehaglichen Blick. Selbstverständlich war es richtig, dass Tom Waffen mitgebracht hatte, nach allem, was sie erlebt hatten, aber das änderte nichts daran, dass ihn ihr Anblick erschreckte.

Tom deutete seinen Blick falsch und hielt ihm eines der Gewehre hin. Mogens schüttelte fast erschrocken den Kopf und wich sogar einen halben Schritt zurück. Miss Preussler hingegen schien sich eher für den gewaltigen Rucksack zu interessieren, den Tom auf einem Traggestell auf dem Rücken trug. Er überragte seinen Kopf nicht nur um mehr als eine Handspanne, Mogens vermutete, dass er nicht viel weniger wog als Tom selbst.

»Was, um alles in der Welt, schleppst du da mit, Thomas?«, fragte sie. »Hast du vor, zu einer Expedition zum Nordpol aufzubrechen?«

Tom grinste. »Was man eben so braucht, Miss Preussler. Kleider zum Wechseln, Lebensmittel für eine Woche, Probiergläser und Decken, Doktor Graves' fotografische Ausrüstung, Munition und Schlafsäcke, Petroleum für die Lampen…«

»Ein Klavier?«, fragte Miss Preussler lächelnd.

Tom machte ein betroffenes Gesicht. »Ich wusste, dass ich was vergessen hab«, sagte er. »Soll ich rasch laufen und es holen?«

»Hör mit den Albernheiten auf, Tom«, sagte Graves streng. Er klappte seine Uhr auf. »Es wird Zeit.« Er wandte sich dem Schacht zu, hielt dann noch einmal inne und reichte Tom das Glas mit der einzelnen Schnecke. »Hier, nimm das.«

Die Stille war allumfassend. Was Mogens vorhin über die Dunkelheit gedacht hatte, das galt hier unten ebenso für jegliche Art von Geräusch. So wie Dunkelheit der Urzustand der Dinge war, *bevor* sie waren, hatte es Stille gegeben, lange bevor das erste Geräusch durch das Universum hallte, und ebenso wie die Dunkelheit würde sie wieder herrschen, wenn alles vorüber und das kurze Zwischenspiel längst vergessen war, das die Menschen Ewigkeit nannten.

Dabei war die Stille fast noch schlimmer als die Dunkelheit. Das Dunkel konnten sie mit den Strahlen ihrer Lampen vertreiben, die lautlos wie die tastende Hand eines Blinden vor ihnen hereilte, die Stille jedoch schien sich beharrlich zu weigern, den Lauten zu weichen, die sie selbst verursachten.

Vielleicht, dachte Mogens schaudernd, weil es eben nicht nur Stille war, sondern etwas von ganz anderer, bedrohlicher Qualität. Die Dunkelheit war immer hier unten gewesen, bevor diese Räume und Gänge entstanden waren; und auch die allermeiste Zeit danach. Die Stille aber war neu, und sie bedeutete mehr, als Mogens zuzugeben bereit war. Selbst so tief unter der Erde war es niemals ganz still. Man hätte das Knacken des Felsens hören müssen, das Rascheln winziger Lebewesen, die es selbst hier unten gab, das Geräusch der Luft, die durch das Labyrinth aus Gängen und natürlich entstandenen Hohlräumen strich, ja, selbst die bewusst kaum wahrnehmbaren und dennoch stets präsenten Atemzüge der Erde selbst, deren Lebenszyklus sich vielleicht gar nicht einmal so sehr von dem des Menschen unterschied, nur dass er unendlich viel langsamer war.

Nichts von alledem war zu spüren. Es war nicht einfach nur still, weil hier unten nichts mehr war, was ein Geräusch verursacht hätte. Das Gegenteil war der Fall. Irgendetwas *war* hier. Das Schweigen hatte Substanz gewonnen und war zu etwas geworden, das einfach nichts anderes in seiner Nähe mehr zuließ.

Der Weg kam ihm weiter vor als jemals zuvor. Er hatte sich niemals die Mühe gemacht, die Schritte vom Eingang hierher in die erste, größte Kammer zu zählen, und doch war er fast sicher, dass sie nun mindestens die doppelte Anzahl zurückgelegt hatten wie jemals zuvor. Miss Preussler war so dicht neben ihn getreten, dass der grobe Stoff ihres Kleides manchmal seine Schulter streifte, ein ganz normaler menschlicher Reflex in dieser lebensfeindlichen und stillen Umgebung, und dennoch fragte sich Mogens instinktiv, ob sie wohl auch nur ahnte, wie viel Kraft sie ihm allein durch ihre bloße Nähe gab – und ob es umgekehrt wohl auch so war.

Graves und Tom waren bisher etliche Schritte vorausgeeilt, nun aber blieben sie stehen, sodass der Abstand zwischen ihnen wieder zusammenschmolz. Graves ließ den Lichtstrahl seiner Laterne langsam über die Felswände gleiten, zögernd und fast unsicher, als suche er nach etwas, von dem er zwar genau wusste, dass es da war, während er zugleich aber auch befürchtete, es zu übersehen. Tom tat im Großen und Ganzen dasselbe, nur dass er das Repetiergewehr erhoben und auch bereits durchgeladen hatte – Mogens erinnerte sich im Nachhinein an das scharfe metallische Klicken, mit dem die Patrone in die Kammer geglitten war, und er war ziemlich sicher, dass es nicht das mindeste Echo verursacht hatte – und mit seinem Lauf dem zitternden Lichtkreis auf der Wand folgte.

»Was suchst du?«, fragte er, nachdem Miss Preussler und er neben den beiden angekommen waren.

Graves machte eine unwillige Geste, still zu sein, und ließ seinen Lichtstrahl weiter und mit enervierender Langsamkeit über die Wände gleiten, wo sie ein bizarres Panoptikum aus natürlich gewachsenen Felsformen und gemeißelten Göttergesichtern und -gestalten aus der Schwärze riss und fast ebenso rasch wieder in ewige Dunkelheit zurückstieß. Das huschende Licht erschuf die Illusion von Leben, wo keines war, schien die Stille aber nur noch zu verstärken. Mogens versuchte vergeblich, sich des beklemmenden Gefühls zu erwehren, das mit diesem Schweigen einherging. Sein Herz schlug langsam, aber schwer und sehr hart.

»Irgendetwas ist hier«, murmelte er.

Graves machte erneut eine Geste, still zu sein, was ihn aber nicht daran hinderte, zu antworten. »Das will ich doch hoffen.«

Tom senkte sein Gewehr – nicht weit, aber dennoch genug, dass auch Mogens' Anspannung ein wenig sank –, nickte fast unmerklich und ging dann zusammen mit Graves los; allerdings nicht in Richtung des Hieroglyphenganges, wie Mogens erwartet hatte, sondern in die entgegengesetzte. Mogens tauschte einen überrascht-fragenden Blick mit Miss Preussler – welche Antwort er erwartete, wusste er allerdings selbst nicht – und beeilte sich dann, Tom und Graves zu folgen. Auch Miss Preussler und er waren mit jeweils einer der kleinen, aber ungemein starken Grubenlampe ausgerüstet, doch sie waren übereingekommen, solange es nichts Außergewöhnliches zu sehen gab, immer nur die Hälfte ihrer Lampen zu benutzen, um Brennstoff zu sparen.

Sie gingen, langsam und immer wieder innehaltend, wenn Graves stehen blieb, das Licht seines Scheinwerfers über die Wände, den Boden und ein- oder zweimal auch über die Decke gleiten ließ, weiter in den riesigen unterirdischen Saal hinein. Die Wandmalereien nahmen ab, je weiter sie sich vom Eingang entfernten, und bald sahen sie nur noch scharfkantigen Fels, den keines Menschen Hand je berührt hatte. Dann fiel mehr Lichtschein durch einen niedrigen, unregelmäßig geformten Durchgang, hinter dem er sich in vollkommener Schwärze verlor.

»Was ist das hier, Professor?«, flüsterte Miss Preussler.

Mogens war schon einmal hier gewesen und wusste auch, was auf der anderen Seite des niedrigen Durchgangs lag, aber er verstand nicht, warum Graves sie hierher führte, und so deutete er nur ein Schulterzucken an und folgte ihm und Tom.

Obwohl er vorgewarnt war, stieß er sich zweimal den Kopf an der niedrigen Decke, bevor er sich wieder aufrichten konnte, und so wie es sich anhörte, erging es Miss Preussler hinter ihm nicht viel besser; auch wenn er argwöhnte, dass sie wohl eher Mühe hatte, nicht in dem schmalen Gang stecken zu bleiben.

In der kleinen Höhle angekommen, die sich dahinter erstreckte, trat er gerade weit genug zur Seite, um ihr Platz zu machen, und blieb dann stehen. Er fühlte sich mit jedem Moment unwohler. Er sollte nicht hier sein. Er *wollte* nicht hier sein.

Auch Graves war stehen geblieben und ließ den Strahl seiner Grubenlampe langsam über die gegenüberliegende Wand mit den Felszeichnungen der Dogon streichen. Nach allem, was Mogens in den zurückliegenden Tagen hier unten gesehen hatte, kamen ihm die einfachen Strichzeichnungen primitiv und ungelenk vor – aber zugleich schienen sie auch etwas zu beinhalten, was all den Hieroglyphen, Basreliefs und Skulpturen im anderen Teil der Anlage abging. Mogens konnte nicht sagen, was, aber es war da.

Graves ließ seinen Lichtstrahl noch einmal langsam über den Stein tasten, richtete ihn für einen kurzen Moment auf eine bestimmte Stelle – und schaltete die Lampe dann ab. Neben Mogens fuhr Miss Preussler spürbar zusammen.

»Tom«, sagte Graves, »lösch das Licht.«

Tom gehorchte, und es wurde schlagartig und absolut dunkel. Miss Preussler sog scharf die Luft zwischen den Zähnen ein, und auch Mogens' ungutes Gefühl nahm schlagartig noch weiter zu. »Doktor Graves, halten Sie es für eine gute Idee, dass …«

»Still«, unterbrach ihn Graves. Mogens konnte hören, wie er neben ihm in der Dunkelheit eine unwillige Bewegung machte. »Sehen Sie!«

Im ersten Moment sah Mogens auch weiter gar nichts. Die Dunkelheit erschien ihm absolut. Aber dann erkannte er, dass das nicht stimmte.

Vor ihnen glomm ein ganz sachter, blaugrüner Schein, so unstet wie der Glanz eines leuchtenden Insekts und auch kaum weniger schwach. Selbst in der vollkommenen Dunkelheit, die ringsum herrschte, dauerte es etliche Sekunden, bis sich seine Augen weit genug umgestellt hatten und er das System in dem scheinbar willkürlichen Tanz winziger leuchtender Staubkörner erkannte.

»Ist es das, Doktor Graves?«, fragte Tom. Seine Stimme bebte vor Aufregung »Ist es das?«

»Ja, Tom«, antwortete Graves. »Das ist es.« *Seine* Stimme klang nicht aufgeregt, sondern ganz eindeutig voller Ehrfurcht.

»Das ist was, Jonathan?«, fragte Mogens. Er machte einen einzelnen Schritt, um an Graves vorbeizugehen, aber der griff rasch nach seinem Am und hielt ihn zurück. »Nicht!«, sagte er. »Rühr es nicht an. Sieh nur hin. Erkennst du es denn nicht?«

Mogens konzentrierte sich, aber im allerersten Moment ohne Erfolg: Die leuchtenden Pünktchen blieben, was sie waren: ein gutes Dutzend unterschiedlich großer und unterschiedlich heller Funken, die einander umtanzten wie Staubkörner, mit denen der Wind spielt. Und dennoch kam ihm etwas daran bekannt vor, auf eine fast schon unheimlich Weise.

Dann wusste er es. Er hatte dieses Muster schon einmal gesehen, nur nicht frei im Raums schwebend und als Tanz winziger leuchtender Punkte, die einander umkreisten und sich zu necken schienen, sondern dunkel und zweidimensional, als ungelenke und dennoch sehr präzise Felszeichnung, die in den uralten Stein der Höhle geritzt war.

Aber nicht nur dort. »O mein Gott«, hauchte er. »Das ... das ist ... Sirius!«

»Wie er vor fünftausend Jahren am Himmel gestanden hat, ja«, bestätigte Graves. Seine Stimme bebte vor Stolz. »Die alte Heimat der Dogon.«

Mogens hatte mit einem Male das Gefühl, dass sich die Dunkelheit der Höhle ebenso schnell um ihn zu drehen begänne, wie die winzigen Abbilder längst vergangener Sternenkonstellationen einander umkreisten. Er war kein Astronom, aber Sirius war ein sehr prägnanter Stern, den man auch ohne allzu große wissenschaftliche Vorbildung am Himmel erkannte. Es gab keinen Zweifel. Jetzt, einmal darauf aufmerksam geworden, hätte Mogens die Konstellation auch ohne Graves' Hilfe ganz eindeutig identifiziert. Was da vor ihm schwerelos und dreidimensional in der Luft tanzte, war ein präzises Abbild des Sirius und seiner Begleiter.

»Aber das ist doch… vollkommen unmöglich«, hauchte er. »Wie kann das…?«

»Das ist das Werk des Teufels!«, sagte Miss Preussler neben ihm. Mogens konnte sie nicht einmal als Schatten in der fast vollkommenen Schwärze erkennen, aber er spürte, wie sie sich bekreuzigte.

»Das ist wunderschön«, flüsterte Graves. »Sehen Sie sich nur die Präzision der Bewegungen an! Ihre Eleganz und Genauigkeit! Ich bin ganz sicher, hätten wir die Möglichkeit, es zu vergleichen, wir würden herausfinden, dass die Bahnen der Sterne um keinen Millimeter abweichen!«

»Und ich bleibe dabei, es ist Teufelswerk!«, sagte Miss Preussler. Ihre Stimme zitterte, war nun aber dennoch hart, fast befehlend geworden. Mogens lauschte jedoch vergebens auf einem Unterton von Panik oder Hysterie darin. »Wir werden diesen unheiligen Ort auf der Stelle verlassen! Kommen Sie, Professor!«

Sie ergriff Mogens am Arm und zwang ihn mit einer fast gewaltsamen Bewegung herum. Mogens versuchte sich ganz instinktiv zu widersetzen, doch in diesem Moment bekam Miss Preussler von gänzlich unerwarteter Seite Schützenhilfe.

»Sie haben Recht, meine Liebe«, sagte Graves. »Es wird Zeit, dass wir gehen. Aber gedulden Sie sich noch einen kurzen Moment. Nicht, dass sich am Ende noch jemand verletzt.«

Vor ihnen in der Dunkelheit klapperte etwas, dann hörten sie das Geräusch, wie ein Schwefelholz angerissen wurde. Mogens verspürte ein Gefühl flüchtiger, aber sehr tiefer Enttäuschung, als eine winzige Flamme den Tanz der Sterne auslöschte, dann leuchtete Graves' Scheinwerfer auf. Mogens hob geblendet die Hand über das Gesicht, und auch Miss Preussler kniff die Augen zusammen und drehte sich mit einer erschrockenen, hastigen Bewegung herum. Fast schon fluchtartig verließ sie die Höhle, und Mogens folgte ihr kaum weniger schnell – drehte jedoch noch einmal den Kopf und versuchte über die Schulter zurück einen Blick auf die Felszeichnungen zu werfen. Graves' Scheinwerfer blendete ihn jedoch so sehr, dass er nichts sah außer bunten Lichtblitzen und Sternen gänzlich anderer Herkunft, die über seine Netzhäute tanzten und ihm die Tränen in die Augen trieben.

Draußen in der großen Höhle angekommen, ging Graves noch ein Dutzend Schritte weiter, bevor er anhielt und auf Tom wartete, der gewisse Schwierigkeiten damit hatte, sich mitsamt seinem gewaltigen Rucksack durch die schmale Öffnung im Fels zu quetschen, dabei die beiden Gewehre zu tragen und gleichzeitig auch noch seine Lampe zu entzünden. Irgendwie brachte er es schließlich doch fertig, kam dabei jedoch aus dem Takt und wäre um ein Haar gestürzt, was ihm einen weiteren zornigen Blick von Graves eintrug.

»Ich hatte Recht!«, wandte sich Graves in triumphierendem Ton an Mogens. »Großer Gott, Mogens – ich hatte von Anfang an Recht!«

Mogens suchte vergeblich nach einer Antwort, die auch nur entfernt dazu geeignet schien, das Durcheinander von Gefühlen, Gedanken und Empfindungen zu beschreiben, das hinter seiner Stirn tobte, doch Miss Preussler kam ihm auch diesmal zuvor.

»Wagen Sie es nicht, den Namen des HERRN in den Mund zu nehmen, an einem solchen Ort!«, sagte sie empört.

»Aber Miss Preussler, ich bitte Sie!«, antwortete Graves. Er drehte sich so zu ihr herum, dass der grelle Lichtstrahl aus seiner Lampe direkt in ihr Gesicht fiel und sie geblendet die Augen schloss. Bevor er weitersprach, senkte er die Lampe hastig um ein kleines Stück. »Miss Preussler, bitte glauben Sie mir, das hier hat rein gar nichts mit Gott oder dem Teufel zu tun. Und schon gar nicht mit Gotteslästerung.«

»Wagen Sie es nicht …!«, begann Miss Preussler erneut, doch diesmal wurde sie von Mogens unterbrochen.

»Ich fürchte, ich muss Doktor Graves Recht geben«, sagte er.

Miss Preussler drehte sich ganz langsam zu ihm herum, und ein Ausdruck ungläubigen Staunens erschien in ihren Augen. Mogens fuhr jedoch in unverändertem Ton und mit einem bekräftigenden Kopfschütteln in Richtung der Höhle fort, aus der sie gerade gekommen waren: »Ich kann verstehen, wie sehr Sie das erschreckt haben muss, was wir gerade gesehen haben. Bitte, glauben Sie mir, mir erging es nicht anders. Und doch fürchte ich, befinden Sie sich diesmal im Irrtum. Das dort hatte nichts mit Zauberei oder dem Werk des Teufels zu tun.« Aber stimmte das wirklich? Mogens war beinahe erstaunt über die Ruhe und sichere Überzeugungskraft, die aus seiner Stimme sprach. Und doch: Was er sagte, das war nicht *wirklich* das, was er empfand. Natürlich war es der Wissenschaftler in ihm, der diese Worte sprach. Er war nicht nur von ihrer Wahrhaftigkeit *überzeugt*, er *wusste*, dass es so war. Und doch war da zugleich auch noch eine andere, leise und doch viel eindringlichere Stimme, die nicht den logischen Teil seines Verstandes ansprach, sondern etwas viel Älteres und Mächtigeres.

»Professor!«, hauchte Miss Preussler ungläubig. »Was reden Sie da?«

Mogens schüttelte noch einmal den Kopf. »Nicht alles, was wir nicht verstehen und was uns erschreckt, ist deshalb gleich unbedingt das Werk Satans«, sagte er.

»Das ist wahr, Miss Preussler«, fügte Graves hinzu. »Auch, wenn Sie der Gedanke immer noch erschrecken mag, doch wessen Zeuge wir gerade geworden sind, das ist der unumstößliche Beweis dafür, dass es dort draußen zwischen den Sternen noch andere Wesen gibt. Ihr Wirken mag uns unheimlich und erschreckend vorkommen, aber bitte glauben Sie mir: Es ist nicht der Gehörnte, der hier seine Hand im Spiel hat.«

»Hören Sie auf!«, antwortete Miss Preussler. Ihre Stimme bebte.

»Ich kann Sie ja verstehen«, sagte Graves lächelnd. »Auch wenn Sie es nicht glauben, aber ich kann sehr gut nachempfinden, was Sie jetzt fühlen, meine Liebe. Auch mir erging es nicht anders, damals, als ich auf die ersten Hinweise gestoßen bin. Und es hat lange gedauert, bis ich bereit war, die Augen zu öffnen und zu sehen. Ihre Auffassungen von Religion und Glauben und die meine mögen voneinander abweichen, und doch glaube auch ich an einen allmächtigen

Schöpfer, der das Universum erschaffen hat und über uns wacht.«

Miss Preussler sah ihn nun vollends verstört an. »Das glaube ich Ihnen nicht«, antwortete sie, ohne dass in ihrer Stimme wirkliche Überzeugung gewesen wäre. »Kein wirklicher Christenmensch würde solch ketzerische Thesen aufstellen.«

»Aber macht es denn Gottes Schöpfung nicht nur umso wunderbarer, wenn man daran glaubt, dass er noch mehr Welten wie die unsere erschaffen hat?«, fragte Graves beinahe sanft. »Vielleicht Tausende. Vielleicht Millionen, mit Millionen Völkern, die an ihn glauben?«

Miss Preussler wirkte nun endgültig verstört. Sie setzte – ganz automatisch, wie es Mogens erschien – zu einer weiteren, geharnischten Antwort an, schüttelte dann aber nur hilflos den Kopf. Statt noch etwas zu sagen, bedachte sie Graves mit einem zornig-verstörten und Mogens mit einem eindeutig vorwurfsvollen Blick, dann drehte sie sich mit einem Ruck herum und ging zu Tom hin, der in einigen Schritten Abstand stehen geblieben war.

Graves sah ihr kopfschüttelnd nach, mit einem Male aber gar nicht mehr zornig oder arrogant, wie es Mogens schien, sondern fast sanft, dann hob er seine Lampe und drehte sich gleichzeitig herum.

»Komm, Mogens«, sagte er. »Gehen wir ein Stück voraus. Ich glaube, Miss Preussler möchte im Moment allein sein. Keine Sorge – sie ist bei Tom in guten Händen.«

Mogens zögerte zwar, sah aber dann ein, dass Graves vermutlich Recht hatte. Er hatte Miss Preussler niemals zuvor so erschüttert gesehen; nicht einmal am Morgen, nachdem der Sheriff sie zurückgebracht hatte.

Schweigend schloss er sich Graves an, und sie gingen in die Richtung zurück, aus der sie gekommen waren. Erst nach einer geraumen Weile – und auch erst, nachdem er einen raschen Blick über die Schulter zurückgeworfen und sich überzeugt hatte, dass Tom und Miss Preussler weit genug hinter ihnen zurückgefallen waren, um seine Worte nicht hören zu können – knüpfte er wieder an das unterbrochene Gespräch an. »Das war genial, Jonathan«, sagte er. »Ich hätte niemals geglaubt, dass es jemandem möglich wäre, Miss Preussler auf diese Weise zu überrumpelten.«

Täuschte er sich, oder blitzte es in Graves' Augen kurz und amüsiert auf, als er seine Worte hörte? »Wer sagt, dass ich sie überrumpelt habe?«

»Du hast wieder einmal die Regeln geändert, nicht wahr?«, vermutete Mogens.

Graves schüttelte heftig den Kopf. »Keineswegs«, sagte er. »Was ich gesagt habe, war meine ehrliche Überzeugung.«

Nun war es Mogens, der ihn verwirrt ansah. »Du willst behaupten, dass du plötzlich an Gott glaubst?«, fragte er.

»Ich habe gesagt, dass all diese Welten dort draußen von einem Gott erschaffen worden sind«, bestätigte Graves. »Aber habe ich gesagt«, fügte er hinzu, und plötzlich klang seine Stimme ein ganz kleines bisschen besorgt, »von welchem?«

Mogens war verstört, und das Gefühl wurde mit jedem Schritt schlimmer, den er Graves und dem zitternden bleichen Finger aus Licht folgte, den dieser in die Dunkelheit vorausschickte. Hätte er versucht, sich diese Situation vorher in Gedanken auszumalen, so hätte er erwartet, dass er am Anfang verstört und ungläubig reagieren würde, später dann zweifelnd und schließlich, nachdem er eine angemessene Schamfrist eingehalten und seinem akademischen Verstand hinlänglich Zeit gewährt hatte, alle notwendigen Bedenken vorzubringen und alle Argumente gegeneinander abzuwägen, freudig erregt. Aber das genaue Gegenteil war der Fall.

Der Anblick der tanzenden Sterne hatte ihn einfach überwältigt. Da war gar kein Platz mehr gewesen für Zweifel, für irgendein Wenn und Aber oder logische Argumente. Er hatte gesehen, und das, was er gesehen hatte, das hatte die Barrieren seines Intellekts einfach überrannt, blitzschnell und ohne ihm auch nur die mindeste Chance zur Gegenwehr zu lassen. In dem Moment, als er in der uralten Höhle gestanden und dem faszinierenden Tanz eines Sternbildes zugesehen hatte, das in dieser Konstellation schon seit fünftausend Jahren nicht mehr existierte, hatte er *gewusst*, dass Graves die Wahrheit sagte. Er hatte es wissen *wollen*.

Nun kamen die Zweifel.

Selbstredend gab auch der hartnäckig kritischste Teil seines Verstandes – der Wissenschaftler in ihm, den er für seinen Geschmack in letzter Zeit entschieden zu oft bemühen musste – zu, dass es mit der Höhle der Dogon etwas Besonderes auf sich hatte. Selbst der größte Zweifler konnte das, was er gerade mit eigenen Augen gesehen hatte, nicht einfach wegdiskutieren. Aber waren eine fünftausend Jahre alte Felszeichnung und eine Hand voll tanzender Lichter tatsächlich schon Beweis genug für das, was Graves behauptete? Die ganz eindeutige Antwort auf diese Frage war natürlich nein. Mogens kannte die Gefahr, in die gerade Menschen mit einem vermeintlich wissenschaftlich geschultem Verstand gerne gerieten, wenn sie etwas glauben *wollten*. Die Geschichten geradezu lächerlich großer Irrtümer, Täuschungen und Lügen hätten ganze Bände gefüllt, hätte sich jemand die Mühe gemacht, sie niederzuschreiben, und Graves und er hatten in ihrer Zeit als Studenten zahlreiche Nächte damit zugebracht, sich über die Irrtümer und Fehlinterpretationen zu amüsieren, denen gestandene Professoren und hoch angesehene Experten aufgesessen waren. Die schwebenden Lichter allein bedeuteten nichts, gar nichts.

»Tom!« Graves' Stimme drang so warnungslos in seine Gedanken, dass er erschrocken zusammenzuckte und sich alarmiert umsah. Sie hatten den Hieroglyphengang erreicht und schon beinahe zur Gänze durchschritten, ohne dass er es wirklich zur Kenntnis genommen hätte. Jetzt war Graves stehen geblieben und hatte den Arm ausgestreckt. Das Licht der Grubenlampe, die er in der anderen Hand hielt, verlor sich in der Schwärze des Ganges vor ihnen, aber Mogens war nervös genug, um eine Bewegung darin zu gewahren, die es nicht gab.

»Bring mir das Gewehr!«, verlangte Graves. Tom beeilte sich, an Mogens vorbeizukommen und die Waffe hinüber zu reichen, und Graves fügte in Mogens' Richtung und in wenig überzeugendem Ton hinzu: »Eine reine Vorsichtsmaßnahme.«

Er nahm das Gewehr entgegen, klemmte es sich mit einer Bewegung, die eine beunruhigende Routine in solcherlei Dingen verriet, unter den Arm und fuhr fort: »Vielleicht wäre es trotzdem besser, wenn du ein Stück zurückbleiben würdest. Um ein wenig auf Miss Preussler aufzupassen.«

Seine Worte klangen nicht wirklich überzeugend, fand Mogens. Wenn es sich wirklich um eine reine Vorsichtsmaßnahme handelte, warum wirkte Graves dann plötzlich so nervös?

Er ging nicht zu Miss Preussler zurück, sondern wartete, bis sie zu ihm aufgeschlossen hatte und wollte weitergehen, doch Graves wedelte noch einmal mit der Hand und sagte: »Bitte entzündet die Lampen. Wir sind jetzt gleich da.«

Miss Preussler gehorchte sofort, und auch Mogens versuchte es, aber er stellte sich dabei so ungeschickt an, dass Tom es schließlich aufgab und zurückkam, um ihm zu helfen. Das fast unmerkliche Zischen der Grubenlampen vereinigte sich zu einem hellen Wispern, das von den verzierten Wänden aufgenommen wurde und uralte, verbotene Geschichten erzählte, auf die irgendetwas aus der Dunkelheit heraus zu antworten schien.

»Danke«, sagte Mogens, als Tom ihm die Lampe reichte. Tom nickte wortlos und schickte eines seiner üblichen, jungenhaften Lächeln hinterher, aber Mogens meinte trotzdem, eine gewisse Anspannung in ihm zu fühlen und einen Ernst, den er zuvor nur ein einziges Mal an ihm bemerkt hatte: damals, als er vom Tod seiner Eltern berichtete.

Tom hielt ihm auch das zweite Gewehr hin, aber Mogens schüttelte fast erschrocken den Kopf und konnte sich gerade noch beherrschen, nicht ein Stück zurückzuweichen. Er verabscheute Waffen noch immer genauso wie vor zehn Minuten, und darüber hinaus war er sicher, dass der Junge mit dem Gewehr deutlich besser umgehen konnte als er.

»Wie Sie meinen, Professor«, sagte Tom achselzuckend. »Bleiben Sie einfach hinter mir. Ich passe schon auf Sie auf.«

»Sollen wir jetzt ein paar Schritte zurückbleiben, oder dicht hinter Ihnen?«, fragte Miss Preussler stirnrunzelnd, nachdem sie sich herumgedreht hatte und wieder an Graves' Seite getreten war. Graves schoss einen ärgerlichen Blick über die Schulter in ihre Richtung zurück, zuckte knapp mit den Achseln und ging dann weiter.

Sie waren nicht mehr allzu weit vom Ende des Ganges entfernt. Das vereinigte Licht ihrer Lampen fiel bereits auf die Schutthalde und verlor sich in der Schwärze der Tempelkammer dahinter. Mogens wartete darauf, dass der Anblick Erinnerungen an die zurückliegende Nacht weckte, doch alles, was er spürte, war eine stärker werdende Furcht. Er erinnerte sich immer noch nicht, was er hinter dem offen stehenden Tor gesehen hatte – nur, dass es durch und durch grässlich gewesen war.

Unbeschadet ihrer eigenen Worte ging Miss Preussler etwas langsamer, sodass der Abstand zwischen Graves und ihnen wieder größer wurde, und als sie weitersprach, wusste Mogens auch, warum. Ihre Stimme war kaum mehr als ein Flüstern, was allerdings nicht viel nutzte; die verzierten Wände fingen jeden Laut auf und warfen ihn zischelnd verstärkt und verzerrt zurück: die Stimme der bösen Hexe aus dem Märchen, die die Kinder in die offen stehenden Tür des Backofens lockt.

»Wie konnte ein so netter, junger Mann wie Sie nur an jemandem wie Doktor Graves geraten?«, fragte sie.

»Wir waren einmal...«, begann Mogens ganz automatisch, brach aber dann ab und schwieg einen Moment nachdenklich. Um ein Haar hätte er *Freunde* gesagt, aber das Wort wollte ihm einfach nicht über die Lippen, und das lag *nicht* nur an den vergangenen neun Jahren. Miss Preussler sah ihn fragend und auf eine ganz besondere Art an, und schließlich fuhr er mit einem angedeuteten Achselzucken fort: »Studienkollegen.«

»An der Universität, nehme ich an«, sagte Miss Preussler.

Graves warf ihr im Gehen einen unverhohlen verächtlichen Blick über die Schulter hinweg zu, den Miss Preussler so wenig übersah, wie er ihre Worte überhört hatte. Von seiner ungewohnten Sanftmütigkeit und Ruhe war nichts mehr geblieben. Der Moment, in dem sie in der Höhle gestanden und dem faszinierenden Tanz der Sternbilder zugesehen hatten, hatte sie beide für einen kurzen Augenblick verändert; vielleicht hatte er sowohl in Mogens als auch in Graves etwas geweckt, was bisher sogar von ihnen selbst unerkannt geschlummert hatte. Aber nun war er vorbei, und sie fielen beide wieder in ihre gewohnten Verhaltensmuster zurück. Seltsamerweise beruhigte dieser Gedanke Mogens eher, statt ihn zu stören.

»Lassen Sie mich raten, Professor«, fuhr Miss Preussler fort. Sie hatte natürlich genau wie er bemerkt, wie sinnlos es war, zu flüstern, und dass Graves ihre Worte trotzdem hörte, ja, wie es aussah, sogar konzentriert darauf lauschte. Es schien sie jedoch nicht zu stören, denn sie sprach in ganz normalen Tonfall und Lautstärke weiter. Jetzt schien die sonderbare Akustik dieses Ganges ihre Worte jedoch eher zu dämpfen. »Es hat mit dieser Frau zu tun, von der Sie mir erzählt haben.«

Graves beließ es jetzt nicht mehr bei einem schrägen Blick über die Schulter zurück, sondern drehte mit einem Ruck Kopf und Oberkörper, sodass sein Scheinwerferstrahl für einen Moment einen wütenden Tanz über Wände, Decke und Boden vor ihm aufführte, und funkelte Mogens fast hasserfüllt an, enthielt sich aber auch jetzt jeden Kommentars und wandte sich nach einer weiteren Sekunde wieder um.

»Janice, ja«, antwortete Mogens leise. »Aber nicht so, wie Sie vielleicht meinen, Miss Preussler.«

Er hatte nicht mit diesem Tiefschlag gerechnet, aber sie verzichtete darauf, nachzuhaken, wofür ihr Mogens im Stillen sehr dankbar war, und so fuhr er – obwohl er es eigentlich gar nicht vorgehabt hatte – fort: »Es war eine schreckliche Geschichte. Ich möchte nicht darüber reden, nur so viel: Sie ist damals ums Leben gekommen. Durch meine Schuld. Allein meine Schuld.«

Er musste sie nicht einmal ansehen, um zu spüren, wie wenig sie ihm diese Version glaubte. Miss Preussler war weder dumm noch unsensibel; beide Attribute hatte er im Zusammenhang mit ihr in Gedanken – und nicht nur da – in den letzten Jahren großzügig und oft verwendet, aber ihm war längst klar geworden, wie bitter Unrecht er ihr damit getan hatte. Sie war weder das eine noch das andere. Ganz im Gegenteil. Wenn auch auf eine Art, zu der er erst jetzt ganz allmählich Zugang fand, und innerhalb der festen Regeln einer kleinen, scharf umrissenen Welt, war sie doch im Grunde eine sehr kluge und äußerst warmherzige Person, selbst wenn sie von einer Sekunde auf die andere zur Furie werden konnte.

»Falls wir diese Nacht überleben, Professor«, sagte sie, »dann müssen wir beide uns unterhalten.«

»Woran ich immer größere Zweifel habe«, fügte Graves gehässig und in einer Lautstärke, die eingedenk seiner eigenen Worte geradezu absurd schien, hinzu. »Ich verderbe euch beiden Turteltäubchen ja nur ungern den Moment eurer großen Versöhnung, aber ich würde euch dennoch dringend bitten, jetzt endlich *die Klappe zu halten!*«

Die letzten Worte hatte er beinahe geschrien. Miss Preussler blinzelte nur und sah ihn konzentriert an. Sie sagte nichts mehr, was nach Mogens' Einschätzung aber weniger an Graves' scharfem Ton lag, als vielmehr daran, dass sie es für einfach unter ihrer Würde hielt, auf ein derartiges Benehmen überhaupt zu reagieren, während Mogens ein erschrockenes Gesicht machte und für einen Sekundenbruchteil innehielt. Graves nickte zufrieden, machte ein grimmiges Gesicht und setzte seinen Weg mit stampfenden Schritten fort.

Seine Zufriedenheit war jedoch fehl am Platze; auch Mogens' Reaktion war keineswegs darauf zurückzuführen, dass er ihn eingeschüchtert hätte – das konnte er schon lange nicht mehr –, vielmehr hatte er am Rande seines Scheinwerferstrahles für einen kurzen Moment etwas aufblitzen sehen. Janice war natürlich nur für ihn wirklich zu sehen, und sie war auch nicht wirklich da – zum allerersten Mal war er sich dieses Umstandes vollkommen bewusst –, aber er wusste zugleich auch, dass sie irgendwo in den Schatten dort vorne auf ihn wartete. Und – und auch das zum allerersten Mal – dieser Gedanke hatte plötzlich rein gar nichts Erschreckendes oder Furchteinflößendes mehr, sondern ganz im Gegenteil etwas zutiefst Beruhigendes.

»Was für ein unmöglicher Mensch«, sagte Miss Preussler schließlich; gerade so leise, dass Graves die Worte hören musste, aber nicht sicher sein konnte, ob er es auch sollte. Diesmal reagierte er auch nicht darauf, sondern beschleunigte ganz im Gegenteil seine Schritte noch einmal, bis er den Trümmerberg erreicht hatte und stehen blieb. Tom setzte dazu an, ihn unverzüglich zu erklimmen, doch Graves hielt ihn mit einer entsprechenden Bewegung zurück und winkte Mogens und Miss Preussler zugleich mit dem anderen Arm zu, rascher zu ihnen aufzuschließen. »Bitte verzeihen Sie meinen groben Ton«, sagte er, als sie neben ihm angelangt waren. »Ich bin wohl… ein bisschen nervös.«

Miss Preussler musterte ihn ausdruckslos und dachte gar nicht daran, ihm in irgendeiner Form Absolution zu erteilen.

»Wir sollten jetzt leise sein«, fuhr Graves in leicht verschnupftem Tonfall, tatsächlich aber nun flüsternd, fort. »Und sehr vorsichtig.«

»Glauben Sie, dass Sie das da«, Miss Preussler deutete mit einer Kopfbewegung auf das Gewehr in Graves' linker Armbeuge, »wirklich brauchen?«

»Ich hoffe nicht«, antwortete Graves. »Ich fürchte sogar, *wenn* wir es brauchen, wird es uns nicht mehr viel nutzen.« Er schüttelte trotzig den Kopf. »Aber sicher ist sicher, nicht wahr?«

»Nicht wahr«, bestätigte Miss Preussler. Mogens hatte alle Mühe, ein Grinsen zu unterdrücken. Miss Preussler war wirklich in jeder Situation für eine Überraschung gut.

Graves schien diese Antwort nicht im Geringsten komisch zu finden. Er war jedoch – ausnahmsweise – klug genug, nichts darauf zu erwidern, sondern sah Miss Preussler ganz im Gegenteil plötzlich sehr ernst und voller echter Sorge an. »Das ist jetzt unwiderruflich der letzte Moment, es sich noch einmal zu überlegen, Ma'am«, sagte er. »Noch können Sie kehrt machen. Sie müssen den Weg nur zurückgehen und kommen automatisch wieder zum Ausgang.«

»Haben Sie Probleme mit Ihrem Gehör, Doktor?«, antwortete Miss Preussler mit einem liebenswürdigen Lächeln. »Ich dachte doch, ich hätte mich klar genug ausgedrückt.«

»Wenn wir jetzt weitergehen«, antwortete Graves ungerührt, »können wir vielleicht nicht mehr umkehren.«

Statt ihm zu antworten, maß ihn Miss Preussler nur noch einmal mit einem langen, ganz offen verächtlichen Blick, dann raffte sie ihren Rock, drehte sich auf dem Absatz herum und begann mit erstaunlichem Geschick die Schutthalde hinaufzusteigen.

Graves starrte sie einen Herzschlag lang verblüfft an und versuchte dann den Arm auszustrecken, um sie zurückzuhalten, doch Miss Preussler hatte nicht nur bereits die Hälfte der aus Schutt und Trümmern bestehenden Halde erklommen, sie überraschte sie alle auch ein weiteres Mal. Als sie gerade so weit war, dass sie von der anderen Seite aus sichtbar geworden wäre, ließ sie sich auf Hände und Knie herabsinken und kroch das allerletzte Stück des Weges auf allen vieren. Oben angekommen, legte sie sich flach auf den Bauch und spähte aufmerksam und vollkommen reglos über den Rand ihrer Deckung hinweg; wäre sie hundert Pfund leichter gewesen, hätte man sie für einen Indianer halten können, der sich im Gebüsch anpirscht, um einen Hinterhalt für die weißen Eindringlinge zu legen.

Mogens schenkte Graves einen fast triumphierenden Blick, auf den dieser jedoch nur mit einem Ausdruck noch größerer Sorge reagierte. »Das gefällt mir nicht«, flüsterte er. »Es könnte wirklich gefährlich werden, weißt du?« Er machte eine Bewegung mit dem Gewehr. »Ich habe das ernst gemeint. Wenn wir die Dinger brauchen, dann werden sie uns vielleicht nicht mehr viel nutzen.«

»Warum schleppen wir sie dann mit?«, fragte Mogens.

»Weil wir… ach, vergiss es!« Graves machte mit einem Ruck auf dem Absatz kehrt und folgte Miss Preussler – schneller und auf eine Art, die auch noch Mogens' letzte Zweifel daran beseitigten, dass er so etwas nicht zum ersten Mal tat, aber kein bisschen leiser als sie. Ganz im Gegenteil ließ er sich erst sehr viel später auf alle viere hinab, sodass die Gefahr, von der anderen Seite aus gesehen zu werden, viel größer war. Mogens sah ihm kopfschüttelnd nach, doch dann machte Tom eine auffordernd-ungeduldige Handbewegung, und auch er begann den Trümmerberg zu erklettern. Tom bildete den Abschluss, und nur wenige Augenblicke später lagen sie nebeneinander auf dem Kamm der Schutthalde, wie vier ungleiche Soldaten, die aus ihrem Schützengraben herausspähten und mit klopfendem Herzen nach ihrem Feind Ausschau hielten.

Auf der anderen Seite war jedoch – zumindest im ersten Moment – rein gar nichts zu sehen. Sowohl Graves als auch Tom hatten ihre Scheinwerferstrahlen direkt in die große Tempelkammer gerichtet, doch das weiße Licht schien mit jedem Meter, den es zurücklegte, mehr an Substanz und Leuchtkraft zu verlieren; als fiele es nicht in einen leeren Raum, sondern in das schwarze Wasser auf dem tiefsten Grund der Ozeane, in dem es keine Existenzberechtigung mehr hatte und keine Macht. Nur hier und da tauchte ein Umriss aus der Schwärze auf, der sich jedoch beharrlich weigerte, einen Sinn oder gar eine vertraute Form zu ergeben. Hier ein Trümmerstück, das aus dem einzigen Grund da war, die Vergänglichkeit alles von Menschen Geschaffenem zu demonstrieren und die Sinnlosigkeit all ihren Bemühens, sich gegen dieses Urgesetz des Universums aufzulehnen. Da die zerbrochene Hälfte einer Götterstatue, halb Mensch, halb Vogel, deren halbierter Blick höhnisch und warnend zugleich war. Dort ein heruntergefallenenes Stück der Wandverkleidung, auf dem sich zerbrochene Hieroglyphen zu einem neuen, finsteren Sinn gruppiert hatten. Erst, als auch Miss Preussler und als Letzter Mogens selbst ihre Lampen hoben und in die Schwärze hineinrichteten, wurde es ein wenig besser.

Dennoch erschrak Mogens bis ins Mark. Er war selbst hier gewesen, als die Katastrophe die Tempelkammer traf und in einer einzigen Sekunde zerstörte, was annähernd fünf Jahrtausende überdauert hatte, und doch hatte er das Ausmaß der Verheerung nicht einmal annähernd so groß in Erinnerung. Säulen waren umgestürzt und zerborsten, prachtvolle Götterstatuen und Standbilder von ihren Sockeln gestürzt und in Stücke gebrochen. Ganze Abschnitte der Wandverkleidung waren heruntergefallen und zu unansehnlichen Schutthalden am Fuße schwarzgrauer Felswände geworden, und der ehemals grandiose Mosaikfußboden hatte sich in den Grund eines ausgetrockneten, seit einem Jahrhundert von der Sonne verbrannten Sees verwandelt, der von einem Labyrinth haarfeiner bis handbreiter klaffender Risse und Spalten durchzogen wurde.

Graves und Tom schwenkten ihre Scheinwerferstrahlen langsam und methodisch hin und her. Obwohl die Lampen sehr stark waren, reichte ihr Licht nicht, den ganzen Raum auszuleuchten, sehr wohl aber, Mogens zu zeigen, dass sich die Zerstörung nicht nur auf einen kleinen Bereich vor dem Eingang beschränkte, sondern im Gegenteil im hinteren Teil des Raumes noch größer zu sein schien. Er war jetzt sicher, diesen Raum das letzte Mal nicht in diesem Zustand gesehen zu haben, und nach einer Weile brachte er dies auch gegenüber Graves zum Ausdruck.

»Ich fürchte, du hast Recht«, sagte dieser. »Es muss zu einem weiteren Einsturz gekommen sein, seit wir das letzte Mal hier unten waren.«

Seiner Stimme war eine gewisse Sorge anzuhören, die wohl aber eher der Standfestigkeit des Bodens galt, der vor ihnen lag, und möglicherweise den hunderttausend Tonnen Fels, die über ihren Köpfen hingen; keine Spur von dem Bedauern, das Mogens empfand. Es war noch nicht lange her, da war dieser Raum mit all seinen Wundern und uralten Schätzen und Kostbarkeiten vollkommen unversehrt gewesen: ein Fund, der nicht nur die Geschichte der Archäologie revolutioniert hätte, sondern für Mogens auch einem Geschenk Gottes gleichkam. Nun war hier alles zerstört. Bedachte man, wie wenig Hinterlassenschaften es aus dem Jahrtausende währenden Reich der Pharaonen noch gab, stellte selbst diese verwüstete Kammer noch einen ungeheuerlichen Schatz dar; aber sie war nicht mit dem zu vergleichen, was er noch vor zwei Tagen mit eigenen Augen gesehen und zum Teil in den Händen gehalten hatte. In das Bedauern, das Mogens verspürte, mischte sich Zorn. Ein Zorn, der kein wirkliches Ziel hatte, vielleicht gerade deshalb aber umso schlimmer war. Warum machte ihm das Schicksal ein solches Geschenk, um es ihm dann sofort wieder wegzunehmen?

»Es scheint alles ruhig zu sein«, sagte Graves. Warum klang seine Stimme dann besorgt?

»Sie meinen, diese Ungeheuer sind nicht da?«, fragte Miss Preussler.

Statt zu antworten, schwenkte Graves seinen Scheinwerfer abermals herum und machte eine entsprechende Geste, woraufhin auch Tom seine Lampe in dieselbe Richtung schwenkte und nach einem kurzen Augenblick auch Mogens und Miss Preussler.

Selbst die vereinigten Lichtbündel reichten kaum aus, auf der anderen Seite mehr als vage Schemen aus der Dunkelheit zu reißen. Mogens glaubte einen verschwommenen Lichtreflex zu erkennen, vielleicht die Stufen, die hinauf zu dem monströsen Tor und seinen gigantischen Wächterstatuen führte, vielleicht auch nur ein Trümmerstück – was, dachte er erschrocken, wenn das Beben das Tor verschüttet hatte? Aber das tanzende Licht erschuf auch dort Bewegung, wo keine sein sollte, und seine Fantasie drohte schon wieder außer Kontrolle zu geraten.

Graves schwenkte seine Laterne wieder zur Seite, sodass ihr Lichtschein sich den Weg zurücktastete und schließlich auf der anderen Seite der Halde zur Ruhe kam. Tom erhob sich, ohne dass es einer weiteren Aufforderung bedurfte, huschte geduckt und nahezu lautlos nach unten und hob sein Gewehr, um die Schwärze jenseits des zitternden Lichtkreises zu bedrohen.

»Miss Preussler«, sagte Graves.

»Ja, ich weiß – meine unwiderruflich letzte Chance, umzukehren«, antwortete sie, während sie sich bereits schnaubend in die Höhe stemmte. »Sie erwähnten es bereits.«

Graves schien wohl endgültig kapituliert zu haben, denn er zuckte nur beiläufig mit den Schultern und eilte dann hinter Tom her, und Miss Preussler streckte die Hand aus, um Mogens aufzuhelfen. Jetzt war nicht der Moment für Stolz, ganz davon abgesehen, dass sich die Schnitte in seiner Seite und seinem Oberschenkel den allerunpassendsten aller Augenblicke ausgesucht hatten, um sich mit pochenden Schmerzen wieder zurückzumelden, sodass er das Angebot dankbar annahm und ohne Überraschung feststellte, wie wenig Mühe es ihr machte, ihn hochzuziehen.

»Ich wünschte, Sie würden auf Doktor Graves hören«, sagte er. »Dieses Mal hat er ausnahmsweise Recht, Miss Preussler.«

»Und Sie allein mit diesem schrecklichen Menschen lassen?«, antwortete sie. »Ganz gewiss nicht.«

»Vielen Dank für deine Hilfe, Mogens«, sagte Graves spöttisch. »Aber wir sollten jetzt trotzdem weiter gehen. Und mach dir keine Sorgen: Sollten wir dieser Ungeheuer mit unseren Gewehren nicht Herr werden, hetzen wir einfach Miss Preussler auf sie.«

Mogens beendete das sinnlose Gespräch, indem er mit balancierend ausgebreiteten Armen die Halde hinunterschlitterte, ebenso schnell wie Graves und Tom zuvor, aber zu seinem Leidwesen nicht einmal annähernd so leise. Seine Bewegung löste eine ganze Lawine winziger Steinchen und Trümmerstücke aus, die ihn polternd ein- und überholten und ein nicht enden wollendes klickendes, kollerndes und wisperndes Echo in der lastenden Dunkelheit ringsum wachrief. Mogens verspürte ein kurzes, aber heftiges Gefühl von Entsetzen, als er einen fast faustgroßen Stein beobachtete, der in einen der Risse im Boden rollte und einfach darin verschwand, und das ohne den mindesten Laut. Bisher war er davon ausgegangen, dass dieser Tempel aus dem massiven Fels herausgemeißelt war und sich der Boden unter ihren Füßen fest und solide bis zum Mittelpunkt der Erde fortsetzte – aber woher wusste er das eigentlich?

»Zurückbleiben«, sagte Graves. »Und leise – bitte.«

Sie gingen weiter, und Mogens bemühte sich tatsächlich, die Füße möglichst leise aufzusetzen, um nicht noch mehr überflüssige Geräusche zu verursachen, obwohl er das Gefühl hatte, das Hämmern seines Herzens allein müsse schon ausreichen, um die Kammer endgültig zum Einsturz zu bringen.

Und er glaubte auch nicht, dass es einen Unterschied machte. Die Ghoule waren nicht hier. Hätten die Ungeheuer tatsächlich irgendwo in der Dunkelheit hier unten auf sie gelauert, wären sie langst über sie hergefallen.

Vor ihnen stolperte Tom über ein Trümmerstück, das er in der Dunkelheit übersehen hatte. Er fing sich rasch wieder, ohne dass es zu einem größeren Unglück kam, stieß aber einen lautstarken Fluch aus und warf fast im gleichen Augenblick einen um Verzeihung heischenden Blick zu Miss Preussler zurück, den diese jedoch ebenso wenig zur Kenntnis zu nehmen schien wie seine Entgleisung zuvor. Ihre Aufmerksamkeit galt vielmehr dem, worüber Tom gestolpert war: der oberen Hälfte einer zerbrochenen Statue, die einen Menschen mit einem stilisierten Raubvogelkopf zeigte.

»Das ist… unheimlich«, sagte sie zögernd. »Eine faszinierende Arbeit, aber irgendwie auch unheimlich. Welches Volk hat so etwas gemacht?«

»Es ist auf jeden Fall nicht das Werk des Teufels, Miss Preussler«, sagte Graves spöttisch, »das kann ich Ihnen versichern, sondern vielmehr das einer Kultur, die schon gewaltige Wunderwerke geschaffen hat, als das Christentum noch nicht einmal eine Idee war.«

»Ich bin durchaus mit der Kunst des alten Ägypten vertraut, Doktor Graves«, beschied ihn Miss Preussler. »Der Herr Professor hat mich oft genug an seinem Wissen teilhaben lassen, und selbst eine dumme alte Frau wie ich erkennt eine Statue des Horus, wenn sie vor ihr liegt.«

Graves warf ihr einen leicht irritierten Blick zu, und auch Mogens war nicht wenig überrascht. Die einzigen Gelegenheiten, bei denen er sich mit Miss Preussler über seine Arbeit und die Kultur des alten Ägypten unterhalten hatte, waren die, bei denen sie ihre Missbilligung zum Ausdruck brachte, dass sich ein doch so vernünftiger, intelligenter junger Mann wie er mit solchen abstrusen Dingen abgab. Das Eingeständnis schien Miss Preussler auch ein wenig peinlich zu sein, und Mogens nahm an, dass ihr Wissen zweifellos aus den Büchern auf den Regalen in seinem Zimmer stammte, die sie in seiner Abwesenheit gründlich durchgeblättert hatte. Mogens vermochte allerdings nicht zu sagen, was ihr an diesem Eingeständnis unangenehmer war – die Tatsache, dass sie damit praktisch zugab, in seiner Abwesenheit sein Zimmer durchsucht zu haben, oder der Umstand, dass sie den Inhalt seiner gotteslästerlichen Machwerke immerhin so sehr interessiert hatte, dass sie sich den Namen mindestens einer dieser heidnischen Gottheiten gemerkt hatte.

»Trotzdem«, fuhr sie in mehr verunsichertem als zweifelndem Ton fort, »ist hier etwas… sonderbar.«

»Nur sehr wenige Menschen haben jemals ein echtes Kunstwerk aus dem alten Ägypten in Händen gehalten, Miss Preussler«, sagte Mogens. »Das meiste, was in unseren Museen steht und fast alles, was Sie in meinen Büchern gesehen haben, sind Kopien von Kopien.«

Miss Preussler gab sich zwar mit dieser Erklärung zufrieden, warf ihm aber dennoch einen weiteren, noch verwirrteren Blick zu, und auch Mogens war ganz und gar nicht sicher, ob diese Erklärung tatsächlich ausreichte. Selbst er hatte den Odem des Fremden und irgendwie Nichtmenschlichen gespürt, als er das erste Mal hier heruntergekommen war, und eigentlich spürte er ihn immer noch; jetzt vielleicht sogar stärker denn je. Vielleicht war es eben nicht nur die Faszination eines uralten Originals, die diese Statuen und Bilder ausstrahlten. Mogens sah sich schaudernd nach rechts und links um, aber er war mit einem Male fast froh, nicht sehr viel mehr als verschwommene Schatten erkennen zu können.

Sie waren dem Tor mittlerweile nahe genug gekommen, um Einzelheiten zu erkennen. Mogens hatte es bisher fast krampfhaft vermieden, direkt dorthin zu sehen, schon aus Angst, den vergessenen Schrecken der vergangenen Nacht wieder zu begegnen. Nun aber ging es nicht mehr anders. Mogens brachte all seinen Mut zusammen und zwang sich, geradeaus nach vorne zu blicken.

Die allgemeine Zerstörung hatte auch vor diesem Teil der Kammer nicht Halt gemacht, auch, wenn die schlimmsten und sichtbarsten Beschädigungen vielleicht nicht einmal unmittelbar auf das Erdbeben zurückzuführen waren. Die Treppe mit ihren sonderbar flachen Stufen war geborsten und mit Felstrümmern und heruntergefallenen Steinen übersät. Einer der gewaltigen Stützpfeiler war umgefallen, der andere stand noch, wirkte aber sonderbar gestaucht und schien sich nach unten deutlich zu verdicken. Die beiden riesigen, dämonischen Wächter, die rechts und links des Tores gestanden hatten, waren von ihren Sockeln gestürzt und in tausend Stücke zerborsten, was Mogens mit einem Gefühl vollkommen unwissenschaftlicher Erleichterung erfüllte. Er versuchte sich einzureden, dass der Grund dafür hauptsächlich in Miss Preusslers Anwesenheit zu suchen war, die spätestens beim Anblick dieser grotesken, krakenköpfigen Gestalten kaum noch daran geglaubt hätte, es mit fünftausend Jahre alten Artefakten aus dem Reich der Pharaonen zu tun zu haben. Aber er wusste, dass das nicht stimmte. Auch ihm selbst hatte schon die bloße Erinnerung an die monströsen, übermenschlich großen Gestalten fast körperliches Unbehagen bereitet. Er war froh, ihnen nicht mehr gegenübertreten zu müssen.

Es war jedoch nicht das Erdbeben, das die beiden Figuren zerstört hatte. Vielmehr hatte etwas das Tor, das sich nach innen öffnete, mit solcher Gewalt aufgestoßen, dass die beiden riesigen schwarzen Hälften die Statuen einfach von ihren Sockeln gefegt worden waren. Mogens konnte ein Schaudern nicht mehr unterdrücken, als er sich die gewaltigen Kräfte vorzustellen versuchte, die dazu notwendig waren. Nicht einmal die übermenschlich starken schakalköpfigen Ghoule wären dazu in der Lage gewesen.

»Haben sie Sie dorthin verschleppt?«, fragte Graves.

Die Frage galt Miss Preussler, die nur mit einem wortlosen Kopfnicken die Lippen zusammenpresste. Graves sah nicht einmal zu ihr zurück, doch ihr Schweigen schien ihm als Antwort zu genügen. Er schwenkte seinen Scheinwerferstrahl kurz nach rechts und links, ohne dass das Licht in der allgemeinen Zerstörung mehr als zerbrochene Statuen und zerborstene Hieroglyphen sichtbar werden ließ, und richtete den Strahl dann direkt auf das offen stehende Tor. Mogens' Herz begann zu klopfen.

Hinter dem Tor war nichts Außergewöhnlicheres zu sehen als die gleiche Licht verzehrende Dunkelheit, die auch rings um sie herum herrschte, nur dass sie dort fast noch intensiver zu sein schien. Möglicherweise war sie von dort gekommen, eine lautlose schwarze Springflut, die aus den Tiefen der Erde emporgestiegen und in diesen Raum hinübergeschwappt war.

»Tom!«, sagte Graves.

Tom eilte ohne zu zögern die flachen Stufen hinauf. Mogens stockte der Atem, als er das riesige Tor erreichte und sich verbeugte, aber nichts geschah. Tom trat, mit der gebotenen Vorsicht zwar, aber dennoch ohne zu zögern durch das Tor, sah sich rasch nach beiden Seiten um und schien dann einen Moment lang konzentriert in eine unbekannte Tiefe zu blicken. Er hatte seine Lampe mitgenommen, aber ihr Licht war zu einem kaum noch sichtbaren Schimmer geworden, und Mogens hatte plötzlich das unheimliche Gefühl, dass die Dunkelheit selbst damit anfing, seine Umrisse aufzulösen.

Graves setzte seine Inspektion noch einige Sekunden lang fort, dann wandte er sich halb zu ihnen um und winkte ihnen mit dem Gewehr zu. »Hier ist nichts«, sagte er. »Nur eine Art Treppe.«

»Eine Art?«, fragte Miss Preussler leise. »Was ist *eine Art* Treppe?«

Mogens kämpfte seine Furcht nieder und setzte sich in Bewegung, um es herauszufinden.

Hinter dem monströsen Tor lag nichts Schlimmeres als ein großer, vollkommen leerer Raum. Das hin und her tanzende Licht ihrer Lampen tastete über Wände aus schwarzem, nur grob bearbeitetem Fels ohne Inschriften oder Verzierungen. Mogens war nicht unbedingt enttäuscht; nach der barbarischen Pracht des Tores hatte er irgendetwas Außergewöhnliches auf der anderen Seite erwartet – was genau, hätte er nicht sagen können. Aber die kalte Nüchternheit dieser Felsenkammer verwirrte ihn. Das einzig Außergewöhnliche, das ihm auffiel, war ein leichter Geruch wie nach Salzwasser, der in der Luft lag.

Tom deutete mit seiner Lampe nach links, in die Richtung, in die er gerade so konzentriert geblickt hatte. Graves ging wortlos dorthin, und auch Mogens folgte ihm. Sein Herz jagte noch immer, und er merkte erst jetzt, wie stark seine Hände zitterten, und ballte sie rasch zu Fäusten.

Was Tom entdeckt hatte, das schien tatsächlich der Anfang von etwas zu sein, was man mit einiger Fantasie und noch mehr gutem Willen als Treppe bezeichnen konnte: Ein enger, unregelmäßig geformter Schacht, der in schwindelnd machendem Winkel in die Tiefe führte, und in dem es eine unregelmäßige Reihe noch unregelmäßigerer… nun ja: *Stufen* gab.

Keine von ihnen sah aus wie die andere. Manche waren flach und winzig, eher für die Füße von Zwergen gedacht als von Menschen, andere wieder so monströs und riesig, dass es fast unmöglich schien, sie zu überwinden, in schrägem Winkel gegeneinander geneigt oder gebrochen, manche auch auf eine Art und Weise verdreht und verbogen, dass allein ihr Anblick ein leises Gefühl von Übelkeit in Mogens' Magen auslöste. Er verstand plötzlich, was Tom gemeint hatte, als er von »einer Art Treppe« sprach. Er war nicht sicher, ob es sich tatsächlich um eine solche handelte, oder nur um etwas, das ihre menschlichen Sinne in Ermangelung eines anderen Begriffes als Treppe deuteten.

»Und Sie sind ganz sicher, dass Sie auf diesem Wege fortgebracht worden sind, Miss Preussler?«, fragte Graves.

Mogens konnte den zweifelnden Ton in seiner Stimme verstehen. Er war nicht sicher, ob er sich selbst zutraute, diese Treppe hinunterzusteigen – auch wenn er das ungute Gefühl hatte, dass er es in nicht allzu ferner Zukunft herausfinden würde. Aber ein sich noch dazu heftig wehrendes Opfer von Miss Preusslers Gewicht und Körpermaßen gegen seinen Willen dort hinunter zu transportieren, traute er nicht einmal den Ghoulen zu.

Auch Miss Preussler antwortete nicht sofort, sondern blickte einen Moment lang mit zweifelndem Gesicht in den vermeintlichen Treppenschacht hinab.

»Ich weiß nicht«, sagte sie zögernd. »Es ging alles sehr schnell, und...« Sie unterbrach sich, schüttelte den Kopf und verbesserte sich dann mit plötzlich entschiedener, fester Stimme: »Nein. Ich bin sicher. Es geht dort hinunter.«

»Wenn Sie es sagen...«, murmelte Graves wenig begeistert. Dennoch ließ er seinen Lichtstrahl noch einmal und sehr langsam durch den großen, unregelmäßig geformten Raum schweifen. Aber da war nichts – nur rauer, rissiger Fels, auf dem hier und da Nässe glänzte, vielleicht auch Salzkristalle, wenn man den sonderbaren Meeresgeruch bedachte, der in der Luft lag. Die Kammer kam Mogens immer sonderbarer vor. Warum hatte man dieses aufwendige Tor mit seinen beiden monströsen Wächterstatuen erschaffen, wenn dahinter... *nichts* war?

»Wir brauchen ein Seil«, sagte Graves.

Tom lehnte sein Gewehr gegen die Wand, machte aber keine Anstalten, seinen Rucksack abzusetzen oder irgendwie hinein zu greifen, sondern begann wortlos und mit zusammengebissenen Zähnen in den Schacht hinunter zu klettern.

»Tom?«, fragte Graves.

»Einen Moment, Doktor Graves«, antwortete Tom zwischen zusammengebissenen Zähnen hervor. »Lassen Sie mich was überprüfen.«

Graves wirkte nicht begeistert, aber er schwieg, und auch Mogens enthielt sich jeden Kommentars, sog aber plötzlich und erschrocken die Luft ein, als Tom den Halt verlor und ein ganzes Stück absackte. Seine Finger fanden jedoch sofort wieder Halt an dem rauen Fels. Er hielt einen Moment inne, lächelte Mogens beruhigend zu und kletterte dann noch vorsichtiger weiter. Schon nach einem Augenblick waren auch Kopf und Schultern in der Tiefe verschwunden, und nur einen Atemzug später auch sein überdimensionaler Tornister. »Dacht ich's mir doch«, drang seine Stimme aus dem Schacht hervor.

»Was?«, fragte Graves.

»Weiter unten wird es leichter.«

Auch Mogens beugte sich mit klopfendem Herzen vor und spähte an Graves vorbei und direkt in Toms Gesicht, der sich keine zwei Meter unter ihnen befand und sich mit leicht gespreizten Beinen und durchgedrückten Armen an den Wänden des Schachtes abstützte, wie ein Bergsteiger, der einen Felskamin hinabklettert.

»Hier ist ein Knick«, sagte er. »Danach wird es viel einfacher. Vielleicht, wenn Miss Preussler als Erste...?«

»Wenn sie es denn wirklich will...«, sagte Graves.

Miss Preussler streifte ihn nur mit einem verächtlichen Blick, drehte sich um und ließ sich schnaufend auf Hände und Knie hinabsinken, dann begann sie mit dem rechten Bein nach unten zu tasten. Mogens wusste nicht, wie und vor allem *wo* Tom sie festhielt – und er wollte es auch gar nicht so genau wissen –, aber irgendwie gelang es ihm wohl, denn als Graves und er nach ihren ausgestreckten Armen griffen und sie festhielten, sank sie nur ganz allmählich in den Schacht hinab; auch wenn Mogens dabei das Gefühl hatte, dass ihm die Arme aus den Schultergelenken gerissen wurden. Sie hörten Tom ächzen, dann jedoch rief er: »Alles klar. Sie können loslassen.«

Mogens gehorchte nur zu gern. Die Schnittwunden in seiner Seite pochten wie wild, als er erschöpft die Arme sinken ließ und zurücktrat, und er spürte etwas Nasses und Warmes an seiner Brust hinunterlaufen. Mindestens einer der kaum verheilten Risse war wieder aufgebrochen. Es tat höllisch weh.

Graves betrachtete ihn einen Moment kritisch. »Schaffst du es noch?«, fragte er.

»Bestimmt«, antwortete Mogens kurzatmig. »Ich brauche nur... einen Augenblick...«

Graves schien dazu seine eigene, etwas andere Meinung zu haben, aber er beließ es bei einem wortlosen Achselzucken und begann auf die gleiche Weise wie Miss Preussler zuvor in den Schacht hinunterzusteigen. Nur deutlich schneller.

Als er sich an dem rauen Felsen festklammerte, verrutschte einer seiner Handschuhe. Nicht sehr weit, und auch nur für einen ganz kurzen Moment, sodass Mogens nur einen einzelnen Blick darunter werfen konnte.

Doch das war schon eindeutig mehr, als er eigentlich wollte.

Er konnte nicht einmal genau sagen, was er sah. Keine Haut, und ganz sicher auch kein menschliches Fleisch. Der schwarze Handschuh rollte ein Stück nach oben, wie eine Wurstpelle, die man nach dem Kochen abzieht, und darunter kam etwas Weißes, Wimmelndes zum Vorschein, wie Bündel glänzender, ineinander gedrehter, pulsierender Nervenfäden.

Bevor Mogens genauer hinsehen konnte, verschwand Graves' Hand in der Tiefe, und er war allein.

Sein Herz jagte. Nachdem Graves fort war, hatte er nur noch eine einzige Lampe, die eigentlich ausreichen sollte, den kleinen Raum hinlänglich zu erhellen, es aber einfach nicht tat. Die Dunkelheit stürmte aus allen Richtungen zugleich auf ihn ein und nahm ihm nicht nur die Sicht, sondern in zunehmendem Maße auch den Atem.

»Komm, Mogens!« Graves' Stimme drang so hohl und verzerrt wie aus einem unendlich tiefen, hallenden Schacht zu ihm herauf, von den Echos zu etwas gemacht, das seiner Furcht noch zusätzliche Nahrung gab. »Tom hat Recht. Hier unten wird es leichter. Bring sein Gewehr mit!«

Mogens nahm mit spitzen Fingern die Büchse von der Wand und reichte sie Graves in die Tiefe hinab, bevor er sich ebenfalls auf Hände und Knie sinken ließ und dann rücklings in den Schacht zu klettern begann. Er rechnete damit, dass Tom oder Graves ihm halfen, wie sie es bei Miss Preussler getan hatten, aber deren Stimmen entfernten sich eher unter ihm, und eingedenk der unheimlichen, Übelkeit erregenden Geometrie dieses Schachtes, die er vorhin gesehen hatte, wagte er es nicht, nach unten zu blicken, sondern kletterte Hand über Hand und mit fest zusammengepressten Augenlidern, bis er endlich wieder festen, wenn auch leicht abschüssigen Boden unter den Füßen spürte.

»Gib acht, Mogens«, sagte Graves' Stimme hinter ihm. »Pass auf deinen ...«

Mogens drehte sich mit immer noch geschlossenen Augen herum, richtete sich mit einem erleichterten Seufzen auf und knallte so hart mit dem Schädel gegen den Fels, dass er Sterne sah.

»... Kopf auf«, schloss Graves. Mogens war sicher, sich den schadenfrohen Unterton in seiner Stimme nicht nur einzubilden.

Stöhnend hob er die Hand an den Kopf, fuhr sich mit den gespreizten Fingern durch das Haar und spürte zu seiner eigenen Überraschung zwar kein Blut, dafür aber einen so heftig pochenden Schmerz, dass ihm übel wurde.

»Mach dir nichts draus«, sagte Graves fröhlich. »Das ist uns allen passiert.«

Mogens konnte nicht wirklich erkennen, was daran so komisch sein sollte, doch dann öffnete er endlich die Augen, blickte in Graves' grinsendes Gesicht und legte dann den Kopf in den Nacken. Verblüfft riss er die Augen auf.

»Habe ich Ihnen schon gesagt, dass Sie ein unmöglicher Mensch sind, Doktor Graves?«, fragte Miss Preussler.

»Mehrmals, meine Liebe«, antwortete Graves. »Mehrmals.«

Mogens hörte kaum hin, denn was er sah, das war so verblüffend und unmöglich zugleich, dass er selbst den pochenden Schmerz unter seiner Schädeldecke für einen Moment einfach vergaß. Der Gang, in dem sie sich befanden, bestand aus dem gleichen glänzend schwarzen Gestein wie der Raum hinter dem Tor, und seine Decke befand sich mindestens zwei Meter über ihren Köpfen. Aber als er den Arm ausstreckte, stießen seine Finger fast unmittelbar auf harten Widerstand.

»Aber das ist doch... unmöglich«, murmelte er. Es war nicht so, dass er auf ein *unsichtbares* Hindernis gestoßen wäre, nein, er konnte sehen, wie seine Fingerspitzen den Fels zwei

Meter über seinem Kopf berührten, obwohl er den Arm noch nicht einmal halb ausgestreckt hatte!

»Interessant?«, fragte Graves. Seine Stimme war von einem absurden Stolz erfüllt.

»Ich finde es eher erschreckend«, sagte Miss Preussler. »Mit diesem Ort stimmt etwas nicht.«

»Ich denke eher, dass mit unseren *Sinnen* etwas nicht stimmt«, antwortete Graves.

»Vielleicht mit den Ihren, Doktor«, versetzte Miss Preussler spitz.

»Nein, nein«, beharrte Graves. »Ich meine das ernst, meine Liebe. Mit diesem Ort ist alles in Ordnung. Ich vermute, dass unsere unzulänglichen menschlichen Sinne mit seiner Geometrie nichts anfangen können.«

»Was für ein fürchterlicher Unsinn!«, sagte Miss Preussler.

Graves schüttelte lächelnd den Kopf. »Ganz wie Sie meinen«, sagte er. »Aber bis wir eine bessere Erklärung gefunden haben, sollten wir uns dennoch darauf einigen, unseren Sinnen nicht mehr vollkommen zu vertrauen.«

Mogens folgte dem albernen Disput der beiden nur mit halbem Ohr. Gerade nach dem, was er vorhin mit eigenen Augen gesehen hatte, tendierte er stark dazu, Graves Recht zu geben. Er verstand nur nicht, wie Graves das Kunststück fertig brachte, etwas so ganz und gar Unvorstellbares mit einer solchen Gelassenheit auszusprechen. Zögernd hob er noch einmal den Arm und registrierte mit kein bisschen weniger Verblüffung als beim ersten Mal, wie seine Fingerspitzen gegen rauen Widerstand stießen, obwohl er keinerlei perspektivische Verzerrung oder irgendeinen anderen Hinweis auf eine optische Täuschung gleich welcher Art erkennen konnte. Es war ein zutiefst verstörender Anblick.

»Aus diesem Grund wollt ich auch kein Seil benutzen«, sagte Tom. »Ich war nicht ganz sicher, woran ich es festbinden sollte.«

»Also hast du dich lieber auf das verlassen, was dir dein Tastsinn verraten hat«, fügte Graves mit einem anerkennenden Nicken hinzu. »Das war sehr klug von dir, Tom.«

Tom lächelte geschmeichelt, und auch Mogens musste die Voraussicht des Jungen anerkennen; zugleich aber war an dem, was er gesagt hatte, zwar nichts auszusetzen, aber irgendetwas, was ihn störte.

»Gehen wir weiter«, schlug Graves vor. »Vorsichtig.«

Er selbst ging – wortwörtlich – mit gutem Beispiel voran, denn er wandte sich zwar um und ging mit festen, ruhigen Schritten los, hielt aber die linke Hand mit dem Gewehr sichernd vor und ein Stück über den Gesicht, die andere, die die Lampe hielt, weit nach vorne ausgestreckt, wie ein Blinder, der sich behutsam in einem ihm vollkommen unbekanntes Zimmer vorantastete. Zugleich *ging* er eigentlich nicht im klassischen Sinne, sondern ließ die Füße vor sich über den Boden schleifen, als misstraue er auch der Festigkeit des scheinbar massiven Felsens. Es sah einigermaßen albern aus, aber schon nach wenigen Schritten sah Mogens den Sinn dieser übertrieben erscheinenden Vorsichtsmaßnahme ein. Graves' tastend vorgestreckte Hand prallte so unsanft gegen einen Felsvorsprung, der noch meterweit entfernt schien, dass die Lampe scheppernd hin und her schaukelte und für einen Moment zu erlöschen drohte. Nur einen Moment später stolperte er über eine Unebenheit im Boden, die Mogens einen Lidschlag zuvor noch nicht einmal *gesehen* hatte, und auch ihm und den beiden anderen erging es nicht viel besser. Trotz aller Vorsicht stießen sie sich mehrmals hart und schmerzhaft an Felsen, die sie regelrecht anzuspringen schienen, und einmal wäre Mogens fast gestürzt, als er sich auf einem Vorsprung abzustützen versuchte, der ungleich weiter entfernt war, als es aussah.

Sie tasteten sich auf diese Weise ein gehöriges Stück weit durch den unheimlichen Gang, dann verschwand Graves plötzlich hinter einem Knick, der eigentlich noch mindestens fünfundzwanzig oder dreißig Schritte weit entfernt sein sollte, und als Mogens ihm mit klopfendem Herzen folgte, weitete sich der Stollen zu einer großen, unregelmäßig geformten Höhle, in der sich das Licht ihrer Laternen verlor, ohne auf Widerstand zu stoßen.

»Und jetzt?«, fragte Graves.

Die Frage galt Miss Preussler, die dicht hinter Mogens aus dem unheimlichen Stollen heraustrat und hörbar erleichtert aufatmete. Dennoch konnte sie Graves' Frage nur mit einem hilflosen Schulterzucken beantworten und mit einem ebenso irritierten wie angsterfüllten Blick in die Runde. »Ich bin nicht sicher«, sagte sie zögernd. »Aber ich glaube nicht, dass wir hier entlanggekommen sind. Jedenfalls erinnere ich mich nicht.«

Graves wirkte ein bisschen verärgert, gab sich aber redliche Mühe, sich nichts davon anmerken zu lassen, hob seine Laterne und streckte vorsichtig die Hand nach einem fast mannshohen Stalagmiten aus, der gute zehn Schritte entfernt in ihrem Licht auftauchte. Seine Finger griffen ins Leere. Graves nickte, als wäre er mit dem, was er gerade erlebte, äußerst zufrieden, ging, auf die gleiche, übervorsichtige Weise wie bisher auch, auf den emporgereckten Zeigefinger aus schwarzem Stein zu und berührte ihn flüchtig. Mogens sah, wie sich seine Lippen lautlos bewegten, als er zurückkam. Vermutlich zählte er seine Schritte.

»Ich glaube, es ist vorbei«, sagte er. »Hier scheint wieder alles normal zu sein. Aber wir sollten uns trotzdem in Acht nehmen.«

»Das ist nicht der richtige Weg«, sagte Miss Preussler.

»Gerade sagten Sie noch, Sie wüssten nicht, ob Sie schon einmal hier waren oder nicht«, sagte Graves.

»Ich könnte mich bestimmt …«, begann Miss Preussler, wurde diesmal aber sofort und in leicht schärferem Ton von Graves unterbrochen.

»Miss Preussler, ich bitte Sie!«, sagte er. »Sie haben es selbst gesagt – Sie haben ein paar Mal das Bewusstsein verloren, und Sie waren vermutlich – mit Verlaub – ein wenig aufgeregt.«

»Warum sagen Sie nicht hysterisch, wenn Sie es schon meinen?«, fragte Miss Preussler schnippisch.

»Weil ich es nicht gemeint habe«, erwiderte Graves. Er seufzte. »Miss Preussler, ich habe es längst aufgegeben, Ihnen irgendetwas vormachen zu wollen. Sie sind gegen meinen erklärten Willen hier, und ich habe Ihnen gesagt, dass wir vielleicht nicht in der Lage sein würden, Rücksicht auf Sie zu nehmen; so wenig wie auf irgendeinen von uns. Also lassen Sie es dabei, dass ich Ihren Einwand zur Kenntnis genommen habe. Vielleicht ist das der Weg, den Sie genommen haben, vielleicht auch nicht. Es mag durchaus mehr als einen Weg nach unten geben.«

Auch in diesem Punkt gab ihm Mogens im Stillen Recht, und auch in diesem Punkt schürten Graves' Worte sein Unbehagen nur noch. Er fragte sich, was genau Graves unter *unten* verstand.

Als hätte sie seine Gedanken gelesen, antwortete Miss Preussler: »Sie wissen nicht, was dort unten auf uns wartet, Doktor Graves!«

»Nein«, bekannte Graves ungerührt. »Aber ich denke, dass wir es herausfinden, wenn wir weitergehen.« Er schüttelte – heftiger – den Kopf, um Miss Preusslers Widerspruch im Keim zu ersticken. »Es ist zu spät, umzukehren«, sagte er, und wie um seinen Worten zusätzliches Gewicht zu verleihen, fuhr er auf dem Absatz herum und stürmte die nächsten Schritte regelrecht dahin, bevor seine Vernunft wieder die Oberhand gewann und er ein etwas gemäßigteres Tempo einschlug, sodass sie zu ihm aufschließen konnten.

Mogens konnte hinterher nicht sagen, wie lange sie durch diese fast vollkommene Dunkelheit gegangen waren, an deren Rand nur dann und wann ein verschwommener Schatten auftauchte – ein scharfkantiger Dolch aus schwarzer Lava oder Obsidian, der sich trotzig dem unsichtbaren steinernen Himmel über ihren Köpfen entgegenreckte; ein gedrungener Umriss wie ein versteinerter Gnom, der darüber wachte, dass sie nicht vom Weg abkamen – einmal auch ein fast schon filigranes Gespinst, das eher an eine Koralle als an harten Fels erinnerte –, aber vermutlich war es nicht einmal sehr lange. Und obwohl diese Umgebung mit ihrer Dunkelheit, ihren bizarren steinernen Wächtern und den lang anhaltenden, aufs Unheimlichste gebrochenen und verzerrten Echos, die aus der Dunkelheit zu ihnen zurückkehrten, alles hatte, selbst das Herz eines tapferen Mannes mit Furcht zu erfüllen, atmete er ganz im Gegenteil innerlich eher auf. Hier unten mochte es unheimlich sein – Mogens konnte nicht einmal die Möglichkeit von der Hand weisen, dass es hier durchaus ernst zu nehmende Gefahren gab, in der Dunkelheit verborgen auf sie lauerten oder in deren Rachen sie geradewegs hineinmarschierten, ohne es zu ahnen –, und doch war es trotz allem eine vertraute Welt, eine vertraute Angst, nicht dieses grässliche, die Sinne verdrehende Schattenreich, durch das sie am Anfang gekommen waren. Mogens versuchte fast verzweifelt, eine logische Erklärung für diesen unheimlichen Effekt zu finden, und er hatte auch Erfolg damit: Vielleicht war der Treppenschacht mit einem unsichtbaren und geruchlosen Gas gefüllt gewesen, das ihre Wahrnehmungen verzerrte, vielleicht gab es dort eine Anomalie in der Schwerkraft oder einem der anderen Naturgesetze, denen die menschlichen Sinne unterliegen, ohne dass man es im Allgemeinen spürt. Ihm fielen noch mehr, mindestens genauso überzeugende Erklärungen ein – und doch spürte er zugleich, dass keine von ihnen der Wahrheit auch nur nahe kam.

Endlich verlor sich der zitternde Lichtstrahl vor ihnen nicht mehr in der Dunkelheit, sondern traf auf Widerstand. Noch ein Dutzend Schritte, und sie standen vor einer Felswand, in der sich nicht einmal ein handbreiter Riss zeigte, geschweige denn ein Durchgang.

»Und jetzt, meine liebe Miss Preussler?«, fragte Graves.

»Ich sagte doch, dass ich nichts …«, begann sie.

»Sagen Sie eine Richtung«, fiel ihr Graves ins Wort.

»Also gut. Rechts.«

»Gut«, sagte Graves und wandte sich nach links. »Spüren Sie den Luftzug, meine Liebe?«, fragte er, während er bereits losmarschierte, ohne sich auch nur mit einem Blick zu vergewissern, ob sie ihm folgten oder nicht. »Diesen leichten Salzwassergeruch? Ich würde doch vorschlagen, dass wir in seine Richtung gehen, statt uns von ihm zu entfernen.«

Mogens warf Miss Preussler einen fast flehenden Blick zu, nicht darauf zu antworten, und sie schluckte zu seiner Erleichterung auch alles herunter, was ihr dazu sichtbar auf der Zunge lag. Graves' plötzliche Streitlust verwirrte ihn, aber vielleicht war das auch nur seine Art, mit der Nervosität fertig zu werden.

Davon abgesehen hatte er Recht. Der Luftzug wurde allmählich stärker, und auch der Salzwassergeruch nahm spürbar zu. Sie legten vielleicht noch zwei Dutzend Schritte zurück, bevor Graves wieder langsamer wurde und schließlich stehen blieb.

»Das Licht«, sagte er. »Löscht eure Lampen.«

Mogens war nicht wohl dabei, und er sagte es auch. »Und was, wenn diese Bestien irgendwo hier auf uns lauern?«

»Dann locken wir sie mit unseren Lichtern allerhöchstens an«, antwortete Graves. »Darüber hinaus bin ich davon überzeugt, dass sie im Moment anderweitig beschäftigt sind.«

»Darf ich auch fragen, womit?«

»Sicher dürfen Sie das, mein lieber Professor«, antwortete Graves ironisch und löschte seine Laterne.

Mogens tat es ihm gleich und verbiss es sich, noch einmal nachzuhaken. Irgendwie war ihm Graves beinahe sympathischer gewesen, als er sich noch wortkarg und hochnäsig gegeben hatte. Nachdem auch Tom und Miss Preussler ihre Laternen gelöscht hatten, wurde es für einen Moment dunkel, allerdings wirklich nicht für sehr lange. Schon nach zwei oder drei Sekunden begann Graves' Gestalt als zerfaserter Schemen wieder vor ihm aus der Dunkelheit aufzutauchen, eingefasst von einem blassgrünen, seltsam unwirklichen Schein. Zögernd ging er weiter und blieb unmittelbar neben Graves wieder stehen. Nur ein paar Schritte vor ihnen gähnte ein kaum meterhoher, aber mehr als zehnmal so breiter Spalt in der Felswand, bei dessen Anblick Mogens unwillkürlich an das grinsende Maul eines Drachen denken musste. In dem mattgrünen Schein dahinter schien sich etwas zu bewegen, aber Mogens konnte nicht sagen, was.

»Du warst schon einmal hier unten«, vermutete er.

»Keineswegs«, antwortete Graves. »Aber es ist eine einfache logische Schlussfolgerung, dass es hier unten Licht geben muss. Diese Kreaturen mögen sehr empfindliche Augen haben, aber sie *haben* Augen. Würden sie in absoluter Dunkelheit leben, bräuchten sie die nicht.«

Er ging weiter. Unendlich behutsam – und mit einer Bewegung, aus der deutlich mehr Furcht sprach, als ihm vermutlich selbst bewusst war – ließ er sich vor dem Spalt in die Hocke sinken and spähte hindurch. »Alles ruhig«, sagte er. »Ihr könnt kommen.«

Er wartete ihre Reaktion auch diesmal nicht ab, sondern bückte sich mit einer unerwartet raschen Bewegung unter dem überhängenden Felsen hindurch und richtete sich drüben wieder auf. Die Barriere war nicht besonders dick – weniger als einen halben Meter, schätzte Mogens –, sodass er eigentlich weiter hätte sichtbar bleiben müssen. Seine Gestalt schien sich jedoch in dem blassgrünen Schein auf der anderen Seite einfach aufzulösen, wie die eines Schwimmers, der in ein Becken mit vollkommen veralgtem Wasser tauchte.

»Jonathan?«, fragte Mogens alarmiert.

Er bekam keine Antwort, sodass er sich dicht vor dem Spalt in die Hocke sinken ließ und konzentriert hindurchspähte. Er glaubte einen Schatten zu erkennen, war aber nicht sicher.

»Graves?«, fragte er noch einmal, und jetzt gab er sich gar keine Mühe mehr, den besorgten Ton in seiner Stimme zu unterdrücken.

Etwas scharrte, und dann hörte er Graves' halb erstickte, qualvolle Stimme: »Mogens – in Gottes Namen, hilf mir!«

Mogens bückte sich hastig unter dem Fels hindurch und sprang auf der anderen Seite so hastig wieder auf, dass er sich abermals den Schädel anschlug und die Bewegung nicht zu Ende führte, sondern mit zusammengebissenen Zähnen gleich wieder auf die Knie sank.

»Ich wusste, dass es funktioniert«, sagte Graves feixend. »In dir steckt eben doch ein guter Kerl.«

Mogens musste die finsteren Blicke nicht spielen, mit denen er Graves maß, während er aufstand und sich zugleich den schmerzenden Schädel rieb. »Ich spare es mir, dir zu sagen, was in dir steckt, meiner Meinung nach.«

»Sehr vernünftig«, antwortete Graves. Dann erlosch sein Grinsen wie abgeschaltet. »Pass auf, Mogens. Wir können uns keine Verletzungen leisten.«

Mogens vergaß alles, was er Graves hatte sagen wollte, als er sich aufrichtete und sein Blick an ihm vorbei fiel.

Hinter und unter Graves erstrecke sich eine gewaltige Höhle, deren Dimensionen nicht nur seine Vorstellungskraft sprengten, sondern auch schlichtweg seine Sinne überforderten. Er war nicht einmal sicher, ob es sich tatsächlich noch um eine Höhle handelte oder nicht vielmehr um etwas, wofür man eigentlich ein eigenes Wort hätte erfinden müssen.

Der Raum war schlichtweg gigantisch. Der höchste Punkt des gewaltigen, steinernen Firmaments musste sich eine viertel Meile, wenn nicht mehr, über ihren Köpfen befinden, und seine Ausdehnung wagte Mogens nicht einmal zu schätzen. Die Entfernung zwischen hier und dem gegenüberliegenden Ende des gewaltigen Felsendomes betrug sicherlich eine Meile, wenn nicht gar ein Mehrfaches. Und diese riesige, tief unter der Erde gelegenen Kammer – aber so tief konnte sie nicht sein, flüsterte eine leise, beruhigte Stimme irgendwo in Mogens' Hinterkopf; sie waren ein gutes Stück nach unten geklettert und auch der Schattengang und die anschließende Höhle hatten sie weiter abwärts geführt, aber nicht *so* weit – war nicht leer.

Unter ihnen erstreckte sich die bizarrste Stadt, die Mogens jemals gesehen hatte.

Im allerersten Moment hätte er nicht einmal sagen können, ob es sich tatsächlich um eine *Stadt* handelte, oder nur eine willkürliche Ansammlung sonderbar geometrischer Felsformen und -formationen, die sein wissenschaftlicher Verstand nur als eine solche deutete, um wenigstens den Anschein von Ordnung in das unvorstellbare Chaos dort unten zu bringen. Da waren riesige, bizarr verformte Gebilde, die aussahen wie lebende Dinge, die vielleicht einmal hatten Häuser werden wollen, aber auf halbem Wege dorthin zu sonderbar organischer Form erstarrt waren. Es gab Linien und Parallelen, die sich auf vollkommen unmögliche Weise bogen, verzerrten und schnitten, an Stellen endeten, wo sie es nicht hätten tun dürfen, oder sich in Winkeln berührten, die vollkommen unmöglich waren. Ein Großteil dieser bizarren Bauwerke schien zerstört und halb verfallen – auch wenn dies angesichts der vollkommen absurden Geometrie nur sehr schwer einzuschätzen war –, anderes machte den Eindruck, niemals wirklich zu Ende gebaut worden zu sein. Das Allerschlimmste aber war, dass Mogens trotz aller dieser Fremdartigkeit, trotz der Übelkeit erregenden, nicht-euklidischen Geometrie, die ihr zugrunde lag, etwas auf schreckliche Weise *Vertrautes* in der Anlage dieser Stadt zu erkennen glaubte.

»Nun?«, flüsterte Graves neben ihm. »Habe ich dir zu viel versprochen, Mogens?«

Mogens konnte nicht antworten. Er konnte nicht einmal nicken. Obwohl ihn der Anblick dieser monströsen unterirdischen Stadt so sehr entsetzte wie selten etwas zuvor im Leben, obwohl ihr bloßes Dasein irgendetwas in ihm zu verletzen schien, sodass er sich wie ein getretener Wurm zu krümmen begann und lautlose Schmerzensschreie ausstieß, obwohl dieses grässliche Bild schlicht und einfach seine Menschlichkeit beleidigte, war es ihm zugleich auch unmöglich, sich seiner morbiden Faszination zu entziehen oder auch nur den Blick zu wenden. Er hörte, wie Tom hinter ihm durch den Felsspalt gekrochen kam und erschrocken die Luft ausstieß, als er des unglaublichen Anblicks gewärtig wurde, aber er war nicht imstande, auch nur irgendwie darauf zu reagieren. Das schreckliche Bild brannte sich wie Säure in seine Gedanken, und das Entsetzen, mit dem es ihn erfüllte, begann allmählich die Qualität eines echten, körperlichen Schmerzes anzunehmen und hielt ihn dennoch zugleich mit eiserner Kraft gefangen.

Erst, als Graves ihn am Arm berührte und ihm einen auffordernden Blick zuwarf, schrak er aus seiner Erstarrung hoch und drehte sich hastig herum. Hinter ihnen kroch als letzte nun auch Miss Preussler durch den Spalt im Fels, hatte aber sichtbare Schwierigkeiten, ihre Körpermasse durch die schmale Öffnung zu quetschen. Mogens und Graves taten ihr Möglichstes, um ihr behilflich zu sein, und es gelang ihnen auch, sie ins Freie zu ziehen, ohne dass sie sich mehr als ein paar harmlose Schrammen einhandelte – und vermutlich ein paar nicht ganz so harmlose in ihrem Stolz. Statt sich bei ihnen zu bedanken, schenkte sie jedenfalls zuerst Graves und dann auch Mogens einen vernichtenden Blick, warf mit einem Ruck den Kopf in den Nacken und drehte sich dann abrupt weg.

»Wenigstens wissen wir jetzt, dass Miss Preussler nicht auf *diesem* Weg hier herunter gekommen sein kann«, sagte Graves amüsiert.

Mogens war ziemlich sicher, dass Miss Preussler die Worte gehört hatte – und es auch sollte –, und sie setzte auch sofort zu einer entsprechenden Antwort an. Alles, was sie jedoch hören ließ, war ein entsetztes Keuchen. Dann schlug sie die Hand vor den Mund. Trotz der unheimlichen, grünen Beleuchtung konnte Mogens erkennen, wie alle Farbe aus ihrem Gesicht wich und ihre Augen vor Entsetzen dunkel wurden.

»Großer Gott«, stammelte sie. »Was ist das?«

Graves legte den Kopf auf die Seite. Seine Augen wurden schmal. »Sagten Sie nicht, Sie wären schon einmal hier unten gewesen?«, fragte er misstrauisch.

»Nicht…« Miss Preussler warf einen fast Hilfe suchenden Blick in Mogens' Richtung, dann drehte sie sich wie magisch angezogen wieder herum. »Ich meine… nicht hier. Ich habe es nicht…« Ihre Stimme versagte.

»Sie haben es noch nie zur Gänze gesehen, nicht wahr?«, fragte Mogens.

»Ich war… in… in einem Haus«, stammelte Miss Preussler. »Einer *Art* Haus. Ich meine… ich dachte, es…«

»Schon gut«, sagte Mogens, als ihre Stimme ihr endgültig den Dienst verweigerte. Miss Preussler nickte hilflos. Mogens warf Graves, der schon wieder zu einer spitzen Bemerkung ansetzte, einen so vernichtenden Blick zu, dass er es nicht wagte, auch nur ein einziges Wort zu sagen.

»Was ist das, Professor?«, wimmerte Miss Preussler. »Bitte, sagen Sie mir, was das hier ist!«

Wie gern hätte Mogens ihr diese Frage beantwortet. Wie gern hätte er sie *sich selbst* beantwortet. Doch alles, was er zustande brachte, war ein hilfloses Kopfschütteln. Selbst der unermüdlich um eine rationale Erklärung bemühte Teil in ihm, den er bisher niemals – außer bei einer einzigen, schrecklichen Gelegenheit vor vielen Jahren – wirklich zum Schweigen hatte bringen können, war nun verstummt. Er fühlte sich leer. Erschlagen von der Größe und bizarren Fremdartigkeit dieser unterirdischen Stadt.

Und doch – wie schon einmal – spürte er etwas auf schreckliche Weise Vertrautes an diesem unvertrauten Anblick.

»Ist das… so etwas wie ihre Stadt?«, fragte er, ohne ihn anzusehen, aber an Graves gewandt.

»Ich bin nicht sicher«, antwortete Graves. »Ich meine: Ich habe nicht angenommen, dass sie in Erdlöchern oder Höhlen hausen. Dazu erschienen sie mir trotz allem zu zivilisiert, und ihre Physiologie zu weit entwickelt. Aber das…« Er schüttelte erneut den Kopf und sah plötzlich ebenso hilflos aus, wie Mogens sich fühlte. »Ich weiß es nicht«, gestand er.

»Woher kommt das Licht?«, fragte Tom. Mogens sah ihn fast hilflos an, doch Graves hatte bereits eine Antwort parat – für Mogens' Geschmack beinahe eine Spur zu schnell, obgleich er zugeben musste, dass sie durchaus einleuchtend klang.

»Seht ihr diese leuchtenden Flecken, überall auf den Felsen und unter der Decke?«, fragte er mit einer entsprechenden Geste. Nicht nur Toms, sondern auch Mogens' Blicke folgten der Bewegung. Tatsächlich erkannten sie überall auf dem Stein – hier und da selbst auf dem Boden – große, unregelmäßig geformte Flecken, achtlos eingestreute Fetzen aus grünem Segeltuch gleich, die eben jenes blassgrüne Licht ausstrahlten, das den gesamten riesigen Raum erfüllte. Das Schimmern der einzelnen Flecken war kaum zu bemerken, in seiner Gesamtheit war diese sonderbare Schein jedoch fast so hell wie der Vollmond in einer wolkenlosen Nacht.

»Ich nehme an, es handelt sich um leuchtende Pilze oder anderweitige unbekannte Organismen, die aus sich heraus leuchten.«

»Und das nennen Sie *nicht* das Werk des Teufels?«, fragte Miss Preussler. In Graves' Augen blitzte es schon wieder verärgert auf, doch Mogens warf ihm einen raschen, mahnenden Blick zu. Miss Preussler hatte den Schock, der dieser Anblick für sie bedeuten musste, noch lange nicht überwunden. Ebenso, wie er sich in Momenten wie diesem fast verzweifelt an seinen wissenschaftlichen Verstand und seine Logik klammerte, war es für sie ihr unerschütterlicher Glaube, an dem sie sich nun festhielt, um nicht vollends den Halt in der Wirklichkeit zu verlieren. Auch Graves schien das wohl im allerletzten Moment zu begreifen, denn er verzichtete auf eine seiner üblichen, boshaften Spitzen, sondern antwortete ganz im Gegenteil in sachlichem, nur erklärendem Tonfall.

»So etwas ist nicht ungewöhnlich, meine Liebe«, sagte er. »Der Wissenschaft sind zahlreiche Lebensformen bekannt, die Licht erzeugen. Haben Sie etwa noch nie ein Glühwürmchen gesehen?«

»Selbstverständlich«, antwortete Miss Preussler. »Aber das ist doch wohl ein Unterschied!«

»Wieso?«, fragte Graves. Er schüttelte den Kopf. »Im Prinzip ist es genau dasselbe. Wenn Sie mir nicht glauben, dann fragen Sie Mogens. Er wird Ihnen bestätigen, dass so etwas gar nicht so ungewöhnlich ist. Es gibt Tiefseefische, die regelrechte Laternen vor sich her tragen, um Beute damit anzulocken, und zahlreiche Pflanzen, die dasselbe tun, um Insekten anzuziehen, die sie bestäuben. Das hier«, er deutete wahllos auf den nächstbesten mattgrün leuchtenden Flecken, »ist im Grunde nichts anderes. Erstaunlich und bisher sicherlich unbekannt, aber kein Wunder. Und auch kein Teufelswerk.«

Mogens hatte nicht den Eindruck, dass sich Miss Preussler mit diese Erklärung wirklich zufrieden gab, aber sie widersprach auch nicht, sondern warf ihm nur einen neuerlichen, Beistand heischenden Blick zu und schien ein wenig verletzt zu sein, als er nicht in der erhofften Form darauf reagierte. Schließlich machte sie eine beinahe schon trotzig wirkende Handbewegung in die Höhle hinab. »Und gleich wollen Sie mir erzählen, dass das dort unten alles Menschenwerk ist.«

»Keineswegs«, sagte Graves. Er schüttelte traurig den Kopf und schien noch mehr sagen zu wollen, dann aber stockte er und sah Miss Preussler auf eine Art an, die auch Mogens dazu bewog, ihr noch einmal und aufmerksamer ins Gesicht zu blicken.

Er hatte ganz automatisch angenommen, dass sich ihre Frage auf die monströse Stadt dort unten bezog, aber nun, als er sie aufmerksamer ansah, wurde ihm klar, dass das nicht stimmte. Sie sah zwar in die entsprechende Richtung, aber ihr Blick – und vor allem das Entsetzen, das er darin gewahrte – galt nicht den bizarren Häusern und Ruinen. Vielmehr starrte sie die schräg abfallende Böschung vor ihnen an, die mit Millionen spitzer, heller Steintrümmer übersät war. Und das war der zweite Irrtum, dem Mogens erlegen war.

Was er für Stein gehalten hatte, waren Knochen. Schädel, Rippen, Becken, Ellen und Speichen, Oberschenkel- und Schienbeinknochen, Hand- und Fußknöchelchen, Wirbel und Jochbeine, Schulterblätter und Kniescheiben.

Es waren Gebeine. Millionen von menschlichen Gebeinen.

Er hatte der Versuchung widerstanden, seine Taschenuhr zu ziehen und einen Blick darauf zu werfen – was ihm nicht schwer gefallen war, denn Mogens hatte all sein Geschick und all seine Kraft benötigt, um auf dem schrecklichen Untergrund aus nur lose aufeinander liegenden Knochen sein Gleichgewicht zu wahren – aber er schätzte, dass sie eine gute halbe Stunde benötigt hatten, um den Fuß des furchtbaren Knochenberges zu erreichen. Auch dort wurde es nicht wirklich besser. Der Boden war hier zwar nicht mit einer fast meterdicken Schicht aus menschlichen Gebeinen und Knochensplittern übersät, aber der groteske Gletscher war nicht stabil. Selbst unter ihren vorsichtigen Schritten hatten sich immer wieder kleine, grässliche Lawinen aus sich überschlagenden Totenschädeln und hochgewirbelten Armen und Beinen gelöst, die ihnen spöttisch zuzuwinken schienen, und selbst auf einer Entfernung von gut fünfzig Schritt vom Fuß des Hanges entfernt stießen sie überall auf menschliche Überreste. Die meisten davon waren so vermodert und alt, dass man ihre Natur nur noch erahnen konnte – und selbst das nur, wenn man wusste, worum es sich handelte –, aber dieses Erahnen war schon deutlich mehr, als Mogens wollte. Noch vor gar nicht langer Zeit, als sie oben hinter dem Felsspalt gestanden und sich bereit gemacht hatten, hier herunterzuklettern, hatte er sich Sorgen gemacht, ob Miss Preussler dem wachsenden psychischen Druck Stand halten würde. Jetzt war er sich nicht mehr sicher, ob er selbst es schaffen würde.

Mogens war – während seiner Studienzeit, aber auch davor, denn die Faszination für alte Kulturen und untergegangene Reiche hatte ihn von Kindesbeinen an begleitet – in mehr als einem Grab gewesen, und er hatte vermutlich öfter in einen grinsenden Totenschädel geblickt als die meisten der Studenten, die er in den letzten Jahren unterrichtet hatte, in ihren Büchern. Hätte man ihm noch gestern prophezeit, dass ihm beim Anblick eines Grabes die Angst die Kehle zuschnüren würde, hätte er laut darüber gelacht.

Aber das hier war kein gewöhnliches Grab.

Mogens fragte sich vergeblich, die Spuren wie vieler Jahrhunderte unter ihren Füßen zu Staub zerfallen waren. Der kleine Friedhof, hinter dem Graves' Lager lag, war kaum hundert Jahre alt, und die Stadt, deren Menschen ihre Toten dort beigesetzt hatten, nicht einmal annähernd groß genug, als dass es ausschließlich die Gebeine ihrer verstorbenen Bewohner sein konnten. Selbst wenn es vorher an der gleichen Stelle ein Heiligtum der Ureinwohner gegeben hatte, vielleicht einen Friedhof der Indianer, die hier gelebt hatten, bevor die Weißen kamen und sie von ihrem Land vertrieben, hätten Jahrtausende nicht gereicht, diese ungeheuerliche Anzahl von Knochen zu erklären. Die Ungeheuer mussten ihre Opfer aus weitem Umkreis hierher geschafft haben.

»Dort vorne!« Graves ausgestreckte Hand deutete auf eine niedrige, sonderbar missgestalt wirkende Mauer vielleicht ein Dutzend Schritte entfernt, die man für eine willkürlich erstarrte Masse aus Lava hätte halten können, hätte es darin nicht eine Tür und mehrere Fensteröffnungen gegeben, die ganz eindeutig künstlichen Ursprungs waren.

Sie hatten eine ganze Weile beratschlagt, wie sie weiter vorgehen sollten. Selbst Graves hatte für einen winzigen, aber spürbaren Moment gezögert, als Mogens vorschlug, umzukehren und zu einem späteren Zeitpunkt und besser vorbereitet wieder zu kommen, sich dann aber nicht einmal die Mühe gemacht, darauf zu antworten. Mogens hatte diesen Vorschlag auch nicht wirklich ernst gemeint. Was er oben in der Tempelkammer gesehen hatte, hatte ihm klar gemacht, dass es möglicherweise kein Später mehr geben würde. Der Raum musste unter der geringsten neuerlichen Erschütterung zusammenbrechen, und eine solche würde unweigerlich kommen, wenn man die geografische Lage der Ausgrabungsstätte berücksichtigte. Er hatte einfach das Gefühl gehabt, es sich selbst schuldig zu sein, diesen Vorschlag zumindest gemacht zu haben, aber er wäre vermutlich eher entsetzt gewesen, hätte Graves ihn angenommen.

So blieb ihnen kein anderer Weg als der, den sie schließlich aufgenommen hatten, so sehr sie auch alle vor der bloßen Vorstellung zurückschreckten, über die Gebeine seit langem Verstorbener zu klettern.

Aber zumindest in einem Punkt war das Schicksal ihnen gnädig gestimmt: Weder von den schrecklichen Ghoulen noch von anderen, womöglich noch furchtbareren Bewohnern, die diese unterirdische verbotene Welt haben mochte, war bis jetzt auch nur eine Spur zu sehen gewesen. Die riesige Höhle lag wie ausgestorben da. Mogens hatte diesen Umstand nicht unbedingt bedauert, aber es beunruhigte ihn trotzdem.

Ein Teil von ihm war sehr froh, bisher keines der schakalköpfigen Ungeheuer zu Gesicht bekommen zu haben, aber ein anderer wollte um jeden Preis wissen, wo sie waren. Dennoch signalisierte er Graves nur mit einem stummen Kopfnicken, dass er verstanden hatte, und machte sich mit schnellen Schritten und leicht geduckt auf den Weg. Ganz flüchtig kam ihm der Gedanke, dass sie sich benahmen wie Krieger, die sich im Schutz der Nacht an eine von Feinden besetzte Festung heranpirschten, aber an dem Gedanken war ganz und gar nichts Komisches.

Er beschleunigte seine Schritte noch ein wenig und schaffte es tatsächlich, an Tom vorbeizuziehen, der zwar kräftig ausschritt, aber unter der Last seines überdimensionalen Rucksacks mittlerweile doch sichtbar in die Knie zu gehen begann. Anders Miss Preussler. Sie bewegte sich scheinbar langsam, aber mit einer gleichmäßigen Beharrlichkeit, die letzten Endes dazu führte, dass es die meiste Zeit *er* war, der mit *ihr* Schritt zu halten versuchte, und nicht umgekehrt. Auch jetzt erreichte Miss Preussler die Wand, auf die Graves gedeutet hatte, ein gutes Stück vor ihm und verschwand ohne zögern hinter dem, was er für eine Tür hielt. Mogens legte noch einmal einen Schritt zu und schaffte es immerhin, sich wenigstens nicht auch noch auf dem letzten Stück von Tom überholen zu lassen.

Vollkommen außer Atem und auf zitternden Knien taumelte er durch die Tür und fand sich in einem kleinen, asymmetrisch geformten und vollkommen leeren Raum wieder, in dem es keine leuchtenden Flecken gab, sodass es hier drinnen fast vollkommen dunkel war.

»Hier müssten wir eigentlich erst einmal sicher sein«, sagte Graves. Auch sein Atem ging schwer, was Mogens wenigstens halbwegs versöhnte. Zumindest war er nicht das einzige Mitglied ihrer kleinen Expedition, dessen Kräfte begrenzt waren. »Wir sollten eine kleine Pause einlegen. Nur ein paar Minuten.«

»Sagten Sie nicht, unsere Zeit… wäre begrenzt?«, fragte Mogens, noch immer mühsam nach Luft ringend.

Tom stürmte herein und rettete Graves so davor, sofort antworten zu müssen. Stattdessen kramte er umständlich unter seiner Tropenjacke, zog eine an einer dünnen goldenen Kette befestigte Taschenuhr hervor und klappte den Deckel auf. Er gewann noch einige weitere Sekunden, indem er mit zusammengekniffenen Augen – vergeblich – versuchte, in dem schwachen Licht hier drinnen die Stellung der Zeiger zu erkennen. Schließlich klappte er den Deckel mit einem enttäuschten Achselzucken wieder zu und steckte die Uhr ein.

»Auf ein paar Minuten kommt es sicher nicht an«, sagte er. »Niemand hat etwas davon, wenn wir blindlings losrennen.«

»Seltsam«, sagte Mogens, »und ich dachte, ganz genau das hätten wir die ganze Zeit über getan.«

Graves' Reaktion bestand nur aus einem eisigen Blick – und einer ungeduldig-befehlenden Geste in Toms Richtung. »Mach Licht, Tom.«

Tom, der erschöpft mit dem Rücken gegen die Wand gesunken war und sichtlich alle Mühe hatte, nicht in die Knie zu brechen, raffte sich zu einem müden Nicken auf und begann ungeschickt an seiner Laterne herumzunesteln. Der Anblick erfüllte Mogens mit einer Mischung aus Ärger und Schrecken. Seit er Tom kennen gelernt hatte, hatte der Junge klaglos und zuverlässig alle Befehle und Anordnungen von Graves ausgeführt, aber nun war mit seinen Kräften sichtlich am Ende.

»Halten Sie das für eine gute Idee?«, fragte er.

»Licht zu machen?« Graves nickte. »Durchaus.«

»Und wenn *sie* es bemerken?«

»Die Ghoule?« Graves sah sich demonstrativ um. Siehst du welche?«

»Nein«, mischte sich nun auch Miss Preussler ein. »Aber *sie* könnten *uns* sehen.«

Graves schüttelte mit einem verächtlichen Lächeln den Kopf. »Kaum«, sagte er. »Glauben Sie mir, meine Liebe – wenn *sie* in der Nähe wären, dann würden wir dieses Gespräch jetzt nicht führen.« Er drehte sich wieder zu Tom herum, und sein Tonfall wurde ungeduldiger. »Was ist mit der Lampe?«

»Sofort, Doktor Graves«, sagte Tom hastig. Er bemühte sich, den Docht in Brand zu setzen, aber seine Bewegungen waren so fahrig, dass er um ein Haar die Lampe umgeworfen hätte. Erst nach dem dritten oder vierten Versuch gelang es ihm. Weißes, nach dem milden grünen Schein, der sie die letzte halbe Stunde begleitet hatte, fast in den Augen schmerzendes Licht erfüllte den Raum und ließ nicht nur Mogens blinzeln.

Er hörte mehr, als er sah, wie sich Graves von seinen Platz an der Wand löste und auf die andere Seite des Zimmers ging. Mogens versuchte, die Tränen wegzublinzeln, die ihm die ungewohnte Helligkeit in die Augen getrieben hatte, erreichte damit aber eher das Gegenteil und fuhr sich schließlich mit dem Handrücken übers Gesicht. Es wurde ein wenig besser, aber nicht viel. Selbst, nachdem seine Augen hinlänglich Zeit gehabt hatten, sich umzustellen, konnte er immer noch nicht mit der gewohnten Schärfe sehen. Licht und Schatten waren zu scharf voneinander getrennt, und alle Linien schienen zusätzliche, harte Konturen bekommen zu haben, die in den Augen schmerzten. Mogens rieb sich noch einmal mit dem Zeigefinger über die Augen, aber es ändert nichts. Vielleicht lag es auch nicht an seine Augen, sondern an diesem seltsamen Raum. Der Effekt erinnerte ihn an das unheimliche Erlebnis, das sie oben im Treppenschacht gehabt hatten, nur, dass er nicht so stark war.

»Nun, Miss Preussler, wo sind jetzt Ihre… Gefangenen?«, fragte Graves. Er stand hoch aufgerichtet vor der gegenüberliegenden Wand und schien interessiert irgendetwas zu betrachten, das Mogens nicht erkennen konnte.

»Ich… ich bin nicht… sicher«, antwortete Miss Preussler zögernd. Auch sie blinzelte in die ungewohnte Helligkeit, aber der unsichere Ausdruck in ihrem Blick war nicht allein darauf zurückzuführen. »Ich glaube, ich war nicht… in diesem Teil der Stadt.«

»Vielleicht nicht einmal in dieser Stadt?«, fragte Mogens ruhig. Er drehte sich dabei nicht zu ihr herum, sondern besah sich weiter scheinbar interessiert die Wand und hob schließlich sogar die Hand, um behutsam mit den Fingerspitzen über den rauen Stein zu fahren. Bevor Miss Preussler antworten konnte, winkte er Mogens mit der anderen zu sich.

»Komm, Mogens. Sieh dir das hier an.«

Mogens löste sich widerwillig von seinen Platz neben der Tür und ging zu ihm. Erst, als er sich der Wand bis auf weniger als zwei Schritte genähert hatte, erkannte er, dass sie nicht so roh und unbearbeitet war, wie es bisher den Anschein gehabt hatte. In den zu bizarren Formen erstarrten Steinen waren Linien und Formen eingeritzt, den primitiven Felszeichnungen ähnlich, die er in der Höhle der Dogon gesehen hatte, nur ungleich grober und ungeschickter. Mogens war nicht einmal ganz sicher, ob es sich tatsächlich um Zeichnungen handelte oder nicht viel mehr nur um eine Laune des Zufalls, die man als solche deuten konnte.

Graves schien es ganz ähnlich zu erklären, denn er fragte: »Was hältst du davon?«

»Das ist nun wirklich nicht mein Fachgebiet«, antwortete Mogens ausweichend.

»Aber du hast doch Augen im Kopf, oder?«, fragte Graves. Sein Zeigefinger fuhr immer noch an den Linien und Umrissen entlang, und Mogens hatte auch jetzt wieder das unheimliche Gefühl, dass sich etwas unter dem schwarzen Leder seiner Handschuhe bewegte; ein schwaches, unrhythmisches Pulsieren, das die in den Stein geritzten Linien ebenfalls zu unheimlicher Bewegung zu erwecken schien.

Statt weiter auf Graves' Frage einzugehen, tat er etwas, wozu er noch vor einer halben Stunde nicht einmal den Mut gehabt hätte. Er trat vollends an Graves' Seite, hob rasch den Arm und ergriff sein Handgelenk. Graves' Augen weiteten sich überrascht. Ganz instinktiv versuchte er sich loszureißen, aber Mogens hielt seine Hand so fest, dass er schon Gewalt hätte anwenden müssen. Für einen Sekundenbruchteil blitzte Wut in seinen Augen auf, aber sie verging, bevor die Situation eskalieren konnte.

»Meinst du nicht, dass es an der Zeit wäre, uns endlich zu erzählen, worum es hier überhaupt geht?«, fragte Mogens. Er hatte Graves' Hand so gepackt, dass seine Finger das schwarze Leder der Handschuhe nicht berührten, aber sein Blick fixierte die unheimlichen Gebilde überdeutlich, und Graves hätte schon blind sein müssen, um nicht zu begreifen, wovon er sprach. Er versuchte noch einmal, sich loszureißen, doch Mogens hielt seinen Arm mit eiserner Kraft fest, und schließlich resignierte Graves. Er nickte Mogens wortlos zu, und endlich ließ dieser seinen Arm los und trat einen halben Schritt zurück.

»Du weißt es wirklich nicht, wie?«, fragte er mit mildem Kopfschütteln. »Seltsam – ich war davon überzeugt, dass du es längst herausgefunden hast.«

»Was?«, fragte Mogens. »Hör endlich auf, in Rätseln zu sprechen.« Seine Stimme klang müde, fast resignierend. Er hatte zornig klingen wollen, aber er konnte nicht mehr.

»Warum, glaubst du«, fuhr Graves fort, »habe ich dich wohl hierher geholt, Mogens?«

Mogens sah ihn nur verständnislos an, doch Graves machte eine auffordernde Geste, und so antwortete er schließlich. »Weil du meine Hilfe benötigst.«

»Deine Hilfe. Ja, sicher.« Aus irgendeinem Grund schien diese Antwort Graves zu amüsieren. »Und wobei?« Er kam Mogens' Antwort zuvor, indem er den Kopf schüttelte und ihm mit einer entsprechenden Bewegung seiner schrecklichen Hände das Wort abschnitt. »Einen fünftausend Jahre alten Tempel auszugraben? Oder die Hieroglyphenschriften an den Wänden zu entziffern?« Er lachte hässlich. »Nimm es mir nicht übel, Mogens, aber für diese Aufgabe gibt es wahrlich Kollegen, die besser qualifiziert sind. Die bedauernswerte Miss Hyams zum Beispiel war eine Koryphäe auf ihrem Gebiet – aber das hast du zweifellos selbst bemerkt.«

Mogens starrte ihn fast hasserfüllt an. »Weshalb dann?«, fragte er gepresst.

»Weil du *glaubst*, Mogens«, antwortete Graves. »Weil du von allen Menschen, die ich kenne, vielleicht der einzige bist, der weiß, dass der Glaube der Pharaonen nicht nur ein dummer Aberglaube war! Du hast es gesehen, in jener schrecklichen Nacht auf dem Friedhof, aber du hast es auch vorher schon gewusst. Ich habe es gleich gespürt, schon bei unserem allerersten Zusammentreffen. Deshalb habe ich deine Freundschaft gesucht, Mogens.«

»Wie schade, dass du sie nie gefunden hast«, sagte Mogens. Das war albern. Er konnte selbst hören, wie dumm diese Worte klangen. An der Freundschaft gerade dieses Mannes, den er wie niemanden sonst auf der Welt verachtete und aus tiefstem Herzens hasste, war ihm nun wirklich nicht gelegen – und trotzdem verletzte ihn der Gedanke zutiefst, dass Graves' Buhlen um seine Freundschaft von Anfang an nichts als Kalkül gewesen war.

Graves machte sich nicht einmal die Mühe, darauf zu antworten. »Du hast stets gespürt, dass da mehr ist, nicht wahr?«, fuhr er fort. Etwas in seiner Stimme änderte sich, was Mogens nicht sofort einordnen konnte, was ihn aber alarmierte. Man hätte den Ton, der plötzlich in Graves' Worten mitschwang, durchaus für Begeisterung halten können – aber war es nicht nur ein kleiner Schritt von Begeisterung zur *Besessenheit?*

»Wie... meinst du das?«, fragte er vorsichtig.

»Wie lange hat das Reich der Pharaonen bestanden?«, fragte Graves und gab sich auch gleich selbst die Antwort. »Dreitausend Jahre? Vier? Niemand weiß es genau, aber es hatte unvorstellbar lange Bestand, länger als jede andere Kultur, die es jemals auf dieser Welt gegeben hat.«

»Worauf willst du hinaus?«, fragte Mogens misstrauisch. Er begann es zu ahnen. Nein – das war falsch. Er *wusste* es. Eigentlich hatte er es die ganze Zeit über gewusst, nur war die Vorstellung so absurd, dass er ihr bisher einfach nicht gestattet hatte, Gestalt anzunehmen.

»Glaubst du denn wirklich, dass sich ein ganzes Volk über so lange Zeit hinweg irren kann?« Graves begann erregt mit beiden Armen zu gestikulieren, aber Mogens hatte dabei das unheimliche Gefühl, dass er viel weniger die Arme in die Luft warf, als dass es seine Hände waren, die sich aus eigenem Antrieb heraus bewegten und dabei seine Arme einfach mit sich rissen. »Niemals, Mogens! Es ist unmöglich. Eine einfache mathematische Gleichung. Was sie gesucht haben, existiert.«

»Wovon redet dieser Verrückte?«, fragte Miss Preussler alarmiert. »Was haben die Pharaonen gesucht?« Graves sah nicht einmal in ihre Richtung, aber Mogens antwortete leise: »Unsterblichkeit, Miss Preussler. Das ganze Trachten der alten Ägypter galt der Unsterblichkeit. Dem Leben nach dem Tode.«

»Was für ein Unsinn«, antwortete sie.

Graves schoss einen ärgerlichen Blick in ihre Richtung, beließ es aber dann lediglich bei einem verächtlichen Verziehen der Lippen und fuhr, wieder an Mogens gewandt und im gleichen eifernden Ton fort: »Ich bin überzeugt davon, dass sie Recht hatten! Sie waren auf dem richtigen Weg, nur mit den falschen Mitteln.«

Mogens überlegte sich seine nächsten Worte sehr genau. Das Flackern in Graves' Augen hatte noch zugenommen, und auch der Ton, in dem er sprach, alarmierte ihn mehr und mehr. Ein falsches Wort mochte durchaus reichen, um eine Katastrophe heraufzubeschwören. »Ich habe mehr als eine Mumie mit eigenen Augen gesehen, Jonathan«, sagte er, wobei er ganz bewusst Graves' Vornamen benutzte. »Und glaub mir, ich habe in keiner einzigen davon irgendetwas Lebendes gefunden. Oder gar die Unsterblichkeit.«

»Weil du die falschen Mittel benutzt hast!« Graves machte eine Geste, als wolle er seine Worte körperlich beiseite fegen. »Ihr Ziel war richtig, aber der Weg war falsch. Und wie hätten sie es auch wissen sollen? Selbst ich habe es erst nach vielen Jahren und unzähligen bitteren Rückschlägen verstanden.«

»Wo du doch über so viel mehr Erfahrung verfügst als die ägyptischen Hohepriester, die nur *dreitausend* Jahre Zeit hatten, sich mit diesem Problem zu befassen«, sagte Mogens spöttisch.

»Sie waren Primitive, trotz allem«, behauptete Graves. »Primitive, die eine erstaunlich hohe Stufe der Kultur erklommen hatten, aber dennoch Primitive. Sie haben versucht, ein wissenschaftliches Problem mit Mitteln des Aberglaubens zu lösen. Sie mussten scheitern.«

»Während Sie versuchen, ein abergläubisches Problem mit Mitteln der Wissenschaft zu lösen«, sagte Miss Preussler. »Wie originell.«

Graves ignorierte sie weiter. »Dreitausend Jahre, Mogens«, sagte er begeistert. »Glaubst du wirklich, sie hätten all diese ungeheuerlichen Anstrengungen vollbracht ohne den geringsten *Beweis?*« Er schüttelte heftig den Kopf. »Ganz gewiss nicht, Mogens. Die Pharaonen *wussten*, dass ihre Götter existieren!«

»Ach?«, fragte Mogens. »Woher?«

»Weit sie sie *gesehen* haben«, antwortete Graves triumphierend. »Ebenso wie ich.«

»Du bist wahnsinnig«, murmelte Mogens.

»Wahnsinnig? So?« Graves lächelte das triumphierende, durch nichts zu erschütternde Lächeln eines Wahnsinnigen. »Und wenn ich einen Beweis hätte?«

»Einen Beweis«, wiederholte Mogens. »Und wie sollte der aussehen?«

»Es hat lange gedauert«, antwortete Graves, ohne damit wirklich zu antworten, »viel zu lange, aber am Ende habe ich es schließlich begriffen. Und weißt du, wo? An dem einzigen Ort auf der Welt, der dafür geschaffen ist.«

Er machte eine heftig wedelnde Handbewegung auf Tom, der an der Wand in die Hocke gesunken war und einfach zu erschöpft schien, um mit mehr als einem müden Blick darauf zu reagieren. »Tom und ich waren in Afrika. Wir standen im Schatten der großen Pyramide von Gizeh, als es mir endlich klar geworden ist.«

»Was?«, fragte Mogens. »Dass du den Verstand verloren hast? Großer Gott, sag mir nicht, dass wir hierher gekommen sind, um einem Hirngespinst hinterherzujagen«

»Dass wir an der falschen Stelle gesucht haben«, antwortete Graves ungerührt. »Es ist der Sirius, Mogens. Wusstest du, dass die Pyramiden von Gizeh exakt nach seiner Position ausgerichtet sind?«

»Nein«, antwortete Mogens. »Sind sie nicht. Diese Theorie wurde schon vor langer Zeit verworfen.«

»Weil sie allesamt Ignoranten sind!«, ereiferte sich Graves. »Es ist wahr, Mogens! Nicht nach dem Sirius von heute, sondern der Stelle, wo er vor mehreren tausend Jahren gestanden hat. Warum wohl nennt man den Sirius auch den Hundsstern? Die Dogon haben es erkannt, und die alten Ägypter auch! Ihre Götter waren keine *Hirngespinste*. Sie waren real, lebende Wesen wie du und ich, und sie kamen vom Sirius.«

Erschöpft brach er ab. Sein Blick wurde fordernd, und nur einen Moment später zornig, als er nicht die Reaktion bekam, auf die er wartete. Dennoch sagte er ruhig: »Du glaubst mir nicht.«

»Wie könnte ich auch«, antwortete Mogens. »Ich bin ja auch nur ein dummer Ignorant.«

»Ich werde es dir beweisen«, sagte Graves und begann langsam seine Handschuhe abzustreifen.

Miss Preussler stieß einen gellenden Schrei aus.

Was unter Jonathans Handschuhen zum Vorschein gekommen war, waren keine Hände. Es war nicht einmal menschliches Fleisch. Als Graves das schwarze Leder endgültig abstreifte, da platzte etwas hervor, was vielleicht im allerersten Moment noch an die grässliche Verhöhnung einer menschlichen Hand erinnerte; pulsierende, ungleich lange Stränge nur losen weißen Bündeln zusammengedrehter, zuckender augenloser Würmer. Dann, noch bevor der Schrecken, der mit diesem fürchterlichen Anblick einherging, auch nur wirklich nach seinem Herzen greifen konnte, platzten sie mit einem widerlichen nassen Geräusch auseinander, wie eine Armee winziger, eigenständig denkende Kreaturen, die die Mauern ihres Gefängnisses gänzlich gesprengt hatten und der Freiheit entgegenstrebten. Wo Graves' Hände sein sollten, da wuchsen nun lange, peitschenden Bündel aus Millionen und Abermillionen dünner, nahezu farbloser zuckender Fäden, die hin und her wogten wie weißer Seetang in der Strömung eines unsichtbaren Ozeans.

»Graves – großer Gott!«, keuchte Mogens. »Was… was hast du getan?«

Miss Preussler stieß einen weiteren, wenngleich diesmal eher wimmernden Schrei aus und schlug die Hände vor den Mund, während Tom das, was aus Graves' Armen hervorgekrochen war, nur mit einem abgestumpftem Entsetzen betrachtete. Er genoss diesen grauenhaften Anblick sichtlich nicht zum ersten Mal.

»Du wolltest einen Beweis, Mogens«, sagte Graves. Er warf die Arme in die Luft, wie ein Marktschreier, der zwei Sträuße besonders exotischer Blumen anpries, und sprang zwei- oder dreimal wie irre auf der Stelle. Mogens war sicher, dass er die Schwelle zum Wahnsinn in diesem Moment eindeutig überschritten hatte. »Du wolltest einen Beweis?«, kreischte er noch einmal. »Da hast du ihn! Reicht dir das?«

»Ja«, murmelte Mogens entsetzt. »Das reicht mir.«

»Oh, ich verstehe«, antwortete Graves zu einem neuerlichen, irren Kichern. »Du hältst mich für verrückt, nicht wahr? Du glaubst, ich hätte den Verstand verloren, habe ich Recht?« Er schüttelte heftig den Kopf und warf noch einmal die schrecklichen Hände in die Höhe, dann – ganz plötzlich – fiel sein wahnwitziges Benehmen von ihm ab, wie ein Mantel, der seinen Dienst getan hatte, und den er nicht mehr benötigte. Vielleicht auch wie eine Maske. »War es das, was du sehen wolltest?«, fragte er kalt.

Weder registrierte Mogens die Worte wirklich, noch wäre er in der Lage gewesen, irgendwie darauf zu antworten. Sein Blick hing wie hypnotisiert an den schrecklichen, hin und her peitschenden Bündeln, in denen Graves' Arme endeten, und sein Entsetzen hatte einen Grad erreicht, der ihn nicht mehr lähmte, sondern etwas in ihm zum Sterben zu bringen schien.

»Tu das weg«, wimmerte er. »Tu das weg, Jonathan!«

Graves gab einen sonderbaren Laut von sich – vielleicht ein abfälliges Lachen, vielleicht aber das genaue Gegenteil.

Ganz langsam senkte er die Arme und hielt seine grässlichen Nicht-Hände vors Gesicht. Ein Ausdruck höchster Konzentration erschien auf seinen Zügen. Im allerersten Moment geschah nichts, dann jedoch änderte sich etwas in der bisher scheinbar willkürlichen Bewegung der peitschenden Fäden. Etwas wie ein Muster machte sich darin bemerkbar, langsam und nahezu widerwillig zuerst, aber zunehmend. Nach und nach begannen sich die einzelnen, zuckenden Nervenfäden wieder zusammenzufügen, bis sie etwas wie die klumpig verwachsene, böse Parodie einer menschlichen Hand zu bilden schienen. Der Anblick war auf seine Art beinahe noch grässlicher als vorher, als seine Finger auseinandergeplatzt waren; denn die Zerstörung von etwas Vertrautem war trotz allen Entsetzens, das sie begleiten mochte, noch immer leichter zu ertragen als der Anblick dieser grässlichen, durch und durch un-menschlichen… *Dinge*, die sich zu der höllischen Verhöhnung einer menschlichen Hand zusammenballten.

Mogens ertrug den Anblick nicht länger als eine Sekunde, bevor er mit einem wimmernden Laut die Augen schloss. Aber es nutzte nichts. Er sah die grässlichen, peitschenden Stränge noch immer mit der gleichen Deutlichkeit vor sich. Er würde sie nie wieder vergessen können.

»Und das ist dein Beweis?«, hörte er sich selbst fragen. Es schien nicht einmal seine eigene Stimme zu sein, die diese Worte formte, denn er war im Augenblick gar nicht in der Lage, auch nur einen klaren Gedanken zu fassen, geschweige denn einen zusammenhängenden Satz zu formulieren. »Wofür? Dass du schon vor langer Zeit und unwiderruflich wahnsinnig geworden bist?«

»Ich kann deine Reaktion verstehen, Mogens«, antwortete Graves, ruhig und mit einer so gelassen, fast amüsiert klingenden Stimme, dass Mogens unwillkürlich die Augen wieder öffnete und ihn ansah. Graves hatte bereits einen seiner Handschuhe wieder übergestreift – das schwarze Leder pulsierte und zuckte, als versuche sich, was immer darunter auch eingesperrt sein mochte, mit verzweifelter Kraft gegen sein Gefängnis zu wehren – und war gerade damit beschäftigt, auch den anderen anzuziehen. Er lächelte, doch Mogens entging nicht der Ausdruck verbissener Konzentration, der sich dicht unter der Oberfläche dieses Lächelns verbarg, ebenso wenig wie das Netz aus feinen Schweißperlen, das auf seiner Stirn erschienen war. Was immer Graves tat, forderte all seine Kraft von ihm.

»Mich hätte es vermutlich auch zu Tode erschreckt, wäre ich unvorbereitet mit diesem Anblick konfrontiert worden«, fuhr er fort. »Gottlob ist mir eine gewisse… Übergangsfrist geblieben, mich daran zu gewöhnen.«

»Und das ist also dein Beweis«, sagte Mogens noch einmal. Beinahe zu seiner eigenen Überraschung gelang es ihm, seine Stimme – annähernd – ruhig klingen zu lassen.

»Durchaus«, antwortete Graves. Er zog auch den zweiten Handschuh bis zum Gelenk hinauf, überzeugte sich mit zwei raschen, aber sehr aufmerksamen Blicken davon, dass die Handschuhe fest und sicher saßen, und wandte sich dann zu Miss Preussler um.

»Ich bitte Sie aufrichtig um Vergebung, meine Liebe«, sagte er. »Ich hätte Ihnen das gerne erspart, aber ich fürchte, uns bleibt im Moment keine Zeit mehr für lange Erklärungen. Und um deine Frage zu beantworten«, er drehte sich wieder zu Mogens herum, »so hätte ich von dir als Wissenschaftler erwartet, dass du ein wenig gelassener mit so etwas umgehst.«

»Gelassener?«, keuchte Mogens. *»Damit?«*

»Du solltest wissen, dass auch ein Fehlschlag durchaus als wissenschaftlicher Beweis anzuerkennen ist«, antwortete Graves. »Was mir damals widerfahren ist, war ein schrecklicher Unfall. Ein noch dazu voll und ganz selbst verschuldeter Unfall, herbeigeführt aus Ungeduld und Gier, und wenn es überhaupt eine Entschuldigung dafür gibt, dann die, dass ich jung und unerfahren und ungeduldig war.« Er hob demonstrativ die Hände vor das Gesicht, und obwohl sie nun wieder in ihren schwarzen Handschuhen steckten, musste Mogens sich beherrschen, um nicht erneut mit einem entsetzten Laut zurückzuprallen. »Aber ich habe für diese Dummheit bezahlt, Mogens.«

»Ja«, sagte Mogens. »Mit deinem Verstand.«

»Ich habe mit Dingen experimentiert, von denen ich keine Ahnung hatte«, antwortete Graves ungerührt. »Um ein Haar hätte es mich das Leben gekostet, und auch so ist der Preis, den ich dafür bezahlt habe, entsetzlich. Und dennoch war es der unumstößliche Beweis, dass ich auf dem richtigen Wege war.«

»Auch noch den Rest deines Körpers zu verlieren?«, fragte Mogens.

»Aber ich habe nichts *verloren*«, antwortete Graves kopfschüttelnd. »Ganz im Gegenteil. Meine Hände sind noch immer da. Sie haben sich nur... verändert.« Er ballte erst die rechte, dann die linke Hand zur Faust, öffnete sie dann mit einem Ruck wieder, bewegte die Finger so schnell, als spiele er auf der Tastatur eines unsichtbaren Klaviers. »Siehst du? Sie sind nichts Fremdes oder Feindseliges. Sie gehorchen mir noch immer. Ich kann damit ganz im Gegenteil Dinge tun, die früher unmöglich waren. Mein Fleisch hat sich verändert. Ich kann gut verstehen, dass es dich erschreckt. Aber daran ist nichts, was mir Angst machen müsste. Ganz im Gegenteil: Diese Hände sind zehnmal so stark wie die deinen, Mogens. Zehnmal so stark wie die jedes andere Menschen. Und sie sind unverwundbar. Ich kann damit fühlen, und ich spüre Schmerzen darin wie jeder andere, aber ich kann sie in kochendes Wasser tauchen, glühende Kohlen damit berühren, und jede Wunde, die ihnen zugefügt wird, heilt binnen weniger Stunden oder Tage.«

»Und... und das ist Ihre... Ihre... *Unsterblichkeit?*«, hauchte Miss Preussler. Ihre Stimme bebte vor Entsetzen.

Graves schüttelte heftig den Kopf. »Sie verstehen es nicht!«, behauptete er. »Es war ein Fehler! Ich habe den falschen Weg beschritten, genau wie es die alten Ägypter taten, aber ich habe meinen Irrtum früh genug begriffen. *Dieser* Weg«, er streckte Miss Preussler die gespreizten Finger entgegen, »ist der falsche. Er ist sicher nicht für Menschen gedacht. Aber er hat mir den richtigen Weg gewiesen. Und jetzt sind wir ganz kurz vor dem Ziel.«

»Wieso?«, fragte Mogens.

»Weil wir kurz davor stehen, denen gegenüberzutreten, die die Unsterblichkeit auf diese Welt gebracht haben. Den Göttern des alten Ägypten.«

Mogens sah aus den Augenwinkeln, dass Miss Preussler zu einer zornigen Entgegnung ansetzte, und machte eine rasche, besänftigende Geste in ihre Richtung. »Wie meinst du das?«, fragte er beunruhigt.

»Weil sich das Tor zu den Sternen in dieser Nacht öffnet«, antwortete Graves. »Jetzt, Mogens. Heute. Es ist bereits geöffnet.«

»Das Tor zu den Sternen«, wiederholte Mogens. Er gab sich alle Mühe, einfach nur fragend zu klingen, doch der Ton, in dem er diese Worte ausgesprochen hatte, schien Graves' Unmut zu erregen, denn sein Gesicht verzerrte sich schon wieder zu einer Grimasse aus Zorn und überheblicher Ungeduld.

»Was, glaubst du, habe ich in den vergangenen zehn Jahren getan, du Narr?«, fauchte er. »Ich habe überall auf der Welt nach Beweisen für meine Theorie gesucht, und ich habe sie gefunden. Sie sind überall! Man muss nur die Augen aufmachen, um sie zu sehen. Die Vorfahren der Dogon *waren* hier; sie sind es noch. Und alle achtzehn Jahre, wenn die Sterne in einer ganz bestimmten Konstellationen stehen, dann öffnet sich das Tor zu ihrer Heimat, und sie kommen hierher, um nach ihren Kindern zu sehen. Wir werden ihnen begegnen, Mogens! Verstehst du denn nicht? Du und ich – wir werden den Göttern von den Sternen gegenüberstehen! Wir werden der Geschichte ins Gesicht blicken!«

Erschöpft ließ er die Arme sinken und brach ab. Das irrsinnige Flackern in seinen Augen wurde schwächer, erlosch aber nicht ganz, und von seiner Stirn und seinen Schläfen tropfte noch immer Schweiß. Er wartete sichtbar darauf, dass Mogens irgendetwas erwiderte, aber Mogens schwieg.

Was hätte er auch sagen sollen?

»Und deshalb haben Sie uns hier heruntergeführt?«, murmelte Miss Preussler erschüttert. »Sie haben alle das getan, weil Sie tatsächlich glauben, irgendwelchen… Götzen von den Sternen zu begegnen?«

»Ich habe nicht erwartet, dass Sie mich verstehen«, antwortete Graves kalt. »Und ich habe Sie gewarnt, mitzukommen.«

Nur ganz allmählich fand Mogens seine Fassung wieder. Er zweifelte jetzt nicht mehr im Geringsten daran, dass Graves vollkommen und unwiderruflich dem Wahnsinn verfallen war – einer ganz besonders tückischen, gefährlichen Art des Wahnsinns vielleicht, die sich hinter einem vermeintlich vernünftigen Auftreten und durchaus überzeugenden Worten verbarg, aber nichtsdestoweniger Wahnsinn blieb –, doch das änderte nichts daran, dass sie hier waren und sich in einer schrecklichen Gefahr befanden; gleich, wie die am Ende auch aussehen mochte.

»Und du bist ganz sicher, dass es hier geschieht?«, fragte er, »und heute?«

Graves nickte. »Was das *Heute* angeht, war ich es seit langer Zeit«, antwortete er. »Meine Berechnungen sind richtig. Das *Hier*…« Er hob die Schultern. »Um ehrlich zu sein, war ich nicht ganz sicher, bis vor kurzer Zeit. Aber nun, wo wir das hier gefunden haben… ja. Ich bin sicher.«

Er fuhr mit einer so plötzlichen, kraftvollen Bewegung herum, dass Mogens unwillkürlich erschrocken zusammenzuckte, hob aber auch zugleich beruhigend die Hand und winkte ihm, näher zu kommen. »Hier, sieh!«

Mogens gehorchte nur zögernd und mit einem ziemlich unguten Gefühl. Graves gestikulierte ihm jedoch immer heftiger zu, während er zugleich mit der anderen Hand aufgeregt auf das Mauerwerk vor sich deutete. »Sieh hier! Und hier!« Sein Zeigefinger stieß bei jedem Wort wie ein Dolch auf das Mauerwerk herab, markierte Linien und Punkte, wo sich die in den Stein gekratzten Rillen trafen oder überschnitten. »Siehst du es denn nicht?«

Mogens sah rein gar nichts. Für ihn waren und blieben die Linien, die für Graves eine so gewaltige Bedeutung zu haben schienen, nichts weiter als sinnloses Gekrakel; und vielleicht nicht einmal das. Er schüttelte wortlos den Kopf.

»Weißt du was, Mogens?«, fragte Graves. »Du hattest Recht. Du bist ein Ignorant.«

»Ich bin vor allem Archäologe, Jonathan«, antwortete Mogens, so ruhig er konnte. »Aber wenn du meine ganz private Meinung hören willst, dann bedeutet das hier gar nichts.«

Seltsamerweise schien seine Antwort Graves eher zu amüsieren, statt ihn wütend zu machen, womit er gerechnet hatte. »Wenn das so ist«, antwortete er, »dann ist es vielleicht jetzt angezeigt, dir etwas zu zeigen, was dich wirklich überzeugt. Nebenbei auch an der Zeit, dass du etwas für das exorbitante Gehalt tust, das ich dir bezahle.«

»Und was sollte das sein?«

Graves grinste plötzlich wieder breit. »Hast du etwa schon vergessen, warum wir hierher gekommen sind?«, fragte er. »Ich denke, deine liebe Freundin Miss Preussler brennt noch immer darauf, die Walküre zu spielen und die armen Gefangenen zu befreien. Meine Pläne sehen indes ein wenig anders aus. Keine Sorge – ich werde deine Hilfe nicht mehr lange benötigen. Und ich werde auch nicht von dir verlangen, dass du dich in Gefahr begibst, weder um deinen kostbaren Leib noch deine unsterbliche Seele. Ich erwarte, dass du mir deine Fähigkeiten vielleicht noch ein- oder zweimal zur Verfügung stellst. Was du danach tust, ist deine Sache.« Er drehte sich mit einem demonstrativen Ruck um und ging zur Tür. Doch bevor er den Raum verließ, fügte er noch hinzu: »Ich für meinen Teil habe eine Verabredung mit den Göttern.«

Wenn es überhaupt etwas gab, womit Mogens seine Situation vergleichen konnte, so kam er sich vor wie eine Ratte in einem Labyrinth, das zur Versuchsanordnung eines wahnsinnig gewordenen Forschers gehörte. Er hatte längst aufgehört, mitzuzählen, wie oft sie in Sackgassen gelandet waren, wie viele Male sie vor jäh aufklaffenden Abgründen gestanden, wie viele Mauern sich plötzlich vor ihnen aufgetürmt hatten und wie oft sie den Weg zurück gegangen waren, den sie sich zuvor mühsam gesucht hatten. Er war nicht einmal sicher, ob sie ihrem Ziel tatsächlich näher gekommen waren oder sich nicht sogar davon entfernten.

Es war ihm auch gleich. Der – erstaunlicherweise immer noch halbwegs klar gebliebene – wissenschaftliche Teil seines Verstandes hatte es längst aufgegeben, irgendein System in diesem unterirdischen Labyrinth erkennen zu wollen, Mogens wäre nicht einmal mehr überrascht gewesen festzustellen, dass sich ihre Umgebung veränderte, während sie sie passierten. Er kam sich vor, als irrten sie durch die versteinerten Arterien und Venen einer gigantischen, unterirdischen Kreatur, die seit Jahrmillionen hier unten schlief.

Zumindest sein Zeitgefühl hatte er sich erhalten – wenn auch mit Hilfe seiner Taschenuhr, die er in mehr oder weniger regelmäßigen Abstanden zückte, um einen Blick auf die Zeiger zu werfen. Es war jetzt nach zwei in der Nacht, was bedeutete, dass mehr als eine Stunde vergangen war, seit sie das Tor in der Tempelkammer durchschritten hatten. Mogens' subjektivem Zeitempfinden nach schien mindestens die zehnfache Zeit verstrichen zu sein und dem Grad seiner Erschöpfung nach noch sehr viel mehr. Einer der Schnitte unter seiner Achsel war wieder aufgebrochen und blutete, zwar nicht besonders stark, aber doch beständig – Hemd und Hose auf seiner rechten Seite waren bereits nass und schwer von seinem eigenen Blut, und wenn er länger als einige Sekunden auf der Stelle verharrte, hinterließ er einen schmierigen roten Abdruck auf dem Boden.

Miss Preussler hatte ihn schon zweimal darauf angesprochen, aber er hatte ihre Bedenken jedes Mal mit einer beiläufigen Bemerkung abgetan. Möglicherweise würde ihm das sogar noch einmal gelingen, aber bestimmt nicht öfter.

Irgendwo vor ihm hielt Graves plötzlich inne, um sich mit ebenso unsicheren wie zornigen Bewegungen, die Mogens mittlerweile nur zu gut kannte, umzusehen. Auch Mogens hielt an. Zwischen Graves und ihm lagen noch gute zehn

Schritte, und falls sich herausstellen sollte, dass sie abermals in eine Sackgasse geraten waren und umkehren mussten, waren das zwanzig, hin und zurück gerechnet.

Mogens erschrak, als er sich seiner eigenen Überlegungen bewusst wurde. Er begann schon mit einzelnen Schritten zu geizen. Wie mochte er sich in einer Stunde fühlen, oder zwei?

»Ist Ihnen nicht gut, Professor?«

Selbst Miss Preusslers Stimme benötigte ein paar Sekunden, um den Nebel aus dumpfer Erschöpfung und Furcht zu durchdringen, der sich über seine Gedanken gelegt hatte. Mit einer Bewegung, die sehr viel mehr über seine wirkliche Verfassung aussagte, als ihm lieb war, wandte er sich halb zu ihr herum und schüttelte den Kopf, und er zwang sogar ein halbwegs überzeugendes Lächeln auf sein Gesicht.

Wenigstens glaubte er, dass es ihm gelang. Aber als er in Miss Preusslers Gesicht blickte, wurde ihm klar, dass es wohl eher zur Grimasse geraten war.

»Nicht besonders«, gestand er, statt das Gegenteil zu behaupten und sich damit endgültig zum Narren zu machen. »Aber ich halte schon noch durch, keine Sorge.«

»Selbstverständlich halten Sie durch«, sagte Miss Preussler. Sie drohte ihm – nicht ganz spielerisch – mit dem Zeigefinger. »Sie gehören zu den Menschen, die selbst dann noch behaupten, es ginge ihnen gut, wenn sie mitten im Ozean ohne Rettungsring und mit einem Stein an den Beinen im Meer treiben, ich weiß. Warum müsst ihr jungen Leute immer Tapferkeit mit Starrsinn verwechseln? Es ist keine Schande, zuzugeben, dass es einem schlecht geht, mein lieber Junge.«

»Ganz so jung bin ich nicht mehr, Miss Preussler«, sagte Mogens sanft.

»Im Vergleich mit mir schon«, antwortete sie.

Mogens war der vierzig deutlich näher als der dreißig, aber er sparte es sich, sie auf etwas hinzuweisen, was sie ohnehin wusste. Stattdessen zuckte er vorsichtig mit den Achseln und rettete sich in ein dieses Mal ganz bewusst leicht schiefes Lächeln. »Sie haben Recht«, gestand er. »Es ist mir tatsächlich schon besser gegangen.«

»Ihre Wunde ist wieder aufgebrochen«, vermutete Miss Preussler, Wenn man in Betracht zog, dass sein Hemd mittlerweile wie ein triefend nasses braunrotes Tuch an seiner Brust klebte, war das allerdings auch nicht sehr schwer zu erraten. Er nickte.

»Lassen Sie mich sehen«, verlangte Miss Preussler.

Mogens warf einen raschen Blick zu Graves und Tom hin, bevor er mit einem widerstrebenden Nicken reagierte und noch widerstrebender seine Jacke auszuziehen begann. Die beiden hatten sich nicht von der Stelle gerührt, waren aber offenbar in eine von hitzigem Gestikulieren begleitete Diskussion verstrickt.

Auch seine Jacke war mittlerweile schwer von Blut. Er legte sie behutsam neben sich auf einen Stein, zog auch das Hemd aus und biss die Zähne zusammen, als Miss Preussler ohne viel Federlesens – oder ihn gar um Erlaubnis zu fragen – damit begann, auch seinen Verband zu lösen.

»Ist es schlimm?«, fragte er, als sie fertig war und die blutgetränkten Lappen einfach fallen ließ. Ihren Gesichtsausdruck zog er vor lieber nicht zu deuten.

»Wären wir jetzt zu Hause, würde ich nein sagen«, antwortete Miss Preussler, schüttelte aber trotzdem den Kopf und fügte mit einem aufmunternden Lächeln hinzu: »Das kriegen wir schon hin.«

»So schlimm?«

»Wer immer diesen Verband angelegt hat, hatte keine Ahnung«, sagte sie.

»Ich glaube, es war Tom.«

»Dann eben ein Ahnungsloser, der in bester Absicht gehandelt hat«, beharrte Miss Preussler. »Aber so schlimm sieht es gar nicht aus. Ich bräuchte nur etwas, um die Wunde vernünftig zu verbinden, dann wird es schon gehen.« Sie überlegte einen Moment, ließ sich dann kurz entschlossen in die Hocke sinken und riss mit einiger Mühe einen handbreiten Streifen aus dem Saum ihres Kleides.

»Vielleicht sollten wir Tom fragen«, schlug Mogens vor. »Bestimmt hat er auch Verbandszeug in seinem Gepäck.«

»Ja, bestimmt«, antwortete Miss Preussler und richtete sich schnaubend auf. »Die Arme hoch, und beißen Sie die Zähne zusammen. Es könnte wehtun.«

Mogens gehorchte. Es *tat* weh, genau wie sie gesagt hatte, aber es war ein sonderbar wohltuender Schmerz, der ihm zwar im ersten Moment die Tränen in die Augen trieb, aber zugleich auch Linderung versprach. Darüber hinaus legte Miss Preussler den Verband so fest an, dass er ihm fast den Atem abschnürte. Doch das Ergebnis zählte, und das schien zufriedenstellend zu sein. Zwar begann sich auch der improvisierte frische Verband nahezu augenblicklich dunkel zu färben, doch Mogens spürte zugleich auch, wie die Blutung nachließ und dann ganz aufhörte, noch bevor Miss Preussler ganz fertig war.

»So«, sagte sie aufgekratzt. »Ein paar Stunden Schlaf und eine kräftige Mahlzeit, und Sie sind wieder ganz der Alte.«

»Ich fürchte, an einem von beidem wird es wohl scheitern«, antwortete Mogens lächelnd. »Aber vielen Dank. Ich fühle mich tatsächlich schon viel besser.«

»Was, zum Teufel, wird das da?«, erklang Graves' Stimme hinter ihnen.

»Miss Preussler hat meinen Verband erneuert«, antwortete Mogens, während er sich gezwungen langsam zu ihm herumdrehte,

»Und wozu soll das gut sein?«, schnappte Graves. »Wir gehen schließlich nicht auf eine Modenschau!«

Mogens schluckte die scharfe Antwort herunter, die ihm auf der Zunge lag, und bückte sich nach seiner Jacke. Die Bewegung bereitete ihm zwar Mühe, aber er zog sich trotzdem noch weit umständlicher und langsamer an, als notwendig gewesen wäre – schon, weil er spürte, dass Graves sich darüber ärgerte. Das war zwar albern, tat aber ungemein gut.

»Wohin gehen wir denn?«, fragte er, während er mit zusammengebissenen Zähnen versuchte, so in die Ärmel zu schlüpfen, dass die Wunde nicht sofort wieder aufbrach. »Wieder einmal zurück?«

Graves' Gesicht verdüsterte sich noch ein bisschen mehr, aber er gab sich zumindest Mühe, sich zu beherrschen. »Tom hat einen Durchgang gefunden«, antwortete er. »Hier geht es anscheinend nicht weiter.«

Er schien noch mehr sagen zu wollen, runzelte aber dann nur die Stirn und blickte missbilligend auf die blutigen Verbände hinab, die Mogens achtlos fallen gelassen hatte.

»Hältst du das für eine kluge Idee?«, fragte er. »Der Geruch könnte die Ghoule anlocken.«

Wenn es hier unten Ghoule gäbe, dachte Mogens, dann wären sie längst hier. Sie hatten in der guten Stunde, die sie jetzt hier unten waren, nicht eine einzige der Kreaturen zu Gesicht bekommen. Laut und in leicht trotzigem Tonfall sagte er. »Sie sind Aasfresser, Jonathan. Ich glaube nicht, dass sie von Blutgeruch angelockt werden.«

»Was war noch gleich dein Fachgebiet?«, fragte Graves, während er vergeblich versuchte, die Stoffstreifen mit dem Fuß so unter einen Stein zu schieben, dass man sie nicht mehr sah. »Archäologie? Dann beschränk dich auch darauf, über alte Steine zu sprechen.«

Mogens schluckte die Antwort herunter, die ihm auf der Zunge lag, und auch Miss Preussler schwieg, obwohl ihr anzusehen war, wie schwer es ihr fiel. Sie hatte kein Wort mehr mit Graves gesprochen, seit seinem schrecklichen Auftritt, und sie hatte offensichtlich nicht vor, etwas daran zu ändern. Mogens wünschte sich beinahe, ebenso klug gewesen zu sein wie sie.

»Gehen wir?«

Graves drehte sich auf dem Absatz herum und ging gerade schnell genug los, dass er ihm nicht ohne Anstrengung folgen konnte. Tom war mittlerweile am Ende der schmalen, von lotrecht emporstrebenden schwarzen Wänden gebildeten Gasse verschwunden. Mogens hielt vergeblich nach einer weiteren Tür oder irgendeiner anderen Art von Durchgang Ausschau. Erst, als sie das Ende der Gasse nahezu erreicht hatten, erschien wie aus dem Nichts eine knapp anderthalb Meter hohe Öffnung vor ihnen. Dahinter war das weiße, ruhig brennende Licht von Toms Lampe zu erkennen.

Einfach nur, um es auszuprobieren, trat Mogens wieder einen Schritt zurück, und die Öffnung verschwand. Als er sich wieder nach vorne bewegte, war sie wieder da. Ein weiteres Rätsel, das er wohl niemals lösen würde.

Was er hinter dieser unheimlichen Öffnung – es fiel ihm selbst in Gedanken schwer, sie *Tür* zu nennen – fand, das war mehr als ein Rätsel. Es grenzte an ein Wunder.

Mogens hielt verblüfft inne und sah sich in der großen, rechteckigen Kammer um. Die erste Überraschung war die Tür selbst. Wie auch immer diese neuerliche Unmöglichkeit zu erklären war, von dieser Seite aus betrachtet war die Tür eine ganz normale Tür, deutlich größer als von der anderen Seite und von klarer, rechteckiger Form, wie überhaupt alles hier drinnen der klaren Geometrie und strengen Linienführung entsprach, wie er sie aus den Gräbern und Tempelruinen des alten Ägypten kannte. Der Schritt durch die Tür war nicht nur wie ein Schritt in eine andere Welt gewesen, sondern auch in eine andere Zeit. Mogens war vollkommen fassungslos.

»Erstaunlich, nicht wahr?«, fragte Graves. »Ich denke, wir kommen unserem Ziel allmählich näher.«

Erstaunlich, fand Mogens, war nicht unbedingt das richtige Wort. Was er sah, das war vielmehr verwirrend und beunruhigend zugleich. Der Raum war deutlich größer, als er erwartet hätte, und zwei der vier Wände, die in seltsam *falschem* Winkel aufeinander stießen, waren prachtvoll auf die Art der alten Ägypter bemalt und über und über mit Hieroglyphen in leuchtenden Farben bedeckt.

»Ist das nicht fantastisch?«, fragte Graves. »Ich hoffe doch, ich habe damit das eine oder andere gutmachen können. Ich meine: Die allermeisten deiner Kollegen hätten ihren rechten Arm dafür gegeben, das hier auch nur ein einziges Mal sehen zu können.«

Mogens warf einen flüchtigen Blick auf Graves' in schwarzes Leder gehüllte Hände und schwieg. Er war noch immer vollkommen fassungslos, aber da war auch noch mehr. Etwas stimmte hier nicht, aber es war ihm nicht möglich, dieses Gefühl genauer in Worte zu kleiden. Er trat einen Schritt an Graves vorbei und blieb wieder stehen, um sich noch einmal aufmerksam umzusehen. Das Gefühl, dass hier irgendetwas nicht so war, wie es sein sollte, wurde stärker, aber er konnte es noch immer nicht richtig begründen. Der Raum maß vielleicht zwanzig Schritte im Geviert und wirkte auf den allerersten Blick quadratisch; auch wenn es hier nicht einen auch nur annähernd rechten Winkel gab. Die Decke war so niedrig, dass selbst Graves nicht mehr wirklich aufrecht stehen konnte, und Mogens fragte sich automatisch, wie sich die viel größeren Ghoule hier drinnen bewegen mochten. Als er den Blick hob und nach oben sah, hatte er die Antwort: Auch die Decke war mit sonderbaren Bildern und Schriftzeichen bemalt, die aber mittlerweile verschmutzt und verwischt waren und an zahllosen Stellen abzublättern begannen. Da hatte sich mehr als ein Ghoul den Schädel angestoßen.

Das hintere Drittel des Raumes war in Schatten getaucht, wo das Licht ihrer Lampen es nicht mehr erreichte, doch Mogens glaubte schemenhaft die Umrisse breiter, steinerner Stufen zu erkennen, die hinunter in die Tiefe führten. Der leise Meeresgeruch, der sie bisher so stetig und undurchdringlich begleitet hatte, dass sie ihn kaum noch bewusst zur Kenntnis nahmen, war hier viel deutlicher, und es schien auch spürbarer kühler zu sein. Nur ein kleines Stück neben ihm befand sich ein großer, rechteckiger Abdruck auf dem Boden, wo vielleicht einmal ein Altar oder irgendein anderer, schwerer Gegenstand unbekannten Zweckes gestanden hatte.

»Nun, Mogens?«, fragte Graves in leicht quengeligem Ton, ganz offensichtlich enttäuscht, dass Mogens seinen Fund nicht in angemessener Weise zu würdigen schien, »was sagst du?«

Mogens sagte auch weiter nichts. Stattdessen trat er dichter an die Wand heran und ließ seinen Blick aufmerksam über die unheimlichen Malereien und Schriftzeichen gleiten. Und dann begriff er es: Nichts von alledem hier war altägyptisch. Es *sah so aus*, aber es war es nicht. Die Bildersprache war nicht die der alten Pharaonen, und die Hieroglyphen waren keine Hieroglyphen. Alles, was er sah, machte den Eindruck, als hätte jemand mit sehr großer Kunstfertigkeit und noch größerer Mühe – dafür aber umso weniger Sachverstand – versucht, einen Tempel aus der Zeit der Pharaonen nachzubilden.

»Was steht dort?«, fragte Graves aufgeregt. »Übersetz es, Mogens!«

»Ich fürchte, das kann ich nicht«, antwortete Mogens kopfschüttelnd.

»Was soll das heißen – du kannst es nicht?«, fauchte Graves. »Wozu zum Teufel habe ich dich denn mitgenommen?«

»Um die alte Schriftzeichen zu übersetzen«, antwortete Mogens ruhig. Er schüttelte den Kopf. »Aber das hier sind keine Hieroglyphen. Sie sehen nur so aus.«

Graves wurde wütend. »Was soll der Unsinn?«, schnappte er. Allmählich begann er mit beiden Händen in Richtung der Wand zu zirkulieren. »Das sind doch ganz eindeutig ...«

»... Symbole einer Bildersprache, die stark an ägyptische Hieroglyphenschrift erinnert«, unterbrach ihn Mogens leise, aber auch in so entschiedenem Ton, dass Graves es nicht mehr wagte, ihm noch einmal ins Wort zu fahren, sondern ihn nur verdutzt und zugleich ein wenig erschrocken ansah.

»Ich weiß nicht, wer diese Schriftzeichen geschaffen hat«, fuhr er fort. »Wenn dich mein erster, höchst subjektiver Eindruck interessiert, dann würde ich sagen, es war jemand, der versucht hat, in Hieroglyphen zu schreiben, ohne sie lesen zu können.« Er zuckte fast unglücklich mit den Achseln. »Ungefähr so wie ein Analphabet, der wahllos Buchstaben aus einem Lexikon nachzeichnet und sich dann wundert, dass die Worte keinen Sinn ergeben.«

Graves wirkte für einen Moment sehr verwirrt, dann nachdenklich. »Du meinst, jemand hätte versucht, in Hieroglyphen zu schreiben, ohne Hieroglyphen lesen zu können.«

»So ungefähr«, bestätigte Mogens.

»Und wenn es genau andersherum war?«, fragte Graves. »Wenn *das hier* das Original ist?«

Mogens starrte ihn verblüfft an. Der Gedanke war so absurd – und zugleich so nahe liegend –, dass er sich vergebens fragte, wieso er nicht von selbst darauf gekommen war. Wenn es an dieser sonderbaren Schrift etwas gab, dessen er sich vollkommen sicher war, dann, dass sie unvorstellbar *alt* war. Zwar waren die Bilder vollkommen unbeschädigt und die Farben von einer Intensität und Leuchtkraft, als wären sie erst gestern auf den steinernen Untergrund aufgetragen worden, aber er konnte die Jahrtausende, die diese Bilder gesehen hatten, fast mit Händen greifen.

Hinter ihnen polterte etwas, und dann drang Toms Stimme verzerrt aus der Tiefe zu ihm hoch: »Doktor Graves! Professor!«

Mogens und Graves fuhren erschrocken herum und waren nahezu gleichzeitig bei der Treppe. Mogens war umsichtig genug, Graves den Vortritt zu lassen, denn dieser machte ganz den Eindruck, als ob er ihn glattweg über den Haufen rennen würde, wenn er nicht schnell genug war, folgte ihm aber so dicht, wie es nur ging.

Die Treppe führte mehr als ein Dutzend Stufen weit in engen Windungen nach unten. Die bizarren Stufen waren so steil, dass Mogens schon unter normalen Umständen und bei ausreichender Beleuchtung Hemmungen gehabt hätte, auch nur einen Fuß darauf zu setzen, aber Graves überwand immer zwei oder drei davon mit tollkühnen Sprüngen, sodass der Abstand zwischen ihnen wieder größer wurde, blieb aber dann, kaum unten angekommen, so abrupt stehen, dass Mogens es zu spät registrierte und gegen ihn prallte. Graves machte einen hastigen Ausfallschritt nach rechts, um sein Gleichgewicht wieder zu finden, und auch Mogens gewann den Kampf um seine Balance – wenn auch mühsam – und setzte automatisch zu einer Entschuldigung an.

Die Worte blieben ihm buchstäblich im Hals stecken, als er sah, was sich hinter Graves befand.

Der Raum, in den sie die Treppe geführt hatte, war gewaltig – kein gemauertes Zimmer, sondern eine weitläufige, auf natürliche Weise entstandene Höhle, von deren gewölbter Decke bizarre Kalkgewächse herabhingen und hier und da Wasser tropfte. Auch der Boden war uneben, mit Rissen und gefährlichen Stolperfallen übersät, doch alledem schenkte Mogens nur einen flüchtigen Blick und *weniger* als einen flüchtigen Gedanken. Er starrte einfach nur fassungslos das bizarre Gebilde an, das dicht vor Graves auf den schwarzen Wellen eines schmalen Kanals schaukelte, der die Höhle in zwei ungleich große Hälften zerteilte.

Es war ein Boot. Der schlanke, an beiden Enden nach oben gebogene Bug, der an die einfachen Schilfboote erinnerte, wie sie selbst heutzutage noch auf manchen Flüssen im Norden Afrikas in Gebrauch waren, allerdings gänzlich aus ebenholzschwarzem, glänzend poliertem Holz bestand, musste gute sechs oder sieben Meter messen, und die hoch gebogenen Enden waren mit prachtvollen, wie reines Gold schimmernden Spitzen aus Metall verziert. Von kunstvoll gedrechselten Pfählen getragen, erhob sich in der Mitte des Rumpfes ein großer, in den prachtvollsten Farben leuchtender Baldachin, unter dem ein mehr als mannslanger, schwarzer Block ruhte, auf dessen Oberseite die Umrisse einer bizarren Gestalt eingraviert waren.

Es war ein Sarkophag. Was da vor ihnen auf dem Wasser lag, war eine ägyptische Totenbarke.

Mogens verspürte ein heftiges Erschauern von Ehrfurcht, als ihm klar wurde, dass er vielleicht seit Tausenden von Jahren der erste Mensch war, der ein solches Gebilde mit eigenen Augen erblickte, keine Abbildung in einem Buch, keine spielzeuggroße Kopie in der Vitrine eines Museums, sondern das *Original*, das vielleicht seit Jahrtausenden im Wasser dieses Kanals lag. Es war nicht ganz so, wie er es in Erinnerung hatte. Gewisse Details waren anders – das Boot war insgesamt größer, als man allgemein angenommen und bei den gängigen Rekonstruktionen zugrunde gelegt hatte, und vieles wirkte insgesamt eleganter, anderes dafür aber wieder auch grobschlächtiger, fast, als wäre es nicht wirklich für menschliche Hände gedacht. Und etwas fehlte. Obwohl es geradezu überdeutlich war, dauerte es ein paar Sekunden, bis Mogens es wirklich sah.

»Die Ruderer«, murmelte er.

Graves sah ihn verständnislos an.

»Eigentlich müsste in Bug und Heck jeweils eine lebensgroße Anubis-Statue stehen«, erklärte Mogens. »Eine am

Ruder und die zweite als Navigator im Bug. Aber vielleicht wird das Boot ja nicht von Statuen begleitet, sondern…«

Sondern von ihren Vorbildern selbst, wollte er sagen, aber er ließ das Ende des Satzes unausgesprochen.

Es gelang ihm endlich, seine Starre zu überwinden. Er ging an Graves vorbei und blieb mit klopfendem Herzen am Ufer des kleinen Kanals stehen, auf dem die Barke schwamm. Das Gefühl der Ehrfurcht blieb, aber er spürte auch zugleich immer deutlicher, dass es auch mit diesem Boot dasselbe war wie mit den Wandmalereien und Schriftzeichen oben. Es *sah aus* wie etwas, von dem er zu wissen glaubte, was es war, ohne es indes wirklich zu sein.

Als hätte er seine Gedanken gelesen, sagte Graves in diesem Moment: »Vielleicht ist auch das hier das eigentliche Original, nach dessen Vorbild alle anderen Kopien erschaffen wurden.«

»Das sollten wir uns vielleicht besser nicht wünschen«, sagte Tom.

Mogens fuhr alarmiert herum. Tom war nur wenige Schritte neben ihm an den Kanal heran getreten und hatte sich nach vorne gebeugt. Er betrachtete konzentriert den Sarkophag. Der Ausdruck auf seinem Gesicht gefiel Mogens ganz und gar nicht.

»Wie meinst du das?«, fragte er. »Was soll …?«

Er brach mitten im Satz ab, als er zu Tom hinging und sein Blick ebenfalls über die mattschwarze Oberfläche des Sarkophags strich. Tom musste seine Frage nicht mehr beantworten. Aus dem noch immer anhaltenden Gefühl von Ehrfurcht in Mogens wurde… etwas anderes.

Das Bild, das in die Oberfläche des Sarkophages eingraviert war, zeigte die liegende Gestalt eines hoch gewachsenen, muskulösen Mannes, der die typische Kleidung eines ägyptischen Pharao oder zumindest hochrangigen Edelmannes trug: einen knielangen gestreiften Rock, bis über die Waden hinauf geschnürte Sandalen, und einen prachtvollen, mit Gold verzierten Gürtel. Die Arme waren über der Brust gekreuzt, und in den Händen hielt er eine Art Zepter, das aber keine Ähnlichkeit mit irgendetwas aufwies, was Mogens jemals zu Gesicht bekommen hatte.

Sein Kopf war ein purer Albtraum.

Wenn die Abbildung tatsächlich den Kopf des Wesens zeigte, das sich im Innern des Sarkophages befand und nicht eine bizarre Maske, dann war es kein Geschöpf, das jemals auf dieser Welt gelebt hatte.

Er war sehr viel größer als der eines Menschen und wuchs ansatzlos und ohne sichtbaren Hals direkt aus den Schultern heraus. Es gab kein wirkliches Gesicht, sondern nur eine schuppige Fläche mit mehreren dünnen Schlitzen, die Mund und Nase darstellen mochten, dafür aber umso größere, starre Augen. Etwas wie ein kurzer, aber ungemein kräftiger Papageienschnabel nahm dem grässlichen Anblick auch noch die allerletzte Menschlichkeit. Das Geschöpf hatte keine Haare, sondern nur eine Art Flossenkamm, der in der Mitte des Schädels begann und in seinem Nacken verschwand und etwas wie einen um den gesamten Hals herumlaufenden zotteligen Bart, der allerdings nicht aus Haaren zu bestehen schien, sondern aus einem Gewirr fingerlanger, fleischiger Tentakel.

»Was... ist denn... das?«, krächzte Graves, der ihm gefolgt war. Seine Stimme klang belegt.

Mogens antwortete nicht, sondern riss seinen Blick mit einiger Mühe von dem schrecklichen Gesicht los und betrachtete noch einmal die Hände, die das sonderbare Zepter hielten. Er sah jetzt, dass sie nur vier Finger hatten statt fünf und zusätzliche, schuppige Schwimmhäute dazwischen. Es gab noch mehr Unterschiede zwischen der Physiologie dieses Geschöpfes und der eines Menschen, aber etwas in Mogens schreckte davor zurück, allzu genau hinzusehen.

»Wer weiß«, sagte er mit leiser, belegter Stimme, die sich vergebens um einen sarkastischen Ton bemühte. »Vielleicht auch das Original, nach dem die alten Ägypter erschaffen worden sind.«

»Das ist nicht komisch«, antwortete Graves.

Es hatte auch nicht komisch sein sollen. Mogens erschrak fast vor seinen eigenen Worten, denn er hatte etwas ausgesprochen, was er ganz und gar nicht hatte aussprechen wollen. »Ich hoffe, es sind nicht die Götter, mit denen du verabredet bist, Jonathan«, sagte er.

Graves sog hörbar die Luft ein, doch in diesem Moment drang Miss Preusslers Stimme vom oberen Ende der Treppe zu ihnen herab. »Professor? Tom? Ist alles in Ordnung?«

»Sicher«, antwortete Mogens hastig. »Bleiben Sie oben, Miss Preussler. Die Treppe ist nicht ungefährlich. Tom hat nur einen Kanal entdeckt. Wir kommen sofort wieder hoch.«

Graves warf ihm einen raschen, dankbaren Blick zu. Wenn auch aus vollkommen unterschiedlichen Gründen, so war ihnen doch beiden ganz und gar nicht daran gelegen, dass Miss Preussler hier herunter kam und das unheimliche Götzenbild sah. Mogens wäre es fast lieber gewesen, hätte auch er es nicht gesehen.

»Ich frag mich, wohin dieser Kanal führt«, murmelte Tom. Nachdenklich ließ er sich in die Hocke sinken und streckte den linken Arm zum Wasser hinab, während er sich mit der anderen Hand am Rumpf des Bootes festhielt, um nicht das Gleichgewicht zu verlieren. Mogens war nicht wohl, als er das sah, aber er schwieg.

Tom tauchte die Hand ins Wasser und berührte die Fingerspitzen vorsichtig mit der Zunge, nachdem er sich wieder aufgerichtet hatte. *Dabei* war Mogens noch viel weniger wohl.

»Salzig«, sagte Tom. »Das ist Salzwasser.« Er wischte sich die Finger an der Hose ab. »Der Kanal muss ’ne Verbindung zum Meer haben.«

»Hier?«, fragte Mogens zweifelnd. »So weit im Binnenland?«

»So weit ist es gar nicht«, antwortete Graves. »Luftlinie…« Er überlegte einen Moment. »Vielleicht zwei oder drei Meilen. Kaum mehr.« Mogens’ zweifelnder Blick schien ihm nicht zu entgehen. »Die Straße, die ihr genommen habt, führt ein ganzes Stück an der Küste entlang. Man merkt es nur nicht, weil die Hügel dazwischen liegen.«

Mogens nahm das so hin – zumal er gar nicht wirklich an Graves’ Aussage gezweifelt hatte. Viel mehr hatte ihn plötzlich der Schatten einer Erinnerung gestreift, die irgendetwas mit dem Meer zu tun hatte, ihm aber wieder entglitt, bevor sie wirklich Gestalt annehmen konnte. Es war keine angenehme Erinnerung gewesen – aber alles andere hätte ihn beinahe überrascht. Seit sie vor anderthalb Stunden die Leiter heruntergestiegen waren, schienen sie einen Teil der Welt betreten zu haben, in dem nichts Angenehmes oder Beruhigendes mehr Bestand haben konnte.

»Was ist das da, im Wasser?« Graves deutete auf die fast reglos daliegende schwarze Oberfläche des Kanals hinter dem Boot. Etwas schwamm auf der Wasseroberfläche, und zum Teil wohl auch ein Stück darunter; ein dünnes Geflecht, wie schwarzer Seetang oder Büschel aus dünnen Haaren, die sich in der Strömung bewegten. Tom wollte sich abermals vorbeugen, um danach zu greifen, doch Graves hielt ihn mit einer abermaligen, unwilligen Geste zurück. »Seetang«, wiederholte er. »Wie ich gesagt habe: Der Kanal muss eine Verbindung zum Meer hin haben. Komm – wir wollen die gute Miss Preussler nicht länger als nötig warten lassen.«

Ohne Mogens' Antwort abzuwarten, ging er mit raschen Schritten zur Treppe zurück. Mogens warf noch einen allerletzten, unsicheren Blick auf die monströse Gestalt auf dem Deckel des Sarkophags. Ein Teil von ihm war noch immer von dem bloßen Anblick zu Tode erschreckt, aber da war auch noch ein anderer, auf eine schon fast obszön morbide Weise faszinierter Teil, der sich fragte, was er wohl erblicken würde, wenn sie den Deckel der schwarzen Truhe anhoben. Er sah schwer aus, aber nicht so schwer, dass Tom, Graves und er ihn nicht mit gemeinsamen Kräften bewältigen könnten.

Fast entsetzt verscheuchte er den Gedanken und beeilte sich, zu Graves aufzuschließen.

Miss Preussler wartete voller Ungeduld am oberen Ende des Treppenschachtes. Schon der Ausdruck auf ihrem Gesicht machte Mogens klar, was sie von seiner Behauptung hielt, dort unten gäbe es absolut nichts Außergewöhnliches zu sehen, doch obwohl Graves etliche Sekunden vor ihm hier oben angekommen war, hatte sie ihn bisher nicht einmal eines Blickes gewürdigt. Wenn sich Miss Preussler einmal zu etwas entschlossen hatte, dann blieb sie diesem Entschluss im Allgemeinen auch treu.

»Also?«, fragte sie.

»Wasser«, antwortete Mogens. »Tom hat einen Kanal entdeckt.« Er kam jeder entsprechenden Frage mit einem Kopfschütteln zuvor. »Aber es ist kein Trinkwasser.«

»Was tun wir dann noch hier?«, fragte sie.

Graves hinderte Mogens mit einer unwilligen Geste daran, zu antworten. »Lass uns diese Bilder noch einmal betrachten«, sagte er. »Mir ist da etwas aufgefallen. Komm.« Er ging eilig voraus, ließ seinen Blick ungeduldig, fast hektisch zweimal über die große, bemalte Wand gleiten und deutete dann mit dem Zeigefinger auf eine bestimmte Stelle im unteren Drittel des verwirrenden Gemäldes. »Dort. Siehst du?«

Tatsächlich sah Mogens beinahe sofort, was er meinte. Der Ausschnitt des Bildes, auf den Graves ihn aufmerksam machte, wäre ihm vorher in der Gesamtheit dieses unheimliche Kunstwerkes gar nicht aufgefallen, jetzt jedoch sprang er ihm regelrecht ins Auge. Zwar grob und fast bis an die Grenzen des Unkenntlichen heran stilisiert, nun aber dennoch deutlich zu erkennen, hatte der unbekannte Künstler dort einen Kanal gemalt, auf dem eine Totenbarke schwamm. In einer vollkommen falschen Perspektive darüber war auch der Raum zu erkennen, in dem sie selbst sich befanden. Mogens hatte für einen winzigen Moment das schreckliche Gefühl, sogar vier kleine Gestalten auszumachen, die vor einer bemalten Wand standen, auf der ein Bild mit einer winzig keinen Totenbarke und vier noch kleineren Gestalten zu sehen war, die vor einer bunt bemalten Wand standen, auf der… aber natürlich war es nur Einbildung. Im allerersten Moment hätte Mogens fast über den Streich gelacht, den ihm seine eigene Fantasie spielte, aber schon im zweiten bereitete ihm dieser Umstand deutlich Sorge. Er musste aufpassen, sich am Ende nicht selbst als die größte Gefahr zu erweisen, die ihm drohte.

»Das könnte so etwas wie eine Karte sein«, sagte Graves, wobei er Mogens mit einem Blick bedachte, aus dem man deutlich herauslesen konnte, dass er diese Schlussfolgerung eigentlich von ihm erwartet hätte.

»Möglich«, antwortete Mogens. Graves wirkte noch verärgerter, und Mogens musste ihm im Stillen Recht geben. Jetzt, einmal darauf aufmerksam geworden und mit einem Bezugspunkt, an dem sie sich orientieren konnten, gab es eigentlich gar keinen Zweifel mehr an der Richtigkeit von Graves' Schlussfolgerung. Nachdem er den Weg zurückverfolgt und sich an die Topografie dieser Karte, die vollkommen fremden Gesetzen zu gehorchen schien, gewöhnt hatte, erkannte er sogar etliche der Gebäude und Straßen wieder, an denen sie vorbeigekommen waren – wenn man sie denn so nennen wollte.

Und ihm fiel noch etwas auf. Am Anfang war es nur der Verdacht, kaum mehr als ein vages Gefühl, das umso unschärfer wurde, je angestrengter er versuchte, es klar zu erfassen, doch es war wie mit dem Bild selbst: Je länger er hinsah, desto mehr vertraute Symbole und Zeichen meinte er zu erkennen. Noch weigerten sie sich, irgendeinen Sinn zu ergeben, aber er war plötzlich sicher, dass sie es tun würden, wenn er nur ein wenig Zeit hätte, sie zu studieren.

»Hast du etwas entdeckt?«, fragte Graves. Er war und blieb ein guter Beobachter, wie sich Mogens missmutig eingestehen musste. Er nickte, machte aber auch gleich darauf eine Bewegung, die eine eher unentschlossene Geste daraus werden ließ.

»Ich bin mir nicht sicher«, sagte er ausweichend. »Aber möglicherweise kann ich doch einige dieser Hieroglyphen entziffern.«

»Worauf wartest du dann noch?«

»So einfach ist das nicht«, antwortete Mogens. Graves wollte auffahren, doch diesmal fuhr Mogens in einen Ton sachlicher Bestimmtheit fort, der keinen Widerspruch duldete: »Das hier ist nicht einfach irgendein alter Dialekt, den man eben einmal übersetzen kann. Ich bin nicht einmal sicher, ob ich mich nicht irre. Es gibt eine gewisse Ähnlichkeit zur Hieroglyphenschrift der Ägypter, aber das muss nichts bedeuten. Und selbst die Hieroglyphen sind bisher nur zu einem kleinen Teil entziffert.«

»Und was willst du mir damit sagen, Mogens?«, fragte Graves.

»Unter normalen Umständen würde ich Monate brauchen, bevor ich auch nur eine erste, vorsichtige Prognose abgeben könnte.«

»Leider Gottes sind die Umstände nicht normal«, sagte Graves.

»Eben«, versetzte Mogens. »Insofern ist es wahrscheinlich nicht zu viel verlangt, wenn ich einige wenige Minuten von dir erwarte.« Er machte einen ungeduldige, wedelnde Handbewegung. »Warum studieren Tom und du nicht ein wenig die Karte? Wenn es sich tatsächlich um eine solche handelt, könnte sie von Nutzen sein.«

Anscheinend war Graves viel zu überrascht von seinem plötzlichen, ungewohnt energischen Ton, um noch einmal zu widersprechen. Er schenkte ihm jedenfalls nur einen verwunderten Blick, dann zuckte er trotzig mit den Schultern und drehte sich demonstrativ weg, um zu tun, wozu Mogens ihn aufgefordert hatte.

Mogens bedauerte seine Worte inzwischen schon wieder. Es war gut möglich, dass er den Mund ein wenig zu voll genommen hatte – eine oberflächliche Ähnlichkeit konnte man auch feststellen, wenn man einen in Englisch geschriebenen Text mit einer Seite aus einem portugiesischen Buch verglich. Die Buchstaben sahen gleich aus, selbst manche der Worte ähnelten sich. Und doch hatten sie sehr wenig miteinander zu tun. Jemand, der eine Übersetzung von der einen in die andere Sprache anfertigen wollte, ohne sie beide zu kennen, musste zwangsläufig scheitern. Doch auch, wenn es anders war – er war gar nicht sicher, ob er den Text, der auf dieser Wand niedergeschrieben stand, überhaupt verstehen *wollte*.

Wenn er ehrlich war, dann wollte er ja noch nicht einmal hier sein.

Und trotzdem begann ihn die Aufgabe schon nach wenigen Sekunden in ihren Bann zu ziehen. Es war so, wie er befürchtet hatte – er glaubte manches zu verstehen, aber es ergab keinerlei Zusammenhang, und er musste seine Meinung immer wieder revidieren und von vorne beginnen. Und doch: Nach und nach *ergab* das Gelesene einen Sinn. Zumindest war da etwas wie eine Ahnung, ein noch schwacher Schemen des großen Zusammenhanges, der sich hinter diesen unverständlichen Worten und Symbolen verbarg, und je länger Mogens sich darauf konzentrierte, desto intensiver wurde das unheimliche Gefühl, dass er ihn nur nicht wirklich verstand, weil etwas in ihm vor der Bedeutung dessen, was da vor ihm lag, zurückschreckte.

Nach einer geraumen Weile gab er auf. Möglich, dass die Aufgabe einfach nicht zu lösen war oder er einfach zu viel in zu kurzer Zeit von sich selbst erwartete. »Es hat keinen Zweck«, sagte er resignierend.

»Und das weißt du nach ein paar Minuten?«, fragte Graves spöttisch. »Sagtest du nicht, es werde Monate brauchen, um auch nur eine erste, vorsichtige Einschätzung abgeben zu können?«

»Dabei bleibe ich auch«, antwortete Mogens. »Aus diesem Grund kann ich dir auch nach ein paar Minuten nichts sagen.« Er hob fast trotzig die Schultern. »Manches davon kommt mir bekannt vor. Aber es ergibt keinen Sinn.« Graves starrte ihn weiter feindselig-herausfordernd an, und obwohl Mogens spürte, dass es ein Fehler war, fühlte er sich dennoch zu einer weiter gehenden Erklärung genötigt. Fast widerwillig hob er die Hand und deutete nacheinander auf einige der Symbole und Kartuschen. »Dieses Symbol hier zum Beispiel *könnte* das altägyptische Wort für Herrscher bedeuten oder auch König. Das gleich daneben könnte man mit dem Wort *Ernte* übersetzen, es könnte aber auch genauso gut für eine Durchfallerkrankung stehen, die im alten Ägypten weit verbreitet war. Das hier wiederum bedeutet *Wasser*, möglicherweise aber auch *Straße* oder *Leben*. Das alles ergibt überhaupt keinen Sinn. Vielleicht ist es ein Gedicht, möglicherweise eine Warnung, oder auch nur die Straßennamen, falls das hier wirklich eine Karte ist.«

»Möglicherweise fehlt dir auch nur ein wenig Zeit und Muße«, antwortete Graves in unerwartet verständnisvollem Ton, »oder einfach mehr Text, um ihn mit deinen Erinnerungen zu vergleichen. Vielleicht tröstet es dich zu hören, dass wenigstens Tom und ich Erfolg hatten. Ich bin jetzt sicher, dass es sich tatsächlich um eine Karte handelt.« Plötzlich lächelte er sogar. »Wir sind nicht mehr sehr weit von unserem Ziel entfernt.«

Sie verließen das Gebäude auf demselben Weg, auf dem sie es betreten hatten, wandten sich dann aber nach links und folgten den sonderbar organisch wirkenden Wänden ein gutes Dutzend Schritte weit, ehe sich plötzlich ein schmaler Spalt vor ihnen auftat, in dem Graves ohne zu zögern verschwand – und das im wörtlichen Sinne: Die Dunkelheit verschlang ihn, als hätte er eine unsichtbare Barriere durchschritten, und als Mogens all seinen Mut zusammennahm und ihm folgte, erlebte er eine weitere, unheimliche Überraschung: Der Spalt, durch den er sich blind tastete, war nicht nur absolut dunkel, sondern auch kalt wie die Hölle. Es waren nur wenige Schritte, aber seine Haut brannte wie Feuer, als er auf der anderen Seite heraustrat, und seine Kleider waren bretthart gefroren und knisterten bei jeder Bewegung. Er hoffte, dass Miss Preussler und Tom, die hinter ihm kamen, klug genug waren, die Luft anzuhalten, um sich nicht die Lungen zu verätzen.

Wie es aussah, hatte Graves Recht gehabt. Waren sie bisher durch eine unterirdische Landschaft gegangen, die mehr an einen Gestalt gewordenen Albtraum erinnerte, so lag ein gutes Stück unter ihnen nun die Stadt, deren Plan Graves vorhin so aufmerksam studiert hatte, und Mogens erstarrte bei ihrem Anblick vor Ehrfurcht.

Auch, wenn dieser allererste Eindruck nur wenige Sekunden anhielt, so hatte er im ersten Moment doch das Gefühl, einen Schritt in eine Jahrtausende zurückliegende Vergangenheit getan zu haben. Und einen Schritt hinein in seinen größten Traum.

Unter ihnen lag das alte Theben, Karnak in seiner Blütezeit, Achenaton, wie es sich seine Schöpfer erträumt, aber niemals in solcher Pracht vollendet hatten – alles gemeinsam und noch viel mehr: Eine Stadt von einer Majestät und Schönheit, wie sie der Sand der ägyptischen Wüste niemals hatte begraben können. Da waren Tempel und prachtvolle, von endlosen Reihen überlebensgroßer steinerner Statuen gesäumte Alleen, reich verzierte Wohn- und Zeremoniengebäude, und im Herzen dieser gewaltigen, sich in jede Richtung mindestens eine halbe Meile erstreckende Stadt thronte eine gigantische, ebenmäßige Pyramide mit einer golden schimmernden Spitze. Es war ein Anblick, der ihm den Atem raubte, seinen Pulsschlag zum Stocken brachte und ihn mit einem berauschenden, nie gekannten Glücksgefühl erfüllte.

Und zugleich war er absolut grauenerregend.

Es vergingen nur wenige Sekunden, bevor der Sturm der Euphorie, der in Mogens' Brust tobte, die ersten Risse bekam. Gierig, fast schon verzweifelt, sog er jedes einzelne Bild in sich auf, konnte gar nicht so schnell von einem Wunder zum nächsten blicken, wie er es wollte, wie ein Verhungernder, der sich von einem Atemzug auf den anderen an der überreich gedeckten Tafel eines Königs wiederfindet und sich im ersten Moment einfach nur lachend und irre kreischend inmitten all der aufgefahrenen Köstlichkeiten wälzt, gar nicht fähig, seinen Hunger zu stillen.

Aber einige dieser Speisen waren vergiftet.

Mogens hätte im ersten Moment nicht einmal sagen können, was es war. Etwas wie ein Schatten schien über all dieser Pracht zu liegen, wie ein ganz leiser Verwesungsgeruch, den man vergeblich mit den teuersten Parfums und Essenzen zu überdecken versuchte. Hier war ein Schatten, wo keiner sein sollte, da eine Linie, die sich in eine Richtung krümmte, die zu erkennen menschliche Sinne nicht geschaffen waren, dort eine Verzierung, die zu einer gierig ausgestreckten Kralle wurde. Es war, als wäre nicht unbedingt die Welt, aber die *Realität* dort vorne aus den Fugen geraten und begänne zu bröckeln, wie ein unglaublich altes Gemälde, durch dessen prachtvolle Farben allmählich ein viel älteres, düstereres Bild schimmerte, das mit den Farben des Wahnsinns gemalt war.

Mogens registrierte kaum, wie Tom und nur einen Augenblick später auch Miss Preussler neben ihnen erschienen. Tom sagte kein Wort, sondern erstarrte einfach zur Salzsäule, während Miss Preussler ein sonderbares kleines Geräusch ausstieß, dass Mogens nicht genau deuten konnte, und die Hand vor den Mund schlug.

»Und du bist ganz sicher, dass du dorthin willst, Jonathan?«, fragte er.

»Sicher?« Graves lachte schrill. »Hast du den Verstand verloren, Mogens? Keine Macht der Welt könnte mich jetzt noch daran hindern!«

Vielleicht keine Macht *dieser* Welt, dachte Mogens. Er sagte nichts, und wozu auch? Ein einziger Blick in Graves' Gesicht machte ihm klar, wie vollkommen sinnlos jedes weitere Wort gewesen wäre.

Graves drehte sich, ein ebenso glückliches wie irrsinniges Lächeln auf dem Gesicht, zu Miss Preussler um. »Ist das der Ort, an dem Sie waren? Wohin hat man Sie gebracht?«

»Ich… bin nicht ganz sicher«, antwortete sie – aber auch jetzt wieder an Mogens gewandt, nicht an ihn. »Es war…« Sie suchte einen Herzschlag lang vergeblich nach Worten und fand schließlich in einem hilflosen Nicken Zuflucht. »Ich war… es sah anders aus, aber ich war dort.«

»Und wo genau?«, fragte Mogens. »Die Gefangenen, von denen Sie gesprochen haben… in welchem Gebäude sind sie untergebracht?«

»Ich… ich bin nicht ganz sicher«, wiederholte sie zögernd. »Aber ich erkenne es bestimmt wieder, wenn ich es sehe.« Sie fuhr sich nervös mit dem Handrücken über das Gesicht. Raureif glitzerte in ihrem Haar, und auch ihre Kleider waren steif gefroren und knisterten bei jeder Bewegung. Aber die Kälte in ihren Augen hatte einen anderen Grund.

»Ich will nicht dorthin«, sagte sie leise. »Dieser Ort… ist die Hölle.«

»Aber ich bitte Sie, meine Liebe«, sagte Graves. »Was Sie sehen, das erschreckt Sie zweifellos. Um offen zu sein, erschreckt es mich ebenso. Aber es ist nichts Böses, bitte glauben Sie mir. Was Sie dort sehen, ist ein Teil einer vollkommen fremden Welt! Sie ist so verschieden von der unseren, dass wir sie nie und nimmer verstehen werden. Nicht einmal unsere *Sinne* sind imstande, sie wirklich zu erfassen. Es ist ganz natürlich, dass es Ihnen Angst macht. Aber das ist ganz und gar nicht notwendig. Ganz im Gegenteil! Begreifen Sie denn nicht, welches Geschenk uns hier gemacht worden ist? Wir sind vielleicht die ersten Menschen dieser Welt, die *das hier* sehen dürfen.«

Miss Preussler zweifelte – dem Blick nach zu schließen, mit dem sie ihn maß – ganz eindeutig an seinem Verstand. Sie setzte zu einer Antwort an, schien sich dann im letzten Moment wieder daran zu erinnern, die Kommunikation mit ihm endgültig und unwiderruflich eingestellt zu haben, und wandte sich mit einem zugleich hilflos wie beinahe flehend wirkenden Blick abermals an Mogens.

»Ich kann verstehen, wenn Sie nicht noch einmal dorthin zurückkehren wollen«, sagte er. »Tom und ich können alleine versuchen, die Gefangenen zu finden. Aber Sie müssten uns schon sagen, wo …«

»Ich habe nicht gesagt, dass ich nicht mitgehe«, unterbrach sie ihn. »Ich habe lediglich gesagt, dass ich es nicht *will.*«

»Wie rührend«, sagte Graves. »Ehrlich – mir bricht das Herz beim Anblick von so viel Mut und Selbstlosigkeit. Nur, was Tom angeht, muss ich Sie wohl enttäuschen. Ich fürchte, dass ich seine Dienste selbst in Anspruch nehmen muss.«

Mogens verzichtete auf eine Antwort, konnte aber einen raschen, fragenden Blick in Toms Gesicht nicht ganz unterdrücken. Was er sah, verwirrte ihn. Aber es alarmierte ihn auch ein ganz kleines bisschen. Tom stand noch immer wie zur sprichwörtlichen Salzsäule erstarrt da und blickte auf die unterirdische Stadt hinunter. Auf seinem Gesicht war die gleiche Mischung von fassungslosem Staunen und Entsetzen abzulesen, wie sie auch Mogens empfand, nur dass der Anteil von Entsetzen deutlich größer zu sein schien. Aber da war auch noch mehr. In seinen Augen stand eine grimmige Entschlossenheit geschrieben, die Mogens einen eisigen Schauer über den Rücken laufen ließ.

»Tom?«, fragte er.

Im allerersten Moment schien es, als würde Tom überhaupt nicht reagieren. Dann fuhr er leicht zusammen, riss seinen Blick von der Ansammlung bizarrer Häuser, Straßen und Gebäude los und verzog die Lippen zu einem dünnen, vollkommen verunglückten Lächeln. »Alles in Ordnung, Professor«, sagte er. »Ich war nur überrascht. Damit... habe ich nicht gerechnet.«

»Das hat wohl keiner von uns«, antwortete Mogens.

»Und dort unten warten sicherlich noch viel mehr und größere Wunder auf uns«, fügte Graves hinzu. »Aber wir werden sie möglicherweise nie zu Gesicht bekommen, wenn wir noch lange hier herumstehen und reden.«

Was nicht unbedingt das Schlechteste wäre, fügte Mogens in Gedanken hinzu. Er wunderte sich allmählich über sich selbst. Ein Teil von ihm befand sich noch immer in einem Zustand schierer Euphorie. Der Forscher, der er die ganze Zeit über immer gewesen war, jubilierte innerlich, und es war ihm vollkommen egal, welches finstere Geheimnis sich unter der Oberfläche des Sichtbaren verbergen mochte und ob er möglicherweise mit dem Leben für diese Entdeckung bezahlen musste. Und dennoch wurde seine Furcht immer stärker. Mit jedem schweren, hämmernden Herzschlag in seiner Brust verstand er besser, was Miss Preussler gerade gemeint hatte. Sie hatten vermutlich gar keine andere Wahl, als dort hinunter zu gehen, gleich, aus welchen Gründen – aber er *wollte* es nicht. Um keinen Preis. Ein immer größer werdender Teil in ihm selbst krümmte sich vor Entsetzen bei der bloßen Vorstellung, nur einen Fuß in diese abscheuliche Stadt zu setzen.

»Aber wo sind all diese... Geschöpfe?«, murmelte Miss Preussler. »Als ich gestern hier unten war, da waren es Hunderte. Wohin sind sie verschwunden?«

»Spielt das eine Rolle?«, fragte Graves. »Wir sollten froh sein, sie nicht zu sehen.« Er sah sich konzentriert um und deutete dann mit dem ausgestreckten Arm nach rechts. »Dort drüben ist eine Brücke.«

Mogens hätte für das, was Graves als Brücke bezeichnete, ohne Schwierigkeiten ein halbes Dutzend anderer, weniger schmeichelhafte Bezeichnungen gefunden, aber er musste Graves Recht geben. Das Niveau der Stadt lag gute fünfzehn oder zwanzig Meter unter ihnen, als wäre sie ihn einen Krater hinein gebaut worden, der hier tief unter der Erde gähnte. Mogens traute sich zwar trotz seines geschwächten Zustandes immer noch zu, die zerschrundene Böschung hinunterzuklettern, doch der Weg, den Graves entdeckt hatte, war zweifellos einfacher. Und vermutlich auch sicherer. Zugleich stellte er sich natürlich dieselbe Frage wie Miss Preussler gerade. Hier unten sollte es von Ghoulen wimmeln. *Wo waren sie?*

Ohne ein weiteres Wort setzten sie sich in Bewegung.

Sie mussten trotz allem ein kleines Stück weit eine fast schon halsbrecherische Kletterpartie hinter sich bringen, um sich ihren Weg über rasiermesserscharfe Steine und Grate zu suchen, bis sie Graves' *Brücke* erreicht hatten. Danach wurde es schlimmer. Mogens nahm in Gedanken seine Einschätzung zurück, dass dieser Weg der leichtere wäre, aber er konnte Graves nicht die Schuld daran geben, so gerne er es auch getan hätte. Der kühn geschwungene, steinerne Bogen, der zum Niveau der Stadt hinunterführte, machte einen soliden und äußerst breiten Eindruck, doch sobald sie ihn betreten hatten, änderte sich das schlagartig. Nicht nur Mogens' Sinne begannen regelrecht Amok zu laufen, kaum dass er den Boden aus zyklopischen Steinquadern berührte, die auf schier unfassliche Weise *falsch* miteinander vermauert waren. Seine Augen sagten ihm, dass die Brücke weiter solide und massiv stand, aber sein Gleichgewichtssinn behauptete das Gegenteil. Ständig hatte er das Gefühl, die Arme ausstrecken zu müssen, um nicht zu stürzen, und die Brücke schien ununterbrochen sowohl ihre Breite als auch ihre Form zu verändern. Mogens versuchte sich mit dem Gedanken zu beruhigen, dass es vermutlich ganz genauso war, wie Graves gerade Miss Preussler gegenüber behauptet hatte: Es war nicht diese Umgebung, mit der etwas nicht stimmte. Es waren nur ihre eigenen, unzulänglichen menschlichen Sinne, die verrückt spielten, weil sie mit dem, was sich ihnen darbot, nichts anfangen konnten.

Aber war dieser Gedanke tatsächlich eine Beruhigung?

Endlich aber hatten sie es geschafft, und Graves – natürlich Graves; niemals hätte er sich *das* nehmen lassen – war der Erste, der seinen Fuß auf den Boden der eigentlichen Stadt setzte. Er verlieh dem Moment das ihm seiner Meinung nach wohl zustehende Gewicht, indem er zwei oder drei Herzschläge lang einfach mit geschlossenen Augen stehen blieb, sodass sie gezwungen waren, ebenfalls anzuhalten und zu warten, bis er endlich zur Seite trat und ihnen Platz machte.

Mogens wandte sich mit einem fragenden Blick an Miss Preussler. »Wohin?«

Suchend und mit einem hilflosen Ausdruck sah sie sich um. Schließlich deutete sie – zögernd – auf ein großes, mit prachtvollen Farben bemaltes Gebäude von quadratischem Grundriss, das nur etwa vierzig oder fünfzig Meter entfernt lag. »Dorthin«, sagte sie, und fügte nach einer Sekunde und leise hinzu: »Glaube ich.«

»Dafür ist jetzt keine Zeit«, sagte Graves unwillig. »Uns bleiben nur noch wenige Stunden.«

»Wofür?«, wollte Mogens wissen.

»Hast du mir denn überhaupt nicht zugehört, du Narr?«, fauchte Graves. »Das Tor ist geöffnet, Mogens! Der Weg zum Hundsstern steht offen!«

»Und?«, fragte Mogens ruhig. Erneut lief ihm ein rascher, eisiger Schauer über den Rücken. Dass Graves auf eine gewisse Art wahnsinnig war, hatte er mittlerweile endgültig begriffen. Aber vielleicht war ihm das wahre Ausmaß dieses Wahnsinns – und seine Gefährlichkeit! – trotz allem noch nicht ganz klar gewesen.

»Und?«, keuchte Graves. »Mogens! Wir können ihnen gegenübertreten, verstehst du denn nicht? Dieser Weg öffnet sich nur zweimal in einem ganzen Menschenleben! Wir können diese Chance nicht ungenutzt verstreichen lassen!«

»Und was genau meinst du damit?«, wiederholte Mogens. Er war ziemlich sicher, die Antwort zu kennen, so wie auch Graves umgekehrt wissen musste, dass er sie kannte. Und doch war es wichtig für ihn, Graves dazu zu zwingen, sie laut auszusprechen.

»Im Augenblick sind wir relativ sicher«, sagte Graves. »Mir war nicht ganz klar, ob ich die alten Schriften richtig gedeutet habe, aber nun bin ich sicher. Solange das Tor geöffnet ist, scheinen die Diener zu schlafen. Aber sie werden erwachen, sobald es sich wieder schließt, und wenn wir dann noch hier sind, töten sie uns.«

»Die Diener?«

Graves' Gesicht wurde zu einer hässlichen Grimasse der Ungeduld. »Die Ghoule.« Er machte eine unwillige Handbewegung. »Nenn sie, wie du willst. Wichtig ist, dass sie uns nicht gefährlich werden, solange wir keinen Fehler machen.«

»Dann wäre jetzt die Gelegenheit, die Gefangenen zu befreien«, sagte Mogens.

Graves' Reaktion war ganz genau die, die er erwartet hatte. »Bist du von Sinnen?«, keuchte er. »Uns bleiben vielleicht noch zwei Stunden, allerhöchstens drei! Wir haben keine Zeit für so einen romantischen Unsinn!«

»Menschenleben zu retten würde ich nicht als romantischen Unsinn bezeichnen«, antwortete Mogens ruhig.

Graves setzte sichtlich dazu an, aufzufahren, riss sich dann aber im letzten Moment wieder zusammen und antwortete erst nach einer spürbaren Pause und mit einem bedauernden Kopfschütteln. »Dein Verhalten ehrt dich, Mogens«, sagte er. »Aber das hier ist jetzt nicht der Moment für große Gesten. Schon gar nicht, wenn sie sinnlos sind.«

»Menschenleben zu retten ist auch nicht sinnlos«, beharrte Mogens.

»Wenn man bei dem Versuch scheitert, schon«, antwortete Graves. Er wandte sich nun ganz zu Miss Preussler um und fuhr in noch sanfterem Tonfall fort. »Es tut mir aufrichtig Leid, meine Liebe, aber Tatsache ist, dass diesen Menschen nicht mehr zu helfen ist. Glauben Sie mir, sie waren im gleichen Moment verloren, in dem sie in die Gewalt dieser Geschöpfe geraten sind.«

»Und woher wollen Sie das wissen?«, fragte Miss Preussler. Ihr Entsetzen über das, was sie hörte, war nun eindeutig größer als ihr Stolz, der es ihr bisher unmöglich gemacht hatte, direkt mit Graves zu sprechen.

»Ich weiß viel über diese Kreaturen«, gestand Graves. »Es gibt so viel mehr, was ich nicht weiß, aber manches habe ich in den letzten zehn Jahren doch herausgefunden. Die Zeit reicht nicht, um es Ihnen zu erklären, und Sie würden es wahrscheinlich auch gar nicht verstehen – aber glauben Sie mir dies: Diesen bedauernswerten Menschen ist nicht mehr zu helfen. Niemand, der einmal in die Gewalt dieser Wesen gerät, kann gerettet werden.«

»Niemand?«, wiederholte Miss Preussler spöttisch.

Graves nickte nur noch einmal, und noch überzeugter. »Sie sind die Erste, die ihnen jemals entkommen ist, soviel ich weiß«, sagte er. »Und ich verstehe es nicht wirklich.«

»Wo es einmal eine Ausnahme gegeben hat, da kann es auch noch andere geben«, beharrte Miss Preussler. Sie machte eine zornige Handbewegung, als Graves etwas darauf erwidern wollte, und fuhr in hörbar schärferem Tonfall fort. »Genug, Doktor Graves. Sie sind ein Monstrum! Wie können Sie annehmen, ich wäre bereit, auch nur das Leben eines einzigen Menschen zu riskieren, nur um mich mit diesen... *Ungeheuern* zu treffen? Ich werde diese Gefangenen suchen, und wenn es sein muss, ganz allein!«

»Und damit alles aufs Spiel setzen?«, fragte Graves. »Wenn Sie die Diener wecken, ist alles vorbei. Dann werden Sie nicht nur die Gefangenen nicht befreien, Sie besiegeln damit auch unser Schicksal.«

»Dieses Risiko werde ich wohl eingehen müssen«, antwortete Miss Preussler ungerührt.

»Das kann ich nicht erlauben, fürchte ich«, erwiderte Graves.

»Und wie wollen Sie mich daran hindern?«, erkundigte sich Miss Preussler in fast freundlichem Tonfall. »Vielleicht mit Gewalt?«

»Wenn es sein muss«, bestätigte Graves.

Mogens sagte nichts dazu, aber er tat etwas anderes: Er trat mit einem einzigen, demonstrativen Schritt unmittelbar neben Miss Preussler und verschränkte herausfordernd die Arme vor der Brust. Graves' Augen wurden schmal. Er straffte sich. Einen Moment lang versuchte er einfach, Mogens niederzustarren. Als ihm das nicht gelang, warf er einen herausfordernden Blick in Toms Richtung.

Tom senkte betreten die Augen und sah weg.

»Mogens, so sei doch vernünftig!« Graves' Stimme wurde beschwörend, ja, schon beinahe flehend. »Versuch doch wenigstens zu verstehen, wovon ich spreche!«

»Ich fürchte, ich verstehe dich nur zu gut«, antwortete Mogens traurig.

»Wohl kaum! Uns bietet sich hier die vielleicht größte Chance, die sich Menschen jemals geboten hat, seit diese Welt existiert. Begreifst du denn nicht, was wir alles von ihnen lernen können? Was sie uns geben können?«

Mogens sah ihn nur weiter traurig an. Er wusste, dass sie verloren hatten. Dieses Gespräch war vollkommen sinnlos. Statt zu antworten, sah er auf bezeichnende Art auf Graves' in schwarzes Leder gehüllte *Hände* hinab und schüttelte noch einmal den Kopf.

»Aber ich *muss* dorthin!« Graves schrie fast, während er heftig gestikulierend mit beiden Armen auf die monströse Pyramide im Herzen der Stadt deutete. »Verstehst du es denn nicht! Es ist alles genau so, wie es in den alten Schriften beschrieben wird! Und ich habe es gesehen, vorhin, auf dem Plan! Das Tor ist dort, in dieser Pyramide! Und es ist offen!«

Auch wenn er es im Grunde gar nicht wollte, hob Mogens noch einmal den Kopf und sah in dieselbe Richtung, in die Graves' schreckliche Hände deuteten. Schon der bloße Anblick des monströsen Bauwerkes bereitete ihm jetzt eine fast körperlich spürbare Übelkeit. Es war, als würde es schlimmer, mit jedem Schritt, den sie sich dieser gemauerten Obszönität näherten. Mogens korrigierte seine Schätzung, was ihre Größe anging, noch einmal um ein gehöriges Stück nach oben, und er fragte sich zugleich, wieso es ihm nicht sofort und auf den ersten Blick aufgefallen war. Diese Pyramide war keine bloße Kopie des Grabmals des Cheops in Gizeh. Es war mit ihr wie mit den Hieroglyphen, dem Boot und allem anderen hier. *Dies* war das Original, nach dessen Vorbild die großen Pyramiden in Kairo errichtet worden waren. Ihre Größe und Proportionen entsprachen exakt denen der Cheopspyramide, und die vermeintlichen Unterschiede rührten einzig daher, dass all die verstrichenen Jahrtausende *diesem* Bauwerk nichts hatten anhaben können. Alles war da. Selbst die gewaltige, mit purem Gold bedeckte Spitze, die bei den Pyramiden Ägyptens längst dem Ansturm der Zeit und der Gier der Menschen zum Opfer gefallen war, schimmerte prachtvoll und höhnisch auf sie herab.

Und zugleich war dieses monströse Etwas so vollkommen *anders*, so abstoßend und furchteinflößend in all seiner Größe, dass er das Gefühl hatte, zugrunde gehen zu müssen, wenn er es zu lange ansah.

»Also gut!«, fauchte Graves. »Dann gehe ich eben allein. Ich bin tief enttäuscht von dir, Mogens. Und von dir auch, Tom. Nach allem, was ich für dich getan habe, hätte ich mir etwas mehr Loyalität erhofft.«

Weder Mogens noch Tom antworteten. Tom drehte sich noch um ein kleines Stück weiter weg und presste die Lippen aufeinander.

»Ihr wisst ja nicht, was ihr da verschenkt«, murmelte Graves, schüttelte noch einmal den Kopf und drehte sich dann herum, um mit raschen Schritten in Richtung der Pyramide davon zu gehen. Mogens wollte ihm nachblicken, aber die verdrehte, sinnverwirrende Fremdartigkeit dieses Ortes spielte ihm abermals einen Streich. Obwohl Graves nicht rannte, schrumpfte seine Gestalt schon nach wenigen Schritten zusammen und entschwand dann gänzlich seinen Blicken.

»Danke, Tom«, sagte Miss Preussler. Ihre Stimme wurde weich. »Das war sehr tapfer von dir.«

»Nein«, widersprach Tom. Er machte eine Kopfbewegung in Richtung der Pyramide, ohne sie indes direkt anzusehen. »Tapfer wär es gewesen, Doktor Graves zu begleiten. Aber das kann ich nicht. Ich geh nicht dahin. Dieser Ort ist *böse.*«

Auch Mogens hätte es nicht besser ausdrücken können. Er musste sogar eingestehen, dass Tom in seiner einfachen, direkten Art viel präziser ausgedrückt hatte, was er selbst in einem Sturm komplizierter Gefühle und Gedanken nicht so hatte auf den Punkt bringen können. Alles, was er beim Anblick dieser monströsen Pyramide empfand, lief auf dieses eine, schlichte Wort hinaus, auch wenn es in seiner von Wissenschaft und Logik geprägten Welt eigentlich nichts zu suchen hatte. Sie war böse.

Mogens war erschüttert von der schlichten Einfachheit dieses Gedankens. Er bedurfte keiner Erklärungen, keiner Begründung und keines Wenn und Aber, denn er enthielt eine fundamentale Wahrhaftigkeit, die keinerlei Zweifel zuließ. Selbst der Wissenschaftler in ihm schwieg, obwohl er noch vor weniger als einer Stunde die Existenz von etwas wie dem absolut Bösen – oder auch Guten – vehement bestritten hätte. Waren dies doch Begriffe aus der Gefühls- und Gedankenwelt des Menschen, die in der rein logisch erklärbaren Welt der Wissenschaft nichts verloren hatten. Aber vielleicht war es genau umgekehrt. Vielleicht war es nicht die Wissenschaft, die als eherne Grundpfeiler das Gefüge des Universums stützte, sondern vielleicht waren es gerade Begriffe wie Gut und Böse, Richtig und Falsch, Glaube und Zweifel, die das Universum zusammenhielten, und vielleicht war es kein Zufall, dass seinen Geschöpfen zuerst das Fühlen gegeben wurde und erst dann das Denken.

Es kostete ihn einige Mühe, diesen Gedanken abzuschütteln und sich wieder auf das Hier und Jetzt zu konzentrieren.

»Dann sollten wir uns auf den Weg machen«, sagte er. »Ich weiß nicht, wie viel Zeit uns bleibt, aber ich fürchte, dass sie so oder so knapp wird.« Er warf Tom bei diesen Worten einen fragenden Blick zu, auf den er aber auch diesmal wieder nur ein zaghaftes Kopfschütteln zur Antwort bekam. Immerhin setzte sich der Junge als erster in Bewegung und schlug die Richtung ein, in die Miss Preussler gerade gedeutet hatte, und kaum hatte er die ersten zwei oder drei Schritte getan, da wiederholte sich der unheimliche Effekt, den er gerade schon bei Graves beobachtet hatte: obwohl Tom nicht schnell ging, schien er sich rasend schnell zu entfernen, als lege er mit jedem Schritt ein Zehnfaches der eigentlich möglichen Entfernung zurück. Mogens beeilte sich, Miss Preussler am Arm zu ergreifen und Tom zu folgen. Irgendetwas sagte ihm, dass ihre Aussichten, einander wiederzufinden, sollten sie sich in dieser unheimlichen, unwirklichen Umgebung aus den Augen verlieren, nicht gerade gut standen.

Das Gefühl, etwas durch und durch Falsches zu tun, wurde mit jedem Schritt schlimmer, den sie tiefer in die Stadt eindrangen. Noch immer war keine Spur der Bewohner dieser unterirdischen Nekropole zu sehen, und noch immer hörten sie nicht das mindeste Geräusch, und dennoch schnürte das Gefühl, beobachtet, aus unsichtbaren, gierigen Augen belauert und angestarrt zu werden, Mogens mit jedem Schritt mehr den Atem ab. Er wagte es schon längst nicht mehr, auch nur in Richtung der monströsen Pyramide zu sehen, die wie ein steinerer Gott über dieser Stadt thronte, aber es nutzte nichts. Er konnte *sich* verbieten, dieses groteske Gebilde anzustarren, aber er konnte *ihm* nicht verbieten, seinerseits *sie* anzustarren. Der Gedanke war vollkommen absurd, und doch war es ganz genau das, was nicht nur Mogens in diesem Moment fühlte: Es war dieses Gebäude, das sie belauerte. Nichts in ihm oder seiner Nähe, nicht die Kreaturen, die es erschaffen hatten oder auch heute noch bewohnen mochten, sondern dieses entsetzliche… *Etwas* selbst.

Sie betraten eine der breiten Alleen, die die Stadt in regelmäßigen Abständen zerteilten und allesamt auf die Pyramide in ihrem Zentrum zu strebten. Ohne es auch nur selbst zu bemerken, hielten sie ganz instinktiv den größten nur möglichen Abstand zu den unheimlichen Gebäuden, die die Straße säumten, sodass sie im Grunde etwas sehr Dummes taten: Sie bewegten sich ohne jegliche Deckung und für jedermann weithin sichtbar genau in der Mitte der Straße. Wenn in diesem Moment auch nur einer der unheimlichen Bewohner dieser Stadt aus seinem Haus trat und zufällig in ihre Richtung blickte, dann *musste* er sie einfach sehen, dachte Mogens. Und dennoch ging er gerade weiter, nahm lieber die Gefahr einer frühzeitigen Entdeckung in Kauf, als sich einem dieser grässlichen Gebilde aus Stein und gemauerter Furcht auch nur eine Sekunde früher zu nähern, als unbedingt nötig war.

Wieder war es, als hätte Miss Preussler seine Gedanken gelesen; auch wenn die Wahrheit wohl eher die war, dass ihre Überlegungen in die gleiche Richtung gingen wie seine. Sie sah sich in immer kürzeren Abständen und mit deutlich zunehmender Nervosität um und murmelte schließlich: »Ich verstehe das nicht. Wo sind sie alle?«

»Vielleicht hatte Graves ja Recht mit seiner Vermutung«, antwortete Mogens. »Tom?«

Er hatte eigentlich gar nicht mit einer Antwort gerechnet. Doch nachdem er einige weitere Schritte getan hatte – und noch immer, ohne ihm dabei in die Augen zu sehen –, sagte Tom: »Ich weiß es wirklich nicht, Professor. Doktor Graves hat mir nie sehr viel über die Ergebnisse seiner Arbeit erzählt. Ein bisschen hab ich aufgeschnappt und mir das eine oder andere auch zusammengereimt, aber...«

»Aber du hast es nicht geglaubt, nicht wahr?«, führte Mogens den Satz zu Ende, als Tom nicht antwortete, sondern nur wieder betreten den Blick senkte und die Unterlippe zwischen die Zähne zog, um darauf herumzukauen. »Wie hättest du auch? Ich glaube es ja selbst nicht – nicht einmal jetzt, wo ich es sehe.«

Tom warf ihm einen kurzen, dankbaren Blick zu, blieb aber weiter so niedergeschlagen, wie er war. »Aber ich hätte es tun sollen«, beharrte er. »Doktor Graves hat... sehr viel für mich getan. Ich weiß, dass Sie nicht viel von ihm halten, Professor, und ich nehm an, dass Sie gute Gründe dafür haben. Aber er hat mir das Leben gerettet, und er hat...« Er suchte einen Moment lang vergebens nach Worten und hob schließlich die Schultern. »Ich bin ihm auf jeden Fall mehr schuldig, als ich jemals zurückzahlen kann.«

»Das ist Unsinn, Thomas«, sagte Miss Preussler. »Dieser Mann hat sich mit dem Teufel eingelassen. Du bist ihm gar nichts schuldig. Was immer er für dich getan hat oder auch nicht, geschah ganz gewiss nur aus Eigennutz. Mach dir bitte keine Vorwürfe.« Sie wechselte abrupt das Thema und deutete nach links. »Dort drüben.«

Ihr ausgestreckter Arm deutete auf ein monströses Gebäude, das Mogens an eine auf absurde Art detonierte Mastaba erinnerte und aus der Entfernung bunt bemalt und fast freundlich gewirkt hatte. Jetzt wirkten die Farben matt und vermittelten dem Betrachter ein staubiges Gefühl, das es einen fast schwer machte, zu atmen. Mogens' Unbehagen wuchs noch weiter, als er die beiden riesigen Statuen rechts und links des offen stehenden Einganges betrachtete. Aus der Ferne hatte er sie für große Sphinxen gehalten, doch sie waren es nicht. Die gemauerten Wächter, die das Tor flankierten, stellten so wenig eine Sphinx dar, wie die Gestalt auf dem Sarkophag ein Mensch gewesen war.

»Vielleicht… hätten Sie das Gewehr nehmen sollen, das Graves Ihnen angeboten hat, Professor«, sagte Miss Preussler nervös.

Mogens hielt einen Moment inne und sah sie überrascht an. Miss Preussler verabscheute Waffen mindestens ebenso sehr wie er, das wusste er. Dennoch nickte sie bekräftigend, als sie seinen verwunderten Blick bemerkte, und fügte mit einer Geste auf ihr Ziel hinzu: »Dort drinnen sind sehr viele von *ihnen*.«

»Wenn Doktor Graves Recht hat, dann schlafen *sie*«, sagte Tom. »Und ich glaub, er hat Recht.«

»Alle?«, vergewisserte sich Mogens.

»Doktor Graves hat mir mal erzählt, dass *sie* nur die Diener der alten Götter waren«, sagte Tom, während sie weitergingen. »Und er war wohl der Meinung, dass es sich noch dazu nur um mindere Kreaturen handelte.«

»Es gibt keine *minderen Kreaturen*, Thomas«, verbesserte ihn Miss Preussler mit einem Unterton von sanftem Tadel.

»Doktor Graves war jedenfalls der Meinung, *sie* wären nicht viel mehr als Tiere, die nur für niedrige Arbeiten bestimmt waren«, beharrte Tom. »Oder vielleicht auch so was wie ihre Krieger. Er hat nicht oft mit mir drüber gesprochen, und ich hab auch nicht alles verstanden, wenn ich ehrlich bin. Aber ich glaub, er war der Meinung, dass *sie* in eine Art... Schlaf versinken, wenn sich das Tor öffnet.«

»Und wozu sollte das gut sein?«, fragte Miss Preussler.

»Das weiß ich nicht«, antwortete Tom, fügte dann aber trotzdem – und leiser – hinzu: »Vielleicht fürchten die Götter *sie* selbst.«

Miss Preusslers Stimme wurde streng. »Hör endlich mit diesem dummen Gerede von ›Göttern‹ und ›mächtigen Wesen‹ auf, Thomas«, sagte sie. »Es gibt keine Götter, Tom. Nur einen einzigen Gott, und der fürchtet sich ganz bestimmt nicht vor diesen Scheusalen.«

»Aber Doktor Graves ...«, begann Tom.

»... ist wahnsinnig, so einfach ist das!«, unterbrach ihn Miss Preussler. »Und jetzt will ich nichts mehr von diesen Mann und seinem verrückten Gerede hören!«

Es war schwer, Toms Reaktion genau einzuschätzen. Im allerersten Moment sah er Miss Preussler beinahe verstockt an, und Mogens glaubte für eine Sekunde sogar so etwas wie blanke Feindseligkeit in seinen Augen aufblitzen zu sehen. Dann aber zwang er sich zu einem schüchternen Lächeln und setzte zu einer Antwort an – und ein einzelner Schuss peitschte über den Platz.

Tom fuhr wie von der Tarantel gestochen herum. Alle Farbe wich aus seinem Gesicht. *»Doktor Graves!«*

Mogens ahnte, was passieren würde, aber er zögerte einen Sekundenbruchteil zu lange. Tom sah sich hektisch um. Sein Blick flackerte, während er vergebens versuchte, die Richtung herauszufinden, aus der der Schuss gekommen war. »Doktor Graves«, keuchte er noch einmal.

»Tom – *nicht!*«, schrie Mogens – aber es war zu spät. Tom

wirbelte auf der Stelle herum und rannte mit gewaltigen Sätzen davon, und Mogens' zupackende Hände griffen ins Leere. Tom war mit zwei Schritten verschwunden, aufgesogen von der unheimlichen Perspektive dieser verzerrenden Welt. Nur das Geräusch seiner Schritte war noch für einen weiteren Moment zu hören, bevor es ebenfalls erlosch.

»Um Himmels willen, Professor, so *tun* Sie doch etwas«, hauchte Miss Preussler. »Halten Sie ihn auf!«

Aber wie denn? Mogens machte tatsächlich einen halben Schritt in die Richtung, in die Tom verschwunden war, blieb aber sofort wieder stehen. Tom war nicht einfach nur davongelaufen. Er war so spurlos verschwunden, als hätte er niemals existiert. Mogens verspürte ein neuerliches, eisiges Frösteln, als ihm klar wurde, dass er nicht einmal mit wirklicher Sicherheit sagen konnte, in welche Richtung er davongelaufen war. Vielleicht gab es so etwas wie *Richtungen* hier unten gar nicht.

»Lassen Sie ihn, Miss Preussler«, sagte er leise. »Ich glaube nicht, dass wir ihn zurückholen könnten. Selbst wenn wir wüssten, wo er ist.«

»Wahrscheinlich haben Sie Recht«, pflichtete sie ihm niedergeschlagen bei. »Der arme Junge.« Sie atmete schwer ein und aus, dann drehte sie sich langsam und mit hängenden Schultern wieder zu Mogens um. »Kommen Sie, Professor«, sagte sie. »Hier gibt es noch andere, die unserer Hilfe bedürfen. Suchen wir diese armen Menschen.«

Von all den Schrecken, die er im Innern des Gebäudes befürchtet hatte, wartete kein einziger auf sie, als sie durch das Tor schritten. Die Wirklichkeit war ganz im Gegenteil beinahe enttäuschend, zumindest aber banal: Ein rechteckig geschnittener, vollkommen leerer Raum mit hoher Decke, dessen Wände nur sparsam bemalt waren, sich aber in einem denkbar schlechtem Zustand befand. Der Putz war überall in großen, hässlichen Flecken abgeblättert und gab den Blick auf das darunter liegende Mauerwerk frei, das ebenfalls stark beschädigt war. Einer der gewaltigen Balken, die die Decke trugen, war gebrochen, wodurch die gesamte Deckenkonstruktion durchhing und deutlich aus der Waage gerutscht war, worin möglicherweise der Grund für das sonderbar missgestalt wirkende Äußere dieses ganzen Gebäudes zu suchen war. Mogens fragte sich sogar ganz automatisch, ob dasselbe nicht vielleicht auch auf alle anderen Gebäude der Stadt zutraf. War das, was er für den Beweis einer vollkommen fremdartigen, unbegreiflichen Dimension gehalten hatte, am Ende nur profaner Verfall? Er glaubte nicht wirklich an diese Erklärung, konnte sie aber auch nicht ganz von der Hand weisen. Was immer das Geheimnis dieser unterirdischen Stadt auch sein mochte – ob sie nun tatsächlich von Geschöpfen aus dem Bereich des Hundesterns errichtet worden war oder von Menschen dieser Welt –, eines waren sie ganz gewiss: unvorstellbar alt. Niemand hatte bisher eine Stadt untersucht, die fünftausend Jahre alt war, und somit wusste auch niemand, was eine derartige Zeitspanne anzurichten vermochte.

Noch etwas – gänzlich Unerwartetes – geschah: So sehr ihn der allgegenwärtige Verfall hier drinnen überraschte, so beruhigend wirkte er doch zugleich auf ihn. Der Gedanke, dass letzten Endes nicht einmal diese unheimlichen Zeugnisse einer fremdartigen Kultur der Zeit wirklich trotzen konnten, hatte etwas Versöhnliches. Graves' Große Alte mochten Götter sein, vom menschlichen Standpunkt aus, aber sie waren sterbliche Götter.

»Und nun?«, fragte er.

Miss Preussler fuhr unmerklich zusammen, als Mogens' Worte die unheimliche Stille durchbrachen. Irgendetwas in der Dunkelheit jenseits des Einganges fing den Klang seiner Stimme auf und warf ihn auf eine Art verzerrt und gebrochen zurück, der viele seiner Überlegungen von soeben ihrer Grundlage beraubte. *Echos* verändern sich nicht, nur weil das, was sie erzeugten, *alt* war.

»Ich bin nicht sicher«, antwortete sie – flüsternd, und das nicht, weil sie Angst hatte, gehört zu werden, vermutete Mogens, sondern um nicht erneut eines dieser Schauder machenden Echos zu erzeugen. »Es ging eine Treppe hinunter. Ziemlich weit«, fügte sie nach kurzem Zögern hinzu.

Statt zu antworten, stellte Mogens seine Lampe ab und begann in den Jackentaschen zu graben, bis er ein Streichholzbriefchen gefunden hatte. An der simplen Aufgabe, die Karbidlampe zu entzünden, wäre er um ein Haar gescheitert. Bisher hatte Tom diese kleinen Pflichten für sie übernommen, und Mogens brauchte fast eine Minute, um die einfache Mechanik zu ergründen, mittels derer er den Glaskolben nach oben schieben konnte, um den Docht zu erreichen. Bei Miss Preusslers Lampe war er dann schon deutlich schneller.

Auch im kalten Licht der beiden Grubenlaternen verlor der Raum nichts von seinem sichtlichen Alter. Mogens entdeckte nirgendwo auch nur eine Spur von Staub – ein weiteres Rätsel, das er vermutlich nie lösen würde –, aber dafür unübersehbare Anzeichen von Verfall. Die Wände waren überall gerissen, und der zerbrochene Tragbalken über ihren Köpfen war nicht allein: Gut die Hälfte der mächtigen Balken, die die Decke trugen, waren mehr oder weniger stark beschädigt. Mogens dachte besorgt an die heftigen Erdstöße zurück, die die Tempelkammer oben verwüstet hatten. Er verstand nicht allzu viel von Statik und Ingenieurskunst, aber er war ziemlich sicher, dass dieses Gebäude einer starken Erschütterung nicht standhalten würde.

Sie passierten mehrere Türen, die in benachbarte, ebenfalls vollkommen leere Räume von beinahe noch gewaltigeren Dimensionen führten, dann standen sie vor einer weiteren, diesmal geschlossenen Tür. Sie unterschied sich von allem, was sie bisher hier drinnen gesehen hatten, aber der Anblick war Mogens trotzdem nicht neu.

Sie war kleiner als ihre monströse eiserne Schwester oben in der Tempelkammer und bestand aus grobporigem, im Laufe der Jahrtausende fast zu Stein gewordenem Holz und hatte nur einen und nicht zwei Flügel, und dennoch war die Ähnlichkeit unübersehbar. In ihre Oberfläche waren dieselben, unheimlichen Zeichen und Symbole eingraviert, von denen Mogens nun vollkommen sicher war, dass es sich um nichts anderes als Warnungen handelte, und auch zu ihrer Rechten und Linken erhoben sich zwei monströse, steinerne Wächter: schreckliche Zwitter aus Mensch, Tier und fremdartiger Abscheulichkeit, die ihn – obwohl er sie nicht zum ersten Mal sah – nun bis ins Mark erschreckten.

»Wie schrecklich«, murmelte Miss Preussler neben ihm. »Welches kranke Hirn denkt sich so etwas aus?«

»Wahrscheinlich... ist es nur eine Warnung«, sagte Mogens schleppend. Es fiel ihm immer schwerer, dem Anblick dieser grässlichen Geschöpfe standzuhalten – aber vielleicht lag das gar nicht an der detailbesessenen Genauigkeit dieser in Stein gemeißelten, krakenköpfige Ungeheuer. Obwohl er sich mit schon fast verzweifelter Kraft dagegen wehrte, stieg plötzlich ein anderes Bild aus seiner jüngeren Erinnerung in ihm empor: Das eines nahezu identischen, wenngleich kleineren Wesens, dessen Abbild in das schwarze Holz eines Sarkophags hineingeschnitzt worden war...

»Eine Warnung.« Miss Preussler machte ein sonderbares Geräusch. »Dann sollten wir vielleicht besser darauf hören, wie?«, fragte sie – und trat mit einem entschlossenen Schritt zwischen den beiden gewaltigen Wächterstatuen hindurch, hob ihre Lampe und legte die gespreizten Finger der anderen Hand gegen die Tür.

Mogens fuhr so heftig zusammen, als hätte er einen elektrischen Schlag bekommen. Für den Bruchteil einer Sekunde war er felsenfest davon überzeugt, dass etwas Schreckliches geschehen würde – etwa dass die unheimlichen steinernen Wächter zu plötzlichem Leben erwachen und sich auf sie stürzen, der Boden sich auftun und die unglückliche Miss Preussler verschlingen oder die sonderbaren Symbole und Linien auf der Tür selbst mit einem Male hervorbrechen und sich wie ein Nest wuselnder Schlangen oder Würmer um sie wickeln würden, um sie zu erdrücken.

Das Dramatischste, was geschah, war das Herabrieseln einer dünnen Staubfahne...

Miss Preussler drückte die Tür trotz ihres unzweifelhaft enormen Gewichts ohne sichtbare Anstrengung auf, hob ihre Lampe noch ein kleines Stückchen höher und leuchtete durch den entstandenen Spalt, bevor sie sich wieder zu Mogens herumdrehte und dazu ansetzte, etwas zu sagen. Dann aber zog sie stattdessen nur die Augenbrauen zusammen, legte den Kopf auf die Seite und sah ihn gleichermaßen fragend wie alarmiert an. »Professor?«

Mogens fuhr sich nervös mit der Zungenspitze über die Lippen. Er konnte nicht antworten. Plötzlich wünschte auch er sich, Toms Gewehr doch genommen zu haben. Nicht, dass er Waffen mit einem Male weniger verabscheut hätte als zuvor, sondern weil es offensichtlich in der Natur des Menschen liegt, sich in Momenten der Gefahr zu verteidigen – und dazu eignete sich eine Waffe nun einmal besser als eine Laterne.

»Professor?«, fragte Miss Preussler noch einmal, als sie auch nach einigen weiteren Sekunden noch keine Antwort bekam. »Ist alles in Ordnung?«

Endlich gelang es Mogens, sich vom Anblick der unheimlichen Standbilder loszureißen. »Sicher«, sagte er nervös. »Ich war nur...« Er suchte einen Moment nach Worten und rettete sich schließlich in eine Antwort, die der Wahrheit so nahe kam, wie er es gerade noch wagte. »Der Anblick dieser... *Dinger* hat mich wohl doch mehr erschreckt, als ich zugeben möchte«, sagte er mit einer entsprechenden Geste auf die Statuen. Irrte er sich, oder hatte die eine den Kopf um ein kleines Stückchen weiter nach links gedreht? Und hatte sich die mit unheimlichen Schwimmhäuten versehene Hand der anderen nicht um eine Winzigkeit gehoben, wie um sich zum Zupacken bereit zu machen?

Miss Preussler sah offensichtlich nichts dergleichen, denn auch ihr Blick ging noch einmal und sehr aufmerksam über die beiden steinernen Kolosse, aber ihre einzige Reaktion war ein leicht spöttisches Lächeln in seine Richtung. »Sollte es nicht eigentlich genau anders herum sein, Professor?«, fragte sie spöttisch. »Sollte *ich* nicht hysterisch reagieren, und *Sie* versuchen, mich zu beruhigen?«

»Das ist alles geplant, Miss Preussler«, antwortete er mit einem nervösen Lächeln. »Indem ich Ihnen das Gefühl gebe, mich beruhigen zu müssen, beruhige ich in Wahrheit Sie. So haben Sie weniger Gelegenheit, über Ihre eigene Furcht nachzudenken, wissen Sie?«

»Raffiniert«, antwortete sie. »Muss man studiert haben, um sich einen solchen Unsinn auszudenken?«

»Mindestens zehn Jahre«, bestätigte Mogens.

Sie lachten, und zu seiner Überraschung musste Mogens gestehen, dass es durchaus funktionierte, denn das Lachen nahm dem Moment wenigstens einen Teil seiner Atem abschnürenden Beklemmung. Miss Preussler stieß die Tür ohne viel Federlesens weit genug auf, um als Erste hindurch treten zu können, und sie setzten ihren Weg fort.

Auf dem ersten Stück unterschied sich der Gang auf der anderen Seite nicht von der großen Halle, durch die sie gekommen waren, denn er hatte dieselbe klare Linienführung und war in ebenso schlechtem Zustand. Doch diese Ähnlichkeit nahm mit jedem Schritt ab, den sie weiter vordrangen. Trotz der unübersehbaren Anzeichen allgegenwärtigen Verfalls war die Halle zugleich fast klinisch sauber gewesen. Hier stießen sie auf immer mehr Trümmer und Schutt. Die Luft war mit Staub geschwängert, und es stank.

Nach nur einem knappen Dutzend Schritten mussten sie mühsam über wahre Trümmerberge hinwegsteigen, und selbst das starke Licht ihrer beiden Lampen weigerte sich, der Dunkelheit, die sie aus allen Richtungen zu belagern schien, mehr als vage Umrisse zu entlocken. Dennoch wurden Miss Preusslers Schritte eher schneller, und obwohl sie sich Mühe gab, es nicht zu deutlich werden zu lassen, spürte Mogens deutlich, dass sie nur aus Rücksicht auf ihn nicht noch schneller ging.

Sie erreichten die Treppe, von der sie gesprochen hatte, bevor die Situation vollends peinlich werden konnte, und Miss Preussler blieb stehen und versuchte mit ihrer Lampe in die Tiefe zu leuchten. Man konnte nicht viel erkennen, aber der üble Geruch kam eindeutig von dort unten, und das kalte weiße Licht riss zumindest die ersten drei der vier Stufen aus der Dunkelheit. Sie unterschieden sich so sehr von der strengen Geometrie des Gebäudes, wie es nur ging, und wirkten, als hätte sie jemand mit bloßen Händen aus dem Fels herausgebrochen.

»Lassen Sie mich vorgehen«, sagte er – was das genau Gegenteil dessen war, was er wirklich wollte.

Miss Preussler schüttelte auch nur den Kopf. »Diese Treppe ist sehr steil, mein Junge«, sagte sie spöttisch. »Wenn ich das Gleichgewicht verliere und gegen Sie falle, werden Sie mich kaum halten können, oder?«

Sie gab Mogens gar keine Gelegenheit, noch einmal den Gentleman zu spielen, sondern setzte sich unverzüglich in Bewegung und verschwand schnaubend in der Tiefe; scheinbar mühsam und übervorsichtig, aber dennoch so schnell, dass Mogens sich sputen musste, um nicht den Anschluss zu verlieren.

Wie sich zeigte, hatte sie eher unter- als übertrieben. Die Treppe war geradezu halsbrecherisch, und sie schien kein Ende zu nehmen. Mogens schätzte, dass sie sich mindestens zehn oder zwölf Meter tiefer unter der Erde befanden, als die ungleichen Stufen unter seinen Füßen endlich wieder halbwegs ebenem Boden wichen. Er blieb stehen, schloss die Augen und atmete gezwungen tief ein und aus, während er darauf wartete, dass das Schwindelgefühl endlich verging. Eine Treppe hinunterzugehen, die sich wie ein versteinertes Schneckenhaus um sich selbst drehte und deren Stufen allesamt unterschiedlich hoch und breit waren, tat seinem Gleichgewichtssinn offensichtlich nicht besonders wohl.

Die verpestete Luft hier unten einzuatmen anscheinend auch nicht. Der Gestank, eine Mischung aus faulem Wasser, menschlichen und tierischen Ausscheidungen, Moder und einem durchdringenden Raubtiergeruch, nahm ihm fast den Atem, und er begann ein Gefühl leiser Übelkeit in seinem Magen zu spüren, das sich nicht so anfühlte, als würde es besser werden.

»Dort vorne«, sagte Miss Preussler. »Ich erinnere mich jetzt wieder. Es ist nicht mehr weit!«

Hieß das, dass sie sich vorher nicht erinnert hatte, dachte Mogens fast hysterisch, und auf gut Glück vorausgegangen war?

Er stellte die Frage vorsichtshalber nicht laut.

Jedwede Ähnlichkeit mit einem von Menschen oder auch nur irgendeinem anderen vernunftbegabten Wesen erschaffenen Bauwerk löste sich auf, als sie weitergingen. Die Treppe hatte sie in nichts anderes als ein offenbar willkürlich entstandenes Höhlenlabyrinth hinab geführt. Zu dem grässlichen Gestank, der mit jedem Schritt schlimmer zu werden schien, gesellte sich nun auch noch ein wahres Konzert kaum minder unangenehmer und unheimlicher Geräusche: ein schweres und rhythmisches Gluckern und Klatschen, das sich nicht wirklich wie das Geräusch von Wasser anhörte, sondern das einer viel zäheren, klebrigen Flüssigkeit; ein hohles, wisperndes Heulen und Wehklagen, das sich beharrlich weigerte, sich Mogens' Erklärung zu beugen, es wäre nur das Geräusch von Wind, der sich an Graten und Unebenheiten brach; dann und wann ein Kollern, wie von einem Stein, der von der Decke gestürzt – oder von einem krallenbewehrten Fuß angestoßen worden – war; und manchmal etwas wie ein dumpfes Stöhnen. Und auch die leuchtenden Flecke auf den Wänden waren wieder da: Bakterien, Pilze, Sporen oder mikroskopisch kleine, leuchtende Organismen, möglicherweise aber auch etwas, das so weit von Mogens' fast verzweifelt zusammengebastelter Erklärung entfernt war, wie es nur ging.

Miss Preussler ließ sich von alledem jedoch nicht im geringsten irritieren, ja, ihre Schritte schienen ganz im Gegenteil eher an Festigkeit zuzunehmen. Mit einer Entschlossenheit, von der Mogens sich zwang, zu glauben, sie beruhe auf sicherem Wissen und nicht etwa nur auf dem Vertrauen in ihr Glück, eilte sie voraus und durchquerte mehrere unterschiedlich große, verschieden geformte Höhlen und Passagen, bevor sie plötzlich stehen blieb und fast erschrocken in seine Richtung gestikulierte, ebenfalls anzuhalten.

»Still!«, flüsterte sie. Gleichzeitig setzte sie ihre Lampe zu Boden und drehte an dem kleinen Rädchen, das den Docht zum Erlöschen brachte. Mogens tat rasch und mit einem unguten Gefühl dasselbe, doch es wurde nicht so dunkel, wie er befürchtet hatte. Zwar brauchten ihre Augen auch jetzt wieder einige Sekunden, um sich von dem fast schattenlosen weißen Licht der Karbidlampen wieder an den milden, alle Umrisse auflösenden grünen Schein zu gewöhnen, dann aber konnte er beinahe besser sehen als zuvor.

»Dort drüben«, fuhr Miss Preussler, immer noch im Flüsterton, fort. »Ich glaube, das ist der Raum, in dem ich gewesen bin.«

Ein einzelnes Wort in diesem Satz gefiel Mogens ganz und gar nicht, aber er ersparte es sich auch jetzt, seine Zweifel an ihren Qualitäten als Führerin in Worte zu kleiden. Es war ohnehin zu spät. Mit einem wortlosen Nicken forderte er sie auf, weiterzugehen.

Miss Preussler duckte sich unter einem weiteren Felsvorsprung hindurch und erstarrte dann mitten in der Bewegung. Mogens konnte sehen, wie sie die Hand vor den Mund schlug, um einen Schrei zu unterdrücken, und war mit einem einzigen Satz neben ihr.

Um ein Haar hätte er selbst aufgeschrien, als er sah, worüber Miss Preussler beinahe gestolpert wäre.

Es war ein Ghoul. Das Geschöpf kauerte in sonderbar geduckter, vorgebeugter Haltung auf dem Boden, den Kopf mit den spitzen Ohren und der langen Schakalschnauze gesenkt und beide Arme weit nach vorne gestreckt. Der Anblick erinnerte Mogens an die Haltung, in der die meisten Muselmanen zu beten pflegten, nur, dass *dieses* Geschöpf ganz gewiss nicht niedergekniet war, um zu beten. Das grüne Licht, das sich in den weit offen stehenden, starren Augen der Kreatur spiegelte, verlieh ihr etwas durch und durch Unmenschliches.

»Um Himmels willen, Professor, seien Sie vorsichtig«, flüsterte Miss Preussler, als Mogens sich behutsam der knienden Kreatur näherte. Mogens deutete zwar ein Nicken an, bewegte sich aber dennoch weiter und ließ sich dicht neben dem Ghoul in die Hocke sinken. Sein Herz klopfte vor Furcht, und seine Hände zitterten so heftig, dass er sie unbewusst zu Fäusten ballte, und dennoch spürte er instinktiv, dass von der Kreatur keine Gefahr ausging; jedenfalls nicht im Moment.

»Ist es… tot?«, flüsterte Miss Preussler.

»Nein«, antwortete Mogens. »Aber irgendetwas…« Er zuckte fast hilflos mit den Schultern und streckte die Hand nach der struppigen Schulter des Geschöpfes aus, wagte es aber doch nicht, sie zu berühren. »Ich weiß es nicht«, gestand er schließlich. »Er scheint zu schlafen – aber ich bin nicht sicher.« Eigentlich stimmte das nicht. Er war ziemlich sicher, dass die Kreatur nicht schlief, sondern in eine Starre verfallen war. Seine Augen waren weit geöffnet und blinzelten dann und wann, und Mogens meinte sogar ganz leise, sein schweres, rasselndes Atmen zu hören. Dennoch war er beinahe sicher, die Kreatur getrost anfassen, ja, sogar umstoßen zu können, ohne dass sie erwacht wäre.

Sein wissenschaftlicher Ehrgeiz ging jedoch nicht so weit, diesen Verdacht experimentell zu überprüfen. Er stand auf.

»Vielleicht hat Graves ja Recht, und sie schlafen alle«, sagte er. »Kommen Sie. Und vorsichtig.«

Seine Warnung war höchst überflüssig. Miss Preussler ging in so weitem Bogen um die reglose Kreatur herum, wie es überhaupt nur möglich war, und Mogens meinte sogar zu sehen, dass sie die Luft anhielt, während sie an dem schlafenden Ghoul vorbeischlich.

Diese erste, schlafende Kreatur blieb nicht die einzige. Sie stießen auf immer mehr reglose, allesamt in derselben, wie betend anmutenden Haltung erstarrten Ghoule, je tiefer sie in das unterirdische Labyrinth vordrangen. Mogens blieb noch zwei- oder dreimal stehen, um einen Blick auf eines der schlafenden Geschöpfe zu werfen, wagte es aber trotz allem nicht, sie zu berühren. Ihm fiel auf, dass sie allesamt in die gleiche Richtung blickten. Aber das mochte Zufall sein.

»Das ist unheimlich«, flüsterte Miss Preussler. »Mir wäre fast wohler, wenn sie noch wach wären.«

Mogens nicht. Er setzte gerade zu einer entsprechenden Antwort an, als hinter ihm ein halblautes, klagendes Geräusch erscholl; fast wie ein Stöhnen.

Mogens fuhr alarmiert herum –

– und sein Herz hörte auf zu schlagen.

Er hatte sich nicht getäuscht. Es war ein Stöhnen gewesen. Vor ihnen bewegte sich eine schemenhafte, blasse Gestalt, die sich in der flackernden blassgrünen Helligkeit nahezu aufzulösen schien. Dennoch erkannte Mogens, dass es sich um eine Frau handelte. Sie war in zerschlissene Lumpen gehüllt und starrte vor Dreck, und ihr Haar hing in langen, verfilzten Strähnen bis weit in ihr Gesicht.

Trotzdem erkannte Mogens sie sofort.

Es war Janice.

Mogens erwachte auf der Seite liegend, am ganzen Leib zitternd und in fötaler Haltung zusammengekrümmt. Sein Herz pochte, und das allererste, mit dem sich sein Körpergefühl zurückmeldete, war ein schrecklicher Durst. Sein Hals schmerzte, und als er versuchte, die Augen zu öffnen, gelang es ihm nicht auf Anhieb. Dann, mit der gleichen, nahezu explosiven Plötzlichkeit, mit der er die Kontrolle über seinen Körper und seine Sinne verloren hatte, kehrte beides zurück.

»Bleiben Sie liegen, Professor.«

Mindestens sein Erinnerungsvermögen schien noch nicht vollkommen zurückgekehrt zu sein, denn im allerersten Moment kam ihm die Stimme vollkommen fremd vor. Dann – und erst einen Sekundenbruchteil, nachdem er die Augen geöffnet und in ihr Gesicht geblickt hatte – erkannte er sie.

»Alles wieder in Ordnung?«, fragte Miss Preussler.

Mogens wollte antworten, aber seine Stimme versagte ihm den Dienst. Sein Hals schmerzte immer noch heftig. Alles, war er zustande brachte, war ein hilfloses Krächzen.

»Einen Moment.« Miss Preussler verschwand für einen Herzschlag aus seinem Gesichtsfeld, kam zurück und setzte eine flache Metallflasche an seine Lippen. Mogens schluckte ganz automatisch und rang im nächsten Moment hustend und fast verzweifelt japsend nach Luft. Was er für Wasser gehalten hatte, war keins.

»Nicht so hastig«, sagte Miss Preussler und zog die Flasche zurück. Mogens konnte sich täuschen, aber er meinte einen ganz leisen Unterton von Schadenfreude in ihrer Stimme zu hören. »Sie bekommen noch mehr, aber nicht so schnell.«

»Das... ist kein Wasser«, krächzte Mogens. Wenigstens seine Stimme gehorchte ihm wieder.

»Natürlich nicht«, antwortete Miss Preussler. »Allerbester Kentucky-Whiskey, garantiert zwölf Jahre alt – und damit fast so alt wie ich«, fügte sie augenzwinkernd hinzu. Aber das spöttische Lächeln verschwand fast ebenso so schnell wieder aus ihren Augen, wie es darin erschienen war. »Geht es wieder?«

Mogens versuchte zu antworten und brachte diesmal immerhin ein nicht mehr ganz so qualvolles Husten an Stelle eines halb erstickten Krächzens zustande. Von einem gelegentlichen Gläschen Portwein einmal abgesehen – und selbst das nur ganz selten und zu ausgesuchten Gelegenheiten – trank er niemals Alkohol, ja, verabscheute ihn geradezu. Aber er musste eingestehen, dass das warme Gefühl, das sich rasch in seinem Magen ausbreitete, durchaus angenehm war. Und obwohl seine Kehle brannte, als hätte er versehentlich mit verdünnter Säure gegurgelt, schien der Schmerz zugleich aber den Kampf gelöst zu haben, der seine Stimmbänder befallen hatte. »Ja«, brachte er mühsam hervor. Miss Preussler sah ihn noch einen weiteren Moment lang unübersehbar zweifelnd an, dann aber zuckte sie mit den Schultern, setzte die Reiseflasche selbst an die Lippen und nahm einen Schluck, der deutlich größer war als der, den Mogens gerade getrunken hatte.

»Was ist passiert?«, murmelte er. »Ich... es tut mir wirklich Leid. Ich weiß auch nicht... ich meine... bitte entschuldigen Sie, dass...«

»Sie sollten sich vielleicht einmal entscheiden, ob Sie sich nicht erinnern können oder ob das, woran Sie sich nicht erinnern können, Ihnen nun peinlich ist«, sagte Miss Preussler mit sanftem Spott, während sie die Flasche sorgsam wieder zuschraubte und in einer Falte ihres Kleides verschwinden ließ, wo anscheinend eine Tasche verborgen war. So spöttisch ihrer Stimme klang, so ernst war der Blick, mit dem sie in währenddessen maß.

Statt irgendetwas darauf zu erwidern, setzte sich Mogens weiter auf und drehte den Kopf. Sie waren nicht allein. Nur ein paar Schritte entfernt kauerte eine zitternde Gestalt vor der Wand. Sie hatte die Knie an den Leib gezogen und saß beinahe in der gleichen Haltung da, in der er gerade noch auf dem Boden gelegen hatte, hatte aber die Arme gehoben und die Hände schützend über dem Kopf zusammengefaltet. Was er von ihrem Gesicht erkennen konnte, war hinter einem Vorhang aus strähnigem, schmutzstarrendem schwarzem Haar verborgen, aber er konnte die Furcht in ihrem Blick fast körperlich fühlen, obwohl er ihre Augen nicht einmal wirklich erkennen konnte.

Langsam, um sie nicht durch eine hastige Bewegung noch mehr zu ängstigen, stand er auf, ging zu der jungen Frau hinüber und ließ sich einen halben Schritt vor ihr wieder in die Hocke sinken. Unendlich behutsam streckte er die Hand aus, ergriff ihren Arm und drückte ihn mit sanfter Gewalt nach unten. Die junge Frau versuchte erschrocken, noch weiter vor ihm zurückzuweichen, was aber nicht möglich war, weil sie sich bereits mit aller Kraft gegen die raue Felswand presste, und zog stattdessen die Knie noch weiter an den Leib. Sie zitterte heftig. Ihre Augen waren schwarz vor Angst.

Es waren nicht Janices Augen. So wenig, wie ihr Gesicht das von Janice war. Sie hatte nicht einmal Ähnlichkeit mit ihr. Sie war viel zu jung – nicht einmal ganz in dem Alter, in dem Janice gewesen war, als sie sich das letzte Mal gesehen hatten, dabei aber so abgemagert und ausgezehrt, dass sie fast wie eine Greisin wirkte –, und soweit er ihr Gesicht unter all dem Schmutz, Schorf und Grind überhaupt erkennen konnte, schienen ihre Züge leicht asiatischen Einschlag zu haben. Ihre Lippen waren aufgeplatzt und entzündet, und Mogens sah, dass ihr nahezu alle Zähne im Unterkiefer fehlten. Da das

Kleid, das sie trug, praktisch nur noch aus Fetzen bestand, konnte er sehen, dass sich auch der Rest ihres Körpers in einem ebenso bemitleidenswerten Zustand befand. Die junge Frau war nicht nur halb verhungert, sondern ganz offensichtlich auch schwer misshandelt worden, und das über längere Zeit.

»Verstehen Sie mich?«, fragte er. Er hatte nicht wirklich mit einer Antwort gerechnet, doch er bekam eine Reaktion, auch wenn sie ihm schier den Atem abschnürte. Die junge Frau begann noch heftiger zu zittern. Abermals versuchte sie, vor ihm zurückzuweichen, und die Angst in ihrem Blick wurde zu etwas, das sich wie ein glühender Dolch in seine Brust bohrte. Er fand plötzlich keine Worte mehr und fuhr sich hilflos mit der Zunge über die Lippen.

»Sie... Sie brauchen keine Angst zu haben«, murmelte er. »Ich tue Ihnen nichts.«

Auch damit schien er es nur noch schlimmer zu machen. Die junge Frau begann leise zu wimmern und verbarg abermals das Gesicht hinter den Armen.

»Das hat keinen Sinn«, sagte Miss Preussler leise hinter ihm. »Ich fürchte, das arme Ding versteht gar nicht, dass Sie ihm etwas sagen wollen. Ich habe es auch schon versucht. Vielleicht spricht sie unsere Sprache nicht.«

Mogens fragte sich beiläufig, wie lange er eigentlich bewusstlos gewesen war, hielt seinem Blick dabei aber fest auf das Gesicht der jungen Frau gerichtet. Er sagte nichts – Miss Preusslers Theorie erschien ihm aus irgendeinem Grund nicht besonders überzeugend, aber er hatte das Gefühl, dass es schon allein der Klang seiner Stimme war, der sie nahezu zu Tode erschreckte –, hob aber, noch sehr viel langsamer als beim ersten Mal, den Arm, streckte behutsam die Hand in ihre Richtung aus und drehte sie ein paar Mal hin und her, um ihr zu zeigen, dass sie leer und nicht etwa zur Faust geballt war, um sie zu schlagen. Das Wimmern der jungen Frau wurde nur noch lauter, und sie zitterte plötzlich am ganzen Leib. Mit einem Male wurde Mogens klar, dass er ihr Todesangst einjagte.

Obwohl er sich mehrere Schritte von der jungen Frau entfernt hatte und nicht einmal in ihre Richtung sah, während er mit Miss Preussler redete, hockte sie noch immer zusammengekauert an der Wand und hatte die Arme über den Kopf gehoben wie ein Kind, das bestraft worden war und nun Angst hatte, noch weiter geschlagen zu werden. »Ich glaube nicht…«, begann er vorsichtig, wurde aber sofort von Miss Preussler wieder unterbrochen.

»Lassen Sie es mich noch einmal versuchen. Vielleicht hat sie sich inzwischen ja ein wenig beruhigt.«

Mogens musste sich nicht einmal umsehen, um zu wissen, dass das bestimmt nicht der Fall war. Aber was hätte er sagen sollen? Dass sie dieses arme Wesen auf keinen Fall mitnehmen konnten, weil sie sie nur belasten, ja, möglicherweise sogar in Gefahr bringen würde? Zweifellos entsprach das den Tatsachen, und ebenso zweifellos wusste Miss Preussler dies genau so wie er – aber es auch nur *auszusprechen* hätte ihn auf die gleiche Stufe wie Graves gestellt, sowohl in Miss Preusslers Augen als auch in seinen eigenen. So hob er nur die Schultern, wandte sich demonstrativ – allerdings noch immer sehr langsam, um das Mädchen nicht durch eine unbedachte, schnelle Bewegung noch mehr zu verschrecken – ab und ging zum jenseitigen Ausgang der Höhle. Auch dahinter schimmerte das wohlbekannte, geisterhaft grüne Licht, doch Mogens nahm unterwegs trotzdem seine Lampe auf und kramte schon einmal in der Jackentasche, um die Schachtel mit den Schwefelhölzern im Bedarfsfall gleich zur Hand zu haben.

Er brauchte sie nicht. Der nicht einmal anderthalb Meter hohe Durchgang führte in einen schmalen Stollen, der höher und breiter wurde, je mehr er sich seinem Ende näherte, das vielleicht fünfzehn oder zwanzig Schritte entfernt lag, und dabei immer mehr von seinen natürlichen Unebenheiten verlor, bis er schließlich in präzise errichtetes Mauerwerk überging. Auf dem letzten Stück waren die leuchtenden grünen Flechten sorgsam entfernt worden, aber Mogens konnte die Wandmalereien, die die monströsen Steinplatten verzierten, dennoch deutlich erkennen; denn hinter der sorgsam gemauerten Tür, in der der Korridor endete, brannte rotes und gelbes Licht. Als er näher kam, mischte sich der typische Geruch von brennendem Holz in den immer noch allgegenwärtigen Gestank, der die Luft verpestete.

Mit klopfendem Herzen und geduckt, obwohl die Tür mindestens zwei Meter hoch war, trat Mogens in den angrenzenden Raum und hob vollkommen sinnloserweise die Laterne, als er sich aufrichtete und sich dabei rasch einmal um seine eigene Achse drehte.

Der Raum war ebenso leer wie die große Halle, durch die sie oben gekommen waren, befand sich aber in einem viel weiter fortgeschrittenen Stadium des Verfalls. Ein Teil der Decke war eingestürzt und gab den Blick auf einen unregelmäßig geformten, schmalen Schacht frei, der offensichtlich bis zur Oberfläche hinaufführte, und auch die gegenüberliegende Wand zeigte deutliche Spuren gewaltsamer Zerstörung. Ein fast handbreiter Riss spaltete sie vom Boden bis zur Decke, und in dem flackernden rötlichen Licht, das den Raum erfüllte, konnte Mogens Schwaden von tanzendem Staub erkennen. Als er sich dem Riss näherte, sah er, dass noch immer ein Strom aus Staub und feinen Schmutzpartikeln daraus zu Boden rieselte. Was immer hier geschehen war – es lag noch nicht sehr lange zurück. Mogens musste wieder an das schwache Erdbeben denken, das sie am Abend verspürt hatten. Er hatte mittlerweile nicht mehr die geringste Vorstellung davon, wie tief sie sich unter der Erde befinden mochten, doch was sie dort oben nur als sachtes Zittern verspürt hatten, das konnte hier unten durchaus ein gewaltiger Erdstoß gewesen sein.

Mogens sah nachdenklich in die Richtung zurück, aus der er gekommen war. Ganz leise drang Miss Preusslers Stimme an sein Ohr. Er konnte nicht verstehen, was sie sagte, wohl aber den beruhigenden, sanften Klang ihrer Worte. Vielleicht hatte sie ja tatsächlich Erfolg, und es gelang ihr, das Vertrauen der jungen Frau zu erringen. Selbst dann würde sie noch eine enorme Belastung für sie darstellen, aber längst nicht mehr in dem Maße, wie sie es wäre, wenn man sie mit Gewalt zwingen müsste mitzukommen.

Plötzlich erschrak er vor seinen eigenen Gedanken. Sie waren hergekommen, um Menschen wie sie und andere, die ihr schreckliches Schicksal teilten, zu finden. Wieso suchte ein Teil von ihm jetzt angestrengt nach Gründen, sie hierlassen zu können? Hastig schüttelte er den Gedanken ab und zwang sich, seine Inspektion des Raumes fortzusetzen – auch wenn es nicht mehr allzu viel zu sehen gab. Was von den Wandmalereien und Fresken die gewaltsame Zerstörung überstanden hatte, war ihm genauso unverständlich und rätselhaft wie alles andere, was er im oberen Teil der Stadt gesehen hatte.

Mogens war nicht wohl bei der Vorstellung, seine Erkundung auf eigene Faust fortzusetzen und sich noch weiter von Miss Preussler und dem Mädchen zu entfernen, aber er musste ihr wohl oder übel noch ein wenig Zeit geben, und zumindest bis jetzt bestand kaum die Gefahr, sich zu verirren. Die Kammer hatte nur einen einzigen weiteren Ausgang, und Mogens nahm sich fest vor, spätestens dann kehrtzumachen, wenn er eine Abzweigung oder Kreuzung erreichte, an der er sich entscheiden musste, in welche Richtung er weitergehen sollte.

Die Entscheidung wurde ihm abgenommen. Gerade, als er sich in Bewegung setzen wollte, hörte er einen scharrenden Laut hinter sich, doch als er erschrocken herumfuhr, waren es nur Miss Preussler und das dunkelhaarige Mädchen, die hinter ihm die Kammer betraten. Mogens zog überrascht die Augenbrauen hoch. Miss Preussler hatte das Mädchen an der Hand ergriffen, aber nicht etwa, um es mit sanfter Gewalt hinter sich her zu ziehen, sondern einzig, um es zu führen. Ganz im Gegenteil klammerte sich das Mädchen mit der anderen Hand fest an ihren Oberarm, und seine ganze Haltung machte klar, dass es zwar immer noch sehr verängstigt war, aber ein gewisses Zutrauen gefasst hatte.

»Das ging ja schnell«, sagte er überrascht.

»Ich habe selbst nicht damit gerechnet«, gestand Miss Preussler, was sie aber nicht daran hinderte, ihn voller unübersehbarem Stolz anzublicken. Im nächsten Moment änderte sich etwas an ihrem Gesichtsausdruck. Sie wirkte eher nachdenklich, ein ganz kleines bisschen aber auch spöttisch, als sie fortfuhr: »Eigentlich hat sie sich fast sofort beruhigt, nachdem Sie fort waren, Professor.«

»So?«, fragte Mogens.

Miss Preusslers Lächeln wurde noch breiter und war jetzt eher ein schadenfrohes Grinsen, und Mogens verzichtete vorsichtshalber darauf, das Thema noch weiter zu vertiefen. Stattdessen zwang er ein beruhigendes Lächeln auf sein Gesicht und machte einen Schritt auf das Mädchen zu. »Du brauchst keine Angst mehr zu haben«, begann er. »Wir sind ...«

Weiter kam er nicht. Das Mädchen keuchte erschrocken, ließ Miss Preusslers Arm los und war mit einem einzigen, raschen Schritt hinter ihr; abermals wie ein Kind, das sich erschrocken hinter dem Rücken eines Erwachsenen versteckt. Mogens blieb überrascht mitten im Schritt stehen, und auch Miss Preussler wirkte für einen Moment beinahe hilflos. Dann bedeutete sie ihm mit einem hastigen Blick, nicht näher zu kommen und drehte sich herum. Jedenfalls versuchte sie es. Das Mädchen klammerte sich jedoch plötzlich und mit solcher Kraft an ihr fest, dass sie fast Mühe hatte, nicht von den Füßen gerissen zu werden.

»Aber was ist denn nur los mit dir?«, rief sie. »Du musst keine Angst haben. Niemand tut dir etwas!«

Die Gegenwehr des Mädchens wurde eher noch heftiger; sie krallte sich jetzt mit beiden Händen in Miss Preusslers Kleid und versuchte gleichzeitig, sich hinter ihr zusammen zu kauern, mit dem Ergebnis, dass Miss Preussler nun tatsächlich um ihre eigene Balance ringen musste und zu stürzen drohte. Ganz automatisch trat Mogens auf sie zu und streckte die Arme aus, und das Mädchen stieß einen spitzen Schrei aus und krallte sich noch heftiger an sie.

»Professor, gehen Sie weg!«, keuchte Miss Preussler. »Rasch!«

Mogens war viel zu perplex, als dass er irgendetwas anderes

hätte tun können. Verwirrt wich er zwei oder drei Schritte rücklings vor ihnen zurück, und das Mädchen beruhigte sich tatsächlich. Zwar klammerte es sich noch immer mit solcher Kraft an Miss Preussler fest, dass es ihr fast den Atem nahm, hörte aber zumindest auf zu schreien.

Dennoch wich er vorsichtshalber noch einen weiteren Schritt zurück und ließ die Arme sinken. Und tatsächlich beruhigte sich das Mädchen zusehends; vor allem, als Miss Preussler sich endlich irgendwie frei gemacht und sie ihrerseits in die Arme geschlossen hatte.

»Bleiben Sie zurück, Professor«, sagte Miss Preussler, ohne sich zu ihm herumzudrehen. Stattdessen begann sie dem Mädchen beruhigend mit der Hand über das Haar zu streichen, während sie sie mit dem anderen Arm fest an sich drückte. Das Mädchen erwiderte ihre Umarmung kaum weniger heftig als zuvor, aber sie ließ Mogens dennoch keine Sekunde lang aus den Augen. Möglicherweise, dachte er beunruhigt, war Miss Preusslers Bemerkung ja nicht ganz so scherzhaft gemeint gewesen, wie er sich eingebildet hatte.

»Ich glaube, wir bekommen ein Problem«, sagte er vorsichtig.

Miss Preussler reagierte genau so, wie er befürchtet hatte: Sie verzichtete zwar darauf, etwas zu sagen, aber der Zorn sprühende Blick, den sie ihm über die Schulter hinweg zuwarf, war beredt genug.

Mogens geduldete sich – oder versuchte es wenigstens. Und wahrscheinlich tat er Miss Preussler sogar Unrecht, denn die Schnelligkeit, mit der es ihr gelang, das vollkommen verängstigte Mädchen wieder zu beruhigen, war schon fast unheimlich. Vermutlich vergingen wenig mehr als zwei oder drei Minuten, bevor sie sich wieder zu ihm herumdrehte und ihm mit einem Nicken zu verstehen gab, dass sie weitergehen konnten, aber ihm kam es vor wie Stunden.

»Sagte ich schon, dass wir ein Problem bekommen?«, fragte Mogens.

»Ja«, antwortete Miss Preussler kühl. Mogens wartete einen Moment lang vergebens darauf, dass sie noch etwas hinzufügte, und drehte sich schließlich mit einem leicht trotzig wirkenden Schulterzucken herum. .

»Sagen Sie ruhig Bescheid, wenn ich zu dicht vor Ihnen her gehe«, knurrte er. Das war albern, und er wusste es auch selbst, aber er hatte es einfach sagen müssen. Miss Preussler war auch klug genug, nicht direkt darauf zu antworten, doch Mogens entging keineswegs, dass sie erst losging, als er sich gute vier oder fünf Schritte von ihr und dem Mädchen entfernt hatte. Ihm lag eine weitere spitze Bemerkung auf der Zunge, aber er schluckte sie herunter.

Sie verließen die Kammer durch den einzigen anderen Ausgang, den es gab, und waren noch keine zehn Schritte weitergegangen, als sie an die erste Abzweigung gelangten. Spätestens hier, dachte Mogens, hätte er ohnehin Halt gemacht, um auf Miss Preussler zu warten, oder wäre umgekehrt. Unschlüssig blieb er stehen und blickte zuerst nach rechts, dann nach links. In beiden Richtungen setzte sich der bemalte Korridor ungefähr gleich weit fort, bevor er von einem weiteren Durchgang voller schwebendem grünem Licht verschlungen wurde.

»Und jetzt?«, fragte er, während er sich zu Miss Preussler und dem Mädchen herumdrehte. »Werfen wir eine Münze, oder haben Sie eine Lieblingsrichtung?«

Auch Miss Preussler war stehen geblieben. Sie führte das Mädchen jetzt wieder neben sich, hatte ihm aber schützend die Arme um die Schultern gelegt, und Mogens wusste im allerersten Moment nicht, was er von diesem Anblick halten sollte. Es war schwer zu sagen, was intensiver war, die Furcht, die wieder stärker in den dunklen Augen der Frau aufflammte, als sie sah, dass er stehen geblieben war und sich zu ihnen herumgedreht hatte, oder der Ausdruck von grimmiger Entschlossenheit auf Miss Preusslers Gesicht, ihre neue Adoptivtochter gegen jedwede Gefahr zu verteidigen – und auch gegen ihn. Vielleicht sogar insbesondere gegen ihn.

Er wusste auch nicht, was ihn mehr erschreckte.

Da er keine Antwort bekam, zuckte er nach einigen Sekunden abermals mit den Achseln, wandte sich wieder um und drehte sich wahllos nach links, um loszugehen. Wie erwartet, vergingen auch jetzt wieder ein paar Sekunden, bevor er Schritte hinter sich hörte, doch sie brachen schon nach wenigen Augenblicken wieder ab. Als er hinter sich blickte, stellte er fest, dass Miss Preussler angehalten hatte. Das Mädchen hatte sich aus ihrer Umarmung gelöst und zerrte heftig an ihrer Hand. Sie gab nicht den mindesten Laut von sich, schüttelte aber immer hektischer den Kopf und gestikulierte dabei mit der freien Hand in die entgegengesetzte Richtung.

»Anscheinend hat sie Angst vor dem, was dort vorne ist«, sagte Miss Preussler. »Vielleicht sollten wir besser auf sie hören.«

Mogens blickte unentschlossen einen Moment in das grüne Licht am Ende des Korridors. Ihm persönlich machte hier unten so ziemlich alles Angst, aber er konnte in dem sonderbar fließenden Schimmer nichts Außergewöhnliches wahrnehmen. Was nichts bedeuten musste. Dieses unheimliche Licht zeigte einem alles, wenn man nur lange genug hinein sah. Und wer immer diese junge Frau auch war, sie kannte sich ganz bestimmt besser hier aus als sie. Dennoch sträubte sich alles in Mogens gegen die Vorstellung, ihrer beider Leben in die Hand einer jungen Frau zu legen, die ihnen nicht nur vollkommen unbekannt, sondern möglicherweise auch nicht mehr Herrin ihres Verstandes war.

Der Boden unter seinen Füßen zitterte; ganz sacht nur, eigentlich war es eher ein rasches Erschauern und kein wirklicher Erdstoß. Dennoch drang in der nächsten Sekunde ein tiefes, mahlendes Knirschen aus der Erde herauf, ein Geräusch, das Bilder von kontinentalgroßen Gesteinsplatten vor Mogens' innerem Auge entstehen ließ, die sich mit Urgewalt aneinander rieben, bis sie sich gegenseitig zermalmt hatten, von zusammenstürzenden Gebirgen und unterirdischen Feuerströmen, aus denen rot glühende Lava emporschoss. Mit einer enormen Willensanstrengung gelang es ihm, die Schreckensvisionen fast so schnell wieder abzuschütteln, wie sie entstanden waren, und möglicherweise hätte er es sogar geschafft, das ganze Beben als bloße Einbildung abzutun, doch unwirklicherweise war die Wirklichkeit gegen ihn. Hinter ihm sog auch Miss Preussler erschrocken die Luft ein, und von der Decke rieselten plötzlich kleine Staubfahnen. Irgendwo, sehr weit entfernt, stürzte etwas polternd um.

»Also gut«, sagte er. »Nehmen wir den anderen Gang.« Er wollte unverzüglich loseilen, blieb aber schon nach dem ersten Schritt wieder stehen, als das Mädchen abermals erschrocken die Augen aufriss und sich schützend hinter Miss Preussler verbarg. Erst als die beiden Frauen wieder in den anderen Gang zurückgewichen waren und den Abstand zwischen sich und ihm auf ein gutes halbes Dutzend Schritte vergrößert hatten, beruhigte sie sich wieder.

»Vielleicht sollten *wir* besser vorausgehen«, sagte Miss Preussler. »Aus irgendeinem Grund scheint sie Angst vor Ihnen zu haben, Professor.«

»Kommt nicht in Frage«, entschied Mogens. Noch bevor Miss Preussler Gelegenheit fand, zu widersprechen – oder einfach zu tun, wonach ihr der Sinn stand, was ohnehin auf dasselbe hinauslief –, eilte er an ihr vorbei und in die jenseitige Fortsetzung des Korridors. Auch das war nicht besonders klug, wie er sich eingestehen musste. Miss Preusslers Vorschlag war durchaus vernünftig. Sie konnten schwerlich an jeder Abzweigung oder Kreuzung dieses komplizierte Manöver wiederholen, nur weil das Mädchen jedes Mal in Panik zu geraten drohte, wenn er ihm zu nahe kam. Mogens eilte trotzdem weiter. Es war ihm mittlerweile gleich, ob er sich klug verhielt oder nicht. Es war auch alles andere als *klug* gewesen, überhaupt hierher zu kommen.

Erst als er das Ende des Ganges erreicht hatte, wurde er wieder langsamer und hob zugleich die linke Hand, damit Miss Preussler und ihre Begleiterin ebenfalls ihre Schritte verlangsamten. Hinter der Tür war schemenhaft zu erkennen, dass sich dort keine weitere Kammer erstreckte, sondern ein offensichtlich enorm großer, ausschließlich von dem lebendigen grünen Licht erhellter Raum. Der üble Geruch, der sie auf Schritt und Tritt begleitete, war ihm mittlerweile schon fast nicht mehr aufgefallen, nun aber schlug er ihm verstärkt so ekelhaft entgegen, dass sein Magen zu revoltieren begann. Mogens verhielt für einen Moment im Schritt, atmete gezwungen tief ein und aus – was sich als keine wirklich gute Idee erwies, denn der Strom an bitterer Galle, die sich unter seiner Zunge sammelte, nahm eher noch zu – und bedeutete Miss Preussler zugleich mit einer entsprechenden Handbewegung, ganz stehen zu bleiben. Er drehte sich nicht zu ihr herum, ging aber erst weiter, als das Geräusch ihrer Schritte tatsächlich verstummt war.

Er hatte sich nicht getäuscht. Zwar befand sich hinter der Tür keine weitere Höhle, sondern wieder eine Kammer mit sorgsam behauenen und bemalten Wänden, doch war der Raum von gewaltigen Dimensionen. So weit Mogens dies überhaupt erkennen konnte, musste er mindestens dreißig oder vierzig Meter breit und um ein Mehrfaches länger sein.

Allerdings war dies eine bloße Schätzung, denn der unterirdische Saal war nahezu vollkommen eingestürzt.

Die Wände waren überall geborsten, wo der Stein unter dem unvorstellbaren Druck nachgegeben hatte, der auf ihn ausgeübt worden war. Die Decke, einst prachtvoll bemalt und von einem wahren Wald meterdicker Steinsäulen gestützt, hing an zahlreichen Stellen durch wie eine viel zu dünne Zeltplane, auf der sich das Regenwasser gesammelt hatte, und schien weiter hinten in der Halle gänzlich niedergebrochen zu sein; genau sagen konnte Mogens das nicht, denn das grüne Licht nahm im gleichen Maße ab, in denen die Spuren gewaltsamer Zerstörung mehr wurden, als hätten die sonderbaren Pflanzen ihre natürliche Leuchtkraft im gleichen Moment eingebüßt, in dem sie gewaltsam von ihrem Untergrund losgerissen worden waren.

Darüber hinaus wurde seine Aufmerksamkeit fast gänzlich von etwas gefesselt, das ihn zumindest im allerersten Moment noch weitaus mehr erschreckte als die Spuren, die das Erdbeben hinterlassen hatte. Es gab in dieser Halle nicht nur Trümmer…

Schon in dem kleinen Bereich unmittelbar hinter der Tür, den Mogens genau überblicken konnte, befand sich nahezu ein halbes Dutzend Ghoule. Keines der unheimlichen Geschöpfe regte sich. Die meisten kauerten in derselben, nahezu absurd anmutenden Gebetshaltung am Boden wie das erste der unheimlichen Geschöpfe, auf das sie hier unten gestoßen waren, mindestens zwei jedoch lagen auch in seltsam verrenkter Haltung da.

»Professor?«, fragte Miss Preussler. Ihre Stimme klang beunruhigt.

»Bleiben Sie da«, antwortete Mogens. »Wenigstens einen Moment.«

Mit heftig klopfendem Herzen bewegte er sich weiter in den Raum hinein. Er bedauerte jetzt, seine Lampe nicht angezündet zu haben, aber er wagte es zugleich auch nicht, dieses Versäumnis nachzuholen, denn obwohl er die Zündholzschachtel griffbereit in der linken Hand hielt, hätte das bedeutet, den Blick – und sei es nur für eine Sekunde – von den reglos da hockenden Ghoulen zu wenden. Und das wagte er nicht, denn er war aller Logik zum Trotz vollkommen sicher, dass sich die Ungeheuer im gleichen Sekundenbruchteil auf ihn stürzen müssten, in dem er nicht mehr in ihre Richtung sah. Im Grunde war das, was er tat, vollkommener Wahnsinn. Er konnte allein in seiner direkten Nähe sechs, acht, schließlich zehn der unheimlichen Geschöpfe ausmachen, und noch mehr in dem schwächer erhellten Teil des Raumes. Seine Knie zitterten mittlerweile so heftig, dass er Mühe hatte, einen Fuß vor den anderen zu setzen.

Dennoch ging er weiter. Keines der unheimlichen Geschöpfe nahm auch nur Notiz von ihm, obwohl Mogens auch diesmal dieselbe, beunruhigende Beobachtung machte wie vorhin: Die Ghoule schienen nicht zu schlafen oder bewusstlos zu sein. Die Augen der grässlichen Geschöpfe standen offen, und er hörte ihre rasselnden, schweren Atemzüge, manchmal auch etwas wie ein Keuchen.

»Professor?«, drang Miss Preusslers Stimme aus dem Gang hinter ihm. »Ist alles in Ordnung?«

»Nur einen Moment noch«, antwortete Mogens. Ihm wäre lieber gewesen, sie hätte ihn nicht gezwungen, zu reden.

Sein Verstand sagte ihm, dass es keinen Unterschied machte, aber das änderte nichts daran, dass er immer fester davon überzeugt war, dass die Ghoule bei der geringsten Unvorsichtigkeit seinerseits aus ihrer sonderbaren Starre erwachen und sich auf ihn stürzen würden. Er zwang sich, seine Furcht zu ignorieren und weiter zu gehen. Sein Interesse galt weniger der unerklärlichen Starre, in die die Kreaturen verfallen waren, sondern den beiden anderen Ghoulen.

Die Geschöpfe waren ohne jeden Zweifel tot. Eines von ihnen lag in so verdrehter und unnatürlich verrenkter Haltung da, dass nicht einmal ein so zäher Organismus wie der seine noch am Leben sein konnte. Mogens vermochte nicht zu sagen, was ihn umgebracht hatte, dafür bestand am Schicksal des zweiten umso weniger Zweifel. Er lag in weniger verdrehter Haltung da, sondern war auf die Seite gerollt, und man hätte ihn für schlafend halten können, hätte er nicht in einer gewaltigen, schon halb eingetrockneten Blutlache gelegen, und hätte er noch einen Schädel gehabt. Wo sein Kopf sein sollte, lag ein fast halbmetergroßer Steinquader.

Unsicher ließ sich Mogens neben der erschlagenen Kreatur auf die Knie senken, um sie genauer zu untersuchen, aber er wagte es nicht, sie zu berühren. Obwohl von dem Ghoul ganz gewiss keine Gefahr mehr ausging, flößte er ihm beinahe mehr Angst ein als seine lebenden Brüder ringsum.

Mogens stand wieder auf und legte den Kopf in den Nacken, um zur Decke hinauf zu sehen, aus der hier nur einige wenige Steinquader herausgebrochen waren, gerade einmal eine Hand voll, die zum Teil in Stücke zerborsten auf dem Boden verstreut waren. Die Wahrscheinlichkeit, dass diese wenigen Trümmerstücke gleich zwei der reglos dahockenden Ghoule tödlich getroffen hatten, war nicht einmal besonders groß. Das Schicksal hatte es nicht besonders gut mit den Schakalköpfigen gemeint.

Vielleicht sogar noch weniger gut, als er bisher angenommen hatte…

Mogens fuhr wie elektrisiert herum, als er ein halblautes, rasselndes Keuchen hinter sich hörte.

Hätte sich der Ghoul tatsächlich auf ihn stürzen wollen, so wäre seine Reaktion hoffnungslos zu spät gekommen. Das Geschöpf plante jedoch nichts dergleichen. Es hatte sich mühsam auf beide Knie und die rechte Hand hochgestemmt und verharrte jetzt zitternd einen Moment lang in dieser Position. Dann kippte es langsam und mit einem abermaligen, dumpfen Stöhnen auf die Seite und erstarrte wieder zur Reglosigkeit.

Mogens' Herz hämmerte zum Zerspringen. Er hatte panische Angst. Aber nichts geschah. Die Bestie blieb einfach reglos in der gleichen Haltung auf der Seite liegen, in der sie gestürzt war. Manchmal drang ein tiefes, qualvolles Stöhnen aus ihrer muskulösen Brust, und ihre Glieder zitterten ganz leicht, aber sie unternahm keinen Versuch, sich zu bewegen oder gar aufzustehen.

In diesem Moment tat Mogens etwas sehr Mutiges, ja, für seine Verhältnisse geradezu Tollkühnes: Statt sich in Sicherheit zu bringen, so lange er es noch konnte, ging er zu dem Ghoul hinüber und beugte sich behutsam vor, um ihn genauer zu betrachten.

Die Kreatur war ganz eindeutig bei Bewusstsein, und Mogens' Herz machte einen jähen Satz in seiner Brust, als er dem Blick ihrer unheimlichen Augen begegnete und eindeutiges *Erkennen* darin las. Der Ghoul war nicht nur bei klarem Bewusstsein, er *sah ihn an*, und er *wusste ganz genau*, was er sah!

Dennoch beugte er sich mit klopfendem Herzen noch weiter vor, und ein neuerlicher, noch eisigerer Schauer lief ihm über den Rücken, als er die schreckliche Wunde sah, die in der Seite der Kreatur klaffte. Auch sie musste von einem der fallenden Steine herrühren und nahezu tödlich sein. Und dennoch, trotz der entsetzlichen Schmerzen, die er litt, und der Gewissheit seines sicheren Todes, bot der Ghoul sichtlich all seine Kraft auf, um jeden Laut zu unterdrücken und möglichst ruhig zu liegen.

»Professor, was …?« Miss Preusslers Schritte näherten sich rasch und brachen dann ebenso plötzlich wieder ab. »Großer Gott, was ist denn *das?*«

Es kostete Mogens einige Mühe, seinen Blick von dem sterbenden Ghoul loszureißen und zu ihr aufzusehen. Miss Preussler stand kaum einen Schritt hinter ihm und starrte aus weit aufgerissenen Augen auf die zitternde Kreatur hinab. Sie hatte die Hand vor den Mund geschlagen, wie um einen Schrei zu unterdrücken, und in dem alle Farben auslöschenden grünen Schein, der die Halle erfüllte, wirkte ihr Gesicht noch bleicher und verschreckter.

»Ich glaube fast, Graves hatte Recht«, murmelte Mogens. »Sie scheinen in eine Art... Starre verfallen zu sein. Ich weiß nicht, warum. Aber wir ...«

Der Boden erzitterte. Diesmal war es mehr als nur ein kurzes Rütteln, sondern ein harter, dröhnender Schlag, der sie beide um ein Haar von den Füßen gerissen hätte und nicht nur ein lang anhaltendes, stöhnendes Echo in den Wänden ringsum hervorrief, sondern auch einen Hagel – gottlob ausnahmslos kleinerer – Steine und Trümmer von der Decke regnen ließ. Wie durch ein Wunder wurden weder er noch Miss Preussler getroffen. Die Luft war plötzlich so voller Staub, dass er kaum noch atmen konnte.

»Wir müssen... raus hier«, sagte er hustend. »Der ganze Laden bricht zusammen!«

Miss Preussler riss sich mit sichtlicher Mühe vom Anblick des sterbenden Ghoul los und starrte ihn an. Sie schien etwas sagen zu wollen, aber ihre Lippen bewegten sich nur stumm, und vielleicht zum allerersten Mal überhaupt sah Mogens in ihren Augen nicht nur eine vage Furcht, sondern blanke Todesangst. Mit einer sonderbar kühlen Sachlichkeit fragte er sich, was er tun sollte, wenn sie tatsächlich in Panik geriet und möglicherweise etwas Dummes tat. Miss Preussler wog gut doppelt so viel wie er, und wie sie gerade erst an diesem Morgen unter Beweis gestellt hatte, befand sie sich trotz ihres fortgeschrittenen Alters in ausgezeichneter körperlicher Verfassung. Mogens glaubte nicht, dass er ihrer Herr werden konnte, wenn sie die Kontrolle über sich verlor.

Der gefährliche Moment ging jedoch ebenso schnell vorbei, wie er gekommen war. Das bedrohliche Flackern in ihren

Augen erlosch, und für einen – noch kürzeren – Moment sah sie fast peinlich berührt aus, um ein Haar die Kontrolle über sich verloren zu haben. Dann war auch das vorbei, und sie trat einen Schritt zurück und straffte demonstrativ die Schultern, nur um sogleich wieder näher zu kommen und ihm wortlos die Zündholzschachtel aus der Hand zu nehmen. Mit einem unerwarteten Geschick riss sie eines der Schwefelhölzchen an und hielt es an den Docht ihrer Grubenlampe. Mogens schloss geblendet die Augen. »Sie haben mir lang und breit erklärt, dass diese Stadt seit fünftausend Jahren existiert, Professor«, sagte sie ruhig. »Da wird sie wohl auch noch einige wenige weitere Stunden stehen bleiben.«

Mogens sparte es sich, ihr zu erklären, dass die Wahrscheinlichkeit einer Katastrophe nicht nur proportional zum Alter dieser Ruinen stieg, sondern mit jedem weiteren Erdstoß regelrecht explodierte. Stattdessen blinzelte er vorsichtig in die Runde, damit sich seine Augen wieder an das grellweiße Licht gewöhnten. So sehr er sich auch gegen den Gedanken sträubte, Miss Preussler hatte vermutlich sogar Recht, wenn auch aus vollkommen anderen Gründen. Selbst wenn sie den Rückweg auf Anhieb fanden – was Mogens bezweifelte –, würden sie mindestens eine Stunde brauchen, um die Oberfläche wieder zu erreichen. Sie hatten gar keine andere Wahl, als dieses schreckliche Risiko einzugehen.

»Fünftausend Jahre!«, fügte Miss Preussler in tadelndem Ton hinzu. »Wo doch jedermann weiß, dass Gott der HERR die Welt erst vor viertausend Jahren erschaffen hat! Wenn wir hier heraus sind, Professor, dann werden wir ein langes und sehr ernsthaftes Gespräch führen müssen.«

Mogens fragte sich flüchtig, ob er sich unter diesen Umständen überhaupt wünschen sollte, hier heraus zu kommen, verscheuchte diesen Gedanken aber als so albern, wie er war, und nahm ihr stattdessen die Streichholzschachtel wieder ab, um auch seine Lampe zu entzünden.

»Wo ist das Mädchen?«, fragte er.

Miss Preussler starrte ihn eine halbe Sekunde lang betroffen an, machte »Oh!« und war dann wie der Blitz verschwunden.

Mogens wartete darauf, dass sich zumindest ein leises Gefühl von Schadenfreude bei ihm einstellte, was aber nicht der Fall war, und schüttelte auch diesen Gedanken ab. Auch seine Lampe brannte mittlerweile und stach einen grellweißen Lichtkegel in die Halle. Im Bereich dieses Lichtes konnte er nun weit besser sehen als zuvor – es war schon erstaunlich, dachte er, wie schnell sich die menschlichen Sinne mit dem beschieden, was sie bekommen konnten, und einem das Gefühl gaben, ausreichend versorgt zu werden. Doch das weiße Licht löschte die mattgrüne Helligkeit dahinter umso gründlicher aus. Träge Staubschwaden bewegten sich lautlos durch den Lichtkegel und gaukelten ihm Bewegung vor, wo keine sein sollte.

Mogens schwenkte den zitternden Lichtfinger langsam weiter und versuchte, mehr Einzelheiten im hinteren Teil der Halle zu erkennen, aber es gelang ihm nicht. Das wandernde Licht vermittelte ihm nur einen allgemeinen Eindruck von Zerstörung, die noch weitaus schlimmer zu sein schien, als er bisher geglaubt hatte. Der gesamte hintere Teil der Decke schien heruntergebrochen zu sein. Meterdicke steinerne Pfeiler waren geknickt wie Schilfrohre, einfach in Stücke zerborsten, oder ragten wie die Masten versunkener Schiffe aus den versteinerten Wellen eines Schuttozeans. Hunderte, wenn nicht tausende Tonnen von Fels und Steinquadern waren kaum dreißig oder vierzig Schritte von ihm entfernt niedergestürzt. Wenn sich auch in diesem Teil der Kammer Ghoule aufgehalten hatten, als sich die Katastrophe ereignete, so hatten sie nicht die mindeste Überlebenschance gehabt.

Etwas Helles blitzte im vorbeihuschenden Schein der Lampe auf; eine Bewegung, die anders war als der träge Tanz der Staubschleier. Mogens schwenkte den Strahl wieder zurück, und tatsächlich: Unmittelbar am Fuße einer gewaltigen Schutthalde bewegte sich etwas. Hatte doch eines der unheimlichen Geschöpfe die Katastrophe überstanden?

Zögernd trat Mogens näher. Obschon ihm sein logischer Verstand sagte, dass von einem verletzten Ghoul mit großer Wahrscheinlichkeit keine Gefahr ausging, bewegte er sich mit äußerster Vorsicht; schließlich waren waidwunde Raubtiere bekanntermaßen die gefährlichsten.

Es handelte sich jedoch nicht um einen der Schakalköpfigen. Was sich im Licht der starken Karbidlampe träge wand, das war etwas, was Mogens im allerersten Moment an eines der ekelerregenden Schneckenwesen erinnerte, auf die sie oben im Lager gestoßen waren; nur dass es deutlich größer und noch um Einiges unappetitlicher anzusehen war. Niederstürzende Felsbrocken hatten es teilweise zerquetscht, sodass Mogens seine ursprüngliche Größe nur schätzen konnte, doch allein der übrig gebliebene Teil war deutlich größer als eine Männerhand, und der Körper war auch deutlich gegliedert; vielleicht, dass das Geschöpf sogar so etwas wie einen Kopf gehabt hatte. Die Verwandtschaft zu den Schneckenwesen war jedoch unübersehbar. Auch sein Fleisch war durchsichtig, sodass man das hektische Pulsieren sonderbar fremdartig anmutender Organe darunter erkennen konnte.

Mogens hob den Fuß, um die ekelhafte Kreatur vollends zu zerquetschen, überlegte es sich aber dann anders und schwenkte seine Lampe in einem langsamen Halbkreis. Er entdeckte noch mehr der widerwärtigen Geschöpfe, nahezu alle mehr oder weniger schlimm verletzt, dann blieb der tastende Lichtstrahl an einer Hand hängen, die aus den Trümmern ragte.

Einer *menschlichen* Hand.

Erneut lieferten sich sein Verstand und seine archaischen Instinkte ein ebenso stummes wie verbissenes Duell, während er sich bereits auf die Knie fallen ließ und mit beiden Händen zu graben begann. Wer immer unter dieser Schutthalde lag, hatte keine größere Überlebenschance gehabt wie die viel zäheren und robusteren Ghoule, aber das änderte nichts daran, dass unmittelbar vor ihm ein verschütteter Mensch lag.

Mogens begann immer hektischer und rascher zu graben, zerrte Steine und Schutt beiseite und wuchtete Trümmerbrocken weg, die er unter normalen Umständen nicht um einen Millimeter hätte bewegen können. Mit bloßen Händen grub und wühlte er sich tiefer in den Schuttberg hinein, bis er Unter- und Oberarm, Schulter und schließlich einen Teil eines Gesichtes freigelegt hatte. Dann, ebenso plötzlich, wie er zu graben begonnen hatte, ließ er die Arme wieder sinken.

Es gab nichts mehr, was er noch tun konnte. Abgesehen von einer Anzahl eher oberflächlicher Schrammen und Kratzer konnte er keinerlei nennenswerte Verletzungen entdecken, aber die weit offen stehenden Augen der dunkelhaarigen Frau waren leer.

»Da sind wir wieder, Professor«, erklang Miss Preusslers Stimme hinter ihm. »Stellen Sie sich nur vor, dieses arme Kind war doch tatsächlich ...«

Sie brach mit einem erschrockenen Laut ab, als sie nahe genug herangekommen war, um zu sehen, was Mogens da gerade ausgegraben hatte, und auch Mogens fuhr beunruhigt zusammen, als er aufblickte und erkennen musste, dass Miss Preussler nicht allein gekommen war. Auch jetzt hatte sich das Mädchen mit beiden Händen an Miss Preusslers Schulter geklammert, und Mogens befürchtete schon das Schlimmste, als auch sie die Tote unter den Trümmern entdeckte. Ihre Augen, und auch ihr Gesicht, blieben jedoch vollkommen teilnahmslos. Wenn sie die Fremde kannte, so bedeutete sie ihr nichts.

Dennoch sagte Mogens rasch: »Vielleicht wäre es besser, wenn...«

Miss Preussler verstand, was er ihr sagen wollte, obwohl er den Satz nicht einmal ganz zu Ende sprach. Mit einer Art sanfter, aber trotzdem nachdrücklicher Gewalt löste sie die Hände des Mädchens von ihrem Oberarm, legte ihr zugleich den Arm um die Schultern und versuchte, sie ein kleines Stück zur Seite zu bugsieren, gerade weit genug, damit sie den schrecklichen Anblick nicht mehr in aller Deutlichkeit sehen konnte. Das Mädchen wich auch gehorsam einen Schritt zur Seite, dann jedoch blieb es stehen, versuchte mit der linken Hand nach Miss Preusslers Scheinwerfer zu greifen und gestikulierte mit der anderen in die Dunkelheit am oberen Ende der Trümmerhalde hinauf. Miss Preussler versuchte, sie noch weiter zurück zu delegieren, erreichte damit aber nicht mehr, als dass ihr Widerstand noch zunahm und ihr Gestikulieren hektischer wurde.

»Anscheinend will sie dorthin«, sagte Miss Preussler, wobei sie Mogens über die Schulter hinweg einen fast flehenden Blick zuwarf.

Mogens schüttelte entschieden mit dem Kopf. »Das ist viel zu gefährlich«, sagte er bestimmt. »Dort liegt alles in Schutt und Asche.« Allein schon bei dem *Gedanken*, noch tiefer in dieses Labyrinth aus Trümmern, gefährlichen Fallgruben und rasiermesserscharfen steinernen Klingen und Spitzen einzudringen, wurde ihm beinahe körperlich übel.

Das Mädchen stellte sein Gestikulieren und Zerren jedoch keineswegs ein, sondern riss nur immer fester an Miss Preusslers Arm, woran auch deren vergebliche Versuche, beruhigend auf sie einzureden, nichts änderten. Schließlich riss es sich los und begann auf Händen und Knien, aber dennoch mit erstaunlicher Behändigkeit, den Trümmerberg hinaufzuklettern.

Miss Preussler sah ihm einen Herzschlag lang fast entsetzt nach, dann aber erschien ein Ausdruck grimmiger Entschlossenheit auf ihrem Gesicht. Mit der linken Hand hob sie ihre Lampe hoch über den Kopf, mit der anderen raffte sie ihre Röcke und folgte ihm. Mogens spürte eine Art dumpfes Entsetzen, was aber nur einen winzigen Moment vorhielt, bevor es Resignation wich. Er sparte sich den Atem, Miss Preussler zurückrufen oder auf irgendeine andere Art zur Vernunft bringen zu wollen, sondern kletterte ihr gleich hinterher.

Der Aufstieg erwies sich als noch schwieriger, als er befürchtet hatte. Der Berg aus Trümmern und zerborstenen, riesigen Steinquadern und -platten war nicht annähernd so massiv, wie er ausgesehen hatte. Immer wieder lösten sich unter seinen Händen und Füßen einzelne Trümmerstücke, manchmal auch ein ganzes Segment, um polternd hinter ihm herabzustürzen, und Mogens war nicht annähernd so sicher, wie er es gerne gewesen wäre, sich das bedrohliche Knistern und Knacken, das aus der unsichtbaren Decke über ihren Köpfen herabzudringen schien, tatsächlich nur einzubilden. Zweimal stürzte er und schlitterte ein ganzes Stück des Weges zurück, den er sich gerade mühsam herauf gequält hatte, und er wäre fast selbst überrascht gewesen, wäre er nicht als Letzter oben angekommen.

Miss Preussler streckte ihm hilfreich den Arm entgegen, und wären Mogens' Erschöpfung und Frustration noch ein ganz kleines bisschen größer gewesen, und sein Stolz nur eine Winzigkeit kleiner, hätte er dieses Angebot sicher auch angenommen. So warf er ihr nur einen trotzig-verärgerten Blick zu, robbte die letzten anderthalb Meter aus eigener Kraft nach oben – wobei er sich nicht nur einen Fingernagel abbrach, was erstaunlich schmerzhaft war, sondern auch so hart den rechten Oberschenkel anschlug, dass die Wunde unter seinem Verband wieder zu bluten begann – und langte schließlich, keuchend vor Erschöpfung und mit zusammengebissenen Zähnen, aber mit halbwegs intaktem Stolz, neben ihr an. Miss Preussler maß ihn mit einem sonderbaren Blick, von dem er nicht zu sagen vermochte, ob er nun geringschätzig oder auf eine missbilligende Art amüsiert war, sagte aber nichts dazu.

Ihre Mühe schien umsonst gewesen zu sein. Die junge Fremde war verschwunden, auch wenn es noch nicht allzu weit entfernt sein konnte – Mogens konnte ihre hektisch keuchenden Atemzüge und das Geräusch ihrer Schritte nicht weit vor sich in der Dunkelheit ausmachen, begleitet von dem ununterbrochenen Kollern und Poltern von Steinen, die sich unter ihren Schritten lösten. Aber es dauerte einen Moment, bis es ihm gelang, sie mit seinem Scheinwerferstrahl zu erfassen.

Nur eine halbe Sekunde später gesellte sich auch das Licht von Miss Preusslers Lampe hinzu, und das Mädchen drehte erschrocken den Kopf und sah aus zusammengekniffenen Augen zu ihnen zurück. Das Licht schien ihm Schmerzen zu bereiten, ihm vielleicht auch Angst einzuflößen – was es aber nicht daran hinderte, mit erstaunlichem Geschick und Schnelligkeit weiter zu stürmen, als hätte es sein Lebtag lang nichts anderes getan, als über Ruinen zu klettern und unsichtbaren Hindernissen auszuweichen. Es entfernte sich geradezu unglaublich schnell von ihnen. Noch ein paar Augenblicke, dachte Mogens, und selbst das starke Licht der beiden Scheinwerfer würde es nicht mehr erreichen.

Miss Preusslers Überlegungen schienen wohl in eine ähnliche Richtung zu gehen, denn sie setzte dazu an, sich hochzustemmen und ihre Verfolgung fortzusetzen, aber diesmal ergriff Mogens sie am Arm und hielt sie fest. »Wollen Sie sich umbringen?«, fragte er.

»Aber …«

»Kein Aber!«, schnitt ihr Mogens das Wort ab. Miss Preussler, die einen solchen Ton noch niemals zuvor von ihm gehört hatte, riss ungläubig die Augen auf und starrte ihn verdattert an, und Mogens fuhr, vielleicht eine Spur leiser, doch keinen Deut weniger entschieden, fort: »Wir müssen hier weg! Die Höhle kann jeden Moment einstürzen, begreifen Sie das nicht?«

Mogens war fast erleichtert, nun endlich doch so etwas wie Schrecken in ihren Augen zu erkennen. Einen Atemzug lang starrte sie ihn noch zweifelnd und fragend an, dann warf sie mit einem Ruck den Kopf in den Nacken und richtete auch ihren Scheinwerferstrahl auf die Decke.

Mogens wünschte sich fast, sie hätte es nicht getan. Seine Einschätzung, was die Standfestigkeit dieses unterirdischen Saales anging, war wohl eher zu optimistisch gewesen. Die ehemals prachtvoll bemalte Decke über ihnen hing tatsächlich durch wie ein nasses Segeltuch, und an zahllosen Stellen rieselte Staub herab. Nur ein einzelner, sonderbar gestaucht wirkender Stützpfeiler in ihrer unmittelbaren Nähe schien sie noch davon abzuhalten, endgültig herunterzustürzen, und wie es um dessen Standfestigkeit bestellt war, darüber wagte Mogens nicht einmal nachzudenken. Er überlegte fast panisch, wie lange der letzte Erdstoß zurücklag. Sicherlich nicht mehr als fünf oder sechs Minuten. Zwischen ihm und dem vorhergehenden Beben war deutlich mehr Zeit verstrichen, und zwischen diesem und denen davor noch einmal sehr viel mehr. Natürlich gab es keinen Beweis dafür, dass es überhaupt noch zu einer weiteren Erschütterung kommen würde, aber *wenn* die Beben aufeinander folgten, taten sie es offensichtlich in kürzer werdenden Abständen. Wenn die Erde noch einmal bebte, dann konnte dies buchstäblich jeden Augenblick geschehen, und wenn *das* passierte, denn würde diese ganze Halle wie ein Kartenhaus in sich zusammenstürzen.

»Aber wir können sie doch nicht einfach …«, begann Miss Preussler.

»Was?«, fiel ihr Mogens ins Wort. Er schüttelte bedauernd den Kopf. »Glauben Sie mir, Miss Preussler – ich will dieses arme Geschöpf genauso wenig im Stich lassen wie Sie. Aber wir müssen hier weg. Und wir holen es ja nicht einmal mehr ein.«

Tatsächlich war das Geräusch der Schritte mittlerweile fast vollkommen verstummt, und als Mogens seinen Scheinwerferstrahl wieder in die Richtung lenkte, in die sich das Mädchen entfernt hatte, riss er nichts anderes als ein Durcheinander aus Trümmerstücken und tanzendem Staub aus der Dunkelheit. »Wollen Sie wirklich dort hinein?«, fragte er.

Miss Preussler schwieg. In ihrem Gesicht arbeitete es, und Mogens kam sich auf eine absurde Art feige und fast wie ein Verräter vor; weniger an dieser unbekannten jungen Frau, für die sie aller Wahrscheinlichkeit nach so oder so nicht mehr viel tun konnten, sondern vielmehr an Miss Preussler, die auf seine Hilfe und Unterstützung vertraut hatte, und an sich selbst.

Dennoch sagte er nach einigen weiteren Sekunden leise, diesmal fast sanft: »Miss Preussler … Betty … bitte. Wir müssen weg hier. Schnell.«

»Ja«, flüsterte sie. Täuschte sich Mogens, oder schimmerten ihre Augen plötzlich feucht? »Sie haben Recht, Professor.«

Mogens atmete erleichtert auf, und noch bevor er es ganz getan hatte, drang ein gellender, lang anhaltender Schrei aus der Dunkelheit vor ihnen.

Miss Preussler sprang so schnell auf, dass schon ihre eigene Bewegung sie wieder von den Füßen riss und sie hart auf die

Knie fiel. Sofort war sie jedoch wieder auf den Füßen und stürmte, ihre Laterne hektisch hin und her schwenkend, wie um die bedrohliche Dunkelheit vor sich mit einer glühenden Schwertklinge aus Licht zu zerteilen, voran. Mogens war eine Sekunde lang so entsetzt, dass er nichts anderes tun konnte als dazuhocken und ihr nachzustarren. Dann aber sprang er hastig auf die Beine und rannte hinter ihr her.

Obwohl auch er jetzt keinerlei Rücksicht mehr nahm, fiel er immer rascher hinter Miss Preussler zurück. Mogens versuchte noch schneller auszugreifen, erreichte damit aber nicht mehr, als endgültig aus dem Takt zu kommen und beinahe zu stürzen. Als er sein Gleichgewicht wiedergefunden hatte, war auch Miss Preussler nahezu aus dem Lichtkegel seines Scheinwerfers verschwunden, und vermutlich hätte er sie binnen weniger weiterer Momente endgültig aus den Augen verloren, wäre sie nicht plötzlich stehen geblieben. Ihr Lichtstrahl hörte auf, hektisch hin und her zu tanzen, und richtete sich auf einen Punkt, den Mogens nicht einsehen konnte. Er versuchte, noch schneller zu laufen, kam abermals ins Stolpern und hielt schließlich schwer atmend neben ihr an.

»Was zum Teufel haben Sie sich dabei ge…?« Der Rest seiner Frage blieb Mogens buchstäblich im Hals stecken, als er sah, wohin der Schein ihrer Grubenlampe fiel.

Unmittelbar vor Miss Preussler war die Hallendecke vollends zusammengebrochen, aber ein kleines Stück neben ihr ragte der mannshohe Rest einer zerborstenen Säule aus dem Schutt, die zumindest einen kleinen Teil davon wie durch ein Wunder noch gehalten hatte, sodass ein unregelmäßig geformter, vielleicht zwei Meter hoher Hohlraum darunter verblieben war.

Er war zur Todesfalle geworden. Mogens zählte auf Anhieb mindestens ein halbes Dutzend Gestalten, die mit zerschmetterten Gliedmaßen und Körpern in ihrem Blut dalagen. Mogens nahm an, dass sich die Frauen – es waren *ausnahmslos* Frauen, so weit er das auf den ersten Blick beurteilen konnte – hierher geflüchtet hatten, als der Saal rings um sie herum zusammenzustürzen begann. Der stehen gebliebene Pfeiler hatte sie davor bewahrt, von der Decke zermalmt zu werden, die sich überall rings um sie herum wie der Stempel einer überdimensionalen Presse herabgesenkt hatte, sie aber dennoch nicht retten können. Die Decke war nicht zur Gänze zusammengebrochen, trotzdem aber überall geborsten, sodass ein tödlicher Regen aus Steinquadern und Staub auf das halbe Dutzend unglückseliger Frauen heruntergestürzt war. Das Schicksal hatte ihnen noch zwei oder drei zusätzliche Sekunden geschenkt, aber nur, um sie dann umso grausamer zu treffen.

»Sind das... die Frauen, die Sie gesehen haben?«, fragte er stockend. Seine Stimme versagte fast.

»Ich... glaube«, antwortete Miss Preussler, ebenso leise und stockend wie er, und mit offensichtlich ebenso großer Mühe. Sie fuhr sich mit einer fahrigen Handbewegung über Kinn und Lippen. »Aber ich... bin nicht sicher, ob...« Ihre Stimme versagte endgültig. Mogens konnte ihre Verunsicherung verstehen. Der Tod war sicher schnell über das halbe Dutzend Frauen gekommen, aber nicht leicht. Sie waren buchstäblich gesteinigt werden und boten einen furchtbaren Anblick. Das einzig lebende Wesen in dem asymmetrisch geformten Hohlraum war das dunkelhaarige Mädchen, das zwei oder drei Schritte entfernt auf den Knien saß und sich leicht vor und zurück wiegte. Wenigstens hatte sie aufgehört zu schreien.

»Kümmern Sie sich um sie«, sagte Mogens. »Bitte.« Während Miss Preussler endlich ihre Starre überwand und auf das Mädchen zuging, raffte auch Mogens all seinen Mut zusammen und ließ sich neben dem ersten Leichnam in die Hocke sinken. Die Bewegung wurde von einem leisen, aber durchdringenden Knacken begleitet. Mogens redete sich zumindest ein, dass es seine Kniegelenke waren, und nicht die Decke über seinem Kopf.

Er hatte sich nicht getäuscht. Die Frau war tot, erschlagen von einem der zahllosen Trümmerstücke, die von der Decke gestürzt waren, und dem weit mehr überraschten als qualvollen Ausdruck auf ihrem Gesicht nach zu urteilen schien es zumindest schnell gegangen zu sein. Es fiel Mogens schwer, ihr Alter zu schätzen. Sie war nicht so jung wie das Mädchen, von Miss Preusslers Alter aber ungleich weiter entfernt als von dem seinen, wirkte aber dennoch zugleich auf eine Weise gebrechlich und ausgezehrt, als hätte das Leben mehr von ihr verlangt als von anderen selbst in einer mehrfachen Spanne der Jahre, die sie durchlitten hatte.

»Professor«, sagte Miss Preussler.

Mogens ignorierte sie und wandte sich der nächsten Toten zu. Und der nächsten. Und der nächsten.

Es war vielleicht das Entsetzlichste, was er jemals hatte tun müssen, aber Mogens zwang sich, jeden einzelnen Leichnam zumindest flüchtig zu untersuchen, schon, um auch sicher zu sein, dass auch tatsächlich kein Leben mehr in ihnen war – auch wenn er sich gleichzeitig dabei ertappte, beinahe schon panisch auf die Vorstellung zu reagieren, tatsächlich noch eine Überlebende zu finden, oder sogar mehr als eine.

»Professor!«, sagte Miss Preussler noch einmal. Ihre Stimme klang ein wenig schrill. Dennoch setzte Mogens seine Untersuchung fort, bis er sich davon überzeugt hatte, dass es tatsächlich keine Lebenden mehr gab, was ihn mit einem sonderbar zwiespältigen Gefühl erfüllte: einer Mischung aus dumpfer Trauer und einem seltsam ziellosen Zorn, aber auch einer spürbaren Erleichterung, für die er sich heftig schämte, die aber dennoch da war.

»Professor!«, sagte Miss Preussler zum dritten Mal, und diesmal glaubte Mogens auch in ihrer Stimme einen leisen Unterton von Panik wahrzunehmen. Alarmiert sah er auf – und seine Augen weiteten sich ungläubig.

Das Mädchen saß noch immer auf den Knien und wiegte sich langsam vor und zurück. Seine Augen waren geschlossen, und es presste ein schmales, in Lumpen gehülltes Bündel an die Brust. Mogens glaubte zu hören, dass sie ein leises, rhythmisches Summen von sich gab.

Von einem unguten Gefühl erfüllt, stand er auf und trat auf sie zu, und aus diesem unguten Gefühl wurde blankes Entsetzen, als er sah, was sich in dem Bündel befand, das sie mit so verzweifelter Kraft an sich presste.

Es war ein Kind.

Und zugleich auch nicht.

Ganz zweifellos handelte es sich um einen Säugling von allerhöchstens drei oder vier Monaten, aber ebenso zweifellos war es auch kein *menschliches* Baby. Seine Haut war von einem dichten, hellbraunen Flaum bedeckt, der später zu einem borstigen Fell werden würde. Seine Hände, so winzig sie auch noch sein mochten, ähnelten schon jetzt deutlich eher Raubtierklauen als menschlichen Fingern, und wo sein Gesicht sein sollte, starrte Mogens der dreieckige Schädel eines Schakals an.

Es war ein Ghoul.

Sicher eine halbe Minute, wenn nicht länger, stand Mogens einfach da und starrte das grässliche Geschöpf an, das in den Armen des Mädchens lag. Er hatte das Gefühl, den Boden unter den Füßen zu verlieren, aber diesmal lag es nicht an einem neuen Erdstoß oder Beben. Alles drehte sich um ihn. Das Entsetzen, das er nun verspürte, war von einer gänzlich anderen, neuen Art, und es hatte seine Wurzeln weniger in dem, was er sah, als in dem, was es *bedeutete* – auch wenn dieser Gedanke einfach zu grotesk und zugleich zu grauenerregend war, als dass er ihm gestattete, ganz Gestalt anzunehmen.

Und er war noch nicht einmal das Schlimmste…

»Es ist tot, Professor«, sagte Miss Preussler mit leiser, tonloser Stimme. »Sehen Sie.« Sie trat – unendlich vorsichtig – auf das Mädchen zu und streckte die Hände nach dem blutigen Bündel in seinen Armen aus, kam ihm aber nicht einmal nahe genug, um es zu berühren. Das Mädchen prallte erschrocken zurück und presste den Säugling nur noch fester an sich. Hätte Mogens der bloße Anblick im allerersten Moment nicht einfach zu sehr schockiert, hätte er es sofort bemerkt:

Das Ghoul-Kind war ebenso tot wie alle anderen hier, erschlagen von der heruntergestürzten Decke oder vielleicht auch unter Schutt und Staub erstickt. Die zerschlissenen Lumpen, in die es eingewickelt worden war, waren schwer und nass von Blut, und auch aus dem leicht geöffneten Maul, in dem schon jetzt eine doppelte Reihe winziger, aber nadelspitzer Zähne blitzte, war ein dünnes, braunrot verkrustetes Rinnsal gelaufen.

Die Erde zitterte, diesmal so leicht, dass Mogens die Erschütterung kaum spürte. Trotzdem rieselte Staub von der Decke, und nur einen Moment später hörten sie einen tiefen, grollenden Laut, der weniger aus dem Boden unter ihren Füßen zu kommen schien als vielmehr aus der Luft selbst.

»Wir müssen hier raus«, sagte Mogens nervös. »Bitte, Miss Preussler – Sie müssen sie irgendwie beruhigen. Bringen Sie sie dazu, dieses... *Ding* wegzulegen.«

Erwartungsgemäß warf ihm Miss Preussler einen strafenden Blick zu, und auch Mogens selbst bedauerte seine Worte fast – aber er brachte es einfach nicht fertig, von diesem grässlichen Geschöpf als *Kind* zu sprechen. Während er irgendwie versuchte, seine Aufmerksamkeit zwischen Miss Preussler und dem Mädchen mit seiner schrecklichen Last aufzuteilen und zugleich auf ein verdächtiges Knacken im Fels oder ein Zittern des Erdbodens unter seinen Füßen zu lauschen, jagten sich in seinem Hinterkopf die Gedanken. Was er sah, brachte ihn nahe an den Rand purer Hysterie. Zwar versuchte ihm sein Verstand zu erklären, dass es ein Dutzend anderer und logischerer Erklärung für das gab, was er sah, aber etwas sagte ihm zugleich mit unerschütterlicher Gewissheit, dass keine davon zutraf, und es für diesen entsetzlichen Anblick nur eine einzige Deutung gab, so vollkommen widersinnig sie auch klingen mochte.

»Sie haben Recht, Professor«, sagte Miss Preussler unsicher. »Ich... versuche es.«

Man sah ihr an, wie unwohl sie sich fühlte, als sie zum zweiten Mal auf das Mädchen zutrat und – sehr viel behutsamer als gerade – die Hand ausstreckte. Schrecken und Mitleid standen noch immer überdeutlich in ihrem Gesicht geschrieben, aber der Anteil von Entsetzen darin nahm zu. »Du... musst es hier lassen, verstehst du?«, flüsterte sie. »Ich weiß, wie du dich fühlst. Es... es tut mir unendlich Leid, aber... aber wir können dein Kind nicht mitnehmen.«

Das Mädchen duckte sich angstvoll, aber immerhin versuchte sie nicht mehr, vor Miss Preussler zurückzuweichen. Sie ließ es sogar zu, dass sie sie sanft in die Arme schloss, presste das blutige Bündel aber nur noch fester an sich.

Der Boden zitterte ganz leicht. Das grollende Geräusch wiederholte sich nicht, aber von der Decke rieselte mehr Staub, und nicht weit entfernt löste sich ein kopfgroßer Steinquader und krachte zu Boden.

»Miss Preussler«, sagte Mogens nervös.

»Du musst es hier lassen, verstehst du mich?«, fuhr Miss Preussler leise fort. Sanft strich sie dem Mädchen mit der Hand über das Haar. Sie duldete die Berührung, doch als Miss Preussler mit der anderen Hand nach dem Bündel in ihren Armen greifen wollte, riss sie sich los und sprang einen Schritt zurück. Ihre Augen blitzten, und sie gab einen Laut von sich, der fast wie das Fauchen einer zornigen Katze klang.

»Miss Preussler!«, sagte Mogens noch einmal. Sie machte eine unwillige Geste in seine Richtung, fuhr aber fort, beruhigend auf das Mädchen einzureden. Mogens wusste, wie sinnlos es war. Sie konnten ja noch nicht einmal mit Sicherheit sagen, ob sie ihre Worte überhaupt verstand.

»Das hat keinen Sinn«, sagte er. Jetzt war nicht mehr der Moment für Geduld oder sanftmütiges Zureden. Wenn sie nicht innerhalb der nächsten Minuten hier heraus kamen, waren sie verloren. Entschlossen trat er auf Miss Preussler zu, schob sie kurzerhand zur Seite und streckte die Hände nach dem Kind aus.

Das Mädchen schrie gellend. Ihre Fingernägel, abgebrochen und schartig, aber zugleich auch scharf wie Rasierklingen, fuhren über Mogens' Handrücken und hinterließen tiefe, höllisch brennende Kratzer in seiner Haut, und er konnte gerade noch im letzten Moment den Kopf zurückwerfen, als sie aus der gleichen Bewegung heraus auch nach seinem Gesicht schlug. Ungeschickt stolperte er zur Seite und gegen den stehen gebliebenen Pfeiler, der unter seinem Anprall fühlbar erbebte. Mehr Staub rieselte von der Decke. Der Boden erzitterte, und diesmal hörte er nicht nach ein paar Sekunden wieder damit auf, sondern das Vibrieren und Schütteln hielt an, und auch das unheimliche Grollen und Stöhnen war wieder da. Mogens war jetzt sicher, dass es nicht das Geräusch von Felsmassen und Steinen war, die sich aneinander rieben, sondern tatsächlich die Luft selbst, die unter den unvorstellbaren Gewalten aufstöhnte, die sich tief unter ihnen im Herzen der Erde zusammenballten.

Mogens begriff mit einer Art sonderbar teilnahmslosem Entsetzen, dass es nicht sein Anprall gewesen war, der die Säule zum Erzittern gebracht hatte. Was er befürchtet hatte, bewahrheitete sich: Es war das nächste Beben, und obwohl der Boden unter ihnen nur ganz sacht erzitterte, spürte er doch, dass es nicht aufhören, sondern das Schlimmste bisher überhaupt werden würde. Aus dem vereinzelten Rieseln von Staub und winzigen Steinchen wurde ein anhaltendes, sandiges Geräusch, wie der Laut eines schmirgelnden Wasserfalls, in dessen Zentrum sie sich befanden, und er konnte den unbarmherzig größer werdenden Druck, der auf dem steinernen Pfeiler in seinem Rücken lastete, fast körperlich spüren.

»Raus hier!«, schrie er. Miss Preussler starrte ihn nur aus großen Augen an, und auch das Mädchen blieb weiter in seiner geduckten, abwehrbereiten Haltung stehen, das tote Kind schützend an die Brust gepresst und die andere Hand – tatsächlich zu einer Kralle verkrümmt – drohend halb erhoben. Irgendwo polterte ein Stein. Etwas streifte Mogens' Schulter und bohrte sich unmittelbar neben ihm mit solcher Gewalt in den Boden, dass ein Hagel winziger Steinsplitter gegen sein Bein prallte, und Mogens ließ alle Rücksicht fahren und war mit einem einzigen Satz wieder neben dem Mädchen. Ihre Fingernägel zielten nach seinen Augen, aber die schiere Todesangst gab Mogens nicht nur fast übermenschliche Kräfte, sondern auch eine ebensolche Schnelligkeit. Beinah mühelos

packte er ihr Handgelenk, wirbelte auf dem Absatz herum und stürmte los, das Mädchen einfach hinter sich her zerrend. Aus den Augenwinkeln sah er, wie auch Miss Preussler endlich die Lähmung abschüttelte und sich ihnen anschloss, aber er konnte nur beten, dass sie sich auch diesmal mit der gleichen Behändigkeit und demselben Tempo bewegte wie vorhin.

Halb blind stürmte er in die Richtung los, in der er den Ausgang vermutete. Aus dem sachten Erschauern des Bodens war längst ein rüttelndes Stoßen geworden, dem der Rest der Halle die Antwort nicht lange schuldig blieb. Immer mehr Steine und Trümmer regneten von der Decke, und Mogens' Magen zog sich vor Entsetzen zu einem harten Ball zusammen, als er aus den Augenwinkeln zu sehen glaubte, wie sich auch einer der letzten übrig gebliebenen Stützpfeiler langsam zu neigen begann, wie ein Gewichtheber, der aller verzweifelten Mühe zum Trotz ganz allmählich in die Knie bricht. Verzweifelt versuchte er, noch schneller zu laufen. Vorhin, als er dem Mädchen und Miss Preussler gefolgt war, war ihm der Weg weit vorgekommen, jetzt schien er kein Ende mehr zu nehmen. Vielleicht rannten sie ja in die falsche Richtung, tiefer in den zusammenbrechenden Saal hinein, statt dem rettenden Ausgang entgegen. Die Lampe war keine Hilfe. Ihr Lichtschein tanzte so wild hin und her wie das Achterlicht eines Schiffchens, das unversehens in den urgewaltigsten aller Stürme geraten war, und was er in dem irrwitzigen Kaleidoskop aus aufblitzendem Weiß und nachtschwarzen Schatten sah, das verwirrte ihn mehr, statt ihm den Weg zu weisen. Steine regneten rings um sie herum zu Boden. Hinter ihnen erscholl ein ungeheures dröhnendes Poltern, als wäre eine ganze Wand der Halle zusammengebrochen, und die Schwärze über seinem Kopf kam näher. Dann stieß sein Fuß plötzlich ins Leere. Mogens versuchte instinktiv, sich zurückzuwerfen, um auf diese Weise vielleicht sein Gleichgewicht doch noch wieder zu erlangen, aber es war zu spät.

Er fiel, ließ das Handgelenk des Mädchens los und prallte so hart auf Schultern und Hinterkopf, dass ihm die Luft aus den Lungen gepresst wurde. Die Lampe entglitt seinen Fingern, schlug einen fast zeitlupenhaft anmutenden, doppelten Salto in der Luft und zerbrach, als sie auf dem Boden aufprallte. Mogens wartete auf eine Explosion oder eine Stichflamme, aber das Licht ging einfach nur aus.

Trotzdem wurde es nicht vollkommen dunkel. Nur ein kleines Stückchen vor ihm schimmerte es in sanftem Grün durch die Schwärze.

Halb benommen wälzte er sich herum, stemmte sich auf Hände und Knie hoch und versuchte den Staub wegzublinzeln, der ihm in die Augen gedrungen war. Er machte es nur schlimmer. Der Staub schmirgelte wie Sandpapier, und der Schmerz trieb ihm noch mehr Tränen in die Augen. Als befände er sich unter Wasser, sah er einen wie betrunken hin und her torkelnden Lichtfinger auf der anderen Seite der Schutthalde emporstechen und über die Decke streichen – Großer Gott, sie *bewegte* sich! –, und in all dem Chaos aus dröhnenden, krachenden, polternden und berstenden Lauten meinte er etwas wie ein qualvolles Wimmern irgendwo neben sich zu vernehmen, aber er sah nichts außer schierer Bewegung, die aus allen Richtungen zugleich auf ihn einstürmte.

Etwas von der Größe einer Holzfällerhütte löste sich aus der Decke und stürzte nur ein kleines Stück neben ihm mit solcher Gewalt zu Boden, dass Mogens hochgeschleudert und ein Stück zur Seite geworfen wurde. Er prallte auf etwas Weiches, das wie unter Schmerzen aufstöhnte, griff ganz instinktiv zu und riss das Mädchen mit sich in die Höhe, als er auf die Füße sprang. Hinter ihnen schlitterte Miss Preussler mit ebenso ungeschickt aussehenden wie schnellen Bewegungen die Böschung herab, und entgegen allem, was er selbst geglaubt hatte, kam Mogens nicht nur in die Höhe, sondern entdeckte auch den rettenden Ausgang, nur einige wenige Schritte vor sich.

Irgendwie schafften sie es. Mogens hätte nicht sagen können, wie – es waren nur Sekunden, weniger als zehn Schritte, die er auf den Ausgang zu torkelte und das sich heftig sträubende Mädchen mit purer Gewalt hinterher zerrte, aber es waren zugleich Ewigkeiten des Chaos, in denen sein bewusster Verstand einfach ausgeschaltet war und Instinkte und ein uralter Überlebenswille die Kontrolle über seinen Körper übernahmen.

Vermutlich rettete ihm das das Leben. Mogens konnte hinterher nicht sagen, wie oft er getroffen worden war, wie viele Schläge er hatte einstecken müssen, die unter normalen Umständen mehr als ausreichend gewesen wären, ihn niederzustrecken. Das zappelnde Mädchen immer noch mit eiserner Kraft festhaltend und dichtauf gefolgt von Miss Preussler, die ihm mit hysterischer Stimme irgendetwas zuschrie, was er nicht verstand, taumelte er in den rettenden Korridor und noch zwei oder drei Schritte weiter, bevor er gegen die Wand prallte und hilflos daran zu Boden sank.

Für einen Moment musste er wohl tatsächlich das Bewusstsein verloren haben, denn das Nächste, woran er sich erinnerte, war, halb liegend, halb mit Schultern und Hinterkopf gegen die Wand gestützt, die Augen wieder zu öffnen und in Miss Preusslers Gesicht hinaufzublicken, die unentwegt an seinen Schultern rüttelte und dabei immer dasselbe Wort schrie, das er erst nach ein paar Sekunden als »Professor!« erkannte.

»Es ist gut«, nuschelte er fast unverständlich. Seine Zunge wollte ihm nicht richtig gehorchen, und sein Mund war voller Staub. Mit einiger Mühe gelang es ihm, ihre Hand zur Seite zu schieben und sich halbwegs aufzusetzen. Wenigstens hörte sie auf, wie von Sinnen an seinen Schultern zu rütteln, wodurch sein Hinterkopf immer wieder gegen den harten Stein schlug.

»Geht es Ihnen gut, Professor?«, fragte Miss Preussler. Ihre Stimme bebte vor Sorge.

Mogens wollte antworten, konnte es nicht und versuchte sich zu räuspern, woran er um ein Haar erstickt wäre. Seine Kehle fühlte sich an, als wäre er von innen gehäutet worden.

»Geht es Ihnen auch wirklich gut?«, vergewisserte sich Miss Preussler. Mogens zwang sich unter qualvollem Husten und Atemringen zu etwas, was sie zumindest als Nicken deuten konnte, und erstaunlicherweise gab sie sich mit dieser wenig überzeugenden Lüge zufrieden. Nach einem letzten, abschätzenden Blick in sein Gesicht wandte sie sich um und ging zu dem Mädchen, das mit angezogenen Knien auf der anderen Seite des Ganges hockte und ein zerfetztes Bündel gegen die Brust presste. Das Dröhnen und Klingeln in seinen Ohren legte sich allmählich, und Mogens hörte jetzt, dass sie ein leises, auf- und absteigendes Summen von sich gab, in dessen Takt sie den Oberkörper vor und zurück wiegte. Der Anblick berührte ihn auf eine vollkommen unerwartete Weise so tief, dass er ihn nicht länger ertrug und hastig wegsah.

Allerdings war auch das, was er in der anderen Richtung erblickte, kaum erbaulicher.

Mogens war im ersten Moment fast froh, sich nicht mehr genau an die letzten Sekunden erinnern zu können. Auch der Gang hatte das Erdbeben nicht unbeschadet überstanden. Ein wirres Muster aus durcheinander laufenden Rissen und Sprüngen durchzog die Decke, und weiter zum Ausgang hin waren die Wände sichtbar zusammengedrückt. Der Saal, der dahinter liegen sollte, war nicht mehr da. Die Tür wurde von einer kompakten Masse aus Steintrümmern und Schutt ausgefüllt. Mogens rann noch im Nachhinein ein eisiges Frösteln über den Rücken, als er begriff, wie knapp sie einem grauenhaften Tod entronnen waren. Und die Gefahr war noch nicht vorbei.

Mogens räusperte sich – vorsichtiger – noch einmal und sagte mit belegter Stimme: »Wir müssen weiter. Ich bin nicht sicher, ob dieser Gang noch einem weiteren Erdstoß standhält.«

»Und was geschieht mit ihr?«, fragte Miss Preussler. »Sie wird das Kind nicht zurücklassen.«

»Dann soll sie es von mir aus mitnehmen«, seufzte Mogens resignierend. »Wir kümmern uns später darum.« Wichtig war jetzt nur, dass sie diese Todesfalle verließen, solange sie dazu noch in der Lage waren.

Mühsam arbeitete er sich an der Wand in die Höhe und lauschte einen Moment mit geschlossenen Augen in sich hinein. Er konnte sich nicht erinnern, sich jemals zuvor so schlecht gefühlt zu haben, nicht einmal nach dem Angriff der beiden Ghoule. Aber seine Kraft musste einfach reichen.

»Kommen Sie?« Ohne Miss Preusslers Reaktion oder die des Mädchens abzuwarten, wandte er sich um und begann mit kleinen, schweren Schritten den Gang zurückzuschlurfen. Erst an der Kreuzung blieb er stehen und sah zurück. Die beiden Frauen folgten ihm, wenn auch in großem Abstand und langsamer, als ihm lieb gewesen wäre. Mogens verbot sich, darüber nachzudenken, wie viel Zeit ihnen noch bis zum nächsten Erdstoß blieb, und wie hart dieser vielleicht wurde.

Er ereilte sie, als sie die Treppe fast erreicht hatten, und es war der härteste bisher überhaupt. Der gesamte Gang zuckte und wand sich rings um sie herum wie eine riesige, steinerne Schlange, und aus der Tiefe des Labyrinths drang ein nicht enden wollendes dröhnendes Bersten und Poltern. Mogens war zu müde, um noch wirklich zu erschrecken. Er wartete einfach ab, bis der Boden seine Versuche einstellte, ihn abzuschütteln wie ein bockendes Pferd seinen Reiter, und bedeutete Miss Preussler dann mit einer müden Geste, vorauszugehen.

Sie zögerte. »Aber da sind noch mehr ...«, begann sie.

»Ich weiß«, unterbrach sie Mogens in fast resignierendem und vielleicht gerade deshalb umso nachdrücklicherem Ton. »Aber wir können nicht zurück. Seien Sie froh, wenn wir sie retten können.«

Miss Preussler maß das dunkelhaarige Mädchen und seine schreckliche Last mit einem langen, traurigen Blick und deutete schließlich ein Nicken an. Wortlos ergriff sie sie am Arm und wollte an Mogens vorbeigehen, aber das Mädchen versteifte sich sofort und starrte Mogens aus weit aufgerissenen, erschrockenen Augen an. Vermutlich hatte er auch noch den allerletzten Rest ihres Vertrauens verspielt, als er versucht hatte, ihr das Kind wegzunehmen. Wortlos drehte er sich herum und begann als erster die Treppe hinauf zu steigen.

Nein, es war keine Einbildung: Die Treppe *war* länger geworden, und es kostete ihn erheblich mehr Mühe, sie nach oben zu steigen, als er selbst angesichts seines geschwächten Zustandes erwartet hätte. Es vergingen auch nur wenige Augenblicke, bis er eine Erklärung für diese scheinbare Unmöglichkeit fand: Durch die andauernden Erdstöße musste sich der gesamte unterirdische Teil des Labyrinths um mehrere Meter abgesenkt haben, und eine Laune des Zufalls hatte es gewollt, dass der Treppenschacht nicht zusammengebrochen war, sondern sich wie ein übergroßer Gummischlauch gedehnt hatte, allerdings mit katastrophalen Folgen: Etliche Stufen waren weggebrochen oder so absurd auseinander gezogen, dass Mogens es nicht mehr wagte, sie mit seinem Körpergewicht zu belasten. Der Weg nach oben gestaltete sich dadurch noch mühsamer und kräftezehrender, als er ohnehin befürchtet hatte. Mogens war fast überrascht, als er endlich die letzte Stufe bewältigt und das Tor erreicht hatte.

Vollkommen ausgelaugt ließ er sich zu Boden sinken. Selbst die kleine Bewegung, den Kopf zu drehen und zu Miss Preussler und dem Mädchen zurückzublicken, verlangte ihm eine fühlbare Anstrengung ab.

Die beiden Frauen waren ein Stück zurückgefallen, wenn auch nicht so weit, wie er erwartet hatte. Das Mädchen überwand die Stufen mit erstaunlichem Geschick, vor allem, wenn er bedachte, dass sie dabei nur eine Hand zu Hilfe nehmen konnte, während sich Miss Preussler mit einer Art behäbiger Unaufhaltsamkeit bewegte, dass es gar nicht sicher schien, ob sie tatsächlich zum Halten kommen würde, sobald sie ihn erreicht hatte.

Mogens war nicht besonders versessen darauf, es herauszufinden. Obwohl die kurze Rast nur wenige Sekunden gedauert hatte, fühlte er sich doch weit genug erholt, um aufzustehen und weiter zu gehen.

Um ein Haar wäre es sein letzter Schritt gewesen.

Vielleicht rettete ihm tatsächlich seine Schwäche das Leben, denn er hatte seine Kräfte eindeutig überschätzt; als er durch das Tor trat, wurde ihm schwindelig, er taumelte und entging dem Klauenhieb des Ghoul, der auf der anderen Seite der Tür lauerte, so um Haaresbreite. Die Krallen des Ungeheuers rissen tiefe Furchen in das schwarze Holz der Tür und überschütteten Mogens mit einem Hagel winziger Splitter, und noch während er zurücktaumelte, nahm er eine Bewegung aus den Augenwinkeln wahr, duckte sich ganz instinktiv und entging so wie durch ein Wunder auch dem zweiten, womöglich noch kraftvoller geführten Hieb.

Dem dritten nicht mehr.

Es war pures Glück, dass ihn die Pranke des Ungeheuers in der Aufwärtsbewegung traf, und nicht mit den tödlichen Klauen. Trotzdem riss ihn der Hieb von den Beinen und schleudere ihn fast einen Meter weit durch die Luft und mit solcher Wucht gegen die Wand, dass ihm schwarz vor Augen wurde. Das Monstrum stieß ein fast triumphierend klingendes Bellen aus und setzte ihm nach, und wieder waren es wohl nur seine Instinkte, die ihn retteten. Mogens ahnte die Bewegung mehr, als er sie sah, warf sich instinktiv herum und entging dem niederbrechenden Fuß des Ghouls erneut nur um Haaresbreite. Die skalpellscharfen Krallen an seinen Zehen schlitzten seine Kleidung auf, berührten aber wie durch ein Wunder nicht einmal seine Haut, und Mogens rollte sich verzweifelt auf den Rücken, packte mit beiden Händen nach dem Fußgelenk des Ghoul und trat gleichzeitig nach oben aus.

Das Ergebnis kam seiner verzweifelten Hoffnung nicht einmal nahe. Obwohl er mit aller Gewalt am Bein des Ungeheuers riss, schien es seine Anstrengungen nicht einmal zu bemerken, und sein hochgerissener Fuß verfehlte die Stelle zwischen den Beinen, an der auch ein Ghoul ganz besonders empfindlich sein musste, und schrammte nur an seinem Oberschenkel entlang. Immerhin schien ihm das wehzutun, denn der Ghoul heulte vor Schmerz und Wut schrill auf und versetzte ihm einen so wuchtigen Tritt, dass er meterweit über den gefliesten Boden rollte und heftig nach Atem ringend liegen blieb. Alles verschwamm vor seinen Augen, und vielleicht gelang es ihm nur aus dem einzigen Grund, nicht das

Bewusstsein zu verlieren, weil er wusste, dass er dann nie wieder aufwachen würde.

Seine Kraft reichte jedoch nicht für mehr. Er wollte sich hochstemmen, aber seine Arme gaben unter dem Gewicht seines eigenen Körpers nach.

Der Ghoul kam näher, aber er schien es nun nicht mehr besonders eilig zu haben, als wisse er genau, dass ihm sein Opfer nun nicht mehr entkommen konnte – was der Wahrheit ziemlich nahe kam. Mogens war nicht einmal mehr in der Lage, aufzustehen, geschweige denn, zu fliehen.

Und wohin auch? Wenn die Ghoule aus ihrer unheimlichen Starre erwacht waren, dann gab es hier unten keinen Ort mehr, an dem sie in Sicherheit waren.

Hinter ihm erscholl ein spitzer Schrei. Der Ghoul fuhr mit einem Knurren herum, und auch Mogens drehte mühsam den Kopf und erblickte Miss Preussler und das Mädchen, die hintereinander durch das Tor getreten waren.

Miss Preussler starrte das Ungeheuer aus aufgerissenen Augen an, während die junge Frau nicht einmal erschrocken wirkte, sondern allenfalls leise überrascht. Da war auch Angst, aber es war eine vollkommen andere Art von Angst, als Mogens erwartet hätte.

»Miss Preussler!«, schrie er. »Laufen Sie weg.« Aber es war viel zu spät. Miss Preussler überwand ihre Erstarrung endlich, doch der Ghoul war bereits herumgefahren und hatte sie mit einem einzigen Satz erreicht. Seine mörderischen Fänge blitzten auf und näherten sich Miss Preusslers Kehle.

Was die Angst um sein eigenes Leben nicht bewirkt hatte, das schaffte dieser Anblick. Mogens sprang hoch, stürzte auf das Ungeheuer zu und rammte ihm mit aller Gewalt die Schulter in die Seite. Diesmal war der Anprall selbst für das Ungeheuer zu viel. Mogens glaubte zwar, sein Schultergelenk knirschen zu hören, und der Schmerz war so schlimm, dass ihm übel wurde und er auf die Knie fiel, aber auch der Ghoul taumelte haltlos zurück und stürzte.

Unglückseligerweise kam er auch fast ebenso schnell wieder auf die Füße.

Noch während Mogens mit zusammengebissenen Zähnen aufstand und die Tränen wegzublinzeln versuchte, die ihm der Schmerz in die Augen trieb, kam er geduckt und mit pendelnden Armen näher. Geifer tropfte von seinen Fängen, und in seinen Augen funkelte blanke Mordlust. Wenigstens eines begriff Mogens in diesem allerletzten Moment, der ihm vielleicht noch blieb: Diese Kreaturen waren keine Tiere. Mogens hatte noch nie von einem Tier gehört, das aus bloßer Mordlust tötete, doch genau das war es, was er nun sah.

Das Ungeheuer hatte ihn fast erreicht und hob die Klauen. Mogens überlegte mit einer fast wissenschaftlichen, kalten Neugier, wie ihn die Kreatur wohl töten würde – mit ihren schrecklichen Krallen oder einem raschen Biss in die Kehle –, und sonderbarerweise hatte er fast gar keine Angst; allenfalls vor den Schmerzen, die ihm der Ghoul vielleicht zufügen würde, aber nicht mehr wirklich vor dem Tod.

Der Ghoul stieß ein heiseres Bellen aus und sprang ihn an, und hinter ihm erscholl ein peitschender Knall, und der Kopf der Bestie explodierte. Der Ghoul wurde mitten im Sprung herumgerissen und stürzte mit unkontrolliert zuckenden Gliedmaßen zu Boden, und Mogens stolperte hilflos einen Schritt zurück und sah sich wild um.

Ein zweiter, deutlich größerer Ghoul, den er bisher noch nicht einmal bemerkt hatte, stürzte heulend auf ihn zu. Mogens riss entsetzt die Arme vor das Gesicht und stolperte einen weiteren Schritt zurück.

»Professor! Runter!«

Mogens ließ sich einfach fallen – und hinter ihm krachte ein zweiter Schuss. Die Kugel pfiff so dicht an ihm vorbei, dass er die Hitze der verbrannten Luft zu spüren glaubte, traf den Ghoul in die Schulter und riss ihn herum. Noch bevor er gänzlich zu Boden fallen konnte, fiel ein dritter Schuss, der ihn diesmal mit schon fast unheimlicher Präzision in die Brust traf und auf der Stelle tötete.

Mogens blieb sekundenlang wie gelähmt liegen und starrte den reglosen Ghoul an. Er begriff nicht, was geschehen war, nicht einmal, als Miss Preussler zu ihm eilte und ihn auf die Füße zu ziehen versuchte. Erst als hinter ihm Schritte erschollen, fand er allmählich wieder zu sich selbst. Unsicher und Miss Preusslers hilfreich ausgestreckte Hände geflissentlich ignorierend setzte er sich auf und drehte sich gleichzeitig halb herum. Seine Augen wurden groß.

»Sie können jetzt aufstehen, Professor«, sagte Tom mit einem breiten, fast jungenhaften Grinsen. »Es waren nur diese beiden. Im Augenblick sind wir wohl sicher.«

»Thomas, mein lieber Junge!«, seufzte Miss Preussler. Sie klang unendlich erleichtert. »Gott schickt dich, da bin ich ganz sicher! Aber du hättest wirklich keine einzige Sekunde später kommen dürfen!«

»Oh, ich bin schon seit 'ner ganzen Weile hier«, antwortete Tom in fast fröhlichem Ton. Er blinzelte Mogens zu. »Ich wollte sehen, wie sich der Professor hält. Ich finde, für einen Mann wie ihn hat er sich gar nicht schlecht geschlagen.«

Mogens erwiderte sein Lächeln zwar schwach, aber er war nicht sicher, dass Tom tatsächlich nur einen Scherz gemacht hatte. Er wollte es im Grunde auch gar nicht wissen.

»Danke«, sagte er einfach.

»Kein Problem«, antwortete Tom feixend, allerdings nur, um gleich darauf und mit umso abrupter wirkender Plötzlichkeit ernst zu werden. »Sind Sie verletzt?«, fragte er.

»Nicht ernsthaft«, antwortete er. Mogens hoffte zumindest, dass das stimmte, und vielleicht hauptsächlich, um sich selbst von der Wahrheit dieser Behauptung zu überzeugen, stemmte er sich unbeholfen in die Höhe. Es gelang ihm nicht so mühelos, wie er es gerne gehabt hätte, aber es gelang ihm – und das war vielleicht schon mehr, als er insgeheim erwartet hatte.

Tom musterte ihn einen Moment lang kritisch, schien dann aber zu einem Ergebnis zu gelangen, das ihn zufrieden stellte, und drehte sich zu Miss Preussler um. Ein Ausdruck nicht besonders überzeugend geschauspielerter Überraschung erschien auf seinem Gesicht, als er das Mädchen ansah. »Wer ist das?«, fragte er.

»Wir wissen ihren Namen nicht«, sagte Mogens rasch, bevor Miss Preussler antworten konnte. »Sie war unten.« Er deutete mit einer Kopfbewegung zur Tür. Toms Blick formulierte eine stumme Frage, die er mit einem ebenso wortlosen Kopfschütteln beantwortete.

»Wo kommst du her, Thomas?«, fragte Miss Preussler. »Der Professor und ich haben kaum noch zu hoffen gewagt, dich lebend wiederzusehen.«

»Viel hätt auch nicht gefehlt«, antwortete Tom in unerwartet ruppigem Ton, der klar machte, dass er nicht weiter über dieses Thema reden wollte. Allerdings entschärfte er ihn auch sogleich durch ein nun schon wieder jungenhaft wirkendes Grinsen.

»Sind dort unten noch mehr?«, fragte er.

Diesmal antwortete Mogens ganz bewusst so schnell, dass Miss Preussler keine Chance hatte, ihm zuvor zu kommen. »Dort unten ist alles zerstört«, sagte er. »Wir sind gerade noch so herausgekommen.«

»Da haben Sie verdammtes Glück gehabt, Professor«, sagte Tom. Sein Blick flackerte für einen Moment unsicher, als er das zerfetzte Bündel in den Armen des Mädchens streifte, aber er verbiss sich jede entsprechende Bemerkung.

»Was ist mit Graves?«, fragte Mogens. »Hast du etwas von ihm gehört?«

»Es hat ihn ziemlich übel erwischt«, antwortete Tom, »aber er wird sich wieder erholen, da bin ich sicher. Er hat schon Schlimmeres überstanden.«

»Graves lebt?«, vergewisserte sich Mogens ungläubig. Er hatte nicht damit gerechnet, noch einmal etwas von Graves zu hören, geschweige denn, ihn noch einmal lebend wiederzusehen. »Wo ist er?«

»Vorne, in dem kleineren Raum links vom Eingang«, antwortete Tom mit einer entsprechenden Geste und verbesserte sich rasch: »Rechts, von hier aus gesehen. Aber machen Sie sich bemerkbar, wenn Sie sich ihm nähern. Er ist ziemlich nervös. Und er hat ein Gewehr.«

»Wir gehen vielleicht besser alle zusammen«, schlug Miss

Preussler vor. »Ich muss nicht unbedingt länger in der Gesellschaft dieser…«, sie sah flüchtig auf die toten Ghoule hinab, »*Kreaturen* bleiben, als unbedingt notwendig ist.«

»Dann gehen wir«, sagte Tom. »Professor?«

Mogens nickte. Auch ihm bereitete die Nähe der beiden Ghoule – ob tot der lebendig – zunehmend größeres Unbehagen.

»Dann kommen Sie«, sagte Tom. Er schwang sich in einer übertriebenen Bewegung das Gewehr über die Schulter, die nicht so recht zu ihm passen wollte, fand Mogens. So als diene sie hauptsächlich dem Zweck, ihm selbst Mut zu machen. »Aber seien Sie vorsichtig. Ich hab zwar nur diese beiden Ungeheuer gesehen, aber man kann nie wissen.«

Tom schien von ihm zu erwarten, dass er vorausging. Als Mogens sich nicht rührte, zuckte er mit den Schultern und wandte sich mit einer demonstrativ beiläufigen Bewegung um, um die Führung zu übernehmen. Auch Miss Preussler und das Mädchen setzten sich in Bewegung – wenn auch erst, nachdem Mogens mehrere Schritte zur Seite gemacht hatte. Das Mädchen hatte ganz offensichtlich immer noch Angst vor ihm; und der Sicherheitsabstand, auf dem es beharrte, war ganz eindeutig größer geworden – möglicherweise aus dem simplen Grund heraus, dass es hier oben einfach mehr Platz gab.

Mogens seinerseits studierte das Gesicht des Mädchens sehr aufmerksam, als es in vier oder fünf Schritten Abstand an ihm vorüber ging. Bisher hatte er es eher vermieden, sie so offen anzustarren; einerseits aus einem vollkommen absurden Gefühl von Takt heraus, andererseits aber auch, weil er spürte, dass er ihr damit tatsächlich Angst machte. Etikette schien ihm hier unten jedoch wenig Sinn zu machen, und das heftige Brennen, wo seine Handrücken Bekanntschaft mit ihren Fingernägeln gemacht hatten, sorgte dafür, dass sich sein schlechtes Gewissen in Grenzen hielt.

Der Anblick des toten Kindes, das sie mit aller Kraft an sich drückte, jagte ihm noch immer einen eisigen Schauer über den Rücken, viel aufschlussreicher aber fand er im Moment die Blicke, die sie den toten Ghoulen zuwarf. Sowohl Tom als auch Miss Preussler hatten ganz unbewusst einen Bogen geschlagen, um dem Leichnam des erschossenen Ungeheuers nicht zu nahe zu kommen, doch das Mädchen schien solcherlei Hemmungen nicht zu kennen. Ganz im Gegenteil fehlten nur Zentimeter, und sie wäre einem der toten Ghoule auf die Hand getreten. Mogens wusste viel zu wenig über sie, um den Ausdruck in ihren Augen deuten zu können, aber immerhin sah er seinen ersten Eindruck von vorhin bestätigt: Das Mädchen hatte nicht die geringste Angst vor den Ghoulen. Sie fürchtete sie, aber was sie an diesen Wesen ängstigte, war ganz eindeutig nicht das blanke Entsetzen, das jeden Menschen bei der bloßen *Erkenntnis* der Existenz einer so grässlichen Zwitterkreatur aus Mensch und Tier überkommen musste. Was die dunkelhaarige junge Frau beim Anblick des Wesens empfand, das war durchaus Furcht, aber jene Art von resignierender Furcht, die ein Mensch einer Naturgewalt gegenüber empfinden mochte, die ihn mit beiläufiger Gleichgültigkeit auszulöschen vermochte, im Prinzip aber nicht feindselig war – und nicht einmal wirklich gefährlich, solange man wusste, wie man mit ihr umzugehen hatte.

Auf jeden Fall, fügte er finster in Gedanken hinzu, scheint sie diese Kreaturen deutlich weniger zu fürchten als mich.

Mogens brach diese unerfreuliche Überlegung ab und ließ seinen Blick aufmerksam über Wände und Decke der großen Halle schweifen. Er konnte nicht sagen, ob die Spuren von Zerstörung und Verfall, die er auch hier auf Schritt und Tritt sah, alt oder auf das gerade überstandene Beben zurückzuführen waren. Auf jeden Fall hatte es dieses Gebäude nicht annähernd so schwer getroffen wie das unterirdische Labyrinth. Weiter oben, wo der Himmel nicht mehr aus Stein bestand, war möglicherweise nur ein sachtes Zittern zu spüren gewesen, und vielleicht nicht einmal das. Plötzlich kam Mogens zu Bewusstsein, wie vollkommen fremd und unbekannt diese Welt war, durch die sie sich bewegten. Sie befanden sich vielleicht fünfzig Meter unter der Erdoberfläche – wahrscheinlich weniger –, und trotzdem bewegten sie sich durch eine Welt, die so vollkommen fremdartig und bizarr war, dass sie ebenso gut auf der Oberfläche eines anderen Planeten liegen könnte – was in gewissem Sinne sogar zutraf. Mogens fragte sich, wie viele Geheimnisse wohl noch unentdeckt unter ihren Füßen darauf warten mochten, entdeckt zu werden.

Tom blieb plötzlich stehen und rief: »Doktor Graves? Ich bin's, Tom. Ich hab den Professor und Miss Preussler gefunden. Wir kommen jetzt zu Ihnen rein.«

Er bekam keine Antwort, aber das schien ihm zu genügen. Er bedeutete Miss Preussler und dem Mädchen zwar mit einer entsprechenden Geste zurückzubleiben und nahm auch das Gewehr von der Schulter, trat aber dann ohne zu zögern durch die Tür. Miss Preussler folgte ihm, und als auch Mogens sich in Bewegung setzte, beeilte sich das Mädchen, sich ihm anzuschließen – wenn auch vermutlich mehr, damit der Abstand zwischen Mogens und ihr nicht zu klein wurde.

Der Saal, den sie betraten, war nur unwesentlich kleiner als die Halle hinter dem Eingang, aber niedriger und deutlich besser erhalten. Decke und Wände waren kaum beschädigt, und auch den Fresken und Wandmalereien hatte die Zeit nicht sehr viel anhaben können. Ein gutes Dutzend Fackeln – die meisten waren kaum heruntergebrannt, und Mogens nahm an, dass Tom sie entzündet hatte – sorgte für flackernde, aber überraschend intensive Helligkeit, erfüllte die Luft aber auch mit einem durchdringenden Brandgeruch, der zum Husten reizte.

Graves hockte mit angezogenen Beinen vor der gegenüberliegenden Wand, und Mogens musste ihm nur einen einzigen, flüchtigen Blick zuwerfen, um Toms übermäßig erscheinende Vorsicht zu verstehen. Graves hatte das Gewehr quer über den Knien liegen und umklammerte es mit beiden Händen. Er befand sich in einem furchtbaren Zustand – einem Zustand, in dem Menschen dazu neigen, übereilt zu reagieren und Fehler zu machen.

Er war vollkommen durchnässt. Sein Haar klebte am Schädel und hing ihm in wirren Strähnen ins Gesicht, und aus seiner Kleidung tropfte Wasser, das sich bereits zu einer ansehnlichen Pfütze unter ihm gesammelt hatte. Er zitterte am ganzen Leib, und als Mogens sich ihm vorsichtig näherte, sah er, dass sein Gesicht eingefallen und grau wirkte, als wäre er in den letzten zwanzig Minuten um die gleiche Anzahl von Jahren gealtert.

»Großer Gott, Jonathan«, flüsterte er. »Was ist mit dir passiert?«

Im allerersten Moment sah es so aus, als hätte Graves seine Worte nicht einmal gehört. Erst nach ein paar Sekunden hob er langsam und zitternd den Kopf und sah Mogens an. Doch was er in seinen Augen las, das war sehr viel weniger Erkennen, als vielmehr ein blankes, abgrundtiefes Entsetzen. »Wasser«, stammelte er. »Es... es ist voller Wasser, Mogens.«

»*Was* ist voller Wasser?«, fragte Mogens.

Graves' Hände schlossen sich fester um Schaft und Lauf des Gewehres, aber es war keine Bewegung, von der Gefahr ausging. Graves brauchte einfach irgendetwas, an dem er sich mit aller Kraft festklammerte konnte, um nicht den Halt in der Wirklichkeit zu verlieren. »Wasser, Mogens«, stammelte er noch einmal. »Sie leben im Wasser!«

»*Wer* lebt im Wasser?«, erwiderte Mogens verwirrt. Dann begann er zu begreifen. »Die Pyramide?«, fragte er. »Du warst in der Pyramide? Du hast sie gesehen?«

Graves schüttelte abgehackt den Kopf. Sein Zittern verstärkte sich. »Ich war dort, Mogens«, flüsterte er. »Das Tor. Es ist offen.«

Mogens riss ungläubig die Augen auf. »Das Tor?«, wiederholte er. »Du warst dort? Du hast sie gesehen?«

Graves nickte. Der Ausdruck von Entsetzen in seinen Augen nahm noch zu. »Es ist alles voller Wasser«, flüsterte er. »Da sind... Städte. Gewaltige Dinge. Ich habe sie gesehen, Mogens.«

»Die alten Götter der Ägypter?«

Die abgehackte Bewegung, mit der Graves antwortete, war unmöglich zu deuten. Sie konnte ein Nicken sein, ebenso gut aber auch ein Kopfschütteln oder etwas gänzlich anderes. »Die Bewohner des Hundssterns«, flüsterte er. »Sie sind keine Götter, Mogens. Sie sind…« Er schluckte schwer, löste die linke Hand vom Lauf seines Gewehrs und fuhr sich nervös damit über den Mund.

»Was?«, fragte Mogens erregt. »Was sind sie, Jonathan?«

Das Flackern in Graves' Augen nahm für einen Moment noch zu, und für eine noch winzigere Zeitspanne war Mogens fast sicher, dass er den schmalen Grat zum Wahnsinn überschritten hatte. Dann aber geschah etwas Unerwartetes: Graves' Blick klärte sich. Wahnsinn und Terror waren von einem Sekundenbruchteil auf den anderen aus seinen Augen verschwunden, und die alte, geringschätzige Überheblichkeit kehrte wieder zurück.

»Nichts«, sagte er. »Wir werden später darüber reden, in der gebührenden Ruhe. Jetzt halte ich es allerdings eher für angezeigt, von hier zu verschwinden.« Er fügte nicht hinzu: *Solange wir es noch können*, aber irgendwie hörte Mogens es trotzdem.

»Sie sind erwacht, nicht wahr?«, fragte er leise.

»Die Ghoule?« Graves schien einen Herzschlag lang über diese Frage nachdenken zu müssen, schüttelte aber dann den Kopf. »Nein. Nur einige wenige, die uns bis hierher verfolgt haben. Aber ich fürchte, uns bleibt trotzdem nicht mehr sehr viel Zeit.«

Er löste nun auch die andere Hand vom Gewehr, um die Taschenuhr unter seiner Jacke hervorzuziehen und mit einer fließenden Bewegung des Daumens den Deckel aufzuklappen. »Wenn meine Berechnungen richtig sind«, sagte er, nachdem er einen Blick auf das Ziffernblatt geworfen und den Deckel wieder zugeklappt hatte, »weniger als eine Stunde.«

»Eine Stunde?«, wiederholte Mogens zögernd. »Was geschieht dann?«

»Das Tor hat bereits begonnen, sich zu schließen«, antwortete Graves. »Ich fürchte, spätestens dann werden sie alle aus ihrer Starre…« Er brach mitten im Satz ab. Seine Augenbrauen rutschten ein Stück nach oben und verschwanden unter den nassen Haarsträhnen, als er die schmale, dunkelhaarige Gestalt neben Miss Preussler gewahrte. Die beiden Frauen waren in einigen Schritten Abstand stehen geblieben. Miss Preussler musterte Graves auf ihre schon gewohnte missbilligende Art, an der auch das, was sie zwischenzeitlich erlebt hatten, nichts geändert zu haben schien, während der Ausdruck in den Augen des Mädchens zwischen Neugier und mühsam niedergehaltener Furcht schwankte.

»Ich sehe, du hattest Erfolg«, fuhr Graves in verändertem Ton fort. »Wenn auch nicht allzu viel.«

Kein Zweifel, dachte Mogens, er war wieder fast ganz der Alte. »Wir konnten nichts für die anderen tun«, antwortete er. »Wir waren unten, in einer Art Labyrinth. Das Beben hat es fast vollkommen zum Einsturz gebracht. Wir sind mit Mühe und Not noch herausgekommen.«

»Ja, das habe ich befürchtet«, sagte Graves. »Offensichtlich führt das Öffnen und Schließen des Tores zu gewissen Nebenwirkungen. Was auch nicht weiter erstaunlich ist, wenn man bedenkt, welch gewaltige Kräfte vonnöten sein müssen, um …« Er brach abermals ab. Seine Augen wurden schmal. »Was trägt sie da?«, murmelte er.

Ohne Mogens' Antwort abzuwarten, stand er auf und ging mit raschen Schritten auf das Mädchen zu. Sie reagierte ganz genau so, wie Mogens erwartet hatte: Mit einem hastigen Schritt sprang sie zurück, presste das Bündel nunmehr mit beiden Armen und noch fester an sich und suchte schließlich hinter Miss Preusslers Rücken Schutz. Graves runzelte zwar verwundert die Stirn, hielt aber dennoch in unverändertem Tempo auf sie zu und blieb erst stehen, als Miss Preussler eine unmissverständliche Geste machte und ihm den Weg vertrat.

»Das sollten Sie lieber lassen, Doktor Graves«, sagte sie kühl.

»Wieso?«, schnappte Graves.

»Weil dieses arme Kind vollkommen verstört und verängstigt ist«, antwortete Miss Preussler. »Und sie scheint mir Angst vor Männern zu haben.«

»Ach?«, machte Graves. Er trat dennoch einen weiteren Schritt auf sie zu und streckte fordernd die Hand aus. »Zeig mir, was du da hast!«

»Was sind Sie nur für ein unmöglicher Mensch, Doktor Graves«, sagte Miss Preussler kopfschüttelnd. »Können Sie sich denn gar nicht vorstellen, was dieses arme Kind durchgemacht hat?« Sie funkelte Graves herausfordernd an und fügte, als sie keine Antwort bekam, hinzu: »Aber vermutlich ist Ihnen das egal.«

»Was sie uns zu erzählen hat, könnte lebenswichtig sein«, antwortete Graves.« Auch für Sie, Miss Preussler.«

»Wenn das stimmt, haben wir ein Problem«, mischte sich Mogens ein. Graves drehte sich fast widerwillig zu ihm herum und zog fragend die Augenbrauen zusammen, und Mogens musste sich beherrschen, um nicht zu schadenfroh zu klingen, als er fortfuhr: »Sie kann nämlich nicht reden.«

»Wie praktisch«, sagte Graves spöttisch. »Und was trägt sie da bei sich?« Er hob erneut die Hand, und das Mädchen verkroch sich noch weiter hinter Miss Preusslers Rücken.

»Lassen Sie es mich noch einmal versuchen«, sagte Miss Preussler hastig. »Vielleicht bringe ich sie zum Reden. Allerdings nur, wenn Sie sie nicht vorher noch weiter einschüchtern, Sie grober Klotz.«

Ihre Worte schienen Graves eher zu amüsieren. »Fünf Minuten«, sagte er. »Allerhöchstens. Tom, Mogens – kommt mit.«

Er winkte den beiden Angesprochenen zu und wandte sich zugleich mit einem Ruck zur Tür, machte aber noch einen kleinen Umweg, um das Gewehr zu holen, das er gegen die Wand gelehnt hatte. Mogens fiel ein leichter Schießpulvergeruch auf, als er an ihm vorüberging, und er musste wieder an den einzelnen Schuss denken, den sie gehört hatten, kurz bevor Tom sie verließ. Was immer sich auch in der Pyramide zugetragen hatte – die erste Begegnung zwischen einem modernen Menschen und den Bewohnern des Sirius schien nicht unbedingt friedlich verlaufen zu sein.

Er wartete, bis sie sich außer Miss Preusslers Hörweite befanden, aber dann konnte er seine Ungeduld nicht länger beherrschen. »Wollt ihr mir nicht erzählen, was euch widerfahren ist?«, fragte er.

»Vielleicht später«, antwortete Graves. Er machte eine unwillige Geste, als Mogens widersprechen wollte. »Du erwartest nicht, dass ich dir von der vielleicht wichtigsten Begebenheit der Menschheitsgeschichte zwischen Tür und Angel erzähle«, sagte er.

Mogens erwartete eigentlich nicht, dass Graves ihm *überhaupt etwas* erzählen würde – jedenfalls nichts, von dem er nicht mit ziemlicher Sicherheit davon ausgehen konnte, dass er es ohnehin schon wusste. Dennoch fuhr er fort: »Ich wollte nur meiner Erleichterung Ausdruck verleihen, dich lebend und unversehrt wiederzusehen. Miss Preussler und ich waren ganz krank vor Sorge um dich.«

»Ja, ich bin sicher, es hat euch das Herz gebrochen«, versetzte Graves. Er schüttelte den Kopf. »Ich kann dich verstehen, Mogens. Bei Gott, ich an deiner Stelle würde wahrscheinlich versuchen, die Wahrheit mit Gewalt aus mir herauszuprügeln! Aber ich muss dich noch um ein wenig Geduld bitten. Ich muss… über einiges nachdenken. Später wirst du alles erfahren, darauf gebe ich dir mein Wort.«

»Und wenn wir es nicht hier heraus schaffen?«, fragte Mogens.

»Wenn wir nicht binnen einer Stunde hier heraus sind«, antwortete Graves ruhig, »dann werden wir alle mit Gewissheit sterben. Und dann spielt es auch keine Rolle mehr, oder?«

Mogens sparte es sich, ihn darauf hinzuweisen, dass es dann auch keine Rolle spielte, wenn er ihm vorher erzählte, was er herausgefunden hatte. Graves wollte nicht über seine Erlebnisse reden, und diese Weigerung hatte nichts mit dem Zeitpunkt zu tun. Vielleicht war es einfach zu entsetzlich gewesen. Auch wenn er wieder zu seiner gewohnten Arroganz zurückgefunden hatte, so waren ihm die überstandenen Strapazen doch deutlich anzusehen.

Sie hatten den Ausgang fast erreicht. Tom, der die Führung übernommen hatte, nahm das Gewehr von der Schulter und gebot ihnen mit der anderen Hand, zurückzubleiben. »Ich seh mich draußen um«, sagte er mit gesenkter Stimme. »Ich glaub zwar, dass ich sie alle erwischt hab, aber man kann nie wissen. Warten Sie hier.«

»Sei vorsichtig«, sagte Graves. »Und beeil dich.«

Tom lud sein Gewehr durch, bevor er das Gebäude verließ, was seiner zur Schau getragenen Zuversicht etliches von ihrer Glaubwürdigkeit nahm. Schon nach wenigen Schritten war er fast aus ihrem Gesichtsfeld verschwunden, aber das lag diesmal nicht an der sonderbaren perspektivischen Verzerrung, die in dieser Stadt vorherrschte; vielmehr bewegte sich Tom, kaum dass er die vermeintliche Mastaba verlassen hatte, mit einer Eleganz und Schnelligkeit, die jedem Indianerscout zur Ehre gereicht hätte. So schnell, dass das Auge ihm kaum noch zu folgen vermochte, huschte er von Deckung zu Deckung und war schließlich ganz verschwunden.

»Ein guter Junge«, sagte Graves. »Manchmal von etwas schlichtem Gemüt, aber durchaus brauchbar. Ohne ihn wäre ich nicht mehr am Leben.«

»Ich auch nicht«, sagte Mogens. Er verbesserte sich. »*Wir* auch nicht.«

»Die beiden Ghoule, die dir an der Tür aufgelauert haben«, vermutete Graves.

Mogens nickte ganz automatisch. Erst dann fiel ihm auf, was Graves überhaupt gesagt hatte. »Woher weißt du, dass es zwei waren?«, fragte er. Graves antwortete nicht, und Mogens fuhr nach einer Sekunde und mit zornbebender Stimme fort: »Du hast sie gesehen. Du hast gesehen, dass sie uns hinter der Tür aufgelauert hatten, aber du hast es nicht für nötig befunden, uns zu Hilfe zu kommen.«

»Tom ist ein ausgezeichneter Schütze, wie du vermutlich selbst bestätigen kannst«, antwortete Graves kühl. »Und ich war in diesem Moment ein wenig… indisponiert.« Er drehe sich auf dem Absatz herum. »Lass uns nachsehen, wie weit Miss Preussler mit ihrer Seelenmassage ist.«

»Sollten wir nicht besser auf Tom warten?«, fragte Mogens.

»Wozu?« Graves ging einfach weiter. »Tom kann schon auf sich aufpassen. Sollte er auf eine Gefahr stoßen, mit der er nicht fertig wird, dann können wir ihm wahrscheinlich auch nicht mehr helfen.«

»Ein Grund mehr, es zu versuchen.«

»Blödsinn«, fauchte Graves. »Wir sind Wissenschaftler, Mogens, keine Soldaten! Was ist los mit dir? Hast du plötzlich dein Abenteurerblut entdeckt?«

»Wenn du wirklich so denkst, wozu hast du dann ein Gewehr?«, fragte Mogens.

»Weil es sich gut macht«, antwortete Graves, »vor allem, wenn Frauen dabei sind. Habe ich dir vergessen zu erzählen, dass ich unstillbar in Miss Preussler verliebt bin?«

»Das trifft sich gut«, sagte Mogens. »Dasselbe hat mir Miss Preussler über ihre Gefühle für dich gestanden. Sie wusste nur nicht, wie sie es dir klar machen sollte.« Er sah Graves so treuherzig an, wie er konnte. »Ich bin durchaus bereit, den *Postillon d'Amour* zu spielen, wenn du es wünschst.«

»Aus alter Freundschaft, nehme ich an«, vermutete Graves.

Mogens lachte zwar leise, führte das sinnlose Geplänkel aber nicht weiter. Sie hatten die Halle auch bereits wieder erreicht. Miss Preussler redete noch immer mit beruhigenden Gesten auf das Mädchen ein. Der angstvolle Ausdruck auf ihrem Gesicht schien ein wenig nachgelassen zu haben. Dennoch hob Miss Preussler rasch die Hand, als sie ihre Schritte hörte, und auch Mogens streckte rasch den Arm aus und hielt Graves zurück.

»Hör besser auf sie«, sagte er. »Ich bin froh, dass das Mädchen wenigstens zu ihr ein wenig Zutrauen gefasst hat. Sie scheint panische Angst vor Fremden zu haben.«

Graves funkelte ihn zwar ärgerlich an und riss seinen Arm los, aber er blieb dennoch stehen und geduldete sich, bis Miss Preussler sich endlich zu ihnen herumdrehte und nickte.

»Kommen Sie näher«, sagte sie. »Aber nicht zu nahe. Und erschrecken Sie sie nicht.«

Graves zog eine Grimasse, und auch Mogens fand Miss Preusslers Sorge mittlerweile eindeutig übertrieben. Graves bewegte sich jedoch tatsächlich sehr vorsichtig, und er blieb auch sofort wieder stehen, als Miss Preussler ihm mit einem missbilligenden Stirnrunzeln zu verstehen gab, dass das jetzt genug war. Er war jetzt auch nahe genug, um zu erkennen, was sich in dem Bündel befand.

»Ist das… ein Kind?«, fragte er zögernd.

»Wenn Sie es so nennen wollen«, antwortete Miss Preussler und schlug das Tuch beiseite, das das Gesicht des vermeintlichen Babys bedeckte.

Graves' Reaktion überraschte Mogens. Er hatte nicht damit gerechnet, dass Graves in Hysterie verfallen würde, doch Graves reagierte praktisch überhaupt nicht. Er wirkte nicht einmal überrascht, sondern allenfalls interessiert.

»Ich würde es auf jeden Fall als *totes* Kind bezeichnen«, sagte er. »Wieso trägt sie es bei sich?«

»Warum versuchst du nicht, es ihr wegzunehmen, Jonathan«, fragte Mogens. Er blickte auf seine Hände hinab. Die Kratzer hatten aufgehört zu bluten, brannten aber immer noch wie Feuer. Sobald sie wieder oben im Lager waren, dachte er, wurde er Miss Preussler bitten müssen, die Wunden gründlich zu desinfizieren. Weiß der Teufel, wie viele Krankheitserreger unter den schmutzigen Nägeln des Mädchens waren. Einen Augenblick später musste er über seine eigenen Gedanken lächeln. Wenn er sich richtig konzentrierte, dann fielen ihm vielleicht zwei oder drei Punkte ein, über die es sich eher Sorgen zu machen lohnte…

»Sind Sie weitergekommen?«, wandte sich Graves an Miss Preussler. »Ich meine: Konnten Sie mit ihr reden?«

»Nein«, antwortete Miss Preussler. Sie wirkte ein bisschen niedergeschlagen. »Entweder sie kann nicht sprechen, oder sie will es nicht. Ich glaube allerdings eher, sie kann es nicht. Das Einzige, was ich bisher mit Sicherheit weiß ist, dass sie große Angst vor Männern hat.« Sie zuckte unglücklich mit den Schultern. »Und dass sie sich weigert, dieses tote Kind zurückzulassen.«

»Das könnte daran liegen, dass es ihres ist«, sagte Graves ruhig.

Miss Preussler wurde kreidebleich. »Was reden Sie da? Dieses… dieses *Ding* ist nicht einmal ein Mensch.«

»Zum Teil sicher nicht«, bestätigte Graves. »Zu einem anderen schon. Nein, Miss Preussler, ich fürchte, diese bedauernswerte junge Dame ist die Mutter dieses schrecklichen Geschöpfes.«

»Das ist vollkommen absurd!«, beharrte Miss Preussler. Aber die Blicke, mit denen sie das Mädchen maß, wirkten mit einem Mal unsicherer, fast ängstlich.

»Es bestätigt das, was ich vermutet habe«, murmelte Graves. »Auch wenn ich zugeben muss, dass ich es vorgezogen hätte, mich zu irren.«

»*Was* hast du vermutet, Jonathan?«, fragte Mogens.

Graves ignorierte ihn. Einige Sekunden lang sah er das Mädchen mit großer Konzentration an, dann wandte er sich an Miss Preussler. »Ich bitte um Entschuldigung, meine Liebe, aber ich fürchte, ich muss Ihnen eine etwas unschickliche Frage stellen.«

»Ich kann mir kaum etwas vorstellen, was noch… *unschicklicher* ist als das hier.«

Graves druckste einen Moment herum. »Sie waren niemals verheiratet, nicht wahr?«, fragte er dann.

»Nein.«

»Aber Sie haben doch sicherlich… ich meine… also… haben Sie jemals…«

»Ja?«, fragte Miss Preussler,

Graves räusperte sich unbehaglich und sah plötzlich überallhin, nur nicht in ihre Richtung »Können Sie Kinder bekommen, Miss Preussler?«, stieß er schließlich hervor.

»Wie?«, keuchte Miss Preussler.

»Haben Sie jemals in Erfahrung gebracht, ob Sie in der Lage sind, Kinder zu gebären?«, fragte Graves. »Wenn Sie verheiratet wären, selbstverständlich«, fügte er hastig hinzu.

Selbst im Farben verändernden Licht der Fackeln konnte Mogens erkennen, dass Miss Preussler heftig errötete. Aber der Ausbruch, auf den er wartete, blieb aus. »Nein«, gestand sie nach einer Weile. »Es… gab da einen jungen Mann, vor vielen Jahren. Er hatte ehrbare Absichten. Wir wollten heiraten, aber er entstammte einer sehr wohlhabenden und einflussreichen Familie aus dem Süden, und er war ihr letzter männlicher Nachkomme. Seine Familie hatte wohl Angst, dass die Linie mit ihm endet, sollte er keine Nachkommen haben.«

»Also haben sie darauf bestanden, dass Sie sich einer entsprechenden Untersuchung unterziehen«, vermutete Graves.

»Ja«, bestätigte Miss Preussler. Aber sie sah Mogens bei diesem Wort an, und er konnte erkennen, wie unendlich schwer es ihr fiel, über diese intimen Details aus ihrem allerprivatesten Leben zu sprechen. »Das Ergebnis entsprach nicht unseren Erwartung. Ich kann keine Kinder bekommen. Diese Gnade hat Gott der HERR mir nicht zuteil werden lassen.«

»Seien Sie dankbar, dass es so ist«, antwortete Graves. »Gott war gnädig zu Ihnen. Ihre Unfruchtbarkeit ist wahrscheinlich der Grund, aus dem Sie noch leben und bei uns sind.«

»Was soll das heißen?«, fragte Mogens.

Graves fuhr, an Miss Preussler gewandt, fort. »Erinnern Sie sich, was Sie mir erzählt haben? Die Ghoule haben Sie untersucht, auch an… ähm… intimen Stellen. Ich glaube, sie haben Sie nur gehen lassen, weil Sie nicht in der Lage sind, Kinder zu gebären.«

»Unsinn!«, sagte Mogens. Aber das war wenig mehr als ein bloßer Reflex, in Grunde nur der Ausdruck des Entsetzens, mit dem ihn das erfüllte, was Graves sagte. Dennoch fuhr er mit schriller Stimme fort: »Woher sollten diese Kreaturen das wissen?«

»Was weiß ich«, antwortete Graves. »Vielleicht haben sie es gerochen. Vielleicht spüren sie es irgendwie. Manche Tiere verfügen über sehr scharfe Sinne, Mogens, und diese Wesen stammen nicht einmal von unserer Welt. Und es passt alles zu dem, was ich in den letzten Jahren in Erfahrung gebracht habe.«

Mogens weigerte sich immer noch zu akzeptieren, was er hörte, auch wenn er tief in sich längst begriffen hatte, dass es so war. Er konnte trotzdem nicht anders: »Du willst uns doch nicht ernsthaft weismachen …«

»… dass diese Ungeheuer menschliche Frauen entführen, um sich mit ihnen fortzupflanzen?«, fiel ihm Graves ins Wort. Er zuckte die Achseln. »Was ich weiß ist, dass ich niemals ein Weibchen dieser Bestien zu Gesicht bekommen habe. Und dass sie schon seit langer Zeit Frauen entführen, von denen nie wieder eine Spur gesehen wird. Reim dir den Rest selbst zusammen.«

»Aber das ist völlig unmöglich!«, beharrte Mogens. »Es ist eine vollkommen fremde Spezies! Wie können sie sich mit Menschen paaren?«

»Du hast es selbst gesagt, Mogens«, antwortete Graves. »Es ist eine vollkommen fremde Spezies. Wir wissen nicht, wozu sie fähig sind und wozu nicht. Wir wissen nicht einmal, ob die Kreaturen, die wir kennen gelernt haben, tatsächlich dieselben sind, die vor so langer Zeit hierhergekommen sind. Vielleicht waren sie ganz anders. Vielleicht ist das, was wir kennen, nur das Ergebnis der Vermischung unserer beider Rassen.«

Mogens hatte das Gefühl, dass das noch nicht alles war. Es war möglicherweise alles, was Graves sagen wollte, aber ganz gewiss nicht alles, was er *wusste*. Bevor er jedoch eine entsprechende Frage stellen konnte, mischte sich Miss Preussler ein.

»Bitte verzeihen Sie, Doktor Graves«, sagte sie. »Ich bin sicher keine Wissenschaftlerin und verstehe nichts von alledem, worüber Sie da reden – aber was Sie sagen, erscheint mir vollkommen unsinnig.«

»So?«, fragte Graves. Er wirkte leicht amüsiert.

»Ich meine: Selbst wenn Sie Recht haben, was die Herkunft dieser Kreaturen angeht – wie kann sich eine Spezies entwickeln, die nur aus männlichen Exemplaren besteht?« Sie lächelte unsicher. »Auch wenn ich nicht viel Erfahrung in diesen Dingen habe, so scheint mir da doch… etwas zu fehlen.«

»Ein sehr kluger Einwand«, antwortete Graves. »Um ehrlich zu sein: Ich weiß es nicht. Niemand weiß, warum diese

Wesen hierher gebracht worden sind. Vielleicht war es niemals geplant, dass sie sich fortpflanzen. Es ist gut möglich, dass sie künstlich erschaffen worden sind.«

»Künstlich?«, wiederholte Miss Preussler ungläubig.

»Vielleicht«, schränkte Graves ein. »Oder sie wurden nur hierher gebracht, um eine bestimmte Aufgabe zu erfüllen. Vielleicht wurden sie nur als Arbeiter hergebracht oder als Wächter... ich nehme nicht einmal an, dass sie hier bleiben sollten. Irgendetwas muss schief gegangen sein. Vielleicht sind einige wenige Exemplare entkommen und haben einen Weg gefunden, sich fortzupflanzen.«

»Und das hast du all die Zeit über gewusst?«, flüsterte Mogens entsetzt.

»Nicht gewusst«, korrigierte ihn Graves. »Aber ich habe es geahnt – oder sollte ich besser sagen: befürchtet.«

»Und du hast es niemals jemandem gesagt?« Mogens' Stimme begann zu zittern. Er hätte Graves angeschrien, hätte er noch die Kraft dazu gehabt.

»Gesagt?«, wiederholte Graves, während er sich gänzlich zu ihm herumdrehte und ihn auf sonderbar nachdenklich und teilnahmsvoll zugleich wirkende Weise ansah. »Aber wem denn?«

»Allen!«, erwiderte Mogens. »Der Polizei! Dem Militär! Den... den Behörden! *Mir!*«

Graves lächelte milde. »Aber was hätte ich ihnen denn sagen sollen?«, fragte er. »Dass ich den Verdacht habe, Geschöpfe aus einer fremden Welt trieben seit Jahren ihr Unwesen bei uns? Dass ich glaube, dass sie Frauen entführen, damit sie ihre Kinder austragen, und unter Friedhöfen leben und sich von Leichen ernähren?« Er schüttelte fast sanft den Kopf. »Wer hätte mir wohl geglaubt?«

»Ich«, antwortete Mogens. Plötzlich drohte seine Stimme zu versagen. Es fiel ihm immer schwerer, Graves anzusehen, und noch schwerer, auch nur einen einzigen klaren Gedanken zu fassen. »Ich«, flüsterte er noch einmal.

»Ich weiß«, antwortete Graves. »Du wärst vielleicht der Einzige gewesen, mein Freund. Weil du sie gesehen hast. Aber ich konnte es dir nicht sagen.«

»Warum?«, murmelte Mogens. Brennende Hitze schoss ihm in die Augen, aber er schämte sich dieser Tränen nicht.

»Du warst noch nicht so weit«, antwortete Graves. »Was hätte ich dir sagen sollen? Dass ich weiß, was mit Janice passiert ist?« Er schüttelte heftig den Kopf. »Du wärst daran zerbrochen, Mogens. Ich *konnte* es dir nicht sagen.«

Mogens erwiderte nichts mehr darauf, und wie hätte er es auch gekonnt? Seine Stimme versagte ihm endgültig den Dienst, und die Tränen liefen nun frei und ungehemmt über sein Gesicht. In seiner Brust tobte ein Orkan von Gefühlen. Aber er versuchte vergeblich, auch nur eine Spur von Hass oder auch nur Zorn darin zu finden, der Graves galt. Graves hatte Recht. Selbst wenn er ihm geglaubt hätte, so wäre er an diesem Wissen zerbrochen. Vielleicht war das Einzige, was ihn in den zurückliegenden neun Jahren am Leben erhalten hatte, tatsächlich die Hoffnung gewesen, Janice könnte noch leben, und er könnte sie eines Tages wiedersehen. Und trotzdem wäre der Gedanke, welcher Art dieses Leben war und welches grässliche Schicksal ihr drohte, tausendmal schlimmer als das sichere Wissen um ihren Tod gewesen.

Statt noch irgendetwas zu Graves zu sagen, drehte er mit einem Ruck den Kopf und sah wieder das Mädchen an. Sie erwiderte seinen Blick mit einer Art vorsichtiger Neugier, aber die schreckliche Leere zog sich dennoch nicht ganz aus ihren Augen zurück. Mogens wusste nichts von diesem Mädchen, weder ihren Namen noch ihre Herkunft, und schon gar nichts über ihr Schicksal, wie sie in die Gewalt der Ghoule geraten war. Eines aber machte ihm dieser Blick in ihren Augen mit unerschütterlicher Gewissheit klar: Wenn jemals etwas Menschliches in ihr gewesen war, so war es ihr genommen worden. Was die Ghoule ihren Opfern antaten, das ging über die bloße körperliche Gewalt, die sie ausübten, hinaus. Dieses bedauernswerte Geschöpf bestand nur noch aus Furcht und Schmerz, und Mogens spürte auch, dass es nichts gab, was sie noch retten, ihr ihre verlorene Menschlichkeit zurückgeben konnte.

»Das sind also Ihre Götter von den Sternen, Doktor«, sagte Miss Preussler bitter. »Die Wesen, denen Ihr ganzes Trachten und Handeln galt. Sie haben Ihr ganzes Leben lang nichts anderes getan, als nach ihnen zu suchen, habe ich Recht? Und? Hat es sich gelohnt?«

Graves antwortete nicht gleich. Obwohl Mogens sein Gesicht nur im Profil erkennen konnte, sah er doch den stummen Kampf, der sich hinter seiner Stirn abspielte. »Vielleicht habe ich mich geirrt«, sagte er ganz leise. »Vielleicht sind sie doch keine Götter.«

»Woher kommt dieser plötzliche Sinneswandel?«, fragte Miss Preussler.

»Ich hatte niemals eine *Meinung* über sie, Miss Preussler«, antwortete Graves ernst. »Ich bin Wissenschaftler, und als solcher war ich neugierig.«

»Ach?«, fragte Miss Preussler. Sie sah auf seine Hände hinab. »Mehr nicht?«

Graves blieb ihr die Antwort auf diese Frage schuldig und wandte sich stattdessen zu Mogens um. »Wir sollten später darüber reden«, sagte er. »Gab es außer diesem armen Mädchen noch andere Überlebende?«

»Nicht mehr«, sagte Mogens schleppend. Er hatte Mühe, sich auf die Beantwortung dieser einfachen Frage zu konzentrieren. Seine Gedanken überschlugen sich noch immer. Er hatte das Gefühl, den Boden unter den Füßen zu verlieren.

»Das Beben«, vermutete Graves.

»Dort unten ist alles zusammengestürzt«, antwortete Miss Preussler an Mogens Stelle. »Aber das bedeutet nicht, dass es nicht noch andere gibt. Als ich vergangene Nacht hier war ...«

»Das mag sein«, fiel ihr Graves ins Wort. »Ich bin im Gegenteil sogar fast sicher, dass es noch andere gibt. Aber ich fürchte, wir können im Moment nichts für sie tun. Uns bleibt nicht mehr sehr viel Zeit, von hier zu verschwinden.« Er zog seine Taschenuhr heraus und klappte den Deckel auf. »Eine gute halbe Stunde, um genau zu sein.«

»Ich werde hier nicht weggehen, solange sich ein einziger Mensch in der Gewalt dieser Bestien befindet«, sagte Miss Preussler entschieden.

»Dann werden Sie sterben«, antwortete Graves, »und retten niemanden. Nicht einmal dieses eine Mädchen.« Miss Preussler wollte auffahren, doch Graves fuhr mit einem Kopfschütteln und ganz leicht erhobener, trotzdem aber noch immer sanfter Stimme fort: »Seien Sie vernünftig, Miss Preussler. Niemand hat etwas davon, wenn wir umkommen, und genau das wird geschehen, wenn sich das Tor schließt und die Ghoule erwachen.«

»Aber wir... können sie doch nicht einfach im Stich lassen«, sagte Miss Preussler. Sie wirkte unsicher, zugleich aber noch immer entschlossen, wenn auch jetzt auf eine eher trotzige Art.

»Wir könnten zurückkommen«, antwortete Graves. Er deutete auf das Mädchen. »Mit ihr und dem Kind als Beweis muss man uns glauben. Wir könnten wiederkommen und diesem ganzen Spuk ein Ende bereiten. Aber nur, wenn wir die nächste Stunde überleben.«

Miss Preussler schwieg endlose Sekunden. In ihrem Gesicht arbeitete es. Mogens konnte den verzweifelten Kampf erkennen, den sie mit sich selbst ausfocht. Um nichts auf der Welt würde sie auch nur einen einzigen Menschen hier zurücklassen – aber Graves' Worte waren auch von einer zwingenden Logik, der sie nicht viel entgegenzusetzen hatte. Fast hilflos sah sie das Mädchen an, als erhoffe sie sich von ihr die Entscheidung, die sie selbst nicht zu treffen wagte, doch schließlich nickte sie.

»Also gut«, sagte sie. »Aber bilden Sie sich nicht ein, Sie könnten sich mit irgendeiner Ausrede davonmachen, Doktor Graves. Ich will Ihr Ehrenwort, dass Sie wirklich vorhaben, zurückzukommen und diese Höllenbrut auszulöschen.«

»Das haben Sie«, antwortete Graves.

Mogens hatte seine ganz eigene Meinung, was den Wert von Graves' *Ehrenwort* anging – aber er glaubte trotzdem zu spüren, dass es ihm zumindest in diesem Moment vollkommen ernst damit war. Was um alles in der Welt hatte Graves im Innern der Pyramide erlebt?

»Dann lassen Sie uns gehen«, sagte Miss Preussler.

Tom kam zurück, gerade als sie sich dem Ausgang näherten. Mogens hätte nicht sagen können, ob es an der verwirrenden Optik der nichtmenschlichen Stadt draußen lag oder er sich ganz bewusst an sie herangepirscht hatte, doch er tauchte so warnungslos aus dem Nichts auf, dass selbst Graves deutlich erschrocken zusammenfuhr.

Mogens' Sorge galt im ersten Moment allerdings mehr dem Mädchen, das Graves und ihm zusammen mit Miss Preussler in einigen Schritten Abstand folgte. Auf Toms unerwartetes Auftauchen reagierte sie so gut wie gar nicht, aber Mogens fragte sich, was sie wohl tun würde, wenn sie dieses Gebäude verließen. Oder gar diese Stadt.

»Wie sieht es aus?«, fragte Graves, bevor Tom auch nur dazu kam, ein einziges Wort zu sagen.

»Nicht gut«, antwortete Tom unumwunden.

Graves schrak diesmal deutlich heftiger zusammen. »Haben *sie* uns gefunden?«, fragte er.

»Wer?«, fragte Mogens. »Von wem redest du?«

Sowohl Graves als auch Tom ignorierten ihn einfach. »Nicht direkt«, antwortete Tom. »Aber ich fürchte, wir kommen nicht auf demselben Weg wieder raus, auf dem wir reingekommen sind. Ich hab etliche von *ihnen* auf dem Weg zum Eingang gesehen.«

»Von wem redest du?«, fragte Mogens. »Graves! Du hast gesagt, dass diese Bestien alle schlafen!«

»Das stimmt auch«, antwortete Graves ungerührt. »Ich fürchte, es handelt sich um eine Art… Wächter.«

»Die Sie alarmiert haben, als Sie in die Pyramide eingedrungen sind«, sagte Miss Preussler.

»Schuldzuweisungen«, antwortete Graves kühl, »ändern leider nichts an unserer Situation.« Er wandte sich an Tom.

»Wie viele sind es? Glaubst du, dass wir uns mit unseren Gewehren nötigenfalls den Weg freikämpfen können?«

Tom warf einen flüchtigen Blick zu Mogens und den beiden Frauen, dann schüttelte er stumm den Kopf.

»Dann brauchen wir einen anderen Weg nach draußen«, sagte Graves besorgt.

»Was ist mit dem Kanal?«, fragte Mogens.

»Was für ein Kanal?« Miss Preussler wurde hellhörig.

»Es war Salzwasser«, fuhr Tom fort, als Graves nicht sofort antwortete, sondern ihn nur unentschlossen ansah. »Ich bin ziemlich sicher, dass er 'ne Verbindung zum Meer hat.«

»Von welchem Kanal reden Sie?«, fragte Miss Preussler. »Doktor Graves! Professor!«

»Und das Boot ist groß genug für uns alle«, fuhr Tom unbeeindruckt fort.

»Was für ein *Boot?*«, fragte Miss Preussler scharf. *»Professor!«*

»Tom hat ein Boot entdeckt«, antwortete er fast widerwillig. »Und einen Kanal, der möglicherweise nach draußen führt.«

Miss Preussler starrte ihn an. Warum auch immer – Mogens konnte ihr ansehen, wie sehr sie die Tatsache erzürnte, dass man ihr diese Entdeckung vorenthalten hatte. »Und das ging mich bisher nichts an, vermute ich«, sagte sie.

»Wir wollten Sie nicht unnötig beunruhigen, meine Liebe«, sagte Graves, nun wieder in seinem gewohnten, arrogant-überheblichen Ton. »Außerdem erschien uns dieser Kanal bisher nicht von großem Nutzen.« Er wandte sich wieder an Tom. »Ist der Weg bis dahin ungefährlich?«

Tom hob nur die Schultern.

»Worauf warten wir dann noch?«, fragte Miss Preussler. Sie klang noch immer verärgert. »Wenn uns wirklich nur noch so wenig Zeit bleibt, dann sollten wir sie nicht mit unnötigem Reden vertrödeln.«

Seinem Gesichtsausdruck nach zu urteilen, hätte Graves zu diesem Thema auch das eine oder andere beizutragen gehabt, aber er beließ es bei einem angedeuteten Achselzucken und wandte sich dann mit einem umso übertriebeneren Nicken wieder an Tom. »Also gut. Wir beide gehen voraus. Mogens – du und die Frauen folgen uns, wenn ihr unser Zeichen seht.«

Welches Zeichen, wollte Mogens fragen, doch Graves und der Junge wandten sich bereits um und waren in der nächsten Sekunde aus der Tür. Tom schien auch jetzt wieder von einem Atemzug zum nächsten zu einer vollkommen anderen Person zu werden und bewegte sich erneut mit jener katzenhaften Geschmeidigkeit, die Mogens vorhin schon so an ihm bewundert hatte, während Graves ihm rasch, aber auf eine irgendwie unbeholfen wirkende Art folgte. Wie er es schon mehrmals beobachtet hatte, schienen sie sich beide deutlich schneller zu entfernen, als eigentlich möglich war. Selbst wenn Mogens es gewagt hätte, Graves noch eine entsprechende Frage nachzurufen, hätte er sie vermutlich schon nach dem ersten Atemzug nicht mehr gehört. Die beiden entfernten sich in dieselbe Richtung, aus der sie vorhin alle gekommen waren, und Tom verschwand hinter einer der monströsen Tierstatuen, die die gewaltige Allee säumten; vielleicht sog ihn die verzehrende Optik dieser unheimlichen Stadt auch einfach auf.

»Das mit dem Boot tut mir Leid«, sagte Mogens unbehaglich. »Wir hätten es Ihnen sagen sollen – aber es erschien mir wirklich nicht wichtig.« Aber war das wirklich die Wahrheit, fragte er sich. Die ehrliche Antwort gerade hätte Nein gelautet. Dieses Boot *war wichtig*. Aber etwas daran – irgendetwas in dieser unterirdischen Höhle – hatte ihn zutiefst erschreckt.

»Es ist schon gut«, antwortete Miss Preussler in einem unerwartet sanften, fast schon mütterlichen Ton, der ihn begreifen ließ, dass der Zorn und die Empörung in ihrer Stimme einzig Graves gegolten hatten, nicht ihm. »Ich… ich muss mich noch bei Ihnen bedanken, Professor.«

Mogens wandte sich mit fragendem Gesichtsausdruck zu ihr um. »Wofür?«

Miss Preussler druckste einen Moment herum. Schließlich antwortete sie, ohne ihm direkt in die Augen zu blicken: »Was Sie vorhin getan haben, war sehr mutig.«

»Ich verstehe nicht...«, antwortete Mogens. Das war die Wahrheit. Er verstand tatsächlich nicht gleich, wovon sie überhaupt sprach.

»Dieses Ungeheuer, das mich angegriffen hat«, erklärte sie. »Es hätte mich getötet, wenn Sie nicht eingegriffen hätten. Sie haben Ihr Leben riskiert, um mich zu retten.«

Mogens hob verlegen die linke Schulter, und er konnte selbst spüren, wie sich ein fast albernes Grinsen auf seinen Lippen ausbreitete. Miss Preusslers Worte machten ihn tatsächlich verlegen, und sie entsprachen ebenso sehr der Wahrheit, wie sie nicht stimmten. Zweifellos hatte er sein Leben riskiert, indem er den Ghoul angriff, aber sein scheinbar selbstloses Verhalten hatte nichts mit Mut zu tun gehabt. Tatsache war, dass er gar nicht darüber nachgedacht hatte.

»Ich wollte eigentlich...«

»... keinen Dank, ich weiß«, unterbrach ihn Miss Preussler. »Gerade das macht es ja so schwer.« Sie schüttelte den Kopf, und ein sonderbar weicher Ausdruck erschien in ihren Augen, den Mogens nicht zu deuten vermochte. »Sie sind ein so guter Mensch, Professor, und Sie machen es einem so schwer. Aber ich glaube, ich habe Ihnen lange Zeit über Unrecht getan.«

»Womit?«, fragte Mogens.

Bevor sie antwortete, drehte Miss Preussler den Kopf und maß das Mädchen mit einem sehr langen, sehr traurigen Blick. »Das Mädchen, von dem Sie mir erzählt haben. Ihre Freundin.«

»Janice.«

»Janice«, bestätigte Miss Preussler. »Diese Ungeheuer haben sie geholt?«

»Ja«, bestätigte Mogens bitter. »Ich war dabei. Und es war meine Schuld.«

»Unsinn«, sagte Miss Preussler sanft. »Das glaube ich Ihnen nicht.«

»Aber es ist die Wahrheit«, murmelte Mogens. »Sie haben sie vor meinen Augen entführt, und ich habe nichts getan, um sie daran zu hindern.«

Miss Preusslers Hände machten eine unwillige Geste, wie um seine Worte wegzuwischen. »Und was hätten Sie tun sollen?«, fragte sie. »Diese Kreaturen mit bloßen Händen angreifen? Sie wären getötet worden.«

»Ich weiß«, antwortete Mogens. Aber das war nicht der Punkt. Vielleicht wäre es seine verdammte Pflicht und Schuldigkeit gewesen, bei dem Versuch getötet zu werden, Janice zu retten. Aber er hatte einfach dagestanden und zugesehen, starr vor Schrecken und gelähmt vor Entsetzen und – ja, und vor *Angst* –, und er hatte nichts getan. Warum hatte er vor neun Jahren nicht ebenso reagiert wie vor neun Minuten? Das Schlimme an dem, was er erlebt hatte, war nicht sein Versagen. In diesem Punkt hatte Miss Preussler vollkommen Recht: Es hätte nichts geändert. Er wäre getötet oder bestenfalls schwer verwundet worden, und der Ghoul hätte Janice trotzdem verschleppt. Aber er hatte es ja nicht einmal *versucht.*

»Machen Sie sich keine Vorwürfe, Professor«, sagte Miss Preussler. Anscheinend war es in diesem Moment nicht schwer, seine Gedanken zu lesen. »Niemandem ist damit geholfen.« Sie zwang sich zu einem Lächeln, das aber eben so verunglückte wie der aufmunternde Ton, in dem sie weiter zu reden versuchte. »Wenn Sie noch etwas für dieses arme Mädchen tun wollen, dann helfen Sie mir, ein Auge auf Doktor Graves zu halten.«

»Sie trauen ihm nicht«, vermutete Mogens. Was für eine Frage!

»Natürlich nicht«, antwortete sie. »Im Moment glaubt er vermutlich sogar selbst, was er sagt. Aber das wird nicht so bleiben. Ich kenne Menschen wie Graves zur Genüge. Wenn wir hier herauskommen, dann wird er es sich überlegen. Ein Mann wie er wird niemals zulassen, dass das alles hier zerstört wird. Aber das wiederum werde *ich* nicht zulassen.«

Ihre Worte klangen nicht nur bitterernst, Mogens spürte auch, dass sie genau so gemeint waren. Und sie hatte Recht. Irgendetwas hatte Graves zutiefst erschreckt und bis auf den Grund seiner Seele verstört, und jetzt, in diesem Augenblick, meinte er zweifellos ganz genau das, was er gesagt hatte. Aber das würde nicht so bleiben. Jonathan Graves würde niemals zulassen, dass diese Stadt zerstört wurde.

Selbst Mogens – sogar noch in diesem Moment – verspürte ein tiefes Bedauern bei dem Gedanken, all diese fantastischen Artefakte, diesen unerschöpflichen Schatz und uraltes Wissen zerstören zu sollen, und auch er spürte, wie leicht es wäre, der flüsternden, verlockenden Stimme in sich nachzugeben. Unbeschadet all des Schreckens, auf den sie gestoßen waren, all der entsetzlichen Dinge, die sich noch hier unten verbergen mochten, hatten sie doch zugleich einen Schatz unten unermesslichem Wert gefunden; ein Artefakt aus einer vollkommen fremden, andersartigen Welt, der nicht nur ihnen, sondern womöglich der gesamten Menschheit einen Schritt in eine Zukunft ermöglichte, von der sie bisher noch nicht einmal zu träumen gewagt hätte. Das Volk, das diese unbegreifliche Stadt errichtet hatte, hatte den Abgrund zwischen den Sternen überwunden, während die Menschen gerade zaghaft damit begannen, sich auf zerbrechlichen Flügeln aus Segeltuch und Holz für wenige Augenblicken von der Oberfläche ihres Planeten zu erheben. All das hier zu zerstören, auch nur einen einzigen Stein zu zerschlagen, ein einziges Bild auszulöschen war weit mehr als ein Dolchstoß ins Herz eines Archäologen, es war ein Verbrechen an der Menschheit, Jahrhunderte, wenn nicht Jahrtausende, die ihr gestohlen wurden.

Und dennoch musste es sein. Hinter all dem Unbegreiflichen, hinter all dem überlegenen Wissen, dem Wohl, das seine Anwendung für die Menschen bedeuten mochte, lauerte noch etwas anderes. Mogens hatte es die ganze Zeit über gespürt, nicht erst, seit sie hier heruntergekommen waren, sondern schon sehr viel länger – vielleicht seit jenem schrecklichen Tag, an dem er Janice verloren hatte –, und erst jetzt, in genau diesem Moment war er dazu bereit, es sich auch selbst einzugestehen: Sie waren auf das absolut Böse gestoßen. Mogens zweifelte nicht daran, dass es ihnen gelingen konnte, der Ungeheuer und alle anderen Gefahren, die hier unten lauern mochten, Herr zu werden. Er zweifelte nicht daran, dass sie die Ghoule auslöschen und auch alle anderen Gefahren und Fallen überwinden und am Ende selbst das Tor zu den Sternen verschließen oder gar für ihre eigene Zwecke nutzen konnten. Selbst ihnen war es gelungen, den Gefahren bisher zu trotzen, drei schwache, verwundbare Menschen, die kaum etwas anderes als ihre bloßen Hände und ihren Willen zu Überleben besaßen. Die simple Tatsache, dass sie noch lebten, bewies, dass ihre Feinde nicht unüberwindlich waren. Sie konnten sie besiegen, und sie konnten den Schatz bergen, den ihnen die Besucher vom Sirius dagelassen hatten. Aber der Preis, den sie – und vielleicht die ganze Welt – dafür würden zahlen müssen, war zu hoch.

»Sie glauben, diesem Mädchen etwas schuldig zu sein«, fuhr Miss Preussler fort. »Und Sie haben Recht, Professor. Sie sind ihr schuldig, diesem Albtraum ein Ende zu bereiten. Wir können nichts mehr für sie tun. Aber wir können dafür sorgen, dass nicht noch mehr Unschuldige ihr Schicksal teilen müssen.«

Mogens wollte antworten, doch in diesem Moment kam Graves zurück, und obwohl es vollkommen unmöglich war, dass er auch nur ein einziges Wort von dem verstanden hatte, was Miss Preussler oder er gesagt hatten, musste ihm doch irgendetwas aufgefallen sein, denn er setzte zwar dazu an, etwas zu sagen, zog aber dann nur die Augenbrauen zusammen und sah sie mit sich rasch verfinsterndem Gesichtsausdruck an, um schließlich mit den Schultern zu zucken; als hätte er sich in Gedanken selbst eine Frage gestellt und die mögliche Antwort dann als belanglos abgetan.

»Der Weg scheint frei zu sein«, sagte er. »Falls ihr euer Gespräch also für einen kurzen Moment unterbrechen könnt, wäre das jetzt möglicherweise der Augenblick, um aufzubrechen.«

Mogens trat wortlos an ihm vorbei und aus dem Haus. Er hatte das Gefühl, dass es kälter geworden war; und als er ausatmete, sah er eine graue Dampfwolke vor dem Gesicht. Auch Miss Preussler blickte überrascht hoch, und er konnte sehen, wie sich auf ihren nackten Unterarmen eine Gänsehaut bildete.

»Das muss mit dem Tor zusammenhängen«, sagte Graves. »Je mehr man sich der Pyramide nähert, desto kälter wird es.« Er machte eine Kopfbewegung in die Richtung, in die Tom verschwunden war. »Beeilen wir uns.«

Sie gingen – sehr schnell – los, und Mogens atmete insgeheim auf, als sich ihnen das Mädchen ohne Zögern anschloss. Auch Miss Preussler wirkte deutlich erleichtert; offensichtlich hatte auch sie mit mehr Schwierigkeiten gerechnet. Vielleicht erwies es sich ja nun als Vorteil, dass die junge Frau praktisch willenlos war. Mogens glaubte jedoch nicht, dass das so bleiben würde.

Er sollte Recht behalten.

Sie ließen die Allee und auch den Rest der Stadt unbehelligt hinter sich, doch als sie die Brücke erreichten, blieb die junge Frau urplötzlich stehen. Miss Preussler ergriff sie wieder am Arm und versuchte sie mit sanfter Gewalt auf die Brücke hinauf zu ziehen, aber sie riss sich los und wich ganz im Gegenteil einen Schritt zurück.

»Miss Preussler, bitte!«, sagte Graves. »Unsere Zeit ist knapp.«

»Seien Sie still«, antwortete Miss Preussler unwillig und wandte sich mit einem beruhigenden Lächeln an das Mädchen. »Du brauchst keine Angst zu haben«, sagte sie. »Wir bringen dich in Sicherheit. Du willst doch auch raus hier, oder? Weg von diesen schrecklichen Ungeheuern.«

Sie hob beruhigend die Hand, aber ihre Geste zeitigte eher den gegenteiligen Effekt: Das Mädchen machte einen weiteren halben Schritt zurück, presste das Bündel mit dem toten Kind noch fester an die Brust und schüttelte heftig den Kopf. Ein erschrockener, fast schon entsetzter Ausdruck erschien auf seinem Gesicht.

»Ja, du hast Angst«, seufzte Miss Preussler. »Wenn ich doch nur wüsste, ob du mich wenigstens verstehst.« Sie legte den Kopf auf die Seite und sah das Mädchen fragend an, bekam aber keine irgendwie geartete Reaktion zur Antwort.

»Miss Preussler«, sagte Graves. »Bitte!«

Diesmal ignorierte sie ihn vollends. »Du musst uns einfach vertrauen«, fuhr sie an das Mädchen gewandt und mit leiser, zugleich sanfter wie auch sehr eindringlicher Stimme fort. »Diese Ungeheuer werden bald aufwachen. Wenn wir dann noch hier sind, werden sie uns töten – und dich wieder verschleppen. Das willst du doch nicht, oder?«

Sie bekam auch jetzt keine Antwort, aber Graves riss endgültig der Geduldsfaden. Mit einem gemurmelten Fluch trat er an Miss Preussler vorbei und streckte die Hände nach dem Mädchen aus. Miss Preussler machte eine Bewegung, wie um ihn zurückzuhalten, aber Graves schob sie einfach zur Seite. »Wir haben keine Zeit für diesen Unsinn!«, knurrte er.

Das Mädchen reagierte ganz genau so, wie Mogens erwartet hatte: Das toten Kind noch immer fest an die Brust gedrückt, versuchte es einen weiteren Schritt vor Graves zurückzuweichen und schlug gleichzeitig mit der freien Hand nach ihm. Mogens hatte ja bereits Bekanntschaft mit ihren Fingernägeln gemacht und gönnte es Graves insgeheim, diese schmerzhafte Erfahrung zu wiederholen, doch Graves dachte nicht daran, sich das Gesicht zerkratzen zu lassen, oder vielleicht Schlimmeres. Blitzschnell packte er das Handgelenk des Mädchens, verdrehte ihren Arm und schlug ihm gleichzeitig mit der anderen Hand so fest ins Gesicht, dass sie wankte. Miss Preussler schrie empört auf, und auch Mogens sog erschrocken die Luft zwischen den Zähnen ein, doch Graves ließ sich weder von dem einen noch von dem anderen beeindrucken, sondern trat ganz im Gegenteil mit einem raschen Schritt noch dichter an das Mädchen heran und entriss ihm das Kind.

Die junge Frau schrie gellend auf und wollte sich mit hochgerissenen Armen auf ihn werfen, aber Graves stieß sie so derb zurück, dass sie taumelte und schließlich ungeschickt auf die Knie fiel. Sofort sprang sie wieder in die Höhe und attackierte ihn erneut. Graves stieß sie ein zweites Mal zu Boden, schüttelte ärgerlich den Kopf und versetzte ihr bei ihrem nächsten Angriff einen Schlag mit dem Handrücken quer über das Gesicht, der sie zum dritten Mal auf die Knie herabsinken ließ. Diesmal krümmte sie sich, schlug beide Hände vor den Mund und begann leise zu wimmern.

»Graves, was fällt Ihnen ein?«, keuchte Miss Preussler.

Graves würdigte sie nicht einmal einer Antwort. Mitleidlos sah er auf die schluchzende junge Frau herab und wartete, bis sie den Kopf hob und zu ihm hochsah, und hielt das tote Kind an einem ausgestreckten Arm vor sich. »Willst du das hier?«, fragte er. »Kein Problem. Du bekommst es wieder, sobald wir auf der anderen Seite sind.«

»Graves, Sie ...«, begann Miss Preussler, wurde aber sofort und in scharfem Ton von Graves unterbrochen.

»Halten Sie den Mund, Gnädigste«, sagte er abfällig. »Ich habe keine Lust, mich umbringen zu lassen, nur weil Sie auf die Befindlichkeiten einer halb schwachsinnigen Fremden Rücksicht nehmen wollen! Sie wird schon mit uns kommen, wenn sie ihr Kind wiederhaben will. Aber Sie können gerne hier bleiben und sie trösten, wenn Sie es wünschen. Ich für meinen Teil gehe jedenfalls. Mogens, kommst du?«

Er wartete auch Mogens' Antwort nicht, sondern fuhr auf dem Absatz herum und begann mit schnellen Schritten über die Brücke davon zu gehen. Miss Preussler starrte ihm wütend und entsetzt zugleich hinterher, während Mogens für einen Moment einfach hin und her gerissen war. Graves' Rücksichtslosigkeit empört ihn genauso sehr wie Miss Preussler, aber er musste auch widerwillig zugeben, dass er Recht hatte. Jede Minute, die sie verloren, mochte sich durchaus als genau die erweisen, die am Ende über Leben und Tod entschied.

Das Mädchen nahm ihnen die Entscheidung ab. Zwei, drei endlose, schwere Atemzüge lang starrte sie Graves noch aus weit aufgerissenen Augen an, dann sprang sie mit einem wimmernden Laut auf die Füße und rannte hinter ihm her. Graves, der ihre Schritte gehört haben musste, warf ihr einen spöttischen Blick über die Schulter hinweg zu und ging ebenfalls schneller. Er rannte zwar nicht, schritt aber so vehement aus, dass die junge Frau ihn wohl erst einholen würde, wenn sie auf der anderen Seite der Brücke angekommen waren.

»Dieser Mann ist ein Monster«, murmelte Miss Preussler.

»Ja«, gestand Mogens, fügte aber mit einem entschuldigenden Kopfnicken in Graves' Richtung hinzu: »Aber anscheinend funktioniert es.«

Miss Preussler starrte ihn so wütend an, dass er beinahe sicher war, dass sich ihr heiliger Zorn nun auf ihn entladen würde. Dann aber schüttelte sie nur verächtlich den Kopf und beeilte sich, Graves und dem Mädchen auf die Brücke hinauf zu folgen. Auch Mogens trat auf das bizarre Bauwerk, das, kaum dass sein Fuß es berührt hatte, schon wieder seine Sinne auf dieselbe, schwindelnd machende Art zu narren begann wie vorhin, warf aber noch einmal einen Blick über die Schulter zurück. Die Stadt lag noch immer ruhig und wie ausgestorben da, und dennoch spürte er zugleich auch die Anwesenheit von etwas Fremdem, das ihn aus unsichtbaren Augen zu belauern und jeden seiner Schritte aufmerksam zu registrieren schien. Fast ohne sein Zutun folgte sein Blick der von monströsen Statuen gesäumten Allee bis zu der riesigen, fast schwarzen Pyramide im Zentrum. Nun, da er wusste, was sie beherbergte, kam sie ihm bedrohlich vor: der Umriss eines kauernden Ungeheuers, das sich jederzeit zum Sprung spannen und mit all seiner schrecklichen Macht über sie herfallen konnte. Die vergoldete Spitze fing das grüne Licht, das den gewaltigen Felsendom erfüllte, auf sonderbare Weise auf und schien es zu verstärken und zugleich in etwas Anderes, Boshaftes zu verwandeln.

Irgendetwas lauerte dort. Er konnte es spüren. Und er war sicher, dass dieses… *Etwas* ihre Anwesenheit ebenso deutlich fühlte.

Mogens schüttelte den Gedanken ab und beschleunigte seine Schritte, um zu Miss Preussler aufzuschließen, auch wenn ihm nicht wohl dabei war. Graves, der am Schluss noch ein kurzes Stück in einen leichten Trab verfallen war, hatte mittlerweile das jenseitige Ende der Brücke erreicht, und auch das Mädchen hatte ihn fast eingeholt. Graves' Grausamkeit schien nicht so weit zu reichen, dass er es auf die Spitze getrieben hätte – kurz, bevor die junge Frau bei ihm war, ließ er sich in die Hocke sinken und legte das leblose Kind fast behutsam zu Boden. Dann sprang er auf, machte drei rasche Schritte zurück und bewegte sich dabei gleichzeitig so, dass er dem Mädchen den Fluchtweg über die Brücke abschnitt, sollte sie auf den Gedanken kommen, in die Stadt zurückzukehren. Sie riss jedoch nur das Kind an sich, presste es nun mit beiden Armen schützend gegen die Brust und verkroch sich dann in einem Winkel der mehr als mannshohen, schwarzen Felsen, vor der die Brücke endete.

Miss Preussler überschüttete Graves mit einer wahren Flut von Beschimpfungen und Vorwürfen, die dieser jedoch mit stoischem Gesichtsausdruck und ohne ein Wort der Verteidigung über sich ergehen ließ, und als auch Mogens als Letzter bei ihnen anlangte, wandte sie sich mit einem Ruck um und trat auf das Mädchen zu. Diesmal reagierte die junge Frau tatsächlich so, wie Mogens erwartet hatte und Miss Preussler anscheinend auch: Sie presste sich mit aller Kraft gegen den rauen Fels, und für einen winzigen Moment nahm ihr Gesicht einen gehetzten, fast panischen Ausdruck an. Ihr Blick irrte hierhin und dorthin, blieb für eine Sekunde an Graves' hoch aufgeschossener Gestalt hängen, die den einzigen Fluchtweg versperrte, und sie machte tatsächlich eine schwache Bewegung, wie um es trotzdem zu versuchen, zog sich aber praktisch im gleichen Augenblick auch schon wieder in die Nische zurück.

»Bitte, mein Kind, du musst mir vertrauen!«, sagte Miss Preussler in flehendem Ton. Sie streckte vorsichtig die Hand nach dem Mädchen aus, erreichte damit aber nicht mehr, als dass es das Kind noch fester gegen sich presste und allen Ernstes zu versuchen schien, in den Felsen hineinzukriechen. Es hatte aufgehört zu wimmern, aber sein Gesicht war eine einzige Grimasse der Furcht.

Wütend fuhr Miss Preussler zu Graves herum. »Da sehen Sie, was Sie angerichtet haben!«, sagte sie aufgebracht. »Ist Gewalt denn alles, wozu Sie fähig sind?«

Graves zog verächtlich die linke Augenbraue hoch. Ohne auf Miss Preusslers Worte zu reagieren, löste er sich von seinem Platz, trat auf sie zu und schob sie dann – ihre neuerlichen, geharnischten Proteste beharrlich ignorierend – einfach aus dem Weg. Gleichzeitig streckte er den linken Arm in Richtung des Mädchens aus.

Die junge Frau wimmerte vor Angst, und Mogens hielt instinktiv den Atem an, als er in Miss Preussler Gesicht sah. Der Ausdruck darauf machte ihm klar, dass sie etwas wie das, was er vorhin auf der anderen Seite der Brücke getan hatte, nicht noch einmal dulden würde.

Graves versuchte aber auch nicht, dem Mädchen das Kind noch einmal zu entreißen. Er machte zwar eine entsprechende Bewegung, ließ den Arm dann aber sofort wieder sinken, trat demonstrativ einen Schritt zurück und wies mit der anderen Hand in die Richtung, in der ihr Ziel lag. Er sagte nichts, aber das Mädchen hatte verstanden, was er von ihm wollte. Ohne Graves' Gesicht auch nur einen Sekundenbruchteil aus den Augen zu lassen, geduckt und wimmernd vor Furcht, aber gehorsam trat sie aus der Felsnische heraus und bewegte sich langsam in die Richtung, in die Graves deutete

»Sehen Sie?«, fragte Graves mit einem dünnen, überheblichen Lächeln. »Es funktioniert.«

»Habe ich schon gesagt, dass ich Sie für einen Unmenschen halte, Doktor Graves?«, fragte Miss Preussler spröde.

»Mehrmals«, bestätigte Graves. »Aber Sie können sich später noch in aller Ausführlichkeit bei mir bedanken, meine Liebe. Jetzt gehen Sie bitte. Unsere Zeit wird nicht mehr.«

Natürlich gehorchte Miss Preussler erst, nachdem sie ihm einen letzten, vernichtenden Blick zugeworfen hatte, dann aber wandte sie sich mit einem Ruck um und beeilte sich, zu dem Mädchen aufzuschließen. Mogens beobachtete, wie sie ihr den Arm um die Schulter legen wollte und das Mädchen die Bewegung erschrocken abschüttelte. Er hoffte, dass Graves nicht trotz allen scheinbar sichtlichen Erfolgs letztendlich einen Fehler gemacht hatte. Wenn die junge Frau sich im falschen Moment entschloss, etwas Unbedachtes zu tun, konnte das gut zu ihrer aller Verhängnis werden.

»Wie viel Zeit bleibt uns noch?«, fragte er, während sie den beiden Frauen in vorsichtigem Abstand folgten.

Graves hob die Schultern. Er sah ihn nicht an, als er antwortete. »Nicht mehr viel, fürchte ich«, sagte er. »Ich hoffe nur, Tom hat Recht, und dieser Kanal führt tatsächlich nach draußen.«

»Und wenn nicht?«, fragte Mogens.

»Er muss einfach«, erwiderte Graves. Er sah sich unbehaglich um. »Ich habe verdammt viele von diesen Biestern gesehen, auf dem Weg zur Pyramide.« Er zwang sich zu einem aufmunternden Lächeln. »Aber mach dir keine Sorgen, Mogens.«

»Weil du schon aus schlimmeren Situationen entkommen bist?«, fragte Mogens.

Graves warf ihm einen sonderbaren Blick zu. »Schlimmer wohl kaum«, sagte er. »Aber es waren tatsächlich einige dabei, die nicht sehr viel weniger gefährlich waren.«

Vorsichtshalber verzichtete Mogens darauf, eine entsprechende Frage zu stellen. Er bedauerte schon, Graves überhaupt angesprochen zu haben. Auch wenn der größte Teil ihres Weges jetzt hinter ihnen lag, so hatte er doch das ungute Gefühl, dass die größte *Gefahr* vielleicht erst kam. Wo blieb nur Tom?

Als wäre dieser Gedanke ein Stichwort gewesen, tauchte der Junge plötzlich dreißig oder vierzig Meter vor Miss Preussler zwischen den Felsen auf. Trotz des unsicheren und gefährlichen Untergrundes bewegte er sich im Laufschritt. Miss Preussler blieb stehen, und auch Graves stockte für einen Moment, lief aber dann umso schneller weiter. »Tom!«, rief er. »Was ist …«

»Still!«, keuchte Tom erschrocken. »Versteckt euch! Schnell!«

Das war leichter gesagt als getan. Der Pfad, über den sie sich bewegten, wurde von mehr als mannshohen Felsen auf der einen und einem gut zehn Meter tiefen Abgrund auf der anderen Seite flankiert. Zahllose Risse und Spalten gähnten im schwarzen Gestein, doch nicht einer von ihnen wäre auch nur annähernd breit genug gewesen, um sich darin zu verstecken. Für einen Moment drohte ihn Panik zu übermannen, und auch Graves sah sich mit immer hektischeren Kopfbewegungen um. Dann deutete er nach oben, auf einen Punkt, der nur wenige Schritte hinter Miss Preussler und dem Mädchen lag. »Dort!«, rief er. »Wir müssen klettern!«

Mogens verspürte ein eiskaltes Frösteln, als sein Blick Graves' ausgestreckter Hand folgte. Vielleicht drei oder vier Meter über ihnen befand sich tatsächlich ein horizontaler Spalt im Felsen, der mehr als breit genug war, sie allesamt aufzunehmen. Dort hinaufzuklettern erschien ihm jedoch als ein Ding der Unmöglichkeit. Ausgerechnet an dieser Stelle war die Wand nahezu spiegelglatt, gerade dass es einige winzige Risse und Unebenheiten gab, an denen vielleicht ein ausgebildeter Bergsteiger mit der entsprechenden Ausrüstung und vor allem genügend Zeit hätte hinaufklettern können, sie aber vermutlich nicht – und Miss Preussler und das Mädchen, das noch immer das tote Kind an sich presste, ganz bestimmt nicht.

»Sie kommen!« Tom langte keuchend neben ihnen an und ließ sich mit der Schulter gegen das schwarze Gestein sinken. Trotz der Kälte war er schweißgebadet. »Sie sind auf dem Weg hierher.«

»Hast du sie gesehen?«, fragte Graves.

Tom schüttelte mühsam den Kopf. Er war so außer Atem, dass er zweimal ansetzen musste, bevor er antwortete. »Nein. Ich... glaub nicht. Aber sie sind dicht hinter mir.«

Graves stellte keine weitere Frage mehr, sondern hob entschlossen die Arme und begann mit einem Geschick, das Mogens ihm nie und nimmer zugetraut hätte, an der fast senkrechten Felswand hinaufzuklettern. Schon nach wenigen Augenblicken hatte er den Sims erreicht, zog sich mit einem hörbaren Ächzen hinauf und war für einen Moment verschwunden. Dann tauchten sein Kopf und seine Schultern wieder auf, und er begann heftig zu gestikulieren. »Hier ist eine Höhle. Schnell!«

Mogens hob wenig optimistisch die Arme, ließ sie aber sofort wieder sinken und sah hilflos von Miss Preussler zu Graves und wieder zurück. Ihr Blick wirkte nicht hilflos, sondern regelrecht entsetzt, zugleich aber auf eine sonderbar entschlossene Art resigniert.

»Gehen Sie ruhig«, sagte sie. »Das schaffe ich nicht. Aber es gibt keinen Grund, aus dem sie uns alle kriegen sollten.«

»Reden Sie nicht so ein dummes Zeug«, sagte Graves ärgerlich. »Wir sind zusammen hergekommen, und wir werden auch zusammen wieder gehen.«

»Ich bin keine Bergziege, Doktor Graves«, antwortete Miss Preussler spröde, »falls es Ihrer Aufmerksamkeit entgangen sein sollte.«

»Mit einer solchen hätte ich Sie niemals verglichen, Gnädigste, antwortete Graves. »Tom, hilf ihr!«

Tom? Mogens sah den Jungen verwirrt an. Tom war eine halbe Handspanne kleiner als er, und auch, wenn Mogens im Grunde nicht daran zweifelte, dass sich Tom vermutlich als stärker und ganz gewiss als ausdauernder als er selbst erweisen würde, wenn es darauf ankam, so änderte all das nichts an der Tatsache, dass der Junge allenfalls halb so wie wog wie sie. Auch ihre Gedanken mussten sich wohl auf ganz ähnlichen Pfaden bewegen, denn sie sah einfach nur fassungslos aus, Tom aber schien sich mit solcherlei Überlegungen gar nicht aufzuhalten. Ganz im Gegenteil reichte er Mogens entschlossen sein Gewehr, lehnte sich mit leicht gegrätschten Beinen mit dem Rücken gegen die Wand und verschränkte die Hände auf der Höhe seines Bauchnabel.

»Was hast du vor, Thomas?«, fragte Miss Preussler unsicher.

Tom machte eine aufmunternde Kopfbewegung. »Steigen Sie auf meine Hände«, sagte er. »Ich heb Sie hoch.«

»Bist du verrückt?«, entfuhr es Miss Preussler.

»Verdammt noch mal, tun Sie endlich, was er Ihnen sagt!«, polterte Graves.

Vielleicht war es sein befehlender Ton, der sie so perplex machte, dass sie ganz automatisch gehorchte, vielleicht gewann im letzten Augenblick doch noch die schierer Todesangst die Überhand – Miss Preussler hob jedenfalls den Saum ihres Kleides, setzte mit sichtlicher Anstrengung den rechten Fuß in Toms zusammengefaltete Hände und wuchtete sich schnaubend in die Höhe. Tom ächzte, ging deutlich in die Knie und begann nach vorne zu kippen, und auch Miss Preussler selbst drohte für einen Moment das Gleichgewicht zu verlieren. Sie begann wild mit den Armen in der Luft zu rudern, womit sie natürlich alles nur noch schlimmer machte, und Mogens sprang, ohne nachzudenken, vor und stieß ihr die flachen Hände gegen den Rücken. Im allerersten Moment war er nicht nur überzeugt davon, dass auch dieser Versuch zum Scheitern verurteilt war, sondern auch, dass Miss Preussler in der nächsten Sekunde mit der Wucht eines umstürzenden Baumes auf ihn fallen und ihn einfach erschlagen würde. Aber das Wunder geschah: Miss Preussler fiel nicht, sondern prallte mit ausgebreiteten Armen gegen die Wand, und ihre tastenden Finger mussten wohl irgendwo Halt gefunden haben. Tom ächzte und brach um einige weitere Zentimeter in die Knie, als sie nunmehr auch das andere Bein hob und den Fuß auf seine Schulter setzte, und Mogens fühlte sich so überrumpelt und hilflos, dass er sie um ein Haar losgelassen hätte, als sie sich schnaubend weiter in die Höhe wuchtete und seine Handflächen nun nicht mehr gegen ihren Rücken, sondern gegen ihr beeindruckendes Gesäß drückten. Hätte er nachgegeben, so wäre sie mit Sicherheit gestürzt, sodass er nicht losließ, sondern nur – vergebens – nach irgendeiner Haltung tastete, die für sie beide etwas weniger peinlich war, und über ihnen warf sich Graves etwas weiter vor und streckte die schwarzen behandschuhten Hände nach ihr aus.

»Ihre Arme!«, keuchte er. »Strecken Sie die Hände aus!«

Miss Preusslers Hände glitten mit scharrenden Geräuschen über den rauen Fels, als sie die Arme hob, aber dann zögerte sie, und Mogens spürte ganz sicher, dass sie die Überwindung beinahe nicht aufgebracht hätte, Graves' schreckliche Hände zu berühren.

Letztendlich tat sie es doch, und Graves packte mit festem Griff ihre Handgelenke und begann zu ziehen. »Helfen Sie mit!«, keuchte er. »Tom! Mogens! Schiebt!«

Mogens mobilisierte noch einmal all seine Kräfte, und Tom brachte irgendwie das Kunststück fertig, sich herumzudrehen und seine Hände unter Miss Preusslers Fersen zu schieben, um sie stöhnend und mit hochrotem Gesicht, wie ein Gewichtheber, der sich entschieden zu viel zugemutet hatte, weiter nach oben zu stemmen. Hinterher kam es Mogens selbst wie ein – alles andere als kleines – Wunder vor, aber sie schafften es. Graves zog, Tom und er drückten und schoben, während Miss Preussler alles in ihrer Macht Stehende zu tun schien, um sie nach Kräften zu behindern, doch plötzlich war ihr Gewicht verschwunden. Mogens taumelte mit einem erleichterten Keuchen zurück und sah gerade noch Miss Preusslers spitzenbesetzte knöchellange Unterhosen in der Felsspalte verschwinden, dann gaben seine Beine unter ihm nach, und er sank haltlos auf die Knie. Auch Tom rutschte erschöpft an der Wand entlang in die Hocke, blieb aber nur einen Herzschlag lang sitzen, bevor er sich wieder hochstemmte und Mogens einen auffordernden Blick zuwarf.

»Jetzt Sie, Professor«, sagte er.

Mogens schüttelte mühsam den Kopf. Sein Herz hämmerte, als wollte es zerspringen, und sein Rücken und seine Schultermuskeln taten so weh, als hätte er versucht, mit zwei Sarkophagdeckeln zu jonglieren. »Du … zuerst«, keuchte er.

»Ich kann allein da raufklettern«, antwortete Tom. »Schaffen Sie das auch?«

Das war ein Argument, dem Mogens schwerlich etwas entgegenzusetzen hatte; auch wenn er ganz und gar nicht überzeugt war, dass Tom es wirklich aus eigener Kraft schaffen würde. Trotzdem widersprach er nicht noch einmal, sondern kämpfte sich mühsam auf die Beine, setzte den Fuß auf die gleiche Art wie Miss Preussler zuvor in Toms gefaltete Hände und kletterte von dort aus auf seine Schultern. Seine Bewunderung für Miss Preusslers Leistung wuchs, als er spürte, wie schwer es ihm fiel, unsicher auf Toms Schultern balancierend und sich nur mit der reinen Anspannung seiner Muskeln gegen die Wand zu pressen und das Gleichgewicht zu halten.

Er verschenkte noch einmal kostbare zwei Sekunden, indem er einfach wie erstarrt dastand und nicht einmal zu atmen wagte, dann fand er noch einmal irgendwo in sich ein letztes Quäntchen von Mut, löste behutsam die Hände von ihrem ohnehin kaum vorhandenen Halt und streckte die Arme aus. Graves ergriff ihn mit solcher Kraft, dass er vor Schmerz aufstöhnte, und unter ihm drehte sich Tom abermals herum und schob ihn einfach weiter in die Höhe. Mogens korrigierte seine Meinung, was Toms Kraft anging. Der Junge war nicht ebenso stark wie er; er war viel stärker. Mogens fühlte sich regelrecht in die Höhe katapultiert und konnte gerade noch den Kopf einziehen, als die Felsspalte regelrecht auf ihn zuzuspringen schien. Seine Hüfte schrammte ein letztes Mal schmerzhaft über harten Stein, dann schlitterte er hilflos eine gut anderthalb Meter lange Schräge hinab und kam mit einem Ruck zur Ruhe, der ihm auch noch das letzte bisschen Luft aus den Lungen presste. Alles begann sich um ihn zu drehen. Er spürte, dass er schon wieder das Bewusstsein zu verlieren drohte, kämpfte die Ohnmacht mit einer verzweifelten Willensanstrengung zurück und stemmte sich vorsichtig auf die Ellbogen hoch. Miss Preussler lag irgendwo in der Dunkelheit neben ihm auf der Seite. Er konnte ihr Gesicht nur als hellen Fleck erkennen, weil es so dunkel in der Spalte war, aber sie drehte es hastig weg, als er in ihre Richtung blickte.

»Mogens, verdammt – hilf mir!«, erklang Graves' Stimme hinter ihm.

Mogens drehte sich hastig herum, kroch auf Händen und Knien zu Graves hin und streckte sich auf die gleiche Art wie er neben ihm aus. Als er Kopf und Schultern über die Kante schob, bot sich ihm ein überaus erstaunlicher Anblick: erst im Nachhinein wurde ihm klar, dass keiner von ihnen – auch Miss Preussler nicht – auch nur einen einzigen Gedanken an das Mädchen verschwendet hatte, und nach allem, was sie bisher getan hatte, hätte er damit gerechnet, dass sie die Gelegenheit ergreifen und fliehen würde. Ganz im Gegenteil jedoch schien sie Miss Preussler und ihm sehr aufmerksam zugesehen zu haben, denn sie kletterte schnell, ja, fast schon geschmeidig, auf die gleiche Art auf Toms Hände und von dort aus hinauf auf seine Schultern, wobei sie das Kind immer noch mit einem Arm gegen sich presste und somit nur eine einzige Hand zum Klettern nutzen konnte. Dennoch stellte sie sich ungleich geschickter als er oder gar Miss Preussler an. Und sie zögerte nicht einmal eine Sekunde, mit der freien Hand nach oben zu greifen. Als Graves jedoch nach ihrem Handgelenk greifen wollte, bewegte sie den Arm mit einem Ruck zur Seite. Mogens verschenkte eine weitere, unersetzliche Sekunde, bevor ihm klar wurde, was die Bewegung bedeutete. Hastig schob er sich ein kleines Stück weiter vor, griff mit beiden Händen nach ihrem Arm und zog sie mühsam zu sich darauf. Obwohl es ihm all seine Kraft abverlangte und er nicht einmal sicher war, es wirklich zu schaffen, sah Graves ihm nur spöttisch dabei zu und rührte keinen Finger, um ihm zu helfen.

Kaum war das Mädchen in Sicherheit, riss es sich los und kroch auf Knien und einer Hand tiefer in den Hohlraum hinein. Mogens sackte keuchend zu Boden und brauchte einen Augenblick, bevor er auch nur wieder einige wenige Worte hervorstoßen konnte.

»Vielen Dank … für deine … Hilfe, Jonathan«, japste er.

»Du bist auch ganz gut allein zurechtgekommen«, antwortete Graves. »Außerdem hatte ich keine große Lust, mir die Augen auskratzen zu lassen.« Er sah wieder nach unten. »Tom! Beeil dich!«

Zur Antwort kam Toms Gewehr aus der Tiefe geflogen. Graves fing es mit einer geschickten Bewegung auf und beugte sich wieder vor, doch Tom bewies, dass Mogens' Zweifel auch in dieser Hinsicht nicht angebracht gewesen waren. Schnell und geschickt wie eine Stubenfliege kroch er an der vermeintlich spiegelglatten Wand empor und war nach kaum fünf Sekunden neben ihnen.

Sehr viel länger hätte es auch nicht dauern dürfen.

Es war nicht so, dass Mogens die Kreaturen als Erster sah. Vielmehr *spürte* er ihr Nahen, auf eine Art, die ihm vollkommen fremd war, als hätte er mit einem Mal einen neuen, zusätzlichen Sinn entwickelt. Er spürte plötzlich, dass sich ihm etwas Fremdes näherte, etwas durch und durch *Falsches*.

Dennoch hätte er um ein Haar aufgeschrien, als er die Kreaturen *sah*.

Es waren annähend ein Dutzend, und nach allem, was Tom erzählt hatte, hatte er wie ganz selbstverständlich angenommen, dass es sich zum Ghoule handelte, doch das traf nur auf die ersten drei oder vier zu. Der Rest war… *anders*.

Mogens fand keine Worte, um die erschreckende Fremdartigkeit der Kreaturen zu beschreiben. Keiner von ihnen ähnelte dem anderen, und keiner von ihnen war ein Mensch, auch wenn sie allesamt auf den ersten Blick grob menschenähnlich zu wirken schienen – was hieß, dass sie aufrecht auf zwei Beinen liefen, einen Körper, Arme und einen Kopf hatten. Doch was auf den ersten Blick noch beinahe vertraut erschien, das wurde auf den zweiten zu einer umso grausameren Verhöhnung jeglichen Lebens.

Mogens hatte geglaubt, mit der schrecklichen Vermischung zwischen Mensch und Schakal dem Entsetzlichsten begegnet zu sein, was nur vorstellbar war, und möglicherweise stimmte da sogar – nur, dass das schlimmste überhaupt *Vorstellbare* nicht das schlimmste *Mögliche* sein musste.

Ganz und gar nicht.

Die Prozession absurder Spottgeburten, die sich nun langsam den abschüssigen Pfad herunter bewegte, schien ausnahmslos aus grässlichen Zwitterwesen aus Mensch und Tier zu bestehen. Vielleicht war es gerade das, was den Anblick so unerträglich machte: Möglicherweise wäre Mogens nicht annähernd so abgrundtief entsetzt und tief im Grunde seiner Menschlichkeit… *empört* gewesen, wären es tatsächlich vollkommen fremdartige, unverständliche Kreaturen gewesen. Aber das waren sie nicht, und es war gerade das vermeintlich Vertraute an ihnen, was es Mogens schier unmöglich machte, ihrem Anblick standzuhalten. Da waren Wesen mit Flügeln und grässlichen Raubvogelschnäbeln, geschuppte, stachelige, felltragende Kreaturen, grauenhafte Hybriden aus Mensch und Schlange, Krokodil und Frau, Kind und Skorpion und Falke und Mann. Und es waren…

Die Erkenntnis traf Mogens mit der Wucht eines Faustschlages.

Was dort unter ihnen vorbeizog, das waren keine willkürlich von einem blinden Schicksal erschaffenen Monster.

Es waren die alten ägyptischen Götter.

Mogens erkannte nicht alle Kreaturen wieder. Manche hatten vielleicht nie Eingang in das Pantheon der ägyptischen Götterwelt gefunden. Manche waren den Menschen vielleicht nie begegnet, andere vielleicht erst gekommen, nachdem das Volk der Pharaonen schon längst wieder verschwunden war, wieder andere vielleicht zu entsetzlich, um selbst in Gestalt eines Dämons in den Legenden der Menschen weiter zu existieren, doch nur zu viele erkannte er wieder. Da waren Horus und Thoth, Seth und Ra, Bastet und Sobek und andere, niedere Götter, deren Namen niemals festgehalten worden waren, deren Bildnisse er aber kannte. Es war ein Anblick, der ihn für einen Moment an den Rand des Wahnsinns brachte – und sogar einen Schritt darüber hinaus.

Wie er den Rückweg fand, wusste er nicht. Vielleicht fand er ihn auch nicht wirklich. Etwas in ihm zerbrach und blieb unwiderruflich und unrettbar zurück in jener grauen Welt des Zwielichts, die auf dem schmalen Grat zwischen Hell und Dunkel existiert und in der nicht nur der Wahnsinn, sondern auch alle Hoffnungen und Ängste beheimatet sind.

Und dennoch war das noch nicht das Allerschlimmste. So grauenhaft der Anblick dieser grässlichen Kreaturen auch sein mochte, schlimmer als das, was er sah, war das, was er *fühlte*. Etwas – nein, er verbesserte sich in Gedanken: nicht etwas, *alles* – an diesen Geschöpfen war *falsch*. Sie bewegten sich nicht richtig, sondern auf eine Art, die er nicht in Worte kleiden konnte; sie *waren* nicht richtig, auf eine Art, die er noch viel weniger in Worte kleiden konnte, weil es keine Worte in irgendeiner Sprache dieser Welt gab, um es zu beschreiben, weil alles an ihnen falsch, falsch, *falsch* war.

»Was meinst du damit?«, fragte Graves.

Mogens sah ihn verständnislos an.

»Du hast gesagt: *nicht hierher*«, erklärte Graves. »Was meinst du damit?«

Mogens konnte sich nicht erinnern, etwas Derartiges gesagt zu haben, aber wenn er nicht davon ausging, dass Graves plötzlich seine Gedanken lesen konnte, dann musste er es wohl. Fast beiläufig und erst mit einer Verspätung von zwei oder drei Sekunden erschrak er über die Tatsache, dass Graves überhaupt etwas gesagt hatte, bevor ihm klar wurde, dass das Panoptikum der Ungeheuer ihr Versteck längst passiert hatte.

»Sie gehören nicht hierher«, antwortete er schließlich, leise und mit fast tonloser, belegter Stimme.

»Ja, zu dem Schluss könnte man fast gelangen, wenn man sie so sieht, nicht wahr?«, fragte Graves. Er klang auf eine vollkommen unangemessene Weise amüsiert, fand Mogens. »Und ich fürchte, sie sind in der Tat so unangenehm, wie sie aussehen. Selbstverständlich ist so etwas immer eine Frage des Standpunktes.«

»Findest du das in irgendeiner Art komisch?«, fragte Mogens kalt.

Graves schüttelte heftig den Kopf. »Nein«, sagte er. »Das sollte es auch nicht sein. Bitte verzeih, wenn ich mich missverständlich ausgedrückt habe. Ich wollte dich nicht verspotten. Ich kann mir vorstellen, was du bei ihrem Anblick empfindest. Mir erging es nicht anders, als ich sie das erste Mal sah. Sie sind schrecklich, und ich bin sicher, dass sie tatsächlich sehr gefährlich sind. Aber gerade du als Wissenschaftler solltest nicht vergessen, was sie sind.«

»Und was sind sie Ihrer Meinung nach, Doktor Graves?«

Es war nicht Mogens, der diese Frage gestellt hatte, sondern Miss Preussler. Sie hatte sich nicht von ihrem Platz entfernt, aber dennoch ganz offensichtlich jedes Wort gehört und auch, wenn sie die Ungeheuer nicht gesehen hatte und annehmen mussten, dass sie noch immer über die Ghoule sprachen, machte sie das Gehörte doch eindeutig wütend.

»Geschöpfe einer vollkommen anderen Welt, Miss Preussler«, antwortete Graves ruhig.

»Mir kommen sie eher vor wie Geschöpfe des Satans«, sagte sie.

»Sie verstehen nicht«, antwortete Graves. »Es handelt sich nicht einfach nur um eine unbekannte Spezies, irgendein unbekanntes Tier, das ein Forscher aus Afrika oder Asien mitgebracht hat oder von irgendeinem anderen weißen Fleck auf der Landkarte.« Er schüttelte heftig den Kopf, um seinen Worten noch mehr Nachdruck zu verleihen, lächelte aber trotzdem unerschütterlich weiter. Seine Stimme hatte die gewohnte Überheblichkeit verloren und klang eher wie die eines Lehrers, der seinen Schülern geduldig zum unzähligsten Male eine komplizierte Materie erklärt, auch wenn er insgeheim sehr wohl wusste, wie wenig sie sie verstanden. »Diese Wesen sind das Ergebnis einer vollkommen anderen Evolution, Miss Preussler. Sie sind mit nichts zu vergleichen, was es auf dieser Welt gibt.«

»Und worauf wollen Sie hinaus?«, erkundigte sich Miss Preussler misstrauisch.

»Dass es unnötig ist, Angst vor ihnen zu haben«, antwortete Graves. »Es ist nichts Verwerfliches. Es ist verständlich, aber falsch. Diese Wesen sind vollkommen fremd. Wir Menschen können ja nicht einmal miteinander in Frieden leben, wie können Sie da erwarten, Geschöpfen einer so fremden Welt ohne Vorbehalte begegnen zu können.«

»Ich habe keine Vorbehalte«, sagte Miss Preussler. »Mir reicht, was ich gesehen habe.« Sie warf einen bezeichnenden Blick in Richtung des Mädchens, das mit angezogenen Knien im hintersten Winkel der Höhle hockte. Seine Augen waren leer, und es ließ ein leises, unmelodisches Summen hören, während es das reglose Schakalkind schaukelte, aber nach dem, was Mogens gerade erlebt hatte, war er gar nicht mehr so sicher, dass sie tatsächlich so wenig von dem mitbekam, was rings um sie herum geschah, wie er bis jetzt angenommen hatte.

Auch Graves war Miss Preusslers Blick gefolgt und schüttelte jetzt traurig den Kopf. »Ja, Sie haben Recht, Miss Preussler«, sagte er. »Es ist schrecklich, was man diesen armen Menschen angetan hat. Aber man darf diese Wesen nicht mit unseren Maßstäben messen.«

»Aber das tue ich doch gar nicht«, antwortete Miss Preussler. »Ich verurteile sie nicht, Doktor Graves. Ich will sie einfach nur umbringen.«

Graves' Lächeln gefror. Er erwiderte nichts mehr, aber Mogens konnte ihm nicht nur ansehen, wie schwer es ihm nun fiel, noch weiter die Fassung zu wahren – er begriff auch endgültig, dass Miss Preussler Recht gehabt hatte. Graves würde niemals zulassen, dass all dies hier zerstört wurde.

»Ich glaube, wir können jetzt weiter«, mischte sich Tom ein. »Sie sind weg.«

Graves sah ihn stirnrunzelnd an. Er wirkte verärgert, aber Mogens hatte den Eindruck, dass sein Ärger weit mehr der Tatsache galt, dass Tom es überhaupt gewagt hatte, von sich aus das Wort zu ergreifen, und nicht dem, *was* er sagte. Als er schließlich nickte, sah es aus, als nähme er es Tom übel, Recht zu haben.

»Meinetwegen«, sagte er widerwillig. »Aber vielleicht gehst du doch besser voraus und überzeugst dich davon, dass auch wirklich niemand auf uns wartet.«

Auf dem Weg zurück bebte die Erde noch zweimal. Aber es waren schwache Erdstöße, der letzte kaum mehr als ein Zittern, der allerletzte, schwache Schauder eines überstandenen Fiebers. Aus dem Boden drangen keine Maden mehr, und es regnete auch keine Steine und Felsbrocken von der Decke. Trotzdem atmete nicht nur Mogens erleichtert auf, als sie den von Kälte und Dunkelheit erfüllten Spalt im Felsen erreichten, der sie vorhin hierher geführt hatte. Der Weg war nicht einmal mehr weit gewesen – wenige hundert Schritte, die sie in ebenso wenigen Augenblicken zurückgelegt hatten –, aber auf dem letzten Stück war Graves immer nervöser geworden und hatte allein zweimal seine Taschenuhr herausgezogen, um einen Blick auf das Zifferblatt zu werfen. Möglicherweise wusste er doch mehr über die präzise Dauer der Frist, die noch blieb; vielleicht hatte er auch schlicht und einfach nur Angst. Mogens verzichtete darauf, ihn zu fragen.

Graves trat ohne zu zögern als Erster durch den Spalt und wurde von der darin herrschenden Dunkelheit verschlungen, und ganz wie Mogens erwartet hatte, kostete es Miss Preussler eine Menge an gutem Zureden und besänftigenden Gesten, bis sie auch das Mädchen dazu bewegen konnte, in die schmale Schlucht hineinzutreten, in der mehr als nur Dunkelheit und die Abwesenheit von Wärme auf sie warteten. Schließlich aber überwanden sie auch dieses letzte Hindernis beinahe leichter – und auf jeden Fall schneller –, als er befürchtet hatte, und wenige Augenblicke später erreichten sie das Haus, unter dem der Kanal mit der Barke lag. Mogens hielt vor allem ihre dunkelhaarige Begleiterin aufmerksam im Auge, und auch Tom drehte immer wieder im Gehen den Kopf, um einen Blick zu ihr zurückzuwerfen. Das Mädchen folgte ihnen jetzt gehorsam, aber ihr Verhalten hatte sich nicht geändert, weil sie Vertrauen zu ihnen gefasst oder gar begriffen hatte, dass sie ihr nur helfen wollten. Sie hatte aufgegeben. Spätestens das, was Graves getan hatte, hatte sie so eingeschüchtert, dass sie es nicht mehr wagte, sich zu widersetzen. Aber das musste nicht so bleiben. Besser, er blieb auf der Hut.

Mogens trat als Letzter gebückt durch den niedrigen Eingang, der ihm jetzt mehr denn je wie das aufgerissene Maul eines amorphen Ungeheuers vorkam, richtete sich auf der anderen Seite wieder auf und hob schützend die Hand vor die Augen, während er in das unerwartet grelle, weiße Licht blinzelte. Graves und Tom hatten ihre Lampen wieder entzündet, und der Junge war gerade in diesem Augenblick damit beschäftigt, dasselbe auch mit Miss Preusslers Laterne zu tun. Angesichts der gewaltigen Gefahr, in der sie nach wie vor schwebten, hätte Mogens erwartet, dass Graves sofort die Treppe nach unten ansteuern würde, um so schnell wie überhaupt nur möglich auf das Boot zu kommen. Stattdessen jedoch war er wieder an die gegenüberliegende Wand herangetreten und hatte seine Lampe erhoben, um die Zeichen und Bilder darauf zu studieren.

»Was in Gottes Namen tust du da, Jonathan?«, murmelte Mogens. Fast entsetzt deutete er auf die Treppe. »Lass uns gehen! Oder hältst du das für den richtigen Moment, sich antike Wandmalereien anzusehen?«

Graves löste nicht einmal seinen Blick von der Wand. Ganz im Gegenteil hielt er die Lampe noch ein Stück höher und hob nun auch die andere Hand, um mit den Fingerspitzen beinahe zärtlich die Konturen einer Hieroglyphe nachzuzeichnen, die an eine bizarre Mischung aus einem Vogel und etwas ganz und gar Unbekanntem erinnerte. »Du bist ein Dummkopf, Mogens«, sagte er. »Wenn nicht jetzt, wann ist dann der richtige Moment? Wir werden diese Bilder vielleicht niemals wiedersehen. Vielleicht wird sie nie wieder ein Mensch sehen.«

»Vielleicht wäre es besser gewesen, wenn sie niemals von einem Menschen gesehen worden *wären*«, erwiderte Mogens.

Nun löste Graves doch seinen Blick von den Wandmalereien, drehte ganz langsam den Kopf und maß ihn mit einem langen, unendlich verächtlichen Blick. »Ich muss mich bei dir entschuldigen«, sagte er kühl. »Ich habe dich gerade einen Dummkopf genannt, Mogens, aber das stimmt nicht. Du bist etwas Schlimmeres. Du bist ein Ignorant.«

Mogens schluckte alles herunter, was ihm dazu auf der Zunge lag. Von seinem Standpunkt aus hatte Graves vermutlich sogar Recht – aber was bewies das schon, vom Standpunkt eines Wahnsinnigen aus? Statt Graves die Antwort zukommen zu lassen, die ihm gebührte, deutete er nur ein Schulterzucken an und fragte noch einmal: »Können wir jetzt weitergehen?«

»Nur einen Moment noch«, antwortete Graves. »Ich will zumindest noch eine Aufnahme von dieser Wand machen. Gottlob war ich vorausschauend genug, Tom aufzutragen, meine fotografische Ausrüstung mitzubringen.«

»Eine Aufnahme?« Mogens hätte das Wort fast geschrien. Erwartete dieser Verrückte tatsächlich, dass sie in aller Ruhe abwarteten, bis Tom die Kamera ausgepackt, mühsam zusammengebaut und alle notwendigen Vorbereitungen getroffen hatte, um eine *Fotografie* von dieser Wand anzufertigen? Mogens verstand herzlich wenig vom Fotografieren, und es interessierte ihn auch nicht – aber er hatte oft genug zugesehen, um zu wissen, dass so etwas Zeit beanspruchte. Zeit, die sie nicht hatten.

Graves musste seinen Einwand vorausgesehen haben, denn er hob rasch die Hand, um ihm das Wort abzuschneiden. »Keine Angst – es dauert allerhöchstens zwei oder drei Minuten. Ich habe vorausgesehen, dass wir möglicherweise wenig Zeit haben werden, und alles schon vorbereitet. Tom muss die Kamera nur aufstellen. Gebt der Wissenschaft und dem Rest der Welt wenigstens die Chance, einen einzigen Blick auf dieses Bild zu werfen.«

Auch wenn uns dieser eine Blick möglicherweise das Leben kostet, dachte Mogens. Aber seltsam – es gelang ihm nicht, die Worte auszusprechen. Trotz aller Angst war da immer noch ein Teil in ihm, der Graves Recht gab. Es war nur ein Bild, das keinen Schaden anrichten konnte. Und es konnte so unendlich wichtig sein.

Graves deutete sein Schweigen richtig und machte eine ungeduldige Geste in Toms Richtung. »Du hast es gehört, Tom. Bau die Kamera auf. Und beeil dich.«

»Sie riskieren unser Leben wegen einer *Fotografie?*«, fragte Miss Preussler ungläubig.

»Andere riskieren unser Leben wegen einer Schwachsinnigen, die den Rest ihrer Tage im Irrenhaus verbringen wird«, murmelte Graves boshaft, gönnte Miss Preussler aber nicht einmal einen Blick, sondern wandte seine Aufmerksamkeit wieder der bemalten Wand zu.

»Das ist unglaublich«, flüsterte er. Seine Stimme bebte vor Ehrfurcht, und seine Augen leuchteten in einer Begeisterung, die Mogens erschreckte. »Jetzt verstehe ich es erst. Hätte ich es doch nur vorher gewusst!«

»Wovon redest du?«, fragte Mogens. Er wollte es nicht. Alles in ihm schrie ihm zu, dass es besser war, nicht mehr Graves zu sprechen, nicht unbeabsichtigt vielleicht die eine, entscheidende Frage zu stellen, die diesen launischen Mann endgültig auf die andere Seite des schmalen Grates abrutschen ließ, auf dem er seit ihrer Ankunft hier unten balancierte. Trotzdem wiederholte er, als Graves nicht sofort antwortete: »Hättest du *was* nur vorher gewusst?«

»Dieses Bild«, antwortete Graves und begann heftig mit der freien Hand zu gestikulieren. Die Bewegung übertrug sich auf die Lampe, die er in der anderen Hand hielt, sodass das Licht über die Fresken und Bilder zu tanzen begann und sie zu unheimlichem Leben erweckte. »Das hier ist viel mehr als nur ein Bild, Mogens!«, sagte er erledigt. »Es ist eine Karte! Eine Karte ihrer Heimat!«

»Ein Lageplan der Stadt, ich weiß«, antwortete Mogens, aber Graves schüttelte nur noch einmal und noch heftiger den Kopf. Die vermeintliche Bewegung, mit der Licht und Schatten das Bild erfüllten, nahm noch zu. Es war, als beginne tief im Innern der Wand irgendetwas zu erwachen. »Es ist eine Karte der Stadt«, bestätigte er, »zugleich aber eine Karte ihres Heimatstaates, siehst du es nicht?«

Mogens schüttelte den Kopf. »Nein.«

»Wie könntest du auch?«, gab Graves mit einem sonderbaren Lächeln zurück. »Du hast nicht gesehen, was ich gesehen habe. Ich war in der Pyramide. Ich habe Wunder gesehen, die zu schauen du dein Leben geben würdest, Mogens, nur für einen einzigen Blick.« Er trat einen halben Schritt zurück und deutete nun mit ausgestrecktem Arm auf die Wand. »Sie haben ihre Stadt nach dem Vorbild ihrer Heimat gebaut, verstehst du nicht? Das dort …«, er deutete auf die Pyramide, »… ist die Sonne ihrer Heimat. Der Sirius. Dieses Gebäude, und dieses, und dieses hier …«, er deutete auf drei weitere, besonders auffällige Symbole, und Mogens erkannte zu seinem Schrecken in einem davon genau die vermeintliche Mastaba wieder, in der Miss Preussler und er gewesen waren, »… müssen die Welten sein, die den Hundsstern umkreisen.

Diese weniger aufwändigen Gebäude hier stehen möglicherweise für kleine Trabanten. Es ist ein Wunder, Mogens! Allein dieses Bild wird unsere Auffassung vom Universum und den Gesetzen, denen es gehorcht, von Grund auf verändern!«

»Eine hübsche Theorie«, sagte Mogens. »Aber unsere Kollegen von der astronomischen Fraktion werden dich steinigen, wenn du sie ihnen vorträgst.«

»Gar nichts werden sie!«, antwortete Graves verächtlich. »Sie werden mich auslachen, daran besteht kein Zweifel. Aber das Lachen wird ihnen im Halse stecken bleiben, wenn sie das hier sehen.«

»Was?«, fragte Miss Preussler. Ihre Stimme war angespannt. »Wenn sie *was* sehen, Doktor Graves?«

Graves hatte sich ausgezeichnet in der Gewalt, aber letzten Endes doch nicht gut genug. Wenn schon nicht Miss Preussler, so fiel doch Mogens, der ihm viel näher war, das kurze, erschrockene Zusammenzucken auf und der Ausdruck von Betroffenheit, der sich für einen noch viel kürzeren Moment in seinen Augen spiegelte. Dann aber schüttelte er nur den Kopf und sagte: »Die Fotografie, meine liebe Miss Preussler. Was sonst?« Er drehte sich halb herum. »Tom. Wie weit bist du mit der ...« Er stockte mitten in Wort. »Tom? Worauf zum Teufel wartest du? Bau die Kamera auf! Uns läuft die Zeit davon!«

Tatsächlich hatte Tom bisher keinen Finger gerührt, und er bewegte sich auch jetzt nicht, sondern sah Graves nur verlegen an.

»Tom!«, sagte Graves scharf.

»Ich... ich fürchte, das kann ich nicht, Doktor Graves«, stammelte er. Mogens konnte sich kaum erinnern, ihn jemals so unsicher erlebt zu haben.

»Was soll das heißen?«, fauchte Graves. »Tom, zum Teufel noch mal – bau die Kamera auf, oder gib mir den verdammten Rucksack, und ich mache es selbst!«

Er trat einen Schritt auf Tom zu und streckte tatsächlich die Hände aus, wie um seine Worte unverzüglich in die Tat umzusetzen, aber Tom trat einen Schritt zurück und hob abwehrend die Hände. Graves blieb wieder stehen. »Tom?«, fragte er verwirrt.

»Es... es tut mir Leid, Doktor Graves«, sagte Tom. Es klang fast gequält. »Aber ich... ich hab sie... vergessen.«

»Vergessen?«, ächzte Graves.

»Und was, um alles in der Welt, schleppst du dann in diesem riesigen Rucksack mit dir herum?«, fragte Miss Preussler verwirrt.

»Das würde mich allerdings auch interessieren«, fügte Graves hinzu.

»Es tut mir wirklich Leid«, stotterte Tom. »Ich hatte sie bereitgelegt, aber ich muss sie in der Eile...«

»Der Rucksack, Tom«, unterbrach ihn Graves. »Zeig mir deinen Rucksack!«

Tom presste die Kiefer aufeinander. Sein Blick wurde gehetzt. »Es tut mir ...«

»Der Rucksack!«, unterbrach ihn Graves noch einmal und in deutlich schärferem Ton, gab Tom aber gar keine Gelegenheit, zu reagieren, sondern war mit zwei schnellen Schritten bei ihm, riss ihn mit einer kraftvollen Bewegung herum und machte sich an den Schnallen seines Rucksacks zu schaffen: Tom versuchte sich zu wehren, aber Graves schlug seine Hände einfach beiseite und zerrte so ungeduldig an den Lederriemen, dass eine der Schnallen abriss und davonflog. Mit einem triumphierenden Laut griff er in den Tornister – und riss ungläubig die Augen auf. »Aber was ...?«

Tom riss sich los und fuhr mit einem Schrei herum. Graves machte eine ganz instinktive Bewegung, um ihn festzuhalten, aber Tom tauchte blitzschnell unter seiner Hand weg, sprang zur Seite und versetzte Graves seinerseits einen Stoß, der ihn zurücktaumeln und gegen die Wand prallen ließ, wo er haltlos zu Boden sank. Noch bevor Mogens auch nur wirklich begriffen hatte, was geschah, war Tom mit einem Satz an ihm vorbei und aus der Tür.

»Aber was ...?«, keuchte Mogens und riss ungläubig die Augen auf, als er sah, was Graves da in der Hand hielt: Eine in braunrotes Packpapier eingeschlagene Rolle vom doppelten

Durchmesser eines Daumens, etwas länger als eine Hand und mit einer dünnen Zündschnur an einem Ende.

»Um Gottes willen, was... was ist das?«, flüsterte Miss Preussler.

Graves staunte seinen Fund aus aufgerissenen Augen an. »Dynamit«, stammelte er. »Der... der ganze Rucksack ist voller Dynamit!«

»Dynamit?«, wiederholte Miss Preussler verstört. »Aber wieso denn? Ich meine, was... was will er denn...?«

»Dieser verdammte Dummkopf!« Graves sprang mit einem Schrei auf die Füße und schleuderte die Dynamitstange von sich. Mogens zog instinktiv den Kopf zwischen die Schultern und wartete wider besseres Wissen auf eine Explosion, aber die Dynamitstange prallte nur harmlos gegen die Wand, und Graves war mit einer einzigen Bewegung herum und schon fast bei der Tür.

»Bring die Frauen zum Boot, Mogens!«, schrie er. »Ich versuche ihn aufzuhalten! Wenn ich in zehn Minuten nicht zurück bin, rette dich und die anderen!«

Die letzten Worte erriet Mogens mehr, als er sie verstand, denn Graves war bereits draußen und stürmte davon.

»Dynamit?«, fragte Miss Preussler noch einmal. »Aber... aber ich verstehe nicht... was hat er denn mit Dynamit vor?«

»Etwas sehr Dummes, fürchte ich«, antwortete Mogens. Dann drehte er sich mit einer entschlossenen Bewegung gänzlich zu ihr um und deutete zugleich auf die Treppe. »Graves hat Recht. Wir haben keine Zeit. Gehen Sie, Miss Preussler. Ich erkläre Ihnen alles auf dem Weg nach unten!«

Er eilte zur Treppe und konnte gerade noch den Impuls unterdrücken, das Mädchen am Arm zu ergreifen; stattdessen drehte er noch einmal um und kehrte zur Tür zurück. Sowohl Graves als auch Tom hatten ihre Lampen hier gelassen. Er nahm eine davon an sich und richtete die andere so aus, dass ihr Lichtstrahl auf die Treppe fiel. Mehr konnte er nicht für Graves tun, und mehr *wollte* er auch nicht tun. Bevor er wieder zurückging, zog er seine Taschenuhr heraus und sah auf das Ziffernblatt. Graves hatte ihm eine Frist von zehn Minuten abverlangt, und die würde er bekommen, aber keine einzige Sekunde mehr!

Miss Preussler und das Mädchen hatten die Treppe mittlerweile erreicht und waren zwei oder drei Stufen weit nach unten gestiegen, nun aber war die junge Frau stehen geblieben und weigerte sich beharrlich, weiter zu gehen. Miss Preussler redete beruhigend auf sie ein, aber sie schüttelte nur immer wieder den Kopf und wäre vermutlich sogar wieder zurückgewichen, hätte Mogens nicht hinter ihr gestanden und ihr den Weg verwehrt.

»Worauf warten Sie?«, fragte Mogens ungeduldig.

»Sie will nicht weitergehen«, antwortete sie. »Irgendetwas dort unten scheint ihr furchtbare Angst zu machen.«

Was Mogens ihr nicht verdenken konnte. Vielleicht war es einfach die Treppe an sich, überlegte er. Immerhin führte der Weg wieder hinab in die Erde, zurück in die Welt, in der sie Schlimmeres erlebt haben musste, als er sich auch nur vorstellen konnte.

Er sagte nichts, blickte aber demonstrativ auf die Uhr, und Miss Preussler wandte sich wieder um und fuhr fort, mit leiser, beruhigender Stimme auf das Mädchen einzureden. Sie verbrauchte einen Gutteil ihrer wenigen Zeit – annähernd drei Minuten –, aber schließlich gelang es ihr, die junge Frau zum Weitergehen zu bewegen.

Bis sie die letzte Stufe erreicht hatten. Miss Preussler blieb erschrocken stehen, als sie weit genug nach unten gestiegen war, um das Boot zu erkennen, das Mädchen aber reagierte nahezu panisch. Diesmal war es ihr gleich, dass Mogens hinter ihr stand. Sie fuhr auf dem Absatz herum und hätte Mogens wahrscheinlich einfach über den Haufen gerannt, wäre die Treppe nur breit genug dafür gewesen.

Sie prallte hart genug gegen ihn, um ihn nahezu aus dem Gleichgewicht zu bringen. Mogens prallte gegen die Wand des schmalen Treppenschachtes, und ob er nun mit Absicht zugriff oder sich nur festklammerte, um nicht von den Füßen gerissen zu werden, es gelang ihm, das Mädchen zu packen zu kriegen. In der allerersten Sekunde wehrte es sich mit erstaunlicher Kraft gegen seinen Griff, dann aber konnte er regelrecht spüren, wie es erschlaffte. Für einen halben Atemzug musste er sie tatsächlich festhalten, damit sie nicht fiel.

»Professor?«, fragte Miss Preussler alarmiert.

»Es ist schon in Ordnung«, sagte Mogens rasch und hoffte, dass das stimmte. Behutsam ergriff er das Mädchen bei den Schultern, drehte es mit sanfter Gewalt herum und schob es die verbliebenen drei Stufen die Treppe hinab. »Hier, nehmen Sie sie. Ich glaube, sie hat sich nur erschreckt.«

»Das kann ich ihr nicht verdenken«, antwortete Miss Preussler, griff aber zugleich auch nach dem Handgelenk der jungen Frau und zog sie sanft in ihre Umarmung. Diesmal wehrte sie sich nicht, aber der Anblick alarmierte Mogens trotzdem. Von dem vorsichtigen Vertrauen, das sie zu Miss Preussler gefasst hatte, war nichts mehr geblieben. Sie ließ einfach alles mit sich geschehen.

»Was ist das für ein grässliches… Ding?«, fuhr Miss Preussler mit einem Blick auf die Barke fort. »Sagen Sie nicht, das ist das Boot, von dem Graves gesprochen hat!«

»Ich fürchte, doch«, antwortete Mogens, während er sich behutsam an ihr vorbeischob und dann mit umso weiter ausgreifenden Schritten dem Ufer zustrebte. Er konnte Miss Preusslers Reaktion durchaus verstehen. Vorhin, als er zum ersten Mal hier gewesen war, war es ihm nicht aufgefallen, weil ihn die bloße Tatsache der Entdeckung einfach erschlagen hatte, aber nun sah er, wie unheimlich die Barke tatsächlich war. Wie bei den Bewohnern dieser unterirdischen Welt selbst war der Unterschied nicht wirklich in Worte zu fassen, aber er war da: Alles an diesem fantastischen Gefährt war so, wie es sein sollte, und zugleich auf entsetzliche Weise *falsch*. Dabei war die Barke noch nicht einmal komplett. Mogens fragte sich, was Miss Preussler wohl gesagt hätte, hätten die beiden lebensgroßen Anubis-Statuen in Bug und Heck gestanden, die er von zahllosen Abbildungen und Miniaturen her kannte.

»Sie glauben nicht ernsthaft, dass ich auch nur einen Fuß auf dieses gotteslästerliche Ding setze«, sagte Miss Preussler hinter ihm.

»Ich fürchte, uns bleibt keine andere Wahl«, antwortete Mogens abwesend, und ohne den Blick auch nur für eine Sekunde von der schwarzen Barke zu nehmen: Vielleicht konnte er Miss Preusslers Beunruhigung so gut verstehen, weil ihn der Anblick selbst beunruhigte; mehr, als er trotz allem gedurft hätte. Etwas... hatte sich verändert. Aber er konnte nicht sagen, was. Unstet huschte sein Blick über das nachtfarbene Boot, glitt an den bizarren Konturen und feindseligen Linien entlang und tastete über Winkel und Kanten, die so falsch waren, dass etwas in ihm empört aufschrie. Er spürte etwas, und es lag nicht nur daran, dass er das Boot nun mit anderen Augen betrachtete. Eine... Präsenz. Da war eine Gefahr, die es bisher noch nicht gegeben hatte. Aber es war ihm nicht möglich, sie zu greifen.

Mogens schüttelte den Gedanken ab und sah auf die Uhr. Die Frist, die Graves sich selbst gesetzt hatte, war nahezu verstrichen. Ihm blieben noch weniger als drei Minuten – auch wenn Mogens bezweifelte, dass diese Zeit überhaupt ausreichte, um Miss Preussler und das Mädchen zum Betreten der Barke zu überreden und abzulegen.

»Gibt es denn gar keinen anderen Weg hier heraus?«, fragte Miss Preussler mit zitternder Stimme.

»Ich fürchte, nein«, antwortete Mogens. Er wandte sich halb zu ihr um, eigentlich nur, um ihr einen beruhigenden Blick zuzuwerfen, runzelte aber dann überrascht die Stirn, als er ins Gesicht des Mädchens sah. Sie wirkte noch erschrockener als zuvor. Ihre Augen waren schwarz vor Angst, und ihre Finger hatten sich mit solcher Kraft in das zerlumpte Bündel gekrallt, das sie an die Brust presste, dass sie das Kind mit Sicherheit verletzt hätte, wäre es noch am Leben gewesen. Miss Preussler und er waren nicht die Einzigen hier, die der Anblick der schwarzen Barke mit etwas erfüllte, das über reine Furcht hinausging.

Diese Erkenntnis war nicht neu. Und trotzdem: Etwas daran irritierte ihn, und es verging auch nur noch eine einzige weitere Sekunde, bis ihm klar wurde, was. Die junge Frau starrte gar nicht das Boot an. Ihr Blick war so teilnahmslos darüber hinweggeglitten, als wäre dieses monströse Ding das Selbstverständlichste von der Welt; was es für sie vermutlich auch war. Sie starrte das *Wasser* an.

Auch Mogens blickte konzentriert auf die schwarz und nahezu unbewegt daliegende Wasseroberfläche hinab, konnte aber keinen Unterschied zu vorhin erkennen. Es gab eine ganz leichte Strömung, gerade genug, um das Wasser, nicht aber etwa das Boot zu bewegen, und vielleicht hatte die Anzahl der haardünnen Algen, die sich unter seiner Oberfläche bewegten, ein wenig zugenommen. Aber das war schon alles.

Mogens warf Miss Preussler einen entsprechenden Blick zu, auf das Mädchen aufzupassen, trat mit einem großen Schritt in die Barke hinein und registrierte erleichtert, dass das Boot unter seinem Gewicht ganz sanft schwankte. Er war froh, dass ihm diese Möglichkeit erst im Nachhinein eingefallen war – aber es hätte gut sein können, dass es sich gar nicht um ein richtiges Boot handelte, sondern vielmehr um eine Skulptur aus Stein, die nur um des authentischen Anblicks willen hier aufgestellt worden war.

»Kommen Sie!«, sagte er. »Wir müssen uns beeilen!«

»Aber Doktor Graves …«, begann Miss Preussler unsicher.

»Doktor Graves«, unterbrach sie Mogens, während er sich bereits einmal um sich selbst drehte, um nach den Rudern Ausschau zu halten, »hat noch ungefähr zwei Minuten. Wenn er bis dahin nicht zurück ist, fahren wir ab. Er hat es schließlich selbst gesagt.«

»Aber wir können ihn doch nicht einfach im Stich lassen!«, protestierte Miss Preussler.

Mogens sah sie nur überrascht an. Nach allem, was bisher geschehen war, hätte er eine etwas andere Reaktion von ihr erwartet. Der gute Kern, der unter Miss Preusslers sprichwörtlicher rauer Schale schlug, musste wohl noch größer sein, als er bisher geahnt hatte. Und zweifellos hatte sie Recht. Dennoch schüttelte er nur noch einmal entschlossen den Kopf und atmete zugleich innerlich erleichtert auf, als er genau das fand, wonach er Ausschau gehalten hatte: Zwar keine Ruder, aber doch zwei kräftige, mehr als mannslange Stangen, mit denen man das Boot von der Stelle staken konnte.

»Er hat es selbst gesagt«, antwortete er, während er sich bereits nach einer Stange bückte. Sie war unerwartet schwer und fühlte sich so glatt und massiv in seiner Hand an, als bestünde sie aus Metall oder Stein, nicht aus Holz. Mogens musste beide Hände zu Hilfe nehmen, um sie überhaupt hochheben und ihr Ende ins Wasser hinabgleiten lassen zu können. »Vielleicht sollten wir ausnahmsweise einmal auf das hören, was er sagt.«

Die Stange stieß schon nach einem überraschend kurzen Stück auf Widerstand. Der Kanal war offensichtlich gerade tief genug, dass das Boot darauf schwimmen konnte. Mogens stemmte sich probehalber mit seinem ganzen Körpergewicht dagegen. Im allerersten Moment geschah nichts, dann aber löste sich die Barke, langsam, zitternd und so widerwillig wie ein lebendes Wesen, das nicht mit dem einverstanden ist, was von ihm verlangt wurde, vom Ufer und begann sich träge auf der Stelle zu drehen. »Kommen Sie«, sagte er noch einmal. »Es wird Zeit.«

Miss Preussler wäre nicht Miss Preussler gewesen, hätte sie nicht noch ein paar Sekunden verstreichen lassen, in denen sie einfach ihn und das Boot abwechselnd anstarrte, dann aber trat sie mit einem plötzlich entschlossenen Schritt zu ihm herab und zog in der gleichen Bewegung auch das Mädchen mit sich. Mogens hatte fest damit gerechnet, dass sie sich sträuben oder gar wehren würde, aber ihr Widerstand schien endgültig gebrochen zu sein. Fast willenlos folgte sie Miss Preussler, das Bündel mit dem toten Kind weiter fest an die Brust gedrückt und mit leerem Blick, der starr auf die Wasseroberfläche gerichtet blieb. Und ganz plötzlich wurde Mogens auch klar, was er sah: einen Menschen, der mit seinem Leben abgeschlossen hatte. Der Augenblick, in dem sie das, was immer sie in diesen schwarzen Fluten auch sehen mochte, noch zu Tode geängstigt hatte, war vorüber. Sie hatte aufgegeben und fügte sich in ihr Schicksal, vielleicht weil ihre Kraft einfach nicht mehr reichte, um zu kämpfen, vielleicht auch, weil sie niemals gelernt hatte, sich zu wehren.

Mogens' Blick folgte dem der jungen Frau. Es war nicht einfach nur das Boot, das sie anstarrte. Die größte Angst hatte sie sichtlich vor dem schwarzen Sarkophag, vielleicht auch vor der monströsen Gestalt, die in seinen Deckel eingraviert war, und Mogens fragte sich, ob sie ein solch monströses Wesen vielleicht schon einmal *tatsächlich* zu Gesicht bekommen hatte. Noch vor weniger als einer Stunde hätte er einen solchen Gedanken als lächerlich von sich gewiesen, aber jetzt jagte er ihm einen eisigen Schauer über den Rücken.

»Nehmen Sie die Stange, Miss Preussler«, sagte er. »Bitte.«

»Doktor Graves' Frist ist noch nicht um«, sagte sie stur.

Mogens funkelte sie einen Moment lang wütend an, aber er sagte nichts. Sie hatte ja Recht, auch wenn es sich vermutlich nur noch um wenige Augenblicke handelte; und es ging dabei gar nicht so sehr um Graves. Miss Preussler hatte viel rascher als er begriffen, dass er sich den Rest seines Lebens fragen würde, ob Graves nicht vielleicht doch noch im allerletzten Moment gekommen war. Er hatte einmal in seinem Leben jemanden im Stich gelassen, und er würde es nicht noch einmal tun. Wortlos drückte er ihr die Stange in die Hand, bückte sich nach der zweiten und ging zum Bug der Barke. Etwas wie ein kalter Luftzug schien ihn zu streifen, als er den schwarzen Sarkophag passierte, aber das mochte Einbildung sein. Nicht erst, seit sie dieses Boot betreten hatten, konnte er seinen Sinnen nicht mehr in gewohntem Umgang vertrauen.

Obwohl Miss Preussler die Stange nur lose in den Händen hielt, drehte sich die Barke weiter langsam auf der Stelle, bis der hochgezogene Bug genau in die Richtung wies, in der sich der Kanal in der Dunkelheit verlor, und kam mit einem sachten Zittern zur Ruhe; ein weiterer Zufall, der Mogens einen eisigen Schauer über den Rücken laufen ließ. Aber vielleicht hatte sich das Boot ja auch einfach nur in die Strömung gedreht. Er wäre nicht einmal mehr übermäßig überrascht gewesen, hätte sich die Barke in diesem Moment von sich aus in

Bewegung gesetzt, aber sie erzitterte nur noch einmal sacht und kam dann endgültig zur Ruhe, und Mogens rammte seine Stange ins Wasser und sah noch einmal auf das Ziffernblatt seiner Uhr. Graves' Frist war abgelaufen. Wenn sie jetzt aufbrachen, gab es nichts, was er sich hätte vorwerfen können. Graves selbst hätte nicht anders gehandelt. Ganz im Gegenteil – Mogens war nicht einmal sicher, ob er tatsächlich bis zum Ablauf der vereinbarten Frist gewartet hätte, und mit jeder Sekunde, die er weiter verstreichen ließ, setzte er sein Leben und das der beiden Frauen mehr aufs Spiel.

»Was hat… Thomas mit dem Dynamit vor?«, fragte Miss Preussler stockend.

»Etwas sehr Dummes«, antwortete Mogens. »Und ich fürchte, es ist meine Schuld.«

»Wieso?«

»Ich hätte es wissen müssen«, antwortete er halblaut. »Spätestens, als ich diesen gewaltigen Rucksack gesehen habe.«

»Das haben wir alle«, antwortete Miss Preussler. »Und wir alle haben uns gefragt, was er wohl darin trägt – ich habe ja sogar noch meine Scherze darüber gemacht. Aber niemand hat ihn gefragt. Ich auch nicht.«

»Sie wussten ja auch nicht, dass Toms Eltern von diesen Ungeheuern getötet worden sind«, antwortete Mogens bitter. »Ich nehme nicht an, dass er es Ihnen erzählt hat?« Er drehte sich halb zu ihr herum und fuhr fort: »Sie haben seine Mutter entführt und seinen Vater praktisch vor seinen Augen umgebracht. Der Junge hat noch eine Rechnung mit diesen Biestern offen, Miss Preussler.«

»Und jetzt glauben Sie, er will sich rächen«, vermutete sie und beantwortete ihre eigene Frage gleich mit einem Nicken.

»Ich wüsste nicht, wozu er sonst einen ganzen Rucksack voller Sprengstoff bräuchte«, sagte Mogens. Er sah zur Treppe hin. Das tanzende Licht ihrer Scheinwerfer gaukelte ihm eine Bewegung vor, die es nicht gab. Keine Spur von Graves. Mogens dachte an die Prozession grauenerregender Missgeburten zurück, die an ihrem Versteck vorbeigezogen war, und seine Hoffnung, Tom oder auch nur Graves noch einmal lebend wiederzusehen, sank noch weiter. Er sah auf die Uhr. Sie waren gute drei Minuten über die Zeit. Er konnte nicht länger warten. Er hatte nicht einmal das *Recht* dazu. Er spielte nicht nur mit seinem Leben, sondern auch mit dem der beiden Frauen.

Seine Hand schloss sich fester um die Stange, doch statt das Boot damit von der Stelle zu bewegen, ließ er nur den Deckel seiner Taschenuhr mit einem scharfen Knall zuschnappen und steckte sie ein.

»Sie hätten es sich niemals verziehen«, sagte Miss Preussler leise.

»Was?«

»Ihn zurückgelassen zu haben«, antwortete sie. »Es ist richtig, zu warten.« Und als hätte sie seine Gedanken gelesen, fügte sie mit einem schmalen Lächeln noch hinzu: »Gerade *weil* er es umgekehrt wahrscheinlich nicht getan hätte.«

»Wir können trotzdem nicht mehr lange warten«, antwortete er. »Noch ein paar Minuten.«

Miss Preussler antwortete nicht mehr, aber ihr Blick wurde für einen Moment weich, und das war ihm ein fast größerer Trost als alles, was sie hätte sagen können.

Er wandte sich wieder nach vorne und richtete den Scheinwerfer direkt auf das Wasser. Unter seiner Oberfläche bewegte sich etwas, aber er konnte nicht wirklich erkennen, was. Neugierig und beunruhigt zugleich beugte er sich vor und lenkte den Lichtstrahl unmittelbar neben dem Boot auf die Flut. Es waren die Algen – oder das, was er bisher dafür gehalten hatte, auch wenn ihn der Anblick jetzt mehr an ein Gespinst feiner Haare erinnerte, das sich, einem eigenen, anderen Takt als dem der Strömung gehorchend, träge im Wasser bewegte. Mogens ließ sich in die Knie sinken und streckte die Hand aus, um das sonderbare Gespinst zu berühren, aber irgendetwas warnte ihn, es zu tun. Vielleicht war es die sonderbare Bewegung, die ihm jetzt immer deutlicher auffiel, auch wenn daran nichts wirklich Bedrohliches zu sein schien. Dennoch war es eine Bewegung, die nicht hätte sein dürfen.

Ohne die Finger ins Wasser getaucht zu haben, richtete er sich wieder auf und wollte gerade nach seiner Laterne greifen, um auch die Ufer des Kanals einer etwas genaueren Inspektion zu unterziehen, als er ein Geräusch hörte.

Abrupt fuhr er herum und richtete den Strahl seiner Grubenlampe gerade im richtigen Moment auf die Treppe, um zu sehen, wie Graves hereinstolperte; und das wortwörtlich. Er machte zwei, drei, schließlich vier Schritte, von denen einer größer und ungeschickter war als der andere, fiel schließlich auf Hände und Knie herab und versuchte, den Schwung seiner eigenen Bewegung zu nutzen, um wieder in die Höhe zu springen – wodurch er endgültig nach vorne gerissen wurde und haltlos über den rauen Boden auf das Ufer zuschlitterte.

Hinter ihm stürmte ein Ghoul herein.

Das Ungeheuer überwand die letzten drei oder vier Stufen mit einem einzigen, federnden Satz, mit dem er zwar ebenfalls auf Händen und Knien landete, aber sofort wieder in die Höhe schoss. Mit einem zornigen Knurren fuhr er herum und hielt nach seiner Beute Ausschau. Fänge und Zähne blitzten im kalten Licht des Scheinwerfers, und seine Augen funkelten tückisch. War das Blut, was da von seinen Reißzähnen tropfte?

Mit einem ungeheuerlichen Brüllen stürzte der Ghoul vor, weit nach vorne gebeugt und auf eine groteske Art hüpfend, wie ein absurd großer Affe. Seine Krallen rissen Funken aus dem Stein und verfehlten Graves' Gesicht nur um Haaresbreite. Graves schrie auf, warf sich herum, und der Ghoul stieß mit seinem gewaltigen, klauenbewehrten Fuß nach seinem Gesicht. Graves entging ihm auch dieses Mal mit einer verzweifelten Bewegung, doch der Fuß der riesigen Bestie stanzte mit grausamer Wucht auf seine linke Hand hinab und zermalmte sie.

Graves brüllte vor Schmerz. *»Mogens!«*, kreischte er. *»Schieß!«*

Mogens hatte nichts, um zu schießen. Graves musste seine eigene Waffe irgendwo verloren haben, und Toms Gewehr lehnte immer noch oben an der Wand, wo er es zurückgelassen hatte. Mogens konnte ihn nur hilflos anstarren, während Miss Preussler ihre Lampe herumschwenkte und den Strahl direkt ins Gesicht des Ungeheuers richtete. Der Ghoul brüllte wie unter Schmerzen auf, riss die Arme vor das Gesicht, um seine empfindlichen Augen zu schützen und prallte ein Stück zurück, und Graves nutzte die Chance, um sich trotz seiner schrecklichen Verletzung aufzurappeln und weiter auf das Boot zuzustolpern. Der Ghoul knurrte wütend und stürzte ihm nach. Seine Krallen blitzten auf wie winzige, gefährliche Messer. Mogens hörte das Geräusch von reißendem Stoff, das von einem gellenden Schrei aus Graves' Kehle verschluckt wurde, doch Graves stolperte dennoch weiter, erreichte das Ufer und stieß sich mit einer verzweifelten Bewegung ab. Er landete ungeschickt und mit solcher Wucht unmittelbar neben Mogens im Boot, dass die Barke sich fühlbar auf die Seite legte und mit einem schweren Klatschen zurückfiel. Der plötzliche Ruck brachte auch das Mädchen aus dem Gleichgewicht. Es prallte gegen den Sarkophag und stürzte, und auch Mogens kämpfte einen Moment lang mit gespreizten Beinen um seine Balance und gewann diesen Kampf nur, weil er sich mit beiden Händen an der Stange festhielt. Einzig Miss Preussler reagierte mit erstaunlicher Kaltblütigkeit: Das Ungeheuer stürmte brüllend heran, und als es noch zwei Schritte vom Ufer entfernt war, beugte sie sich vor und riss die Stange zur Seite. Der Ghoul registrierte die Gefahr vielleicht noch im letzten Moment und versuchte, sich herumzuwerfen, aber es war zu spät. Er prallte mit nahezu ungebremstem Tempo gegen die Stange, deren Ende noch immer im Schlamm des Kanalbodens steckte. Mogens glaubte die Rippen des Ungeheuers knirschen zu hören, und aus dem wütenden Brüllen des Ghoul wurde ein wimmerndes Röcheln. Das Ungeheuer brach in die Knie, schlang die Arme um den Oberkörper und begann sich langsam zur Seite zu neigen, und Mogens hoffte schon, dass er einfach weiter kippen und ins Wasser stürzen würde. Zu seinem Entsetzen musste er jedoch erkennen, dass sich der Ghoul im letzten Moment wieder fing und sogar damit begann, sich schwankend wieder hochzuarbeiten.

»Miss Preussler!«, brüllte er. *»Die Stange! Staken Sie.«* Gleichzeitig stemmte auch er sich mit verzweifelter Gewalt gegen die Stange. Das Boot begann zu zittern. Eine einzige, furchtbare Sekunde lang schien es sich gar nicht von der Stelle zu rühren, dann aber setzte es sich schwerfällig in Bewegung.

Der Ghoul war mittlerweile wieder ganz auf die Füße gekommen, aber er musste sich wohl doch schwerer verletzt haben, als es im ersten Moment den Anschein gehabt hatte. Er wankte. Blut lief aus seinem halb offen stehenden Maul. Er *hatte* sich verletzt, wenn auch wohl nicht schlimm genug. Mogens registrierte voller Entsetzen, wie sich das Ungeheuer zum Sprung spannte. Das Boot hatte sich mittlerweile ein Stück vom Ufer entfernt und wurde schneller, aber längst nicht schnell genug. Selbst Mogens hätte sich zugetraut, es vom Ufer aus mit einem beherzten Satz zu erreichen – für den Ghoul konnte es kaum mehr als ein großer Schritt sein.

Die Bestie stieß sich ab und landete mit solcher Wucht unmittelbar neben Graves in der Barke, dass das Boot zu wanken begann und sich bedrohlich auf eine Seite legte. Mogens musste sich mit aller Kraft an die Stange klammern, um nicht über Bord zu stürzen, und auch der Ghoul kämpfte heulend und mit wild fuhrwerkenden Armen um sein Gleichgewicht. Seine Krallen zischten wie Messer durch die Luft, verfehlten Graves' Gesicht um Haaresbreite – und trafen das tote Kind, das das Mädchen im den Armen hielt! Es wurde ihr einfach entrissen, flog im hohen Bogen durch die Luft und klatschte meterweit entfernt ins Wasser.

Die junge Frau schrie auf, als hätten die rasiermesserscharfen Krallen sie selbst getroffen, wirbelte herum und streckte mit einer verzweifelten Bewegung die Arme aus, wie um es aufzufangen, und Mogens war felsenfest davon überzeugt, dass sie sich im nächsten Sekundenbruchteil ins Wasser stürzen und hinter ihrem Kind her schwimmen würde. Stattdessen fuhr sie mit noch spitzerem, gellenderem Schrei herum und warf sich mit weit ausgebreiteten Armen gegen den Ghoul. Ihre Fingernägel zerkratzten sein Gesicht, rissen tiefe, blutende Furchen in die lange Schakalschnauze und löschten eines der glühenden Augen aus, und ihr Anprall war so gewaltig, dass sie den ohnehin wankenden Koloss endgültig von den Füßen riss. Haltlos kippte er nach hinten und fiel über Bord. Aber im letzten Moment schlossen sich seine gewaltigen Arme um das Mädchen, sodass er es mit sich riss.

Mogens streckte ebenso entsetzt wie vergeblich die Arme aus, aber er war viel zu weit entfernt, um noch irgendetwas tun zu können. In einer gewaltigen Woge aus aufspritzender Gischt verschwanden das Ungeheuer und die junge Frau im Wasser.

Mit einem einzigen Satz war Mogens in der Mitte des Bootes, und auch Miss Preussler ließ ihre Stange los und balancierte hastig über den schwankenden Grund heran. Fast verzweifelt beugte Mogens sich vor, konnte aber im ersten Moment nichts anderes erkennen als schäumendes Wasser und zwei formlose Schatten, die irgendwo unter seiner Oberfläche miteinander zu ringen schienen. Der Kanal schien zu kochen.

Miss Preussler warf sich vor und versuchte nach dem Mädchen zu greifen, aber Mogens riss sie zurück. Ohne es begründen zu können, *wusste* er einfach, dass sie dieses Wasser nicht berühren durften.

Plötzlich tauchte eine Hand aus den Wellen auf. Mogens griff ganz automatisch danach, zog mit aller Kraft und schaffte es irgendwie, Kopf und Schultern der jungen Frau über Wasser zu bekommen und griff auch mit der anderen Hand zu, aber das Mädchen machte keinerlei Anstalten, ihm zu helfen, sondern begann sich ganz im Gegenteil mit derselben irrationalen Kraft zu wehren, mit der manche Ertrinkende ihre Retter mit ins Verderben reißen, und tatsächlich war es plötzlich Mogens, der für einen Atemzug darum kämpfte, nicht über Bord gerissen zu werden. Erst, als auch Miss Preussler abermals nach ihrem Arm griff und ihm half, gelang es ihnen mit vereinten Kräften, sie aus dem Wasser und halbwegs an Bord zu ziehen.

Plötzlich aber wurde das Mädchen mit einem harten Ruck zurückgerissen. Ein keuchender Schmerzlaut kam über seine

Lippen, und selbst Mogens und Miss Preussler wurden wieder ein Stück nach vorne gerissen. Eine gewaltige Pranke hatte sich um den Unterschenkel des Mädchens gekrallt und versuchte sie mit brutaler Kraft zurückzureißen.

»Jonathan! Hilf uns!«, keuchte Mogens.

Graves hatte sich mittlerweile aufgerappelt und rumorte irgendwo hinter ihnen herum, aber er dachte offenbar gar nicht daran, ihnen zu helfen. Wahrscheinlich war er einfach zu schwer verletzt. Mogens verdoppelte seine Anstrengungen, das Mädchen zu sich über die Bordwand zu ziehen, und auch Miss Preussler zerrte und zog nach Kräften. Der Ghoul umklammerte ihr Bein noch immer mit unerbittlichem Griff, aber seine Kraft war nicht so unwiderstehlich, wie Mogens befürchtet hatte. Das Ungeheuer wirkte benommen. Rings um seinen Schädel herum kochte das Wasser noch immer, aber der Schaum hatte sich rosa gefärbt. Blut quoll in Strömen aus seiner leeren Augenhöhle, und seine Bewegungen wirkten benommen und trotz aller Kraft fahrig und ziellos. Vielleicht hatte es sich an der Wand des Kanals den Schädel angeschlagen, oder seine Verletzung war schwerer, als es den Anschein hatte.

Dennoch gelang es nicht einmal seinen und Miss Preusslers vereinten Kräften, das Mädchen vollends an Bord zu ziehen. Ganz im Gegenteil: Die junge Frau klammerte sich mit so verzweifelter Kraft an die niedrige Bordwand, dass ihre Fingernägel abbrachen und sich das Wasser auch hier blassrosa zu färben begann, und auch Mogens und Miss Preussler zogen und zerrten mit aller Gewalt. Trotzdem wurde sie, ganz langsam, aber auch mit schrecklicher Unaufhaltsamkeit, wieder zurück ins Wasser gezerrt. Das Boot begann sich immer weiter zu neigen, und Mogens spürte, wie seine Kräfte im gleichen Maße nachließen, wie die des Ungeheuers zuzunehmen schienen. Das Monster stieß jetzt ein lang gezogenes, schreckliches Heulen aus, in dem sich Wut, Schmerz und noch etwas Anderes, Schlimmeres mischten, und als Mogens instinktiv in seine Richtung sah, überlief ihn ein neuerlicher, eisiger Schauer. Erst jetzt sah er, dass das Ungeheuer über und über mit Fäden des dünnen, glitzernden Tangs bedeckt war, die außerhalb des Wassers eher fleischfarben bis weiß zu schimmern schienen, statt schwarz, und ihn nun mehr denn je an Haar erinnerten. Die Berührung musste ihm unangenehm sein, denn es benutzte nur eine Hand, um das Mädchen festzuhalten, während es mit der anderen immer hektischer versuchte, das glitzernde Geflecht von seinem Gesicht und seinen Schultern zu reißen. Dennoch zerrte es unbarmherzig weiter am Bein des Mädchens. Das Boot neigte sich weiter, und Mogens wurde mit schrecklicher Gewissheit klar, dass der Ghoul die Barke eher zum Kentern bringen oder das Bein seines Opfers herausreißen würde, bevor er losließ.

»Graves!«, schrie er verzweifelt. »Hilf uns!«

Er rechnete auch diesmal nicht wirklich damit, dass Graves irgendetwas tun würde, um ihnen zu helfen; oder auch nur *konnte*. In der nächsten Sekunde jedoch tauchte Graves breitbeinig hinter ihnen auf. Er hielt eine der beiden Stangen in den Händen. Sie war zu lang, um damit zuschlagen zu können, doch das versuchte er auch gar nicht. Stattdessen stieß er dem Ghoul das stumpfe Ende mit solcher Gewalt ins Gesicht, dass mehrere seiner Reißzähne abbrachen und die grässliche Kreatur ein gepeinigtes Heulen ausstieß.

Sie ließ das Bein des Mädchens trotzdem nicht los.

Ganz im Gegenteil gruben sich ihre Krallen nur noch tiefer in ihr Fleisch, sodass das Bein heftig zu bluten begann. Graves fluchte, stieß noch einmal zu und zielte diesmal auf die Kehle des Ungeheuers. Er traf nicht so gut, wie er es vermutlich beabsichtigt hatte – seine verletzte Hand musste ihn stark behindern, ganz abgesehen von den höllischen Schmerzen, die er zweifellos litt –, doch der Stoß zeitigte dennoch Wirkung. Das Monster ließ endlich das Bein seines Opfers los, warf beide Arme in die Luft und tauchte mit einem gurgelnden Laut unter, und Graves stieß mit seiner Stange nach ihm, um es noch weiter unter Wasser zu drücken und womöglich zu ertränken.

»Schnell jetzt«, schrie er. »Zieh! Ich weiß nicht, wie lange ich ihn halten kann!«

Mogens warf sich mit verzweifelter Kraft zurück, und gemeinsam mit Miss Preussler gelang es ihm tatsächlich, die junge Frau ein gutes Stück weit über die Bordwand zu ziehen. Aber nicht vollständig. Nicht einmal so weit, wie er erwartet hätte. Obwohl die Bestie ihr Bein losgelassen hatte, schien irgendetwas sie noch immer festzuhalten.

Die Stange in Graves' Händen begann immer heftiger zu zucken und hin und her zu peitschen. Es war ihm gelungen, den Ghoul tatsächlich bis auf den Grund des Kanals hinab zu drücken und dort festzuhalten, aber die Bestie wehrte sich mit verzweifelter Kraft. Graves' Gesicht war vor Anstrengung verzerrt, aber es war nur noch eine Frage von Sekunden, bis er die Stange loslassen musste, oder sie ihm einfach aus den Händen gerissen wurde.

Mogens verdoppelte seine Anstrengungen noch einmal, aber es fiel ihm immer schwerer, das Mädchen zu halten. Keuchend beugte er sich vor und sah endlich, was das Mädchen festhielt: Seine Beine hatten sich in dem wehenden Tang verfangen, der sich dünn wie Haar, aber in gewaltiger Menge um seine Knöchel gewickelt hatte.

Mogens warf sich mit einer entschlossenen Bewegung vor, griff mit beiden Händen nach dem glitzernden Gespinst und versuchte es zu zerreißen.

Es blieb bei dem bloßen Versuch.

Mogens schrie vor Schmerz und Überraschung auf, prallte zurück und sank unbeholfen neben Miss Preussler zu Boden. Seine Hände brannten, als hätte er sie in Säure getaucht, und die Haut begann sich dort, wo er den vermeintlichen Tang berührt hatte, unverzüglich zu röten. Das Mädchen schrie nicht vor Angst, sondern vor Schmerzen.

»Lassen Sie das!«, fauchte Graves. Er versetzte dem untergetauchten Ghoul noch einen abschließenden, harten Stoß, warf dann die Stange neben sich ins Boot und zog mit fliegenden Fingern ein Taschenmesser aus der Jacke. Er konnte nur die rechte Hand und die Zähne zu Hilfe nehmen, um die Klinge herauszuklappen, sodass es ihm um ein Haar ins Wasser gefallen wäre, aber er erlangte im letzten Moment die Kontrolle über seine Bewegungen zurück und beugte sich weit vor, um die Beine des Mädchens zu erreichen. Mogens starrte ihn aus aufgerissenen Augen an. Hatte Graves den Verstand verloren? Die Klinge war kaum so lang wie sein kleiner Finger und sah alles andere als scharf aus. Er würde eine Stunde brauchen, um die ineinander gedrehten Haarbüschel damit durchzusäbeln!

Hinter ihnen begann das Wasser zu brodeln, und Mogens hätte um ein Haar aufgeschrien, als er den Ghoul inmitten einer schäumenden Gischtexplosion aus spritzendem Weiß und schmierigem Rosa durch die Wasseroberfläche brechen sah.

Das Wesen bot einen grauenerregenden Anblick. Es war über und über mit dünnen, fahlweißen Fäden bedeckt, die seine Gliedmaßen umschlangen, seine Schnauze und Krallen umwickelten und sich sogar, winzigen gierigen Ärmchen gleich, in seine leere Augenhöhle vorgetastet hatten. Was von seiner Haut und insbesondere seinem Gesicht unter der wimmelnden Masse überhaupt noch zu sehen war, glich einer einzigen blutenden Wunde, als hätten die peitschenden Stränge damit begonnen, seine Haut aufzulösen.

Mogens geriet in Panik. Obgleich ihm der brennende Schmerz in seinen Händen klar machte, dass sein Verdacht vielleicht nicht so absurd war, wie ihn sein Verstand glauben machen wollte, warf er sich abermals vor, grub die Hände in das zerfetzte Kleid der jungen Frau und zog und riss mit aller Kraft. Graves hatte zu seiner Überraschung bereits einen Gutteil der schleimigen Fäden durchgeschnitten. So harmlos die winzige Klinge auch aussehen mochte, zerteilte sie die hauchdünnen tastenden Fühler doch fast mühelos, und mit jedem Strang, den Graves abschnitt, fiel es ihnen leichter, die junge Frau an Bord zu ziehen. Schließlich zerrissen die letzten Fäden mit einem peitschenden Knall, und das Mädchen schoss regelrecht über die niedrige Bordwand und begrub Miss Preussler und ihn halbwegs unter sich.

Graves ließ das Messer fallen, sank neben ihnen auf die Knie und begann mit bloßen Händen an den abgeschnittenen

Strängen und Ärmchen zu reißen, die sich bis weit über die Knie hinauf um beide Beine des Mädchens gewickelt hatten. Die Haut, die darunter zum Vorschein kam, war gerötet und blutete an zahllosen Stellen, und der Würgegriff der so haarfein erscheinenden Fäden war noch im Tode so unbarmherzig, dass Graves all seine Kraft aufwenden musste, um sie abzureißen. Mogens stemmte sich ungeschickt hoch und streckte die Arme aus, um ihm zu helfen, aber Graves stieß ihn so derb zurück, dass er abermals das Gleichgewicht verlor und hart mit Schultern und Hinterkopf gegen den Sarkophag prallte.

»Bist du verrückt?«, keuchte er. »Sorg lieber dafür, dass wir hier wegkommen!«

Mogens blinzelte die grellen Lichtpunkte weg, die vor seinen Augen tanzten. Der Schmerz in seinem Hinterkopf war so schlimm, dass ihm übel wurde, aber er kämpfte ihn nieder und stemmte sich mit zusammengebissenen Zähnen hoch. Miss Preusslers Stange war ins Wasser gefallen und schwamm unerreichbare drei oder vier Meter hinter ihnen; aber selbst wenn sie näher gewesen wäre, hätte Mogens es nicht gewagt, danach zu greifen und die Hände ins Wasser zu tauchen. Millionen glitzernder Fäden bildeten einen lebenden Teppich überall rings um sie herum auf der Wasseroberfläche. Der Ghoul war verschwunden, aber dort, wo er untergegangen war, brodelte und schäumte das Wasser noch immer.

Mogens kämpfte seine Furcht nieder, schloss die Hände um die Stange, die Graves fallen gelassen hatte, und balancierte hastig zum Heck der Barke. Das Boot musste in die Strömung geraten sein, denn sie hatten sich schon ein gutes Stück von der Stelle entfernt, an der der Ghoul ins Wasser gefallen war, aber sie bewegten sich erbärmlich langsam. Wenn ein weiteres Ungeheuer auftauchte, dann waren sie verloren. Der Kanal war einfach nicht breit genug!

Der Gedanke spornte Mogens noch einmal an. Entschlossen rammte er das Ende der Stange ins Wasser und stemmte sich mit aller Kraft dagegen. Im allerersten Moment geschah nichts. Das Boot zitterte widerwillig auf der Stelle und schien ganz im Gegenteil sogar *langsamer* zu werden, statt Fahrt aufzunehmen, und eine rasche, irgendwie *lebendig* wirkende Bewegung lief durch die Masse der Fäden. Tastend, wie eine neugierig suchende Hand wickelten sich zwei, drei aus jeweils hunderten einzelner Fäden bestehenden Stränge um die Stange, krochen zu Mogens' Entsetzen sogar ein gutes Stück weit daran empor und fielen dann mit einem hörbaren Klatschen ins Wasser zurück, als hätten sie den Eindringling in ihr nasses Reich einer flüchtigen Prüfung unterzogen und dann schlagartig das Interesse an ihm verloren.

Vielleicht, weil er nicht lebendig war, dachte Mogens schaudernd. Was immer dieses Zeug auch war – es war ganz gewiss kein Tang oder irgendein anderes, unbekanntes Gewächs. Es war lebendig, und es hatte ganz eindeutig einen eigenen Willen. Vielleicht hatte es kein eigenes Bewusstsein, aber es folgte mindestens einem starken Instinkt, ein womöglich vernunftloses, aber deshalb nicht minder gefährliches Raubtier, das blind nach Beute tastete.

»Mach schneller, um Himmels willen!«, keuchte Graves hinter ihm. »Sie müssen gleich hier sein!«

Mogens fragte vorsichtshalber nicht, wen Graves damit meinte. Stattdessen stemmte er sich mit verzweifelter Kraft gegen die Stange, und endlich setzte sich die Barke ganz allmählich in Bewegung. Quälend langsam zuerst, dann aber rasch schneller werdend, drehte sich der aufwärts geschwungene Bug vollends in die Strömung und nahm Fahrt auf. Es bewegte sich nicht wirklich schnell, aber es *bewegte* sich.

»Mogens! Komm her«, befahl Graves.

Mogens stemmte sich mit nur noch größerer Verbissenheit gegen die Stange, ohne das Boot damit nennenswert weiter beschleunigen zu können. Er sah immerhin über die Schulter zurück und erblickte Miss Preussler, die mit leichenblassem Gesicht auf ihn zusteuerte. Ohne auch nur ein Wort zu verlieren, nahm sie ihm die Stange aus den Händen und rammte sie mit solcher Kraft ins Wasser, dass die Barke nicht nur spürbar zitterte, sondern auch deutlich schneller wurde.

»Gehen Sie!«, raunte sie ihm zu. »Ich will nicht, dass Sie zu lange mit ihm allein ist.«

Mogens zögerte. »Sind Sie sicher, dass Sie ...«, begann er.

Miss Preussler rammte die Stange noch einmal ins Wasser, und das Boot wurde abermals schneller. Sie sagte nichts, und Mogens wandte sich ohne ein weiteres Wort um.

Graves gestikulierte ihm ungeduldig zu, sich zu beeilen, während er zugleich mit spitzen Fingern einige lose Fäden abpflückte und über Bord warf, die an seinen Handschuhen haften geblieben waren. Ein leises Gefühl von Übelkeit stieg in Mogens auf, als er Graves' linke Hand sah. Der Ghoul hatte sie ihm regelrecht zerquetscht. Die Nähte des schwarzen Handschuhs waren aufgeplatzt, und etwas Weißes, Feuchtes quoll hervor. Graves schien es nicht einmal zu merken.

Wortlos riss er Mogens' Hände an sich, drehte sie hin und her und schüttelte dabei ununterbrochen den Kopf. »Irrsinn«, murmelte er immer wieder. »Was für ein Irrsinn.«

Mogens konnte gar nichts anderes tun, als die Tortur mit zusammengebissenen Zähnen über sich ergehen zu lassen. Seine Hände brannten immer noch wie Feuer. Graves' Berührung tat so weh, dass ihm die Tränen in die Augen schossen. Er konnte nur mit Mühe ein gequältes Wimmern unterdrücken.

»Was, zum Teufel, hast du dir dabei gedacht?«, fuhr ihn Graves an. Sein Mitleid hielt sich offensichtlich in Grenzen. »Weißt du nicht, was dir passieren kann, wenn du dieses Teufelszeug anfasst?«

»Nein«, antwortete Mogens gepresst. »Woher auch?«

Graves verzog abfällig die Lippen, griff zu, und Mogens schrie vor Schmerz auf, als er etwas wie einen dünnen, sich windenden weißen Faden aus dem Fleisch seines Handrückens riss und über Bord warf. Die Wunde begann fast augenblicklich zu bluten, aber Graves gab sich damit keineswegs zufrieden, sondern untersuchte seine Hände akribisch noch ein zweites und sogar drittes Mal, bevor er ihn endlich losließ. Der Zorn in seinem Blick hatte kein bisschen ab-, sondern eher noch zugenommen.

»Du hast mehr Glück als Verstand«, sagte er kopfschüttelnd. »Warst du vielleicht scharf auf Hände wie diese?« Er hob die behandschuhten Hände und spreizte die Finger. Unter dem schwarzen Leder schien etwas zu pulsieren. Etwas, das *heraus* wollte.

Statt zu antworten – und wenn er ehrlich war, hauptsächlich, um dem grässlichen Anblick von Graves' zerquetschter Hand zu entrinnen –, beugte sich Mogens zu dem Mädchen hinab und streckte die Hände nach ihren Beinen aus, aber er wagte es nicht, sie zu berühren; nicht nur, weil das Mädchen zusammenfuhr und erschrocken ein Stück vor ihm davonkroch, sondern vor allem wegen des entsetzlichen Anblicks, den sie boten. Füße, Waden und Schienbeine der jungen Frau sahen aus wie gehäutet. Die grässlichen Tentakel hatten tiefe, blutige Striemen in ihrer Haut hinterlassen, und Dutzende winziger, heftig blutender Wunden.

»Keine Sorge«, sagte Graves spöttisch. »Sie wird vielleicht ein paar Narben zurückbehalten, aber mehr nicht. Ich glaube, ich habe sie alle gefunden.«

»Du *glaubst?*«, fragte Mogens.

Graves hob die Schultern. »Also gut: Ich bin mir sicher«, verbesserte er sich. »Bist du jetzt zufrieden?«

»Nein«, antwortete Mogens scharf. Er stand auf. »Es wäre vielleicht ganz hilfreich gewesen, wenn du uns von Anfang an gesagt hättest, wie gefährlich dieses Teufelszeug ist.«

»Ich konnte nicht ahnen, wie nahe wir ihm kommen würden«, antwortete Graves ungerührt. »Wenn ich dich über jede Gefahr informiert hätte, auf die wir hier unten möglicherweise stoßen, dann säßen wir jetzt noch oben im Lager beisammen.« Er schnitt Mogens mit einer energischen Handbewegung das Wort ab. »Genug jetzt. Niemand ist ernsthaft zu Schaden gekommen, das ist ja wohl die Hauptsache.«

»Niemand außer dir.« Mogens machte eine Kopfbewegung auf Graves' zerquetschte Hand. Graves runzelte die Stirn und sah ihn einen Herzschlag lang mit einem Ausdruck vollkommener Verständnislosigkeit an. Dann folgte er seinem Blick und fuhr leicht zusammen.

»Ach das«, sagte er. »Das ist halb so wild. In ein paar Tagen sieht man nichts mehr davon.«

Mogens' Magen begann zu revoltieren, als er den Arm hob und die Hand vor dem Gesicht hin und her schlenkerte, als würde das allein seinen Worten mehr Glaubhaftigkeit verleihen. Der Handschuh bewegte sich wie ein nasser Sack, der mit einem zähflüssigen Brei gefüllt war. Weißer Schleim tropfte aus den aufgeplatzten Nähten und zog dünne, glitzernde Fäden hinter sich her. »Siehst du?«, sagte Graves mit einem breiten Grinsen, das zweifellos keinen anderen Ursprung hatte als den, dass man Mogens deutlich ansah, was er bei diesem Anblick empfand. »Alles in Ordnung.«

Mogens konzentrierte sich wieder hastig auf Miss Preussler und die junge Frau, schon, weil er befürchtete, sich sonst im nächsten Moment übergeben zu müssen. Auch Miss Preussler sah zu Graves hin, und der Ausdruck in ihren Augen spiegelte mindestens genau so großen Ekel wie den, den er selbst empfand, auch wenn der weniger Graves' Hand zu gelten schienen, als vielmehr ihm selbst und seinem Benehmen.

»Sie sind uns dennoch eine Erklärung schuldig, Doktor Graves«, sagte sie plötzlich. Obwohl sie sich vorsichtig bewegte, schwappte bei jedem Schritt Wasser zu ihnen herein, in dem glitzernde schwarze Fäden trieben. Bisher war ihnen keiner davon auch nur nahe gekommen, aber Mogens konnte sich des schrecklichen Eindrucks nicht erwehren, eine tausendfingerige Hand zu beobachten, die vielleicht langsam, aber auch überaus aufmerksam zu ihnen hereintastete. Auch sie hatte den unheimlichen Eindringling bemerkt, und obwohl sie sich bemühte, möglichst ruhig zu klingen, konnte sie die Furcht doch nicht ganz verhehlen, mit der sie der Anblick erfüllte.

»Inwiefern?«, fragte Graves.

»Insofern«, antwortete Miss Preussler mit einer heftigen Kopfbewegung auf die wehende Gespinste im Wasser.

Graves verzog abfällig die Lippen. »Es gibt keinen Grund zur Beunruhigung. Diese… Substanz ist nicht gefährlich, solange man eine gewisse Vorsicht walten lässt.«

»Nicht gefährlich?« Mogens blickte demonstrativ auf seine Hände hinab. Sie sahen nicht annähernd so schlimm aus wie die Beine des Mädchens, aber für seinen Geschmack schlimm genug.

»Es zeigt normalerweise kein Interesse an menschlichem Protein«, antwortete Graves. »Ich weiß nicht, warum es uns attackiert hat. Vielleicht war es die Nähe des Ghouls.«

»Das klingt einleuchtend«, sagte Mogens spöttisch.

Graves schnaubte. »Du überraschst mich immer wieder, Mogens«, sagte er. »Wenn auch immer öfter in negativer Hinsicht. Es *sollte* einleuchtend klingen, wenigstens für dich.«

Mogens schwieg und sah ihn nur mit einer Mischung aus Zorn und Verständnislosigkeit an, aber Graves reagierte ganz anders, als er hoffte, nämlich mit einer wütenden Handbewegung in die Runde.

»Was ist los mit dir? Hast du all dein Wissen oben im Lager zurückgelassen? Was glaubst du denn, was das hier ist?«

»Ein Schiff«, antwortete Mogens, aber Graves schnitt ihm nur erneut und mit einer noch ärgerlicheren Geste das Wort ab.

»Es ist nicht *irgendein* Schiff, Mogens. Es ist eine Totenbarke. Und das hier …«, er ließ seine zerschmetterte Hand mit einem widerlichen Klatschen auf den schwarzen Block neben sich hinuntersausen, »… ist ein Sarkophag. Sie stammen aus dem Meer, Mogens. Sie kommen aus dem Wasser, und sie kehren nach dem Tod dorthin zurück. Vielleicht ist das ihre ursprüngliche Form. Das, woraus sie entstanden sind, und wozu sie nach ihrem Tod wieder werden – was weiß ich.« Er zuckte trotzig mit den Schultern. »Und ehrlich gesagt interessiert es mich auch nicht. Mit ein wenig Glück sind wir in einer Stunde hier heraus, und dieser Albtraum hat ein Ende.«

Mogens wollte antworten, doch dann blickte er nur den Sarkophag an und runzelte nachdenklich die Stirn. Seltsam – er hätte schwören können, dass vorhin etwas von dem weißen Schleim aus den aufgeplatzten Nähten von Graves' Handschuh auf den Sarkophagdeckel getropft war. Aber das schwarze Holz war vollkommen sauber. Wahrscheinlich hatte er sich getäuscht. Aber ein ungutes Gefühl blieb, und es wurde sogar noch stärker, als auch Graves einen Moment lang stirnrunzelnd auf den Sarkophag hinunterblickte. Dann wechselte er mit einer sichtlichen Anstrengung das Thema.

»Du kannst mir später so viele Vorwürfe machen, wie es dir Spaß macht. Jetzt haben wir ein anderes Problem. Hilf mir mal.«

Er legte die Hände um eine der vier Stützen, die den geschnitzten Baldachin über dem Sarkophag trugen, und begann mit aller Gewalt daran zu zerren. Der gedrechselte, mehr als mannslange Pfeiler rührte sich nicht, obwohl Graves mit so großer Anstrengung zerrte und zog, dass seine Augen ein Stück weit aus den Höhlen quollen. »Zum Teufel noch mal, hilf mir gefälligst!«, ächzte er.

»Weißt du eigentlich, was du da gerade zu zerstören versuchst?«, fragte Mogens. Er rührte sich nicht.

»Ja. Ein... Jahrtausende altes... unersetzliches... Artefakt«, ächzte Graves. »Und es wäre nicht... notwendig, wenn... du... die Stange nicht... fallen gelassen hättest. Und jetzt hilf mir endlich... oder du... wirst herausfinden... wie sich ein Pharao in seinem... Pyramidengrab unter... einer Million Tonnen Fels... gefühlt hat. Wir brauchen etwas zum... Staken.«

Mogens starrte ihn noch eine geschlagene Sekunde lang an. Graves war dabei, etwas einfach Unersetzliches zu zerstören – aber er hatte zugleich auch Recht: Ihre fantastische Entdeckung nutzte nichts, wenn sie niemandem davon erzählen konnten. Der Wissenschaftler in ihm würde sich für den Rest seines Lebens dafür hassen, aber er griff trotzdem beherzt zu, um Graves zu helfen.

Es nutzte nichts. Obwohl sie mit aller Gewalt zogen und rüttelten, rührte sich der Pfeiler nicht. Nach vielleicht zwei oder drei Minuten gaben sie schweißgebadet und am Ende ihrer Kräfte auf, ohne dass es ihnen gelungen war, die so zerbrechlich aussehende Stütze auch nur zu lockern. Mogens ließ sich schwer atmend gegen den Sarkophag sinken, während sich Graves vorbeugte, die Handflächen auf den Oberschenkeln abstützte und fast asthmatisch nach Luft japste.

»Wovor… fliehen wir… eigentlich?«, keuchte Mogens. »Vor Ghoulen?«

»Vielleicht«, antwortete Graves, kaum weniger außer Atem als er. »Obwohl ich nicht glaube, dass sie es wagen, uns bis hierher zu verfolgen. Sie fürchten das, was im Wasser ist.«

»Zumindest einem scheint es keine besondere Angst gemacht zu haben«, mischte sich Miss Preussler ein, aber Graves schüttelte nur den Kopf.

»Ich fürchte, das war meine Schuld«, gestand er. »Ich habe ihn verletzt. Diese Kreaturen reagieren ausgesprochen bösartig, wenn man ihnen weh tut.«

»Ach?«, fragte Miss Preussler spitz. »Sonst nicht?«

Graves richtete sich auf, sog hörbar die Luft in die Lungen und wischte sich mit dem Handrücken den Schweiß von der Stirn. Einige Sekunden lang starrte er scheinbar nachdenklich ins Wasser, dann zog er seine Taschenuhr heraus, klappte den Deckel auf und studierte etwas länger und stirnrunzelnd die Stellung der Zeiger. Dann sagte er: »Lassen Sie es gut sein, Miss Preussler.«

Miss Preussler stemmte sich mit nur noch größerer Anstrengung gegen die Stange. »Wieso?«, fragte sie ächzend. »Verstoße ich gerade… gegen irgendeine Gewerkschaftsauflage?«

Graves klappte seine Uhr zu. »Dieser Kanal hat eindeutig eine Verbindung zum offenen Meer«, sagte er.

»Und?«, ächzte Miss Preussler. »Hoffen Sie vielleicht, dass die Küstenwache uns zu Hilfe kommt?«

Graves bückte sich nach seiner Laterne und richtete den Strahl auf das gemauerte Ufer. »Sehen Sie die dunkle Linie zwei Finger breit über dem Wasserspiegel, meine Liebe?«, fragte er. »Der Wasserstand ist gesunken. Draußen muss mittlerweile die Ebbe eingesetzt haben.«

Miss Preussler hörte auf zu staken. »Und?«

»Das heißt, die einsetzende Ebbe zieht uns hinaus«, antwortete Graves.

Miss Preussler blinzelte. Ihr Gesicht glänzte vor Schweiß. »Ist das wahr?«, wandte sie sich an Mogens.

»Es *ist* wahr«, sagte Graves unwillig. »Also hören Sie auf, sich unnötig zu verausgaben, und kümmern Sie sich lieber um das Mädchen. Ich glaube, sie hat ein wenig Zuspruch nötig.«

Miss Preussler funkelte ihn an. Aber sie sagte nichts, sondern zog nur mit einer einzigen, ärgerlichen Bewegung die Stange aus dem Wasser, warf sie mit einer übertrieben kraftvollen Bewegung unmittelbar vor Graves' Füße und ging zu dem Mädchen hin. Graves sah ihr stirnrunzelnd, aber auch mit einem nicht gänzlich unterdrückten spöttischen Glitzern in den Augen zu, hob aber nach einem Moment wieder den Kopf und musterte – nun eindeutig besorgt – die langsam vorübergleitenden Wände. Sie hatten die Höhle längst hinter sich gelassen und fuhren nahezu lautlos durch einen gemauerten Tunnel, dessen Decke sich nur wenige Zentimeter über dem hölzernen Baldachin befand. Er fragte sich, ob dieses sonderbare Boot passend für den Kanal gebaut worden war, oder umgekehrt, kam aber zu keiner eindeutigen Antwort. Logik hatte in diesem gemauerten Albtraum nicht mehr viel Bedeutung.

Mogens hob den Blick und suchte die Decke ab. Auch hier gab es überall Bilder, verschlungene Fresken und Reliefarbeiten, aber auch noch andere Dinge, die ihn über die Maßen erschreckten, zugleich aber auf eine morbide Weise faszinierten. Wenn man lange genug hersah, begannen sich die Bilder scheinbar zu bewegen und zu einem neuen, unheimlicheren Sinn zu gruppieren, und beinahe glaubte er auch so etwas wie ein lautloses Flüstern zu hören, eine geisterhafte Stimme tief unter seinen Gedanken, die verbotene Geschichten aus einer Jahrmillionen zurückliegenden Zeit erzählte.

»Wie lange… brauchen wir bis zur Küste?«, fragte Miss Preussler zögernd.

Graves hob die Schultern. »Auf jeden Fall zu lange«, murmelte er. »Ich weiß es nicht. Wir sind vier oder fünf Meilen von der Küste entfernt, aber ich habe nicht die leiseste Vorstellung, wie schnell dieses Boot ist.« Er sog hörbar die Luft ein. »Ich fürchte allerdings, dass Tom auf jeden Fall schneller sein wird.«

»Das Dynamit«, vermutete Miss Preussler. »Er will irgendetwas damit in die Luft sprengen. Aber wir sind doch viel zu weit entfernt, als dass die Explosion…«

»Tom will nicht *irgendetwas* in die Luft sprengen, Miss Preussler«, unterbrach sie Graves. »Er ist auf dem Weg zur Pyramide, um sie zu zerstören.«

»Das ist doch lächerlich«, antwortete sie. »Auch wenn ich vielleicht nur eine dumme Frau bin, Doktor Graves, so weiß ich doch, dass nicht einmal die hundertfache Menge an Sprengstoff ausreichen würde, um ein so gewaltiges Bauwerk zu zerstören.«

Graves lächelte traurig Er wandte sich an Mogens, als er antwortete: »Ich fürchte, er hat vor, das Tor zu sprengen.«

»Die Verbindung zum Sirius?«, entfuhr es Mogens.

»Er hätte es niemals sehen dürfen. Er hätte niemals davon *erfahren* dürfen. Es ist meine Schuld. Wie konnte ich nur auf die Idee kommen, ihn hierher mitzunehmen!«

»Und was passiert, wenn es ihm gelingt?«, fragte Miss Preussler. Ihre Stimme zitterte.

»Das weiß ich nicht«, gestand Graves. »Niemand kann sagen, was geschieht, wenn ein so mächtiges Instrument außer Kontrolle gerät. Vielleicht nichts. Aber ich fürchte…« Er sprach nicht weiter, sondern breitete nur in einer Geste der Hilflosigkeit die Hände aus, und Mogens verspürte einen Schauer eisigen Entsetzens. Seine Fantasie weigerte sich, ihm auszumalen, was geschehen mochte, wenn Tom mit seinem Rucksack voller Sprengstoff auch nur in die *Nähe* des Tores kam. Er hatte es niemals gesehen, und er war auch kein Physiker oder Astronom, aber ihm war klar, welch wortwörtlich unvorstellbarer Gewalten – ob physikalischer, psychischer oder vielleicht auch gänzlich anderer Art – es bedurfte, die ungeheuerlichen Entfernungen zwischen den Sternen zu überbrücken, und was geschehen konnte, wenn diese Kräfte außer Kontrolle gerieten.

»Ich weiß nicht, was geschehen wird, Miss Preussler«, sagte Graves noch einmal. »Vielleicht nichts, vielleicht auch etwas Unverstellbares.«

»Die gesamte Höhle könnte zusammenstürzen«, murmelte Miss Preussler betroffen.

»Das könnte passieren«, antwortete Graves ernsthaft. »Es könnte aber auch das Ende unserer ganzen Welt bedeuten.«

Wenn Graves' Behauptung zutraf, dass sie sich ungefähr drei Meilen von der Küste entfernt befanden, würden sie mindestens eine Stunde brauchen; vermutlich sogar mehr, denn das Boot wurde zwar noch ein wenig schneller, bewegte sich dennoch aber erbärmlich langsam. Die riesigen Steinquader, aus denen der Tunnel gebaut war und die zitternden Fäden im Wasser machten es schwer, ihr Tempo zu schätzen, aber Mogens glaubte nicht, dass sie sich schneller bewegten als ein gemächlich dahinschlendernder Spaziergänger. Wahrscheinlich lagen vor ihnen eher zwei Stunden als eine, aber genau so wahrscheinlich war, dass es keine Rolle spielte – sie würden es so oder so nicht schaffen.

Nach Graves' Worten hatte sich ein bedrückendes Schweigen ausgebreitet. Selbst Miss Preussler schien begriffen zu haben, in welch entsetzlicher Gefahr sie schwebten, und vielleicht war ihr auch die Schlussfolgerung aus Graves' Worten klar, die zwar keiner von ihnen auszusprechen wagte, die aber dennoch ebenso unausgesprochen wie unüberhörbar im Raum hing: dass sie nur eine einzige Hoffnung hatten, so schrecklich sie auch sein mochte. Nämlich die, dass die Ungeheuer Tom erwischten, bevor er in die Nähe der Pyramide kam. Der Gedanke war so unmenschlich, dass Mogens sich fast schämte, ihn überhaupt gedacht zu haben, und doch wurde er ihn nicht mehr los; auch wenn er zugleich ahnte, dass Tom sich vermutlich nicht aufhalten lassen würde.

Nachdem sie dem Tode so knapp entronnen waren, hatte sich ein ungutes, lastendes Schweigen zwischen ihnen auszubreiten begonnen. Das einzige Geräusch war das noch immer anhaltende seidige Rauschen, in dem Mogens nun sogar einen verborgenen Rhythmus zu erkennen glaubte, auch wenn er es immer noch nicht einordnen konnte, und das auf die Dauer eine einlullende Wirkung zu entfalten begann. Er ließ sich mit dem Rücken gegen die Bordwand sinken und schloss die Augen. Allerdings nur für einen Moment. Die Dunkelheit hinter seinen geschlossenen Lidern erschreckte ihn. Hastig öffnete er die Augen wieder und sah zu Graves hin, der im Bug der Barke Aufstellung genommen hatte. Wie er so dastand, einen Fuß auf die niedrige Bordwand gestützt und die Lampe in der erhobenen Hand, erinnerte er Mogens an Kapitän Ahab, der auf den Weißen Wal wartete. Der Gedanke war auf eine hysterische Art erheiternd, ließ ihm aber zugleich auch einen Schauer über den Rücken laufen. Nicht einmal so sehr wegen der ihm innewohnenden Symbolik, sondern weil er eine andere, bisher vergessen geglaubte Erinnerung weckte. Die Erinnerung an etwas… *Großes.*

»Wo endet dieser Kanal, Jonathan?«, fragte er nachdenklich.

»Im Meer, nehme ich an«, antwortete Graves mit leichtem Spott in der Stimme. »Jedenfalls liegt die Vermutung nahe, wenn man in Betracht zieht, dass es sich um Salzwasser handelt. Warum fragst du?«

Mogens konnte nicht unmittelbar darauf antworten. Der Gedanke war noch zu vage und die Erinnerung noch nicht klar genug erwacht, aber es hatte etwas mit Tom zu tun.

Dann wusste er es. Es war am ersten Tag gewesen, als Tom ihn mit dem Wagen in San Francisco abgeholt hatte. Sie waren ein Stück weit an der Küste entlanggefahren, und er hatte etwas *gespürt*, etwas Gewaltiges und Fremdes, das weit draußen im Meer lauerte, unerkannt und verborgen und mit der Geduld eines Wesens, für das Zeit keine Rolle spielte. Was hatte Graves gesagt, nachdem er aus der Pyramide zurückgekehrt war? *Es ist voller Wasser.*

»Ich bewundere Sie, Professor«, sagte Miss Preussler leise. »Ich weiß nicht, ob ich an Ihrer Stelle die Kraft hätte.«

»Welche Kraft?«

»Nicht zu fragen«, antwortete Miss Preussler.

»Fragen? Wonach?«

»Professor, Sie wissen, dass ich nicht begeistert von den Dingen bin, mit denen Sie sich beschäftigen, aber mir ist dennoch klar, dass das alles hier die Erfüllung Ihres Lebens sein muss, ganz gleich, was ich davon halte. Sie müssen tausende Fragen haben.«

Sie irrt sich, dachte Mogens. Es waren nicht tausende, es waren Millionen. Und dies hier unten war nicht die Erfüllung seines Lebens. Er hätte sein Leben *gegeben*, um nur einen einzigen Blick in diese fantastische Welt zu werfen. Trotzdem schüttelte er den Kopf. »Es gibt Antworten, die vielleicht nicht für Menschen bestimmt sind«, sagte er.

»Und so etwas aus dem Mund eines Wissenschaftlers«, seufzte Graves. Sie hatten zwar leise gesprochen, aber er hatte jedes Wut verstanden.

Mogens verzichtete auf eine Antwort, Miss Preussler allerdings nicht.

»Gerade einem Mann der Wissenschaft steht ein wenig Demut gut zu Gesicht, Doktor Graves«, sagte sie.

»Ganz wie Sie meinen, meine Liebe«, seufzte Graves. Er hatte offensichtlich keine Lust, weiter über dieses Thema zu reden, vielleicht auch nur nicht mit *ihr*.

Miss Preussler schien jedoch nicht gewillt, so leicht aufzugeben. Sie setzte zu einer verärgerten Antwort an – und aus dem Sarkophag drang ein leises, scharrendes Kratzen.

Mogens richtete sich kerzengerade auf, und auch Graves fuhr herum und starrte den Sarkophag aus aufgerissenen Augen an.

»Was …?«, begann Miss Preussler, wurde aber sofort von Graves unterbrochen.

»Still!«, zischte er. »Schweigen Sie!«

Erstaunlicherweise sprach Miss Preussler tatsächlich nicht weiter, löste aber das Mädchen behutsam aus ihren Armen und richtete sich auf.

Mogens lauschte mit klopfendem Herzen. Das Geräusch

wiederholte sich nicht, aber es hätte der Reaktion der anderen nicht bedurft, um ihn davon zu überzeugen, dass er es sich nicht nur eingebildet hatte. Es war nicht laut gewesen, aber so durchdringend wie eine Messerklinge: der Laut stahlharter Krallen auf kaum weniger hartem Holz, und war da nicht auch etwas wie ein ganz leises, schweres Atmen gewesen?

»Was war das?«, fragte Miss Preussler noch einmal.

»Nichts«, antwortete Graves.

»Danach hörte es sich aber gar nicht an«, beharrte sie.

»Es war aber nichts!« Graves wurde wütend. »Das Holz arbeitet, oder sonst was. Bitte, Miss Preussler – unsere Lage ist schlimm genug, auch ohne dass wir uns selbst verrückt machen.« Er versuchte, seinen Worten im Nachhinein mit einem Lächeln noch etwas von ihrer Schärfe zu nehmen, was ihm aber nicht wirklich gelang; vor allem nicht, als er zu ihnen zurückkam und sich dabei bemühte, in so großem Abstand an dem schwarzen Sarkophag vorüberzugehen, wie er nur konnte. Auch Miss Preussler sagte nichts mehr, aber der Blick, mit dem sie die geschnitzte Figur auf dem Sarkophagdeckel maß, sprach Bände. Nach einem Moment drehte auch sie sich wieder herum und ging zu ihrem Platz zurück. Das Boot schwankte bedenklich, als sie sich wieder setzte, um das Mädchen in die Arme zu schließen.

Das unheimliche Geräusch wiederholte sich nicht – wenigstens nicht innerhalb der nächsten halben Stunde, in der die Barke in gleichmäßigem Tempo und fast ruhig dahinglitt. Niemand sprach. Das sonderbare Schleifen, das Mogens so beunruhigt hatte, wurde allmählich leiser und verstummte dann irgendwann ganz, ohne dass er seine Herkunft ergründet hätte, und es wurde allmählich kälter. Dann und wann schwappte eine Welle herein, sodass das Boot ganz langsam voll zu laufen drohte, ohne dass sie irgendetwas dagegen tun konnten. Sie hatten nichts, um zu schöpfen, und es mit bloßen Händen zu versuchen, verbot sich von selbst. Die allmählich größer werdende Pfütze war voller wehender Haare, und auch, wenn Graves behauptet hatte, sie wären im Grunde harmlos, wagte es doch keiner, diese Behauptung auf die Probe zu stellen. Nicht einmal er selbst.

Vielleicht würden sie es ausprobieren müssen, ob sie wollten oder nicht, dachte Mogens besorgt.

Dann und wann stieß das Boot gegen ein Hindernis, das unter der Wasseroberfläche verborgen war, oder scharrte über den Grund des Kanals, und diese Gelegenheiten – obschon selten – schienen mehr zu werden, für Mogens ein eindeutiger Hinweis darauf, dass die Barke entweder allmählich voll lief und somit tiefer im Wasser lag, oder der Wasserstand des Kanals selbst fiel. Mogens, der zeit seines Lebens auf dem festen Land geblieben war und keinerlei Erfahrung mit dem Meer hatte, grübelte eine Weile ergebnislos darüber nach – hauptsächlich, um sich zu beschäftigen –, wie weit der Wasserspiegel wohl noch fallen mochte, bis die Ebbe ihren niedrigsten Stand erreicht hatte. Schon als sie losgefahren waren, hatte unter dem Boot allerhöchstens ein halber Meter Wasser gelegen, jetzt konnte es kaum noch eine Handbreit sein, und wie die scharrenden Geräusche bewiesen, unter denen die Barke dann und wann erzitterte, nicht einmal mehr das überall. Zweifellos hatten die Konstrukteure des Kanals diesen Umstand einkalkuliert – aber hatten sie auch die Möglichkeit berücksichtigt, dass das Boot mit dem zusätzlichen Gewicht von vier Menschen belastet wurde?

»Dort vorne ist etwas«, drang Graves' Stimme in seine Gedanken. Mogens setzte sich gerade auf und sah in die entsprechende Richtung, aber er erkannte nichts anderes als das, was die ganze Zeit über da gewesen war: Dunkelheit. Auch Miss Preussler richtete sich etwas weiter auf und sah ihn fragend an, bekam aber nur ein angedeutetes Achselzucken zur Antwort.

Graves wedelte mit der freien Hand und schwenkte seine Lampe herum. Selbstverständlich stach ihnen der Lichtstrahl dabei in die Augen, sodass er im allerersten Moment nichts als weiße Lichtblitze und dann allmählich verblassende, grüne Nachbilder auf den Netzhäuten sah. Er schrieb Graves in Gedanken einen weiteren Minuspunkt gut, sparte sich aber jeden Kommentar und wartete geduldig, bis er wieder richtig sehen konnte.

Im allerersten Moment war er nicht einmal sicher, ob ihm seine Augen nicht nur einen weiteren Streich spielten, denn alles, was er sah, war ein verwaschener grauer Fleck, der ununterbrochen seine Form zu verändern schien und manchmal auch ganz verschwand.

»Und?«, fragte Miss Preussler.

»Wir haben es geschafft«, antwortete Graves aufgeregt.

»Geschafft?«, wiederholte Miss Preussler bitter. »Sie meinen, Thomas hat sein Ziel nicht erreicht?«

»Vermutlich«, antwortete Graves kühl. »Wäre es anders, dann wären wir jetzt nicht mehr am Leben und viele andere Menschen ebenfalls. Wäre Ihnen das lieber?«

»Selbstverständlich nicht«, antwortete Miss Preussler spröde. »Aber ich will diese Rechnung auch nicht machen. Sie gestatten, dass es mir trotzdem um den Jungen Leid tut.«

»Mir auch, Miss Preussler«, antwortete Graves, und es klang sogar durchaus ehrlich. Dann aber machte er eine wegwerfende Handbewegung und sprach in wieder begeistertem Ton weiter: »Verstehen Sie denn nicht? Das da vorne muss der Ausgang sein! Das ist Tageslicht!« Tatsächlich hatte der blassgraue Schimmer eindeutig mehr Ähnlichkeit mit matter Dämmerung statt mit dem grünen Geisterlicht, das die unterirdische Welt ansonsten erfüllte. Trotzdem sah Miss Preussler ihn zweifelnd an. »Tageslicht? Aber das…«

»… würde bedeuten, dass es draußen schon hell geworden ist«, unterbrach Graves sie aufgeregt. »Wir waren wohl länger unterwegs, als ich dachte, welche Rolle spielt das schon? In ein paar Minuten sind wir draußen. Wir haben es geschafft!«

Mogens tat sich schwer damit, sich von Graves' Begeisterung anstecken zu lassen. Natürlich war er erleichtert, aber er rechnete im Kopf auch nach und kam auf allerhöchstens zwei Stunden, die vergangen sein konnten, seit sie das Tor in der Tempelkammer durchschritten hatten. Auch wenn Zeit die sonderbare Eigenschaft hatte, scheinbar langsamer zu verstreichen, je gefährlicher die Ereignisse waren, so *konnte* es draußen noch nicht Tag sein.

»Anscheinend gelten unsere Regeln hier nicht mehr in gewohnter Weise«, sagte Graves, als er seinen zweifelnden Blick bemerkte und richtig deutete. »Zerbrich dir später den Kopf darüber, Mogens. Alles, was jetzt zählt ist, dass wir es geschafft haben.«

Mogens war sich dessen ganz und gar nicht sicher. Der graue Fleck aus verwaschener Helligkeit wurde allmählich größer und auch deutlicher, nun, wo Graves nicht mehr mit seiner Lampe in seine Richtung fuchtelte. Aber irgendetwas stimmte damit nicht.

Wieder tauschten er und Miss Preussler einen raschen Blick, und diesmal war Mogens sicher, in ihren Augen eindeutig mehr als nur Beunruhigung zu erkennen. Und er zweifelte auch plötzlich daran, dass sie das Mädchen nur so fest an sich presste, um ihr das Gefühl von Wärme und Sicherheit zu vermitteln. Vielleicht war diese Geste nicht nur einseitig. Spätestens seit dem zurückliegenden Morgen hatte er endgültig begriffen, wie stark diese Frau war – aber das musste nicht bedeuten, dass sie nicht manchmal auch selbst etwas von dem Schutz und der Stärke brauchte, die sie so überreichlich zu verteilen im Stande war.

Quälend langsam, wie es ihm vorkam, bewegte sich die Barke weiter. Der graue Fleck am Ende des Tunnels kam nur ganz allmählich näher, als würde das Boot immer langsamer, je mehr es sich seinem Ziel näherte. Mogens konnte immer noch nicht sagen, was ihn an dem Anblick so sehr störte, aber das Gefühl wurde nicht schwächer, sondern nahm ganz im Gegenteil noch zu.

Während er gegen das immer schlimmer werdende Gefühl ankämpfte, dass ihr Tempo im gleichen Maße sank, in dem sie sich der Quelle des grauen Lichts näherten, blickte Mogens seit langer Zeit zum ersten Mal wieder zur Seite. Bisher hatte es dort nicht viel zu sehen gegeben. Graves hatte den Lichtstrahl seines Scheinwerfers fast während der gesamten Reise geradeaus nach vorne gerichtet, um nach plötzlich auftauchenden Steinen oder anderen Hindernissen Ausschau zu halten – es hätte ihnen wenig genutzt, denn sie hatten weder ein Ruder oder noch irgendeine andere Möglichkeit, um Geschwindigkeit oder Kurs ihres Bootes zu beeinflussen –, nun aber hatte er die Lampe zur Seite gedreht, um den blassen Schein am Ende des Tunnels nicht einfach auszulöschen, sodass Mogens sehen konnte, wie sehr sich ihre Umgebung verändert hatte.

Hätte er nicht die unterirdische Stadt gesehen und gewusst, wonach er Ausschau halten musste, so wäre er kaum auf die Idee gekommen, sich in irgendetwas anderem als einer natürlich entstandenen Höhle aufzuhalten: Die Zeit hatte die jahrtausendealten Fresken, Hieroglyphen und Bilder ebenso spurlos ausgelöscht, wie sie die Steinmetzarbeiten glatt geschmirgelt und die kunstvollen Linien der Reliefs wieder ausgefüllt hatte. Die ehemals sorgsam polierten Blöcke, aus denen Wände und Decke bestanden, waren von jahrhundertealten Ablagerungen bedeckt, jahrtausendelang von Salz und Nässe zerfressen und über Millennien durch Schimmel, Moder und das geduldigen Nagen mikroskopisch feiner Organismen aufgeweicht und pockennarbig. Hier und da waren ganze Blöcke aus der Decke herausgebrochen und ins Wasser gestürzt, Teile der Wände zusammengesackt oder so deformiert, dass die bloße Tatsache, dass sie noch standen, den Naturgesetzen zu trotzen schien.

Und es wurde schlimmer, je näher sie der Quelle des grauen Lichts kamen. Während sie sich dem Ende ihrer Reise näherten, war es gleichsam wie eine zweite, umgekehrte Reise durch die Zeit: Nachdem sie das Tor in der Tempelkammer durchschritten hatten, waren sie der Treppe hinab folgend in eine Jahrtausende zurückliegende, nahezu unversehrte Vergangenheit gelangt. Jetzt schien es, als zögen die Jahrhunderte im selben, gleichmäßigen Tempo an ihnen vorüber, in denen die Barke über das Wasser glitt; die unbegreifliche Kraft, die die Stadt unter der Erde vor der Macht der Jahrtausende beschützte, nahm auf dem Weg zum Ende des Tunnels hin immer mehr ab. Selbst Mogens konnte auf dem allerletzten Stück nur noch willkürlich anmutende Formen erkennen, vielleicht – da er wusste, wonach er zu suchen hatte – eine Linie, die eine Spur zu gerade war, um tatsächlich von der Hand der Natur geschaffen worden zu sein, einen Winkel, der eine Winzigkeit zu exakt verlief, eine Rundung, die ein wenig zu präzise erschien. Dennoch wäre kein noch so aufmerksamer Besucher, der zufällig hier herunter geraten wäre, auch nur auf den Gedanken gekommen, sich in irgendetwas anderem als einer auf natürliche Weise entstandenen Höhle zu befinden. Selbst die Wasseroberfläche war nicht mehr glatt, sondern bildete ein Labyrinth aus Steinen, Felszacken und kleinen Stromschnellen, durch das die Barke wie von Geisterhand bewegt ihren Weg fand, ohne auch nur ein einziges Mal irgendwo anzustoßen.

Dann hörte er das Scharren. Es gelang Mogens, sich noch drei oder vier Sekunden lang selbst einzureden, dass es nur das Geräusch eines Steines war, über den das Boot schrammte, aber zugleich wusste er auch genau, dass das nicht stimmte. Ebenso genau, wie er wusste, woher der Laut kam.

Es war der Sarkophag.

Das Scharren und Kratzen kam aus dem Sarkophag. Es war nicht einmal lauter als vorhin, aber auf eine schwer zu greifende Weise... *präsenter, aggressiver* – und diesmal war es genau anders herum: Nicht seine Fantasie vervollständigte das Geräusch, es war das Scharren, das die passenden Bilder in seinem Kopf entstehen ließ.

Sie waren zu schlimm, um sich ihnen zu stellen, aber die Wirklichkeit war auch nicht viel erfreulicher, nahm sie ihm doch auch noch die allerletzte Möglichkeit, sich selbst zu belügen: Er war nicht der Einzige, der das Geräusch gehört hatte. Auch Miss Preussler hatte sich kerzengerade aufgesetzt und sah den Sarkophag aufmerksam an – und sehr alarmiert. Graves hatte sich herumgedreht und starrte auf den schwarzen Block. Der Ausdruck auf seinem Gesicht war nicht zu deuten, aber er war nicht angenehm.

»Das Holz arbeitet also, wie?«, fragte Miss Preussler. Die Worte sollten zweifellos spöttisch klingen, aber ihre Stimme zitterte zu sehr, und sie war zu blass. Graves fuhr sich nervös mit der unversehrten Hand über das Kinn. »Was... soll es sonst sein?«, murmelte er. Aus dem Sarkophag drang ein abermaliges, hartes Kratzen, und Mogens sagte: »Vielleicht hättest du darüber ein bisschen eher nachdenken sollen – bevor du uns auf eine Totenbarke geschickt hast, zum Beispiel.«

Das war ungerecht, und er wusste es, und Graves reagierte auch entsprechend ungehalten. »Unsere Auswahl war nicht besonders groß, falls du dich noch erinnerst, mein Freund«, blaffte er. »Außerdem – was erwartest du? Da ist nichts. Den Springteufel, der im allerletzten Moment noch aus der Kiste kommt, um die tapferen Helden doch noch ins Verderben zu reißen, gibt es nur in schlechten Romanen.«

Aus dem Innern des Sarkophags drang ein zustimmendes Kratzen, und Graves fuhr sich abermals und noch nervöser über das Kinn. Diesmal benutzte er die linke, zerschmetterte Hand, und es war irgendetwas an dieser Bewegung, das Mogens' Aufmerksamkeit auf sich zog, auch wenn es einen Moment dauerte, bis er es erkannte: Graves' Hand war noch immer zerschmettert und auf grässliche Art deformiert, aber sie sah längst nicht mehr so schlimm aus wie vorhin. Wäre der aufgeplatzte Handschuh nicht gewesen, wäre der Unterschied kaum mehr aufgefallen.

»Vielleicht... sollten wir dieses schreckliche Ding einfach über Bord werfen«, sagte Miss Preussler nervös.

»Nur zu«, antwortete Graves. »Ich schätze, dass es ungefähr eine Tonne wiegt, wenn nicht mehr. Aber lassen Sie sich nicht aufhalten.«

Miss Preussler schoss einen wütenden Blick in seine Richtung ab, aber sie wiederholte ihren Vorschlag nicht, und auch Graves wandte sich nach einer weiteren Sekunde wieder um und starrte nach vorne. Aus dem Sarkophag drang ein gedämpfter, klappernder Laut, der Mogens an das Geräusch einer Schere erinnerte.

Sie hatten das Ende des Kanals jetzt fast erreicht. Die Strömung hatte auf den letzten Metern deutlich zugenommen, und die Barke war schneller geworden, wich aber noch immer jedem Hindernis mit schon fast unheimlicher Sicherheit aus. Vor ihnen lag etwas wie ein winziger Katarakt, in dem sich das Wasser schäumend und weiß an gefährlichen Felsgraten und Riffen brach, die dicht unter seiner Oberfläche lauerten; ein Anblick, der Mogens normalerweise zu Tode erschreckt hätte, während er ihn jetzt kaum zur Kenntnis nahm. Er wusste einfach, dass die Barke auch dieses Hindernis überwinden würde. *Angst* machte ihm das, was dahinter lag.

Der Kanal mündete in einen kreisrunden See, der in einer gewaltigen, kuppelförmigen Höhle lag, und endlich wurde Mogens auch klar, was ihn an dem Anblick die ganze Zeit über so irritiert hatte. Das graue Licht, das die Höhle erfüllte, war tatsächlich Tageslicht. Aber es kam aus der falschen Richtung. Über ihnen erhob sich eine gewaltige Kuppel aus grauem und schwarzem Fels, die vollkommen fugenlos war. Das Licht kam aus dem Wasser.

Graves seufzte tief. »Ich schätze, wir haben ein Problem«, sagte er. Während er sich zugleich langsam um sich selbst drehte und sein Blick aufmerksam über den schmalen Uferstreifen tastete, begann er mit der rechten Hand seine zermalmte Linke zu kneten; fast als versuche er das zerschmetterte Innere wieder in die richtige Form zu drücken. Die Barke begann sich ganz langsam auf der Stelle zu drehen. Das Kratzen und Schaben aus dem Sarkophag wurde lauter. Etwas *geschah*.

»Professor«, sagte Miss Preussler beunruhigt.

»Ich weiß«, antwortete Mogens nervös. »Jonathan ...«

Graves machte eine herrische Bewegung, still zu sein. Mogens konnte sehen, wie es hinter seiner Stirn arbeitete. Sein Blick tastete immer unsteter und fahriger über das Ufer, und Mogens konnte ihm deutlich ansehen, dass er etwas ganz Bestimmtes suchte.

Er konnte ihm ebenso deutlich ansehen, dass er es nicht fand.

»Jonathan«, sagte er noch einmal. Aus dem Innern des Sarkophags drang ein Scharren, dann ein lautstarkes, dumpfes Poltern.

»Wir... wir müssen schwimmen«, antwortete Graves. Der Ton in seiner Stimme war pure Verzweiflung.

Mogens ächzte. »Bist du verrückt?«

»Es ist der einzige Weg«, beharrte Graves. »Ich dachte, es gäbe hier...« Er sprach nicht weiter. Panik flackerte in seinen Augen, während er sich mit immer hektischeren Bewegungen im Kreis drehte und das Ufer nach etwas absuchte, das ganz eindeutig *nicht da war.* Trotz ihrer fast perfekten Kuppelform war diese Höhle nichts anderes als eine Höhle, kein künstlich errichtetes Gebäude. Vielleicht hatte es auf dem schmalen Uferstreifen einmal Statuen oder Standbilder gegeben, doch wenn, dann waren sie längst Opfer der Zeit geworden. Zernagter Stein und willkürliche Formen aus schwarzem Fels, das war alles, was er erblickte. Kein Ausgang.

»Jonathan!«, sagte er zum dritten Mal, und diesmal klang seine Stimme eindeutig hysterisch. Aus dem Sarkophag antwortete ein Laut wie das Scharren von Stahl auf Stein.

»Wir müssen schwimmen«, beharrte Graves. »Es ist der einzige Weg!« Er deutete auf das graue Licht im Wasser. »Die Höhle muss eine Verbindung nach draußen haben! Sieh doch selbst!«

Schwimmen? Mogens sträubten sich allein bei dem bloßen Gedanken die Haare. Graves musste endgültig den Verstand verloren haben. Selbst ohne den Vorhang aus träge wehenden Fäden im Wasser wäre es unmöglich gewesen, die Höhle auf diesem Weg zu verlassen. Zweifellos *gab* es eine unterseeische Verbindung zum offenen Meer, wie das Licht tatsächlich bewies, aber der Durchlass musste fünf, vielleicht auch zehn Meter unter Wasser liegen!

Das Boot begann sich immer rascher zu drehen, als wäre es in den Griff eines Strudels geraten, der es nun immer unbarmherziger in die Tiefe zu ziehen begann. Aber da war kein Strudel. Der See lag vollkommen ruhig und glatt da, und einzig die winzigen Wellen, die von der Bewegung der Barke selbst verursacht wurden, kräuselten seine Oberfläche.

Dann erkannte Mogens, dass er sich getäuscht hatte. Es *gab* eine Bewegung, aber sie stammte nicht vom Wasser. Es war das haarfeine Gespinst, in dessen trägem Hin und Her sich plötzlich ein Muster abzuzeichnen begann. Der Vergleich mit einem Strudel hatte sich Mogens nicht von ungefähr aufgedrängt. Was bisher ein willkürliches, unsicheres Tasten, Suchen und Gleiten gewesen war, wurde allmählich zu einer großen, kreisförmigen Bewegung, in der sich Millionen und Millionen haarfeiner glitzernder Stränge zu einem einzigen, wogenden Kreis zusammenschlossen, der sich allmählich schneller zu drehen begann – und in dessen exaktem Zentrum sich die Barke befand!

»Weg!«, brüllte Graves. »Schwimmt zum Ufer!«

Aber es war zu spät. Ein Zischen erklang, ein Geräusch wie Millionen Wassertropfen auf einer gigantischen Herdplatte, und plötzlich schoss ein Wald aus peitschenden dünnen Fäden um sie herum aus dem Wasser. Graves prallte zurück, hob in einer vollkommen sinnlosen Geste schützend die Hände vor das Gesicht und stolperte gegen den Sarkophag, der trotz seines enormen Gewichtes unter dem Anprall sichtbar erzitterte. Der Deckel rutschte mit einem scharrenden Laut zur Seite und fiel über Bord.

Darunter erwachte ein Albtraum.

Es war die lebendig gewordene Ausgabe des Reliefs auf dem Sarkophagdeckel, nur dass die Kreatur ungleich größer war, ein Koloss, gegen den selbst die Ghoule zwergenhaft gewirkt hätten, mehr als zwei Meter groß und ungeheuer massig; ein Gigant, der selbst in dem gewaltigen Sarkophag kaum Platz gefunden haben konnte. Sein Körper ähnelte tatsächlich dem eines Menschen, auch wenn er so übermäßig muskulös war, dass es schon fast grotesk wirkte. Anstelle von Händen hatte er jedoch zwei gewaltige Krebsscheren, und sein Kopf war ein schierer Albtraum: ein zuckender Wust aus Tausenden und Abertausenden dünner peitschender Tentakel, einer grotesken Seeanemone mit viel zu vielen Ärmchen gleich, aus dem zwei gewaltige, von unstillbarer Bosheit erfüllte Augen herausglotzten, die trotz allem auf unheimliche Weise menschlich aussahen und vielleicht gerade deshalb umso schrecklicher wirkten. Darunter schnappte ein gewaltiger, gefährlich gebogener Papageienschnabel, in dem sich eine fleischige Zunge bewegte. All das war aber nichts gegen das, was Mogens beim Anblick des Ungeheuers *fühlte*. Die Kreatur verströmte Feindseligkeit wie einen giftigen Geruch, der Mogens wortwörtlich den Atem abschnürte. Es war nicht einmal so sehr sein Äußeres, das Mogens bis auf den Grund seiner Seele entsetzte. Er hatte hässlichere und ungleich abstoßendere Geschöpfe zu Gesicht bekommen – aber niemals ein Wesen, das so durch und durch *fremd* war. Alles in ihm schrie gequält auf. Der Anblick der absurden Kreatur war so vollkommen *falsch*, dass sich jeder Deut von Mogens' Menschsein einfach weigerte, auch nur die bloße Tatsache seiner Existenz zu akzeptieren.

Graves fuhr mit einem gellenden Schrei herum und schlug mit seiner Lampe nach dem Koloss, kein bewusster oder gar überlegter Angriff, sondern ein blinder Reflex – mit katastrophalen Folgen. Die Lampe traf eine der hochgerissenen Scherenhände des Monsters und zerbarst. Blut von sonderbar falscher, unangenehmer Farbe spritzte, und bevor die Laterne endgültig erlosch, setzte sie einen Teil des Tentakelkranzes in Brand, der den Schädel der Albtraumkreatur säumte. Das Ungeheuer brüllte auf, ein schriller, zwitschernder Laut, eher wie das Trällern eines Vogels als wie ein Laut, den ein so offensichtlich dem Meer entstammendes Geschöpf ausstößt, wandte sich mit einem schwerfälligen Schritt vollends zu Graves um und streckte die grässlichen Scherenhände aus, in einer Bewegung, die langsam und schwerfällig wirkte, in Wahrheit aber so schnell war, dass das Auge ihr kaum zu folgen vermochte. Graves riss schützend die Arme vor das Gesicht, und die grausamen Krebsscheren schnappten nach seinen Armen und schnitten ihm beide Hände dicht unterhalb der Gelenke ab.

Graves kreischte, ein einzelner, spitzer Schrei, der ebenso plötzlich wieder abbrach, starrte seine Armstümpfe an, aus denen Blut in zwei hellroten, pulsierenden Fontänen schoss, und kippte dann rücklings über Bord, und das Ungeheuer fuhr mit peitschenden Tentakeln und schnappenden Scheren herum und stampfte auf Mogens und die beiden Frauen zu. Ein

Teil seines Schädels und seine linke Schulter brannten, und in seinen Augen loderte eine Mischung aus Qual, Zorn und einem unstillbaren Hass auf alles Lebendige und Fühlende, die Mogens auf der Stelle lähmte. Dann…

Es begann mit einem ganz sachten Erzittern, kaum mehr als ein flüchtiges Schaudern, das durch das Wasser lief. Die Erschütterung reichte nicht einmal aus, die Oberfläche des Sees zu kräuseln oder die schmale Kielspur der Barke zu zerstören.

»Thomas«, sagte Miss Preussler leise.

Wie um ihre Worte zu unterstreichen, lief eine zweite, heftigere Erschütterung durch den See. Selbst das Ungeheuer blieb stehen und sah irritiert – oder beunruhigt – den Tunnel an, aus dem sie gekommen waren. Hier und da begann das Wasser zu sprudeln, als wäre seine Temperatur schlagartig bis nahe an den Siedepunkt erhöht worden, und die Barke drehte sich jetzt nicht nur im Kreis, sondern begann spürbar zu schwanken. Mogens hielt instinktiv die Luft an und streckte gleichzeitig die Hände aus, um sich irgendwo festzuklammern, aber das Schwanken hörte auf, noch bevor er auch nur wirklich erschrecken konnte, und auch das sprudelnde Wasser beruhigte sich fast augenblicklich wieder. Die Fäden bewegten sich noch einen Moment unruhig, wie Schilf, mit dem der Wind spielt, und kamen dann ebenfalls zur Ruhe.

Die Stille, die folgte, kam ihm fast noch erschreckender vor. Sie war absolut – als hätte die Erschütterung einfach alle Geräusche aus der Welt herausgefegt.

Sie hielt eine einzelne, schier endlose Sekunde an, als wäre die Zeit für die gleiche Spanne einfach stehen geblieben, dann knackte es hörbar in Mogens' Ohren, die Kreatur machte einen weiteren, stampfenden Schritt in ihre Richtung, und ein ungeheures Brüllen schlug über ihnen zusammen. Der Wasserspiegel sackte von einem Sekundenbruchteil auf den nächsten um mehr als eine Handbreit ab, und die Barke kippte zur Seite und schlug nur deshalb nicht um, weil der Wald aus wehenden Fäden sie auffing. Dann war das Wasser ebenso plötzlich wieder da. Die Barke wurde regelrecht in die Höhe katapultiert, das Ungeheuer kämpfte mit wirbelnden Armen und gespreizten Beinen um sein Gleichgewicht, und dann verschwand das Licht.

Es war nicht etwa so, dass ihre Laternen erloschen oder irgendetwas das graue Tageslicht verdeckte, auch wenn Mogens das im allerersten Moment natürlich annahm. Auch das grüne Leuchten erlosch. Es wurde schlagartig und absolut dunkel – eine Dunkelheit, wie Mogens sie noch niemals zuvor erlebt hatte. So, wie die erste Erschütterung alle Geräusche aus der Welt getilgt hatte, hatte dieser zweite Schlag jegliches Licht ausgelöscht. Und wie die Geräusche kam es zurück. Plötzlich war das weiße Licht ihrer Grubenlampen wieder da. Ihre Lampen waren nicht erloschen, es war einfach nur dunkel geworden, als wären sie für einen Moment in einen Abgrund zwischen den Wirklichkeiten geschleudert worden, in dem nicht einmal mehr Licht Bestand hatte, und Mogens fand sich, auf dem Rücken liegend und verzweifelt nach Atem ringend, auf dem Boden der Barke wieder. Nicht nur Licht und Geräusche waren für einen Moment verschwunden gewesen, sondern auch aller Sauerstoff.

Die Barke tanzte wild auf dem Wasser des Sees, der sich von einem Augenblick auf den anderen in einen reißenden unterirdischen Wildwasserbach verwandelt hatte. Das Licht der Grubenlampen tanzte wie wild über die gewölbte Decke und die Wände, und ringsum brodelte und kochte das Wasser, spie siedenden Schaum und tausende wie in Agonie peitschende haarfeine Arme hoch in die Luft. Das Brüllen und Dröhnen hielt noch immer an und war, soweit das überhaupt möglich schien, sogar noch lauter geworden, der infernalische Lärm einer ungeheuerlichen, nicht enden wollenden Explosion, der in Wellen durch den Schacht herantobte und ihre Trommelfelle zum Zerplatzen zu bringen schien.

Das Ungeheuer war verschwunden, ebenso wie die meisten Fangarme und auch Graves.

Miss Preussler schrie irgendetwas, das er nicht verstand. Die Luft schien zu kochen. Mogens klammerte sich mit verzweifelter Kraft irgendwo fest, aber es nutzte nichts. Das Boot bockte wie ein durchgehendes Pferd, das mit aller Kraft seinen

Reiter abzuwerfen versucht, und Mogens wurde mit grausamer Wucht abwechselnd gegen die Bordwand und den Sarkophag geworfen. Dann begann sich die Barke, immer noch zitternd und wild von einer Seite auf die andere kippend, erneut auf der Stelle zu drehen, als wäre sie in einen Strudel geraten. Die letzte Laterne kippte um, hüpfte wie ein eckiger silberner Ball über das Deck und flog über Bord, als sich das Boot unter einem neuerlichen Schlag hob, und plötzlich begann es ringsum Steine und Felsbrocken zu regnen. Der gesamte Felsendom zitterte, wand und drehte sich wie ein gigantisches lebendes Wesen, das unerträgliche Qualen litt, und begann rings um sie herum in Stücke zu brechen. Steintrümmer prallten auf das Deck, zerschmetterten Holz und Aufbauten und ließen das Wasser aufspritzen. Ein tonnenschwerer Quader traf den hochgezogenen Bug und trennte ihn so sauber ab wie eine steinerne Guillotine, und plötzlich war das Wasser einfach *verschwunden*. Die Barke krachte mit verheerender Wucht auf den mit Schlamm und Steinen übersäten Grund des Sees und neigte sich knirschend zur Seite, nur, um gleich darauf zitternd wieder emporzusteigen, als das Wasser ebenso plötzlich wieder zurückkehrte, wie es verschwunden war.

Es regnete immer noch Steine. Mogens hatte aufgehört zu zählen, wie oft er getroffen worden war. Er wusste nicht, ob er schwer verletzt oder was mit den anderen war. Alles schien sich in einer einzigen, unendlich langen Sekunde abzuspielen, auch wenn die Zeit zugleich nur so dahinzurasen schien und seine hilflosen Bewegungen zu einer grotesk langsamen Pantomime reduzierte. Er war gefangen in reinem Chaos, einem Orkan aus zuckendem Licht und kochendem Wasser und brüllendem Lärm, und es wurde immer noch schlimmer. Eine Druckwelle raste durch den Tunnel heran, fetzte auch noch die letzten verbliebenen Aufbauten vom Deck der Barke und riss ihm den Atem aus den Lungen. Die leuchtenden Flecken an Decke und Wänden glühten hell auf, wie Ruß, der sich an der Innenseite eines Kamins abgelagert hat und von einer unsichtbaren Stichflamme getroffen wird, und erloschen dann, und ein noch härterer, geradezu unvorstellbarer Schlag traf den gesamten steinernen Dom. Die Erde stöhnte, als hätte sie etwas in ihren Grundfesten erschüttert, und es regnete noch mehr Steine, Felsbrocken und Trümmer. Die Luft vibrierte so stark, dass er sie nicht mehr atmen konnte, und er konnte jeden einzelnen Knochen im Leib spüren. Es *konnte* einfach nicht schlimmer werden.

Aber es wurde schlimmer.

Das Brüllen erreichte eine Lautstärke, die die Grenze des Erträglichen überstieg und hörte einfach auf – wenn auch nicht, weil das unvorstellbare Dröhnen und Bersten tatsächlich verstummt wäre. Mogens war taub, vielleicht für immer – und dann kippte das Boot um.

Mogens wurde in hohem Bogen durch die Luft geschleudert, dann schlug er auf einer Wasseroberfläche auf, die sich plötzlich so hart und unnachgiebig wie eine Glasscheibe anfühlte. Instinktiv versuchte er, den Atem anzuhalten und sich anzuspannen, um dem Aufprall wenigstens die schlimmste Wucht zu nehmen, aber ihm gelang weder das eine noch das andere. Der Anprall prügelte ihm die Luft aus den Lungen und raubte ihm nahezu das Bewusstsein. Er wurde zwei, drei Meter weit unter Wasser gedrückt und so wild herumgewirbelt, dass er binnen einer einzigen Sekunde jegliche Orientierung verlor. Sein Gleichgewichtssinn erlosch. Selbst wenn er noch imstande gewesen wäre, Schwimmbewegungen zu machen, hätte er nicht mehr gewusst, wo oben und unten gewesen wäre. Seine Lungen brannten, als wären sie mit flüssigem Feuer gefüllt, und jeder einzelne Knochen in seinem Leib schien zerbrochen zu sein.

Es war einfach nur Glück, dass er wieder an die Wasseroberfläche kam.

Gierig sog er sich die Lungen voller Luft. Beinahe sofort packte ihn ein Wasserwirbel und riss ihn erneut in die Tiefe, aber dieser eine, kostbare Atemzug brachte vielleicht die Entscheidung über Leben und Tod. Seine Lungen brannten noch immer unerträglich, und jede noch so winzige Bewegung wurde zu einer schieren Qual – aber er hatte seinen Gleichgewichtssinn zurück, und irgendwie brachte er es auch fertig, einige matte, aber halbwegs zielgerichtete Schwimmbewegungen zu machen, die ihn zurück zur Oberfläche brachten.

Etwas griff nach seinem Fuß, eine sanfte, aber zugleich auch unerbittlich starke Hand, die ihn wieder zurück in die Tiefe zerren wollte. Mogens geriet in Panik, begann wild um sich zu treten und zu schlagen und begriff im allerletzten Moment, dass er es nur schlimmer machte, je mehr er sich zu wehren versuchte. Obwohl es allen seinen Instinkten widersprach, zwang sich Mogens zur Ruhe, kämpfte den immer heftiger werdenden Impuls nieder, einfach Atem zu holen, und zog seinen Fuß fast behutsam aus der sanften Umklammerung des Haargespinstes. Er kam frei. Eine Sekunde später durchbrach er die Wasseroberfläche und kehrte in die Höhle zurück.

Auch wenn es ihm wie eine Ewigkeit vorgekommen war, konnte er doch nur wenige Sekunden unter Wasser gewesen sein. Die Höhle wankte noch immer. Ein gewaltiger, gezackter Riss spaltete die steinerne Kuppel über seinem Kopf in zwei ungleiche Hälften. Aus dem Kanal, der sie hierher geführt hatte, quollen dichte Rauchwolken, in denen es immer wieder grellweiß und orangerot aufblitzte. Der ganze See schüttelte sich. Die Barke trieb, kieloben und in Stücke zerbrochen, nur ein kleines Stück neben ihm. Weder von Miss Preussler und dem Mädchen noch von Graves war irgendeine Spur zu sehen.

Dann erblickte er eine Gestalt am Ufer.

Sie stand hoch aufgerichtet und vollkommen reglos da, scheinbar unberührt von dem Chaos aus stürzenden Felsen, Staub und hochspritzendem Wasser, kaum mehr als ein Schatten, und winkte ihm zu, und obwohl Mogens ihr Gesicht nicht einmal schemenhaft sehen konnte, erkannte er sie dennoch sofort.

Es war Janice.

Natürlich war es vollkommen unmöglich. Selbst in dem hysterischen Zustand, in dem sich Mogens befand, war ihm klar, dass er einer Halluzination erlag. Janice war tot, neun Jahre zuvor und hunderte von Meilen entfernt gestorben, und selbst wenn nicht, so konnte sie auf gar keinen Fall *hier* sein, und schon gar nicht *jetzt*. Etwas in ihm *wollte* sie sehen, so einfach war das.

Und trotzdem zögerte Mogens keine Sekunde, in Richtung des Phantoms loszuschwimmen.

Die Distanz zum Ufer betrug vielleicht fünfundzwanzig oder dreißig Meter, selbst für einen ungeübten Schwimmer wie ihn keine unüberwindliche Entfernung. Aber rings um ihn herum regneten noch immer Steine von der Decke. Das eigentliche Beben war längst vorüber. Erdbeben, selbst solche von extremer Stärke, währen selten länger als wenige Sekunden, und seit der erste Erdstoß den See getroffen hatte, mussten trotz allem Minuten vergangen sein. Dennoch erzitterte das Wassers, durch das er schwamm, noch immer ununterbrochen, und der Felsendom über seinem Kopf *bewegte* sich. Ein unheimliches Knistern und Stöhnen erfüllte die Luft, und von Zeit zu Zeit lösten sich noch immer Steine aus dem instabil gewordenen Gefüge und stürzten ins Wasser herab. Vielleicht würde die ganze Höhle zusammenbrechen. Auch wenn Mogens nicht besonders viel von Geologie verstand, so schätzte er den Erdstoß doch als hart genug ein, um den Felsendom nachhaltig in seinen Grundfesten zu erschüttern

Mogens wäre gern schneller geschwommen, wagte es aber nicht. Das Wasser war voller wehender, dünner Haarfäden. Zwar schien das unheimliche Gespinst keinerlei Notiz von ihm zu nehmen, aber seine Berührung war selbst im Wasser noch unangenehm schmerzhaft, wie die Nesselfäden einer monströs großen Qualle, und er hatte Angst, sich in dem Geflecht zu verfangen und einfach zu ertrinken. Das Wasser war entsetzlich kalt, und es schien mit jeder Sekunde, die er sich weiter darin aufhielt, noch kälter zu werden. Mogens zwang sich dennoch, mit ruhigen, langsamen Zügen zu schwimmen, und irgendwie gelang es ihm sogar, das unregelmäßige Bombardement aus Felsbrocken und Steinen zu ignorieren, das rings um ihn herum niederprasselte. Wenn ihn eines der heimtückischen Geschosse traf, war er ohnehin verloren.

Unversehrt, aber vollkommen erschöpft erreichte Mogens das flache Ufer und zog sich gerade weit genug hinauf, dass sein Gesicht nicht mehr im Wasser lag, bevor er zusammenbrach und nichts anderes tat, als einfach dazuliegen und zu atmen und das herrliche Gefühl zu genießen, sich nicht zu ununterbrochener qualvoller Bewegung zwingen zu müssen, um nicht in die Tiefe gesogen zu werden.

Aber er wusste auch, dass er sich diesem Luxus nicht hingeben durfte. Er war so erschöpft, dass es beinahe wehtat, und die Kälte hatte noch zusätzlich jedes bisschen Kraft aus seinen Gliedern gesogen. So absurd es ihm auch selbst vorkam – es bestand durchaus die Gefahr, dass er schlichtweg einschlief, wenn er noch länger hier liegen blieb, um nie wieder aufzuwachen.

Aber er war so unendlich müde.

Er musste ja nicht einschlafen. Vielleicht reichte es ja schon, wenn er nur für ein paar Sekunden die Augen schloss, seinem Körper nur einen Moment der Entspannung gönnte, zwei oder drei Atemzüge, nur gerade genug, um das bisschen Kraft zu schöpfen, das er brauchte, um die wenigen Schritte bis zu dem rettenden Spalt im Felsen zurückzulegen. Eine Sekunde, vielleicht zwei, das war alles, was er brauchte.

Jemand rief seinen Namen, und als er nicht sofort darauf reagierte, berührte ihn eine kühle Hand an der Wange und strich dann sanft über sein Gesicht.

Mogens fuhr mit einer erschrockenen Bewegung hoch. Sein Herz begann zu hämmern, während er sich wild umsah.

Niemand war da, und niemand hatte seinen Namen gerufen. Kaum eine Handbreit neben ihm war ein kopfgroßer Stein ins Wasser gestürzt, und die Berührung, die er gespürt hatte, war das eiskalte Wasser gewesen, das über sein Gesicht spritzte. Ein neuer, eisiger Schrecken durchfuhr ihn, als er begriff, was sein vermeintliches Erlebnis *wirklich* bedeutete: Er *war* eingeschlafen, und sein Unterbewusstsein hatte diesen Weg gewählt, um ihn wachzurütteln.

Mogens stemmte sich mit zusammengebissenen Zähnen hoch und wandte noch einmal den Kopf. Aus dem Tunnel quollen noch immer dichte Rauchschwaden, in denen es jetzt aber nicht mehr wetterleuchtete. Die Wolke breitete sich langsam über den See aus, wobei sie allmählich flacher und zugleich breiter wurde; ein stummer Bote der Vernichtung, der die unterirdische Stadt anheim gefallen war. Die ungeheure Explosion, die sie gehört hatten, konnte unmöglich nur von dem Dynamit in Toms Rucksack stammen. Die Höhle mitsamt der unterirdischen Stadt und allen ihren Wundern und Mysterien war zerstört, und zweifellos waren auch die Tempelkammer und Graves' gesamte Ausgrabungsstelle vernichtet worden, möglicherweise sogar das darüber befindliche Lager selbst.

Aber das Gefühl des Bedauerns, auf das er wartete, kam nicht. Er empfand eine flüchtige Trauer, als er Toms gedachte, der sein junges Leben einer so sinnlosen Sache wie Rache geopfert hatte, doch selbst dieses Gefühl blieb vage, so als spüre er tief in sich, dass es im Grunde nicht berechtigt war. Wenn es jemals einen Grund für einen Menschen gegeben hatte, sein Leben zu opfern, dann für Tom. Und vielleicht war Tom ja das letzte Opfer in diesem Krieg gewesen, der seit fünftausend Jahren hier unten tobte.

Ein tonnenschwerer Felsbrocken stürzte nicht weit von ihm entfernt zu Boden und brachte Mogens dazu, seine Einschätzung hastig zu korrigieren: Wenn er noch lange hier blieb, dann konnte es durchaus zumindest noch *ein* weiteres Opfer geben, und das wäre dann wirklich sinnlos.

Keuchend stemmte er sich in die Höhe, machte einen einzelnen Schritt und fiel wieder auf Hände und Knie, als sich der Boden unter ihm bewegte.

Mogens keuchte vor Schmerz, als seine Handgelenke einfach unter dem Gewicht seines Körpers nachgaben. Im ersten Moment war er fest davon überzeugt, sich die Hände gebrochen zu haben, doch dafür war der Schmerz beinahe zu schlimm. Stöhnend wälzte er sich auf den Rücken, und seine Augen wurden groß vor Entsetzen, als er die Decke über sich sah. Sie *bewegte* sich. Die gewaltige Kuppel hatte sich verschoben und bekam immer mehr Risse und Sprünge. Sonnenlicht stach in schmalen, scharf begrenzten Bahnen durch den berstenden Fels und ließ den Staub in der Luft in allen Farben des Regenbogens aufleuchten, ein Anblick von ebenso bizarrer wie tödlicher Schönheit. Die Anzahl der schimmernden Lichtspeere nahm rasend schnell zu, und der Felsendom, noch vor Minuten eine perfekte Kuppel, wie sie präziser nicht von einem Michelangelo hätte entworfen sein können, verschob sich immer mehr ins Bizarre. Ein tiefes, sonderbar stöhnendes Geräusch erklang, nicht mehr das Grollen einer Explosion oder die peitschenden Laute von zerbrechendem Fels, die ein Erdbeben begleiten, sondern tatsächlich etwas wie ein Seufzen, der letzte Atemzug eines gewaltigen, uralten Wesens, das starb. Das Erdbeben war vorbei, aber die Höhle brach zusammen. *Jetzt.*

Ohne die Hände zu Hilfe zu nehmen, die noch immer höllisch wehtaten, sprang Mogens in die Höhe und stolperte los. Über ihm verschob sich der Felsendom mit einem grässlichen Knirschen und Mahlen weiter, der massive Stein begann zu zucken und sich in Wellen hin und her zu bewegen wie die Kuppel eines Zirkuszeltes, die vom Sturmwind gepeitscht wird. Auch der Boden unter ihm bewegte sich wieder, nicht mehr mit den brutalen, harten Stößen wie bisher, sondern auf eine ungleich schrecklichere, wogende Art, als wäre er tatsächlich etwas Lebendiges, das sich in Qualen wand. Grelles Sonnenlicht stach Mogens in die Augen, als er auf dem gezackten Riss in der Wand zustolperte. Er war fast blind. Irgendetwas stürzte unmittelbar neben ihm zu Boden und überschüttete ihn mit einem Hagel messerscharfer Steinsplitter, als es zerplatzte, und in der Höhlenwand entstand ein zweiter, schmaler Riss, durch den goldfarbenes Licht hereinbrach, grell wie glühender Stahl.

Er konnte spüren, wie sich der gesamte Felsendom zur Seite neigte. Der Himmel erbrach Felsen und tödliches Gestein, und plötzlich war der graue Schimmer, der bisher aus der Tiefe des Wassers heraufgedrungen war, einfach verschwunden; die unterseeische Verbindung zum Meer musste zusammengebrochen sein.

Die pure Todesangst verlieh ihm noch einmal neue Kraft. Mogens spurtete los, wurde von irgendetwas an Schulter und

Hüfte getroffen und schrie seinen Schmerz hinaus, versuchte aber dennoch verzweifelt, noch schneller zu laufen. Ihm blieben bestenfalls noch wenige Sekunden – aber es waren auch nur noch ein Dutzend Schritte, ein allerletztes Mal, dass er auf sein Glück vertrauen und einfach hoffen musste, nicht doch noch von einem herabstürzenden Felsbrocken erschlagen oder einer jäh aufklaffenden Spalte im Boden verschlungen zu werden.

Die Gestalt erschien wie aus dem Nichts. Wo gerade noch der rettende Weg ins Freie gewesen war, erhob sich plötzlich ein Schatten, schlank und durch das grelle Licht hinter ihm zu einer tiefenlosen Silhouette ohne Gesicht reduziert, nichts, was wirklich Substanz oder Realität gehabt hätte, sondern nur ein weiterer Spuk, mit dem ihn seine losgelassene Fantasie peinigte. Janice war nicht da. Sie war tot, sie war niemals da gewesen, sondern nur Ausdruck seiner eigenen Unfähigkeit, loszulassen. Aber Mogens war auch nicht mehr in der Verfassung, logisch zu denken. Der winzige Teil von ihm, der vielleicht noch einen Rest von Vernunft bewahrt hatte, schrie in verzweifelter Panik auf, als er sich mitten im Schritt herumwarf und in die Richtung weiterstolperte, in die der ausgestreckte Arm des Phantoms deutete, nicht mehr dem rettenden Ausgang entgegen, sondern auf den zweiten, neu entstandenen Riss im Fels zu, der ungleich weiter entfernt war, hinter Tonnen von wild durcheinander gestürzten Felstrümmern und möglicherweise nicht einmal breit genug, um ihn überhaupt durchzulassen. Aber Logik spielte keine Rolle mehr. Mogens stolperte weiter, prallte gegen einen Felsen, wurde abermals getroffen und erlangte wie durch ein Wunder mit wild rudernden Armen sein Gleichgewicht zurück, gerade, als er davon überzeugt war, stürzen und sich auf dem mit scharfen, tödlichen Steinklingen übersäten Boden den Schädel einschlagen zu müssen. Etwas traf sein Knie mit der Gewalt eines Hammerschlages, dann spürte er, wie seine rechte Schulter wie von einer dünnen, weiß glühenden Klinge getroffen und aufgerissen wurde und warmes Blut seinen Rücken hinunter lief, doch nichts von alledem vermochte ihn aufzuhalten. Janice stand noch immer da und deutete mit ausgestrecktem Arm auf den Spalt im Fels. Es war Irrsinn, er wusste es, aber er würde sie nicht ein zweites Mal im Stich lassen, und wenn sie ihn ins Verderben wies, vielleicht konnte er dann endlich den Preis bezahlen, den er ihr schon vor zehn Jahren schuldig gewesen wäre.

Hinter ihm stürzte ein gewaltiger Abschnitt der Felsendecke ein, und der Spalt, vor dem sich ihre schlanke Gestalt erhob, schloss sich mit einem knirschenden, dumpfen Laut, in genau in dem Moment, in dem Mogens ihn erreicht hätte, wäre er seinem ursprünglichen Weg gefolgt.

Wenige Augenblicke später erreichte er den rettenden Ausgang, quetschte sich mit einer letzten, verzweifelten Anstrengung hindurch und taumelte auf den von Sonnenlicht überfluteten Strand hinaus. Hinter ihm brach ein ganzer Abschnitt der Felsenküste zusammen und rutschte mit ungeheurem Getöse ins Meer, aber das hörte Mogens schon nicht mehr.

Er brach zusammen und verlor das Bewusstsein, noch bevor sein Kopf auf dem nassen Sand aufschlug.

Diesmal war es keine Einbildung: Die Hand, die auf seiner Stirn lag, war ebenso real wie die Stimme, die in monotonem, aber ungemein beruhigendem Tonfall auf ihn einredete. Er fror noch immer erbärmlich, denn er lag fast bis zu den Hüften im eisigen Wasser, das mit sanftem Wellengang an seinen Beinen zerrte und jedes Mal ein winziges bisschen Wärme mehr mitnahm. Er wartete darauf, dass sich auch die Schmerzen zurückmeldeten – die letzte klare Erinnerung, die er hatte –, aber alles, was er spürte, war etwas wie ein furchtbarer Muskelkater am ganzen Körper.

Mühsam öffnete er die Augen und blinzelte so direkt in die Sonne, dass er sofort und mit einem zischenden Laut die Augen wieder schloss. Es hätte früher Morgen sein müssen, aber die Sonne stand fast genau über ihm, und ihr Licht war unerträglich grell. Mogens ertappte sich bei der durch und durch albernen, aber in diesem Moment durchaus ernsthaft gestellten Frage, ob es überhaupt noch die Sonne war, die er kannte, oder nicht vielmehr der Hundsstern.

Aber das war albern. *Es ist voller Wasser,* hatte Graves gesagt; aber er konnte atmen.

Vorsichtig drehte er den Kopf, bis er die Berührung des Sonnenlichts nicht mehr fühlte, und öffnete dann zum zweiten Mal die Augen. Das Licht war nach wie vor unangenehm hell, zumal es vom fast weißen Sand des Strandes reflektiert wurde, auf dem er lag, aber nicht mehr unerträglich. Ein verschwommener Schatten zeichnete sich auf dem Sand neben ihm ab, und in einiger Entfernung gewahrte er einen ebenfalls verschwommenen, formlosen Umriss in beruhigendem Grün. Mogens blinzelte, und sein Blick klärte sich.

»Jetzt stellen Sie sich nicht so zimperlich an, Professor«, sagte eine Stimme neben ihm. »Sie sind noch am Leben, und soweit ich es erkennen kann, auch noch in einem Stück.«

Womit er auch noch die Möglichkeit ausschließen konnte, gestorben und im Paradies zu sein, dachte Mogens mit einem lautlosen Seufzen, während er den Kopf auf die andere Seite drehte und in Miss Preussler Gesicht hinaufblinzelte. Seine Augen funktionierten immer noch nicht richtig, aber er erkannte trotzdem, dass der Ausdruck auf ihren Zügen nicht wirklich zu dem spöttischen Klang ihrer Stimme passte. Wenn er jemals in das Gesicht eines Menschen geblickt hatte, der fast krank vor Sorge war, dann jetzt in das ihre.

»Wenigstens bin ich nicht in der Hölle«, murmelte er.

»Wenn Sie das aus dem Umstand schließen, dass ich auch hier bin, sind Sie vielleicht etwas voreilig, Professor«, antwortete Miss Preussler. »Nach allem, was ich in den vergangenen Stunden mit angesehen habe, ohne etwas dagegen zu tun, werde ich zumindest für etliche Jahrhunderte im Fegefeuer schmoren müssen.« Sie machte ein todernstes Gesicht bei diesen Worten, aber in ihren Augen funkelte es spöttisch, und als Mogens die Ellbogen in den Sand stemmte, um sich aufzusetzen, schüttelte sie rasch den Kopf und machte eine abwehrende Handbewegung. »Nicht so hastig, Professor. Sie waren immerhin mehr als zehn Minuten ohnmächtig. Damit ist nicht zu spaßen.«

»Bewusstlos«, verbesserte sie Mogens, während er sich behutsam in eine halb sitzende Position hochstemmte. Miss Preussler hatte Recht: Ihm wurde fast sofort schwindelig.

»Bewusstlos?« Miss Preussler blinzelte. »Und wo ist der Unterschied?«

»Frauen fallen in Ohnmacht, Miss Preussler«, antwortete er und zog die Beine aus dem eisigen Wasser. »Männer verlieren das Bewusstsein.«

»Aha«, sagte Miss Preussler. Sie stand auf. »Offensichtlich geht es Ihnen ja schon wieder ganz gut.«

Mogens verzog die Lippen zu einem gequälten Grinsen und versuchte ebenfalls aufzustehen, glitt aber im feuchten Sand augenblicklich aus und fiel ungeschickt nach hinten.

»Geben Sie Acht, Professor«, sagte Miss Preussler spöttisch. »Nicht dass Sie am Ende wieder das Bewusstsein verlieren.«

»Ich werde mich bemühen«, ächzte Mogens. Umständlich stemmte er sich erneut und sehr viel vorsichtiger hoch und lauschte einen Moment mit geschlossenen Augen in sich hinein. Anscheinend hatte er sich tatsächlich weder etwas gebrochen noch irgendwelche anderen schweren Verletzungen zugezogen, aber das Muskelkater-Gefühl war noch immer da und ließ jede noch so kleine Bewegung zu einer fühlbaren Anstrengung werden. Mogens biss die Zähne zusammen. Aber er ertappte sich absurderweise auch dabei, dieses Gefühl zugleich in vollen Zügen zu genießen, bewies es ihm doch, dass er noch am Leben war.

Ein Schatten huschte durch sein Gesichtsfeld, als er sich herumdrehte, und Mogens hielt für einen Moment in der Bewegung inne und blinzelte gegen das grelle Sonnenlicht nach Süden. Irgendwo, weit hinter der zerbröckelnden Linie der Steilküste, stiegen graue und schwarze Rauchwolken in den Himmel. Dort hinten brannte es, und der Anblick löste ein ebenso sonderbares Gefühl in ihm aus wie der dumpfe Beinahe-Schmerz, der noch immer jede seiner Bewegungen begleitete. Der schwarze Rauch bedeutete zweifellos irgendein Unglück und möglicherweise auch Leid oder Tod, die über Menschen gekommen waren, aber er war auch ein Teil des Lebens, so wie ihm der Schmerz in seinen Gliedern letzten Endes bewies, dass auch er noch am Leben war.

»Da hinten brennt es«, sagte er.

Miss Preussler nickte. Sie sagte nichts, aber irgendetwas war an ihrem Schweigen, was Mogens beunruhigte.

»Ich möchte wissen, was passiert ist«, fuhr er fort. Er dachte einen Moment angestrengt nach, kam aber zu keinem Ergebnis. Er hatte sich den Weg, den Tom und er genommen hatten, nicht gemerkt. Wozu auch? »Ist das... unser Lager?«, fragte er zögernd.

Statt zu antworten, sah ihn Miss Preussler auf eine Weise an, die ihm einen kalten Schauer über den Rücken laufen ließ, und das eindeutig länger, als ihm angemessen schien, dann hob sie die Hand und deutete auf einen schmalen Pfad, der in einiger Entfernung an der Steilküste hinauf führte. »Ich war oben.« Ihre Stimme klang... sonderbar, dachte Mogens.

»Also ist es unser Lager«, murmelte er. Natürlich. Das Beben war zweifellos stark genug gewesen, um auch an der Oberfläche spürbar zu sein und nicht nur das Lager zu zerstören, sondern möglicherweise auch...

Mogens erschrak. »O Gott«, flüsterte er. »Nicht die Stadt!« Fast entsetzt starrte er Miss Preussler an. »Dort müssen... mein Gott, dort leben Hunderte von Menschen. Sagen Sie mir, dass es nicht die Stadt ist!«

»Nein«, antwortete Miss Preussler; aber sie tat es auf eine Art, die rein gar nichts Beruhigendes hatte, sondern seine Angst eher noch schürte. »Nicht die Stadt. Es ist San Francisco. Es brennt.«

Mogens starrte sie an.

»Man kann nicht viel sehen«, antwortete Miss Preussler leise. »Wir sind mindestens dreißig Meilen entfernt. Aber es sieht aus, als stünde der ganze Horizont in Flammen. Das

Feuer muss gewaltig sein, wenn man den Rauch bis hierher sieht.«

»San Francisco?«, wiederholte Mogens ungläubig. »Aber das… das ist doch nicht möglich. Wir sind doch viel zu weit…« San Francisco? Das konnte nicht sein. Die Explosion war gewaltig gewesen, aber nicht *so* gewaltig. *Dreißig Meilen!* Unmöglich! Das *konnte* nicht sein!

Mogens schüttelte den Gedanken mit Gewalt ab und führte seine begonnene Bewegung mit einiger Verspätung zu Ende. Weniger als ein Dutzend Schritte hinter ihnen war die gesamte Steilküste zusammengebrochen. Der schmale Streifen aus weißem Sand, der die fünfzehn Meter hohe Felswand vom Wasser trennte, war unter einem Wirrwarr aus zerborstenem Stein und zyklopischen Felstrümmern verschwunden, das sich wie eine roh aufgeschüttete Mole dreißig, vierzig Meter weit ins Meer erstreckte, bevor es allmählich flacher wurde und schließlich ganz verschwand. Noch immer hing Staub wie feiner Nebel in der Luft, und obwohl der Wind seewärts wehte, glaubte Mogens einen schwachen Geruch wie nach zermahlenem Stein und faulem Seetang zu verspüren. Weit draußen im Meer, gerade an der Grenze des überhaupt noch Sichtbaren, schien etwas im Wasser zu treiben, das wehende Haar einer Meerjungfrau, die sich langsam wieder in die lichtlosen Tiefen zurückzog, aus der sie gekommen war. Aber das lautlose Wogen und Gleiten dicht unter der Wasseroberfläche nahm bereits ab, so wie auch der Staub allmählich auseinander trieb. Nur noch kurze Zeit, und das gewaltige Trümmerfeld würde sich in nichts mehr von zahllosen anderen Stellen unterscheiden, die es an diesem Teil der Küste gab.

»Ist es vorbei?«, fragte Miss Preussler leise. Er hatte sogar gehört, dass sie neben ihn getreten war; trotzdem fuhr er so erschrocken zusammen, dass sie ihn fast schuldbewusst ansah und wieder einen Schritt weit vor ihm zurückwich.

»Ich wollte, ich wüsste es«, murmelte er, zwang sich aber schon im nächsten Augenblick zu einem aufmunternden Lächeln. »Doch«, behauptete er. »Ich denke, es ist vorbei!«

»Und woher nehmen Sie diese Überzeugung, Professor?«, fragte sie. Mogens fiel erst jetzt auf, wie schlecht sie aussah. Das Sonnenlicht, das er das letzte Mal vor tausend Jahren auf ihrem Gesicht gesehen hatte, verlieh ihren Zügen eine Lebendigkeit, die ihn im allerersten Moment darüber hinweggetäuscht hatte, wie müde und unglaublich erschöpft sie aussah. Sie war, ebenso wie er, bis auf die Haut durchnässt. Haare und Kleider klebten nass und schwer an ihr, und unter der Sonnenbräune war ihre Haut so fahl wie die einer Toten. Ihr bisher so glattes Gesicht hatte nun dunkle, tief eingegrabene Linien bekommen, und als Mogens in ihre Augen blickte, wusste er, was man darunter verstand, wenn man sagte, dass ein Mensch seine Unschuld verloren hatte. Miss Preussler *hatte* ihre Unschuld verloren. Sie alle hatten das, in dieser Nacht. Und einige von ihnen auch noch mehr.

»Nun, ganz einfach, Miss Preussler«, antwortete er in gezwungen lockerem Ton. »Ich glaube nicht, dass irgendein Mensch so etwas zweimal im Leben überstehen kann. Und da ich nicht vorhabe, so bald zu sterben, muss es wohl vorbei sein.«

Miss Preussler blieb ernst. »Ich bin so erleichtert, dass Sie noch am Leben sind, Professor«, sagte sie. »Als ich gesehen habe, wie der Berg zusammenbrach, da war ich sicher, es wäre um Sie geschehen. Wie, um Himmels willen, sind Sie dort herausgekommen? Die Engel müssen ihre schützende Hand über Sie gehalten haben.«

»Vermutlich«, antwortete Mogens lächelnd. »Auch wenn ich glaube, dass es nur einer war.« Ihr Blick wurde fragend – fast ein bisschen misstrauisch –, aber Mogens kam ihr zuvor, indem er selbst eine Frage stellte: »Wie sind *Sie* herausgekommen? Als die Barke umgeschlagen ist ...«

»... dachte ich, es wäre um mich geschehen«, fiel ihm Miss Preussler ins Wort. »Ich hatte wohl einfach Glück. Ich...« Sie suchte einen Moment sichtbar nach Worten, und als sie endlich weitersprach, sah sie Mogens nicht mehr direkt in die Augen, so als wären ihr ihre eigenen Worte überaus peinlich. »Nun, um offen zu sein, ich... kann nicht schwimmen.«

»Sie können nicht schwimmen?«, vergewisserte sich Mogens.

Sein überraschter Ton galt eher dem Umstand, dass sie lebend vor ihm stand und überhaupt zu diesem Eingeständnis in der Lage war, aber Miss Preussler schien ihn wohl gründlich misszuverstehen, denn sie sah sich ganz offensichtlich zu einer Verteidigung genötigt. »Ich habe diese Fertigkeit eben nie erlernt«, sagte sie patzig. »Und? Die Gelegenheit hat sich nie ergeben. Und ich war bisher auch der Meinung, sie nicht zu benötigen.«

Mogens versuchte, sich Miss Preussler in einem Badeanzug vorzustellen und hatte plötzlich eine ziemlich konkrete Ahnung, warum sich ihr niemals die Gelegenheit geboten hatte, diese Fertigkeit zu erlernen. Natürlich hütete er sich, sich auch nur irgendetwas davon anmerken zu lassen, aber Miss Preussler schoss einen so zornigen Blick in sein Gesicht ab, als hätte sie seine Gedanken gelesen. Als sie fortfuhr, war ihre Stimme um mehrere Grade abgekühlt.

»In diesem Moment jedenfalls dachte ich, es wäre aus. Es war keine angenehme Erfahrung.«

»In diesem Höllenstrudel hätte es Ihnen auch nichts genutzt, schwimmen zu können«, sagte er hastig. Es klang unbeholfen, sogar in seinen eigenen Ohren, aber plötzlich hatte *er* das Gefühl, sich verteidigen zu müssen – vielleicht, weil eine Verletzung nicht wirklich weniger schlimm war, nur weil man sie nicht laut aussprach.

»Vermutlich nicht«, antwortete sie, schon wieder halbwegs versöhnt, aber dennoch kurz angebunden. »Ich weiß nicht, was danach passiert ist. Als ich wieder aufgewacht bin, haben wir hier am Strand gelegen.«

»Wir?«

»Dieses arme Mädchen und ich«, bestätigte Miss Preussler. »Ich glaube, sie hat mich aus dem …«

»Sie lebt?«, unterbrach sie Mogens aufgeregt. Er musste sich beherrschen, um nicht zu schreien. »Wo? Wo ist sie?«

»In einer Höhle, nur ein paar Schritte von hier«, antwortete Miss Preussler. »Das arme Kind war vollkommen verstört. Ich glaube, sie hat noch niemals den Himmel gesehen. Er scheint ihr furchtbare Angst zu machen, und …«

»Wo?«, unterbrach sie Mogens. Diesmal schrie er wirklich.

Miss Preusslers Blick kühlte noch einmal um mehrere Grade ab, und ihre Stimme wurde spröde wie Glas. »Kein Grund, unhöflich zu werden, Professor, oder gar Ihre guten Manieren zu vergessen.«

Sie ließ noch einen angemessen tadelnden Blick folgen, aber dann drehte sie sich gehorsam herum und ging mit unerwartet schnellen Schritten und trotzig in den Nacken geworfenem Kopf über den Strand davon. Mogens musste sich plötzlich sputen, um nicht den Anschluss zu verlieren.

Die wenigen Schritte, von denen sie gesprochen hatte, erwiesen sich als eine Strecke von gut hundert Metern oder mehr. Mogens versuchte Miss Preussler unterwegs noch zweimal anzusprechen, und sei es nur, um sich für sein rüdes Verhalten von gerade zu entschuldigen, aber sie hüllte sich in beleidigtes Schweigen, und schließlich gab er es auf und fasste sich in Geduld, bis sie die Höhle erreichten.

Streng genommen war es keine Höhle, sondern nur ein Felsüberhang, unter dem die geduldige Kraft des Wassers über Jahrhunderte hinweg einen Teil der weicheren Felsschicht ausgespült hatte. Die junge Frau saß in ängstlicher Haltung zusammengekauert im hintersten Winkel der Höhle, so weit vom Sonnenlicht und der schrecklichen Weite jenseits des Eingangs entfernt, wie es nur ging, und Graves saß mit leerem Gesicht neben ihr.

Mogens prallte abrupt zurück und stieß ein überraschtes Keuchen aus. »Jonathan!« Aber wieso lebte er noch? Er hatte *gesehen*, wie – *ihn das Ungeheuer tötete!* Nein, dachte Mogens. Genau genommen hatte er es nicht gesehen. Er hatte gesehen, was ihm die Kreatur angetan hatte, und danach war er über Bord gestürzt und im Wasser versunken. Aber kein Mensch konnte eine so grauenvolle Verletzung überleben, wie sie Graves erlitten hatte

»Wie…?«, murmelte er hilflos.

»Er lag am Strand, als ich zu mir gekommen bin«, antwortete Miss Preussler leise. »Ich dachte mir, es ist einfacher, wenn ich es Ihnen zeige, Professor.« Sie versuchte – vergeblich – zu lächeln und hob schließlich hilflos die Schultern. »Ich weiß nicht, wo er hergekommen ist, oder wieso er noch lebt. Die Einzige, die uns diese Frage vielleicht beantworten könnte, ist diese arme junge Frau, und sie kann nicht sprechen.«

Mogens sah nur flüchtig zu dem Mädchen hin, konzentrierte sich aber sofort wieder auf Graves. Er war nicht nur am Leben, sondern offensichtlich auch bei Bewusstsein – falls man seinen Zustand so nennen konnte. Er hatte die Unterarme in den Schoß gebettet, und jemand – vermutlich Miss Preussler –, hatte ein Stück nasses Tuch über die Stelle gelegt, an der seine Hände sein sollten. Rücken und Hinterkopf hatte er gegen den Fels gelehnt, und seine Augen waren geöffnet und blinzelten, wenn auch sehr langsam; es war mehr ein gleichmäßiges, bewusstes Senken und Heben der Lider als ein wirkliches Blinzeln. Sein Blick war auf einen Punkt irgendwo im Nichts gerichtet, aber Mogens glaubte nicht, dass er wissen wollte, was Graves sah.

»Jonathan?«, fragte er.

Er bekam keine Antwort.

»Doktor Graves?«

Diesmal reagierte Graves, wenn auch nicht sofort. Sein Blick verharrte noch einen Moment auf jenem schrecklichen Punkt in der Unendlichkeit und kehrte auch dann nur ganz allmählich in die Realität zurück.

»Das hat aber verdammt lange gedauert«, sagte er. Seine Stimme war ein heiseres, dünnes Fisteln, das kaum noch Ähnlichkeit mit der Stimme hatte, die Mogens kannte.

»Was?«

»Bis du es endlich über dich gebracht hast, mich mit meinem Titel anzureden.« Graves gluckste leise. »Sind wir jetzt richtig gute Freunde?«

»Wieso, zum Teufel, lebst du immer noch?«, fragte Mogens. »Wie hast du es geschafft, zu entkommen?«

»Das *immer* nehme ich dir übel«, sagte Graves. Er hustete; ein trockener, qualvoller Laut, unter dem sich sein ganzer

Körper schüttelte. Er brauchte fast eine halbe Minute, um wieder zu Atem zu kommen.

»Wieso ich noch lebe?« Graves hob die Arme, sodass das Tuch herunterrutschte. Mogens spannte sich instinktiv, um sich gegen den schrecklichen Anblick zu wappnen – aber er war ganz anders, als er erwartet hatte. Er *war* schrecklich, doch statt der blutigen Stümpfe, die er erwartet hatte, sah er nur zwei glatte, weißliche Flächen, unter denen sich etwas zu bewegen schien; eine Bewegung wie von wimmelnden Maden oder Würmern, die ein Gefühl plötzlicher Übelkeit aus seinem Magen emporsteigen ließ. Hastig sah er weg.

»Sagte ich dir nicht, dass ich nicht so leicht umzubringen bin?«, fragte Graves. Er lachte, diesmal ohne zu husten, drehte seine Armstümpfe vor dem Gesicht und betrachtete sie einen Moment lang mit nachdenklichem Gesicht. Miss Preussler gab ein würgendes Geräusch von sich und ließ sich rasch neben dem Mädchen in die Hocke sinken, und gewiss nicht durch Zufall so, dass sie Graves dabei nicht nur den Rücken zudrehte, sondern der jungen Frau auch zugleich den Blick auf Graves' Armstümpfe verstellte.

»Wir sind schon ein tolles Team, nicht wahr?«, kicherte Graves. »Hat Miss Preussler dir von San Francisco erzählt?«

»Wir können nicht wissen, ob es wirklich San Francisco ist«, sagte Mogens.

»O doch, das ist es«, antwortete Graves. »Wir haben ganze Arbeit geleistet. Aber mach dir nichts draus, Mogens. Dich trifft keine Schuld. Früher oder später musste das passieren. Wusstest du, dass die Stadt auf einem Erdbebengebiet erbaut wurde? Die Stadtverwaltung weiß das, aber man zieht es vor, dieses Wissen für sich zu behalten, zumal die Grundstückspreise seit Jahren in astronomische Höhen schnellen. Selbst schuld, wenn ihnen jetzt der Himmel auf den Kopf gefallen ist.«

»Was sind Sie nur für ein Mensch!«, murmelte Miss Preussler.

Graves warf ihrem Rücken einen verächtlichen Blick zu, verbiss sich jedoch jede Antwort und ließ zu Mogens' Erleichterung endlich die Arme wieder sinken. Stattdessen wandte er sich wieder an Mogens. Der höhnische Ausdruck verschwand von seinem Gesicht und machte unendlicher Bitterkeit Platz. »Du willst wissen, wie ich entkommen bin, Mogens?« Er machte eine Kopfbewegung auf die beiden Frauen neben sich. »Wie wir alle entkommen sind? Sie wollten uns nicht, deshalb sind wir noch am Leben!«

Miss Preussler drehte nun doch den Kopf und sah ihn gleichermaßen ungläubig wie erschrocken an, und auch das dunkelhaarige Mädchen blickte in seine Richtung. Für einen Moment, den Bruchteil einer Sekunde nur, und doch sollte Mogens ihn nie im Leben wirklich vergessen, kreuzten sich ihre Blicke, und was er in diesem unendlich kurzen und doch endlosen Moment in diesen Augen las, das erschütterte ihn bis auf den Grund seiner Seele. Da waren Angst und Entsetzen und eine abgrundtiefe Furcht, dass er es kaum ertrug, und all das hatte er erwartet, aber da war auch noch mehr. Für den Bruchteil einer Sekunde erblickte er in ihren Augen etwas *Vertrautes*, etwas, das er kannte und wonach er sich verzehrte wie nach nichts anderem auf der Welt.

Dann war der Moment vorüber, der Blick des Mädchens wanderte weiter, und Graves fuhr mit leiser, bitterer Stimme fort: »Sie wollten uns nicht töten, Mogens, verstehst du?« Er lachte ganz leise, aber es konnte genau so gut auch ein Schluchzen sein. »Ich glaube, wir sind es nicht einmal wert, von ihnen getötet zu werden. Sie sind uns so überlegen, dass sie uns nicht einmal zur Kenntnis nehmen. Wir sind... weniger als Staub. Vielleicht existieren wir für sie nicht einmal!«

»Immerhin haben wir sie besiegt«, antwortete Mogens schleppend. Es fiel ihm schwer, sich auf Graves' Worte zu konzentrieren.

»Besiegt?« Graves lachte schrill. »O nein, Mogens. Wir haben sie nicht *besiegt*. Niemand kann sie besiegen. Vielleicht haben wir sie darauf aufmerksam gemacht, dass es uns gibt, und vielleicht wäre es besser gewesen, das nicht zu tun.« Seine Stimme wurde leiser. »Da draußen sind noch mehr von ihnen, Mogens. Noch so unendlich viel mehr.«

»Ja«, antwortete Mogens. »Vielleicht.« Aber für ihn war es vorbei. Er sah wieder das Mädchen an, und obwohl dessen Augen nun wieder so erschrocken und von Angst erfüllt waren wie die ganze Zeit über und obwohl das, was er gerade darin erblickt hatte, nicht mehr zu sehen war, wusste er doch, dass es da war. Es würde immer da sein, und selbst, wenn er es nie wieder zu Gesicht bekommen sollte, war doch allein das Wissen um seine Existenz Grund genug für all die Schrecknisse, die er ertragen und überstanden hatte.

»Es ist vorbei«, sagte er leise. Dann drehte er sich langsam um, und er war nicht überrascht, eine schattenhafte Gestalt draußen auf dem Strand vor der Höhle zu erkennen. Zum allerersten Mal erschrak er nicht, als er Janice erblickte, und es gab auch keinen Grund mehr dazu, denn als er in ihre Augen sah, begann sie zu lächeln, und da wusste er, dass er seine Aufgabe nicht nur erfüllt, sondern dass er es gut gemacht hatte.

»Wolfgang Hohlbein.
Der Name für das Unbegreifliche.«

FRANKFURTER
ALLGEMEINE ZEITUNG

Wolfgang Hohlbein
INTRUDER
Roman
684 Seiten
Taschenbuch
ISBN 3-404-15074-0

Es sollte die Erfüllung eines Jugendtraums werden: eine Reise durch Amerika auf dem Sattel eines Motorrades. Aber von Anfang an geht alles schief für die drei jungen Männer aus Deutschland. Zuerst nur kleine, alltägliche Dinge, doch die Situationen werden immer bedrohlicher. Und welche Rolle spielt die mysteriöse Indianerfamilie, die sie regelrecht zu verfolgen scheint? Beinahe scheint es, als laste ein Fluch auf den drei Freunden – ein uralter Fluch, geboren aus den Mythen der Anasazi, eines Indianerstammes, der seit Jahrhunderten verschwunden ist, dessen Götter und Dämonen aber bis heute keine Ruhe gefunden haben …
Der komplette Sechs-Teiler in einem Band.

Bastei Lübbe Taschenbuch